三省堂

第三版

ホトトギス 新歳時記

稲畑汀子 編

装幀——菊地信義

挿絵——渡辺冨士雄

第三版に際して

『ホトトギス新歳時記』の改訂版が出版されてから十四年の歳月が経った。この間は読者からご指摘頂くと真摯に検討し、訂正すべきは訂正して来た歳月であった。

この度、第三版を出版するに当たり、読者からの希望のあって追加すべき新季題を加え、例句の追加、差し替えなどをすることになった。特に例句の差し替えは慎重にした。例句として残したい俳句ばかりで、追加するのは簡単であるが、差し替えで削除しなければならないときが一番つらかった。ページの遣り繰りのためにどうしても削除しなければならない句もあったがお許し願いたい。

第三版には三十の新季題を追加した。新季題として登録する条件としては良い例句が必要であった。

新季題は次の三十である。

一月……初景色、淑気、凍滝。
二月……春の霜、金縷梅《まんさく》、春一番。
三月……斑雪《はだれ》、春祭、春障子。
四月……春の闇、春陰、菜種梅雨、昭和の日、桜蘂降る。
五月……ラベンダー、茅花流し。
六月……山椒魚、やませ、父の日。
七月……夕菅、ナイター、海の日。

八月……終戦の日。
九月……無し。
十月……秋思、鷹渡る、時代祭、檸檬《れもん》、初鴨。
十一月…朴落葉。
十二月…数へ日。

『ホトトギス新歳時記』第三版を編むに際して、これまで編集委員としてご協力頂いた深見けん二、今井千鶴子、松尾緑富各氏、それに若い世代の今井肖子、稲畑廣太郎各氏が参加し、加えて野分会の方々が季題解説の執筆などに協力してくれたことは有難かった。総責任者として私稲畑汀子も参加し検討してきた。造本では横長の形を継承していくのは困難になるとのご指摘を三省堂から受けたが、今回はその形を継承して頂けるとのことになってほっとした。

ご協力頂いた各氏に感謝申し上げ、三省堂の増田正司氏には今回もお世話になった。

平成二十二年二月吉日（虚子生誕記念の日）

稲畑汀子

序（初版）

虚子編『新歳時記』（三省堂刊）が世に出たのは、昭和九年十一月であるので、はや半世紀が経過したことになる。その間自然の営みは変わっていないが、人々の暮らしは大いに変わったというべきであろう。歳時記の季題の中にもすでにほとんど行われなくなったものや、全くその姿を消してしまったものが少なくない。一方、五十年前には存在すらしていなかったものの中で今日季題とするにふさわしいまでに人々の生活に深く関わっているものもある。

これらの時代の変化に対して虚子編『新歳時記』は昭和十五年、同二十六年の二度にわたって小改訂を行ったのみであった。

このような事情から父高浜年尾は、昭和五十五年ホトトギスが刊行一千号を迎えるにあたり、その記念事業の一つとして歳時記の大改訂を企画したが実行に移さぬままに冥界の人となった。

一方、版元である三省堂は昭和五十六年、創業百年を迎えるにあたっての記念出版として虚子編『新歳時記』の改訂、あるいは姉妹編としての「新しい歳時記」の刊行を強く希望してきたので、私は父の遺志を継ぐ意味もあって本書の出版に踏み切ったのである。

当初は『新歳時記』の全面的な改訂をとも考えたが、虚子編『新歳時記』はやや時代に合わぬ面があるとは言え、古今の名著であることを鑑み、絶版とせず、新たな一書を編み『ホトトギス新歳時記』として出版することにした。両者共に持ち味を生かし句作の助けとなるよう意図したつもりである。従って本書については今後も時代の変化に合わせて改訂を繰り返していくつもりである。

編集方針としては虚子編『新歳時記』におよそ倣っているが若干について以下に触れておこう。

季題の取捨

虚子編『新歳時記』は季題の取捨ということにとくに意を用いていた。そして取捨の方針として以下の五条を謳っている。

①俳句の季題として詩あるものを採り、然らざるものは捨てる。

②現在行はれてゐるゐないに不拘、詩として諷詠するに足る季題は入れる。

③世間では重きをなさぬ行事の題でも詩趣あるものは取る。

④語調の悪いものや感じの悪いもの、冗長で句作に不便なものは改め或は捨てる。

⑤選集に入選して居る類の題でも季題として重要でないものは削り、新題も詩題とするに足るものは採択

する。

ここに述べられていることは虚子の季題観を端的に表わしており、要は文学的な価値のある季題を選ぶということである。

そこで本書においてもこの方針で臨んだわけであるが、やや具体的に示せば、

①虚子編『新歳時記』に収録されている季題はそのほとんどを採用した。

②ただし一題としての価値の少なくなったと思われるものは適宜傍題として統合した。

③季題として近年定着してきたと思われるものを新たに加えた。

ということになろう。なお③の例として従来虚子編『新歳時記』に収載されていず、虚子編『季寄せ』に追加されてきたものがかなりあるので、まずこの中より取捨選択し、さらに最近時代の変化とともに現れた新しい季題もいくつか採用した。新季題はおよそ二百余に及ぶ。この場合も、あくまで詩として諷詠するに足るという観点から選んだので、世に行われている他の歳時記に収録されていて本書に載せられていないものがあるのは当然である。

四季の区別

四季の区分については明治時代、それまでの太陰暦に代わって太陽暦が採用されてから月との関係が変わり幾

つかの矛盾が生じた。例えば、春であった新年が一月となって寒の前となり盆が七月の暑中となった類である。

しかし、これらはその後の生活の中にいろいろの形で定着して来ており、俳句では立春、立夏、立秋、立冬を各季の初めとする陰陽五行説を採用し、月でいう場合、その大部分が所属している、二、三、四月を春、五、六、七月を夏、八、九、十月を秋、十一、十二、一月を冬とするのである。

この五行説による区分は中国における季節感を基本とするのであるが、おおむねわが国にもあてはまっているようである。

ところで春を二、三、四月としてみると、月名の異称である「睦月」「如月」「弥生」というのが感じとしてそれぞれに対応することとなり、五、六、七月は「卯月」「皐月」「水無月」となった。したがって十二月は「霜月」にあたるわけであるが、「師走」という異称も捨てがたく、結果として十二月に「霜月」と「師走」を入れることとした。なお、このことは虚子編『新歳時記』を踏襲したままでである。

季の決定

季の決定は歳時記にとってまことに重要な問題であるが、世に行われている多くの歳時記が必ずしも統一されていない。

本書においては虚子編『新歳時記』を踏まえ種々検討

を加えたが、その主張は「あくまで文学的見地から季題個々について、事実、感じ、伝統等の重きをなすものに従って決定」するというものである。したがって理屈の上からも、事実とややくいちがう部分のあるのは虚子自身の指摘するとおりである。

例えば、牡丹より藤は遅いにかかわらず、牡丹を夏、藤を春とすること。西瓜や蜻蛉はむしろ夏が多いのに秋とすること。七夕は陽暦では夏であるのに陰暦の一と月遅れとして秋とし、端午も陽暦では立夏前であるのに夏としたことなどである。

しかし、駒鳥は従来三月であったが五月以降でなければ日本に渡来しないということで六月に配列したごとく、事実や文献の調査、旧季題の歴史的研究等により、明らかになった事柄に則して改めたものもある。

なお、時代の変遷の中で、従来の『新歳時記』とは異なった季へ収めた季題もあり、その一例が「運動会」である。これは従来春秋二回の運動会のうち春季をその代表的なものと考えて「春」の部に属させていたものであるが、昭和三十九年の東京オリンピック以後、十月十日が体育の日に定められたことも手伝って、近年では秋に行われるものが圧倒的に多く、結果としては秋季の季題とせざるを得ない現状となっているのである。

また、行事についても若干の移動があった。例えば「奈良の山焼」は現在一月十五日に行われているので二月から一月へ移した。また「薪能」はその起源である奈良興福寺の薪能が現在五月十一、十二日に行われるので、五月、夏に移した。これは虚子編『新歳時記』の編纂されたときに廃絶していた興福寺法会中のものが復活したことによる。詳しくは解説文を読んでいただきたい。

また古人の忌日などについては陰暦の気分が強いので陰暦（ほぼ一と月遅れとして）で扱ったが、現在陽暦に直して行事が行われているものについては実際の行事に合わせた。例えば「業平忌」は陰暦五月二十八日であるので季節感としては現在の六月にすべきところであるが、陽暦の五月二十八日に実際の「業平忌」が行われているのでこれに従った。という類である。

季題の配列

季題の配列についても虚子編『新歳時記』を踏襲した。すなわち、世に多く出回っている歳時記のごとく、季題を「天文」「地理」「人事」「動物」「植物」に分類することをせず、すべての季題を十二か月の季節の推移に従って配列したのである。

この方法によると同じ春の季節の中にあっても海苔（植物）と海苔舟（人事）が全く別のページに分かれて解説してあるという不便が解消されるわけである。実際に春の海辺に出てみれば「海苔」も「海苔舟」も同時に目にされるわけで、解説も同じ部分でなされているのは当然のことなのである。

これはあくまでも俳句の便ということに重きを置いたためである。

また、南北に細長い日本の国土を考えるとき季節の遅速は必ずしも一様でないことは当然である。そこで一つ中心点というか基準点を設ける必要があり、古い歳時記ではそれが京都であったが、虚子編『新歳時記』では東京が基準となった。これについては本書でも東京の季節の推移を一応基準として考えた。

季節、月の中でもどこに配列するかということについては、そのものの感じが最も強調される季節に定めた。従ってものによっては出始め、すなわち走りを重んじたものもあれば、最も多く出回るころ、すなわち旬を重んじたものもある。

なお、やや別の次元の問題であるが、立春、立夏、立秋、立冬を四季の初めとしているので、例えば五月でも立夏前の「メーデー」「憲法記念日」などは四月の末に連ねてある。月としての見方より季節としての見方を重んじたためで、同様の例は他の季節の「ゆきあい」の中にも何例かがある。

解説

あくまでも実作上役に立つようにと心がけた。そのため必要以上に細かな記述はあえて避けた。季題は詩の題材であり、博物学的な知識に偏ることを意識的に避けたためでもある。なお、幾つかの季題にはカットを添えた。

例句

例句は実作の参考となる句をと考慮し、できるだけ新しい例句を採用した。これは虚子編『新歳時記』以後の句を多く載せることによって、長い歴史を持つホトトギスのアンソロジーとしての完成度を高めることを期したからである。具体的には、虚子編『新歳時記』中の例句、『ホトトギス雑詠選集』、および原則として一千号までの「ホトトギス」雑詠欄から選んだ。なお、高浜虚子、高浜年尾、稲畑汀子の三主宰、および星野立子については別に選んだ。

本書を出版するために、とくに深川正一郎氏をはじめとし、清崎敏郎氏、後藤比奈夫氏ほか多くのホトトギス俳人諸氏の力をお借りした。また、今井千鶴子、柴原保佳、野村久雄、橋川忠夫、深見けん二、藤松遊子、三村純也、本井英、松尾緑富氏等、歳時記委員の方々の熱意と三省堂出版局の亀井龍雄氏の御助力には深く感謝している。諸氏の献身的なお力添えがなければ本書は成らなかったであろう。

昭和六十一年一月十二日

稲畑汀子

凡例

一、本書を大きく春、夏、秋、冬の四季に分け、且つ、一月から始めて十二月に終わるように十二か月に細分した。結果として冬が巻頭の一月と巻末の十一、十二月に分かれた。

一、見出し季題の右側には「旧仮名」で、左側には「新仮名」でルビを施した。

一、見出し季題の下に㊂の記号を挿入したものは、その月に限らず、同季の三月にわたるということを指示している。これは実際は二月程度にしかわたらぬものを含んでいるが、つまり、一月には限らぬという程度である。また、花や実などの中にはこの他にも事実上は二月以上にわたるものがあるであろう。

一、解説文は新仮名遣いを原則とした。ただし、季題、例句は旧仮名遣いで記した。

一、漢字は新字体を原則とした。ただし、固有名詞等はその限りではない。

一、カタカナによる外来語表記に関しては、季題についても、現在普通に通用している表記法に従った。

一、解説文中や末尾にゴシック文字で記したものは、季題の異称、季題の活用語、あるいは季題の傍題等である。

凡例

一、例句はおよその時代順に並べた。たいがいの作者は姓および俳号で示したが、古句についてはその限りではない。

一、巻末に五十音索引を付した。これには見出し季題（ゴシック文字）に限らず傍題等もすべて収めてある。配列は新仮名遣いの五十音順である。

目次

冬

十一・十二月は巻末にあり

一月

一月　三
正月　三
去年今年　三
新年　三
元日　四
元旦　四
初鶏　五
初鴉　五
初雀　五
初明り　五
初日　六
初空　六
初富士　六
初凪　六
御降　七
若水　七
初手水　七
初景色　七
淑気　八
乗初　八
白朮《をけら》詣《まゐり》　八
初詣　九
破魔弓　一〇
初諷経　一〇
歳徳神　一〇
恵方詣　一一
七福神詣　一一
延寿祭　一一
四方拝　一一
朝賀　一一
年賀　一二
御慶　一二
礼者　一二
礼受　一二
名刺受　一二
年玉　一二
賀状　一二
初便　一二
初電話　一二
初暦　一四
初刷　一四
初竈　一四
大服　一四
屠蘇　一五
年酒　一五
雑煮　一五
太箸　一六
歯固　一六
食積　一六
ごまめ　一六
数の子　一六
切山椒　一七
門松　一七
飾　一七
注連《しめ》飾《かざり》　一七
飾臼　一八
鏡餅　一八
蓬萊　一八
歯朶《しだ》　一八
楪《ゆづりは》　一九
野老《ところ》　一九
穂俵　一九
福寿草　一九
福藁　二〇
春著　二〇
手毬　二〇
独楽　二一

目次

追羽子 二二
羽子板 二二
福引 二三
福笑 二三
歌留多 二三
双六 二三
十六むさし 二三
投扇興 二四
万歳 二四
猿廻し 二四
獅子舞 二五
傀《くわい》儡《らい》師《し》 二五
懸《け》想《さう》文《ぶみ》 二五
笑初 二六
泣初 二六
嫁が君 二六
二日 二六
掃初 二六
書初 二七
読初 二七
仕事始 二七
山始 二七
鍬始 二八
漁始 二八
織初 二八
縫初 二八
売初 二九
買初 二九
初《はつ》糶《ぜり》 二九

初荷 二九
初湯 二九
梳き初 三〇
初髪 三〇
初鏡 三〇
稽古始 三〇
謡初 三一
能始 三一
弾初 三一
舞初 三一
初釜 三一
新年会 三二
初句会 三二
初芝居 三二
初旅 三二
宝船 三二
初夢 三三
三日 三三
松囃子 三四
福沸 三四
三ヶ日 三四
御用始 三四
帳綴 三四
女礼者 三五
騎初 三五
弓始 三五
出初 三五
寒の入 三六
小寒 三六

寒の内 三六
寒の水 三六
寒造 三七
寒餅 三七
寒紅 三七
寒詣 三八
寒垢離 三八
寒念仏 三八
寒施行 三九
寒灸 三九
寒稽古 三九
寒《かん》復《ざら》習《ひ》 三九
寒声 四〇
寒見舞 四〇
寒卵 四〇
寒鯉 四〇
寒鮒 四一
寒釣 四一
七《なな》種《くさ》 四一
若菜 四一
薺《なづな》 四二
薺打つ 四二
人日 四二
七種粥 四二
粥柱 四三
寝正月 四三
鷽《うそ》替《かへ》 四三
小松引 四四
初寅 四四

初卯 四四
初薬師 四四
初金毘羅 四五
十日戎 四五
宝恵《ほえ》籠《かご》 四五
初場所 四六
餅花 四六
土竜《もぐら》打《うち》 四七
綱曳 四七
松の内 四七
松納 四八
飾納 四八
注連貰 四八
左義長 四八
鳥《と》総《ぶさ》松《まつ》 四八
松過 四九
なまはげ 四九
小正月 四九
小豆粥 五〇
成人の日 五〇
奈良の山焼 五〇
藪入 五一
二十日正月 五一
凍る〔三〕 五一
冴ゆる〔三〕 五二
三寒四温〔三〕 五二
悴《かじか》む〔三〕 五三
皸《あかぎれ》〔三〕 五三
霜焼〔三〕 五四
霰《あられ》〔三〕 五四
風花〔三〕 五四
雪起し〔三〕 五四
雪〔三〕 五五
雪見〔三〕 五六
雪搔〔三〕 五七
雪卸〔三〕 五七
雪踏〔三〕 五七
雪まろげ〔三〕 五八
雪合戦〔三〕 五八
雪《ゆき》礫《つぶて》〔三〕 五八
雪達磨〔三〕 五八
竹馬〔三〕 五九
スキー〔三〕 五九
橇〔三〕 五九
雪沓〔三〕 六〇
かんじき〔三〕 六〇
しまき〔三〕 六一
凍死〔三〕 六一
雪眼〔三〕 六一
雪焼〔三〕 六一
雪女郎〔三〕 六二
雪折〔三〕 六二
雪晴〔三〕 六二
雪祭 六三
氷〔三〕 六三
氷柱《つらら》〔三〕 六三
凍滝 六四
採氷〔三〕 六四
砕氷船〔三〕 六四
氷下魚《こまい》〔三〕 六四
スケート〔三〕 六五
ラグビー〔三〕 六五
避寒〔三〕 六五
寒月〔三〕 六五
寒の雨 六六
寒灯〔三〕 六六
水餅 六六
煮凝 六七
氷豆腐 六七
氷蒟蒻 六七
寒天造る 六八
寒曝 六八
索麵干す〔三〕 六八
葛晒す 六八
凍鶴〔三〕 六九
寒鴉 六九
寒雀 六九
凍蝶 七〇
初観音 七〇
千両 七〇
万両 七一
藪柑子 七一
青木の実 七一
寒牡丹 七一
葉牡丹 七二
寒菊 七二
冬《ふゆ》薔《そう》薇《び》〔三〕 七二

目次

水仙　七三
冬の草(三)　七三
竜の玉(三)　七三
冬苺　七四
麦の芽　七四
寒肥　七四
石蓴《あをさ》　七四
初大師　七五
大寒　七五
厳寒　七五
初天神　七五
初不動　七五
日脚伸ぶ　七六
早梅　七六
臘梅　七六
寒梅　七六
探梅　七七
冬桜(三)　七七
寒椿　七七
侘助　七八
寒木瓜《かんぼけ》　七八
室咲　七八
春待つ　七八
春隣　七九
碧梧桐忌　七九
節分　七九
柊挿す　八〇
追儺　八〇
豆撒　八〇
厄落　八一
厄払　八一
厄塚　八一
和布刈神事《めかりしんじ》　八二

春

二月

春(三)　八五
立春　八五
二月　八六
寒明　八六
早春　八六
春浅し　八七
睦月　八七
旧正月　八七
二月礼者　八七
二の替　八七
絵踏　八八
初午　八八
針供養　八八
建国記念の日　八九
国《く》栖《ず》奏《さう》　八九
バレンタインの日　九〇
かまくら　九〇
梵天　九〇
雪解　九一
雪しろ　九一
雪崩　九一
残雪　九二
雪間　九二
凍解　九二
氷解　九三
薄氷《うすらひ》　九三
冱《いて》返《かへ》る　九三
冴返る　九三
春寒(三)　九四
余寒　九四
春の霜(三)　九四
春の風邪(三)　九五
春時雨(三)　九五
猫の恋　九五
白魚(三)　九六
公魚《わかさぎ》(三)　九六
鱵《さより》　九七
魞《えり》挿《さ》す　九七
猟名残　九七
野焼く　九八
焼野　九八
山焼く　九九
焼山　九九
末黒の芒　九九
麦踏　九九
木の実植う　一〇〇
金縷梅《まんさく》　一〇〇
猫柳(三)　一〇一
クロッカス　一〇一

片栗の花 一〇一
雛菊㊂ 一〇二
春菊 一〇二
菠薐草《はうれんさう》 一〇二
洲浜草 一〇二
蕗《ふき》の薹《たう》 一〇三
水菜 一〇三
海苔㊂ 一〇三
青海苔㊂ 一〇四
会陽 一〇四
獺《をそ》の祭《まつり》 一〇四
鳴雪忌 一〇五
義仲忌 一〇五
梅 一〇五
梅見 一〇六
盆梅 一〇六
紅梅 一〇七
黄梅 一〇七
鶯㊂ 一〇七
山茱萸《さんしゆゆ》の花《はな》 一〇八
下萌 一〇八
いぬふぐり 一〇九
君子蘭 一一〇
菜種御供 一一〇
磯竈 一一〇
若《わか》布《め》㊂ 一一〇
実朝忌 一一一
春一番 一一一

三月

三月 一一三
如月 一一三
二日灸 一一三
雛市 一一三
桃の節句 一一四
雛 一一四
白酒 一一五
菱餅 一一五
曲水 一一五
立子忌 一一六
鶏合 一一六
闘牛 一一七
春の雪㊂ 一一七
斑《はだ》雪《れ》 一一七
初雷 一一八
春雷㊂ 一一八
啓《けい》蟄《ちつ》 一一八
東《こ》風《ち》㊂ 一一九
蛇穴を出づ 一一九
春めく 一二〇
伊勢参㊂ 一二〇
春の山㊂ 一二〇
山笑ふ㊂ 一二一
水温む 一二一
春の水㊂ 一二一
鶏馴らし㊂ 一二二
春椎茸㊂ 一二三
蜷《にな》㊂ 一二三
田《た》螺《にし》㊂ 一二三
蜆《しじみ》㊂ 一二三
烏貝㊂ 一二三
大試験 一二三
蓴《ぬなは》生《お》ふ 一二四
水草生ふ 一二四
春祭㊂ 一二四
春田㊂ 一二五
春の川㊂ 一二五
諸子㊂ 一二五
柳《やなぎ》鮠《はえ》㊂ 一二六
子持鯊 一二六
若鮎 一二六
鮎汲 一二六
上り簗㊂ 一二七
お水送り 一二七
春日祭 一二七
御水取 一二七
御松明 一二八
西行忌 一二八
涅槃 一二八
涅槃西風 一二九
春塵㊂ 一二九
霾《つちふる》㊂ 一二九
雪の果 一三〇
鳥帰る 一三〇
引鶴 一三〇

目次

引鴨 ㊂ 一三〇
帰る雁 一三一
雁風呂 一三一
治《ち》聾《ろう》酒《しゅ》 一三一
彼岸 一三二
春分の日 一三二
彼岸詣 一三三
彼岸桜 一三三
開帳 一三三
大石忌 一三四
貝寄風 一三四
暖か ㊂ 一三四
目貼剝ぐ 一三五
北窓開く 一三五
炉塞 一三五
炬燵塞ぐ 一三五
春煖炉 ㊂ 一三五
春炬燵 ㊂ 一三六
春火桶 ㊂ 一三六
春障子 ㊂ 一三七
捨頭巾 一三七
雉 ㊂ 一三七
鶯 ㊂ 一三八
雲雀 ㊂ 一三八
燕 ㊂ 一三九
春雨 ㊂ 一三九
春泥 ㊂ 一四〇
ものの芽 一四〇
草の芽 一四一

牡丹の芽 一四一
芍薬の芽 一四一
桔梗の芽 一四一
菖蒲の芽 一四二
蘆の角 一四二
荻の角 一四二
菰の芽 一四二
春の土 ㊂ 一四二
耕 ㊂ 一四三
田打 ㊂ 一四三
畑打 ㊂ 一四三
種物 一四四
苗床 一四四
花種蒔く 一四五
夕顔蒔く 一四五
糸瓜蒔く 一四五
胡瓜蒔く 一四五
南瓜蒔く 一四五
茄子蒔く 一四五
牛蒡蒔く 一四六
麻蒔く 一四六
芋植う 一四六
種芋 一四六
菊根分 一四七
菊の苗 一四七
萩根分 一四七
菖蒲根分 一四七
苗札 一四七
木の芽 一四八

芽柳 一四八
接骨木《にはとこ》の芽《め》 一四八
楓の芽 一四九
桑の芽 一四九
薔薇の芽 一四九
蔦の芽 一四九
楤《たら》の芽《め》 一四九
山椒の芽 一五〇
田楽 一五〇
青饅《あをぬた》 一五〇
枸杞 一五一
五加木《うこぎ》 一五一
菜飯 ㊂ 一五一
目刺 ㊂ 一五一
白子干 ㊂ 一五一
干鱈 ㊂ 一五二
鰆《さはら》 ㊂ 一五二
鰊《にしん》 ㊂ 一五二
𩸽《ほつけ》 ㊂ 一五三
鱒 ㊂ 一五三
鮊子《いかなご》 一五三
飯蛸 ㊂ 一五四
椿 ㊂ 一五四
茎立《くくたち》 一五五
独活《うど》 一五五
アスパラガス 一五五
慈姑《くわゐ》 一五五
胡葱《あさつき》 一五六
野蒜 一五六

韮《にら》 一五六
蒜《にんにく》 一五六
剪定 一五七
接木 一五七
取木 一五七
挿木 一五七
苗木植う 一五八
苗木市 一五八
桑植う 一五八
流氷 一五九
木流し 一五九
厩出し 一五九
垣繕ふ 一六〇
屋根替 一六〇
大掃除 一六〇
卒業 一六一
蓮如忌 一六一
比良八講 一六二
春の野㊂ 一六二
霞㊂ 一六三
陽炎《かげろふ》㊂ 一六三
踏青㊂ 一六三
野遊㊂ 一六四
摘草㊂ 一六四
嫁菜摘む 一六四
蓬《よもぎ》㊂ 一六五
母子草 一六五
土筆 一六六
蕨 一六六
薇《ぜんまい》 一六六
芹㊂ 一六七
三葉芹㊂ 一六七
防風㊂ 一六七
菫《すみれ》㊂ 一六八
蒲公英《たんぽぽ》㊂ 一六八
紫雲英《げんげ》㊂ 一六九
苜蓿《うまごやし》㊂ 一六九
蘩蔞《はこべ》㊂ 一七〇
薺《なづな》の花《はな》 一七〇
酸葉 一七〇
虎杖《いたどり》 一七〇
茅《つ》花《ばな》 一七一
春蘭 一七一
黄水仙 一七一
ミモザの花 一七二
磯開 一七二
利休忌 一七三
其角忌 一七三

四月

四月 一七四
弥生 一七四
春の日㊂ 一七四
日永㊂ 一七四
春の空㊂ 一七五
春の雲㊂ 一七五
麗か㊂ 一七五
長閑《のどか》㊂ 一七五
四月馬鹿 一七六
初桜 一七六
入学 一七六
出代 一七七
山葵《わさび》 一七七
芥菜 一七七
三月菜 一七八
春大根 一七八
草餅㊂ 一七八
蕨餅㊂ 一七八
鶯餅㊂ 一七八
桜餅㊂ 一七九
椿餅㊂ 一七九
都踊 一七九
蘆辺踊 一八〇
浪花踊 一八〇
東踊 一八〇
義士祭 一八〇
種痘 一八一
湯治舟 一八一
桃の花 一八一
梨の花 一八二
杏の花 一八二
李の花 一八二
林檎の花 一八二
郁李《にはうめ》の花《はな》 一八三
山桜桃《ゆすら》の花《はな》 一八三
赤楊《はんのき》の花《はな》 一八三

目次

三椏《みつまた》の花《はな》 一八四
沈丁花 一八四
辛夷《こぶし》 一八四
木蓮 一八五
連翹《れんげう》 一八五
樝子《しどみ》の花《はな》 一八五
木瓜の花 一八五
紫荊《はなずはう》 一八六
黄楊《つげ》の花《はな》 一八六
枸橘《からたち》の花《はな》 一八六
山椒の花 一八六
接骨木《にはとこ》の花《はな》 一八七
杉の花 一八七
春暁 ㊂ 一八七
春昼 ㊂ 一八七
春の暮 ㊂ 一八八
春の宵 ㊂ 一八八
春の夜 ㊂ 一八八
春灯 ㊂ 一八九
春の星 ㊂ 一八九
春の月 ㊂ 一八九
朧月 ㊂ 一九〇
朧 ㊂ 一九〇
春の闇 ㊂ 一九〇
亀鳴く 一九一
蝌蚪《くわと》 一九一
柳 一九一
花 一九二
桜 一九四
花見 一九五
花篝 一九六
花曇 一九六
春陰 ㊂ 一九六
桜漬 一九七
花見虱 一九七
桜《さくら》鯎《うぐひ》 一九七
桜鯛 一九七
花烏賊 一九七
蛍烏賊 一九八
春の海 ㊂ 一九八
春潮 ㊂ 一九八
観潮 一九九
磯遊 一九九
汐干 一九九
蛤 ㊂ 二〇〇
浅蜊 ㊂ 二〇〇
馬刀《まて》 ㊂ 二〇〇
桜貝 ㊂ 二〇一
栄螺《さざえ》 ㊂ 二〇一
壺焼 ㊂ 二〇一
鮑 ㊂ 二〇二
常節 ㊂ 二〇二
細螺《きさご》 ㊂ 二〇二
寄居虫《やどかり》 ㊂ 二〇二
汐まねき ㊂ 二〇三
いそぎんちやく ㊂ 二〇三
海胆《うに》 ㊂ 二〇三
搗布《かぢめ》 ㊂ 二〇四
角叉 ㊂ 二〇四
鹿尾菜《ひじき》 ㊂ 二〇四
海雲《もづく》 ㊂ 二〇五
海髪《うご》 ㊂ 二〇五
松露 二〇五
一人静 二〇五
金鳳華 二〇五
桜草 二〇六
芝桜 二〇六
チューリップ 二〇六
ヒヤシンス 二〇七
シクラメン ㊂ 二〇七
スイートピー 二〇七
シネラリヤ 二〇八
パンジー 二〇八
アネモネ 二〇八
ストック 二〇八
フリージア 二〇八
灌仏 二〇九
花御堂 二〇九
甘茶 二〇九
花祭 二一〇
虚子忌 二一〇
復活祭 二一一
釈奠《せきてん》 二一一
安良居祭 二一一
百千鳥 ㊂ 二一一
囀《さへづり》 ㊂ 二一二
鳥交る ㊂ 二一二

目次

通草《あけび》の花《はな》 二三九
郁子《むべ》の花《はな》 二三九
宗因忌 二三九
昭和の日 二四〇
葱坊主 二四〇
萵苣《ちさ》 二四〇
みづ菜 二四一
鶯菜 二四一
茗荷竹 二四一
熊谷草 二四一
杉菜 二四二
東菊 二四二
花韮 二四二
華鬘草 二四二
都忘れ 二四三
金盞花 二四三
二人静 二四三
十二単 二四三
勿忘草《わすれなぐさ》 二四四
種俵 二四四
種井 二四四
種選 二四四
種蒔 二四五
苗代 二四五
水口祭 二四五
種案山子 二四六
苗代茱萸 二四六
朝顔蒔く 二四六
藍植う 二四六
蒟蒻植う 二四六
蓮植う 二四六
八十八夜 二四七
別れ霜 二四七
霜くすべ 二四七
茶摘 二四七
製茶 二四八
鯛網 二四八
魚島 二四八
鯥五郎 二四九
蚕 二四九
山繭 二五〇
桑摘 二五〇
桑 二五〇
桑の花 二五一
畦塗 二五一
蔦若葉 二五一
萩若葉 二五一
草若葉 二五二
葎若葉 二五二
罌粟《けし》若葉《わかば》 二五二
菊若葉 二五二
若蘆 二五二
荻若葉 二五三
若菰 二五三
髢草《かもじぐさ》 二五三
水芭蕉 二五三
残花 二五三
桜蘂降る 二五四
春深し 二五四
夏近し 二五四
蛙 二五四
躑躅《つつじ》 二五五
満天星《どうだん》の花《はな》 二五五
石南花 二五五
柳絮 二五六
若緑 二五六
松毟鳥《まつむしり》 二五六
ねぢあやめ 二五七
苧環《をだまき》 二五七
薊の花 二五七
山帰来の花 二五七
藤 二五八
行春 二五八
暮の春 二五九
春惜む 二五九
メーデー 二六〇
先帝祭 二六〇
どんたく 二六一
憲法記念日 二六一
みどりの日 二六一
鐘供養 二六一

夏

五月

夏 三 二六五

立夏　二六五
五月　二六五
初夏　二六六
卯月　二六六
卯浪　二六六
牡丹　二六六
更衣　二六七
袷　二六八
白重　二六九
鴨川踊　二六九
筑摩祭　二六九
舟芝居　二六九
余花　二七〇
富士桜　二七〇
葉桜　二七一
菖蒲葺く　二七一
端午　二七二
子供の日　二七二
菖蒲　二七二
武者人形　二七三
幟　二七三
吹流し　二七三
鯉幟　二七四
矢車　二七四
粽《ちまき》　二七四
柏餅　二七五
菖蒲湯　二七五
薬の日　二七五
薬玉　二七五

新茶　二七六
古茶　二七六
風炉㊂　二七六
上蔟　二七七
繭㊂　二七七
糸取　二七七
蚕蛾　二七八
袋角　二七八
松蟬　二七八
夏めく　二七九
薄暑　二七九
夏霞㊂　二七九
セル　二七九
ネル　二八〇
カーネーション　二八〇
母の日　二八〇
夏場所　二八一
芭蕉巻葉　二八一
玉巻く葛　二八一
苗売　二八一
瓜苗　二八一
胡瓜苗　二八二
瓢苗　二八二
糸瓜苗　二八二
茄子苗　二八二
茄子植う　二八二
根切虫㊂　二八三
薪能　二八三
練供養　二八四

葵祭　二八四
祭㊂　二八四
神田祭　二八六
三社祭　二八六
安居㊂　二八七
夏花㊂　二八七
夏書㊂　二八八
西祭　二八八
蟬丸忌　二八八
若楓　二八九
新樹　二八九
新緑　二八九
若葉　二八九
柿若葉　二九〇
樫若葉　二九〇
椎若葉　二九〇
樟若葉　二九〇
常磐木落葉㊂　二九〇
樫落葉　二九一
椎落葉　二九一
樟落葉　二九一
松落葉　二九一
杉落葉　二九一
夏蕨　二九一
筍　二九二
篠《すず》の子《こ》　二九二
筍飯　二九二
蕗《ふき》　二九二
藜《あかざ》㊂　二九三

——目次

蚕豆《そらまめ》　二九三
豌豆　二九三
豆飯　二九三
浜豌豆　二九四
芍薬　二九四
都草　二九四
踊子草　二九四
海芋　二九五
文字摺草　二九五
羊蹄《ぎしぎし》の花《はな》　二九五
擬宝珠　二九六
げんのしょうこ　二九六
車前草《おほばこ》の花《はな》　二九六
姫女苑　二九六
マーガレット　二九七
ラベンダー　二九七
罌粟《けし》の花《はな》　二九七
雛罌粟　二九八
罌粟坊主　二九八
鉄線花　二九八
忍冬《すひかづら》の花《はな》　二九九
野蒜の花　二九九
棕櫚の花　二九九
桐の花　二九九
朴の花　三〇〇
泰山木の花　三〇一
橡《とち》の花《はな》　三〇一
花水木　三〇一
山法師の花　三〇二
大山蓮華　三〇二
繡毬花《てまりばな》　三〇二
アカシヤの花　三〇二
金雀枝《えにしだ》　三〇二
薔薇　三〇三
茨の花　三〇三
卯の花　三〇四
卯の花腐し　三〇四
茅花流し㊂　三〇四
袋掛㊂　三〇五
海酸漿《うみほほづき》㊂　三〇五
初鰹　三〇五
蝦蛄《しやこ》㊂　三〇六
穴子㊂　三〇六
鱚《きす》㊂　三〇六
鯖㊂　三〇七
飛魚㊂　三〇七
烏賊㊂　三〇八
海亀㊂　三〇八
山女㊂　三〇八
虹鱒㊂　三〇九
棉蒔　三〇九
菜種刈　三〇九
麦　三一〇
黒穂　三一〇
麦笛　三一〇
草笛㊂　三一一
麦の秋　三一一
麦刈　三一一
麦扱　三一二
麦打　三一二
麦藁　三一二
麦藁籠　三一二
麦飯　三一二
穀象㊂　三一三
業平忌　三一三

六月

六月　三一四
皐月　三一四
杜鵑花《さつき》　三一四
花菖蒲　三一四
アイリス　三一五
グラジオラス　三一五
渓蓀《あやめ》　三一五
杜若《かきつばた》　三一六
著莪　三一六
一八　三一七
短夜㊂　三一七
競馬　三一八
競渡　三一八
花橘　三一八
蜜柑の花　三一九
朱欒《ざぼん》の花《はな》　三一九
橙の花　三一九
オリーブの花　三一九
柚の花　三一九

柿の花　三一〇
石榴の花　三一〇
栗の花　三一〇
椎の花　三一〇
楝《あふち》の花《はな》　三一一
えごの花　三一一
山梔子《くちなし》の花《はな》　三一一
南天の花　三一二
繡線菊《しもつけ》　三一二
榊の花　三一二
未央柳　三一二
紫陽花　三一三
額の花　三一三
甘茶の花　三一三
蔓手毬㊂　三一三
葵　三一四
ゼラニューム　三一四
岩菲　三一四
鋸草　三一五
蠅捕草　三一五
矢車菊　三一五
茴香《うゐきやう》の花《はな》　三一五
紅の花　三一五
十薬　三一六
鬼灯《ほほづき》の花《はな》　三一六
萱草の花　三一六
紫蘭　三一七
鈴蘭　三一七
蚊帳吊草　三一七
瓜の花　三一七
南瓜の花　三一八
西瓜の花　三一八
胡瓜の花　三一八
溝浚へ　三一八
螻蛄《けら》㊂　三一八
入梅　三一九
梅雨　三一九
五月雨　三二〇
出水　三二〇
水見舞　三二一
空梅雨　三二一
五月闇　三二二
黒南風《くろはえ》　三二二
梅雨茸　三二二
木耳《きくらげ》　三二二
黴　三二三
蒼朮を焼く　三二三
優曇華　三二四
苔の花　三二四
魚簗㊂　三二四
鰻㊂　三二五
鰌㊂　三二五
鮴《ごり》㊂　三二五
濁り鮒　三二五
亀の子　三二六
蠑螈《ゐもり》㊂　三二六
山椒魚㊂　三二六
蟹㊂　三二七
蝸牛《かたつぶり》㊂　三三七
蛞蝓《なめくぢ》㊂　三三七
蚯蚓《みみず》㊂　三三八
蟇《ひきがへる》㊂　三三八
雨蛙㊂　三三八
河鹿㊂　三三九
竹植う　三三九
豆植う　三三九
甘藷植う　三三九
粟蒔　三四〇
桑の実　三四〇
さくらんぼ　三四〇
ゆすらうめ　三四〇
李　三四一
杏子　三四一
実梅　三四一
紫蘇　三四一
辣韮《らつきやう》㊂　三四二
玉葱㊂　三四二
夏葱㊂　三四二
夏大根㊂　三四三
枇杷　三四三
楊梅《やまもも》　三四三
青柚　三四三
夏茱萸《なつぐみ》　三四四
木天蓼《またたび》　三四四
黐《もち》の花《はな》　三四四
錦木の花　三四四
燕の子　三四四

目次

鳥の子　三四四
御田植　三四五
早苗　三四五
代掻く　三四六
代田　三四六
田植　三四七
早乙女　三四七
植田　三四八
早苗饗　三四八
誘蛾灯　三四九
虫篝　三四九
火取虫㊂　三四九
藍刈　三五〇
除虫菊　三五〇
金魚草　三五〇
アマリリス　三五〇
ジギタリス　三五一
ベゴニア㊂　三五一
蛍㊂　三五一
蛍狩㊂　三五二
蛍籠㊂　三五二
水鳥の巣　三五二
浮巣　三五三
鳰の子　三五三
通し鴨㊂　三五三
軽鳧《かる》の子《こ》　三五四
田亀㊂　三五四
蛭㊂　三五四
源五郎㊂　三五四
まひ〳〵㊂　三五五
あめんぼう㊂　三五五
目高㊂　三五五
蓮の浮葉　三五六
萍《うきくさ》㊂　三五六
蓴《ぬなは》㊂　三五六
蛭《ひる》蓆《むしろ》㊂　三五七
水草の花㊂　三五七
河骨　三五七
沢瀉《おもだか》　三五八
莕《あさ》菜《ざ》　三五八
菱の花　三五八
藻の花　三五八
藻刈㊂　三五九
手長蝦㊂　三五九
田草取　三五九
草取㊂　三六〇
火串㊂　三六〇
夏の川㊂　三六〇
鮎㊂　三六一
鵜飼㊂　三六一
川狩㊂　三六二
夜振㊂　三六二
夜釣㊂　三六三
夜焚㊂　三六三
釣堀㊂　三六三
夕河岸㊂　三六三
鱝《えい》㊂　三六四
鯵㊂　三六四
いさき㊂　三六四
べら㊂　三六四
虎魚《をこぜ》㊂　三六五
鯒《こち》㊂　三六五
黒鯛㊂　三六五
鰹㊂　三六五
生節㊂　三六六
赤鱏㊂　三六六
城下鰈㊂　三六六
藺㊂　三六六
太藺㊂　三六七
藺の花　三六七
青蘆㊂　三六七
青芒㊂　三六八
真菰㊂　三六八
葭切㊂　三六八
翡翠《かはせみ》㊂　三六九
雪加㊂　三六九
糸《いと》蜻蛉《とんぼ》㊂　三六九
川蜻蛉㊂　三七〇
蜻蛉生る　三七〇
蟷螂生る　三七〇
蠅㊂　三七〇
蠅除㊂　三七一
蠅叩㊂　三七一
蠅捕器㊂　三七一
蠅《はへ》虎《とりぐも》㊂　三七一
蜘蛛㊂　三七二
蜘蛛の囲㊂　三七二

袋蜘蛛 三七三
蜘蛛の子 三七三
蚰蜒《げぢげぢ》〔三〕 三七三
油虫〔三〕 三七三
守宮《やもり》〔三〕 三七四
蟻〔三〕 三七四
羽蟻〔三〕 三七五
蟻地獄〔三〕 三七五
蠛蠓《まくなぎ》〔三〕 三七五
蚋《ぶと》〔三〕 三七六
蛆〔三〕 三七六
孑孑《ぼうふら》〔三〕 三七六
蚊〔三〕 三七六
蚤〔三〕 三七七
蚊帳〔三〕 三七七
蚊遣火〔三〕 三七八
ががんぼ〔三〕 三七九
蝙蝠〔三〕 三七九
青桐〔三〕 三八〇
葉柳〔三〕 三八〇
南風《みなみ》〔三〕 三八〇
青嵐〔三〕 三八〇
風薫る〔三〕 三八一
やませ〔三〕 三八一
鞍馬の竹伐 三八一
父の日 三八二
白夜 三八二
夏至 三八二
鮎鷹〔三〕 三八三
岩燕〔三〕 三八三
老鶯〔三〕 三八三
時鳥〔三〕 三八四
閑古鳥〔三〕 三八四
仏法僧〔三〕 三八五
筒鳥〔三〕 三八五
駒鳥〔三〕 三八五
瑠璃鳥〔三〕 三八六
青葉木菟〔三〕 三八六
夏木〔三〕 三八六
夏木立〔三〕 三八六
茂〔三〕 三八七
万緑〔三〕 三八七
緑蔭〔三〕 三八七
木下闇〔三〕 三八八
青葉〔三〕 三八八
鹿の子 三八九
夏蚕 三八九
夏桑〔三〕 三八九
尺蠖〔三〕 三八九
夏の蝶〔三〕 三八九
夏野〔三〕 三九〇
夏草〔三〕 三九〇
草矢〔三〕 三九〇
草茂る〔三〕 三九一
夏蓬〔三〕 三九一
夏薊〔三〕 三九一
草刈〔三〕 三九一
干草〔三〕 三九二
昼顔 三九二
浜昼顔 三九二
酢漿草《かたばみ》〔三〕 三九三
小判草 三九三
山牛蒡の花 三九三
人参の花 三九三
蕃椒《たうがらし》の花《はな》 三九三
茄子の花〔三〕 三九四
馬鈴薯《じやがいも》の花《はな》 三九四
木苺 三九四
苺 三九四
蛇苺 三九五
蛇〔三〕 三九五
蛇の衣 三九五
蝮蛇《まむし》〔三〕 三九六
飯匙倩《はぶ》〔三〕 三九六
蜥蜴《とかげ》〔三〕 三九六
百足虫《むかで》〔三〕 三九七
朝顔苗 三九七
青芝〔三〕 三九七
青蔦〔三〕 三九八
木斛の花 三九八
ガーベラ 三九八
サルビア 三九八
虎尾草《とらのを》 三九八
孔雀草 三九九
釣鐘草 三九九
石竹 三九九
常夏〔三〕 三九九

目次

―目次

胡瓜　四五七
胡瓜もみ　四五七
瓜漬　四五七
乾瓜　四五八
冷索麵㊂　四五八
冷麦㊂　四五八
冷し珈琲㊂　四五八
振舞水　四五八
麦茶㊂　四五八
葛水㊂　四五九
砂糖水㊂　四五九
飴湯㊂　四五九
氷水㊂　四六〇
アイスクリーム㊂　四六〇
ラムネ㊂　四六〇
ソーダ水㊂　四六一
サイダー㊂　四六一
麦酒《ビール》㊂　四六一
甘酒㊂　四六二
焼酎㊂　四六二
冷酒㊂　四六二
水羊羹㊂　四六二
心太《ところてん》㊂　四六三
葛餅㊂　四六三
葛饅頭㊂　四六三
白玉㊂　四六三
蜜豆㊂　四六四
茹小豆㊂　四六四
麨《はったい》㊂　四六四

冷奴㊂　四六四
冷汁㊂　四六五
氷餅㊂　四六五
干飯㊂　四六五
水飯　四六五
飯《めし》饐《すえ》る㊂　四六五
飯笊㊂　四六五
鮓《すし》㊂　四六六
鱧《はも》㊂　四六六
あらひ㊂　四六六
夏料理㊂　四六七
船料理㊂　四六七
水貝㊂　四六七
背越㊂　四六七
沖膾㊂　四六八
泥鰌鍋㊂　四六八
醤油造る　四六八
醤《ひしほ》造《つく》る　四六八
扇風機㊂　四六九
冷房㊂　四六九
風鈴㊂　四六九
釣忍㊂　四七〇
金魚㊂　四七〇
金魚売㊂　四七〇
金魚玉㊂　四七一
金魚藻㊂　四七一
水盤㊂　四七一
絹糸草㊂　四七一
風知草㊂　四七二

稗蒔㊂　四七二
石菖㊂　四七二
箱庭㊂　四七二
松葉牡丹　四七三
松葉菊　四七三
水遊㊂　四七三
水鉄砲㊂　四七三
水からくり㊂　四七四
浮人形㊂　四七四
水中花㊂　四七四
花氷　四七五
冷蔵庫㊂　四七五
氷室㊂　四七五
晒井㊂　四七五
閻魔詣　四七六
祇園祭　四七六
博多山笠　四七七
盛夏　四七八
朝曇　四七八
日盛　四七八
炎天　四七九
昼寝㊂　四七九
日向水　四八〇
片陰　四八一
西日　四八一
夕焼　四八一
夕凪　四八二
極暑　四八二
旱　四八三

草いきれ 四八三
田水沸く 四八三
水番 四八三
水喧嘩 四八四
日焼田 四八四
雨乞 四八五
喜雨 四八五
夏の雨 [三] 四八六
蟬 [三] 四八六
空蟬 [三] 四八六
跣《はだ》足《し》 [三] 四八七
裸 四八七
肌脱 四八七
日焼 [三] 四八八
赤潮 四八八
夏の海 [三] 四八八
夏潮 [三] 四八九
船遊 [三] 四八九
ボート [三] 四九〇
ヨット [三] 四九〇
プール 四九〇
泳ぎ 四九一
海水浴 四九一
海水著 四九一
海《くら》月《げ》 [三] 四九二
夜光虫 [三] 四九二
船虫 [三] 四九二
海女 [三] 四九三
天草取 [三] 四九三

荒布 [三] 四九四
昆布 [三] 四九四
海《ふの》蘿《り》 [三] 四九五
海《み》松《る》 [三] 四九五
浜木綿 四九五
避暑 四九五
海の日 四九六
夏休 四九七
帰省 四九七
林間学校 四九八
土用 四九八
暑中見舞 四九八
虫干 四九八
紙《し》魚《み》 四九九
梅干 五〇〇
土用浪 五〇〇
土用芽 五〇〇
土用鰻 五〇一
土用蜆 五〇一
土用灸 五〇一
定斎売 [三] 五〇一
毒消売 [三] 五〇一
暑気払ひ 五〇一
梅酒 五〇二
香薷散 五〇二
枇杷葉湯 五〇二
香水 [三] 五〇二
掛香 [三] 五〇三
天瓜粉 [三] 五〇三

桃葉湯 五〇四
汗《あせ》疹《も》 [三] 五〇四
水虫 [三] 五〇四
脚気 [三] 五〇四
暑気中り 五〇四
水中り [三] 五〇五
夏痩 [三] 五〇五
寝冷 [三] 五〇六
夏風邪 [三] 五〇六
コレラ [三] 五〇六
赤痢 [三] 五〇六
瘧《ぎやく》 [三] 五〇六
霍《くわく》乱《らん》 [三] 五〇七
日射病 五〇七
川開 五〇七
野馬追祭 五〇七
天神祭 五〇八
堺の夜市 五〇八
青柿 五〇九
青林檎 五〇九
青胡桃 五〇九
胡麻の花 五〇九
棉の花 五〇九
苧《からむし》 [三] 五一〇
滑《すべり》莧《ひゆ》 [三] 五一〇
瓢《ひさご》の花《はな》 五一〇
夕顔 五一〇
糸瓜の花 五一一
烏瓜の花 五一一

蒲㊂ 五一一
蒲の穂㊂ 五一一
布袋草 五一二
水葵 五一二
睡蓮 五一二
蓮 五一三
茗荷の子 五一三
新藷 五一四
若牛蒡 五一四
干瓢乾す 五一四
トマト 五一四
茄子 五一四
鴫焼 五一五
茄子漬 五一五
蘇鉄の花 五一五
仙人掌《さぼてん》 五一五
月下美人 五一六
ユッカ 五一六
ダリア 五一六
向日葵《ひまはり》 五一七
紅蜀葵 五一七
黄蜀葵 五一七
こてふ蘭 五一八
風蘭 五一八
石斛《せきこく》の花《はな》 五一八
縷紅草《るこうさう》 五一八
凌霄花《のうぜんくわ》 五一九
日日草 五一九
百日草 五一九
千日紅 五一九
玫瑰《はまなす》 五二〇
破れ傘 五二〇
野牡丹 五二〇
竹煮草 五二一
麒麟草 五二一
虎杖《いたどり》の花《はな》 五二一
花魁草《おいらんさう》 五二一
鷺草 五二一
えぞにう 五二二
岩煙草 五二二
岩鏡 五二二
駒草 五二二
梅鉢草 五二三
独活の花 五二三
灸花《やいとばな》 五二三
射干《ひあふぎ》 五二三
芭蕉の花 五二四
玉蜀黍《たうもろこし》の花《はな》 五二四
萱刈 五二四
藺刈 五二四
麻刈㊂ 五二五
帚木《ははきぎ》㊂ 五二五
夏萩 五二六
駒繋 五二六
沙羅の花 五二六
百日紅《さるすべり》 五二六
さびたの花 五二七
海紅豆 五二七
茉莉花㊂ 五二七
ハイビスカス 五二八
ブーゲンビレア 五二八
病葉㊂ 五二八
落し文 五二八
秋近し 五二九
夜の秋 五二九
晩夏 五三〇
佃祭 五三〇
原爆忌 五三〇

秋

八月

秋㊂ 五三三
立秋 五三四
八月 五三四
文月 五三四
初秋 五三五
桐一葉 五三五
星月夜㊂ 五三五
ねぶた 五三六
竿灯祭 五三六
硯洗 五三六
七夕 五三七
星祭 五三七
鵲《かささぎ》㊂ 五三八
天の川㊂ 五三八

梶の葉　五三九
梶鞠　五三九
中元　五四〇
生身魂　五四〇
迎鐘　五四〇
草市　五四一
苧《を》殻《がら》　五四一
真菰の馬　五四一
溝萩　五四一
門火　五四二
迎火　五四二
盂蘭盆　五四二
魂祭　五四三
霊棚　五四三
棚経　五四四
施餓鬼　五四四
墓参　五四四
灯籠　五四六
岐阜提灯　五四六
走馬灯　五四六
終戦の日　五四七
盆の月　五四八
盆狂言　五四八
踊　五四八
精霊舟　五五〇
流灯　五五〇
送火　五五〇
大文字　五五一
解夏　五五一
摂待　五五二
相撲(三)　五五二
花火　五五三
花火線香　五五四
蜩《ひぐらし》(三)　五五四
法師蟬(三)　五五四
秋の蟬(三)　五五五
残暑　五五五
秋めく　五五六
初嵐　五五六
新涼　五五六
稲妻(三)　五五六
流星(三)　五五七
芙蓉　五五七
木槿《むくげ》　五五八
臭木の花　五五八
鳳仙花　五五九
白粉の花　五五九
朝顔　五五九
弁慶草　五六〇
大文字草　五六〇
みせばや　五六〇
めはじき　五六一
西瓜　五六一
西瓜提灯　五六二
南瓜　五六二
隠元豆　五六二
藤豆　五六二
刀《なた》豆《まめ》　五六二
豇豆《ささげ》　五六三
小豆　五六三
大豆　五六三
新豆腐　五六四
大根蒔く　五六四
六斎念仏　五六四
地蔵盆　五六四
吉田の火祭　五六五
渋取(三)　五六五
韮の花　五六六
茗荷の花　五六六
鬱金の花　五六七
赤のまんま　五六七
蓼《たで》の花《はな》　五六七
溝蕎麦　五六八
水引の花　五六八
煙草の花　五六八
懸煙草(三)　五六九
カンナ　五六九
芭蕉(三)　五六九
稲の花　五六九
宗祇忌　五七〇
不知火　五七〇

九月

九月　五七一
葉月　五七一
仲秋　五七一

八朔 五七一
震災忌 五七一
風の盆 五七二
二百十日 五七二
颱風 五七二
野分 五七三
秋出水 五七三
初月 五七三
二日月 五七四
三日月 五七四
夕月夜〔三〕 五七四
秋の夜〔三〕 五七四
夜長〔三〕 五七四
秋の灯〔三〕 五七五
夜学〔三〕 五七六
夜業〔三〕 五七七
夜なべ〔三〕 五七七
俵編〔三〕 五七八
夜食〔三〕 五七八
白露 五七九
守武忌 五七九
太祇忌 五七九
西鶴忌 五七九
生姜市 五八〇
花野〔三〕 五八〇
秋草〔三〕 五八一
七草〔三〕 五八一
芒〔三〕 五八一
刈萱〔三〕 五八二
撫子 五八二
桔梗 五八二
女郎花 五八三
男郎花 五八三
藤袴 五八三
葛〔三〕 五八四
葛の花 五八四
萩 五八四
露〔三〕 五八五
虫〔三〕 五八六
虫売〔三〕 五八八
松虫〔三〕 五八八
鈴虫〔三〕 五八八
馬追〔三〕 五八九
蟋蟀《こほろぎ》〔三〕 五八九
竈馬《いとど》〔三〕 五八九
草雲雀〔三〕 五九〇
螽蟖《きりぎりす》〔三〕 五九〇
轡虫〔三〕 五九〇
鉦叩〔三〕 五九一
邯鄲〔三〕 五九一
茶立虫〔三〕 五九一
蚯蚓《みみず》鳴《な》く〔三〕 五九二
螻蛄《けら》鳴《な》く〔三〕 五九二
地虫鳴く〔三〕 五九二
蓑虫〔三〕 五九二
蟷螂〔三〕 五九三
芋虫〔三〕 五九三
放屁虫〔三〕 五九三
秋蚕 五九四
秋繭 五九四
放生会 五九四
御遷宮 五九四
敬老の日 五九五
初潮 五九五
秋の潮〔三〕 五九五
月〔三〕 五九六
待宵 五九八
名月 五九八
月見 五九九
良夜 六〇〇
無月 六〇〇
雨月 六〇一
枝豆 六〇一
芋〔三〕 六〇一
芋水車〔三〕 六〇二
衣被〔三〕 六〇二
芋茎《ずゐき》〔三〕 六〇二
十六夜 六〇二
立待月 六〇三
居待月 六〇三
臥待月 六〇三
更待月 六〇三
二十三夜 六〇四
宵闇〔三〕 六〇四
子規忌 六〇四
霧〔三〕 六〇五
蜉蝣《かげろふ》〔三〕 六〇六

うすばかげろふ ㊂　六〇七
草蜉蝣 ㊂　六〇七
蜻蛉《とんぼ》 ㊂　六〇七
秋の蝶 ㊂　六〇八
秋の蠅 ㊂　六〇九
秋の蚊 ㊂　六〇九
秋の蚊帳 ㊂　六〇九
蚊帳の別れ　六〇九
秋簾 ㊂　六一〇
秋扇 ㊂　六一〇
秋団扇 ㊂　六一一
秋日傘 ㊂　六一一
秋袷　六一一
富士の初雪　六一二
秋彼岸　六一二
秋分の日　六一二
秋遍路 ㊂　六一二
蛇穴に入る　六一三
穴まどひ　六一三
雁 ㊂　六一三
雁《がん》瘡《がさ》 ㊂　六一四
燕帰る　六一四
牡丹の根分　六一四
曼珠沙華　六一四
鶏頭 ㊂　六一五
葉鶏頭 ㊂　六一六
早稲　六一六
菜種蒔く　六一六
秋の海 ㊂　六一六

秋鯖 ㊂　六一六
太刀魚 ㊂　六一七
秋刀魚《さんま》 ㊂　六一七
鰯 ㊂　六一七
鰯引 ㊂　六一七
鰯雲 ㊂　六一八
鮭 ㊂　六一九
鱸《すずき》 ㊂　六一九
鯊《はぜ》 ㊂　六一九
鯊釣 ㊂　六二〇
根釣 ㊂　六二〇
鰍《かじか》 ㊂　六二一
菱の実　六二一
竹の実　六二二
竹の春 ㊂　六二二
竹伐る ㊂　六二二
草の花 ㊂　六二三
秋海棠　六二三
紫苑　六二三
蘭　六二四
釣舟草　六二四
松虫草　六二四
竜胆《りんだう》　六二四
鳥《とり》頭《かぶと》　六二五
富士薊　六二五
コスモス　六二五
吾《われ》亦《も》紅《かう》　六二六
真菰の花　六二六
時鳥草　六二七

狗尾草《ゑのころぐさ》 ㊂　六二七
露草　六二七
蕎麦の花　六二七
糸瓜 ㊂　六二八
瓢《ふくべ》 ㊂　六二八
鬼灯《ほほづき》 ㊂　六二八
唐辛 ㊂　六二九
秋茄子 ㊂　六二九
紫蘇の実　六三〇
生姜 ㊂　六三〇
貝割菜　六三〇
間引菜　六三〇
菜虫 ㊂　六三一
胡麻　六三一
玉蜀黍《たうもろこし》　六三一
高黍　六三二
甘蔗《さたうきび》　六三二
黍　六三二
稗　六三二
粟　六三三
桃 ㊂　六三三
梨 ㊂　六三三
葡萄 ㊂　六三四
木犀　六三四
爽やか ㊂　六三五
冷やか　六三五
秋の水 ㊂　六三六
水澄む ㊂　六三六

目次

十月

十月 六三七
長月 六三七
赤い羽根 六三七
秋の日 ㊂ 六三七
秋晴 ㊂ 六三八
秋高し ㊂ 六三八
馬肥ゆる ㊂ 六三九
秋の空 ㊂ 六三九
秋の雲 ㊂ 六四〇
秋の山 ㊂ 六四〇
秋の野 ㊂ 六四一
秋風 ㊂ 六四一
秋の声 ㊂ 六四二
秋思 ㊂ 六四二
秋の暮 ㊂ 六四三
秋の雨 ㊂ 六四三
初紅葉 六四四
薄紅葉 六四四
桜紅葉 六四四
菌《きのこ》 六四四
初茸 六四五
湿地 六四六
松茸 六四六
椎茸 六四六
茸狩 六四六
新米 六四七
焼米 六四七
新酒 六四七
古酒 六四八
濁酒 六四八
酢造る ㊂ 六四八
きりたんぽ 六四八
秋の田 六四九
稲 ㊂ 六四九
陸稲 ㊂ 六四九
中稲 六四九
浮塵子《うんか》 ㊂ 六四九
蝗《いなご》 ㊂ 六五〇
ばつた ㊂ 六五〇
稲雀 ㊂ 六五〇
案山子 ㊂ 六五一
鳴子 ㊂ 六五一
鳥威 ㊂ 六五二
添水 ㊂ 六五二
鹿垣 ㊂ 六五二
鹿火屋 ㊂ 六五三
虫送 六五三
豊年 六五三
毛見 六五三
落し水 六五四
秋の川 ㊂ 六五四
下り簗 ㊂ 六五五
落鮎 ㊂ 六五五
落鰻 ㊂ 六五五
渡り鳥 ㊂ 六五六
鷹渡る 六五六
色鳥 ㊂ 六五七
小鳥 ㊂ 六五七
鵯《ひよどり》 ㊂ 六五八
鵙《もず》 ㊂ 六五八
鶉《うづら》 ㊂ 六五八
鴫《しぎ》 ㊂ 六五九
懸巣 ㊂ 六五九
椋鳥 ㊂ 六五九
鶫《つぐみ》 ㊂ 六六〇
頬白 ㊂ 六六〇
蒿雀《あをじ》 ㊂ 六六〇
鶸《ひは》 ㊂ 六六〇
眼白 ㊂ 六六〇
山雀 ㊂ 六六一
四十雀 ㊂ 六六一
小雀 ㊂ 六六一
日雀 ㊂ 六六一
連雀 ㊂ 六六一
菊戴 ㊂ 六六二
鶺鴒 ㊂ 六六二
啄木鳥《きつつき》 ㊂ 六六二
木の実 ㊂ 六六二
林檎 六六三
石榴《ざくろ》 六六三
榠樝《くわりん》 六六四
柿 六六四
吊し柿 六六五
無花果《いちじく》 六六五

枸杞の実 六六五
茱萸《ぐみ》 六六六
榎の実 六六六
椋の実 六六六
山葡萄 六六六
蘡薁《えびづる》 六六六
通草《あけび》 六六七
郁子《むべ》 六六七
茘枝《れいし》 六六七
冬瓜 六六八
桐の実 六六八
椿の実 六六八
五倍子《ふし》 六六八
瓢《ひょん》の実《み》 六六九
山梔子《くちなし》 六六九
新松子《しんちぢり》 六六九
杉の実 六六九
山椒の実 六六九
紫式部の実 六六九
臭木の実 六七〇
藤の実 六七〇
皂角子《さいかち》 六七〇
烏瓜 六七〇
朝顔の実 六七一
数珠玉 六七一
松手入 六七一
秋祭㊂ 六七一
重陽 六七二
菊 六七二

菊供養 六七四
菊人形 六七四
菊膾 六七四
野菊 六七五
菊枕 六七五
温め酒㊂ 六七五
海贏《ばい》廻《まは》し 六七六
体育の日 六七六
運動会㊂ 六七六
去来忌 六七七
角切 六七七
牛祭 六七七
御命講 六七八
西の虚子忌 六七八
後の月 六七九
砧《きぬた》㊂ 六七九
初猟 六八〇
小鳥網 六八〇
高《たか》擌《はご》 六八一
囮 六八一
やや寒 六八一
うそ寒 六八二
肌寒 六八二
朝寒 六八二
夜寒 六八二
冷《すさ》まじ 六八三
そぞろ寒 六八三
身に入む 六八四
露寒 六八四

神嘗祭 六八四
べったら市 六八四
誓文払 六八五
夷講 六八五
牛蒡引く㊂ 六八五
落花生 六八五
馬鈴薯《じやがいも》㊂ 六八六
甘藷㊂ 六八六
自然薯《やまのいも》㊂ 六八六
薯《なが》蕷《いも》㊂ 六八七
何首烏芋㊂ 六八七
零余子《ぬかご》 六八七
薬掘る㊂ 六八八
茜掘る㊂ 六八八
千振引く㊂ 六八八
葛掘る㊂ 六八八
野老《ところ》掘《ほ》る㊂ 六八八
草棉《わた》 六八九
綿取 六八九
蕎麦 六八九
新蕎麦 六九〇
秋耕㊂ 六九〇
紫雲英《げんげ》蒔《ま》く 六九〇
蘆㊂ 六九〇
蘆の花 六九一
蘆の穂絮 六九一
蒲の穂絮 六九一
蘆刈 六九一
蘆火 六九二

目次

莪 ㊂ 六九二
萱 ㊂ 六九二
萱刈る 六九二
木賊刈る 六九三
萩刈 六九三
破芭蕉 六九三
敗荷 六九四
蓮の実飛ぶ 六九四
時代祭 六九四
火祭 六九四
年尾忌 六九五
木の実落つ 六九五
猿酒 六九六
樫の実 六九六
椎の実 六九六
まてばしひ 六九七
栗 六九七
団栗 六九八
橡《とち》の実《み》 六九八
胡桃《くるみ》 六九八
榧《かや》の実《み》 六九九
銀杏《ぎんなん》 六九九
棗《なつめ》 六九九
無患子《むくろじ》 六九九
菩提子 七〇〇
柾の実 七〇〇
檀《まゆみ》の実《み》 七〇〇
衝羽根 七〇〇
一位の実 七〇一
草の実 ㊂ 七〇一
ゐのこづち 七〇一
藪虱《やぶじらみ》 七〇一
稲刈 七〇二
刈田 七〇二
落穂 七〇三
稲架《はざ》 七〇三
稲扱 七〇四
籾 七〇四
籾磨 七〇四
新藁 七〇五
藁塚 七〇五
晩稲 七〇五
秋時雨 七〇五
露霜 七〇五
秋の霜 七〇六
冬支度 七〇六
障子洗ふ ㊂ 七〇六
障子貼る ㊂ 七〇七
七竈の実 七〇七
栴檀《せんだん》の実《み》 七〇七
櫨《はぜ》の実《み》 七〇八
櫨ちぎり 七〇八
南天の実 七〇八
梅擬 七〇八
蔓梅擬 七〇九
茨の実 七〇九
玫瑰《はまなす》の実《み》 七〇九
美男蔓 七〇九
橘 七一〇
柑子 七一〇
蜜柑 七一〇
檸檬 七一〇
橙 七一一
朱欒《ざぼん》 七一一
仏手柑 七一一
九年母 七一二
金柑 七一二
酢橘 七一二
柚子 七一二
柚味噌 七一二
万年青《おもと》の実《み》 七一三
種瓢 七一三
種茄子 七一三
種採 七一三
宗鑑忌 七一三
秋深し 七一四
冬近し 七一四
紅葉 七一四
紅葉狩 七一六
紅葉鮒 七一六
黄葉 七一六
照葉 七一六
雑木紅葉 七一七
柿紅葉 七一七
漆紅葉 七一七
櫨紅葉 七一七
銀杏黄葉 七一七

櫟《くぬぎ》黄葉《もみぢ》　七一八
白膠木《ぬるで》紅葉《もみぢ》　七一八
錦木　七一八
柞《ははそ》　七一八
蔦 [三]　七一八
蔦紅葉　七一八
草紅葉　七一九
萍《うきくさ》紅葉《もみじ》　七一九
珊瑚草　七一九
野山の錦　七二〇
紅葉且散る　七二〇
鹿 [三]　七二〇
猪 [三]　七二〇
崩れ簗　七二一
残菊　七二一
末枯　七二一
柳散る　七二三
穭《ひつぢ》　七二三
初鴨　七二三
鶴来る　七二三
行秋　七二三
暮の秋　七二三
秋惜む　七二三
文化の日　七二四

冬

十一月は巻頭にあり

十一月

冬 [三]　七二七
立冬　七二七
十一月　七二八
初冬　七二八
神無月　七二八
神の旅　七二八
神渡　七二九
神の留守　七二九
初時雨　七二九
初霜　七三〇
冬めく　七三〇
炉開　七三〇
口切　七三一
亥の子　七三一
御取越　七三二
達磨忌　七三二
十夜　七三三
酉の市　七三三
熊手　七三四
箕祭　七三四
お火焚　七三四
鞴《ふいご》祭《まつり》　七三四
苗代茱萸の花　七三五
茶の花　七三五
山茶花　七三六
柊《ひひらぎ》の花《はな》　七三六
八手の花　七三七
石蕗《つは》の花《はな》　七三七
芭蕉忌　七三八
嵐雪忌　七三八
空也忌　七三八
鉢叩　七三九
冬安居 [三]　七三九
七五三　七三九
新海苔　七四〇
棕櫚剥ぐ　七四〇
蕎麦刈　七四一
冬耕　七四一
麦蒔　七四一
大根 [三]　七四二
大根引　七四二
大根洗ふ　七四二
大根干す　七四三
切干 [三]　七四三
浅漬　七四三
沢庵漬く　七四三
茎漬 [三]　七四四
酢茎 [三]　七四四
寒竹の子　七四四
蒟蒻掘る　七四四
蓮根掘る　七四五
泥鰌掘る [三]　七四五
鷲 [三]　七四五

鷹 ㊂ 七四六
隼 ㊂ 七四六
鷹狩 ㊂ 七四七
鷹匠 ㊂ 七四七
大綿 七四七
小春 七四八
冬日和 ㊂ 七四八
冬暖 ㊂ 七四九
青写真 ㊂ 七四九
帰り花 七四九
冬紅葉 七五〇
紅葉散る 七五〇
落葉 ㊂ 七五一
銀杏落葉 七五二
柿落葉 七五三
朴落葉 七五三
枯葉 七五四
木の葉 ㊂ 七五四
木の葉髪 ㊂ 七五四
凩《こがらし》 七五五
時雨 ㊂ 七五六
冬構 七五七
北窓塞ぐ 七五七
目貼 七五八
風除 ㊂ 七五八
一茶忌 七五八
勤労感謝の日 七五九
神農祭 七五九
几董忌 七五九
報恩講 七六〇
網代 ㊂ 七六一
柴《ふし》漬《づけ》 ㊂ 七六一
竹《たっ》瓮《べ》 ㊂ 七六一
神迎 七六二

十二月

十二月 七六三
霜月 七六三
冬帝 ㊂ 七六三
短日 ㊂ 七六三
冬の日 ㊂ 七六四
冬の朝 ㊂ 七六五
冬の雲 ㊂ 七六五
冬霞 ㊂ 七六五
顔見世 七六六
冬の空 ㊂ 七六六
冬の鳥 ㊂ 七六七
冬の雁 ㊂ 七六七
梟《ふくろふ》 ㊂ 七六七
木兎《みみづく》 ㊂ 七六七
冬田 ㊂ 七六八
水鳥 ㊂ 七六八
浮寝鳥 ㊂ 七六八
鴨 ㊂ 七六九
鴛《をし》鴦《どり》 ㊂ 七七〇
鳰《かいつぶり》 ㊂ 七七〇
鶴 ㊂ 七七一
白鳥 ㊂ 七七一
初雪 ㊂ 七七二
初氷 七七二
寒さ ㊂ 七七二
冷たし ㊂ 七七三
息白し ㊂ 七七三
冬木 ㊂ 七七四
冬木立 ㊂ 七七四
枯木 ㊂ 七七四
枯木立 ㊂ 七七五
枯柳 ㊂ 七七五
枯山吹 ㊂ 七七五
枯桑 ㊂ 七七六
枯萩 ㊂ 七七六
枯芙蓉 ㊂ 七七六
枯茨 ㊂ 七七六
冬枯 ㊂ 七七七
霜枯 ㊂ 七七七
冬ざれ ㊂ 七七七
枯草 ㊂ 七七八
枯蔓 ㊂ 七七八
枯蔦 ㊂ 七七八
枯葎 ㊂ 七七九
枯尾花 ㊂ 七七九
枯蘆 ㊂ 七七九
枯蓮 ㊂ 七八〇
枯芝 ㊂ 七八〇
枯菊 ㊂ 七八一
枯芭蕉 ㊂ 七八一

冬の蜂 ㊂ 八一三
冬の蠅 ㊂ 八一四
冬籠 ㊂ 八一四
冬座敷 ㊂ 八一五
屛風 ㊂ 八一五
障子 ㊂ 八一六
炭 ㊂ 八一六
消炭 ㊂ 八一八
炭《た》団《どん》 ㊂ 八一八
炭火 ㊂ 八一八
埋火 ㊂ 八一九
炭《すみ》斗《とり》 ㊂ 八一九
炭竈 ㊂ 八二〇
炭焼 ㊂ 八二〇
炭俵 ㊂ 八二〇
炭売 ㊂ 八二一
焚火 ㊂ 八二一
榾 ㊂ 八二三
炉 ㊂ 八二三
煖房 ㊂ 八二五
ストーブ ㊂ 八二五
スチーム ㊂ 八二六
ペーチカ ㊂ 八二六
炬燵 ㊂ 八二六
助炭 ㊂ 八二七
火鉢 ㊂ 八二八
火桶 ㊂ 八二八
手焙 ㊂ 八二九
行火 ㊂ 八二九
懐炉 ㊂ 八二九
温石 ㊂ 八三〇
湯《たん》婆《ぽ》 ㊂ 八三〇
足温め ㊂ 八三〇
湯気立 ㊂ 八三一
湯ざめ ㊂ 八三一
風邪 ㊂ 八三一
咳 ㊂ 八三二
嚏《くさめ》 ㊂ 八三三
水洟 ㊂ 八三三
吸入器 ㊂ 八三三
竈猫 ㊂ 八三四
綿 ㊂ 八三四
蒲団 ㊂ 八三四
負真綿 ㊂ 八三五
衾《ふすま》 ㊂ 八三五
毛布 ㊂ 八三六
夜著 ㊂ 八三六
縕《ど》袍《てら》 ㊂ 八三六
綿入 ㊂ 八三六
紙衣 ㊂ 八三七
ちゃんちゃんこ ㊂ 八三七
ねんねこ ㊂ 八三七
厚司 ㊂ 八三八
胴著 ㊂ 八三八
毛衣 ㊂ 八三八
毛皮 ㊂ 八三八
重ね著 ㊂ 八三九
著ぶくれ ㊂ 八三九
セーター ㊂ 八三九
冬服 ㊂ 八四〇
冬帽 ㊂ 八四〇
頭巾 ㊂ 八四〇
綿帽子 ㊂ 八四一
頰被 ㊂ 八四一
耳袋 ㊂ 八四一
マスク ㊂ 八四二
襟巻 ㊂ 八四二
角巻 ㊂ 八四二
ショール ㊂ 八四三
手袋 ㊂ 八四三
マフ ㊂ 八四三
股引 ㊂ 八四三
足袋 ㊂ 八四三
外套 ㊂ 八四四
コート ㊂ 八四四
被布 ㊂ 八四五
懐手 ㊂ 八四五
日向ぼこり ㊂ 八四六
毛糸編む ㊂ 八四六
飯《お》櫃《はち》入《いれ》 ㊂ 八四七
藁仕事 ㊂ 八四七
楮《かうぞ》蒸《む》す ㊂ 八四八
紙漉 ㊂ 八四八
藺植う ㊂ 八四九
甘蔗刈 ㊂ 八四九
北風 ㊂ 八四九
空風 ㊂ 八五〇

隙間風 三 八五〇
虎落笛《もがりぶえ》 三 八五〇
鎌《かま》鼬《いたち》 三 八五一
冬凪 三 八五一
霜 三 八五一
霜夜 三 八五二
霜柱 三 八五二
霜除 三 八五三
敷松葉 三 八五三
雪囲 三 八五四
雪吊 三 八五四
藪巻 三 八五四
雁木 三 八五五
フレーム 三 八五五
冬の雨 三 八五五
霙《みぞれ》 三 八五六
霧氷 八五六
樹氷 八五六
雨氷 八五七
冬の水 三 八五七
水涸る 三 八五七
冬の川 三 八五八
池普請 三 八五八
狐火 三 八五八
火事 三 八五九
火の番 三 八五九
冬の夜 三 八六〇
冬の星 三 八六〇
冬の月 三 八六〇

冬至 八六一
柚湯 八六一
近松忌 八六二
天皇誕生日 八六二
大師講 八六二
蕪村忌 八六二
ポインセチア 八六三
クリスマス 八六三
社会鍋 八六四
師走 八六四
極月 八六五
暦売 八六五
古暦 八六六
日記買ふ 八六六
日記果つ 八六六
ボーナス 八六七
年用意 八六七
春支度 八六八
春著縫ふ 八六八
年木樵 八六八
歯《し》朶《だ》刈《かり》 八六九
注連作 八六九
年の市 八六九
羽子板市 八七〇
飾売 八七〇
門松立つ 八七〇
注連飾る 八七〇
煤払 八七一
煤籠 八七二

畳替 八七二
冬休 八七三
歳暮 八七三
札納 八七三
御用納 八七三
年忘 八七四
餅搗 八七四
餅 八七五
餅配 八七六
年の暮 八七六
節季 八七七
年の内 八七七
数へ日 八七七
行年 八七七
大年 八七八
大晦日 八七八
掛乞 八七八
掃納 八七九
晦日蕎麦 八七九
年の夜 八八〇
年越 八八〇
年取 八八〇
年守る 八八〇
年籠 八八一
除夜 八八一
除夜の鐘 八八一
索引 八八三
（音順索引）

冬

一月

冬

一日

一月

立春の前日すなわち二月三・四日までを収む

一月《いちぐわつ》《いちがつ》

一年の最初の月である。陰暦では一月を正月といっていたが、現在では正月といえば新年の意が濃い。

一月や去年の日記なほ机辺　高濱虚子
一月の旅に親しき筑紫の温泉　稲畑汀子

正月《しやうぐわつ》《しようがつ》

本来一月のことをいうが、いまでは三ケ日、または松の内を正月ということが多い。

正月や塵も落さぬ侘籠　宮部寸七翁
いそしめる正月髪の選炭婦　石橋梅園
北国の正月を待つわらべ唄　今村青魚

去年今年《こぞことし》

人々は去り行く年を惜しみ、新しい年を、希望に燃えて迎える。年が明けると昨日はすでに**去年**《こぞ》であり、今日ははや**今年**《ことし》である。そのあわただしい時の流れの中で抱く感懐をいう。新年になって、過ぎ去った年を回顧して**旧年**《きうねん》という。

学守る心にて去年今年なく　戸田河畔子
去年今年憂き世に老の耳かさず　杉原竹女
銃帯びて去年今年なき勤めかな　松岡ひでたか
去年今年貫く棒の如きもの　高濱虚子
推敲を重ぬる一句去年今年　同
会ひたしと思ふ人あり去年今年　高濱年尾
一病に負けてしがなき去年今年　同
平凡を大切に生き去年今年　稲畑汀子

新年《しんねん》

年《とし》**の始**《はじめ》をいう。**新玉**《あらたま》**の年**《とし》、**年**《とし》**改る**《あらたま》、**年立**《とした》**つ**、**新歳**《しんさい》、**年頭**《ねんとう》、**初年**《はつとし》、**年迎**《としむか》**ふ**、**年**《とし》**明**《あ》**く**などいずれも新年の意である。また陰暦では新年と春とがほぼ同時に来たので春という言葉を新年の意に用いることが多かった。そのため現在も**初春**《はつはる》、**御代**《みよ》**の春**《はる》、**明**《あけ》**の春**《はる》、**今朝**《けさ》**の春**《はる》、**老**《おい》**の春**《はる》などと使われる。

鐘ひとつ売れぬ日はなし江戸の春　其角
年立や雨落ちの石凹む迄　一茶

あら玉の春や御垣の雀にも　北元
鴉にもやる餅切や庵の春　小松月尚
子と遊び夫とかたり妻の春　河野静雲
歳明くる濤音国の四方つゝむ　長谷川素逝
老いて斯くはやされながら明の春　岩木躑躅
年寄れど娘は娘父の春　星野立子
炭斗に炭も満ちたり宿の春　松本たかし
社会部の大時計年改る　大野雑草子
年あらたなり青空を塗り替へて　蔦三郎
舌少し曲り目出度し老の春　高濱虚子
風雅とは大きな言葉老の春　同
家族みな揃はぬ年の改る　稲畑汀子

元日《ぐわんじつ》《がんじつ》　一月一日をいう。陰暦ではだいたいこの日から春になった。

元日に田ごとの日こそこひしけれ　芭蕉
元日や家に譲りの太刀佩ん　去来
元日や一系の天子不二の山　内藤鳴雪
縁側の日に酔ひにけりお元日　村上鬼城
元日や汝れが長処を喜ばん　藤田耕雪
心には医訓をおもひお元日　大見雅春
書抜を手に元日も暮れにけり　中村芝鶴
しづけさの元日ゆゑのめざめかな　下田實花
平日のごとく元日巴奈馬越す　河合いづみ
元日の富士表情を豊かにす　澄月黎明
元日の事皆非なるはじめかな　高濱虚子
元日の机辺親しむ心あり　稲畑汀子

元旦《ぐわんたん》《がんたん》　元日の朝のことである。元朝《ぐわんてう》といい歳旦《さいたん》といっても同じことであるが、感じが多少違う。

元朝や神代の事も思はるゝ　守武
元朝や船をめぐりて青海波　上ノ畑楠窓
元朝の母に仕へて正信偈　塩谷かずを
元旦やいつもの道を母の家　星野立子

初鶏《はつとり》

元朝の氷すてたり手水鉢　高濱虚子

元日の暁に聞く鶏の声である。

初鶏の百羽の鶏の主かな　池内たけし
初鶏や宇陀の古道神ながら　鈴鹿野風呂
初鶏や漸く静なる厨　浅井歌村
初鶏や動きそめたる山かづら　高濱虚子

初鴉《はつがらす》

元旦に聞き、あるいは見る鴉である。初日の昇る空に飛ぶ鴉には、ふだんとは違った趣がある。

初鴉わたる向ふに男山　田上鯨波
三熊野の神の使の初鴉　滝川如人
初鴉はや氷上に奪ふもの　原田柿青
誰も云ふ鴉山より初鴉　三ツ谷謡村
黒潮の荒磯狭しと初鴉　楓巌濤

初雀《はつすずめ》

元旦の雀である。雀躍という言葉があるように、喜びを象徴する身近な鳥として、新年の季題とされたものであろう。

初雀翅ひろげて降りにけり　村上鬼城
一羽翔ち遅れつゝ翔ち初雀　上田春水

初明り《はつあかり》

元旦、東の空がほのぼのと明るくなるのをいい、また差し込んでくる明けがたの光をもいう。

ほの〴〵と初あかりして烏帽子岩　川田十雨
修法の手跏坐にむすんで初明り　荒木東皐
僧列に会ひし石段初明り　石井華風
わが庵の即ち楠の初明り　星野立子
初明りもろ〳〵のもの浮み出づ　佐藤漾人
枕辺のもの〳〵形や初明り　鈴木洋々子
うす衣をまとひ三輪山初明り　岡本春人
夜を徹す往診なりし初明り　小島隆保
波音の改りたり初明り　高濱年尾
お城山やうやくそれと初明り　同
光るもの波となり来し初明り　稲畑汀子

初《はつ》日《ひ》

元旦の日の出である。初日を拝む風習は古くから広く行なわれている。**初日の出**《はつひので》。**初日影**《はつひかげ》。

うちはれて障子も白し初日影　鬼貫
土蔵から筋違にさす初日かな　一茶
草の戸の我に溢る丶初日かな　五百木飄亭
巌頭に已に人をり初日の出　石田敬二
初日影裏富士雪を新たにす　勝俣明翠
石庭の石それ〴〵の初日影　松本穣葉子
国原にあまねく初日とゞきけり　稲岡長
大濤にをどり現れ初日の出　高濱虚子

初《はつ》空《ぞら》

元旦の大空をいう。おおらかでめでたい気分がする。**初御空**《はつみそら》ともいう。**初東雲**《はつしののめ》は元旦の夜明けの空、**初茜**《はつあかね》は初日の出る直前の茜色をした東の空。

初空や船なき海に日の出る　百池
初御空八咫の鴉は東へ　皿井旭川
山相も林相もよし初茜　鹽田月史
初空や大悪人虚子の頭上に　高濱虚子
初空にうかみし富士の美まし国　同
初空へなほ伸びゆける樟大樹　稲畑汀子

初富士《はつふじ》

元日に望み見る富士山のこと。富士は古来日本を表徴する山とされているので、新年に改まった心でこれを仰ぎ見ると、身も浄められる思いになる。

初富士を隠さふべしや深庇　阿波野青畝
初富士をさへぎるもの丶なかりけり　片岡奈王
初富士や起しある田の二三枚　川村凡平
初富士の全容を置く籬かな　北野里波亭
瑞祥のごとく初富士現れし　手塚基子
そばだてるもの初富士となりゆけり　坊城俊樹
初富士や双親草の庵にあり　高濱虚子
初富士は枯木林をぬきん出たり　高濱年尾

初《はつ》凪《なぎ》

元日、風もなく海の凪ぎ渡ったことをいう。

初凪や千鳥にまじる石たゝき　島村はじめ
初凪や神の鹿島へ手押船　波多野晋平
初凪の艪櫂かつぎて舸子の妻　石田ゆき緒
初凪の潮目境を見せてをり　湯浅桃邑
初凪に空とけ込んでゆきにけり　荒川ともゑ
初凪や大きな浪のときに来る　高濱虚子
初凪の浜に来て玉を拾はんと　同
朝の間の初凪とこそ思はるゝ　高濱年尾

御降《おさがり》

元日に降る雨で、雪にもいう。また三ケ日の間に降る場合にも使う。

御降や灯りあひゐて神仏　宮崎草餅
御降に軒を伝うて楽屋入　木村重好
お降の虹も神慮と詣でけり　城萍花
御降や昼を絶やさぬお灯明　篠塚しげる
お降に草の庵の朝寝かな　高濱虚子
お降のすぐ止むことのめでたさよ　稲畑汀子

若水《わかみづ》《わかみず》

元旦に汲《く》む水をいう。古くは立春の朝汲む水のことであった。**若井《わかゐ》**。

若水を大俎に流しけり　合田丁字路
若水の釣瓶に溢れつゝ汲めり　笹野寿盛
背戸の星ふりかむりつゝ若井汲む　衣川志水
父在すごと筆洗に若水を　川端紀美子
閼伽桶に若水満たしありにけり　西澤信生
若水や妹早くおきてもやひ井戸　高濱虚子

初手水《はつてうづ》《はつちようず》

元日の朝、新しく汲み上げた若水で手や顔を洗うことをいう。年改まったすがすがしい気分になる。

暁天の黄や紫や初手水　松毬路
大滝の末の流れの初手水　泉東江
暁闇に威儀上堂の初手水　松田空如

初景色《はつげしき》

元日の四方の景色をいう。風光明媚な地に限らず、日ごろ見慣れた景もどことなく改まり吉祥の気に満ちて目に映るものである。

オホーツクの常なる時化も初景色　長尾岬月
船いくつ数へて瀬戸の初景色　越智麦州
大荒の海もめでたし初景色　本間蕪石
見えぬ富士そこに在して初景色　谷口和子
富士のある国に生れて初景色　木村享史
街騒の消ゆる東京初景色　河野美奇
まだ空に星の残れる初景色　川口利夫
一年の闇脱ぎ捨てて初景色　湖東紀子
富士一つ太陽一つ初景色　須藤常央
街中が洗はれてをり初景色　相沢文子

淑気《しゆくき》　新年に満ちる厳かでめでたい気配のこと。元来は漢詩に用いられた言葉で、新春らしい気分である。

言葉みなあらたまりをり淑気満つ　岡安仁義
富士はまだ闇の中なる淑気かな　木村享史
手を打つて決まる取引淑気満つ　柴原保佳
居住まひを淑気の中に正しけり　藤森荘吉
塗椀に黒光りする淑気かな　今井肖子
一筋の道の淑気を踏みゆける　木暮陶句郎
淑気満つ幾百万の祈りかな　小川笙力
都会にも静寂のありて淑気かな　誉田文香
見なれたる庭あらたまり淑気かな　稲畑汀子

乗初《のりぞめ》　新年になって初めて電車、自動車、飛行機、汽船などの乗りものに乗ることをいう。**初電車**《はつでんしゃ》。**初列車**《はつれつしゃ》。

乗初や豊旗雲を打仰ぎ　硯古亭
浪音の由比ケ浜より初電車　高濱虚子
乗初の運転席に常の如　稲畑汀子

白朮詣《をけらまゐり》《おけらまいり》　元日、京都祇園の八坂神社で祇園削掛の神事が行なわれる。**白朮祭**《をけらまつり》ともいい、そこへ大晦日の深夜から元旦にかけてお詣りすることをいうのである。神事は檜から鑽《き》り出した火を社殿に立てた**削掛**《けづりかけ》に移し、薬草

白朮詣

の白朮を加え、その火で新年の供物を調えるのである。参詣人はその火を吉兆縄に移し、消えないように家に持ち帰り、雑煮を炊く火種とする。参詣帰りの人々が火縄をぐるぐると回しながら行き交う中に京の街は新年を迎える。昔は邪気の祓といって、参詣の途中互いに悪口雑言を飛ばし合ったという。**白朮火**《をけらび》。**火縄売**《ひなはうり》。

媾をつれてをけら詣や宵の口　田畑三千女
万亭の塀に並びて火縄売　佐々木紅春
まはさねばきゆる白朮火まはしつゝ　井上治憧
円山の暗きに一人火縄売　谷口八星
白朮火の風にみだれし焔かな　田村ふみよ

初《はつ》《はつ》詣《まうで》《もうで》

年が明けて神社仏閣に詣でることである。有名な神社や寺院では、除夜の鐘が鳴り出すとともに夜を徹して参詣する人々で雑踏する。

初詣道の真中を行く楽し　池内友次郎
拝殿の闇おごそかや初詣　上野青逸
随身の美男に見ゆ初詣　竹下しづの女
自ら定まる心初詣　高木餅花
人波に吾子さしあげ初詣　爲成菖蒲園
海神に捧ぐる櫂や初詣　北山新樹
兀として男山あり初詣　富岡犀川
道順は変ることなき初詣　川上潺々
人つゞく方に末社の初詣　日原方舟
厨子暗く祖師在します初詣　永井賓水
ひろまへに志賀の湖あり初詣　久米幸叢
船寄せて島の宮居へ初詣　浅海津舟
君も我も明治の生れ初詣　星野立子
新しき日のなか歩く初詣　千原草之
松籟の高き札所へ初詣　上﨑暮潮
仲見世はあとの楽しみ初詣　今井つる女
山の辺の道少しゆく初詣　山内年日子
戦火なき世のとはにあれ初詣　上田正久日
神慮いま鳩をたゝしむ初詣　高濱虚子

願ぎ事はもとより一つ初詣　高濱虚子
土器に浸みゆく神酒や初詣　高濱年尾

破魔弓《はまゆみ》　昔、縄で円座のような的《まと》を作り、これを射て遊ぶ正月の遊戯があった。この的を「ハマ」といったのでこの弓を「はま弓」、この矢を「はま矢」といった。のち、この弓矢を飾りとして男児の初正月に贈り、その武運長久を祈ったという。京都石清水八幡宮、鎌倉鶴岡八幡宮などで授与される破魔矢は、義家が石清水八幡宮の神宝の矢を受け、陣中の守り矢としたものに由来し、現在は初詣の人々に厄除のお守りとして授けられる。**破魔矢《はまや》**。

立ち並ぶ破魔矢の店や男山　木犀
あだ守る筑紫の破魔矢うけに来し　杉田久女
今年また破魔矢を挿して壺古りぬ　吉屋信子
神山に近く住みなし破魔矢受く　山口白甫
みくじ吉破魔矢に結び帰りけり　藤松遊子
子に破魔矢持たせて抱きあげにけり　星野立子
一本の破魔矢受けたり軽きかな　稀音家塔九
いつ帰り来しや破魔矢は卓の上　今井千鶴子
バス揺れるたびに破魔矢の鈴が鳴り　松本穣葉子
たてかけてあたりものなき破魔矢かな　高濱虚子
一壺あり破魔矢をさすにところを得　同
破魔矢受けし第一番の男かな　高濱年尾
わが門に戻りつきたる破魔矢かな　同

初諷経《はつふぎん》　新年初めての仏前での読経である。諷経は看経《かんきん》に対する言葉で、声を出して経文を読むことをいう。

初諷経はや参詣のありにけり　西澤さち女
娑婆の縁尽きかかりしに初諷経　宗像佛手柑

歳徳神《としとくじん》　年の初めに祀る神のことで、陰陽道では**歳徳《としとく》**とも**年《とし》神《がみ》**ともいう。この神のいる方角を恵方といい、そちらへ向けて**恵方棚《ゑはうだな》**、**年棚《としだな》**と呼ばれるものを設け鏡餅、神酒などを供え祀る風習がある。

歳徳や土かはらけの御灯明　西山泊雲

恵方詣《ゑはうまゐり》《えほうまいり》
年により吉兆を示す方向がある。その方向を恵方《ゑはう》という。新年、この方向にあたる神社や仏閣に参詣することである。

荒磯の岩も祭りて恵方かな　朱人
恵方より波のよせくる渚かな　江川風史
我が杖の赴くまゝに恵方みち　緒方句狂
満潮に舟漕ぐ恵方詣かな　鬼頭青苑
時じくの虹が行手に恵方みち　末次越泉
大富士を恵方としたる道太し　加藤晴子
老い給ふ母許の道恵方とす　岩内萩女
万歳のうしろ姿も恵方道　高濱虚子
恵方とはこの路をたゞ進むこと　同

七福神詣《しちふくじんまゐり》《しちふくじんまいり》
松の内、七福神の社寺を巡拝して、その年の開運を祈ることである。恵比須、大黒、福禄寿、弁天、毘沙門、寿老人、布袋の七神で、民間の信仰はなかなか厚い。東京では向島、谷中、山手をはじめ各地でもまた盛んである。**七福詣《しちふくまゐり》**。**福神詣《ふくじんまゐり》**。

七福神詣り納めは布袋さん　田畑三千女
七福神めぐり詣でて日暮れけり　藤松遊子
三囲を抜けて福神詣かな　高濱虚子

延寿祭《えんじゆさい》
一月一日、奈良県橿原神宮で行なわれた神事。皇室の弥栄《いやさか》と国民の延寿幸福を祈願した。参拝者のうち六十歳以上の高齢者には延寿盃を、また一般参拝の人々には延寿箸を授けたが、現在は行なわれていないという。

神の琴べろん〳〵と延寿祭　鳩十
並べ置く控への琴や延寿祭　中山万沙美

四方拝《しはうはい》《しほうはい》
元旦、天皇が神嘉殿にお出ましになり、皇大神宮、豊受大神宮、天地四方、山陵を遥拝され、五穀豊穣と平和を祈願される儀式である。

四方拝禁裡の垣ぞ拝まるゝ　松瀬青々

朝賀《てうが》《ちようが》
かつて年頭に天皇が諸臣の年賀を受けられる儀式のことを朝賀といい、拝謁は拝賀、記帳は参賀といった。現在は新年祝賀の儀といい、一日は大臣、大使などに拝謁を賜り、二日は一般国民が二重橋を渡り参賀《さんが》することができる。この日、天皇御一家は長和殿のベランダにお出ましになり東庭の参賀者に答礼される。

二重橋に暫し止りし参賀かな　衣　沙桜

年《ねん》賀《が》　元日より三ケ日、親戚、知人、友人などを訪問して新年の挨拶を述べることをいう。**年始《ねんし》**。**年礼《ねんれい》**。**廻《くわい》礼《れい》**。

衣裳著て楽屋の中の年賀かな　坂東みの介
父子揃ひまづ家元へ御年始に　佐野、石
土地言葉や、耳馴れし年賀かな　矢津典子
廻礼の父のなか〳〵帰らざる　北河左門
窯焚きの古袴して年賀かな　百田一渓
年始にも老の一徹見られけり　高濱虚子
白鷺の舞ひ降りて来し年賀かな　稲畑汀子

御《ぎよ》慶《けい》　新年になって交わす祝いの言葉である。

威儀の沙弥一文字に坐し御慶かな　獅子谷如是
分別の齢の御慶なめらかに　上西左兌子
大原女八瀬男に御慶申すべく　高濱虚子

礼《れい》者《じや》　新年、訪問して祝いの言葉を述べる賀客《がきやく》をいう。門口で祝詞を述べるのを**門礼《かどれい》**といい、その人を**門礼《かどれい》者《じや》**という。

玄関の清浄として賀客なく　島村茂雄
門礼や一社の禰宜の打ち揃ひ　富岡九江
書屋まで庭石伝ひ賀客来る　物種鴻兩
慇懃にいと古風なる礼者かな　高濱虚子
慣ひなる第一番の賀客かな　高濱年尾

礼《れい》受《うけ》　年賀の客を玄関に迎えて、その祝詞を受けること。また受ける人をいう。

礼受や奥に華やぐ声のあり　小幡九龍
礼受といふぢつとゐるだけの役　堀前小木菟

礼受の人恥しや筒井筒　高濱虚子

名刺受《めいしうけ》　三ケ日、年賀客の名刺を受ける折敷《おしき》、三方などを玄関に置く。また古くは礼者の署名を求める**礼帳**《れいちやう》を置くこともあった。

大徳寺庫裏深々と名刺受　山口誓子

礼帳におどけたる句を書かれけり　高濱虚子

年玉《としだま》　年頭にあたっての贈りもの。年賀に持参する手拭、半紙などもいう。現在、一般に**お年玉**《としだま》といえば子供らに与える金銭や品物をさすことが多い。**年贄**《としだま》とも書く。

年玉や父の世よりの女弟子　幸喜美

お使ひの口上上手お年玉　星野立子

お年玉目当の子等と気附くまで　楓巌濤

老納に鰤一本の御年玉　森永杉洞

望みゐし扇子役へ年玉に　片岡我當

年玉の十にあまりし手毬かな　高濱虚子

賀状《がじやう》《がじよう》　年頭、**年賀状**《ねんがじやう》を交わし合う。元日の朝、配達される賀状には版画あり、写真入りあり、詩歌入りありなど、なかなか楽しいものである。

ねこに来る賀状や猫のくすしより　久保より江

賀状書くうすき縁となりにけり　岡部十糸女

賀状見て新聞を見て小半日　長蘆葉愁

失名の賀状の主とわかるまで　柴田柏花

末の子に一枚だけの賀状来る　永森ケイ子

年賀状だけのえにしもいつか切れ　稲畑汀子

初便《はつだより》　新年初めての便りである。賀状とはやや異なるが、おのずと新春を祝う文面もあろう。

老兄の候文の初便　渡利渡鳥

初便在東京とあるばかり　田中季春

宮様の菊の御紋の初便　平田縫子

故郷の母と姉との初便　高濱虚子

初電話《はつでんわ》　新年、初めての電話のことである。お互いにお祝いを述べ、無事に年を迎えた消息を伝え合う。離れ住む親子、兄弟姉妹などごく親しい間柄に交わされることが多い。

ブラジルは日本の裏よ初電話　長尾修
たらちねの声を聞かまく初電話　星野立子
初電話母臨終のことをきく　多田香也子
無事帰任せし夫よりの初電話　本郷桂子

初暦《はつごよみ》

新年の暦である。年改まって新しい暦に対すると、これからの月日への期待と感慨が湧いて来るものである。

初暦掛けて俳諧書屋かな　高林蘇城
古壁にまた一年や初暦　平赤絵
未知の日々神に委ねる初暦　景山筍吉
初暦頼みもかけず掛けにけり　高濱虚子
幸せの待ち居る如く初暦　稲畑汀子

初刷《はつずり》

新年になって初めての印刷物をいうが、その代表は元日の新聞であろう。真新しいインクの匂いは、最も初刷という感じが強い。

初刷や動き出したる輪転機　武石佐海
輪転機止みぬ初刷了りけむ　梶田福女
初刷の眼にしみにほひ鼻にしむ　畠中じゅん

初竈《はつかまど》

新年、初めて雑煮の用意などにかまどに火を入れることをいう。京都では、八坂神社の白朮詣《おけらまいり》の火種をいただいて来て、元日のかまどを焚《た》く家もある。焚初《たきぞめ》。

音たてゝ燃えあがりけり初かまど　ハナ女
神の火をうつして焚きぬ初竈　池森葩蜂
初竈燃えて大土間波うてる　竹中草亭
一の火は神に二の火は初竈　山口諫江
初かまどくりや一ぱいけむらして　能美ゆり子
煙突のよく引く音の初竈　溝口野火
老いし婢を母の如くに初竈　川上明女
火の神を祀るも律儀初竈　石山佇牛

大服《おほぶく》《おおぶく》

元日、若水をもって茶を点《た》て、梅干、山椒、結昆布などを入れ、一家揃って飲む。年賀客にも茶に代えてこれをもてなす。大福《おほぶく》。福茶《ふくちや》。

大服やお末も祝ひ侍んべりて　小松月尚
一袋買ひて即ち福茶とす　田中子杏
大服を心得顔に服したる　京極昭子
福茶受け旅の心の落著きぬ　京極高忠
大服をたゞたぶ〳〵と召されしか　高濱虚子

屠蘇《とそ》

新年に、白朮《びやくじゆつ》、肉桂、防風、山椒、桔梗などを調合して入れた三角形の袋を酒または味醂に入れて酌《く》む。正月にこれを酌めば一年の邪気を祓うものとされている。

屠蘇つげよ菊の御紋のうかむまで　本田あふひ
看護婦もわが家の家族屠蘇の膳　市村不先
我に過去君には未来屠蘇を酌む　亮木滄浪
山行きの荷を携へて屠蘇の座に　岩垣子鹿
老朽ちし妻をあはれみ屠蘇を酌む　高濱虚子

年酒《ねんしゆ》

一家族が揃って屠蘇を酌《く》み新年を寿ぐ。また、年賀の客にお節料理などを出し、一献をすすめる。これを年酒という。

嫗出て年酒の相手仕る　坂井魯郎
乗務より帰り年酒を一人酌む　野崎夢放

雑煮《ざふに》《ぞうに》

魚介、鳥肉、野菜など、海山のものに餅を入れた汁で、三ケ日毎朝これを神仏に供え、一家揃って食べて新年を祝う。昔、年越の夜に神を迎えて行なった祭の供物を新年にわかち食べた儀式から習慣になったという。地方により家によってお国ぶりの独特な作り方があるが、関西の味噌仕立てと関東のすまし汁仕立てに大別され、餅も湯で煮る、焼くなどさまざまである。幼いころから食べ馴れた雑煮の味は、いつの間にか身についていて、年々になつかしいものである。

正月も二十日に成て雑煮かな　嵐雪
長病の今年も参る雑煮かな　正岡子規
織子らにふるさと遠き雑煮かな　有本銘仙
アメリカに老いて悔なき雑煮餅　小田華泉
囚徒には一膳のみの雑煮かな　松岡ひでたか

ゆるぎなき柱の下の雑煮かな　高濱虚子
揃ひたる家族九人の雑煮かな　稲畑汀子

太《ふと》箸《ばし》

新年の食膳に用いる白木の太い箸である。折れることを忌み、多くは柳で作る。**柳箸《やなぎばし》**。**箸紙《はしがみ》**は太箸を入れる紙製の祝箸袋である。

太箸をいたゞいて置く内儀かな　卯七
箸紙を書く墨を磨るしづ心　山田菜々尾
太箸をそへてかげ膳ありにけり　松岡君子
太箸のたゞ太々とありぬべし　高濱虚子
箸紙に書き終へし名の並びけり　稲畑汀子

歯《は》固《がため》

歯固とは正月の三ケ日に硬いものを食べて歯の根を固め、齢を固めるの意である。餅を主として猪、鹿、押鮎、大根など海山のものを添えて食べ長命を願う。

歯固めに杖のへるこそめでたけれ　北枝
歯固や年歯とも言ひ習はせり　高濱虚子

食《くひ》《くい》積《つみ》《つみ》

食べ物を積んでおくという意味で、正月用として、あらかじめ作った料理を重詰《ぢゆうづめ》にしておくことをいう。

ほつ〳〵と喰摘あらす夫婦かな　嵐雪
食積の片寄り減りて残るもの　春山他石
食積の献立に母偲びつゝ　荻江寿友
喰積にとき〴〵動く老の箸　高濱虚子

ごまめ

片口鰯の幼魚を素干しにしたもので、ふつう焙烙《ほうろく》で炒り、砂糖、醤油でからめ煮て仕上げる。祝い膳に添え、正月料理には欠かせない。**田作《たつくり》**ともいうのは昔、田の肥料にしたところからの呼び名で、武家では**小殿原《ことのばら》**とも呼んだ。

病妻の箸を進めしごまめかな　松本巨草

数《かず》の子《こ》

鰊《にしん》の子を乾燥、または塩漬にしたもの。おびただしい数の子を持っているので、子孫繁栄の縁起から正月には欠かせない肴である。

数の子に鶯鳴きの銚子かな　行々子
歯ごたへも亦数の子の味とこそ　稲畑汀子

切山椒《きりざんせう》《きりざんしょう》　米の粉に粉山椒と砂糖をまぜて搗《つ》いた菓子餅で、細長く切ってある。白、薄緑、薄紅などの色がついていて、山椒の香りが好まれる。

もゝ色の袋に入りて切山椒　下田實花

茶の間にて用済む仲や切山椒　大久保橙青

門松《かどまつ》　新年にあたり、長寿を祝って一対の門松を立てる。町並に門松が立っているのは、いかにも正月らしい改まった気分である。**松飾**《まつかざり》。**竹飾**《たけかざり》。

とかくして松一対のあしたかな　移竹

折てさす是も門松にて候　一茶

日本を離るゝ船や松飾　井本乞合

松飾りをるはやつぱり日本人　辻井卜童

門松や我にうかりし人の門　高濱虚子

飾《かざり》　新年のいろいろの飾りである。地方や家々によって違うが、門、玄関、床の間をはじめ各部屋、また家具類、自転車、乗用車などに飾り、改まった年の無事を願う。現在では輪《わ》飾《かざり》が一般的であるが、注連《しめ》、鏡餅に添えて海老《えび》、橙、蜜柑、串柿、歯朶《しだ》、野老《ところ》、穂俵、昆布などを飾る。**お飾**《かざり》。**飾海老**《かざりえび》。

輪飾を掛けて休める機械かな　けいほ

輪飾を掛けし其他はすべて略　松本たかし

波の間に見えて生簀の飾かな　岡田耿陽

輪飾や洗ひ細りし店格子　植松冬嶺星

飾かけ厨黒板ぬぐはれて　五十嵐播水

ころげ出てどの輪飾の橙か　松岡伊佐緒

浜宿の床に過ぎたる飾海老　山崎雪嶺

輪飾の少しゆがみて日出度けれ　高濱虚子

注連飾《しめかざり》　新年にあたって飾る注連縄である。しめは縄を左に縒《よ》り、その端をそろえないものである。左は清浄、端をそろえないのは素直を意味する。玄関や神前などに飾るのは不浄を祓う意味である。

客室を一戸と見立て注連飾る　合田丁字路

注連飾して鯨揚ぐ大轆轤　沖一風

煙筒に注連飾して　川蒸汽　高濱虚子

飾臼《かざりうす》　農家では臼は大切な用具であるので、新年には注連《しめ》を張り、鏡餅を供えたりしてこれを飾る。**臼飾**《うすかざ》**る**。

鶏のとびあがりたる飾臼　五十嵐渡河

百姓のわれにて終る飾臼　牛尾緑雨

鏡餅《かがみもち》　大小の丸餅を重ねたもので、正月の家の床の間に飾り、神仏に供える。単に**御鏡**《おかがみ》ともいう。

鏡餅母在して猶父恋し　暁台

一中のお家がらなり鏡餅　中村吉右衛門

裁台に針娘等よりの鏡餅　溝越春甫

鏡餅本尊諸仏諸菩薩に　山口笙堂

一と筵大小鏡餅並ぶ　瀧澤鶯衣

蓬萊《ほうらい》　新年を祝う飾物。渤海の東方にある三神山の一つ、蓬萊山を象《かたど》ったものである。三方に松竹梅を立て、楪《ゆずりは》、歯朶《しだ》を敷き、これに白米、熨斗《のし》、昆布、橙、榧《かや》、穂俵、かち栗、串柿、野老《ところ》、海老《えび》など、山、海、野のくさぐさを飾り盛ったもの。これは主として近畿一帯の風習で、**掛蓬萊**《かけほうらい》は床の間の壁などに掛け下げた蓬萊の飾りのことである。

掛蓬萊

蓬萊に聞ばや伊勢の初便　芭蕉

蓬萊の麓へ通ふ鼠かな　鬼貫

蓑一枚笠一箇、蓑は房州の雨にそぼち笠は川越の風にされたるを床の間にうや〳〵しく飾りて

蓑笠を蓬萊にして草の庵　正岡子規

禰宜作る掛蓬萊を氏子待つ　赤坂倭文子

蓬萊に徐福と申す鼠かな　高濱虚子

歯朶《しだ》　葉はぜんまいに似て、わが国暖地の山野に多く自生している。正月に飾るのは、常緑のまま繁栄し、また歯は齢に通じ、朶は延べる、つまり長寿を祈る意味がこめられているからという。餅に敷き、膳に敷き、飾りに結ばれる。**山**《やま》**草**《くさ》、**穂長**《ほなが》、**裏白**《うらじろ》、**諸向**《もろむき》などの名がある。

神の灯に焦げたる歯朶の葉先かな　ながし
飾り歯朶取りに行かれぬほどの雪　松田水石
歯朶勝の三方置くや草の宿　高濱虚子

楪《ゆづりは》《ゆずりは》　高さ四〜一〇メートルに及ぶ常緑高木で、つやのある細長い葉に紅の葉柄がついている。この木は新しい葉が生い整ってはじめて古い葉が落ちるので、譲葉または親子草と呼ばれ、それにあやかるように新年の飾りにも用いる。

楪の茎も紅さすあしたかな　園女
楪の青くて歯朶のからびたる　池内たけし
楪の赤き筋こそにじみたれ　高濱虚子

野老《ところ》　自然薯《やまのいも》の種類で山野に多く、零余子《ぬかご》を生じないものである。根茎を食用にするところもあるが苦く硬い。その長い鬚根を老人のひげに見立てて長寿を祝う心持で正月の飾りに用いる。**萆薢**《ところ》。

われともに三幅対や海老ところ　圃什
位して翁姿の野老哉　安玉

穂俵《ほだはら》《ほだわら》　各地沿岸の海中に生える二、三メートルの褐色の海藻である。乾かすと鮮緑色となり、これを米俵のように束ねて正月の飾りに用いる。古名を**なのりそ**という。**ほんだはら**。

穂俵の波にもつれてかたまりぬ　康々
ほんだはら波の残してゆきしもの　水田千代子
ほんだはら引きずつて波静なり　岡村浩村

穂俵

福寿草《ふくじゆさう》《ふくじゆそう》　野生のものは春に咲くが、その名の持つ縁起から新年の花とされ、今日では盆栽として正月用に栽培するようになった。小さいがふくよかな豊かな感じのする黄色い花である。朝開き夕べに閉じる。元日草の名もある。

朝日さす弓師が店や福寿草　蕪村
ふたもとはかたき蕾や福寿草　召波
福寿草咲いて筆硯多祥かな　村上鬼城
土の香のはなはだ強し福寿草　吉岡秋帆影

福寿草舳に置いて泊り舟　高山利根
寿の一字を立てゝ福寿草　小松崎転石
黄は日射し集むる色や福寿草　藤松遊子
何もなき床に置きけり福寿草　高濱虚子
福寿草日を一ぱいに含みたる　高濱年尾
地の果に咲きほほけゐし福寿草　稲畑汀子

福藁《ふくわら》

新年、門口や庭などに藁を敷くのをいう。不浄を除くためとも、年賀客の送迎のためともいわれる。

福藁や塵さへ今朝のうつくしき　千代尼

春著《はるぎ》

新春に着る晴れ着。春着を着て紅などさしてもらった幼児や、若い女性たちの春着姿は正月らしい華やかな風情である。

引流す桜ちらしの春著かな　佐野丶石
たたふ紙こぼれて紅き春著かな　上林まさ女
美しき老の春著と敬ひぬ　星野立子
春著きて十人並の娘かな　中村七三郎
春著きてわれも下町育ちなり　富岡よし子
逢ひ状の昔は知らず春著の妓　田上一蕉子
紫の春著の似合ふ娘に育ち　岩男微笑
春著きせ女つくられゆきにけり　塙告冬
春著の妓右の袂に左の手　高濱虚子
既に座にある春著の妓ふり向きし　高濱年尾
春著著て身の置きどころなき如く　稲畑汀子
春著著し母の外出に目ざとき子　同

手毬《てまり》

女の子の正月の遊び道具。昔の手毬は美しい色糸を綾にかがったものであったが、いまでは飾物として残っているばかりで、毬つき遊びには専らゴム毬が用いられている。手毬唄《てまりうた》には、昔ながらの唄も多く残っている。手毬《てまり》つき。

人のつく手毬次第にさびしけれ　中村汀女
つく手毬つかぬ手毬と両脇に　中村七三郎
手毬唄坊主づくしはにぎやかに　河野静雲
手毬つく門出るでなく入るでなく　千原草之

唄のなき手毬つきして根室の子　大島早苗
手毬唄歌ひつきつゝ終りなく　特留菖堂
一人つき二人が唄ふ手まりかな　安達つかさ
唄切れて手毬つく音つゞきをり　中田はな
それたがる手毬に機嫌ありにけり　内藤悦子
手毬唄かなしきことをうつくしく　高濱虚子

独楽《こま》

正月の男の子の玩具である。紐で回し、回る時間の長さを競ったり、ぶつけあって勝負を争ったりする。童謡にも歌われているとおり、昔は凧あげとともに代表的な子供の遊びであった。地方によっては、いろいろな形や色彩のものがある。

勝独楽を掌に移しなほ余力あり　川村敏夫
独楽競ふ子に境内の暮色かな　坂口麻呂
空気引きしぼりて独楽の廻り澄む　嶋田一歩
掌に独楽の回転移りたる　豊田淳応

碧梧桐とはよく親しみよく争ひたり
たとふれば独楽のはじける如くなり　高濱虚子

追羽子《おひばね》《おいばね》

手毬つきなどとともに正月の女の子の遊びで、風のない穏やかな日に二人で羽子《はね》をつき合うのである。**遣羽子《やりはね》**。ひとりで数をかぞえながら**羽子《はね》つき**をすることもある。**揚羽子《あげはね》**。**逸羽子《それはね》**。**懸羽子《かかりはね》**。羽子は「はご」ともいう。昔、子供が蚊に食われないまじないとして、蜻蛉にかたどって**つくばね**（胡鬼《こぎ》ともいう、低木の名）の実に羽根をつけ、**胡鬼《こぎ》の子《こ》**と名付けて板でついて遊んだ。これが羽子のはじまりである。

あら手きて羽子つき上し軒端かな　太祇
つく羽根の松にかくれて音すなり　皿井旭川
面白し雨の如くに羽子の音　鈴木花蓑
追羽子の色引き合へる御空かな　服部翠生
追羽子の流るゝ色を打ちかへし　黒見井蛙
山の子の羽子をつきゐる独りかな　由水しげる
追羽子の片や男となりし音　池内慶一
家々の甍の波や羽子日和　上野泰

今し方聞えてをりし羽子の音　池内たけし
羽子をつく春日の巫女と茶屋女　平井一途
遣羽子をよけて通りて深廂　山室青芝
島に風あれば追羽子つまらなく　宮田蕪春
東山静かに羽子の舞ひ落ちぬ　高濱虚子
やり羽子や油のやうな京言葉　同
門半ば開けあり羽子の人出入り　高濱年尾

羽子板《はごいた》

古くは胡鬼（つくばね）の木の実で作った羽子をついたので、**胡鬼板《こぎいた》**ともいった。押絵や描き絵をつけたのは江戸時代からで、役者の似顔絵が多く華やかになった。単に座敷に置いて飾りとする大きな**飾羽子板《かざりはごいた》**もある。

羽子板の重きが嬉し突かで立つ　長谷川かな女
羽子板をもつておちよぼのつかひかな　田畑三千女
看板の大羽子板の歌右衛門　中村吉右衛門
羽子板を買ふ子気移りばかりして　蘆田富代
羽子板を口にあてつゝ人を呼ぶ　高濱虚子

福引《ふくびき》

もともとは正月の餅を二人で引き合い、その取った餅の多少によってその年の禍福を占った。のち、何本かの細い縄の束の中に木槌または橙を結びつけたものを引き合うようになった。いわゆる**宝引《ほうびき》**である。それが現在の福引となったのである。これをとくに新年とするのは本来年占の一種であったからである。

福引に通訳つけてはかどらず　井上兎徑子
福引の当りを囃す大太鼓　羽根田ひろし
福引の当らぬことに自信あり　木村滄雨
福引に一国を引当てんかな　高濱虚子

福笑《ふくわらひ》《ふくわらい》

正月の遊びの一つである。目隠しをされた人が、お多福の輪郭を描いた紙の上に、眉、目、鼻、口の紙片を順々に置いてゆく。でき上がってゆく顔を見て笑い合ったりするのも新年らしい。

目隠しが透いて見えたる福笑　籾山梓月
福笑よりも笑つてをりにけり　稲畑汀子

歌留多《かるた》

正月の遊戯に用いるもので、小倉百人一首の歌がるた《うた》が最も古く、一般的である。家族団らん、また男女交際の遊びとして盛んに行なわれていた。現在は子供用の「いろはがるた」をはじめ種類が多い。

封切れば溢れんとするかるたかな　松藤夏山
今宵また妻の客あり歌かるた　宮木砂丘
かるた取る帯に袂をさしはさみ　岩佐滋子
歌留多取る昔の速さ手に戻り　明石春潮子
ひらかなの散らかつてゐる歌留多会　後藤立夫
座を挙げて恋ほのめくや歌かるた　高濱虚子
歌留多とる皆美しく負けまじく　同
相ともに昔恋しきかるたかな　高濱年尾
お手つきに恋のかるたを繰り返す　稲畑汀子

双六《すごろく》

盤上の遊戯として起源は古く、遣唐使がもたらしたものといわれる。盤上に十二画を区切りこれに黒白の石を並べ、賽《さい》二個を振って石を進め勝負を争うが、この双六盤はその後廃れ、その変形ともいえる**絵双六**《ゑすごろく》として、**浄土双六**《じやうどすごろく》、**陞官双六**《しようくわんすごろく》、**道中双六**《だうちゆうすごろく》、**役者双六**《やくしやすごろく》などが中世、近世のころに盛んに行なわれていた。現在、双六といえば子供たちの遊びの絵双六のことである。

双六をしてゐるごとし世はたのし　国弘賢治
双六のとびたる賽にみんなの眼　藤本朱竹
双六の正しき折目敷き展べし　島田みつ子
出世して上る双六ふと貧し　後藤比奈夫
双六の中の人生にも負けて　大槻右城
祖母の世の裏打ちしたる絵双六　高濱虚子

十六《じふろく》むさし《じゆうろく》

双六に類した正月の遊びの一つ。十六の子が、一の親を囲んで攻める。初め親は中央に、子は縁に並んでいる。子と子の間に親が割り入ると子は取られてしまい、子が盤の一隅に親を封じ込めれば子の勝である。子が二つになると親の勝となる。現在はほとんど行なわれていない遊びである。

幼きと遊ぶ十六むさしかな　高濱虚子

投扇興《とうせんきょう》　正月に行なわれる座敷遊戯の一つ。四角な箱を台とし、その上に胡蝶をかたどった飾りを的として置き、これに扇を投ずる。その的や扇の落ちたところにそれぞれ源氏五十四帖の名があり、点を争う遊びである。江戸末期からの遊戯で、明治のころまでは盛んであった。

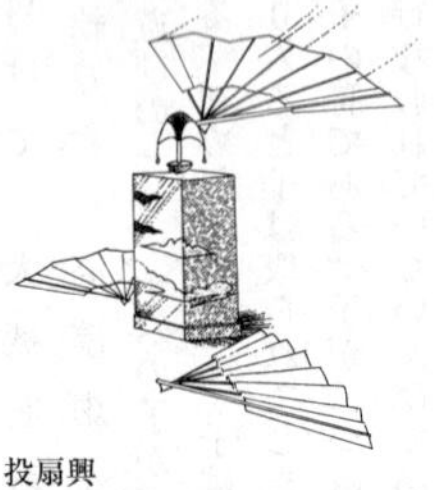

投扇興

投扇興黄なる扇がよく当る　星野立子

投扇の扇かさねし膝の前　下村福

投扇のたなごころ置く青畳　大橋敦子

投扇興故《ふるき》を温《たつ》ね遊びけり　高濱虚子

ひと組の投扇興を座の興に　高濱年尾

繰返す投扇興に闘志あり　稲畑汀子

万《まん》**歳**《ざい》　新年の家々を回り、節付面白く、賀詞をのべて、立舞をする。風折烏帽子《かざおれえぼし》に紋服を着て、扇を手にした太夫と、大黒頭巾をかぶり、鼓を打つ才蔵《さいぞう》とが組んで回る。出身地により、三河万歳、大和万歳、尾張万歳などが有名で、正月の華やかな門付芸の一つであったが、現在は少なくなった。

万才や左右にひらいて松の蔭　去来

きのふ見し万歳に逢ふや嵯峨の町　蕪村

今もなほ千代のためしとご万歳　中田はな

万歳の鼓に袖のかぶさりて　高濱虚子

猿廻《さるまは》《さるまわ》**し**　新年、猿を背負い家々を回り、太鼓に合わせて猿を舞わせ祝儀を乞うもの。猿は馬の病を除き、また厄を去るという迷信によったものといわれる。**猿曳**《さるひき》。

曳猿の紐いっぱいに踊りをり　星野立子

猿廻し猿の耳打ち聞いてをり　小島春鳳

猿曳の猿を抱きて石に腰　野口和歌江

寝てしまふ猿を起して猿廻し　下田實花

親猿の赤い頭巾や叱られし　高濱虚子

獅子舞《ししまひ》《ししまい》　新年、**獅子頭**《ししがしら》を戴き、笛、太鼓を打ち囃しながら家々を回って舞う門付芸で、悪魔退散、家内安全を祈るためのものである。ときに所望されて、道化や曲芸を演ずるものもあり、**太神楽**《だいかぐら》とも呼ばれる。

山の子に獅子の遠笛やるせなや　長谷川素逝
格子戸を出し獅子舞の煙草喫ふ　星野立子
獅子舞の獅子は浅草者とかや　富岡九江
舞ひ獅子の大地に顎をのせしところ　上野　泰
獅子舞の藪にかくれて現れぬ　高濱虚子

傀儡師《くわいらいし》《かいらいし》　古くからあった人形遣いで、新年の巷に現れ、首から吊った人形箱で、木偶《でく》人形を操って門付をして歩いた。たいてい二人一組で、一人はえびす、大黒、お福、三番叟など、神やめでたい人形を遣い、もう一人は太鼓を叩き、新年祝の文句や物語を囃した。近年はほとんどすたれ、徳島、愛媛など一部に見かけるのみである。西宮神社の末社百太夫祠には傀儡師の祖を祀ってあるので、彼らは西宮に多く住み、遠く京にまで徘徊したといわれる。**くぐつ廻**《まは》**し**、**でく廻**《まは》**し**、**夷廻**《えびすまは》**し**などという。**傀儡女**《くぐつめ》。

傀儡の頭がくりと一休　阿波野青畝
でく廻し来て待つ鳴門渡舟かな　里　颮風
傀儡の上げたる鈴の鳴りにけり　中森皎月
櫛匣を膝に傀儡の髪手入　伊藤紀秋
人形まだ生きて動かず傀儡師　高濱虚子

懸想文《けさうぶみ》《けそうぶみ》　江戸時代、正月に売った艶書の体裁にした結び文のことである。その年の縁談ごとや商売繁盛のことなどが、歌の言葉を連ねて書いてあり、梅の枝などに結んで売り歩いたという。

懸想文

懸想文売るとて包む面深く　松本三余
懸想文読めぬながらもなまめきて　若林美入野

懸想文簞笥にしまひ置くことに　福井圭児
もとよりも恋は曲《くせ》もの懸想文　高濱虚子
懸想文むすべば見ゆる東山　稲畑汀子

笑《わらひ／わらい》初《ぞめ》

新年になって初めて笑うことである。笑は福を呼ぶといわれるように、年が改まっての笑は、常の日の笑と違って、どこか目出度く陽気なものである。**初笑**《はつわらひ》。

初笑たしなめつゝも祖母笑ふ　星野立子
一盞をうなづき干して初笑　杉本零
笑初わけもわからず皆笑ふ　井上兎徑子
口あけて腹の底まで初笑　高濱虚子
傍らに人無き如く初笑　同
みどり児の声とはならず笑初　稲畑汀子

泣《なき》初《ぞめ》

新年に初めて泣くことである。子供が泣くとふだんは叱る親たちも、**初泣**《はつなき》などといって囃したりする。

泣初や嬉し涙のせきあへず　麻田椎花
泣初の顔を鏡にうつしやる　中村芳子
初泣は楽屋住居の役者の子　木村重好
初泣の又抱き上げてしまひけり　稲畑汀子

嫁《よめ》が君《きみ》

正月三ケ日の鼠のことである。忌み言葉の一つ。

内陣を御馬駈けして嫁が君　小松月尚
貧厨に何を獲んとて嫁が君　吉井莫生
三宝に登りて追はれ嫁が君　高濱虚子

二《ふつ》日《か》

一月二日のこと。ただ二日といって正月二日をさすのは俳句の慣例である。この日は、すべての仕事始の吉日とされている。

嫁になる娘が来てくれし二日かな　藤實艸宇
二日もう吾子を叱ってしまひけり　白根純子
常のごと二日の客の裏戸より　高濱虚子

掃《はき》初《ぞめ》

元日は掃くことをしないしきたりがあるので、二日になって初めて箒をとって掃除をする。**初箒**《はつばうき》。

掃初や大玄関に少し塵　左右木韋城

掃きぞめの欅やゆるくしめ上げし　星野立子
掃初の塵もなかりし敷舞台　高橋すゝむ
掃初の箒のさきの松の塵　芝原無菴
掃ぞめの箒や土になれ初む　高濱虚子

書初《かきぞめ》

新年になって初めて詩句などを書くことをいう。昔は元日に行なわれたが、今では二日に行なうのがふつうである。松の内の行事として、子供たちの書初大会なども行なわれる。**試筆《しひつ》**。**筆始《ふではじめ》**。**吉書《きつしょ》**。

書初の片仮名にして力あり　川島奇北
描初の金泥を溶き銀を溶き　奥野素径
書初す長寿自祝の句短冊　常石芝青
書初はたゞ叮嚀に〳〵　高濱虚子
書初の筆の力の余りけり　稲畑汀子

読初《よみぞめ》

新年初めて、好む書をとり、読み始めることをいう。近世までは書初の後、「孝経」や「文正草子」などを読むことが、習わしとされていた。

読初の心にたゝみ虚子俳話　土山紫牛
読初の撰び〳〵し書《ふみ》は経　暁烏非無
あづかりし学位論文読みはじむ　高崎小雨城
匂ひ立つものに紙の香読始　梅田実三郎
読初や机上白文唐詩選　高濱虚子

仕事始《しごとはじめ》

新年初めて、事務その他それぞれの仕事を始めること。改まる心持がある。**事務始《じむはじめ》**。**鞴始《ふいごはじめ》**。**斧始《をのはじめ》**。

初仕事形見の朱筆とり出だし　星野立子
立ちて酌む仕事始の茶碗酒　近沢多津郎
老の背に鞴始の灰降れり　藤井了葉
紺法被匂はせ仕事始かな　南るり女
大金庫開くことより事務始　椎野ひろし
馴染みたる経師の刷毛や初仕事　佐藤静良
すぐ反古のたまる屑籠初仕事　稲畑汀子

山始《やまはじめ》

新年初めて山に入るときに行なわれる儀式である。日も方法も呼び名も地方によって異なるが、餅や米などの供物を山の神に供えて、その年の山仕事の順調を祈る。鳥や獣に餅などをまき与えたりするところもある。**初山《はつやま》**。

斧は子に酒壺は吾れ負ひ山始　新井不二郎
岩に置く山への供物山始　福山峰花
岨道にかゝり明けゆく山始　竹原梢梧
杣一人猿のごとくに山始　居附稲聲

鍬《くは／くわ》始《はじめ／はじめ》　多くは二日、幣束を立てるなどして浄めた田畑にひと鍬ふた鍬当てて使い始めることをいう。**農始《のうはじめ》**。**鋤始《すきはじめ》**。

アメリカの若き大地に鍬始　本田楓月
鍬始島の寸土をまもり来て　田原那智雨
手の荒れて鳴らぬ拍手鍬始　杉崎句入道
大山へ一拍二拍鍬始　金川晃山

漁始《れふはじめ／りようはじめ》　新年初めて漁に出ること。えびす神など漁の神や船霊にその**初漁《はつれふ》**の魚を供え、船主、船子一同で祝う。実際には漁をせず、その真似をするだけの場合もある。

よく乾きたる網下ろし漁始　串上青蓑
初漁や神とし斎きかくれ岩　吉田高浪
初漁の神酒吹きかけて舵を守る　姫宮研石
沖に出ぬこと初漁のしきたりに　中川秋太

織《おり》初《ぞめ》　新年初めて機織りを始めること。ふつうは二日に行なう。**機始《はたはじめ》**。**初機《はつはた》**。

機始母娘の梭のそろひけり　田村萱山
甲斐絹を世に絶やさじと機始　勝俣泰亨
織初の機に生れ行く花鳥かな　尾関藻雨
織子まだ揃はぬまゝに機始　内田梧陽
筬走る音重なりて織始　森信坤者

縫《ぬひ／ぬい》初《ぞめ／ぞめ》　新年になって初めてものを縫うことである。そのとき使う針を**初針《はつはり》**という。

針箱に色糸満たし縫始　大橋鼠洞
いつの間にうすくなりし眼縫始　足達富喜女
絹糸をぴんと鳴らして縫始　河野扶美

縫ぞめや堺の鋏京の針　高濱虚子

売初《うりぞめ》　新年初めて商店が、店を開き物を売ることである。一般には二日からであるが、日取りは今はまちまちとなっている。景気をつけ添物をしたりもする。**初商《はつあきなひ》**。**初売《はつうり》**。

売初や店に出て在る大旦那　小松月尚
売初やよゝと盛りたる枡の酒　西山泊雲
沖売の売初なれば買ふことに　金房晴峰
売初や町内一の古暖簾　高濱虚子

買初《かひぞめ》《かいぞめ》　新年初めて買物をすることである。古くは正月二日となっていたが、今はとくに日を限らない。買ったあとで今のが買初であったと気がつく場合も多い。**初買《はつがひ》**。

子に似合ふネクタイ母の買初は　堀口婦美
買初と言はれ気がつくほどのもの　浅野右橋
買初の弾み心につかまりぬ　稲畑汀子

初糶《はつぜり》　魚市、青果市など新年初めて立つ糶市を初糶または**初市《はついち》**という。東京築地の中央卸売市場では、一月五日に行なわれている。

百の鰤並べて市場始かな　成江洋
初競の振舞酒に浜活気　上田土筆坊

初荷《はつに》　二日、メーカーや問屋などでは、出荷の荷を賑やかに飾りつけ、幟《のぼり》を立てたりしてトラックに積み、得意先に送り出す。これを初荷という。現在は仕事始の四日や五日に行なうところが多くなった。荷馬車を用いていたころは、馬を美しく飾りたてたりした。**飾馬《かざりうま》**。**初荷馬《はつにうま》**。**初荷船《はつにぶね》**。

両側の問屋々々の初荷かな　柴原碧水
曲家の厩出てくる飾馬　及川あまき
納豆も水戸の初荷の中のもの　西海枝梟子
桟橋は島の玄関初荷著く　佐藤清流子
はだかりし府中の町の初荷馬　高濱虚子
見送りし初荷華やぎ過ぎしとき　稲畑汀子

初湯《はつゆ》　新年初めて風呂に入ることである。銭湯では二日を初湯としている。**初風呂《はつぶろ》**。

夫初湯何やら唄も聞え来る　松本喜美

初風呂に浸りてをりて寿　忽那文泉

介添の娘の溢れしむ初湯かな　平尾みさお

から〳〵と初湯の桶をならしつゝ　高濱虚子

梳《す》き初《ぞめ》

新年初めて髪をくしけずることである。長い黒髪や日本髪を解いたときなどにことにその感が強い。

梳きぞめや眦をつと引きゆがめ　高濱虚子

初《はつ》髪《かみ》

新年初めて髪を結うことを結《ゆ》ひ初《ぞめ》といい、その結い上げた髪を初髪という。ふだんと違って日本髪が、街や職場に見られるのはいかにも正月らしい。**初結《はつゆひ》**。

眦をあげて初髪結ひあがり　財家しげゆき

初髪を結うて厨に居るばかり　浜井那美

初髪のかつら顔なき台に結ふ　河野扶美

人見舞ふ初髪小さく結ひ替へて　北川喜多子

初島田結ひてすね居る書斎かな　高濱虚子

初髪の毛筋乱れて風情あり　高濱年尾

常の如結うて初髪なりしこと　稲畑汀子

初《はつ》鏡《かがみ》

新年になって、初めて鏡に向かうこと。またその鏡をいう。必ずしも女に限らず、男が新年の自分の姿を鏡に映すことも初鏡といってよいであろう。**初化粧《はつげしやう》**。

初鏡眉目よく生れこゝちよし　池内友次郎

やゝ紅の濃ゆしと思ふ初鏡　田畑美穂女

明治座のいつもの部屋に初化粧　中村芝鶴

住み馴れしわが船室の初鏡　狩野刀川

初鏡妻の調度も古りにけり　塚本英哉

あらためて母に似しこと初鏡　三村純也

八十のわが面相や初鏡　高岡智照

床上げとまではゆかずも初鏡　宇川紫鳥

高々とかゝりてうつろ初鏡　高濱虚子

稽古始《けいこはじめ》

新年初めて武道、音曲、生花などの稽古を始めること。**初稽古《はつげいこ》**。

先生に稽古始の一手合　傘子

幼弟子ばかりが早く初ざらひ　松本青羊

初稽古音色洩れくるめでたさよ　稲畑汀子

謡初《うたひぞめ》《うたいぞめ》　新年に初めて謡をうたうこと。

勝修羅のシテが当りし謡初　近藤いぬゐ

不断著の一長老や謡初　高橋すゝむ

一献の酔につまづき謡初　馬場木陽

老いてなほ稽古大事や謡初　高濱虚子

能《のう》**始**《はじめ》　新年初めて能を舞うこと。注連《しめ》の張られた清々しい能舞台で、翁、高砂などが舞われることが多い。

能始著たる面は弥勒打　松本たかし

素袍著て楽屋込みをり能始　佐野、石

打ちつけし根つきの松や能始　小林幸太郎

弾初《ひきぞめ》　新年に初めて琴、三味線、琵琶などを弾き始めること。師匠の家に弟子たちが集まって行なう場合が多いが、自宅で静かに試みることもある。現在ではピアノ、バイオリン、ギター、マンドリンなど洋楽器の場合もあろう。**初弾**《はつびき》。**琴**《こと》**始**《はじめ》。

弾初の吾は琵琶法師弱法師　加藤蛙水子

弾初や母まさば祖母ましませば　高木青巾

弾初やこゝろに適ふ三の糸　竹谷緑花

弾初や妓はやめたれど変り無く　高濱虚子

舞初《まひぞめ》《まいぞめ》　新年、宮中では蘭陵王《らんりようおう》、納蘇利《なそり》などの舞楽が行なわれるという。一般には新年初めて門弟たちが師匠の家に集まって舞うことである。

舞初の路地の奥なる師匠かな　坂東みの介

舞初の唄仕る師匠かな　馬場星斗

舞初の扇大きく見えしこと　小田尚輝

初釜《はつがま》　新年初めて催す茶の湯をいう。床の掛軸、花、道具、菓子、料理などすべてに正月らしいものを盛込む。元来は茶道の家元や茶の湯の師匠の家で新年初めて炉に釜をかけ茶事を行なうことをいった。**初茶湯**《はつちやのゆ》。**釜始**《かまはじめ》。**点初**《たてぞめ》。**初点前**《はつてまへ》。

初釜や客としいふも夫ひとり　白石千鶴子
飛石を人来る気配釜はじめ　家田みの字
初釜のこゝろつもりの庭掃除　福田繁子
初釜の用意の炭を洗ひ置く　三宅節子

新年会《しんねんくわい》《しんねんかい》

新年を祝うために催す宴会。戦前、宮中では一月五日に新年宴会が行なわれ、祝日の一つであったが、現在では会社や親しい者などの集りをいう。

酔蟹や新年会の残り酒　正岡子規

初句会《はつくくわい》《はつくかい》

新年、初めての句会のことである。自ずと改まる心持でのぞむ人々の雰囲気が感じられる。

虚子或は非なりと思ひホ句はじめ　佐藤風庵
平凡に老いて座にあり初句会　宮内保寿庵
初句会亡き師に会はん心地して　山田凡二
初句会浮世話をするよりも　高濱虚子
初句会既に二十日も過ぎんとす　高濱年尾

初芝居《はつしばゐ》《はつしばい》

新年の芝居興行である。江戸時代は曾我狂言を出すのが慣例であったが、現在は曾我物とは限らない。しかし正月らしく華やかな狂言が選ばれ、客席も賑々しく浮き立つのは昔ながらのことである。

初芝居見て来て晴著いまだ脱がず　正岡子規
播磨屋の句かゝげ歌舞伎初芝居　翁長日ねもす
黒衣著て孫の後見初芝居　中村吉之丞
初芝居出を待つ清め塩撒かれ　片岡我當
病人のある気がかりや初芝居　高濱虚子
初芝居我當一と役つゝましく　高濱年尾
初芝居見に行くといふ妓も侍り　同

初《はつ》旅《たび》

新年になって初めての旅をいう。正月を迎え改まった心持で旅に出るのは格別の楽しさである。

雪国の雪見ん心初旅に　宮田帰郷
初旅の終る街の灯近づき来　梅田実三郎

宝《たから》船《ぶね》

めでたい初夢を見れば幸運に恵まれるといい、昔は二日の夜、枕の下に宝船の絵を敷いて寝た。吉夢であれば宝船を守り袋に入れてしまい、凶夢であれば翌朝水に流してしまう。絵は多くは宝ものを満載した船に、七福神が乗ったさまを描き、「なかきよのとをのねふりのみなめさめなみのりふねのをとのよきかな」という回文の歌が書いてあり、三度唱えて寝ると、よい夢を見るというのである。江戸時代に盛んであった。

やごとなき一筆かきや宝舟　召波
宝船砕くる波は描かれず　林直入
波がしら皆一方へ宝舟　大橋杣男
吾妹子が敷いてくれたる宝舟　高濱虚子

初《はつ》夢《ゆめ》

二日の夜から三日の朝にかけて見る夢である。俗に「一富士、二鷹、三茄子」といって、めでたい夢の代表とされた。夢によってその年の吉凶を占うのである。良い夢を見るために、宝船や貘《ばく》の絵を描いた紙を枕の下に敷いて寝る習慣が一般に行なわれ、悪い夢を見たときは、その紙を水に流した。古く曲亭馬琴の「俳諧歳時記栞草」によれば「初夢とは大晦日の夜より元日の暁に至る夢也」とある。また地方によって節分の夜から立春の朝にかけての夢をいうとの説もあるが、現在では元日の夜に見る夢をいう場合が多い。

初夢に故郷を見て涙かな　一茶
初夢の更に娶りて同じひと　高田風人子
初夢を見よといひつゝ子守唄　星野立子
三人の子に初夢の三ツ下り来　上野泰
初夢の思ひ出せねどよきめざめ　三浦恒礼子
初夢のいつまで若き我ならん　福井圭児
初夢を美しとせし嘘少し　嶋田一歩
初夢の中より外へ出てしまふ　蔦三郎
初夢の唯空白を存したり　高濱虚子

三《みっ》日《か》

一月三日、正月三ケ日の最後の日のことである。二日同様、ただ三日といって正月三日をさす慣例である。

人を待つことも楽しき三日かな　田伏幸一
鶏小屋のことにかまけて三日かな　高濱虚子

お降の雪となりゐし三日かな　高濱年尾

松囃子《まつばやし》　江戸時代、正月三日の夜、諸侯を殿中に召して行なう謡初の儀式を松囃子と称した。明治以後、上野東照宮で行なわれていたが、戦後絶えたままとなっている。

一斉に平伏したり松囃子　高橋すゝむ

福沸《ふくわかし》　神仏に供えた餅を小さく刻んで、沸かした湯に入れてかき回し、砂糖を入れて味をつけたもの。一月四日、七日または十五日にその行事が行なわれた。上野護国院では三日盛大に行なわれていたが、戦後は途絶えている。地方によっては寺社に残っているところもあるが、現在では一般に若水を沸かすことをいい、新年初めて煮炊きを祝う心で、その鍋を福鍋という。

兄鰥妹孀福沸　和田奄美人

おない年めをと相老い福沸　牛尾泥中

どこよりも茶の間が親し福沸　高橋真智子

三ケ日《さんがにち》　正月一日、二日、三日の総称。二日正月、三日正月などともいう。官公庁もお休みで年始の挨拶に出かけたり、来客を接待したり、家庭団らんに過ごしたりする。

神棚に神います灯や三ケ日　柿巷

門を出でず朝風呂立てゝ三ケ日　伊藤とほる

三ケ日手のり文鳥とも遊び　中嶋郷鬼

京風のしきたりもよし三ケ日　田中玉夫

寝て過す田舎教師の三ケ日　山下しげ人

風邪の子につき合ひ過ぎし三ケ日　稲畑汀子

御用始《ごようはじめ》　一月四日各官庁では御用始を行なう。全員登庁して年頭の挨拶をかわす。女子事務員らの春着、初髪姿が目立つ。民間の銀行、会社などもこれにならうところが多い。

くろずめる朱肉に御用始かな　西川狐草

帳綴《ちやうとぢ》《ちようとじ》　商家では一般に一月四日、各々その年用いる新しい帳簿を綴じ、その上書きをして帳付けを始める。帳《ちやう》書《がき》。帳始《ちやうはじめ》。

伊賀紙の紙の白さよ御帳綴　観魚

伯父にして手代つとめや帳始　門永苔花
父祖よりの船場商人帳始　中西子風

正月、女性は一般に家庭で年賀客を迎え忙しいので、回礼は三ケ日を過ぎてから行なわれるのが常である。

女礼者《をんなれいじや》《おんなれいじや》

日暮れたる女賀客に灯しけり　池内たけし
女礼者と云ふには小さくいとけなく　押田千代子
パン抱へ女礼者の帰路急ぐ　小室藍香
よく笑ふ女礼者や草の庵　高濱虚子

騎《のり》初《ぞめ》

古くは武家の年中行事として、新年はじめて乗馬すること、またはその儀式で、一月二日がその日であった。戦前でも騎兵隊などのあったころは、騎初の行事があった。いまでは乗馬にかかわる人が行なうくらいであろう。**騎馬《きば》始《はじめ》。馬場《ばば》始《はじめ》。初騎《はつのり》。**

騎初の足掻漸く早めつゝ　丸山瓢舟
緊張の歩幅揃へる騎馬始　水見壽男
初乗や由井の渚を駒並めて　高濱虚子

弓《ゆみ》始《はじめ》

新年、初めて弓を引くことをいう。室町時代には正月十七日、江戸時代には正月七日に**弓矢《ゆみや》始《はじめ》**の儀式があったが、現在は各道場でそれぞれの日に行なわれる。**初弓《はつゆみ》。的始《まとはじめ》。射場始《いばはじめ》。射初《いぞめ》。**

塵ひとつなき道場や弓始　中村吉之丞
禰宜の矢のおほらかに逸れ弓始　平松措大
松風の降らせる塵や弓始　上杉緑鋒
初弓の矢来は昔ほど結はず　平井備南子
とゝのふる息こそきこえ弓始　大橋宵火
初弓の申し分なき絃の張り　片山那智児
乱好む人誰々ぞ弓始　高濱虚子

出《で》初《ぞめ》

一月初旬、各地の消防署員や町内の鳶《とび》の者ら、その土地の消防団が総出動して消防初演習をする。これを出初という。東京では六日、有明《ありあけ》において出初式が行なわれる。いなせな江戸時代のままの火消装束をつけた人々が、消火演習、梯子曲乗りなどを行なう。**出初式《でぞめしき》**。

真向ひに桜島噴き出初式　鶴田白窓

丸ビルをうろ〳〵出初くづれかな　高濱虚子

出初式終り平らな海となる　稲畑汀子

寒の入《かんのいり》　小寒から立春の前日までを寒といい、その寒に入るのをいう。一月五、六日ごろにあたる。北陸地方の農村ではこれよりの積雪と厳寒に備え、健康を保つことを願って、小豆や大豆を入れた餅をつく風習がある。これを**寒固《かんがため》**といっているが、それもしだいにすたれつつある。

いつ寒に入りしかと見る日ざしかな　星野立子

転任のまた一と苦労寒に入る　宇土光蛾

から〳〵と寒が入るなり竹の宿　高濱虚子

小寒《せうかん》《しようかん》　二十四節気の一つで冬至のあと十五日目、一月五、六日ごろにあたる。この日が寒の入である。この日から大寒までの十五日間を小寒と呼びならわしているのは誤りである。

小寒や鷗とび交ふ中華街　柴原保佳

小寒の雨に大気のゆるみけり　稲畑汀子

寒の内《かんのうち》　寒の入から寒明までの約三十日間をいう。単に**寒《かん》**というのも主にこの寒の内のことである。「寒稽古」を初めいろいろな行事がある。

乾鮭も空也の痩も寒の内　芭蕉

寒きびしき気を張りつめて参籠す　島村茂雄

寒の内子等健やかであれば足る　高木晴子

雲水の頭を剃り寒にいさぎよし　森永杉洞

寒晴の叩けば響きさうな空　木村享史

一切の行蔵寒にある思ひ　高濱虚子

寒厳しともすればすぐ涙出て　高濱年尾

島のこの陽気は寒のものならず　稲畑汀子

寒の水《かんのみづ》《かんのみず》　寒の内の水をいう。寒中の水は薬になるともいい、寒の水に餅をつけるといつまでも悪くならないなどという。飲めば五臓の冷え渡るのを覚えるが、うまい。

汲かへていとゞ白さや寒の水　浮流
寒の水湛へつくばひ一穢なし　林大馬
寒の水溢れる音を聞いてをり　星野椿

寒《かん》造《づくり》

寒中の水で酒を醸造すること、またその酒をいう。寒の水を用いて造った酒は風味がよく、長く貯蔵が利くといわれる。農山村の人々が十一月終りから三月にかけて、酒造地に出かけて酒造りを手伝う。この人たちを広い意味で杜氏《とうじ》といいまた百日《ひやくにち》ともいう。

碓《からうす》の十梃だてや寒づくり　召波
二階より桶つりおろす寒造　西山小鼓子
室の神かまどの神や寒造　藤井佐保女
くらがりの土間のでこぼこ寒造　村上青史
桶渡りあける高窓寒造　安川汪洋
生きてゐる泡の力や寒造　猪野翠女
蔵入りの杜氏は初心を失はず　中井余花朗
水を揉むことよりはじめ寒造　石川優

寒《かん》餅《もち》

寒中についた餅で、黴《かび》を生じにくく、保存が利くという。かき餅や霰餅《あられもち》などにもして蓄える。

貸二階寒餅並べありにけり　蘭村
かき餅の乏しき火にも透きとほり　北川沙羅詩
けふ寒の明けるといふに餅をつく　高濱虚子

寒《かん》紅《べに》

紅花を原料とした日本古来の紅は、寒中に製造されたものが最も良いというので寒紅として珍重された。ことに寒中の丑の日に売り出す紅が最も良いものとされ、丑《うし》紅《べに》の名がある。また寒中丑の日に紅をつけると口より入る疫病や虫を殺すという俗説もあった。現在の口紅はほとんど洋紅（ルージュ）であり、単に寒中に女性が用いる口紅を寒紅と呼んでいる。

寒紅の口を絞りて舞妓かな　皿井旭川
寒紅や人刺す如く言ひ捨てゝ　牧野美津穂
寒紅や素直に通す人の意地　松本青羊
寒紅の濃き唇を開かざり　富安風生

寒紅の口を結びてかたくなに　田上一蕉子
寒紅や己がわがまゝ己れ知る　木内悠起子
寒紅の筆の命毛短くも　奈良鹿郎
寒紅の皿糸底の古りにけり　京極杞陽
寒紅をさしていつもの富士額　後藤夜半
寒紅の店の内儀の美しき　高濱虚子
寒紅を濃く稿債に倦みし日よ　稲畑汀子

寒詣《かんまゐり》《かんまいり》　信心や祈願のために、寒三十日の間、夜、神社や寺に参詣し、大護摩を焚いたり、お百度を踏んだり、水垢離をとったりすること。昔は裸参《はだかまゐり》の者もいたが、白衣だけつけたり、ふつうの服装の人も多い。**寒参**《かんまゐり》。

一願のありて鞍馬へ寒詣　徳山聖杉
信心の厚き下町寒詣　高橋春灯
夫婦とも見ゆる二人の寒詣　福田寿堂
顔ふかく包みて誰そや寒参　高濱虚子

寒垢離《かんごり》　寒中、水を浴び、また滝に打たれて神仏に祈願をこめることである。以前は山法師や修験者が法螺貝《ほら》を吹き鳴らし白装束で町中を歩いて、門口に用意されている水桶の水を浴びて修行したという。**寒行**《かんぎやう》。

寒垢離の行衣をつゝむ小風呂敷　幸野梨杖
寒行の女は女坂とらず　遠山雪童
駅を出てすぐ寒行の列を組む　久本正巳
寒行の袈裟大股にひるがへり　宗像佛手柑
寒行の白装束や闇を行く　高濱年尾

寒念仏《かんねぶつ》　寒中、僧俗をとわず、太鼓や鉦を叩きなどして、念仏や題目を唱えながら町中をねり歩き喜捨を乞うものをいう。寒行の一つである。

寒念仏さては貴殿でありしよな　一茶
耶蘇といへば辞儀して去りぬ寒念仏　石島雉子郎
御僧みな弁慶かむり寒念仏　北山星峰
隣より一人加はり寒念仏　渡邊満峰
厳しさを自ら求め寒念仏　西澤信生

路地多き三国の町や寒念仏　清　准一郎
人住まぬ門並びけり寒念仏　高濱虚子

寒施行《かんせぎやう／かんせぎよう》

寒中、狐や狸などの餌の乏しくなったころ、小豆飯、油揚げなどを、野道、田の畦などに置いて施すことをいう。提灯をともし、鉦や太鼓を鳴らしながら、野施行、野施行と唱え歩くところもある。**野施行《のせぎやう》**。穴に置くのを**穴施行《あなせぎやう》**という。

寒施行子供の声も聞えけり　阪之上典子
野施行やこゝらも秩父遍路道　荒川あつし
いち早く雀来てをり穴施行　稲畑汀子

寒灸《かんきう／かんきゆう》

寒中に灸を据えることである。古くから寒の灸はとくに効果があるといって、広く行なわれてきた。

寒灸《やいと》よりどころなき瞳をつむる　雨　丈
寒灸にしみ〴〵とある命かな　川戸野登朗
一念の寒灸十日こゝろざし　上林白草居
お念仏申し耐へゐる寒灸　杉森干柿

寒稽古《かんげいこ》

剣道、柔道、弓道などの武道を修める者が、寒中の早朝まだ暗いうちに起きて道場へ行き、または夜間寒気肌を刺すとき、特別に稽古にはげむことをいう。心身をひき緊めて鍛錬するのである。また芸事にもいう。

面つけて沙弥とは見えぬ寒稽古　中村草哉
一礼に初心忘れず寒稽古　吉井莫生
老いてなほ稽古の鬼や寒稽古　竹原梢梧
小漢の声の大きく寒稽古　古賀筑史
行き渋る子を送り出し寒稽古　永森ケイ子
寒稽古病める師匠の厳しさよ　高濱虚子

寒復習《かんざらひ／かんざらい》

寒中の早朝または夜更けに、音曲や声曲にいそしむものがとくに烈しく練習すること。艶めかしいうちにも厳しさが感ぜられる。**寒弾《かんびき》**。

いとけなき声はり上げて寒ざらへ　中村秀好
身についてしまひし芸や寒ざらひ　下田實花
内弟子となりて一と年寒ざらひ　北川草魚

寒弾や母を師としてひたすらに　直江輝葉
たゞ一人ひそかなるかな寒復習　高濱虚子
寒ざらひ声のつぶれる程ならず　高濱年尾

寒声《かんごゑ》《かんごえ》　長唄、詩吟、その他声曲をたしなむ人は、寒中に喉を鍛えると一段とよい声が出るといわれ、厳寒の深夜、または早朝の寒気の厳しい時刻に、烈しく声を出して練習をする。ときには咽喉から血が出たり、声が潰れたりするが、それが却ってその人の声を立派にすると信じられている。僧侶や行者が、寒中に読経の練習をするのもまた寒声である。

寒声や京に住居の能太夫　召波
寒声やうしろは暗き三輪の神　野島無量子
晩学の寒声嗄らし仏書読む　鈴木鈴風
後夜起きをして寒声に出でゆける　岸田信乗
寒声のくりかへし居り一ところ　土居牛欣
寒声に嗄らせし喉を大事かな　高濱虚子

寒見舞《かんみまひ》《かんみまい》　寒中、知人の安否を見舞う手紙を出し合ったり、電話をかけたり訪ねて行ったりすることをいう。暑中見舞ほど一般的ではない。

珍重や菱喰雁の寒見舞　川島奇北

寒卵《かんたまご》　寒中に産んだ鶏の卵で、栄養価が高く、保存が利くといわれる。皿の中に黄身が小高く盛り上がったさまなど、いかにも寒卵らしい。

寒卵取りに出しのみ今日も暮　安積素顔
寒玉子今日の力と頂きぬ　景山筍吉
寒卵主婦健康な頰を持ち　千原草之
寒卵啜り機関車乗務かな　永田蘇水
一人とる遅き朝餉や寒玉子　三澤久子
手にとればほのとぬくしや寒玉子　高濱虚子
寒玉子割れば双子の目出度さよ　同

寒鯉《かんごひ》《かんごい》　寒中の鯉は動作が鈍くなり、池沼の底にじっと動かず、たまたま暖かい日にわずかに水面に出るくらいである。しかし一年中で最も美味である。

寒鯉に一すぢの日のさしにけり　渡邊一魯
寒鯉の静にむきをかへにけり　保坂文虹
寒鯉の一擲したる力かな　高濱虚子
寒鯉の光る水面をさざめかす　稲畑汀子

寒《かん》鮒《ぶな》　寒中の鮒は深いところにひそんで餌もあまり求めず、じっとしていて釣りにくいから、釣好きにはかえってまた一つの魅力でもある。寒鮒は泥くささがなく美味なので、甘露煮、唐揚げ、刺身などにして賞味される。**寒鮒釣《かんぶなつり》**。

山の如寒鮒つりに堤あり　田村木國
尾を少し曲げて寒鮒釣られけり　松藤夏山
藪の池寒鮒釣のはやあらず　高濱虚子

寒《かん》釣《づり》　寒中の魚釣である。寒い時期には魚の動きも鈍り、水の流れの少ない深いところに集まってじっとしているので、そこをねらって釣るのである。寒鮒、寒鯉、寒鰡《かんぼら》、寒《かん》鯊《はぜ》などが主なものといえる。

寒釣や世に背きたる脊を向けて　吉屋信子
寒釣の釣る丶気配のさらになし　上沢寛芳
嵐山の朝や寒釣居るばかり　粟津松彩子

七《なな》種《くさ》　正月七日、邪気を祓い万病を除くために、粥に七種の若菜を入れて食べる風習は、古くから全国的に行きわたっていた。時代や土地によって種類は異なるが、ふつう芹《せり》、薺《なずな》、御形（母子草）、はこべら、仏の座、すずな、すずしろ、をいう。七種は若い乙女が摘むものとされ、昔は初の子《ね》の日に摘み、天子に奉った。**春《はる》の七草《ななくさ》**。

七草や兄弟の子の起そろひ　太祇
七種や似つかぬ草も打まじり　松藤夏山
母許や春七草の籠下げて　星野立子
七種の四いろがほどは庭うちに　原田且鹿
川崎安雄結婚
七種に更に嫁菜を加へけり　高濱虚子

若《わか》菜《な》　春の七草の総称である。古典的な気分がある。**若菜《わかな》摘《つみ》**。

若菜の日昼から雨となりにけり　暁台
火の山の荒るゝ裾曲に若菜摘む　古島壺菫女
そのかみの禁野《しめの》はいづこ若菜摘む　高崎雨城
遠き世の御幸の道や若菜摘む　編木佐さら
人並に若菜摘まんと野に出でし　高濱虚子

薺《なづな》《なずな》
七種《ななくさ》の一つ。闌《た》けてぺんぺん草となる。**薺摘**《なづなつみ》。
濡縁や薺こぼるゝ土ながら　嵐雪
薺摘む頬にしたがへる雪の阿蘇　中村汀女
金毘羅の神饌田小屋あと薺萌ゆ　水田千風
七種の薺神饌田に摘む　皆川東水

薺打つ《なづなうつ》《なずなうつ》
七日の朝は七種粥をつくる。薺を打ち刻みながら「ななくさなづな唐土の鳥が日本の土地に渡らぬ先に」と唱え囃す。それはこの日には唐土の鬼車鳥《きしゃどり》という悪鳥が日本に渡って来て災をもたらすという言い伝えがあるので、これを打ち囃して祓うのである。**七種打つ**《ななくさうつ》。**七種**《ななくさ》**はやす**。
寝間に聞く七草打つは我家なり　藤田耕雪
なづな打つ妻は醍醐の里育ち　鈴鹿野風呂
世に古りし色の俎板薺打つ　南　秋草子
客二人七種はやす戸に来る　高濱虚子

人日《じんじつ》
五節句の一つで、陰暦正月七日のこと。七種粥で祝う慣例がある。東方朔《とうぼうさく》の占書に「正月一日は鶏を占ひ、二日は狗《いぬ》を占ひ……七日は人を占ひ、八日は穀を占ふ」とあるのによる。
円山や人日の人ちらほらと　池尾ながし
小諸に在り
何をもて人日の客もてなさん　高濱虚子

七種粥《ななくさがゆ》
七種の若菜を入れた正月七日の粥である。七種を俎で叩く音と囃し声が悪鳥をはらうという言い伝えがある。地方によっては雑炊にしたり、雑煮にしたりもする。冬枯の野の中に萌え初めた若菜を摘み、これを粥にして食べるのは、いかにも新年らしくすがすがしい風習である。**薺粥**《なづながゆ》。

薺粥さらりと出来てめでたけれ　大橋杣男
はし紙の汚れも少し薺粥　村木記代
薺粥吹きくぼめつゝ香ぐはしき　逢坂月央子
七日客七種粥の残りなど　高濱虚子

粥柱《かゆばしら》

粥の中に餅を入れたもの。七種粥や十五日の小豆粥などに用いる。

父のごと老い夫いたはり粥柱　杉原竹女
薺の斑つけて大きな粥柱　千原草之

寝正月《ねしやうぐわつ》《ねしょうがつ》

正月は会社、工場など仕事は休みであり、商家、農家など、家に籠って無精寝をすることをいう。ことに家庭の主婦は客が来ないときなどは台所の手もかからないし、ゆっくり寝て過ごすことができる。また病気で正月に伏している場合も縁起をかついで寝正月という。

櫟の萎びからびや寝正月　夢筆
明日はよきあきうどたらん寝正月　小畑一天
寝正月子供の話聞くとなく　丸山綱女
朝風呂を立てゝ百姓寝正月　渡部余令子
みほとけのおん膝ちかく寝正月　高岡智照
又かかる誘ひの電話寝正月　湯川雅
みどり児の起きてしまひし寝正月　稲畑汀子

鷽《うそ》《うそ》替《かへ》《かえ》

一月七日、福岡県太宰府の天満宮で行なわれる神事で、夜七時ごろから参詣の人々が木の枝で作った大小の鷽鳥を持ち「替えましょ、替えましょ」と口々にいいながら、会う人々と素早く取り替えあう。その中には社務所から出す黄金製のものがまじっていて、それに替えあたった人には福運ありというので、これを得ようとして混雑する。つづいて「鬼燻《すべ》の神事」がある。東京の亀戸《かめいど》天神では二十四日、二十五日うそかえ神事。大阪藤井寺の道明寺天満宮では二十五日うそかえ祭が行なわれる。

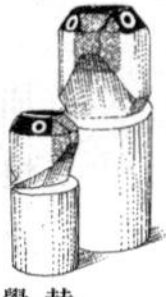
鷽替

茶屋に待つはゝそはに鷽替へて来し　竹末春野人
彼の人と替へたる鷽は取替へず　綿谷吉男

鶯替へて眉目おもしろき鶯にあふ　仁井一路

鶯替へて手のぬくもりを戴きし　竹中弘明

小松引《こまつびき》

一月最初の子《ね》の日に、野に出て小松を引き抜き、持ち帰って宴を張る王朝時代以来の行事があった。初春の野に出て淑気に触れ、千年の長命を持つ松の齢にあやかろうとする意味があったという。**子《ね》の日《ひ》の遊《あそび》**。**初子《はつね》の日《ひ》**。

手を添て引せまゐらす小松かな　几董

根の土の奉書にこぼれ子日草　大谷句仏

狩衣の袖をしぼりて小松引く　佐々木紅春

野を帰る禰宜の一行小松引　加地北山

吉右衛門大磯の別邸の庭は靭彦画伯の意匠になるものとのこと。稚松多し

子の日する昔の人のあらまほし　高濱虚子

初寅《はつとら》

一月最初の寅の日に毘沙門天へ参詣して福を願う**初《はつ》寅詣《とらまゐり》**のこと。これは毘沙門天が寅年、寅の月、寅の日、寅の刻に顕現《けんげん》された故という。京都の鞍馬寺では初寅大祭を修し、参詣人に寅を授ける。かつてはこの日鞍馬の土民が名産の燧石《ひうちいし》をはじめ、**福掻《ふくかき》**、**福蜈蚣《ふくむかで》**などを売ったがすでに絶えて久しい。**畚下《ふごおろ》し**は鞍馬の土民が燧石などを山頂から畚に入れておろし売ったことによる。東京では神楽坂の毘沙門天（善国寺）が有名であったが戦災の後は衰えた。**二《に》の寅《とら》**。**三《さん》の寅《とら》**。**福寅《ふくとら》**。

初寅や施行焚火に長憩ひ　田中王城

初寅や貴船へ下る小提灯　前田青雲

初卯《はつう》

一月最初の卯の日。**初卯詣《はつうまゐり》**といって東京の亀戸天《かめいど》神境内の御嶽神社（妙義社ともいう）、大阪の住吉大社、京都の上賀茂神社などに参詣する。社では**卯《う》の札《ふだ》**という厄除の神符を授与し、また魔除として**卯杖《うづゑ》**、**卯槌《うづち》**というものを授ける。

弟子つれて初卯詣の大工かな　村上鬼城

初薬師《はつやくし》

一月八日、一月初めての薬師の縁日である。薬師如来は十二の誓願を発して、衆生の病苦を救い、無明の持病をなおすという。

一山の雪の深さや初薬師　野津無字

願かけの母の手を曳き初薬師　新井桜郁

初金毘羅《はつこんぴら》

金毘羅は薬師如来守護の十二神将の一で、尾に宝玉を蔵する魚身蛇形の鬼神とされ、古くから航海安全の神として信仰されている。金毘羅の縁日は毎月十日であるが、一月十日を初金毘羅といって、参詣者がとくに多い。讃岐の琴平にある金刀比羅宮は古くから最も有名である。東京では港区虎ノ門の金刀比羅宮が賑わう。**初金刀比羅《はつことひら》**。

ながし樽初金毘羅にとゞきけり　森婆羅

十日戎《とをかえびす》《とおかえびす》

初恵美須《はつえびす》ともいう。一月十日の戎神社の祭であるが、とりわけ西宮市の西宮神社、大阪の今宮戎神社、京都の建仁寺門前の蛭子（恵比須）神社は参詣客の多いことで有名である。九日を**宵戎《よひえびす》**、十一日を**残《のこ》り福《ふく》**という。えびす神の縁起はさまざまであるが、いまでは専ら福の神として商人の信仰が厚い。聾神ともいわれており、裏からもお詣りして、本殿の裏の羽目板を叩いて願いの聞きとどけられるよう念を押す風習もある。参道には種々の店が出て賑わうが、中でも小笹にいろいろの宝物を吊した**福笹《ふくざさ》**、**戎笹《えびすざさ》**、あるいは**吉兆《きつてう》**などがよく売れる。

福笹をかつげる夫を見失ふ　高林三代女

機織つて来し手を合せ残り福　土井糸子

商人になる一念や初戎　速水真一郎

立止るすべなく詣で初戎　廣瀬ひろし

吾よりも妻に商才初戎　五島沖三郎

吉兆をはる〴〵提げて上京す　高濱虚子

福笹をかつぎ淋しき顔なりし　高濱年尾

賑はひを見過しゆくも残り福　稲畑汀子

宝恵籠《ほゑかご》《ほえかご》

一月十日、大阪今宮戎神社祭礼の十日戎《とおかえびす》に、南地《なんち》の芸妓が乗って、参詣する籠をいう。紅白の縮緬を巻き、紅白の力綱を垂れ、妓楼や芸妓の名入りの提灯を吊り、屋根を花で飾る。舁手《かきて》らが「ほいほら〳〵」と掛声をして走ったので「ほい籠」と呼ぶようになり、「宝恵籠」の字をあてた。現在の掛声は「ホイカゴホイカゴ」である。昔は南地に花街が五つもあり、どの花街からも多くの籠が出た。すべて戎橋を渡り、戎橋筋を通った。芸妓は一日に何度も参詣するのを誇りとしたが、いまでは五挺ほどの籠と数挺の輦《れん》台などが一度出るだけである。**戎**《えびす》**籠**《かご》ともいう。

宝恵籠の髷がつくりと下り立ちぬ　後藤夜半
宝恵籠を飾りて明日を待つ廓　戸石無盞子
宝恵駕のとんでゆくなり戎橋　山崎数歩
宝恵駕に乗つてうれしき日もありし　高岡たつ女
勢揃ひしてゐる声の戎籠　吉村いさよ
宝恵籠の遅る丶一つ人波に　三宅黄沙
宝恵駕の尚遅る丶とふれの来る　鹽見武弘

初場所《はつばしよ》

毎年、一月十日前後の日曜日から十五日間、東京の国技館で行なわれる大相撲である。昔は一月と五月の二回、両国の回向院で晴天十日間の相撲興行が行なわれ、**一**《いち》**月**《ぐわつ》**場所**《ばしよ》は「春場所」と呼ばれていた。昭和三十三年一月より一年六場所制となり、初場所というようになった。**正月場所**《しやうぐわつばしよ》。

小角力や初番附を一抱へ　吉野左衛門
初場所の番附貼りし一旗亭　安陪青人
初場所や匂ふばかりの若力士　仁田脇吉応

餅《もち》**花**《ばな》

一月十四日、紅白の餅を小さく刻んで、柳などの枝に挿して、神前に供えたり床の間に飾る小正月の飾物の一つである。**繭玉**《まゆだま》という。もともとは養蚕の盛んなのを祝ったのであるが、現在は商店や料亭などの装飾として多く用いられている。

繭玉のおもちやづくしや揺れて居り　下田實花
繭玉の濃ゆしと言はで鄙びしと　後藤夜半
餅花にふれて通りし髪に手を　關萍雨
餅花の一枝離れし影のあり　大久保橙青
見た目より繭玉の数ありにけり　小林草吾
まゆ玉やいま結ひあげし髪にふれ　川口咲子

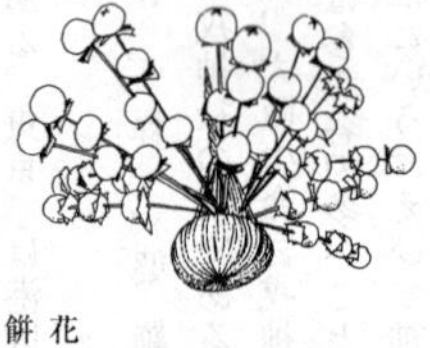
餅花

餅花の賽は鯛より大きけれ　高濱虚子
繭玉のかげ濃く淡く壁にあり　高濱年尾
餅花を揺らせし影の鎮もりぬ　稲畑汀子

土竜打《もぐらうち》

一月十四日の夜、子供たちが「十四日のもぐら打ち」とか、「海鼠《なまこ》どののお通り」などと囃しながら、藁の苞《つと》や土竜の嫌うという海鼠をかたどったもので家々の土間や庭を打って歩き、その家々で餅など貰う。年頭にあたって農作の害となるものを鎮めておくためである。

奈良坂に百姓家あり土竜打　三山
しきたりを捨てず城下のもぐら打　清水寛山
土竜打近づく門を灯しおく　鶴丸白路

綱《つな》曳《ひき》

昔、大津の人々と三井寺門前の人々との間で大綱を引き合って、その年の吉凶を占ったことに由来するもので、一月十五日小正月前後に行なわれる年占の行事であった。現在、神奈川県の大磯海岸では、一月十四日の夜、左義長のあとの行事として知られている。また秋田地方では、大仙市大曲の諏訪神社（月遅れの二月十五日）や刈和野（旧一月十五日）の綱引など、主に東日本にその風習が残っている。

つな引に小家の母も出にけり　西吟
綱曳の振舞酒や杓で酌む　中川秋光
綱曳や恵比寿大黒真中に　宮川史斗
祝新婚
二人して綱曳なんど試みよ　高濱虚子

松《まつ》の内《うち》

門松を立てておく間のことをいう。関東では元日から七日まで、関西では十五日までとするのがふつうである。この間は正月気分がただよっている。**注連《しめ》の内《うち》**。

奥深き宿となりけり松の内　玞石
口紅や四十の顔も松の内　正岡子規
母の著る著物なつかし松の内　星野立子
客事の好きな女房や松の内　岩木躑躅
松の内言葉も飾らねばならぬ　山内山彦
松の内とても庭より訪ふことに　五十嵐哲也

鎌倉は古き都や注連の内　高濱虚子
円き顔瓜実顔や松の内　同
旅すでに二度目となりぬ松の内　稲畑汀子

松納《まつをさめ》《まつおさめ》　門松を取り払うこと。その日は地方によって違い、一般的にいえば関東では六日の夕、関西では十四日の夕であることが多い。門松や注連《しめ》飾などが取り払われると、町並もいつもの姿にもどる。**松取**《まつと》**る**。**門松取**《かどまつと》**る**。

松納傾き古りし長屋門　吉野左衛門
みちのくの雪なき年の松納　鈴木喜久
而して稿を起さん松納　小原菁々子
薪割る音また響く松とれて　高濱虚子

飾納《かざりをさめ》《かざりおさめ》　新年の飾りいっさいを取り除くことである。たいてい六日であるが、十四日という地方も多い。それらをどんどで焚く。**飾取**《かざりと》**る**。**注連取**《しめと》**る**。

氏神へ飾納の老夫婦　杉山木川

注連貰《しめもらひ》《しめもらい》　門松を払い、注連飾を取りはずす日、子供たちはこの飾りを貰い集めてお宮や河原などのどんどの火に投げ込んで、これにあたり、餅など焼いたりして遊ぶのである。

注連貰ひ見知らぬ子供ばかりかな　よしこ
注連貰の中に我子を見出せし　高濱虚子

左義長《さぎちやう》《さぎちょう》　新年の飾りを取り払ってこれを神社や広場に持ちよって焼くことをいう。その由来にはいろいろな説があり定かでない。**どんど**、**とんど**などの名があるのはその囃し声から出たもの。**吉書揚**《きつしよあげ》とは書き初めの書をこの火の上にかざして高く昇らせ書道の上達を祈るのである。**飾焚**《かざりた》**く**。

左義長や降つゞきたる雪の上　鞭石
どんどの火小さくなりたる空に富士　勝俣泰享
火ぼこりの消ゆる高さや吉書揚　堀前小木菟
神の火のいま左義長に移さるゝ　高木桂史
竹はぜしとんどの火の粉打ちかぶり　稲畑汀子

鳥総松《とぶさまつ》　門松を取り払うとき、その梢を折り取ってそのあとに挿しておくのをいう。鳥総とは、本来木樵《きこり》が伐り倒した木の梢をそのあとに立てて、山神を祀ったことをいい、鳥総松はこれにならったものである。

門もなく大百姓の鳥総松　本田あふひ
この凍の緩むことなし鳥総松　深川正一郎
鳥総松盛り塩したる縁起かな　井桁蒼水
幾日も空が真青や鳥総松　副島いみ子
こゝにまだ屯田の家鳥総松　大島早苗
轍あと絶えざる門や鳥総松　高濱虚子

松過《まつすぎ》

松の内が終わった後のしばらくをいう。門松や注連《しめ》飾が取り払われると、街はふだんの姿に立ち返り、ふつうの生活に戻るが、正月気分がまだどこかに残っている。

松過のがらりと変る人通り　星野立子
松過ぎて年始まはりの役者かな　中村吉右衛門
松過のお稽古ごとに身を入れて　吉田小幸
前向きとなりし姿勢に松も過ぎ　中川秋太
松過の又も光陰矢の如く　高濱虚子
松過の会といふのもふさはしく　稲畑汀子

なまはげ

もと小正月、現在は十二月三十一日の夜、秋田県男鹿《おが》地方で行なわれる行事。数人の青年たちが大きな鬼の面をかぶり、蓑《みの》を着け、木製の刃物や御幣《ごへい》などを持ってウォーウォーと奇声をあげながら家々を訪れ、子供をおどしたり、なまける者をいましめたりして踊り狂う。なまはげというのは、炉にばかり当たっているなまけ者の皮膚の火斑《ひだこ》、すなわち「なまみ」を刃物で剝ぎ取るということからきた名である。類した行事は他の地方にも見られる。

なまはげの躍り狂ひし座敷掃く　西澤信生
なまはげの子の泣声にたぢろぎし　竹中弘明

小正月《こしやうぐわつ》《こしょうがつ》

元日を大正月というのに対し一月十五日を小正月と呼ぶ。大正月が宮廷の儀礼的性格が強いのに対し、小正月は生活に密着した農民的な性格をおびており、農村では現在でも大切な行事として残っている。また、この日を**女正月**《をんなしやうぐわつ》といい、女性はこの日を年礼の初めとした。**女正月**《めしやうぐわつ》。

蘆刈も渡舟もやすみ小正月　福田杜仙
誰も来よ今日小正月よく晴れし　星野立子
奉公も今はむかしに小正月　石山佇牛
女正月祝ひ引越はじまりぬ　稲畑汀子

小豆粥《あづきがゆ》《あずきがゆ》　一月十五日に小豆を入れて炊いた粥のことで、餅も入れる。これを食べれば、その年の邪気、疫病を祓うという。**十五日粥**《じふごにちがゆ》。

うか〳〵とはや十五日小豆粥　山下松仙
山の温泉に泊りなじみて小豆粥　森白象
頼みあふいのち二つや小豆粥　吉井莫生
小豆粥翌日も食べ飽かざりし　秋山閑歩
明日死ぬる命めでたし小豆粥　高濱虚子

成人《せいじん》**の日**《ひ》　一月第二月曜日。昭和二十三年（一九四八）新しく国民の祝日として制定された。その日までの一年間に満二十歳に達し、成人になった男女を祝福する日である。市区町村単位で祝賀と励ましの会が催される。

成人のその日を以て改名す　星野立子
成人の日の一日を著疲れて　市橋山斗
成人の日の長身よ明眸よ　山本蛍村
成人の日の華やぎに今日居らむ　竹腰八柏

奈良《なら》**の山焼**《やまやき》　成人の日の前日の日曜日に、奈良の若草山を焼く行事。戦前は二月十一日、昭和二十五年から平成十二年までは成人の日（一月十五日）に行なわれていた。夕刻東大寺や興福寺の僧が、白頭巾墨染衣の僧兵姿をして、春日大社の神火を松明に移して手に手にたずさえ、夕刻合図とともに山麓からいっせいに点火する。見る見るうちに全山が一面の火の海となり、古都の夜空を焦す。この行事は昔東大寺と興福寺がこの山の境界を争ったとき、南都五大寺が仲裁をし、双方立ち会いの上で、山を焼き払って仲直りしたのが始まりといわれている。**お山焼**《やまやき》。

山焼やほのかにたてる一ッ鹿　白雄
山焼のはじまる闇をよぎる鹿　津川たけを

火を追うてのぼる高張お山焼　　下村非文

藪《やぶ》入《いり》

一月十六日、奉公人が休みをもらって親許へ帰り、または自由に外出して遊ぶ風習をいった。休みは盆の七月十六日と、年に二回あって、七月を「後《のち》の藪入」という。地方によっては他家へ嫁いだ子女が、里帰りすることも藪入と呼んだ。奉公人や嫁にとっては待ち遠しい日であった。**養父入《やぶいり》**。**里《さと》下《さが》り**。**宿下《やどさが》り**。

やぶ入や琴かき鳴す親の前　　太祇
藪入や思ひは同じ姉妹　　正岡子規
藪入の大きな包みいそ〳〵と　　木代ほろし
藪入に来しまゝ母をみとりけり　　鈴木重久
まゝ母の愛うすけれど藪入に　　水守萍浪
藪入や名張乙女の振分け荷　　高木一誠子
藪入の恋まで連れて来し噂　　勝尾艸央
藪入や母にいはねばならぬこと　　高濱虚子

二十日正月《はつかしやうぐわつ》《はつかしょうがつ》

正月二十日のこと。この日で正月行事はだいたい終わりとなる。関西では正月用の塩鰤《しおぶり》など魚の骨を野菜と炊き合わせるので骨《ほね》正月ともいうが、これは正月用の御馳走を食べつくす意味で、地方によりさまざまの呼び方、風習が残っている。

ものがたき骨正月の老母かな　　高濱虚子
半四郎二十日正月しに来り　　同

凍《こほ》《こお》る ㊂

冬の寒気で水が凍り、また水分を含んだものが凝結するのをいう。実際に凍らなくても、気分の上で凍る感じにも使う。たとえば「凍月」「頬凍てる」など。**冱《い》つる**。**凍土《いてつち》**。

手拭のねぢつたまゝの氷かな　　一茶
凍港や旧露の街はありとのみ　　山口誓子
冱てる夜や妻にもしひる小盃　　森川暁水
凍る断層黄河文明起りし地　　長谷川素逝
凍つる音棟木を走り永平寺　　関浩青
ぶら下るごと月かゝり道凍てぬ　　星野立子

村貧したつきの湖も凍てわたり　青葉三角草
凍土の上に建ちつゝありしもの　池内たけし
雲凍てゝ空の動きの止りけり　古賀昭浩
穴釣す暁けの凍湖を渡り来て　松尾緑富
石狩川流るゝさまに凍結す　大塚千々二
凍湖の汀ともなく木立あり　依田秋葭
湖の凍て対岸の音近し　勝俣雅山
一湾の凍て浪音を封じけり　大島早苗
摩周凍て万象動くものもなし　小森行々子
オーロラの燃えつゝ凍つる極の空　築山能波
まつげすぐ凍てて滑降あきらめる　伊藤とほる
日凍てゝ空にかゝるといふのみぞ　高濱虚子
里人はしみるといひぬ凍きびし　同
渤海の凍てし渚の忘れ汐　高濱年尾
凍てきびしかりし名残りのある庭に　稲畑汀子

冴《さ》ゆる 〔三〕

寒いとか冷えるなどの意味であるが、さらに凜とした寒さの感じがある。**風冴《かぜさ》ゆる**は乾いた、刺すような寒さの風、**鐘冴《かねさ》ゆる**は厳しい寒さに鐘の音が凍てつくように感じられるのをいう。**月冴《つきさ》ゆる**。

此かねや袖が摺てもさゆる也　几董
柊家の忍返しに月冴え来　京極杞陽
中天に月冴えんとしてかゝる雲　高濱虚子
月冴ゆるばかりに出でて仰ぎけり　高濱年尾

三寒四温《さんかんしをん》《さんかんしおん》 〔三〕

三日寒い日が続くと、あと四日暖かい日があるというように、数日の周期で寒暖の変化があることで、冬の気候の現象である。そうこうしているうちにも春は一歩一歩近づいて来る。

軒しづく頻りに落つる四温かな　白樹
つゞきたる四温の果つる雨となる　大久保橙青
三寒の吾が息牛の息とあり　依田秋葭
まぎれなく三寒四温始まれる　五十嵐哲也
旅二日四温のうちに終へしこと　荻江寿友

朝の雨上り四温となりゆけり　稲畑汀子

悴《かじか》む 三　寒気のため手足が凍《こご》えて自由がきかなくなることをいう。ときには口のあたりが悴んでうまくものがいえなくなることすらある。幼児の手などことに悴みやすい。

かじかめる手をもたらせる女房かな　山口青邨
かじかみし手に蔵の扉の重かりし　宮林和子
悴める手で書く現場日誌かな　大野審雨
悴める手に母の手の大きかり　千原叡子
太陽に悴める手をむけても見　三好雷風
悴みて短き一語ともならず　山本紅園
悴みし手より警棒放されず　田﨑令人
悴める手を暖き手の包む　高濱虚子
悴みて人の云ふこと諾かぬ気か　高濱年尾
かじかみし顔を写してコンパクト　稲畑汀子

皸《あかぎれ》 三　冬の寒さのため、また水仕事、荒仕事のあとなど、皮膚の皺に沿って細かい裂け目が入り、血がにじんだり熱をもったりするのを**胼《ひび》**といい、それが爪のわきや踵などもっと深く割れて赤く口を開けたのを皸という。**あかがり**。どちらも皮脂の欠乏によるもので非常に痛く、寝る前に軟膏を塗り手入れをする。昔は生味噌をすりこんだり、貝殻に入った黒色のひび薬をかませたりしたものであった。**胼薬《ひびぐすり》**。

あかぎれに当ることはぜを掛けにけり　濱口今夜
胼薬ぬりつゝ明日のつもりごと　岡本無漏子
妻の胼我が胼子等は育ちつゝ　西山胡鬼
皸の手入れがすめば寝るばかり　児玉葭生
胼の妻人を疑ふこと知らず　渡部桜
軽石をあてゝ痛しや胼踵　粟津福子
婢になくてはならぬ胼薬　細江大寒
絹糸をあつかふ故に胼手入　中西蘖
胼の手に祝賀の指輪贈らるゝ　鹽田育代
胼の頬を相寄せたりし母子かな　高濱虚子
胼の手に落つる涙をぢつと見る　高濱年尾

皸のなき手を見せて陶土練る　稲畑汀子

霜焼《しもやけ》 ㊂ 烈しい寒さのため皮膚の血管が麻痺し、血行が悪くなり、手や足、耳たぶなどが赤紫色に腫れて、かゆくなり、ときには痛みをともなう。外で遊ぶ子供たちや水仕事の多い女性に見られる。霜焼が烈しくなると腐蝕したりする。これを凍傷《とうしやう》という。霜腫《しもばれ》。

霜焼の耳こすりつゝ遅刻の子　吉塚久二三
凍傷者をれど一行無事と知る　小川里風
そろばんを入れる右手がしもやけに　田坂公良
霜やけの手をつゝましくしとやかに　高濱虚子
少し耳かゆし霜焼とも思はず　高濱年尾

霰《あられ》 ㊂ 大気中の水蒸気が急に冷えて氷結して降って来る。霰である。白い小粒の霰が、音を立てて地上に跳ね上がって降るさまは潔いもので、雪とはまた違った風情がある。玉霰《たまあられ》は霰の美称である。

呼かへす鮒売見えぬあられかな　凡兆
この街に二タ月すぎぬあられ降る　高木晴子
束の間の洩れ日にさとく霰止む　中村田人
吾も走り霰も走り橋長し　城谷文城
忽ちに小粒になりし霰かな　高濱虚子

風花《かざはな》 ㊂ 晴天にちらつく雪をいう。尾根を越えてくる風にともなわれて降ることもあり、また一塊の雪雲からもたらされることもある。

風花を美しと見て憂しと見て　星野立子
風花や杭の翡翠いつかなし　中井余花朗
風花や受ける幼の手をそれて　安積叡子
風花の音の世界に来て消ゆる　伊藤凉志
風花はすべてのものを図案化す　高濱虚子
風花のありしは朝のことなりし　高濱年尾
海見えて風花光るものとなる　稲畑汀子

雪起し《ゆきおこし》 ㊂ 北地で雪の降ろうとするとき、雷が鳴ることがある。これを雪起しという。

夜半の音雪起しとは知らざりし　西尾北鳴
荒海に一と火柱や雪起し　堀前小木菟

雪《ゆき》 ㊂ 水蒸気を多量に含んだ空気が上昇し、上空で冷却され、昇華され、結晶となり、雪となって降ってくる。雪の結晶は六角形に凍るので**六花《むつのはな》**ともいう。昔から月雪花とたたえられ、雪は冬を象徴し美しい景観を呈する。しかし地方によって降雪の量も大いに違い、したがってその趣にも差があり、さらに生活への影響もさまざまである。**牡丹雪《ぼたんゆき》**。**小米雪《こごめゆき》**。**粉雪《こなゆき》**。**綿雪《わたゆき》**。**雪空《ゆきぞら》**。**雪《ゆき》ちら〳〵雪《ゆき》**。**小雪《こゆき》**。**大雪《おほゆき》**。**深雪《みゆき》**。**吹雪《ふぶき》**。**雪明《ゆきあか》り**。**しづり雪《ゆき》**。**雪煙《げむり》**。**朝《あさ》の雪《ゆき》**。**夜《よる》の雪《ゆき》**。**暮雪《ぼせつ》**。

箱根こす人もあるらし今朝の雪　芭蕉
下京や雪つむ上の夜の雨　凡兆
応々といへどたゝくや雪の門　去来
木屋町の旅人とはん雪の朝　蕪村
是がまあつひの栖か雪五尺　一茶
いくたびも雪の深さを尋ねけり　正岡子規
降る雪や明治は遠くなりにけり　中村草田男
月光に深雪の創のかくれなし　川端茅舎
白雲に雪の御嶽まぎれつゝ　田中王城
馬ゆかず雪はおもてをたゝくなり　長谷川素逝
雪山を容れて伽藍の大庇　伊藤柏翠
深雪道のけぞり合うてすれ違ふ　長尾虚風
汽車下りて吹雪に紛れ行きにけり　矢野蓬矢
戻る人待つ吹雪く戸に耳澄ませ　森田愛子
大雪に狎れず怖れず棲み古りぬ　京五紅
学問の静かに雪の降るは好き　中田みづほ
炭鉱の灯のかたまれる深雪かな　戸澤寒子房
馭者遂に立ちて鞭うつ吹雪かな　加藤蛙水子
火の粉吐き雪の但馬へ向ふ汽車　西山小鼓子
雪の戸に迎への俥灯して　近藤いぬゐ
一夜さに雪の越後と変りはて　瀧澤鶯衣
父を訪ひ来てみちのくに雪籠　加賀谷凡秋

雪山を見てきし故に山見つゝ　京極杞陽
満目の深雪の底に温泉あり　村上三良
蒲原の吹雪の中を巡業す　壽々木米若
空の色うつして雪の青きこと　高木晴子
大雪となるべし駅のはや灯り　遠藤梧逸
吹雪ても吹雪ても北海道の子よ　吉田もりゑ
眉に雪止めて欠航掲示読む　岸原枯泉
影が来て鴉下りたる雪の上　新田充穂
雪明り夜明けの色の加はりし　奥田智久
灯の動き来るは道なり夜の雪　髙橋笛美
一封書本山よりの雪見舞　堀前小木菟
雪を魔と呼ぶには余りにも白し　堺井浮堂
絶壁にはりつく海鵜雪はげし　新谷氷照
次の橇その次の橇雪止んで　依田秋葭
雪やんで景色止つて居りにけり　嶋田摩耶子
五六尺積らぬうちはまだ小雪　佐藤五秀
対岸の見えぬ吹雪に渡船出る　小島梅雨
東京の暮しに帰る子に吹雪く　徳永寒灯
湯の町の夜空にしるく雪の由布　兼田雅文
機音にゆきあたりたる深雪かな　清　准一郎
夜の吹雪をさまる気配なき宿に　松尾緑富
玄関にころがってゐる下駄の雪　林　澄山
背丈ほど積むといふ雪見てみたく　今橋眞理子
大雪にショートケーキの如き街　川口咲子
風の日は雪の山家も住み憂くて　高濱虚子
雪しづり吹きとび散れる微塵かな　高濱年尾
転びたることにはじまる雪の道　稲畑汀子

雪《ゆき》見《み》 ㊂

このごろではとくに雪見などをする人は少ないであろう。しかし一夜が明けて思いもかけず庭に降り積もった雪を見れば、近くの公園とか神社や寺などに出掛けてみたい心にもなる。舟を浮かべたり池の端に席を設けたりして雪見酒を酌《く》むという風流は廃れても、雪そのものの美しさを見いだそうとする心の動きはいつまでも失われない。

いざゆかん雪見にころぶ所まで　芭蕉
縁側へ雪見の火桶持ち出して　松元桃村
雪国に嫁ぐ雪見に招かれて　長谷川回天
しづかにも漕ぎ上る見ゆ雪見舟　高濱虚子

雪《ゆき》搔《かき》 ㊂　門口、店先などに降り積もった雪を搔き除けて道をつけるのである。雪の少ないときは雪箒で掃くが、多くなると雪搔やシャベルなどを使い門口のわき、道ばたなどに積み上げる。川や海の近くでは車で雪捨てに行く。雪国では毎日の欠かせない作業である。鉄道線路や駅の構内などでは**排雪車**《はいせつしや》を使ったり、また多数の**除雪夫**《ぢよせつふ》が出たりして除雪作業を行なう。近年は**除雪車**《ぢよせつしや》や融雪装置の発達により適切な除雪が行なわれるようになった。**ラッセル車**《しや》。

除雪車の力も及び難しとや　中田みづほ
雪搔のとりつきのぼる大伽藍　伊藤柏翠
往診を待ついくども雪を搔き　松本菊生
雲水のどつと出て来て雪を搔く　沢田緋紗詞
お隣に又先越され雪を搔く　小竹由岐子
雪搔くや行人袖を払ひ過ぐ　高濱虚子
列車出しあとの雪搔き駅員等　高濱年尾

雪《ゆき》卸《おろし》 ㊂　雪の深い地方では、屋根に降り積もった雪を、一冬に何回も取り除かねばならない。ほうっておくと、家の戸や窓などのたてつけが悪くなるばかりでなく、家がこわれることさえある。大雪が続くと、雪卸の労力も経費も膨大なものになってくる。雪国の冬には欠かすことのできない作業である。

門徒衆泊りがけなる雪卸を　風間みきを
屋根の上に犬も上りし雪卸　竹中一峰
雪卸してはどうかと巡査来し　廣中白骨
命綱屋根に振り分け雪おろす　細川葉風
銀行も郵便局も雪卸す　佐藤五秀

雪《ゆき》踏《ふみ》 ㊂　大雪が降って、雪搔ができなくなると、道も川もわからなくなるので、樏《かんじき》や大きな雪沓で雪を踏みかため、道をつけることである。

雪踏も神に仕ふる男かな　高野素十
雪を踏むだけの大きな藁の沓　時山秋月
よそ者と今も言はれて雪を踏む　饒村楓石

雪《ゆき》まろげ 三　雪遊びの一つ。まず小さな雪の玉を作り、雪の上を転がしてだんだん大きなかたまりにするのである。子供一人の手に負えなくなると数人でころがす。雪まろがせ、雪まろばしなどともいい、大小二つを合わせれば雪達磨に仕立てることもできる。遊んでいるうちに身体がほこほこと暖まってくる。除雪のためにもなる。

君火をたけよきもの見せむ雪まろげ　芭蕉
霜やけの手を吹てやる雪まろげ　羽紅
大小の雪まろげ行きちがひけり　中田みづほ

雪合戦《ゆきがっせん》 三　主に雪国の子供の遊びであるが、大雪のあった翌日などはふだん雪の降らない地方でも見かける。校庭や空地で子供が大勢集まって雪礫を作り、昔の合戦のように雪をぶつけ合って遊ぶ。**雪遊《ゆきあそび》**。

母織れる窓の下なる雪あそび　皆吉爽雨
玻璃ぬちに母の顔ある雪あそび　藤本至宏
雪合戦わざと転ぶも恋ならめ　高濱虚子

雪礫《ゆきつぶて》 三　雪合戦に用いる雪の塊も雪礫には違いないが、ただ一つか二つふざけて投げるようなものこそ雪礫というのにふさわしい。

よき君の雪の礫に預らん　召波
新しき雪に沈みて雪礫　村上三良
飛びくるは彼の心音雪礫　広川康子

雪達磨《ゆきだるま》 三　雪をまるめころがして二つ重ね、達磨の形にし、これに木炭や炭団《たどん》で目鼻をつけたものである。古くは丈六仏などを雪で作ったので達磨を含め**雪仏《ゆきぼとけ》**ともいった。**雪兎《ゆきうさぎ》**は盆の上に雪で兎の形を作り、南天の実の目、隈笹《くまざさ》の耳などをつけたもの。

とる年もあなた任せぞ雪仏　一茶

雪達磨ありし処に消え失せぬ　池内たけし
庭の雪使ひ果して雪達磨　湯川雅
朝の日に濡れ始めたる雪達磨　稲畑汀子

竹《たけ》馬《うま》 ㊂ 二メートルくらいの二本の竹の棒にそれぞれ適当な高さの横木の足台をつけ、それに子供が乗り、歩いて遊ぶものである。

竹馬の鶏追うて走りけり　赤星水竹居
竹馬の子のおじぎしてころびけり　星野立子
竹馬に乗れてお使どこへでも　谷口米雄
乗れるはずなる竹馬に焦りもし　豊田淳応
竹馬に乗りて男に負けてゐず　藤松遊子

スキー ㊂ 雪の上を滑るスポーツで、スケートとともに冬季スポーツの代表的なものである。シーズンになるとスキー列車やスキーバスが仕立てられ、人々は雪を求めてスキーに出かける。有名な各地のスキー場は華やかな服装のスキーヤーで賑わう。

スキー長し改札口をとほるとき　藤後左右
スキー迅し従ひ走る雪煙　大家湖汀
転倒といふにも呼吸スキーする　依田秋葭
スキー靴脱ぎて自由な足となる　千原草之
太陽が邪魔になるほどスキー晴　長尾虚風
スキーヤー転びて景色とまりけり　小林草吾
ためらうてをりしが滑り来しスキー　和山たもつ
すべり来るスキー映画に大映し　高濱虚子
簡単にスキーに行くと云はれても　稲畑汀子

橇《そり》 ㊂ 積雪のため車が通らなくなるところでは、運搬、交通に橇を使う。ふつうは馬が引くが、犬が引くものを**犬橇**《のそ》という。小形で人の引く**手橇**《てそり》もある。広い雪の原を列を作って進む橇、病人や幼児を毛布に包んで乗せる橇、橇には北国の生活がある。**雪舟**《そり》。**雪車**《そり》。

橇の鈴きこえしのみの今宵かな　柏崎夢香
ふるさとの若人よわが橇を曳く　佐藤漾人

橇でゆく長き別れを惜みけり　合田波一郎
祝言の門の内なる橇溜り　吉村刀水
橇著いてよろめき出でし女かな　西方石竹
めつむりて夜橇にあれば川音も　山口青邨
起重機の腕が馬橇の荷に下りる　三ツ谷謡村
橇馬の昏れたる貌の近づけり　依田秋葭
押す力加はつて橇ひかれ出す　佐藤一村
弓手あげ星流れしと橇の馭者　成瀬正とし
いさかうて一つの橇を兄弟　大家湖汀
郵便旗たてゝ馬橇の来りけり　長谷草石
空鞭のひびき夜空に橇を駆る　水見壽男
わが橇の馬が大きく町かくす　高濱年尾

雪沓《ゆきぐつ》 ㊂　雪道を歩くとき、また雪を踏み固めて道を作るときなどに用いる。藁で爪先を覆うスリッパ形の**藁沓**《わらぐつ》、長靴形の**深沓**《ふかぐつ》、編上げ式に紐を結ぶ**爪籠**《つまご》など、地方により用途に応じていろいろの種類がある。材料に藁を使うことが多いのは、暖かく丈夫な上にすべりにくいためである。

雪沓をはかんとすれば鼠行　蕪村
雪沓を借りて満座の寺を発つ　野島無量子
雪沓を持ちて迎へに来てくれし　近藤いぬゐ
雪沓をはいてふるさと人とあり　宮木砂丘
雪沓の吊りあり湯女の部屋らしく　樋口陵雨
新しき雪沓軽く踏み出づる　入江月凉子
音もなく雪沓はいて女来る　佐藤朴水
途中まで送る雪沓履きにけり　高瀬竟二
山人の雪沓はいて杖ついて　高濱虚子
雪靴の気後れ雪のなき街に　稲畑汀子

かんじき ㊂　雪に足を踏み込んだり、滑ったりするのを防ぐために、雪の深い地方で靴や雪沓の下に重ねて履く道具。もっとも代表的な丸樏《かんじき》、輪樏は、蔓《つる》や竹を約三〇センチ内外の円形または楕円形に撓《たわ》めて作った

かんじき

枠に、蔓、麻縄などを張り、紐をつけたもの。雪深い野山で作業する人には欠かせぬものである。**樏《かんじき》**。

履き捨てゝくれと樏作りくれ　水本祥壹

樏を戸に打ちつけて雪落す　牛木たけを

かんじきの紐が凍てつきほどけざる　高橋向山

樏の干され伊吹の測候所　山口友之

樏をはいて一歩や雪の上　高濱虚子

しまき ㊂ しまきは本来、風の烈しく吹きまくること、またその風をいうが、俳句では冬季のものとして雨をともなうものをいう。これに雪をともなうと**雪《ゆき》しまき**となり、吹きまくる風に舞い狂う雪片は、日本海や東北、北海道の海辺の凄絶な風景である。

しまきても晴れても北の海黝く　桑田青虎

内海もおだやかならず雪しまき　谷内秀作

一駅のながき停車に雪しまく　高木石子

凍《とう》死《し》 ㊂ 厳寒のころになると、雪中の歩行者や登山者などが寒気のため歩行の自由を失い失神して死に至るのをいう。吹雪などのおりにはことさらその危険が高く、**吹雪倒《ふぶきたふ》れ**になることがある。

片膝をついて深雪や凍死人　紅実

凍死人見てきしことを阿蘇の湯女　小坂螢泉

雪《ゆき》眼《め》 ㊂ 雪の積もった晴天の日は、反射光線が眩しく、長時間外にいると眼が紫外線に冒され、炎症を起こす。視力が落ち、雪盲になることさえある。これを雪眼という。予防には黒や黄や緑などの**雪眼鏡《ゆきめがね》**を用いる。

雪眼して越後の雪の外知らず　小林樹巴

雪眼診て山の天気を聞いてをり　岩垣子鹿

雪眼鏡借りて見つゞけらるゝ景　稲畑汀子

雪《ゆき》焼《やけ》 ㊂ 雪に反射した日光により、皮膚が黒く焼けること。雪山で作業する人、スキーヤーなどに多い。夏の日焼よりも褪めにくい。

検証の旅に雪焼して戻り　三谷蘭の秋

雪焼の顔を揃へて下山せし　宮中千秋

雪女郎《ゆきぢよらう》《ゆきじよろう》 ㊂ 幾日も降り続く雪の中で、突然雪女郎や雪女《ゆきをんな》が現れて道を迷わすという話が雪深い地方で伝わっている。白一色に降りこめられた中での一種の幻覚と思われるが、それが雪鬼や雪坊主などにもなり、妖怪として雪の夜の炉話に語り継がれている。神秘的でロマンチックな季題であるが、雪に閉じこめられている人々にとっては、また何となく真実性をともなってもくる。

みちのくの雪深ければ雪女郎　山口青邨
魂のぬけて急ぐや雪女郎　安田蚊杖
吹雪く夜は小窓覗くと雪女　國井月皎
雪をんな来さうな雪の降りといふ　根元敬二
酔かなし雪女かも吾妹かも　京五紅
みちのくに雪降るかぎり雪女郎　木村滄雨
雪女郎の眉をもらひし程の月　山田弘子

雪《ゆき》《ゆき》**折**《をれ》《おれ》 ㊂ 積もった雪の重さで、木や竹が折れることをいう。松や竹のような、冬も葉をつけている植物に多く、雪の降る夜更けに、その音を聞くのはすさまじい感じがする。

雪折も聞えて暗き夜なりけり　蕪村
雪折の松のきれ蔓吹き離れ　高野素十
雪折の竹かぶさりぬ滑川　高濱虚子
雪折の椿一枝に蕾あり　高濱年尾

雪《ゆき》**晴**《ばれ》 ㊂ 雪の降りやんだ翌朝、真青に澄みきった晴天に恵まれることがよくある。高山や平原に積もった雪に輝く朝日、一夜のうちに新雪を装った山里や漁村の晴れ渡った風景はまったく素晴らしい。

うつくしき日和になりぬ雪のうへ　太祇
雪晴の障子細目に慈眼かな　川端茅舎
雪晴の鶏屋に婢が来て鶏放つ　加藤三陽
雪晴や障子の外の与謝の海　竹内三桂
雪晴の祇園の朝の音もなく　竹屋睦子
雪晴の空に浅間の煙かな　高濱虚子

雪晴も雪に暗むも遠野かな　稲畑汀子

雪祭《ゆきまつり》　雪祭の代表は札幌であろう。昭和二十五年（一九五〇）に始められ、二月五日ころから一週間、雪と氷の彫刻、大野外展が開かれる。他にも新潟県十日町市をはじめ北海道、東北、北陸の各地で雪のカーニバルなどといって盛んに行なわれるのは、雪に閉ざされた冬を積極的に楽しむ心持である。

雪像に積る雪掃き雪まつり　内田柳影
雪まつり雪への憂さを忘るゝも　浅利恵子

氷《こほり》《こおり》㊂　水温が氷点下になると水は表面から凍ってくる。庭の池に張る氷、歩行やスケートもできる湖の**厚氷**《あつごほり》、さらに船の航路を塞《ふさ》いでしまう氷海ともなる。**氷面鏡**《ひもかがみ》というのは氷の表面が鏡のように見えるのをいうのである。「氷紋」は窓硝子に凍りついた氷の紋様をいう。

瓶わるゝ夜の氷のねざめかな　芭蕉
踏み破るゝ音の楽しき氷かな　大橋越央子
氷紋の又出来て来て今日暮るゝ　上野章子
氷紋の遂に解けざる車窓かな　川上巨人
星の数ふえつゝ暗き氷湖かな　濱井武之助
氷紋も星座も玻璃に釘づけに　長尾虚風
馬叱る声氷上に在りにけり　高濱虚子
安全に歩くことのみ氷上は　稲畑汀子

氷《つ》**柱**《らら》㊂　軒庇や崖などから水滴がたれ、それが凍ったもので、朝日にすぐ消えるものから、解けずに日ごとふとって行き、軒と大地をつなぐほどの大氷柱まである。**垂氷**《たるひ》。

朝日かげさすや氷柱の水車　鬼貫
みちのくの町はいぶせき氷柱かな　山口青邨
小さき葉も小さきつらゝや皆つらゝ　高木晴子
大華厳瑠璃光つらゝ打のべし　川端茅舎
月かげのうつろひそめし軒氷柱　川端貞男
軒雫止んで居りたる氷柱かな　森本水鶏子
はや〳〵と氷柱雫の止みし夜　奥田智久
滝氷柱しきりに落下する日なり　藤崎久を

空の色映りて晴る丶氷柱かな　深見けん二
町の子の氷柱落しといふ遊び　新谷根雪
凶器めく氷柱となつてしまひたる　浅利恵子
世の中を遊びごころや氷柱折る　高濱虚子
遠き家の氷柱落ちたる光かな　高濱年尾

凍《いて》滝《だき》　冬の厳しい寒さに、水もしぶきも氷結した滝である。岩肌を落ちる水が、その勢いのままに覆い被さるように凍りついている。晴れた空から射し込む日に氷の襞が輝く姿は、荘厳な美しさを感じさせる。**滝凍《たきこほ》る**。

一瞬に大凍滝のゆるみ落つ　松住清文
凍滝のかすかに楽のありにけり　河野美奇
凍滝に耳を澄ませば水の音　山本素竹
凍滝のうす緑なる襞の数　高濱年尾
凍滝のなき水音を聴いてをり　稲畑汀子

採《さい》氷《ひよう》　[三]　川や湖などの天然氷を鋸で切り取ることをいう。現在は一般的ではないが、北海道や東北地方、長野県の諏訪湖などでは天然氷を採取して夏まで貯えている。

採氷や唯雪原の網走湖　唐笠何蝶
採氷や湖の蒼さを切つてをり　三浦敦子
試し切り終り採氷はじまりし　白幡千草

砕氷船《さいひようせん》　[三]　冬季氷結した港の出入り、その他、船の進路を容易にするために自らの重さで氷を割る特殊な船で、船体および機関がとくに堅牢に造られている。南極観測船はこの種類の船である。

湾外へ砕氷船の一路かな　久米幸叢
砕氷船舳先いためて繋りをり　高木紫雲

氷下魚《こまい》　[三]　鱈《たら》に似た長さ二〇～四〇センチの魚で、北海道で捕れる。凍った海に穴を開けて釣ったり、網を入れたりする。味は淡泊で味噌汁、刺身などによい。干物にもする。**氷下魚《こまい》釣《つ》る**。

氷の窓に冥き海ぞも氷下魚釣る　山口誓子
氷下魚あはれ尾をはねしとき凍てにけり　大塚千々二

氷海を上る朝日に氷下魚釣　粟津松彩子
後手に曳いて行く橇氷下魚釣　永谷たくじ

スケート ㊂ 俳句ではスポーツ用具としてのスケートより、スケーティングそのものをさす場合が多い。若者の間ではスキーとともにウインタースポーツの花形である。わが国にはスケートのできる湖沼は少ないが、整った設備のスケート場は数多く、国際大会なども催される。**氷滑り**《こほりすべ》。

スケートや連れ廻りをりいもせどち　鈴木花蓑
スケートの心に脚の従はず　嶋田一歩
彼が見てゐるスケートを舞ひにけり　嶋田摩耶子
スケートの靴に乗りたる青春よ　稲畑汀子

ラグビー ㊂ 英国に始まった球技で、正式にはラグビーフットボールという。楕円形のボールを追って広いグラウンドを走り回る若者たちの姿は、いかにも男性的な冬のスポーツである。

ラグビーの倒れし顔の芝にあり　三宅二郎
ラグビーの殺到しくる顔ゆがみ　下村福
眉の根に泥乾きゐるラガーかな　三村純也
勝鬨のラガー歯科医の卵たり　松本圭二

避《ひ》**寒**《かん》 ㊂ 寒さを避けて気候の暖かい地方に赴くことをいう。東京からは湘南、伊豆、房州の別荘とか温泉などに出掛けるが、暖房設備がととのい、交通機関が発達したこのごろでは長期間滞在する人は少なくなった。**避寒宿**《ひかんやど》。

鵠沼の松ケ丘とや避寒宿　星野立子
船著いて郵便が来る避寒宿　宮田蕪春
逗留にはかどる仕事避寒宿　桑田青虎
避寒して世を逃るゝに似たるかな　高濱虚子

寒《かん》**月**《げつ》 ㊂ 天地凍《い》てつく空にかかった見るからに寒々とした月をいう。天心に仰ぐときは、星を遠ざけて冷徹そのものの鋭さがある。

寒月や枯木の中の竹三竿　蕪村
駕を出て寒月高し己が門　太祇

寒月の通天わたるひとりかな　川端茅舎
カーテンを引き残したる寒の月　湯浅典男
寒月やわが発心にくもりなし　西澤信生
寒月の埠頭も船も寝しづまり　高林蘇城
寒月のいびつにうつる玻璃戸かな　高濱虚子
寒月の光さし添ふ病床に　高濱年尾
寒月をとらへし梢の高からず　稲畑汀子

寒《かん》の雨《あめ》　寒中に降る雨のこと。冬の雨の中からとくに寒の雨と分けていうのは、それだけ厳しい感じがするからである。寒に入って九日目に降る雨を「寒九《かんく》の雨」といって豊年の兆とされている。

病床のおろかなる身よ寒の雨　新井秋峯
骨の母抱けば寒雨が袖濡らす　舘野翔鶴
誰々ぞ寒雨をついて来る人は　高濱虚子

寒《かん》灯《とう》　㊂　明るく灯ってもなお寒そうな冬の灯火である。寒《かん》燈《とう》。冬灯《ふゆともし》。

寒燈にこの頃親し古俳諧　赤星水竹居
ものを書く硯の海に冬灯　眞下喜太郎
妻に貸す老眼鏡や冬灯　春山他石
寒燈下面テもあげず沈金師　伊藤柏翠
寒燈やひもときゆけばはたと祖意　野島無量子
まとまらぬ引導の偈や寒灯　森永杉洞
亡き母へ手向けの写経寒燈下　近江小枝子
寒燈下一人の音に一人住む　中川菜生
すぐ冷える独りの食事寒燈　永森とみ子
寒灯消し病室に夜が又　藤木和子
冬灯二つ一つと消えて山　坊城俊樹
寒燈に柱も細る思ひかな　高濱虚子
若者の居る明るさの冬灯　稲畑汀子

水《みづ》《みず》餅《もち》《もち》　餅は日が経つと固くなり、また黴《かび》が生えたりするので、寒の水を張った水甕《みずがめ》に浸けておく。水餅にしておくと食べるときにいつまでもやわらかい。

水餅の箸を逃げたる壺暗し　田畑比古
水がめに重なり合ひて餅沈む　千原叡子
一つ減りまた水餅の深くなり　山内山彦
水餅の水替へる朝一番に　粟津福子
水餅の水の無精はゆるされず　福田松風子
水餅の水を上りてすべる箸　重永幽林
水餅の混雑しをる壺の中　高濱虚子

煮凝《こごり》　魚などを煮た汁が寒気のため凝り固まったものである。煮汁の中に溶け出したゼラチン分によるもので、鰈《かれい》や鮃《ひらめ》などの煮凝ったものをよく見かける。煮凝は特有の味を舌に残してとろりと溶けてしまう。**凝鮒**《こごりぶな》は寒鮒の煮凝ったもの。

煮凍を旦夕やひとり住　召波
煮凝やかこつがほどに貧ならず　岩木躑躅
煮凝やニッケル製の厨匙　左右木韋城
煮凝や二日つゞきし妻の留守　村上杏史
森閑と子なき夫婦や凝鮒　高木青巾
煮凝を探し当てたる燭暗し　高濱虚子

氷豆腐《こほりどうふ》《こおりどうふ》　寒夜、豆腐を凍らせ干したもの。豆腐を適当な大きさに切って、戸外の棚に並べて凍らせ、それを藁しべで括って軒下などに干す。紀州高野山が産地としてとくに有名であったので**高野豆腐**《かうやどうふ》の名がある。今では機械化され量産されるものが多くなったが、やはり東北や諏訪あたりの寒冷地のものがよいとされる。**寒豆腐**《かんどうふ》。**凍豆腐**《しみどうふ》。

凍豆腐今宵は月に雲多し　松藤夏山
天井に吊したのしみしみ豆腐　星野立子
月に吊り日に外しけり凍豆腐　高濱虚子

氷蒟蒻《こほりごんにやく》《こおりごんにやく》　ふつうの蒟蒻を一旦湯の中に入れ、その煮えたものを取り上げて適当な大きさに切り、さらにそれを三十日内外、厳寒に晒《さら》したものである。その間、毎夜水を掛けて凍結を助ける。晒せば晒すほど質はよくなり美味となる。古くからある保存食品の一つである。

峡の夜の星に蒟蒻凍りゆく　今井千鶴子
戻したる氷蒟蒻薄味に　稲畑汀子

寒天造《かんてんつく》る　寒天はところてんを屋外で凍らせ、干した食品である。凍らすには適宜に切って筵《むしろ》などに並べ、寒中二、三夜屋外に置いて凍らせ、さらに約十日間、昼は日光にあて、夜は凍らせて晒し、白く干し上げるのである。ゼリーや羊羹などの原料にもなる。長野、大阪、三重が産地として知られ、わが国の特産物である。

寒天小屋の匂ひなか／＼馴染まざる　松尾緑富
暁の星またゝく下に寒天干す　冨士原ひさ女
寒天の重さ失ふまでは干す　木村滄雨

寒曝《かんざらし》　穀類などを寒の水につけて、陰干にして晒すことをいうが、ふつう、寒曝といえば、白玉粉のことをさす。糯米《もちごめ》を石臼でひき、その粉を寒の水で洗い、毎日水を替えて三日ないし十日晒し、布袋に入れて水を切り、干すのである。寒の水で晒すと脂肪が減って、粉のきめがこまかくなる。寒晒《かんざらし》。

晴るゝ日も雪ちらつくや寒晒　再生
寒晒日を失へる桶二つ　猪俣勝太郎
風の来てくぼめし水や寒晒　肝付素方
午からの青空が見え寒ざらし　和田有弘

索麺干《さうめんほ》す（三）　索麺の製法は、奈良時代に中国から伝えられたといわれる。農家の冬の副業として始まったもので、小麦粉をねり、足で踏んで伸ばしてから細く丸め時間をかけて麺状に長く伸ばし、これを並べ掛けて天日に晒す。冬の天気のよい日など農家の庭一杯に長い旗のように白い索麺を干した景に出会うことがある。奈良県の三輪、兵庫県の龍野、愛媛県の松山地方などが生産地として知られている。

索麺を干したる上の三輪の山　森田芳子

葛晒《くずさら》す　葛の根を掘り採り、洗って適当な大きさに切り、叩きつぶして、さらに臼でひき、布袋に入れて水槽につけ、澱粉を水中に漉《こ》し出す。この液から沈殿した澱粉を何回か水を替えて晒し、純粋な葛粉を採るのである。寒中の水を使って行なう。奈良県の吉野葛が有名である。

宇陀川に並びゐる桶葛晒す　小沢淑子
葛晒す禁裡御用を誇とし　土山紫牛
葛晒すわざわざ秋月に残りたる　上崎暮潮
白といふ色の段階葛さらす　西村旅翠

凍《いて》鶴《づる》 ㊂ 動物園などに飼われている寒中の鶴は、あたかもまわりの景色とともに凍ててしまったように見える。これを凍鶴という。頸をまげて頭を翼深く隠し、一本足で立って身じろぎもしない。物音にもあまりおどろかず、一歩二歩動いても、すぐまたもとの静寂の姿にもどる。一方、野生の鶴は、あまり凍てるという姿は見せない。

凍鶴が羽ひろげたるめでたさよ　阿波野青畝
人去りて鶴はふたゝび冱てにけり　竹末春野人
凍鶴や足を下ろして歩みそめ　清水賀名生
凍鶴の首を伸して丈高き　高濱虚子
凍鶴に大地従ひゆく静寂　稲畑汀子

寒《かん》鴉《がらす》 寒中の鴉をいう。鴉はふだんからよく人の目につく鳥であるが、寒中の荒寥とした景色の中を悠然と飛び回り、人をも怖れず近付いてくる姿は不気味でもある。

寒鴉潮の退きたる礁にも　鈴木洋々子
目の前へすとんと降りぬ寒鴉　杉崎句入道
長いものひつぱり合へり寒鴉　竹田青江
寒鴉ひとつの声を啼きつゞけ　中口飛朗子
見下ろしてやがて啼きけり寒鴉　高濱虚子

寒《かん》雀《すずめ》 寒中の雀をいう。日ごろ人家近く棲《す》む雀であるが、あたりが枯れてもの淋しい冬になると、いっそう身近に親しく思われてくる。軒先や枯木の枝などに身を膨らましてとまっている姿などいじらしい。

とび下りて弾みやまずよ寒雀　川端茅舎
ころげある魚籠の中より寒雀　鉄田耕寿
船の無き波止に弾みて寒雀　廣瀬河太郎
寒雀短き主婦の午後終る　梅田実三郎

兎見斯う見ついばむは何寒雀　高濱虚子

凍蝶《いててふ》《いてちょう》　死んでいるのかと思って触れてみるとそれがほろほろと舞い上がってみたり、また生きているとばかり思って触れてみると凍って死んでいたりする。これを凍蝶という。春夏秋冬と蝶はそれぞれに趣があるが、凍蝶となると一層あわれである。

凍蝶のほろ〳〵あがる茶垣かな　山本京童
汚れなき蝶なり凍てゝをりにけり　松下鉄人
凍蝶の風に翔つかと見えたれど　乾　一枝
凍蝶のはがれし如く戸より落つ　福井圭兒
冱蝶の箒の先にあがりけり　追川瑩風
凍蝶に絵の色のごと海の色　池内友次郎
裂けし翅大事にたたみ蝶凍てぬ　横谷清芳
凍蝶の己が魂追うて飛ぶ　高濱虚子
凍蝶の果して翅の欠けゐたる　高濱年尾
翔つことを忘れしよりの凍蝶と　稲畑汀子

初観音《はつくわんおん》《はつかんのん》　一月十八日、観世音菩薩のこの年最初の縁日である。東京では浅草寺、京都では清水寺、九州太宰府では観世音寺などがことに賑わう。観音は勢至菩薩とともに阿弥陀如来の夾侍《きょうじ》で、大慈大悲、十方の国土に身を現じ、世人がその名を称する音声を観じてみな解脱せしむるという。また観音菩薩は種々の相に化現《けげん》し給うので、六観音とか、七観音とか、三十三観音などというのである。

礎石見て初観音へこゝろざし　泉　刺花
初観音大提灯の下歩む　大脇芳子

千両《せんりやう》《せんりよう》　暖かい地方に自生し、庭園などにも栽培される。高さ六〇〜九〇センチで真冬に小さな紅い実をむすぶ。万両に似ているがこれは葉の上に実をつける。新年などに鉢植として床の間に飾ったりする。

千両や筧一滴づつの音　片山那智兒

千両

千両の実をこぼしたる青畳　今井つる女
千両か万両か百両かも知れず　星野立子

万両《まんりやう》《まんりょう》　万両は千両よりも実が大きく豊かな感じがする。色も少し沈んだ深紅で葉かげに集まってつき品もい い。つくばいのかたわらなど陰地を好む。冬中実を落とさずに、色の乏しい庭に紅を点じている。

万両のひそかに赤し大原陵　山口青邨
万両や使ふことなき上廁　富安風生
万両の実の赤かりし一慶事　澤村芳翠
万両の実は沈み居る苔の中　高濱虚子
万両にかゝる落葉の払はるゝ　高濱年尾

万両

藪柑子《やぶかうじ》《やぶこうじ》　山林、陰地などに自生し、一〇～三〇センチくらいになる。冬、常緑の葉の間に小粒の美しい紅色の実をつける。正月の盆栽などによく使われる。

塀外に側女の墓や藪柑子　田辺むさし
藪柑子ふゆるがまゝに住みつきぬ　西村ひでを
山深く神の庭あり藪柑子　江原巨江
一つづつ離れたる実も藪柑子　増田手古奈

青木の実《あをきのみ》《あおきのみ》　青木は常緑の低木で、冬、棗《なつめ》に似た実がだんだん紅くなり、色のない冬の庭に、その赤さが目立つ。まれに白い実のものもあり、木には雌雄がある。葉は火傷の薬となる。

つやゝかにかたまりうれて青木の実　岡崎莉花女

寒牡丹《かんぼたん》　牡丹は初夏の花であるが、その変種を厳冬に咲かせたものが寒牡丹である。藁囲いの中にやや小ぶりの花を見せる。奈良の染寺《そめでら》（石光寺）など古くから有名である。ふつうの品種を冬咲かせるようにした牡丹園もあり、これは花も大きい。**冬牡丹**《ふゆぼたん》。

ひう〱と風は空行冬牡丹　鬼貫
又一人まみゆるごとく寒牡丹　田村木國

寒牡丹著けたる蓑の新しく　遠藤梧逸
藁覆に雨のしみゆく寒牡丹　蘆高暮舟
寒牡丹手入れに法衣脱ぐ日あり　木村滄雨
拝観の人々寡黙寒牡丹　中川素心
苞割れば笑みこぼれたり寒牡丹　高濱虚子
天地の色なほありて寒牡丹　同

葉牡丹《はぼたん》

甘藍の一種で観賞用のもの。緑、白、紫色などの葉が縮緬のように、畳み且つ巻いているので、大きな牡丹の感じがする。正月用の生花、鉢植として使われる。門松の立った玄関脇などに、この花の一鉢を置いてあったりするのはいかにも正月らしい。

梅と挿されて葉牡丹低しおのづから　篠原温亭
赤よりも白に華やぎ葉牡丹は　蔵本はるの女
葉牡丹の雪にかくれし花時計　鈴木貞二
積んで来し葉牡丹植ゑて車去る　稲畑汀子

寒菊《かんぎく》

秋の菊が盛りを過ぎたころから蕾をあげはじめて、冬、小輪の真黄、または濃紅の花を開く。菊の原種の一変種で、霜や雪にも強く、葉が紅葉することもあり、畑や庭の隅でいつまでも咲き続ける。**冬菊《ふゆぎく》**。

寒菊や粉糠のかゝる臼の端　芭蕉
寒菊や愛すともなき垣根かな　蕪村
寒菊や世にうときゆゑ仕合せに　岩木躑躅
寒菊や祖師につかへて懈怠なく　上田正久日
寒菊を憐みよりて剪りにけり　高濱虚子

冬薔薇《ふゆさうび》《ふゆそうび》 ㊂

冬に咲く薔薇《ばら》をいう。すがれた茎に一輪深紅の花をつけている姿は、野茨や盛りのころの薔薇の華やかさと異なった風情がある。**寒薔薇《かんばら》**。**冬《ふゆ》ばら**。

冬薔薇一輪剪りていと小さし　山下さぎり
冬さうび蕾のまゝに終りけり　村田猶子
かへりみて豊かに病めり冬のばら　玉木愛子
鍵盤に落ちし一片冬薔薇　梅田実三郎
札所にも咲けば似合ひて冬薔薇　稲畑汀子

水仙《すゐせん》《すいせん》　厳しい寒さの中に咲く水仙は気品があり、香気が漂う。伊豆半島、淡路島、福井県の越前岬などで見かける野水仙の群落も、また心惹かれる情景である。「黄水仙」は遅れて春に咲く。

水仙の花の高さの日影かな　智月
水仙の花のうしろの蕾かな　星野立子
水仙や古鏡の如く花をかゝぐ　松本たかし
水仙の島の南にとゞまる日　野村泊月
筆を挿すごとく水仙壺に挿す　吉屋信子
水仙に鏡のごとき塗机　勝本昌子
水仙を活けて全くひとりかな　野本永久
水仙の香へと診察椅子回す　大槻右城
水仙や表紙とれたる古言海　高濱虚子
水仙や日は中空にかゝりたる　同
咲くまゝに水仙畦に乱れたり　高濱年尾
水仙を遠ざかるとき近づく香　稲畑汀子

冬《ふゆ》の草《くさ》　〔三〕　元来は枯草を含めた冬草の総称であるが、冬もなお青々としている草という感じの方が強い。冬枯の河原の中洲などに見かける冬草の緑は印象的である。**冬草《ふゆくさ》**。

冬草の踏まれながらに青きかな　齋藤俳小星
神饌の田の荒れ放題や冬の草　伊藤みのる
鎌倉や冬草青く松緑　高濱虚子

竜《りゅう》の玉《たま》　〔三〕　**竜《りゅう》の髯《ひげ》の実《み》**のことである。竜の髯あるいは蛇の髯は人家の雨垂のするようなところに植えられ常に緑に茂っている。庭石に配してもよい。厳寒のころ、思いがけず碧いつぶらな実が日を返していたりする。石の上に落としたりすると、力を蔵しているように弾む。

竜の髯に深々とある竜の玉　皿井旭川
ひそかなるものは美し竜の玉　中村玲子
竜の玉まろびたまれる窪みかな　緒方氷果
我したること吾子もする竜の玉　上野章子
竜の玉深く蔵すといふことを　高濱虚子

冬《ふゆ》苺《いちご》

苺と同じくバラ科であるが、野生で、夏、白い花を咲かせ、冬、実をつける。落葉などの下からのぞいている黄金色の実はとても可愛ゆく、食べられる。ふだん食べている温室栽培の冬の苺とは違う。

行滝へ降りる岩場の冬苺　松本巨草

麦《むぎ》の芽《め》

十一、十二月に蒔かれた麦は、間もなく土を割って春の草のように鮮やかに青い芽を上げる。

麦の芽に汽車の煙のさはり消ゆ　中村汀女
麦の芽の線が遠くへあつまりぬ　長谷川素逝
門一歩出れば麦の芽果しなく　岡田翠紅
麦の芽の丘の起伏も美《う》まし国　高濱虚子

寒《かん》肥《ごえ》

寒中、農作物や庭の草木に肥料を施すことをいう。寒いため植物の生育はとまっているが、春活動を始めるころすぐ効くように魚粕、豆粕、油滓、骨粉、堆肥などの肥料をあらかじめ土に吸わせておくのである。

わが庭の茶の一株も寒肥す　井上爽司
置いてある杓に又来て寒肥す　古久保星洋
たこつぼと言ふ穴を掘り寒肥す　浦山柳亭
寒肥の丹念なもの雑なもの　藤木呂九艸
御献木稚し寒肥してありし　松本秩陵
寒肥を皆やりにけり梅桜　高濱虚子

石蓴《あをさ》《あおさ》

浅海の岩礁につく鮮緑色の薄い葉状の海藻である。寒のころ、とりわけ色が美しい。食用に供するのは冬の間の若いときで、あをさ汁《じる》といって味噌汁にしたり、三杯酢にしたりするがあまり風味はない。多くは肥料や家畜の飼料として採集される。

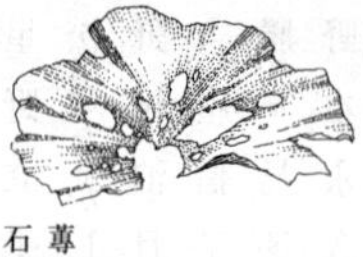
石蓴

生涯を灯台守り石蓴干す　伊東鉦質
石蓴掻きうちつれだちて浜伝ひ　松田洋星
潮退いて石蓴の岩の色ちがふ　井戸雅子
干石蓴引つぱりあうて乾きをり　原菊翁
浦の娘は浦に縁づき石蓴掻く　山川喜八

積丹に住みて悔なし石蕗汁　水見悠々子
バスが行く漁村石蕗も少し干し　高濱虚子
漁家二軒石蕗の岩を踏みて訪ふ　同

初大師《はつだいし》

一月二十一日、新年最初の弘法大師のご縁日である。東京付近では西新井大師や川崎大師が賑わい、京都では**初弘法**《はつこうぼふ》といって東寺の縁日が賑わう。

高野槇買うて帰るも初大師　森白象
初大師連れだちながらはぐれけり　大野彰子
初大師警備本部は釈迦堂に　合田丁字路

大寒《だいかん》

二十四節気の一つ。小寒から数えて十五日目、たいてい一月二十日ごろにあたる。一年中で最も寒さが厳しいころである。

大寒の火の気を断ちし写経かな　藤岡あき
大寒にかまへて守る病軀かな　倉橋青村
大寒のわけても黒き瞳かな　中口飛朗子
大寒の埃の如く人死ぬる　高濱虚子

厳寒《げんかん》

酷寒《こくかん》ともいい、冬の厳しい寒さである。**厳冬**《げんとう》は寒さの厳しい冬のこと。

厳寒や事と戦ふ身の力　池内たけし
厳寒の命惜めとのたまひし　山口水士英
厳といふ字寒といふ字を身にひたと　高濱虚子

初天神《はつてんじん》

一月二十五日は天満宮の初縁日である。太宰府天満宮、京都北野天満宮、大阪天満宮、東京亀戸《かめいど》天神はことに参詣者が多い。境内では**天神花**《てんじんばな》、**天神旗**《てんじんばた》などを縁起物として売る。亀戸ではこの日鷽替《うそかえ》（別項参照）の神事がある。

寒一と日初天神といふ日あり　後藤夜半

初不動《はつふどう》

一月二十八日、不動尊の最初の縁日である。不動尊は五大明王の一、大日如来の化身で、一切の悪魔、煩悩を降伏させるため火炎を背負ひ、剣と縄を手にして忿怒の相をしている。これは、知恵の火に住み、衆生済度の決意を象徴したもの。千葉県成田山新勝寺の不動尊が最も有名で、宗派を問わずこの日は参詣者でにぎわう。

瓔珞に護摩火かゞやき初不動　和田花青
辰巳妓のきほひは今も初不動　眞鍋蟻十
朝護摩供早や群参の初不動　松田空如
芸妓らの畏み詣る初不動　荒川ともゑ

日《ひ》脚《あし》伸《の》ぶ　冬至のころは、昼が最も短く、夜が最も長い。それから毎日少しずつ日脚が伸びてゆく。「一日に畳の目一つ」というが、一月も半ばを過ぎたころには、日が長くなったとはっきり感じられるのである。

筆耕の机の塵や日脚伸ぶ　野崎方道
城門の閉り六時日脚伸ぶ　田中延幸
出ついでに見舞ふ人あり日脚伸ぶ　室町ひろ子
日脚伸び夜のゆとりを失ひし　山本紅園
選集にかゝりし沙汰や日脚のぶ　高濱虚子
入院の日を重ねつゝ日脚伸ぶ　高濱年尾
日脚伸びしに気を許すことはすぐ　稲畑汀子

早梅《さうばい》《そうばい》　暖かな地方や南面の日溜りなどで、まだ春にならぬうちに咲き始めている梅をいう。冬至のころから咲き出す特別な種類の梅もある。

梅つばき早咲ほめむ保美の里　芭蕉
立寄りて北野の梅は早かりし　松尾いはほ
早梅に一人立ち見る静心　星野立子
剪定の深きさまなる梅早し　高木石子
早梅の咲く庭いつも覗かるゝ　木村享史
神前の軒端の梅の早さかな　高濱虚子
街中の公園にして梅早し　高濱年尾

臘梅《らふばい》《ろうばい》　臘月《ろうげつ》（陰暦十二月の異称）、葉の出る前に小さな香りの高い黄色い花が数個ずつ集まって咲く。中国渡来の落葉低木で梅とは別種。**唐梅**《からうめ》ともいう。

臘梅の落す雫に香りあり　川上朴史
臘梅の香の一歩づつありそめし　稲畑汀子

寒《かん》梅《ばい》　寒中に咲く梅をいう。また広く、冬に咲く梅を総称して**冬《ふゆ》の梅《うめ》**という。**寒紅梅**《かんこうばい》は多く八重である。

冬の梅きのふやちりぬ石の上　蕪村
冬ながら梅咲くこゝを仮の宮　麻田椎花
寒梅や空の青さにすきとほり　星野立子
みんなみの国の住みよき冬の梅　板東稲村
寒梅の孤独と言へぬ花の数　江口竹亭
冬梅の既に情を含みをり　高濱虚子
寒梅の唯一輪の日向かな　高濱年尾

探梅《たんばい》

冬、早咲きの梅をたずねて山野に出かけることをいう。探りあてた一輪二輪の梅を見るのはまことに趣が深い。**探梅行《たんばいかう》**。

探梅やみさゝぎどころたもとほり　阿波野青畝
探梅や志賀の浦波道にのり　中山碧城
探梅の一行の列伸びながら　原田一郎
梅を探りて病める老尼に二三言　高濱虚子

冬《ふゆ》桜《ざくら》 ㊂

冬開く桜の一種。木は小さく花は白色の一重咲きで彼岸桜に似ている。十一月ごろから一月ごろまで、雪や霜の中でも咲いている。**寒桜《かんざくら》**ともいう。

寒桜見に来て泊る八塩の湯　藤實艸宇
冬桜夜空に枝の仔細あり　小川修平
庭深く咲く冬桜知らざりし　岡本秋江
忍ぶこと慣るゝは悲し冬桜　湯川雅
満開にして淋しさや寒桜　高濱虚子
山の日は鏡の如し寒桜　同

寒《かん》椿《つばき》

椿は春の花であるが、早咲きは寒中に咲くところからこれを寒椿、または**冬椿《ふゆつばき》**という。特別の種類があるわけではない。枯木や常磐木の中に一点の紅を点じ、凜としたところがある。

うつくしく交る中や冬椿　鬼貫
冬椿乏しき花を落しけり　日野草城
下むきに咲きそる花や寒椿　星野立子
赤もまた冷たき色よ冬椿　久屋三秋
齢にも艶といふもの寒椿　後藤比奈夫

辞世の句とはかくかくや冬椿　成瀬正俊
海の日に少し焦げたる冬椿　高濱虚子

侘助

侘助《わびすけ》

唐椿《とうつばき》の一種。もともと一重の小輪で、花の数も乏しく、どことなく侘しい感じをともなう。古くから茶花として愛好されてきた。

侘助や昨日は今日の昔なる　佐藤漾人
侘助や詩書堆く家貧し　池田風比古
侘助や障子の内の話声　高濱虚子
侘助は一輪ざしに似合ふもの　高濱年尾

寒木瓜《かんぼけ》

寒咲きの木瓜をいう。寒木瓜には白もあるが、緋木瓜が多い。日当りに咲いている寒木瓜を見ると、春を待つ心持が強くなる。

寒木瓜の咲きゐて蕾ひしめける　三宅清三郎
寒木瓜の日和久々陶を干す　辻未知多

室咲《むろざき》

梅、桜、黄梅、木瓜《ぼけ》などを土蔵造りの室に入れて、炉火を用いて温め、早咲きにさせたのが本来である。現代では温室やビニールハウスなどの簡易温室が普及し、正月用の梅はもとより、菜の花、桜草、洋種の草花などが多く促成されるようになった。温室で咲かせた不時の花を眺めて楽しむのも、冬の無聊を慰めるものの一つである。**室《むろ》の花《はな》**。**室《むろ》の梅《うめ》**。

温室や紫広葉紅広葉　歌原蒼苔
窓かけをしぼり日当る室の花　左右木韋城
つゝしむは暖衣飽食室の花　開田華羽
病床に夜明けはうれし室の花　太田育子
とり出でて日向にさゝげ室の梅　高濱虚子
水遣つて客間に運ぶ温室《むろ》の蘭　稲畑汀子

春待《はるま》つ

暗い寒い冬も終わり近くなって、ひたすら明るい春の来るのを待つ心持である。**待春《たいしゅん》**。

待春や机に揃ふ書の小口　浪化
年々に春待つこゝろこまやかに　下田實花
春待つや一と間に住んで老夫婦　武原はん女

予感とは楽しき不安春を待つ　髙石幸平
病む父のため子のための春を待つ　深見けん二
これ程に春待つこゝろ生涯に　奥田智久
濡れてより待春の黒土となる　岩岡中正
時ものを解決するや春を待つ　高濱虚子
過ぎて行く日を惜みつゝ春を待つ　同
来るといふ人見えずして春を待つ　高濱年尾
忌にありて春待つ心生れつゝ　稲畑汀子

春隣《はるとなり》

梅や椿は蕾に紅を見せ始め、日ざしも一日一日濃くなると、春はもうすぐそこまで来ている思いがする。その季節なり感じなりをいうのである。**春近《はるちか》し**。

春近く帽つみかゆる菜畑かな　亀洞
颯爽と歩いてみれば春近し　千原叡子
車窓より瀬戸の島山春隣　星野立子
大仏の御ゝまなざしも春隣　大久保橙青
観劇の切符むらさき春隣　山田弘子
椿咲きその外春の遠からじ　高濱虚子
六甲の端山に遊び春隣　高濱年尾

碧梧桐忌《へきごとうき》

二月一日、河東碧梧桐の忌日である。本名秉《へい》五郎、明治六年（一八七三）松山に生まれ、虚子とともに子規に俳句を学んだ。子規没後、新聞「日本」の俳句欄の選を担当。その後、新傾向俳句の指導者として華々しい一時期を画したが、しだいに自由律俳句に移っていった。昭和十二年（一九三七）に没し、墓は松山の宝塔寺にある。

碧梧桐忌や墓碑銘も碧流に　吉村ひさ志
虚子あれば碧梧桐あり忌を修す　河野美奇

節分《せつぶん》

立春の前日で、二月三、四日ごろにあたる。民間ではこの夜悪魔を追い払い、新しい春を迎えるという心から追儺が行なわれ、節分詣などをする。

節分をともし立てたり独住　召波
節分の春日の巫女の花かざし　五十嵐播水
節分の高張くらき大社　和田有弘

学会を了へ節分の夜の町　千原草之
節分に焚かる護摩火に吾が運勢　森定南樂
節分の雲の重たき日なりけり　稲畑汀子

柊《ひひらぎ》《ひいらぎ》挿《さ》《さ》す　古くは宮中の門に節分の夜、柊を挿し、なよしの頭を挿した。柊は冬も緑濃いところから、その操を称え、なよしは出世魚、その名吉《なよし》の意をとったのである。江戸時代からは全く市井の習俗となった。柊のかわりに海桐花《とべら》の枝を挿す地方もある。今は「なよし」にかえて鰯《いわし》の頭を豆殻に挿し悪魔払いとし、門に立てるならわしである。

父祖の家守りつゞけて柊挿す　高崎雨城
柊をさしたるまゝに這入りけり　後藤夜半
柊を挿すやふるさと去りがたく　今井つる女
アトリエに父在るごとく柊挿す　川端紀美子
柊を挿す母によりそひにけり　高濱虚子

追《つゐ》《つい》儺《な》《な》　立春の前夜、悪魔を追い払い福を呼ぶ神事である。昔は毎年除夜、主に宮中の儀式として行なわれていたが、いまは各地の神社や寺院で盛んに行なわれている。**なやらひ。鬼《おに》やらひ。**

なやらふや今宵しのぶの恋もあらむ　暁台
鬼やらひせりふもどきになりもする　中村吉右衛門
なやらひの鬼が出を待つ庫裏楽屋　安田孔甫
社家の子と生れ追儺の鬼の役　角菁果
なやらふや大津絵の鬼目に浮べ　杉本零
木隠れの灯はなやらひの鬼溜り　中村豊
鬼もちよと刻まれてあり追儺の膳　稲岡長
道ばたの雪の伏屋の鬼やらひ　高濱虚子

豆《まめ》撒《まき》　節分の夜、神社、仏閣で追儺の豆撒が行なわれる。**年男《としをとこ》**が麻裃で神仏に供えられていた豆をまく。家庭でも「福は内、鬼は外」と唱えて豆をまき、また自分の齢の数だけ豆を食べたりもする。**年《とし》の豆《まめ》。**

除夜遊青楼
年かくすやりてが豆を奪ひけり　几董

年の豆我盃中に落ちにけり　相島虚吼
豆まきや役者のうちの昔ぶり　中村吉右衛門
竈神在します闇へ年の豆　内貴白羊
夜の海に向ひて家舟豆を撒く　宮　閑子
絨毯の真紅に年の豆こぼれ　大野紫水
年の豆礫を跳ねし神の杉　松本秩陵
吉田屋の畳にふみぬ年の豆　高濱虚子

厄落《やくおとし》

男四十二歳、女三十三歳の大厄を初め、その他の厄年にあたった人が、節分の夜に厄のがれのまじないをするのを厄落という。多くは氏神や厄神に詣でる途中で、このまじないをして戻る。褌を落してくる**ふぐりおとし**の他にも、年数だけの銭を包んで落し、乞食に拾わせたり、路傍の木に餅を入れた苞《つと》を吊り、通行の人に食べてもらったり、近隣の人々を招いて盛大に宴を張ったり、火吹竹の古いのを闇に捨てたりなど種々あったが、現在はほとんど行なわれなくなった。

先生も人のすゝめや厄おとし　召波
厄落す遠くに神の灯が一つ　田中王城
月明き辻へ手早く厄落し　一色鶴女
何物かつまづく辻や厄落し　高濱虚子
厄落し来し表情となりしかな　稲畑汀子

厄払《やくはらひ》《やくはらい》

古くは節分の夜に乞食が手拭をかむり、張ぼての籠をかつぎ扇子を持って「厄払いましょう、厄払いましょう」と町々を流し歩き、厄年にあたる人の家ではこれを呼んで豆や銭を与えると「アヽラめでたいな〳〵。めでたい事で祓うなら、鶴は千年、亀は万年……」などと厄を払って回ったが、現在はすたれて見られなくなった。

声よきも頼もし気也厄払　太祇
八方を塞げる厄を払ひけり　末石休山

厄塚《やくづか》

京都吉田神社の斎場所、大元宮《だいげんぐう》の神殿前に、節分祭に際して厄塚が立てられる。それは八角の台に八角の長さ三メートルばかりの白木の棒を立て、その棒の上端に芒の穂束三つを立て並べて榊を添えたものである。参拝者は自分の姓名や年齢を記した紙に、賽銭と豆を包んで厄塚に投げ、あらゆる厄をこの厄塚に負わせて自らの厄を免れようというのである。この神事を信仰の中心に、吉田神社では節分当日と前後の三日間節分祭を行ない、境内は参拝者で埋まる。また参拝者の持参した古いお札などを積みあげ節分の夜焼き上げる火炉祭《かろさい》も壮観である。

厄塚や水引かけし一《と》たばね　野村くに女
厄塚へ一寸拝んで捨つるもの　池内たけし
厄塚のいつとはなしにうづたかし　岡田蘆村

和布刈神事《めかりしんじ》

陰暦大晦日の夜半に始まり未明に終わる門司《もじ》和布刈神社の神事。除夜の刻になると境内に大焚火をし、拝殿では神楽を奏する。三人の禰宜が大たいまつに神の鑽《き》り火を移し、海に面する石の階段を下りてゆく。禰宜は祝詞を唱えつつ激しい潮流の中に若布を刈り、潮垂れのまま神前に供える。神秘な行事で昔は見ることを許されなかったが、今では多くの参拝者で賑わう。和布刈禰宜《めかりねぎ》。和布刈桶《めかりをけ》。

御鎌にかゝりてながき若布かな　久保　晴
和布刈炬に躍り寄り来る波がしら　藤本和理子
潮垂るゝまゝ御簾ふかく和布刈桶　毛利提河
落潮の早瀬にたちて和布刈禰宜　小池森閑
注連はつて真青き籠の和布刈桶　米谷秋風子
早鞆の真夜の潮の和布刈禰宜　江上紀夫
袴まで和布刈神事の潮満ち来　宮崎松果
潮迅し和布刈神事のすゝみをり　高濱年尾

春

二・三・四月

二月　立春すなわち二月四・五日以後

春《はる》 ㊂ 立春から立夏の前日までであるが、月でいう場合は二月、三月、四月を春とする。**三春**《さんしゅん》は初春、仲春、晩春をいう。春九十日間を**九春**《きうしゅん》という。**春**《はる》**の旅**《たび》、**春**《はる》**の町**《まち》、**春**《はる》**の宮**《みや》、**春**《はる》**の寺**《てら》、**春**《はる》**の人**《ひと》、**春**《はる》**の園**《その》、**村**《むら》**の春**《はる》、**島**《しま》**の春**《はる》、**京**《きやう》**の春**《はる》など。

山寺の春や仏に水仙花　也有
春の貝深海の譜をひそと秘む　竹下しづの女
賀茂川の水の心のどこか春　野本永久
たしかなる春の鼓動を水音に　吉富萩女
オリオンの闇にも春の育ちをり　稲岡長
春の波引いて我影濡れてゐし　永野由美子
売家を買はんかと思ふ春の旅　高濱虚子
山一つあなたに春のある思ひ　同
思はざる夜の冷え春の進まざる　高濱年尾
春そこに来てゐる如き水辺かな　同
今日何も彼もなにもかも春らしく　稲畑汀子
今日は御座見えて俯瞰の志摩の春　同

立《りっ》**春**《しゅん》 節分の翌日が立春で、二月四日または五日にあたる。気温はまだ低いが、暦の上ではこの日から春になる。寒さの中での**春立**《はるた》**つ**という感じは、自然に対して敏感な日本人特有のものであろう。

何事もなくて春たつあしたかな　士朗
大法鼓鼕々立春大吉と　眞下喜太郎
美しく晴れにけり春立ちにけり　星野立子
立春にはげまされたる心かな　国弘賢治
立春の日の雨彩のある如く　千原草之
よきことの待ちゐる思ひ春立ちぬ　桑田詠子
春立つや一便殖えし島渡舟　德永玄子
雨音も身近なものに春立つ日　福井圭兒
淋しさの似合はぬ人に春立ちぬ　河野扶美

立春の子を授かりし予感かな　藤原比呂子
春立つや六枚屛風六歌仙　高濱虚子
立春のかゞやき丘にあまねかり　高濱年尾
立春の日ざしありつゝうすれつゝ　稲畑汀子

二《に》《に》月《ぐわつ》《がつ》

月初めに立春がある。時候でいえば早春に相当する。陰暦を用いる地方ではこの月に正月を祝う。

元日の酔詫に来る二月かな　几董
歳時記の二月は薄し野に出づる　佐伯哲草
二ン月の天に谺し城普請　花野有情
川添ひの片頰つめたき二月かな　高濱虚子
この二月乗りきる心調へり　稲畑汀子

寒《かん》明《あけ》

立春の日をもって三十日間の寒が明ける。たいてい二月四、五日ごろにあたる。

天譴のゆるみしこゝち寒明くる　河野静雲
寒明けぬ何かたのしく襷かけ　竹末春野人
寒明の日射机辺に眩しとも　築山能波
寒明けて昨日の心今日はなく　下村非文
立直す仕事寒明目処にして　松尾緑富
寒明の雪どつと来し山家かな　高濱虚子
寒明けしことに添ひかねゐる心　稲畑汀子

早《さう》《そう》春《しゆん》《しゅん》

春未だ浅いころのことをいう。寒が明けたといっても暦の上のことで、まだまだ寒さが残っているころである。その中にも、空の色、木々のたたずまいなどに、どことなく春の訪れが感じられる。早春という言葉にはこの季節にふさわしいひびきがある。**しよしゆん**。

早春や籬の内の滑川　佐野丶石
早春の松に鳥や濃紫　星野立子
窓二つより早春の街の音　深見けん二
早春の光もろとも釣れしもの　山田弘子
早春の庭をめぐりて門を出でず　高濱虚子
早春の凍て雲にして山の端に　高濱年尾
早春の光返して風の梢　稲畑汀子

春浅し《はるあさし》

春にはなったが、なお寒さが残り、春色のととのわないころのことをいう。**浅《あさ》き春《はる》**。

病牀の匂袋や浅き春　正岡子規
つまづきし春当分は浅きまゝ　松本勝雄
浅き春空のみどりもやゝ薄く　高濱虚子

睦《む》月《つき》

陰暦一月の異称である。

六日はや睦月は古りぬ雨と風　内藤鳴雪
留学の子の旅立ちて睦月尽　大野雑草子

旧正月《きうしやうぐわつ》《きゆうしようがつ》

陽暦に対し、陰暦の正月のことをいう。農家などでは収穫との関係から陰暦で正月を祝う習慣もまだ残っている。

道ばたに旧正月の人立てる　中村草田男
旧正の歩危の山畑人を見ず　野中木立
旧正の客来て灯す仏の灯　信坂正三郎
旧正や藁沓も吊り小商ひ　小国三平
魚高値旧正月と知らされし　広岡佑子
旧正を今もまもりて浦人等　高濱年尾
旧正にふくらむ神戸なりしかな　稲畑汀子

二月礼者《にぐわつれいじや》《にがつれいじや》

新年、仕事の関係などで年始に回れなかった人たちが二月一日に回礼に歩く風習、またはその人をいう。役者や料亭関係の人々が多かったが、近年は一般に回礼の習慣もくずれがちなので一律ではない。

女の子つれて二月の礼者かな　圭岳
やゝ地味に二月礼者の装へり　大久保橙青
今年又二月礼者でありしかな　村山よしゑ
大土佐の二月礼者に海眩し　浅井青陽子
久闊を叙しつゝ二月礼者なる　稲畑汀子

二《に》《に》の替《かはり》《かわり》

古く中国の周の時代には十一月が正月であったというところからそれを興行街の正月として、歌舞伎では五月まで出し物を打ち通すのが習いであった。十二月には一部分を替えて初の替、一月（陰暦）にはさらに一部分を替えて二の替、次を三《さん》の替《かはり》と称した。しかし文化文政のころこの習慣はすでに衰え、出し物を月々替える見取狂言となった。

さそはれし妻を遣りけり二の替　正岡子規
思ひ切り泣くことにして二の替　島野汐陽
二の替古き外題の好もしき　高濱虚子

絵踏《ゑぶみ》《えぶみ》

徳川時代、キリスト教の信仰を禁じたとき、信者でない証《あかし》を立てさせるため、**踏絵**《ふみゑ》を人々に踏ませた。踏絵は聖母がキリストを抱く図、十字架上のキリスト図などが多く、最初は紙の絵であったが、やがて木板、銅板になった。寛永五年（一六二八）から、安政四年（一八五七）禁が解けるまでの間、長崎奉行所などで一月四日～八日に行なった。八日の丸山遊女の素足の絵踏は見世物でさえあった。歴史的な季題であるが、今も感慨をこめて詠まれている。

絵踏

海の日の闌干として絵踏かな　山口青邨
絵踏せし世に遠く生きをりしかな　河野美奇
絵踏なき世の片隅に神恐れ　副島いみ子
絵踏して生きのこりたる女かな　高濱虚子
絵踏の世今は遠しと祈りけり　稲畑汀子

初午《はつうま》

稲荷神社の祭は二月と十月にあるが、二月が特に大祭とされる。初午は立春を過ぎた二月最初の午の日の縁日で、全国各地の小さな社や屋敷の祠でも行なわれる。京都の伏見稲荷大社はその中でも最も盛大である。二月第二の午の日を**二**《に》**の午**《うま》といい、三番目の午の日があれば**三**《さん》**の午**《うま》という。**一**《いち》**の午**《うま》。**午祭**《うままつり》。

初午や禰宜に化たる庄屋殿　也有
二の午や幟の外に何もなし　今井つる女
初午へ昼餉やすみの選炭婦　安部伏荷
初午の招き文ありはん居より　星野立子
地下街に灯る小祠一の午　三谷蘭の秋

山襞の小さき祠も一の午　東野悠象

初午や篝焚き居る藪の中　高濱虚子

破れ太鼓そのまゝつかひ午祭　高濱年尾

初午の地口行灯並びたり　同

針供養《はりくやう》《はりくよう》　二月八日、お針子や女性たちがこの一年の間に折れたり曲がったりした縫針を持って淡島神社に参詣し、それらを納め祭る行事である。古針を豆腐や蒟蒻《こんにやく》にさして供養すれば裁縫が上達するといわれている。一日針仕事を休んでの楽しみでもある。**針祭**《はりまつ》**る**。**針納**《はりをさめ》。

昼の月の淡島さまや針供養　赤星水竹居

針供養へといそ〳〵と一人行く　星野立子

針叢の中へ一筋針納む　深見けん二

浅草に月が出てをり針供養　深川正一郎

色さめし針山並ぶ供養かな　高濱虚子

島人にその日待たるゝ針供養　稲畑汀子

建国《けんこく》**記念**《きねん》**の日**《ひ》　二月十一日。戦前は**紀元節**《きげんせつ》といい、四方拝、天長節、明治節とともに四大節として祝われた。戦後廃止されたが、昭和四十一年（一九六六）に国民の祝日として復活した。「日本書紀」に神武天皇が橿原の宮に即位の日、すなわち「辛酉《かのととり》の年春五月庚辰朔《かのえたつついたち》」の神武紀元元年正月一日を、陽暦に換算した日である。**建国記念日**《けんこくきねんび》。

いと長き神の御名や紀元節　池上浩山人

門の雪切りひらきたる紀元節　遠藤梧逸

国栖奏《くずさう》《くずそう》　奈良県吉野町南国栖の浄見原《きよみがはら》神社で、陰暦一月十四日に行なわれる神事。烏帽子《えぼし》、狩衣《かりぎぬ》の一座十二名が四種の歌を歌う間に、その中の二人の舞人が笛、鼓に合わせて鈴と榊を持って舞い、最後に笑う型をしてみせる。神饌として、腹赤魚（うぐい）、毛瀰《もみ》（赤蛙）、土毛《どもう》（根芹）などを献ずるのが珍しい。国栖は古代吉野地方に勢力のあった部族で、「日本書紀」によると応神天皇十九年に天皇が吉野宮に行幸されたとき、来朝して舞を奏したという。壬申の乱（六七二）の際、吉野に難を逃れた大海人皇子に奉仕し、のち、天武天皇となられてから、宮廷で国栖の翁舞を奏し、装束と鼓、鈴などを賜り、以後、大嘗会などの宮廷の大きな行事には必ず召されるようになった。が、平安末期にそのことは絶え、地元の浄見原神社に奉納することになったと伝える。

国栖舞を見に来し我と他に二三　田畑比古
一管の笛国栖奏を司る　舘野翔鶴

バレンタインの日《ひ》

二月十四日はローマの司祭、聖バレンタインの殉教日である。欧米ではこの日から鳥が交わり始めるといわれ、恋人同士でチョコレートなどの贈物を交換する習慣がある。近年、日本でも若い人々の間で流行するようになった。

はゞからずバレンタインの贈りもの　中村芳子
さうと妻うなづきヴァレンタインの日　原田一郎
ヴァレンタインデーの会話として聞けば　稲畑汀子

かまくら

秋田県横手地方では、二月十五日にかまくらと呼ばれる雪洞を作り、子供の行事が行なわれる。二メートル四方くらいの雪の中に莫蓙などを敷き、その正面にオスズの神と呼ばれる水神を祀り、灯明を点し、供物をする。子供たちは雪洞内の火鉢を囲み、餅を焼いて食べたり、甘酒を温めて飲んだり、また通る人にもふるまったりする。古くは小正月（一月十五日）の晩の行事であった。

かまくら

かまくらにありても母の膝が好き　桑田青虎
子供等にまだかまくらの空昏れず　川上玉秀
かまくらの過ぎれば雪の疎ましく　小玉艶子
かまくらの子らにつれなき雨となる　伊藤とほる
かまくらといふもの雨にあはれなり　高濱年尾

梵《ぼん》天《てん》

二月十六、十七日に秋田県横手市の旭岡山神社で行なわれるぼんてん祭である。ぼんてん祭と呼ばれる纒形の大きな御幣を、鉢巻姿の若者たちが担いで市内を巡回した後、先を競って石段を駆け登り、神社に奉納する。秋田県の他の地方でも行なわれており、秋田市赤沼の三吉神社では一月十七日に行なわれる。

梵天を競ふ彩り雪に映ゆ　高濱年尾

雪解《ゆきどけ》

降り積もった雪も、暖かくなると解け始める。日の光の中に軒などから、雪解雫《ゆきげしづく》がしたたる。本来は北海道、東北、北陸地方など、雪国の場合のことであるが、現在は一日、二日と積もった雪の解けるのにも使われる。**雪解《ゆきげ》**。**雪解風《ゆきげかぜ》**。**雪解水《ゆきげみづ》**。**雪解川《ゆきげがは》**。**雪汁《ゆきじる》**。

白雲や雪解の沢へうつる空　太祇
ゆきどけや深山曇を啼烏　暁台
染汁の流れ一筋雪解川　瀧澤鶯衣
氷上を流れてをりて雪解水　奥田智久
朝空の隈なく晴れて雪解かな　加賀谷凡秋
見えてきし畦の縦横雪解急　依田秋葭
日高野の牧にはじまる大雪解　奥山金銀洞
石狩の野のはじまりの雪解水　後藤一秋
校庭の雪解を待てず運動部　辻井卜童
まづ水の音もどりきし庭雪解　安原葉
四方の戸のがた〳〵鳴りて雪解風　高濱虚子
解け初めて雪の表や沈みゆく　高濱年尾
鷗とび雪解濁りの運河かな　同
奥入瀬に加はる雪解水ならむ　稲畑汀子

雪《ゆき》しろ

野山に積もった雪が春の暖かさのために急に解けて、一時に海や川や野原に溢れ出るのをいう。**雪濁《ゆきにごり》**というのは雪しろのために川や海の濁ることである。

川口に小蒸汽入るゝ雪濁り　矢田挿雲
町中を通ふ用水雪濁　窪田日草男

雪崩《なだれ》

山岳地帯に積もった雪が、春先の急な暖かさのために下層から解け始め、雪全体が山腹を崩れ落ちる現象である。大きな響きを立てて木を倒し、石を転がし、雪煙をあげる。すさまじい力で時には交通機関を麻痺させ、また家を埋め人命をも奪うことがある。**雪《ゆき》なだれ**。

青天に音を消したる雪崩かな　京極杞陽
炉辺の犬耳を立てたる雪崩かな　宮下翠舟
大雪崩さそふ雪崩の起りたる　水本祥壹
この堂のとゞめし雪崩とぞ見ゆる　皆吉爽雨
雪崩止もろとも海へなだれけり　水見悠々子
遠雪崩山の慟哭聞えけり　永野由美子

残雪《ざんせつ》

冬の間降り積もっていた雪が、春になってだんだん解けてゆきながらも、なお消え残っているのをいう。雪の少ない地方では、たまたま降った春の雪が、日の射さない裏庭とか庭隅などに何日か残っていることもある。山々の残雪は、いつまでも遠く眺められる。**残《のこ》る雪《ゆき》**。**雪残《ゆきのこ》る**。

北山やしざり〳〵て残る雪　太祇
一枚の餅のごとくに雪残る　川端茅舎
残雪の上に傾きとまるバス　新谷氷照
同じ向きばかりの屋根に残る雪　和山たもつ
田一枚一枚づつに残る雪　高濱虚子
枯芝に最も広く雪残る　高濱年尾
残雪の富士に残照引く裾野　稲畑汀子

雪間《ゆきま》

降り積んでいた雪が、春を迎えてところどころ解け消えたその隙間をいうのである。野原の雪間には、すでに芽吹の淡い緑が見えたりする。これを雪間草という。**雪《ゆき》のひま**。

草茎を包む葉もなき雪間かな　其角
黒といふ色の明るき雪間土　高嶋遊々子
目に見えて広ごり育つ雪間草　鮫島交魚子
虚子塔へ峰の雪間を拾ひつつ　川端初子
生きてゐる木々の根方に雪間あり　稲畑汀子

凍解《いてどけ》

凍っていた大地が、春になって解けゆるむのをいう。また早春のころになると夜の間凍っていた地面が朝日を受けて解けゆるんだり、東風が吹いて急にぬかるみになったりすることもある。**凍《いて》ゆるむ**。**凍解《いてと》くる**。

凍どけや梅にわかれて回り道　也有

凍解の径光りそむ行手かな　野村泊月
凍解の日の明るさの漲りぬ　稲畑汀子

氷解《こほりどけ》《こおりどけ》

田や池に張った氷が解け始めると、その水底に芽ぐむものが見えてくる。寒い地方では川や港の氷が解けると船の出入りが始まり活況を帯びてくる。氷が解けるというだけで春の訪れた喜びが実感として感じられる。**解氷**《かいひよう》。**氷解く**《こほりと》。**浮氷**《うきごほり》。

解氷の靄のわきたつ網走市　原一穂
解氷の一気ならざる姿かな　奥田智久
風の湖解氷きしむ音止まず　木暮つとむ

薄氷《うすらひ》《うすらい》

春先、薄々と張る氷をいう。また解け残った薄い氷をもいうのである。**残る氷**《のこるこほり》。**春の氷**《はるのこほり》。

薄氷たゝみよせ舟著きにけり　笹野香葉
泡のびて一動きしぬ薄氷　高野素十
うすらひの張りためらへる如くなり　深川正一郎
昼からは薄氷解ける音の沼　石井とし夫
薄氷の解けて戻りし水の性　山内山彦
薄氷の草を離るゝ汀かな　高濱虚子
薄氷の解けんとしつゝ日をはじく　高濱年尾
薄氷に透けてゐる色生きてをり　稲畑汀子

冱返る《いてかへる》《いてかえる》

春になって暖かくなりかけたかと思うと、急にまた寒くなって、一旦ゆるんだ地上の凍がふたたび元に戻ることがある。それを冱返るという。**凍返る**《いてかへる》。

冱返る冱ゆるみたるまゝの土　村上正
昨日より今日の青空凍返る　山本晃裕

冴返る《さえかへる》《さえかえる》

少し暖かくなりかけたと思う間もなく、また寒さがぶり返して来ることをいう。

冴返りつゝ雨降る日風吹く日　星野立子
古里も亦住みうしや冴返る　竹末春野人
冴返るいつも不用意なるときに　後藤比奈夫
束の間の日差よろめき冴返る　後藤一秋
冴えかへるそれも覚悟のことなれど　高濱虚子

影よりも風の日向の冴返る　稲畑汀子

春《はる》寒《さむ》 ㊂

春が立って後の寒さをいう。余寒というのと大体同じであるが、言葉から受ける感じが自ら違う。

春さむし貧女がこぼす袋米　暁台
春寒や乞食姿の出来上る　中村吉右衛門
春寒やかはりゆく世の神仕へ　富岡九江
のこされし身に春寒のつゞきけり　南るり女
春寒し花町の情うすれゆく　大野彰子
落柿舎の春まだ寒き縁に腰　吉村ひさ志
春寒きことの行動範囲かな　田畑美穂女
春寒の言葉うろうろ訃の電話　米谷孝
春寒の雨紫に源氏山　大久保橙青
春寒のよりそひ行けば人目ある　高濱虚子
かりそめの情は仇よ春寒し　同
春寒くとも風軽し雲軽し　稲畑汀子

余《よ》寒《かん》

春になってからの寒さであるが、明けた寒《かん》の寒さがまだ尾を引いて残っている感じである。**残《のこ》る寒《さむ》さ**。

関の戸の火鉢ちひさき余寒かな　蕪村
底たゝく音や余寒の炭俵　召波
世を恋うて人を怖るゝ余寒かな　村上鬼城
煙突のけむり折れゐる余寒かな　山本いさ夫
旅立の靴にひそんでゐし余寒　山田弘子
鎌倉を驚かしたる余寒あり　高濱虚子
繰り返す余寒病床落ちつかず　高濱年尾

春《はる》の霜《しも》 ㊂

春になってから降る霜のことをいう。風のない晴れた夜など、地面が冷えると霜が降りることがあり、お茶など農作物に思わぬ被害を与えたりする。

山荘に浅間の火山灰と春の霜　大久保白村
み吉野の谷の一夜の春の霜　安原葉
穏やかに明けしと見えて春の霜　高濱朋子
畑のもの光らせ春の霜消ゆる　志鳥宏遠
春の霜軒端の雫ともならず　日置正樹

深呼吸してゐる地球春の霜　小川みゆき
庭軽くしめらすほどの春の霜　今橋眞理子
快晴は昨日のことよ春の霜　稲畑汀子

春《はる》の風邪《かぜ》 三

風邪は冬のものであるが、周囲が春めいてくると、つい油断をして戻る寒さに風邪を引いてしまうことがある。冬と違って軽く見られがちであるが案外治りにくい。語感から受ける感じはちょっと艶なものである。

春の風邪あなどり遊ぶ女かな　三宅清三郎
春の風邪押して腰元役者かな　中村七三郎
気がむけば厨にもたち春の風邪　堤　澄女
デートには行く気でをりぬ春の風邪　三村純也
知つてゐて通すわがまゝ春の風邪　吉田小幸
うるむ目も長き睫も春の風邪　梅田実三郎
病にも色あらば黄や春の風邪　高濱虚子
老大事春の風邪などひくまじく　同
鼻少しゆるみしばかり春の風邪　高濱年尾
旅疲れ癒え春の風邪残りをり　稲畑汀子

春時雨《はるしぐれ》 三

時雨といえば冬のものであるが、秋にも、春にも降る。春時雨には明るさ、艶やかさが感じられる。

母の忌や其日の如く春時雨　富安風生
春時雨清水坂に小買物　麻田椎花
再びの春の時雨の板庇　星野立子
今別れ来し身に春の時雨かな　佐藤うた子
妹が宿春の驟雨に立ち出づる　高濱虚子
春時雨なか〳〵上る気配なく　高濱年尾

猫《ねこ》《ねこ》の恋《こひ》《こい》

早春、猫のさかるのをいう。夜昼を問わず、物狂おしく鳴き立てて、妻恋う猫が往き来する。人も怖れず雨風にも怯えず、ろくろく家にも居つかない。何日もの後やつれ果てて帰ってくる。**恋猫《こひねこ》**。**うかれ猫《ねこ》**。**春《はる》の猫《ねこ》**。**猫《ねこ》の妻《つま》**。**孕猫《はらみねこ》**。

濡れて来し雨をふるふや猫の妻　太祇
恋猫の夜毎泥置く小縁かな　本田あふひ
濡縁に戸開くを待てり猫の夫　星野立子

水呑んで恋に勝ちたる猫ならん　篠塚しげる
猫うかれ雲水舌を打ちにけり　森永杉洞
勉学の娘に叱られてうかれ猫　十万南夫子
恋猫の闇よりも濃く走りけり　藤松遊子
恋猫の闇に連なる動きかな　眞鍋蟻十
又こゝに猫の恋路ときゝながし　高濱虚子
対峙してゐし猫の恋追はれたる　稲畑汀子

白魚《しらうを》《しらうお》　㊂　長さは六、七センチ、川や湖に多く棲む。体の色は透明で眼は黒点を置いたように鮮やかである。白魚は味が極めて軽く上品であるばかりでなく、白魚のような指とたとえられるように、姿がすっきりとして美しい。ことにその小さいうちがよい。四つ手網や刺網などで捕る。二、三月のころが多い。博多室見川で捕れる素魚《しろうお》は、生きたままで食べるおどりぐいで有名であるが、ハゼ科の別種である。**白魚網**《しらをあみ》。**白魚舟**《しらをぶね》。

明ぼのやしら魚白きこと一寸　芭蕉
白魚をふるひ寄せたる四ツ手かな　其角
白魚の水に放てば色も無し　吉田静子
白魚のさゞなみ立てる枡の中　串上青蓑
白魚のはなやぎ四手網上がる　松尾緑富
白魚舟古き景色を残しけり　藤井巨水
白魚火の遠きは北斗より淡く　椋砂東
白魚汲む水美しき萩城下　板場武郎
野菜くさ〴〵他に白魚も少しあり　高濱虚子
白魚の命の透けて水動く　稲畑汀子

公魚《わかさぎ》　㊂　元来は北日本の魚で、体長五〜一〇センチ、形は小鮎に似ている。色は黄白色、側部は銀色である。稚魚は海で育つが、早春に産卵のため川をさかのぼる。今では山間の湖沼にも養殖され、結氷した湖面に穴をあけて釣ったりする。味は淡泊で美味である。**⿰魚公**《わかさぎ》。**鰙**《わかさぎ》。

公魚の姿よければあはれなり　山田不染
公魚のあがる軽さに糸吹かれ　河野探風
時々はわかさぎ舟の舸子謡ふ　高濱虚子

鱵《さより》　鱚《きす》よりなお細く、体長三〇センチくらいの魚。体は青緑で銀色に光る。下あごが長くとがり、先端は紅みがかっている。全国の沿岸で捕れ、身は透きとおり、味は淡泊で吸い物種、すし種、刺身などにする高級魚。春先がことにおいしい。

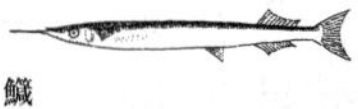
鱵

汐早し鱵おくるゝごとくなり　岡田耿陽
桟橋の灯にうちこゞみ鱵汲む　楠目橙黄子
小鳴門の潮にさからふ鱵見ゆ　田中一発
潮の秀に乗りきて鱵腑の透ける　神谷沙魚子
軽快に鱵のりくる瀬戸の汐　坊城としあつ
さと過ぐる切戸の潮の鱵かな　高濱年尾

魞《えり》挿《さ》す　二月上旬から三月中旬ごろに、河川、湖沼の魞場と定めた水中に何本かの青竹を立てて骨組とし、そこに魞簀を突きさしつつ張りめぐらして囲いをつくる。これを魞挿しという。簀に沿って進んだ魚が囲いの中にはいれば出られなくなる仕組で、この中に幾艘もの舟を入れて、網を打って魚を捕るのである。琵琶湖で最も盛んに行なわれている。

湖底の泥知りつくし魞を挿す　今村窓外
魞を挿す舟のゆきゝを窓に置き　中川砂骨
遠き魞挿し終りたる色と見し　中森皎月
比叡山今日しまきをる魞を挿す　中井余花朗
今日挿せば魞の両袖つながるゝ　中井冨佐女
浦凪に魞さす舟の遠近に　柴原碧水
両袖へ魞挿す舟の漕ぎわかれ　久米幸叢
魞挿しの戻り舟なり比良颪　中井文人
魞竹をたてる力が舟揺らす　古賀昭浩
竹積んで魞挿す舟と覚えたり　高濱年尾

猟《れふ》名《な》残《ごり》《りようなごり》　解禁の猟期は十一月十五日から翌年の二月十五日と、北海道では十月一日から一月末日までとなっている。狐、狸、鹿、貂《てん》など特殊な獣については十二月一日から一月末日までに制限されている。鳥獣保護の目的から、以前よりもこのように期間が短縮され、そのため猟期の終りごろになると名残を惜しむ気持は以前よりも一段と強くなった。

火の島に犬連れ渡り猟名残　吉田孤岳
狩の犬今日伴はず猟名残　水見壽男
猟名残待つてゐる山ある限り　稲畑汀子

野《の》焼《や》く

早春、野の枯草を焼くことである。風のない穏やかな早春の一日、野や畦や堤などを焼いている風景は現在もよく見られる。これは害虫駆除にもなり、灰が肥料ともなるためである。庭園の芝生も同じ目的で焼かれる。野火《のび》は野を焼く火をいう。草焼《くさや》く。畦焼《あぜや》く。芝焼《しばや》く。

野とともに焼る地蔵のしきみかな　蕪村
焼けてゆく芝火時には琥珀色　星野立子
芝の火のおもひとゞまるところかな　中村汀女
永住とあきらめきれぬ畦を焼く　目黒はるえ
石人の跪づくあり野火の中　下村非文
野火の径牛に目隠しして過ぐる　岩永花泉
火となりし萱のたふるゝ野火の中　佐藤寥々子
野火走る先は沼なり走らする　宇田秋思
野火走るさき〴〵闇の新しく　三村純也
夕野火の色にも雨の近きかな　藤崎久を
火を投げて中洲の草も焼かれたる　中山梟月
芝火掃き拡げ掃き消し竹帚　村上杏史
沼の面に燃えこぼれつゝ蘆焼く火　石井とし夫
野を焼いて大空の端汚したる　石倉啓補
ふる里を二度と離れじ野火を守る　今村青魚
野火守に見捨てられたる火も走る　竹屋睦子
野を焼いて帰れば灯下母やさし　高濱虚子
此の村を出でばやと思ふ畦を焼く　同
畦焼の終りし野良に人見えず　高濱年尾
野火移りゆくに遅速の萱の丈　稲畑汀子

焼《やけ》野《の》

野焼をしたあとの野をいう。黒々と焼け広がり、黒く焼け焦げた芒などが残っていたりもする。これを末黒野《すぐろの》という。

しのゝめに小雨降出す焼野かな　蕪村
赤き雲焼野のはてにあらはれぬ　坂本四方太
末黒野のかけらの如く鴉翔つ　渡辺清子
火は見えで黒く広がる焼野かな　高濱虚子
末黒野にすでに命のはじまれる　稲畑汀子

山焼《やまや》く

早春になると山を焼く。山の下草を焼くのである。昼間は、うすい煙が立ち昇っているばかりであるが、やがて暮れ始めるとそれが赤くなってくる。もの淋しい感じを誘うものである。**山火《やまび》**。

山火見て立つ嫂を淋しとも　清原枴童
阿蘇谷へ逆落しくる山火かな　江口竹亭
山焼の火種引きずり走りけり　梶尾黙魚
山焼に始まる阿蘇の牧仕事　武藤和子
星空のひろがる明日の山焼かん　宮中千秋
逆らへる山火は二人して叩く　岩岡中正
山焼の煙の上の根なし雲　高濱虚子
勢子のいま心ゆるしてゐる山火　稲畑汀子

焼山《やけやま》

焼いている山、また焼き終わって黒くなった山、どちらも焼山という。

焼山や嵩其まゝに歯朶の容《かた》　西山泊雲

末黒《すぐろ》の芒《すすき》

草を焼いたあとの黒くなった野、いわゆる末黒野に萌え出た芒をいう。その先端が焼かれて黒く焦げていたりする。万葉以来歌などにも多く詠まれている。**焼野《やけの》の芒《すすき》**。

暁の雨やすぐろの薄はら　蕪村
湖北路やすぐろの芒湖畔まで　武田白雨
野の力見せて末黒の芒かな　谷口和子
グライダー基地も末黒の芒原　柴原保佳
まぎれたる雨後の末黒の芒かな　稲畑汀子

麦踏《むぎふみ》

麦は芽を出すと盛んに萌え伸びる。あまり芽が伸び過ぎると、株張りが悪くなり収穫が少ないので、少し伸びたところを足で踏んでたくさんの芽を出させるのである。また冬期霜のために浮き上がったのを踏んで根をしっかりさせる効果もかねている。**麦《むぎ》を踏《ふ》む**。

麦踏の去りたるあとのどっと暮れ　馬場新樹路
麦踏の影のび来ては崖に落ち　村松紅花
麦踏んで今なほ土に親しめり　高杉千代子
踏みし麦醜草のごと立ちなほる　加藤武城
衰へは足より来ると麦踏みに　山本紅園
麦踏みしばかりの乱れありにけり　日野六丘子
風の日の麦踏遂にをらずなりぬ　高濱虚子

木《こ》の実《み》植《う》う

さまざまの木の実は、二、三月のころ、苗床に植えたり、山に直植えしたりするのである。

我山に我れ木の実植う他を知らず　西山泊雲
俳諧の旅に拾ひし木の実植う　麻田椎花
木の実植う飯場去る日の記しとし　島田みつ子
大比叡の檜の実杉の実僧の播く　和氣魯石
植うるもの葉広柏の木の実かな　高濱虚子

金縷梅《まんさく》

日本固有の落葉樹で三メートルあまりになる。山野に自生するが庭園でも見かけられる。黄色い花弁は細くちぢれ、葉に先立って枝先に咲き満ちる。早春にさきがけて咲くところから「まず咲く」が「まんさく」になったとも、枝に咲きあふれるさまを**満作《まんさく》**に見立てたとも諸説ある。北国のみならず春の到来を告げる花として親しい。**銀縷梅《ぎんろばい》**。

まんさくを生け清閑のひとときを　浅井青陽子
まんさくの青空にある構図かな　小林草吾
まんさくの花弁反りつゝ花ひらく　天野さと子
まんさくの咲くや濃き黄を踊らせて　村田差久子
匂はざる万作の黄の淋しけれ　副島いみ子
壺の口よりまんさくの黄となれる　岩垣子鹿
青空とありまんさくの花明り　川原道程
金縷梅や日をころがして峡の空　岩村惠子
まんさくの金の縺解く日差かな　河野美奇

金縷梅や峡のものみな目覚させ　志鳥宏遠

まんさくの花咲くとなく咲いてをり　今橋眞理子

金縷梅や細き花弁の組み合はせ　稲畑汀子

猫《ねこ》柳《やなぎ》 ㊂

池沼、河川のほとりや渓谷など、水辺を好んで自生する柳の一種である。早春、葉に先立って、銀ねず色の長楕円形の花穂を交互につける。艶があり、絹糸状にやわらかく密生した毛は、猫の毛並を思わせる。

猫柳四五歩離れて暮れてをり　高野素十

山川のこゝ瀬をはやみ猫柳　古屋敷香葎

流れゆくもの水になし猫柳　深見けん二

野の風をひかりに変へて猫柳　佐藤冨士男

猫柳ほゝけし上にかゝれる日　高濱虚子

猫柳水きらめくはその先に　高濱年尾

猫柳にはほゝけんとする心　稲畑汀子

クロッカス

高さ一〇センチくらい、葉は細く、早春、葉の間に白、黄、紫などの花をつける。南ヨーロッパの原産。**泊夫藍《さふらん》の花**。同属である秋咲きの泊夫藍は淡紫色で薬用や染料とされる。

サフランを小さな鉢に移しけり　スコット別天女

土覚めてをりクロッカス花かゝぐ　高橋笛美

クロッカス地に花置きし如くなり　高濱年尾

子が植ゑて水やり過ぎのクロッカス　稲畑汀子

片栗《かたくり》の花《はな》

山地の樹蔭などに多く見かける。早春に地下茎から二枚の長楕円形の葉を出し、その間から一〇～一五センチくらいの花柄を出す。その先に百合に似た淡紅紫色の六弁花が、下を向いて開く。澱粉のことを片栗粉と呼ぶのは、この根からとったことによる。**かたかごの花《はな》**。

片栗の花

堅香子の花虫ばまれ易かりし　藤田美乗

離村拒否してかたかごの咲く里に　藤浦昭代

片栗の花の紫うすかりき　高濱年尾

雛菊《ひなぎく》 ㊂ 高さ七、八センチほどの草花で、花柄の頂に菊に似て小さな、かわいらしい花を開く。白、桃色、紅と色さまざまで、二月から数か月の間咲き続ける。それゆえ長命菊、延命菊の名もある。**デージー**。

売れ残りゐし雛菊の鉢を買ふ　湯川雅
踏みて直ぐデージーの花起き上る　高濱虚子
雛菊に植ゑ替へられし花時計　稲畑汀子

春菊《しゆんぎく》 **菊菜《きくな》**ともいい早春、若葉を採って食用にする。香り高く、浸し物や和《あ》え物、鍋物にも好まれる。菊に似た葉は切れこみが深く、中央の脈が太い。四月ごろ、野菊に似た単弁の花を開く。色は黄色で、花片の先端が白いのもある。**茼蒿《しゆんぎく》。しんぎく。**

霜覆してある方は菊菜かな　夢茶子
ひとたきに菊菜のかをりいや強く　高濱年尾

菠薐草《はうれんさう》《ほうれんそう》 葉が叢生する。ビタミンや鉄分を多く含み、浸し物、和《あ》え物などのほか、各種の料理に重用される。晩秋に蒔き、茎の立ち始める前の二、三月までに収穫する。

菠薐草買はずにすみしほどの出来　松谷良太
菠薐草一把も一人には過ぎて　石山佇牛

洲浜草《すはまさう》《すはまそう》 早春、残雪の間から萌え出し、葉に先立って花を咲かせるので**雪割草《ゆきわりさう》**とも呼ばれる。花は白または淡い紅紫色で北国の山野に自生するが、観賞用に栽培もされる。葉は三片に切れこみ、三つ山形で、形が洲浜台に似ているのでこの名がある。これとよく似た、葉先がややとがっている**三角草《みすみさう》**も一般に雪割草と呼ばれている。

洲浜草

花日記雪割草に始りし　秋葉美流子
一と鉢の雪割草の野を買ひぬ　蔦三郎
雪を割る力は見えず雪割草　竹下陶子
雪を割り雪を纏はず三角草　稲畑汀子

蕗《ふき》の薹《たう》《とう》

蕗は雪の残っている野辺や庭隅に、卵形で淡緑色の花芽を出す。これが蕗の薹である。やわらかい苞《ほう》に幾重にも包まれており、煮たり汁物にしたり、練味噌にして食べると、ほろ苦く早春の香りがする。摘まずにおくとすぐ闌《た》けて三〇センチくらいになり、四月の半ばごろ薄黄色の花を開く。

皆水に浮きぬ手桶の蕗の薹　星野立子
蕗の薹紫を解き緑解き　後藤夜半
朝市の雪の戸板に蕗の薹　山口一草
踏みいりて土柔かし蕗の薹　中野昇旭
大地まづ送り出したる蕗の薹　鷲巣ふじ子
言へばすぐ摘まれさうなる蕗のたう　浅利恵子
夙くれし志やな蕗の薹　高濱虚子
蕗の薹一枚はがし浮かべたり　高濱年尾
持ち上げし土をまだ出ず蕗の薹　稲畑汀子

水《みづ》《みず》菜《な》《な》

白く細い葉脈に切れこみのある葉が株になっている。京都近郊の原産で、清冽な湧水を絶えずそそいで栽培するところから水菜といい、関東では**京菜**《きやうな》と呼ぶ。漬けたり煮たりする葉野菜で、あっさりして歯ざわりがよく、独特の香りがある。

大水菜貰うて来しがさてなにに　中林光子
さつくりと京菜裁ちたる刃かな　坊城としあつ
洗ひたる水菜の丈を揃へ剪る　川口利夫
歯応への残る水菜の茹加減　稲畑汀子

海苔《のり》　㊂

海苔の発生する浅海には海苔を養殖する**海苔粗朶**《のりそだ》（海苔篊《ひび》）が立ててあり、潮の干満によって現れたり、沈んだりする。**海苔舟**《のりぶね》はその海苔粗朶の間を漕ぎ回っては粗朶がくれに舷を傾けて、粗朶についた海苔を採る。近ごろは網が多くなった。磯では岩についた海苔を干潮時に掻き取ることもする。採った海苔はきれいに洗って小さく刻み、**海苔簀**《のりす》に薄く漉いて乾かす。浜宿あたりでは生海苔を吸い物などにして供する。**海苔搔**《のりかき》。**海苔採**《のりとり》。**海苔桶**《のりをけ》。**海苔干す**《のりほ》。**海苔干場**《のりほしば》。

海苔搔の臑の長さよ夕日影　素丸

海苔買ふや追はるゝ如く都去る　吉岡禅寺洞
海苔剝ぐや老は坐りてねんごろに　五十嵐播水
裏山へ干場の伸びて海苔日和　上杉緑鋒
海苔篊に潮さして来し音のあり　清崎敏郎
襲ひくる波を読めねば海苔掻けず　辻口静夫
花のごと流るゝ海苔をすくひ網　高濱虚子
海苔掻いて掻いて大きな波を避け　稲畑汀子

青海苔《あをのり》《あおのり》 三　内海や河口などに繁殖する海苔で、みどり鮮やかな色で香りがよい。ふりかけ海苔にしたり、粉にして煎餅やお好み焼に用いたりする。

青海苔や石の窪みのわすれ汐　几董
青海苔をかぶらぬ岩はなかりけり　野村泊月
青海苔にまみれたる手をさげて佇つ　伊藤柳紅

会《ゑ》《え》**陽**《やう》《よう》　陰暦一月十四日、岡山市の西大寺観音院で行なわれる修正会結願《しゆしようえけちがん》の行事で、最近では二月第三土曜日の夜行なっている。奈良東大寺、二月堂のお水取にならって始められたと伝えられる。昔は法会のみであったらしいが、その後、結願の夜に宝前の宝木《しんぎ》を信者中の年長者に授けることとしたが、これを戴こうとする信者がふえたので、集まった参拝者に投げ与えることとなった。信者たちは裸になり門外の吉井川で水垢離をとり、境内にひしめき合う。深夜零時ごろ、合図の太鼓とともに火を消し、堂上から院主が投ずる宝木を奪い合う。そのさまは壮観で深夜の奇祭として知られる。**裸押**《はだかおし》。

暮るゝより会陽の裸衆ゆきゝ　桑田青虎
庭炉焚きつぎて会陽の世話方衆　上田土筆坊
真暗の空から雪や裸押　佐藤道明
出立酒置いて会陽の裸宿　平太久生

獺《をそ》《おそ》**の祭**《まつり》《まつり》　「礼記」月令篇に「孟春の月（陰暦正月）獺魚を祭る」とある。獺《かわうそ》は巧みに魚を捕える肉食の獣であるが、この時季にはすぐに食べないで岸に並べておくという。これを**獺**《かはをそうを》 **魚を祭**《まつ》**る**といい、略して獺の祭という。暦の上で七十二候（一年を五日ごとに区切ったもの）の一つであり、陰暦の一月十六日から二十日までで、陽暦の二月二十日ごろにあたる。

膳所へ行く人に
獺の祭見て来よ瀬田のおく　芭蕉
拾ひ来し獺のまつりの落しもの　高木耕人
言ひ伝へさま〴〵なりし獺祭　高濱年尾

鳴雪忌《めいせつき》　二月二十日、内藤鳴雪の忌日である。本名内藤素行。弘化四年（一八四七）江戸の松山藩邸で生まれ、十一歳で松山に帰る。藩校明教館で学び、和、漢、仏教の造詣が深く、ことに俳句は正岡子規に学び、古典的高雅な句をよくし、日本派の長老として敬愛された。大正十五年（一九二六）没。行年八十歳。**老梅忌**《らうばいき》。

草庵や心ばかりの鳴雪忌　野津無字
なつかしき明治俳壇鳴雪忌　加藤梅晨
尼寺に小句会あり鳴雪忌　高濱虚子
ひと日降りつのりて籠る鳴雪忌　稲畑汀子

義仲忌《よしなかき》　陰暦一月二十日、源義仲の忌日である。義仲は源為義の孫、木曾で成長したので木曾義仲とも呼ばれる。源頼朝と呼応して挙兵、平氏を討ち旭将軍ともいわれたが、専横の振舞いがあって失脚、寿永三年（一一八四）近江粟津で討死した。その後、同地に義仲寺《ぎちゆうじ》が建立された。俳人芭蕉も大坂で客死後、同寺に葬られている。

倶利伽羅の旧道に住み義仲忌　今村をやま

梅《うめ》　余寒なおきびしいころ、春の魁《さきがけ》としてひらく梅の花は、古来詩歌の対象として親しまれてきた。紅梅、薄紅梅、白梅、枝垂梅など、種類も多い。なかでも**野梅**《やばい》はもっとも多く分布している梅で、正しい五弁白色である。一般の家の庭や農家の庭にはもちろん、随所に**梅林**《ばいりん》として有名なところも多い。関東では水戸の偕楽園、青梅《おうめ》、熱海。関西では月ケ瀬、賀名生《あのう》、南部《みなべ》などの梅林が古くから名高い。**梅**《うめ》**の花**《はな》。**白梅**《はくばい》。**臥竜梅**《ぐわりゆうばい》。**梅園**《ばいゑん》。

むめ一輪一りんほどのあたゝかさ　嵐雪
水鳥の嘴に付たる梅白し　野水
二もとの梅に遅速を愛すかな　蕪村

しら梅や垣の内外にこぼれちる　樗良
銀婚の式はせずとも軒の梅　鈴木花蓑
梅林や人ちらばりてなきごとく　五十嵐播水
梅白しまことに白く新しく　星野立子
突く杖に歩をさそはれつ梅日和　緒方句狂
梅の縁短か羽織を著給ひて　大橋杣男
日本海荒るゝが見ゆれ畑の梅　村元子潮
遠景の鉄橋の音梅林に　杉本零
日の匂ひ風の匂ひて野梅咲く　中村芳子
老梅の幹の虚ろも景をなす　湯浅桃邑
散りながら咲きながらも梅日和かな　今井千鶴子
心退けば梅の香ありそめし　原田一郎
幹がちに枝がちに梅咲き出づる　伊藤涼志
散り初めてより梅が香の動きをり　山下しげ人
梅林の起伏に声の従ひぬ　吉年虹二
東より春は来ると植ゑし梅　高濱虚子
大仏の境内梅に遠会釈　同
軒の梅四五輪の香の届かざる　高濱年尾
一輪にして梅が香のありにけり　同
風とゞけくれる梅が香風が消す　稲畑汀子

梅見《うめみ》　春の花見のさきがけが観梅である。梅見には春の寒さがつきまとうが、風のないおだやかな日和に恵まれると、お花見同様の酒宴や野点なども行なわれる。探梅といえば冬季になる。

さむしろを畠に敷て梅見かな　蕪村
梅見茶屋俄か仕立であることも　藤木呂九艸
早まりし梅見の案内悔まれて　浅井青陽子

盆梅《ぼんばい》　盆栽に仕立てた梅である。盆栽ながらも枝ぶりを見事に剪定してあるものは、気品があり豪華でもある。床の間の飾りものとして、また日向の縁に置かれたものをよく見かける。枝垂梅の盆梅も多い。

盆梅のしだれし枝の数へられ　松本たかし

盆梅に筆硯置かれありしのみ　中村芳子
盆梅のかなしきまでに蕾持つ　藤原涼下
地に下ろしたる盆梅の小さゝよ　粟津松彩子
盆梅の花の大きさ目に立ちて　高濱年尾

紅梅《こうばい》

花の色によって白梅と呼び分けられている。白梅より花期が少し遅く、咲く期間も長いようである。白梅の気品には及ばないが、それだけに親しみもあり、濃艶である。種類はいろいろで紅の薄い薄紅梅もあり、未開紅《みかいこう》は八重で花が大きく、蕾のうちから濃く紅い。

紅梅や見ぬ恋つくる玉すだれ　芭蕉
紅梅やをのこをみなとあそびし世　佐藤漾人
紅梅の花見て今日を占ひぬ　星野立子
紅梅の枝のさきなる蕾がち　長谷川ふみ子
紅梅や五線紙にかく音生れ　池内友次郎
紅梅に別るゝ如く園を出づ　深見けん二
紅梅のにじみし闇でありにけり　大久保橙青
紅梅の紅の通へる幹ならん　高濱虚子
紅梅に薄紅梅の色重ね　同
紅梅の暮れんとしつゝさだかなり　高濱年尾
紅梅の盛りが待つてゐてくれし　稲畑汀子

黄梅《わうばい》《おうばい》

黄梅といっても梅ではなく、ジャスミンの仲間であるが芳香はない。観賞用の落葉低木で、枝は細長く四角ばり、緑色でやや蔓状、地に垂れて根付く性質がある。花は鮮黄色で、おしろい花のような筒状花、先が六つに分かれている。葉は対生、三枚の小葉からなり深緑色。春にさきがけて、葉の出ないうちに花を開くので**迎春花**《げいしゆんくわ》ともいう。

迎春花故郷恋しくありし日々　三木朱城
黄梅の盛りとてなく咲きつゞけ　開田華羽
迎春花一と花づつの日を重ね　一瀬あやめ

鶯《うぐひす》《うぐいす》 ㊂

「鶯の谷より出づる声なくは春来ることを誰か知らまし」(古今集)とあるように、その声で春の来たことを知るとして、**春告鳥**《はるつげどり》の名がある。それで**初音**《はつね》といえばその年に初めて聞く鶯の初音のことになっている。ケキョケキョケキョと続けざまに鳴くのを鶯《うぐひす》の谷渡《たにわたり》という。鶯笛《うぐひすぶえ》は鶯の囀る音を出す玩具。黄鳥《うぐひす》。

鶯の身を逆にはつねかな　其角
鶯に終日遠し畑の人　蕪村
鶯や白黒の鍵楽を秘む　池内友次郎
鶯や天険にして海の景　酒井黙禪
鶯のけはひ興りて鳴きにけり　中村草田男
鶯や我に親しき母の客　深見けん二
鶯の声の大きく雨の中　飛彈桃十
鶯の啼き重なるといふはなく　湯川雅
鶯や島の夕日は海に落つ　宮田蕪春
中辺路《なかへち》懐古
鶯や御幸の輿もゆるめけん　高濱虚子
鶯の来鳴く庵に住み古りし　高濱年尾
初音聞くこんな小さな植込みに　稲畑汀子

山茱萸《さんしゅゆ》の花《はな》

韓国、中国原産の落葉樹で五メートル以上にもなる。早春、葉が出る前に枝の先に黄色くこまかい四弁の花が群れ咲いて、木全体がやわらかい黄色に煙って見える。もと薬用として渡来したのが観賞用に植えられるようになった。秋に熟する実は紅く、「あきさんご」の名がある。

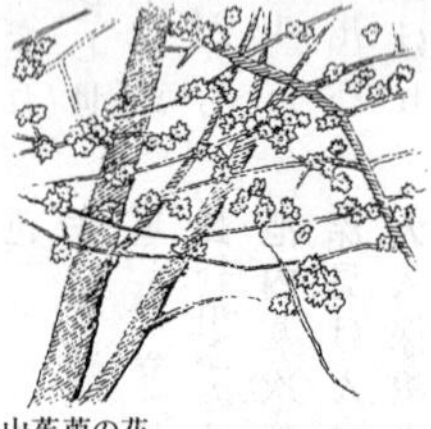

山茱萸の花

さきがけはいつも孤独の山茱萸黄　岩岡中正
山茱萸の黄を解きしより雨がちに　新川智恵子
山茱萸の蕾のはなれ〴〵なる　高濱年尾

下《した》萌《もえ》

冬枯の中に春が立ち、いつの間にか草の芽が萌えつつある。野原や園、庭や道ばたなど、または垣根や石垣の間など、思わぬところに草の芽を見いだすことができる。草萌《くさもえ》。草青《くさあを》む。

下萌や土の裂目の物の色　太祇

まんまるに草青みけり堂の前　一茶
下萌ゆと思ひそめたる一日かな　松本たかし
春草は足の短き犬に萌ゆ　中村草田男
草萌えて生くるかぎりはわびしけれ　中川きみ子
下萌や二歩に三歩に畦木影　高野素十
午後の雲動き学園下萌ゆる　深見けん二
下萌や手ごたへのなき杭を打つ　倉田香雲
下萌に我下り立てば犬はずみ　廣瀬初子
草萌や吾が牧となる杭を打つ　山本和枝
下萌えてサラブレッドの馬の村　嶋田一歩
クラブ振るあたりは既に下萌ゆる　古林吾心
下萌えぬ人間それに従ひぬ　星野立子
下萌えて土中に楽のおこりたる　同
やせ地なる下萌求め羊達　坊城中子
下萌や境界石の十文字　星野椿
草萌や大地総じてもの〳〵し　高濱虚子
下萌や石をうごかすはかりごと　同
下萌ゆるものゝくさ〴〵や芥子その他　高濱年尾
草萌に柵塗るペンキこぼれをり　同
草萌の野に敷く莫蓙のふくらみに　稲畑汀子
下萌ゆる力となりて降る雨よ　同

いぬふぐり

早春、まだ他の草の枯れているうちから、野原や道ばたなど至るところに瑠璃色の可憐なこまかい花が、地に低く群がり咲く。正名「おおいぬのふぐり」のことである。

道とひてこゝろもとなや犬ふぐり　下田實花
犬ふぐりどこにも咲くさみしいから　高田風人子
太陽の機嫌よき朝犬ふぐり　木村享史
瑠璃てふは眼を洗ふ色犬ふぐり　村上杏史
迷ひてもゆきつける道犬ふぐり　橋内五畝
ガリバーの足が来てをり犬ふぐり　蔦三郎
犬ふぐり星のまたゝく如くなり　高濱虚子

汝に謝す我が眼明かいぬふぐり　高濱虚子
野の草に醜草はなし犬ふぐり　稲畑汀子
うす〱と置く日をとらへ犬ふぐり　同

君子蘭《くんしらん》　剣状の逞しい葉が根元から密に二列に並び、その中央から伸びた五〇センチくらいの花茎の先に、筒形橙黄色の花が十数個、総状に集まって咲く。冬の間は室内や温室で育てる。

君子蘭

壁炉焚く診療室の君子蘭　佐々木あきら
君子蘭咲きしやと訪ふ咲きゐたり　野村久雄
朱の色に好き嫌ひあり君子蘭　稲畑汀子

菜種御供《なたねごく》　二月二十五日、菅原道真の忌日に行なわれる京都、北野天満宮の祭である。陰暦のころはちょうど盛りの菜種の花で供物を飾ったのでこの名があり、陽暦になってからは、代りに梅の花を用いるので梅花御供《ばいくわごく》または梅花祭《ばいくわさい》というようになった。

菜種御供尼の身内のあつまりて　中村若沙

磯竈《いそかまど》　三重県志摩の漁村の風習で、旧正月を過ぎたころから始まる若布刈《わかめ》の海女のあたる焚火の囲いのことで、磯焚火ともいう。十四、五人も一緒にあたれるくらいの大きさに、背丈よりも高い笹竹で周囲を円く囲い、入口は東に向けて小さく開ける。海女は四季を通じて焚火をするが、磯竈は春季である。

海女の来て直ぐに燃えたつ磯竈　石田ゆき緒
舟あぐる海女の総立磯かまど　菊池大修
潮灼けの眉のうすさよ磯竈　中村丹井
児を膝に海女梳る磯竈　渡辺畦月
磯かまど磯著に著替ふこと早し　中川忠治

若布《わかめ》 ㊂　昆布に似た緑褐色の海藻で、ほとんど全国の近海に生える。「め」とは食用にする海藻の総称であるが、とくに若布についていう。舟に乗り箱眼鏡で覗きながら長い竹竿の先に小さな鎌をつけた若布刈竿《めかりざを》で刈ったり、海女が腰に鎌をつけ海底にもぐって採ったりする。若布刈舟《めかりぶね》。若布拾《わかめひろひ》。若布干《わかめほ》す。干若布《ほしわかめ》。若布売《わかめうり》。

草の戸や二見のわかめもらひけり　蕪村
みちのくの淋代の浜若布寄す　山口青邨
若布を刈るや鳴門の瀬戸にほとり住み　猪子水仙
国引の出雲の荒磯若布刈る　竹下陶子
大小の籠のつみある若布刈舟　石田ゆき緒
潮迅し若布刈の竿のびゝと鳴り　松岡伊佐緒
若布刈舟塩屋灯台八重巻きに　告野畔秋
小包の軽さよ出でて来し若布　星野立子
ちらばりて波にさからひ若布刈舟　吉川葵山
風荒し角《つぬ》の若布刈の今日見えず　内藤ゆたか
打ち返す波の若布は刈りにくゝ　稲吉楠甫
沖よりの風上々の若布干かな　安原葉
単調に見え若布刈舟働ける　木村滄雨
潮の中和布を刈る鎌の行くが見ゆ　高濱虚子
渦潮の辺に若布刈舟たゆたへり　高濱年尾

実朝忌《さねともき》

陰暦一月二十七日は鎌倉三代将軍源実朝の忌日である。二十七歳、右大臣に任ぜられ、翌承久元年（一二一九）鶴岡八幡宮に拝賀の儀を行なった帰途、甥の公暁《くぎよう》のために殺された。歌人として藤原定家の教えを受けたことがあり、家集「金槐集」は独自の調べをなしている。その墓のある鎌倉扇ケ谷寿福寺では毎年忌日に読経をしている。

梅寒し祀る鎌倉右大臣　青木月斗
庭掃除して梅椿実朝忌　星野立子
初島は沖の小島よ実朝忌　遠藤韮城
実朝忌知らぬ鎌倉美しく　遠藤加寿子
実朝忌由井の浪音今も高し　高濱虚子
鎌倉に住みしことあり実朝忌　高濱年尾

春一番《はるいちばん》

長い冬が終わり、春の到来を告げて最初に吹く強い南寄りの風。古くより春を呼ぶ風として、船乗りや漁師たちが今でも使う風の名が一般に普及した。一日中吹き荒れて「春風」の穏やかさはない。

みよしのを駆けるものの け春一番　大久保白村
春一番二番三番なくもがな　小林草吾
春一番五臓六腑を覚ましけり　鈴木南子
窓開けて春一番に触れてみる　小川龍雄
野に山に春一番が運ぶもの　小川みゆき
春一番袋小路を折り返す　今井肖子
低気圧春一番を伴へる　稲畑汀子

三月

三月《さんぐわつ》《さんがつ》　仲春。寒さのうちにも、三月の声を聞くと、急にくつろいだ気分になる。「暑さ寒さも彼岸まで」というように、寒さと暖かさとの交替する時期で、南国では菜の花や桃の花に蝶が舞い、北国ではなお雪深いが、雪の下にはものの芽も現れ始める。

三月の雪の阿蘇とは知らで来し　岡崎多恵子
三月の旅の支度にパスポート　千原草之
三月のかの地いかにと旅支度　稲畑汀子

如月《きさらぎ》　陰暦二月の異称である。この月はなお寒くて着物をさらに重ね着る意味から来ているという。

堂塔の檐如月の空にはね　県越二郎
如月の船出せし日を命日に　竹末春野人
きさらぎや出土の甕の縄の文　大野雑草子
如月の湖を渡りて来る僧　山﨑一角
如月の駕に火を抱く山路かな　高濱虚子

二日灸《ふつかきう》《ふつかきゆう》　陰暦二月二日に灸を据えると効能が倍あるとか、厄除になるとかいわれている。農事にかかる前の厄除の行事に由来するものであろう。**ふつかやいと**。

待となき二日灸の来りけり　大夢
健やかに老いて欠かさぬ二日灸　荻田小風
山寺の日がな賑ひ二日灸　八木昌子
先人も惜しみし命二日灸　高濱虚子

雛市《ひないち》　雛祭の雛や道具類を売る市で、かつては日本橋十軒店《だな》の雛市が有名であったが、戦後は行なわれない。現在は、二月に入るとデパートや玩具店などで赤い幕を張りめぐらして雛売場を作り、華やかに飾り立てて売り出す。**雛店**《ひなみせ》。

手のひらにかざつて見るや市の雛　一茶
雛市の灯り雨の日本橋　谷川虚泉
雛市も通りすがりや小買物　高濱虚子

桃《もも》の節句《せっく》

五月五日の男の子の菖蒲の節句に対して、三月三日の女の子の節句をいう。雛に桃の花を供え、桃花酒、白酒を酌んだりしたのでこの名があるが、陽暦では桃の花の季節には早い。しかし地方によっては陰暦で行なっているところもあり、この名はいかにも雛祭にふさわしい。五節句の一つで、古くは上巳の日に行なわれた。**上巳《じやうし》。上巳《じやうみ》。桃《もも》の日《ひ》。**

看取りゐて桃の節句を忘れゐし　川口咲子
箸置に桃の枝配す節句かな　柴原保佳
茶碗あり銘は上巳としるしたり　高濱虚子
桃の日のふと華やぎて書く便り　稲畑汀子

雛《ひな》

三月三日の**雛祭《ひなまつり》**は女の子の行末を寿ぎ祝う意味だけでなく、行事として時代色、地方色豊かで、ゆかしく美しい。誕生後初めての節句が**初雛《はつびな》**。**紙雛《かみびな》**、**土雛《つちびな》**の素朴なものもあるが、江戸中期から現在の**雛壇《ひなだん》**作りの**内裏雛《だいりびな》**や三人官女、五人囃子などを飾るようになった。旧家の**古雛《ふるびな》**はどこか品格がある。一方**雛流《ひなながし》**しには古代からの祓いの思想が残っており、人々のけがれを形代としての雛にうつして流してしまうのである。**ひひな。雛遊《ひなあそび》。雛飾《ひなかざ》る。雛箱《ひなばこ》。雛《ひな》の宴《えん》。雛《ひな》の客《きやく》。雛《ひな》の宿《やど》。雛納《ひなをさめ》。**

草の戸も住替る代ぞ雛の家　芭蕉
綿とりてねびまさりける雛の貌　其角
うまず女の雛かしづくぞ哀なる　嵐雪
たらちねの抓までありや雛の鼻　蕪村
雛の宴五十の内侍酔れけり　召波
こと〴〵くまことをうつし雛調度　本田あふひ
美しきほこりの中に雛納　今井つる女
畳よりすぐに真紅に雛の段　中田みづほ
塗蓋をことりと雛を仕舞けり　木代ほろし
冠のなか〳〵のらぬ雛飾る　猿渡青雨
雛飾る一度掌にのせまゐらせて　田村玉
にほやかに時の過ぎつゝ雛祭　大橋敦子
どこやらがしかと抱一絵雛かな　眞下喜太郎
雛飾りつゝふと命惜きかな　星野立子

激つ瀬につと失せたまひ流し雛　成瀬正とし
冠の紐の細さよ京雛　田畑比古
いにしへの袖張りたまひ立雛　中村若沙
灯ともせば皆我れに向く雛かな　近藤鳴川
雛流す加太の八重潮満つるなり　五島沖三郎
流れ去るものは流れて流し雛　森　土秋
貝雛の貝金を刷き紺を引き　舘野翔鶴
雛あられ紙に包めば色透きて　竹原梢梧
白もまた欠かせぬ色や雛あられ　小林草吾
音の無き世界の母に雛飾る　小島左京
雛飾る部屋に小さくなつて寝る　谷口まち子
吾娘欲しと言ふ青年が雛の客　山内山彦
もたれあひて倒れずにある雛かな　高濱虚子
雛の顔鼻無きがごとつる〳〵と　同
奴雛赤きふどしを極込みし　高濱年尾
内裏雛だけで祝つてやるつもり　同
誰がためとなく飾り置く雛かな　稲畑汀子

白酒《しろざけ》

雛祭に雛に供える濃い白色の酒である。米または米麹に酒や味醂などを混ぜて造り、甘くて子供に喜ばれる。昔は桶に入れて売り歩いたそうで、歌舞伎などにその風習が残されている。桃の花を浸した**桃の酒**《ももさけ》も、同じく雛祭に用いられたものである。

白酒を薦たしとしぬその酔も　後藤夜半
酔ふ事は小さき冒険桃の酒　岡林知世子
白酒の紐の如くにつがれけり　高濱虚子

菱餅《ひしもち》

雛壇に供える餅。紅、白、緑の三枚の餅を菱形に切り重ねて菱台に盛り飾る。

菱餅のその色さへも鄙びたり　池内たけし
菱餅を切る大小のをかしけれ　酒井小蔦
菱餅を三臼三色に搗きあげて　川端紀美子

曲水《きよくすゐ》

曲水《きよくすい》
昔、三月三日の節句に、貴族や文人らが庭園内の曲折した流れに臨んで座り、上流から流す盃が自分の前へ来るまでに詩歌を作り、盃の酒を飲み、また次へ流す風流な公事《くじ》を**曲水《きよくすゐ》の宴《えん》**といった。わが国では「日本書紀」や藤原時代の記録に見えている。**流觴《りうしやう》**。**盃流《さかづきなが》し**。**巴字盞《はじさん》**。

曲水や江家の作者誰々ぞ　召波
曲水の円座にどかと緋衣の僧　江口竹亭
玉座石とや曲水の一角に　山崎一之助
奥庭に湧き曲水の水となる　北里忍冬
曲水や草に置きたる小盃　高濱虚子

立子忌《たつこき》　三月三日、星野立子の忌日である。明治三十六年（一九〇三）十一月十五日、高濱虚子の二女として東京に生まれた。大正十四年（一九二五）星野吉人と結婚。翌十五年より句作を始め、師友に恵まれてその才能をのばし、昭和五年（一九三〇）日本最初の女流主宰俳句雑誌「玉藻」を創刊、女流俳句隆盛のさきがけとなった。昭和五十年（一九七五）勲四等宝冠章受章。昭和五十九年（一九八四）八十一歳で病没した。墓は虚子と同じ鎌倉寿福寺にある。紫雲院玉藻妙立大姉。

立子忌や墓前に逢ひて相知らず　藤松遊子
雛の日が忌日となりし佳人かな　稲岡達子
立子忌を重ねて今年つる女亡く　星野椿
立子忌を悲しみとせぬ日は何時に　稲畑汀子

鶏合《とりあはせ》《とりあわせ》　牡鶏は春先になると闘志が昂じる。その牡鶏を闘わせ、勝負を争う。牡鶏は人輪の中で土けむりを上げながら血みどろになって闘う。**勝鶏《かちどり》**は頸をのばして羽搏きながら高らかに時をつくり、**負鶏《まけどり》**は鳴きもしない。宮中では昔から行なわれた記録があり、鎌倉時代には武家でも、その後民間で行なわれるようになった。**闘鶏《とうけい》**。

勝鶏の抱く手にあまる力かな　太祇
弘《ぐ》法《ぼふ》寺《じ》の坂下り来れば鶏合　高野素十
勝鶏も負鶏も抱きかゝへられ　林旗亭
暦日もなき山中や鶏合　和氣魯石
勝鶏の水呑みやまぬのんどかな　藤木紫風
鶏合鶏ふところにして来る　岡田抜山

闘鶏師負けたるときのこと言はず　水本祥壹
勝鶏を抱く一蹴を胸に受く　小畑晴子
闘鶏や川飛び越えて人来る　高濱虚子

闘牛《とうぎう》《とうぎゅう》　牛と牛に角突き合いをさせ、その勝負を見て楽しむ競技で、久慈、新潟、隠岐、宇和島、徳之島、沖縄などでは現在も行なわれている。大相撲に準じて番付ができたりし、その土地をあげて賑わう。地方により時期の異なる所もある。

蝶々や闘牛はてし竹矢来　甘子
闘牛の荒き鼻息土を噴く　島岩竹林庵
闘牛の優しき眼して街歩く　楠本半夜月
闘牛の終り血の砂かき均す　三木由美

春《はる》**の雪**《ゆき》 ㊂　春になってから降る雪。少し暖かくなったと思っていると、思いがけなく雪の降ることがある。春の雪は水分が多く雪片も大きく、解けやすく、降るそばから消えるので、**淡雪**《あはゆき》ともいう。しかし、年によっては意外な大雪が積もり、思わぬ雪害をもたらすこともある。**春雪**《しゆんせつ》。

湯屋まではぬれて行けり春の雪　来山
地階の灯春の雪ふる樹のもとに　中村汀女
ゆげむりに即ち消ゆる春の雪　小池森閑
苔に著くまでの大きな春の雪　阿波野青畝
東山晴れて又降る春の雪　武原はん女
一局の碁に春の雪あともなし　淺井意外
ぬれてよき装ひなれば春雪も　田畑美穂女
春雪を潔く踏み楽屋入　荻江寿友
袖に来て遊び消ゆるや春の雪　高濱虚子
淡雪の積らんとして力なし　高濱年尾
大玻璃戸一ぱいに舞ひ春の雪　同
止むといふ心どこかに春の雪　稲畑汀子

斑雪《はだれ》　春の雪がうっすらとまだらに降り積もったようす。また、解けてまだらになった残雪。**はだら**。**斑雪**《はだれゆき》。**はだら雪**《ゆき》。**はだれ野**《の》。

竹箒もてそこら掃くはだら雪　副島いみ子
田のものの彩は匿さず斑雪　岩村惠子
放牧を待ちたる原のはだれかな　小川龍雄
はだれ野に消えゆくものの息づかひ　今井肖子
斑雪嶺のいつもどこかにある旅路　今橋眞理子
はだれ野にはじまる深き轍かな　木暮陶句郎
はだれ野の動き出したる気配かな　浅利清香
はだれ野の土ほつほつと乾きゆく　相沢文子
遠目にも斑雪山なる八甲田　小川笙力
霧消えて富士のはだれの現るる　稲畑汀子

初雷《はつらい》

立春後、初めて鳴る雷のことである。啓蟄《けいちつ》のころよく鳴るところから虫出《むしだし》ともいう。

初雷のごろ〳〵と二度鳴りしかな　河東碧梧桐
初雷や耳を蔽ふ文使　高濱虚子

春雷《しゅんらい》 ㊂

雷といえば夏に多いものであるが、それがまだ春のうちに鳴るのをいう。一つ二つ鳴って、それきり止《や》んだりするのも春雷らしい。**春《はる》の雷《らい》**。

春雷や蒲団の上の旅衣　島村元
女人堂より道づれや春の雷　土屋菊女
春雷や女主に女客　星野立子
みどり児のながき眠りや春の雷　河野扶美
夢さめてやはり見えぬ目春の雷　平尾みさお
五女の家に次女と駈け込む春の雷　高濱虚子
春雷の僅かに響くばかりかな　高濱年尾

啓蟄《けいちつ》

土中にじっと冬眠していた蟻《あり》、地虫、蛇、蜥蜴《とかげ》、蛙の類が、春暖の候になって穴を出て来ることをいい、またその虫をいうこともある。暦でも二十四節気に啓蟄があり、三月五日ごろにあたる。**地虫穴《ぢむしあな》を出《い》づ**。**地虫出《ぢむしい》づ**。**蟻穴《ありあな》を出《い》づ**。**地虫《ぢむし》**。

穴出でむ虫のほのめきあきらかに　阿波野青畝
啓蟄や脱ぎし羽織を濡縁に　星野立子
機音に震ふ庭土地虫出づ　小島梅雨

啓蟄の日の眩しさに門を出でず　井桁蒼水
啓蟄の風天日を曇らする　吉富無韻
いと小さき地虫這ひをりいと迅し　鈴木洋々子
地虫出て神を畏るゝこともなし　下村非文
啓蟄の翅を合せば天道虫　福井潮春
啓蟄の土掘ることも考古学　橋本博
啓蟄の闘志も覚めてをりにけり　武藤和子
啓蟄と言ひみちのくの友来る　信清愛子
父葬りたる土よりも地虫出づ　橋本一水
蜥蜴以下啓蟄の虫くさ〴〵なり　高濱虚子
犬耳を立て土を嗅ぐ啓蟄に　同
地虫出づ穴に日射のあまねかり　高濱年尾
塊に地虫はまろぶことありて　同
啓蟄の地の面濡らして雨一と日　稲畑汀子

蛇穴《へびあな》《へびあな》を出《い》《いず》づ

冬の間、土の中に眠っていた蛇も春暖とともに穴を出て姿を現す。蛇は気味の悪いものだが、穴を出たばかりの蛇をちょっと見かけるのはそう悪いものではない。

わが庵を守る蛇穴を出でにけり　千々里
蛇穴を出てだしぬけに人と逢ひ　鶴川田郷
穴を出し蛇のはや嫌はるゝ　蔭山一舟
穴を出しゆゑに小蛇の轢かれたる　木村享史
蛇穴を出て見れば周の天下なり　高濱虚子

東風《こち》 ㊂

春になって東から吹く風をいう。春吹く風ではあるがまだやや寒い感じがある。「春の風」というより、言葉がつまっているだけに言葉のひびきから受ける感じも強いようである。**強東風《つよごち》**。**朝東風《あさごち》**。**夕東風《ゆふごち》**。

駕に居て東風に向ふやふところ手　太祇
噴水や東風の強さにたちなほり　中村汀女
わが胸に東風吹きわかれわれいそぐ　池内友次郎
東風の帆をあぐる滑車の軋りつゝ　林大馬
強東風が火口を覗く耳に鳴る　粟津松彩子

緬羊も走れば迅し東風の牧　依田秋葭
夕東風やわれ野の家に帰るべし　深川正一郎
東風吹くや悲報吉報身一つに　堀恭子
坂下りて行けば展けて東風の浜　星野椿
一軒家出はづれば又東風強し　高濱虚子
立ち上る波白く折れ東風の沖　稲畑汀子

春《はる》めく

長い冬の間の寒さがゆるみ、もう春だなあ、という心地のするころのことである。

春めきて水嵩ましぬ吉野川　一春
いちまいの切符からとは春めく語　後藤比奈夫
春めくと覚えつゝ読み耽るかな　星野立子
浮雲といふは春めくさまのもの　中村芳子
春めきし心は外に向いてをり　小川龍雄
春めきし水を渡りて向島　高濱虚子
風さへも春めくものとなりにけり　稲畑汀子

伊勢参《いせまゐり》《いせまいり》 三

伊勢の両大神宮に参詣することで、伊勢講をつくって行なうところが多く、昔から時候のよい春が多かった。近世以降、お陰すなわち神恩がいただける有難い年としてのお陰年の観念が生まれ、御遷宮の直後や六十一年目に一回の**おかげまゐり**の年には地方から大勢参詣した。若い男女が親に隠れて伊勢参に加わることを**脱参**《ぬけまゐり》といった。

伊勢参二艘の船に乗り連れて　羽村富峰
鏡抜くお伊勢参の門出かな　秋山幸野
三河よりおかげ参の船のつく　沖田酥舫
伊勢参翁の伊賀も訪ひたくて　三溝沙美
伊勢参ここより志摩へ抜ける道　稲畑汀子

春《はる》の山《やま》 三

木々は芽を吹き草は萌え、花は咲き鳥はうたう。見るからに生気のあふれた明るい春の山をいう。

降暮し〳〵けり春の山　一茶
しぼりたる幕の下より春の山　野村泊月
湯花小舎重なる上の春の山　小池森閑
駈け上りては駈け下りて春の山　千原草之

春山に触れつゝ登りゆきにけり　塙告冬
春山の名もをかしさや鷹ケ峰　高濱虚子
春の山屍をうめて空しかり　同
何時も見て何時の頃より春の山　稲畑汀子

山笑《やまわら》ふ《やまわらう》 ㊂ 春の山をいう。「臥遊録」の「春山淡冶《たんや》にして笑ふが如く、夏山蒼翠にして滴るが如く、秋山明浄にして粧ふが如く、冬山惨淡として眠るが如し」という一節からとった季題である。

馬叱つてそれから唄や山笑ふ　秋灰
太陽を必ず画く子山笑ふ　高田風人子
古墳あり窯址ありて山笑ふ　福井圭児
杖を曳く母の饒舌山笑ふ　河村玲波
腹に在る家動かして山笑ふ　高濱虚子

水温《みづぬる》む《みずぬる》 寒さがゆるんだ水辺に佇《た》って眺めると、その水の色や動きにも、何とはなしに温んできた感じがするものである。**温《ぬる》む水《みづ》**。

鷺烏雀の水もぬるみけり　一茶
底の穢のゆるぎそめけり水温む　西山泊雲
さうかとも思ふことあり水温む　星野立子
水ぬるむ蘇州の朝の市人出　佐土井智津子
高商卒業生諸君を送る
これよりは恋や事業や水温む　高濱虚子
機音のこゝまで響く水温む　高濱年尾
水の過去水の未来に温みそむ　稲畑汀子

春《はる》の水《みづ》《はるのみず》 ㊂ 春は山々の雪がとけて、渓谷をたぎり落ち、河川を流れ、湖や沼などに満々とたたえる時季である。雨も多い。冬涸のあとの**春水**《しゅんすゐ》は、やわらかく豊かである。**水《みづ》の春《はる》**。

春の水山なき国を流れけり　蕪村
足よわのわたりて濁るはるの水　同
春水や蛇籠の目より源五郎　高野素十
大堰やひろ〳〵落つる春の水　野村泊月
戻れば春水の心《こゝろ》あともどり　星野立子

春水の庭を巡りて京の宿　武原はん女
山寺の筧太らせ春の水　森定南樂
堰落ちしうたかたも亦春の水　明石いせ女
春水をくぼめて雨の糸沈む　塙告冬
一つ根に離れ浮く葉や春の水　高濱虚子
春水や子を抛る真似しては止め　同
空のほか何も映らず春の水　高濱年尾
誰も来ぬ春水の辺にわれ憩ふ　同

鵜《う》馴《な》らし ㊂　鵜飼の時期の来る前に鵜を馴らし調整することである。捕獲してきた野生の新《あら》鵜は羽を切ったり、嘴に鑢《やすり》をかけたり、また鵜縄をかけることから馴らさせる。給餌のおり川に出て魚を捕え、これを吐くことなども見習わせる。岩国市錦帯橋のほとりで古くから行なわれているのは有名である。

錦帯橋映れる水に鵜を馴らす　上符秀翠
よそ目には手荒きさまに鵜を馴らす　小島延介
鵜馴らしややがて鵜川となる水に　高濱年尾
性荒き鵜を馴らす日々遅々とあり　稲畑汀子

春椎茸《はるしひたけ》《はるしいたけ》 ㊂　椎茸は自生もするが、多くは栽培されている。四季を通じて秋が最も多く、ついで春によく採れる。これが春椎茸で、**春子《はるこ》**ともいう。

杉落葉嵩むがまゝの春茸榾　江口竹亭

蜷《にな》 ㊂　川や池などに棲む長さ二、三センチの褐色を帯びた細長い巻貝である。水底の泥に**蜷《にな》の道《みち》**をつけながらゆっくり這うのがよく見られる。海に棲む種類もある。**みな**。

水底を乱すものなし蜷すゝむ　山本一甫
その先に蜷一つづつ蜷の道　山本玉城
蜷の道空が映れば見えぬなり　京極高忠
我杖の映りて曲る蜷の水　高濱虚子

田《た》螺《にし》 ㊂　蝸牛《かたつむり》をやや長くしたような形で、殻は蒼黒く、古い池や田などに棲んでいる。冬は泥の中に隠れているが、春になると表面に出て這う。古来、**田螺鳴《たにしな》く**というが、本当に鳴くのかどうかははっきり判らない。**田螺取《たにしとり》**。**田螺和《たにしあへ》**。**田螺《たにし》**

汁《じる》。

なつかしき津守の里や田螺あへ　蕪村
田螺田に律宗門を開きたる　皿井旭川
醜女には違ひなかりし姫たにし　後藤比奈夫
邂逅のうれしき田螺和へにけり　水野聖子
温泉がまじり流れて田螺育ちつゝ　篠原樹風
光りけり田螺の甲羅返すとき　大久保橙青
鍋さげて田螺ほるなり京はづれ　高濱虚子
ほろ苦さ口になじみて田螺和　稲畑汀子

蜆《しじみ》〘三〙　内海、河川、湖沼などの泥の中に棲む黒褐色の小粒の貝。肉は小味で、多くは味噌汁にされる。**蜆採**《しじみとり》。**蜆掻**《しじみかき》。**蜆**《しじみ》**舟**《ぶね》。**蜆売**《しじみうり》。**蜆汁**《しじみじる》。

むき蜆石山の桜ちりにけり　蕪村
すり鉢に薄紫の蜆かな　正岡子規
舷に洗ひ置きたる蜆笊　中井余花朗
雨に蓑著て来し瀬田の蜆売　宇野素夕
川蜆湖の蜆とわけて売る　新田裕村
淦汲んで蜆を掻きに出づところ　川崎克
甲高き蜆売女の声を買ふ　中井善作
裏川に独り蜆を掘る女　高濱虚子

烏貝《からすがひ》《からすがい》〘三〙　各地の湖、池などに棲む淡水産の二枚貝。日本の淡水産二枚貝のうちではいちばん大きく、二〇センチにもなる。貝殻は楕円形で外面は暗黒色、内面は真珠光沢で美しい。肉は食用にするが、やや泥臭くあまりおいしくない。淡水真珠の母貝として、また貝細工に用いられる。

くはへゐる藁一とすぢや烏貝　黒米松青子
烏貝釣りあげられてうすにごり　相馬柳堤

大試験《だいしけん》　一般にはあまり使われぬ言葉ではあるが、春先の**入**《にふ》**学試験**《がくしけん》、進級試験、卒業試験は大試験という言葉によっていちばんよく、その心持が表される。**受験**《じゆけん》。

大試験今終りたる比叡かな　五十嵐播水
大試験始まつてゐる廊下かな　徳竹芽萌子

大試験はじまるベルに目つむれる　篠原樹風
受験子の遠き目をしてそらんずる　山内山彦
大試験すみ少年の瞳にもどり　香久山倶子
女には女の度胸大試験　田谷耕人
受験子の戻りぬいまだ首尾問はず　千代田景石
大試験疲れといふを母もまた　山田弘子
大試験終り無言を解かれけり　松本巨草
亡き父の時計を腕に大試験　福家市子
友が皆偉く見ゆ日の大試験　志賀道子
大試験肩の重さの抜けて果つ　浅利恵子
大試験山の如くに控へたり　高濱虚子
受験子を今は見守るほかはなく　稲畑汀子

蓴生ふ《ぬなはお》《ぬなわおう》

蓴は蓴菜《じゅんさい》の古名。日本各地の古い沼や池に自生する蓴は、他の水草よりも少し遅れて地下茎から青い芽を出し、水面に小さな丸い葉がぽつぽつと浮かびそめる。食用にその若芽を摘むとまた芽が出てくる。

蓴生ふる水の高さや山の池　高濱虚子

水草生ふ《みづくさお》《みずくさおう》

水草類が生い始め、水の中に緑がさしてくるのはたいがい三月ごろである。水中に沈んで揺れ動いている金魚藻、黒藻。水底から生い出て水面に現れる菱《ひし》、蓴菜《じゅんさい》。水面に浮き漂う萍《うきくさ》、山椒藻《さんしょうも》。水上にぬきん出る河骨《こうほね》、蓮、慈姑《くわい》など。**みくさ生《お》ふ。萍《うきくさ》生《お》ふ。**

萍や生そめてより軒の雨　白雄
波たちて波たちて生ふ水草かな　池内たけし
離宮よりつゞく流や水草生ふ　福井圭児
水草生ふ伝説の沼深からず　松本秩陵
いつの間に水草生ひて住める門　高濱虚子
水草生ふ水面を雨の叩くなり　高濱年尾

春《はる》祭《まつり》 ㊂

春季に行なわれる神社の祭礼をいう。単に祭といえば夏季である。秋祭が豊穣を神に感謝する意を持つのに対して、春祭は田の神を迎え豊穣を祈念し、春の訪れとともに活発化すると考えられていた悪霊を祓うといった意味合いをもつ。今も里に息づく鄙びた祭、あるいは町興しの一環としての祭も近年復活している。

田の神の夢覚め給へ春祭　今井千鶴子
春祭これより農事始まりぬ　丹羽ひろ子
この町を離るる人と春祭　日置正樹
春祭笛もうかれてゐるばかり　藤森荘吉
まだ何もなき田を行けり春祭　湖東紀子
新しき町の名生れて春祭　今橋眞理子
春祭らしき界隈抜けて旅　稲畑汀子

春《はる》田《た》 ㊂ 秋、稲を刈った跡に麦や野菜を作らず、春までそのままにしてある田をいう。紫雲英《げんげ》が咲き広がっているところ、水漬いたままのところ、あるいはすでにあらく鋤き起こしたところなどある。

みちのくの伊達の郡の春田かな　富安風生
由布院の盆地の底の春田かな　岡嶋田比良
沼へ出る道いくすぢも春田中　加賀谷凡秋
刈株に小草花咲く春田かな　高濱虚子
足跡のそのまま乾き春田かな　稲畑汀子

春《はる》《はる》の川《かは》《かわ》 ㊂ 冬、水嵩が減ったり、涸れたり凍ったりしていた川も、春雨や雪解水などで蘇り豊かな春の川となる。岸には猫柳がふくらみ、芽柳が垂れ、日もうららと川面に映る。**春江《しゅんかう》**。

牛曳きて春川に飲《みづか》ひにけり　高濱虚子
春の川豊かに沃土貫けり　稲畑汀子

諸《もろ》子《こ》 ㊂ 体長七、八センチくらいに達する淡水魚。体の上部は暗灰色で、下方は白く、側面に淡い鉛青色の線が走っている。形が柳の葉に似ているので「柳もろこ」ともいわれる。鮒や鱮《たなご》などとともに子供たちに親しまれている雑魚である。春初めて捕れたのを**初諸子《はつもろこ》**という。

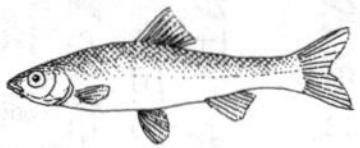

諸子

小波の来て泛子が立つ諸子釣　門田史湖
水かさのまさりし湖や諸子釣　広島芳水

濯ぎ女と一つ歩板に諸子釣　粟津松彩子
諸子釣る一舟に日の傾きぬ　岡安仁義
筏踏んで覗けば浅き諸子かな　高濱虚子

柳《やなぎ》鮠《はえ》 ㊂ 学名ではなく、長さ七、八センチほどの鯎《うぐい》や追川魚《おいかわ》が柳の葉に似ているのでこの名がある。全国の湖沼、河川に棲み、背は青黒く、腹は白い。春から夏にかけてよく釣れる。

舟の間のさかさ流れや柳鮠　三宅清三郎
渡り板沈める上を柳鮠　高木青巾
見えてゐるよりも深しや柳鮠　鳥羽克己
さかのぼる一陣二陣柳鮠　吉本逸郎
舟棹に散りて影なし柳鮠　高濱虚子

子持鯊《こもちはぜ》 春は産卵期の魚が多い。鯊も冬を海底で過ごし、春になると川を上ってくる。川岸に蘆の芽の萌えるころ、銀色の腹を透けて黄金色の卵をもった鯊の群を見ることがある。このころの鯊はとりわけ味がよいので、食通の人々に珍重される。

子持鯊よくかゝると誘はる　村野蓼水
子持鯊見舞ごころにもたらせし　池田季陽

若《わか》鮎《あゆ》 三月ごろ川をさかのぼってくる六、七センチくらいの小鮎《こあゆ》である。鮎は元来上品できゃしゃな魚であるが、若鮎ともなると、いっそう繊細な趣がある。**鮎《あゆ》の子《こ》**。

よく見れば小鮎走るや水の底　吟江
ひらめきて魚梯を遡る小鮎見し　長井伯樹
骨ごとを食べて小鮎でありしかな　稲畑汀子

鮎《あゆ》汲《くみ》 若鮎汲である。群をなして川をさかのぼってくるところに網を張り、一か所に集めて杓で汲み捕るのである。現在は一般に禁じられている。

鮎汲みや喜撰ケ嶽に雲かゝる　几董
鮎汲の攩網の長柄のよくしなふ　木全篝火
稚鮎汲む朝の雨冷え残る瀬に　大曲鬼郎
蓑つけて主出かけぬ鮎汲みに　高濱虚子

上《のぼ》り簗《やな》 ㊂　春、川をさかのぼる習性をもつ魚を捕えるための仕掛をいう。鮎は一般には禁漁となっているが、放流用に捕えるために仕掛けられている。「魚簗」は夏季、「下り簗」は秋季である。

淀川や舟みちよけて上り簗　田中王城

お水送《みづおく》《みずおく》り　奈良東大寺のお水取に先だつ三月二日、若狭小浜の神宮寺ではお水送りが行なわれる。遠敷《おにゅう》川の鵜ノ瀬で護摩をたき、祝詞をあげて送水の神事を行なうと、聖なる水が、地下水道を通って東大寺二月堂の若狭井に達するというのである。

若狭なるお水送りの神事恋ふ　京極昭子

春日祭《かすがまつり》　奈良春日大社の大祭である。古くは陰暦二月の上申の日を祭日としたので「申祭《さるまつり》」ともいわれるが、現在は三月十三日に行なわれる。この祭は典雅な倭舞《やまとまい》など行なわれ、さながら王朝時代をまのあたりに見る思いである。

渡御先の鹿追うてゐる舎人かな　大久保橙青

御水取《おみづとり》《おみずとり》　奈良東大寺二月堂で行なわれる「修二会《しゅにえ》」の中の行事。三月十三日の午前二時を期して二月堂のほとりの良弁杉の下にある閼伽井屋《あかいや》の御香水を汲み取り本堂に運ぶ儀式である。この夜井戸の中には遠く若狭の国から地下水道を抜けて送られた聖水が湛えられていると信じられており、この水を一年間の仏事に供するため壺に汲みとっておくのである。籠りの僧を案内する童子が大松明をかざしつつ石段をのぼり、二月堂の回廊にこれを打ち据える様は壮観で、庇《ひさし》をこがすばかりの炎から堂下の群衆に火の粉が舞い散る。お水取が済むと京阪地方の春も本格的となる。**水取《みづとり》**。

水取や格子の外の女人講　大橋櫻坡子
お水取すみしばかりに詣でけり　根住龍孫
お水取果てし廊下に応《オウ》と遇ふ　稲増雁来
飛ぶ如き走りの行もお水取　粟津松彩子
修二会の火見し目を星にしばたたき　橋本博
水取の夜を徹して来し人も　稲畑汀子

御松明《おたいまつ》　三月十五日の夜、京都、嵯峨の清涼寺（釈迦堂）で行なわれる涅槃会の行事で、大松明を燃やして釈尊の茶毘のさまを再現するといわれる。堂前に高さ八メートルほどの大松明を三本立て、その燃え具合によってその年の稲の出来をトするという。

山門に見張りの僧やお松明　なかがし
お松明燃えて人垣あとすざり　田畑三千女
御松明とて北嵯峨の人出かな　福田恵二
山門を出て来る煙お松明　山科晨雨
お松明燃えて星空なかりけり　開田華羽

西行忌《さいぎやうき》《さいぎょうき》　陰暦二月十五日、西行法師の忌日である。西行は平安末期の歌人で、俗名佐藤義清《のりきよ》、北面の武士として鳥羽上皇に仕えたが、二十三歳で出家、西行といい円位と号し、文治六年（一一九〇）二月十六日河内弘川《ぐせん》寺において七十三歳で亡くなった。その間各地を旅し、自然歌人として、宗祇、芭蕉に大きな影響を与えた。生前「願はくは花の下にて春死なむそのきさらぎの望月のころ」と詠んでいたので、一般に釈尊入滅の十五日を忌日としている。家集に「山家集」がある。

歌膝を立てゝ偲ぶや西行忌　山田九茂茅
一人ゐて軒端の雨や西行忌　山口青邨
俳書歌書散逸したり西行忌　深川正一郎
西行忌なりけり昼の酒すこし　京極杞陽
若き妓に歌心あり西行忌　大久保橙青
山峡の一庵灯洩る西行忌　古川光春
仮の世に風月ありて西行忌　釈恒沙
栞して山家集あり西行忌　高濱虚子

涅《ね》**槃**《はん》　陰暦二月十五日は釈迦入滅の日で、各寺院では寝《ね》釈《じゃ》迦《か》をとりまいて弟子、天竜、鬼畜などの慟哭するさまを描いた涅槃図《ねはんづ》を掲げ、遺教経を読誦して涅槃会《ねはんゑ》を営む。わが国では平安初期に始まり、現在でも時候の関係で陰暦または一月遅れに行なう寺が多い。**涅槃**《ねはん》**の日**《ひ》。**常楽会**《じやうらくゑ》。

ねはん会や皺手合する珠数の音　芭蕉

葛城の山懐に寝釈迦かな　阿波野青畝
こども等に涅槃の絵解きはじまりぬ　島田鶴堂
山寺や涅槃図かけて僧一人　星野立子
赤寺の赤絵がちなる涅槃変　野見山朱鳥
山鳥の嘆く尾曳ける涅槃像　後藤夜半
僧あまた炉辺に眠れる涅槃通夜　森　白象
涅槃図の獣に続き吾等在り　高木石子
金色に涅槃し給ふくらさあり　下村非文
慟哭の涙は描かず涅槃像　三村純也
沙羅の葉に月の雫す涅槃像　吉富無韻
泉州の潮の香沁みし涅槃絵図　山本いさ夫
涅槃図に立てば濁世の遠ざかる　辻本青塔
白々と寝釈迦の顔の胡粉かな　高濱虚子

涅槃西風《ねはんにし》

涅槃会の前後に吹く西風をいう。西方浄土から吹く風と信じられている。

自転車に括られ鶏や涅槃西風　清原枴童
坐礁船傾きねはん西風強く　中村聖鳥
叡山の小雪まじりの涅槃西風　西澤信生
渡鹿野へ今日は舟出ず涅槃西風　稲畑汀子

春塵《しゅんぢん》《しゅんじん》 三

雪や霜が解けて地表が乾燥すると、春の強風に吹かれて埃《ほこり》が舞い上がる。とくにローム層の地方では幾日も空が濁って見えることがある。**春埃《はるぼこり》**。

春塵やふくさかけたる謡本　藤田春梢女
春塵のかたづけさせぬ机上かな　石川豫風
春塵をやり過したる眉目かな　高濱虚子
春塵も置かず遺愛の杯並べ　稲畑汀子

霾《つちふる》 三

蒙古や中国北部の黄土地帯で舞い上がった大量の砂塵が、空を覆い太陽の光を隠す現象。空は黄褐色となり屋根や地上などに砂塵が降る。ときに寒冷前線に乗って日本の上空にまで飛来して空を黄色くすることがある。**霾《ばい》**。**黄沙《くわうさ》**。**黄塵《くわうぢん》**。

霾れる曠野を居とし遊牧す　柳村苦子
霾歇むと驢馬又粉を碾きはじむ　柳村来雨

霾れり黄河文明起りし地　鮫島春潮子

雪《ゆき》の果《はて》

おおよそ涅槃会の前後に降るといわれている春の終りの雪のことである。名残《なごり》の雪《ゆき》、雪《ゆき》の別《わか》れなどというのはそれを詠嘆した言葉である。忘《わす》れ雪《ゆき》。

山廬いま名残の雪に埋もれし　村松紅花
夜半より雪の別れとよゝと降る　星野立子
惜しまざる雪の別れといふことに　小玉艶子
雪の果これより野山大いに笑ふ　高濱虚子
春告ぐる名残の雪と思ひけり　稲畑汀子

鳥帰《とりかへ》《とりかえ》る

雁や鴨や蒿雀《あおじ》、連雀、鶸《ひわ》など、秋冬に渡って来た候鳥類が、春になって北方に帰ることをいう。小鳥引《ことりひ》くというのも、帰ると同じ意味。帰って行く鳥が雲間に消えて見えなくなるのを鳥雲《とりくも》に入《い》るといい、そのころの曇りがちの空を鳥《とり》曇《ぐもり》という。帰《かへ》る鳥《とり》。

吹《ふく》浦《うら》も鳥海山も鳥曇　佐藤漾人
どこまでも水の近江や鳥雲に　木下洛水
鳥帰る今日でなければならぬかに　今橋眞理子
武蔵野のうすけむる日よ鳥雲に　松本光生
鳥雲に入り終んぬや杏花村　高濱虚子
野の果と空の果合ふ鳥雲に　稲畑汀子

引《ひき》鶴《づる》

晩秋、シベリア方面から渡って来た鶴は、越冬して三月ごろ北へ帰る。これを引鶴という。昔は、多数各地に渡来していたようだが、現在では鹿児島県出水、山口県八代などで見られるくらいである。帰《かへ》る鶴《つる》。鶴帰《つるかへ》る。残《のこ》る鶴《つる》。

里人も気づかぬ鶴の別れかな　八木春
鶴引く日近し病み鶴落著かず　原三猿子
鶴みんな引きたり鶴の墓のこし　下村非文
撒餌して鶴の別れを惜む子ら　瀬戸本よしえ
田鶴の引く気配に敏く村人ら　村上杏史
はぐれゐし鶴の一羽も引きにけり　鈴木御風

引《ひき》鴨《がも》 〔三〕

沼や川や田や湖などに渡って来ていた鴨が、三月上旬から五月上旬にかけて、ふたたび北辺へ帰って行く。春になっても帰らないで残るものを残《のこ》る鴨《かも》という。鴨帰《かもかへ》る。帰《かへ》る鴨《かも》。行《ゆ》く鴨《かも》。

引鴨の又たつ沼の渡船かな　赤木格堂

陵の水さわだて丶残る鴨　中村七三郎

残り鴨筑摩の神の膝もとに　岡野小寒楼

よべどつと引いたる鴨のあるらしく　石井とし夫

水の湧く江津湖に多し残り鴨　中野孤城

引鴨の日々来日々去る港かな　佐々木遡舟

引く鴨の名残の乱舞江津はいま　稲畑汀子

帰《かへ》《かえ》る雁《かり》《かり》

秋、北方からわが国へ渡って来て越冬した雁は、三月下旬ごろ、また北へ帰る。それを帰る雁と呼び、単に雁といえば秋の季となる。古来、帰る鳥の中でも雁《かり》の別《わか》れはひとしおあわれ深いものとされている。帰雁《きがん》。雁帰《かりかへ》る。行《ゆ》く雁《かり》。春《はる》の雁《かり》。

雲と隔つ友にや雁の生わかれ　芭蕉

美しき帰雁の空も束の間に　星野立子

風荒き夜空に雁の帰るかな　高木晴子

灯台に上ればはるかなる帰雁　清崎敏郎

雁帰る下に時化をり三国港　伊藤柏翠

石狩の夜は沼明り雁帰る　新田充穂

行く雁の声の豊かに沃野かな　依田秋葭

野の煙帰雁の空を汚しけり　辻口静夫

帰る雁幽かなるかな小手かざす　高濱虚子

仰ぎみし帰雁のつばさゆるやかに　高濱年尾

雁風呂《がんぶろ》

雁が北へ帰るころ、青森県の外ケ浜付近では、その辺りに落ち散った木片を拾い集めて風呂をたて旅人や土地の人たちも浴したという。これは秋に雁の群が海を越えてくるとき波の上で翼を休めるために啣《くわ》えてきたものだが、陸に着くと落としておき、春、ふたたびその木片を啣えて飛び去る。海辺に残っている木片の多いのは、冬の間に内地で人に捕えられたりまたは死んだりした雁が多いからであろうというところから、浦人がこれを憐れんで雁の供養の心で風呂を沸かすのであるという。伝説ではあるが、いかにもあわれの深い季題である。雁供《がんく》養《やう》。

みちのくに善知鳥姓あり雁供養　木村杢來
北国の貧しき浦の雁供養　小池和子
雁風呂や海荒るゝ日は焚かぬなり　高濱虚子

治聾酒《ぢろうしゆ》《じろうしゆ》

春分にいちばん近い戊《つちのえ》の日を春の社日、春社といい、この日に酒を飲むと、聾が治るという言い伝えがあって、現在でも農家などで、耳の遠い老人や子供に酒を飲ませる風習が行なわれているところがある。その酒を治聾酒と呼ぶ。別に特別の酒があるわけではない。

治聾酒の酔ふほどもなくさめにけり　村上鬼城
治聾酒を忘れてゐたり一人のむ　内田鳥亭
治聾酒の酔あらはれし女かな　小川界禾
治聾酒といふもの信じ杣ぐらし　藤丸東雲子

彼《ひ》岸《がん》

春分の日を「お中日《ちゆうにち》」とした前後三日ずつの七日間を彼岸といい、たいてい三月十八日から二十四日まで。俗に「暑さ寒さも彼岸まで」というとおり、まことによい時候である。彼岸とは梵語の波羅蜜多の訳、悟りの境地に到ることであるが、この季節、太陽が真西に沈むので西方浄土と関係づけて彼岸会の仏事が行なわれるようになったという。祖先を祀り墓参をし、寺院に詣でる。俳句では単に彼岸といえば春彼岸のことで、秋分の日を中心にした秋のそれは「秋彼岸」または「後の彼岸」という。

山寺の扉《と》に雲遊ぶ彼岸かな　飯田蛇笏
お彼岸や末寺の尼ぜ本山へ　星野立子
まだ雪の中なる墓も彼岸来る　西澤破風
長谷寺に法鼓轟く彼岸かな　高濱虚子
二三日つゞき耐へもし彼岸寒　高濱年尾
町中が彼岸の匂ひしてをりぬ　稲畑汀子

春分《しゆんぶん》の日《ひ》

春分は二十四節気の一つ。三月二十一日前後で、昼夜の長さがほぼ同じになり、彼岸のお中日《ちゆうにち》にあたる。昔は春季皇霊祭といったが、現在は、自然をたたえ生物をいつくしむための国民の祝日となった。

正午さす春分の日の花時計　松岡ひでたか

彼岸詣《ひがんまゐり》《ひがんまいり》　彼岸七日の間にお寺詣りをすることである。寺では彼岸のおつとめ、説教などがある。家々では**彼岸団子**《ひがんだんご》を作り、先祖の供養をする。**彼岸会**《ひがんえ》。

信濃路は雪間を彼岸参りかな　也有
うと〳〵と彼岸の法話ありがたや　河野静雲
夕ぐれの彼岸詣はなつかしき　深川正一郎
説く僧に合点々々や彼岸婆　森永杉洞
誘ひあひ彼岸詣の老姉妹　星野立子
彼岸会やお西お東こだはらず　天川物丸
手に持ちて線香売りぬ彼岸道　高濱虚子

彼岸桜《ひがんざくら》　桜の一種で、春彼岸のころ他の桜にさきがけて咲くのでこの名がある。枝が細く、ふつうの桜とは違ったやわらかい感じのするやや小さい花である。**枝垂桜**《しだれざくら》はこの変種で**糸桜**《いとざくら》ともいう。

糸桜風もつれして散りにけり　泊露
水冥く流れて枝垂桜かな　山田弘子
枝先はすなほに枝垂れざくらかな　高濱年尾
春秋を極めてしだれ桜かな　稲畑汀子

開帳《かいちやう》《かいちよう》　春先時候のよいころに、寺院で厨子を開いて中の秘仏を親しく信徒に拝ませることである。毎年のところ、また何年目ごとと決めて行なうところもある。秘仏を他の地に移して、そこで拝観させるのを**出開帳**《でがいちやう》という。

炎上をまぬがれたまひ出開帳　清原枴童
稚児加持も大開帳の一行事　爲成菖蒲園
さしのべし灯の暗うして御開帳　下村非文
浦人に一と日限りの出開帳　小林寂無
開帳や護摩の火昼も夜も盛ん　本間白城
御開帳秘仏のいたく蝕まれ　岩男微笑
開帳の時は今なり南無阿弥陀　高濱虚子
本尊へえにしの綱や御開帳　高濱年尾

大石忌《おほいしき》《おおいしき》　三月二十日、京都祇園の一力亭《いちりき》（万亭）で行なう大石良雄の法要である。浅野家のため一力で遊興しつつ策を計った大石が、同志らと本懐を果し、陰暦二月四日切腹した報を受けて追善供養したのが大石忌の始りである。明治以降三月二十日となり、遺墨、遺品が展示され、法要の後、師匠及び名妓の舞の手向けがあり、招待者に手打蕎麦、抹茶などが振るまわれる。

そのころのおちよぼも別家大石忌　田畑三千女
手をひかれ来たる老妓や大石忌　田畑比古
いつしかに老妓といはれ大石忌　佐々木紅春
京舞の手向けもありて大石忌　中田はな
遊興の図の屏風のべ大石忌　大橋敦子
里春の長き消息大石忌　深川正一郎

貝寄風《かひよせ》《かいよせ》　大阪四天王寺の聖霊会（陰暦二月二十二日）の舞台に立てる筒花は、難波の浦辺に吹き寄せた貝殻で作るというところから、この前後に吹く西風を**貝寄**《かひよせ》という。

貝寄風に乗りて帰郷の船疾し　中村草田男
貝寄風や出づるともなき下田船　水内三猿
貝寄風の夜潮刻まで吹くと云ふ　串上青蓑
貝寄風の描きし浜の砂の紋　堤靭彦
とばされしメモ又さらふ貝寄風に　稲畑汀子

暖《あたた》**か**　㊂　心地よい春の陽気の温暖をいう。彼岸近くからそろそろ暖かになる。**ぬくし**。

あたゝかな雨が降るなり枯葎　正岡子規
暖や飴の中から桃太郎　川端茅舎
手をついて土手やはらかく暖かく　坪内美佐尾
みな庭へ一ぺんは出て暖かし　坊城春軒
暖かに心にたゝみ聞く言葉　星野立子
街角に地図ひろげ持ちあたゝかし　美馬風史
あたゝかになればと思ふこと多く　下田實花
余りたる時間あたゝかなりしかな　後藤比奈夫
笑みと云ふ無言の会釈暖かし　田中暖流

叩きたる魚板のぬくき音かへし　藤巻伽岳
人寄せの大地に描く暖き　高濱虚子
今日よりの暖かさとはなりにけり　高濱年尾
水に浮くもの丶ふえつ丶あた丶かし　稲畑汀子

目貼《めばり》剝《は》ぐ

寒い地方で隙間風や吹雪などが吹き入るのを防ぐために、窓や戸の隙間に貼っておいた目貼を、春になって剝ぐことをいう。

よき紙の目貼は潔く剝がれ　宮城きよなみ
潮の香の風すいすいと目貼剝ぐ　田中田吉
張合ひのありし暮しの目貼はぐ　高濱虚子

北窓開《きたまどひら》く

寒風の吹き入るのを防ぐため冬中閉めきっていた北側の窓を開けるのをいう。何か月ぶりかで家の中も急に明るく晴々とする。

北窓を開けなつかしき山そこに　渡辺やゑ

炉《ろ》塞《ふさぎ》

昔は三月晦日に塞ぐのを例とした。冬の間使い親しんだ炉の上に板や畳をかぶせて塞ぐのである。茶の湯の方では炉を閉じた後は風炉を用いる。**炉《ろ》の名残《なごり》**。**春《はる》の炉《ろ》**。

炉塞いで淋しき部屋を去らでゐる　藤田耕雪
炉を塞ぐことものび〳〵山住居　福井圭兒
一の弟子点前を以て炉を塞ぐ　原田澄子
炉塞いで寄辺なげなる膝頭　岩木躑躅
燃え残りたるもの丶ある炉を塞ぐ　井上明華
炉塞ぐに非ず離る丶こと多し　高濱虚子
春炉辺に貝殻節を聞くことも　稲畑汀子

炬燵塞《こたつふさ》ぐ

寒さもやわらぐころになると、ぼつぼつ炬燵を片づける。切炬燵は塞いだあとは蓋をして畳を入れる。近ごろでは置炬燵も多いので、これをしまうのも同じように呼んでいる。炬燵を塞いだあとの部屋はさっぱりして広々と眺められる。

午過の火燵塞ぎぬ夫の留守　河東碧梧桐

春煖炉《はるだんろ》 ㊂

春になってまだ使う暖炉、また使わなくても片付けずにある暖炉である。余寒の日が続く間、ことに朝夕焚かれるのは、冬の暖炉とはまた違った趣がある。やがて忘れるともなく忘れられていく暖炉である。

みな庭に出てしまひたる春煖炉　五十嵐播水
春煖炉焚き陶房に二三人　稲畑汀子

春炬燵《はるごたつ》 三　春になっても使う炬燵をいう。明るく艶な雰囲気もある。ほとんど使われることもなく疎《うと》んぜられながら置かれていることもある。

嫌はれてゐるとも知らず春炬燵　酒井小蔦
眼帯をかけてもの憂し春ごたつ　竹田小時
それとなく話はづして春炬燵　星野立子
病よき春の炬燵にもたれ読む　丸山茨月
少しの間春の炬燵に客あづけ　下田實花
巡業や春炬燵して迎へ舟　壽々木米若
この小間が好きでかくれて春こたつ　今井つる女
うたゝ寝をたのしむ母の春炬燵　河村玲波
辞書俳書積んで城とし春炬燵　近藤一水
嫁ぐ娘のなほ吾が翼下春炬燵　松尾ふみを
稿二百枚の重さよ春炬燵　山内年日子
書を置いて開かずにあり春炬燵　高濱虚子

春火桶《はるひをけ》《はるひおけ》 三　冬の間使い続けてきた火桶は春が立ってもすぐには片付けない。花冷えのころまでは、ふと火の気が恋しくなることがある。火桶は近年、実生活からは姿を消しつつあるが、北国などで昔ながらに出されるのは趣のあるものである。**春火鉢《はるひばち》**。

春火桶かたみにふるゝ心かな　文箭もと女
わが心探る眼知りつ春火桶　吉屋信子
春火桶話なけれどなつかしく　小原菁々子
手をあてし春の火桶に蒔絵あり　池内たけし
平らかにくづれて火あり春火桶　皆吉爽雨
坐りたる所に遠く春火桶　星野立子
あればあるやうに囲みて春火鉢　橋本岱石
春火鉢そなたは女将吾は比丘尼　高岡智照

寄れば又そのことに泣き春火桶　室町ひろ子

遠ざけて引寄せもする春火桶　高濱虚子

人数には足らねど春の火桶あり　高濱年尾

春障子《はるしやうじ》《はるしょうじ》 三 戸外が明るい春の光に満ちあふれる頃の障子のことである。障子にうつる日ざしの照り翳りにも春らしさが感じられる。**春《はる》の障子《しやうじ》**。

尼さまの少し開けある春障子　岡安仁義

山宿の夜は閉めおく春障子　山田閏子

枕辺の明るき目覚め春障子　丹羽ひろ子

春障子立て臥せ勝ちの母なりし　日置正樹

日光に染まる明るさ春障子　山本素竹

春障子影が遊んでをりしかな　小川みゆき

今日少し開いてをりけり春障子　湖東紀子

酔ふほどの日ざしに閉ざす春障子　今橋眞理子

音一つ洩らさぬ暮し春障子　須藤常央

片寄せて明るき日差し春障子　八城敬子

開け放つままにありけり春障子　稲畑汀子

捨頭巾《すてづきん》《すてずきん》 春になって頭巾を用いなくなることをいう。頭巾は、昔は一般の風俗であった。

捨頭巾置かれしまゝに炉辺にあり　小幡幽荘子

蝦夷寒くまだ〳〵頭巾捨てられず　原岡杏堂

雉《きじ》 三 昔から「焼野の雉《きぎす》、夜の鶴」といって、親が子を思う愛情の深さにたとえられるこの鳥は、日本にだけいる鳥である。雑木林や草原などに棲み、肉は美味で、猟鳥としても知られるが、近年激減している。雌雄羽色を異にし、横縞の長く立派な尾をもつ雄は華麗である。春になると、ケッケーンと鋭く鳴いて雌を呼ぶ。この声のあわれさが、留鳥である雉をとくに春季のものとしたらしい。山路などで急に草むらからけたたましく飛び出して、びっくりさせられることがある。「足下から鳥が立つ」とはまさしくこれである。**雉笛**《きじぶえ》は雉の声に似せて相手を呼び寄せる笛。**雉子**《きじ》。**きぎす**。**雉打**《きじうち》。

父母のしきりに恋し雉子の声　芭蕉

雉打て帰る家路の日は高し　蕪村
山道や人去て雉あらはるゝ　正岡子規
雉子撃たる旗の如くに翻り　亀田龍子
雉の尾の突き出て腰の網袋　大家湖汀
帰りなむ鄙野雉鳴く妻恋に　稲岡長
拝観の御苑雉子啼きどよもせり　高濱虚子

鷽《うそ》 ㊂ 雀より大きく文鳥に似ている。嘴《くちばし》は太くて黒く、雄の体は青灰色、頭と尾は黒く、頸から頰へかけて美しい紅がさしている。雌は茶色の濃淡で目立たない。針葉樹に好んで棲み、新芽や蕾を食べる。口笛に似た良い声で囀るとき、両脚を交互に上げるのが、琴を弾く手を動かすように見えるので俗に「鷽が琴を弾く」「鷽の琴」などといい、琴弾鳥の名もそこからきている。

鷽

黒鷽の嫌はれつゝも飼はれをり　岡田耿陽
鷽のはみこぼす花芽と知らざりし　桑田青虎
花芽啄み荒す鷽には手をやくと　松尾緑富

雲雀《ひばり》 ㊂ 冬の間は枯葎《かれむぐら》や藪などにいるが、春暖かくなると、野に出て空高く舞い上がりながら朗らかに囀る。ひとしきり鳴いては、一直線に下りて来る。ピーチュルピーチュルと鳴き声は楽しい。埋立地などに思いがけぬ雲雀の声を聞くこともある。**雲雀笛**《ひばりぶえ》は雲雀を誘うためその鳴き声に似せて作った笛である。**揚雲雀**《あげひばり》。**落雲雀**《おちひばり》。**夕雲雀**《ゆふひばり》。**雲雀野**《ひばりの》。**雲雀籠**《ひばりかご》。

雲雀より上にやすらふ峠かな　芭蕉
朝凪やたゞ一すぢにあげ雲雀　蓼太
仰ぐ間の雲雀の天の廻るなり　大峯あきら
都府楼のどこかに何時も雲雀鳴き　古賀青霜子
法隆寺近しと思ひ雲雀きく　前田六霞
シベリアの野の揚雲雀高からず　田村萓山
夕尚あがる雲雀のある許り　高濱虚子
雲雀野に無人灯台あるばかり　高濱年尾

雲雀野へ何時か伸ばしてゐる散歩　稲畑汀子

燕《つばめ》 ㊂ 民家の軒や土間の梁《はり》などに、巣をかけるので人に親しまれる。背が黒く腹は白く、喉は栗色で尾が二つにわかれている。飛ぶのは極めて速い。春の彼岸ごろに来て子を育て、秋の彼岸ごろに南方へ帰る。**乙鳥**《つばめ》。**つばくろ**。**つばくら**。**つばくらめ**。**燕来**《つばめきた》**る**。

あそぶともゆくともしらぬ燕かな　去来
飛び溜る燕の声を打ちあふぎ　中村草田男
火山灰はげし燕は低く〳〵飛ぶ　小城古鐘
初燕はや水を恋ひ水を打ち　大久保橙青
無医村に今日医者がくる燕くる　白岩絹子
つばくろの来そめし村を薬売　西山泰弘
燕を見てをり旅に出て見たく　星野立子
燕に雨はなゝめに降るものか　成瀬正とし
燕のゆるく飛び居る何の意ぞ　高濱虚子
初燕日田の古町恋うて来し　稲畑汀子

春《はる》**雨**《さめ》 ㊂ 春雨という言葉は、古くから使われてきた艶やかさ、情のこまやかさをもっている。土をうるおし、草木を育て、暖かさをもたらす雨である。いつまでも降り続く長雨を春霖《しゅんりん》という。**春**《はる》**の雨**《あめ》。

春雨や蜂の巣つたふ屋根の漏　芭蕉
春雨やゆるい下駄借す奈良の宿　蕪村
宇治川やほつり〳〵と春の雨　正岡子規
妹がさす春雨傘やまぎれなし　中村秀好
少年のかくれ莨よ春の雨　中村汀女
もつれつゝとけつゝ春の雨の糸　鈴木花蓑
目のさめて春雨うれし京泊　淺野白山
沖かけて濁り品川春の雨　深川正一郎
春雨が降れば一ト日を子等の母　星野立子
雨だれもせずに静に春の雨　佐川雨人
手を延べて降る春雨をたしかめぬ　小山白楢
春雨にさす番傘も旅にして　柴原保佳

見つめれば春の雨滴となる梢　岩岡中正
春雨の衣桁に重し恋衣　高濱虚子
春雨やすこしもえたる手提灯　同
東山低し春雨の傘のうち　高濱年尾
春雨に風添ふことのけはしさよ　同
池見つめゐて春雨の上るさま　稲畑汀子

春泥《しゆんでい》 ㊂

春のぬかるみである。春雨にかぎらず、凍解、雪解などによって、そのぬかるみもことにはげしかったりする。**春の泥《はるどろ》**。

春泥に押しあひながら来る娘　高野素十
春泥に映り歪める女かな　松本たかし
春泥になやめるさまも女らし　今井つる女
春泥をところ〴〵に描く灯よ　長谷川ふみ子
バス降りて春泥の道あるばかり　安藤紫開
家建ちて門いまだなる春の泥　松村てるや
春泥やいつまでつゞく道普請　忽那文泉
風吹いて春泥乾きそめてをり　榊原知之
春泥や母を背負へばいと軽く　津田政彦
春泥の靴憚らず来りけり　坊城中子
鴨の嘴《はし》よりたら〳〵と春の泥　高濱虚子
窓の灯の消えて綾なし春の泥　同
春泥に一歩をとられ立ちどまり　高濱年尾
春泥にとられし靴を草で拭く　稲畑汀子

ものの芽《め》

春になって萌え出るもろもろの芽をいう。何やらの芽という心持をこめている。

な踏みそともの芽の土に円を描く　藤岡玉骨
ものの芽のほぐるゝ風とにくからず　坊城董子
ものの芽の太きは太き雨しづく　篠塚しげる
ものの芽の決って踏まれゐるところ　東中式子
ものの芽に一つの未来はじまりし　多胡一蚪
ものの芽のあらはれ出でし大事かな　高濱虚子
土塊を一つ動かし物芽出づ　同

どの芽とも踏むまじくして踏まれをり　稲畑汀子

草《くさ》の芽《め》

春萌え出るいろいろの草の芽をいう。名草《なぐさ》の芽《め》といえば、とくに名のある草の芽のことである。たとえば菊、朝顔、萩、桔梗、菖蒲、芍薬、百合など。

甘草の芽のとび〳〵のひとならび　高野素十
出でし芽のすでに油点のさだかにも　田畑美穂女
訪はねども尼出て会釈名草の芽　星野立子
祝の日も喪の日もありし萩芽吹く　五十嵐哲也
名草の芽や各々の札の下　高濱虚子
たくましき萩の芽立ちの頼らるゝ　稲畑汀子

牡丹《ぼたん》の芽《め》

牡丹は麗かな日が少し続くと、枯木に燃えるような、あるいは炎のような芽が、早いのは小さな蕾を抱いて出てくる。

ゆるがせにあるとは見えぬ牡丹の芽　後藤夜半
黒牡丹ならんその芽のこむらさき　米谷孝
百姓家にして別墅かな牡丹の芽　高濱虚子
牡丹の花芽は葉芽に抱かれて　稲畑汀子

芍薬《しやくやく》の芽《め》

大地から紅い芽が群がり出て、ものの芽の中でもことに美しい。出始めの小さな芽、少し伸び傾いた芽、さらに伸びて葉ごしらえをして行くさまなど、それぞれ趣がある。芽芍薬《めしやくやく》。

芍薬の芽のほぐれたる明るさよ　星野立子
くれなゐは土の信号芽芍薬　佐藤うた子

桔梗《ききやう》《ききよう》の芽《め》《め》

自生のものもあれば植えられたものもある。庭先を見ると去年の秋咲いたあたりに、桔梗の芽が群がり出ているのにはっとすることがある。出るとすぐ葉づくりを始める。

桔梗と分別したる芽生かな　辰生

菖蒲《しやうぶ》《しようぶ》の芽《め》《め》

菖蒲園などに行ってみると、蝌蚪《かと》もまだ生れていない水浅い菖蒲田に、長短の菖蒲の芽が並びつらなって水面を出たり、出なかったりしている。また、縁先に置かれた水鉢に伸び競う菖蒲の芽なども新鮮な思いがする。

藍水に染まりてそだつ菖蒲の芽　岡安迷子

菖蒲の芽水藻ひきつゝ伸びにけり　小熊ときを

水底に色刷くほどの菖蒲の芽　谷野黄沙

向ふなる汀の菖蒲水を出し　高濱虚子

倒れ伏すものを褥に菖蒲の芽　稲畑汀子

蘆《あし》の角《つの》

早春、水べりに蘆が細く鋭い芽を、つんと空に突き出している。角という呼び方も、俳句古来のものであろう。**蘆《あし》の芽《め》**なのだが、群れ出る芽を称して**角組《つのぐ》む蘆《あし》**と呼ぶのも俳句独得のものかと思う。春の息吹を感じさせる。

蘆の芽や志賀のさゞなみやむときなし　伊藤疇坪

鉄のごとき水の色なり蘆の角　楠目橙黄子

蘆芽ぐむ水を叩いて家鴨追ふ　波多野弘秋

蘆の芽の夕漣に紛れつゝ　中山碧城

古利根の流れぬ水の蘆の角　奥沢竹雨

蘆の角波に存在示しをり　中井冨佐女

大方は泥をかぶりて蘆の角　高濱虚子

荻《をぎ／おぎ》の角《つの》

水辺や原野に芽生える荻の芽が、角のように鋭いところから荻の角とか**角組《つのぐ》む荻《をぎ》**などという。**荻《をぎ》の芽《め》**。

水はねて突と角組む荻なりし　星野椿

荻の角かたむき合うて一ところ　坊城としあつ

一面に角ぐみいづれ荻ならむ　河野美奇

荻の角水のきらめき従へし　高濱朋子

岸辺埋めゆく荻の芽の固けれど　稲畑汀子

菰《こも》の芽《め》

真菰は全国の池、湖沼、河川などに群生する稲に似た草で、蘆よりもやわらかい。水垢のついた古い枯葉のひまから清新な緑の芽をのぞかせる。その芽を**芽張《めば》るかつみ**ともいう。かつみは真菰の別名。

枯真菰漂うてゐて芽吹きけり　岸朗

春《はる》の土《つち》 三

農作、園芸に限らず、春になると土の凍がゆるみ、草木をはぐくむ感じがするようになる。その土に特別の親しみがある。雪国では土の現れるのが殊更に待たれる。

萌え出づるものにやはらか春の土　高木青巾

職退いて田にはかに親し春の土　中森皎月
園丁の指に従ふ春の土　高濱虚子

耕《たがやし》 ㊂ 種を蒔いたり、苗を植えるのに適するように土を鋤きかえしやわらかくすることで、田打や畑打などを含めた広い意味にいう。最近では牛や馬に代り、耕耘機が多く用いられるようになった。**耕人**《こうじん》。**耕馬**《こうば》。**耕牛**《こうぎゅう》。

耕や鳥さへ啼ぬ山陰に　蕪村
耕牛のふと大声を揚げにけり　楠瀬薑村
耕牛を叱る手綱を波うたせ　国弘賢治
耕牛を先立て妻を従へて　板東玲史
雨歇めばたちまち出でて耕せる　林田与音
山鼻の天辺に人耕せる　門坂波の穂
山畑を耕す木ぐつ修道女　佐藤一村
耕すや大きな機械もて一人　浅利恵子
樹海なほ果てざる国を耕せる　木村要一郎
耕牛の谷を隔てゝ高く居る　高濱虚子
空にたゞ雲とんで人耕せり　高濱年尾

田打《たうち》 ㊂ 稲を刈った後をそのままにしてあるいわゆる春田の土を鋤き返し、打ちくだいてはほぐすことである。以前は牛や馬に犂《すき》をひかせたが、近年は耕耘機が普及している。**田**《た》**を鋤**《す》**く**。

二渡し越えて田を打ひとりかな　一茶
遠く居し田打の人も雨に消え　松岡悠風
田打女の腰かけてゐる田舟かな　齋藤雨意
深田打つ一とかたまりにもつれ打つ　斎藤庫太郎
子には子の手馴れ鍬あり深田打つ　山川喜八

畑打《はたうち》 ㊂ 畑を耕すことである。彼岸前後は多く物種を蒔く季節なので、畑の土を打ち返しその用意をする。春光の中で畑を打つ人の姿は、のどかな明るさがある。

うごくとも見えで畑うつ男かな　去来
畑打や我家も見えて暮かぬる　蕪村
乙《おと》訓《くに》の四方の藪なり畑打　後藤夜半

ごくだうが帰りて畑をうちこくる　小松月尚
畑打つや土よろこんでくだけけり　阿波野青畝
天近く畑打つ人や奥吉野　山口青邨
畑打の幼な顔なる修道女　西野郁子
雲水のまだ〳〵馴れぬ畑打　森永杉洞
さびれゆく村に残りて畑打つ　柳俳維摩
畑打の一人の景となつてをり　高島秋峯
畑打の点景を野のひろがりに　今村青魚
畑打つて飛鳥文化のあととかや　高濱虚子

種《たね》物《もの》　紙袋に納めたり軒先に吊したりして、冬の間保存しておいた蔬菜、草花類の種子で、これを春になって蒔くのである。花屋の店頭に、美しい絵入りの**種袋**《たねぶくろ》が並んでいるのをよく見かける。**種物屋**《たねものや》。**種売**《たねうり》。**花種**《はなだね》。**物種**《ものだね》。

店ぢゆうが抽斗ばかり種物屋　疋田英子
種物屋して古里にをると聞く　豊原月右
手のくぼに胡麻粒ほどの檜たね　古口きく
開け放つ五間間口や種物屋　塩沢はじめ
種袋がさがさ音のして安堵　坂口夢塔
供華とする花種ばかり買うて来し　日比大石
物種を入れたる瓢炉辺にあり　高濱虚子
種微塵花の未来を問ふことも　稲畑汀子

苗《なへ》《なえ》床《どこ》《どこ》　植物の苗を仕立てる仮床である。冷床と温床と二通りあって、冷床はふつう日当り、風通しのよい露地に直接しつらえる苗床である。温床は庭や畑の一隅に、囲いを作り、藁、堆肥などを足で踏み込み、土中の温度が上がりやすいようにする。昔は覆いとして油障子をかぶせたが、今ではビニールやガラス障子となった。加温の方法も電熱、温泉熱利用などいろいろである。**種床**《たねどこ》。

苗床やそれ〳〵の芽のおくれじと　田村泊子
苗障子一枚はづしあるところ　福井圭児
苗床のぬくもりぬつと顔を打つ　有賀辰見
苗障子風にとびたる裏表　馬場木陽

苗床の雨に当てゝはならぬもの　鈴木秋翠
苗障子はづし夜風に馴らしをり　板東福舎
苗床の守りの明け暮れはじまりし　宮城きよなみ
苗床の地虫を篦ではねにけり　高濱虚子

花種《はなだね》蒔《ま》く　秋の草花の種を蒔くことで、花壇や土鉢にじかに蒔いたり、から箱などに土を入れ床蒔したりする。春の彼岸前後に蒔くのがふつうである。**鶏頭《けいとう》蒔《ま》く**。

天津日の下に花種蒔きにけり　塩谷渓石
好きなれば沢山蒔きぬ葉鶏頭　大島三平

夕顔《ゆふがほ》《ゆうがお》蒔《ま》く　種を蒔くのは彼岸ごろからで、苗床に作る場合もあるが多くは直蒔である。種皮が厚いので、端にすこし傷をつけて一晩水に浸け、四、五粒ずつ点蒔にする。夕顔には観賞用のものと、干瓢にしたり、炭斗《すみとり》などを作ったりするための果実を採るものとがある。

夕がほの種ううや誰古屋しき　暁台

糸瓜《へちま》蒔《ま》く　糸瓜は八十八夜までに、地面へじかに蒔く。這わせるのに良い場所を見つくろって、先に肥料をしき込み、三〇センチおきぐらいに、二粒ほどずつ蒔く。

厨辺のいづれかくるゝ糸瓜蒔く　三原山赤

胡瓜《きうり》《きゆうり》蒔《ま》く　温床に蒔いてのち畑に移植する場合と、直接畑に蒔く露地蒔の場合がある。温床に蒔くのは彼岸ごろで、露地蒔は少し遅れて行なわれる。

与太郎が来て居り胡瓜蒔きつらん　高濱虚子

南瓜《かぼちや》蒔《ま》く　三、四月ごろ、畑に四、五〇センチの穴を掘り、基肥《もと》をたくさん施して蒔く。二、三月ごろ苗床に蒔く方法もある。土手などに這わせて栽培することもある。

産れ次ぐ仔豚丈夫に南瓜蒔く　今本南雀
同じ名の日雇二人南瓜蒔く　西方美代子

茄子《なす》蒔《ま》く　床蒔と直蒔とがある。地方によって茄子の形や色の好みがあって種子選びするが、昔から〝苗作り半作り〟といわれて、ことに茄子の場合は良い苗を作ることに気を遣って蒔いたものだ。蒔いたのち六、七十日間苗床で育てる。

「茄子苗」「茄子植う」は夏季である。なすび蒔《ま》く。茄子床《なすどこ》。

茄子を蒔く丹精の土匂ふ中　稲岡達子
茄子の種紫ならず蒔きにけり　今井千鶴子
指で見る土の湿りやなすび蒔く　湯川雅
じよろの水浴びしばかりの茄子床　川口利夫
茄子蒔きて誰もが耐へし過去を持つ　稲畑汀子

牛蒡《ごばう》蒔《ま》く

牛蒡は畑にじかに蒔く。その種は細く先がとがった線香のようで長さ一・五～二センチくらい。柿の芽にこの種が三粒ほど乗り得るくらいの時期に蒔くのがよいと言い伝えられている。

山裾や一と隅請けて牛蒡蒔く　井上痴王
思ひきり土掘りおこし牛蒡蒔く　宮野契城
牛蒡蒔く畝の仕立てを高々と　世継志暁

麻《あさ》蒔《ま》く

麻の種は三、四月ごろ畝を切り、筋蒔とする。古くから栽培されている。

麻まくや湖へ傾く四五ケ村　永田青嵐

芋《いも》植《う》う

里芋、八頭、唐の芋などは、ふつう三、四月ごろ植付をする。周囲、深さともに三、四〇センチほどの穴に、堆肥、雑草などを入れ、砂を少々かけた上に、種芋を一つずつ伏せる。馬鈴薯は、二、三個に切り、木灰を切口にまぶして植える。

芋植うや芽をたしかめて土深く　麦村
土地愛し子孫を愛し芋植うる　齋藤俳小星
芋植ゑて円かなる月を掛けにけり　高濱虚子

種《たね》芋《いも》

春植え付けるために、冬を越して貯蔵した芋である。親芋についたまま水はけのよい穴の中に埋めたり、叺《かます》に入れたりして貯蔵しておく。もとは里芋の種芋に限って言ったものであるが、現在ではいも全般にわたっていわれている。芋《いも》の芽《め》。

芋の芽や塊ぽかとわかれたる　西山泊雲
開墾は懶けて居れず薯芽伸ぶ　品川潟雲洞
種芋のころ〳〵とある軒の下　高濱虚子

菊根分《きくねわけ》　分植するために、萌え出た菊の根を分けることである。土を振い落として根をほごすと、鬚根のある紐のような長い親根から幾本もの細根が分かれて芽を出している。その細根のついた芽を切り離して一本ずつ植えるのである。菊植《きくう》う。菊分《きくわか》つ。

老僕の独りを好み菊根分　矢部居中
菊根分して教頭と校僕と　粟賀風因
書を伏せて思ひたちたる菊根分　夏目麦周
菊根分剣気つゝみて背丸し　高濱虚子
ベランダに鉢を並べて菊根分　高濱年尾

菊《きく》《きく》の苗《なへ》《なえ》　菊は根分けか挿芽で苗を作る。その苗をいう。菊作りにとって、なんといっても、よい苗作りがまず大切である。

忘れゐし約束菊の苗とゞく　南出白妙女
菊植うる明日を思ひて寝つかれず　高田美恵女
菊芽挿し風に馴らすといふことも　内田准思

萩根分《はぎねわけ》　春になって萩の芽が出ると、古株を掘り起こして、根分けし、移植する。木の勢を強め、また株を殖やすためである。

御望の萩根分して参らする　高橋すゝむ
木戸の辺の萩の根分をしたき場所　賀川大造
今年こそよき花得んと萩根分　今城余白
あち歩きこち歩きして萩根分　高濱虚子
根分して萩に天地の新しく　稲畑汀子

菖蒲根分《しやうぶねわけ》《しようぶねわけ》　適当に芽の出た菖蒲を根分けして、池や菖蒲田などに植え付けることである。大きな菖蒲園などでは田植のように大がかりにすることもある。

古園や根分菖蒲に日高し　吉岡禅寺洞
惜みなく捨てゝ菖蒲の根分する　大石暁座

苗《なへ》《なえ》札《ふだ》《ふだ》　蒔いたものの名や月日などを記して、苗床、花壇、鉢などの黒々とした土に、挿しこまれた小さな木の札。萌え出た双葉には春の日が輝いている。

苗札に従ふ如く萌え出でぬ　門田蘇青子
もう名札なくともわかる花の苗　水島三造
苗札を夕のぞきして立てりけり　高濱虚子

木《こ》の芽《め》　春の木の芽の総称である。きのめともいう。**芽立《めだ》ち**には木の種類、地方によって遅速があり、色もさまざまである。そのころに吹く風を**木《こ》の芽風《めかぜ》**という。**木《こ》の芽時《めどき》**。**木の芽吹《めふ》く**。

桐もやゝ黐皂角も芽をぞふく　白雄
額の芽の一葉大きくほぐれたり　池内たけし
木の芽だつけはひしづかにたかぶれる　長谷川素逝
夕空へいま命ある木の芽かな　今井千鶴子
全山の芽立ちの中に坑出づる　戸澤寒子房
木々芽ぐむけはひに充てる四方の中　下村福
こま〴〵と落葉松林芽ごしらへ　湯淺桃邑
山毛欅林芽吹く一の沢三の沢　松本圭二
一本の芽吹きに遅速なかりけり　岡安仁義
空は青木の芽吹く風薄みどり　目黒白水
芽ぐむなる大樹の幹に耳を寄せ　高濱虚子
フランスの女美し木の芽また　同
木の芽みなこぞりて迎へゐる如し　高濱年尾
なほざりにして芽吹くものたくましく　稲畑汀子

芽《め》柳《やなぎ》　吹く風もやわらかくなり、ぽつぽつと芽を付けた柳の糸のなびくさまは、若緑に霞んで見え趣が深い。芽がしだいにほぐれてゆく変化も面白い。**芽《め》ばり柳《やなぎ》**。**柳《やなぎ》の芽《め》**。

芽柳の微風サラリーマンの昼　塙告冬
夜空より垂るゝ芽柳バスを待つ　鳴澤花軒
芽柳は水の光りの上に垂れ　成瀬正とし
柳の芽粒々と枝細々と　米谷孝
芽を吹きて柳もつるゝこと多し　高濱虚子
疎にありて風にもつれぬ柳の芽　稲畑汀子

接骨木《にはとこ》《にわとこ》の芽《め》　観賞用庭木として植えられる。春、他のものにさきがけて、みずみずしくやわらかい太い芽が出る。

接骨木の芽や逆まに大いなる　山口青邨

楓《かへで》《かえで》の芽《め》　楓の芽は真紅で、やわらかく小さく、吹き出たように付く。木の芽の中では早く芽吹き、日につけ雨につけ、春を感じさせる芽である。

繋がれて鼻擦る牛や楓の芽　野村泊月

芽楓を透き雲去来句碑の空　江口竹亭

芽楓の明るさに歩を揃へけり　稲畑汀子

桑《くは》《くわ》の芽《め》　初めは枝にくっついたような芽であるが、だんだん大きく長くなってほぐれる。その芽が出る前に、冬の間くくっておいた桑の枝を解く。**桑解《くはと》く**。

桑の芽や雪嶺のぞく峡の奥　水原秋桜子

桑の芽は太り田畑に人も殖え　齋藤俳小星

桑の芽に今宵の冷えの気がかりな　織茂吐月

縄ぼこり立ちて消えつゝ桑ほどく　高濱虚子

薔薇《ばら》の芽《め》　薔薇は種類が多く直立するのもあれば、ものに這うのもある。直立する太い幹には紅みをおびたたくましい芽が出、蔓性のものは比較的細かい芽が出る。原野に自生するのは茨である。**茨《いばら》の芽《め》**。

薔薇の芽のどんな色にもなれる赤　廣瀬ひろし

茨の芽のとげの間に一つづつ　高濱虚子

新しき橋薔薇の芽の園つなぐ　稲畑汀子

蔦《つた》の芽《め》　蔦の蔓は黒く枯れ切った姿で岩などに網目のように絡みついたまま冬を越す。一般の芽よりやや遅れてみずみずしい赤や白の芽を吹き、しだいに青く葉を広げてくる。枯れてしまったかと思っていると、ぽつりと芽を出すので面白い。

枯れし幹をめぐりて蔦の芽生えかな　大橋櫻坡子

枯色に秘めて蔦の芽なりしかな　稲畑汀子

楤《たら》の芽《め》　楤は山野に自生し、高さ二～四メートルに及ぶ落葉低木で、茎にも葉にも鋭い棘が多く、春の若芽は摘んで食用にされる。独活《うど》に似た香気が喜ばれ、茹でて味噌和《あ》えなどにする。多羅《たら》の芽《め》。

岨の道くづれて多羅の芽ふきけり　川端茅舎
富士見えぬ富士山中に楤芽掻く　堤　俳一佳
棘さへもやはらぎ見えて楤芽ぶく　松本菊朗
茜解き楤の芽緑ならんとす　河野探風

山椒《さんせう》《さんしよう》の芽《め》《め》

山椒は棘の多い小枝がちの木で主に山地に自生するが、庭にも植えられる。料理で木の芽というと山椒の芽をさす。香気が独特で珍重され**木《き》の芽和《めあへ》**などにして用いられる。**さんしよのめ。**

山椒をつかみ込んだる小なべかな　一茶
夕刊をとりて山椒の芽をとりて　高野冨士子
まだ匂ひ放たぬ小さき山椒の芽　宮田節子
山椒の芽摘む度に火山灰埃して　有里要子
手料理の日先変へたる山椒の芽　松尾緑富
山椒の芽楽しくなりし厨事　河野扶美
病院の一菜にして木の芽和　高濱年尾
何にでも添ふる山椒の芽を摘んで　稲畑汀子

田楽《でんがく》

豆腐を長方形に切り、竹串にさし、木の芽を擂り込んだ味噌をつけて焼いたもので**木《き》の芽田楽《めでんがく》**ともいう。昔、田楽法師が高足をつけて舞った姿に似ているのでこの名がある。

田楽の四人にせまき床几かな　牛田富美子
田楽の串皆同じところ焦げ　三隅含咲
田楽や伊賀は古町古暖簾　若林南山
田楽の味噌選びから始めたる　稲畑廣太郎
田楽や備前ぐい呑大きめを　坂井　建
田楽もかたき豆腐にかたき味噌　高濱虚子

青《あを》《あお》饅《ぬた》《ぬた》

芥菜《からしな》や胡葱《あさつき》などを、茹でて酢味噌で和《あ》えたものである。

青ぬたや仏へ日供の一とつまみ　麻田椎花
青饅も馴れにし上方作りかな　中村若沙
旧家とは青饅皿も古九谷　篠塚しげる

草深く青ぬた食《め》すや中納言　高濱虚子

枸杞《くこ》　野原や道ばたに自生する高さ一メートルあまりの落葉低木で、棘がある。葉は細長くやわらかい。その若葉を摘んで食用にし、飯に炊きこんで**枸杞飯《くこめし》**とする。また枸杞茶といって茶の代用にもする。花は夏開く。**枸杞摘《くこつ》む**。

ひたすらに枸杞の芽を摘み去に支度　中里其昔

五加木《うこぎ》　山野に自生する二メートルくらいの落葉低木で、棘があるので生垣にもされる。葉は掌状複葉で、春小さい花をつける。若葉を摘んで食用にし、浸し物にしたり、飯に炊きこんだりまた茶にもする。**五加木摘《うこぎつ》む**。**五加木飯《うこぎめし》**。

五加木摘む枝をつまんで離しては　島田紅帆

白粉をつければ湯女や五加木つむ　高濱虚子

菜飯《なめし》　㊂　菜を細かく刻み、さっと熱湯を通し、塩を少し加えて炊きたての飯にまぜ合わせたもので、古くから庶民や農家の食事に用いられた。

菜飯炊き誰にも気がねなき暮し　田中一石

古妻と云はるゝ所以菜飯炊く　根津しげ子

老妻の手つ取り早き菜飯かな　小泉冬耕子

さみどりの菜飯が出来てかぐはしや　高濱虚子

割箸にまつはることの菜飯の菜　高濱年尾

目刺《めざし》　㊂　鰯《いわし》などの小魚数匹を連ねて、竹串でその目を刺し通し、振塩をして干したもの。目でなく鰓《えら》を藁で刺し連ねたものもあり「ほほざし」ともいうが、俳句ではこれらも目刺として扱う。

殺生の目刺の藁を抜きにけり　川端茅舎

身にいりし話に目刺こがしけり　岩崎俊子

余生なほ働かされて目刺焼く　下村非文

かりそめの独り暮しや目刺焼く　藤松遊子

目刺焼く間も小説を読む女　飯田京畔

蒼海の色尚存す目刺かな　高濱虚子

白子干《しらすぼし》　㊂　鰯《いわし》などの稚魚で、体が無色透明なのがシラス、それを湯にくぐらせて干し上げたものが白子干である。

大根おろしを添えたりして食べる。俗にいう「ちりめんじゃこ」は白縮緬の皺のように見えるところから来た名であり、じゃこは雑魚《ざこ》のなまりで、鰯の稚魚ばかりでなくほかの稚魚も混じっている。

白子干す日射うすしと仰ぎけり　大石暁座
浜風のほどよき強さ白子干す　橋川かず子

干鱈《ひだら》㊂　鱈を開きうす塩にして干したもの。乾物屋の店頭に積んで売られている。白くでき上がっているものほど上等である。あぶって細く裂いたり、むしったりして食べる。酒の肴としても好まれる。**棒鱈**《ぼうだら》は、頭、腸を除いたままで干しかためたもの。京都名物の「芋棒」はこれと蝦芋《えびいも》とを甘煮にしたものである。**ほしだら**。

信楽の茶うりが提げし干鱈かな　暁台

鰆《さはら》《さわら》㊂　南日本の沿海、ことに玄界灘、瀬戸内海に多い魚で、体長五〇センチから一メートルにも達する。形は細長く鰹《かつお》にやや似ているが平たい。銀ねず色に黒い斑点がある。晩春にかけて、産卵のため外海より内海へ入ってくる。漁獲の時期から鰆という字をあてる。

鰆釣り紀州のはなはきれて見ゆ　小山白楢
阿波の門の坂なす潮鰆釣る　高瀬初乗
潮境右し左し鰆舟　水見悠々子
かたむきて走れるはみな鰆舟　串上青蓑
盛り上る鰆の潮に瀬戸明くる　河野美奇
一匹の鰆を以てもてなさん　高濱虚子

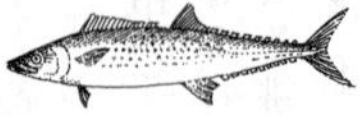
鰆

鰊《にしん》㊂　真鰯に似て体長三〇センチくらい、上部は暗色、側部および下部は淡色である。春の彼岸ごろ沿岸の波穏やかな藻に卵を産み、終えるとふたたび外海へ出る。かつては北海道の西岸が主な産卵場であったが、現在はほとんど姿を見なくなった。産卵期の鰊が大群で来ることを**鰊群来**《にしんくき》という。**鰊曇**《にしんぐもり》は鰊のとれるころの曇り空のこと。**鯡**《にしん》。

どんよりと利尻の富士や鰊群来　山口誓子

汲んでゐる鰊を盗む鷗かな　石田雨圃子
東西に峨々たる岬鰊群来　高野閑洞
樺太の海を犯して鰊追ふ　水見句丈
そのかみの鰊曇を娘は知らず　関口禎子
気象旗の時化を告げをり鰊群来　続木元房
沖買の船も来てゐて鰊群来　小原野花
番屋より乱れ飛ぶ灯や鰊群来　白幡千草
資金また借りもし鰊船待機　水見悠々子
わだつみの果まで鰊曇かな　廣中白骨
鰊群来たちはだかれる浜びとら　高濱年尾

𩸽《ほっけ》 ㊂ あいなめの一種で、体長は四〇センチくらい。色は多く暗灰色で赤みがかった斑紋がある。産卵は秋であるが、春多く捕れる。

波くぼみ𩸽の渦と遠目にも　水見悠々子

鱒《ます》 ㊂ 鮭に似て鮭よりやや小さく、大きいもので七〇センチくらい。背は淡褐色で、褐色の斑点を有し、腹側は銀白色である。川と海との間にいて、漁期は春彼岸から八十八夜ごろまでである。五、六月ごろ川をさかのぼり、八、九月ごろ急流の砂礫の中に産卵する。近年は養殖もさかんである。

高原や水清ければ鱒を飼ふ　三ツ谷謡村
鱒を飼ふ鍾乳洞の流れ引き　上田春水子
九頭竜の水も豊かに鱒の旬　小林孤舟
紅鱒の棲める流れと聞くばかり　稲畑汀子

鮊子《いかなご》 ㊂ ふつうは四、五センチ、大きくなると二〇センチにも達する。銀白色の細長い魚で、三月ごろ多くとれ、佃煮または干して食べることも多い。**かますご**。

働けるいかなご舟の四人見ゆ　星野立子
出てゐるはなべて鮊子舟なりと　亀井淡子
海の色に鮊子の干し上りたる　宮城きよなみ
こぼれたる波止の鮊子掃き捨てる　桑田青虎
いかなごにまづ箸おろし母恋し　高濱虚子
旗立てゝ鮊子舟は又沖へ　高濱年尾

飯蛸《いひだこ》《いいだこ》 (三) 足を加えても二〇～二五センチほどの小形の蛸である。三月ごろ産卵するが、その卵が白色小粒で飯粒に似ているところからこの名がある。

飯蛸を歯あらはにぞ召されける　清原枴童
飯蛸の墨にまみれて力なし　竹添魚林
飯蛸を秤りて墨を抜き呉れし　川崎貞香

椿《つばき》 (三) 北海道以外全国に自生し種類も多い。落花するときは花びらが散るのでなく、花全体が落ちる。苔の上に落ちている椿は美しい。京都北野の椿寺（地蔵院）は老樹の椿で有名。また伊豆の大島は椿の名所、鎌倉も椿が多い。**玉椿**《たまつばき》は椿の美称。花が咲き連なっている状態を**つら〱椿**《つばき》という。**山椿**《やまつばき》。**藪椿**《やぶつばき》。**白椿**《しろつばき》。**乙女椿**《をとめつばき》。**八重椿**《やへつばき》。**落椿**《おちつばき》。

落ざまに水こぼしけり花椿　芭蕉
古井戸のくらきに落る椿かな　蕪村
仰向きに椿の下を通りけり　池内たけし
みんなみの海湧立てり椿山　松本たかし
激つ瀬やのど瀬にかよふ落椿　山口誓子
落椿いたくくだちぬ掃くとせむ　奈良鹿郎
見えてゐる庇の上の落椿　澤井山帰來
庭祠守りて村医や落椿　田代草舎
椿落つ音にも盲耳さとく　福井玲堂
椿落ちよごれはてたる日向かな　深川正一郎
伎芸天をみなにおはし紅椿　森郁子
咲く重さ落ちたる重さ八重椿　前内木耳
雪椿咲かせて虚子の句碑を守る　石田峰雪
虚子遠くなりて身近に椿赤　鈴木玉斗
こゝに又こゝだ掃かざる落椿　高濱虚子
小説に書く女より椿艶　同
ゆらぎ見ゆ百の椿が三百に　同
黒潮へ傾き椿林かな　高濱年尾
椿瀬になだれ咲きつゝ輝けり　同
訪はずとも椿の頃の南宗寺　稲畑汀子

落椿とはとつぜんに華やげる　同

茎《くく》立《たち》

三、四月ごろ大根、蕪《かぶ》、菜類の花茎が高くぬきん出ることをいう。いわゆる「薹《とう》立《だ》ち」をしたもので、大根には鬆《す》がはいり、菜類は葉が堅くなって、味がおちる。

蕪一つ畝にころげて茎立てる　西山泊雲
引き残したるそこばくの茎立てり　北野里波亭
茎立や間引乱れのあるまゝに　久木原みよこ
茎立つて疎まれてゐる鉢一つ　小田尚輝
大小の畑のもの皆茎立てる　高濱虚子
茎立や命の果をたくましく　稲畑汀子

独《う》活《ど》

独活は山中に自生もするが、多くは栽培される。三月ごろ、若芽を出すときに籾《もみ》ぬか、土などを寄せかけ、日光を遮ってやわらかく育て食用とする。これを「もやしうど」と呼ぶ。生長してしまうともう食べられない。**芽《め》独《う》活《ど》**。**山《やま》独《う》活《ど》**。

雪間より薄紫の芽独活かな　芭蕉
朝市の山独活にして緑濃き　倉橋みちゑ
山独活のみやげ追つかけ渡されし　緒方時子
山独活の土つくまゝに逞しき　坊城としあつ
荒れし手と笑はれ老の独活作り　西野知変

アスパラガス

ヨーロッパ原産で主に北海道で栽培される。草丈は一・五メートルにも達し、細かい針状の繊細な葉が茂り、夏に黄緑色の小花を枝の上に点々と付ける。春、芽を出すころ盛り土をして、地中の白い若芽を食用にする。最近は地上にそのまま伸ばしたグリーンアスパラガスが多い。**松《まつ》葉《ば》独《う》活《ど》**。

伽羅蕗もグリーンアスパラガスも好き　新谷氷照
羊蹄へ続く青アスパラの畝　廣中白骨

慈姑《くわゐ》《くわい》

野生もあるが、多くは地下茎を食用にするために、古くから水田で栽培されて来た。葉は沢瀉《おもだか》に似て鏃《やじり》形、やや大ぶり、白色三片の花は秋、伸ばした花茎のまわりに咲くが、青磁色の丸い地下茎を掘るのは冬から春にかけてで、ことに正月料理には欠かせぬ味とされている。埼玉県が主産地であるが、京都には**壬生慈姑**《みぶくわゐ》といって小粒のものもある。**慈姑掘**《くわゐほ》**る**。花慈姑は「沢瀉」（夏季）の花の別名。

泥籠を押しすゝみつゝ慈姑掘る　兎月
慈姑掘る深田案外寒からず　堂前杯芽
掘り出せる泥の塊なる慈姑　山地國夫
ほろにがき慈姑ほくほくほくほくと　川端紀美子
慈姑田を筋違に敷くレールかな　高濱虚子

胡葱《あさつき》　山野に自生し、また野菜として栽培される。葉は薄緑色で葱に似て細く、汁の実、和え物にする。地下茎も食用、薬用になる。**糸葱**《いとねぎ》。**千本分葱**《せんぼんわけぎ》。

あさつきの葉を吹き鳴らし奉公す　高野素十

野蒜《のびる》　田の畦や小川のほとりの雑草の中に自生する。葉は細長い管状で地下茎は辣韮《らっきょう》に似て白く小さい。葱《ねぎ》に似た臭気がある。若いものを掘って、浸し物、ぬた、油炒めなどにして食べる。また地下茎は焼いても香ばしくて風味がある。

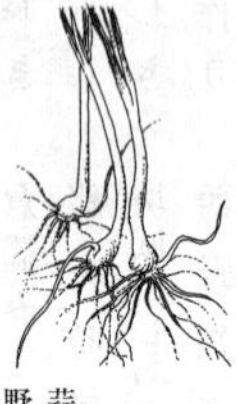
野蒜

野蒜の根深しく〳〵と掘りつゞく　亮木滄浪
鍬切れの野蒜の匂ふ畠かな　田中たゞ志
疎開して野蒜摘などせしことも　田村おさむ

韮《にら》　山野に自生するが、ふつう畑に栽培する。高さ三〇センチほど、葉は細く平たくやわらかである。春の若葉を採って汁の実にしたり、雑炊に入れたり、炒めものにしたりして食べるが独特の強い匂いがある。**ふたもじ**という異名は、葱《ねぎ》を「ひともじ」というのに対して付けられたものである。種子は薬用となる。

韮粥に夫婦別あり好き嫌ひ　齋藤俳小星
腹薬よと韮粥を焚きくれし　小西白扇
韮切るやともし火をとる窓の人　高濱虚子

蒜《にんにく》　蒜は葉が扁平で細長くねじれ曲がっている。地下の大きな鱗茎を調味用や薬用にする。強い臭気がある。自家用のものが軒下に吊り下げてあるのをよく見かける。葫《にんにく》。忍辱《にんにく》。大《おほ》蒜《びる》。

病ひ抜けして蒜をつゞけをり　東出善次

剪《せん》定《てい》

春、芽吹く前に、林檎、梨、葡萄などの果樹の生育や結実を均等にするために、枝先を剪ったり、込んでいる枝を刈り込んだりすることをいう。

剪定の鋏の音に近づきぬ　深見けん二
壮年は樹にもありけり剪定す　依田秋葭
剪定の枝落ち鋏其の位置に　高濱虚子

椄《つぎ》木《き》

芽木の細枝を切って、同類異種の木の幹に椄ぎ合わせ、品種を改良したり、実を結ぶのを早めたりするもので、繁殖法の一つでもある。接合する幹を**砧木**《だいぎ》、椄ぐ方の枝や芽を**椄穂**《つぎほ》という。その方法には切椄、挿椄、その他いろいろな工夫があり、時期は春の彼岸前後が適当とされている。

雑巾をはやかけらる丶つぎ木かな　一茶
乾坤の間に椄木法師かな　前田普羅
椄木するうしろ姿の昼となる　中村汀女
僧椄木つくもつかぬも弥陀まかせ　高羽吐心
聖経を少し読んでは椄木する　土屋美津二
椄木僧耶馬柿の穂を齎せる　清源天行子
接木する台木の刃入れ息ころす　三井紀四楼
梨棚の中なる梨の椄木かな　高濱虚子

取《とり》木《き》

木の枝に疵《きず》をつけ土で覆い、油紙、竹の皮、ビニールなどで包んだり、また枝を撓めて地に埋めたりして根を出させ、その枝を切り取る方法である。木蓮、無花果《いちじく》、枇杷、木瓜《ぼけ》、ゴムなど、この方法で簡単に苗木とすることができる。

取木して置きたるものを忘れゐし　山本鱠二
ふと取木してあることに気がつきぬ　山本杜城
一度二度失敗懲りず又取木　佐々木草生

挿《さし》木《き》

元の木の枝を切って、土または砂に挿して根付かせ、新しい木を育てることをいう。挿す部分を**挿穂**《さしほ》

という。いろいろな方法があり、時期も木によって違うが、大方は彼岸から八十八夜までがよいとされている。いずれにしても、十分生育した挿穂と、よく湿った土砂を必要とする。

捨やらで柳さしけり雨のひま　蕪村
手の泥をはたき挿木の腰上ぐる　小林雑艸
簡単に挿木で殖えしものばかり　藤木呂九艸
挿木せしばかりの影のありにけり　逢坂月央子
行く水の囁き流れ挿木つく　高濱虚子

苗木《なへぎ》《なえぎ》植う

苗床で育った苗木を移し植えることで、杉、檜などの大がかりな植林《しょくりん》から、観賞用、家庭用の果樹、花木を植えるものまでいろいろある。水はけ、日当りのいい所に、基肥をほどこして植える。たいてい春植えだが、桃、梨などは秋の末に植える。

車ずれしたる苗木を惜みけり　木蓮寺
たぎつ瀬に苗浸けてあり杉を植う　平松竈馬
吹き上げてくる滝風や杉を植う　野生月冷子
杉を植う木うら木おもて間違はず　上村七里峡
杉植ゑて十津川気骨なほ存す　吉波泡生
生れ来る子よ汝がために朴を植う　野見山朱鳥
杉植うる加勢の苗を背負ひ来し　梶本夜星
苗木植うすぐ風に耐ふ姿かな　山内山彦
苗木植うこころ決めたる吾子の手で　永野由美子
土の香の立つを親しと苗木植う　稲畑汀子

苗木市《なへぎいち》《なえぎいち》

春、苗木を植える好季節になると、神社の境内、公園、縁日などに苗木を売る市が立つ。

苗木市素通り母の風邪見舞　本田豊子
一泊の旅の荷にして苗木買ふ　稲畑汀子

桑《くは》《くわ》植う

桑の苗木を植えこむことで、深く畝《うね》を掘り下げて肥やしを施し、四六、七〇センチの株間をおいて桑苗を移植する。

のばせどもちゞむ細根や桑植うる　櫻井土音
売る畑ときまりてをりて桑を植う　鈴木健一

流《りう》氷《ひよう》《りゅうひょう》

野川に張った氷でも流れれば流氷であろうが、一般に流氷といえば寒帯の海で凍った海氷が割れ、風や海流で漂流しているものをいう。多く見られるのは春先で、北海道のオホーツク海沿岸では湾一帯に押し寄せた流氷がそのまま結氷したり、一夜の風で沖遠く流れ去ったりする。流氷が動くと、氷が擦れ合って独特の音がひびく。晴れた日、青い海を相寄り相離れて漂う真っ白な流氷群は壮観である。流氷期には、船の事故も多い。

流氷や宗谷の門波荒れやまず　山口誓子
流氷やま近となりし宗谷岬　三ツ谷謡村
流氷の沖にとゞまる夕明り　唐笠何蝶
流氷にいたみし船のつきにけり　三好雷洋子
抑留の父待つ子らに流氷来　高安永柏
風変り流氷動く沖へ沖へ　桑原忽歩
流氷や島へ避難の船つゞき　清水蛍月
流氷の闇の動きてをりにけり　白幡千草
流氷の近づく沙汰に船出さず　小林沙丘子
上陸をせし流氷は置きざりに　長谷草石
流氷の起伏の果の利尻富士　長尾岬月
流氷にアクアマリンの色を置く　稲畑汀子

木流《きなが》し

春になって雪解水や雨のため谷川の水が増してくると、冬の間伐りためておいた木を流し始める。筏に組んで流すこともある。下流の一定の場所まで流し、そこで堰き止められ、川面をいっぱいにしてしまう。

笠一つ荷が一つ木を流しくる　山口青邨
木流しや堰に立ちたる裸杣　樋渡清石
木流しや阿波の池田に組む筏　川田長邦
山景気持ちなほしたる木流しす　山川喜八

厩出《うまやだ》し

雪深い地方では冬のあいだ牛や馬を戸外に出さず、春、雪も解けて来たころ、厩から出して野に放ち、日光を浴びさせ蹄を固めさせる。**まやだし**。

厩出しや馬柵にはだかる岩木富士　片岡奈王

木曾駒も甲斐駒も晴れ厩出し　那須風雪
午後からも変らぬ日和厩出し　寺沢みづほ
厩出しの馬に水飼ふ童かな　岡和田天河水
厩出しの野のまぶしさを歩む牛　鈴木御風
厩出しの牛跳ねること跳ねること　佐々木為郎

垣繕《かきつくろ》《かきつくろう》ふ

冬の間に風雪のためにこわれた垣根を、春になって修理することである。雪の多い山国や北国では、ことに欠かせぬ仕事である。

門ひらき垣の手入の進みをり　上野泰
繕ひし垣に嫁見の人だかり　小林寂無
竹垣も結ひなほされて名残茶事　田辺文代
行き来せし垣繕うて引越され　脇収子
垣と言ふ景を繕ひをりにけり　日高十九馬
野路行けば垣繕うてゐる小家　高濱虚子

屋根替《やねがへ》《やねがえ》

冬の間、積雪や風のために傷んだ板、藁、萱などの屋根を、春になって修繕したり、また新しく葺替《ふきかへ》をすることである。

屋根替の萱つり上ぐる大伽藍　松本たかし
仏たち立ちのき給ひお屋根替　野島無量子
屋根替の竹を大きく宙に振り　森田峠
さし藁をして屋根替をせぬつもり　丸山魚子
屋根替のうしろに見える嵐山　田畑三千
葺きたての藁屋根月をはねとばし　星野立子
屋根替の余りし萱を堂裏に　平田寒月
屋根替へて安堵のその夜豪雨降る　李永鶴
屋根替をしてむささびを捕へしと　森土秋
屋根替へてほつそりとせし草の家　高濱虚子
屋根替の埃日ねもす空へとぶ　高濱年尾

大掃除《おほさうぢ》《おおそうじ》

かつては市役所などが清掃日を決めて大掃除を行なわせたが、現在はいっせいに行なうことは少なくなった。

夫婦して二日がかりの大掃除　河津巌華

女手に負へぬ数々大掃除　岩井小よし

卒業《そつげふ》《そつぎょう》　学校はおおむね三月に**卒業式**《そつげふしき》がある。卒業式を迎えての感慨は、境遇によりまた時代によりさまざまであろうが、**卒業生**《そつげふせい》にはやはり人生の一区切としての歓喜や感傷や安堵の思いがこもごもに湧くことであろう。わが子がいよいよ卒業するという父母にも、送り出す教師にも、それぞれに感ずるものがある。**落第**《らくだい》。

卒業し父母の菩提の僧となり　山口笙堂
網干せる父に卒業してもどる　亀井糸游
卒業の一人々々の面輪かな　清崎敏郎
才色の母に及ばず卒業す　清瀬代山
船橋に立つ日憧れ卒業す　高林蘇城
学帽を天に投げ上げ卒業す　上﨑暮潮
島の医になる臍かため卒業す　塚原木犀
涙拭く拳の太く落第す　後藤圭仙
二十一世紀へ大志卒業す　谷口八星
卒業の胴上げ軽き教師かな　森本綾女
父の意にそはぬ学部を卒業す　中井文人
卒業をして東京に未練なく　中川きよし
卒業の娘の晴著持ち上京す　加藤晴子
東京を去る未練なし卒業す　辻口静夫
卒業の赤きじゅうたん踏みて去る　手塚基子
卒業の涙はすぐに乾きけり　今橋眞理子
先生に渾名残して卒業す　白根純子
落第もまた計画のうちと言ふ　内藤悦子
一を知つて二を知らぬなり卒業す　高濱虚子
志俳句にありて落第す　同
卒業の校歌に和せる老教授　高濱年尾
末の子の見上ぐる背丈卒業す　稲畑汀子

蓮如忌《れんによき》　浄土真宗中興の祖、蓮如上人の忌日である。明応八年（一四九九）三月二十五日、山科西本願寺別院で、八十五歳で入寂した。毎年京都の東本願寺では三月二十四日から二十五日にかけて、西本願寺では陽暦に換算した五月十三日から十四日にかけてそれぞれ蓮如忌が営まれる。山科本願寺別院では四月十三日から十四日にかけて行なわれている。また地方布教の中心であった福井の吉崎の吉崎詣も盛んである。

蓮如忌や夜につゞきし一代記　岡田夢人
蓮如忌にたちし湖畔の吹き流し　和氣魯石
蓮如忌や海女に従ひ正信偈　市原聖城子
蓮如忌や癒えたる母と共にあり　村中聖火

比良八講《ひらはっかう》《ひらはつこう》　三月二十六日、比良の寺々で比叡山の僧によって法華経八巻の講義、討論が行なわれていた。この法華八講は延喜十九年(九一九)すでに営まれ、その後途絶えながら現在におよんだものであるが、ちょうどこの時季は比良山からの季節風が吹き荒れ琵琶湖が波立つので、それを比良八講荒《あれ》といい**比良八荒**《ひらはっかう》とか**八荒**《はっかう》と称するようになった。近年は法要ののち湖上で浄水祈願、施餓鬼などを行ない、さらに琵琶湖大橋の畔で大護摩が修される。

八講の波に木の葉の湖蒸汽　中山碧城
ひたすらに漕ぐ舟のあり比良八荒　中井冨佐女
名残り吹く比良八荒に漁れる　荒川あつし
八講の湖深深と船回向　森定南樂
この寒さ比良八荒と聞くときに　稲畑汀子

春の野《はるの》 三　「君がため春の野に出でて若菜摘むわが衣手に雪は降りつゝ」とは人々の愛誦する和歌であるが、古来人々はまだ雪の残るころから、萌え始めたばかりの春の野に出る。またのどかな春の日を浴び、咲き乱れる花、囀る雲雀、舞う蝶を楽しむ。**春郊**《しゆんかう》。

起ふしに眺る春の野山かな　更闌
背の子の起きて軽さや春野行く　田中王城
吾も春の野に下り立てば紫に　星野立子
工場出てすぐに春の野昼休　小山幻堂
春の野や仕合せさうな人集ひ　坊城中子
音高き春の野水に歩をとゞめ　高濱虚子

霞《かすみ》 ㊂ 現象としては、霞も霧も同じことであるが、文学的には古来、春は霞、秋は霧と区別して呼び馴れている。**朝霞**《あさがすみ》。**昼霞**《ひるがすみ》。**夕霞**《ゆふがすみ》。**遠霞**《とほがすみ》。**薄霞**《うすがすみ》。**棚霞**《たながすみ》。また**鐘霞**《かねかすみ》**む**、**草霞**《くさかすみ》**む**などともいう。

春なれや名もなき山の朝がすみ　芭蕉
高麗船のよらで過行霞かな　蕪村
榛名山大霞して真昼かな　村上鬼城
和歌の浦面舵とつて霞みけり　赤星水竹居
万葉の机島とて春霞　淺野白山
ゴルフ打つかすみの奥をうたがはず　鈴木油山
霞濃しわが船すゝまざる如く　下村非文
大阿蘇の霞める肩を馬柵走り　美馬風史
米山の霞める今日も波荒し　堀前小木菟
遥かなるものばかり見て霞む窓　今橋眞理子
いつの間に霞みそめけん佇ちて見る　高濱虚子
行く程に霞む野人を遠くせり　高濱年尾
風返し峠風なき日の霞　稲畑汀子

陽炎《かげろふ》《かげろう》 ㊂ 春、暖かく晴れた日に、地上や屋根などからゆらゆらと炎のように空気中の水蒸気が揺れ立ち昇るのをいう。**糸遊**《いとゆふ》。

丈六に陽炎高し石の上　芭蕉
石に坐せば陽炎逃げて草にあり　皿井旭川
陽炎や道がつくりときりぎしへ　川端茅舎
野に光るものを加へて陽炎へる　小野草葉子
陽炎に包まれ証拠不十分　後藤立夫
陽炎ひていよよ短き電車行く　佐伯哲草
陽炎の中に二間《ふたま》の我が庵　高濱虚子
野の果はいつも陽炎置くところ　稲畑汀子

踏青《たふせい》《とうせい》 ㊂ 中国の故事にならった野遊。正月七日、二月二日、三月三日など諸説あるが、とにかく野辺に出て、青草を踏み、逍遥することは楽しいことである。「野遊」というより、やや古典的な響きがある。**青**《あを》**きを踏**《ふ》**む**。**あをきふむ**。

踏青や嵯峨には多き道しるべ　鈴鹿野風呂
踏青に八達嶺の嶮せまる　杉浦三堂
肩並べ心相触れ青き踏む　山田凡二
青き踏む大地に弾みある如く　千原草之
海見ゆるこゝに住みたく青き踏む　直原玉青
葛城の神饗《みそな》はせ青き踏む　高濱虚子

野《の》遊《あそび》 ㊂　春の日ざしを浴びながら、草の青む野原に出て遊ぶのは楽しいものである。弁当を持って家族連れで遊ぶ光景など多く見かける。いわゆるピクニックである。

誰も居ぬ事が親しき野に遊ぶ　河野扶美
野に遊びこんなときにも家事のこと　浅利恵子
わが為に皆野に遊ぶ乳母が宿　高濱虚子
野遊の心たらへり雲とあり　高濱年尾
荒るゝ海来しこと忘れ野に遊ぶ　稲畑汀子

摘《つみ》草《くさ》 ㊂　万葉集に「春の野に菫摘みにと来し我ぞ野をなつかしみ一夜寝にける」と詠まれているように、昔から貴賤都鄙を問わず野に出て摘草を楽しんだのである。**草摘《くさつ》む。**

摘草の人また立ちて歩きけり　高野素十
摘草や裏より見たる東山　松尾いはほ
摘草の籠に満つればこゝろまた　山口諌江
張り合ひのある日なき日や草を摘む　星野立子
留守の戸に暫く草を摘みて待つ　横江几絵子
摘草の籠一ぱいの軽さかな　唐澤樹子
摘草の膝を揃へて余念なく　野中木立
摘草の籠の中から暮れて来る　中尾吸江
草摘んでゐしが待人あるらしく　高橋霜葉
摘草のわが影長し帰らねば　松尾静子
草摘みし今日の野いたみ夜雨来る　高濱虚子
摘草の子の三人が仲よくて　高濱年尾
翔つものを翔たせ草摘む手となりぬ　稲畑汀子

嫁《よめ》菜《な》摘《つ》む　嫁菜は一般に野菊と呼んでいる草で、高さ三〇～六〇センチくらい。秋、うす紫の花を咲かせる。

田の畦や堤など至るところに見られる。春、若葉を摘んで茹で、嫁菜飯や浸し物として食べる。菊に似て軽い香りがあり、いかにも春らしい味わいである。家族が揃って土手などで摘んでいる光景を見かけることがある。

炊きあげてうすきみどりや嫁菜飯　杉田久女
嫁菜飯なりと炊かんと僧の妻　広島汀石
丹念にきざまれてあり嫁菜飯　石居素雨
蜘蛛ころげ去る摘んで来し嫁菜より　粟賀風因
菊池米てふかゞやきの嫁菜飯　平田伊都子

蓬《よもぎ》 ㊂　山野いたるところに見られる。早春の若葉は香気があり、これを摘んで来て蓬餅（草餅）の材料とするので**餅草**《もちぐさ》ともいう。早春の野に出て、この草を摘む人は多く**蓬摘**《よもぎつみ》、**蓬摘**《よもぎつ》**む**という。また蓬は艾《もぐさ》にもなる。陰暦三月三日にとって作った艾を上等とする。**艾草**《もぐさ》。

蓬摘一人は遠く水に沿ひ　田中王城
蓬萌ゆ憶良旅人に亦吾に　竹下しづの女
もう少したらぬ蓬を摘みにゆく　田畑三千
道たがへ来しこともよし蓬摘む　梶原左多夫
蓬はや一人あそびの子に萌ゆる　荒木嵐子
籠あけて蓬にまじる塵を選る　高濱虚子

母子草《ははこぐさ》　春の七草の一つである御《ご》形《ぎよう》が、この草の正月に用いられる名である。「おぎょう」ともいう。
山野のどこにでも見かける全体に綿毛のある小さい草で白っぽく見える。春から夏にかけて頂に米粒より小さな黄色い花がひとかたまりとなって咲く。御形《ごぎよう》蓬《よもぎ》とも呼ばれ、摘んで草餅としたものを「母子餅」という。母子という名に情がただよう。**ははこぐさ**。

母子草

名を知りてよりの親しき母子草　原田昭子
母子草なりの小さき絮とばす　田畑美穂女
母子草母居る時の我が家好き　岡林知世子
老いて尚なつかしき名の母子草　高濱虚子

土筆《つくし》　杉菜の地下茎から出る胞子茎で、花にあたるものである。日当りのよい畦や土手、野原などに筆のような形の頭をもって生えてくる。一本見えると限りなく目につく。節のところに袴といわれる薄い皮が上向きの腰嚢のようについており、日ごとに伸びて一節一節の間が長くなる。茎は薄茶色をして二〇センチくらいにもなる。頭には緑の粉のような胞子が入っているが、闌《た》けると白茶に、からからになる。若くみずみずしいうちに摘み、袴をとって茹でて食べる。**つくづくし。つくし摘**《つ》**む。**

つく〳〵し摘々行けば寺の庭　野梅
土筆籠風呂場に忘れ置かれあり　中村吉右衛門
まゝ事の飯もおさいも土筆かな　星野立子
ありそめて土筆摘む子のちらばりて　田原清次
盛り分ける程にもあらぬ土筆和　金谷菊枝
学帽が土筆の籠に代りけり　白根純子
ほろにがき土筆の味よ人はろか　川口咲子
妹よ来よこゝの土筆は摘まで置く　高濱虚子
気がついて土筆いよ〳〵多かりし　高濱年尾
病院の空地のありて土筆萌え　同

蕨《わらび》　春にさきがけて、日当りの良い山野に萌え出、五センチくらいになると少しずつ葉らしいものがほぐれかかる。そのまだほぐれないうちの小さな握りこぶしのような時期に採って食用とする。萌え出たばかりのものを**早蕨**《さわらび》という。また根から澱粉がとれるので、わらびのり、わらび餅にも利用される。**干蕨**《ほしわらび》にして貯蔵する。**蕨狩**《わらびがり》。

みよしのゝ春あけぼのゝ蕨売　大橋宵火
一日を遊びて蕨家づとに　木下洛水
由布越えのバスより降りし蕨がり　中村山思郎
日曜の父の出てゆく蕨がり　浅井青螺
さわらびを一瞬の間に茹で過ぎし　高田美恵女
わらび摘む曇れば淋しかりし野よ　佐々木ちてき
早蕨を誰がもたらせし厨かな　高濱虚子

こゝに見る由布の雄岳や蕨狩　高濱年尾
なほ奥に蕨の長けしひと所　稲畑汀子

薇《ぜんまい》　薇は歯朶《しだ》の仲間で、春先、くるりと渦巻いた若葉をかざした葉柄が山野に二、三本、あるいは四、五本ずつ生える。巻いた尖は白い綿毛に覆われ、中は紅みを帯びている。この若葉がほぐれないうちに折り取り、茹で干して貯え食用とする。

ぜんまいののの字ばかりの寂光土　川端茅舎
ぜんまいの灰汁つきし指気にしつゝ　河野扶美
ぜんまいの筵日陰となりて留守　小川公巴
幾人もぜんまい採を呑みし谷　石田峰雪
野仏の笑まひぜんまいの字とく　田畑美穂女

芹《せり》 ㊂　春の七草の一つに数えられ、古くから食用として珍重されてきた。田や溝のような湿地に自生するが、栽培もされる。早春、ことに香りが良くやわらかい。これを和《あ》え物や浸し物にして食べる。**芹摘**《せりつみ》。

これきりに径尽たり芹の中　蕪村
芹の水にごりしまゝに流れけり　星野立子
負うた子の足が地につき芹をつむ　村田橙重
辿り来し畦はたとなし芹の水　田畑美穂女
一とゆすりすれば濁りぬ芹の水　澤村芳翠
鶏にやる田芹摘みにと来し我ぞ　高濱虚子

三葉芹《みつばぜり》 ㊂　野生もあるが、蔬菜として盛んに栽培される。いわゆる**みつば**のことで、葉が三枚ずつ集まって付くのでこの名がある。茎も葉も香り高く、浸し物や吸い物などにされる。茎、葉を使った残りの根を庭隅や植木鉢に植えておくと、幾らでも新しい芽を出して重宝する。

裏畦にみつば萌ゆれば摘みにけり　三木

防風《ばうふう》《ぼうふう》 ㊂　ここでいう防風は浜防風のことである。春さき海辺の砂地を歩いていると、硬い防風の葉が砂にはりつくようにわずかに生い出ているのを見かける。砂をかき分けると白い長い茎や紅色の美しい葉柄、黄色を帯びた若芽がひそんでいる。これを摘んで生のまま刺身のつまにしたり、あるいは茹でて酢に浸して食べる。香りがよい。**防風採《ばうふうとり》**。**防風掘《ばうふうほ》る**。

風吹けば砂にかくるゝ防風かな　　風外
潮の香のをり〳〵強し防風摘む　　大橋越央子
防風摘いつか砂山遠く来し　　阿部里風
摘みためて防風だまし多かりし　　井桁蒼水
防風掘るそのむらさきは海のもの　　西村数
防風摘む声とゞかねば手を振つて　　松尾白汀
ふるさとに防風摘みにと来し吾ぞ　　高濱虚子
防風のこゝまで砂に埋もれしと　　同
まづ砂を洗ふことより防風かな　　稲畑汀子

菫《すみれ》 ㊂　高さ一〇センチくらいの可憐な紫色の花であるが、その種類は極めて多い。**菫草《すみれぐさ》**。**花菫《はなすみれ》**。**菫野《すみれの》**。

山路来て何やらゆかしすみれ草　　芭蕉
菫咲く宇陀の古道いゆくなり　　皿井旭川
をとめの日すでに遠しや菫摘む　　高木石子
山の辺の道とは知るやすみれ草　　野田寿美子
さよならは又会ふ言葉花すみれ　　広川康子
廃村へ道は残りて菫咲く　　豊原月右
摘み飽いてなほ菫野の紫に　　河野美奇
鉛筆で仰向け見たり壺菫　　高濱虚子
突き放す水棹や岩のすみれ草　　高濱年尾
すみれ摘み野の消息の運ばれし　　稲畑汀子

蒲公英《たんぽぽ》 ㊂　春の野原、道ばたによく見かける親しみ深い野草である。葉は根元から幾重にも重なりあったやわらかいうす緑で、先がぎざぎざに切れていて、大地にへばりつくようにして生えている。その真中から一〇〜三〇センチほどの花茎が伸び、頂に、鮮やかな頭状花を開く。花は多弁でおおむね黄色、まれに白いのもある。花が終わると白色の冠毛となり、絮《わた》がほどけて風に乗って飛んで行く。種類が多く最近では外国から帰化した西洋蒲公英がふえてきた。**鼓草《つづみぐさ》**。

たんぽゝや一天玉の如くなり　　松本たかし
たんぽゝや長江にごるとこしなへ　　山口青邨

たんぽゝやいま江南にいくさやむ　長谷川素逝
たんぽゝと小声で言ひてみて一人　星野立子
たんぽゝの絮飛んで来し本の上　藤松遊子
校塔に三時の日ありたんぽゝ黄　三村純也
絮となるたんぽぽに野の白き日も　永野由美子
たんぽぽの絮食みこぼす馬の唇　吉村ひさ志
たんぽゝの黄が目に残り障子に黄　高濱虚子
たんぽゝの絮欠けて行く風ありて　高濱年尾
遠景の野に失ひし鼓草　稲畑汀子

紫雲英《げんげ》 ㊂ 耕す前の田の面いっぱいに、紅紫色の花が揺れている眺めはいかにも春らしい。これは水田の緑肥となり、蜜蜂の蜜源となり、若芽は食用、乾燥させて薬用ともなる。牧草としても栽培され、牛馬が遊んでいる景はまことにのどかである。**五形花**《げげばな》。**げんげん**。花の形がやや蓮華に似ているので**蓮華**《れんげ》**草**《さう》ともいう。

紫雲英田の起されてゆく色変り　植地芳煌
げんげ摘む子等にも出会ひ旅つゞけ　星野立子
紫雲英田に摘むは紫雲英を踏みしこと　藤原比呂子
秋篠はげんげの畦に仏かな　高濱虚子
げんげ田のくつがへりあり色のこし　高濱年尾
野に放つ心集めて紫雲英摘む　稲畑汀子

苜蓿《うまごやし》 ㊂ 冬の間も枯草の中で青々と越年し、春、野原や路傍、堤などに青い絨毯を敷いたようになる。葉は萩に似て三葉からなり、蝶形の黄色い花を開き、のち螺旋状の実を結ぶ。良い牧草となり、肥料ともなる。紫雲英《げんげ》に似た白い花をつける**クローバ**（白詰草《しろつめくさ》）も、一般には苜蓿と呼んでいる。

苜蓿や墓のひとびと天に帰せり　山口誓子
クローバに寝ころべば子が馬乗りに　伊藤彩雪
見えてこそある地平線クローバー　依田秋葭
うまごやし軍馬育ちし十勝かな　佐々木あきら
しづ〳〵とクローバを踏み茶を運ぶ　高濱虚子
少しの間クローバ見えてゐる離陸　稲畑汀子

蘩蔞《はこべ》 ㊂ 野原や道ばたなどに生え、茎は一〇〜三〇センチくらいになり、地上を這って幾つも枝わかれする。卵形の葉が互生し、白い小さな花をつける。小鳥や兎の餌などになる。**はこべら**。

カナリヤの餌に束ねたるはこべかな　正岡子規
はこべらの石を包みて盛り上る　高濱虚子

薺《なづな》《なずな》の花《はな》《はな》 野原、畦、路傍などいたるところに自生する雑草で、春の七草の一つ。白い四弁の、小さい十字の花の集まりが上へ上へと咲き上がる。花のあとすぐ三角形の実を結び、それが三味線の撥に似ているので**三味線草《さみせんぐさ》**ともいう。**ぺん〱草《ぐさ》**。

薺の花

よく見れば薺花さく垣ねかな　芭蕉
妹が垣根三味線草の花咲ぬ　蕪村
耳元に寄せてぺん〱草ならす　進藤千代子
奈良どこも遺跡薺の咲く田まで　辻口静夫
なつかしき道選り歩く花薺　高濱虚子

酸《す》葉《いば》 **すかんぽ**のことである。春の初めごろ、道ばたや川岸の枯草の中に紫がかった紅い若芽が群がって生い初め、やがて紅っぽい茎が伸びると葉の紅みは失せて緑になる。茎の若いころ折って嚙むとちょっと酸味があり、学校帰りなどの子供たちが採って食べたりする。**酸模《すいば》**。**あかぎしぎし**。

すかんぽの雨やシグナルがたと下り　河村東洋
すかんぽや千体仏の間より　星野立子
奢るなき色にすかんぽ花ざかり　桔梗きちかう

虎杖《いたどり》 山野に多く自生し、若い葉や茎は紅褐色で、摘んで食用にする。夏、成長するとふつう一メートル内外の高さになるが、北海道では三メートルに達するものもある。卵形の割合大きい葉を互生し、茎には筍のような赤い斑点がある。

虎杖や狩勝峠汽車徐行　星野立子
虎杖を嚙みつゝ島の道遠し　山田不染
山深くなり虎杖の多くなり　稲畑廣太郎

茅花《つばな》

茅萱《ちがや》の花のことである。茅萱は原野、路傍どこでも群がり生えるもので、三月ごろ葉のまだあまり伸びないうちに槍のように尖った苞に包まれた花を生ずる。やわらかくて甘いので子供が摘んで食べる。この苞がほぐれて中から絹糸のような白毛の密生した穂が現れる。やがてほおけて白々とそよぎ、また絮《わた》となって飛散するようになる。古来詩歌にうたわれることが多い。

川風に蝶吹き落ちし茅花かな　好文木
茅花穂となりて日をため日をあつめ　野村久雄
茅花の穂光り忘れてゐる時も　佐藤裸人
茅花咲き落人村と聞けばなほ　山本紅園
母いでて我よぶ見ゆる茅花つむ　高濱虚子

春蘭《しゅんらん》

日本各地の山野に自生するが、観賞用として栽培もされる。早春、多数叢生している細長い葉の中から、花茎が伸び小筆の穂に似た可愛い蕾をつける。花は淡黄緑色で美しいが香りはうすい。**ほくり**または「ほくろ」ともいう。

春蘭

交りや春蘭掘りてくれしより　高田つや女
貧書斎春蘭花をあげにけり　富安風生
春蘭の咲くをたしかむ山に入る　衣巻新風子
春蘭を掘る一株にとゞむべし　横田弥一
春蘭の花芽と信じ育てをり　水田ムツミ
春蘭の花芽伸び来し鉢を置く　長井伯樹
春蘭は山の消息お見舞に　志子田花舟
春蘭を掘り提げもちて高嶺の日　高濱虚子
春蘭の曾ての山の日を恋ひて　同
春蘭の一鉢を先づ病床に　高濱年尾

黄水仙《きずゐせん》《きずいせん》

三月ごろ、三〇センチほどの花茎を出し、頂に黄色六弁花をつける。南ヨーロッパ原産で日本の水仙より大きく香りがある。多数の園芸品種があり、切花として用いられる。「水仙」は冬の季である。

門院の御像くらく黄水仙　あき
わが蔵書貧しけれども黄水仙　澤井山帰來
黄水仙ひしめき咲いて花浮ぶ　高濱年尾

ミモザの花《はな》　オーストラリア原産、高さ一五メートルにもおよぶ常緑樹で、葉は羽状、銀色に見えるので銀葉《ぎんよう》アカシヤともいう。黄色の小花が穂状に群がり咲いてはっとするほど美しく、香りが高い。南フランスに多く、香水の原料にもなる。またわが国では伊豆、浜名湖畔などの暖地に栽培され、切花として出荷される。**花《はな》ミモザ。ミモザ。**

ミモザの花

野外劇はじまるミモザ降る下に　星野立子
昃りても黄は明るくて花ミモザ　廣瀬美津穂
ミモザ咲き海に近しや異人館　米北河西
塀白く風のミモザの見ゆる家　千原草之
移り来てよき隣人と花ミモザ　山田弘子
黙礼の聖女の行き来花ミモザ　乾一枝
花ミモザ住むその人は誰も知らず　佐土井智津子
遠くよりミモザの花と見つゝ来て　稲畑汀子

磯開《いそびらき》　いずれの地方でも海藻や貝類などを採集するのに、その繁殖期を避け、生育のほぼ終わったものを採り過ぎないていどに採るというのが、古来漁村の知恵であった。その解禁の日は地方により、また採集するものによっても違うが、大方は三月から四月で、磯開、口開、浦明などという。現在では以前ほど盛んではないが、漁業組合が旗など立てて磯開の日を知らせる。海女たちにとっても、この日からという興奮がある。

磯開昔のまゝの村掟　宮崎箕水
子供等の籠にも和布磯開　黒川六郎
海女たちにうち交りゆく磯開　元吉孝三郎
箱眼鏡積み磯開けの下見舟　榊原清允
対岸の鳴門の浜も磯開　山田眉山
磯開ちかき明るさ海にあり　村元子潮

荒波に育つくさぐさ磯開　荒川ともゑ

利休忌《りきゅうき》

茶道中興、千家流の祖、千利休の忌日は陰暦二月二十八日である。利休は和泉堺の人。名は宗易。茶の湯をもって信長、秀吉に仕えたが故あって秀吉の怒りにふれ、天正十九年（一五九一）自害した。現在でも表千家不審庵では三月二十七日に、裏千家今日庵では翌二十八日に追善茶事が行なわれる。

利休忌や織部の庭にをみならは　中村若沙

利休忌や作法の末は知らねども　吉井莫生

其角忌《きかくき》

陰暦二月三十日、榎本其角の忌日である。其角は江戸日本橋の町医の出で、榎本は母方の姓で本姓は竹下《たけもと》、また宝井ともいい、晋子《しんし》とも号していた。蕉門十哲の一人で嵐雪とともに「虚栗《みなしぐり》」の選にあたった。酒豪で著書も多く、その句風は豪放闊達であるが、難解な句も多い。宝永四年（一七〇七）四十七歳で没した。芝二本榎、上行寺がその菩提寺であったが、今は伊勢原市に移されている。世田谷区千歳烏山の寺町の称往院にも墓がある。

其角忌やあらむつかしの古俳諧　加藤霞村

四月

立夏の前日すなわち五月五日ごろまでを収む

四月《しぐわつ》《しがつ》

春酣《たけなわ》のころである。桜を初め、多くの花が満開となる。晩春の感じがただよう。

メモしつゝ早や四月よとひとりごと　星野立子

蚕豆の花紫の四月かな　三木かめ

弥生《やよひ》《やよい》

陰暦三月の異称。

弥生てふ艶めく暦めくりけり　高木桂史

降りつづく弥生半ばとなりにけり　高濱虚子

雨多き週末弥生はや半ば　稲畑汀子

春《はる》の日《ひ》 ㊂

暖かく明るい春の太陽をいい、またのどかな春の一日をもいう。**春日《はるひ》。春日《しゅんじつ》。春日影《はるひかげ》。春《はる》の朝日《あさひ》。春《はる》の夕日《ゆふひ》。春《はる》の入日《いりひ》。**

あふむけば口いっぱいにはる日かな　成美

島の門を大きく落つる春日かな　野村泊月

大いなる春日の翼垂れてあり　鈴木花蓑

春の日を聚め明るし樺林　小谷溪子

竹林に黄なる春日を仰ぎけり　高濱虚子

逡巡を打ち消す春の日射しあり　稲畑汀子

日《ひ》永《なが》 ㊂

一年中で実際に昼の長いのは夏至の前後であるが、日の短い冬の後の春に、最も日永という感じが深いので、俳句では春季になっている。**永《なが》き日《ひ》。遅日《ちじつ》。暮遅《くれおそ》し。暮《くれ》かぬる。**

うら門のひとりでにあく日永かな　一茶

長安の市に日長し売卜者　正岡子規

那智遅日硯作りの店に佇つ　植地芳煌

天壇の遅日の空の瑠璃瓦　福井圭児

暮遅し門灯をつけポストを見　星野立子

揚荷終へ積荷始めて船日永　山本嵐堂

永き日の浪白かりし桂浜　古賀雁来紅

濃娘等の疲れ欠伸や絵座日永　岸川鼓蟲子

龍安寺

この庭の遅日の石のいつまでも　高濱虚子

句仏十七回忌

独り句の推敲をして遅き日を　同

春《はる》の空《そら》 〔三〕 白雲がほのかに流れなごやかな日ざしが地上を照らすような空、また一片の雲もない碧空でも、どことなく白い色を含んだ暖かい感じのするのが春の空の特徴である。

此処からも大仏見ゆる春の空　星野立子

雨晴れておほどかなるや春の空　高濱虚子

玻璃ごしに見てゐる限り春の空　稲畑汀子

春《はる》の雲《くも》 〔三〕 うすく空一面に広がった春の雲、形を整えずにぽっかりと浮いている春の雲など、いずれもやわらかくやさしい感じがする。

二つづつ二つづつあり春の雲　中田みづほ

ふるさとは遠くに浮む春の雲　今井つる女

春の雲結びて解けて風のまゝ　今橋眞理子

蓼科に春の雲今動きをり　高濱虚子

わが影の消えて生れて春の雲　稲畑汀子

麗《うらら》か 〔三〕 春の日の光がうるわしくゆきわたり、遠くは霞んで、すべてのものが明るく朗らかに美しく見えるようなありさまをいう。**うらら。**

麗かや松を離るゝ鳶の笛　川端茅舎

園丁もうらゝかなれば愛想よし　池内たけし

うらゝかや話やめては僧掃ける　星野立子

再会の言葉探して駅うらら　湯川雅

麗かにふるさと人と打ちまじり　高濱虚子

長閑《のどか》 〔三〕 心がのびのびしてくるような春らしい日和をいう。目に触れ耳にするものことごとく穏やかに感じられる。**のどけし。**

長閑さに無沙汰の神社廻りけり　太祇

ほ句も好き洗濯も好き主婦長閑　高田つや女

——四月

山寺の古文書も無く長閑なり　高濱虚子
ついて来る人を感じて長閑なり　同
朝の間の予定なき旅のどけしや　稲畑汀子

四月馬鹿《しぐわつばか》《しがつばか》

ヨーロッパでは、四月一日を万愚節《ばんぐせつ》（オール・フールズ・デー）といい、この日に限り罪のない嘘で人をかついだりすることが許される風習があり、この日にだまされた人をエープリルフールという。これを日本語に訳したのが、四月馬鹿であるが、広くその日のこととして用いられる。

老村医逝きし噂も四月馬鹿　淺井意外
すでにして目が笑ひをり四月馬鹿　杉本零
エープリルフールに非ず入院す　荒川あつし
エイプリルフールで済まぬことになる　橋本青草
エープリルフールなればと思ふこと　稲畑汀子

初桜《はつざくら》

桜の咲き始めたのをいう。待ちに待った桜なので、それを初めて目にしたときの感動は大きい。初花《はつはな》。

鉛筆で髪かき上げぬ初桜　星野立子
箱根八里こゝより登る初桜　大橋越央子
初花の頃にだけ来る茶屋の客　井尾望東
初花へ初花へ坂道を行く　荒川ともゑ
徐ろに眼を移しつゝ初桜　高濱虚子
初花は空に消えたる如くなり　高濱年尾
はるかなる月日語りて初桜　稲畑汀子

入学《にふがく》《にゆうがく》

小学校から大学まで、四月に入学式《にふがくしき》が行なわれる。ことに父母に付き添われた小学校の新入生《しんにふせい》が、真新しいランドセルで、緊張した中にも喜びをかくしきれない様子はかわいらしい。

これはさて入学の子の大頭《つむり》　山口誓子
入学や尼となる気は更になく　森白象
時計台皆仰ぎつゝ入学す　田島鳥山
入学児母に押されて前に出づ　成瀬虚林
掲示場にビラ溢れをり入学す　五十嵐哲也
学帽を耳に支へて入学す　上野泰

日本人と珍しがられ入学す　千本木溟子
入学の長身の吾子ふとまぶし　畠中じゅん
入学の子の顔頓に大人びし　高濱虚子
入学の顔の輝き揃ひけり　稲畑汀子

出《で》代《がはり》　奉公人が、雇用期間を終えて交代することで、一年契約では陰暦の二月または三月の上旬に行なわれた。京阪地方の旧習を守る商家では、いまも四月に行なっているところがあるともいうが、一般にはほとんどすたれた。初めて**御《お》目見得《めみえ》**した奉公人が**新参《しんざん》**である。

出代やかはる箒のかけどころ　也有
出代のいとけなくして眉目悲し　植田濱子
新参に与ふ仕事著そろへあり　西本紅雨
われの手と足となりしに出代りぬ　大塚郁子
新参の明るき性を愛さるゝ　田代杉雨堂
出代りて店の空気の変りをり　白石峰子
出代の更に醜きが来りけり　高濱虚子

山葵《わさび》　山中の渓間に自生もするが、きれいな水の流れる小石の多い田などに栽培されることが多い。葉は蕗《ふき》に似て円く、鮮やかな緑色で、晩春、三〇センチくらいの花茎を出し、小さな白い十字花をつける。根茎が辛くて香辛料として重用される。東京付近では天城山の山葵沢が最も有名であるが、その他の高冷地の渓流にも栽培される。**山葵漬《わさびづけ》**。

山葵田を溢るゝ水の岩ばしり　福田蓼汀
山葵田の清きを守りて棲めるかな　松本たかし
大山の沢の奈落の山葵かな　吉次みつを
山葵田の過不足のなき水流れ　中村稲雲
山葵田の流れはいつも音立てゝ　土屋仙之
山葵田の段ごとに水つまづきし　荒川ともゑ
ほろ〳〵と泣き合ふ尼や山葵漬　高濱虚子

芥菜《からしな》　葉は油菜に似て鋸歯が細かく、皺が多い。辛味が強いが煮れば甘味もあり香りもよい。塩漬にもする。種子を粉末にしたものが香辛料の「からし」となる。

辛菜も淋しき花の咲きにけり　一茶

三月菜《さんぐわつな》《さんがつな》　早春に蒔いて四月ごろ食用にする菜類の総称である。陰暦では三月ごろにあたるのでこの名がある。

よし野出て又珍しや三月菜　蕪村

檀家より届きし布施の三月菜　岡安迷子

春大根《はるだいこん》　前年の秋に蒔いて四月ごろ収穫する大根である。陰暦では三月ごろにあたるので**三月大根《さんぐわつだいこん》**ともいう。味は劣るが、ふつうの大根に薹《とう》がたつころ収穫できるので重宝される。**野大根《のだいこん》**。

神饌に春大根の一把かな　永井壽子

草《くさ》餅《もち》㊂　摘んだ蓬《よもぎ》をさっと茹で、糝粉《しんこ》をこねて蒸したものと混ぜて搗《つ》くと草餅ができる。萌え始めたばかりの蓬を使うと色よく仕上がる。蓬の代りに母子草を用いる場合もある。鄙びた春の香りがして懐かしいものである。**蓬餅《よもぎもち》**。**母子餅《ははこもち》**。

普請場へ草餅売の来てゐたり　田畑三千女

草餅の早や耳硬くなってをり　開田華羽

搗くうちに草餅色となつて来し　宇川紫鳥

アメリカに搗きてまことの草の餅　常石芝青

ふる里の母の草餅とはちがふ　今村青魚

草餅の黄粉落せし胸のへん　高濱虚子

草餅の色の濃ゆきは鄙めきて　高濱年尾

蕨《わらび》餅《もち》㊂　蕨の根の澱粉に、もち米の粉を加えて作った餅である。黄粉をつけて食べ、鄙びた味のものである。

青かつし貴船の茶屋の蕨餅　佐藤漾人

みよしの〻ほのあた〻かきわらび餅　粟津松彩子

鶯餅《うぐひすもち》《うぐいすもち》㊂　青黄粉《あおきなこ》のかけてある鶯色の餡入りの餅菓子である。左右が尖った形も鶯に似ている。

老いしかや鶯餅に喉つまり　後藤夜半

春慶に鶯餅のこぼすもの　米谷芳展

力抜くうぐひす餅の箸の先　鳥羽富美子

手にはたくうぐひす餅のみどりの粉　高濱年尾

懐紙白鶯餅の色残る　稲畑汀子

桜餅《さくらもち》 ㊂ 塩漬の桜の葉で包んだ餡入りの餅。花時にさきがけて菓舗に並ぶ。桜の匂いと色をした桜餅を見ると、いかにも春らしさを感じる。江戸時代から向島長命寺が有名である。

桜餅さげて出を待つ下手かな　中村七三郎
目の前の浮世がたのし桜餅　岩木躑躅
夜は冷ゆる嵯峨のならひや桜餅　大橋櫻坡子
日本より来し桜の葉桜餅　渡利渡鳥
江戸図絵に残る墨田の桜餅　北川草魚
まだ封を切らぬ手紙とさくら餅　山田弘子
三つ食へば葉三片や桜餅　高濱虚子
さくらもちやはり日本をなつかしく　稲畑汀子

椿餅《つばきもち》 ㊂ 道明寺糒《ほしい》で作った皮で餡を包み、椿の葉二枚ではさむ。濃緑に厚みのある葉がつややかである。春もやや深まったころ店頭に出る。

京はまだしばらく寒く椿餅　青木紅酔
葉一枚のせて即ち椿餅　亮木滄浪

都踊《みやこをどり》《みやこおどり》 毎年四月一日から三十日まで京都の祇園甲部《こうぶ》歌舞練場で行なわれる催しである。明治五年（一八七二）、京都で勧業博覧会が開催されたとき、井上流の師匠片山春子が都踊と名づけて披露したのが始まり。置唄で始まり「都踊はヨーイヤサア」で踊子が登場する。京都の春の絵巻物は、これから繰り広げられてゆくのである。

都踊はヨーイヤサほゝゑまし　京極杞陽
出を待てる都踊の妓がのぞく　長谷川素逝
嵯峨に住み都をどりの噂だけ　田畑小三千
見覚えの赤塀都踊見に　開田華羽
帯に挿す都踊の出番表　松本青風
ことよせて都踊の京に在り　高木石子
結び文都をどりの楽屋より　村田橙重
よく見たる都踊のひろ子かな　高濱虚子
里春の今舞ふ都をどりかな　稲畑汀子

蘆辺踊《あしべをどり》《あしべおどり》　大阪南地、五花街の芸妓が総出演して行なわれた春の踊。明治二十一年（一八八八）に始まり、宗右衛門町、九郎右衛門町、難波新地一帯や道頓堀の橋々には大雪洞を立て、紅提灯を連ねて賑わった。昭和十二年（一九三七）まで続いたが戦争で中止となり、戦後は大阪踊として復活し、四十五年の大阪万国博覧会では北、新町、堀江、南の四花街合同による大阪踊が盛大に行なわれた。五十九年からは上方文化芸能協会による上方花舞台へ受け継がれていった。

かんばせに蘆辺踊のはねの雨　後藤夜半

木人の誘ふまゝに

誘ひたる蘆辺踊に誘はるゝ　高濱虚子

浪花踊《なにはをどり》《なにわおどり》　大阪北新地、新町両花街の春の踊で、北新地は明治十五年（一八八二）、新町は明治四十一年に始まった。幾多の変遷の後、大阪踊として他の花街と合同で行なわれていた。

舞の手や浪花踊は前へ出る　藤後左右

東踊《あづまをどり》《あずまおどり》　新橋芸妓が、新橋演舞場で演ずる春の踊である。かつては四月一日から二十日ごろまで行なわれ、期間中、築地から木挽町、銀座へかけて、きれいな大提灯が軒々に吊され、街にも東踊の気分が漂ったが、現在は五月末の四日間ほどになった。

灯《あかり》つく東踊のみちしるべ　中村秀好

やがてひく名残の東をどりかな　遠藤爲春

女将来る東踊の幕間に　南るり女

引き続き夜の部の東をどりかな　島野汐陽

遅き妓は東をどりの出番とや　高濱虚子

義《ぎ》**士**《し》**祭**《さい》　義士とは赤穂義士のこと。陰暦二月四日、赤穂四十七士が切腹した命日の祭。東京高輪の泉岳寺では四月一日から七日まで祭事が行なわれる。しかし近年は、この四月に行なわれる祭典よりも、四十七士が討入した日（十二月十四日）の方が一般的で賑わっている。

義士祀る中に若きは右衛門七　高濱年尾

いにしへを今につなぎて義士祀る　稲畑汀子

種痘《しゆとう》

天然痘の予防のため、種痘は法令によって義務づけられていた。三、四月に学校などに医師が出向いて行なうこともあったので春の季題となっていたが、現在は天然痘がなくなり、種痘も昭和五十一年（一九七六）以後実施されず、政令も五十三年廃止された。**植疱瘡**《うゑばうさう》。

美しく血色見えて来し種痘かな　水原秋桜子
種痘うくかひなしづかにあづけたる　亀井糸游
種痘ある寺の境内人往来　山内十夜
種痘する机の角がそこにある　波多野爽波
種痘する村のいつもの老医かな　高濱虚子

湯治舟《たうぢぶね》《とうじぶね》

別府温泉では一家族あるいは数家族が、湯治期間中の食料品や所帯道具などを積み込んだ自分の持舟を波止場に繋いで、旅館に泊らず、その舟から金盥、手拭などを提げて共同温泉に浸って湯治をする習いがある。この舟を湯治舟という。以前は春の別府港内には百隻近くもの湯治舟が舳を並べて繋っていることさえあった。

聴診器あてゝ揺れ居り湯治舟　岡嶋田比良
脊の婆とんとおろされ湯治舟　岩田柊青
引汐に纜伸びし湯治舟　和泉一翠園
舟べりに肱つく老や湯治舟　広石東猿
荒天の屋根に綱かけ湯治舟　鈴木樹葉子
留守なるは歩板外して湯治舟　橋本対楠

桃《もも》の花《はな》

桃は古く中国から渡来し、観賞用または果樹用として広く親しまれている。華やかではあるがどことなく鄙びた感じの花で、雛祭には欠かせない。**白桃**《しろもも》。**緋桃**《ひもも》。**源平**《げんぺい》。**桃**《もも》。**桃畑**《ももばたけ》。**桃林**《たうりん》。**桃園**《たうゑん》。**桃**《もも》**の村**《むら》。

菓子盆にけし人形や桃の花　其角
野に出れば人みなやさし桃の花　高野素十
父祖の地といふばかりなる桃咲いて　築山ツ子
海女とても陸こそよけれ桃の花　高濱虚子
緋桃咲き極まりて葉をまじへたり　高濱年尾

梨《なし》の花《はな》

梨はわが国では果樹として多く栽培されるが、中国ではその花を賞美し、古来、詩歌、文章にもよく用いられた。新緑の葉に五弁の淡泊な花が浮いて風情があり、五日間くらいで散る。

梨棚の跳ねたる枝も花盛　松本たかし
梨棚の盛りの花の真平ら　鳥居多霞子
梨の花園丁の恋知つてをり　林　克己
両岸の梨花にラインの渡し舟　高濱虚子

杏《あんず》の花《はな》

淡紅色の五弁花で梅の花に似ているがやや大きく、梅よりも遅れて咲く。木の高さは五メートル以上にもなる。葉は広い楕円形または卵形で先が尖っている。

杏の花

山越えて伊豆へ来にけり花杏子　松本たかし
昔より医者なき邑や杏咲く　宇都宮草舎
羽の国の日は眠りがち花杏　大橋一郎
峡の村ふところ深く花杏　瀬在苹果

李《すもも》の花《はな》

中国原産で、果樹として栽培されるが日本にも古く野生があったという。桃より遅れて咲く。梅に似た直径二センチくらいの白い五弁花で花柄が長く、ふつう二、三輪ずつ集まって咲く。

李の花

山買うて泊りし宿の花李　平松竈馬
咲きすてし片山里の李かな　高濱虚子

林檎《りんご》の花《はな》

林檎は東北、長野、北海道など寒い土地によく育つ。淡い紅色をぼかした五弁の白い花が咲くが、その前に楕円形で裏白の葉が広がる。姫林檎は観賞用として鉢植などにされる。

この雨で林檎の花の終りけり　行本草堂
イみて林檎の花の四方の中　富安風生
門入りてなほ小一丁花林檎　宮本素風
花林檎一と昔否大昔　星野立子

北上川まぶし林檎の花の丘　財川石水
遠く来しおもひ林檎の花に居て　山添つとむ
花りんごにも行楽の人出かな　神九六
花林檎そよげば別れがたきかな　佐土井智津子
面つゝむ津軽をとめや花林檎　高濱虚子
花林檎村を囲みて山かけて　同
みちのくを染め上ぐるべし花りんご　稲畑汀子

郁李《にはうめ／にわうめ》の花《はな》

中国原産の落葉低木で庭《には》梅《うめ》の花《はな》とも書く。葉に先だって深紅色または白色の小さな花をつけ、深紅色の実を結ぶ。変種が多く八重咲きのものを「にわざくら」という。

にはうめの咲いてあたりの風甘し　大島早苗
先住の愛でし郁李今も咲く　手塚基子

郁李の花

山桜桃《ゆすら》の花《はな》

ゆすらうめの木は高さ二メートルくらいで、葉は桜に似て小さい。葉に先立って淡い紅色の蕾をつけ、白色または淡紅色の小さい梅に似た花を開く。庭先などに植えられる。梅桃《ゆすらうめ》の花《はな》。

ゆすら梅まばらに咲いてやさしけれ　国松松葉女

山桜桃の花

赤楊《はんのき》の花《はな》

山野の湿地を好んで自生する落葉高木である。水田の畦に植えて稲架にしたり、また山葵《わさび》田《だ》近くに植えて日ざしを遮るのに利用したりする。四月ごろ葉に先立って花を開き、雌雄同株である。前年の秋に生じた蕾が冬を越し、雄花は暗褐色の細長い円筒状に小枝の先に垂れ、黄色い花粉を飛び散らせる。雌花は紅紫色、小楕円形で同じ小枝の下部につく。榛《はん》の花《はな》。はりの木《き》の花《はな》。

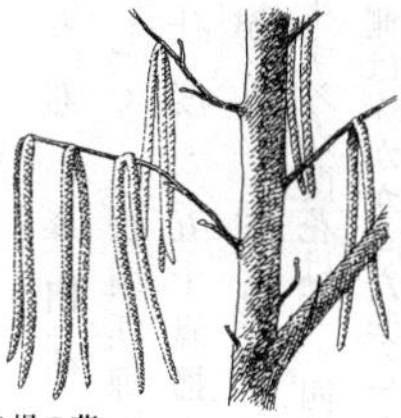
赤楊の花

はんの木のそれでも花のつもりかな　一茶
はんの木の花咲く窓や明日は発つ　高野素十
さ揺らぎの裾へ裾へと榛の花　荒川ともゑ

三椏《みつまた》の花《はな》

高さ二メートルくらいの低木で、葉に先立って黄色っぽい筒状の花が球状に集まって咲く。すべての枝が三叉に分かれているのでこの名がある。樹皮は和紙の原料となる。

三椏の花

三椏の花も山居の花のうち　森田蓟村
三椏の花は目立たずつゝましく　松岡渓蟬郎
近よりてみて三椏の花仕度　五十嵐播水
三椏の花三三が九三三が九　稲畑汀子

沈丁花《ぢんちやうげ》《じんちようげ》

冬のころから蕾が群がって生ずるが開花は三、四月ごろ。香りが高い。蕾の外側は赤がかった紫色で、咲くと内面は白い。白花の種類もある。中国原産。丁字《ちやうじ》。沈丁《ぢんちやう》。

沈丁の香になれてゐて楽譜かく　池内友次郎
沈丁の花の支度の長かりし　本宮美唐女
沈丁の香にふれつゝや掃いてをり　中川きみ子
沈丁に寄れば離れてゆく香かな　下田實花
ある日ふと沈丁の香の庭となる　今井つる女
沈丁の香は路地ぬけること知らず　山本いさ夫
いたゞきを蜘がいためぬ沈丁花　高濱虚子
一片を解き沈丁の香となりぬ　稲畑汀子

辛《こ》夷《ぶし》

高さ五〜一〇メートルで山地には二〇メートルにおよぶものもある。枯木のようだと見ていると葉にさきがけて白色の花を開く。形は木蓮に似て少し小さいが、青空に群がり咲く白い花は眩しいばかりである。

町中の辛夷の見ゆる二階かな　鈴木花蓑
苞の穢をときぐ落す辛夷かな　野村泊月
翳る白輝く白の辛夷見ゆ　千原叡子
風出でて辛夷の花の散る日なり　藤松遊子
立ち並ぶ辛夷の莟行く如し　高濱虚子
目立つもの遠見の辛夷なりしかな　高濱年尾
峠路の果なき如く花辛夷　稲畑汀子

木《もく》蓮《れん》

紫木蓮《しもくれん》は二〜四メートルの低木、白木蓮《はくもくれん》は一〇メートルを超す大木となる。葉に先だって紫色または白色の大きな六弁の花を付けるが、白木蓮は萼《がく》三弁も花弁との区別がつかず九弁に見える。白蓮《びゃくれん》といえば蓮《はす》のことである。白木蓮《はくれん》。木蘭《もくれん》。

木蓮に漆のごとき夜空かな　三宅清三郎
木蓮の咲く枝先の枝先に　綿谷吉男
木蓮を折りかつぎ来る山がへり　高濱虚子
木蓮と判りしほどに蒼みたり　高濱年尾

連《れん》翹《げう》《れんぎょう》

枝は長く伸びて撓み垂れる。葉の出る前に、明るい黄色の四弁の花が群がり咲く。

連翹に一閑張の机かな　正岡子規
連翹の一枝づつの花ざかり　星野立子
連翹も葉がちとなりぬ風の中　佐藤漾人
燦と日が連翹の黄はなんと派手　池内友次郎
垣に結ひても連翹は粗なる花　開田華羽
連翹に見えて居るなり隠れんぼ　高濱虚子
連翹の黄は近づいてみたき色　稲畑汀子

樝子《しどみ》の花《はな》

木瓜《ぼけ》の一種であるがずっと丈が低く、三〇〜五〇センチくらい。道ばた、畦などの日当りのよい草の中にうずもれて咲くので草木瓜《くさぼけ》ともいう。花は赤色の五弁で、群がって咲く姿は素朴で可憐な感じがする。

手をついて振り向き話す花しどみ　星野立子
あやまつてしどみの花を踏むまじく　高濱虚子

木瓜《ぼけ》の花《はな》

木瓜は中国の原産で種類が非常に多い。高さ一、二メートル、枝には棘がある。三月末ごろから花を開く。一重と八重があり華麗である。更紗木瓜《さらさぼけ》、蜀木瓜《しょくぼけ》、広《かん》東《とん》木瓜《ぼけ》、緋木瓜《ひぼけ》、白木瓜《しろぼけ》などそれぞれ趣があり、庭園に植えられている。

口ごたへすまじと思ふ木瓜の花　星野立子
木瓜の枝屈曲し又彎曲し　京極杞陽
枝ぶりといふもの見せて木瓜を活け　粟津松彩子

あちこちと子の行くまゝに木瓜の花　本田あふひ
木瓜の枝を花が交錯させてゐし　後藤比奈夫
膚脱いで髪すく庭や木瓜の花　高濱虚子
木瓜一花ゆゑの人目をひそと惹く　稲畑汀子

紫荊《はなずはう》《はなずおう》　中国の原産で、高さ二〜四メートル、葉に先だって枝の節々に小さい紅みがかった紫色の花が群がるようにつく。その色が蘇枋染の色に似ているので花蘇枋の字をあてるが、染料の蘇枋は別の植物である。

紫荊

枝の先ぽつと葉の出し花蘇枋　竹末春野人
隣との木戸の開くとき紫荊　千原叡子
みくじ結ひ易くて結はれ花蘇枋　美馬風史
藁垣に凭れて女花蘇枋　高濱虚子
紫荊花の重さを見せざりし　稲畑汀子

黄楊《つげ》**の花**《はな》　都会の公園などに植えてあるのは丈の低い姫黄楊という観賞用のもの。野生のものは高さ一〜三メートルがふつうで、五メートルに達するものも珍しくない。花は三月から四月にかけて咲き雌花雄花が同じ株につく。淡黄色の小さい花であまり目立たない。

大虻に蹴られてちりぬ黄楊の花　小野蕪子
閑かさにひとりこぼれぬ黄楊の花　阿波野青畝

枸橘《からたち》**の花**《はな》　北原白秋の詩で知られるとおり、長い棘のある枝をさし交わして密生するので生垣に利用される。四月ごろ、葉に先だって長細い五弁純白の花を開く。甘い香りがする。

枸橘の花

からたちのつぼみひそかにほぐれそむ　手島清風郎

山椒《さんせう》《さんしょう》**の花**《はな》《はな》　四月ごろ黄緑色の粟粒のような小花が群がって咲き出す。秋に実を結ぶが雌雄株を異にする。葉に香りのない犬山椒、烏山椒の花期は少し遅れる。**花山椒**《はなざんせう》。

朝粥の膳に一ト箸花山椒　高岡智照

接骨木《にはとこ》《にわとこ》の花《はな》《はな》

高さ三〜五メートルの落葉低木。枝先に緑がかった白い小さな花を集めて咲く。実は七月ごろ赤く熟してかわいらしい。枝はやわらかく皮にコルク質が発達していて、その黒焼きは骨折治療の薬になるというのでこの字を使うようである。

接骨木の花

接骨木はもう葉になつて気忙しや　富安風生
接骨木の早や整へし花の数　井上波二

杉《すぎ》の花《はな》

杉は一株に雌雄の花をつける。雄花は米粒大で枝先に群がってつき黄褐色、雌花は小さい球形で一個ずつつき緑色で松子《ちちり》に似ている。風が吹くと大量の花粉が飛び散る。

他人の山己が山々杉の花　大野由宇
花杉や斧鉞知らざる峰続く　山地曙子
駐車して杉の花粉に曇る窓　三星山彦
千年の神杉降らす花粉浴び　稲畑汀子

春《しゅん》暁《げう》《しゅんぎょう》 [三]

春の明け方のこと。**春《はる》の曙《あけぼの》**は秋の夕暮とともに、古来これを賞でる心持が強かった。**春《はる》の朝《あさ》**は夜が明けきってからのことで、感じが違う。**春《はる》あかつき**。**春《はる》の暁《あかつき》**。

春暁のひと雨ありしこと知らず　大橋汀花
春暁に覚め考ふる同じこと　星野立子
命あり春曙となりにけり　加藤母宵
調理場に春暁といふ修羅場あり　堀恭子
香港の春暁の船皆動く　高濱虚子
春暁を告げて天台烏薬の香　稲畑汀子

春《しゅん》昼《ちう》《しゅんちゅう》 [三]

春の昼間は明るく、のどかで、眠たくなるような心地がする。春日和といわず「春昼」といい、秋昼といわず「秋日和」という。

春昼やセーヌ河畔の古本屋　景山筍吉
八階へ春昼遅々と昇降機　吉屋信子
春昼の九十九里浜音を消し　湯浅桃邑
琴に身を倒して弾くも春の昼　野見山朱鳥

今すべて静止の時間春の昼　池田君江
春昼や廊下に暗き大鏡　高濱虚子
かくれ部屋あり春昼の顔なほす　稲畑汀子

春《はる》の暮《くれ》 ㊂　春の日暮をいう。「暮の春」「暮春」といえば晩春のことである。**春《はる》の夕《ゆふべ》。春夕《はるゆふべ》。**

入あひのかねもきこえずはるのくれ　芭蕉
石手寺へまはれば春の日暮れたり　正岡子規
用終へし旅愁遽かに春夕べ　篠塚しげる
こゝに又住まばやと思ふ春の暮　高濱虚子

春《はる》《はる》の宵《よひ》《よい》 ㊂　春の日が暮れて間もないころをいう。日が落ちてたちまち夜となる秋とは違い、どこかなまめかしく、そぞろ心をさそわれる。「春宵一刻直千金《しゆんせういつこくあたひせんきん》」とは有名な詩句で、広く知られている。**宵《よひ》の春《はる》。春宵《しゆんせう》。**

肘白き僧のかり寝や宵の春　蕪村
春宵やいま別れ来し人に文　村上杏史
春宵の歩を祇園にも一寸入れ　戸田河畔子
春宵や港は船の灯をつらね　鮫島交魚子
春宵の今は今又明日は明日　星野立子
抱けば吾子眠る早さの春の宵　深見けん二
黄に灯る赤き蠟燭春の宵　中口飛朗子
春宵の埴輪つぶやく如くなり　井上兎徑子
また明日といふ日のあるに春の宵　長谷川回天
眼つむれば若き我あり春の宵　高濱虚子
春宵の折からの雨頬にあたる　高濱年尾
春宵の何から話そ旅のこと　稲畑汀子

春《はる》の夜《よ》 ㊂　春の宵が更けると春の夜である。**夜半《よは》の春《はる》**はいっそう更けた感じである。**春夜《しゆんや》。**

春の夜はたれか初瀬の堂籠　曾良
妻も覚めてすこし話や夜半の春　日野草城
春の夜や岡惚帳をふところに　竹田小時
春の夜の気おくれごとの門たゝく　星野立子
など急ぎ給ふや春の夜ならずや　景山筍吉

先生の星と語りし春の夜　菅原裕子
洗礼の子の泣き止みて春の夜に　丸山よしたか
春の夜や机の上の肱まくら　高濱虚子
迷信は嫌ひ爪切る春の夜　稲畑汀子

春灯《しゅんとう》 ㊂ 春の灯火はどことなく華やいで見える。**春の灯**《はるのひ》。**春燈**《しゅんとう》。

春の灯に暗き影ある女かな　田中王城
母ませば語らずもよし春灯下　五十嵐八重子
春燈のまどゐに居れど一人ぼち　下田實花
美容室春灯一つづつ消して　河野扶美
春灯下絵本ちらばりそこら赤　今井千鶴子
春燈のゆれて余震にちがひなし　嶋田一歩
春灯を消して思ひの深かりし　吉田小幸
嫁ぐ娘に嫁がす母に春灯　能美優子
春灯の洩れるステンドグラスかな　丸山よしたか
春灯の下に我あり汝あり　高濱虚子
春灯下金平糖の赤白黄　高濱年尾
遅れ著く人に春灯明うせよ　稲畑汀子

春の星《はるのほし》 ㊂ 春の夜空にまたたく星である。鋭くきらめく冬の星と違い、どことなくうるんで見える。

三田といへば慶應義塾春の星　深川正一郎
またゝけばまたゝき返す春の星　中村芳子
わが児みな大器と信じ春の星　村中千穂子
生きてゐるわれらに遠く春の星　稲畑汀子

春の月《はるのつき》 ㊂ 春になると月もおぼろにうるむが、朧月と限定はしない。花の空にかかった月はことのほか風情がある。**春月**《しゅんげつ》。

野生馬を見ての泊りの春の月　小坂螢泉
貴船路や出てゐるらしき春の月　松尾いはほ
のり替へし参宮線や春の月　中村吉右衛門
外にも出よ触るゝばかりに春の月　中村汀女
移住地へ著きしその夜の春の月　相場しげを

春の月出づるけはひの波くらし　吉田憲司
春月の暗き庭より匂ふもの　山口素杏
別れたくなき故無口春の月　遠藤忠昭
春の月隠れてをりし摩天楼　嶋田言一
我宿は巴里外れの春の月　高濱虚子
よべ春の月を宿してゐし湖に　稲畑汀子

朧月《おぼろづき》 〔三〕　おぼろな春の月をいう。ぼんやりとかすんだ月はまことに春らしい。**月朧《つきおぼろ》**。

猫逃て梅動《ゆすり》けりおぼろ月　言水
くちづけの動かぬ男女おぼろ月　池内友次郎
出し月の朧といふも宵のうち　市村不先
復円の月は朧にかへりけり　阿部慧月
中辺路に果つ旅月の朧なる　富永清秋
悲しみに急ぐ梢の月朧　藤崎美枝子
くもりたる古鏡の如し朧月　高濱虚子
温泉の町や海に上りし朧月　高濱年尾
かたむきてなほ朧月なりしかな　稲畑汀子

朧《おぼろ》 〔三〕　春の夜の、ものみな朦朧《もうろう》とした感じである。**朧夜《おぼろよ》**は**朧月夜《おぼろづきよ》**のことを略していう。**草朧《くさおぼろ》**、**鐘朧《かねおぼろ》**、**朧影《おぼろかげ》**などは、物の形や音の茫とした感じに用いるのである。

草の戸の閉め忘れある朧かな　坊城春軒
夢の如きおぼろの富士に見えけり　星野立子
聖堂は夜のミサ終り庭朧　奥田智久
水郷の橋みな低く朧かな　浅野右橘
見下ろして人も朧でありにけり　高濱きみ子
浪音の今宵は遠し草朧　本井英
刻過ぎて行けば悲しみさへ朧　川口咲子
怒濤岩を噛む我を神かと朧の夜　高濱虚子
朧夜の水より覚めて来たる町　稲畑汀子

春の闇《はるのやみ》 〔三〕　春の夜の暗さをいう。春ならではの情感がこめられた闇で、屋外にも屋内にも使われる。

皆がうつる玻璃戸の外の春の闇　村田橙重

春の闇幼きおそれふと復《かへ》る　中村草田男

春の闇ヘッドライトに道生れ　嶋田摩耶子

灯をともす指の間の春の闇　高濱虚子

亀《かめ》鳴《な》く

「夫木《ふぼく》集」にある藤原為家の「川越のをちの田中の夕闇に何ぞときけば亀の鳴くなる」という歌が典拠とされている。馬鹿げたことのようではあるが、春の季題としては古く、「亀鳴く」ということを空想するとき、一種浪漫的な興趣を覚えさせられる。

亀鳴くと夕べ象牙の塔を鎖す　佐伯哲草

亀鳴くや古りて朽ちゆく亀城館　成瀬正俊

空耳に亀鳴くときく夜もありて　坊城としあつ

亀鳴くや皆愚なる村のもの　高濱虚子

一日の眠き時間よ亀の鳴く　稲畑汀子

蝌蚪《くわと》《かと》

お玉杓子《たまじやくし》のことである。蛙は晩春、沼や池に卵を産み十日くらいで孵化すると、黒くひょろひょろと泳ぎ出す。成育するにつれて手足が生え、尾がとれて蛙となる。蛙《かへる》の子《こ》。

川底に蝌蚪の大国ありにけり　村上鬼城

蝌蚪の陣立ち騒ぎをり鍬洗ふ　塩沢はじめ

かばかりの島に田のあり蝌蚪生るゝ　土山山不鳴

末の子のおたまじやくしを科学する　上野泰

一本の杭のまはりの蝌蚪の水　河合青螺

蝌蚪生れて水の浅きに集れり　石郷岡芒々

水ゆれて蝌蚪の生誕はじまりし　藤崎久を

蝌蚪静か水の流れは見えながら　今井つる女

蝌蚪生れて驚き易き水となる　木村淳一郎

天日のうつりて暗し蝌蚪の水　高濱虚子

この池の生々流転蝌蚪の紐　同

蝌蚪の紐畔に引き上げられてあり　高濱年尾

柳《やなぎ》

多く水のほとりに細い枝を垂れ、あたりを春らしく淡い緑にけぶらせる。姿は優しいが生長力が強いので街路樹にもされる。葉に先だって雌株に黄緑の小さな花をつける。枝垂れていない種類もあるが、日本で一般に「やなぎ」といえば枝垂柳をさすことが多い。**糸柳**《いとやなぎ》。**青柳**《あをやぎ》。**遠柳**《とほやなぎ》。**門柳**《かどやなぎ》。**川柳**《かはやなぎ》。

五六本よりてしだるゝ柳かな　去来
遡江すや楊柳にそひ桃にそひ　上ノ畑楠窓
動かざる景がうしろに青柳　藤　丹青
舟岸につけば柳に星一つ　高濱虚子
糸柳まだ遠景を透しをり　高濱年尾
風ぐせのとれぬ柳となりにけり　稲畑汀子

花《はな》

俳句で花といえば桜の花のことをいう。**花の雲**《はなのくも》、**花吹雪**《はなふぶき》、**落花**《らくくわ》、**花屑**《はなくづ》、**花埃**《はなぼこり》、**花の塵**《はなのちり》、**花の雨**《はなのあめ》、**花冷**《はなびえ》、**花の山**《はなのやま》、**花便**《はなだより》、**花守**《はなもり》など花に関する季題は多い。

花の雲鐘は上野か浅草歟　芭蕉
はなちるや伽藍の枢おとし行　凡兆
嵯峨へ帰る人はいづこの花に暮し　蕪村
一片のなほ空わたす落花かな　島村はじめ
京に住み一夜を嵯峨の花に寝し　松尾いはほ
中空にとまらんとする落花かな　中村汀女
この奥に花の宮ありたづねばや　高木餅花
花冷の母の手をとり磴下る　丸山茨月
一片の落花の影も濃き日かな　山口青邨
上堂や落花の縁に口すゝぎ　荒木東皐
清閑や花の過ぎたる門を掃き　遠藤梧逸
走り来るどれがどの子か花吹雪　富岡よし子
窓に見る静かな雨に花の揺れ　ミュラー初子
こゝに又花の磴あり紀三井寺　横田弥一
読み返す解体新書花の雨　岩崎野守
一行の減りつゝ花の旅つゞく　佐藤慈童
ふるさとの花に帰らん心あて　福井圭児
勅使門開きて花の大覚寺　佐々木紅春
秋好きといひしは昔花下に老い　星野立子
借りて履く楽屋草履や花の塵　稀音家塔九
花屑をべた／＼つけし河馬の貌　山田皓人

今日も来て昨日とおなじ花の下　毛利提河
門扉とぢ落花散敷くまゝ住めり　伊藤萩絵
花の山一巡りして檀用へ　磯辺芥朗
開きたる傘の軽さよ花の雨　喜多村萬城
島巡りして来し花の港かな　酒井小蔦
花吹雪浴びてしづかに興奮し　神田敏子
宇陀越えの花の峠をバス徐行　西浦立子
前山の落花湧き立つ昼餉かな　中野春暁子
花の山いづれの道を選ぶべき　木立みき女
檀徒衆率ゐて花の本願寺　渡辺笠峰
うつろへる日にうすゞみの花絵巻　大橋敦子
青ぞらに落花の風の流れをり　下村福
花の色流して雨もさくら色　今井千鶴子
杖を曳く花は上野と昔から　蒲生院鳥
家の事みんな忘れて花浄土　南出白妙女
無住寺の畳の上の落花かな　田島大尭
夕方の風の出て来し落花かな　真下ますじ
鹿のをる鹿のをらざる花吹雪　京極杞陽
何も彼も厨も花の客まかせ　田畑美穂女
花のことより花冷のことを云ふ　剣持不知火
吉野よりもどり祇園へ花の客　松の井初子
花の精ある淡墨とうたがはず　桑田青虎
うか〳〵と来て花冷の山なりし　副島いみ子
こゝろよく出して貰ひて花日和　廣瀬美津穂
花明り及べる部屋に調書とる　田﨑令人
何もなき空が運んでくる落花　辻野勝子
馬車のりばタクシーのりば花の駅　田中松陽子
水急ぐ故花の土手映さゞる　井上哲王
花月夜幹退いてをりにけり　山田弘子
花を待ち切れぬ人々我も亦　小川龍雄
散る花のなほ薄墨になりきれず　坊城俊樹
濡縁にいづくとも無き落花かな　高濱虚子

一片の落花見送る静かな　高濱虚子
思ひ川渡ればまたも花の雨　同
咲き満ちてこぼるゝ花もなかりけり　同
花の寺末寺一念三千寺　同
吹きたまりたりし落花をひとすくひ　高濱年尾
庭芝の半ばへも花散り及ぶ　同
行き逢ふは杣よ吉野の花も奥　同
潦落花うかべて動きをり　同
目に慣れし花の明るさつゞき居り　稲畑汀子
ふり返り見て花の道花の中　同
一山の花の散り込む谷と聞く　同

桜《さくら》　桜は、花の盛りとともに、その散りぎわも愛され、わが国の国花となっている。**山桜**《やまざくら》、染井吉野、その他、自生、栽培種あわせるとその品種は極めて多い。花びらはふつう五弁であるが、**八重桜**《やへざくら》といわれる八重咲きのものもある。古くより詩歌に多く詠まれ、**朝桜**《あさざくら》、**夕桜**《ゆふざくら》、**夜桜**《よざくら》とそれぞれに愛でられた。また山深く花時におくれて咲く**遅桜**《おそざくら》の風情も讃えられる。

奈良七重七堂伽藍八重桜　芭蕉
山ざとの人美しや遅ざくら　維駒
をちこちの桜に舫ふ筏かな　白雄
花もはや鬱金桜に風雨かな　原石鼎
夜桜にほつ〳〵雨もよからずや　水守萍浪
むらさきの夜空の下の桜かな　楠目橙黄子
夜桜のかなたに暗き伽藍かな　伊藤柏翠
朝夕のこゝろ平に庭ざくら　菊山享女
謡本静にとぢぬ朝桜　田畑比古
いそがしきあとのさびしさ夕桜　吉屋信子
土佐日記こゝに始まる山ざくら　大久保橙青
日本の桜見たくて帰りしと　西本昴
一ト本の散りつゝありし遅桜　池内たけし
山桜見て居ればつく渡舟かな　波多野晋平
風塵の午後となりたる桜かな　新村寒花

楽屋入までの散歩や朝桜　片岡我當
薄墨の桜まぼろしならず散る　田畑美穂女
夜桜に後ろの闇のありてこそ　今井つる女
夜桜に僻地教師の小酒盛　田中静龍
夜桜となる灯ともりぬ一斉に　佐々木遡舟
夕桜江の島の灯の見え初めぬ　星野椿
上人を恋ひて詮なき桜かな　高濱虚子
土佐日記懐にあり散る桜　同
遅桜一本にして大樹なり　高濱年尾
散る時の牡丹桜のはげしさよ　同
咲くを見し散るを見たしと桜かな　稲畑汀子

花《はな》見《み》

桜の花を見ること。花下に花筵《はなむしろ》を広げて花を愛で酒肴に浮かれる。**観桜**《くわんあう》。**花巡り**《はなめぐ》。**花**《はな》**の宴**《えん》。**花**《はな》**の茶**《ちゃ》**屋**《や》。**花**《はな》**の宿**《やど》。**花**《はな》**の幕**《まく》。**花人**《はなびと》。**花衣**《はなごろも》。**花疲**《はなづかれ》。**桜狩**《さくらがり》は山野に桜を尋ねて清遊することで、古風な感じをともなう。**桜人**《さくらびと》。

何事ぞ花見る人の長刀　去来
ことしまた花見の顔を合せけり　召波
花人を鎮めの風雨到りけり　西山泊雲
花衣脱いでいそ〳〵夕支度　清原枴童
花衣かけつらねたる織子部屋　瀧澤鶯衣
花人にまじりて勤め戻りかな　古賀青霜子
橋くゞる棹横たへて花見舟　白石天留翁
うち向ふ楽屋鏡に花疲　中村七三郎
解く帯の足にまつはり花疲　三原蒼穹子
走り出て花見筵を貸す女　荒木花王
尼宮に花見弁当届きたる　山口民子
子供らに袂つかまれ花疲　馬場五倍子
人かげのうつりふくるゝ花の幕　小原菁々子
花むしろよりはみ出でて酌みかはし　佐々木令山
つれだちていづれ劣らじ花衣　吉田小幸
見下ろされをりて妻との花むしろ　宇川七峰
花人にのぞき見られて花に住む　藤木和子

花疲花にもあると思ふとき　谷口まち子
花疲隣同志にゐて無言　星野椿
猫が来てちよつと座りぬ花筵　川口咲子
山人の垣根づたひや桜狩　高濱虚子
山荘に客たり四方の花にあり　同
病院を数歩出でたるさくら狩　高濱年尾
旅疲れさらりと捨てん花衣　稲畑汀子

花篝《はなかがり》

夜桜に風趣を添えるために焚く篝火である。京都祇園の花篝はことに名高い。花雪洞《はなぼんぼり》。

なほ歩く花のぼんぼり暗けれど　日置草崖
鳥羽玉の闇は美し花篝　藤木紫風
三昧抱いて流しのよれる花篝　亀井糸游
花篝火の色今や得つゝあり　鈴鹿野風呂
花篝今日かぎりなる円山へ　穂北燦々
峰の寺花の篝を焚き初めし　早川豊
これを見に来しぞ祇園の花篝　大橋櫻坡子
花篝星に火の粉のとどくまで　石原今日歩
花篝衰へつゝも人出かな　高濱虚子

花曇《はなぐもり》

桜の花の咲くころはとかく天候がすぐれず、どんよりと曇りがちなのをいう。

花曇舟唐崎へ水尾曳いて　田中王城
お天守の中の暗さや花曇　森田愛子
日曜も休めぬ勤め花曇　宮本唯人
花曇とはこんな日か坑を出づ　三好雷風
花曇黒潮曇いづれとも　伊藤柏翠
惜まれて退く仕合はせよ花曇　石本めぐみ
講義する吾も眠たし花曇　岡安仁義
石の影午後は置かざる花曇　稲畑汀子

春陰《しゅんいん》 ［三］

春の曇りがちな天候をいう。花時に限らず広く使われ、その語感からやや重く暗い曇り空が思われる。

春陰や鏡かけある農具小屋　棚橋影草
春陰や象《きさ》の小川に沿ふときは　河野美奇

消え残る富士春陰の中にあり　須藤常央
春陰を置き初めしより消灯す　稲畑汀子

桜漬《さくらづけ》　八重桜の半開きを塩漬にしたもの。これに熱湯を注ぐと馥郁とした香気が立って花が開く。**桜湯《さくらゆ》**といって祝いの席などに用いられる。**花漬《はなづけ》**。

塩じみてはなはだ赤し桜漬　岡田耿陽

花見虱《はなみじらみ》　かつては、お花見のころ虱が盛んに出たので花見虱といったが、いまではほとんど見られない。

ほのかにも色ある花見蝨かな　森川暁水

桜鯎《さくらうぐひ》《さくらうぐい》　鯎は石斑魚とも書き、河川、湖沼に棲んでいる。背は黒く腹は白く体長三〇センチくらい。秋冬のころ、川を下り春ふたたび流れをさかのぼって蘆荻の間などに産卵するが、このころ雄の腹が美しい鮮紅色になる。折から桜どきでもあることから桜鯎と呼ぶ。

桜色失せずに焼けしうぐひかな　竹本袴山
禁漁の桜うぐひに灯をつゝみ　辻　静穂
簗番の桜うぐひを獲て昼餉　山田建水
簗壺に桜うぐひのさくら色　松本透水

桜鯛《さくらだひ》《さくらだい》　真鯛は陽春、産卵のため外海から内海に群をなして来る。このころは漁獲もふえ、鱗は鮮やかな紅みを帯び、食べても美味。ちょうど桜の咲くころにあたるので、俗に桜鯛とか**花見鯛《はなみだひ》**とかいう。瀬戸内海がとくに名高い。

しきたへの光琳笹や桜鯛　相生垣秋津
小鳴門に泊り重ねて桜鯛　奥山梅村
舷をおさへて買へる桜鯛　浜　秋邨
朝網の桜鯛とて明石より　日下小波
法外に糴値飛ばせし桜鯛　辻　萍花
桜鯛掬ひて客の買ふ気読む　岡田　拓
料られて桜鯛まだ生きてをり　高木桂史
砂の上曳ずり行くや桜鯛　高濱虚子

花烏賊《はないか》　花見時になると産卵のため群れて沿岸に近づく真《ま》烏賊のことをいう。真烏賊は背中に厚い舟形の甲羅があり、やや幅の広い烏賊で、墨をたくさんもっている。関東から四国、九州に多い。俳句でいう花烏賊は桜のころに因んだ呼び名で学名の花烏賊とは違う。桜烏賊《さくらいか》。

糶高値呼んで花烏賊みづ〳〵し　水見悠々子
花烏賊の背色かはりし生きてゐし　大塚文春
己が吐く墨に花烏賊鎧ひけり　深津志賀
爼にすべりとゞまる桜烏賊　高濱虚子

蛍烏賊《ほたるいか》　五～七センチの小形の烏賊で、体の各部に発光器がある。深海性であるが晩春から初夏にかけての産卵期には、夜の海上一面に浮上して、豆電球をちりばめたように明滅する。富山湾でよくとれる。**まついか**。

そのかみの荒磯の海や蛍烏賊　深井きよし
灯を慕ひきては汲まるゝ蛍烏賊　堺井浮堂

春の海《はるのうみ》　㊂　白波立った暗い冬の海も、春になれば藍色に凪ぎわたり、波は静かに、行き交う船にも長閑さが感じられる海となる。

春の海終日《ひねもす》のたり〳〵かな　蕪村
日本発つ水尾出来そめし春の海　闞本圭草
機の下は春の海とも奈落とも　保田白帆子
長江の濁りまだあり春の海　高濱虚子
家持の妻恋舟か春の海　同

春潮《しゅんちょう》《しゅんてう》　㊂　春になると潮の色がしだいに淡い藍色に変り明るい感じになってくる。**春の潮**《はるのしほ》はまた干満の差が著しく、満潮時には石垣や岸の思わぬ高さまで上がり、干潮時には遠く沖まで退いて広々とした干潟が残る。瀬戸内海あたりではことにこの春潮の特徴が著しい。

春潮を引きよせ山は峙てり　池内友次郎
春潮の今一帆を得て碧し　中村星堂
春潮の浮べし島の弁財天　吉屋信子
襟合はす如春潮の相寄りて　柴原保佳
春潮へ富士置かぬ日の続きをり　星野椿
橋桁に膨み上る春の潮　川口利夫

春潮といへば必ず門司を思ふ　高濱虚子
春潮にたとひ艪櫂は重くとも　同
春潮に乗りてすぐ著く平戸かな　稲畑汀子

観《くわん》《かん》潮《てう》《ちょう》

瀬戸内海の鳴門海峡では、平常でも潮の干満によって渦を巻くが、四月ごろの大潮のときには海峡一帯に大渦潮ができて壮観を呈し、遠近から見物に来る人が多い。観潮船も出る。

観潮や女船長大胆に　久保曲甫
観潮船逆立つ潮につまづきぬ　伊藤麟平
観潮の渦出来かゝる潮の音　東根市昌
行き悩みゐるにはあらず観潮船　水野草青
観潮の透きとほる大渦柱　中村若沙
観潮や渦の奈落の底見ゆる　高崎小雨城

磯《いそ》遊《あそび》

春の大潮の時分に、遠く潮の退いた岩などの多い磯辺へ出て遊ぶことをいう。思い思いの場所に陣どり弁当を広げたりするのも楽しい。地方によっては陰暦三月三日の行事として、鍋釜などを携えて行き大がかりに興ずる風習もある。**磯菜摘**《いそなつみ》は礁《いくり》に生えるくさぐさの磯菜を摘むことである。

防人《さきもり》の妻恋ふ歌や磯菜つむ　杉田久女
宮様の御磯遊びいそぎんちゃく　赤星水竹居
紀は美し国とぞおもふ磯遊　安宅信一
自転車を一家乗り捨て磯遊　上野泰
磯菜摘がてら島まで往診に　夏秋仰星子
引く波はまた寄せる波磯遊　佐藤静良
磯遊び二つの島のつゞきをり　高濱虚子
こゝらまで千鳥とび来る磯遊　高濱年尾

汐《しほ》《しお》干《ひ》《ひ》

陰暦三月三日ごろの大潮は、一年中で干満の差が最も大きく、はるかに潮の退いた**干潟**《ひがた》に下り立つと、沖には霞が棚曳き、陸の山々は花が盛りである。汐干はまた**汐干**《しほひ》**狩**《がり》の意にも用いられ、浅蜊、蛤などを掘り一日を楽しむ春の行事として古くから人々に親しまれて来ている。**汐干潟**《しほひがた》。

青柳の泥にしだるゝ潮干かな　芭蕉

帯程に川のながるゝ汐干かな　沾徳
汐干より今帰りたる隣かな　正岡子規
わが舟のはるかに遠し汐干狩　田中泊舟
母たのし汐干にあそぶ子を眺め　星野立子
大鳥居までは行かるゝ干潟かな　奈良鹿郎
かへりみて陸は遠しや汐干狩　福島閑子
あらはれし干潟に人のはや遊ぶ　清崎敏郎
知らぬ間に干潟の先に干潟あり　後藤立夫
話しゐし間もひろごりし汐干潟　有働木母寺
飛び走る小犬も家族汐干狩　鈴木御風
昔こゝ六浦《むつら》とよばれ汐干狩　高濱虚子
見え渡る干潟天草城址あり　高濱年尾
汐干狩しつゝ歩いて行ける島　稲畑汀子

蛤《はまぐり》 三　浅い海の砂の中に棲む。殻の表面は滑らかで、形も美しい。風味よく、**焼蛤**《やきはまぐり》、**はまなべ**などにする。雛祭の料理には欠かせない。

蛤を掻く手にどゞと雄波かな　高濱虚子

浅《あさ》**蜊**《り》 三　湾内や内海に多い二枚貝で、大きさは二、三センチくらい。形はやや三角形、殻の表面はざらざらしており、淡蒼色に白色および淡黒色の斑点がある。汐干狩などで多くとれる貝である。

引く潮にしたがひ浅蜊掘り進む　小野華泉
潮先に掘りし浅蜊を洗ひては　藤木呂九艸
蛤に劣る浅蜊や笊の中　高濱虚子

馬《ま》**刀**《て》 三　浅い海の砂に深くもぐって棲む筒状の二枚貝。指くらいの大きさで直立して潜んでいるのを針金で作った**馬刀**《まて》**突**《つき》で突いて捕る。煮たり焼いたりして食用にする。**馬刀**《まて》**掘**《ほり》。

馬刀

馬刀貝を掘るに干底といへる刻　桑田青虎
馬刀穴を隠しおほせず砂動く　松原直庵
迂闊にも顔に浴びけり馬刀の潮　公文東梨
馬刀貝のさそひの塩にをどり出づ　筒井白梅

青空の下馬刀の穴覗きけり　後藤立夫
馬刀突の子の上手なりたかり見る　高濱虚子

桜貝《さくらがひ》《さくらがい》 三　浅い海に産する二枚貝。波のひいた砂浜に打ち上げられた貝殻の中に、桜の花びらに似て薄桃色に透きとおった貝殻が混じっている。それが桜貝である。殻はうすく平たく光沢があり、大きさは二、三センチくらい。乾くと白みを帯びてもろく欠けやすい。貝細工に用いられる。

二三枚重ねてうすし桜貝　松本たかし
うすき〳〵ふところ紙に桜貝　高田つや女
さくら貝怒濤に耐へてきしとおもふ　国弘賢治
波足のゆるきときあり桜貝　鈴木美根子
掌に乗せてまぎるゝ色の桜貝　堀川錦星
波去れば波に想ひや桜貝　田中松陽子
桜貝波にものいひ拾ひ居る　高濱虚子
桜貝拾ひしことも昔かな　高濱年尾
さくら貝よりこぼれたる砂少し　稲畑汀子

栄螺《さざえ》 三　暗青色、拳状の巻貝ででこぼこしている。波の荒い外海のものは殻の外側にとげのような突起があるが、内海のものにはないものもある。海底の岩場に棲み、舟から箱眼鏡で覗いて銛で突いたり、海女が潜ったりして捕る。

栄螺提げ来て磯径にすれ違ふ　坊城としあつ
栄螺焼く匂ひに着きし島渡船　小林一行
海中に見れば大きな栄螺かな　小川龍雄
不安定なりし安定栄螺置く　石井とし夫

壺焼《つぼやき》 三　栄螺《さざえ》を貝のまま焼いたものを壺焼という。江ノ島、二見浦をはじめ志摩などの観光海岸では、生の栄螺に、醬油などを少量加え、直火にかけて焼く。潮の香とともに独特の匂いが漂って、いかにも海浜らしく、娘たちが屋台で頬張っているのも楽しい風景である。**焼栄螺**《やきさざえ》。

壺焼やしばし間のある島渡舟　梅田青逸
壺焼に岬の潮騒いつもあり　小原潤児
壺焼屋にも寄るそんな旅なりし　川田長邦

壺焼を運び来、島の名を教ゆ　高濱虚子

鮑《あはび》《あわび》㊂　潮の流れのある沿岸の岩に吸いついている。海女が潜って捕る場合が多い。巻貝だが殻は平たく、一五センチくらいで耳形、褐色。表面はでこぼこで端の方に孔の列がある。肉はたいそう美味。殻の内側は真珠光沢があり、細工物の材料となる。殻を疫病除に門口に吊したりもする。**鮑取**《あはびとり》。

海底も上天気よと鮑海女　山中一土子
顔伏せて濤やり過ごし鮑とり　山田千城
泡一つより生れきし鮑海女　小原菁々子
鮑桶ほして門ごとの昼ふかく　松田洋星
海霧の中漕ぎ出で鮑漁す　水見悠々子
海女の子が海女となる日の鮑桶　高田道女
浮かぶ身を岩に支へて鮑採る　松谷麓鶯
地震のあと潮が濁ると鮑海女　中山秋月

常節《とこぶし》㊂　色も形も鮑《あわび》に似ているが、ずっと小さくて平たい。食用としてやわらかく味がいい。

波の来てとこぶし採の面上ぐ　加賀谷凡秋

細螺《きさご》㊂　蝸牛《かたつむり》に似た円錐状の巻貝で、一、二センチくらいの大きさである。小形のものにはいろいろな美しい彩りが見られるが、大きくなると灰色となる。現在、女の子のおはじきにはガラス玉が用いられているが、昔はこの貝を使い**きしやご**と呼んで遊び道具にしていたものである。波の退いた砂浜では、渚のあちこちにたくさん散らばっている。

細螺

子のものにして美しや細螺貝　田村泊子
海の香のかすかに残り細螺貝　河野美奇
細螺にもある器量よし拾はれて　千原叡子
あれほどの細螺渚に今朝はなく　吉見南畝
細螺とは知らず拾ひて来しものも　稲畑汀子

寄居虫《やどかり》㊂　頭は蝦《えび》に似て蟹《かに》のような大きな螯《はさみ》をもち、巻貝の殻を借りて棲む。体が成長するにしたがってだんだん大きな殻に棲み替え、殻を背負って急ぐ姿は滑稽である。海辺の汐溜りや石の下に、潮の差し退くままに棲んでいる。**がうな**はその古名。

寄居虫の笊を出でんとしては落ち　岡安迷子
やどかりのさゞめかしをり忘れ汐　今川白峰
岩の間を這ひつくばひてがうな捕　天津春子
やどかりの足が用心深くして　山下しげ人
やどかりや覚束なくもかくれ顔　高濱虚子

汐《しほ/しお》まねき 三

蟹の一種で、一方の螯《はさみ》が著しく大きい。長方形の甲羅は幅が三センチ足らず。干潟の泥、あるいは潮のさし入る河口近くに穴を掘って棲んでいる。潮が退くと砂の上に出て、大きな螯を上下に動かしつつ走る。ちょうど汐をまねいているように見えるのでこの名がある。

まねきたる汐に沈みぬ汐まねき　長沢あした
源平のいくさの浜の汐まねき　三木杜雨
甲羅みな白く乾きて汐まねき　大和磯翁
反対の方にも向いて汐まねき　服部圭佑
人去れば又現れて汐まねき　林　大馬
招かれてゐる楽しさよ汐まねき　西村　数

いそぎんちやく 三

浅い海の干潮線の岩や砂などに付着している腔腸動物の一種である。体は円筒形でやわらかく、口のまわりに鮮紅色、紅紫色、黄褐色など種類によりさまざまな色をした触手を持ち、花のように波にゆれているさまは、美しくもあり、ちょっと不気味でもある。

忘れ汐いそぎんちやくの花咲かせ　小坂螢泉
海あをくいそぎんちやくを深うせり　藤井圭二
口締めし磯ぎんちやくのいま緑　田中憲二郎
波引いていそぎんちやくの渚あり　稲畑汀子

海胆《うに》 三

海底の岩間や砂地に棲み、殻の外側は栗の毬《いが》に似た黒い棘でおおわれた毬状の動物である。蝸牛《かたつむり》よりはるかに早く歩き、若布《わかめ》や昆布の新芽を食べる。棘でおおわれていても外敵にはもろくて、石鯛や伊勢海老の餌食になる。食用になるのは卵巣で、生や塩漬にして珍重される。越前、壱岐、対馬や奥羽が有名だが、近年は北海道ものが多く出回っている。雲丹《うに》。

海胆突にをり〳〵礁かくす潮　浅田桃生
潮早し突きそこねたる雲丹流れ　高原北斗子
海胆焼けて棘ほろ〳〵とこぼれけり　水見悠々子
磯桶の海胆の紫動くなり　中川けい
今がその海胆の旬てふ島暮し　川崎克
千の脚みなうごかして海胆あゆむ　板谷島風
地の果といふ旅宿の海胆の旬　稲畑汀子

搗布《かぢめ》《かじめ》 [三]　海水もようやく温かくなるころ、礁《いくり》に生える海藻。褐色で一〇～四〇センチくらい、乾くと黒く変色する。食用とし、またヨードを造る原料ともなる。漁村の女たちが晴れた日の岩場で波しぶきを除けながらとっているのを見かける。**搗布刈**《かぢめかり》。**搗布焚**《かぢめた》**く**。

かぢめ舁く女房だちは縄の帯　丸島弓人
搗布焚く海女が竈は石固め　信太和風
波の上の桶にあふれて搗布かな　請井花谷

角叉《つのまた》 [三]　波の荒い海岸の岩につく海藻で一〇～一五センチくらいに育ち、食用にもなるが、主な用途は漆喰《しっくい》、壁土用の糊としてつなぎに使われる。色は紫褐色や緑色もある。漁村の庭や砂丘などに美しい色をして干されている。

もぐりたる角叉採は又もぐる　太田正三郎

鹿尾菜《ひじき》 [三]　波の荒い海中の岩礁に付く海藻。大きくなると人の丈ぐらいにもなり、初めは黄褐色であるが、しだいに黒みを帯びる。海底や引き潮の岩の表面を、覆いつくすさまは見事である。四月ごろ刈り採って干し、食用にする。

鹿尾菜籠抱へよろめき礁渡る　小山耕一路
干し上げし鹿尾菜の指にさゝるなり　岩崎恵美子
鹿尾菜刈たゆたふ波に追ひすがり　楠部九二緒
潮みちてくるまで磯に鹿尾菜干す　久米白灯
牟婁の娘は波を恐れず鹿尾菜刈る　田中香樹緒

海雲《もづく》《もずく》 ㊂ 内海や入江などで、「ほんだわら」などについて生ずる暗褐色の海藻である。細い線状で、ぬるぬるとしてやわらかい。干潮時に長い棹や竹の先に鎌をつけて搔き取る。食べるときは三杯酢などがいちばんいい。**水雲**《もづく》。**海蘊**《もづく》。

波の色変りてなびく海雲かな　山科晨雨
潮泡を離すまじとす海雲かな　阿波野青畝

海髪《うご》 ㊂ 文字どおり乱髪に似た三、四〇センチくらいの海藻。春の海辺の岩場で採れる。刺身のつまや酢味噌にする。漂白して糊の原料にもなる。**おご**。

海髪干して島の生活のほそ〴〵と　泊　喜雨
退き汐や採りためし海髪岩窪に　岩原玖々

松露《しょうろ》 海岸の松林の砂中に生える。暗褐色で零余子《ぬかご》に似て、かさと柄の区別もなく丸い、直径二、三センチくらいの菌《きのこ》である。肉は純白で、多く汁の実とされる。**松露搔**《しょうろかき》。

松露

搔き出せし松露の砂のすぐ乾く　河野碧灯
下露の凝りしふくらみ松露搔く　黒米松青子
大波のどんと打つなり松露搔　藤後左右
松露搔見かけし三保の松原に　池内たけし
海に出てしまひたる道松露掘る　佐々木ちてき

一人静《ひとりしづか》《ひとりしずか》 山林の日陰地に生ずる。茎は紫で真直ぐに伸び一五〜二〇センチくらい。頂に四枚の暗緑色の葉が対生し、まん中から一本の軸が出て、三センチほどの白い穂状の花をつける。二人静は少し遅れて咲く。

一人静

一人静二人静も草の名や　一茎草
見つけたり一人静と云へる花　森脇襄治
一人静吉野静の名のありし　浜田秋夫

金鳳華《きんぽうげ》 茎の高さは五、六〇センチ、花は五弁黄色で、春の日を弾き返す明るい親しみのある花である。**うまの**

あしがたというのは五裂の葉が馬の蹄の跡を思わすところから名付けられたものである。

黄を金といふ一例や金鳳華　京極杞陽

夕方の明るき花に金鳳華　星野立子

園児等に野外の時間金鳳華　黒田充女

黄は光る色一面の金鳳華　稲畑汀子

桜《さくら》《さくら》草《さう》《そう》

河畔や原野に自生し、庭園にも植えられる。また鉢物として江戸時代以来改良が進んできた。葉は楕円形で、縁にぎざぎざがあり、四月ごろ、高さ約二〇センチくらいの花茎の頂に、桜に似た形の淡紅色の小さな花をつける。荒川のほとりの群落は有名である。園芸品種が多く、近年ではプリムラ類がさかんに栽培されている。

硝子戸の晴るゝ日曇る日さくら草　松本たかし

外の雪にはえて窓辺の桜草　コンラッド・メイリ

仕合せは小さくともよし桜草　久保しん一

桜草の小鉢に二階住ひかな　野村照子

桜草弁重りて濃きところ　深川正一郎

バスに乗りそこねて買ひし桜草　広瀬志津女

桜草の鉢またがねばならぬかな　高濱虚子

芝《しば》桜《ざくら》

地を這って伸びはびこるとげのような葉の草で、春になると毛氈《もうせん》を敷いたように可憐な五弁の花をつける。色はピンク、白、紫などで花壇や石垣に咲いているのをよく見かける。

この時季の芝桜好きこの街も　鈴木御風

芝桜なりの花影ありしこと　岡本麻子

旅の荷を置きて地図見る芝桜　稲畑汀子

チューリップ

春の花壇を代表するこの花が渡来したのは江戸時代で、もとはトルコ近くの地中海沿岸に自生していた。品種も多く、色も紅、紫、黄、白、絞り、斑入り、とりどりである。**鬱金香《うつこんかう》**。

窓の下チューリップ聯隊屯せり　中村秀好

チユーリップの花には侏儒が棲むと思ふ　松本たかし

乾杯のごと触れあへりチューリップ　清水忠彦
赤は黄に黄は赤にゆれチューリップ　嶋田一歩
園丁は髯ピンとたてチューリップ　嶋田摩耶子
チューリップ赤の一日終りけり　辻井のぶ
欠席の詫チューリップ十二本　後藤比奈夫
ベルギーは山なき国やチューリップ　高濱虚子
一片の先づ散りそめしチューリップ　高濱年尾
華やぎを卓に移してチューリップ　稲畑汀子

ヒヤシンス

江戸時代末期にヨーロッパから渡来したといわれる。春、水仙に似た細長い葉の中心から太い花茎を出し、下から順に多数の花を咲かせる。小さな花の一つ一つの形は百合に似ている。色は紫が多く、白、黄、紅、桃色などもある。花壇や鉢に植えるが、水栽培もできる。**風信子**《ふうしんし》。

へろ〳〵と咲きつかれたりヒヤシンス　永井翠畝
咲ききりし鏡の前のヒヤシンス　麻田ツル
ヒヤシンス妻亡きあとは地におろす　田村萱山
いたづらに葉を結びありヒヤシンス　高濱虚子

シクラメン 三

南ヨーロッパ原産の球根植物であるが、近年この鉢植は冬から春にかけての日本人の暮しにすっかりとけこんだ。ハート形の銀葉が群がる中から、すいと花柄を伸ばした頂にうつむきの蕾をつけ、白、赤、淡紅、絞りなどの花を開く。

市に来て何時もある花シクラメン　小橋やうゐ
シクラメン莟を絶すこと知らず　角田勝川
アトリエに赤は目立たずシクラメン　脇収子
一鉢の影一体やシクラメン　小林草吾

スイートピー

シチリア島の原産で、江戸時代末期に渡来したという。葉も茎も豌豆《えんどう》に似ている。花の形は蝶の飛び立つ姿を思わせ、色は紅、紫、白、黄、ピンクなど、少女の華やかさを感じさせ、香りもよい。

スイートピー蔓のばしたる置時計　長谷川かな女
郵便夫去りて蝶湧くスイトピー　左右木韋城

からまりてスイートピーの剪りにくし　角　靏子

シネラリヤ

もともとカナリア諸島原産の植物で、明治時代わが国にもたらされて以来観賞用として広く行きわたっている。庭の植込み、鉢植などとしてよく見かける。花弁はビロード状で、形は野菊に似、紫、赤、白色や蛇の目咲きなど、とりどりに咲く。**サイネリヤ**。

円卓にサイネリヤ置き客を待つ　小島小汀

シネラリヤ

パンジー

ビロードのような光沢のある花弁は、たいてい紫、黄、白の三色に彩られているので**三色菫**《さんしきすみれ》とも呼ばれる。観賞用として栽培され、斑や絞りが入っているものもある。花の形から**胡蝶花**《こてふくわ》の名もある。春の日をうけて、庭先や花壇に群れ咲いているのは美しく、人々に親しまれている。

パンジーの紫ばかり金の蕊　平野桑陰

アネモネ

南ヨーロッパ原産、園芸用として広く栽培されている。丈は三〇センチくらい、葉はにんじんに似ている。花は紅、白、紫など罌粟《けし》に似て一重または八重に咲く。鮮やかな花びらに包まれた芯は黒い。

アネモネはしほれ鞄は打重ね　高濱虚子

ストック

地中海沿岸原産の草花で切花として栽培されることが多い。寒さに弱いので、露地では暖地でないと育たない。高さ三〇～五〇センチ、葉は厚く細長い。茎とともに白っぽくやわらかい毛がある。花は匂いがよく四弁で十字形。花軸を頂へ咲きのぼる。色は白、紅紫、紫など種類が多く、一重より八重咲きが目につく。**あらせいとう**。

ストックの香より花舗の荷解きゆけり　河野美奇

包まれしストックの香と色ほどく　稲畑汀子

フリージア

高さ三〇～五〇センチほど。菖蒲に似た細い葉で、根元から一本の細い花軸が伸び、先に数個の蕾をつける。漏斗状の花で先は六つに裂けている。色は白、黄、淡紅の斑のあるものなど、いずれも高い香りをもっている。

清楚で鉢植や切花として好まれる。

フリージアの淡き香にある縫ひづかれ　文箭もと女

いさぎよき備前の焦やフリージア　大野雑草子

フリージアの香を嗅ぎ分けて病よし　大間知山子

灌仏《くわんぶつ》《かんぶつ》

四月八日、釈迦の誕生を祝って行なう法会で、**仏**《ぶつ》**生**《しやう》**会**《ゑ》とも呼ばれる。伝説によると、釈迦は生まれてすぐ七歩をあゆみ、両手で天と地をさし、「天上天下唯我独尊」と唱えたといい、そのとき天上の神々が降り、香水をそそぎ、また八大竜王は甘露の雨を降らせて産湯をつかわせたという。灌仏会、浴仏会などと呼ぶのはこれによるのである。

灌仏の日に生れあふ鹿の子かな　芭蕉

無憂華の木蔭はいづこ仏生会　杉田久女

眉描いて来し白犬や仏生会　川端茅舎

俗の身に寺の勤めや灌仏会　鶴田葭春

沙弥の声吾に似て来し灌仏偈　空月庵三雨

山寺の障子締めあり仏生会　高濱虚子

花御堂《はなみだう》《はなみどう》

灌仏の日に寺院では本堂の入口などに、四本柱の四阿のような小さな御堂を作り、春の花々でその屋根を葺く。中には浴仏盆と呼ばれる水盤を置き、右手を上げた誕生仏の小さな像が安置される。参詣人は竹の柄杓で水盤の甘茶を、釈迦像に灌《そそ》ぐのである。

花御堂八瀬のさと人並びけり　蒼虬

四方より杓にぎはしや花御堂　川田十雨

花御堂葺くげんげ笊つゝじ笊　宇野萩塘

花御堂解くはさびしきことならん　原田一郎

山寺や人も詣らぬ花御堂　高濱虚子

甘《あま》**茶**《ちや》

木甘茶の葉と甘草の根を、お茶のように煮出したもの。花御堂に安置してある誕生仏に、小さい竹の柄杓で甘茶を灌《そそ》ぎかける。甘茶の中に立つ仏身は、一日中甘茶を浴びて光り輝く。この像を甘茶仏、その寺を甘茶寺ともいう。

石蹴りに負けては甘茶かけに来て　西方石竹

手にとりてまこと粗末や甘茶杓　植地芳煌

まなじりに涙し在はす甘茶仏　中村柘榴子
数珠揉んで甘茶の杓を取りにけり　北垣宵一
合掌の片手は甘茶かけ申し　大森保子
和尚云ふ甘茶貰ひにまた来たか　高濱虚子

花《はな》祭《まつり》

四月八日、灌仏会の日に釈迦の降誕を祝福して行なわれる行事。もとは浄土宗に限っての呼び名であったが、いまでは子供を中心の祭として広く催されるようになった。花御堂を飾り甘茶を接待し、また稚児行列が行なわれたり、東京の護国寺をはじめ各宗の寺院でも近年盛んに催されている。

花祭稚児出てくるはでてくるは　阿部杉風
寺町や背中合せに花祭　三溝沙美

虚子忌《きよしき》

四月八日、高濱虚子（本名清）の忌日である。明治七年（一八七四）二月二十二日愛媛県松山に生まれ、正岡子規の下に参じホトトギスを継承、発展させた。花鳥諷詠、客観写生を提唱、幾多の俳人を育成し、明治、大正、昭和にわたり俳壇に偉大な足跡を残した。昭和二十九年（一九五四）文化勲章を受章。また小説、写生文にも新境地を開いたが、昭和三十四年（一九五九）、八十五歳で病没。墓は鎌倉扇ケ谷の寿福寺にあり、毎年盛大な忌が修せられる。虚子庵高吟椿壽居士。**椿寿《ちんじゅ》忌《き》**。

椿寿忌や山に谺す大木魚　河野静雲
うら〳〵と今日美しき虚子忌かな　星野立子
年々の虚子忌は花の絵巻物　今井つる女
人ら会し人ら別るゝ虚子忌かな　大橋敦子
寿福寺も比叡も知らず虚子祀る　矢野樟坡
老いて尚妓として侍る虚子忌かな　下田實花
虚子祀る花の人出をよそながら　山村勝子
虚子語録一二三諳んじ虚子祀る　吉井莫生
汽車に見し人椿寿忌の庭にあり　吉見南畝
晴耕に雨読に虚子忌近づきし　志賀青柿
又花の雨の虚子忌となりしかな　高濱年尾
はやばやと花の虚子忌の旅程組む　稲畑汀子

復活祭《ふくわつさい》《ふつかつさい》　この日は十字架上で磔になったイエス・キリストが三日後に甦ったといわれる日で、キリスト教ではクリスマスと並んで大きな祝日とされている。春分後、最初の満月の後の日曜日、したがって年によって異なり、三月二十二日から四月二十五日までの間となる。教会では特別のミサが行なわれ、復活を象徴して着色した卵が配られたりする。**イースター**。

復活祭祝ぐ歌ミサも久しぶり　若林南山
まづ献花よりはじまりしイースター　水田むつみ
復活祭心にあかり灯さるる　吉田たま
病院に聖堂ありてイースター　高濱年尾
川原にも復活祭の人こぼれ　稲畑汀子

釈奠《せきてん》　陰暦二月および八月の初めの丁《ひのと》の日に行なう孔子の祭である。わが国には儒教とともに渡来したもので、佐賀県多久市の聖廟の釈奠はもっとも古く有名である。ここではいまもわが国における最古式の釈奠を毎年二回（春四月十八日、秋十月十八日）行なっている。また東京お茶ノ水の湯島聖堂では四月の第四日曜に孔子祭が行なわれる。**おきまつり**。

多久邑の氏子のほこり釈奠　百崎刀郎
赤鼻の老師上座に釈奠　山内傾一路
釈奠や笙もてあそぶ老博士　小田島艸于

安良居祭《やすらゐまつり》《やすらいまつり》　四月第二日曜日（もとは陰暦三月十日）、京都紫野の今宮神社で行なわれる神事である。本来は桜の花を稲の花と見立て、桜の花の長期間散らずにあるのを、その年の豊作の兆と考えたことによる。「やすらい花よ」の囃し言葉は、桜の花が散らずにとどまっていることを念じたものである。一方この祭には稲虫を払い、併せて疫病神を送るという意味もあって、羯鼓《かっこ》を持った少年と鬼が、踊の輪の中に疫病神をまき込んで村境まで送る。当日境内に立てられた花傘の下に入ると、一年間病気にかからないとも言い伝えられている。

安良居やあぶり餅屋の朝掃除　中村七三郎

百千鳥《ももちどり》 ㊂　春の野山や森で、いろいろの小鳥が群がり囀り百千の鳥が合奏しているように聞えるのをいう。

百千鳥静が墓とつたへけり　富安風生
御僧等別れ惜しやな百千鳥　星野立子
竹垣をめぐり行く径百千鳥　高木晴子
会者定離帰坊の僧に百千鳥　森定南樂

囀《さへづり》《さえずり》 三　春の到来を喜ぶように、さまざまな小鳥が野山や庭で声を続けて鳴くことをいう。

囀をこぼさじと抱く大樹かな　星野立子
囀や耳の世にのみ住みなれて　安積素顔
囀や衆僧粛と入堂す　森定南樂
日輪のまばゆき中に囀れり　池内友次郎
なつかしき日本語めきて囀れる　山中俚汀
囀やうかと過ぎたる思川　野村いさむ
囀のやむとき楠の大樹あり　中尾吸江
囀や次の札所へ尾根づたひ　柳沢仙渡子
黙想の家に囀こぼれくる　田中由子
囀や絶えず二三羽こぼれ飛び　高濱虚子
囀をこぼし日射をこぼさざる　稲畑汀子

鳥交る《とりさかる》 三　鳥はおおむね年に一回春に発情する。鳥が囀ったり、毛色が変ったりするのは皆異性を誘うためである。雀の交るのなどはよく目に触れる。

母老衰病臥
鳥交る母が襁褓は干しなびき　松本たかし
宮大工ひとりをるのみ鳥交る　中島寿銭

鳥《とり》**の巣**《す》 三　鳥の中でも時鳥《ほととぎす》、郭公、筒鳥など、その習性によって巣を作らぬものもあるが、多くは樹の上、大きな樹の空洞、藪、叢、畑、人家などに巣を作る。古巣は多くはそのままにして毎年新しい巣を作る。**巣籠**《すごもり》。**巣鳥**《すどり》。鳰《にお》などが水上に作る「浮巣」は夏季である。

巣籠の姿勢崩さず昼も夜も　細谷大寒
高枝の巣鳥に風のやゝ強し　左右木韋城
子が懸けし巣箱の高さかと思ふ　藤原涼下
大木や鳥の巣のせて藤かゝる　高濱虚子

鳥の巣のあらはなることあはれなり　高濱年尾

古《ふる》　巣《す》

多くの野鳥は毎年新しく巣を作るので、前年の要らなくなった巣を古巣という。燕にしてもその他の鳥にしても新しく巣を営み始めると、いっそう古巣の感が深い。

隣なる古巣はかへり見られずに　谷口和子

古巣あるてふ庭木には手を入れず　松尾緑富

鷲《わし》の巣《す》

鷲は高山に棲み、その巣も多くは絶壁などに作る。枯枝を積み重ね、内径一メートル余のやや球形で、巣の中央に草や木の葉を敷いてある。卵は大体二個ずつ産む。

越より飛驒へ行とて籠のわたりのあやうきところ〴〵道もなき山路にさまよひて

鷲の巣の樟の枯枝に日は入ぬ　凡兆

鷲の巣のそれかあらぬか絶壁に　湯浅桃邑

鷹《たか》の巣《す》

鷹はもともと山の奥深いところに巣を作る。大木の梢とか、深山の絶壁などである。鷹には種類が多く、習性も違い巣もさまざまである。

鷹の巣や大虚に澄める日一つ　橋本鶏二

鷹の巣の崖を背らに一札所　荒川あつし

鶴《つる》の巣《す》

釧路では丹頂が湿原の人目につかない場所に夫婦共同で葭を集めて巣を作る。三日ほどでき上がるが、途中で雪が降るとその巣は捨てて別の巣を作る。大きさは、一、二メートルの円形、卵は二個ずつ産む。**鶴《つる》の巣《す》籠《ごもり》**。

巣籠の鶴のほとりを掃いてをり　神吉五十槻

鷺《さぎ》の巣《す》

白鷺および五位鷺は大木の梢に、枯枝を寄せ集めただけの粗い巣を作る。一本の樹に四、五個もあり、下の巣には手の届くこともある。人が近づくと親や雛が鳴き立てて耳を覆いたくなるほどやかましい。篦《へら》鷺は水辺に枯蘆などをたくさん集めて作る。

五位の子の巣に居て人に動かざる　藤田耕雪

雉《きじ》の巣《す》

四、五月の繁殖期に野道や雑木林のこんなところと思うような場所に、草を寄せ集めた名ばかりの巣がある。これが雉の巣である。うすい褐色の卵を六個から十二個産むが、巣は蛇や鼬《いたち》に襲われることが多い。そんな場合は二度も三度も卵を産んで、二番子、三番子を育てる。

雉子の巣を見届け置きて楽しめり　朝雪

烏《からす》の巣《す》

烏は三、四月ごろ、樅や杉などの大木の頂や岩山の上などに、枯枝を主とし草や羽毛などを用い、皿状で五〇センチくらいの巣を作る。卵はおおむね四、五個、青みを帯びている。

尾を引いて地に落つ雨や鴉の巣　長谷川零余子

引越して来し巣鴉に妻不興　山田不染

鵲《かささぎ》の巣《す》

鵲は福岡、佐賀あたりにだけしか見られない天然記念物である。木々が芽吹き始めると、小枝を啣《くわ》えて飛ぶ鵲をよく見かける。どこから運んで来るのか根気よく集めて、一メートルもある楕円形の巣を作り、五、六個のうす青い卵を産む。巣の中には羽毛や紙くずなどやわらかいものが敷いてある。電柱の上に巣をかけることもある。

鵲の巣くへる樹あり帰心なし　築地虚城

鵲の巣の一樹一巣ならびたる　都馬北村

巣づくりの鵲の高音となりにけり　武田飴香

案外に人目について鵲の巣よ　稲畑汀子

鳩《はと》の巣《す》

鳩はふつう四月ごろから巣作りをする。樹上に小枝を組み合わせたひどく粗雑なもので、下から仰ぐと、落ちそうに卵が透いて見えるものさえある。卵はおおむね二つである。

よく来啼く野鳩はたして巣かけをり　高原二峰

榧咲いていつか山鳩巣籠りし　眞鍋蟻十

燕《つばめ》の巣《す》

春先、南から帰って来た燕は、人家の軒先や梁《はり》などに、泥土、藁、枯草、羽毛などを混ぜて巣を作る。一度巣をかけた家は覚えていて毎年戻って来る。**巣燕《すつばめ》**。

巣燕に雑巾かけし柱かな　白雄

巣燕や夜逃げもならぬくらしむき　村上杏史

大土間は今もでこぼこ燕の巣　大森積翠

巣燕にわりなき柱時計かな　高濱虚子

千鳥《ちどり》の巣《す》　河原や海辺の砂礫《されき》を掻いて浅いくぼみを作ってそのまま巣とし、あるいはそれにわずかの草や木の小枝を集めた名ばかりのものである。上空の鳶《とび》などからは見えないが、横からははまる見えである。

闇の夜や巣をまどはして鳴く千鳥　芭蕉
岩窪の千鳥の巣とは知らざりし　太田育子

雲雀《ひばり》の巣《す》　畑、草原、河原など日当りのよい所に、枯草で皿状の巣を作り、うすずみ色に小さい斑点のある卵を三～五個産む。雲雀は巣から離れたところに舞いおりて巣にもどる習性がある。

雲雀巣に育つを見つゝ通学す　小山白楢

雀《すずめ》の巣《す》　雀は庇裏、屋根瓦の隙間とか石垣の穴などに巣を作る。藁などを輪にした程度のもので、五、六個の卵を産む。

風鐸の四つが四つまで雀の巣　淺井啼魚
彼方より巣藁くはへて来る雀　加藤千粒
軒瓦ゆるみしところ雀の巣　渡邊志げ子
藁さがるけふは二筋雀の巣　高濱虚子

孕雀《はらみすずめ》　雀は三月ごろからが繁殖期で、孕んで巣に籠る。その期間、雄は雌のそばについていて人が近づいたりするとやかましく騒ぎたてる。**子持雀《こもちすずめ》**。

古庭をあるいて孕雀かな　村上鬼城
旅疲れ孕雀を草に見る　高濱虚子

孕鹿《はらみじか》　〔三〕　秋に交尾した鹿は、四月から六月にかけて子を産む。二、三月ごろになると孕んでいるのが目につく。春が深くなるにつれて、動作が鈍くなり、見るからに大儀そうである。また毛も脱けて醜くなる。

孕鹿馬酔木は花を了へんとす　皿井旭川
孕み鹿一つ離れて歩きをり　増田手古奈
孕鹿とぼ〳〵雨にぬれて行く　高濱虚子

仔《こ》馬《うま》　〔三〕　受胎後約一年で生れる馬の仔は、生後わずか一、二時間で立ち上がる。肢の長さの目立つ仔馬が、親馬にくっついて春の野を歩く姿はほほえましい。孕馬《はらみうま》。

牧の朝昨日生れし仔馬見に　星野立子
母馬の駈けし早さに仔馬駈け　小林公民
四肢を投げ首投げ仔馬草に臥し　依田秋葭
草を食む顔の大小親仔馬　嶋田一歩
草を食みをりし仔馬の乳を呑む　新田充穂
鞍つけてもらへぬうちは仔馬かな　小林沙丘子
後肢に仔馬の意志の躍動す　佐々木ちてき
車座の吾等を仔馬来て覗く　竹村茅雨
馬の仔の嘶きにまだならざりし　水本祥壹
踏む大地駆くる大地のある子馬　水見壽男
馬の子に牧夫は父のごとをりし　高橋笛美
鬣の吹かれ子馬の颪の中　瀬在苹果
牧草に馬も仔馬も鼻うめて　高濱虚子
海霧残る牧の沢辺の親仔馬　高濱年尾

春《はる》の草《くさ》 [三]

名のある草も雑草も萌え出た緑はみずみずしく、匂うばかりである。**春草《しゅんそう》**。**芳草《ほうそう》**。**草芳《くさかぐは》し**。

里の子や髪に結なす春の草　太祇
春草やたづなゆるめば駒は食む　長谷川素逝
春草に足投げ出して打笑める　西山小鼓子
春草を踏みゆきつゝや未来あり　星野立子
毛氈に草芳しき野点かな　森田洋子
垣間見る好色者《すきもの》に草芳しき　高濱虚子
倫敦の春草を踏む我が草履　同
薬草として見るときの春の草　稲畑汀子

若《わか》草《くさ》

春の草ではあるが、萌え出た若々しいやわらかな感じである。春草との違いは見る人の心の違いである。**嫩草《わかくさ》**。**新草《にひくさ》**。

若草や子供はすぐに転ぶもの　荒金竹迷子
若草を食む羊群の首に鈴　坊城中子
若草や八瀬の山家は小雨降る　高濱虚子
若草の紛るる色となりにけり　稲畑汀子

古《ふる》草《くさ》

若草に混じって枯れずに残っている去年からの草をいう。

古草や日高は雪のなきところ　髙橋笛美
古草や昔男の垣根草　高濱虚子
古草もまたひと雨によみがへり　高濱年尾
古草の吹かるる高さありにけり　稲畑汀子

若《わか》芝《しば》

冬も青々としている芝もあるが、多くは枯れてしまう。春になると若芽が萌え出てうす緑のビロードを敷きつめたようになる。

春芝の作りつつある今日の色　椋砂東
ハンドバック寄せ集めあり春の芝　高濱虚子
若芝を流るゝほどの雨となる　高濱年尾
水といふ動春芝といふ静に　稲畑汀子

蘖《ひこばえ》

樹木の伐り株や根元から群がり伸びる若芽のことをいう。その萌える様子を動詞に働かせて使うこともある。古歌に蓬《よもぎ》のひこばえが詠まれたりしているが、いまは「草の蘖」は感じがうすくほとんど使われない。

蘖えし中へ打込み休め斧　佐藤念腹
切口を深く沈めて蘖ゆる　逸見吉茄子
大木の蘖したるうつろかな　高濱虚子
蘖のつややかな葉に力あり　稲畑汀子

竹《たけ》の秋《あき》

一般の草や木の葉が秋に黄ばむのに対し、竹の古葉は春に黄ばむ。これを竹の秋という。麦の黄熟する夏を、麦の秋というのと同じである。「竹の春」は秋季である。

本堂は庫裡より低し竹の秋　白井冬青
竹秋やかたみに病める僧主従　上野青逸
我庭の風に音あり竹の秋　コンラッド・メイリ
沓脱に古りし草履や竹の秋　獅子谷如是
こゝにある離宮裏門竹の秋　高濱虚子

嵯《さ》峨《が》念《ねん》仏《ぶつ》

京都嵯峨の清凉寺（釈迦堂）で四月中旬に行なわれる大念仏法会であるが、本堂左手の狂言堂において同時に行なわれる大念仏狂言が有名である。壬生狂言と同じく円覚上人によって、融通念仏を庶民にわかりやすくするため狂言に仕組まれたものとされ、いずれも無言劇である。曲目は「花盗人」「大仏供養」「夜討曾我」などがあり、鉦と太鼓だけの素朴なもので、大念仏狂言は重要無形民俗文化財に指定され、四月中旬の土曜、日曜に演じられている。

嵯峨念仏松に凭り見る花疲　ながし
見てゐるは里人ばかり嵯峨念仏　五十嵐播水
松の塵しきり降り来ぬ嵯峨念仏　平松葱籠
一院の小袖の寄進嵯峨念仏　森　孝子

十三詣《じふさんまゐり》《じゆうさんまいり》　四月十三日、京都嵐山の法輪寺へ、十三歳になった男女が着飾って参詣し、知恵を貰い福徳を祈る。その帰り道、大堰川に架かる渡月橋を渡り終わるまでに後ろをふり向くと、せっかく授かった知恵を返してしまうといわれている。この日は虚空蔵菩薩《こくぞうぼさつ》の縁日でもあり、おりから嵐山は花ざかりで賑わう。最近は、前後の三月、五月の十三日にも行なわれている。**智恵《ちゑ》貰《もらひ》**。**智恵《ちゑ》詣《まうで》**。

石段にかゝぐる袂智恵詣　阿部蒼波
一息に磴かけ登り智恵もらひ　石本かなえ
結界に坐りあふれて智慧貰　亀井糸游
ふり向いてならぬ橋あり智恵詣　北川せいち
詣る子に智慧の泉といふが湧く　舘野翔鶴
花人に押されて十三詣かな　高濱虚子

山王祭《さんわうまつり》《さんのうまつり》　山王さんと呼ばれる全国の日吉《ひえ》神社の総本山、滋賀県大津市坂本の日吉大社の祭礼である。四月十二日から十五日まで行なわれるが、中でも十四日の午後、唐崎神社への七基の神輿の渡御は壮観である。東京日枝神社の山王祭は六月に行なわれる。

里坊も灯り山王祭の夜　宇野素夕

梅若忌《うめわかき》　謡曲「隅田川」にある哀れな物語の主、梅若丸の忌日である。以前は陰暦三月十五日に行なわれたが、現在は陽暦四月十五日に、梅若塚のある隅田川畔の木母寺で修される。この日は謡曲宗家による奉納謡があり各種芸能の奉納も見られ参詣人が多い。**木母寺大念仏**《もくぼじだいねんぶつ》。

鉦たゝく盲《めしひ》の父や梅若忌　高野素十
謡曲をきゝつゝ育ち梅若忌　京極昭子
墨堤にある今昔梅若忌　松本浮木
梅若忌涙雨とはなりにけり　上田素弓
語り伝へ謡ひ伝へて梅若忌　高濱虚子

羊《ひつじ》の毛《け》剪《き》る

現在、織物の材料とする目的で羊を飼育することは北海道、東北地方に限られ少なくなったが、暖かい日を選んで剪毛する。ころんと横倒しにすると羊は観念してあまりあばれない。刈り終えると肌の色が見え、心細そうに立っている。

刈られゆく羊の腹の波うてり　正立教子
毛刈せし羊身軽に跳ねて去る　佐藤牧翠
羊みな毛を剪られたる顔寄する　山下接穂

春光《しゅんくわう》《しゅんこう》

㊂ 本来、春の風光、春景色の意であったが、輝かしい春の陽光の意に用いられるようになった。**春《はる》の色《いろ》**。**春色《しゅんしょく》**。

ステッキを振れば春光ステッキに　田中王城
春光のあまねきときぞ吾も仏　星野立子
かざす手の春光へだてがたきかな　嶋田一歩
春光に面テを上げて退官す　樹生まさゆき
春光を白樺白として受ける　手塚基子
春来れば路傍の石も光あり　高濱虚子
春光を砕きては波かゞやかに　稲畑汀子

風《かぜ》光《ひか》る

㊂ 四方の景色もうららかな春は、吹きわたる風さえも光っているように感じられる。あくまでも感覚的な季題である。

風光り雲また光り草千里　門松阿里子
出迎への吾子光り風光りけり　小川龍雄
風光りときめく海の日曜日　中村ゆうじ
どの部屋も海に向く宿風光る　渡辺和恵
装束をつけて端居や風光る　高濱虚子

風光る観音詣繰り返し　高濱年尾
風光るとき海遥か山かすか　稲畑汀子

青《あを》《あお》麦《むぎ》《むぎ》 ㊂ 麦が葉をすくすくと伸ばし、やがて青い穂を出す、その間の青々とした春の麦をいう。**麦青《むぎあを》む。**

青麦や耶馬もこゝらはたゞの峡　木下雨音
青麦はつん〳〵としてよそ〳〵し　蒲池蓮葉
友埋めし青麦の野の果思ふ　竹下陶子
青麦の畑こま〴〵と湾の奥　高濱虚子
風早は風強き地よ麦青む　稲畑汀子

麦《むぎ》《むぎ》鶉《うづら》《うずら》 青々とした麦畑の中で子を育てる鶉である。情のある鳴き声を立てながら麦畑の中を走る親鳥を見かけることがある。

用達の母を追ふ子や麦うづら　藤實艸宇

菜《な》の花《はな》 本来は菜種油を採るために栽培されていたが、近年は切花用、食用にもする。一面の菜の花明りの夕暮はひとしお春の感が深い。**菜種《なたね》の花《はな》。花菜《はなな》。**

なの花の中に城あり郡山　許六
菜の花や月は東に日は西に　蕪村
菜の花の黄色に覚めて寝台車　高橋笛美
駆ける子ら菜の花明り満面に　浅井青陽子
行き行けど菜の花の黄の地平線　藤丹青
仁和寺
菜の花にねり塀長き御寺かな　高濱虚子
菜の花の明るさ湖をふちどりて　高濱年尾
菜の花に海光及ぶところかな　稲畑汀子

花菜漬《はななづけ》 まだ蕾が少し黄ばんだ程度の菜の花を塩漬にしたもの。京都の名産で、いかにも春のおとずれを告げるにふさわしい漬物である。

顧みて子なきもよしや花菜漬　新上一我
粥も好き京の朝餉の花菜漬　淺野白山
ほろ〳〵と箸よりこぼれ花菜漬　中西利一
花菜漬持ち姉の家に居候　田中敬子

上京の花菜漬屋に嫁入りし　高濱虚子
多い日に御飯を炊いて花菜漬　稲畑汀子

菜種河豚《なたねふぐ》　菜の花の咲くころの河豚をいう。このころは河豚の産卵期にあたり、毒がもっとも強くて中毒しやすい。地方によっては「がんば」といって珍重するというが、ふつうは食べるのを敬遠する。

櫂杖にはじき出されし菜種河豚　山崎美白
菜種河豚ひとつころがり市終る　今村青魚
菜種河豚自信をもつて料理をり　片桐孝明

菜種梅雨《なたねづゆ》　菜の花の咲く頃降る長雨のことである。本来はその頃に吹く、雨を含んだ南東の風のことであった。雨とはいえ、どこか明るい感じがする。

房総はなにか明るき菜種梅雨　内藤呈念
菜種梅雨日本列島北上す　船曳藤公
母許の小さき駅や菜種梅雨　椋　則子
大降りも小降りもなくて菜種梅雨　小川龍雄
ぬり絵にもそろそろ倦きて菜種梅雨　山﨑貴子
午後からは好きな事して菜種梅雨　相沢文子
菜種梅雨新生活の始まりぬ　阪井邦裕
隅田川下れば千住菜種梅雨　玉手のり子
今日こそは読書三昧菜種梅雨　深尾真理子
菜種梅雨家居の時間過ぎ易く　稲畑汀子

大根《だいこん》**の花**《はな》　四月ごろ、白または淡い紫色の花弁を十字形に開く。種を採るために畑に残したものが、越年して花を開くのである。菜の花のように陽気ではなく、明るいがどことなく淋しい花である。菜の花とよく似て最近庭などに観賞用として植えられるようになった紫色の「諸葛菜《しょかつさい》」は別種である。**花大根**《はなだいこん》。**種大根**《たねだいこん》。

長雨や紫さめし花大根　楠目橙黄子
病弱に畑もてあまし花大根　武野由子
化野の仏の供華の花大根　石黒志歩
大根の花紫野大徳寺　高濱虚子

諸葛菜《しよかつさい》　中国原産の帰化植物で観賞用として栽培されていたが野生化し、近年急速に目立ち始めた。晩春、庭や空地を染めて可憐に群れ咲く。花は形も大きさも大根の花に似ているが淡紫色、葉は広葉形でやわらかく茎を抱き、大根とは違っている。「花だいこん」と呼びならわされているが、「大根の花」とは別種である。本名、おおあらせいとう。

雨に濡れ花のやさしき諸葛菜　矢崎春星
むらさきの風となるとき諸葛菜　稲畑汀子

豆《まめ》の花《はな》　豆類の花を総称していう。蝶形で、**蚕豆《そらまめ》の花《はな》**は白またはうす紫に黒い斑点があり、**豌豆《ゑんどう》の花《はな》**は紫色の赤豌豆と、白色の白豌豆がある。隠元、豇豆《ささげ》、刀豆《なたまめ》などの花は初夏になる。

このあたり畑も砂地や豆の花　星野立子
こんな手のやり方もある豆の花　桑野園女
貧しくも楽しさ少し豆の花　松岡ひでたか
風早懐古
鹿の峰の紺屋なほあり豆の花　高濱虚子

蝶《てふ》《ちよう》　[三]　蝶は四季を通じて見かけるが、単に蝶といえば春である。種類も多く**紋白蝶《もんしろてふ》**、**紋黄蝶《もんきてふ》**は小形で優しい。菜の花を初め色とりどりの春の花に蝶の舞うさまは風情がある。春以外の蝶は、夏の蝶、秋の蝶、冬の蝶、凍蝶と区別される。**胡蝶《こてふ》**。**蝶々《てふてふ》**。**初蝶《はつてふ》**。

蝶の空七堂伽藍さかしまに　川端茅舎
初蝶のうす紫にとび消えし　星野立子
見えてゐる島と電話や蝶の昼　小山白楢
初蝶は影をだいじにして舞へり　高木晴子
負へばすぐ眠る子供や蝶の昼　森本久平
船窓に蝶見し陸地近からん　松本かをる
初蝶の生れてをりし野の光　伊沢三太楼
初蝶と思ふ白さのよぎりけり　阿部タミ子

諸葛菜

はやもつれ合ひて初蝶なりしかな　木下　亘
蝶止まることは何時でも翔つために　広川康子
いま思ひゐしこと忘れ初蝶黄　田畑美穂女
よそ目には蝶の昼なるトラピスト　三ツ谷謡村
翅たゝみゐし初蝶の濃きに逢ふ　後藤夜半
翅びゝとびゝとひろがり蝶生る　松尾静子
添寝せしはずの吾児ゐず蝶の昼　豊田陽子
一草もなくて砂漠を越えし蝶　田原けんじ
奔放な蝶の軌跡が見せる風　稲岡　長
山国の蝶を荒しと思はずや　高濱虚子
初蝶来何色と問ふ黄と答ふ　同
先の蝶追うて行く蝶我も行く　高濱年尾
初蝶に心惹かれてゐる間　同
初蝶を追ふまなざしに加はりぬ　稲畑汀子

春《はる》風《かぜ》 三

春は気象の変化が激しく強い風も吹くが、春風といえば穏やかに吹く風のことである。まさに駘蕩たる**春《はる》の風《かぜ》**である。

春風や堤長うして家遠し　蕪村
領土出れば身に王位なし春の風　渡辺水巴
この樹齢今春風のおもむろに　佐藤漾人
大原女の荷なくて歩く春の風　星野立子
春風や船頭唄ひ櫓が軋り　鎌倉啓三
春風や走りたいとき馬走る　嶋田摩耶子
春風の日本に源氏物語　京極杞陽
テニス見る顔右ひだり春の風　嶋田一歩
丘のぼるたゞ春風に吹かれたく　中島智子
ステツキの軽ろきを取りて春風に　日置草崖
まゝごとの家長が泣いて春の風　堺井浮堂
春風はどの街角も曲り来る　三須虹秋
やはらかき吾子の匂ひや春の風　山﨑貴子
春風や闘志いだきて丘に立つ　高濱虚子
春風の心を人に頒たばや　同

ドア開いてゐれば出て見る春の風　稲畑汀子

凧《たこ》 ㊂ 本来、凧は春風に揚げるもので、子供の遊びというよりは地区対抗の凧合戦（相手の糸とからませて切ってしまう）といったものであった。ことに四月の**長崎の凧揚**《ながさきのはたあげ》は有名で、畳半枚くらいの大凧をも戦わせる。また浜松では五月の節句に揚げるなど時期は各地により一定でない。東京近辺や大阪などでは正月、これは子供の遊びとして凧を揚げるが、寒風の中に揚がっていても、どことなく春を迎える気分は漂っている。**紙鳶**《たこ》。**鳳巾**《たこ》。**いかのぼり**。**いか**。**はた**。**奴凧**《やっこだこ》。

きれ凧に主なき須磨の夕べかな　蓼太
切凧や少年土手に躍り出づ　角菁果
大凧に触れ傾ける絵凧かな　星野吉人
凧あがり少年の日の山河あり　倉田青雞
切れ凧の糸の見えつゝ落ちにけり　東方日生子
凧高く揚げたる父を誇りとす　下村福
蟹の子の凧が怒濤の上にまで　伊藤柏翠
大方は海へ上りて島の凧　宮田蕪春
預かつて凧不機嫌にしてしまふ　豊田淳応
夕空にぐん〳〵上る凧のあり　高濱虚子
凧の空置いて帰るは惜まるゝ　稲畑汀子

風車《かざぐるま》 ㊂ 色紙や色のついたビニールなどを曲げ合わせ、花のような形にして竹に通し、風を受けて回る仕掛けの小さな玩具である。藁づとなどに刺し並べ、縁日や人の出盛る所で風に回るままに売っている。**風車売**《かざぐるまうり》。

風車色を飛ばして廻り初め　上野泰
子の瞳遠くを眺め風車　星野立子
走る子の早さに応へ風車　山川能舞
風車色戻りつゝ止まりけり　内山素岫
持てばすぐ走つてみたき風車　緒方こずえ
廻らぬは魂ぬけし風車　高濱虚子

風船《ふうせん》 ㊂ 色とりどりのうすいゴムにガスを入れてふくらませ糸をつけて遊ぶ玩具。街頭の**風船売**《ふうせんうり》はいかにも春らしい。色紙を折って作る紙風船もある。

賑ひの埃の中の風船屋　松石龍水洞
風船の中の風船売の顔　杉本　零
天井に当り風船逃げられず　清水忠彦
風船の中に女の息をおく　後藤立夫
空をとぶ風船の糸直ぐならず　山下しげ人
折りたゝみ紙風船の息吐かす　和気祐孝
風船の子の手離れて松の上　高濱虚子
風船の逃げて視線のつながりぬ　稲畑汀子

石鹼玉《しゃぼんだま》 三　石鹼水、または無患子《むくろじ》の実の皮を水に溶いて、それを麦藁などの細い管の先につけて吹くと、石鹼玉が次々に生まれ、日光をうけて美しい七彩となり中空に漂って消えてゆく。幼児の遊びとして風船、風車などとともにのどかな春の景物である。

しゃぼん玉上手に吹いて売れてゆく　島田みつ子
肩車その高さより石鹼玉　乳井利国
考へる眼を犬もして石鹼玉　福永虞美人
石鹼玉音あるさまに割れにけり　中西　蘗
こはれゆく数補ひて石鹼玉　湯川　雅
櫺子より飛んで出でけり石鹼玉　高濱虚子
忙しきくらし映さず石鹼玉　稲畑汀子

鞦韆《しうせん》《しゅうせん》 三　**ぶらんこ**のことである。春季のものとして扱われている。公園などで子供が揺られているのも、長閑な感じがする。また乗る人もなく静かに垂れているぶらんこにも趣がある。**秋千《しうせん》**。**ふらここ**。**半仙戯《はんせんぎ》**。

懐しき校庭に来て鞦韆に　波多野郊三
ふらこゝの児へ母の眼も漕いでをり　井田すみ子
一人占めせしふらここに独りぼち　河野美奇
空に向く足の揃ひて半仙戯　稲畑廣太郎
大胆に漕ぐふらここを見て欲しく　白根純子
ふらここを漕いで隣の街覗く　湯川　雅
ふらここを漕ぎて心は空にあり　吉村ひさ志

ふらここに一人飽きればみんな飽き　藤松遊子

鞦韆に抱き乗せて沓に接吻す　高濱虚子

ボートレース

ボートレースは春とは限らぬが、東京では隅田川または戸田でのレース、関西では琵琶湖、瀬田川でのレースは、多く春に行なわれる。**競漕**《きやうさう》。

櫂飛沫上げ競漕の遠ざかる　川田朴子

夕日影競漕赤の勝とかや　高濱虚子

遠足《ゑんそく》《えんそく》 ㊂　遠く郊外に、または野山に出て一日の行楽をすることをいうのである。春は暖かく日も長いので最も遠足に好適な季節である。主として学校行事であるが、家族連れや仲間同士でもよい。秋にも多いが俳句では春季としている。

遠足の一団すぎし水を撒く　星野立子

遠足の埃くささに乗り合はす　上西左兌子

遠足の列とゞまりてかたまりて　高濱虚子

遠足の子が絵はがきの店塞ぐ　稲畑汀子

遍路《へんろ》 ㊂　弘仁の昔、弘法大師があまねく巡錫されたという阿波、土佐、伊予、讃岐の四国にある札所八十八箇寺の霊場を巡拝する人々をいうのである。中世以降に広まり、難行苦行を重ねた大師の苦しみを味わい、その道に達するという宗教上の修行に発している。菜の花や青麦、紫雲英《げんげ》などに彩られた田舎道を若い女遍路たちが、手甲脚絆をつけ、菅笠を被って歩く姿はなかなかよいもので、四国の春の情景の一つである。よく巡礼と混同されるが、全然違ったものであり、巡礼には季感はない。小豆島に遷された八十八箇所の札所巡りは「島四国」ともいう。**遍路宿**《へんろやど》。

汐げむりあがりし磯に遍路道　川田十雨

荷をおろし仏へ立ちし遍路かな　深川正一郎

白峯や今からのぼる夕遍路　奥村霞人

ふるさとに似し山河かな遍路来る　星野立子

船降りる身支度しかと遍路かな　岡田一峰

お遍路の明日は難所の早泊り　浅野かをる

笈摺もみな手作りと老遍路　久住文子

子遍路の笠の目立ちて行きにけり　池田真介
宿賃の宵勘定や遍路宿　合田丁字路
汽車著いてひとり遅れて夕遍路　林田探花
船おりてからも道づれ島遍路　山本担雪
童顔の残る遍路と道連に　森白象
お遍路となりたる妻に掌を合はす　藤田左太尾
方言を違へて次の遍路衆　湯川河南
歩くこと即ち遍路心とも　高田風人子
道のべに阿波の遍路の墓あはれ　高濱虚子
お遍路の美しければあはれなり　高濱年尾

春日傘《はるひがさ》

夏の日傘ほどの実用性はないが婦人が外出に用いる。春らしい感じの淡彩色が多く、華やかさの中にも楚々とした趣がある。**春の日傘**《はるのひがさ》。

春日傘たゝみしよりの貴船道　井上兎徑子
母となり出づる病院春日傘　溝上青甕
南国の旅へ用意の春日傘　稲畑汀子

朝寝《あさね》㊂

春は寝心地のよいものである。朝掃除の物音を聞きながら、うつらうつらするのも心地よい。

雨だれの世を隔てゐる朝寝かな　迫牛彦
還り来し吾に母ある朝寝かな　桐田春暁
朝寝してせはしく〳〵は口ぐせに　田畑美穂女
日曜の客に朝寝の夫不興　一円あき子
旅に馴れニユーヨークにも馴れ朝寝　星野立子
誰彼の声聞き分けて朝寝かな　河村紫山
もの音の我家とまがふ旅朝寝　翁長恭子
気まゝなる旅の朝寝を許されし　井桁蒼水
フイアンセが来るてふ朝寝してをれず　藤丹青
朝寝して精一ぱいに生きてをり　大塚鶯谷樓
六感のどれかが覚めてゐる朝寝　山下しげ人
美しき眉をひそめて朝寝かな　高濱虚子
病間の朝寝のいとも長かりし　高濱年尾
朝寝してとり戻したる力あり　稲畑汀子

春《しゅん》眠《みん》 三　「春眠暁を覚えず」などと詩句にあるように眠り心地の最もよい季節である。

子供らの春眠はつぎ〳〵に覚め　池内友次郎
職退きし夫の春眠深かりし　高田みづ子
芸に身を立てゝ春眠ほしいまゝ　松尾静子
春眠のこの家つゝみし驟雨かな　星野立子
雨聞いてより春眠の深かりし　小島延介
頤のほくろ春眠いつ覚むる　田畑美穂女
春眠の児に人形も眠りをり　後藤二木
春眠の底の底より電話鳴る　三村純也
春眠の犬にも睫毛ありにけり　森田桃村
春眠の一ゑまひして美しき　高濱虚子
金の輪の春の眠りにはひりけり　同
春眠のさめてさめざる手足かな　稲畑汀子

春《しゅん》愁《しう》《しゅんしゅう》 三　春になると木々が芽吹き、うきうきと華やいだ気分になる反面、何となくもの憂い感じにもなるのをいう。

春愁や草を歩けば草青く　青木月斗
春愁の彼あり文の端ばしに　田畑美穂女
春愁の重たきドアと軽きドア　上村勝一
春愁の母とも知らずあまえる子　島田はつ絵
春愁の昨日死にたく今日生きたく　加藤三七子
旅に生る春愁なれば旅に捨つ　大島早苗
春愁に筆を重しとおきにけり　大久保橙青
春愁や病めば子なきを侘しとも　川端紀美子
春愁や笑ひたくなきとき笑ふ　副島いみ子
看護婦として春愁を知られまじ　野口てい子
春愁の吾児金髪を欲しと言ふ　村中千穂子
春愁の独りの顔に戻りたる　遠藤君江
春愁や冷えたる足を打ち重ね　高濱虚子
病み抜きて春愁いつか遠ざかる　高濱年尾
ふとよぎる春愁のかげ見逃さず　稲畑汀子

蠅生る《はへうま》《はえうま》

春になると、しばらく忘れていた蠅がふたたび発生する。若々しい翅の色をして縁側の日向や庭の草の上、石の上などに留まっているのを見かけるようになる。

牧牛の幼き耳に蠅生れ　山口白甫
蠅生れよく片づいてゐる厨　神谷つゆ子
蠅生れ蠅虎の早も現れ　原菊翁
人いきれして船室に蠅生る　柏井季子
鏡台に生れし蠅の居りにけり　高濱虚子

春《はる》《はる》**の蠅**《はへ》《はえ》

ぽかぽか暖かくなると、どこからとなく飛んで来る蠅である。

春の蠅飛んでのらくら男かな　佐藤漾人
冴返り又居ずなりぬ春の蠅　高濱虚子

春《はる》**の蚊**《か》

春出る蚊である。春の宵など、思いがけず出て来る蚊は、羽音もか細く姿も弱々しい。**春蚊**《はるか》。

金泥の菩薩刺さんと春の蚊が　古川水魚
たゝみ居る衣よりたちし春蚊かな　森千代子
襟掛けてをれば出初めし春蚊かな　下田實花
患者らの血に太りたる春蚊打つ　三宅年子
春の蚊のゐておぞましや亭を去る　高濱虚子

虻《あぶ》 ㊂ 全体として蠅に似ているが、蠅より大きく色も明るい。唸り澄む羽音には春昼の感が深い。まっすぐ飛んで藤房などに突き当たり、一花をこぼすのなど愛嬌がある。花虻、牛虻など種類も多い。

濯ぎもの干すやまつはる虻一つ　左右木圭子
虻澄みてつゝと移りて又澄みぬ　高濱虚子
虻一つぶつかり落ちし天幕かな　高濱年尾
虻宙にとどまるときの羽音かな　稲畑汀子

蜂《はち》 ㊂ 花に集まる蜂、唸りを立てて近づく蜂、そこに新鮮さが感じられる。**蜜蜂**《みつばち》、**熊蜂**《くまばち》、**足長蜂**《あしながばち》、**穴蜂**《あなばち》、**土蜂**《つちばち》などと種類が多い。

蜂の尻ふは〳〵と針をさめけり　川端茅舎
嬋娟《せんけん》として蜜蜂の女王かな　山本薊花

お茶筅に蜂の来てゐる野点かな　渡辺貞女
泥蜂の一つづつ穴出ては飛ぶ　市原あつし
熊蜂の巣もあると言ふ庭広し　松崎亭村
うなり落つ蜂や大地を怒り這ふ　高濱虚子
飛び込みし蜂に乱れし授業かな　稲畑汀子

蜂《はち》の巣《す》　蜂の種類は非常に多く、木の枝、洞《うろ》、軒端、土中、岩のくぼみなどに、それぞれ特有の巣を作り、大きさ、形はまちまちである。

巣を抱いて動かぬ蜂や雨の中　坂本春甕
温室の中に蜂の巣あるらしく　山田静雄
雨戸繰るたび蜂の巣の揺るゝかな　志賀道子
巣の中に蜂のかぶとの動き見ゆ　高濱虚子

巣《す》立《だち》　鳥の子が成育して、巣から飛び去ることをいうのである。鳥によって遅速があるが、多くは晩春から初夏のころ巣立をする。**巣立鳥《すだちどり》**。

巣立鳥藁しべつけてもろ翼　風骨
鷹已に巣立ちし松のさるをがせ　菊地星城
巣立鵜の並び止れる高枝かな　岡安迷子
あとかたもなき静けさに巣立ちたる　谷口和子

雀《すずめ》の子《こ》　雀のひなは孵《かえ》って半月ほどで巣立つ。**親雀《おやすずめ》**と遊んでいる**子雀《こすずめ》**は小さくかわいい。

我と来てあそべや親のない雀　一茶
雀の子そこのけ〳〵御馬が通る　同
子雀の吹き落されし車椅子　森土秋
玻璃内の眼を感じつゝ親雀　高濱虚子

子《こ》猫《ねこ》　猫は四季に孕むが、ことに春がいちばん多い。発情後約二か月で、三、四匹の子を産む。まだ目もあかぬ子猫が、**親猫《おやねこ》**のおなかに頭をくっつけて乳を吸うさまなどかわいらしい。親猫は産床の子猫をよく守り、あまりのぞいたりすると、子猫の頸をくわえて人目につかぬところへかくしたりする。**猫《ねこ》の子《こ》**。

猫の子の膳に随き来る旅籠かな　松藤夏山

紙とんでゐしにはあらず子猫かな　星野立子
猫の子が往診鞄嗅ぎに来し　福島杜子夫
行商に貰はれてゆく子猫かな　亀田牧女
抱き上げてみし猫の子の軽きこと　松浦由美子
貰はる丶までの仮の名子猫たち　上野白南風
貧乏の生活に子猫加はりぬ　深町丘蜂
見るだけのつもりが子猫貰ひ来し　今橋眞理子
寵愛の子猫の鈴の鳴り通し　高濱虚子
猫嫌ひなどと言ひつつ子猫抱く　稲畑汀子

落《おと》し角《づの》　鹿の角は四月ごろになると根もとから自然に落ちる。初夏になると「袋角」ができて、また新しい角が生えてくる。そのたびに枝の数もふえ、大きく立派になってゆく。奈良の鹿は秋に「角切」を行なう。そのとき残った角座も四月ごろには落ちる。

山裾や草の中なる落し角　高濱虚子

人丸《ひとまる》忌《き》　山辺赤人と並んで歌聖と崇められる柿本人麻呂の忌である。その没年については諸説があって確とはわからないが陰暦三月十八日とせられ、明石市の柿本神社（人丸神社）では、四月第二日曜日に人丸祭を行なっている。また石見国で没したともいわれていて、島根県益田市の柿本神社でも四月第二日曜日に行なわれている。人麻呂の作品は思想、格調ともに雄渾で、人麻呂が出て和歌は真に文学として独特の地位を得たとさえいわれている。**人麻呂忌《ひとまろき》**。

人丸忌俳書の中の歌書一つ　高田つや女
人丸忌妻恋ふことの美しく　竹下陶子
淡路より亦鳴門より人丸忌　田中花大根
山辺《やまのべ》の赤人が好き人丸忌　高濱虚子

花供養《はなくやう》《はなくよう》　鞍馬の花供養。京都の鞍馬寺で四月六日から二十日まで行なわれる花供懺法会《はなぐせんぼうえ》で、六日と二十日には、初めと納めの読経があり、七日、八日は寺の行事、そのあと各講中が琴、尺八、三絃、献花、点茶などを奉納し、参詣人も多い。本尊は秘仏で丙寅《ひのえとら》の年の花供養にのみ開帳する。鞍馬寺には雲珠上人が植えたと伝えられる雲珠桜《うずざくら》があり、大宮人がそれを手折りかざして家づとにした昔も偲ばれる雅やかな法要である。

花供養雨やどりして待ちにけり　野村泊月
花供養瓦寄進を吾もせん　中田余瓶
うずざくら一嵐して花供養　高濱虚子

御身拭《おみぬぐひ》《おみぬぐい》　四月十九日、京都嵯峨の清凉寺（釈迦堂）で行なわれる行事で、本尊の栴檀瑞像釈迦如来の御扉を開き、寺僧が白布をもって仏身を拭き奉る儀式である。御身拭に用いた白布は、如来の妙香をうつして衆生を清めるとされ、信者たちが頂いて帰る。

ならびゐる尼の生徒や御身拭　田畑三千女
御身拭揃ひの袈裟の御僧たち　高木春川
化をこゝに八百年の御身拭　野島無量子
御身拭すみて明るきお蠟燭　村田橙重
尼一人加はり給ふ御身拭　岩崎俊子
御臍に梯子参らせお身拭　藤村うらら
食うて寝て牛になりけり御身拭　高濱虚子

御忌《ぎょき》　浄土宗の宗祖法然上人の忌日法要である。総本山の京都東山知恩院で毎年四月十八日から二十五日まで行なわれる。十八日の開闢《かいびゃく》に始まり、二十五日まで、法事、諸行事があり、末寺から僧侶が集まり、また参詣人で賑わう。法然上人は建暦二年（一二一二）正月二十五日、知恩院の地に没し、その法要がもとは一月に行なわれたが明治十年（一八七七）から四月となった。東京芝増上寺でも四月に営まれ参詣人が多い。**法**《ほふ》**然忌**《ねんき》。**御忌**《ぎょき》**詣**《まうで》。**御忌**《ぎょき》**の鐘**《かね》。

難波女や京を寒がる御忌詣　蕪村
母とゐて心しづかや法然忌　吉永梅子
勅使門開けて本山御忌に入る　野島無量子
新発意のかけし赤袈裟法然忌　磯辺芥朗
髪剃つて一山の僧御忌支度　野島ひさし
貧乏の寺を支へて法然忌　水口秋声
御忌の鐘都大路の果までも　北川法雨

尼の地位今なほ低し法然忌　穂北燦々
僧正を賜り花に御忌修す　土屋五倍子
群集する人を木の間に御忌の寺　高濱虚子

御影供《みえいく》

承和二年（八三五）三月二十一日、高野山奥之院に入定された弘法大師の正忌を営むのをいう。弘法大師は「虚空尽き、衆生尽き、涅槃尽きなば、わが願もまた尽きなん」と誓願され入定されたが、延喜十年（九一〇）三月二十一日、観賢僧正が初めて京都の東寺に御影供を修されてより、全国の寺々においても御影供が勤修されるようになった。現在、東寺では四月二十一日を正御影供として修している。またこの日は灌頂院が開かれ絵馬を拝観させる。高野山では三月二十一日を正御影供として、奥之院並びに御影堂で法会が勤修される。この御影供には大師がいまも生きつづけているという信仰から御衣替の法儀が行なわれる。**御影供《みえく》**。**空海忌《くうかいき》**。

御影講や顱の青き新比丘尼　許六
とこしへにいろは歌あり空海忌　兼田英太
御影供の人出堰きつゝ輿すゝむ　佐藤慈童
還俗の弟子も来てゐる御影供かな　森白象
妻伴れて亡き子に遭はん空海忌　小畑一天

壬生念仏《みぶねんぶつ》

四月二十一日から二十九日まで、京都の壬生寺で行なわれる大念仏法要である。この期間中、無言の壬生狂言が境内の狂言堂で演じられる。毎日必ず上演されるのは「炮烙割《ほうろくわり》」で毎日千余枚の炮烙を割る。この炮烙は節分詣に納められたもので、これを割ることによって厄が落ちるという。狂言は田楽に類した手真似、足真似ばかりのものである。壬生六斎講の人々によって行なわれ、銅鑼、太鼓、横笛で、ガンデンデン、ガンデンデンと囃す。この銅鑼を壬生の鉦という。花曇の空に響く壬生の鉦はいかにものどかな京の春である。**壬生狂言《みぶきやうげん》**。**壬生踊《みぶをどり》**。

著流しの壬生の鉦の役　中山碧城
狩衣の背の願文や壬生念仏　中田余瓶
鬼面にも大小のあり壬生念仏　中原一樹

著到のすぐ役振られ壬生楽屋　早坂萩居
壬生念仏幕引くでなく終りとや　吉田大江
灯を返す壬生狂言の扇かな　千原叡子
壬生狂言面の小暗くて　佐々木清雅
舞台暫し空しくありぬ壬生念仏　高濱虚子

島原太夫道中《しまばらたいふのだうちゆう》《しまばらたゆうのどうちゆう》　四月二十一日に行なわれていた京都島原遊廓の行事で、各青楼の前に桟橋をかけ、朝から見物人が押しかけたという。本来は夜々置屋から揚屋へ向かう「太夫」の行列で、初めに花車《かしや》、芸妓が通り、そのあと禿《かむろ》をつれた太夫が綺羅を飾り、三本歯の黒塗の下駄を穿き、八文字を踏んで廓内を練り歩く。男衆がうしろから大きな傘をさしかけて行くのであって、最終のものは「傘止太夫」といって、太夫中の名妓がなる掟であった。遊廓が廃止された現在は、京都の観光行事の一つとして名残をとどめている。

太夫待つ行厨膝に尼ぜかな　小林桂樹楼
近年になき傘止の器量ぶり　岡本秋江
傘影の外れて太夫の眉目かな　中山碧城
我も亦太夫待つなる人のかげ　高濱虚子
太夫見の向ひ桟敷の見知り人　同

靖国祭《やすくにまつり》　四月二十一日より三日間、東京九段の靖国神社で行なわれる春の例大祭をいう。**招魂祭**《せうこんさい》。

事古りし招魂祭の曲馬団　松本たかし

蜃気楼《しんきろう》　雪解水などで海面の温度が低く、しかも天気の良い日中風がなかったりすると、海上にふつうは見えない、水平線下の船や対岸の景が光の屈折によって変形して見えることで、昔の人はこれを海底の蜃《はまぐり》が気を吐いて空中に楼閣を現すと考えた。富山県魚津が有名である。武蔵野の逃水などといわれるものも広義では蜃気楼と呼ばれる。**海市**《かいし》。**喜見城**《きけんじやう》。

蜃気楼見むとや手長人こぞる　芥川我鬼
たゞ沙漠なりし眺めに蜃気楼　桑田青虎
蜃気楼たちしところに船すゝめ　新谷氷照
鉄塔の見えしが始め蜃気楼　小林草吾

再びのものとはならず蜃気楼　伊藤玉枝

鮒膾《ふななます》

鮒の真の味は寒中にあるともいうが、琵琶湖の源五郎鮒は春の産卵期に多く捕れ、味もよいので、これを膾にしたものは格別である。皮を剝いで三枚におろし、そぎ身にしたものを酢味噌で和《あ》える。作り方によって、「叩き膾」とか「子守膾」とか呼ばれる。**山吹膾**《やまぶきなます》は、卵《まこ》を茹でてほぐし、そぎ身にまぶして膾にしたもの。庖丁聞書には「山吹鱠といふのは初夏の鱠也。鮒を作り、山吹の花、改敷の上に盛り出だすなり」とある。

舟中に冷たき酒や鮒膾　坂本四方太
鮒膾湖港に近き小料理屋　川崎栖虎
船人の近江言葉よ鮒膾　高濱虚子

山吹《やまぶき》

わが国固有の花で、古く万葉にもその名が見える。花は黄色で鮮やかだが、白いものもある。ただし茎が茶褐色の白山吹は別種である。一重咲きと八重とがあり、仲春から晩春にかけて咲くが、八重は一重よりもやや遅れる。いずれも花の黄色が葉や茎の緑に浮いて明るく美しい。**葉山吹**《はやまぶき》は葉ごみの山吹のこと。**濃山吹**《こやまぶき》。

山ぶきのあぶなき岨のくづれかな　越人
山吹の一重の花の重なりぬ　高野素十
山吹も八重の遅るゝ苔かな　後藤夜半
八重もまた散る山吹となりしかな　荒木玉章
川波に山吹映り澄まんとす　高濱虚子
遠くより見てゐし雨の濃山吹　稲畑汀子

海棠《かいだう》《かいどう》

海　棠

中国原産。庭木として植えられ、長い花柄に薄紅色の花を総状に垂れる風情は艶である。唐の玄宗皇帝が楊貴妃の酔後の姿を評して「海棠睡り未だ足らず」など、古来、美人の姿にたとえられる。鎌倉光則寺の海棠は大木で有名である。

海棠の静かにちるや石畳　吟江
海棠や藁屋造りの法華寺　平野木守

海棠の長き盛りを留守勝ちに　五十嵐哲也
散り際も海棠らしさ失はず　岩垣子鹿
海棠の雨といふ間もなく傷み　高濱虚子

山楂子《さんざし》の花《はな》

中国原産で、高さ一、二メートルくらいの棘のある落葉低木。梅に似て丸みのある白い五弁の花が群がって咲き、果実は薬用となる。盆栽にも仕立てられる。

山楂子の幹の武骨に花つけし　吉村ひさ志
山楂子の咲きて洋館古りにけり　手塚基子
山楂子の花に来てゐる鳥の午後　稲畑汀子

馬酔木《あせび》の花《はな》

ふつう常緑の低木であるが、ときには三メートル以上にもなる。関東以西の山中に多く、とくに奈良の馬酔木は有名である。葉は椎の葉に似て細長い。春、枝先から長い花穂を垂らし、多数の鈴蘭に似た地味な小花をつける。有毒である。**あしびの花《はな》。あせぼの花《はな》。**

馬酔木の花

大仏の供花のあせびを仰ぎけり　麻田椎花
山深く来つる思ひに馬酔木垂る　佐藤漾人
浄瑠璃寺までの馬酔木の咲ける道　林大馬
参籠の一夜は明けぬ花馬酔木　森定南樂
花馬酔木咲くを知らずに籠りゐし　山田不染
馬酔木折つて髪に翳せば昔めき　高濱虚子
花馬酔木ばかり目につく島に著く　稲畑汀子

ライラック

ヨーロッパ原産。晩春、細かい花が七、八センチの総状に咲き、清潔で甘い香りを放つ。白、薄紫など品よく優美で香水の原料になる。紫丁香花《むらさきはしどい》ともいう。**リラの花《はな》。**

ライラック

騎士の鞭ふれてこぼるゝライラック　スコット沼蘋女
舞姫はリラの花よりも濃くにほふ　山口青邨
リラ咲くと書きなつかしき昔かな　星野立子
庭に出て見るは夕のリラの花　米谷よし子

別々に旅つゞけ来てリラに会ふ　小島梅雨
暁け色となりてぞ冷ゆるリラの月　奥田智久
子を育て子を手放してリラの家　嶋田一歩
夜話遂に句会となりぬリラの花　高濱虚子
香をつなぐ白と紫ライラック　稲畑汀子

雪柳《ゆきやなぎ》

茎は高さ一・五メートルくらいとなって撓み、三、四月ごろ新葉が出ると同時に、米粒ほどの真白な五弁の花が群がり咲く。さながら雪のようなので雪柳という。**小米《こごめ》花《ばな》。小米桜《こごめざくら》。**

朝より夕が白し雪柳　五十嵐播水
小米花とめし雨粒より小さし　小畑一天
白といふ本当の白雪柳　福島テツ子
　岩倉公遺跡
四畳半三間の幽居や小米花　高濱虚子
小米花咲くが先づ目につく遠さ　稲畑汀子

小粉団《こでまり》の花《はな》

高さ一・五メートルくらい。一株から細い幹を群生する。白い梅の花形のこまかい花が三センチほどの毬状に集まって咲く。枝の元から先まで、小さい手毬がたくさんついた感じである。**こでまり。**

小でまりや裏戸より訪ふことに馴れ　高濱年尾

楓《かへで》《かえで》の花《はな》《はな》

楓は新芽が美しいので花はつい見過ごされがちであるが、若葉の少し開きかかった葉陰葉陰に暗紅色の小さい花をつける。この花はすぐ羽のような実になり、花よりも実の方が美しく目につく。

けふ島を去るにつけても花楓　深川正一郎
花楓一と枝そへて祝のもの　坊城としあつ

松《まつ》の花《はな》

松の新芽はその頂に二、三個の雌花をつけ、その下の方に米粒のような黄色、あるいは薄緑色のたくさんの雄花をつける。とりたてて花盛りとか満開とか感ずる花ではない。雄花はやがて花粉を散らし、地面を黄色く染める。雌花は生育して松毬《まつかさ》となる。

風呂沸くやしんと日あたる松の花　清原枴童

掃けば又すぐとざす門松の花　松岡伊佐緒
煙り散る松の花粉に気を転じ　星野立子
松の花参賀の列はけぶらへる　眞鍋蟻十
幾度か松の花粉の縁を拭く　高濱虚子
又松の花粉の頃に病める子よ　稲畑汀子

珈琲《コーヒー》の花《はな》　㊂　アフリカ原産、アカネ科の高さ五〜一〇メートルの常緑高木。ブラジルでは春の気候になって雨が土を潤すと、水平に広がった枝の対生の葉のつけ根にいっせいに花を開く。白色で香気があり、花期は長い。

買物の女も駄馬や花珈琲　目黒はるえ
鄙びつゝわが娘育つや花珈琲　佐藤念腹
夫を訪ふ旅路はるかや花珈琲　本郷桂子

柃《ひさかき》の花《はな》　柃は山野に自生し、庭にも植えられる高さ一メートルくらいの常緑低木でよく茂り、葉のつけ根に二つ三つずつ、白くて丸みのある小花を下向きにつける。花径はせいぜい五ミリ、五弁で、雌雄異株、雌花はやがて紫黒色の実をむすぶ。枝葉を榊のかわりに神事に用いる地方もある。

あしらひて柃の花や適ふべき　富安風生

柃の花

樒《しきみ》の花《はな》　樒は仏前、墓などに供える常緑小高木。葉のつけ根に花径三センチほどで十二片、黄白色の花が六、七個ほどねじれたようにかたまって咲く。葉には香りがあり、線香の材料ともなる。果実は有毒である。

樒の花

こぼるゝやゆふべ明りに花樒　無錫
うすみどり樒の花と教へられ　岡田静女
背教の祖の墓は別樒植ゑ　小原菁々子

木苺《きいちご》の花《はな》　山野や路傍などに自生する高さ一、二メートルの落葉低木。葉、茎とも棘が多い。晩春、初夏のころ、深緑の葉の間に一輪ずつ、すっきりとした白色五弁の花をつける。葉は多く五つに裂け、楓に似ているので正名は「もみじいちご」という。

木苺の大きな花のとび〳〵に　加藤霞村

木苺の花をあはれと眺めゐる　高濱虚子

苺《いちご》の花《はな》

山苺、野苺、畑に栽培される苺など、すべての苺類の花をいう。まず新葉が出てのち、白い五弁の花を開くのはどの種類も同じである。清楚な花が夕ぐれの葉かげに暮れ残っているのなど趣が深い。

花苺ひとこと妻と立話　池内友次郎

敷藁のま新しさよ花いちご　星野立子

通草《あけび》の花《はな》

通草は蔓性の落葉低木で、ほとんど全国の山野に自生し、また垣根などを這いまわる。楕円形の葉は五枚にわかれていて、目につきやすい。四月ごろ、新しい蔓に細い花茎を出し、三弁の淡い紫色の花を咲かせる。その花の形や色はどことなくさびしい。

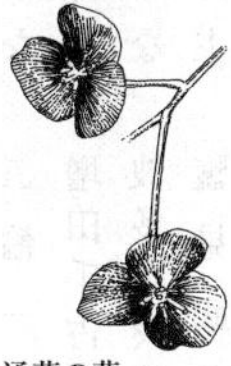

通草の花

花あけびうち仰ぎゐて湯ざめかな　宮野小提灯

花通草崖はそこより谿に落つ　五十嵐播水

郁子《むべ》の花《はな》

蔓性で常緑、山野に自生するが庭にも植えられる。葉は掌状複葉で五～七センチの小葉にわかれ、小葉は革質で楕円形、先が尖る。葉のわきから花序を出し、外側は白く内側は淡紫色の三センチくらいの花が幾つか咲く。古名は「うべ」。

郁子の花

相からみどれがどの花郁子通草　佐田あはみ

ふる里の山河変らず郁子の花　田中祥子

宗因忌《そういんき》

陰暦三月二十八日、談林派俳諧の祖、西山宗因の忌日である。宗因は肥後八代の人。領主加藤正方に仕えたが、主家改易のため浪人し、旧主幽居に従って京都に移り住んだ。連歌を学び、正保四年（一六四七）、浪花の天満宮連歌所の宗匠となった。寛文、延宝年間にかけて門下の井原西鶴らに擁せられ、談林派を率いて、軽妙奇抜な俳諧に一世を風靡したが、天和二年（一六八二）七十八歳で没した。別号梅翁また西翁。大阪市北区兎我野町の寺町と呼ばれる一帯にある西福寺にその墓があり、東京西日暮里の養福寺には句碑がある。

いまだ見ぬ天満百句や宗因忌　太田正三郎

昭和《せうわ》《しようわ》の日《ひ》《ひ》　四月二十九日、国民の祝日のひとつである。昭和天皇御生誕の日として、昭和時代には天皇誕生日、平成時代になり「みどりの日」と定められた。その後、平成十九年（二〇〇七）、激動の日々を経て復興を遂げた昭和を顧み、国の将来に思いをはせる、という趣旨により、昭和の日となった。

古き庭風新しき昭和の日　古賀しぐれ
昭和の日嫁ぎし朝の父の声　小川みゆき
御苑ゆく雑木林の昭和の日　河野美奇
いくたびも呼び名かはりて昭和の日　田治紫
築き来し家族の記憶昭和の日　玉手のり子
昭和の日今も昭和のまま生きる　山戸暁子

葱坊主《ねぎばうず》《ねぎぼうず》　晩春、葱の葉の間から一本のまっすぐな花茎が立ち、頂に細かく白い花を球状につける。これを葱坊主という。**葱《ねぎ》の花《はな》**。**葱《ねぎ》の擬宝《ぎぼ》**。

花葱に誰か住まへる旧居かな　三輪一壺
おのづからある大小や葱坊主　増田手古奈
葱坊主ごしに伝はる噂かな　波多野爽波
日曜の一と日をわれと葱坊主　鹽見武弘
信号の長き停車や葱坊主　稲畑汀子

萵苣《ちさ》　キク科の越年野菜で、花茎は一メートル近く伸び、上の方は盛んに小枝を出し、その先端に多弁の黄色い小花をつける。下葉から欠きとって食用にする。ちょっと苦味がありそれが好まれる。葉は青いものと赤みがかったものとある。農家でも八百屋でも「ちしゃ」がわかりやすい。**ちさ欠《か》く**。

水切って萵苣の籠おく厨窓　富永双葉子
萵苣欠ぎて夕餉の支度とゝのひし　平野一鬼
神饌田守朝餉の萵苣を摘み戻る　朝日澄子

掬いで来し蒿苣の手籠を土間に置く　山下豊水
古里や嫂老いて蒿苣の薹　高濱虚子

みづ菜《な》《みずな》

茎は三〇センチくらいで、葉は切れ込みがある多年草。渓谷など陰湿地に群生し、若い葉はやわらかく、浸し物にする。四、五月ごろ葉のつけ根に淡黄色の小さい花をつける。**うはばみさう**。関東で京菜と呼ぶ株野菜の「水菜」とは別のものである。

西鉛温泉
でゆの主《ぬし》みづといふ菜を土産《つと》にくれし　高濱虚子

鶯菜《うぐひすな》《うぐいすな》

小松菜の若菜で、葉の二、三枚出たばかりの一〇センチくらいのつまみ菜をいう。色がわかみどりで鶯に似ているからとか、時期が鶯の鳴くころだからとかで呼び習わされているという。

鶯菜放ちひとりのお味噌汁　副島いみ子
客ありて摘む菜園の鶯菜　深見けん二

茗荷竹《めうがたけ》《みょうがたけ》

晩春芽生えてくる茗荷の若芽のこと。土の中からぬきん出てくる薄緑の芽は香りが高く、吸い物や刺身のつまなどに用いられる。「茗荷の子」は夏、「茗荷の花」は秋。

茗荷竹普請も今や音こまか　中村汀女
一面に出かゝつてゐて茗荷竹　高橋春灯

熊谷草《くまがいさう》《くまがいそう》

北海道から九州まで、山野の木の下、竹林などに野生する蘭の一種で、群をなすこともある。高さ三、四〇センチくらい、茎はまっすぐ立ち、毛がある。葉は柄がなく対生して二枚、大きく縦皺の多い扇形で、春、その間から花柄を出し、五、六センチの大形の花をうつむきに開く。花弁は淡い緑をおびた白で紫の斑点があり、とくに目立つ唇弁は袋形、紅紫の脈が走り網目模様がある。これを熊谷直実の母衣《ほろ》に見立てて名付けられた。梅雨のころ咲く同属の敦盛草とは葉の形、花の色は違うが、形がそっくりであるところから、源平の一ノ谷合戦で戦った二人に因み対立させて付けられた名である。

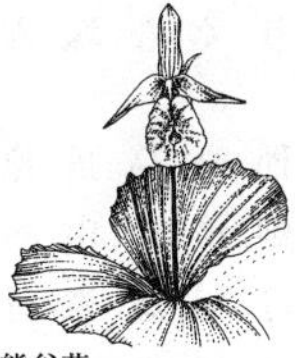
熊谷草

お茶花は熊谷草の花一つ　由利妙子

熊谷草を見せよと侍従に仰せありしとか

熊谷草を見せよと仰せありしとか　高濱虚子

杉菜《すぎな》

土手、線路ぎわ、川のふち、日当りのよい所など、どこにでも生える雑草で、土筆《つくし》はその花にあたる。細くてやわらかい緑の茎は節《ふし》が多く、引っ張るとそこから抜ける。

絵馬落ちて裏返しなる杉菜かな　原月舟

碑は傾ぎ杉菜斯く生ふ処刑塚　景山筍吉

小川二つ並び流るゝ杉菜かな　高濱虚子

杉菜など墓地に生ふもの皆青く　高濱年尾

目に立ちしときは杉菜でありにけり　稲畑汀子

東菊《あづまぎく》《あずまぎく》

茎の高さは二、三〇センチ。四、五月ごろ、その頂に一輪、菊に似た淡紅紫色の花をつける。俗に都忘れを東菊ということがあるが、これは別種である。**吾妻菊《あづまぎく》**。

湯がへりを東菊買うて行く妓かな　長谷川かな女

花韮《はなにら》

四月ごろ韮に似た細葉の間から、一〇～二〇センチの茎を出し、その頂にわずかに紫を帯びた白色の六弁花を上向きにつける。あちこちの庭に、たくさんの白い花の揺れ交わす景は美しく人目につく。葉を傷つけると韮のようなにおいがあるのでこの名がついた。「韮の花」は秋季である。

花韮の並び伏したる雨上り　深見けん二

花韮に紫の影ひそみけり　稲岡達子

花韮を摘み来し指のなほ匂ふ　稲畑汀子

華鬘草《けまんさう》《けまんそう》

古く中国から渡来し、観賞用として栽培されている。葉は牡丹に似て小さく、高さ六〇センチくらい。晩春、淡紅色の平らな花が茎を傾けて総状に咲く。花の形が仏前の飾りの華鬘に似ているのでこの名がある。黄や紫の種類もある。

華鬘草

白華鬘菩薩の慈悲を偲ばせて　坂井建

吉野路ゆ句帖に栞るけまん草　柴原保佳
持ち帰りゐしは吉野の華鬘草　稲畑廣太郎
みよし野の杉山深し華鬘草　稲畑汀子

都忘れ《みやこわすれ》

山地に自生する、深山《みやま》嫁菜の栽培種として古くから賞翫された。茎は三〇センチくらいに伸び、紫色または白の菊に似た花をつける。花屋では「あずまぎく」とも呼ぶことがあるが、「東菊《あずまぎく》」とは別種である。

祇王寺の都忘れに籠る尼　竹内万紗子
雑草園都忘れは淡き色　高濱年尾
灯に淋し都忘れの色失せて　稲畑汀子

金盞花《きんせんくわ》《きんせんか》

南ヨーロッパ原産。高さ三〇センチくらい。花は濃い橙色から薄黄色まで濃淡があり、八重咲きもある。冬も温暖な地方で、切花用として多く栽培されている。花期が長い。

潮風や島に育てし金盞花　松島正子

二人静《ふたりしづか》《ふたりしずか》

山野に自生する高さ三〇センチあまりの野草。茎の頂に一対ずつ四枚の楕円形の葉をつけ、その葉の間から二本の小さい白い花を穂状につける。謡曲「二人静」の静御前の霊に魅せられた菜摘女《なつみめ》の二人の舞になぞらえ二人静の名がつけられたといわれる。一人静より花期は遅い。

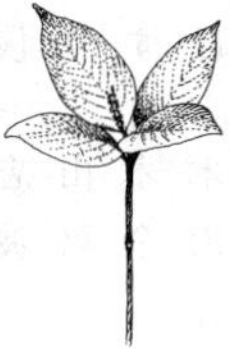
二人静

静かなる二人静を見て一人　京極高忠
夫の忌や二人静は摘までおく　丸山綱女

十二単《じふにひとへ》《じゆうにひとえ》

丘陵地に見かける多年草で、二、三〇センチくらいの茎も、葉も白い毛でおおわれている。茎の先端にかけて唇形、薄紫色の小花を穂状につける。重なり咲くさまを王朝の女官の十二単に見立てて、この名がついた。

十二単

裳裾曳く十二単と言ふからに　柴崎博子
名に負けて十二単の花咲きぬ　辻本青塔

汝にやる十二単衣といふ草を　高濱虚子
風見ゆる丈あり十二単とは　稲畑汀子

勿忘草《わすれなぐさ》
ヨーロッパ原産。「フォーゲット・ミー・ナット」の訳で悲恋の伝説がある。高さ二〇、三〇センチ、晩春から初夏にかけて、瑠璃色の可憐な花をつける。

船室の勿忘草のなえにけり　佐藤眉峰
勿忘草夫に贈りし日は遠く　堀内民子
ふるさとを忘れな草の咲く頃に　成嶋瓢雨
少し長け勿忘草の色減りし　稲畑汀子

種俵《たねだはら》《たねだわら》
種籾《たねもみ》を入れて種井、種池、種田などに浸《つ》ける俵をいう。

よもすがら音なき雨や種俵　蕪村
種俵緋鯉の水につけてあり　星野立子
ゆら〳〵と水底浅き種俵　志波彦
種俵沈めあるらし泡立てり　山﨑一角
種俵揚げ来し雫土間濡らす　木全一枝
一粒もおろそかならず種籾は　木田杜雪
水深く縮まつて見ゆ種俵　高濱虚子

種井《たねゐ》《たねい》
籾《もみ》を蒔く前、発芽をうながすために、籾を俵のまま池や川、または田の片隅に作った井戸などに浸しておく。この井戸を種井、**種池《たねいけ》**という。**種浸《たねひた》し**。

おがたまの木に縄さげし種井かな　支考
雨水の濁りさしこむ種井かな　淺野白山
出序でに覗く種井や燭かざし　竹内余花
橋杭に縄いくすぢも種浸す　木俣杏仁
種池のそれとわかりぬこぼれ籾　津田照美代
雨水を甕にたゝへて種浸す　松岡伊佐緒

種選《たねえらみ》
種籾を塩水などに浸し、浮くような悪い種を除くことである。大豆、小豆など一般の種物を選り分けることもいう。**種選《たねよ》る**。

浮籾の意外に多し種選　松本一青
種を選る土のぬくさをこゝろ待つ　戸澤寒子房

種蒔《たねまき》

種籾を苗代に蒔くのをいうのであるが、春、野菜や草花の種を蒔くのにもいう。**籾蒔《もみま》く。種《たね》おろし。物《もの》種蒔《だねま》く。**

蒔いてをり何の種かと跼みきく　星野立子
静なる一歩より籾蒔きはじむ　安藤草々
大安といふ日を選び籾を播く　牧原十峯
種を蒔く人のうしろの地平線　美馬風史
籾を手でをどらせながら蒔いてゆく　古屋敷香葎
起こしたる畝の高きに種を蒔く　相生垣秋津
籾を蒔く日とてなき雨つゞきけり　山下輝峰
無造作に見えて確かに種を蒔く　椎野ひろし
利根の風をさまる頃や種おろし　荒川ともゑ
種嚢縁に並べて蒔きにけり　高濱虚子
籾蒔けり静かに足を抜き換ふる　高濱年尾
蒔きし種こぼれし種もその中に　稲畑汀子

苗代《なはしろ》《なわしろ》

稲の苗を仕立てる田である。雀などを威すために竿の先に紙などをつけて立てたりし、それが青々とした苗の上に吹きなびいているのはまことに清々しい。近年では家ごとには作らず、農協などでまとめて苗を仕立てることも多いようである。**苗田《なへた》。苗代田《なはしろだ》。苗代時《なはしろどき》。**

ゆたかなる苗代水の門辺かな　松本たかし
苗代の蒔きしばかりの水浅く　高橋すゝむ
機不況つゞき苗代寒つゞき　渡邊小芽
苗代に野鼠除けの夜水張る　宮崎牛芽
いま見舞ふこともよしあし苗代寒　地道越人
門辺なる苗代水の澄める朝　高濱虚子
落人の裔か苗代作りして　高濱年尾
苗代寒さそへる雨となりにけり　稲畑汀子

水口祭《みなくちまつり》

苗代に種をおろしたとき、水が豊かで苗の育ちがいいようにと、その田の水口に土を盛って御幣を挿し、季節の花や御神酒、焼米を供えて田の神を祀る。

忌串立て水口祭終りけり　榊原市兵衛

源五郎游ぐ水口祭りけり　林　大馬

種案山子《たねかがし》

多く苗代に蒔いた種籾を鳥から守るために用いられる。秋の案山子の傷んだままのを立てたり、竿の先に紙きれをつけて立てたりする。近年は案山子の代りに簡単にビニールテープを張ったり、防鳥網を張ったりする所も多い。

種案山子赤き帽子を戴かせ　松藤夏山

種案山子袖の水漬かんばかりなり　鈴木奈つ

苗代《なはしろ》《なわしろ》茱萸《ぐみ》

苗代を作るころ熟れて紅くなる茱萸である。俵のように長楕円形なので**俵《たはら》ぐみ**ともいい、**はるぐみ**ともいう。木の高さは二・五メートル内外、葉は表が深緑色、裏は銀褐色、縁には波形のきれこみがある。この葉のつけ根からかわいい実を垂れる。

吾にあらばふるさとはこゝ苗代茱萸　稲畑汀子

朝顔《あさがほ》《あさがお》蒔《ま》く

四月上旬から五月にかけて蒔くが、八十八夜前後が最もよいとされている。都会では垣根や鉢ばかりでなく、土を盛った容器に蒔いたりもする。

朝顔を蒔きたる土に日欄干　山口青邨

朝顔の種を蒔きくれ看とりくれ　下　文彦

生えずともよき朝顔を蒔きにけり　高濱虚子

藍《あゐ》《あい》植《う》う

種を蒔いて育てた藍の苗を、本畑に移植することである。

塵取にはこびて藍を植ゑにけり　岡安迷子

ふるさとや今も名残の藍植うる　清水良艸

百年の老舗を守り藍植うる　稲畑汀子

蒟蒻《こんにやく》植《う》う

蒟蒻は、サトイモ科の多年草で、その球茎を蒟蒻玉という。前年霜の降りる前に掘り出し、囲っておいた種蒟蒻玉を晩春、よく消毒した畑に植え込むのである。茎の高さは約一メートル、夏ちょっと変わった形の悪臭のある紫色の花を開く。

値下りと聞きし蒟蒻植ゑ渋り　眞鍋蟻十

蓮《はす》植《う》う

蓮根を一節くらいに切り、泥田をかき混ぜて縦に二〇センチほどの深さに植える。

現れて乾く根もあり蓮植うる　福井圭兒
蓮植うる手元大雑把と見たる　松尾緑富

「夏も近づく八十八夜、野にも山にも若葉が茂る」と歌われるように、立春から数えて八十八日目、五月二、三日ごろにあたり、茶摘も盛り、農家は野良仕事に忙しい。

八十八夜《はちじふはちや》《はちじゅうはちや》

ふるさとのあすは八十八夜かな　保田ゆり女
北国の春も八十八夜過ぐ　橋本春霞
播き終へて八十八夜の月明り　木村星月夜
泊りたる祖谷の八十八夜の炉　藤岡あき
病室に八十八夜冷ありし　松本圭二
霜害を恐れ八十八夜待つ　高濱虚子

別《わか》れ霜《じも》

春に降りる最後の霜をいう。俗に「八十八夜の別れ霜」というように、そのころに多い。移動性高気圧のいたずらである。**霜《しも》の名残《なごり》**。**忘《わす》れ霜《じも》**。

別れ霜ありと見込んで農手入　大塚賀志恵
越後路のふたゝびみたび別れ霜　南雲つよし
もう霜の別れを告げし野の色に　月足美智子
別れ霜ありしと聞くや牡丹の芽　高濱虚子
桑育ちゆくまゝに霜名残かな　高濱年尾
別れ霜ありし昨日は語らずに　稲畑汀子

霜《しも》くすべ

桑などが芽ぐむころになっても、なお霜が降りて新芽を傷めることがある。その**霜害**《さうがい》を防ぐため、霜の降りそうな夜には、籾殻や松葉などを焚きくすべて畑一面を覆う煙幕を張り、冷えるのを防ぐ。霜は星の輝く晴れ渡った夜に降りることが多い。

霜害や起伏かなしき珈琲園　佐藤念腹
藁負うて妻もしたがふ霜くすべ　谷　牡鹿野

茶《ちや》摘《つみ》

八十八夜前後が最も盛んである。最初の十五日間を一番茶とし、それから二番茶となり、さらに三番茶、四番茶と順次摘んでいく。最近は鋏刈りや機械刈りが多くなり、手摘みによる茶摘情緒はなくなりつつある。**茶摘女**《ちやつみめ》。**茶摘**《ちやつみ》

唄《うた》。茶摘笠《ちやつみがさ》。茶山《ちややま》。茶園《ちやゑん》。

摘〳〵て人あらはなる茶園かな　闌更
笠を著て邸のうちの茶を摘めり　野村泊月
茶摘女に呼びとめられて薬売　内野蝶々子
左手もまたよく動き茶を摘める　村野蓼水
茶摘女の十五六人唄もなく　柿原一路
玉露摘むこゝら茶籠の小さゝよ　川上朴史
茶覆の中の暗さに馴れて摘む　鈴木弘
むかうむいて茶摘女の歌ひけり　高濱虚子
祖谷の険寸土に植ゑし茶を摘める　稲畑汀子

製《せい》茶《ちや》

摘んで来た茶の葉は蒸して焙炉《ほいろ》にかけ、焙りながら手で揉み上げるが、最近は機械による製茶がほとんどである。

茶を選るや倦むにもあらず励むにも　高妻奈王
茶かぶれか製茶づかれか顔はらし　井上和子
いつまでもさめぬほとぼり焙炉端　入倉愛子
仏壇の中も茶ぼこり焙炉どき　大森積翠
嵩もなき製茶となつて返りきし　山口笙堂
家毎に焙炉の匂ふ狭山かな　高濱虚子

鯛《たひ》《たい》網《あみ》《あみ》

鯛が外海から内海の陸近くに産卵のため寄ってくるのを網で漁獲するのである。漁船が周囲から網を狭《せば》めて来ると、群がった桜鯛が海面に跳ね飛ぶさまは、まことに壮観の極みである。

鯛荒し寄せたる網に背波立て　上杉緑鋒
鯛網を見て来て鞆の町せまく　江川三昧
燧灘目差し鯛網船続く　岡田一峰
吾が舟も鯛網舟も波高し　宇川紫鳥
鯛網を曳く刻限の潮と見ゆ　竹下陶子
鯛悲し捕獲の網に身をさらし　稲畑汀子

魚《うを》《うお》島《じま》《じま》

八十八夜前後になると、外海にいた鯛などが産卵のために、内海に入りこんで豊漁期となる。その時期をいったり、その場所をいったり、またそのころ鯛、鰤《ぶり》、海豚《いるか》などが群がり水面が盛りあがって見えるさまをいったりする。琵琶湖では漁獲の多いことを魚島といっている。

魚島の鞆の波止場の床几かな　皆吉爽雨
魚島に挑む一本釣の竿　前内木耳
魚島の耀果て海の白み来し　村上青史

鯥五郎《むつごらう》《むつごろう》　日本では有明海と八代海の北部にだけいる鯊《はぜ》の一種で、長さ一五センチほど、目の位置が高く飛び出しており、下まぶたが発達していて目を蔽《おお》うことができる。背は青褐色で白色の斑点がある。冬は地下一、二メートルのところに冬眠し、晩春から活動する。胸鰭で海底や砂泥を這い、木にも登る。水中では敏捷に泳ぐ。漁の方法には掘り捕り、掛け釣り、曳網、袋網などあって、なかなか面白い。**むつ**。

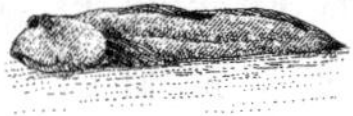
鯥五郎

潮先におのおの匐へる鯥五郎　城後眉下
葭を落つ鯥五郎あり渡舟著く　岩崎はるみ
雨冷ゆる日は出てをらず鯥五郎　本田杏花
鯥顔を出しくる泥の膨れけり　森文桜

蚕《かひこ》《かいこ》　蚕といえば**春蚕**《はるご》をいうので、夏、秋の蚕はとくに「夏蚕《なつご》」「秋蚕《あきご》」と呼ぶ。四月中旬に**蚕卵紙**《さんらんし》から孵化し、盛んに桑の葉を食べて六センチくらいの蒼白い虫に成長する。養蚕のことを俳句では**蚕飼**《こがひ》という。**蚕飼ふ**《かひこか》。**種紙**《たねがみ》。**掃立**《はきたて》。**飼屋**《かひや》。**蚕棚**《こだな》。**蚕**《こ》**室**《しつ》。**捨蚕**《すてご》。**蚕時**《かひこどき》。

今年より蚕はじめぬ小百姓　蕪村
高嶺星蚕飼の村は寝しづまり　水原秋桜子
母の手のにはかに欠けし蚕飼かな　橋本鶏二
飼屋の灯后《きさい》の陵の方にまた　山口誓子
湯上りのすぐに蚕飼の女かな　草野駝王
眠たさの二三行づつ蚕屋日記　北里忍冬
嫁ふたりあるがたのみの蚕飼ひ　篠原樹風
桑はこぶ蚕屋の二階へ外梯子　宇佐美一枝
伸び上る蚕の貌の尖り来し　吉村ひさ志
夜な〳〵の瀬音やさしき蚕飼かな　馬場駿吉

母在りしその日の如く飼屋の灯　松岡悠風
客莫蓙を蚕棚の裾に延べくれし　上村梢雪
蚕時雨の食ひ足りてきし音となる　村山一棹
採算のとれぬ蚕と知りながら　宮中千秋
逡巡として繭ごもらざる蚕かな　高濱虚子
美しき人や蚕飼の玉襷　同
蚕の匂ひ桑の匂ひと入り交り　高濱年尾

山繭《やままゆ》　家で飼われる蚕に対して、これは野生のもので、黄緑色を帯びている。楢《なら》、樫、櫟《くぬぎ》などの葉を食べ、くびれのない淡緑色の繭を作る。これから採った絹糸は強靱で光沢がある。

日静かに繭を営む山がひこ　呂杣
山繭の営み透けてゐる日射　稲畑汀子

桑《くは》《くわ》**摘**《つみ》《つみ》　孵ったばかりの毛蚕《けご》に若葉を与えるためにツメという道具を人差指にはめて桑を摘んでいく。蚕の成長するにしたがって大きな葉を、やがて小枝ごとになり、しまいには大きな枝をそのまま与えるようになる。蚕の食欲は盛んで、夜、提灯をつけ、あるいはまた雨に濡れながら摘まねばならぬほどになる。多くは桑摘唄を歌いながらの女性の仕事であった。桑《くは》籠《かご》。桑車《くはぐるま》。

躍りくる提灯横に桑車　楠目橙黄子
桑舟にラムプ見せゐる二階かな　中村一肖
百貫の桑の葉といふたゞ暗し　中田みづほ
朝早しみな桑負うて行き会へる　及川仙石
桑籠を負ひ軽さうに立つて居り　荒木嵐子
暗がりの韋駄天走り桑車　塩沢はじめ
桑摘みて針持てぬほど指疲れ　吉持鶴城
媼とも思へぬ力桑しごく　山田不染
桑蔵のどかと減りたる一時かな　高濱虚子

桑《くは》《くわ》　養蚕用の桑畑の桑は低く仕立てるが、山野に自生する桑は丈が高く、どちらも春、若葉を出す。そのころの桑の葉はまだ出そろわないが早く育つので、晩春、養蚕の始まるころには一廉《かど》の桑となるのである。俳句では桑とだけいえば春季で、夏の桑は「夏桑」といって区別する。

岐れゆく日光線や桑の中　伊藤柏翠
桑海の涯に山あり夕日あり　岸　善志
桑かぶれして出そびれし会議かな　佐久間庭蔦
旧道も新道も亦桑の中　濱井武之助
岐れ道いくつもありて桑の道　高濱虚子

桑《くは》《くわ》の花《はな》《はな》

桑は若葉とともにうす緑の小さな花を穂のようにつける。雌花と雄花はふつう別の株につく。

日本の名ある部落や桑の花　橋本晴波
でこぼこの道の長くて桑の花　小林一行
桑の花新入社員整列す　本井　英
桑の花奥に大きな藁屋あり　石井とし夫
近道を迷はず抜けて桑の花　稲畑汀子

畦《あぜ》塗《ぬり》

打ち終わった田の畦から水が漏れるのを防ぐために、鍬を使って畦土の表面を塗り固めること。てらてらと春日に光って塗り立てられていくのである。塗畦《ぬりあぜ》。

鍬をもて日を掬ひては畦を塗る　菅谷鹿山
不機嫌に昨日の畦をぬりかへし　田島耕人
阿蘇谷の火山灰土の畦高く塗る　上﨑暮潮
父が塗り吾が塗りて畦つながりぬ　花岡芳郎
鉱害の水の匂ふと畦を塗る　猿渡青雨
働きし時間の見えて畦を塗る　松原秋果
畦を塗る鍬の光をかへしつゝ　高濱虚子

蔦若葉《つたわかば》

赤い芽を出し、続いて掌のように青く葉を広げる。いかにも艶やかに輝かしい。蔦には落葉する夏蔦と、落葉しない冬蔦があり、蔦の若葉というのは夏蔦の若葉のことである。

換気機吐き出す風に蔦若葉　山口牧村
蔦若葉風の去来の新しく　稲畑汀子

萩若葉《はぎわかば》

萩の若葉は他の木々の若葉よりやわらかであって、萌え始めたころは葉が二つに折れている。眠り葉という状態で白っぽく見えるが、それが開くと、みずみずしい若緑となる。

萩若葉霖雨の中の晴一日　青木月斗
睡るとはやさしきしぐさ萩若葉　後藤夜半
茂るとはさらさら見えず萩若葉　千原草之
風あればそよぐ姿の萩若葉　稲畑汀子

草若葉《くさわかば》　春光に萌え出た草が、晩春になって若々しく伸びたさまを草若葉という。木々の若葉は初夏である。

尾の切れし蜥蜴かくるゝ草若葉　北浪

葎若葉《むぐらわかば》　昔は葎といえば、金葎《かなむぐら》（クワ科）のみを指したといわれるが、いまは八重葎を含めていっている。木や籬《まがき》に蔓を伸ばし、繁茂してなだらかな藪を作る。それが四、五月ごろになると若葉して葎ながらもなかなか美しい。

山崩れ跡消ゆ葎若葉かな　河野美奇
蔓のばし葎若葉の色のぼる　嶋田一歩
被災地に育ち葎若葉かな　稲畑汀子

罌粟若葉《けしわかば》　三〇～六〇センチくらいの茎がまっすぐ伸び、葉は卵形、長楕円形、線状などさまざま、あるいは分裂し、また鋸歯をもち、柄がなくて茎を抱く。明るく軽やかな若葉である。芥子若葉《けしわかば》。

城内は薬草園や罌粟若葉　今井千鶴子
雨の中淡きみどりや罌粟若葉　川口咲子

菊若葉《きくわかば》　菊は一般に挿芽で殖やすが、土に馴染んで根が生え葉を出すと一本でも晴れやかで若葉の感じがする。まして菊畑などではなおいっそうその感が深い。

陶榻の高さとなりし菊若葉　粟津松彩子

若蘆《わかあし》　蘆の角はやがてみずみずしい若葉となる。それを若蘆という。さらに生長して夏、「青蘆」となる。蘆《あし》若葉《わかば》。

若蘆の葉に潮満ちて戦ぎかな　相島虚吼
蘆若葉湖の生気を拡げたる　住谷露井
若蘆の両岸となり水平ら　高濱年尾

荻若葉《をぎわかば》《おぎわかば》　荻は川岸や池辺などの湿地に多く、春になると芽ばえて茎の中央から青々と若葉を伸ばし水に映る。若葉のころは蘆に似ているが、秋の花穂は芒に似ている。

　　李下、芭蕉を送る
ばせを植てまづにくむ荻の二ば哉　　芭　蕉

若菰《わかごも》　古い根から芽生えた真菰の新芽が、しだいに生長して風に幾らかなびこうとするころをいう。水の面に色を映して伸び始めた若菰は清新な感じがする。

若菰を倒して舟の著きにけり　　杏城子

髢草《かもじぐさ》　畦や道ばたなどによく見かける草。九〇センチくらいの緑色の細長い葉を叢生する。葉の先は垂れていて、春から初夏にかけて穂が葉を抽いて出る。女の子がこの葉を集めて、髪結遊びをする風習があることからこの名が生まれた。

髢草

母の櫛折りし記憶やかもじ草　　越路雪子
髢草鬢よ髱よと結ひしこと　　大橋とも江

水芭蕉《みづばせう》《みずばしょう》　北国の雪解が終わるころ、山間の湿原、水のほとりに、二〇センチくらいの花穂を伸ばす。花は小さくうす緑で花軸に密集し目立たないが、ふつう水芭蕉の花と見られるのは花穂を抱いた白色の大きな苞である。これが群生するさまは美しい。花が終わると芭蕉に似た大きな葉が伸びる。尾瀬沼の群落は有名である。

馬柵走る内外の沢の水芭蕉　　三ツ谷謡村
日当れば靄動きそめ水芭蕉　　谷口白葉
まづ花が葉を従へて水芭蕉　　猪子青芽
水芭蕉見てはるばると返す旅　　豊原月右
水芭蕉せゝらぐ雪解水に咲く　　高濱年尾

残花《ざんくわ》《ざんか》　散り残った桜の花をいう。「余花」といえば夏季となる。

尚のこる峰の桜や貴船村　　松尾いはほ

打止の山の札所の残花かな　上崎暮潮
残花冷ゆ不況の瓦積上げて　井上哲王
一片の残んの花の散るを見る　高濱虚子
残花なほ散り敷く雨の磴登る　高濱年尾
散る花のあれば残花のあることを　稲畑汀子

桜蘂降る《さくらしべふる》

花が散り果てた桜の木の下で、残った蘂が降るように散るのを見ることがある。その木を見上げながら過ぎ去った花の時を思う心持ちには、一抹の寂しさがある。

イベントも過ぎ桜蘂しきり降る　今井千鶴子
しとどにも桜蘂降る九段坂　柴原保佳
桜蘂降り敷く墓に眠りけり　小川みゆき
桜蘂降る東京は坂だらけ　今井肖子
桜蘂降る汝が肩に我が髪に　今橋眞理子
桜蘂降る何事もなきやうに　相沢文子
千年の樹形に桜蘂降りぬ　誉田文香
わが庭の桜蘂降る旅帰り　稲畑汀子

春深し《はるふかし》

木々は緑の装いを急ぎ、春も盛りを過ぎたころをいう。春闌《はるたけなは》。春闌《はるた》く。

幕ひきの立ゐねむりや春ふかし　中村辰之丞
美しき布刺す娘らに春闌ける　佐土井智津子
春闌暑しといふは勿躰なし　高濱虚子
終へし旅これよりの旅春深し　稲畑汀子

夏近し《なつちかし》

春闌《た》けてくると、日ざしや風の動きにも夏の間近いことが感じられる。夏隣《なつとな》る。

夏近し短めに切る吾子の髪　村中千穂子
夏近し葱に水をやりしより　高濱虚子
海近く住み潮の香に夏近し　稲畑汀子

蛙《かはづ》《かわず》

田圃などで鳴く蛙の声は、晩春の田園風景の中でなつかしいものである。最も鳴き立てるのは交尾期で、雄が雌をさそうのである。蛙の姿には愛嬌があり、都会にも田舎にもいて、古くから人々に親しまれている。春、初めて聞く蛙の声を初蛙《はつかはづ》という。かへる。鳴蛙《なくかはづ》。遠蛙《とほかはづ》。昼蛙《ひるかはづ》。

手をついて歌申しあぐる蛙かな　宗鑑
古池や蛙飛こむ水の音　芭蕉
痩蛙まけるな一茶是にあり　一茶
風呂の湯を落せしあとの遠蛙　星野立子
蛙田にほとりす暮しにも馴れて　松尾緑富
昼蛙声に疲れのありにけり　小林草吾
浮いてをる水すれ〳〵の蛙の目　山田凡二
警邏の灯向けて田蛙しづもりし　田﨑令人
泊まることなき母許の夕蛙　南　禮子
遠蛙父となる日を告げられし　須藤常央
流れ藻にすがりながるゝ蛙かな　坊城としあつ
草に置いて提灯ともす蛙かな　高濱虚子
蛙鳴く旅寝なか〳〵落ちつかず　高濱年尾

躑躅《つつじ》

高山に多く自生し、また庭園にも栽培される。その種類は多く、全国各地に名所がある。晩春から初夏にかけて、燃えるように咲いている躑躅は見事である。**やまつつじ。きりしま。**

垣なくて妹が住居や白つゝじ　雁宕
美しと見しつゝじには昂らず　井上哲王
分け行けば躑躅の花粉袖にあり　高濱虚子
庭先の山がかりたるつゝじかな　高濱年尾
山荘のつゝじの頃を訪ふは稀　稲畑汀子

満天星《どうだん》の花《はな》

高さ一、二メートルの落葉低木。葉は小枝の端に輪になってつくが、新葉とともに壺形の柄の長い白い小花をたくさんつける。咲き盛るさまは満天に星を散らしたようである。**どうだんつつじ。**

触れてみしどうだんの花かたきかな　星野立子
満天星の花には止りづらき虻　木暮つとむ
満天星の花ゆれて葉に消ゆる風　稲畑汀子

石南花《しやくなげ》

ツツジ科の常緑低木で、山地に自生する。葉はなめらかな革質、長楕円形で緑色、その枝先に紅紫色の花が幾つか集まって咲く。花の形は躑躅《つつじ》に似ているがやや大きく五弁または七弁で、庭に植えられているのは多く淡紅色、別に白色のものもある。日光、秩父にはその大群落がある。**石楠花《しゃくなげ》**。

石楠花や雲の中なる行者みち　河村宰秀
禅苑の石南花明りして静か　松尾千代子
雨に咲き石楠花雨に終りけり　小島延介
石楠花の庭を置きゆく移転かな　副島いみ子
石楠花を風呂にも活けて山の宿　本井英
お中道は石楠花林なすところ　高濱年尾
石楠花は日蔭をよしと盛りなる　同

柳《りう》《りゆう》絮《じょ》《じよ》

柳は春、早いうちに目立たぬ花穂をつけ、晩春、実が熟して綿のような種子となって飛ぶ。それが柳絮である。柳は雌雄異株なので雄の木は柳絮を飛ばさない。どこからともなく飛んでくる柳絮に思わず佇み仰いだりする。

札幌の夜もとびをる柳絮かな　唐笠何蝶
火の山へ一斉に向く柳絮かな　阿部慧月
晴れ上がる柳絮飛びゆく軽さまだ　猪子青芽
去りがたき心にいよゝ柳絮とぶ　坊城中子
大空にあらはれ来る柳絮かな　高濱虚子
とらへたる柳絮を風に戻しけり　稲畑汀子

若《わか》緑《みどり》

松の新芽のこと。松は常緑樹で、晩春枝の先につんとした緑の新芽が立つ。種類にもよるが、一〇センチから長いのになると三〇センチもあり、伸び曲がったりすることもある。**松《まつ》の緑《みどり》**。**緑《みどり》立《た》つ**。**若松《わかまつ》**。**松《まつ》の蕊《ずい》**。**松《まつ》の芯《しん》**。また、庭園などの松の姿を美しく保ち、その勢いを消耗させないために、若芽を摘むことを**緑《みどり》摘《つ》む**という。

老松の賑ひ立てる緑かな　富安風生
緑摘む今日も総出の修道士　景山筍吉
こぞり立つ松の緑の二十本　稲畑汀子

松《まつ》毟《むし》鳥《り》

「菊戴《きくいただき》」の古名であるが、この時季に松の葉をよくむしるのでこの名がある。雀より小さく、人をおそれず庭や公園にも来る。**まつくぐり**。

ぶらさがりぶらさがりつゝ松毟鳥　川上麦城

ねぢあやめ《ねじあやめ》　朝鮮半島、中国東北地方の原産で渓蓀《あやめ》の一種。葉は堅く細長く剣状でねじれているのでこの名がある。春、淡紫色の香りある花を開く。花は小ぶりで一般の渓蓀と感じが違う。

松花江のこゝに見え初めねぢあやめ　吉田週歩
ねぢあやめありそめてよりつゞきけり　三木朱城
満洲の野に咲く花のねぢあやめ　高濱虚子

苧環《をだまき》《おだまき》　古くから観賞用として、庭などに栽培される。草丈は、二、三〇センチくらい。白色をおびた掌状の複葉の間から伸びた花茎に青紫色または白色の美しい花を下向きにつける。花の形が糸巻の一種の苧環に似ているのでこの名があり、また**糸繰草**《いとくりさう》ともいう。種類が多く、西洋苧環など八重咲きのものもある。

苧環

苧環や歌そらんずる御墓守　福田蓼汀
をだまきの咲きて直哉の宿とのみ　井上哲王
をだまき草咲いてゐる筈なほも行く　稲畑汀子

薊《あざみ》**の花**《はな》　春咲く薊は野薊で山野に自生する。茎の高さはふつう三〇センチくらいだが、二メートルに達するものもある。葉の縁には鋭い棘があり、手を触れることができないほどである。茎にも棘がある。花は紅紫色で種類が多い。野薊以外は夏、秋に咲くものが多い。**花薊**《はなあざみ》。**薊**《あざみ》。

水かへて薊やいのち長かりし　久保より江
あざみ濃し芭蕉もゆきしこの道を　星野立子
刺あるも好きで剪りきし鬼薊　岡山あや子
高原の薊はまぎれ易き色　稲畑汀子

山帰来《さんきらい》**の花**《はな》　**菝葜**《さるとりいばら》**の花**《はな》が本名である。棘が多く蔓性で、節ごとに曲がり、その節々に光沢のある丸い若葉を出し、同時に黄緑色の目立たない小さな花を小粉団《こでまり》のようにつける。植物学上の山帰来は別にあって日本では見られない。**さるとりの花**《はな》。

山帰来の花

ひと葉づつ花をつけたり山帰来　加賀谷凡秋
さるとりのまことやさしき花もてる　中田みづほ

藤《ふぢ》《ふじ》

山野に自生もするが、観賞用に庭園や公園などに植えられ、寺社などにその名所は多い。ことに埼玉県春日部の牛島の藤は特別天然記念物に指定されている。広々とした藤棚《ふぢだな》から豊かに垂れる花房は、明るい紫色で見事な晩春の眺めである。白い藤もまた清楚で気品がある。**藤《ふぢ》の花《はな》。山藤《やまふぢ》。白藤《しらふぢ》。藤浪《ふぢなみ》。**

草臥て宿かる比や藤の花　芭蕉
大和行脚のとき
藤棚の下に来てゐる汀かな　山本京童
松に消え竹柏に現れ藤盛　關　圭草
庭荒れて白藤棚にあふれたり　松本たかし
藤垂れて筏流しの難所こゝ　日置草崖
藤落花風をとゞむる術もなく　山岸杜子美
又少し明るくなりぬ藤の雨　倉田青雞
藤棚の下は濡れざるほどの雨　小坂螢泉
ビロードの虻ビロードの白藤に　星野立子
散りつくしたる藤棚の高々と　渡邊柔子
藤棚に凌げぬ雨となりにけり　平木谷水
藤棚に雨の暗さのあつまれり　武藤和子
藤棚の風は紫にて候　山下しげ人
揺れ合うて藤の夕闇誘ひをり　介弘紀子
夕日いま藤の一ト房捉へたる　浅賀魚木
湖渡り来てまづ藤の風となる　竹屋睦子
藤垂れて今宵の船も波なけん　高濱虚子
藤蔓の船の屋根摺る音なりし　同
一つ長き夜の藤房をまのあたり　高濱年尾
咲きそめて藤の花房整はず　同
似た景色こゝにも藤の花咲きて　稲畑汀子

行《ゆく》春《はる》

春まさに尽きんとするとき。暮の春、暮春などと同意であるが、「ゆく春」というと、時の流れが感じられる。**春《はる》行《ゆ》く。**

行春や撰者を恨む哥の主　蕪村
行春や島の俳諧遅々として　大野きゆう
行春やうとまれつゝも人の世話　清瀬代山
行春や傾き立てる園の門　森田愛子
父逝きて春行くことの早かりし　野口都史
逝く春や大きな幸に気疲れて　國方きいち
行春の一つの旅を忘れ得ず　星野椿
この春は徂くにつけても風雨かな　高濱虚子
ゆく春の書に対すれば古人あり　同
行春のみちのくの話きりもなや　高濱年尾

暮《くれ》の春《はる》

暮春《ぼしゅん》のことである。「春の暮」というと、春の日の夕暮になる。

海見たき時は鐘楼へ暮の春　伊藤柏翠
故地旧地めぐり暮春の旅七日　村上杏史
雑巾を濯ぎ暮春の主婦よ我　星野立子
紫に箱根連山暮の春　河野美奇
馴染なき街見下ろして暮春かな　副島いみ子
旅終る列車都心へ暮の春　山田閏子
旅せんと思ひし春もくれにけり　高濱虚子

春惜《はるをし》む《はるおしむ》

過ぎ行く春を惜しむ。華やかな行楽の日々を惜しむ心には一種の物淋しさが漂う。**惜春**《せきしゅん》。

行春を近江の人とをしみける　芭蕉
望湖水惜春
行灯をとぼさず春を惜しみけり　几董
惜春の船を泛べて嵯峨にあり　田畑比古
春惜む心一しほ俳諧に　高林蘇城
惜春の心しみ〴〵人に従き　星野立子
惜春や斯く老いて吾異国に　間崎黎
牟婁の温泉に独りのこりて春惜む　福本鯨洋
身ほとりに杖を放さず春惜む　國方きいち
四五人の春惜みゐる野点かな　中村鎮雄
惜春の人ら夕の水亭に　浅井青陽子

人惜む春を惜むに似たるかや　谷口和子
ミサ終へし乙女峠の春惜む　松尾白汀
いつ来ても沼はたらちね春惜む　石井とし夫
礼状を認め吉野の春惜む　坂井建
絶景の旅みよしの春惜む　稲畑廣太郎
春惜む輪廻の月日窓に在り　高濱虚子
君とわれ惜春の情なしとせず　同
春惜む心うたげの半ばにも　高濱年尾
降りぐせも又惜春の心とも　稲畑汀子

メーデー

五月一日、万国労働者の記念日。一八八六年のこの日、アメリカの労働者たちが、八時間労働を要求して初めて大がかりなデモを行ない、成果をあげたことに因む。この日、仕事を休んだ労働者たちは、公園などで集会を開き、メーデー歌を歌いつつ、要求をかかげて街頭を行進する。最近は市民も参加して色彩も華やかになり、レクリエーション化して来ている。わが国では大正九年（一九二〇）に第一回が行なわれた。

メーデーに加はることに妻不服　川崎克
吹降りのメーデーの旗重きデモ　徳尾野葉雨
乳母車押しメーデーの列にあり　山﨑一角
メーデーの列しんがりの明るかり　木村滄雨
歩く子も歩かざる子もメーデーに　中川秋太
メーデーの列とはなつてをらざりし　稲畑汀子

先帝祭《せんていさい》

下関赤間神宮の五月二日から四日までの祭礼。この神宮は寿永四年（一一八五）平家滅亡のとき、壇ノ浦に入水された安徳天皇をとむらうため、後白河法皇が法会を営まれたのに始まる。二日は御陵前祭と平家一門追悼祭、三・四日には本殿祭と、平家の遺臣中島太夫正則の子孫という中島組の漁夫が騎馬で社参、ついで遊女・官女の衣装をまとった女たちの上﨟道中が行なわれる。

太夫待つ遊女ばかりの一桟敷　久保晴
舟岸に添うて先帝祭を見に　赤迫雨溪

藤活けて先帝祭の巫女溜　山田緑子

どんたく

「どんたく」は日曜祭日を意味するオランダ語ゾンタークの訛ったもので、昔は松囃子と呼ぶ年賀行事であった。以前は四月三十日、五月一日の両日行なわれたが、現在は五月三日、四日の両日、福岡全市をあげて行なわれる行事。神社では稚児は曳台に、恵比須、大黒、福禄寿の三福神は馬に乗り〝言いたて〟という謡曲ふうのものをうたい、傘鉾を押し立て町をねり歩く。各町内は思い思いの山車《だし》を曳き三味、太鼓、鉦、しゃもじなどで囃しながら踊り歩く。

志賀の海女舟漕ぎ博多どんたくに　田代月哉
枝町は淋しどんたく来るは稀　上野嘉太櫨
見る側としてのどんたく疲れてふ　水田信子
どんたくの帰路の人出を避ける道　稲畑汀子

憲法記念日《けんぱふきねんび》《けんぽうきねんび》

五月三日、国民の祝日の一つである。現在の日本国憲法は昭和二十一年（一九四六）十一月三日公布、昭和二十二年五月三日に施行されたので、この日を記念して制定された。

法学徒たりて憲法記念の日　坂井建
東京に滞在憲法記念の日　稲畑汀子

みどりの日《ひ》

五月四日、国民の祝日のひとつ。平成十九年（二〇〇七）より、それまで「みどりの日」であった四月二十九日を「昭和の日」とし、「国民の休日」であった五月四日を「みどりの日」とした。自然に親しむと共に、その恩恵に感謝し、豊かな心を育むことを趣旨としている。

みどりの日風もみどりでありにけり　小林草吾

鐘供養《かねくやう》《かねくよう》

晩春のころ、寺々で梵鐘の供養が行なわれるが、五月五日、東京品川の品川寺《ほんせんじ》での鐘供養は有名である。同寺の大梵鐘は明治の初め、パリでの万国博覧会に出品されたまま長らく行方不明になっていたが、その後ジュネーブのアリアナ博物館で発見され、昭和五年（一九三〇）無事返還された。それを記念しての鐘供養が五月五日に行なわれ、毎年の行事となった。また、安珍・清姫の伝説で名高い和歌山県道成寺の鐘供養も古くから有名で、四月二十七、二十八日に行なわれる。

鐘供養繰り返さるゝ物語　高木晴子
品川の宿に古る寺鐘供養　今井つる女
鐘供養すみし御寺に追寄進　市川虚空
鐘供養一つ大きく撞き納む　野村久雄
座について供養の鐘を見上げけり　高濱虚子
山伏は貝を吹くなり鐘供養　同

夏

五・六・七月

夏

五月

立夏すなわち五月五・六日以後

夏《なつ》㊂　立夏（五月六日ごろ）から立秋（八月八日ごろ）の前日まで。**三夏**《さんか》は、初夏、仲夏、晩夏のこと。**九夏**《きうか》は夏九十日間をいう。初夏は木々が若葉し快い時期であるが、やがてじめじめした梅雨に入り、梅雨が明けると本格的な夏の暑さが訪れる。**島**《しま》**の夏**《なつ》、**夏の寺**《てら》、**夏**《なつ》**の宮**《みや》など。

座敷まで届かぬ夏の木陰かな　野坡
水音も記憶の中にありて夏　星野立子
大筏組みあがりつゝ水は夏　田邊夕陽斜
疲れざるほどに働き夏もよし　藤田つや子
水あればあひる放ちて牧の夏　坊城としあつ
札幌の夏だけと言ふ馬車に乗る　松村晴雄
点の人点々の人砂丘夏　石本登也
加はりし猿蓑夏の輪講に　高濱虚子
五六歩を歩く自信の吾子に夏　稲畑汀子

立《りつ》夏《か》

たいてい五月六日ごろにあたる。木々は緑に、夏の歩みが始まる。**夏**《なつ》**に入**《い》**る**。**夏来**《なつきた》**る**。

田水よく流れて村に夏が来し　松本巨草
少女駈け犬駈け浅瀬夏となる　橋本博
働いて遊ぶたのしさ夏来る　吉田小幸
日も風も星も山荘夏に入る　福井圭児
立夏てふ中途半端な装ひに　伊藤凉志
海が又吾子誘惑す夏の来し　堀恭子
彼岸より庭木動かし夏に入る　高濱虚子
原色にだん〱近く夏に入る　稲畑汀子

五《ご》月《ぐわつ》

新緑のすがすがしい初夏である。

山荘の五月の煖炉焚かれけり　大橋越央子
五月来ぬ心ひらけし五月来ぬ　星野立子
朝刊とパンとコーヒー風五月　浅野右橋

——五月

わけもなく隅田川好き五月好き　成瀬正とし
教室の画鋲の光る五月来し　中川忠治
五月には五月の色の紬織る　吉本渚男
森いつも何かこぼしてゐる五月　岩岡中正

初夏《しよか》

入梅の前の、からりとした季節である。野や山も緑の色を増す。**初夏**《はつなつ》。

小諸はや塗りつぶされし初夏の景　星野立子
新潟の初夏はよろしや佐渡も見え　高濱虚子
中分なき日和得て初夏の旅　高濱年尾
忙しさも心の張りよ風は初夏　稲畑汀子

卯月《うづき》

陰暦四月の異名。卯の花月の略称である。

水底の草も花さく卯月かな　梅室
横川まで卯月曇の尾根づたひ　中井余花朗
大鳴門卯月曇の渦を見ず　桑田青虎
蚊の居るとつぶやきそめし卯月かな　高濱虚子
島近し卯月ぐもりの日は殊に　稲畑汀子

卯浪《うなみ》

陰暦四月（卯月）のころ、波頭白く海面に立つ浪をいう。

見えてゐる島へ卯浪の十五分　沢健峯
卯波荒れ海鳴近き夜なりけり　松本穣葉子
岬より折れ曲り来る卯浪かな　高濱虚子
卯浪寄す礁だたみの外れかな　高濱年尾
卯浪寄す浜見えしより髪吹かれ　稲畑汀子

牡丹《ぼたん》

大輪の牡丹の花は豊麗で気品があり、古来、花の王とされてきた。品種も多く、色もさまざまである。牡丹の名所としては奈良県の長谷寺や当麻《たいま》寺、福島県須賀川市の牡丹園、島根県松江市の大根島《だいこんじま》などが名高い。**ぼうたん**。**白牡丹**《はくぼたん》。**緋牡丹**《ひぼたん》。**牡丹園**《ぼたんえん》。

牡丹散てうちかさなりぬ二三片　蕪村
日輪を送りて月の牡丹かな　渡辺水巴
夜の色に沈みゆくなり大牡丹　高野素十

庭牡丹見つゝどこへも出ずじまひ　池内たけし
喜びをかくすすべなし牡丹剪る　笹原梨影女
かゞやきて咫尺にかすむ牡丹かな　河野静雲
山寺に詣人なき牡丹かな　川名句一歩
天日の来てとゞまれり牡丹園　大野青踏
家系卑しからず牡丹を愛しつゝ　橘　華子
牡丹の咲くときゝ早や散るときゝ　星野立子
出直して来ても留守なり夕牡丹　松原胡愁
牡丹の散りしばかりとおもはるゝ　南　るり女
白牡丹金に染りしところあり　八木　春
みほとけの清浄身と牡丹見る　森　白象
染寺へ廻ればすでに夕牡丹　舘野翔鶴
庭に灯をつけて牡丹に夜々の客　島田琥生
牡丹の風をよろこび縁を借る　太田育子
通るとき夜気といふもの牡丹にも　阿部慧月
高き牡丹低き牡丹も夕日かな　高田風人子
しろがねの露の走れる黒牡丹　田畑美穂女
牡丹をこよなく愛し荒法師　小畑一天
立ち変る客に疲れし夕牡丹　中井余花朗
牡丹の蕊に痴れたる虫翔たず　桑田青虎
花かなし雨の牡丹の咲き揃ひ　山本紅園
牡丹描く人にはなれて牡丹見る　山本玉浦
まだ彩を入れざる画布の牡丹なる　武内ひさし
白牡丹真昼の翳を重ねけり　津村典見
今に咲きさうな牡丹に去り難し　古賀昭浩
白牡丹といふといへども紅《こう》ほのか　高濱虚子
一弁を仕舞ひ忘れて夕牡丹　同
牡丹の色を交へて活けられし　高濱年尾
牡丹の花一つづつ匂ひけり　同
雨上りゆく牡丹の立ち直り　稲畑汀子

更衣《ころもがへ》《ころもがえ》

冬から春にかけて着用した厚手の衣類を薄手の物に着更えることをいう。昔は四月朔日《ついたち》と十月朔日を更

——五月

衣として、着物、調度を取りかえるのを例とした。また冬の綿入から、袷《あわせ》となり、ついで単衣《ひとえ》、さらに盛夏には羅《うすもの》など、日を決めて衣を更えたものである。

ひとつ脱で後におひぬ衣がへ　芭蕉
御手打の夫婦なりしを更衣　蕪村
更衣人恋ふ心あてもなく　竹田小時
縁先に待ち居る杖や更衣　緒方句狂
本復といふにあらねど更衣　遠藤爲春
娘とは嫁して他人よ更衣　星野立子
彼よりも高き彼女や更衣　高田風人子
その後の小さき暮しや更衣　長谷川ふみ子
生涯の一転機なり更衣　深川正一郎
衣更へて浮世の風に吹かれをり　桜庭しづか
一芸に老い詩酒に生き更衣　高木青巾
衣更へてまつたく別な髪かたち　中島喜久代
更衣もつとゆたかな胸が欲し　広川康子
同級生夫婦古りたり更衣　山田弘子
清貧は教師の誇り更衣　浅野右橋
ものなくて軽き袂や更衣　高濱虚子
百官の衣更へにし奈良の朝《てう》　同
すと立ちて眉目美しや更衣　高濱年尾
更衣こんな身軽になれしこと　稲畑汀子

袷《あはせ》　あわせ

袷は裏地のついた着物で、単衣《ひとえ》、綿入に対していう。襦袢なしで直接素肌に着るのが素袷《すあはせ》。秋着る袷はとくに「秋袷」という。**初袷**《はつあはせ》。**古袷**《ふるあはせ》。**絹袷**《きぬあはせ》。**袷時**《あはせどき》。

芸ごとに身のほそりたる袷かな　下田實花
良妻と人には言はれ古袷　三溝沙美
倖と思ひかへり見初袷　星野立子
初袷恙人とも思はれず　前沢落葉女
袷縫ふ明日より僧となる夫に　豊田いし子
素袷やぶらりと出てすぐ戻る　谷口和子
芸妓てふ気儘な暮し袷縫ふ　吉田小幸

矢絣は歯切れよき柄袷裁つ　竹葉英一
亡き母の袷の似合ふ歳となり　川口咲子
袷著て仮の世にある我等かな　高濱虚子
楚々として飄々として袷著て　稲畑汀子

白重《しらがさね》

卯月朔日《うづきついたち》の更衣《ころもがえ》に、下小袖を卯の花のように白いものにかえる。この小袖を白重という。

祝ぎごころさりげなけれど白重　清水忠彦
お小姓にほれたはれたや白重　高濱虚子

鴨川踊《かもがはをどり》《かもがわおどり》

五月一日から二十四日まで、京都先斗町《ぽんとちょう》歌舞練場で催される先斗町の芸妓による踊である。古典的な都踊にくらべて、企画、振付に新風のくふうを盛りこむのが特色である。十月十五日から十一月七日までも行なわれた。

磧にも鴨川踊待つ人等　橋本青楊
橋越えてこゝは鴨川踊の灯　田中紅朗

筑摩祭《つくままつり》

滋賀県米原《まいばら》市の筑摩神社の祭で、昔は陰暦四月八日、現在は五月三日に行なわれる。「伊勢物語」にも見えるほど古くから有名な祭で、女が許した男の数の鍋をかぶって神輿に従うという奇習があった。いまは氏子の少女が八人くらい、狩衣、緋袴の装束で、紙製の鍋をかぶって渡御に供奉する。**鍋被**《なべかぶり》。**鍋祭**《なべまつり》。**鍋乙女**《なべをとめ》。

紅の顎紐太し筑摩鍋　中山碧城
みめよくて浅くかむりぬ鍋祭　本田一杉
鍋の渡御遅々と伊吹は遠かすみ　隅野泉汀
弓なりの筑摩の浦を渡御すゝむ　久米幸叢
漕ぎつれて筑摩祭の戻り舟　樋口東陽
履き替ふる木沓によろけ鍋乙女　高木たけを
紅さして口一文字鍋乙女　中西冬紅
飾られて雨にいとしや鍋乙女　月足美智子

舟芝居《ふなしばゐ》《ふなしばい》

古くは陰暦四月五〜七日の三日間、柳川市沖端《おきのはた》の水天宮はご神幸で終日賑わった。この日、沖端の掘割では六艘の小舟をつなぎ合わせた上に舟舞台が作られる。この舟舞台は水天宮から、殿屋敷お米蔵裏の掘割にかかる橋までの間を、囃子に合わせてゆっくり棹さし上下する。舟芝居はお旅所と定められた所に、舟舞台をとめて歌舞伎狂言などを演じることである。いまでは五月三〜五日の三日間行なわれている。

舟芝居見物衆を率てすゝみ　古賀雁来紅
艫にある楽屋へ歩板舟芝居　毛利提河
舟芝居楽屋のれんの吹通し　江口竹亭
幕あひにかゝり場かへて舟芝居　小森松花
水郷のざわめき更くる船芝居　上田行正
旅にして船芝居とは心惹く　梶尾黙魚
六方を踏むにやゝ揺れ舟舞台　吉富無韻
舟芝居上り囃子の空昏れず　桑田青虎
おぼつかな蜑の口上舟芝居　井上波二
船芝居柱みしみし揺れて幕　内田准思
歩板馴れしてゐる子役船芝居　大曲鬼郎
舟芝居見し華やぎを遠ざかる　稲畑汀子

余花《よくわ》《よか》

山深い所などに、夏に入ってなお咲き残っている桜をいう。若葉の中に見る花には捨て難い趣がある。「残花」といえば散り残った桜のことで春季である。

湖へ通り庭なる余花の宿　中井余花朗
余花ありてえにしの寺に晋山す　梅山香子
師も友も老いて母校の余花のもと　相島たけ雄
蝦夷の花見てみちのくの余花の旅　佐々木遡舟
友好を旨とし余花に訪ねけり　葛祖蘭
余花に逢ふ再び逢ひし人のごと　高濱虚子
道々の余花を眺めてみちのくへ　同
余花にしてなほ散りつげるあはれかな　高濱年尾
われ等のみ眉山の余花に遊びけり　同

富士桜《ふじざくら》

本州中部の山地に見られ、ことに富士山麓に多く、富士吉田登山道大石茶屋あたりには群生している。高さ三〜五メートルの落葉小高木で、たくさんの小枝を出す。花は四月下旬ごろから咲き、高地になるにつれて遅れる。花色は、白またはうす紅色で、やや小さく下向きに開くのが特徴である。

「乙女ざくら」「豆ざくら」などとも呼ばれる。

富士ざくら微塵の花の散らざりし　深川正一郎
富士桜こゝに一瀑ありてよし　広瀬海星
山道のいづれを来しも富士桜　勝俣のぼる
富士桜これより車すてゝ徒歩　村松一枝
貸馬の静かに通る富士桜　今井千鶴子
山荘に垣など要らず富士桜　星野椿
山荘の富士ざくらこそ見まほしく　高濱年尾
見えてくる富士見えてゐる富士桜　稲畑汀子

葉《は》桜《ざくら》　桜の花が散って若葉になるころは、訪れる人は少ないがみずみずしい美しさがあり、花のころとはまた違った趣がある。

葉桜に全くひまな茶店かな　近藤いぬゐ
葉桜の土手ゆく蔭の親しくて　大喜多柏葉
葉桜の影ひろがり来深まり来　星野立子
画然と今日葉桜になりしこと　竹村茅雨
三春の行楽桜葉となりぬ　高濱虚子
葉桜の葉蔭重りあるところ　高濱年尾
葉桜やいつか川辺に人憩ふ　稲畑汀子

菖蒲葺《しやうぶふ》《しようぶふ》く　端午の節句の前夜、菖蒲に蓬を添えて軒に葺く。邪気を祓い火災を免れるとの言い伝えによるもので、昔、**あやめ葺《ふ》く**といったのはこれである。古くは地方によって楝《おうち》、かつみなどを葺いたところもあった。芭蕉が「奥の細道」で、「かつみ刈比《かるころ》もやゝ近うなれば、いづれの草を花かつみとは云ぞ」といって、かつみの花を探したのは知られている。**菖蒲引《しやうぶひ》く**。**菖蒲刈《しやうぶか》る**。**軒菖蒲《のきしやうぶ》**。**蓬葺《よもぎふ》く**。**楝葺《あふちふ》く**。**かつみ葺《ふ》く**。

菖蒲葺く

ほり上てあやめ葺けり草の庵　太祇
歎むまじき雨とて葺きし菖蒲かな　中村若沙
牛込に古き弓師や軒しやうぶ　中村吉右衛門

菖蒲葺くかるかや堂の前の茶屋　佐藤慈童
健康のほかは願はず菖蒲葺く　平尾みさお
菖蒲葺いて元吉原のさびれやう　高濱虚子
山里や軒の菖蒲に雲ゆきゝ　同

端午《たんご》

五節句の一つで、五月五日の節句をいう。端は初、午は五で、五月最初の五の日の意味である。五が重なっているので重五《ちょうご》といい、また**菖蒲《しやうぶ》の節句《せつく》**、**菖蒲《しやうぶ》の日《ひ》**ともいう。この日、男の子のいる家では、幟を立て、軒に菖蒲を葺き、武者人形を飾り、菖蒲酒、粽《ちまき》、柏餅などを供えて祝う。男子が生まれて、初めての節句を**初節句《はつぜつく》**という。この端午の節句は厳密にいうと春季になるが、地方によっては陰暦五月五日に行なうところもあり、その節句の語感、行事の季感などからも初夏のものとする。

藻汐草葺きて離島の端午かな　水本祥壹
父となる日の待たるるも端午かな　稲畑汀子

子供《こども》の日《ひ》

五月五日。昭和二十三年（一九四八）に制定された国民の祝日の一つで、子供の人格を重んじ、その幸福をはかる日として端午の節句があてられた。

旅に出て今日子供の日絵本買ふ　古賀青霜子
家計簿をみてをり明日は子供の日　谷口まち子
雨降れば雨にドライブ子供の日　稲畑汀子

菖《しやう》《しよう》蒲《ぶ》《ぶ》

水辺に自生する多年草で、泥中に長い根茎があり、八〇センチくらいの剣状の葉を出す。その葉に芳香があり邪気を祓うと言い伝えられ、端午の節句には軒に葺き、頭にかざし、菖蒲湯をたて、菖蒲酒にもする。花菖蒲や渓蓀《あやめ》とは異種である。初夏に花茎を伸ばし穂状に浅黄緑色の小花を密生する。昔はこれを「あやめ」といった。**あやめぐさ。**

前髪に結ぶ菖蒲のみどりかな　竹田小時
おかつぱに菖蒲はちまきして来たり　安田孔甫
楽屋風呂出て来し人の菖蒲髪　今井つる女
夫を待つきのふとなりし菖蒲剪る　長谷川ふみ子
菖蒲髪して一人なる身の軽さ　田畑美穂女

矢に切つて明治なつかし菖蒲髪　武原はん女
病人に結うてやりけり菖蒲髪　高濱虚子
菖蒲髪粋に見らるゝ年の頃　高濱年尾

武者人形《むしやにんぎやう》《むしやにんぎよう》

端午の節句に、男児のある家では、「子どもに勇気をはげます志出《い》だすためなるべし」と古書にあるとおり、勇壮な趣の八幡太郎、義経、弁慶、桃太郎、金太郎などの人形を飾る。そのほか、甲冑、武具、馬具なども飾る。**五月人形**《ごぐわつにんぎやう》。**冑人形**《かぶとにんぎやう》。**飾冑**《かざりかぶと》。**武具飾**《ぶぐかざ》**る**。**馬具飾**《ばぐかざ》**る**。

京、王城居に在り
逗留や五月人形飾らるゝ　池内たけし
武者人形飾る座敷の舞稽古　近藤いぬゐ
飾りたる武具の静かさ世は移る　山田桂梧
陣笠も武具の一つと飾り置く　京極杞陽
禅寺に武具を飾りしひと間あり　佐藤一村
祖父の世をその祖父の世を飾武具　豊田淳応
武者人形飾りし床の大きさよ　稲畑汀子

幟《のぼり》

端午の節句には数日前から幟を立てる。昔はその家の定紋を染め抜いたり、鍾馗の絵などを染めたりした。戸外に立てるものを**外幟**《そとのぼり》といい、室内に飾るものを**内幟**《うちのぼり》、**座敷幟**《ざしきのぼり》という。座敷幟には馬印、鎗、長刀《なぎなた》などを飾り添えた。男子が生まれて初めての節句に立てる幟を**初幟**《はつのぼり》という。**五月幟**《ごぐわつのぼり》。**紙幟**《かみのぼり》。**幟竿**《のぼりざを》。**幟杭**《のぼりぐひ》。

門の木にくゝし付たる幟かな　一茶
矢車に朝風強き幟かな　内藤鳴雪
幟上げ皆庭にある一家かな　栗原白暁
幟立て四方に魁けたる如し　吉井莫生
落人の裔とし幟立てぬ村　芦高昭子
雨に濡れ日に乾きたる幟かな　高濱虚子
うちたてゝ見えぬ幟の破れかな　同

吹流《ふきなが》**し**

幟竿の先端に鯉幟とともに揚げる幟の一種で、紅白または五色の細長い数条の布を輪形に付けたもの。

吹流し一旒見ゆる樹海かな　鈴木花蓑

就中御吹流し見事なり　高濱虚子

鯉幟《こひのぼり》《こいのぼり》　鯉をかたどった幟で、最近では外幟にもっとも多く用いられている。五月の晴れた空を泳ぐ鯉幟は、いかにも日本らしい風景である。真鯉、緋鯉と色分けしてある。**五月鯉**《さつきごひ》ともいう。

高枝を吹きはねし尾や鯉幟　池内たけし
移民史の三代となり鯉幟　田口梅子
産衣干す家の大きな鯉幟　嶋田摩耶子
大学の中に人住み鯉幟　富田閑牛子
泳ぎつく高さがありて鯉幟　豊田淳応
風吹けば来るや隣の鯉幟　高濱虚子
風萎えてゐし午後と知る鯉幟　稲畑汀子

矢車《やぐるま》　矢羽根を放射状に並べて車輪のようにしたもので、幟竿の先端につける。風でよく回り軽快な音を立てる。いかにも五月の風の感じで、金色が日に輝いて男子の節句にふさわしい。夜、幟を下ろしても矢車は残っていて音を立てる。

矢車のきりゝと海へ向きを変へ　神野雨耕
矢車の飛ばしてをりし日のかけら　津村典見
矢車の廻り初めしが音立つる　高濱年尾

粽《ちまき》　端午の節句につくる団子の一種である。糯米《もちごめ》と粳《うるち》の粉を混ぜて練ったものを茅、笹、真菰、葦、菅などの葉で包み、これを蒸してつくる。包んだ葉によって**茅巻**《ちまき》、**笹粽**《ささちまき》、**菰粽**《こもちまき》、**葦**《よし》**粽**《ちまき》、**菅粽**《すげちまき》などと呼ばれる。**飴粽**《あめちまき》は稲草で包み、内部が飴色のもの。**飾粽**《かざりちまき》は茅の葉を用い、巻いた茅の葉は長く残して直角に折り曲げ、葉先をぴんとはねるように作り、ふつう十個ずつまとめ括って一聯としたもの。**粽結**《ちまきゆ》**ふ**。

粽結ふかた手にはさむ額髪　芭蕉
笹粽ほどき〳〵て相別れ　川端茅舎
貼りかけの傘そのまゝや粽結ふ　龜山其園
こしき今噴き匂ひたる粽かな　新上一我
笹の葉のかそけくありぬ粽解く　上和田哲夫
結び目のほぐれて粽蒸し上る　豊田いし子

ふるさとの心解く如ちまき解く　伊藤とほる
故郷は昔ながらの粽かな　高濱虚子

柏餅《かしはもち》《かしわもち》

粳《うるち》の粉をこねて作った餅に、餡や味噌を入れ、柏の葉に包んで蒸した餅菓子。端午の節句の供え物であるが、上方の粽に対して江戸で盛んであったという。

裏庭の柏大樹や柏餅　富安風生
遠慮の手取りてのせくれ柏餅　柴田照子
屯田に興りし家系柏餅　依田秋葭
柏餅家系賤しといふに非ず　高濱虚子
残りたる葉の堆し柏餅　稲畑汀子

菖蒲湯《しやうぶゆ》《しょうぶゆ》

端午の日に菖蒲の葉を入れてたてる風呂である。これに入ると邪気を祓い、心身を清めると言い伝えられた。今日数少なくなった銭湯でも、菖蒲湯の札を貼り出す。古く中国では蘭の葉（日本の藤袴）を入れたといわれる。菖蒲風呂《しやうぶぶろ》。

うめ水の菖蒲を打つて落ちにけり　大橋宵火
菖蒲の香ほのと匂ひて浴後なる　多田香也子
銭湯の菖蒲の束の太かりし　伊藤二ン坊
廊下まで匂ふ楽屋の菖蒲風呂　片岡我當
泣きながら子は育つもの菖蒲風呂　小浦登利子
我入れば暫し菖蒲湯あふれやまず　高濱虚子
菖蒲湯の形ばかりの葉を浮かべ　高濱年尾

薬の日《くすりのひ》

昔は五月五日を薬の日として、山野で薬草を採ることが行なわれた。薬草摘《やくさうつみ》。百草摘《ひやくさうつみ》。薬狩《くすりがり》。薬採《くすりとり》。

手折るもの根ごと引くもの薬狩　椋砂東
一服の支那茶の香り薬の日　成瀬正とし
採るならひ今につづけて薬の日　宮城きよなみ
修善寺独鈷の湯
薬の日法の力に湧き出でて　高濱虚子

薬玉《くすだま》

端午の節句に、種々の香料の玉に菖蒲や蓬などを飾り、五色の糸を垂らしたものを柱や床に掛けて、

薬玉

邪気を祓い魔除とした。それを薬玉という。**長命縷**《ちやうめいる》もその一種である。

薬玉をうつぼ柱にかけにけり　村上鬼城

長命縷かけてながるゝ月日かな　清原枴童

暮し向変ることなく長命縷　中村若沙

薬玉の人うち映えてゆきゝかな　高濱虚子

新《しん》茶《ちや》

茶の新芽を摘んで、その年最初に作られた茶のこと。香りをめで、味わいに心を通わせる。宇治、伊勢、静岡、狭山などは産地として名高い。**走**《はし》**り茶**《ちや》。

宇治に似て山なつかしき新茶かな　支考

さら〱と溢るゝ新茶壺の肩　羽公

賜ひたる走り茶舌にまろばせて　井上洋子

旅心はたと鮮やか新茶買ふ　成瀬正とし

新茶古茶几辺にありて病めりけり　奈良鹿郎

よろこべば新茶淹れかへ淹れかへて　小畑一天

被疑者にも新茶淹れやる老刑事　樹生まさゆき

新茶汲む日本平に富士を見て　小林春水

方丈に今とどきたる新茶かな　高濱虚子

入れ方を問うて新茶でありしこと　稲畑汀子

古《こ》茶《ちや》

新茶に対して前年の茶をいう。香気、風味の新鮮さには欠けるが、こくがあると好む向きもある。

古茶の壺身ちかきものゝ一つかな　太田閑子

古茶の壺いつの世よりと父も知らず　鈴木勇之助

古茶新茶心のまゝに雨読かな　山口水士英

敢て古茶好み文才豊かなり　中村若沙

古茶淹るゝ妻は妻の座五十年　篠塚しげる

風《ふ》炉《ろ》 [三]

茶の湯の席に置いて湯を沸かす鉄製または土製の炉で、縁《へり》の一方を欠いて、そこから自然に風が入るようになっているのでこの名がある。炉塞《ろふさぎ》の後、陰暦四月一日から風炉を用いることになっており、風炉を用いて茶をたてることを**風炉手前**《ふろてまへ》、**風炉点前**《ふろてまへ》という。

おのづから主客慇懃風炉手前　杉山木川

招かれて風炉の名残に侍りけり　田中蛇々子

上《じやう》《じよう》蔟《ぞく》《ぞく》

蚕が四眠の後に体が半透明になり、繭を作ろうとするようになったのをいう。上蔟した蚕は蚕簿《まぶし》を入れた他の簀に移し繭を作らせる。養蚕農家の忙しさはここで一段落するので、**上蔟団子**《あがりだんご》を作って祝う。**上蔟**《あがり》。

摘みし桑残り蚕は上蔟す　鈴木つや子
上蔟に追はれ時なし飯を食ふ　渡辺芋城
手の空きし時が食事や上蔟す　目黒一榮

繭《まゆ》 ㊂

一般に繭は昆虫が蛹《さなぎ》になるときに口から繊維を出して作るもので、多くは楕円形、蛹は中に籠って休眠する。俳句で繭といえば、春蚕、夏蚕の作ったものをいい、「秋繭」という季題は別にある。農家の板の間や繭市場にうずたかく繭の山ができているのも美しい。**繭掻**《まゆか》**く**は蚕簿《まぶし》から繭をもぎとること。**新繭**《しんまゆ》。**白繭**《しろまゆ》。**黄繭**《きまゆ》。**屑繭**《くずまゆ》。**玉繭**《たままゆ》。**繭籠**《まゆかご》。**繭買**《まゆかひ》。**繭売**《まゆう》**る**。**繭干**《まゆほ》**す**。

屑繭を買うてかそけき暮しかな　今村野蒜
はづれたる繭の景気に町さびれ　志子田花舟
鴨居より吊り下げてあり繭秤　飯島信濃坊
前に笊左右にも笊繭を選る　加藤一牛
豊作の繭ちぎりとて皆はずむ　豊田一兆
寺の繭抱へて沙弥の売りに来し　大迫洋角
今日明日が繭の高値と思ひ売る　中原一線
薄繭の出来ゆく音の微かにも　木暮つとむ
いと薄き繭をいとなむあはれさよ　高濱虚子
よき蚕ゆゑ正しき繭を作りたる　同

糸《いと》取《とり》

繭を煮て生糸を取ること。煮立った繭の糸の端を何本か合わせて一本の糸に引き紡ぐ。**糸引**《いとひき》ともいう。以前は各地の養蚕農家で盛んであったが、現在ではほとんど製糸工場で行なわれ、旧来のような糸取は自家用としてわずかに見かけるくらいである。**糸取女**《いととりめ》。**糸引女**《いとひきめ》。**糸取鍋**《いととりなべ》。**繭煮**《まゆに》**る**。**糸取唄**《いととりうた》。

繭を煮る湯気からまりて軒の雨　福地果山
夫も子もなく独り居の糸取女　吉田大江
糸取の湯気の中なるうけこたへ　吉良芳陽

糸取の賃の支払また遅れ　藤本砂陽

糸取の湯気にしめれる額髪　山川喜八

糸で斬る生傷たえず糸取女　吉田芹川

糸引の眼よりも聡き指もてる　廣瀬ひろし

糸取と言ふ単調を破る客　吉田節子

生涯に絹も着ざりし糸取女　恩地れい子

軒浅き夕あかりに糸取女　高濱虚子

蚕《さん》蛾《が》　繭に籠って蛹《さなぎ》となった蚕は、約二十日ほどで蛾となり繭を破って出てくる。雌は肥えていて盛んに卵を産む。**蚕《かひこ》の蝶《てふ》**。

ほそ〳〵と眉をふるふや繭出し蛾　櫻井土音

袋《ふくろ》角《づの》　鹿の角は毎年晩春から初夏にかけて根元から落ち、そのあとに新しい角が生え始める。新しい角はまだ骨質ではなくビロードのような皮に覆われており、内部には血管が通い、触れるとやわらかく温かい。これを袋角という。鹿の角は生後二年たたないと生えない。そして再生するたびに大きくなり枝数を増してゆく。「落し角」は春、「角切」は秋季。

見おぼえのある顔をして袋角　後藤夜半

集りてみな眠りをり袋角　高野冨士子

柵に人立てば貌よせ袋角　天野十雨

飛火野の日のやはらかに袋角　篠塚しげる

袋角定かにそれとあはれなり　高濱年尾

松《まつ》蟬《ぜみ》　他の蟬にさきがけて鳴き始めるので**春蟬《はるぜみ》**ともいうが季題としては夏である。やや緩い調子でシャンシャンと松林などで鳴き出すのは五月ごろである。

春蟬や頂を指す道のあり　深川正一郎

松蟬やゆるきのぼりの御陵道　齋藤雨意

松蟬や史蹟たづねてもとの茶屋　間浦葭郎

松蟬にふと思ひ出や手紙かく　星野立子

松蟬や鉱山のさびれの日に立ちて　伊藤碧水

珊々と春蟬の声揃ひたる　高濱虚子

森あれば蝦夷春蟬の聞ける旅　稲畑汀子

夏《なつ》めく

春の花が終わると、草木は緑一色になり、万物すべて夏の装いを始める。人の暮しにもどことなく夏らしい気配が漂ってくる。その心持を夏めくという。

書肆の灯や夏めく街の灯の中に　五十嵐播水
夏めくや少女は長き脚を組む　岩垣子鹿
夏めくや化粧うち栄え嬖《おもひもの》　高濱虚子

薄《はく》暑《しょ》

初夏、五月ごろの暑さをいう。歩いているとうっすらと汗ばんできてちょっと暑いなという感じのころである。軽暖《けいだん》。

髪高く結ふことはやり薄暑来る　幸喜美
パン屋の娘頰に粉つけ街薄暑　高田風人子
女帯目立ち初めけり街薄暑　吉屋信子
皆が見る私の和服パリ薄暑　星野立子
水音の方へ薄暑の径たどる　隈柿三
船下りて税関までの波止薄暑　田中鼓浪
無愛想に切符飛出る薄暑かな　太田梨三
街薄暑カフエテラスにレモネード　川口咲子
紹介状持ちて薄暑のベルを押す　星野椿
軽暖の日かげよし且つ日向よし　高濱虚子
朝より瀬戸の船音旅薄暑　高濱年尾
急ぎきて薄暑を感じゐたりけり　稲畑汀子

夏《なつ》霞《がすみ》

㊂ 俳句でふつう霞といえば春のものと決まっているが、夏期にも遠景や沖合が霞んで見えることがある。これをとくに夏霞という。

二ㇳ岬色を重ねて夏霞　佐川雨人
火山灰降つてをりしと思ふ夏霞　藤崎久を
朝の間の富士すでになし夏霞　稲畑汀子

セル

セルは薄手の毛織物、それで仕立てた単衣《ひとえ》をいう。若葉のころ、その軽い肌触りが快い。

セルを著ていつまで抜けぬ京言葉　松尾いはほ
赤んぼの五指がつかみしセルの肩　中村草田男
セル軽し書屋を出でぬ一日あり　深川正一郎

定年のあとの暮しやセル軽く　佐々木あきら
セルを著て父なき故に大人びし　関口真沙
セルを著て世を知らざりし若かりし　杉原竹女
セルを著て時間に不足なき暮し　林　眞澄
セルを著て白きエプロン糊硬く　高濱虚子
セルを著て家居たのしむ心かな　高濱年尾

ネル

紡毛糸《ぼうもうし》で粗く織ったやわらかい織物をフランネルといい、省略してネルという。単衣《ひとえ》として、婦人子供用に用いたが、現在は洋服が多くなったので寝間着や下着に使われる程度となった。

虫つきし子供の頃のネル捨てず　手塚基子
吾子の着るネルの寝巻は祖母のもの　稲畑廣太郎
ネルを縫ふ針又折ってしまひけり　湯川　雅
ネルを着て一人娘でありにけり　今井千鶴子

カーネーション

撫子《なでしこ》の一種で和蘭石竹《おらんだせきちく》ともいい、花壇や鉢などに植えられ、初夏、花を開く。温室では四季を通じて咲くため、切花として広く用いられる。草丈は一メートル近くにもなり、白緑の茎には節があってそこに細い葉を対生し、一茎の先に一個ずつの花をつける。八重咲きが多く、色も白、桃色、赤などいろいろある。「母の日」の花として使われる。

花売女カーネーションを抱き歌ふ　山口青邨
カーネーション届いてをりし旅帰り　稲畑汀子

母《はは》の日《ひ》

五月の第二日曜日。母への感謝の日として一九〇八年アメリカに始まり、わが国でも大正二年（一九一三）以来日本基督教会を中心として広まった。戦後一般的な行事となり、母のない者は白、母のある者は赤のカーネーションを胸に飾る。

母に遠く母の日の街歩み居り　筋師与十郎
母の日の母九十の髪容《ち》　沼田千恵子
祝はるゝことには慣れず母の日を　宮田節子
母の日もやさしい母になりきれず　谷口まち子

夏場所《なつばしよ》　五月中の十五日間、東京両国の国技館で行なわれる大相撲本場所。一年六場所制となった現在では、**五月《ごぐわつ》場所《ばしよ》**と呼ぶのが正式である。かつての大相撲は一月の春場所、五月の夏場所と年間二場所、十日間ずつの興行であった。

夏場所や大川端に出て戻る　亀山草人
夏場所へ予定もされてをられしと　稲畑汀子

芭蕉巻葉《ばせうまきば》《ばしようまきば》　芭蕉は観賞用として栽培されるもので、初夏、新しい葉が茎の中央から堅く巻いたままで伸びてくる。それを芭蕉巻葉といい、**玉巻《たまま》く芭蕉《ばせう》**ともいう。やがて解け広がり風にそよぐようになる。

真白な風に玉解く芭蕉かな　川端茅舎
天主堂芭蕉玉巻きつゝありし　毛利提河
玉解いて即ち高き芭蕉かな　高野素十
山廬無事芭蕉玉巻き玉解いて　塚本英哉
師僧遷化芭蕉玉巻く御寺かな　高濱虚子
日当りて玉巻く芭蕉直立す　高濱年尾

玉巻《たまま》く葛《くず》　葛の新葉が玉のように巻葉しているのをいう。

十一が鳴いて玉巻く谿の葛　波多野爽波

苗売《なへうり》《なえうり》　以前は初夏のころになると、茄子《なす》、胡瓜《きゆうり》、朝顔、糸瓜《へちま》などの苗の荷を担いで売りに来たものである。その独特の節まわしの呼び声は、季節の到来を告げるものであったが、今ではほとんど見られなくなってしまった。

苗売のよきおしめりと申しける　林田探花
苗売や一年振りの顔馴染　内藤久子
信じてもよき苗売のよごれし手　前内木耳
苗売女雨ともなひて来りけり　藤井諏訪女
苗売の立ちどまりつゝ三声ほど　高濱虚子
苗売の土に束ねしもの並べ　高濱年尾

瓜苗《うりなへ》《うりなえ》　胡瓜、甜瓜《まくわうり》、越瓜《しろうり》などの苗の総称である。温床に蒔いた種から双葉が出て、本葉が三、四枚出るころまでのものをいう。五月初めごろ畑に移植する。

瓜苗にもれなく杓をかたむくる　岩木躑躅

しばらくは土にあづけて瓜の苗　三浦和加奈

瓜苗を買つてくれろと庭に来る　多田香也子

瓜苗に竹立てありぬ草の中　高濱虚子

胡瓜苗《きうりなへ》《きゆうりなえ》　蒔かれた胡瓜は楕円形の分厚くみずみずしい双葉を開き、やがて皺の多い産毛のある本葉をのぞかせる。畑に直蒔の苗もあるが、ふつう温床などで育てたのちに、畑に移し植える。縮んだ本葉が出始めたばかりのものから、三、四枚も整ったものまで、花屋の店先などに並んで売られていたりもする。

餇初めし穂麦の中の胡瓜苗　篠原温亭

胡瓜植ゑ山の暮しの変化日々　今井千鶴子

瓢《ひさご》《ひさご》 **苗**《なへ》《なえ》　夕顔、瓢簞《ひょうたん》、瓢《ふくべ》などの苗を総称していう。朝顔の苗などと一緒に店先で売られていたりする。

ひさご苗露をためたるやは毛かな　山家海扇

夜市あり瓢簞苗を買はんとて　田中菊坡

糸瓜苗《へちまなへ》《へちまなえ》　糸瓜苗は葉の先がとがり、白っぽいので他の瓜苗と区別しやすい。糸瓜棚は日除にもなるので、一般家庭の軒下などに植えられる。また沖縄地方のように食用として糸瓜を畑に作るところもある。

ぐつたりと植りてどれもへちま苗　青夜

茄子苗《なすなへ》《なすなえ》　茄子の苗は初夏、苗床から畑に移し植える。ずいぶん大きくなったのを売っているのも見かける。茎まで匂うばかりの紫紺色である。

茄子苗を雨に打たせて種物屋　大野宵村

茄子苗の茎むらさきを帯びて来し　後藤田白愁

茄子苗が残ればくれと頼まるゝ　植田槌木

茄子苗に今日は日蔽ひを工夫せり　高濱虚子

茄子《なす》**植**《う》**う**　苗床に生長した約三〇センチくらいの茄子苗を畑に移し植えることで、時期は地方により異なるがたいてい五月上旬ごろである。

茄子植ゑて夕餉遅るゝ厨ごと　永井壽子

老農は茄子の心も知りて植ゆ　高濱虚子

根切虫《ねきりむし》 ㊂　甲虫類の幼虫で、畑や庭などの土中四、五センチのところにひそみ、体長三センチくらいで白くやわらかく、首が少し赤い。作物や草花の苗を根もとから食い切って枯らしてしまう。夜、活動する。

天日にさらされまろび根切虫　下村非文
瓢箪も亦やられけり根切虫　高松喜山
かと云つてほつても置けず根切虫　刀根双矢
ひと目みて根切虫の仕業なる　高田美恵女
気づきたる日の遅かりし根切虫　岡安仁義
根切虫あたらしきことしてくれし　高濱虚子
太陽に晒すことより根切虫　稲畑汀子

薪能《たきぎのう》　奈良興福寺南大門《なんだいもん》の「般若の芝」で、観世、宝生、金春、金剛の四流によって演じられる野外能。その起源は平安時代にさかのぼり、興福寺の「修二会《しゅにえ》」の前行事である「薪宴《たきぎのえん》」という法会の際に、地主神である河上、氷室の両社から神聖な薪を囃して来る行事があり、そのとき呪師（呪文などを唱える役の下級僧）によって演じられた芸能が、後代猿楽能に変わったといわれている。古くは陰暦二月の行事であったが、戦後復興されて、今は五月十一、十二日になっている。薪を焚いて演能するところから来た名称ではないが、篝火に照り映えた中での演能はまさしく幽玄の世界で、近年これにならって各地で催される野外能をも薪能と称しているが、奈良興福寺のものをもって季題とした。なお、『虚子編新歳時記』が採りあげている薪能は、春日若宮のおん祭《まつり》（十二月十七、十八日）の際のものだが、当時は、薪能に代わるものとしてはこれしかなかったので、それを採りあげたものと思われる。

薪能松を見つゝぞ急ぎける　佐久間法師
薪能月あることを忘れゐし　鈴鹿野風呂
人垣のうしろの闇や薪能　菊山九園
薪能もつとも老いし脇師かな　高濱虚子
夜風出て火の粉舞ひ立つ薪能　稲畑汀子

練供養《ねりくやう》《ねりくよう》　五月十四日（陰暦四月十四日）、奈良二上《ふたかみ》山麓の当《たい》麻《ま》寺で修される中将姫の忌日法会である。姫が往生の前、同寺に籠って織った蓮糸の当麻曼陀羅は名高い。その姫が入寂の際に来迎を見たという伝説を模して、当日は観音、勢至両菩薩を先導に、二十五菩薩に扮した講衆が稚児を従えて、長い渡《わた》殿《どの》を姫の像を安置した娑婆堂へと練り進む。**来迎会**《らいがうゑ》。**迎接会**《げいせつゑ》。

ねり供養まつり見なる小家かな　蕪村
姫餅をつまみよばれぬ練供養　早船白洗
練供養中将姫は駕籠に乗り　池田默々子

葵祭《あふひまつり》《あおいまつり》　五月十五日、京都上賀茂の賀茂別雷《わけいかずち》神社および下鴨の賀茂御祖《みおや》神社両社の大祭である。古くは四月中の酉《とり》の日に行なわれたが、古来、祭といえばこの祭を意味したほど に名高い。祭にはいろいろの儀式があるが、なかんずく、勅使や斎王代の一行が牛車《ぎつしや》、輿などを連ねて御所より、上、下の社へ赴く路頭の儀は、祭の中心として見物人が群がり集まった。当日、社殿、摂社、末社は翠簾《みす》に葵を懸け、民家も戸ごとに葵を懸ける。これを懸葵《かけあおい》という。また祭人が衣類、頭髪などに懸けたのを**葵鬘**《あふひかづら》または**諸鬘**《もろかづら》と称して、雷除になると言い伝えている。石清水《いわしみず》八幡宮の祭を南祭（秋季）というのに対してこれを**北祭**《きたまつり》ともいう。**賀茂祭**《かもまつり》。

賀茂衆の御所に紛る丶祭かな　召波
地に落し葵踏み行く祭かな　正岡子規
花傘の過ぎてしまひや北祭　田中王城
賀茂祭すみし磧に居ちらばり　岡田抜山
御所の門出てくる葵祭かな　村田橙重
賀茂に住む誇りを門に懸葵　塩崎高明
杜深くまで加茂祭なりしかな　粟津松彩子
しづ〳〵と馬の足搔や加茂祭　高濱虚子

祭《まつり》 [三]　もとは五月十五日の京都の葵祭（賀茂祭）を指して祭といい、その他諸社の祭を夏祭といってきたが、現在では夏の祭を総称して祭といい、春祭、秋祭と区別する。**陰祭**《かげまつり》は隔年行なう例祭（本祭）に対して、例祭をしない年の小祭。**夜宮**《よみや》、**宵**《よひ》

宮《みや》、**宵祭**《よひまつり》は祭の前夜。**神輿**《みこし》は神霊を移してこれを担ぐもの。**山車**《だし》、**地車**《だんじり》とともに、祭の最高潮の場面を演ずる。子供用に**樽神輿**《たるみこし》があり、町中を練り回す。**祭礼**《さいれい》。**渡御**《とぎよ》。**御旅所**《おたびしよ》。**御輿舁**《みこしかき》。**舟渡御**《ふなとぎよ》。**祭舟**《まつりぶね》。**祭前**《まつりまへ》。**祭あと**《まつり》。**祭笛**《まつりぶえ》。**祭太鼓**《まつりだいこ》。**祭獅子**《まつりじし》。**祭囃子**《まつりばやし》。**祭提灯**《まつりぢやうちん》。**祭笠**《まつりがさ》。**祭客**《まつりきやく》。**祭見**《まつりみ》。**祭髪**《まつりがみ》。**祭衣**《まつりごろも》。**祭宿**《まつりやど》。**祭町**《まつりまち》。
「里祭」は秋。「浦祭」も里祭に準ずる。

艙にも響くまつりの太鼓かな　樗　良
鬂そりて青き面や祭人　大橋櫻坡子
渡御筋の床几のはしを借りにけり　野村泊月
家を出て手をひかれたる祭かな　中村草田男
古床几出して貴船の祭宿　中村七三郎
躍り出て祭太鼓の桴代り　關　圭草
地車のとまつてをりて囃子急　亮木滄浪
献灯に触れ飛ぶ山車の飾花　伊藤柏翠
祭髪父にも見せてねだりごと　田邊虹城
祭髪結うて店番つまらなく　岩村みちこ
抱かれて馬上に眠る祭稚子　臼杵潮川
つゝましき暮しながらに祭鮓　山中　晋
から〳〵と祭帰りの人通り　星野立子
病む我を残してみんな祭見に　芹澤江村
路地口や祭床几のはや置かれ　近藤竹窓
船渡御や潮路遥かに御旅所　藤實艸宇
家船も陸つきあひの祭寄附　村上青史
鱧の骨上手に切れて祭膳　後藤夜半
二階より間近馬上の祭禰宜　西本中江
船渡御の還御は潮に乗り迅し　舘野翔鶴
神輿待つ役提灯を路地口に　野島蘆舟
地車の怪我人路地へ抱へ込む　小島梅雨
病める児にまつり浴衣の届きたる　竹谷緑花
宰領のさつと塩撒く山車曲る　清水賀名生
祭客妻にまかして供に立つ　木村黄田
酔ひしれて祭花笠背に落とし　大森積翠

片附けて元の空地や御ゝ旅所　坊城としあつ
だんじりの休む間を笛一人吹く　高木石子
北浜に祭相場のたつことも　吉年虹二
祭髪結うてひねもす厨事　転馬嘉子
さまざまの音が祭となつて来し　大谷展生
裏座敷表座敷に祭客　千原叡子
地車の喧嘩に負けてなるものか　渡部修治
祭見に行くと別れてからのこと　藤木呂九艸
宿題はせぬことに決め神輿舁く　石倉啓補
浦の子のこんなにゐしや夏祭　上﨑暮潮
老禰宜の太鼓打居る祭かな　高濱虚子
真直ぐに祭の町や東山　同
客を待つ祭浴衣の主かな　高濱年尾
獅子頭連ねかざして祭かな　同
祭抜けゐしこと路地を抜けてをり　稲畑汀子

神田祭《かんだまつり》　五月十五日は東京千代田区の神田神社、通称神田明神の祭礼である。江戸時代以来、山王祭と隔年に行なわれ、いわゆる天下祭として賑わった。当時の例祭は九月で、五月になったのは明治以降である。現在は十五日の例大祭のすぐ前の土曜日に神幸祭巡行があり、日曜日に町内の神輿が次々に社前に担ぎ込まれる。

路地ごとに神田祭の子供かな　野村久雄
江戸に生れ神田祭をまだ知らず　遠藤歌子
心意気神田祭はすたれずに　稲畑汀子

三社祭《さんじやまつり》　東京浅草、浅草神社の祭礼。古く三社権現と称したので三社祭という。鎌倉時代に始まり、現在は五月第三日曜を最終日とする四日間行なわれる。最大の見ものは重さ一トン以上の大神輿三体の渡御で、セイヤ、セイヤ、と掛け声をかけながら、三手に分かれて浅草の町を巡る。このほか、木遣音頭、獅子舞、びんざさら舞、芸妓連の手古舞などがあり、各町内からも百体近くの神輿が繰り出されて賑わう。**浅草祭**《あさくさまつり》。

甲高き三社祭の木遣かな　上田素弓

鳶頭老見ゆ三社祭かな　島田みつ子
ただでさへ人出浅草祭なる　松尾緑富
雑踏の三社祭が動きゐし　稲畑汀子

安居《あんご》 ㊂ 陰暦四月十六日から七月十五日まで、一夏《いちげ》九旬の間、僧侶が一室に籠り、また集会して経論を講じ、あるいは行法を修することで、**夏籠**《げごもり》とも**夏行**《げぎやう》ともいう。これは釈尊が母摩耶夫人《まやぶにん》のために報恩経を説かれたのに始まるという。**前安居**《ぜんあんご》は前期、**中安居**《ちゆうあんご》は中期、**後安居**《ごあんご》は後期の安居である。前安居に入るのを**結夏**《けつげ》または**結制**《けつせい》といい、終わるのを「解夏《げげ》」（秋季）という。またこの期間中、飲酒肉食を断つことを**夏断**《げだち》という。**夏勤**《げづとめ》。**夏入**《げいり》。**雨安居**《うあんご》。

まつさをな雨が降るなり雨安居　藤後左右
夏籠や古註に正し師に質し　野島無量子
警策に魂よみがへり夏に籠る　森永杉洞
ごう〳〵と戸樋の鳴るなり雨安居　清水忠彦
夏に籠り濁世の話近づけず　春光寺花屑
一僧の結夏の日より髭剃らず　桑田青虎
心願のありて夏断に入りにけり　宮沢指月
還俗の迷ひもありて夏に籠る　西澤信生
結制の鉄の制誡比丘比丘尼　河野静雲
夏に籠る尼に檀家の届け物　若林芳堂
百礼の行にはじまる安居かな　森　白象
海底のごとく静かや安居寺　辻本青塔
夏安居や尼には尼の掟書　近藤竹窓
夏に籠る師に薪水の労をとる　高濱虚子
安居寺木洩日一つ揺れざりし　稲畑汀子

夏花《げばな》 ㊂ 仏家が安居《あんご》を行なうとき、俗家でもまた、花（樒《しきみ》）を供えて、祖先や有縁無縁の諸仏を供養する。この花を夏花という。また古くから、この日に山に登って花を摘み、亡き霊を供養する花摘の風習がある。**夏花摘**《げばなつみ》。

鐘撞くも夏花を摘むも僧ひとり　河村宰秀
かりそめに手折りしものを夏花とす　大森積翠

或時は谷深く折る夏花かな　高濱虚子

夏書《げがき》 三　安居の間、俗家でもまた経文を書き写し、あるいは読誦する。これを夏書または夏経《げぎやう》という。書いた経文は寺院に納めたりする。祖先や近親などの諸霊の供養のために行なうのである。

卓ごとに一縷の香や夏書僧　梅山草舎
朝夕の心経二巻夏書とす　織田澡石
青墨の香の芳しき夏書かな　井桁敏子
一炷の香に始まる夏書かな　吉村ひさ志
夏書僧下駄つつかけて現れぬ　坊城としあつ
吐く息もおろそかならず夏書かな　谷口和子
磨りためし墨に塵なき夏書かな　高濱虚子
夏書して舞の名妓でありしかな　稲畑汀子

西祭《にしまつり》　五月第三日曜に行なわれる京都嵯峨の車折《くるまざき》神社の祭礼である。嵐山の清流大堰川《おおいがわ》で行なわれるが、渡御は渡月橋を渡り、中之島剣先より御座船に移御し、嵐峡で御船遊が行なわれる。流扇船、俳諧船、献花船、謡曲船、書画船など三十艘ほどの供船が従う。平安時代の昔、大堰川に詩、歌、管絃の三つの船を浮べて遊んだ故事よりおこったもので**三船祭**《みふねまつり》ともいう。西祭の名は、賀茂の祭を北祭、石清水八幡宮の祭を南祭というのに対する虚子の命名にはじまる。

俳諧の船にわれあり西祭　松尾いはほ
西祭すみし大堰のうす濁り　西川竹風

蟬丸忌《せみまるき》　五月二十四日は蟬丸の忌日で、滋賀県大津市清水町(今は逢坂一丁目)の関蟬丸《せきのせみまる》神社において祭礼が行なわれる。謡曲「蟬丸」によると、蟬丸は醍醐天皇の第四皇子で、幼少より盲目のため逢坂山に捨てられ、そこに庵を作って住み、琵琶の名手であったとされており、「今昔物語」や「平家物語」などにも書かれている。祭礼には、古くは宮中より舞人が遣わされたとも伝えられ、また諸国より芸能関係の人々が参列して、荘重な祭儀が行なわれたともいわれる。**蟬丸祭**《せみまるまつり》。

きよらかに芸に身は痩せ蟬丸忌　多田渉石

逢坂の夜の暗さや蟬丸忌　中島曾城

若楓《わかかへで》《わかかえで》

若葉した楓である。初夏の風にさゆらぐさまは、ことに明るく、やわらかな緑である。

禰宜が子の鶏抱いて若楓　樗堂
若楓枝を平に打重ね　富安風生
明るさの空にひろがり若楓　綿谷吉男
箏の前に人ゐずなりぬ若楓　高濱虚子
広きかげ水面に拡げ若楓　高濱年尾
下枝を風の騒げる若楓　稲畑汀子

新樹《しんじゅ》

初夏、みずみずしい緑におおわれた木々。「新緑」も同じだが色を主とした景全体の感じ。新樹は木に焦点があり、語感も現代的な響きをもつ。

焼岳のこよひも燃ゆる新樹かな　水原秋桜子
白々と何の新樹か吹かれ立つ　高木晴子
島をもて神とし斎く新樹かな　大橋越央子
琴坂の新樹洩れくる夕日かな　星野立子
新樹道夕月いまだ色解かず　平松措大
著きにけり新樹の朝のワシントン　中口飛朗子
この新樹月光さへも重しとす　山口青邨
深海の如く色持つ山毛欅新樹　牧野鈴鹿
山内やこん〳〵として新樹の香　田村木國
落慶の大塔聳ゆ新樹晴　田伏幸一
大いなる新樹のどこか騒ぎをり　高濱虚子
日の新樹雨の新樹と色重ね　稲畑汀子

新緑《しんりょく》

初夏の木々の緑をいう。色彩的に艶やかな美しさが感じられる。

新緑やこってり絵具つけて画く　高田風人子
新緑の真只中に祝はるる　長谷川回天
塔仰ぐとき新緑に染まりつゝ　稲畑汀子

若葉《わかば》

初夏の木々の初々しい葉の総称で、常緑樹にも落葉樹にも使われる。「新樹」と同義ではあるが、言葉から受ける感じは少し違う。谷若葉《たにわかば》。里若葉《さとわかば》。若葉風《わかばかぜ》。若葉雨《わかばあめ》。

若葉して御めの雫ぬぐはゞや　芭蕉
不二ひとつうづみ残してわかばかな　蕪村
雪嶺の麓に迫る若葉かな　野村泊月
若葉雨僧上堂の傘連ね　中村青屯
お茶の間に集りやすし庭若葉　星野立子
宮若葉静もり今日は神事無く　大橋杣男
目に見えて朴の若葉の育つ雨　福村ますほ
遠きほど水面も若葉明りかな　稲岡長
つくばひに杓横たふや若葉蔭　高濱虚子
若葉風吹き落ちて来る緑にあり　高濱年尾
若葉に目休め水面に心置く　稲畑汀子

柿若葉《かきわかば》　柿の若葉は小さく丸く萌え始め、だんだん茂るとやわらかく鮮やかな萌黄色となって目をひく。若葉の中でも一際つやつやと明るい感じである。

温泉の小屋を出でし裸や柿若葉　田中王城
富める家の光る瓦や柿若葉　高濱虚子

樫若葉《かしわかば》　樫の若葉は紅色の勝ったのと緑色のとあるが、紅いのも長ずるにしたがってだんだん色が褪める。そのぴかぴか光った葉は、みずみずしく目立つが、やがて大樹にふさわしい色合となる。

大風や吹きしぼられて樫若葉　高木撫山

椎若葉《しひわかば》《しいわかば》　椎の古葉は濃緑で、黒く汚れたように見える。淡緑色の滑らかな若葉は、古葉と対照的に明るい。

浜離宮とは昔名よ椎若葉　藤村藤羽

樟若葉《くすわかば》　樟は日本の樹木の中では最も巨大で、長寿を保つものである。初夏、頂からむくむくと緑の若葉が湧くように生じる。若葉の中でも独特な美しさがある。

色里に神鎮りまし楠若葉　富安風生
大前にちりもとゞめず樟若葉　刑部三思
若葉して千年と言ふ楠大樹　柴原碧水

常磐木落葉《ときはぎおちば》《ときわぎおちば》　㊂　松、杉、樫、椎、樟などの常緑樹は新葉の整うのを見届けていたかのように冬を越した古葉を落し始める。それらを総称していうのである。

ひざの上に常磐木落葉してありぬ　本田あふひ

常磐木の何時か終つてゐる落葉　植田素女

須磨にて子規子に別る

常磐木の落葉踏みうき別かな　高濱虚子

樫落葉《かしおちば》

新葉の出揃うころ、古葉がしきりに落ちる。大木のある寺院など、作務僧が掃き寄せていたりする。

ひら〱と樫の落葉や藪表　西山泊雲

掃き寄せしもの、大方樫落葉　松木しづ女

椎落葉《しひおちば》《しいおちば》

椎も若葉し始めると、古葉がはらはらと落ちる。深緑色の表、灰褐色の裏と思い思いに散る。

神さびや椎の落葉をふらしつゝ　池内たけし

樟落葉《くすおちば》

樟の落葉は光沢があって硬い感じがする。

一日の樟の落葉の恐しき　平田寒月

樟の葉の散り初め颪と雨の今日　矢野樟坡

松落葉《まつおちば》

松も新しい葉を出した後に落葉する。颪の強い日などに松葉が空から降るように落ちてくることがある。散り敷いた松葉は清楚である。**散松葉《ちりまつば》**。「敷松葉」は冬季。

清滝や波に散込む青松葉　芭蕉

松落葉懐し子規が養痾の地　岩木躑躅

橋立も歩けば長し松落葉　高林蘇城

子規子と須磨に在りし時

海を見て松の落葉の欄に倚る　高濱虚子

天幕張るはや松落葉降りかゝり　高濱年尾

杉落葉《すぎおちば》

杉も若葉が出ると古い葉は一連ずつ房のようになって落ちる。この古葉はよく燃えるので焚付けに使ったり、干して粉にして線香の原料にしたりする。

礎に杉の落葉や平泉寺　池内たけし

杉落葉して境内の広さかな　高濱虚子

夏《なつ》　蕨《わらび》

蕨は春のものであるが、春の遅い高原や山間では、初夏のころ蕨を採る。

高原の観光ホテル夏蕨　赤星水竹居
夏わらび尼の手籠に見えてをり　蓑口祈水
夏蕨井に浸せしを忘れきし　鳴戸幸子
山荘の庭に長けけり夏蕨　高濱虚子
踏み迷ふこ とも楽しや夏蕨　稲畑汀子

筍《たけのこ》

初夏、竹の地下茎から出る新芽のこと。孟宗、真竹、淡《は》竹《ちく》などあるが、とくに孟宗竹のは雄大で、いかにも筍というにふさわしく、味も佳い。**たかうな**、**たかんな**ともいう。**笋《たけのこ》**。**竹《たけ》の子《こ》**。

掘食ふ我たかうなの細きかな　蕪村
乙訓の筍車まだきより　曾根田長春誠
筍の藪もきれいに寺領かな　池内たけし
鍬先に乗り筍のうかみ来し　矢津羨魚
筍の鍬傷土を噛んでをり　清崎敏郎
筍を好きに掘れよと僧の留守　松尾緑富
筍の掘りたるあとに踏み入りし　坊城中子
筍を掘りたる穴へ土返す　藤松遊子
一様に筍さげし土産かな　高濱虚子

篠《すず》の子《こ》

篠竹の筍で細長く食用にもなる。篠竹は「すず」ともいい、山地に群生する笹の一種で、垣根などにも用いられる。**笹《ささ》の子《こ》**。

山寺の山菜料理篠子汁　吉村春潮
母炊きし篠の子飯の柔かし　牛木たけを
篠の子を抜きし力の余りけり　大塚はぎの

筍飯《たけのこめし》

筍を細かく刻んで炊き込んだ飯である。初夏の味覚として喜ばれる。

泊めくれて筍飯の二尊院　岸本韮村
ほどきし荷筍飯と決めてゐし　浅利恵子

蕗《ふき》

野山から庭先まで、どこにでも生える。初夏、茂った葉の葉柄を食べる。ほろ苦く、香りの高さが好まれる。秋田蕗はことに大きく二メートルにもおよぶものがある。**蕗《ふき》の葉《は》**。

うす〳〵と空に日はあり蕗の原　田村木國

伽羅蕗の滅法辛き御寺かな　川端茅舎

離農者のふゆる奥蝦夷蕗茂る　小島梅雨

背負ひをる蕗より雨の雫かな　戸澤寒子房

沢水の川となりゆく蕗がくれ　高濱虚子

蕗原野貫く道を行くばかり　稲畑汀子

藜《あかざ》 三 アカザ科の一年草で、初夏に若葉を採って食べる。初めのうちは紅紫色をしているので名前としたものであろう。やはり夏、黄緑色の細かい花が穂をなして咲く。**藜**《あかざ》**の杖**《つゑ》は一メートル以上にも生長し堅くなった茎でこしらえたものである。

藜

美濃己百亭

やどりせむ藜の杖になる日まで　芭蕉

隠栖に露いっぱいの藜かな　阿波野青畝

鎌とげば藜悲しむけしきかな　高濱虚子

蚕豆《そらまめ》 莢《さや》が空に向かうので「そらまめ」という。豆類ではいちばん早く食べられる。形は楕円形で平たい。塩《しお》茹《ゆで》にしたり、飯に炊き込んだり、また甘く煮ておたふく豆にして食べたりする。**蚕豆引**《そらまめひき》。

母がりのそら豆貰ひ蕗もらひ　高野雲峰

そら豆のさやぽんぽんとよくむけて　高岡智照

そら豆の大方莢の嵩なりし　稲畑汀子

豌豆《あんどう》《えんどう》 七、八センチほどの莢《さや》の中に四、五粒の豆を持っている。中の実が熟すると莢だけちぎったり、根ごと引いて収穫し、莢をむいて豆を出す。いわゆるグリーンピースである。**豌豆引**《あんどうひき》。莢ごと食べられるものを**莢豌豆**《さやあんどう》という。

朝もぎの莢豌豆にある重さ　山口昌子

豌豆を摘むは手当り次第かな　小川修平

豆飯《まめめし》 豌豆（グリーンピース）や蚕豆《そらまめ》などを炊き込み、薄い塩味をつけた飯である。いかにも若葉の季節にふさわしい彩りが好まれ風味もよい。

山妻に豆飯炊かせ同人等　山口青邨

豆飯や心やすさの女客　吉田きよ女
豆めしを仏飯として奉る　深川正一郎
豆飯や法話とならず談笑す　高濱きみ子
母そはの隣に住みて豆の飯　千原叡子
すき嫌ひなくて豆飯豆腐汁　高濱虚子
豆飯の匂ひみなぎり来て炊くる　稲畑汀子

浜豌豆《はまゑんどう》《はまえんどう》

海浜の砂地に自生する豌豆のような草。長さ三〇～六〇センチの茎は、葉先に巻鬚《まきひげ》を付け、蝶形の可愛い紅紫色の花を開く。

手提置く浜豌豆の花かげに　三輪一壺
はら〳〵と浜豌豆に雨来る　高濱虚子

芍《しやく》薬《やく》

牡丹より少し遅れて咲き、牡丹にやや似て、よく牡丹と比べられる花である。牡丹は木であるが芍薬は草で、古く中国から薬草として渡来した。一重と八重とがあり、色は白、淡紅、紅と種類も多い。

一と雨が来さう芍薬剪ることに　横田直子
疑はじ山芍薬は吾子の精　大間知山子
芍薬の花にふれたるかたさかな　高濱虚子
芍薬の花の大輪らしからず　高濱年尾

都《みやこ》草《ぐさ》

茎は二、三〇センチ、葉は三枚の小葉と一対のそえ葉からなるため、五枚に見える。五月ごろ茎の頂に一対の蝶形の黄金色の花をつけ、可憐で趣がある。京都に多く自生していたのでこの名がある。

黄なる花都草とは思へども　松尾いはほ
夕かげをひきとめてゐし都草　手塚基子
宇陀の野に都草とはなつかしや　高濱虚子

都草

踊子草《をどりこさう》《おどりこそう》

山野や路傍の日陰に生え、茎は角ばっており、高さは三〇～五〇センチくらい、葉は紫蘇に似て対生する。初夏、葉のつけ根に淡紅色あるいは白色の唇形の花が輪になって幾つもつき、ちょうど人が

踊子草

笠を冠って踊る姿に似ているのでこの名がある。**踊草**《をどりさう》。**踊花**《をどりばな》。

きりもなくふえて踊子草となる　後藤比奈夫
紅さして踊揃ひし踊子草　廣瀬ひろし
摘みし手に踊子草ををどらせて　稲畑汀子

海芋

海芋《かいう》

サトイモ科の多年草。三角形の大きな葉の間から伸びた高さ八、九〇センチくらいの茎の頂に、白色の漏斗状の花をつける。これは厳密にいえば苞で、その中に小さな黄色い穂状の花がある。切花用に多く栽培されている。**カラー**ともいう。

海芋咲き日射し俄かに濃き日なり　藤松遊子
新しき白を選びて海芋剪る　石井とし夫
海芋咲く近くに怒濤くだけゐし　嶋田一歩
活けられし海芋正面ありにけり　稲畑汀子

文字摺草

文字摺草《もじずりさう》《もじずりそう》

芝地あるいは田の畦《あぜ》などに自生し茎は一〇～二〇センチくらいの高さになる。細長い葉を二、三枚根元につけるだけで、初夏、茎の頂にほっそりした穂をなして、淡紅色の小花をつづる。この花の穂が捩れているので**捩花**《ねぢばな》ともいう。**もじずり**。

文字摺とわかつて見れば面白し　中田みづほ
花見ればねぢり花とは聞かずとも　中田はな
捩り花捩りそめたるかなしさよ　吉井莫生
風に縒かけて文字摺草の咲く　鈴木玉斗

羊蹄《ぎしぎし》の花《はな》

路傍の湿地や水辺などに多い。茎は六〇センチから一メートルにもなり、初夏、上の方の花軸の節ごとに十余りずつ輪になって小さな淡緑白色の花をつける。葉は長さ三〇センチ余り、柄があり、長大で牛の舌に似ているので「牛舌《ぎゆうぜつ》」ともいった。根は太く黄色で薬用になる。羊蹄はこの根の形から名付けられ、また「ぎしぎし」という名は、実のなった枝を振るとぎしぎしと鳴ることから名付けられた。

羊蹄に雨至らざる埃かな　青夷

擬宝珠《ぎばうし》《ぎぼうし》

山野に生える六〇センチくらいの多年草で、庭に植えることもある。花は小形、うす紫または白の筒状で先は六裂しており、花軸の下から咲きのぼる。長楕円尖形の広い葉があり、若葉のころは食べられる。**花擬宝珠《はなぎばうし》。ぎぼし。**

雨だれにこちたくゆるゝ擬宝珠かな　野村泊月

花擬宝珠ぐんぐん伸びて雨降らず　桐田春暁

這入りたる虻にふくるゝ花擬宝珠　高濱虚子

げんのしょうこ

山野に自生する多年草で、茎は細く地上を這い、葉は掌状に分裂して斑点がある。夏、五弁で梅の花に似た白や紅紫の花を開く。薬草として知られており、この茎や葉を陰干にして煎じて飲むと下痢止に特効があり、即座に効くので「現の証拠」といわれている。また「たちまちぐさ」「いしゃいらず」などともいう。花のあと細長く稜のある実を結び、熟すると縦に五裂して種子を散らす。その五裂したさまが神輿の屋根に似ているので**みこしぐさ**ともいう。

げんのしょうこ

火山灰汚れげんのしょうこの花にさへ　西村数

炉煙に煤けしげんのしょうこ吊る　猿渡青雨

うちかゞみげんのしょうこの花を見る　高濱虚子

車前草《おほばこ》《おおばこ》の花《はな》《はな》

葉の間に二〇センチくらいの茎が出て緑がかった白の細い小さい花を穂状につける。車前草は人の歩く所、車の通る所にどんどん生えるというところからついた名である。葉や種は採って薬用にされる。

草のなか車前草鞭をあげにけり　伊藤無門

車前草のつん〳〵のびて畦昼餉　高田瑠璃子

姫女苑《ひめぢよをん》《ひめじよおん》

明治の初めに渡来した帰化植物で、全国あらゆるところの道ばた、畑、荒地などに生える。七〇センチから一メートルにも達し、菊に似てごく細い花弁の白または淡紫の小花をつける。

姫女苑

姫女苑とはこの花か名に負けて　平尾圭太

計画は密なるがよし姫女苑　稲畑汀子

マーガレット

カナリア諸島の原産。初夏、七、八〇センチの茎の先に、除虫菊に似た形の、白い清楚な花をつける。葉は春菊に似て羽状で、木春菊《もくしゅんぎく》とも呼ばれるが、一般にマーガレットの名で親しまれている。

ファウストのマーガレットに又会ひし　星野早子
よき朝がマーガレットに来てをりし　篠原樹風
マーガレット夕昏れ収め切れずをり　小笠原てい
髪黒くマーガレットの中に立つ　高濱虚子
マーガレット何処にも咲いて蝦夷も奥　高濱年尾
風白しマーガレットを野に置きて　稲畑汀子

ラベンダー

地中海沿岸地方原産といわれるシソ科の常緑小低木。六、七〇センチで、淡紫色の小花を穂状につける。花や茎に芳香成分を含み、香料として、また薬用としても用いられる。一面のラベンダー畑が咲きそよぐ様は美しく、観賞用の鉢植えもまた可憐である。

憩ひたき心にさせてラベンダー　山田桂梧
紫はこの町の色ラベンダー　室屋節子
ラベンダー一と色に野の起伏あり　水見壽男
ラベンダー咲く遥かより風吹けり　奥田智久
晴れゐてもどこかが翳りラベンダー　本間美喜
風さへも届かぬ広さラベンダー　木暮勉
ラベンダー北の大地に彩置きし　伊関みぎわ
ラベンダー畑の濃淡香の濃淡　続木元房
雨止みしあとの風の香ラベンダー　嶋田一歩

罌粟《けし》の花《はな》

茎はしっかり直立し、頂の蕾はうつむいているが、開くと萼《がく》を落とし上を向く。薄い四片の花びらは優美で散りやすい。一重と八重があり、白、紅、紫などの色がある。未熟な実から阿片が採れるので栽培は制限されている。**芥子《けし》の花《はな》**。**白罌粟《しろげし》**。**罌粟畑《けしばたけ》**。

僧になる子の美しや芥子の花　一茶
罌粟咲けばまぬがれがたく病みにけり　松本たかし

ある時は罌粟の赤さを憎みけり　野見山ひふみ
軽ろやかに見えゐて風に散らぬ罌粟　小山白云
芥子挿してドラマ始まりさうな宵　竹腰八柏
そよぐ髪吾子も少女や芥子の花　稲岡長
芥子の花風にめくれしまゝ静止　佐藤道明
我心或時軽し芥子の花　高濱虚子
己れ毒と知らで咲きけり罌粟の花　同
花芥子の雨に堪へつゝゆがみたる　高濱年尾
道迷ふことも旅路よ芥子の花　稲畑汀子

雛罌粟《ひなげし》

観賞用に庭に植えられる。三〇～六〇センチの高さの茎をもち粗毛がある。茎の先に美しい四弁の花を開く。色は深紅色が多いが、紫、白などもある。楚王の寵姫、虞美人が死後この花に化したといって、**虞美人草**《ぐびじんさう》の名がある。罌粟とは別種で栽培も自由である。**ポピー**。

花ポピーは加州の花よ野に山に　森沢浄
羊守ポピーの雨に濡れそぼち　保田白帆子
雛芥子の花触れ合うて散りにけり　森井空洞子
咲き満ちて眩しポピーの大野原　三村かよこ
其の奥に砦跡ありポピー狩　平田縫子
野に咲けば雛芥子は野に似合ふ色　稲畑汀子

罌粟坊主《けしばうず》《けしぼうず》

罌粟の花の散ったあと球形の実がなる。初め青く、のち黄熟して、振れば中の種子の音が聞かれる。

一弁のいまだとまれる罌粟坊主　諸人
花散りてうなづく芥子の坊主かな　高濱虚子
今日咲いて今日散る芥子の坊主かな　稲畑汀子

鉄線花《てつせんくわ》《てつせんか》

初夏のころ、蔓に咲く。一茎に一花をひらき、大きさは六、七センチくらい。六弁で中心に紫色の蘂《しべ》が群がり、白、紫、あるいは紅紫色の鮮やかな花である。「てっせん」と呼ぶのは、その蔓が鉄線のように強いというのである。もとは中国の産で江戸時代に渡来したものだという。

鉄線花咲きそめにけり父の窓　星野立子

紫は暗しと思ふ鉄線花　下村梅子
すつきりと紫張りて鉄線花　池田やす子
鉄線の終の一花も濃紫　松岡ひでたか
風鎮は緑水晶鉄線花　高濱虚子
鉄線の花の平らに空広し　高濱年尾
鉄線の花の重さを見せぬ蔓　稲畑汀子

忍冬《すひかづら》《すいかずら》の花《はな》《はな》

山野に自生する蔓性の小低木で、初夏、葉のつけ根に二つずつ並んで細い筒形の香りのよい花を開く。白く咲いて翌日は黄色く変るので「金銀花」とも呼ぶ。**にんどうの花《はな》。**

忍冬の花

すひかづら今来し蝶も垂れ下り　東中式子
白と見し黄と見し花の忍冬　前内木耳

野蒜《のびる》の花《はな》

葱《ねぎ》のにおいをもった管状の細長い葉の間に伸びた三〇～六〇センチくらいの茎の頂に、淡紫色の小さい花が集まって咲く。黒紫色の小さな球状の肉芽が花に混じっていることがあり、球だけで花の咲かないものもある。「野蒜」とだけいうと春季である。

花つけて野蒜の先やゝたわむ　すみ女
花らしくなくて野蒜の花とかや　石井とし夫
野蒜咲く殆んど中途半端にて　高田風人子

棕櫚《しゅろ》の花《はな》

棕櫚の幹は直立し、暗褐色の繊維でおおわれ、幹の頂に長い柄をもつ葉をつける。五月ごろ葉の間から、黄白色粒状の小さい花を無数につづった花穂を垂れる。盛りになると黄粉を撒いたように一面に花がこぼれる。

日当りて金色垂るゝ棕櫚の花　五十嵐播水
棕櫚の花散るにまかせて武家屋敷　武藤竹童
棕櫚の花ひねもす散つて庇打つ　西村梅子
聖堂の木として仰ぐ棕櫚の花　高木壺天
棕櫚の花こぼれて掃くも五六日　高濱虚子

桐《きり》の花《はな》

高さ一〇メートルにもおよぶ落葉高木で、用材として古くから各地に栽培されてきた。葉は大きくハート形、長い柄をもつ。五月ごろ、枝先に穂をなして筒形の花をやや下向きに開く。淡紫色、ときに白色。芳香がある。樹下一面の落花も美しい。花桐《はなぎり》。

電車いままつしぐらなり桐の花　星野立子
花明りてふものゝなく桐咲きぬ　田畑美穂女
日について必ず遠し桐の花　高木石子
桐咲いてより青空の離れざる　塙告冬
桐の花日かげを為すに至らざる　高濱虚子
桐の花高き視線のつながりし　稲畑汀子

朴《ほほ》《ほお》の花《はな》《はな》

朴は山地に自生する落葉高木。高さは一〇～一五メートルにおよぶ。初夏、特徴のある六、七枚の大きな葉を台座のようにひろげたその中央に白く大きく花びらの厚い花を開く。山など歩いていて、谷間に咲くこの花を見おろしたときははっとするほどの見事さである。花の直径二、三〇センチ、とくに香気が高い。厚朴《ほほ》の花《はな》。

朴の花

朴散華即ちしれぬ行方かな　川端茅舎
高々と朴の花咲く我書屋　片岡奈王
朴の花咲きさだまりて風なき日　斎藤拙
月光にまぎれず白き朴咲けり　五十嵐播水
朝からの山の日和に朴咲いて　中島よし繪
徐々にさす雨後の月光朴の花　吉井莫生
朴咲くと聞けば高野に帰りたく　森郁子
満目のみどりの中の朴の花　泉清流
山峡の二里の往診朴の花　松尾白汀
ケーブルの一揺れ朴の花越ゆる　谷口東人

川端茅舎永眠
示寂すといふ言葉あり朴散華　高濱虚子
朴散華とは希望無し誇りあり　同
終りつゝある朴の花なほ匂ふ　高濱年尾
輝きは谿間の朴の花にあり　同
山気いま朴の香加へそめにけり　稲畑汀子

泰山木《たいざんぼく》の花《はな》

雄大端正な常緑高木で、北アメリカ原産とは思われぬ東洋的な花である。初夏、白木蓮に似た大輪の白花が高みに上向きに開き香り高い。葉もつややかに厚く大形。花が終わるとろうそく形の花蘂が樹下のそちこちに落ちる。「たいさんぼく」が正名である。

大風や泰山木の花ゆがめ　小山白楢
暁の空気泰山木咲けり　星野立子
長雨や泰山木の咲き替り　千原草之
昂然と泰山木の花に立つ　高濱虚子
今日の興泰山木の花にあり　同
街路樹に泰山木を咲かす国　稲畑汀子

橡《とち》の花《はな》

山地に自生する落葉高木で、公園や街路樹にも植えられ、東京では霞ケ関界隈などに並木がある。長い柄に掌状の葉が五〜七枚ずつつき、初夏高さ二〇センチくらいの花茎に白い小さい花が円錐状に群がって咲く。よく混同されるマロニエはヨーロッパ産の別種であり、日本には極めて少ない。**栃《とち》の花《はな》**。

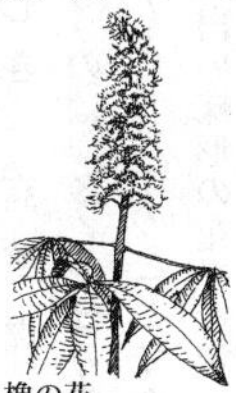
橡の花

二ㇳ棟の屋根に散り敷き栃の花　中田みづほ
栃の花またもこぼれ来去りがたく　横井迦南
マロニエの花冷つづる旅便り　稲畑汀子

花水木《はなみづき》《はなみずき》

北アメリカ原産の落葉小高木。高さ五〜一〇メートルくらいで、葉より先に花びらのような四片の白、または淡紅の苞を四、五月ごろ開く。街や庭園を華やかに彩り、また秋には真紅の小さい実と、あでやかな紅葉で目を楽しませてくれる。明治四十五年（一九一二）東京市長尾崎行雄が日本の桜を贈ったお返しとしてアメリカから贈られたもの。アメリカヤマボウシともいう。別に山野に自生する日本古来の「水木の花」も五、六月ごろ咲く。

花水木

花水木紅ゆゑに人目ひく　野村久雄
花水木散りこむ池やゴルフ場　左右木韋城

山法師の花《やまぼふしのはな》《やまぼうしのはな》
山野に自生する落葉樹で高さ五～八メートルくらい。枝先に四片の大きな白い苞を開くので、花びらのように見える。「やまくわ」ともいう。**山法師《やまぼふし》。山帽子《やまぼうし》。**

羽の旅の白に印象山法師　佐久間庭蔦
豁然と岨道ひらけ山法師　澤村芳翠
遠き景より切りて活け山法師　稲畑汀子

大山蓮華《おほやまれんげ》《おおやまれんげ》
関東以西、四国、九州の深山に自生する落葉低木で庭にも植える。葉は長楕円形で、表面は滑らか、裏面には白く微毛がある。初夏、枝の先に香りのある白い花をやや下向きに開く。花の直径五～七センチ、萼《がく》は三片で紅色を帯びている。**天女花《おほやまれんげ》。**

夏館大山蓮華活けてあり　片岡奈王

大山蓮華

繡毬花《てまりばな》
庭木として観賞される。初め青く、のち白い小さな五弁の花を球状に開く。毬の直径は七、八センチくらいで幾つもゆらゆらと咲き揺れる。葉は表面に皺、縁にはぎざぎざがある。「おおでまり」ともいわれる。

大でまり小でまり佐渡は美しき　高濱虚子

アカシヤの花《はな》
わが国でアカシヤというのは、多くは**はりゑんじゅ**、別名「ニセアカシヤ」のことである。棘の多い落葉高木で、丈高く、初夏に白い蝶形の花を総状に咲き垂れる。街路樹として各地に植えられ、札幌のアカシヤ並木はことに知られている。

アカシヤの花の舗道のビヤホール　遠藤星村
アカシヤの花の香りの北へ旅　植木節子
降るほどの花アカシヤの馬車に乗る　砂田美津子
アカシヤの花の盛りがさそふ旅　稲畑汀子

金雀枝《えにしだ》
マメ科の落葉低木。五月ごろになると、葉のつけ根に短い柄のある黄色の蝶形の小花を一、二個咲かせる。これが枝全体に群がって咲きしだれるさまは明るく美しい。

金雀枝の咲きあふれ色あふれけり　藤松遊子
えにしだの黄や夕月はいろどらず　原一穂

金雀枝の明るさに目を止めてゆく　永森とみ子
金雀枝の黄にある空の碧さかな　石川風女
金雀枝の黄もやうやくにうつろひぬ　長尾修
えにしだの黄色は雨もさまし得ず　高濱虚子
金雀枝の黄に出会ふ風旅楽し　稲畑汀子

薔薇《ばら》

薔薇には種類が多く、白、紅、黄と色もとりどり、花も大輪、小輪、単弁、重弁、さまざまである。香り高く、外国では古来この花を愛し、冠婚葬祭などには必ず用いられてきた。**さうび**。

薔薇の香に伏してたよりを書く夜かな　池内友次郎
彼のことを聞いてみたくて目を薔薇に　今井千鶴子
薔薇の香か今ゆき過ぎし人の香か　星野立子
ロンドンの街のはづれの薔薇の家　溝口杢生
悲しみの黒き装ひ薔薇を手に　藤木如竹
三百のばらこと〴〵く名をたがへ　舘中さつき
昼深き日射に薔薇の疲れ見ゆ　細江大寒
薔薇小さければ宿せる雨粒も　千原叡子
描かんとして黒ばらは黒ならず　水見壽男
入院を秘めてゐたはずばら届く　豊田いし子
薔薇を抱き込み上げて来るものを抱き　蔦三郎
喜びを託せし薔薇に悲しみも　水田むつみ
太陽にばら惜みなく香を放つ　田村萱山
薔薇呉れて聖書かしたる女かな　高濱虚子
薔薇剪つて短き詩をぞ作りける　同
己れ刺あること知りて花さうび　同
風きれい赤き薔薇にふるゝとき　稲畑汀子

茨《いばら》の花《はな》

山野に自生し、高さ一〜一・五メートルくらい。細長い枝には鋭い棘が多い。初夏、香りのある白い五弁の花をつける。咲きながら散る花である。**野茨《のいばら》の花《はな》**。**茨《ばら》の花《はな》**。**花茨《はないばら》**。

かの東皐にのぼれば
花いばら故郷の路に似たるかな　蕪村

——五月

道のべの低きにほひや茨の花　召波
野いばらの水漬く小雨や四手網　水原秋桜子
せゝらぎの音いさぎよし花茨　左右木韋城
寂として残る土階や花茨　高濱虚子
兼山の水路をかくす花茨　稲畑汀子

卯《う》の花《はな》

野山に自生しているが、生垣にもする。「空木《うつぎ》の花」の略称である。その名の起りは、幹の中が空《うつろ》であるところからという。初夏、五弁の白い小花を、しだれた小枝に群がりつけ、ひそかに咲いているのは趣がある。この花を見かけると梅雨も近い。「箱根うつぎ」は植物学上は別種である。**花卯木《はなうつぎ》。山《やま》うつぎ。卯《う》の花垣《はながき》。**

うの花の絶間たゝかん闇の門　去来
提灯に卯の花垣の雨見ゆる　佐藤漾人
卯の花やこゝに銅鐸出土の碑　佐伯哲草
恋の島佐渡の卯木は紅濃ゆく　永田きみ枝
卯の花や仏《ぶつ》も願はず隠れ住む　高濱虚子
卯の花のいぶせき門と答へけり　同
紅卯木見つゝ辿りぬ蔵王の温泉　高濱年尾
山路行く限り奈落と花卯木　稲畑汀子

卯《う》の花腐《はなくだ》し

卯の花の咲く陰暦四月（卯の花月）のころ長く降り続く雨である。咲いた卯の花を腐らせるという意味からの名であろう。

ひもすがら卯の花腐し茶を入るゝ　星野立子
書を読むに卯の花腐しよろしけれ　河合正子
山に咲く卯の花腐つ雨ならん　高木晴子
山川は卯の花腐しさへ出水　加藤其峰
晴間見せ卯の花腐しなほつゞく　高濱虚子
降りくらむときの卯の花腐しかな　高濱年尾
かく冷ゆる耶馬の卯の花腐しかな　稲畑汀子

茅花《つばな》流《なが》し　㊂

茅萱《ちがや》の穂が白い絮《わた》をつける頃吹く南風のことで、湿気を含み雨をともなうことがある。茅萱の穂はなびき、白い絮が次々と飛んでゆくのである。

昼月のあはあは茅花流しかな　今井千鶴子
夕暮や茅花流しの地平線　小川みゆき
沼の日の消えたる茅花流しかな　須藤常央
アクセルをゆるゆる茅花流しかな　稲畑汀子

袋掛《ふくろかけ》 ㊂　果樹に実がつくと、害虫を防ぐために一つ一つに紙袋をかぶせる。果樹の種類によって多少の遅速はあるが、枇杷《びわ》が最も早く四月ごろから始まり、以下、桃、梨、林檎、柿と続く。袋掛は多く女の手作業で、若葉の影を顔にちらつかせながら、脚立を運んでは手ぎわよく進めていく。

引つゞき分家の袋掛となる　谷本畝雪
片ひざをついて下枝の袋掛　轟　蘆火
袋掛さなかの丘に札所あり　美馬風史
太陽の包み込まれし袋掛　桑田青虎
火山灰除けの早目の枇杷の袋掛　中川きよし
嫁見とも知らずりんごの袋かけ　三浦恵子

海酸漿《うみほほづき》《うみほおずき》 ㊂　天狗螺《てんぐにし》、長螺《ながにし》、赤螺《あかにし》などの貝類の卵嚢である。これらの産卵期はたいてい初夏で、海中の岩石などに群がりついている。黄白色で形はいろいろあるが、縁日などで売っている真赤なものは色をつけたのである。女の子などが口にふくんで鳴らして遊ぶ。庶民的な懐かしさがある。

一聯の泡酸漿の林より　長谷川素逝
海酸漿鳴らしてみせて朝市女　小坂富子
妹が口海酸漿の赤きかな　高濱虚子

初鰹《はつがつを》《はつがつお》　鰹は毎年黒潮に乗って東上し、相模灘のあたりでは夏に入って捕れ始める。江戸時代、ことに江戸ではその夏初めての鰹を初鰹といって珍重した。主に鎌倉、小田原あたりで捕れたものを運んで売り歩き、江戸っ子は競って高価なはしりを賞味したようである。食べ物の季感が薄れた現代もなお、初鰹という感覚は残っている。**初松魚《はつがつを》**。

目には青葉山ほとゝぎすはつ鰹　素堂

初鰹

籠の目や潮こぼるゝはつ鰹　葉　拾
初鰹料りし気魄盛られある　高橋笛美
初鰹女が負けず糶り落す　夏井やすを
関東にまた移り住み初鰹　松尾緑富
江戸亡ぶ俎に在り初鰹　高濱虚子

蝦蛄《しゃこ》 ㊂ 蝦《えび》に似ているが、形は平べったく、頭も尾も同じくらいの太さである。蝦のように大小がなく、体長は一五センチ内外。淡い灰褐色で、茹でると紫褐色になる。内海の水深一〇〜三〇メートルの砂泥の穴に棲んでいる。初夏が産卵期。漁獲期は五、六月ごろ。茹でて殻をむき、鮓《すし》種などにする。

蝦蛄の尾のするどき扇ひらきけり　見学御舟
籠の蝦蛄一つ跳ねれば一斉に　根葉松苑
蝦蛄跳ねる手応へしかと手籠提げ　奥園克己

穴子《あなご》 ㊂ 波の静かな内海の砂泥の中にいて、主に夜間に活動する。鰻《うなぎ》や鱧《はも》と似ているが、小さく、色も淡い。冬は沖に移動し、初夏は産卵期で浅い海底に来る。味は淡泊でおいしい。**海鰻《あなご》**。

夕河岸を穴子釣舟出るところ　瀧本除夜子
帰り来る舟に出てゆくあなご舟　五十嵐播水
穴子縄沈む標旗の赤や青　小池ミネ

鱚《きす》 ㊂ 黄を帯びて青光する二〇センチほどの細長い魚である。海岸からの投げ釣もできるが、舟釣も多い。味は淡泊で上品。旬《しゅん》は初夏のころ。**鱚釣《きすつり》**。

鱚釣や青垣なせる陸の山　山口誓子
島のバス通ふが見ゆれ鱚を釣る　山田桂梧
舟酔はかなし鱚よく釣れながら　小汐大里
漁師等にかこまれて鱚買ひにけり　星野立子
艪を脇に抱へて鱚の糸を垂れ　水野舜風
潮照の眩しく鱚の釣れざりし　横関俊翁
鱚釣にすぐ止む暁けの通り雨　岩田としを
船音に目覚む釣宿鱚の旬　川崎　克
引き強き鱚の力をよく知れり　高濱年尾

鯖《さば》 〔三〕 もっとも一般に親しまれ食用となる青魚の一つで体長三、四〇センチくらい。背に青緑色の特異な流紋があり、腹部は銀白色である。初夏が産卵期で群をなして近海に集まってくるのを捕る。秋季のものは「秋鯖」。**鯖釣**《さばつり》。

漁父やさし提げて訪ひ来し鯖一尾　高木峡川
船あがり下田の町を鯖さげて　八代圃月
黒潮の闇に灯れる鯖火かな　楓巌濤
岬々の鼻つき合せ鯖火燃ゆ　石田ゆき緒
時化あとのどっと殖えたる鯖火かな　矢野潮花
大漁の大鯖をもて余しをり　原田杉花
鯖群来の乗り初め潮の鯖色に　春山他石
鯖の旬《しゆん》即ちこれを食ひにけり　高濱虚子

飛魚《とびうを》 〔三〕 体長約三〇センチ、蒼白の魚。胸鰭が大きく、海面から飛び上がって、二〇〇メートルくらい飛翔する。群をなして青い海面を日にきらめき飛ぶさまは壮観である。五月ごろ、種子島あたりで捕れ始め、七月ごろ北海道南部まで北上する。産卵期の初夏には、海藻の多い浅瀬に集まる。肉は淡泊。九州地方では古くから「あご」といわれている。**とびを**。**つばめ魚**《うを》。

飛魚が船にあきたる人にとぶ　大橋五昂
目に追へる飛魚波に突つさゝり　狩野刀川
波の上に弾き出されて飛魚とぶ　宮崎牛芽
飛魚や風に話をとられがち　山本紅園
飛魚に対馬は近くなりにけり　古藤一杏子
飛魚攻めの舟べり叩き海叩き　増富草平
藍深き玄海の濤飛魚とぶ　小原菁々子
玄海の真昼の潮の飛魚吐かず　湯浅桃邑
飛魚の片翅きらめき飛びにけり　清崎敏郎
飛魚見ることに始まる隠岐の旅　松尾白汀
飛魚を見てより隠岐の島近し　橋本青草
飛魚の翼の光り波を切る　高濱年尾
飛魚や潮路まぎれず船に沿ひ　稲畑汀子

烏賊《いか》 ㊂　烏賊には、真烏賊、障泥烏賊《あおり》、槍烏賊、鯣《するめ》烏賊など種類が多く、また漁期についても地方によってさまざまであるが、だいたい夏期の地方が多い。昼間、海深く沈み夜になると水面近くに浮き上がってくる習性があり、灯を慕って集まるので、集魚灯を使い漁獲する。沖合はるかに烏賊釣舟の漁火が連なっている景は、美しくまた涼しげである。**烏賊釣《いかつり》**。

干し烏賊の港見下ろす島の墓地　小原菁々子
啄木の泣きたる浜に烏賊を干す　廣中白骨
部屋の灯を消して烏賊火へつづく闇　千原叡子

海亀《うみがめ》 ㊂　海に棲む亀を総称して海亀といい、背甲の色や模様で青海亀（正覚坊）、赤海亀、玳瑁《たいまい》などと区別する。玳瑁は鼈甲《べっこう》になる。五月下旬ごろから四国、九州、東海道などの太平洋岸の砂浜に、夜の満潮のころ上がってきて砂を掘り、その穴に数十個から百数十個の卵を産む。そのあときれいに砂をかけて海へ帰ってゆくが、沖に出て一度頭を上げて顧みる習性があるという。卵はピンポン玉大、殻はやわらかく白身は茹でても固まらない。二、三週間で孵り、四センチくらいの子亀となって続々と海へ還るのである。徳島県日和佐の大浜海岸には、赤海亀が多い年には百匹以上来ることもあり、天然記念物とされている。

卵産む海亀に日ののぼり来し　山崎一角
海亀を見送る暁の波にぬれ　橋田憲明
海亀の消えしあたりの波やさし　美馬風史
夏の月なき夜をたのみ海亀来　松尾緑富
海亀の波盛り上げて現はれし　稲畑廣太郎
海亀に八十粁の浜ありし　河野美奇
海亀の帰る卯浪の道ありて　稲畑汀子

山女《やまめ》 ㊂　鱒の一種であるが海へ下らないで山間の渓流に棲む。体長二〇センチ余りで体側に楕円の黒斑が十個ほど一列にあるので岩魚《いわな》などと区別しやすい。五月の山女は鮎よりもうまいといわれる。山間渓流の釣魚として珍重されるが、近年は水温一八度以下の渓水を利用して養殖しているところもある。**やまべ**とも呼ぶが、関東地方で「やまべ」といえば追川魚《おいかわ》のことで別種である。

熊出れば出た時の事山女釣る　原田柿青
上流のその上流の山女かな　京極昭子
夜の明けぬ沢へ踏み入る山女釣　杉戸むさ志
己が影水に落さず山女釣る　山田庄蜂
奥蝦夷へ山女釣りにと行く漢　高濱年尾
透きとほる水に山女の影よぎる　稲畑汀子

虹《にじ》鱒《ます》 ㈢

カリフォルニア原産。淡水に棲む鱒の一種で二、三〇センチ以上にもなり、体側に赤の線や黄、黒の斑紋があるのでこの名がある。比較的低温の湖沼、渓流に棲むが養殖も盛んである。塩焼やバター焼などにする。

虹鱒とわかる反転ありにけり　岡安仁義
焼けてゆく虹鱒の彩うつろひぬ　本郷桂子
虹鱒や釣れし湖見てレストラン　稲畑汀子

棉《わた》蒔《まき》

早いおそいはあるが、棉の種子は麦刈のころまでに蒔きおえる。種子は水に浸けて、藁灰か煤を塗り畝を浅く立てて蒔く。**棉蒔《わたま》く**。

開墾の土の荒さよ棉を蒔く　林　貞逸
棉蒔くや方一哩に耕地切り　保田白帆子
棉を蒔く土の息吹に従ひて　木村要一郎
開墾の鍬のあとより棉蒔きぬ　高濱虚子
棉蒔くや開拓の世を遠くして　稲畑汀子

菜種刈《なたねがり》

初夏、実となった油菜を刈ることをいう。刈った油菜を広げ干し、乾いたものを打って殻や莢《さや》をとりのぞく。**菜種刈《なたねか》る**。**菜種干《なたねほ》す**。**菜種打《なたねう》つ**。**菜種殻《なたねがら》**。**菜殻焼《ながらやき》**。**菜殻《ながら》火《び》**。**菜種《なたね》**。

筑紫野の菜殻の聖火見に来たり　川端茅舎
雨はげし菜殻火尚もおとろへず　加藤康人
菜殻火は筑紫憶良の昔より　小原菁々子
山昏れて車窓菜殻火迫り来し　松本みつを
菜殻火よ都府楼址よと訪ひゆかむ　岩岡中正
菜殻火の匂ひ一山越えて来し　山川刀花

菜殻火に堂塔夜の影正し　本郷昭雄
菜殻燃え天拝山は闇にあり　小坂螢泉
菜殻火の衰へてゆく闇深し　水見壽男

麦《むぎ》

秋蒔いた麦は、春のあいだ青々と育ち、初夏には穂を出しやがて黄褐色に成熟して刈り取られる。麦には種類が多く、**大麦《おほむぎ》**、**小麦《こむぎ》**、裸麦、ライ麦、燕麦などあり、その用途も広い。**麦《むぎ》の穂《ほ》**。**穂麦《ほむぎ》**。

行脚の客にあうて
いざ共に穂麦食らはん草枕　芭蕉
一幅を懸け一穂の麦を活け　田村木國
麦の穂の雨をはじきて熟るゝなり　藤松遊子
麦熟る島へ診療船来る　山崎一角
麦の穂の出揃ふ頃のすが〳〵し　高濱虚子
教会の双塔麦に立ち上る　稲畑汀子

黒穂《くろほ》

黄熟した麦畑の中にまれにまっ黒な穂の出ていることがある。**黒《くろ》ん坊《ぼう》**、**麦《むぎ》の黒《くろ》んぼ**といって病穂である。麦の粒が黒褐色の粉で満たされていて、風の強いときなど薄い膜が破れて粉の飛ぶことがある。

黒穂抜く火山灰のいたみもさりながら　泊喜雨
阿蘇島の黒穂焼く火と判るまで　荒川あつし
すでにして黒穂と育つ他はなし　湯川雅
黒穂には黒穂のさだめありにけり　川口咲子
黒穂出て村八分とは悲しけれ　星野椿

麦笛《むぎぶえ》

麦の茎で作った笛である。麦の茎の一節を取り、節近くを少し割ってそこを吹いたり先の方を折り取って少し嚙んでから吹いたりする。笛といっても単調なもので、夕暮など寂しい感じがする。多く子供たちが黒穂の茎で作る。

麦笛やかく開拓の子も育ち　米谷孝
麦笛に黄昏れてゆく岬かな　中村白楊
麦笛に吹くこの国の恋のうた　山内年日子
麦笛を鳴らして見せて渡しけり　岡本樹子
麦笛や四十の恋の合図吹く　高濱虚子

草笛《くさぶえ》 ㊂

草の葉をとって笛のように鳴らすことをいう。

草笛や少年牧の戸にもたれ　生島宿雨
草笛に思ひのたけをこめて吹く　内藤ゆたか
草笛の子や吾を見て又吹ける　星野立子
草笛を吹くとき父に似し顔に　田邊虹志
草笛を吹き一年生担任す　林直入
草笛の吹けぬ子従いて行きにけり　白根純子
殿も草笛をもて答へけり　上西左兌子
草笛を静かに吹いて高音かな　高濱年尾
草笛の子が近づいて遠くにも　稲畑汀子

麦《むぎ》の秋《あき》

他の穀物が秋に黄熟するのに対し、麦は初夏黄色に熟するのでこの季節を**麦秋**《むぎあき》と呼ぶ。満目新緑の中に広がる黄色の麦畑には絵画的な美しさがある。**麦秋**《ばくしう》。

麦秋の草臥声や念仏講　几董
麦秋の刻なしに出る沼渡舟　永野清風
麦の秋文学父の気に入らず　唐澤樹子
麦秋やその景にあるトラピスト　阿部慧月
麦秋の峡深く来て天主堂　倉田青雞
麦秋の色となりゆく風わたる　佐藤路草
麦秋や島もこゝらは海見えず　長木鳳雨
十億の民餓うるなし麦の秋　若林南山
麦秋の色そのまゝにたそがるゝ　橋田憲明
旅ごころ消え麦秋の野を帰る　木暮つとむ
麦秋の縮図戻して着陸す　藤浦昭代
雨二滴日は照りかへす麦の秋　高濱虚子

麦《むぎ》刈《かり》

熟した麦を刈ること。昔の人は麦は立春から百二十日目前後に刈るものと教えた。

麦刈のあるとて昼の不入かな　中村芝鶴
麦刈の乾ききつたる音すなり　安田蚊杖
小百姓埃の如き麦を刈る　高濱虚子
麦刈の鎌の切れ味心地よし　高濱年尾

麦《むぎ》扱《こき》　刈り取った麦を扱いて、その穂を落とすのである。昔は素朴な麦扱機《むぎこきき》を回しながら、一束ずつ麦を扱いたものであるが、最近では機械化が進んでいる。

麦こく手止めず箕売にあしらへる　齋藤俳小星
松の風麦扱器械よくまはり　高濱虚子

麦《むぎ》打《うち》　扱き落した麦の穂を打って、実を落とす作業である。以前は竿や杵で打ち、**麦埃**《むぎぼこり》が盛んに立った。現在は機械化されている。

麦を打ほこりの先に聟舅　太祇
麦打の音に近づきゆきにけり　星野立子
麦打つや老いの唐竿低けれど　緒方句狂
麦打の打ちそろひつゝ向きかはる　篠原駄骨
いたはりて病後の妻と麦を打つ　清田松琴
麦打の人のかはりて音かはり　金光紫川
横たはる麦打棒をまたぎ行く　堤俳一佳
門口に吹出してをり麦埃　久保青令
軽々と浮き重なりぬ麦埃　高濱虚子

麦《むぎ》藁《わら》　麦を扱き落したあとの茎である。麦畑を仕舞うときに、麦藁を燃やす煙の立ちなびくのは、麦扱の埃とともに、麦秋の感が濃い。藁はよく燃え、灰は肥料になる。またストローにしたり、染めて細工に使う。

麦藁の上に憩ひて故郷かな　池内たけし
麦藁の散らばる道のあそこゝ　高濱虚子

麦藁籠《むぎわらかご》　麦藁で小さく編んで作った籠。昔は、色に染めた麦藁で子供たちが編み、海酸漿《うみほおずき》やおはじきなどを入れて遊んだものである。

姉《おと》妹《どい》や麦藁籠にゆすらうめ　高濱虚子

麦《むぎ》飯《めし》　麦（主として裸麦）を米と混ぜて炊いた飯。季節を問わないが、その年とれた麦を炊くところに季感がある。田舎では麦だけを炊くこともあった。ビタミンB_1に富むので脚気の予防として、昔は夏期重用された。麦飯にとろろ芋の汁をかけて食べる麦とろは、いまでも好まれる。

麦めしに一国者と言はれても　松尾緑富
麦飯もよし稗飯も辞退せず　高濱虚子

穀象《こくぞう》　三

穀類につく二、三ミリくらいの害虫。黒褐色で米にいちばんつきやすく、形が象に似ているのでこの名がある。うっかり飯に炊き込むことがある。

穀象の浮きながれゆく米を磨ぐ　渡部余令子
穀象の四方に散りて箕の外に　米岡津屋
穀象のつく米びつの底たゝく　大野木由喜夫
篩はれて穀象あてどなく歩く　山田千恵女
穀象の遅き逃足憎まれず　林　直入

業平忌《なりひらき》

五月二十八日、在原業平の忌日である。業平は平城天皇の皇子阿保《あぼ》親王の第五子、平安時代の歌人で六歌仙の一人。「伊勢物語」の「昔男」は業平をモデルとしたものとされ、典型的な美男と伝えられている。元慶四年（八八〇）五十六歳で没した。在五中将とも呼ばれる。墓のある京都西山の十輪寺では当日、また、三河八橋（現、知立《ちりゅう》市）の無量寿寺では五月の最終日曜日にそれぞれ法要が行なわれている。

母と居れば君来ましけり業平忌　松　古堂
うきぐさの花のあはれや業平忌　奈良鹿郎
御像をけはひまゐらせ業平忌　河村宰秀
われもまた三河をみなや業平忌　伊藤萩絵
山寺のはなやぐ一と日業平忌　田畑美穂女
フランソワーズモレシヤンと居る業平忌　千原草之
山寺に絵像かけたり業平忌　高濱虚子

六月

六月《ろくぐわつ》《ろくがつ》

野山は緑におおわれ、風物はことごとく夏の姿となる。早苗が植えられ、梅雨が来る。

六月や峯に雲置くあらし山　芭蕉
六月の霜を怖るゝこと蝦夷は　小林沙丘子
枝払ひして六月を迎ふ庭　千原草之

皐月《さつき》

陰暦五月の異称である。

町中の山やさつきの上り雲　丈草
庭土に皐月の蠅の親しさよ　芥川龍之介

杜鵑花《さつき》

常緑で高さ三〇～九〇センチの低木。枝は密生し花は紅紫色で、多くは庭園に栽培するが、野生もある。躑躅《つつじ》の種類の中で最も遅く咲き、花期が長い。時鳥《ほととぎす》が鳴くころ咲くので「杜鵑花」と書き、また陰暦「五月《さつき》」に咲くのでこう呼ばれる。

たづね来てさつきに早き山家かな　宮嶋千転子
襖除り杜鵑花あかりに圧されけり　阿波野青畝
明暗のここにはなくてさつき咲く　稲畑汀子

花菖蒲《はなしやうぶ》《はなしょうぶ》

端午の節句に葺く菖蒲とは異なり、茎や葉に香気がない。六月ごろ、紫、白、絞りなど色とりどりの花を咲かせる。剣状の葉の中央を走るはっきりした筋によって、渓蓀《あやめ》、杜若《かきつばた》などと区別される。純日本産の園芸植物で、東京では堀切菖蒲園、明治神宮内苑など名高いが、他にも全国的に菖蒲園《しやうぶゑん》として知られるところは多い。赤紫色の「野はなしょうぶ」はこの原種。菖蒲池《しやうぶいけ》。

花菖蒲

きる手元ふるひ見えけり花菖蒲　其角
夕暮は水美しや花菖蒲　成瀬正とし
汚れざる白といふ色花菖蒲　細江大寒
菖蒲田の蕾の勢ひ葉の勢ひ　梶尾黙魚

花菖蒲雨はなゝめに大粒に　岸　風三楼
花菖蒲一弁濡れて透きとほり　及川　仙石
鯉浮み亀浮き神の菖蒲池　小原菁々子
四阿に人混む雨の菖蒲園　安原　葉
風の筋再び白に花菖蒲　米谷　孝
菖蒲剪るや遠く浮きたる葉一つ　高濱虚子
はなびらの垂れて静かや花菖蒲　同
紫は水に映らず花菖蒲　高濱年尾
降られても菖蒲に風情添ふるほど　稲畑汀子

アイリス

渓蓀《あやめ》に似た西洋種の球根花で、渓蓀などと比べると花弁がやや狭い。色は白、紫、その他種々あり、花弁の中央に黄色の斑がある花を六〇〜八〇センチの茎の上につける。

アイリスの朝市に出す蕾かな　川口しげ子

グラジオラス

アフリカの喜望峰あたりの原産で、江戸時代にオランダ船が伝えたといわれる。別名オランダあやめ、**唐菖蒲**《たうしやうぶ》。剣状の葉の間から花茎が伸びて漏斗形の花が穂状に、下からだんだん咲きのぼって行く。色は紅、淡紅、白、黄などさまざまである。

いけかへてグラヂオラスの真赤かな　松葉女
お見舞のグラジオラスもうつろひし　鳴澤富女

渓蓀《あやめ》

六月ごろ花菖蒲に似た美しい紫または白の花を咲かせる。

渓蓀

花菖蒲や杜若《かきつばた》が水のあるところに咲くのに対し、これは山地、原野に咲く野生の花であるが、湿地にも咲く。水郷潮来《いたこ》は有名で、「あやめ咲くとはしほらしや」という俗謡もあるが、今あやめ祭として見せているのは、花菖蒲、一部杜若である。昔は菖蒲を広くあやめと称した。「あやめ鬘《かずら》」「あやめ酒」「あやめ人形」「あやめ葺く」などみな菖蒲であって、この渓蓀ではない。それゆえ特に**花**《はな》**あやめ**として区別したが、今は「あやめ」といえば花渓蓀のことをいうようになった。

牧の駒あやめの沼の岸に来る　長谷川素逝
門川を庭に取入れ渓蓀咲く　山中杏花
あやめ咲く細江にありし舟溜　中井冨佐女
濃あやめを結びて下げし神事髪　後藤夜半
わが句帖あやめの雨に少し濡れ　村元子潮
なつかしきあやめの水の行方かな　高濱虚子
移し植ゑ咲きしあやめと言ひ添へて　稲畑汀子

杜若《かきつばた》

アヤメ科の多年草で、高さ六〇センチくらい。水辺に群生し、紫色の美しい花を開く。まれに白や紫斑のある花もある。三河国（愛知県）八橋《やつはし》の杜若は、「伊勢物語」の在原業平の歌で名高い。花の姿がどこか飛燕を思わせるところから燕子花《かきつばた》とも書く。

杜若

今朝見れば白きも咲けり杜若　蕪村
眉白き茶屋の主や杜若　田畑三千女
杜若濡鼠の子叱り抱き　川端茅舎
杜若剪るあかつきの水匂ふ　高田朝紅
業平はいかなる人ぞ杜若　京極杞陽
水の面に音なき風や杜若　下村福
杜若絵巻の如く咲き揃ひ　京極昭子
紫も白もさびしやかきつばた　加地北山
杜若三河の国の雨静か　成瀬正とし
杜若伝説秘めし沼暗し　桔梗きちかう
風の沙汰つぶさに伝へ杜若　三井紀四楼
よりそひて静かなるかなかきつばた　高濱虚子
沼やさし悲しみ咲ける杜若抱く　稲畑汀子

著莪《しやが》

山野の日陰に群生するアヤメ科の常緑多年草。高さ五、六〇センチ、やや幅広く厚みのある剣状の葉は、濃い緑色で光沢がある。その葉の間から茎を伸ばし花をつける。花は白色に紫の暈《ぼか》しがあり、中央に黄色の斑点がある。

音もなき雨にぬれゐる著莪の花　堀内茂葉
著莪咲けば即ちこれを挿し写経　景山筍吉

著莪畳には陰日向はつきりと　上﨑暮潮
紫の斑《ふ》の仏めく著莪の花　高濱虚子
著莪叢のとゞく木洩日濡れてをり　稲畑汀子

一八《いちはつ》

一八

アヤメ科の多年草で、杜若《かきつばた》に似た紫やまれに白い花を開く。渓蓀《あやめ》などよりやや低く三〇～五〇センチくらいの高さで、農家の藁屋根に咲いているのをよく見かけた。葉は幅広い剣状で淡緑色、冬には枯れる。**鳶尾草**《いちはつ》。

一八や庭先に茶をもてなされ　遠入土詩子
一八の花に明るき茅舎庵　川端紀美子

短夜《みじかよ》 ㊂

夏の夜の短い感じをいう。夏至は最も短い。俳句においては「日永」は春、「短夜」は夏、「夜長」は秋、「短日」は冬と、それぞれにその季節の感じをよく表した季題として使われる。**明易**《あけやす》**し**。**夏**《なつ》**の朝**《あさ》。

短夜や駅路の鈴の耳につく　芭蕉
短夜や乳ぜり泣く児を須可捨焉乎《すてつちまをか》　竹下しづの女
尾道は船音の町明易き　根住龍孫
眠りとはひとりの世界明易し　廣瀬美津穂
蘆かりを舞うてお通夜の明易し　玉木里春
明易や仏もわれも無一物　津川五然夢
襟裳へは一人旅なり明易し　小司瑛子
寝惜みて寝そびれて旅明易し　鹽田育代
叱りたる母に泣かれて明易き　樹生まさゆき
夜を徹しても捗らず明易き　稲岡長
日本に戻る日近し明易し　坊城中子
明易や迷ひしことにまだ迷ひ　星野椿
短夜や夢も現も同じこと　高濱虚子
明易や花鳥諷詠南無阿弥陀　同
明易きまゝに寝そびれをる事も　高濱年尾
瀬戸落す船音に明易きかな　同
短夜を短く寝足り健康に　稲畑汀子

競《くらべ》馬《うま》

競べ馬は平安時代以降の神事で、現在も五月五日、京都上賀茂神社々前の馬場で古式にのっとって行なわれ、勝敗を競う。賀茂競馬《かもけいば》。競馬《けいば》。勝馬《かちうま》。負馬《まけうま》。競べ馬に先だつ五月一日には馬の遅速を見定める足揃《あしぞろ》へが行なわれる。また今日、競馬といえば神事を離れてヨーロッパ風競馬レースをさすことが多い。全国で行なわれるが、中でも八十年の歴史を持つ日本ダービーは五月最終週の日曜日、東京競馬場で開催される行事として一般によく知られている。

くらべ馬おくれし一騎あはれなり　正岡子規
神籬《ひもろぎ》に禰宜ぞ手かざし賀茂競馬　岸風三楼
二騎駆けり又二騎駆けり加茂競馬　山田正二郎
競べ馬勝の白絹鞭にうけ　田畑比古
松原の角の海辺の競べ馬　田村奎三
競べ馬一の鳥居に揃ひたり　早坂萩居
勝馬も負馬も木に繋がれぬ　宮本唯人
さみどりの雨後の芝生の賀茂競馬　加藤厲子
鞍壺に昔男や競べ馬　内貴白羊
矢来して神の座のあり競べ馬　大野甲二
くらべ馬まづ徒駆といふ一騎　清水忠彦
競べ馬一騎遊びてはじまらず　高濱虚子
気前よく勝馬に賭けそこねたる　稲畑汀子

競《けい》渡《と》

ふつうペーロンと呼んで、長崎で古く江戸時代から行なわれてきた行事である。三十六人乗の舟に幟を立て、銅鑼《どら》や太鼓で囃しながら競漕する。古く中国から伝わったもので、江戸時代には陰暦五月五日、明治以後は六月中旬に行なわれてきた。現在では、七月から八月にかけて、市や県主催で行なわれている。西日本では他にも行なうところがある。

ペーロンの果てし入江の潮匂ふ　徳沢南風子

花橘《はなたちばな》

橘は蜜柑の古名とされているが諸説あって定めがたい。一般には日本原産の大和《やまと》橘《たちばな》をさすとする説が有力。六月ごろ枝先に白色五弁の花を開

花橘

き、芳しい香りを放つ。文化勲章のデザインはこれを模したものである。**橘の花《たちばなのはな》**。**柑子《こうじ》の花《はな》**。

酒蔵や花橘の一在処　里紅

橘の花や従ふ葉三枚　星野立子

蜜柑《みかん》の花《はな》

濃緑の光った葉の間に白い五弁の小花がこまかく咲きあふれる。蜜柑山はある日突然、むせるような甘い香りに包まれる。朝夕はことに濃く漂うが、一週間ほどではたと香りが落ちる。

花蜜柑匂へば月の戸をさゝず　飛彈桃十

花みかん潮の香よりも濃き夜なる　平崎章子

むせびつゝ夜の道戻る花蜜柑　中山梟月

朱欒《ざぼん》の花《はな》

朱欒は南国に多く見られる柑橘類で、木の高さは三メートル以上にもなる。大きな葉の間に香りの強い白い五弁の花を開く。果実は秋。

朱欒の花

風かをり朱欒咲く戸を訪ふは誰そ　杉田久女

花ざぼん匂ふ夜風を窓に入れ　田代八重子

橙《だいだい》の花《はな》

ヒマラヤ地方原産。蜜柑の花に似て白色五弁、香りが高い。**オレンジの花《はな》**。

オレンジの花の沈める芝生かな　保田白帆子

オリーブの花《はな》

地中海沿岸地方原産の常緑樹で、木の皮は皺が多く灰色、葉は厚く細長く濃い緑色、梅雨のころ木犀《もくせい》に似た淡緑色か白色の四弁の花を総状にたくさんつける。香りもよい。実は秋で、塩漬にして食用、またオリーブ油を採る。暖かい地方で栽培され、瀬戸内海の小豆島は有名である。

オリーブの花

オリーブの花に潮の香とゞきもす　堀本婦美

オリーブの花屑移す風生れ　米倉明司

柚《ゆ》の花《はな》

庭園などに栽培される**柚子《ゆず》の花《はな》**である。棘のある枝に、香りのよい白色五弁の小さな花を開く。

箒目に蕊をこぼす柚の樹かな　杉田久女

柚子の香をすでに備へて柚子の花　藤原海塔
花柚子の一本の香の旦より　中村若沙

柿《かき》の花《はな》

散り始めるまで気づかないほど地味な花である。梅雨のころ、美しい若葉の葉腋に、淡黄色を帯びて白く小さく咲く。四弁の壺形、雌雄別々の花である。

木の下に柿の花ちる夕かな　蕪村
大柿の斯くぞあるべき落花かな　相島虚吼
今朝もまた柿の花掃く同じ刻　井手尾幸枝
柿の花こぼれて久し石の上　高濱虚子

石榴《ざくろ》の花《はな》

庭などに植えられる落葉樹で、高さは三メートルくらいになる。緑の艶やかな葉をこまかく茂らせ、六月ごろ朱の六弁花をつける。八重咲きもあり、また色も白、淡紅、絞りなどのものもある。**花石榴《はなざくろ》**。

花柘榴燃ゆるラスコリニコフの瞳　京極杞陽
平凡に勤め驕らず花石榴　野中紫陽
寡婦一人住む庭広し花石榴　平田縫子
軒下の破《や》れ櫃《ひつ》に散る柘榴かな　高濱虚子

栗《くり》の花《はな》

栗は山野に自生する落葉高木であるが、畑にも植えられる。六月ごろ、黄白色の長さ一〇～二〇センチほどの穂状の小花をつけ、遠目に美しく、またその独特の臭気は栗の木の存在と季節を強く印象づける。この目立つのは雄花で、雌花はふつう三個ずつ雄花の穂の下につき、これが毬《いが》になる。

栗の花落ちて錆びたるごときかな　保田ゆり女
栗の花こゝだ散り敷きわが住める　片岡奈王
見えてゐし花栗どつと匂ひ来し　原田一郎
村ぬけて栗の花の香より解かれ　村山一棹
栗の花落ちて庭とも往来とも　高濱虚子
風のあるところ香のあり栗の花　稲畑汀子

椎《しひ》《しい》の花《はな》《はな》

六月ごろ、淡黄色の細かい花を穂状につける。大樹であるため、遠目にそれと眺めたり、樹下に散っているのを見ることが多い。雄花は強い香りを放つ。

苔掃くや椎の花ふる臨川寺　村田橙重

観音も咽せ給ふらん椎匂ふ　尾崎越翁
砂に敷き椎の落花は砂の色　吉年虹二
近き香の失せ遠き香の椎の花　稲畑汀子
椎の香の般若の芝を覆ひけり　同

楝《あふち／おうち》の花《はな》

暖地の山地に自生するが、庭園に観賞用としても植えられる落葉高木で、葉は南天の葉に似て羽状複葉。六月ごろ、淡紫色の小さい五弁花が群がり咲く。淡い花の色はゆかしく深い趣がある。端午の節句に、菖蒲や蓬《よもぎ》とともに、この花が軒に葺かれることもあった。万葉時代から古歌にもよく詠まれている。**樗《あふち》の花《はな》。梅檀《せんだん》の花《はな》。**

日当りていよ〳〵淡し花樗　中川秋太
颪に咲く楝の花の濃むらさき　星野椿
梅檀の花咲きそめし家居かな　副島いみ子
吉備の空淡し楝の咲きてより　河野美奇
花樗長年知らず通りゐし　高田風人子
花幽か樗に風の騒ぐとき　高濱虚子
いつ咲きていつ散りて花楝かな　稲畑汀子

えごの花《はな》

山野に生える落葉樹でふつう三〜五メートルの高さになる。葉は卵形で尖り、五、六月ごろ白色五弁の小さい花が下向きにひしめき咲く。一面の落花も美しい。この実には毒性があり、潰して水に流すと魚が死ぬという。ろくろぎ、山苣《やまぢさ》ともいわれる。**山苣《やまぢさ》の花《はな》。**

えごの花

川下に流れ来にけりえごの花　本田あふひ
えごの花流し山川暮れんとす　田村了咲
えご落花流るゝ水に絶え間なく　大渕青柴
峡深く岐るゝ流れえごの花　森土秋

山梔子《くちなし》の花《はな》

香気ある純白の六弁、あるいは八重の花が咲く。蕾のころは花弁を螺旋状に巻いていて、それがゆるむと、すでに甘い香りを放っている。花弁は厚く、咲き始めにはことに浮き立つばかりの白さをもった花である。

今朝咲きし山梔子の又白きこと　星野立子

山梔子の香を籠め濡れてゐる空気　井上花鳥子
山梔子の花青ざめて葉籠れる　木村滄雨
山梔子の香に今年また逢ひ得たり　福井玲堂
山梔子の香の馥郁と消えまじく　稲畑汀子

南天《なんてん》の花《はな》　観賞用として栽培され、白色五弁の小さい花を円錐状にたくさんつける。秋の赤い実の鮮やかさに比べるとあまり目立たない静かな花である。

花南天包を二つさげてくる　千葉冨士子
南天の花のひそかに盛りなり　藤松遊子

繍線菊《しもつけ》　落葉低木で高さ一メートル内外。葉は長卵形で先が尖り鋸歯がある。淡紅色または白色の小花が群がり咲いて美しい。多くは観賞用として庭園に植えられる。下野国（栃木県）で最初に見つけられたのでこの名があるというが、下野草《しもつけそう》とは別種である。

しもつけを地に並べけり植木売　松瀬青々
在り慣れて蛍袋も繍線菊も　高濱きみ子
しもつけの花の汚れも見えそめし　新谷根雪

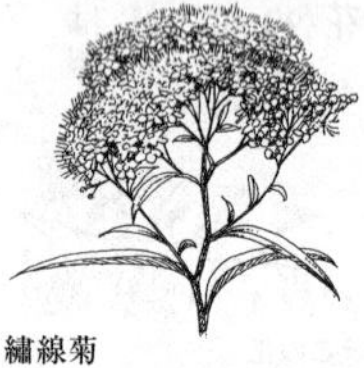
繍線菊

榊《さかき》の花《はな》　暖地の山林に自生するが、神社の境内などにも植えられ、高さ三〜五メートルになる。葉のつけ根のところに五弁の白い花をつける。実は初め緑色であるが黒紫色に熟する。榊の枝葉は、昔から広く神事に用いられる。**花榊《はなさかき》**。

立ちより結《ゆひ》の社や花榊　松尾いはほ

未央柳《びやうやなぎ》《びようやなぎ》　柳という字がついているが柳とは無関係の小低木。恐らく細長い葉の形からついた名であろう。葉は対生し、葉柄はない。枝先につく五弁の鮮黄色の花は、たくさんの雄蘂もまた黄色で、金糸のように花弁の外に伸び広がり、美しい。**美容柳《びようやなぎ》**。

又きかれ未央柳とまた答へ　星野立子

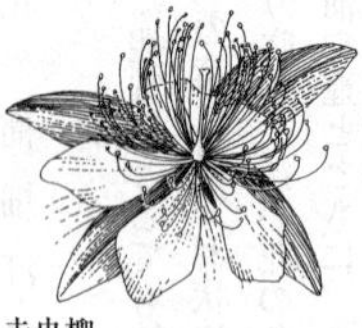
未央柳

癒えし眼に未央柳の蕊の金ゝ　佐藤一村

紫陽花《あぢさゐ》《あじさい》　梅雨のころ小花が多数集まった毬のような花をつける。咲き始めは淡色で、時がうつるにつれて濃い碧紫色になり、花期の終りには赤みをおびてくるので**七変化**《しちへんげ》とも呼ばれる。雨に濡れるとことに趣があって美しい。近年、北鎌倉の明月院が紫陽花寺の名で有名である。**四葩**《よひら》。

紫陽花の毬の日に〱登校す　星野立子
あぢさゐの鏡にあふれくしけづる　長谷川ふみ子
四葩挿し朝の煙草のよく売るゝ　翁長恭子
紫陽花の毬まだ青し降りつゞく　松下古城
紫陽花の雨を感じてをりし色　山内山彦
紫陽花の色に省略なかりけり　津村典見
七変化はじまる白は毬なさず　吉年虹二
紫陽花の花に日を経る湯治かな　高濱虚子
一連の風紫陽花の叢を統べ　高濱年尾
あぢさゐの色にはじまる子の日誌　稲畑汀子

額《がく》**の花**《はな》　紫陽花《あじさい》の一種であるが、花は毬状にならず、ほぼ平らで、中心には小さい碧紫色の花が群がり、その周囲に七、八個の四片のかざり花をつける。その色が、初めは白くやがて藍紫色になる。

水色に夜は明けゆくや額の花　木内悠起子
籠居にほどよき暗さ額咲いて　高岡智照
額の花重なり咲いて雨雫　星野椿
会のたび花剪る今日は額を剪る　高濱虚子
きらめきは風の木洩日額の花　稲畑汀子

甘茶《あまちゃ》**の花**《はな》　甘茶は落葉低木で紫陽花《あじさい》の変種である。鋸歯の対生した葉をもち、枝先に淡青色または白色の紫陽花に似た花をつける。四月八日の灌仏会に用いる甘茶は、この葉を干して煮出した汁である。

草庵の甘茶の花を誰か知る　尾崎政治

蔓手毬《つるでまり》　㊂　山地に自生する蔓性の落葉木で、木の幹や岩を這いあがり、長さ一五メートルくらいにもなる。六、七月ごろ、白い三、四片のかざり花の中に小花が丸く群がって咲いているさまは、額の花に似ている。「つるあじさい」の名もある。

杉檜槇も太しや蔓手毬　宮崎素直
蔓手毬白し霧濃きその朝も　柴田黒猿
蔓手毬岨道細くなるばかり　松本秋陵
なつかしやこゝに縁のつるでまり　稲畑汀子

葵《あふひ》《あおい》

葵の種類は多いが、ふつう葵といえば**立葵**《たちあふひ》のことである。茎は直立して枝がなく、二メートル以上にもなる。六月ごろ、葉のつけ根に五弁の花をつけ、順に咲きのぼる。花の色は紅、淡紅、白、紫などで美しく、八重咲きもある。他に**花葵**《はなあふひ》や**銭葵**《ぜにあふひ》も鉢植として観賞される。

咲きのぼる葵に低き藁廂　加藤猿子
雨となる風に大揺れ立葵　左右木韋城
葵など咲きて研究室の前　元松蟹春
花終る高さとなりし立葵　古川能二
正面を四方にもちて立葵　藤　丹青
我が庭のたかが葵と言ふ勿れ　飯田京畔
ふるひ居る小さき蜘蛛や立葵　高濱虚子
峠路のはづれに四五戸立葵　稲畑汀子

ゼラニューム

南アフリカ原産の園芸花。高さ三〇センチくらいになり、葉は円く、花は五片、長い花柄にかたまって咲き、色も赤、白、ピンクなど、また一重、八重と多種。花期が長く乾燥にも強いのでよく鉢植にされる。**天竺葵**《てんぢくあふひ》。

気のつけばまだ咲いてをりゼラニューム　山田閏子
ゼラニューム鉢次々に増えてゐし　坂井　建

岩《がん》菲《ぴ》

中国原産で山地に自生し、また観賞用に庭園で栽培される。高さ四〇〜九〇センチ、節高の緑色の茎が直立し、全体に無毛である。花は茎の頂や葉腋に咲き、朱色の五弁で撫子《なでしこ》に似ている。古歌などには**かにひ**と詠まれている。

岩菲

覚えあり横川の岩菲咲く径を　小島ミサヲ

殖えもせぬ岩菲なれども荘の主　眞鍋蟻十

雨太き老柳荘の花岩菲　加藤晴子

蜘蛛の糸がんぴの花をしぼりたる　高濱虚子

花岩菲色に濃淡なかりけり　高濱年尾

鋸草《のこぎりさう》《のこぎりそう》

山地に自生するが、庭園にも栽培される。六〇～九〇センチくらいの茎は枝分かれし、互生する葉は鋸の歯のように深く切込みが入っている。六、七月ごろ、茎の上方に淡紅または白色の小さい花を傘のようにたくさんつける。紅紫色のものもある。花を羽衣に見立てて**はごろもさう**ともいう。

国境に鋸草などあはれなり　山口青邨

鋸草なれば歪んで欲しくなし　小林一鳥

蠅捕草《はへとりぐさ》《はえとりぐさ》

湿った崖や岩上などに生え、楕円形の葉に無数の腺毛が密生し粘液を出して小虫をとらえる「むしとりすみれ」などの食虫植物のことで、蠅捕草という名の植物があるのではない。

干草に蠅捕草のまだ枯れず　齋藤俳小星

矢車菊《やぐるまぎく》

ヨーロッパ原産の草花で高さ五〇～六〇センチくらい。茎や細長い葉に、白い綿毛が生えている。主として藍紫色、また桃色、白色などの頭状花をつけるが、その形が矢車に似ているのでこの名がある。通称**矢車草**《やぐるまさう》ともいう。なお葉の形から名付けられた矢車草は別種である。

北欧は矢車咲くや麦の中　山口青邨

茴香《うゐきやう》《ういきょう》**の花**《はな》《はな》

庭園や畑に栽培される草で芳香がある。毎春、宿根から叢生して、茎の高さは二メートルにも達し、葉は糸状に細かく裂け、六月ごろ、黄色い小さな花が群がり咲く。実は薬用や香料に用いられる。

茴香のありとしもなく咲きにけり　増田手古奈

茴香の花がくれゆく警備艦　小島静居

紅《べに》**の花**《はな》

紅黄色の薊《あざみ》に似た花を咲かせる「べにばな」の花のこと。茎の高さ一メートルくらいで、葉には鋭い棘がある。夏の朝、露の乾かぬうちに小花

紅の花

を摘んで紅をつくる。この花は茎のてっぺんがまず咲き枝々の方に咲きうつる。咲くにしたがって末の花を摘み取るというので**末摘花**《すゑつむはな》の異名がある。山形県最上地方では古くから栽培されている。**紅藍の花**《べにのはな》。**紅粉の花**《べにのはな》。

紅摘みに露の干ぬ間といふ時間　田畑美穂女
散ることのなき紅花のかなしさよ　安沢阿彌
紅の花刺あることを君知るや　加藤晴子
信楽のまこと窯変紅の花　大野雑草子
触れる指少し刺したる紅の花　本郷桂子
百姓の娘顔よし紅藍の花　高濱虚子
紅花につなぐみちのく遠からず　稲畑汀子

十薬《じふやく》《じゅうやく》　**どくだみ**の名で知られる。下闇に咲く白い十字花が印象的であるが、それは苞であって、中央に淡黄の穂をなしているのが花である。一種の臭気を放ち、十薬の名のとおり薬草として根、茎、葉とも用途が多い。

十薬やまつることなき庭祠　広川楽水
この庭に十薬植ゑしおぼえなし　松本かをる
十薬の匂ひかきたて捜索す　田﨑令人
どくだみを可憐と詠みし人思ふ　浅井青陽子
十薬の匂ひの高き草を刈る　高濱虚子
十薬の匂ひに慣れて島の道　稲畑汀子

鬼灯の花《ほほづきのはな》《ほおずきのはな》　茎の高さは六〇～九〇センチくらい。葉のつけ根に一つずつ花を開く。黄色みをおびた白色の、五裂の小さな花である。**酸漿の花**《ほほづきのはな》。

鬼灯の一つの花のこぼれたる　富安風生

萱草の花《くわんざうのはな》《かんぞうのはな》　原野、山間などに自生する多年草で、高さ七〇センチ内外。宿根から叢生した茎は細長くやわらかい。鬼百合に似てやや小さく、六弁の黄赤色の花を開くのは「のかんぞう」、庭などで見かける八重咲き、赤褐色の花は「やぶかんぞう」である。古名を**忘草**《わすれぐさ》というのは、「憂愁を忘れる草」という中国の言い伝えから来ている。**忘憂草**《わすれぐさ》。

萱草の花

萱草や昨日の花の枯れ添へる　松本たかし
萱草の花のはじめの日を知らず　町田美知子
湯煙に人現る丶時萱草も　高濱虚子

紫蘭《しらん》

山間の湿地に自生するものもあるが、ふつう観賞用に栽培される。高さ三〇～七〇センチくらい。葉は互生して幅広く、縦に皺が多い。六月ごろ、花軸をあげその上部に紅紫の花を下から総状に開く。花が白いのもある。玉葱状の鱗《りん》茎《けい》は薬用に、また糊料になる。

君知るや薬草園に紫蘭あり　高濱虚子

鈴《すず》蘭《らん》

長さ一五センチほどの長楕円形をした二、三枚の葉の間から短い花茎を出して、その上部に総状に白い小さな風鈴のような花を垂れ、清らかな芳香を放つ。花期は五、六月ごろで、北海道や信州八ケ岳などが野生地として名高い。君《きみ》影草《かげそう》ともいう。

鈴蘭の摘まれずに花終へしもの　奥田智久
鈴蘭の森を迷はずさまよへる　依田秋葭
鈴蘭の谷は牧守のみぞ知る　佐藤艸魚
来し甲斐を鈴蘭の野に踏入りし　塙告冬
鈴蘭の卓や大きな皿に菓子　高濱虚子
手入れよき庭が鈴蘭孤独にす　稲畑汀子

蚊帳吊草《かやつりぐさ》

一本の細い茎を上げ、その頂に三、四の細い葉を出す。その中央に黄褐色の花火線香のような形の淋しい花をつける。どこにでもある雑草で、この草の茎を裂いて広げると蚊帳を吊ったときのような形になるのでこの名がある。

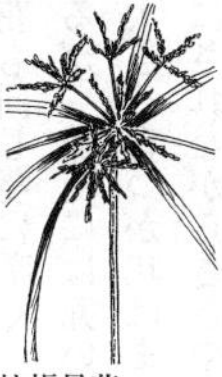
蚊帳吊草

かたくなに一人遊ぶ子蚊帳釣草　富安風生
向《むか》脛《はぎ》に蚊帳吊草の花の露　高濱虚子

瓜《うり》の花《はな》

胡瓜、甜瓜《まくわうり》、越瓜《しろうり》、西瓜など瓜類の花の総称であるが、一般には甜瓜をさすことが多い。大方は白か黄色の単純な花である。

雷に小屋は焼れて瓜の花　蕪村

小さき蠅我へ移りぬ瓜の花　岩木躑躅
瓜の花蝶を誘惑してやまず　松本弘孝

南瓜《かぼちゃ》の花《はな》　黄色い五弁の大形の花で、花の柄の長いのが雄花、短いのが雌花である。**花南瓜《はなかぼちゃ》**。

落窪になだれはびこる花南瓜　楠目橙黄子
売りし馬遁げ戻りきぬ花南瓜　横井迦南
豚の仔がころ〳〵生れ花南瓜　中村としお
虻の輪の南瓜の花をはなれざる　本田閑秀

西瓜《すゐくわ》《すいか》の花《はな》《はな》　花は五裂合弁で、雌花も雄花も同じ蔓に咲く。雌雄とも花の色は淡黄色であるが、雌花には丸い子房がついているのですぐ区別がつく。実は大きく育つが花はまことに小さい。畑に藁を敷かれたりして大切にされながらささやかに咲いている。

道にまで西瓜の花のさかりかな　瀧本除夜子

胡瓜《きうり》《きゆうり》の花《はな》《はな》　黄色い五弁の小花で花弁に皺がある。雄花と雌花があるが、雌花のまだ咲いているうちに、はや、いとけない実が育ち始めているのをよく見かける。

積石に沈み蛇や花胡瓜　中村若沙

溝浚へ《みぞさら》《みぞさらえ》　農村では田植の前に用水の流れをよくするために、水路を掃除しまた補修する。町では梅雨前に、蚊や蠅の発生を防ぎ悪臭を除くために、路傍や家の周りの下水溝を掃除する。

手応へは泥亀なりし溝浚へ　岩瀬良子
邪魔となるほどの人数溝浚へ　吉永匙人
村中の溝繋がりて溝浚へ　湯川雅
裏門を出入り表の溝浚へ　高濱虚子
溝浚へ加勢の雨となりにけり　稲畑汀子

螻《け》蛄《ら》　㊂　蟋蟀《こおろぎ》に似た黒褐色の三センチくらいの虫で、湿った土中に棲む。全身やわらかい毛におおわれ、硬化した前翅と短い後翅をもつ。前肢は土竜《もぐら》の手に似て、これで土を掘り起こし、農作物を食い荒らす。昼は土中に潜み、夜になると空中を飛び、灯火に来る。泳ぎも少しはでき、何でも不器用ながらこなすので、とくに長じたものがないことを、螻蛄の芸という。
「螻蛄鳴く」は秋季。

ともりたる障子に螻蛄のつぶてかな　岡田耿陽
ゆき渡る田水に螻蛄の泳ぎ出づ　五藤俳子
虫螻蛄と侮られつゝ生を享く　高濱虚子

入《にふ》《にゆう》**梅**《ばい》《ばい》

暦の上で梅雨期の始まる日で、およそ六月十二日前後である。**梅雨**《つゆ》**に入**《い》**る**。**ついり**。

梅雨に入るより途絶えたる山仕事　小南精一郎
梅雨入りなほ島のくらしに水足りず　今村青魚
空よりも風に梅雨入の兆しをり　廣瀬ひろし
今年は時序の正しき入梅かな　高濱虚子
待たれゐし雨とも思ふ梅雨入りかな　稲畑汀子

梅《つ》**雨**《ゆ》

入梅の日からおよそ一か月の雨期をいう。南北の高気圧圏が交替する過渡期にあたり、うっとうしい天気が続き、ときに豪雨となる。梅が熟するころの雨という意味から**梅雨**《ばいう》、じくじくして物みな黴が生ずるという意味から**黴雨**《ばいう》ともいう。**梅天**《ばいてん》、**梅雨曇**《つゆぐもり》、**梅雨空**《つゆぞら》は暗雲が低く垂れこめた空である。梅雨のころ冷えるのを**梅雨寒**《つゆさむ》という。

正直に梅雨雷の一つかな　一茶
わらうてはをられずなりぬ梅雨の漏　森川暁水
梅雨寒や句屏風をたて香をたき　武原はん女
子を叱る妻を叱りて梅雨籠　貴田星城
大工等に交りて梅雨の現場に居　西山小鼓子
算盤に滑り粉くれて梅雨の事務　国安姫山
梅雨に倦き机に倦きて部屋歩く　吉屋信子
梅雨じめりして機音の静かなり　森田游水
考の二転三転梅雨豪雨　星野立子
旅人の如くに汚れ梅雨の蝶　上野泰
梅雨じめりして威儀のなき背広かな　眞下喜太郎
風紋も消えて砂丘の走り梅雨　三隅含咲
雨音にまさる風音男梅雨　成瀬正とし
梅雨に訪ふ明るき色に装うて　広瀬美子

生きるてふ気力に梅雨を病める妻　石山佇牛
恐山さだかに梅雨の月赤し　桑田青虎
往診のこゝより行けず梅雨出水　瓦玉山
梅雨霧にまつげ濡らして牧の牛　坊城としあつ
大学を出れば肩下げ梅雨の道　松本巨草
梅雨深し昨日と同じ過し方　今橋眞理子
降るでなく晴るゝでもなき梅雨に倦み　田中祥子
仮眠には疲れの消えぬ梅雨の旅　片岡我當
瞬間に肌までとどく男梅雨　松住清文
海よりも低く住ひて梅雨不安　辻口静夫
落書の顔の大きく梅雨の塀　高濱虚子
傾きて太し梅雨の手水鉢　同
暫は止みてありしが梅雨の漏り　同
不確かな古き記憶に梅雨の滝　高濱年尾
崩れんとして梅雨雲の又晴るゝ　稲畑汀子

五月雨《さみだれ》

梅雨期の霖雨である。陰暦五月に降るのでこの名がある。**五月雨《さつきあめ》**。**さみだるる**。

五月雨をあつめて早し最上川　芭蕉
さみだれや大河を前に家二軒　蕪村
さみだれのあまだればかり浮御堂　阿波野青畝
舟著くや五月雨傘を宿の者　星野立子
小説に飽き五月雨に飽く机　副島いみ子
五月雨るゝ柳橋とはこのあたり　野村梅子
五月雨の山国川の瀬鳴りの夜　河野扶美
五月雨も楽しきものと知りて旅　近江小枝子
五月雨の憂きをも忘れ舞台終へ　荻江寿友
さみだれや大河は音をたてずゆく　須藤常央
急ぎ来る五月雨傘の前かしぎ　高濱虚子
五月雨に濡れたる髪をほどき度く　稲畑汀子

出《で》《で》水《みづ》《みず》

五月雨がはげしく降り続き、いわゆる集中豪雨ともなれば、各地の河川や池沼があふれて氾濫する。これが出水である。秋のころ颱風などによる出水は「秋出水」という。

加茂川の長き普請にまた出水　井上洛山人
鉄橋を歩くほかなき出水かな　福井一福
出水見に行きてなか／＼戻り来ず　下村非文
放心の妻の手をとり出水中　増富草平
磨崖碑の裳裾ひたせる出水かな　舘野翔鶴
子を抱きて出水の家をのがれけり　森口時夫
位牌先づ二階に移し出水急　小林魚石
牛小屋の小戸を外しぬ出水急　三星山彦
鶏抱いて来り刻々出水増す　百崎つゆ子
夜といふ不安の中に出水守る　河野扶美
庭先に出水禍のもの並べ干し　北川草魚
庭先に現れし出水の助け舟　安原葉
人呑みし川に出水のもの洗ふ　藤浦昭代
シグナルは常の如くに街出水　左右木韋城
出水禍をおして来られし人と知る　稲畑汀子

水見舞《みづみまひ》《みずみまい》

出水の難にあった親戚や知人をたずねて見舞に行くこと。水害なので近づくことのできない場合もある。洪水のため孤立した人々に、物資や食物を運ぶのも水見舞という。

水見舞四つ手あがるに佇めり　水原秋桜子
水見舞とて水一荷とゞけくれ　近藤竹雨
怖しさ聞くも見舞や水害地　安原葉
はる／＼と水を提げての水見舞　小玉龍也
久闊の言葉は置いて水見舞　板場武郎

空梅雨《からつゆ》

天候が不順で、梅雨のうちにほとんど雨が降らないのをいう。農家では田植もできず非常に困り、ダムに蓄えられた水量も減る一方なので、夏の飲料水なども心配される。

どちらかと言へば空梅雨なりしこと　藤木呂九艸
空梅雨か頼みの予報また裏目　阿部亥山
空梅雨の夕日真赤に落ちにけり　小林一行

空梅雨や傘立に傘なかりけり　山田閏子
空梅雨の島々を見て船は航く　高濱虚子
空梅雨の心配となりゆけるかな　稲畑汀子

五月闇《さつきやみ》

五月雨の降るころの暗さをいう。このころの夜の暗さは、「あやめもわかぬ五月闇」などといわれるほどの漆黒の闇である。昼間の暗いのもいう。

人声をともなひ来る灯五月闇　田上斗潮
明るさをまとふ暗さの五月闇　簗山能波
峰の灯は王子跡なり五月闇　岡村紀洋
消灯の茶屋吸込みし五月闇　古野四方白
万丈の杉の深さや五月闇　稲畑汀子

黒南風《くろはえ》

梅雨のうちに吹く南風のことである。梅雨に入るころ、この風が吹いて空が暗くなるので黒南風といい、梅雨が明けるころ、この風が吹いて空が明るくなるのを**白南風**《しらはえ》という。

白南風や漁婦寄りあひの磯休み　松田洋星
白南風の吹き抜けてゆく岬の茶屋　宇佐美文香
黒南風や巌削りたる舟著場　早坂萩居
黒南風の裏磐梯は荒々し　猿渡青雨
黒南風や紺青の波蹴立て行く　堤俳一佳
白南風の雲の切れゆく迅さ見し　稲畑汀子

梅雨茸《つゆだけ》

梅雨のころは湿っているのでいろいろの茸《きのこ》類が生える。これを総称して梅雨茸という。もちろん食用にはならない。

梅雨菌足蹴にかけて天気かな　池内たけし
梅雨茸を掃いて奥宮仕へかな　片桐孝明
日々掃いてゐて知らざりし梅雨の茸　中村水石
今日も降る傘の大きく梅雨茸　川田長邦
梅雨茸の育つ暗さに踏入りて　稲畑汀子

木耳《きくらげ》

梅雨のころ、桑、接骨木《にわとこ》などの朽木に生える人の耳たぶに似た茸である。質が海月《くらげ》に似ているので木耳といい、料理に使われる。

木耳や平湯の宿に二三日　杉浦出盧

木耳や果して庫裡の軒下に　山川喜八

木耳を見過しゆける目を戻す　稲畑汀子

黴《かび》

梅雨どきの湿気はとくに黴を生じやすく、はなはだしいときは青黴が生える。手垢のついたものなどことに黴びやすく、ちょっと油断をすると、食物、器具、衣服、書籍、何でも傷められてしまう。手入れの悪い着物など着ていると、目には見えないが何となく黴臭いことがある。**黴《かび》の香《か》。黴《かび》の宿《やど》。黴《かび》げむり。**

勤行や折目いたみの黴ごろも　山口笙堂

清貧に居て拭ふべき黴もなし　岩木躑躅

神将の踏まへし邪鬼の黴の貌　竹下陶子

この黴の書をふところに学びたる　市川虚空

取出せし亡き子の辞書の黴払ふ　喜多村慶女

微禄して尚ほ焚く伽羅や黴の宿　吉津まるめ

妻病みてにはかに黴のもの殖えし　菅田寒山

灯を消せば黴の匂ひの中なりし　安積叡子

かびるもの黴び吾子の瞳の澄みにけり　深見けん二

山廬出て心の黴を払はんか　下村非文

盲われ身ぐるみ黴びる思ひかな　三島牟礼矢

学問につまづき医書も黴びるまゝ　佐藤悟朗

黴にむせ半日蔵の探しもの　白岩世子

こゝろざし折れたる筆の黴びてをり　礒目峰

美しく黴をレンズの拡大す　秦　洋子

学生として恥かしき辞書の黴　大楠木南

ことの外遺品の中の靴に黴　藤浦昭代

此宿はのぞく日輪さへも黴　高濱虚子

磨崖仏どこか黴びたるところかな　高濱年尾

黴の香にやうやく慣れし坊泊り　稲畑汀子

蒼朮《さうじゆつ》《そうじゆつ》を焼《や》《や》く

蒼朮は多年草のおけらの根を乾燥したもので、梅雨のころこれを室内で焚くと湿気を取るといわれている。**をけらやく。**

蒼朮を焚きて籠れる老尼かな　水谷鍬吉

——六月

蒼朮の煙のまとふ古柱　三宅二郎
家風守るとは蒼朮を焚くことも　廣瀬ひろし
未知の客なれば蒼朮焼いておく　山田庄蜂

優曇華《うどんげ》

草蜉蝣《くさかげろう》の卵で、草木の枝葉のほか、電灯の笠、天井の隅、壁、障子などにも産みつけられる。一二センチほどの白い糸のような柄の先に楕円形の卵のついたのがゆらゆらとかたまっていて、一見、黴の花のように見える。

優曇華や狐色なる障子紙　齋藤俳小星
優曇華のをのゝきゐるやうすみどり　森田道
優曇華や使はぬまゝにある鞴　藤木紫風

苔《こけ》の花《はな》

苔は湿地や森の中、樹皮あるいは庭先の水を多用するところなどに生える。ことに梅雨のころ、その緑を増し、淡い紫や白の胞子を入れた子嚢《しのう》をあげる。これを俗に苔の花といっている。**花苔《はなごけ》**。

耶蘇墓の十字うすれて苔の花　山崎石庭
苔寺の苔の花見て旅にあり　高橋紫風
忘却の日々あるばかり苔の花　大塚千々二
祇王寺は竹の奥なる苔の花　武原はん女
水打てば沈むが如し苔の花　高濱虚子

魚《や》簗《な》　㊂

川の瀬などで魚を捕る仕掛けの一つ。ふつう川瀬に杭を打ち並べ、石や簀で水を堰き一部だけ開けておいてそこに簗簀を張り、流れて来た魚を簀に受けて捕る装置で、単に「簗」とも書く。近ごろは、観光魚簗がかけられている河川も多い。**簗打《やなうち》**は簗を設けること。**簗番《やなばん》**。**簗守《やなもり》**。なお春に「上り簗」、秋に「下り簗」「崩れ簗」がある。

子に持たす簗の番屋へ酒少し　山中蛍窓
簗番のランプの灯らし水の上　佐々木四葉
簗の灯に少しかゝりし峡の霧　田村梨雨城
流木のかゝりしまゝに旱簗　土山紫牛
夜が明けしばかりといふに簗に人　成嶋瓢雨
簗番の一と雨ほしきことこぼす　宮中千秋
簗狙ふ鴉遠見の羽休め　川島双樹

簗見廻つて口笛吹くや高嶺晴　高濱虚子
簗守の解禁を待つ生活あり　稲畑汀子

鰻《うなぎ》 ㊂ 日本へ来る鰻は、赤道直下の深海で生まれ、細いしらすとなって、日本近海へ来、川を上るといわれている。天然鰻の漁獲期は夏であり、一般の養殖ものも夏がおいしいので夏季とされ、「土用鰻」はとくに喜ばれる。鰻捕には、穴釣、延縄《はえなわ》、鰻掻《かき》、鰻鋏《ばさみ》、鰻筌《ど》などがある。

カンテラを灯し出て行く鰻舟　市川久子
この頃は戯作三昧うなぎめし　深川正一郎
鰻筌を揚ぐる加減のありにけり　大木葉末
旅疲れ癒す鰻と誘はるる　稲畑汀子

鯰《なまづ》《なまず》 ㊂ 体長五〇センチくらいで色は灰黒色、口に大小二対のいわゆるなまずひげがある。日本中の河川、湖沼に棲んでいて、梅雨のころ産卵のため小川や池溝の浅いところに来る。**梅雨**《つゆ》**鯰**《なまづ》、**ごみ鯰**《なまづ》というのはこのためであろう。鱗が無くぬるぬるしているので気味が悪い。泥の中にいるので、地震を予知するといわれている。煮付、蒲焼などにする。

くらがりの桶の中なる鯰かな　多賀九江路
鯰捕芋銭旧居の人なりし　黒米松青子
ごみ鯰ばかりが釣れて水匂ふ　三谷蘭の秋

鮴《ごり》 ㊂ 小さい淡水の鯊《はぜ》類を関西では多く「ごり」と呼んでいる。「よしのぼり」「ちちぶ」などの異名であるが、「かじか」の場合もある。金沢の鮴料理はことに有名で、「まごり」と称する「かじか」を用いたものを主とし、味噌仕立の**鮴汁**《ごりじる》は、その代表である。空揚、天ぷら、佃煮などにもする。**鮖**《ごり》。

高きより生簀に筧鮖の宿　大森積翠

濁《にご》**り鮒**《ぶな》 梅雨のころ、川や田の水が濁っている時期の鮒で、ちょうど産卵期でもある。増水によって、池や水田から流れ出すこともあろう。これを掬網《すくいあみ》や投網などで捕える。

顔を出すバケツの水の濁り鮒　高野素十
濁り鮒釣りをる泛子を雨叩く　平尾祁村
色をふと消しゝは濁り鮒らしや　小路島橙生

大欲は出さずに濁り鮒を釣る　前内木耳

一匹は必ず網に濁り鮒　高濱虚子

亀《かめ》の子《こ》　石亀の子である。形が銭に似ているので**銭亀《ぜにがめ》**ともいう。庭園の池などではたくさんかたまって甲羅を干しているのがよく見られる。夜店などで買って来て、水盤に這わせたりする。

水盤に慣れて銭亀重なれり　饗庭野草

つい買ひし亀の子をやゝもてあます　遠藤梧逸

亀の子の泳ぐ水輪のひろがらず　竹内留村

亀の子として湿つたり乾いたり　後藤立夫

蠑螈《ゐもり》《いもり》　㊂　守宮《やもり》や蜥蜴《とかげ》に似た動物で、池や沼、井にも棲むので井守といわれる。背中は黒く腹が赤いので**赤腹《あかはら》**ともいう。ときどき呼吸のため水面に浮き上がる。また梅雨のころなど庭に這い出ていることもある。鮒釣の糸に掛かって来たりすると、いかにも滑稽である。

あげ泥にまみれて這へる蠑螈かな　高嶋辰夫

蠑螈喰ふ五位を見しより五位嫌ひ　竹下陶子

たゆたへる蠑螈も聖高野山　松本巨草

浮み出て底に影あるゐもりかな　高濱虚子

山椒魚《さんせううを》《さんしょううお》　㊂　日本各地の渓流、湿地に住み、昼間は岩陰などに隠れている。蠑螈《いもり》に似ているが、皮膚はつるつるとして腹も赤くない。多くは二〇センチ以下であるが、なかには**はんざき**と呼ばれ体長が一メートル以上に達する大型のものもいる。名前の由来は、山椒の匂いがするためといわれているがその他にも諸説ある。**山椒魚《はじかみうを》**。**油魚《あぶらめ》**。

はんざきの石と化すまで水の底　内藤呈念

山椒魚地球に水のある限り　今井肖子

星空に山椒魚の濡れそぼつ　田丸千種

はんざきに夜明けの水の重かりし　木暮陶句郎

知らぬ間に山椒魚に近づきぬ　浅利清香

止め板を蹴つてのたりと山椒魚　桜　眞由美

秘境ともいへるここには山椒魚　稲畑汀子

蟹《かに》 ㊂　ここでいう蟹は磯や山や川にいる小蟹のことである。磯蟹、**山蟹**《やまがに》、**川蟹**《かはがに》、**沢蟹**《さはがに》は、梅雨時分とくにその出歩きがはげしいので夏季とする。北洋で捕れる食用の蟹は、冬が旬《しゅん》である。

蟹穴を出でんとしてはためらへる　今井つる女
蟹が肩怒らす方の鋏大　田畑比古
一群の沢蟹に序のあるらしく　村田一峯
蟹の穴のぞき幼き日をのぞく　岩岡中正
蟹もぐる砂の動きを波が消す　堤　剣城

蝸牛《かたつぶり》 ㊂　**でんでんむし**と呼ばれ親しまれている。薄く丸い殻を背負って木の枝や塀などを這う。体はぬめぬめして頭に二対の伸縮自在の触角を持ち、長い方の先に目がある。まず角を伸ばしてゆっくりと移動するが、驚くとすぐ殻の中にひっこんでしまう。湿気を好み、梅雨のころ紫陽花《あじさい》の葉などによく見かける。エスカルゴはフランスの食用蝸牛。**かたつむり**。**ででむし**。

かたつぶり角ふりわけよ須磨明石　芭蕉
詩仙堂雨の扉の蝸牛　田中王城
で丶むしの角のしばらく一本に　京極杞陽
で丶むしのひまごやしやごとおぼしきも　山口笙堂
かたつむり殻の固さに生きてをり　小林草吾
動かざるででむしともに掃きゆきぬ　吉田たま
主客閑話で丶むし竹を上るなり　高濱虚子
こぼれたる葉に戻しやる蝸牛　稲畑汀子

蛞蝓《なめくぢ》《なめくじ》 ㊂　梅雨のあがったときなどに、木の幹、葉の裏、台所の流しなど、所かまわず出没する。ぬめぬめした粘膜におおわれた淡褐色の体は、いいようもなく気味が悪い。その這った跡は銀色に光る。食塩をかけると、体液が外に浸み出てしまい、だんだんとちぢまって溶けてしまうという。**なめくぢり**。**なめくぢら**。

蛞蝓の通りし跡の俎板に　粟津福子
蛞蝓を踏みたる廊の灯をともす　阿比留苔の秋

なめくぢの引きずつてゐる所在かな　稲畑汀子

蚯蚓《みみず》 ㊂　土中に棲み、湿気を好む。梅雨のころよく這い出してくるのを見かける。雌雄同体で、切られてもすぐその部分を再生する力がある。蚯蚓の棲む土はよく肥えているという。

土かなしみゝずを竜とをどらしめ　竹下しづの女
土篩ふ蚯蚓に闇は無かりけり　眞鍋蟻十
子供地をしかと指しをり蚯蚓這ひ　高濱虚子

蟇《ひきがへる》《ひきがえる》 ㊂　大形の蛙で四肢が短く、暗褐色の背中にたくさんの疣《いぼ》があり醜く、有益な動物でありながら人にきらわれる。他の蛙に比べると動きも鈍い。昼は物かげにかくれ、夜出て蚊などを捕って食べる。**蝦蟇《がま》**ともいい、単に**蟾《ひき》**とも呼ばれる。その姿はぶざまであるが、鳴き声はもの淋しさをさそう。

夕蟇を杖にかけたる散歩かな　池内たけし
俳諧の庭に太りてひきがへる　鈴木綾園
灯れば蝦蟇おもむろに後しざり　久保田斗水
首まげし方へまがりぬ蟇　荒川あつし
先住の蟇に敬意を表し住む　饒村楓石
身じろがぬことが抵抗蟇　中川秋太
大蟇先に在り小蟇後《しり》へに高歩み　高濱虚子
又同じ場所に来てゐる蟇　稲畑汀子

雨蛙《あまがへる》《あまがえる》 ㊂　夏、木の枝や葉の表に留まっている体長四センチくらいの小さな蛙である。緑色で、注意しないと周りの色と同じで見えない。居場所によってはたちまち茶褐色に変ずる。指の先に吸盤があって、ものに吸いつく。雨が降りそうになると、ギャッギャッギャッギャッと鳴く。**枝蛙《えだかはづ》**、**青蛙《あをがへる》**とも呼ぶが青蛙は動物学上では別種である。

青蛙おのれもペンキぬりたてか　芥川我鬼
青蛙啼くや玻璃戸に踏んばつて　山本青蔭
川止の宿の畳に青蛙　平松竈馬
その葉より森青蛙みどりかな　横田弥一
野の草の色にまもられ青蛙　工藤いはほ

やゝ枯れし秣にとぶや青蛙　高濱虚子
雨蛙鳴いて牧場ひつそりと　高濱年尾
うたかたに賑ふ水面雨蛙　稲畑汀子

河《か》鹿《じか》 ㊂　清流に棲む蛙の一種。小さく暗褐色で、姿は美しくないが、鳴く声が澄んでいて愛賞される。棲む場所が山間の渓流なので、河鹿との出会は人それぞれに印象が深い。**河鹿笛《かじかぶえ》**は河鹿を捕えるときに吹く笛。

人麿も妻恋ひ聞きし河鹿ゐる　井上哲王
あまつさへ河鹿の宿でありしこと　藤木呂九艸
村ぢゆうが河鹿の闇となつて来し　豊原月右
湯宿皆夕影ひきぬ河鹿鳴く　高濱虚子
瀬の音と全く離れ河鹿更け　高濱年尾
水音の五線音譜に乗る河鹿　稲畑汀子

竹《たけ》植《う》う　昔から、陰暦五月十三日を竹植うる日とも竹酔日《ちくすいじつ》ともいい、この日に竹を植えればかならず根づくと言い伝えられている。

月によし風によしとて竹を植う　上野青逸
隠栖といふにもあらず竹を植う　佐藤漾人
竹植ゑて眺むるほどの庭もあり　大橋越央子
ものゝふの箭竹と聞けり移し植う　藤岡玉骨
竹植ゑて竹に聴くべきこと多し　篠塚しげる

豆《まめ》植《う》う　豆によって、蒔く時期も蒔き方も多少違っている。また田を植えるとき田の畔《くろ》に蒔くのが畦豆《あぜまめ》である。大豆は畑に畝《うね》を立て、棒の先で突いて穴を作り、二、三粒ずつ入れて土を覆う。**菽植《まめう》う**。**豆蒔《まめま》く**。

豆植る畑も木べ屋も名所かな　凡兆
題去来之嵯峨落柿舎
畦豆を植うる女に畦長し　小方比呂志
豆植ゑて豆植ゑて島貧しかり　美馬風史

甘藷《かんしょ》植《う》う　麦刈ころの畑の中や麦を刈ったあとなどによく植える。苗床に育てた苗蔓を三〇～五〇センチくらいに切って斜めに挿して植える。**甘藷植《いもう》う**。**藷挿《いもさ》す**。

諸植うるみんな跣足の修道女　早田鳴風

諸を挿す外はなかりし島畑　花村あつし

粟蒔《あはまき》《あわまき》

粟は米、麦、黍《きび》、豆とともにわが国の五穀の一つである。六月ごろに種を蒔いて、九、十月ごろ刈り取る。山間の痩地でも育つ。**粟蒔《あはま》く**。

藪添に雀が粟も蒔きにけり　一茶

桑の実《くはのみ》《くわのみ》

木苺に似た実で、熟すると赤色から紫がかった黒になり、甘酸っぱい。田舎ではよく子供たちが食べて口を染めていることがある。

桑の実の落ちてにじみぬ石の上　佐藤漾人

桑の実を口にし下校の子　佐藤栄男

桑の実や父を従へ村娘　高濱虚子

さくらんぼ

一重の桜はどの種類も小さいながら実を結ぶ。豆粒ほどで熟すると紅、紫となり、落ちて土や舗道を染める。子供は拾って食べたりもする。**桜の実《さくらのみ》**。しかし一般に「さくらんぼ」といえば西洋種の**チェリー**、**桜桃《あうたう》**で、実を食用とするために栽培される。六月ごろ、二センチほどの丸い赤い実が柄の先で熟し垂れ、すがすがしい夏の味覚として好まれる。山形、青森、福島などの名産。

美しやさくらんばうも夜の雨も　波多野爽波

すき透るゼリーの中のさくらんぼ　小竹由岐子

招かれて摘むや万朶のさくらんぼ　吉良比呂武

親と子の心の対話さくらんぼ　酒井銀鳥

柄をつんと唇に遊ばせさくらんぼ　千原叡子

数を追ふ視線のありしさくらんぼ　浅利恵子

茎右往左往菓子器のさくらんぼ　高濱虚子

さくらんぼ一粒づつが灯を映す　高濱年尾

さくらんぼ口に甘さの新しく　稲畑汀子

ゆすらうめ

山桜桃《ゆすらうめ》とも**梅桃《ゆすらうめ》**とも書くのは、その実や花がどこか桜桃や梅などに似ているからであろう。実はやや小さく、熟すれば深紅色となる。

僧の子の娘となりぬゆすら梅　聖護院西麿

ひとり子のひとりあそびやゆすらうめ　笠原静堂

厨ごとする娘となりぬゆすらうめ　高根沢丘子

ゆすらうめ旅の子に文こま〴〵と　鈴鹿静枝

朝に来て夕に来る子ゆすらうめ　中野樹沙丘

李《すもも》

中国から渡来し、わが国で広く栽培される果実。桃に似た形で、小さく硬い。梅雨のころ紫がかった赤または黄色の実をつける。酸味がきついので酸桃《すもも》という。李とほとんど同じものに巴旦杏《はたんきやう》がある。実の表面に黄、紅、紫色の斑があり、白い粉をかぶっていて、李より少し大きめでやや甘い。形の丸いものは牡丹杏《ぼたんきやう》とか、米桃《よねもも》とかいう。

隠栖の土に落ちたるすもゝかな　鈴鹿野風呂

杏《あん》子《ず》

花も実も梅に似て梅よりやや大きい。梅雨のころ、橙色または黄色に熟し、毛があり、甘酸っぱい。干したり、ジャム、シロップ漬、果実酒にする。種子の中の肉は杏《きよう》仁《にん》といい薬用になる。長野市安茂里《あもり》、千曲市の森・倉科《くらしな》などは杏の里として名高い。**杏《あんず》**。**からもも**。

見上げたる目でかぞへ行く杏の実　武原はん女

実《み》梅《うめ》

梅の実は青くふとったころに落として取る。実梅といっても**青梅**《あをうめ》といっても同じである。葉がくれの実梅は目につきにくいが、じっと見ていると一つ二つとだんだん見えてくる。**小梅**《こうめ》。**豊後梅**《ぶんごうめ》。

青梅に眉あつめたる美人かな　蕪村

実梅落つ音に長居をして居たり　小原牧水

青梅の落つる大地や雨上り　星野立子

分けてやるほどには実梅なつてゐず　緒方一風

馴れぬ竿振り疲れけり実梅打ち　伊藤紀秋

実梅もぎ神事といふはすぐ済みし　井尾望東

青梅の音の転がりにくきかな　後藤立夫

青梅の一つ落ちたるうひ〳〵し　高濱虚子

紫《し》蘇《そ》

庭、畑など、どこにでも生え、栽培もされる。葉は卵形で皺が多く鋸歯があり対生、長い花茎の先に穂状に小さな花をたくさんつける。**青紫蘇**《あをじそ》の花は白く、赤紫蘇は紅紫色である。芽、花、実、葉とともに芳香があり、食用となる。香味料には青紫蘇が多く使われ、赤紫蘇は梅漬、生姜漬などの色づけに用いられることが多い。**紫蘇《しそ》の葉《は》**。

日翳りていよ〳〵濃ゆき紫蘇畑　長　蘆葉愁
暮れ切つてゐるは紫蘇畑なりしかな　鳥羽克己
一枚で足る紫蘇の葉を摘みに出る　安生かなめ
青紫蘇を刻めば夕餉整ひし　星野　椿
紫蘇一本植ゑて何かと重宝な　坊城としあつ
紫蘇摘みし手でワープロを打ち終へし　稲畑汀子

辣韮《らつきやう／らつきよう》〔三〕　**薤《らつきやう》**　は六、七月ごろ掘る。匂いが強く特有の臭気と辛味が目にしみる。洗い上げて一粒ずつ皮をむき酢漬にしたりして食べる。わけ葱《ぎ》に似た葉を叢生するが、わけ葱よりもっと痩せていて、直立せず大方はなびいている。砂地によく合うので砂丘地などに多く栽培される。**らつきよ**。**薤《らつきよ》掘《ほ》る**。**薤《らつきよ》漬《つけ》る**。

うちつゞく砂丘辣韮畑かな　細田乃里子
辣韮漬家のそこここゝ匂ひたる　寺島きよ子
辣韮も置きある納屋の這入口　高濱虚子

玉《たま》葱《ねぎ》〔三〕　ペルシア原産の蔬菜で、鱗茎を食用とする。直径一〇センチくらいの扁球形で、淡い褐色の薄い外皮に包まれている。多く夏採取される。料理一般に用途の広い野菜である。

玉葱を一とまづをさむ小屋と聞く　鳥井春子
玉葱を吊るだけにある小屋傾ぎ　多田羅初美
玉葱がすめば一年中ひまに　美馬風史
何にでも使ふ玉葱旬のもの　稲畑汀子

夏《なつ》葱《ねぎ》〔三〕　葱は元来冬の季のものであるが、夏季に繁殖する種類もある。**刈《かり》葱《ぎ》**ともいって二月の下旬に植えると夏になって盛んに生長する。冬葱と違って白いところがほとんどない。味噌汁や吸物の吸い口などに使われる。**わけ葱《ぎ》**は変種で全体に細く、茎は多数叢生する。

老厨夫夏葱さげて帰船かな　図　羅

夏大根《なつだいこん》 ㈢ 大根はふつう秋に種を蒔いて、冬、採取するが、春、種を蒔き、夏、収穫するものを夏大根という。形はやや細く小さく味も辛いが、そこが夏大根らしくもある。**なつだいこ**。

木曾は今桜もさきぬ夏大根　支考
夏大根ぴりゝと親し一夜漬　菊地トメ子

枇杷《びわ》 枇杷は暖地を好む。太平洋岸に沿った地方では枇杷の木が林をなしているのを見かける。姿もよく果肉が厚く甘くて、剝くと果汁がしたたり美味である。果皮のうぶ毛に水玉を光らせてガラス器に盛られたさまなど美しい。長崎県の茂木《もぎ》枇杷が古くから名高い。

枇杷積んで桜島より通ひ舟　伊藤柏翠
門に枇杷ひさぎて島の旧家かな　圖師星颪
枇杷を食むぽろり〳〵と種子二つ　星野立子
枇杷熟れて水禍もすでに遠き日に　石黒不老坊
日本へ帰る荷まとめ枇杷を食む　田村萱山
闘病の細き指もて枇杷する　中村芳子
ハンケチに雫をうけて枇杷すゝる　高濱虚子

楊梅《やまもも》 九州、四国、和歌山、静岡、千葉など温暖な地に多い。高さは一五メートルくらいにもなり、雌雄異株である。実は丸く粒々があり、初めは淡緑色で熟してくると暗紅紫色になり、はなはだ甘い。東京あたりであまり見かけないのは腐敗が早いためであろう。

石段を楊梅採りに汚されし　三宅黄沙
楊梅の落ち放題や磴染めて　有本春潮

青柚《あをゆ》 柚子の実のまだ熟さないで青いもの。六月ごろ花をおえると間もなく、葉陰に濃緑の丸い実が見えはじめる。直径三センチくらいのときが最も香気高く、果皮を削《そ》いで香味料とし、和《あ》え物、吸物などにあしらう。「柚子」は秋季。

葉ごもりて円かに鬱らき青柚かな　中田みづほ
存問の尼が手にある青柚かな　河村宰秀
葉かげなる数へる程の青柚かな　高濱虚子

夏茱萸《なつぐみ》

茱萸のなかでも夏に赤く熟する一種。庭木にもされるが山野に多く、高さ二、三メートルくらい。葉は長楕円形で表は緑色、裏は褐色または銀色をしている。葉腋に一花一実をつける。**たうぐみ**というのもこの一種。

夏ぐみの甘酢つぱさに記憶あり　佐藤千須

木天蓼《またたび》

山地に自生する蔓性の落葉低木。梅雨どき、枝先の卵形の葉が白くなり遠くからでも目につくころ、一〜三輪の花を葉腋につける。梅に似て白く五弁、芳香があり、下向きに咲く。実も茎葉も猫の大好物。実は漢方で腹痛の薬、辛い。**天蓼**《またたび》**の花**《はな》。

杣師らに木天蓼酒といへるもの　村元子潮

またたびの花にゆつくり時流れ　岩松草泊

木天蓼とわかる近さを遠ざかる　稲畑汀子

黐《もち》**の花**《はな》

黐の木は常緑高木で山野に自生もするが、庭木として植えられることも多い。光沢のある皮質の厚い葉に黄緑色の小さな花を群がりつける。木の皮から鳥黐をつくったのでこの名がある。

はら〳〵と黐の花散り弾みけり　空茶

錦木《にしきぎ》**の花**《はな》

山野に自生する落葉低木で、庭木にも愛用される。六月ごろ淡黄緑色の四弁花が二、三個ずつ集まって咲くが、花は地味である。枝に縦四列のコルク質の翼が出るのが特徴。秋の紅葉は「錦木紅葉」といってとくに賞される。

錦木の花のさかりは人知らず　五十嵐播水

錦木の花や籬にもたれ見る　高濱虚子

燕《つばめ》**の子**《こ》

燕は五、六月ごろ雛を育てる。巣の中で、四、五羽の嘴の黄色い**子燕**《こつばめ》が大きな口を開けて**親燕**《おやつばめ》に餌をねだるさまは可愛らしい。孵化後三週間くらいで巣立をする。

子燕のさゞめき誰も聞き流し　中村汀女

子燕の巣立つ勇気といふを見し　津村典見

烏《からす》**の子**《こ》

夏、烏は子を育てる。**子烏**《こがらす》。

子烏の枝移りして巣隠りぬ　請井花谷

とん〳〵と歩く子鴉名はヤコブ　高野素十
子烏を飼へる茶店や松の下　高濱虚子

御田植《おたうゑ》《おたうえ》

伊勢《いせ》**の御田植**《おたうゑ》。古くは陰暦五月二十八日、今は五月上旬、伊勢市楠部町にある伊勢神宮の御神田で行なわれる田植初《たうえはじめ》の神事である。笛、太鼓の奏楽を背景に、お祓を受けた植女《うえめ》たちによって田植が行なわれ、豊作を祈るいろいろの舞が奉納される。**御田扇**《おたあふぎ》は田植のあとの行事。また志摩市磯部町にある伊勢神宮の別宮の伊雑宮《いざわのみや》でも、六月二十四日に同様の御田植の神事が行なわれる。これらを伊勢または**山田**《やまだ》**の御田植**《おたうゑ》、若しくは**お御田**《みた》**祭**《まつり》という。

住吉《すみよし》**の御田植**《おたうゑ》。六月十四日（もとは陰暦五月二十八日）大阪市住吉区の住吉大社で行なわれる御田植の神事である。昔は堺の遊女が植女となって行なったが、明治以後は大阪新町の芸妓衆がこれに代った。奉仕者一同とともにお祓を受け、花笠をかぶり古風な装束で裾をからげて田植を行なう。**御田**《おんだ》、**神植**《かみうゑ》などといわれる。当日**八乙女**《やをとめ》**の田舞**《たまひ》という田楽があり、また**棒打合戦**《ぼううちがつせん》と称する氏子たちの武者合戦や氏子子女の住吉踊もある。御田植はこの二つに代表されるが、全国の他の神社でも行なわれているところがある。

神官の細脛白し御田植　高久田瑞子
玉苗のとぶや八乙女舞ひはじむ　柳本燕雨
お田植のをのこ早乙女二手より　久保一亭
神事待つ御田の水のゆきわたり　山崎天誅子
八乙女の遠くの一人より会釈　小畑一天
神の田の豊穣を魁けてゐし　松岡伊佐緒

早苗《さなへ》《さなえ》

苗代から田に移し植えるころの稲の苗をいう。畦道に**早苗籠**《さなへかご》が傾いていたり、水を湛えた田の面へ**早苗束**《さなへたば》が投げられていたり、**早苗舟**《さなへぶね》で苗を運んでいたりする景が見られたものであったが、今は早苗を植える機械までできている。**玉苗**《たまなへ》は苗の美称。**早苗取**《さなへとり》。**余り苗**《あまりなへ》。**捨苗**《すてなへ》。**苗運**《なへはこび》。**苗配**《なへくばり》。**苗籠**《なへかご》。

手ばなせば夕風やどる早苗かな　芭蕉
白鷺に早苗ひとすぢづつ青し　長谷川素逝

参道を行つたり来り苗運ぶ　桐田春暁
捨苗のひからびし根の抱き合へる　藤本紫粒
牽き入れて道これまでや苗車　小林都府樓
余り苗背負ひ加勢に来てくれし　田口雲雀
まだ水になれぬ手足や早苗取　村地宏木
隣田へすぐに貰はれ余り苗　須藤素童
早苗取る手許いよいよ昏れにけり　三井紀四楼
一枚は苗束投げてありしかな　坊城中子
早苗とる水うら〳〵と笠のうち　高濱虚子
笠二つうなづき合ひて早苗とる　同

代掻《しろか》く

代は植代《うえしろ》、すなわち苗を植える田のこと。田植の準備として、鋤き起こした田に水を張り、土の塊を砕いて田をならす仕事をいう。以前は牛や馬に代掻鍬などを引かせて行なったものであるが、近年はほとんど機械化されている。**田《た》掻《か》く**。**田《た》の代掻《しろか》く**。**田掻牛《たがきうし》**。**田掻馬《たがきうま》**。

田一枚隔り顔や田掻牛　佐藤念腹
田掻牛雨の湖畔にいそしめる　高田一大
だん〳〵とすなほになりぬ田掻牛　出羽里石
代牛のよく洗はれてもどり来し　豊田一兆
牛の背に湯気立つ雨の田掻かな　西野知変
どしやぶりの雨に代掻立ち尽す　豊田千代子
代掻くや水につまづくまで疲れ　成嶋瓢雨
水の張りよしと追ひ入れ田掻牛　戸田銀汀
代馬は大きく津軽富士小さし　高濱虚子
つばくらめとび交ふ中の田掻牛　高濱年尾

代田《しろた》

水を張って田植ができるばかりになっている田である。濁っていて、蛙が鳴いたりしている。

畦暮れて代田の水の四角かな　大島早苗
一枚の代田の上の男山　福井圭児
かがやいてゐるは代田に他ならず　竹屋睦子
代田うつ鍬やあげをる水煙　高濱虚子
代田傾けて着陸態勢に　稲畑汀子

代を掻き水を張った田に早苗を植えつけることである。以前は梅雨の季節に行なわれていたが、最近では五月ごろ植付機で田植をする地方が多くなった。早苗開《さなへびらき》は植え始めること。**田植始**《たうゑはじめ》。**田植唄**《たうゑうた》。**田唄**《たうた》。**田植笠**《たうゑがさ》。

田植《たうゑ》《たうえ》

田一枚植て立去る柳かな　芭蕉

しら川の関こえて

風流のはじめや奥の田植うた　同

田を植ゑるしづかな音へ出でにけり　中村草田男

歩くごと田植はかどり行くことよ　高木晴子

隣田へひきずり運び田植縄　山本薊花

抱へたる笠に田植の汚れもの　平井備南子

田植すみ又本山に勤め僧　小川法山子

望まれて田植さなかに嫁がしむ　小西栖川

追ひ越されどうしの老の田植かな　田中泥子

足ほてる田植疲れに寝つかれず　奥野きよし

午後よりの雨を一気の田植かな　信太和風

余り苗貰ひあつめて遅田植　林蓼雨

朴葉飯届き田植もはづみをり　東野悠象

あまり苗抛りかへして田植終ふ　飛彈桃十

田植焼せし掌を重ね法話聞く　岡崎多佳女

娘を一人やりて田植の手間がへし　佐藤普士枝

径ぬれてをり今植ゑしばかりの田　片岡片々子

農継ぐといはず田植を手伝ひし　岩瀬良子

農暦あくまで信じ田を植うる　木村滄雨

遅田植見かけこれより峨山道　逢坂月央子

田植笠並びかねたる如くなり　高濱虚子

畦の木は大方ポプラ田を植うる　同

旅の景阿蘇につなぎて来し田植　稲畑汀子

早乙女《さをとめ》《さおとめ》

田植をする女。紺絣の着物に紺の手甲脚絆、菅笠に赤襷。かつては幾人も並んで田植唄を唄いながら早苗を植付けて行く風景が見られたが、機械化の進んだ現在では、ほとんど見ることがなくなった。

早乙女に早苗さみどりやさしけれ　池内友次郎
早乙女の襷ほどきし昼餉かな　高濱朋子
早乙女を待つ櫂をたて沼渡舟　塩沢はじめ
早乙女が通り湯の町まだ覚めず　進藤芽風
早乙女の豊かな顎の笠の紐　宮沢風花
早乙女に迎への舟の遅きこと　山本汀幽
すれ違ふ舟に早乙女十二橋　野田孝
道に出て早乙女どつと賑ひし　岡本正春
早乙女のよろめき入る深田かな　十萬政子
早乙女を雇ふに上手下手言はず　川崎克
早乙女の重なり下りし植田かな　高濱虚子

植田《うゑた》《うえた》

田植の終ったばかりの田。苗が揺れないように水をいっぱいに張ってある。青く細い早苗の先が短く出ている水面に、雲や木立が映っていたりする。

植田はや正しき波を刻みつゝ　若林いち子
足跡ににごりの深き植田かな　小川つとむ
苗一把植田見廻る後手に　田中絹水
鴨山と呼ばれ植田の五六枚　桐田春暁
匂ひふと植田の道に入りしこと　平尾みさお
なつかしき程の雨降り植田かな　高濱虚子
植田まだ空を映してゐるばかり　高濱年尾
植田見しより南国の旅人に　稲畑汀子

早苗饗《さなぶり》

田植の終ったあとの一日、仕事を休み、小豆飯などを炊いて祝うことをいう。

さなぶりや跣足のまゝの風呂支度　斎藤九万三
さなぶりや馬は馬屋に立眠り　川島奇北
手間賃を添へ早苗饗の送り膳　森本久平
早苗饗や大へつつひに煮ゆるもの　吉川葵山
一臼の早苗饗餅は牛に搗く　島谷王土星
早苗饗や泥洗ひとて温泉にあそぶ　宮本唯人
早苗饗のうどんの釜の鳴つて居り　合田丁字路
早苗饗や家風全く今はなく　大野一光

昔ほど酒は飲めぬと早苗饗に　柏井古村
早苗饗も済みしばかりに地震騒ぎ　清水保生

誘蛾灯《いうがとう》《ゆうがとう》　苗代、植田、果樹園などの害虫を明かりで誘って殺す装置で、灯火の下に水を湛えた容器を置き、灯に集まった蛾や浮塵子《うんか》や金亀子《こがねむし》が落ちる仕掛になっている。近ごろは蛍光灯や水銀灯になり、桔梗色の光が畦に並んで美しいが、農薬の普及で少なくなりつつある。庭園でも見かけることがある。

くらがりに人居る気配誘蛾灯　泉田菟糸子
山昏れてよりの親しき誘蛾灯　鶴原暮春
誘蛾灯つゞき夜道は遠きもの　今村青魚

虫篝《むしかがり》　草木や田畑の作物に害虫が繁殖するので、この虫を誘い寄せるために焚く篝火である。

虫篝さかんに燃えて終りけり　高野素十
とび来たる虫へ穂をのべ虫篝　小倉弦月
虫焦げし火花美し虫篝　高濱虚子
虫篝火色とゞかず湖暮るゝ　稲畑汀子

火取虫《ひとりむし》 ㊂　夏の夜、灯火に集まってくる蛾の類をいい、**灯蛾**《とうが》、**火蛾**《くわが》、**燭蛾**《しよくが》などともいう。金亀子《こがねむし》や兜虫などが灯に飛んで来る場合にもいう。**灯虫**《ひむし》。**夏虫**《なつむし》。

火蛾喚んで俳諧の灯の更けにけり　清原枴童
灯ともせばすぐに火蛾くるあわたゞし　今西一条子
晩学の更くる夜ごとの火取虫　宮崎佳子
火取虫きり〱と落ちついと落ち　古屋敷八州
席かへて告ぐる病状火取虫　三田村智生
納棺の仏へ名残り灯虫舞ふ　三浦庚子
火蛾の舞ふ燭をかざして見送られ　馬場太一郎
火取虫会つて詮なき人ながら　小出南總子
円を描きまた円を描く火取虫　川口利夫
海の方からも来るなり火取虫　合田丁字路
よべの火蛾浮ぶ朝湯に身を浸す　浅野右橘
火取虫ふたゝび闇に戻らざる　山田桂梧
明日予定たたずも楽し火蛾の宿　星野椿

寝室へ夜の火蛾連れてきたりしよ　百崎つゆ子
酌婦来る灯取虫より汚きが　高濱虚子
一匹の火蛾に思ひを乱すまじ　同
火蛾舞へり夜のケーブル人少な　高濱年尾
入院も飽き〳〵したり火取虫　同
よべの火蛾よごせし稿を書き上げし　稲畑汀子

藍刈《あゐかり》《あいかり》

藍は二月ごろ種をおろし、約一五センチくらいに伸びたときに移植し、六月ごろ開花に先だって刈り取る。これを天日に乾燥して葉だけとし、土蔵内の寝床に広げ数日おきに水をかけて発酵させる。これをひき砕いてかたまりとしたものを藍玉《あゐだま》といい、藍染の原料とする。徳島県の阿波藍は古くから有名である。花は秋季。藍搗《あゐつき》。

日々黒くなりゆく藍を干しにけり　岡安迷子
阿波の国藍園村は藍を刈る　美馬風史
藍と言ふ静かな色を干しにけり　後藤立夫

除虫菊《ぢよちゆうぎく》《じよちゆうぎく》

茎の高さ三〇～六〇センチで葉は淡緑色、羽状に裂け、夏、茎の先が分かれて白色または紅色の直径三センチくらいの一重の菊に似た花をつける。この花を乾燥して粉にし、蚊遣線香または農業用の除虫剤の原料にする。広く栽培されたが、合成殺虫剤が多くなり生産も減った。

真つ白に雨がふるなり除虫菊　楠部九二緒
除虫菊とは思はずに見つつ来し　稲畑汀子

金魚草《きんぎよさう》《きんぎよそう》

ヨーロッパ南部原産。短い葉柄があり、茎の高さは二〇～八〇センチ、葉は先のとがった長楕円形で夏、頂に筒形の花を総状につける。花弁は唇の形をして、軽く指でつまむと、金魚が口を開いた形になる。色は紅、白、黄、紫など多い。

日ねもすのつがひの蝶や金魚草　岬人

アマリリス

南アメリカ原産の球根植物で、園芸品種。葉は光沢があり細長く花茎は太い。その頂に百合に似た花を横向きに数個つける。赤、白、絞りなどさまざまある。

愁なき夫婦の生活アマリリス　力富山葉

ジギタリス　一メートルくらいの直立した茎に、鐘の形をした紅紫色の花が斜め下向きに総状につき、下から咲きのぼる。白、ピンク、紅色の花もある。葉が強心剤として用いられる。

ジギタリス

ジギタリス闇の力を秘めをるや　坂井建
毒草にして美しきジギタリス　岡安仁義
事務の娘の朝の水やりジギタリス　副島いみ子
咲きのぼりつゝ咲き傾ぎジギタリス　藤松遊子
ジギタリス吾子の背丈に咲きのぼる　稲畑廣太郎

ベゴニア ㊂　南アメリカ原産の秋海棠に似た園芸品種であるが、葉が違う。花は白、赤、ピンクなど、八重咲きもある。一般に親しまれているのは一、二年草のもので、多く鉢植として楽しまれる。

ベコニヤの葉も見事なる賜りし　鈴木貞
ベゴニヤの鉢の彩り揃へけり　稲畑汀子

蛍《ほたる》 ㊂　水辺に棲み、青白い光を明滅して飛び交う。農薬撒布のため一時減っていたが、最近ふたたび見かけるようになった。「ほたる」は、火垂《ほたり》あるいは火照《ほてり》の転といわれる。**源氏蛍**《げんじぼたる》は大きく、**平家蛍**《へいけぼたる》は小さい。**初蛍**《はつぼたる》。**蛍火**《ほたるび》。**飛**《と》**ぶ蛍**《ほたる》。**蛍合戦**《ほたるがっせん》。**蛍**《ほたる》**売**《うり》。

草の葉を落るより飛ぶ蛍かな　芭蕉
もつれつゝ水無瀬をのぼる蛍かな　樗良
大蛍ゆらり〱と通りけり　一茶
蛍火の降るが如しや夜船出る　田中蛇湖
蛍火や夜も廻れる水車　近藤蘆月
蛍火や一水闇に音もなく　新村寒花
蛍火のあるとき力みなぎらせ　原田一郎
蛍火を鏤め降らす夜の樹々　吉村ひさ志
水郷のよきはこれから蛍飛ぶ　田中暁雨
ふるさとに蛍の夜あること愉し　深川正一郎
蛍の夜渡舟気易く出しくれし　梶尾黙魚

その人に従ひゆきて蛍の夜　下田實花
蛍火に闇ゆきわたりをりにけり　田中暖流
蛍火を引きずつて葉を登りけり　小林草吾
往診の四五戸に暮れて蛍見る　中村稲雲
ふるさとに蛍は舞へど母は亡し　山田弘子
水とぼし蛍のとぼしからざるや　山﨑一角
蛍火や僻地住ひの教師我　田中静龍
蛍の光るとき水見えにけり　星野椿
彼の手の蛍彼女の籠に入る　石井とし夫
青白き雫の浮きぬ草蛍　柴原保佳
灯《ともしび》と星の間《はざま》に蛍かな　坊城俊樹
蛍火に水の近きを思ひけり　高濱虚子
蛍火の鞠の如しやはね上り　同
蛍に暮れねばならぬ空のあり　稲畑汀子

蛍《ほたる》狩《がり》 ㊂　夏の夜の水辺で蛍を追ったり眺めたりすること。ひところは農薬の関係で減っていた蛍も近年また各所で見られるようになり、蛍狩の情趣が楽しめるようになった。**蛍《ほたる》見《み》**。**蛍舟《ほたるぶね》**。

蛍狩真つ黒き山かぶさり来　上野泰
犬先きに戻りてをりし蛍狩　玉置昊洋
捕るよりも追ふこと楽し蛍狩　坊城中子
打振りて籠の蛍を囮とす　松本穣葉子
いつのまに来て大ぜいや蛍狩　田中駝門子
蛍見や声かけ過ぐる沢の家　高濱虚子
蛍狩せし水音に旅名残り　稲畑汀子

蛍《ほたる》籠《かご》 ㊂　竹や木の枠を用いた箱形や曲物《まげもの》、ビニール製の太鼓形などに、細かい金網を張ってある。霧を吹いた草を入れ、蛍を放ち、軒端などに吊しておく。

蛍籠かざし合ひては行き合へる　豊田長子
霧吹いて蛍の命かきたつる　剣持久子
霧吹いて籠の蛍を確かむる　伊藤涼志
蛍籠よべ吊り今宵芝に置く　清水忠彦

旅の土産丹波野草と蛍籠　稲畑汀子

水鳥《みづとり》《みずとり》の巣《す》《す》　広く水鳥類の巣をいう。多くは梅雨前後、萱、蘆、真菰、蒲などの茂みに巣をかけて産卵、雛を育てる。水の増減によって、かけた巣が上下するようになっているのもある。**鴨《かも》の巣《す》**。**鷭《ばん》の巣《す》**。**水鶏《くひな》の巣《す》**。

月青し鷭巣籠りのころならん　藤永霞哉

沼の家灯れば鷭の雛も巣へ　石井とし夫

浮《うき》　巣《す》　鳰《にお》などが湖沼の水の上に浮いている水草や蘆、蒲などの間に掛けた巣のことである。軽く、水の増減に従って浮くようにできている。卵や雛は蛇にねらわれやすい。**鳰《にほ》の浮巣《うきす》**。**鳰《にほ》の巣《す》**。

鳰の巣に波のいたりて舟過ぐる　山下豊水

一つ見て雨の浮巣見舟返す　久米幸叢

浮巣守る鳰の長鳴き沈みけり　本田一杉

浮巣見に去年とことなる舟の道　中田余瓶

天日に曝せる卵鷭浮巣　石井とし夫

流さるる浮巣を鳰の見放さず　大久保橙青

水走る鳰に浮巣の在所知る　中井余花朗

増水におぼつかなくも浮巣かな　水本祥壹

うき巣見て事足りぬれば漕ぎかへる　高濱虚子

水に浮くものうたかたと浮巣かな　稲畑汀子

鳰《にほ》《にお》の子《こ》《こ》　六月ごろに、浮巣で孵った鳰の子が、親について泳いだり、潜ったりしているのは、いかにも可愛らしい。

鳰の子のかくもをりしよ魞の内　竹内留村

すれちがふどちらの鳰も子をつれて　鈴木ひなを

鳰の子の水尾うす〳〵と拡がらず　岡安仁義

通《とほ》《とお》し鴨《がも》《がも》　㊂　鴨は秋渡来して、翌春北方へ帰って行くのであるが、帰らずに沼や湖に残り、雛を育てる鴨がいる。そういう鴨を通し鴨という。**夏鴨《なつがも》**というのは軽鴨《かるがも》のことで、この鳥は渡りの習性がなく、四季を通じて日本にいる鴨のことである。**軽《かる》鴨**。

千代田区をとぶは皇居の通し鴨　小野草葉子
通し鴨道灌濠に見つけたり　高濱年尾

軽鳧《かる》の子《こ》
軽鴨の子である。孵った雛は黄褐色で全身綿毛におおわれている。しばらくたつと親鳥のあとについてよちよちと歩いたり、泳ぎを習ったりするのを見かけるようになる。全体に黒褐色で胸と腹はクリーム色、目先から目の後方へかけて暗褐色の線がある。**鴨《かも》の子《こ》**。

軽鳧の子の怖る丶ことをまだ知らず　野仲美須女
鴨の子を水面に追うてゐる歩み　稲畑汀子

田《た》亀《がめ》 ㈢
池や沼、水田や泥水に多い、松虫の大きくなったような五、六センチの泥色の虫で、幼魚の生血を吸う害虫である。水を這い上がって乾くと飛ぶこともできる。**高野《かうや》聖《ひじり》**ともいう。高野僧が笈を負ったような紋様が背にあるからである。**どんがめ**。**河童虫《かっぱむし》**。

田亀

田亀いま尻打ち立て丶獲物を得　福島秀峰
泥の中高野聖は裏返り　廣瀬盆城

蛭《ひる》 ㈢
田植や田草取で肌が出ていると、いつの間にか蛭に吸いつかれ、血を吸われていることがある。水を騒がせ、水を濁すと寄ってくる性質がある。形は扁平の紐状で三、四センチくらい。泳ぐとき伸び縮みして気味が悪い。吸いつくと離れず、殺そうとして切ってもなかなか死なない。治療のため蛭にわざわざ悪血を吸わせることもある。**馬蛭《うまびる》**は恐ろしく大きなもので茶褐色。**山蛭《やまびる》**は山谷に棲み、木の枝などから落ちてくることがある。

青き蛭縞を延ばしてへろ〳〵と　羽田利七
も丶ひきを脱げばころりと蛭落ちる　豊田一兆
蛭のゐる処ときけど渉る　星野立子
杖の尖洗へば泳ぐ蛭二匹　高濱虚子

源五郎《げんごらう》《げんごろう》 ㈢
楕円形、黒褐色の光沢ある三センチくらいの虫である。夏の池、沼、水田などにはどこにでもたいがいいる。後肢を鋏のように動かして泳ぐ。陸にあげるとすべって歩けないし、ひっくり返すとなかなか起き上がれない。夜、灯に飛んで来たりもする。

およぎくる水あさくなるげんごらう　山岡三重史

水口に遊べるものは源五郎　深川正一郎

まひ〱《まいまい》 ㊂　一センチにも満たない黒い丸みのある虫で、夏の池や川の水面を輪を描きながら忙しく舞っている。**水澄**《みずすまし》ともいう。**豉虫**《まひまひ》。

まひ〱や雨後の円光とりもどし　川端茅舎

風荒くまひ〱いまは輪をなさず　中川飛梅

まひ〱の舞ひそろひ舞ひみだれつゝ　永野秋羅

描きゐる自分の迷路みづすまし　曺　星国

まひまひに水絡まってをりにけり　荒川ともゑ

あめんぼう ㊂　六本の細く長い脚で、水面をすいすいと走る虫。匂いが飴に似ているというのでこの名がある。地方によって**水馬**《みづすまし》ともいい、「まひまひ（水澄《みずすまし》）」と混同されやすい。また、**水黽**《かはぐも》ともいう。

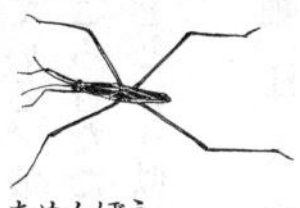
あめんぼう

あめんぼをはじくばかりの水の張り　国弘賢治

あめんぼう翅を使ひし火急かな　小林草吾

水深にかゝはりもなく水馬　大島早苗

水馬見て退屈をせぬ時間　松尾白汀

ゆき違ふとき水馬高飛びぬ　田中丈子

水馬雲が映れば雲に乗り　家中波雲児

あめんぼうには何処までも水堅し　小川修平

映画村セットの池の水馬　橋本一水

魚髗居る水を踏まへて水馬　高濱虚子

流れ来しもの丶中より水馬　稲畑汀子

目《め》**高**《だか》 ㊂　体は小さく透き通るようであるが、眼は大きく飛び出している。人家に近い野川や池などに多く群れている。最近は金魚などと同様、水鉢などに飼われたりもする。**緋**《ひ》**目高**《めだか》。

睡蓮の朽葉の上の目高かな　星野立子

ぢつとしてゐぬ緋目高の数読めず　松尾静子

子日高の微塵のまなこありにけり　藤松遊子
水動き日高は止りをりにけり　稲畑汀子

蓮《はす》の浮葉《うきは》

蓮の新しい葉は、しばらく水面について浮いている。その円く小さいものを形から銭荷《せんか》という。広い池にわずかに浮いているもの、また、たくさん浮いて水面を覆い、強い風に片葉を立てるものなどいずれも趣がある。単に「浮葉」ともいう。

飛石も三つ四つ蓮のうき葉かな　蕪村
しろがねの雨粒のせて蓮浮葉　大場活刀
新しくまこと浮葉の水の玉　星野立子
蓮浮葉すこし離れて菱畳　尾高青蹊子
降り出せる雨の叩ける浮葉かな　田村おさむ
たゝみ来る浮葉の波のたえまなく　高濱虚子

萍《うきくさ》 三

池沼や水田に浮いている水草である。一つを取れば一センチにも足らぬ小さい円い葉に過ぎないが、夏期繁茂するときは広い水面もいっぱいになる。表は緑、裏は紫、ふつう三、四葉ずつ集まってその下に多数のひげ根を垂れている。波のままに漂って同じ場所にとどまっていない。盛夏のころ目だたぬ白い小さな花をつける。あをうきくさ、ひんじもなどという似た種類もある。**浮草**《うきくさ》。**根無草**《ねなしぐさ》。**萍**《うきくさ》**の花**《はな》。

萍を浚へて広き水となる　細江大寒
萍の隙に日輪落ちてをり　桑原眩子
あげらるゝ筌の萍まみれかな　草野駝王
萍に大粒の雨到りけり　星野立子
うき草の茎の長さや山の池　高濱虚子
池遠見萍の座の光り見ゆ　高濱年尾
波消ゆる岸辺に寄りて根無草　稲畑汀子

蓴《ぬなは》《ぬなわ》 三

湖沼に自生する多年生の水草で、水面に新鮮な薄緑の葉を浮かべる。手を伸べて引くと、ぬらぬらとした茎が長く上がってくる。その若芽、若葉のぬめりが日本料理に珍重され、これを採るために**蓴舟**《ぬなはぶね》を出す。夏、暗紅紫色の地味な花が咲く。**蓴菜**《じゅんさい》。**蓴**《ぬなは》**採**《と》**る**。

ぬなはとる小舟にうたはなかりけり　蕪村
ふところに山を鎮めの蓴池　岡　康之
小倉山そびゆる池の蓴かな　柏崎夢香
二の腕まである手甲蓴採　平川秋帆
池荒れて蓴の宿もなくなりし　福井圭兒
蓴採る池の深さの色なりし　山澄陽子
ぬめることもてあらがへる蓴摘む　桑田青虎
蓴舟かたむくまゝに双手漕ぎ　川上玉秀
宿よろし先づ蓴菜に箸運ぶ　瀧澤鶯衣
道孤なり蓴取る池に出たりけり　高濱虚子
大沼に近く蓴の沼別に　稲畑汀子

蛭《ひる》蓆《むしろ》 ㊂ 池、沼、田溝などによく繁茂する水草で、山の池など一面にこの草で覆われていることもある。長い茎を水面まで伸ばし、楕円形の緑の葉を水面にぴったりとりつけて浮かぶ。葉の裏は飴色をしている。夏、黄緑色の穂状の地味な花をつける。蛭のいそうなところに生えているのでこの名があるといわれる。**蛭藻《ひるも》**。

水の面の小暗きところ蛭蓆　尾高青蹊子
隠沼に花あげてゐし蛭蓆　一宮十鳩
蛭蓆くぐり流れの拡がれり　川上朴史

水草《みづくさ》《みずくさ》の花《はな》《はな》 ㊂ 水草は一般に夏、花を開く。沢瀉《おもだか》、河骨、水葵などのほか、名もない水草も含めてこう呼ぶ。

鷺脚を垂れて水草の花に飛ぶ　衣沙桜

河《かう》《こう》骨《ほね》《ほね》 池沼や小川の浅いところに生える水草。花は直径四、五センチ、黄色く五弁で、水の上にしっかりとぬきんでた一本の茎に一つ咲く。スイレン科であるが、葉は里芋の葉に似ている。漢方薬になるという。白くて太い根茎が、骨のように見えるのでこの名がある。**かはほね**。

河骨

河骨の金鈴ふるふ流れかな　川端茅舎
河骨の咲けば明るき雨となる　川口咲子
河骨の昨日の黄色はや水漬き　谷口和子

河骨の花に神鳴る野道かな　高濱虚子
河骨の葉の抽んでて乾きをり　高濱年尾

沢瀉《おもだか》

水田や湿地に自生するが、観賞用に池に植えたり、水盤にも活けられる。高さ三〇〜六〇センチの直立した花茎に、白色三弁の小さな花をつける。「慈姑《くわい》」と同属で花も葉もよく似ているのでこの花を**花慈姑《はなくわゐ》**とも呼びならわしている。

やれ壺に沢瀉細く咲にけり　鬼貫
沢瀉や舟は裏戸をはなれたり　松尾いはほ
沢瀉の濁りに映る十二橋　新荘桜涯

莕菜《あさざ》

浅沙《あさざ》の花《はな》は浅い流れに咲く花という意であるという。一〇センチくらいの楕円形の葉が水面に浮かんでいる。表面は緑、裏は紫。その葉腋から二、三の花柄を伸ばし、夏、水面に胡瓜の花に似た黄色い五弁花を咲かせる。俗に**花《はな》蓴菜《じゅんさい》**といわれるのは葉の形が蓴菜に似ているからであろうか。

舞ひ落つる蝶ありあさゞかしげ咲き　星野立子

菱《ひし》の花《はな》

池、沼、河川に自生し、根は泥中にあって鋸歯のある菱形の葉を水に浮かべ、夏になると葉の間に一センチくらいの白色四弁の花を開く。実は秋季。

菱の花

髪洗ふ沼の乙女や菱の花　片岡奈王
杜深くかくれ湖あり菱の花　渡邊満峰

藻《も》の花《はな》

湖沼や小川などに生えるさまざまな藻の花の総称である。一般に小さく、色も白や淡緑や黄緑で目立たない花が多い。庭園の池に人知れず咲いていることもある。**花《はな》藻《も》**。

渡り懸て藻の花のぞく流かな　凡兆
藻の花や小舟よせたる門の前　蕪村
雨やみてみな沈みたる花藻かな　千葉冨士子
藻の花に手をさし伸ぶる舟かしぎ　白井松石
藻の花や水棹は泥にとられ勝ち　堺井浮堂

藻の花の満ちくる潮に立ちなほり　高崎小雨城
水あがり来し水牛の背の花藻　福井圭児
藻の花の高低ありて水の中　橋川忠夫
藻畳の一座々々の花盛り　村上三良
揺れ〱て藻の花どれも絡まざる　鮫島春潮子
角の海の花藻流るゝ日に会ひし　能美丹詠
藻の花や母娘が乗りし沼渡舟　高濱虚子
藻の花に入江は静かなるところ　高濱年尾
藻の花をとらへ広がる視界かな　稲畑汀子

藻《も》刈《かり》 ㊂　沼、池、川、濠などにはびこり茂った藻を刈ることである。小舟を漕ぎ入れて、棹でからめとったり、柄の長い鎌で刈り取ったりする。多く干して肥料にする。**藻《も》を刈《か》る**。**藻刈棹《もかりざを》**。**藻刈舟《もかりぶね》**。**刈藻《かりも》**。**刈藻屑《かりもくづ》**。

刈り残る一筋の藻に水澄みて　西山泊雲
藻刈舟相つぎ通る浮御堂　中井余花朗
古利根のゆるき流の藻刈舟　小倉英男
渡舟ともあるひはなりて藻刈舟　樋口啓明
藤戸川刈藻もつるゝ棹をさす　三木朱城
橋裏にもやひ昼餉の藻刈舟　田中芥堂
夕影は流るゝ藻にも濃かりけり　高濱虚子
藻刈舟らしくも見えてつなぎあり　高濱年尾

手長蝦《てながえび》 ㊂　川や湖沼に棲む川蝦の一種で、体長一〇センチくらい、前の両脚は体よりも長く、雄には螯《はさみ》がある。食用とする。**川蝦《かはえび》**。

又もとの石にあらはれ手長蝦　楠部九二緒
手長蝦はね出でたるが買はれけり　高崎一誠
しろがねの砂さゝめかし手長蝦　森　夢筆

田草取《たぐさとり》　田植後生じた田の雑草を取ることである。稲作農家の最も苦労したもので、**一番草《いちばんぐさ》**、**二番草《にばんぐさ》**、**三番草《さんばんぐさ》**と三回くらい取る。いまは農薬が普及し、その苦労も少なくなった。**田《た》の草取《くさとり》**。

物いはぬ夫婦なりけり田草取　蓼太

先に去ぬ妻へ一瞥田草取　田上鯨波
四時五時はまだ日盛りや田草取　村地卉木
田草取了へ泥落してふ湯治　渡部笳声
吾が影の笠の丸さや田草とる　藤原詢也
わがたてゝゐる水音や田草取　依田秋葭
田草引く棘ある草を憎みつゝ　五十嵐哲也
減反の枷に愚痴なく田草とる　柏井古村
うちたてば利根の風あり田草取　高濱虚子

草《くさ》取《とり》 三　夏は草が茂りやすいので畑や庭、道路、公園などの雑草は繰り返し取り捨てねばならない。炎天下、大きな帽子をかぶって草を取る姿をよく見かけるがなかなかの仕事である。**草取女《くさとりめ》**。**草引《くさひき》**。

百人がちらばり御所の草を取る　高崎雨城
すぐ元の野になりたがる草を引く　佐藤うた子
左手は草ひくさへも不器用な　遠山安津子
余すなく引きても草は残るもの　林直入
草を引く日課のすでに始まれり　小竹由岐子
用思ひ出してこゝまで草を引く　稲畑汀子

火《ほ》串《ぐし》 三　古い時代、夏山の鹿狩は、鹿の通り道に篝火を焚き、鹿の眼がその光に反射して輝いた瞬間に猟師が矢を放って射殺したという。それを狙狩《ねらいがり》または**照射《ともし》**といった。この照射の松明《たいまつ》は、串に挟んで地上に立てるので、この串を火串と呼んだのである。

此程の長雨《ながめ》うち晴れ火串かな　高濱虚子

夏《なつ》《なつ》の川《かは》《かわ》 三　五月雨《さみだれ》に水嵩を増した濁流、白雲を映し草いきれの野を悠然と流れる川、旱天に乾ききった広い河原を白々とみせる流れ、小さな河童たちが水しぶきを上げ、キャンプの人たちの声がこだまする谷川など、それぞれに夏の川の趣がある。**夏川《なつかは》**。**夏河原《なつかはら》**。**五月川《さつきがは》**。

夏川や中流にしてかへり見る　正岡子規
吊橋の板の間の夏の川　上崎暮潮
夏川に架かれる橋に木戸ありぬ　高濱虚子

鮎《あゆ》 ㊂ 姿といい気品といい、また味といい、川魚の王。稚魚のころは海で過ごし、春、川をさかのぼる。秋、産卵をすませ川を下る。大方は海に入って一年で死ぬため、「年魚」と呼ばれる。「若鮎」は春季、「落鮎」は秋季。鮎漁の解禁は六月一日のところが多く、釣人がいっせいに川に押し寄せ、**鮎釣**《あゆつり》の風景となる。近年は養殖も盛んである。**鮎狩**《あゆがり》。**鮎掛**《あゆかけ》。**鮎**《あゆ》**の宿**《やど》。

橋裏をあふぐ座敷や鮎の宿　闘　圭草
鑑札も竿も借りもの鮎かくる　佐々木星輝
瀬の鮎の琵琶湖生れはよく育ち　都馬北村
囮鮎生かす磧の石囲　小島尚巾
阿波土佐へ岐るゝ谿の鮎の宿　松本浮木
帳場まで瀬音つゝぬけ鮎の茶屋　今城余白
鮎を焼く火のちら〳〵と磧かな　小山白楢
祖谷炭の音のかろさや鮎を焼く　深川正一郎
解禁のその日の鮎を見舞とす　梶尾黙魚
鮎の瀬の水音ばかり暮れてをり　津村典見
囮より小さき鮎のかゝりけり　坊城としあつ
稿料のすこしはひりぬ鮎を焼く　佐伯哲草
石像の如く鮎釣瀬を踏まへ　植木露光
酒旗高し高野の麓鮎の里　高濱虚子
ところ〴〵瀬の変りたる鮎の川　同
鮎かけの早瀬に堪へて竿振れり　高濱年尾
鮎釣の竿一文字横に張り　同

鵜《う》**飼**《かひ》 ㊂ 鵜を遣って主に鮎を捕るのをいう。岐阜県の長良川が最も有名で、毎年五月十一日から十月十五日まで、満月時と増水時を除いて毎夜**鵜舟**《うぶね》が出る。鵜舟は舳先《へさき》に篝火を焚く。これを**鵜飼火**《うかひび》、**鵜篝**《うかがり》といい、火の粉が飛び散り水に明るく映えて美しい。**鵜匠**《うしやう》はいまなお古風な烏帽子、装束をまとい、篝火明りの中で巧みな縄さばきを見せながら、数羽ないし十数羽の鵜をあやつるさまは見事である。**荒鵜**《あらう》は気負いたった鵜。**疲鵜**《つかれう》は働き疲れた鵜である。愛知県犬山城下の木曾川の鵜飼のほか各地にも多い。**鵜遣**《うづかひ》。**鵜籠**《うかご》。**鵜縄**《うなは》。**鵜松明**《うたいまつ》。**鵜川**《うがは》。

岐阜にて
おもしろうてやがてかなしき鵜舟かな　芭蕉
疲鵜に指をかませて鵜匠かな　長谷川素逝
懶け鵜の手綱一すぢゆるみがち　田中秋琴女
篝火に影絵のごとき鵜匠かな　金久白楊
鵜たいまつ消えて淦汲む音すなり　星野立子
朝月や鵜川しろ〴〵横たはり　澤村芳翠
水底の鵜のさま見えて哀れなり　臼田ふるさと
火の粉にも面テそむけず鵜を捌く　古田藍水
たぐらる丶荒鵜は右往左往かな　埜村成行
疲れ鵜のまたふなべりを踏みはづし　杉原史耕
よべの漁つとめたる鵜の翡翠の目　森田昇
鵜匠とは鵜に似せたるや似てをるや　稲岡長
鵜の宿の庭ひろ〴〵と葵かな　高濱虚子
鵜篝に水面の仔細移りつ丶　稲畑汀子

川狩《かはがり》《かわがり》 ㊂　夏、川で魚を一度に大量に捕ること。川や池を堰き、水車または桶やバケツの類で、水を干し上げて捕獲する。**川干**《かはぼ》**し**は古く鴨川、淀川などで行なわれた。川に毒汁（樒《しきみ》または山椒の類で作った汁）を流して、酔った魚の浮くのを捕る**毒流**《どくなが》**し**もあったが、いまは禁じられている。このほか投網、四つ手網などで捕る方法もある。**網打**《あみうち》。
川狩の今夜の網を繕へり　五十嵐播水
川狩に加はりもして長湯治　竹内余花
ついて来し子が番人や毒流し　田中三流
川狩を覚え少年らしくなる　宮中千秋
川狩の謡もうたふ仲間かな　高濱虚子
投網打ちゐしが著替へて運転す　稲畑汀子

夜振《よぶり》 ㊂　夏の夜、河川や水田、池などで、松明、カンテラ、懐中電灯などを点《とも》し、その火を慕って集まってくる魚を捕ることである。地方によって方法や漁具は違う。**夜振火**《よぶりび》。
国栖人の面をこがす夜振かな　後藤夜半
片腕を照し出しゐる夜振かな　由利宵川

夜振火をかざせば巌の倒れ来る　安藤正一

密漁の夜振火を追ふ灯をけして　松岡ひでたか

橋の上夜振の獲物分ちけり　高濱虚子

夜《よ》釣《づり》 ㊂ 夜、河川、池沼、海辺で魚を釣るのをいう。夏は涼みがてらの釣人が多い。また涼みがてらそれを見ているのも一興である。

巡邏の灯夜釣の人にたち止り　小松原芳静

夜釣人カンテラの灯に餉をとれる　綿谷吉男

人見えて仕種の見えず夜釣舟　小島梅雨

夜釣人出ておにぎり屋店じまひ　今井千鶴子

夜釣人去りしばかりや朝の波止　稲畑汀子

夜《よ》焚《たき》 ㊂ 夜、舟の上で火を焚き、その明りに集まった魚を釣ったり、網ですくったりすることをいう。かつては篝火とか、アセチレンガスであったが、いまではたいていディーゼルによる照明を使っている。

早潮に夜焚の火屑落ちつゞく　大畑雉子

渦潮に火屑こぼるゝ夜焚かな　日野芝生

往診のわが舟照らす夜焚舟　山本砂風樓

釣《つり》堀《ぼり》 ㊂ 池や沼、近ごろでは水槽などに魚を放し飼いして、料金を取って釣を楽しませる場所である。へら鮒、鮒、鯉、金魚、そして鱒、山女などが放されている。一年中あるが、季節感から夏季となっている。

釣堀やみな日焼けたる釣りなじみ　池内たけし

釣堀の水くたびれて人多し　岩下吟千

釣堀の日蔽の下の潮青し　高濱虚子

釣堀の動かぬ刻のありにけり　稲畑汀子

夕河岸《ゆふがし》《ゆうがし》 ㊂ 夏期、東京の魚河岸で、夕方に魚市が立つのを夕河岸といったが、いまはなくなった。鎌倉あたりでは、いまも夕方あがった魚を店先に並べるのをそう呼んでいるという。関西では昼網《ひるあみ》と称し、その日近海で捕れたものを売り捌く。

夕河岸や散歩がてらの泊り客　信太和風

鱭《えつ》 ㊂ 鰯《いわし》の一種で銀色の斑点があり、体長は三〇センチにおよぶ。日本では有明海にのみ棲み、六月ごろ産卵のため筑後川をさかのぼる。これを幅一メートルくらいの網を流して捕るのである。その昔、弘法大師が蘆の葉を川面に投げたところ、それが鱭となって泳ぎだしたという伝説がある。

鱭

鱭漁の短き旬を夜と言はず　中原白楊郎
濁流にひらひらとあり網の鱭　寺田映峰
はじめより終りまで鱭料理かな　黒田充女
待つといふこと鱭網を流しては　稲畑汀子

鰺《あぢ》《あじ》 ㊂ 鰺は非常に種類が多いが、真鰺はふつう長さ一五センチくらい、体側に一条の菱形鱗があるのが特色で、これを竹筴《ぜんご》という。かつて夏の夕方、河岸に着いたばかりの鰺をよく売りに来た。これを**夕鰺**《ゆふあぢ》といった。**鰺売**《あぢうり》。

鰺売にからかひ乍ら傘造り　龜山其園
上手下手なく波止先の鰺釣れる　土屋仙之
黒海のかもめに釣れし鰺投げる　坊城中子
鰺網や夕汐さやぎ二た処　高濱虚子
そのかみの和蘭陀埠頭鰺を干す　高濱年尾
小鰺よく釣れる波止とし夜も人出　稲畑汀子

いさき ㊂ 本州中部以南の海に棲み、体長は四〇センチにおよぶ夜行性の魚で、背に茶色の縞のあるのが特色である。塩焼、刺身など、美味である。**いさき釣**《つり》。

磯の香を放ちていさき焼き上がる　坊城としあつ
フランスのシエフ気に入りしいさきとや　稲畑廣太郎
肉料理好まぬ母にいさき焼く　山田閏子

べら ㊂ 一五、六センチくらいの小形の魚で、尾と首がやや広い。種類が多く、雌雄によって色彩や呼び名が異なるものがある。赤、青、緑、紫など美しい色をもち、暖かい海岸の岩礁や水藻の間に棲み、六、七月が旬でよく釣れる。**べら釣**《つり》。

べらの潮いまは差し口競ひ釣る　濱中柑兒

べらを釣る日延べつゞきの旅役者　田村泊子
べら焼くや紅の縞うすれゆく　廣瀬美津穂
今日も凪妻に漕がせてべら釣に　有田平凡
べら釣れずなり舟酔を感じをり　松下鉄人

虎魚《をこぜ》《おこぜ》 ㊂ 関東以南の沿岸に棲み、体長は二〇～二五センチで鱗がなく、頭部は醜い形にゆがみ、体にも鰭《ひれ》にも薄いひらひらが散在している。色は棲んでいる深さで灰、黄、赤など一様でない。背鰭の棘には毒があり、刺されると激痛を感ずる。吸物やちり鍋にする。

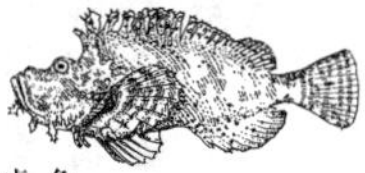
虎魚

中学の教師の渾名虎魚釣る　藤松遊子
釣られたる虎魚の怒り全身に　今井千鶴子
海底の岩になり切つたる虎魚　小川龍雄

鯒《こち》 ㊂ 近海の泥砂地に棲み、体長三〇センチ以上にもなる。淡褐色で頭が大きく上下に平たい。尾が細長くあまり格好のよくない魚である。夏が旬《しゆん》で肉は癖がなく美味である。

砂げむり上げたる鯒が突かれけり　野村五松
砂に伏す鯒もさだかに潮澄める　久保もり躬

黒鯛《くろだひ》《くろだい》 ㊂ 大きさは四〇センチくらいで、黒みがかった銀色をしている。夏もっとも味がよくなるといわれ、内湾に多く、岸からも釣ることができる。大阪湾一帯を古くは茅渟《ちぬ》の海といい、そこで多く捕れたので、関西では**茅海**《ちぬ》という。**黒鯛**《ちぬ》。**ちぬ釣**《つり》。

引き強きことが楽しと黒鯛を釣る　山本砂風楼
旬といふ黒鯛に地酒の酔早く　小浦登利子
黒鯛釣ると聞けば少々遠くとも　小川龍雄
水揚げのちぬ跳ね秤定まらず　宇山久志

鰹《かつを》《かつお》 ㊂ 南方から黒潮に乗って回游し、東海方面では初夏初めてその姿を現す。これが「初鰹」である。日向沖、土佐沖、房総沖を経て三陸沖あたりまで北上し、漁獲の最盛期は真夏のころである。幾百艘の**鰹船**《かつをぶね》が出動し、一船十数人が舷《ふなばた》に並んで長い竿で生鰯《いわし》を餌にして釣る。その**鰹釣**《かつをつり》は勇壮活発で、沿岸の漁港は水揚に賑わう。

桟橋に灯を投げ繋る鰹船　岡安迷子
かたまりて灯台沖の鰹船　大沢一栄
ものの古りし港の雨や鰹船　五島沖三郎
罐はじむまでに鰹のあげきれず　宮城きよなみ
鰹釣る発止々々と胸に受け　楓巌濤
黒潮の色香染み込みたる鰹　岩城鹿水
松魚船子供上りの漁夫もゐる　高濱虚子

生節《なまりぶし》 ㊂ 鰹の肉を三枚におろし、蒸して生干にしたもの。堅くない生の鰹節である。胡瓜と酢のものにしたり、そのまま大根おろしと酢醤油で食べたり、またもう一度煮たりする。**なまり**。**生節**《なまぶし》。

土佐市に衝動買ひの生節　山下松仙

赤鱝《あかえひ》《あかえい》 ㊂ 海底の砂に菱形の平たい体を広げて伏せている。背は黄褐色、腹は白。大きいものは体長一メートルを超える。尾は細長く鞭のようで先端に棘があり、刺されるとひどく痛む。南日本の浅海に分布し、夏がいちばん美味。また胸に発電器を蔵する痺鱝《しびれえい》という種類もある。鱝《えひ》。

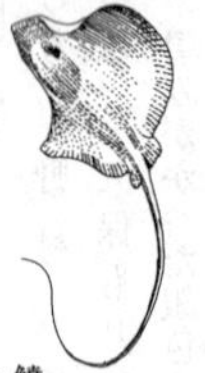
赤鱝

赤鱝の広鰭裏の黄を翻《かへ》す　山口誓子
雑魚と置く赤鱝の眼の憤り　皿井旭川

城下鰈《しろしたがれひ》《しろしたがれい》 ㊂ 大分県日出《ひじ》町の海岸で捕れる真子鰈《まこがれい》のことである。別府湾北岸にある日出城址の下の海中には、真清水が湧く所があり、餌が豊富であるところからこの付近一帯に棲む鰈はことに美味であるといわれている。五月から七月が旬《しゅん》で、珍重される。

漕ぎ出しは城下鰈釣る舟か　林周平
虚子賞でし城下鰈いまが旬　佐藤裸人

藺《ゐ》《い》 ㊂ 原野の湿地に自生もするが、畳表にするために多くは水田に栽培する。茎は円く緑色で一メートル以上に伸びるので、倒れるのを防ぐために紐を張りまわしたりする。寒中の藺植え、炎天下の刈取り、いずれもたいへんな作業である。岡山、福岡地方に多く産したが最近は少なくなった。**藺草**《ゐぐさ》。茎の中の白い髄は抜きとって灯心にしたので**灯心草**《とうしんぐさ》ともいう。

糸とんぼつるみとまれる細藺かな　鈴鹿野風呂
水際まで蜘はひ下る細藺かな　高濱虚子

太藺《ふとゐ》《ふとい》 ㊂ ふつうの畳表にする藺草とは種類が異なりカヤツリグサ科で、円い茎の下部に褐色の鱗片葉があるばかりで、他に葉はない。丈は一・五メートルくらいにもなる水草で、池、沢などに群生するが、観賞用としても植えられる。茎の頂に淡黄褐色の花をつける。茎は刈って筵に織る。

太藺田の方へ曲つて行く男　高野素十
折れしまゝ活けてよきもの花太藺　後藤比奈夫
太藺田や消ゆること無き風の窪　有働木母寺
太藺折れ水の景色の倒れけり　粟津松彩子
放牧の馬あり沢に太藺あり　高濱虚子

藺の花《ゐのはな》《いのはな》 まっすぐな緑色の茎の上部に、淡褐色の細かい花がかたまって咲く。花というにはやや貧相な感じである。

舟べりに藺の花抜いてかけにけり　星野立子
藺の花にはやも夕の露を見し　田中草夢
藺の花や吹きとんで居る蜘の糸　高濱虚子

青蘆《あをあし》《あおあし》 ㊂ 水辺の蘆が生長して青々と茂っているのをいう。密生した一面の蘆が、二メートルくらいに伸びそろっているのは、潔い感じがする。**蘆茂る**《あししげる》。**青葭**《あをよし》。

青蘆や水をたゝいて家鴨番　新上一我
青蘆にきまぐれ波の来て騒ぐ　濱中柑兒
青蘆の中に径あり籔を沈む　山田碧水
蘆茂り岬に遺るアイヌ砦　太田ミノル
風の道ありて青蘆分けて吹く　松本穣葉子
青蘆のそよぐ景色を片寄せて　下村福
青葭にかくれ家見えずなりにけり　高濱虚子
青蘆も葭もあらずに吹きなびく　同

青蘆のつゞく限りの川の景　稲畑汀子

青芒《あをすすき》 三　芒は夏になると一メートルくらいになる。まだ穂の出ない青々とした芒をいう。萱とは茅萱《ちがや》、芒、菅などの総称である。**芒茂る《すすきしげ》**。**青萱《あをがや》**。**萱茂る《かやしげ》**。

開けはなち諸仏の供華は青芒　中村若沙
雨上りゆく輝きに青芒　星野椿
海よりの風這ひのぼる青すすき　草地勉
白き猫今あらはれぬ青芒　高濱虚子
まだ風の棲まぬ静けさ青芒　稲畑汀子

真菰《まこも》 三　夏、沼や川などの水中に群れ茂る。丈は高く、葉は青々と一・五メートルくらいにもなり、蘆よりもやわらかい感じである。鳰《にお》がその中に浮巣をかけ、風がさわさわと渡っていく。盛夏、舟を出して**真菰刈《まこもがり》**をし、茎で菰筵などを編む。

水深く利鎌鳴らす真菰刈　蕪村
朝真菰夕真菰刈り沼暮し　石井双刀
青真菰刈りし長さの流れくる　金森柑子
刈真菰水に浮かせて括りをり　神田夢城
舟に乗る人や真菰に隠れ去る　高濱虚子

葭切《よしきり》 三　南方から渡来する夏鳥で大葭切、小葭切の二種あるが、平地で見かけるのは大葭切である。色も形も鶯に似て鶯よりやや大きい。湖沼や川辺の葭原に群棲し、葭の茎の中にいる髄虫を捕食するのでこの名がある。葭の茎に横留りして、ギョッギョッ、ギョギョシとけたたましく鳴きたてるので**行々子《ぎやう〳〵し》**ともいう。**葭雀《よしすずめ》**。**葭原雀《よしはらすずめ》**。小葭切は小形で高原地帯の草原に棲む。

よしきりや漸暮れて須磨の浦　蓼太
葭切や長江海となるところ　倉本三鶴
葭切やとぎれては出る沼渡舟　濱田坡牛
日ねもすの葭原雀田ごしらへ　竹末春野人
一枚の板が濯ぎ場行々子　後藤暮汀
葭切をうるさがつては住めぬ庵　中井余花朗

行々子月に鳴きやむこと忘れ　石井とし夫
しばらくは葭切葭にしづまりし　井桁蒼水
川船のギイとまがるやよし雀　高濱虚子
水車場へ小走りに用よし雀　同
淀川もここらは狭し葭雀　稲畑汀子

翡翠《かはせみ》《かわせみ》 ㊂　背は鮮明なコバルト色をしていて美しい小鳥。渓流や池、沼などに臨んで、よく杭や岩の上に留っている。水面の魚影を狙っているのである。魚を捕るときの飛翔は素早い。**ひすゐ**。

はつきりと翡翠色にとびにけり　中村草田男
翡翠の飛ぶ逡巡を許さざる　川島双樹
かはせみのこち向きとまり色が消え　西山泰弘
翡翠の水の暗さに影落し　種田恵月
翡翠は川の宝石光り飛ぶ　竹葉英一
翡翠去つて人舟繫ぐ杭ぜかな　高濱虚子

翡翠

雪加

雪《せつ》加《か》 ㊂　蘆原や水田などの湿地に棲む漂鳥で雀より小さい。背中は黒褐色、ヒッヒッと高く鳴いては飛び上がり、ジャジャと低く鳴いては降りて来て、波うつように草の中に入る。巣は夏、草の茎の間に草花の綿などをつづって徳利形に作る。冬も内地にとどまるものもある。

雪加啼く草原谷をなすところ　佐藤裸人
はたとやむ雪加の声に沼虚ろ　石井とし夫
とび去るもとび来る鳥も雪加とや　川口咲子
雪加啼く声とも聞きて江津に在り　高濱年尾
啼いてゐし草より翔びて雪加かな　稲畑汀子

糸蜻蛉《いととんぼ》 ㊂　体が糸のように細いのでこの名がある。大きさも三センチくらいで暗紫色、いかにも弱々しい。水辺や草原の草の間をすいすいと飛び、留まるときは翅を背に合わせてひっそりと留まる。**灯心蜻蛉《とうしんとんぼ》**。

水引にとまる灯心蜻蛉かな　椎子
糸とんぼ細藺の風に流さるゝ　古沢京
糸蜻蛉止りし軽さ草にあり　北川一深
藻の上にとまれば見えず糸とんぼ　谷野黄沙
青曳いて水にまぎれず糸蜻蛉　稲岡長

川蜻蛉《かはとんぼ》《かわとんぼ》 ㊂ 体長五、六センチで糸蜻蛉よりやや大きいが、やはり細身で弱々しい。川べりをよく飛ぶので、川蜻蛉というのであろう。翅も体も黒い**鉄漿蜻蛉**《おはぐろとんぼ》もこの一種であり、ほかに薄緑、橙色などの翅をもつ繊細で美しい種類もある。

萍に添うて下るや川蜻蛉　天笑
川とんぼ見しより風の身近なる　近江小枝子

蜻蛉《とんぼう》**生**《ま》**る** 蜻蛉の幼虫は水蠆《やご》、太鼓虫などと呼ばれる三センチくらいのきたない虫で、池や溝の底に棲息し、ぼうふらやおたまじゃくしなどを捕食して育つ。やがて草や溝の岸辺に這い上がって蜻蛉となる。

悪童の集まつてをり蜻蛉生る　湯川雅
とんぼうも沼の光も生まれたて　河野美奇
生まれたる蜻蛉に沼の世界あり　稲畑汀子

蟷螂《たうらう》《とうろう》**生**《ま》《ま》**る** **蟷螂**《かまきり》**の子**《こ》は、木の枝などにくっついている俗に「おおじのふぐり」と呼ばれる茶褐色の卵嚢から、一匹ずつこぼれ落ちるように出てくる。小さいながら斧をふりかざしたりしてちょっと愛敬がある。**蟷螂**《たうらう》**の子**《こ》。**子**《こ》**蟷螂**《かまきり》。

蟷螂の斧をねぶりぬ生れてすぐ　山口誓子
斧あげて蟷螂の子に虎豹の気　濱中柑兒

蠅《はへ》《はえ》 ㊂ 蠅にはいろいろな種類があり数も多いが、食物にとまったり、黴菌《ばいきん》を運び不衛生なので、人に嫌われる。**蠅**《はへ》**を打**《う》**つ**。

昼顔にしばしうつるや牛の蠅　几董

病中即事
眠らんとす汝静に蠅を打て　正岡子規
岸壁に舫へばすぐに蠅が来る　河合いづみ
蠅を追ふ牛の尾の打つ音なりし　高槻青柚子
蠅と来て蠅と戻りし魚売女　山口三津

一戒を破り即ち蠅叩く　堀前小木菟

蠅の来て我見て彼岸へと戻る　坊城俊樹

我為に主婦が座右の蠅を打つ　高濱虚子

蠅除《はへよけ》《はえよけ》 ㊂ 蠅を防ぐために、食卓の食物を覆う用具。木や金属の枠に、金網や蚊帳地の布を張る。洋傘式に折りたたみのできるものもある。**蠅帳**《はへちやう》は食品を入れておく厨子形の容器で蠅入らずともいう。

蠅帳に何かある筈何もなし　川井いはほ

蠅帳や女世帯はうつくしく　迫田白庭子

蠅帳に妻の伝言はさみあり　足立修平

蠅帳のもの探す妻灯ともさず　高濱虚子

蠅叩《はへたたき》《はえたたき》 ㊂ 蠅を打つための柄のついた道具である。現在は金網に針金を柄としたものやビニール製のものが多くなったが、手作りの青々とした棕櫚《しゆろ》の蠅叩はなつかしくもまた風情のあるものである。**蠅打**《はへうち》。

蠅叩一本持つて病みにけり　松藤夏山

ペンに倦む心遊ばす蠅叩　吉屋信子

出来たての蠅叩持ち蠅もゐず　星野立子

蠅叩軽ろんぜられて置かれあり　成瀬正とし

僧堂の滅法長き蠅叩　森永杉洞

蠅叩畳を打ちて出来あがり　山﨑一角

蠅叩とり彼一打我一打　高濱虚子

用ゐねば己れ長物蠅叩　同

先きのやゝよれたる棕櫚の蠅叩　高濱年尾

蠅捕器《はへとりき》《はえとりき》 ㊂ ガラス製の半円形で底に穴があり、その穴の下に蠅の好きなものを置き、それに集まった蠅が飛び立つときに、自ら器の中に入るように工夫されたものなどがあったがいまはあまり見かけない。**蠅捕紙**《はへとりし》、**蠅捕**《はへとり》**リボン**は、蠅の集まりやすい所に置いておく。農村では家畜小屋などにも吊してある。

営々と蠅を捕りをり蠅捕器　高濱虚子

蠅虎《はへとりぐも》《はえとりぐも》 ㊂ 蠅くらいの大きさで、戸障子や壁などを敏捷に走り歩いている蜘蛛である。前と後ろに八つの目を持っていて、前後左右どっちへでも進む。蠅ばかりではなく、いろいろな小虫を捕って食べる。蜘蛛でもこれは網の巣を張らない。**蠅《はへ》捕蜘蛛《とりぐも》**。

蠅逃げて蠅虎の力抜く　高木星路
蠅虎もんどり打つて現れし　中杉隆世
ねらひをる蠅虎の後じさり　小沢爽浪
病み臥せる視野に蠅虎けふも　安原葉
壁の点うごき蠅虎となる　須藤常央
事務室の蠅虎の太りゐし　湯川雅
我起居蠅もをり蠅取蜘蛛もをり　高濱虚子
徒労とも見ゆる蠅虎の位置　稲畑汀子

蜘蛛《くも》 ㊂

恐ろしげな体つきに四対の脚をもち、夜などことに気味悪い虫だが、別に人に危害を加えるわけではない。種類は多くどれもが糸を出すが、巣を張るとは限らず、また張る巣もそれぞれ形が違う。大きな巣を張ってその真中に悠然と構えているもの、糸でぶら下がって渡り歩くもの、草の葉などに巣をつくるもの、大地の穴に巣くうものなどがある。

己が囲をゆすりて蜘蛛のいきどほり　皿井旭川
巣を張つてしまひし蜘蛛のみじろがず　中野てつの
風にとぶ軽さを持ちて蜘蛛生れし　井上哲王
音もなく蜘蛛の著地の確かなり　山崎花梢女
蜘蛛も吾も生きてゆかねばならぬかな　日置草崖
いさゝかの汚れも見せず女郎ぐも　大工園山桐
若蜘蛛の脚飴色に透きとほり　坂井建
大蜘蛛の現れ小蜘蛛なきが如　高濱虚子
破れたる巣を守る蜘蛛として残る　稲畑汀子

蜘蛛《くも》《くも》の囲《ゐ》《い》 ㊂

糸を張りめぐらした**蜘蛛《くも》の巣《す》**のことで、これに昆虫など獲物のかかるのを待つのである。夕方、木から木に一本の力糸を渡したと思うと、見る見る巣ができ上がってゆく。風に強く雨に弱い。雨雫をためた蜘蛛の巣や月光に照らされて輝く蜘蛛の糸は美しい。

手足皆動かして蜘蛛巣を張れる　木田忠義

人来るを考へず蜘蛛糸を張る　木暮つとむ
蜘蛛の囲に手抜きてふものなかりけり　猪股阿城
空に蜘蛛はりつきて囲の紛れけり　谷野黄沙
一本となりし二本や蜘蛛の糸　小林草吾
蜘蛛に生れ網をかけねばならぬかな　高濱虚子
見えてゐる蜘蛛の囲づくり軒夕べ　高濱年尾
蜘蛛の囲の必ず張られあるところ　稲畑汀子

袋蜘蛛《ふくろぐも》

蜘蛛の雌は自分の産んだ卵を大事に保護するために卵嚢に入れ、離さずに尻のところにつけている。その袋を**蜘蛛《くも》の太鼓《たいこ》**、または蜘蛛の袋といい、袋を持っている蜘蛛を袋蜘蛛または太鼓蜘蛛という。

雨垂れに打たれ渡るや太鼓蜘蛛　池田義朗
蜘掃けば太鼓落して悲しけれ　高濱虚子

蜘蛛《くも》の子《こ》

蜘蛛の袋が破れると、無数のこまかい子が四方に散って行く。「蜘蛛の子を散らす」という言葉があるほどである。

蜘蛛の子の皆足持ちて散りにけり　富安風生
蜘蛛の子の生れしばかり散り始む　樋口千里
蜘蛛の子のいづれへ散るもはや運命　松住清文

蚰蜒《げぢげぢ》《げじげじ》 〔三〕

百足虫《むかで》に似た二センチくらいの虫。小虫を捕食する益虫であるが、姿といい名前といい、人に忌み嫌われる。夏になると、よく床下や朽木などの湿ったところから出てくる。長い三十本の脚を動かして素早く歩く。これに頭を這われると禿になるともいわれるが、もちろん迷信である。

げぢ〳〵の足をこぼして逃げにけり　本田あふひ
蚰蜒を打てば屑々になりにけり　高濱虚子

油虫《あぶらむし》 〔三〕

一般に**ごきぶり**と呼ばれ種類は多いが、三センチほどの褐色のちゃばねごきぶりがよく目につく。長いひげを動かし、夜、台所などで食物をあさる。色やにおいに油を思わせるものがあるのでこの名がつけられたのであろう。不潔な嫌われ者で、動作敏捷、なかなか捕えられない。

ねむたさの襷をかけぬ油虫　雛津夢里

拭きあげて広き厨や油虫　岩本初子
ごきぶりも同じ驚きなりしこと　下田實花
つとめ読む書は飽き易し油虫　五十嵐哲也
油虫追ひ打つ音の続けざま　山川能舞
手加減の出来ずごきぶり打つときは　千賀富太郎
ごきぶりの棲み古る家に吾も住み　田中暖流

守宮《やもり》 ㊂

蜥蜴《とかげ》に似ているが、もう少し平たく灰黒色で蜥蜴のように背に緑の縦線をもっていない。夜行性で多く人家に棲みつき、壁や雨戸などに来る。指の裏に吸盤があって、外灯や天井なども這うことができ、夜、小さい昆虫類を捕って食べる。「やもり」というのは家を守るという意味だそうである。

守宮めにど胆をぬかれ厠出づ　小松月尚
門灯にいつもの守宮門閉むる　平田寒月
夕餉時いつもの守宮来てをりし　小玉孩子
夜毎鳴く守宮見なれて憎からず　安達夏子

蟻《あり》 ㊂

炎天下に働き活躍する蟻の姿は、童話の世界では働きものの模範とされている。ふつう見かけるのは働き蟻だけで、女王蟻や雄蟻は朽木や地中の巣の中にいて滅多に人の眼に触れない。中には螫《さ》すものもある。秩序よく隊列をつくって渡ることがあり、これを**蟻《あり》の道《みち》**という。また自分の体重の何十倍何百倍もの虫の死骸でも、たくさんの蟻が寄ってたかって運んで行く。土を掘って塚をつくることもある。**蟻《あり》の塔《たふ》**。

足跡を蟻うろたへてわたりけり　星野立子
蟻の道まことしやかに曲りたる　阿波野青畝
末の子の瓶に大蟻飼はれをり　上野泰
虫を曳く二匹の蟻の気の合はず　西海三
なぜ蟻のぶつかりてなぜすぐ別れ　嶋田一歩
蟻の曳くもの縦になり横になり　高田美恵女
蟻の道念珠繰る如つゞくなり　鹽田東郿
教会の門より出づる蟻の道　山内山彦
蟻の道より別れゆく蟻の道　松崎亭村
蟻理解しがたき場所に来てをりし　井上明華

手を抜きし家事を知られて蟻の道　水田むつみ
蟻ひとつ天台宗の門を入る　坊城俊樹
蟻の国の事知らで掃く箒かな　高濱虚子
蟻追うてゐし目が離れ砂あそび　稲畑汀子

羽蟻《はあり》 三 蟻は夏の交尾期になると羽化して飛び立つ。夜、灯に群れ飛んだりする。**飛蟻**《はあり》。

札幌の放送局や羽蟻の夜　星野立子
羽蟻出る寺修復の沙汰も止み　真鍋朱光
灯を消して羽蟻を追へる部屋帚　小原牧水
いためたる羽根立てゝ這ふ羽蟻かな　高濱虚子
読み返す便り羽蟻の夜なりけり　稲畑汀子

蟻地獄《ありぢごく》《ありじごく》 三 「うすばかげろう」の幼虫。大きいのは一センチくらいもある褐色の虫で鉤形の顎をもつ。縁の下や海辺の乾いた砂に、擂鉢形の穴を作ってその中心部にひそみ、すべり落ちた蟻や蜘蛛などを素早く捕えて食べる。地の上を這わせるとあとすざりを始めるので**あとすざり**ともいう。

わが心いま獲物欲り蟻地獄　中村汀女
籠り僧ことりともせず蟻地獄　五十嵐播水
蟻地獄昨日も今日も新しく　下村非文
恐しきものとは見えず蟻地獄　吉田午丙子
働いてゐる蟻地獄見当らず　小島梅雨
落ちてゆく砂ばかりなり蟻地獄　瀬川春曉
簡単に這ひ出せさうな蟻地獄　伊藤凉志
高野にもある殺生や蟻地獄　乾一枝
松の雨つい〳〵と吸ひ蟻地獄　高濱虚子
蟻地獄見つけし吾子の知恵走り　稲畑汀子

蠛蠓《まくなぎ》 三 糠《ぬか》のような小さい虫がうるさく目の前につきまとって、ひどく悩まされることがある。追っても追っても飛び込むように目を襲って去らない。うっかり瞬きすると、瞼で押えることもある。**蠓**《まくなぎ》。**めまとひ**。**糠蚊**《ぬかが》。

蠓をはらひつゝ読む縁起かな　本城宇洞
蠛蠓に路を変へても同じ事　田中彦影

まくなぎのかゞみし時も目の高さ　小島ミサヲ
目まとひの締め出されたる躙口　浅井青陽子
まくなぎを手に持つもので払ひけり　高濱虚子
風落ちてまくなぎに雨意たゞよへり　稲畑汀子

蚋《ぶと》 三 黒い二、三ミリほどの蠅に似た小虫だが、雌が人を螫《さ》す。山野を歩いていると知らないうちにやられてしまい、痛がゆい。人によっては大きく腫れて熱をもち、痕も治りにくいことがある。牛馬も螫される。**ぶゆ**、**ぶよ**など、地方によって呼び名が違う。**蟆子**《ぶと》。

思ひ切り吾が頬の蚋打ちにけり　金谷ゆう
蚋ふせぐことに心を切りかへて　松本巨草
旅もどり旬日癒えぬ蚋の傷　大橋敦子
深山蚋しふねかりけり社務所去る　植地芳煌
三日目の蚋に食はれしあとなりし　稲畑汀子

蛆《うじ》 三 蠅の幼虫で、腐ったものに湧きうごめいているさまはいかにもきたならしい。

蛆虫のちむまく〳〵と急ぐかな　松藤夏山

孑孑《ぼうふら》 三 蚊の幼虫である。夏の池、溝、水槽などの澱んだ水に湧く。五、六ミリほどの赤い針金のような形で、曲がったり伸びたりしながら、はねるような格好で浮き沈みしている。驚かすといっせいに沈んでしまうが、しばらくするとまた身をくねらせて浮いてくる。**ぼうふり**。

孑孑の水があふれて豪雨止む　土山山不鳴
孑孑のすでに目玉の光りゐし　日夏緑影
我思ふまゝに孑孑うき沈み　高濱虚子
退治せん孑孑見つけたるからは　稲畑汀子

蚊《か》 三 小さな蚊ではあるが、人間はこれに悩まされ、防ぐのに蚊帳を張り、蚊遣火を焚く。近年は環境衛生がよくなり、以前より減ってはいるが、藪や墓地、溝の近くなどにはあいかわらず多い。血を吸うのは雌で、雄は植物の汁を吸って生きている。薄暗い山家などを訪れると、わあんという**蚊**《か》**の声**《こゑ》がこもっているのに驚かされることがある。**蚊柱**《かばしら》。**鳴**《な》**く蚊**《か》。**蚊**《か》**を焼**《や》**く**。

勤行のいつも蚊のゐる末座かな　川名句一歩
シベリアに蚊がゐるなどと知らず来し　高木桂史
洗濯の泡手で脚の蚊をたゝく　大西由嘉子
蚊柱に入堂の僧立ち止まり　森定南樂
耳元を離れぬ藪蚊窯火守る　増富草平
打ちし蚊のまだ血を吸はず薄みどり　生澤瑛子
足の蚊を足で払ひて厨妻　恩賀紀美子
泣きに来し墓の藪蚊に身の置けず　中井和子
たゞ藪蚊多きお寺とおぼしめせ　佐藤五秀
藪蚊吐き古墳の暗さよどみをり　山田弘子
昨夜執しをりし蚊ならむ骸あり　稲岡長
老僧の骨刺しに来る藪蚊かな　高濱虚子
記憶には藪蚊の多き幡随院　高濱年尾
摩周湖の神秘なる蚊に喰はれけり　稲畑汀子

蚤《のみ》 ㊂ 体長二ミリくらいの小さな虫で、すばらしい跳躍力を持っており、人の血を吸う。動物に寄生する種類も加えると、何百種もあるといわれる。以前はこれに悩まされ**蚤取粉**《のみとりこ》を寝床に撒いたりしたものであるが、最近は殺虫剤の普及で非常に少なくなった。**蚤**《のみ》**の跡**《あと》。

蚤取粉たんねんにまきいざや寝ん　保田ゆり女
宿直の中おくりに蚤のこと　黒田甫夕
蚤を捕る手と眼とあつちこつちかな　鈴木晴亭
老犬の死してのこりし蚤取粉　後藤比奈夫
憂かりける蚤の一夜の宿なりし　高濱虚子

蚊帳《かや》 ㊂ 夜寝るとき蚊を防ぐため部屋に吊るもので、ふつう麻や木綿などでつくられ、白や萌黄色のものが多い。かつては夏の必需品であり、また景物として親しまれたが、現在はあまり使われなくなった。**枕蚊帳**《まくらがや》または**母衣蚊帳**《ほろがや》というのは幼児用のものである。**古蚊帳**《ふるがや》。**幮**《かや》。

蚊帳越しの門司の灯の見ゆるかな　中村吉右衛門
たらちねの蚊帳の吊手の低きまゝ　中村汀女
不機嫌な姑へ今宵の蚊帳を吊る　黒河内ちとせ

蚊帳はづすことを制して診察す　松本弘孝
蚊帳すけて見ゆる景色や山の朝　豊田泰淳
蚊帳干して昔を捨てぬくらしあり　田邊夕陽斜
泊め申す一夜の蚊帳を干しにけり　山口節子
次の間に母ゐてたのし蚊帳の子等　星野立子
奉公の一人の蚊帳に馴れて来し　矢倉信子
はじめより吊ればよかりし蚊帳をつる　富岡九江
はや〳〵と宵寝の蚊帳の気安さに　今井つる女
日記書く蚊帳の一と隅吊り残し　田中延幸
病人の蚊帳の高きを喜べる　西村雪尾
真夜に鳴る電話は不吉蚊帳を出る　細川葉風
蚊帳吊し中に故郷の夜のあり　小林景峰
ふるさとの蚊帳の広さを喜びて　小野たゞし
蚊帳に寝てかへらぬ妻を憶ふのみ　猪子水仙
蚊の入りし声一筋や蚊帳の中　高濱虚子
新しき蚊帳板のごと釣られけり　同

蚊遣火《かやりび》 ㊂　杉の青葉や蓬《よもぎ》などを焚き燻《いぶ》す火のことで、その煙で蚊を追い払う。**蚊遣《かやり》**または**蚊火《かび》**ともいう。家庭では**蚊取線香《かとりせんかう》**が多く用いられている。**蚊遣香《かやりかう》**。**蚊火《かび》の宿《やど》**。**蚊遣木《かやりぎ》**。**蚊《か》遣草《やりぐさ》**。

一日のけふもかやりのけぶりかな　蕪村
蚊遣火の煙の末をながめけり　日野草城
蚊遣火や生涯嵯峨を離れじと　高田美恵女
蚊火暗く馬の匂ひの流れ来る　武士田月遊
蚊やり焚く夜々のつとめをくりかへし　杉原竹女
蚊火焚いて夫の機嫌にさからはず　斎藤錦夜
蚊火焚いて所在なき夜を一人居る　緒方句狂
山ほどの話したきこと蚊遣焚く　植田濱子
置きかへて見てもこちらへ蚊火煙　飯田琢珊
蚊遣火や父母にそむきし恋も古り　横山柳汀
蚊遣火を置きて一礼僧去りぬ　松尾ふみを
蚊遣の火枕ともしを消せばあり　下田實花

大方は庭へ流るゝ蚊火煙　松谷麓鶯
交番の仮眠けふより蚊遣香　田崎令人
叱りたる吾子の宵寝に焚く蚊遣　永野由美子
高千穂の闇深かりし蚊火の宿　鮫島春潮子
蚊遣焚く家やむつまじさうに見ゆ　高濱虚子
蚊遣火や闇に下り行く蚊一つ　高濱年尾
蚊遣焚くことに気づきて落著きぬ　稲畑汀子

ががんぼ 三

形は蚊に似て大きさ三センチくらいの種類で刺しはしない。六本の足は細く長く、すぐに捥《も》げる。踊るように飛びながら障子に音を立てていたり、壁にまつわっていたりする。弱々しくあわれである。**蚊蜻蛉**《かとんぼ》。**蚊姥**《かのうば》。

ががんぼのかなし〳〵と夜の障子　本田あふひ
弾みつゝがゝんぼ水を渉るなり　井桁蒼水
がゝんぼや病みて読書をいのちとす　飛驒道弘
がゝんぼの顔より先に脚ありし　小林草吾
がゝんぼの意志の脚まで伝はらず　後藤比奈夫
がゝんぼの脚もてあましげにとべる　猪股阿城
がゝんぼの翔つに踏張りきかぬ脚　德永玄子
ががんぼの出たがる窓を開けてやる　刀根双矢
ががんぼに命軽しと思ふ夜　吉村ひさ志
障子打つがゝんぼにさへ旅心　高濱虚子
ががんぼのとぢ込められし坊泊り　稲畑汀子

蝙蝠《かうもり》《こうもり》 三

顔かたちは鼠に似て全身黒灰色、四肢の中の前肢二本は長く、その指の間に広い羽のような膜があり、空を飛ぶ哺乳動物である。昼間は岩や樹の洞窟、人家の屋根裏など暗い所にかくれ棲み、黄昏どきになると飛びまわって、蚊など昆虫類を食べるので**蚊食鳥**《かくひどり》とも呼ばれる。留まるときは後肢でぶら下がり頭をかくして眠る。何となくうす気味悪い動物である。**かはほり**。

かはほりや大阪にあるよきゆふべ　遠藤梧逸
蝙蝠や川をはさみて皆裏戸　松永寄濤
橋親し大阪親し蚊食鳥　溝口杢生

汽車著いて蝙蝠とべる暗き町　富田巨鹿
黄昏れて水車止りぬ蚊喰鳥　星野椿
蝙蝠の夕べにまれの帰宅かな　川口利夫
かはほりや窓の女をかすめ飛ぶ　高濱虛子
蝙蝠のやがてとぶべき空となる　高濱年尾
蝙蝠はかは誰どきの道化者　同
羽音なほ夜空に残し蚊喰鳥　稲畑汀子

青桐《あをぎり》《あおぎり》 ㊂ 漢名は梧桐《ごとう》。落葉高木で、「桐の花」の桐とは別種である。幹は直立して一五メートルにも達する。幹も枝も緑色で光沢があり、葉は柄が長く、大形の掌状で葉裏に毛があり、水気を含んで涼しげである。緑蔭を作るために庭や街に植える。黄色みを帯びた小さな花がかたまって咲く。**梧桐**《あをぎり》。

青桐の向ふの家の煙出し　高野素十
青桐や雨降ることも潔し　高田一大

葉柳《はやなぎ》 ㊂ 幹を覆うばかりに青々と茂り垂れた夏の柳をいう。**夏柳**《なつやなぎ》。単に「柳」といえば春季、「柳散る」は秋季である。

葉柳に舟おさへ乗る女達　阿部みどり女
夏柳こゝに佃の渡し跡　伊藤萩絵
陰といふものの籠りて夏柳　下田實花

南風《みなみ》 ㊂ 夏吹く風は、南から吹くことが多い。風は四季によってほぼ方向が定まっている。「北風」は冬季、「東風《こち》」は春季、南風《なんぷう》は夏季である。**大南風**《おほみなみ》。**南吹く**《みなみふ》。**はえ**。

南風や農婦は畦に子を抱き　石川檳榔子
南風強し烏帽子灯台絶壁に　大久保橙青
風紋の上を走れる南風の砂　深川正一郎
南風波のつまづき止まず珊瑚礁　湯淺桃邑
南風吹く砂丘は生きてをりにけり　井桁蒼水
南風や子供ひとりもをらぬ島　上﨑暮潮
雨降りて南吹くなり港町　高濱虛子

青嵐《あをあらし》《あおあらし》 ㊂ 青葉のころ、森や草原などを吹き渡るやや強い風をいう。

鳶の巣の藁吹き散るや青嵐　吟江
檳榔樹の島動くなり青嵐　小畑晴子
縁台のうすべりとんで青嵐　星野立子
ブロンズの裸婦佇てる森青嵐　梅田実三郎
青嵐より抜きん出し天守かな　草地勉
青嵐柱に背をもたせたる　高濱虚子

風薫る《かぜかをる》《かぜかおる》 ㊂ 南風が緑の草木を渡って、すがすがしく匂うように吹いて来るのを讃えた言葉で、**薫風**《くんぷう》ともいう。青嵐よりも弱く、感じもやわらかである。

薫風や草にしづめる牧の柵　奈良鹿郎
薫風や馬柵にもたれて髪吹かれ　今井千鶴子
薫風や春秋共に五十年　古藤一杏子
薫風も夕べさみしくなりにけり　西村数
理学部は薫風楡の大樹蔭　高濱虚子
見えてゐる海まで散歩風薫る　稲畑汀子

やませ ㊂ オホーツク海高気圧が発達して三陸沖へと広がり、日本海沿岸にまで吹き渡る、夏なお寒冷で陰湿な東寄りの風をいう。元来、山越しに吹きおろす風として「やませ」の名は各地に見られるが、主として北国に冷夏や冷害をもたらし、稲作に悪影響を与えるとして恐れられてきた。**山瀬**《やませ》**風**。**山背**《やませ》**風**。

みな低き岬の木々ややませ吹く　大久保白村
一山を裏返しきしやませかな　岩村惠子
沖かけて山背の波の立ち上り　川口利夫
凶作の恐れ早くも山背吹く　鈴木南子
空高きより落ちて来る山背風かな　須藤常央
やませ吹き心配事の多くなり　浅利清香
やませ吹く峠越ゆれば海見ゆる　稲畑汀子

鞍馬《くらま》**の竹伐**《たけきり》 六月二十日、京都洛北鞍馬寺で蓮華会《れんげえ》を行なう。そのときの竹伐の行事である。昔、峰延《ぶえん》上人が護摩の秘法を修するとき、雌、雄の大蛇が来て妨げた。上人は毘沙門の呪文《じゅもん》を唱してこれを退治したという故事によったものである。当日は、法師たちが近江座、丹波座にわかれ、導師の合図によって大蛇に見立てた五メートルほどの青竹を太刀で寸断する。その遅速によって近江、丹波両国の豊凶を占うという。**竹伐**《たけきり》。**鞍馬蓮華会**《くらまのれんげゑ》。

竹伐や錦につゝむ山刀　鈴鹿野風呂
竹伐の法師や稚児に従ひて　田中王城

父《ちち》の日《ひ》

父親に感謝を捧げる日。六月の第三日曜日をあてる。これは、「父の日」の提唱者であるアメリカのJ・B・ドッド夫人の父親の誕生月が、六月だったことによるという。わが国でも母の日ほどではないが徐々に普及しつつある。

父の日の父に二人の娘あり　今井千鶴子
父の日やオデユッセイアは王なりき　中杉隆世
末の娘が何時も気のつく父の日よ　濵　万亀
子のために開けある父の日の予定　三村純也
父の日も常の如くに窯火守る　岸川鼓蟲子
父の日を忘れられてはをらざりし　原田一郎
離れ棲む子に父の日を祝はるる　合田丁字路
父の日や父の背丈を越えしのみ　松田吉弘

白《はく》夜《や》

北極、南極に近い地域で、夏に、日没後も長く薄明が続き、真っ暗な夜にならないまま夜が明けてしまう。これは日本では見られない現象である。

野の花を摘めば摘まるゝ白夜かな　田村了咲
鷗舞ひ白夜のネオン淡かりし　廣瀬河太郎
窓近く白夜の海の航急ぐ　斎藤ひろし
蒼空に星かげの無き白夜かな　三宅蕉村
黄昏といふ色のなく白夜暮る　梅田実三郎
なほ続く白夜の舞踏会脱けて　大森保子
幾度も覚めて白夜の空にあり　太田梨三

夏《げ》至《し》

六月二十一日ごろにあたり、この日北半球では太陽がもっとも高く、日の出から日没までの時間がいちばん長い。

夏至といふ何か大きな曲り角　山田凡二

夏至の日の新妻としてパリの旅　千原葉子
天日を仰ぐことなく夏至も過ぐ　稲岡長
夏至の月やうやく光得つゝあり　坊城中子
移転して明るき夏至の事務机　副島いみ子
夏至夕べもう一仕事出来さうな　河野美奇

鮎鷹《あゆたか》 ㊂　小鯵刺《こあじさし》のことである。全長三〇センチくらいであるが、羽をひろげると大きく見える。頭が黒く、嘴と足は黄色い。空中から狙いすまして水面に降下して鮎その他の魚を捕る。中流以下の河原、砂浜で繁殖する夏鳥で、秋には東南アジアに去る。「鯵刺《あじさし》」は海鳥でこれとは別である。**鮎刺**《あゆさし》。

鮎鷹に黛ひく丶多摩の山　上林白草居
鮎刺や五月は沼の禁漁期　荒川あつし

岩《いは・いわ》**燕**《つばめ・つばめ》 ㊂　燕よりやや小さく、短い尾は角ばっていて、翼の切れ込みは浅い。脚は指先まで白い。ふつう山地の渓流や海岸の絶壁、洞窟などに巣を作るが、屋内に作ることもある。無数の岩燕が鳴きながら飛翔するさまは壮観である。秋には南方へ帰る。

雨来るやにはかにふえし岩燕　増田手古奈
岩燕沼の夜明けを知つてをり　山田弘子
岩燕明日なきごとく翔ぶ山湖　谷口和子
雲を抜け来し朝の日に岩燕　小林一行
ひるがへるとき岩燕なりしかな　稲畑汀子

老鶯《おいうぐひす・おいうぐいす》 ㊂　夏の鶯を**老鶯**《らうあう》という。鶯は初冬のころ、「笹子」といって村里に下りてくるが、しだいに里を離れ、**夏**《なつ》**鶯**《うぐひす》のころになると、多くは山に入る。鳴き声も大きく長く活発である。**乱鶯**《らんあう》。**残鶯**《ざんあう》。**鶯老**《うぐひすおい》**を鳴**《な》**く**。

老鶯や吉野の坊の朝手水　山本梅史
老鶯や吊橋峡を引き絞り　高橋三冬子
老鶯を足元に聞く風の尾根　竹屋睦子
老鶯の谷へ通ずる非常口　後藤比奈夫
うぐひすや木曾の谷間に老をなく　高濱虚子
乱鶯と瀬音に峡の夜明け　高濱年尾

ふたたびも遠老鶯でありしかな　稲畑汀子

時鳥《ほととぎす》 [三]

古今集巻三の巻頭に「わがやどの池の藤なみさきにけり山郭公《ほととぎす》いつかきなかむ」とある如く、春の花、秋の月、冬の雪とならんで夏を代表する風物である。その鳴き声は鋭く、「帛《きぬ》を裂くが如し」とか、「鳴いて血を吐く」とかいわれ、また「てっぺんかけたか」「本尊かけたか」とも聞きとられてきた。夜も鳴く。秋、南方へ帰る。**子規《ほととぎす》**。**杜鵑《ほととぎす》**。**蜀魂《ほととぎす》**。**杜宇《ほととぎす》**。**不如帰《ほととぎす》**。**山時鳥《やまほととぎす》**。

谺して山ほとゝぎすほしいまゝ　杉田久女
横川路の大杉襖ほとゝぎす　上野青逸
峠まで送るならひやほとゝぎす　遠藤加寿子
ほとゝぎす湯壺へ誘ふ置ランプ　東連翹
時鳥きく御僧と並び立ち　星野立子
牧原にうまし水湧きほとゝぎす　植木京雛子
名にし負ふ筏の難所ほとゝぎす　山中星州
別荘に表札打てばほとゝぎす　深見けん二
ほとゝぎす由布は朝より雲ぬがず　牧野美津穂
山襞に貼りつく四五戸ほとゝぎす　工藤吾亦紅
神杉に沿ひ昇る日やほとゝぎす　柳沢仙渡子
夜をつかひ果す一稿ほとゝぎす　藤崎久を
飛驒の生れ名はとうといふほとゝぎす　高濱虚子
ほとゝぎす日もすがら啼きどよもせり　同
山荘の避暑の朝夕ほとゝぎす　高濱年尾
夜も啼くといふ時鳥聞かまほし　稲畑汀子

閑古鳥《かんこどり》 [三]

いまいう郭公《くわくこう》のことである。色や形は時鳥《ほととぎす》に似ているがやや大きく、カッコーカッコーカッコーという鳴き声が独特である。**かつこどり**。

うき我をさびしがらせよかんこ鳥　芭蕉
郭公は近しこだまははるかより　大矢一風
郭公をきく蝦夷の雨寒しとも　水無瀬白風
郭公や雨後の雲吐く蔵王山　遠藤梧逸
郭公や日輪未だ靄の中　湯淺桃邑

だしぬけの郭公にして遠からず　内田准思
郭公に距離を置きたる夕心　後藤一秋
遠く啼く郭公もまた牧のうち　山本晃裕
近き木に来て郭公の三声ほど　高濱虚子
郭公やコタンの高木みなポプラ　高濱年尾
郭公を遠くに聞いて飛ぶも見る　稲畑汀子

仏法僧《ぶつぽふそう》《ぶつぽうそう》 ㊂ 仏法僧は大きさが鳩くらい、体は青緑色、嘴と脚とが赤く、南方から渡って来る夏鳥で、古来三宝鳥《さんぽうちよう》とも呼ばれ、深山幽谷に棲む霊鳥として有名であった。それがブッポーソーと鳴くと信じられていたのは誤りで、声の仏法僧は木葉木菟《このはずく》であることが明らかになった。実際の仏法僧の鳴き声はゲッ、ゲッという濁声《だみごえ》である。また**慈悲心鳥**《じひしんちよう》と仏法僧が古く一鳥二名といわれていたが、これも全く別の種類で、慈悲心鳥はその鳴き声から「十一《じゆういち》」とも呼ばれる夏鳥である。

湯宿ひま仏法僧の鳴く頃は　荒川あつし
鳴き澄める仏法僧に更くるのみ　五十嵐播水
仏法僧幾興亡の塔に棲む　田村萱山

筒鳥《つつどり》 ㊂ 時鳥《ほととぎす》や郭公《かつこう》に色も形も似て、習性も同じである。森の中などで筒竹を打つようにポンポンと鳴いているのが聞かれる。

歩を止めて筒鳥の声それつきり　柳本燕雨
筒鳥のかすかを伝へたりし風　奥田智久
筒鳥の雨止むしじま縫うて鳴く　大間知山子
筒鳥や廃坑あとの山容ち　高濱年尾

駒鳥《こまどり》 ㊂ 雀より少し大きく背は樺色、胸、喉は黄赤色、腹は白い。山地の森に棲み、高く澄んだ声でヒンカラカラと囀る。その声が馬のいななきに似ているので駒鳥の名があるという。また鳴くとき頸を振るさまが走る馬に似ているからともいう。鶯、大瑠璃とともに、和鳥三名鳥に数えられる。こま。**知更鳥**《こまどり》。

駒鳥

駒鳥の声ころびけり岩の上　園女
駒鳥の鳴くジャングルの昼暗く　田村萱山

瑠璃鳥《るり》 三 大瑠璃と小瑠璃とをくるめて瑠璃鳥といっているが種類は異なる。どちらも春わが国に来て夏繁殖する。大瑠璃の雄は、頭は光沢のある青空色、背は美しい瑠璃色、腹部は白、胸の上部は黒い。小瑠璃の雄は、背は暗青色、腹部は全体に白である。大瑠璃がやや高い山の渓流のほとりに棲み、木の頂で鳴き人目につきやすいのに反して、小瑠璃は低い藪や草むらなどで鳴いて人目につきにくい。鳴き声は違うが、どちらも透明な美しい声である。

瑠璃鳥《るりてう》の居らずなりたるさるをがせ　不泥

青葉木菟《あをばづく》《あおばずく》 三 青葉のころ渡って来て秋南方に帰る鳩くらいの大きさの木菟で、夜間ホーホーと二声ずつ鳴く。山麓や平地の森林に多く棲むが、都会や近郊の森でもその声は聞かれる。

青葉木菟鳴く峡の温泉の更けやすし　波多野弘秋
修善寺に旅終る夜の青葉木菟　青柳一美
父葬り戻りし宿の青葉木菟　樹生まさゆき
青葉木菟ゐる枝を知れり禰宜の妻　田中由子

夏木《なつき》 三 夏木といえば葉は濃緑に、幹も黒々と立った、ただ一本の木の姿が思われる。梢には風が通い、人はその蔭に憩うのである。

旅人の足をとゞめて大夏木　佐藤格太郎
傷もまたかく育ちつゝ大夏木　上野泰
傾ぎたることの安定大夏木　小田尚輝
大夏木日を遮りて余りある　高濱虚子
天辺は空の接点大夏木　稲畑汀子

夏木立《なつこだち》 三 暑い夏の日ざしを遮って立ち並んでいる夏の木立のことである。生気さかんな大きな木々が並び、生い立っているさまが感じられる。**夏木蔭**《なつきかげ》。

いづこより礫うちけむ夏木立　蕪村
離農とはサイロが残り夏木立　新田充穂

夏木立映して山湖静止せり　直原玉青
朴の幹うちまじりをる夏木立　山﨑一角
我犬の聞き耳や何夏木立　高濱虚子

茂《しげり》 ㊂ 夏の樹木の繁茂したさまをいう。樹木の名を冠して「樫茂る」「樟《くす》茂る」などともいう。草が茂ったのは別に「草茂る」という季題がある。

光りあふ二つの山の茂りかな　去来
旅に出て父見し山河茂り合ひ　星野立子
何も彼も茂るにまかせ庵せる　砂長かほる
明日香路や何かいはれのある茂　島田紅帆
茂るだけしげり老柳荘親し　宮下れい香
二幹の重なつてゐる茂りかな　高濱虚子
どことなく庭手入してある茂り　高濱年尾
ただ茂るほかなき庭に雨つづく　稲畑汀子

万《ばん》緑《りょく》 ㊂ 「万緑叢中紅一点」という王安石の詩句から出た語で、見渡す限りの緑をいう。みなぎるような夏の生命力が感じられる。緑《みどり》。

万緑の中や吾子の歯生え初むる　中村草田男
万緑に硬山かむろなすところ　夏秋仰星子
恐ろしき緑の中に入りて染まらん　星野立子
万緑の底の峡の温泉一人占め　小谷溪子
矢放たれ万緑に吸ひこまれゆく　今井千鶴子
尚動く亡き子の時計万緑裡　楢崎六花
夜をはなれ行く万緑の牧場かな　中田佳都美
万緑や温泉あるゆゑの山の駅　石山佇牛
満目の緑に坐る主かな　高濱虚子
万緑に抱かれしより光る沼　稲畑汀子

緑《りょく》蔭《いん》 ㊂ 夏の緑したたる木蔭である。日ざしが土におとす緑のかげは、明るく生気溢れる中に静けさがある。

緑蔭にひろげし地図をかこみけり　柏井古村
緑蔭に深く沈める祠かな　湯浅典男
二十余樹大緑蔭を成せりける　星野立子

聖堂を出て緑蔭へ神父かな　奥本たかを
孔雀啼く緑蔭深きところかな　渡利渡鳥
緑蔭へ日向の匂ひついて来し　西元貢
緑蔭にひとりの刻を欲りて来し　松井正千代
京の風奈良の緑蔭のみ記憶　神九六
緑蔭の受附暗き名を記す　村上朱樓
緑蔭にきのふ別れし如話す　今橋眞理子
緑蔭や石の情に腰下ろす　引田逸牛
緑蔭の道平らかに続きけり　高濱虚子
みちの辺の緑蔭にして小さけれ　高濱年尾
古庭の緑蔭そこにこゝにかな　同
緑蔭の広さは人の散る広さ　稲畑汀子

木下闇《こしたやみ》 三 木々の茂りのため、日光がさえぎられた樹下のほの暗いさまをいう。昼なお暗いという感じである。**下**《した》**闇**《やみ》。

駅出でて北鎌倉の木下闇　千原草之
何やらの花の香のある木下闇　奥田七橋
木下闇大木山はひそと在り　黒河内ちとせ
下闇にぽつかり日漏れをるところ　岸善志
楓林のつくる下闇暗からず　片岡片々子
木々の根の左右より迫る木下闇　高濱虚子
木下闇思はぬ先へつゞきけり　高濱年尾
山気吸ふ室生の深き木下闇　稲畑汀子

青葉《あをば》《あおば》 三 新緑の「若葉」に対して、やや生い茂り、色も濃くなり、生々の気の漲るさかんな感じのものをいう。何々青葉などと個々の樹名をつけずに全体として詠まれている。

銀屏風にうつす緑や青葉山　盧元
泣稚児の化粧直しぬ青葉かげ　三星山彦
城といふ姿勢を支へゐる青葉　蔦三郎
朴青葉濃しといふことなかりけり　西村数
漸に墨を交へし青葉かな　高濱虚子
たたずめば青葉明りに写さるゝ　稲畑汀子

鹿の子《かこ》

鹿《しか》の子は五、六月ごろ生まれる。「孕み鹿」は春季、「鹿の子」は夏、そして「鹿」だけでは秋季である。動物の子は可愛い。白い斑も鮮やかな鹿の子はことに親しみが深い。**子鹿《こじか》**。**親鹿《おやじか》**。

耳立てゝとかく鹿の子の落ちつかず　小汐大里
踏んばれる脚折れさうな鹿の子かな　浅井まつ恵
子鹿まだ人を信じる瞳をもたず　桑田青虎
鹿の子に必ず親の目のありぬ　村木記代
母鹿の目につながれし子鹿立つ　竹内城
親鹿に追ひつきたりし子鹿かな　高濱虚子
奈良へ来て鹿の子と遊ぶ一日かな　高濱年尾

夏蚕《なつご》

夏飼う蚕《かいこ》を夏蚕、または**二番蚕《にばんご》**という。「春蚕」に比べ質量ともに劣るようである。単に「蚕」といえば春季である。

夏蚕飼ふ姉に貰ひし小銭かな　花中
今年より夏蚕も飼つて僧多忙　佐藤伸葉
外仕事嫌ひし嫁の夏蚕飼ふ　天野逸風子
吾妻村嬬恋村も夏蚕飼ふ　岩男微笑

夏桑《なつぐは》《なつぐわ》 ㊂

夏蚕に食べさせるための桑である。桑畑は青黒いまでに茂る。単に「桑」といえば春季である。

夏桑の中の灯明や御山口　長船

尺蠖《しやくとり》 ㊂

体長五センチくらいの細長い虫で、這うとき頭と尾で屈伸するさまが、指で尺をとるのに似ているのでこの名があり、寸取虫ともいう。休むときは、一端を撥ねて小枝に似せたような形になる。桑や楡、柳や松などの葉を食べる害虫である。のちに羽化して尺取蛾となる。

尺蠖の逃げゆくときも尺をとる　山内年日子
尺蠖の行方をきめる頭上げ　栗林眞知子
空探るとき尺蠖の枝となる　田中鼓浪
動く葉は尺蠖の居りにけり　高濱虚子

夏の蝶《なつのてふ》《なつのちよう》 ㊂

夏飛んでいる蝶のことである。**揚羽蝶《あげはてふ》**の類が多い。単に「蝶」といえば春季。

杉の間を音ある如く夏の蝶　星野立子
作業衣の灯台長に夏の蝶　三好茱萸子
夏蝶の人目引かむと来て白し　日置草崖
水打てば夏蝶そこに生れけり　高濱虚子
風こぼすものより夏の蝶となる　稲畑汀子

夏《なつ》野《の》 ㊂ 夏の野原をいう。現在では夏野というと、高原の山裾の野の景などが、まず眼に浮かんでくる。また、たまに人家のある畑つづきの野原なども夏野といってよかろう。

絶えず人いこふ夏野の石一つ　正岡子規
夏野原州を分てる標一基　安井亜狂
馬柵白し十勝に夏野あるかぎり　舘野翔鶴
仔羊の跳ねて夏野にあふれでる　坊城としあつ
鳥さへ飛ぶことまれに夏野かな　高濱虚子
夏野行く濡るゝほかなき山雨来し　稲畑汀子

夏《なつ》草《くさ》 ㊂ 野山に路傍に生い茂る夏の草である。青々と野を覆って茂る夏草には壮快な生命感に溢れた趣がある。

奥州高館にて
夏草や兵《つはもの》共がゆめの跡　芭蕉
夏草の深きを走る筧かな　奈良鹿郎
夏草にしのび歩きの何を捕る　星野立子
夏草にサーカス小屋の杭を打つ　小西魚水
夏草に熊野古道途切れては　美馬風史
夏草や無用となりし木馬道　森定南樂
夏草に追はれながらに刈り急ぐ　引田逸牛
夏草に延びてからまる牛の舌　高濱虚子
夏草の野の果までもよき日和　稲畑汀子

草《くさ》矢《や》 ㊂ 青々した茅草や芒、蘆などの葉を矢の形に割いて、指に挟み空中に飛ばす遊びである。

泣きやんで草矢を高く飛ばしけり　鈴木油山
呼びに来し姉に草矢を射て逃ぐる　平田夏丈
先の矢と重なり浮きし草矢かな　功力竹馬

足もとに草矢の落ちしつまらなや　嶋田摩耶子
云ひたきを抑へ草矢を放ちけり　石股つや子
友の名を呼ぶより早き草矢かな　林　克己
一斉に草矢放てば草匂ふ　塙　告冬
大空に草矢はなちて恋もなし　高濱虚子
どうしても飛ばぬ草矢をあきらめず　稲畑汀子

草茂る《くさしげ》 ㊂ 種類を問わず所を問わず、夏の草が生い茂っているさまをいう。蛇が隠れていることもある。水音が聞えることもある。

いたどりの茂れるさまも裾野かな　深川正一郎
続々と離農してゆき草茂る　村中千穂子
蕗の葉も老い交りたり草茂る　高濱虚子
虎杖や蝦夷用水の辺に茂り　高濱年尾

夏蓬《なつよもぎ》 ㊂ 白い葉裏を見せて伸び闌《た》けた夏の蓬のことで、ほうほうという形容は、雑草の乱れ茂ったさまに使われる。葉を干して艾《もぐさ》を作る。

已れ包むに唾吐く虫や夏蓬　田村木國

夏薊《なつあざみ》 ㊂ 「薊」というと春季のものであるが、薊は種類も多く花期も長いので春から夏、秋にかけて咲く。夏薊とは特定の種類ではなく夏咲いている薊のことをいうのである。

これよりはスコツトランド夏薊　岩岡中正
ゆくところ坂ゆくところ夏薊　足利紫城
野の雨は音なく至る夏薊　稲畑汀子

草刈《くさかり》 ㊂ 牛馬などの飼料や肥料とするため、野や畦の雑草を刈ること。農家では朝飼前の草の露がまだ乾かない間の鎌のたちやすいときに行なう。これを**朝草刈**《あさくさがり》という。近ごろは草刈機も使われている。「草取」は別の季題である。**草刈る**《くさか》。**草刈女**《くさかりめ》。**草刈籠**《くさかりかご》。

草刈つて又世に出でし仏かな　野村泊月
草刈女園の立木に雨宿り　溝口杢生
草刈の草に負けたる手足かな　板倉孤蛍
笠置いてありしところへ草刈女　深川正一郎

研ぎ上げし草刈鎌をついて起つ　豊田千代子
草刈女噂話は声ひそめ　星野立子
まだ覚めぬ湯町を戻る草刈女　矢津羨魚
草刈女浦島草に鎌当てず　菊池月日子
研ぎ減りし草刈鎌のよく切るゝ　公文東梨
土の香は遠くの草を刈つてをり　高濱虚子
草を刈る匂ひ押しつけられてをり　稲畑汀子

干草《ほしくさ》 三

家畜の餌とするために刈草を干すこと、あるいは干した草のことである。乾いてゆく青臭い匂いがだんだん変って、干し上がった草は乾いた日向の良い匂いがする。草《くさ》干《ほ》す。

干草が匂うて夜の通り雨　夏目麥周
干草の上に刈り干す今日の草　深川正一郎
干草に雲行ばかり見て一人　依田秋葭
干草の山が静まるかくれんぼ　高濱虚子
まとふ香も積まれある干草のもの　稲畑汀子

昼顔《ひるがほ》《ひるがお》

野原や道ばたなどに自生する蔓性の草で、葎《むぐら》や垣にからみついて咲く。朝顔に似たうす紅色のやや小さな花で、日中に開き夕方に萎むので、朝顔に対して昼顔の名がある。

昼貌の小さなる輪や広野中　松本たかし
昼顔の空しき蔓の砂を這ひ　田中龍城
昼顔や沖は無限のものを秘め　小坂螢泉
昼顔の花もとび散る籬を刈る　高濱虚子

浜昼顔《はまひるがほ》《はまひるがお》

海辺の砂地に自生する蔓草で、茎は砂上を這い、葉は丸みを帯びて厚く光沢がある。昼顔の一種で同じような花が咲く。何もない砂浜に咲き広がり浜風に吹かれているさまには趣がある。

力なき浜昼顔に砂灼けし　三ツ谷謠村
海荒るゝ浜昼顔に吹く風も　藤松遊子
昼顔や翠濤老と浜に出づ　高濱虚子
声集め浜昼顔の咲いてをり　稲畑汀子

酢漿草《かたばみ》 三

庭園、路傍、草地のどこにでも見かける雑草で、茎は地上を這い、節から根を出して生長する。葉は三葉で赤紫色のものと、緑紫色のものとがあり、春から秋にかけて葉腋から花柄を出し五弁の黄色い小さな花をつける。茎と葉には酸味がある。**酢漿《かたばみ》の花《はな》**。

かたばみの花の宿にもなりにけり　乙二

小判草《こばんさう》《こばんそう》

茎は三〇センチくらいで、葉は麦に似て細長く、茎の上の方に小判形の小さな穂を垂れる。穂は熟すると黄褐色となり少しの風にもちらちらと揺れ動く。海岸の砂地などに多く咲いている。「俵麦」ともいわれる。

小判草振つて鳴らして見たりけり　三島牟礼矢
咲きのぼりつゝ小判ふえ小判草　桑田詠子
貧しげな草にして名は小判草　井上哲王

山牛蒡《やまごばう》《やまごぼう》の花《はな》《はな》

高さ一・五メートルくらいにまでなり、夏、枝の上に一五センチくらいの花茎を伸ばして、無弁の白い小花を房のように咲かせる。葉は卵形の大きな葉で、根が薬用になる。

山ごばう花をかゝげて谷深し　平賀よしを

山牛蒡の花

人参《にんじん》の花《はな》

食用の胡蘿蔔《にんじん》はセリ科で、傘のようにひろがった白色の小花を群がり咲かせる。薬用の人参はウコギ科の別種で、小さく五弁の淡緑色の花である。しかし、慣用として今では食用、薬用とも「人参」の文字がふつうに用いられている。**胡蘿蔔《にんじん》の花《はな》**。

人参のうつくしからず花ざかり　廣瀬盆城

蕃椒《たうがらし》《とうがらし》の花《はな》《はな》

六〇センチくらいに伸びた茎に、先のとがった楕円形の葉をたくさんつけ、その葉腋に白い五裂の小さな花を咲かせる。実は秋季。

生活守るだけに咲かせて唐辛子　岡安仁義
蕃椒らしさ全くなく咲ける　石井とし夫
愛づほどの花にあらねど蕃椒　河野美奇
葉陰なる花蕃椒なき如く　稲畑汀子

茄子《なす》の花《はな》 三　茄子は胡瓜とともに夏の代表的な野菜。茎も葉も濃紫の葉腋に淡紫の合弁花を下向きにつけ、ほとんどむだ花なく実る。**なすびの花《はな》。花茄子《はななすび》。**

葉の紺に染りて薄し茄子の花　高濱虚子

馬鈴薯《じやがいも》の花《はな》　白あるいは淡紫色に畑一面に咲くと、ひなびた美しさがある。花の一つ一つは浅い五裂の可憐な花で香りもあり、梅雨のころによく似合う。「ジャガいも」は「ジャガタラいも」の略で、ジャワ（ジャガタラ）を経て渡来したのでその名がある。**じゃがたらの花《はな》。馬鈴薯《ばれいしよ》の花《はな》。**

山頂に及ぶ開拓馬鈴薯の花　太田ミノル
子らもまた土と育ちて馬鈴薯の花　吉岡秋帆影
馬鈴薯の花の大地へ伸びし雲　小林一行
じやがいもの花の起伏の地平線　稲畑汀子

木《き》苺《いちご》　葉の形から、あるいは実のつきかたから、「もみじいちご」とも「さがりいちご」とも呼ばれる。一メートルくらいの低木で、林の中など歩いていると、透き通るような黄金色の熟れた果実に行きあたることがある。

灯台の子に木苺の熟れにけり　大久保橙青
木苺の棘につかまるかくれんぼ　藤　まつ子
木苺は車塵にまみれゐて赤し　坊城中子

苺《いちご》　野生のものもあるが、いまでは栽培された洋種のものが一般的である。温室栽培や石垣栽培などのものは真冬から店頭に現れるが、露地に育って熟するのは夏で種類も多い。「枕草子」にも「いみじう美しき稚児の、いちごなど食ひたる」とある。**覆盆子《いちご》。草苺《くさいちご》。苗代苺《なはしろいちご》。**

借りてはく藁の草履や苺摘　今井つる女
日曜になれば吾子来る苺熟る　池内鎖錨
灰皿を除けて苺の皿を置き　松井紫花
村の子も食べなくなりし草苺　杉内徒子
厨の灯洗ひあげたる苺の香　今井千鶴子
ひとつづつ赤さたしかめ苺摘む　三枝ふみ代
朝苺一つふみて畑に買ふ　田中祥子

汝先づ覆盆子を食ひてすゝめけり　高濱虚子
摘みたての粒の揃はぬ苺かな　稲畑汀子

蛇《へび》苺《いちご》　野原や高原の道ばたにはびこり、花は鮮黄色、やがて赤い実をつけ目を引く。食べられないが毒ではない。葉は煎じると薬用になるという。

草刈りしあとにこぼれて蛇苺　村野蓼水
この径の変ってをらず蛇苺　小島ミサヲ

蛇《へび》 ㊂　夏おおいに活動し、秋は穴に入り、そして冬眠し、春に穴を出る。人にきらわれ、執念深いことを「蛇の如し」といわれる。わが国にいる蛇は、青大将、赤棟蛇《やまかがし》、縞蛇、烏蛇など。毒蛇としては、「蝮蛇《まむし》」「飯匙倩《はぶ》」などがいる。神話、伝説、怪奇譚などに最もよく出てくる動物である。**ながむし**。**くちなは**。

蛇伝ふ笹つぎ〳〵に伏しにけり　小泉静石
蛇泳ぐ波をひきたる首かな　高野素十
己が身を抱きすくめて蛇嫌ひ　重田糸人
一水や棒のごとくに蛇渡り　森田峡生
蛇の音なくとぐろ解きはじむ　荒井俊二
もの狙ふ蛇の構へと見て過ぎし　蔭山一舟
水渡りゆく蛇の日を返す　桑田青虎
蛇ときゝかへり見もせで行かれけり　金野静々
ぶらさげて青大将の長さ見す　成瀬正とし
跳び下りしところに蛇も愕ける　松住清文
蛇を見てからのゴルフの乱れきし　板東福舎
解体の家より蛇の出て行けり　西本紅雨
蛇逃げて我を見し眼の草に残る　高濱虚子
蛇消えし辺りの水の匂ひけり　稲畑汀子

蛇《へび》の衣《きぬ》　六、七月ごろ、草間や垣根などに見かける**蛇《へび》の脱殻《ぬけがら》**である。蛇は脱皮しては大きくなるが、脱皮しているところはなかなか見られない。随分大きなものから小さいものまで、また蛇の形の残っているものもあれば、ちぎれちぎれになって夏の日ざしに光っているものもある。**蛇衣《へびきぬ》を脱《ぬ》ぐ**。**蛇《へび》の殻《から》**。

脱ぎ了へしやすらぎ蛇の衣にあり　後藤比奈夫
命抜き去りし軽さを蛇の衣　長尾虚風
叢に入りきらざる蛇の衣　橋田憲明
蛇の衣一途に脱ぎしさま残す　真木伸子
蛇の衣傍にあり憩ひけり　高濱虚子
蛇の衣なほその上の枝にもあり　高濱年尾

蝮《まむし》 ㊂

毒蛇である。頭が三角で平たく、首は細く、尾も急に細くなっている。赤褐色で銭形の斑点をもっているのですぐわかる。多くの蛇は卵生であるが、これは卵胎生である。生け捕りにして焼酎につける。これを蝮酒《まむしざけ》といい薬用になる。

蝮酒飲んで仮寝や雨の杣　荻田小風
水番の下げて戻りし蝮かな　居附稲聲
堂守の隠し置きある蝮酒　河野柳史
急患の蝮蛇血清問ふ電話　松岡巨籟
杣暮し語る蝮の傷みせて　宮中千秋
蝮取る人早見えず草の雨　高濱虚子

飯匙倩《はぶ》 ㊂

猛毒をもった蛇で、長さは一・五メートルにもおよぶ。顎に毒牙をもち、噛まれたものは死にいたるほどである。夜行性で樹上や草むらにひそんで人畜を襲う。沖縄諸島、鹿児島県奄美諸島に分布するが、珊瑚礁の島には棲まないという。

飯匙倩入りし箱も積まれて島渡舟　五島白羊
風葬の島にハブ捕る生活あり　梶尾黙魚
飯匙倩を捕る火が島の闇深くする　田原けんじ
飯匙倩の島今は離れて珊瑚見る　湯浅桃邑

蜥蜴《とかげ》 ㊂

爬虫類の一種である。全長二〇センチくらい、その約半分が尾で短い四脚をもつ。動作は非常に敏捷である。尾の部分を切られても置き去りにして平気で逃げてしまう。

小走りの尼に蜥蜴のきらとはね　深見けん二
はしり過ぎとまり過ぎたる蜥蜴かな　京極杞陽

振り向きて瞬きしたる蜥蜴かな　禰宜みさを
貼りつきし蜥蜴の息の見えてをり　佐野喜代子
千年も生きてゐさうな青蜥蜴　岸川佐江
濃き日蔭ひいて遊べる蜥蜴かな　高濱虚子
蜥蜴ゐし気配の通り過ぎにけり　稲畑汀子

百足虫《むかで》 三

体長三〜二〇センチくらいのものまである。どういうわけか仏門四天王の随一、多聞天の御使として、毘沙門堂の提灯に描かれている。対になった無数の脚をオールのように動かして徘徊する。油染みた艶がある。古い家などで夜更け天井から畳の上へ音を立てて落ちたりする。姿も気味悪く人を螫《さ》すので甚だ嫌われているが、害虫を捕食する益虫である。蜈蚣《むかで》。

小百足を搏つたる朱の枕かな　日野草城
大百足虫打つてそれより眠られず　善家正明
ふと覚めし仮眠畳に百足虫這ふ　田﨑令人

朝顔苗《あさがほなへ》《あさがおなえ》

光沢のある揚巻貝を開いたような独特の形をした双葉の間から、うぶ毛のある蔓と、三つに切れ込みのある本葉が伸び始める。本葉が三、四枚出たころ鉢や垣根に植えかえる。時期は他の苗よりやや遅い。

朝顔の双葉のどこか濡れゐたる　高野素十
朝顔の苗なだれ出し畚のふち　高濱虚子
朝顔の二葉より又はじまりし　同

青芝《あをしば》《あおしば》 三

夏になって青々と伸び育ってきた芝のことをいう。伸びが早いので、芝の手入のためにくり返し芝刈《しばかり》を行なう。芝刈機で刈ったあとの広い芝生の緑は、目のさめるような美しさである。

青芝にわが寝そべれば犬もまた　左右木韋城
芝刈機押す要領のわかるまで　千原叡子
十代の歩幅が揃ひ芝青し　中口飛朗子
健康にやうやく自信芝を刈る　嶋田摩耶子
文字板の青芝なりし花時計　宇山久志
人目には芝刈愉しさうに見え　田上昭典

芝刈って犬には歩きにくき庭　稲畑汀子

青《あを》《あお》蔦《つた》《つた》 三　夏の日ざしに葉面《はづら》を輝かせて青々と這い茂る蔦。煉瓦造の建物に窓を残して覆い茂っているさまなど、一幅の絵である。**蔦茂《つたしげ》る**。

青づたや露台支へて丸柱　杉田久女

青蔦を這はせて旧師つゝがなし　細井甲子

青蔦にほの〴〵赤き杉の幹　高濱虚子

青蔦のどこかに風の先の行く　稲畑汀子

木斛《もくこく》《もつこく》の花《はな》《はな》　元来は暖かい地方に自生するが、椿同様庭木としても多く用いられ、葉は滑らかな光沢をもち、細かな白い五弁の花を下向きに開く。香りでそれと知ることもある。

木斛の花

木斛の花に降る雨にくからず　高岡智照

木斛の花の咲きしを気付かずに　小畑一天

ガーベラ　葉は蒲公英《たんぽぽ》に似て、四、五〇センチの花茎の先に、真紅、朱、黄、白の菊に似た花を開く。中でも真紅が多く、印象的である。

陶房に挿すガーベラを下絵にし　沖津をさむ

サルビア　種類の多い中で一般に花壇や道路ぎわなどに咲かせる朱色のものは、ブラジル原産の改良種で「緋《ひ》衣草《ころもそう》」という。高さ五〇センチ～一メートル、頂に唇形の花が一五センチほどの総状につぎつぎ咲くが、萼《がく》も花冠も苞も同じように朱色なので、花びらは数日で散ってもいつまでも朱色に咲き続けるように見える。葉が薬用、香辛料となる種類もある。

サルビアの燃え立つに蝶素通りす　桔梗田田鶴子

サルビアの燃えし園ここ爆心地　中井苔花

サルビヤの花には倦むといふ言葉　稲畑汀子

虎尾草《とらのを》《とらのお》　六〇～九〇センチくらいの茎の先に五裂の白く細かい花を一五センチほど総状につける。サクラソウ科の野生種で、正名はオカトラノオという。花の穂がだんだん細くなり、しなった形が虎の尾のように見えるので虎《とら》の尾《を》と呼ばれる。

虎の尾の花を抱き落つだんご蜂　茂呂緑二

虎の尾を踏みゐしことに気づきけり　大久保橙青

白揺れて少し虎尾草らしくなる　山田庄蜂

孔雀草《くじやくさう》《くじやくそう》　「はるしゃぎく」をいう。観賞用として庭園に植えられ、高さ六〇センチくらいの細い茎をコスモスのように多数わかち、花芯の周囲を濃い赤褐色で縁どった鮮黄色の三センチほどの目のさめるような美しい花を開く。蛇の目草ともいう。また紅黄草《こうおうそう》（マリーゴールド）も孔雀草というが、別の花である。

日盛の風ありと見し孔雀草　柏崎夢香

蕊の朱が花弁にしみて孔雀草　高濱虚子

釣鐘草《つりがねさう》《つりがねそう》　山野に自生し、直立した三〇～六〇センチくらいの茎に、六月ごろ枝を出して淡い紅紫色または白色に近い花を、数多く釣鐘状に下向きにつける。花の内面に紫の斑点がある。雨の多いころに咲き、雨の雫に濡れたさまはひとしお可憐である。子供がこの花に捕えた蛍を入れるというので**蛍袋**《ほたるぶくろ》ともいう。**カンパニュラ**。

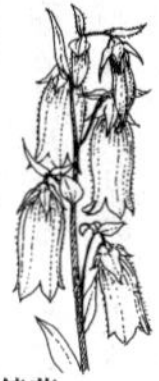

釣鐘草

かはる〳〵蜂吐出して釣鐘草　島村はじめ

下山する釣鐘草の早や萎れ　片山那智兒

山気凝りほたる袋のうなだれし　稲岡長

朝の影ほたる袋を置きそめし　稲畑汀子

石竹《せきちく》　葉も花も撫子《なでしこ》に似た三〇センチくらいの草である。花の色は白や紅をはじめいろいろあり、主に鉢植にされる。**唐撫子**《からなでしこ》ともいう。

石竹にいつも見なれし蝶一つ　森婆羅

常夏《とこなつ》 ㊂　石竹《せきちく》（唐撫子）の変種で、茎は丈低く下部は地を這う。花はふつう濃い紅、葉は細く白っぽい緑である。大和本草に「瞿麦石竹《なでしこ》なり。和名なで

常夏

しこ、又とこなつと云」とあり、古くは区別がなかったらしい。

俊成《しゅんぜい》の仮名文字のとこなつの花　高野素十

山間、渓谷の湿地に自生するが、多くは庭園の湿ったところや陰のところに観賞用として植えられる。

雪の下《ゆきのした》

葉は濃緑に白い葉脈が浮き、裏は赤紫色、茎の高さは三〇センチ、糸のような紅紫色の枝を伸ばし、それが地につくと根を生やして繁殖する。茎の上に白色五弁の小さい花をつける。五弁といっても三弁は淡紅色で小さく、二弁は白くてやや大きい。この白い二弁が鴨の足に似るとか、虎の耳に似るとかで**鴨足草**《ゆきのした》、虎耳草《ゆきのした》の名がある。葉を薬用にしたり、天ぷらにして食用にもされる。**きじんさう**。

つくばひに雨水溢れ鴨足草　柳沢東丁

こぼるゝ日使ひはじめし雪の下　藤崎久を

雪の下高野淋しき町ならず　吉年虹二

長き根に秋風を待つ鴨足草　高濱虚子

蓼《たで》 ㊂

蓼には種類が多いがここでいうのは食用の柳蓼で、本蓼、真蓼などといい、その葉は夏摘んで香辛料とする。とても辛いので「蓼食う虫も好きずき」などといわれる。鮎の塩焼きに蓼酢は欠かせない。湿地を好んで自生するが栽培もされる。**蓼《たで》の葉《は》**。**ほそばたで**もその一種。

踏切を越えふるさとの蓼の道　有働木母寺

塩蓼の壺中に減るや自ら　高濱虚子

莧《ひゆ》 ㊂

「ひょうな」ともいい、葉を食用とする蔬菜である。茎の高さは一〜一・五メートルくらいで、長い柄をもった丸みのある菱形の葉が互生し、緑色、紫斑点のものなど種類も多い。葉の若いうちに摘んで浸し物や和《あ》え物などにする。

茹干しの莧一ト筵坊の縁　伊藤凰楼

若竹《わかたけ》

筍は生長し、若々しい竹となる。葉も浅みどりに広がり透きとおるように明るい。**今年竹**《ことしだけ》。

若竹や鞭の如くに五六本　川端茅舎

数幹の若竹交る明るさよ　星野立子

親竹がそよげばそよぎ今年竹　下村真砂

見るかぎり今年竹なる起伏かな　千原叡子
故園荒る松を貫く今年竹　高濱虚子
筍は生長するにつれて、その皮を一枚ずつ落としていく。真竹や孟宗竹の皮には黒い斑点があり、淡竹《はちく》の皮にはない。静かな竹林に、その落ちる音がかさと響くことがある。かつてはその竹の皮で、笠や草履《ざうり》などを編んだり、牛肉などを包むのに利用していたが、いまでは民芸品の材料として珍重されるようになった。**竹《たけ》の皮散《かはち》る**。

竹《たけ》《たけ》の皮脱《かはぬ》《かわぬ》ぐ

竹の皮落つるに間あり話し居り　富岡よし子
竹の子の細きは小さき皮を脱ぐ　坂　五十雄
乙訓の竹の器量の皮を脱ぐ　覚正たけし
竹の皮日蔭日向と落ちにけり　高濱虚子

竹落葉《たけおちば》

竹は新しい葉を生ずると、古い葉を落とす。ひらひらとかすかな音を立てて落ちるのである。

万葉の古径と聞く竹落葉　長野春草
竹落葉風強き日も弱き日も　藤吉陽水
竹落葉紛る丶暗さありにけり　谷野黄沙
山寺の樋よく詰まる竹落葉　河野美奇
落葉して竹林みどりとりもどす　吉村ひさ志
中途よりついとそれたる竹落葉　高濱虚子

雹《へう》《ひょう》 三　夏、主として雷雨にともなって降る霰《あられ》の大きなもので、ふつう豆粒大だがときには拳《こぶし》大のこともあり、農作物、人畜、家屋にまで被害を及ぼす。**氷雨《ひさめ》**は雹の古語で、ひょうがつまって、ひょうとなったといわれる。冬の「霙《みぞれ》」を一般にひさめと呼ぶことがあるが、本来は正しい言い方ではない。

雹来べし耳をたてたる筑波山　吉田高浪
かきくもる空より雹をたゝきつけ　夏目麥周
村黙す二日続きの雹害に　吉村ひさ志
芝居果て雹ひとしきり奥羽路に　片岡我當
雹降りて桑畑はたと無かりけり　高濱虚子

羽脱鳥《はぬけどり》

鳥類の羽の抜けかわるのは六月ごろで、このころの鳥を**羽抜鳥《はぬけどり》**という。鶏小舎などに飛び散っている抜羽は日立ち、鳥肌をあらわにした鶏の姿は、どこか滑稽でもありあわれでもある。**羽抜鶏**《はぬけどり》。

羽抜鶏駈けて山馬車軋りいづ　水原秋桜子
羽抜鶏身を削りたる如くをり　大石暁座
大いなる門の開かれ羽抜鶏　中村若沙
羽抜鶏怒れば羽の又とべり　堤剣城
羽抜鳥身を細うしてかけりけり　高濱虚子
羽抜鳥卒然として駈けりけり　同
羽抜鳥鳴きて声佳きことかなし　稲畑汀子

水鶏《くひな》《くいな》 ㊂ 「秧鶏」とも書く。幾つかの種類があるが、「夜鳴て日に達す。声人の戸を敲《たた》くが如し」といわれるように、夏の夜、カタカタと聞こえるのは**緋水鶏**《ひくひな》である。水田、湿地、川、沼などに棲み、飛び方はゆるやかだが走るのは速い。水辺の草むらにひそんで滅多に飛ばないので姿を見ることはまれである。水鶏を誘うためその鳴き声に似せて作った**水鶏笛**《くひなぶえ》がある。

大津湖仙亭
此宿は水鶏も知らぬ扉かな　芭蕉
そのかみの伊賀俳諧や水鶏笛　本田一杉
このごろは水鶏も啼くと療養記　伊藤みのる
帰り来しこゝがふるさと水鶏鳴く　深川正一郎
蘆楯に水鶏は隠れゐるつもり　柳沢仙渡子
忘れゐしときに水鶏の叩くかな　小玉龍也
宵よりも星の減りたる夜の水鶏　松枝よし江
水鶏鳴く闇は太古の如くあり　西澤破風
送られて水鶏月夜を戻りけり　長井伯樹
縄朽ちて水鶏叩けばあく戸なり　高濱虚子

鷭《ばん》 ㊂ 「水鶏《くいな》」と同属であるが、やや大きく鳩くらいの大きさで、全国の水辺に繁殖している。嘴と目の上が紅い。脚の指が長くて歩くことも速く、指に蹼《みずかき》がないがよく泳ぎよく潜り、クルルッと低く鳴く。北方のものは冬、南に移動する。一種に**大鷭**《おほばん》がある。

鷭

鷭の子の親に連れ浮く小さよ　感来

子をつれて鷭のあるける菱畳　吉川葵山

鷭の子のもう親離れして漁る　松本圭二

青鷺《あをさぎ》《あおさぎ》　㊂

鷺の中で最も大形のもので水辺に棲む。夏来て繁殖し、冬、大陸に去るというが、留鳥もあり、また漂鳥でもある。青田や水辺に立つ青い容姿の涼しさから夏季とされる。この鳥の飛ぶさまは鶴とちがい頸を乙字に曲げて飛ぶ。そして濁った大きな声で鳴く。

夕風や水青鷺の脛をうつ　蕪村

青鷺のあやしく鳴いて光秀忌　西山小鼓子

青鷺のきらりと杭に向き変へし　石井とし夫

夕嵐青鷺吹き去つて高楼に灯　高濱虚子

沼に風なく青鷺の水動く　稲畑汀子

五月晴《さつきばれ》

「五月雨《さみだれ》」に対する「五月晴」、すなわち梅雨の晴間をいう。最近、天気予報などで、陽暦五月の快晴を五月晴といっているのは本来の意味からは誤用である。**梅雨晴《つゆばれ》**。

梅雨晴の二竿ほどの濯ぎ物　翁長恭子

かみそりのやうな風来る梅雨晴間　星野立子

甲斐駒の雲塊憎し五月晴　松本たかし

立山も海も見えずに梅雨晴るる　松住清文

梅雨晴や三日分ほど働く気　小原壽女

電話不意誘ひも不意や五月晴　松尾緑富

梅雨晴の夕茜してすぐ消えし　高濱虚子

五月晴とはやうやくに今日のこと　稲畑汀子

暑《あつ》さ　㊂

秋は冷ややかに冬は寒く、春は暖かに夏は暑い。梅雨の晴間や梅雨明けからはことに暑熱の感が強い。

暑き日を海に入たり最上川　芭蕉

石も木も眼に光る暑かな　去来

暑に籠ることのしづかに身をぬぐふ　長谷川素逝

造船所見てきて暑き記憶のみ　高田風人子

のしかゝる如き暑さに立ち向ふ　星野立子

若人にたのしき暑さ海の紺　河合嵯峨

忙しき日なりき暑さ忘れゐし　松尾静子
病人の暑さも言はぬこと悲し　吉岡恵信
窓の景子になく暑き地下電車　大橋敦子
添寝して乳の匂へる暑さかな　美濃京子
ペン先をとりかへ今日も暑き事務　副島いみ子
東京の暑さ逃れて来し思ひ　安永泰子
街路樹の影定まりし暑さかな　戸田暮情
航暑く陸を見ぬ日のつゞきけり　山本暁鐘
暑き日の昨日の空に似て明くる　橋本一水
暑にまけて言葉忘れしごとく居り　五十嵐八重子
暑きことみんな同じでありしみち　戸村五童
麻薬嗅ぐ犬ゐて暑き国境　堀恭子
暑に負けて母は悲しきことを言ふ　樹生まさゆき
熱き茶をふくみつゝ暑に堪へてをり　高濱虚子
本当の暑さの待つてゐる暑さ　稲畑汀子

夏衣《なつごろも》 ㊂ 夏に用いる涼しい着物の総称。木綿、絹、麻などいろいろある。**夏衣**《なつぎぬ》。**夏著**《なつぎ》。

庵に在りて風飄々の夏衣　河東碧梧桐
入れかへて簞笥ゆるやか夏衣　小原壽女
白も黒も悲しみに著る夏衣　宮田節子
姿とは母に似るもの夏衣　成安刀美子
淡き色には心濃し夏衣　稲畑汀子

単衣《ひとへ》《ひとえ》 裏地をつけない着物。木綿、絹、麻などの織物で作られ、セルから羅に至るまで夏はみな**単物**《ひとへもの》である。

看護婦をやめるときめし単衣縫ふ　増子悦子
いと軽げ折目正しき単衣召し　藤田つや子
忘れものせし如軽し単衣著て　八木春
ぴんと張る両の袖山単衣着る　小原うめ女
干し衣は紺の単衣のよく乾き　高濱虚子

夏服《なつふく》 ㊂ 夏用の洋服で、麻、木綿など軽い薄手の織物で作られている。**白服**《しろふく》はその一つで見た目も涼しげである。女性の服装はことに明るく色彩的になる。

白服に腕輪の色を利かせをり　佐藤うた子
夏服を吊れば疲れてゐる形　広川康子
古びたる夏服を著て慇懃に　高濱虚子
白服の旅の汚れも二日目に　稲畑汀子

夏羽織《なつばおり》 ㊂ 夏期専用の単《ひとえ》羽織をいう。その布地によって**麻羽《あさば》織《おり》**、**絽羽織《ろばおり》**、**紗羽織《しやばおり》**などの名もある。男物は黒、鉄無地が多く、女物には黒のほか美しい色合のものが多い。

夏羽織われをはなれて飛ばんとす　正岡子規
真打チとならで老いけり夏羽織　名見崎新
世話方といふいでたちの夏羽織　廣瀬ひろし
帯の柄すけて見えをり夏羽織　要永柳女
いつか身にそうて形見の夏羽織　今村青魚
吹きつけて痩せたる人や夏羽織　高濱虚子
夏羽織脱いで謡のけいこかな　高濱年尾

夏帽子《なつばうし》《なつぼうし》 ㊂ 夏用いる帽子で、略して**夏帽《なつばう》**ともいう。昔は男性用に**パナマ帽《ばう》**や麦稈のかんかん帽もあったが、いまはともに流行《はや》らなくなった。海浜や高原では、日除用のつばの広い**麦稈帽《むぎわらばう》**、**経木帽子《きやうぎばうし》**が男女を問わずよく用いられている。

夏帽や人の好みの面白く　星野立子
吾子や今少年時代夏帽子　青葉三角草
夏帽をとりに走りぬうれしさに　京極杞陽
夏帽のリボンたがへて姉妹　千原叡子
島の医者経木帽被て往診す　津江碧雨
夏帽子火口にころげ落ちにけり　佐々木あきら
そばかすのある娘の似合ふ夏帽子　牛尾美恵子
女医として慣れし往診夏帽子　大田春子
応援の人文字を描く夏帽子　三村純也
この国の竹の夏帽買ひかむる　直原玉青
島の日の強し麦稈帽子買ふ　藤木和子
断崖の上に手を振る夏帽子　荒舩青嶺
予想屋の日深くかぶり夏帽子　兜木總一
舷梯に佇つ夏帽を振るために　松岡ひでたか

お隣へ遊びに行くも夏帽子　岩田公次
島近し船室を出る夏帽子　木暮つとむ
夏帽子黒を自信の色として　小田三千代
火の山の裾に夏帽振る別れ　高濱虚子
バスの棚の夏帽のよく落ること　同
麦稈帽鍔広にして牧婦なり　高濱年尾
皆海に向ひて坐る夏帽子　稲畑汀子

夏襟《なつえり》　㈢　織目が薄く、色合の涼しげな絽、紗などで作った夏向きの掛け襟である。

夏襟の無地好もしく思ひけり　卜蔵一美
夏襟の色も好みに師にまみゆ　島田みつ子

夏帯《なつおび》　㈢　夏期専用の帯をいう。生地も薄くて軽く、幅の狭いものが好まれる。繻珍《しゆちん》、博多、絽など絹物や化繊が多い。一重なのを**単帯**《ひとへおび》または**一重帯**《ひとへおび》という。

出嫌ひも夏帯しむるまでのこと　原菊翁
無造作に夏帯を解く何か落つ　野村久雄
出稽古のしやんと締めたる単帯　石井喜世女
芸に身をゆだねて細き単帯　大場活刀
ゆるやかに著て夏帯をきしまする　後藤夜半
夏帯を膝にたゝめる軽さかな　杉原竹女
夏帯の小気味よき音して締る　副島いみ子
旅なれば軽きを選ぶ単帯　小原うめ女
舷に後ろ姿の単帯　今井つる女
夏帯の色濃く締めてより細身　佐々木美代子
どかと解く夏帯に句を書けとこそ　高濱虚子
恋すてふこと古りにけり単帯　高濱年尾

夏袴《なつばかま》　㈢　夏に用いる袴。麻や絽など薄地のもので作られるが、いまは絽が多い。**絽袴**《ろばかま》。**麻袴**《あさばかま》。**単袴**《ひとへばかま》。

形代に脱いで捨てけり麻袴　成美
布教師のひだくづれたる夏袴　金岡敦男
一門の統領として夏袴　西澤破風
禰宜づとめ身についてきし夏袴　國方きいち

夏袴羅にしてひだ正し　高濱虚子
仕舞ふ手の静かに高く夏袴　高濱年尾

夏手袋《なつてぶくろ》 ㊂ 夏期専用の手袋をいう。もともとは、礼装の場合に多く用いられたが、近ごろは平常でもおしゃれ用に使われ、レースや透けて見える化繊が多い。

船を訪ふ夏手袋の女かな　山本暁鐘
彼の女夏手袋の大ボタン　高濱虚子

夏足袋《なつたび》 ㊂ 夏期用の足袋のこと。絹、麻、木綿、キャラコなど薄地のものを用いる。その一重なのを**単足袋**《ひとえたび》という。

夏足袋のよく洗はれてよく継がれ　景山筍吉
夏足袋や人の世の苦のなき如く　松本秩陵
夏足袋の一寸小さきが心地よく　生間梨花
夏足袋の小はぜくひ入る足白し　武原はん女
夏足袋に職人気質のぞかせて　松尾緑富
夏足袋の黄色くなりしほこりかな　高濱虚子

夏座布団《なつざぶとん》 ㊂ 夏に用いる座布団の総称で、麻や藺で織ったものなど、見た目も使い心地も涼しい。**麻座布団**《あさざぶとん》。**藺**《ゐ》**座布団**《ざぶとん》。

落ちかゝる夏座布団や縁の端　松本たかし
藺座布団畳の上をすべりけり　磯田月笠
藺座布団敷いて客待つ潮来舟　井藤夢路
俳小屋に夏座布団の散らかりて　高濱虚子

革布団《かはぶとん》《かわぶとん》 ㊂ 革製の夏座布団。座ったときひいやりとして心地のよいものである。**革座布団**《かはざぶとん》。

ごろ〳〵としたるいつもの革布団　高濱虚子

夏蒲団《なつぶとん》 ㊂ 夏用に綿を薄くし、絹、麻、絽などを用い、色柄も涼しげに作った布団で**夏衾**《なつぶすま》ともいう。麻を用いたものを**麻蒲団**《あさぶとん》というが、近ごろは**夏掛**《なつがけ》といってタオル製や薄手の毛布なども多い。

しづかにもたのしむ命麻布団　清原枴童
掛けて見る子の贈りもの夏蒲団　竹谷緑花

足元にたゝみて病めり夏蒲団　松葉星幼
萎えし手に足もて掛ける麻蒲団　中山勝仁
子の腹を又逃げてをり夏布団　佐藤五秀
長男の足ひつ込まぬ夏蒲団　稲畑汀子

青《あを》《あお》簾《すだれ》 ㊂　夏期用いる簾の総称である。障子、襖などを取り外したあとの室内のへだてまたは日を遮るために用いる。**葭簾《よしすだれ》**は葭を編んだもの、**伊予簾《いよすだれ》**は簀が細くて美しい伊予産のもの。**絵簾《ゑすだれ》**は山水または草木などを描いたもの、**玉簾《たますだれ》**は簾の美称。**簾売《すだれうり》**。**簾《すだれ》**。**古簾《ふるすだれ》**。

軒簾垂れたるそとの馬籠みち　高槻青柚子
簾巻く驟雨のしぶき受けながら　横江几絵子
簾捲く如意輪堂の高さまで　喜多草矢
清流につき出し二階青簾　星野立子
世の中を美しと見し簾かな　上野泰
起ちすわり誰が見てもよし青簾　岩木躑躅
陶房に独り住ひや古簾　加藤五雲
我が家が一番気楽青簾　泉千代
簾まいていつもの景色現るゝ　大南耕志
青簾湯島天神下に住み　加藤世津
身綺麗に住んで子無しや青すだれ　井上和子
青簾吊つて戸締りなき離室　千本木溟子
一枚のすだれに籠る女人堂　松田空如
借景の雨となりゆく青すだれ　坊城としあつ
古簾吊りて昔の風を恋ふ　北垣宵一
ありなしの簾の風を顧みし　高濱虚子
古簾越しに起居のしとやかに　同
こちらから見えて見えざる簾ごし　稲畑汀子

葭《よし》簀《ず》 ㊂　夏の強い日ざしを避けるための「日除」の一種。葭を太糸などで編んで作ったもの。店頭に立てかけたり、小屋の周りを囲ったり、軒に差し出したりする。**葭簀茶屋《よしずぢやや》**。

立て込みし客に葭簀の倒れ来し　小川苔子
入りたる葭簀の店の暗きこと　高濱知子

真つ青の海を引き寄せ葭簀茶屋　森木まゆみ
浄瑠璃の書きビラかゝり葭簀茶屋　山中一土子
葭簀茶屋かたまるところ峠口　荒川あつし
客稀に葭簀繕ふ茶屋主　高濱虚子

葭戸《よしど》 ㊂ 葭の細い茎を編み枠をつけて作った戸で、襖や障子を取り外してこの葭戸に入れ替えると風通しがよい。**簀戸**《すど》ともいう。**葭屏風**《よしびやうぶ》は屏風に葭簀をはめ込んだもの。**葭**《よし》**障子**《しやうじ》は障子に葭簀をはめ込んだもの。

起き臥しのすこし恙や葭屏風　大橋杣男
簀屏風を戸口に立てゝ蔵住ひ　渡邊そてつ
きのふより稽古休みし葭戸かな　稀音家塔九
簀戸ごしに浮世のさまの墨絵めく　逢坂月央子
簀戸いれて父母亡き座敷ただ広く　篠塚しげる
父母の在りし日のごと葭障子　手塚金魚
簀戸はめて柱も細き思ひかな　高濱虚子

網戸《あみど》 ㊂ 風を通しながら、蚊、蠅、蛾などが室内に入るのを防ぐため、戸に金網、サランなどを張ったもの。網戸越しに灯った部屋などいかにも涼しげで夏らしい。

すぐ眠れさうな気のして夜の網戸　高橋笛美
網戸はめ風が通るの通らぬのと　窪田鱒多路
灯を消して海の夜気くる網戸かな　田辺城司
網戸して叱る声にも遠慮あり　谷口まち子
忘れゐし網戸の部屋であることを　中島よし繪
何よりも沼の夜風のある網戸　石井とし夫
故人の間網戸のうちも固く締め　手塚基子
網戸より変はらぬ山河見てゐたり　星野高士
網戸より夕風心地よき時間　稲畑汀子

籐椅子《とういす》 ㊂ 籐を編んで作った椅子で、見た目も涼しく、肌ざわりもよい。大形で仰臥できるように作ったものを**籐**《とう》**寝椅子**《ねいす》という。

籐椅子に夜々ある湖の真暗がり　日置草崖
籐椅子に掛けて見馴れし物を見る　池内たけし

由良の門をへだてゝ加太や籐寝椅子　大橋越央子
籐椅子に寝て人の世の浮き沈み　大野高洲
部屋模様替へ籐椅子を二つ置く　星野立子
新任の宿屋住居の籐椅子かな　唐澤樹子
悪阻とは船酔に似て籐寝椅子　嶋田摩耶子
籐椅子の位置を正して客を待つ　北川草魚
それとなく空く籐椅子を待つてをり　井上明華
籐椅子にあれば草木花鳥来　高濱虚子
用ゆれば古籐椅子も用を為す　同
古籐椅子引きずり場所を替へもする　高濱年尾
籐椅子や斎館広き縁を持つ　同
山荘の月日籐椅子に月日　稲畑汀子

襖《ふすま》はづす《ふすまはずす》　夏季、室内の風通しをよくし、しのぎやすくするため、襖、障子を開け放つだけでなく、これをはずして外気を入れ涼しくするのである。暖簾や簾などをかけて、涼しさを出したりする。いかにも日本の夏らしい趣である。**障《しやう》子《じ》はづす。**

襖みなはづして鴨居縦横に　高濱虚子
はづしたる襖の見ゆる置きどころ　稲畑汀子

夏暖簾《なつのれん》　㊂　夏用の暖簾である。麻で作られた**麻暖簾《あさのれん》**が多く用いられる。

麻暖簾吹き上りつゝ用なさず　新田千鶴子
夏のれん奥の暮しと店は別　市村不先
見も知らぬ女が覗く夏のれん　小林凡沙
夏のれん吹かれて太き柱見ゆ　合田丁字路
夏のれん父子の楽屋向ひ合ひ　高木石子
くる度にこの家親し麻のれん　近藤いぬゐ
兄弟の楽屋三様夏のれん　片岡我當
フロントと言ふより帳場夏のれん　川田長邦
舞終へて楽屋へかへる夏のれん　武原はん女
頭にて突き上げ覗く夏暖簾　高濱虚子
姑の部屋廊下のつなぐ夏のれん　稲畑汀子

虎《とら》ケ《が》雨《あめ》

陰暦五月二十八日に雨が降ると、古来これを虎ケ雨といいならわしている。虎というのは大磯の虎御前で、曾我十郎祐成と深く契った女である。祐成の討たれた日が五月二十八日なので、今日の雨は虎御前の悲涙であろうとの意である。

花売の虎ケ雨とぞ申しける　戸田暮情
舸子の妻タオルを首に虎ケ雨　林白亭
つくづくと見て働く手虎ケ雨　河合正子
虎が雨降る大磯の夜の静か　高安永柏
藻汐草焼けば降るなり虎が雨　高濱虚子

富士《ふじ》の雪解《ゆきげ》

富士山の雪は夏になって解け始める。だんだんに消えて行き、その間にいろいろ残雪の姿が変わる。麓ではその形を望み見て豊凶を占ったり、田植の時期を決めたりした。

雪解富士見え山荘の道となる　池内たけし
まいあさの富士の雪解目に見えて　北川良子

皐月《さつき》富士《ふじ》

もう大分雪も消えて夏山としての風格を整えた陰暦五月ごろの富士山の姿をいうのである。

鳶の輪のかたむき移る五月富士　加藤晴子
正面に五月富士ある庭に立つ　鈴木芦洲
皐月富士見えしうつつも秩父路に　稲畑汀子

御《み》祓《そぎ》

陰暦六月晦日《みそか》に、諸社で行なわれる神事で、**名越《なごし》の祓《はらへ》**、**夏越《なごし》の祓《はらへ》**、**六月《みなづき》の祓《はらへ》**、**荒和《あらにこ》の祓《はらへ》**、**夏祓《なつばらへ》**、**夕祓《ゆふばらへ》**などともいう。御祓は十二月にもあるが、夏祓をもって季とする。また形代を作り、水辺に斎串《いぐし》を立てて行なうのを**川祓《かはばらへ》**、その川を**御祓川《みそぎがは》**という。麻の葉を切って幣《ぬさ》とし川に流すこともある。京都では**七瀬《ななせ》の御祓《みそぎ》**といって鴨川、耳敏川《みみとがわ》、東滝、松ケ崎、石影、西滝、大堰川で行なう。名越の宮には茅の輪ができる。今は陽暦の六月晦日に行なわれるところが多く、また月遅れの七月晦日のところもある。

草の戸や畳かへたる夏祓　太祇
禰宜ひとりみそぎするなる野河かな　几董

橋殿に朗詠おこる御祓かな　下村非文

とつぷりと暮るゝを待てり夏越祭　三上江南

夏祓古き円座のあるばかり　高木石子

我れ見ねど矢取の神事加茂の宮　高濱虚子

形《かた》代《しろ》

御祓《みそぎ》のとき、白紙を人の形に切ったものに自らの名を記し、身体に触れたり、息を吹きかけなどする。神官がそれらを集めて川などに流す。人形《ひとがた》に穢《けがれ》を移してしまうのである。**贖物**《あがもの》ともいう。

形代や水の近江に住みつきて　中山碧城

形代に走り書して女去る　福井圭兒

去り難くわが形代のよどみゐて　三宅年子

形代の袖を重ねて沈みをり　中西蘗

形代に病める吾が名を真先に　山二茶壺子

形代に記す家族の年を聞き　荻江寿友

形代の切込みふかき袖たもと　串上青蓑

茅《ち》の輪《わ》

茅萱《ちがや》または藁を束ねて作った大きな輪で、御《み》祓《そぎ》のとき、鳥居や大前《おおまえ》に掛け、人々は病気、厄除《やくよけ》の祓として、これをくぐる。また小さく作り、首に掛けたり腰につけたりもした。**菅貫**《すがぬき》、**菅抜**《すがぬき》などともいう。

茅の輪

傾きしまゝの茅の輪をくゞりけり　鈴木綾園

茅の輪くゞり星降る夜空詣でけり　星野立子

禰宜くゞりゆきし茅の輪へ人なだれ　太田文萌

野々宮の禰宜居らざりし茅の輪かな　塩沢はじめ

大前をすこし避けたる茅の輪かな　辻本斐山

人絶えし茅の輪くゞりて巫女下向　高須孝子

行きずりの茅の輪の縁くゞりきし　石山佇牛

茅の輪あり往診鞄提げくぐる　原田一郎

夜詣や茅の輪にさせる社務所の灯　高濱虚子

七月

立秋の前日すなわち八月七日ごろまでを収む

七月《しちぐわつ》《しちがつ》　梅雨が去ると本格的な夏の暑さが来る。学校の夏休も始まり、登山や海水浴も盛んでもっとも夏らしい月である。

七月の青嶺まぢかく熔鉱炉　山口誓子
七月の生きるよろこび気力湧く　片岡片々子
七月の蝌蚪が居りけり山の池　高濱虚子

水無月《みなづき》　陰暦六月の異称である。

みなつきやいたる所みな温泉の流　闌更
水無月の小さな旅も姉妹　川端紀美子
水無月のはや巡り来し一周忌　稲畑汀子

山開《やまびらき》　夏は、信仰のため、スポーツのための登山が多い。梅雨が明けて炎天が続くようになると、山が落ち着いて危険が少なくなり、誰にでも登りやすくなるからである。その夏山の登山開始日を山開という。山によっても、鎮座する神によっても、その日は違う。富士山は七月一日となっている。**富士**《ふじ》**の山開**《やまびらき》。

三千の松明が消え山開　長谷川水青
石鎚山は四国の屋根よ山開　山田眉山
町中が弾んでをりぬ山開　野崎加栄
山開とて歩かねばならぬ道　稲畑汀子

海開《うみびらき》　海水浴場開きである。海水浴客のための設備が整えられ、一夏の海の安全を祈っての行事も行なわれる。

売店はペンキ塗りたて海開　前川千花
まだ水の四肢に重たく海開　豊田淳応
寄せる波大きく返す海開　稲畑汀子

半夏生《はんげしやう》《はんげしよう》　夏至から十一日目、七月二日ごろにあたる。七十二候の一つとしてこの日から五日間をも半夏生と呼ぶ。田植の終わった農家ではこの日の天候で稲作の豊凶を占い、田の神を祀り、物忌《ものいみ》をする。またこの日の雨は毒気を降らせ、大雨や出水をもたらすと怖れられ、野菜を断つ風習があった。この頃はちょうど半夏《はんげ》（からすびしゃく）の生える頃なのでついた名であるといわれる。また**半夏生**《はんげしやう》と呼ばれる草は、どくだみと同じ科で一・五メートルくらい、草全体に一種の臭気をもつ。この時期に茎の先の葉が二、三枚、表だけ白くなるところから「片白草《かたしろぐさ》」「三白草《さんぱくそう》」とも呼ばれる。白い穂状の花をつづり、水辺に多い。**形代草**《かたしろぐさ》。

長雨に諸草伸びし半夏生　辻　蒼壺
半夏生白あざやかに出そめたる　福井圭児
半夏生らしくなりつつ花用意　中谷木城

夏菊《なつぎく》

切花用に栽培して夏咲かせる菊をいう。紅や黄などの小輪のものが多く、気品は秋の菊には劣るが、その濃緑の葉の美しさは捨て難い。

夏菊の淡き匂ひもなかりけり　堀岡冬木
夏菊の咲いて雨降りばかりかな　副島いみ子

蝦夷菊《えぞぎく》

中国原産で、観賞用に栽培される。高さ三〇～六〇センチくらいの茎に卵形で粗い鋸歯のある葉をつける。夏、枝わかれした頂に淡紅、紫、白など彩り美しい菊に似た花を咲かせる。ひなびた風情があり、アスターの名で親しまれ、供花など切花によく用いられる。**翠菊**《えぞぎく》。

蝦夷菊に日向ながらの雨涼し　内藤鳴雪

夕《ゆふ／ゆう》菅《すげ》 ㊂

ユリ科の多年草で、その花の色から**黄菅**《きすげ》とも呼ばれる。高原などに自生し、午後から夕方にかけて開花するのでこの名がある。翌日の午前中にはしぼんでしまう。

花閉づるときも風呼びゐし黄菅　綿貫　惇
星生るゝとは夕菅の覚むること　井上ひろこ
黄菅野の星の綺羅なる夜なるべし　桑田青虎
山荒るゝ日も夕菅は刻を知る　田上幾代
たまゆらの夕菅妻に手向けとす　原　三猿子
黄菅咲く一目百とも五百とも　大久保橙青

黄萱みな揺れて入日を惜しみけり　河野扶美
雨雲の迅さの読めて夕萱に　中村田人
地の果へ地の果へ黄や黄萱咲く　広川康子
夕萱にいよ〳〵増ゆる阿蘇の星　是永三葉
黄萱野に見えきし匂ふごとき空　岩松草泊
瞑りてさへ夕萱の黄に染まる　工藤乃里子
風の音葉ずれの音や黄萱の野　宮田節子
夕萱の黄をふちどりて来し暮色　井上哲王
夕萱のひらく時刻のゆきわたり　小坂螢泉
夕かげの湖にひろがり黄萱咲く　西村数
牧小屋の庭に続ける野の黄萱　宮田蕪春
夕萱に暮色拡げてゆく阿蘇野　藤好みさと

百合《ゆり》

山野に多く自生し、高さは一メートル前後、先端に一花または数花をつける。花は美しく香り高い。形や花の色もさまざまで古くから親しまれている。山野に見られる**山百合**《やまゆり》は清楚、野に咲く**姫百合**《ひめゆり》は優しく、**鬼百合**《おにゆり》は野趣に富み、**白百合**《しらゆり》は純潔、その他**鹿の子百合**《かのこゆり》、**鉄砲百合**《てっぽうゆり》、**黒百合**《くろゆり》、**車百合**《くるまゆり》、**早百合**《さゆり》などそれぞれに趣がある。**百合の花**《ゆりのはな》。

見おぼえの山百合けふは風雨かな　星野立子
起ち上る風の百合あり草の中　松本たかし
大手術終へ来て百合のかぐはしや　新村三水
眠らんとして百合の香のやゝ強し　広瀬志津女
山百合の崖も立待岬かな　渡部蛍村
百合白し母と茅舎の忌日けふ　川端紀美子
匂ひふと百合咲けるやと夫にきく　平尾みさお
黒百合に幼馴染に別れ来し　副島いみ子
山百合の匂ひに噎せて君とゐし　小幡九龍
草山やこの面かの面の百合の花　高濱虚子
起こり来る事を待ちつゝ百合を見る　同
百合の香のはげしく襲ひ来る椅子に　稲畑汀子

月見草《つきみさう》《つきみそう》

夏のたそがれ、河原や高原などにしばらくたたずんでいると、黄色の大輪四弁の花がみるみるあたりに咲き開くのを見る。これは「大待宵草」で小ぶりの「待宵草」とともに一般に月見草と言いならわされている。夕方咲いて朝方しぼむのでこの名がある。本来の月見草は別種で初め白色に開き、しぼむと紅くなる種類の花をいうのである。待宵草《まつよひぐさ》。

よりそへばほころびそめぬ月見草　池内友次郎
月見草歩を返さねばなるまじく　大橋敦子
月見草外ノ浜とてとぼしらに　村上三良
月見草開くところを見なかった　嶋田摩耶子
汐引いて海の遠さや月見草　中川きよし
知床の沼汚れなし月見草　山崎靖子
帰らざる人を待宵草と待つ　川口咲子
湖荒れてゐる日はさみし月見草　髙橋笛美
月見草庭にも咲いて浜つゞき　重永幽林
一寸よそ見する間に開き月見草　室町ひろ子
散るといふ風情はなくも月見草　原田杉花
派出所の交替勤務月見草　大野伊都子
夜の帷はみ出してゐる月見草　津村典見
夕べ着き朝発つ宿の月見草　安沢阿彌
妹が手をふるれば開く月見草　高濱虚子
月見草開かんとして力あり　高濱年尾
雨の中開きつゞけて月見草　同
さゆらぎは開く力よ月見草　稲畑汀子

含羞草《おじぎさう》《おじぎそう》　南アメリカ原産で**ねむりぐさ**ともいう。茎の高さは二〇センチくらい、葉は合歓《ねむ》に似て夜は葉を合わせて眠る。葉に触れると、うなずくように垂れるのでこの名がある。淡い紅色の小さな花が、毬のように集まって咲く。

含羞草

花つけて勘の鈍りし含羞草　藤丸紅旗
ねむり草叩き走りて山雨急　七木田北思
眠り草かなし覚むれば眠らされ　高槻青柚子
含羞草とは気付かずに触れしかな　湯川雅

含羞草ねむらせ眠りたくない子　河野美奇

合歓《ねむ》の花《はな》

山野に自生する高さ六〜一〇メートルに達する高木。多数の小さな葉が向き合って羽状をなし、夕方には合掌して眠るように閉じるのでこの名がある。梢の先に細い糸を集めたような、半分白く半分淡紅色のほのぼのとした雄しべの目立つ花をつける。**ねぶの花《はな》**。

象潟や雨に西施が合歓花　芭蕉
堰の水豊かに落つる合歓の花　皿井旭川
気附かずに合歓の花蔭なりしかな　藤木和子
大歩危は祖谷の入口合歓の花　澤村芳翠
湯煙の消えてほのかや合歓の花　高濱虚子
散り浮いて合歓の花色まぎれざる　高濱年尾
眠る葉も眠らぬ花も合歓夕べ　稲畑汀子

海桐《とべら》の花《はな》 ㊂

海岸地方に多い常緑低木で、葉は厚く長楕円形で光沢がある。枝先に香りのよい白い小花が群がり咲き、のちに黄色に変わる。

海桐の花

この浜の続くかぎりの花とべら　山下晶石
潮の香と別に海桐の花匂ふ　栗間耿史

夾竹桃《けふちくたう》《きょうちくとう》

インド原産の常緑低木で生長が早く、三メートル以上にもなり、公園に、また街路樹としても多く植えられる。葉は濃緑で細長く厚い。根元からわかれた枝の先に淡紅色または白の花が集まって開く。花期は長く秋まで咲き続ける。葉や樹脂に毒がある。

爆心地こゝと夾竹桃燃ゆる　浅見春苑
夾竹桃下校の吾子の日の臭ひ　中村先行
夾竹桃憂し広島に住むかぎり　内田柳影
病人に夾竹桃の赤きこと　高濱虚子
白は目に涼し夾竹桃さへも　稲畑汀子

漆《うるし》掻《かき》

漆の木から漆液を採取するのは七月ごろが最も盛んである。漆の樹皮に截《き》り痕《あと》をつけると乳白色の漆液が分泌し、空気に触れると褐色に変わる。これを採取して、熱を加え水分を除いたものが黒目漆である。

縄帯の漆よごれや漆かき　笹谷羊多樓
篦挟む指胝も古り漆掻　畠山若水
漆掻負けると言ひて髭剃らず　小川界禾

梅雨明《つゆあけ》　うっとうしい梅雨が一か月くらいも続くと、やがて雷が鳴って梅雨明となる。急に暑くなり空がまぶしい。雷をともなわず、いつとはなしに明ける年もある。暦の上では七月十一日か十二日にあたるともいい、梅雨は入りがあって明けがないともいう。

梅雨明の気色なるべし海の色　笹谷羊多樓
鯱の天疑ひもなく梅雨明けし　日比大石
梅雨明の近き山雨に叩かれて　稲畑汀子

青田《あをた》《あおた》　田植をした苗が伸びて、一面青々となった田である。初めは田の水が見えていたのがだんだん見えなくなる。

青田風我が家をさして人の来る　高橋外季城
見えぬ目に風は青田の色伝へ　大谷展生
津軽より色のあがりし羽の青田　三浦文朗
山裾を白雲わたる青田かな　高濱虚子
青田見て佇つ百姓の心はも　高濱年尾

雲《くも》の峰《みね》 ㊂　夏空の果てに山のごとく入道のごとく、白く濃くむくむくと湧きのぼる雲。陶淵明に「夏雲多奇峰《なつぐもきほうおほし》」の詩句がある。**入道雲《にふだうぐも》**。

雲の峯四沢の水の涸てより　蕪村
雲の峰立ち塞がりし船路かな　栗田虚船
大牧場あり雲の峰立ちわたり　石田雨圃子
雲の峰人間小さく働ける　星野立子
雲の峰朝より湧きて火噴く島　小城古鐘
雲の峰四方に涯なき印度洋　山本暁鐘
くぼみたるところは峠雲の峰　島田紅帆
大景を完成させし雲の峰　近江小枝子

ぐん〳〵と伸び行く雲の峰のあり　高濱虚子
航海やよるひるとなき雲の峰　同
雲の峰崩れんとしてなほ高く　高濱年尾
雲の峰吸い込まれゆく機影あり　稲畑汀子

雷《かみなり》 三　積乱雲によって起る空中の放電現象で、恐ろしい音がとどろき渡る。落雷は人畜に被害を与え火災を起したりすることもある。「稲妻」というと秋季になる。**雷**《らい》。**神鳴**《かみなり》。**いかづち**。**はたたがみ**。**雷鳴**《らいめい》。**雷神**《らいじん》。**遠雷**《えんらい》。**落雷**《らくらい》。**雷雨**《らいう》。**日雷**《ひがみなり》は雨をともなわず晴天に起る雷である。

雷や四方の樹海の子雷　佐藤念腹
白日のいかづち近くなりにけり　川端茅舎
雷神を四方に放ちて比古荒る　野村泊月
落雷やまたゝきともる仏の火　高久田瑞子
脳天に雷火くらひしその刹那　緒方句狂
雷神の怒るにまかせ静かに居　小口白湖
はたゝ神鉾を転じて玄海へ　土生凍子
雨激し雷に力を得し如く　高椋龍生
遠雷の聞える夜の水車踏む　平櫛秋芳
保姆と児等一かたまりや大雷雨　城殿としお
凄じき雷棒の如き雨　松本かをる
谷川の瀬音のこりて雷雨去る　緒方氷果
落雷の火柱たちし熊野灘　井谷百杉
ゴルファーを一擲したる雷雨かな　鈴木油山
鳴神の舞台も街も雷雨して　片岡我當
はたゝがみ太古に一人棲むごとく　南せつ子
雷とても敗者の如し去るときは　蔦三郎
雷鳴にふと俤の重なりし　星野椿
遠雷にはや雨足の追うてくる　佐土井智津子
連れてきし闇の破れてはたたがみ　湯川河南
俯すごとく走れる人やはたゝ神　高濱虚子
雷烈し地下食堂を出し人に　高濱年尾
ふたたびは聞く心もてはたたがみ　稲畑汀子

夕立《ゆふだち》《ゆうだち》 ㊂ 夏の明るい空が急に暗くなって、**夕立雲**《ゆふだちぐも》が湧いたかと見る間に大粒の雨が落ち始め、続いて篠《しの》つく雨となる。道行く人はあわてふためき、家居の人は洗濯物を取り込む。そうこうしているうちに明るくなり、あとはさっと晴れる。そしてふたたび蟬の声が聞え、街のざわめきも戻る。これが夕立の典型で、雷をともなうこともある。**ゆだち**。**白雨**《ゆふだち》。**夕立風**《ゆふだちかぜ》。**夕**《ゆふ》**立晴**《だちばれ》。

夕立や川追ひあぐる裸馬　正秀
祖母山も傾《かたむく》山《さん》も夕立かな　山口青邨
八瀬へ行きし妻に夕立するらしも　松尾いはほ
甲斐駒にしばらくかゝる夕立かな　松本浮木
乾坤に一擲くれし大夕立　安積素顔
浅間嶺へ夕立雲の屛風立ち　深見けん二
舟人のだまってゐるゝ白雨かな　山崎紫雲
富士川に夕立ありし濁りかな　上田孤峰
音立てゝ森を抜けゆく白雨かな　河村宰秀
夕立に濡れたるまゝの患者診る　浦上新樹
一と夕立ありたる街の灯りそむ　藤松遊子
牛小屋のもつとも匂ふ夕立来る　清田松琴
大夕立来るらし由布のかき曇り　高濱虚子
乾坤に夕立癖のつきにけり　同
桑海や大夕立あとなほけぶる　高濱年尾
夕立の真只中を走り抜け　同
夕立の過ぐるを待たず運転す　稲畑汀子

スコール ㊂ 熱帯地方特有の激しい驟雨である。雲一つないよく晴れた空に突然雲が現れ、疾風をともなって激しい雨を降らせたあと、からりと晴れてしまう。スコールが去ったあとはふたたび暑い日ざしがもどってくる。わが国では沖縄や小笠原、八丈島などで見られる。

スコールに四方を消されて舵を守る　狩野刀川
スコールや逃げおくれたるまぐさ馬車　木村要一郎
群羊の立往生やスコール来　東中式子

スコール来音ともなひて一瞬に　坊城としあつ
スコールの波窪まして進み来る　高濱虚子

虹《にじ》 三 虹はふつう夕立の後などに現れることが多い。外側から赤、橙、黄、緑、青、藍、菫《すみれ》と七色の弧を描くはかなくも美しい自然現象である。**朝虹**《あさにじ》が立てば雨、**夕虹**《ゆふにじ》が立てば晴ともいわれている。

虹消えてすでに無けれどある如く　森田愛子
失ひし青春のごと虹消ゆる　常石芝青
虹を見る一生めとることもなく　国弘賢治
虹立ちて十和田湖の瑠璃濃かりけり　堤剣城
虹の足とは不確に美しき　後藤比奈夫
虹立ちぬ空に匂ひのあるごとく　井桁蒼水
虹立ちて湖の広さの変りたる　中川秋太
出て虹を仰ぐ人なくトラピスト　松本菊生
虹立ちて忽ち君の在る如し　高濱虚子
虹消えて忽ち君の無き如し　同
人の世も斯く美しと虹の立つ　同
虹消えてしまひし窓に子等遊ぶ　稲畑汀子

夏《なつ》**霧**《ぎり》 三 単に「霧」というと秋季であるが、高山や高原、海浜などでは夏に発生することが多い。またオホーツク海に面した北海道地方に夏発生する濃い海霧を方言で**じり**という。**夏**《なつ》**の霧**《きり》。

夏霧の明るきところ硫黄噴く　新谷氷照
オホツクの海鳴斯くも海霧冷す　桑田青虎
夏霧はとばず足許つゝみ来る　竹屋睦子
美しき海霧の怖さも知りて住む　高橋笛美
距離感を奪ひ夏霧寄せて来る　岩岡中正
人動きやまずよ海霧の甲板に　高濱虚子
海霧とざす沼波岸に寄するのみ　高濱年尾
旅予定変へねばならぬ蝦夷の海霧　稲畑汀子

夏《なつ》**館**《やかた》 三 すべてに夏らしく装った邸宅をいう。庭が広く緑につつまれた涼しげな家を連想する。

一ト谷の森を庭とし夏館　斎藤信山
地震《なゐふ》りて額の動ける夏館　高濱虚子
縁高きことが即ち夏館　高濱年尾

夏座敷《なつざしき》 ㊂ 障子や襖《ふすま》を取り外し、風通しをよくし、室内装飾も取りかえ、見るからに夏らしくなった座敷をいう。

吹き通す風やゝあらく夏座敷　島村茂雄
襖なき閾を四方に夏座敷　吉屋信子
灯を消して人ゐるらしや夏座敷　小林一松
戸障子を外したるのみ夏座敷　木原一樹
模様替して今日よりの夏座敷　長蘆葉愁
すぐ庭に下りてもみたく夏座敷　梅田実三郎
海や山や明け放ちたる夏座敷　高濱虚子
物置かぬことに徹して夏座敷　稲畑汀子

夏炉《なつろ》 ㊂ 夏も塞《ふさ》がずにおき、必要に応じて焚《た》く炉のこと。高山の山小屋や避暑地、また北国でも雨の小寒い日などは夏炉を焚くことがある。開いたまま焚かずにあってもよい。

みちのくを一歩も出でず夏炉焚く　駒ケ嶺不虚
かりそめの病む身をよせて夏炉かな　阿部慧月
奥土佐のなじみの宿の夏炉かな　小田春堤
この家を継ぐこゝろなし大夏炉　村松南斗
賽者等の焚くにまかせて大夏炉　矢津羨魚
渡漁夫去りし番屋の夏炉守る　太田ミノル
留守居にも馴れて親しむ夏炉かな　別府佳村
誰といふことなく来ては夏炉焚く　大石暁座
牧番屋果して夏炉燃えてゐし　高野火郷
落人の祖谷の長とし夏炉守る　村上杏史
鉄瓶の湯さめぬ程に夏炉に火　大森積翠
夏炉焚きアイヌコタンに織るあつし　山口きよみ
文机も夏炉も在りし日のまゝに　工藤吾亦紅
ひとり焚き客あれば焚き夏炉守る　太田育子
山ホテル夏炉三階まで匂ふ　今井千鶴子
夏炉焚きこきりこ節も唄ひくれ　吉本渚男

葡萄棚ちよろ〳〵燃えて夏炉かな　高濱虚子
大夏炉銀鱗荘の主たり　高濱年尾
夏炉焚くここ地の果の岬の宿　稲畑汀子

扇《あふぎ》《おうぎ》 ㊂ **扇子**《せんす》ともいう。白地のものは**白扇**《はくせん》、絵の描いてあるものは**絵扇**《ゑあふぎ》、使い古した去年のものは**古扇**《ふるあふぎ》という。

やうやくに扇使ひもゆるやかに　島田みつ子
忘れ来し扇の事にこだはりて　宇佐美輝子
解く帯の渦に落ちたる扇かな　牟田与志
見学の扇使ひをはゞかりぬ　清崎敏郎
置いてある誰の扇子か借り申し　細谷和芳
われをとり戻せし扇使ひかな　田畑美穂女
ここだけの話を言うて扇措く　剣持不知火
初扇もつ頃いつもこの会議　山内山彦
扇子閉ぢ香り再びその中に　伊藤凉志
扇持つ異国に住めど日本人　左右木韋城
我を指す人の扇をにくみけり　高濱虚子
やす扇ばり〳〵開きあふぎけり　同
たばさみて扇を使ふこともなく　高濱年尾
手にとりて心軽しや初扇　同
十人に十の扇の動く部屋　稲畑汀子

団扇《うちは》《うちわ》 ㊂ 円いもの、楕円のもの、四角なものなど形はさまざまである。絵を描いてある**絵団扇**《ゑうちは》、絹張りの**絹**《きぬ》**団扇**《うちは》、漆または耐水性の塗料を塗り、水を注いで使う**水団扇**《みづうちは》、渋を引いた**渋団扇**《しぶうちは》などあるが、近年は扇風機や冷房の普及で昔ほど用いられなくなった。**古団扇**《ふるうちは》は使い古した去年のものである。**団扇掛**《うちはかけ》は団扇を掛けて置く道具。

そこらまで団扇片手に送り出し　今井つる女
団扇もて招かれたるは気易けれ　池内たけし
世辞かるくうけながしつゝ羽根うちは　三条一女
言ふべきはいひ答待つ団扇とる　松尾いはほ
団扇止め何か心にとゞめたる　真下ますじ
渋団扇他に何もなや身のまはり　岩木躑躅

余生とは斯るくらしの古団扇　林　蓼雨
客去にし団扇を重ね夕ごころ　島田みつ子
奈良団扇振りて一会の訣れとす　池田草衣
団扇貼る手元の見えて裏住居　柴原保佳
もの言はず団扇の風を送るのみ　千原叡子
客揃ひ団扇二本の余りけり　高田風人子
生ぬるき風を送りて古団扇　星野高士
馴れし頃糸ほつれゆく団扇かな　牧野耕二
山寺にうき世の団扇見ゆるかな　高濱虚子
まだ団扇すゝめるほどもなく置かれ　稲畑汀子

蒲《がま》筵《むしろ》 ㊂　蒲の茎で編んだ筵。藺より太いので編み上がりも粗いが、踏み心地はやわらかく、縁側などに敷く。

蒲筵一枚敷いてあるばかり　高濱年尾

花《はな》茣《ご》蓙《ざ》 ㊂　花模様をいろいろの色に織り出した茣蓙で、板の間や縁側などに敷いて用いる。「花筵《はなむしろ》」は花見のとき敷きのべる筵のことでこれとは違う。**絵筵《えむしろ》**。

花ござに稽古戻りの帯どかと　幸　喜美
花茣蓙に飾り気のなく暮しをり　辻本斐山
花茣蓙やごろりと雨の日曜日　湯川　雅
花茣蓙の大きすぎたる社宅かな　小川龍雄
新しき花茣蓙匂ひ立つ夜なり　河野美奇
花茣蓙に一と日の疲れ乗せてをり　稲畑汀子

著《き》茣《ご》蓙《ざ》 ㊂　夏季登山者などが日光を避け、また雨をしのぐためにまとう茣蓙をいう。

案内者の著茣蓙を走る急雨かな　川原檳榔子
著茣蓙など買うて行かれし旅の人　三浦　俊

寝《ね》茣《ご》蓙《ざ》 ㊂　藺などで織った茣蓙で、暑い夜、布団の上に敷いて寝る。昼寝のときにも畳の上に敷いて使う。**寝筵《ねむしろ》**。

草の戸に買ひ戻りたる寝茣蓙かな　松藤夏山
よこたへて老の身かろき寝茣蓙かな　野間紅蓼
寝茣蓙干すことが日課に加はりぬ　磯村美鶴
寝茣蓙買ふ郷愁しきりなる妻よ　松尾緑富

ハンモック 三　緑蔭の立木や屋内の柱の間に張りわたす目の粗い網の吊り寝床である。暑さを避けて読書するにも、午睡をむさぼるにも心地よいものである。**吊床**《つりどこ》。

吊床に子を眠らせてわが時間　村松ひで
子供には子供の夢のハンモック　吉田一兆
幹降り来る風もあるなりハンモック　中村若沙
ハンモック父と娘の英会話　白岩岳王
木の間てふもののありけりハンモック　多田羅初美

日《ひ》**除**《よけ》 三　ベランダ、窓、店頭などに取り付け、夏の日ざしを遮るもの。**日覆**《ひおほひ》。

はためきて影まひあがる日除かな　栗山渓村
日覆巻く人出は宵へ移りつゝ　鈴木一芝
転業の家運をかけし日覆かな　亀山其園
わだなかに一本釣の日覆舟　清崎敏郎
日除して売る古鞄古ランプ　千原草之
新館になく旧館にある日覆　松本圭二
不似合といってはをれぬ日除帽　山内山彦
舵取りて傾く舟の日覆かな　高濱虚子
大空に突き上げゆがむ日蔽かな　同
日除帽とばしはじまる舟下り　稲畑汀子

日《ひ》**傘**《がさ》 三　夏の暑い日ざしを遮るために用いる傘である。**絵日傘**《ゑひがさ》は絵や模様のあるもの。**ひからかさ**。**パラソル**。**砂日傘**《すなひがさ》はビーチパラソルのことで、海水浴場などの大日傘。

草山を又一人越す日傘かな　渡辺水巴
拝観の日傘をたゝみつゝましく　川名句一歩
乗るまでもなし大仏へ日傘さし　星野立子
夕日傘さして高野に著く女　京極杞陽
絵日傘に中国服の身の細く　下村非文
追ひついて日傘たゝめば人違ふ　丸橋静子
渡舟待つ先ほどよりの日傘かな　木村草雨
遠会釈日傘の色におぼえあり　室町まさを
陶榻に憩ふ一人は日傘さし　中村芳子

町を出てすぐに草原日傘さし　大島早苗
日傘先づくるりと廻し歩きけり　小泉安壽子
たゝみたる日傘のぬくみ小脇にす　千原叡子
砂日傘開けば隠れ竹生島　佐伯哲草
次々に日傘開きて上陸す　中山梟月
日傘さし空と一枚隔てをり　小林草吾
パラソルの中を孤独と思はずや　鷲巣ふじ子
置き忘れられさうにある日傘かな　長谷川朝子
早や日傘さゝねば悔の残りさう　田中祥子
颪あまり強くて日傘たゝみもし　高濱虚子
木もれ日の斑が流れつゝ行く日傘　高濱年尾
日傘さす音のパチンと空へ逃ぐ　同
日傘さす時かたむけて作る影　稲畑汀子

サングラス ㊂

夏の強い紫外線から目を守るための色のついた眼鏡である。アクセサリーとしても用いられている。

船客は皆サングラスパナマ航く　狩野刀川
サングラスはづせばやつと吾児笑ふ　村中千穂子
眼差しを沈めてをりしサングラス　副島いみ子
知られたくなき行動のサングラス　上原美久江
こんな貌吾にあるとはサングラス　古賀貞子
母厭ふ我がジーンズとサングラス　山澄陽子
サングラス色の空なり仰ぎけり　今井千鶴子
サングラス見知らぬ土地を大胆に　猪子青芽
口だけが喋つてをりぬサングラス　清水保生
明眸はかくれてをらずサングラス　神照代
見られゐることを見てゐるサングラス　稲畑汀子

編笠《あみがさ》 ㊂

夏、日光の直射を避けるためにかぶるもので、台笠《だいがさ》ともいい、菅、藺、檜皮《ひわだ》、竹の皮などを編んで作り、形もいろいろある。農家、行商人、登山者その他、日中外で働く人が多くかぶる。藺笠《ゐがさ》。籜笠《たけのかはがさ》。檜笠《ひのきがさ》。市女笠《いちめがさ》。熊谷笠《くまがやがさ》。饅頭笠《まんぢゆうがさ》。網代笠《あじろがさ》。

百姓をしてゐる妻へ藺笠買ふ　小谷甘露子
檜笠用ひぬ日とてなき暮し　宮城きよなみ
丈高き深編笠や人の中　高濱虚子

道《みち》をしへ《みちおしえ》 ㊂

二センチくらいの甲虫で、光沢のある碧緑に黄、赤、紫、黒などの斑点があり、触角も足も長い。日本各地の山がかった砂道などに多く、人の気配にさっと飛び立ち、数歩先にとまり、振り返って人の方を見るようなしぐさをし、近づくとまた飛び立つ。その格好が、あたかも人に道を教えているようだというのでこの名がある。古来、毒虫といわれてきたがそれは別種のツチハンミョウで、この種には毒はない。**斑猫**《はんめう》。

道をしへ

草の戸を立出づるより道をしへ　高野素十
道をしへ止るや青く又赤く　阿波野青畝
なか〳〵にこの道遠しみちをしへ　今井峡子
道をしへ人の影にはさとくとぶ　井上哲王
歩かねば教へてくれぬ道をしへ　内田准思
斑猫に遊び心の従へる　和気祐孝
高野山
此方へと法《のり》の御山のみちをしへ　高濱虚子
とぶ時の翅の色見えみちをしへ　高濱年尾
案内する道なきときの道をしへ　稲畑汀子

天道虫《てんたうむし》《てんとうむし》 ㊂

半球形でつやのある背中に斑点のついた五ミリくらいの可愛らしい昆虫である。種類が多く、斑点の数やその色もそれぞれ異なる。草の葉などに留まって、蚜《あり》まき虫などの害虫を食べる益虫と、「てんとうむしだまし」と呼ばれて斑点が多く作物を害する類とがある。**てんとむし**。

のぼりゆく草細りゆく天道虫　中村草田男
飛んで来て羽をたゝめば天道虫　本郷得象
天道虫ふるれば飛ばず落ちにけり　五十嵐播水
羽出すと思へば飛びぬ天道虫　高濱虚子
何か飛び来しが天道虫となる　稲畑汀子

玉《たま》虫《むし》 ㊂　金緑色に輝く三センチくらいの流線型の美しい昆虫である。背中には紫赤色の二条の線が縦にはしっている。夏季、榎にくることが多い。この虫を捕え、紙に包んで簞《たん》笥《す》や化粧箱に入れておくと衣装がふえ、人に愛されるという迷信がある。

玉虫や妹が簞笥の二重　村上鬼城
たまぬけし玉虫軽くあはれなり　白川朝帆
玉虫のむくろの彩をうしなはず　五十嵐八重子
玉虫の飛ぶ一の字の光かな　廣瀬美津穂
玉虫の飛べる形に覚えあり　宮中千秋
玉虫の翅に返せる日のひかり　大橋敦子
玉虫の光を引きて飛びにけり　高濱虚子
玉虫の形見の一つなりしかな　高濱年尾
玉虫の消えて残像色となる　稲畑汀子

金亀子《こがねむし》 ㊂　三センチくらいで、ふつうは金緑色をしているが、種類が多くて紫金色、赤銅色、黒褐色、紫黒色その他、さまざまの色彩を持ったものがある。夏の夜、うなりながら灯に飛んで来て、ぽたりと落ちたりする。死んだまねをする癖があり、拾って窓外へほうり出してもまた戻ってくる。幼虫の間は土中で植物の根を食い、成虫になると植物の葉を食う害虫である。**金亀虫《こがねむし》。かなぶん。ぶんぶん。ぶん虫《むし》。**

通夜の灯に来てはぶつかり金亀子　粟賀風因
金亀子擲つ闇の深さかな　高濱虚子
降りやめばはや金亀子来て荒らす　稲畑汀子

髪切虫《かみきりむし》 ㊂　種類も多く、大きさもさまざまであるが、ふつう見かけるのは体が円筒形でかたく、節のある触角は体長よりも長い。成虫の大顎は鋭く、四～六センチの大形のものは、小枝や厚紙を容易にかみ切るほどである。また髪の毛のような細いものでも見事にかみ切ってしまうので、一般に髪切虫と呼ぶ。捕えるとギイギイと音を出す。**天牛《かみきりむし》。**

押へたる髪切虫に力あり　高田櫻亭
かちととぶ髪切虫や茂り中　高濱虚子

兜《かぶと》虫《むし》 ㊂

雄は兜の前立《まえだて》のような、ものものしい角《つの》を生やしている。黒褐色の硬い甲で体をよろい、力が強く、物につかまると引っぱってもなかなか離れない。皂角子《さいかち》の木によくいて、その樹液を吸うので**さいかちむし**とも呼ばれる。捕まえて角とか首のくびれとかに糸をひっかけて子供たちが遊ぶ。雌は小さく角がなく、褐色の短毛を装っている。

勉強の机に兜虫這はせ　芹澤江村
兜虫大事に胸にとまらせて　廣瀬ひろし
闘はせらるゝを嫌ひ兜虫　長峯芳秋
兜虫の離れたがらぬ網はたく　王　麗水
子は知つてゐるくぬぎ樹のかぶと虫　稲畑汀子

毛《け》虫《むし》 ㊂

蝶や蛾の幼虫で全身毛で覆われている。大は松毛虫から小は梅や李《すもも》の葉を食う梅毛虫などまで、種類も多く色もさまざまでどれも不気味である。中には毛に毒のあるものもある。植物の葉を食い荒らす害虫で、駆除するには薬を撒布したり、竿の先につけた布きれに油を染み込ませて火を燃やし、焼き払ったりする。**毛虫焼《けむしや》く**。

火に克ちて毛虫韋駄天ばしりかな　阿波野青畝
毛虫焼く焔の中に雨降れり　平野吉美
かけよりし鶏に落ちしは毛虫かな　新津稚鷗
燃ゆる火にのけぞり立ちし毛虫かな　安部伏荷
雲水の一喝を吐き毛虫焼く　森永杉洞
毛虫焼く焔の見えぬ竿の先　辻本斐山
火を放ちたきほど毛虫犇めける　宮　閑子
毛虫焼く妻の次第に大胆に　水島三造
捕まへし毛虫の処置にふと迷ふ　猪股阿城
薄々と繭を営む毛虫かな　高濱虚子
毛虫這ふピンポン台に負けてをり　稲畑汀子

青山椒《あをざんせう》《あおざんしょう》

秋に色づく山椒の実の、まだ未熟で青く小さい粒のうちをいう。香り高くぴりりと辛いのは変りない。料理のあしらいに、香辛料に、また薬用にもする。

夏に籠る僧に届きし青山椒　岡安迷子

青山椒つませて貰ふ女客　藤崎美枝子

青葡萄《あをぶだう》《あおぶどう》　青くてまだ硬い未熟の葡萄のことである。葡萄棚に這い茂った葉の間から、緑色の若い実のひしめき合った房が垂れ下がり、葉を洩れる日ざしに光っているのは、美しく新鮮な感じがする。

綾なして洩れる日のあり青葡萄　矢崎春星

青唐辛《あをたうがらし》《あおとうがらし》　秋、赤く熟する唐辛の実が、まだ未熟で若々しく緑色のものをいう。煮たりあぶったりして食べるがぴりりと辛く、食欲の衰えがちな夏にふさわしい味覚である。同じように緑色のししとうがらしは別種で、赤くならない。**青蕃椒**《あをたうがらし》。

青蕃椒二つ並んで皿の中　加賀谷凡秋

添へ干して青唐辛子ありにけり　高濱虚子

青鬼灯《あをほほづき》《あおほおずき》　まだ色づかない夏の鬼灯である。青い葉のかげに垂れて目立たないが、しずかなあわれがある。**青**《あを》**酸漿**《ほほづき》。

水打つて青鬼灯も眺かな　川上蜆児

青鬼灯形づくりてひそかなる　大橋越央子

青鬼灯秘かに育ち居りにけり　中島たけし

うかゞへば青鬼灯の太りかな　高濱虚子

朝顔市《あさがほいち》《あさがおいち》　七月六日、七日、八日の三日間、東京入谷の鬼子母神の縁日に、早朝から朝顔市が立つ。明治時代、近在の植木屋が始めたといい、境内から舗道にかけて朝顔の鉢を商う店が並び夏の風趣をさそう。

買はでもの朝顔市も欠かされず　篠塚しげる

雨止んで朝顔市の夕べあり　藤松遊子

朝顔の模様の法被市の者　高濱年尾

鬼灯市《ほほづきいち》《ほおずきいち》　七月九日、十日は東京浅草観音の縁日で、境内に青鬼灯を商う市が立つ。これが鬼灯市で、買い求めた鬼灯の鉢を提げて歩く風情は捨てがたい。この日にお参りすると一日で**四万六千日**《しまんろくせんにち》分の御利益があるといい、参詣人で賑わう。

たゞ歩きをりて鬼灯市たのし　西方石竹

鬼灯の市の海ほゝづきの店　深川正一郎

鬼灯市雷門で落合うて　田中松陽子
恙身の四万六千日だけは　福田草一
鬼灯市俄か信心賑はへる　髙濱朋子
OLの鬼灯市の帰りらし　稲畑廣太郎
鐘ひゞく四万六千日の風　星野椿
夫婦らし酸漿市の戻りらし　高濱虚子

夏《なつ》の山《やま》 ㊂

古人も「夏山蒼翠にして滴るが如し」といっているとおり、夏季の山は、全山緑に包まれる。雪渓の残る高山、炎暑に灼《や》ける熔岩の火山もまた夏山である。**夏山家《なつやまが》**。

夏山や通ひなれたる若狭人　蕪村
夏山に向ひて歩く庭の内　高野素十
水な上へ夏山色を重ねけり　長谷川素逝
夏山の麓電車の来てかへす　倉田青雞
夏山にもたるゝ如く窓に腰　岡本蓼村
夏山に温泉の廊下の折れ沈み　高木峡川
夏山に沈みて家のなき如し　朝倉天易
夏山に白き一点天文台　保田白帆子
夏山に富士かくるまで振返る　直原玉青
コンドルの舞ひて峨々たる夏の山　平田縫子
木曾川を曲げて大きな夏の山　柴原保佳
雲そこを飛ぶ夏山の茶店かな　高濱虚子
夏山の水際立ちし姿かな　同
夏山の雪をあなどる心なく　稲畑汀子

富士詣《ふじまうで》《ふじもうで》

七月一日が富士山の「山開」で、この日から人々は山頂の富士山本宮浅間神社の奥の院に参詣するために登る。それを富士詣という。近年はスポーツとして登る人が多いが、昔はひたすら信仰の富士詣であった。**富士講《ふじかう》**は富士詣の団体。**富士道者《ふじだうじや》**は参詣団体の人々。**富士行者《ふじぎやうじや》**は参詣する人々をともなって登る先達《せんだつ》。富士講の人々は白衣に鈴を帯び、金剛杖に六根清浄を唱えながら登るのである。**篠小屋《しのごや》**は登山道途中の石室《いしむろ》の宿舎。**富士禅定《ふじぜんぢやう》**は参詣をおえ行を修めたこと。**お頂上《ちやうじやう》**は頂上をきわめること。**お鉢廻《はちまは》り**は頂上の火口壁のふちを巡ること。**富士《ふじ》**

の御判《ごはん》は参詣のしるしとして行衣などに御判をいただくこと。**影《かげ》富士《ふじ》**は頂上に立ったとき、雲海の上に富士山の影が映し出されて見える現象。

兵なりし脚は老いずと富士詣　柏木久枝
富士詣夜を徹してほつほつと　毛笠静風
富士詣一度せしといふ事の安堵かな　高濱虚子

峰《みね》入《いり》 ㊂

奈良県大峰山《おおみねさん》（標高一、七一九メートル）に信心のために登ることを峰入という。山頂には大峰山寺本堂があって、五月三日の戸開《とびらき》から九月二十三日の戸閉《とじめ》までの間、参詣者が多い。

峰入や一里をくるゝ小山伏　芭蕉
峰入の笠刎ね仰ぐ蔵王堂　山下豊水
峰入の古里衆に合流す　粟賀風因
峰入の中の先達若かりし　中島枝葉
峰入の雨吹き上げて来る行場　田中丘子
峰入の霧に冷えきし雨合羽　飯田京畔
百人の峰入の列やり過す　松﨑亭村
灯点して峰入宿の三時起　土田紫牛

登《と》山《ざん》

夏期にはスポーツ、あるいは信仰などのためにけわしい山や霊山に登ることが多い。多くは登山服を着、登山帽、登山靴にリュックサックの装備をしてピッケルを突いて登る。一部、信仰のための登山は、白衣、白脚絆、茣蓙などをつけ、登山笠に草鞋《わらじ》ばきで登山杖を持って登る。**山登《やまのぼり》。登山《とざん》宿《やど》。登山小屋《とざんごや》。登山杖《とざんづゑ》。登山笠《とざんがさ》。登山口《とざんぐち》。**

軒下にかたむき停り登山バス　森田峠
登山バス著きたるらしき人通り　半田朝月
登山靴穿いて歩幅の決りけり　後藤比奈夫
落伍せし登山仲間に帽子ふる　日比大石
踏む音の独りの時の登山靴　吉村ひさ志
真夜に富士なく登山の灯あるばかり　宮下れい香
よな汚れせる人に混み登山茶屋　宇川紫鳥
登山する事後承諾に母不服　小竹由岐子

岩に貼る登山教室予定表　木村滄雨
水渉りゆかねばならぬ登山口　稲畑汀子

キャンプ

山、高原、海浜、湖畔などに夏、天幕を張って**キャンピング**をする。自炊、キャンプファイアなど、とくに若者には楽しいものである。**天幕村**《てんとむら》。

牧夫われキャンプの子等に物語　依田秋葭
すぐきまる炊事当番キャンプ張る　宮林斐子
牛引いて里人通るキャンプ村　佐藤寥々子
蜑の子等見てゐる浜にキャンプ張る　西尾虹人
著きてすぐ潮木拾ひにキャンプの娘　三宅黄沙
早や寝たる正しきキャンプありにけり　辻井卜童
栗鼠にパン盗まれしてふキャンプかな　岡田安代
キャンプ出て暁の尾根ともし行く　田中静龍
寝不足の顔がぞろぞろキャンプより　猪子青芽
食卓の少し傾くキャンピング　中野孤城
森と言ふ森を独占してキャンプ　佐藤冨士夫
キャンプとは食ふことのみに追はれをり　平尾圭太
キャンプ場つまづくものの多かりし　稲畑汀子

バンガロー

屋根の色もとりどりに、林間、湖畔、海浜などに点在して、夏だけ開く簡易な小屋のことをいう。

バンガロー退屈な雨降つてをり　新田充穂
バンガロー絵茣蓙一枚敷けるのみ　桑田詠子
バンガロー粗末な鍵を渡さるる　荒川ともゑ

岩魚《いはな》《いわな》 ㈢

山間の渓流に棲む鱒《ます》の類の魚。鱒よりも小形で背は青黒く腹は灰白色に淡黄の斑点があり、敏捷《びんしょう》な体をきらめかせて泳ぐ。秋、川の砂を掘って産卵し、海や湖へは下らない。川釣の人のあこがれの魚である。釣ってすぐ渓流の河原で石焼にして賞味したり、山小屋の膳に上せたりする。味は淡泊である。

古るまゝに葛がくれなり岩魚小屋　水原秋桜子
何もなきもてなしにとて岩魚焼く　福田杜仙

――七月

自在鉤に吊る蚋いぶし岩魚小屋　岸原枯泉
頼みおきし岩魚も膳に山の宿　目黒寿子
見事なる生椎茸に岩魚添へ　高濱虚子

雷鳥《らいてう》《らいちょう》　体長は三、四〇センチほどの大きさの鳥である。日本アルプスの高山に棲む。色が、夏期は褐色に黒の斑点、冬期は白、春秋はその中間と、いわゆる保護色となるので有名で、爪先まで羽毛におおわれている。イヌワシなどの猛禽におそわれるため這松《はいまつ》の中に身をかくしていることが多いが、霧のかかる日や雷の気配のある天候のときなどによく姿を見せるので雷鳥の名がある。子連れの雷鳥などは登山者の人気者である。特別天然記念物に指定されている。

雷鳥

雷鳥の樹海遥にしづみけり　武原はん女
雷鳥やよくぞ穂高に登りたる　野村久雄
雷鳥鳴く雷鳥沢の霧底に　高山麦魚
ザイル置く岩を雷鳥走りけり　小林樹巴
雷鳥を見しより岳の昏れにけり　毛笠静風

お花畠《はなばたけ》　高山植物は雪の解けるのを待って、いっせいに花をつける。その花が美しく咲き乱れた一帯をお花畠という。北アルプスの白馬岳、槍ケ岳、五色ケ原や御岳《おんたけ》などはとくに有名である。「お」がつかないと季題にはならない。また俳句では「おはなばた」とも読ませている。

ちらばりてお花畑を行きにけり　野村泊月
お花畠槍も穂高も目の高さ　岸本俊彦
湖ひとつ奈落にひかりお花畠　岩松草泊

雪渓《せっけい》　高山の渓《たに》を埋めた雪は、夏も解けずに残っている。これが雪渓である。北アルプスの白馬岳や立山の大雪渓はことに有名で、登山者の心をおどらせる。

霧逃げて大雪渓の現れし　大原鬼陵
クレバスの見えて雪渓汚れをり　岸善志
雪渓の人となりつゝすぐ遠し　清准一郎
明日は踏む月の雪渓窓に懸け　篠塚しげる

雪渓の底の暗がり轟ける　井合つとむ
太陽のなき雪渓をわたりけり　阿部慧月
人里に迫る雪渓モンブラン　田中由子
雪渓の人呼ぶ声のゆきつきり　工藤いはほ
雪渓を貫く如き山の雨　小竹由岐子
雪渓の下にたぎれる黒部川　高濱虚子
雪渓のこゝに尽きたる力かな　同
雪渓を踏み来し足を絨毯に　稲畑汀子

雲海《うんかい》
夏、高山に登ったときなど、脚下に広々と果てしない白雲の連なりが見られる。これが雲海である。早暁起きて山頂に立つと、下界の山河を埋め尽くした雲海のありさまは、美しいというよりむしろ荘厳である。とくに雲海に朝日の差し初めるときの光景は見事である。

雲海や色を変へつゝ動きつゝ　小薬流水
雲海や阿蘇の噴煙高からず　松本圭二
牧守の雲海を踏み渡り来し　井上蘇柳
雲海を来てみ熊野の古道を　花田道子
雲海の今水色を置く夕べ　稲畑汀子

円虹《まるにじ》
高山の頂上でごくまれに見ることのできる虹の現象で、下界で見る虹はふつう半円形であるが、全円形のものが見られる。

円虹に立ち向ひたる巌かな　野村泊月
円虹の中登り来る列のあり　勝俣泰亨

御来迎《ごらいごう》《ごらいがう》
早朝、高山の頂上に立つと、日の出と反対の西側に流れている雲や霧の上に自分の姿が大きく映り、それに光線の関係で後光がさし荘厳な景色となることがまれにある。それを仏の姿と思って御来迎と名付けた。近ごろは高い山頂で見る朝日のことを御来迎というようになったが、そのときは「御来光」と記して区別するのがよかろう。

茣蓙を著てすつくと立てり御来迎　田中蛇々子
寝袋に覚めて待ちをり御来迎　田中子杏
御来迎消え現身に戻りけり　毛笠静風

赤富士《あかふじ》　夏の暁方、朝日に照らし出されて山肌が赤く染まって見える富士山をいう。岳麓から間近に仰ぐ赤富士はまことに壮観で、北斎の版画にもなっている。

赤富士に滴る軒の露雫　深見けん二

滝《たき》 [三]　高い岩壁から一気に落ちる滝、ゆるやかに連なり落ちる滝など、大小いろいろの滝の景がある。遠方からもはっきりと見える滝、道をたどって行くと突然現れる滝など、ときに清涼を感じさせ、ときに豪快さを感じさせる。**瀑布**《ばくふ》。

滝の上に水現れて落ちにけり　後藤夜半
滝打って行者三面六臂なす　川端茅舎
神杉の上をとびゆく滝しぶき　栗山渓村
道ちがふらし滝音に遠ざかる　下村梅子
滝の上に空の蒼さの蒐り来　後藤比奈夫
打たれ来し滝の重みが肩にまだ　佐々木島村
滝しぶきにも狎れ野猿巌つたふ　高木石子
巌頭に妻を残して滝行者　三木朱城
滝行者即ち比叡の阿闍梨なる　中井余花朗
人杖にすがり滝打つ行者かな　竹下陶子
滝見んと温泉宿の庭を近道す　古賀邦雄
一瀑のあれば一景自ら　澤村芳翠
万物の音みなこゝに神の滝　小島左京
滝の風には正面のありにけり　粟津松彩子
落下する先も虚空や那智の滝　稲岡長
顚落す水のかたまり滝の中　高濱虚子
神にませばまこと美はし那智の滝　同
滝壺の水に遊べる日の斑かな　高濱年尾
岨道の上り下りや滝の道　同
滝しぶき浴びる近さに五六人　稲畑汀子
滝を見る日の位置も亦落ちてをり　同

泉《いづみ》《いずみ》 [三]　地下から自然に湧き出てくる水である。清水とほとんど同義であるが、泉には量的に湛えられた水の感じがある。

刻々と天日くらき泉かな　川端茅舎

泉噴く水輪の影は光るもの　勝俣泰享
天正の世より存する泉あり　田中蛇々子
駒の鼻ふくれて動く泉かな　高濱虚子
湧き止まぬ泉なりけり橡のもと　高濱年尾
棲むものの孤独月牙の泉あり　稲畑汀子

清水《しみづ》《しみず》 〔三〕 地下や岩間から湧き出てくる清冽な水で、小さな流れとなっているものもいう。清く澄んでいて、手ですくうと切れるように冷たい。**山清水**《やましみづ》。**岩清水**《いはしみづ》。**苔清水**《こけしみづ》。**草清水**《くさしみづ》。

二人してむすべば濁る清水かな　蕪村
杓のべてたまる清水をまちにけり　山本京童
新しき手柄杓の香の岩清水　小山白云子
こゝに湧く清水が頼み杣夫婦　岡本秋雨路
坑内鼠清水湧く場所知りて来る　戸澤寒子房
五合目の富士の清水を掬ひのむ　星野椿
淋しさの故に清水に名をもつけ　高濱虚子
立山の清水のかもす酒と聞く　稲畑汀子

滴り《したたり》 〔三〕 崖や岩のあいだから自然ににじみ出る水が、苔などを伝ったりして滴り落ちる点滴で、清涼の感が深い。暑いとき山道など歩いて来て、木蔭に滴りを見つけると疲れも忘れる思いがする。

滴りを受ける柄杓を持ちかへて　宮本杏圃
滴りに歯朶の葉先の応へをり　伊藤蘇洞
滴りの光添はざるときのあり　木全篝火
滴りの洞の仏に詣でけり　高濱虚子
床几あり滴りを目の前にして　高濱年尾
わく如き滴りにして苔の面　同
滴りに始まる流れあることを　稲畑汀子

巌松《いはまつ》《いわまつ》 〔三〕 高山の湿り気をもった岩などに生える歯朶の一種で、枝葉が檜に似ているので**巌檜葉**《いはひば》ともいう。葉は炎天のもとで乾くと固く内側に巻き込み、湿り気をもつとまた青と開く。繁殖期は多く梅雨のころでその新葉はまことに美しい。観賞用として多く盆栽にする。巌苔《いはごけ》。

巌檜葉の形の悪しきほどよけれ　坊城中子
巌松や屋敷構へて沼住ひ　深見けん二
巌檜葉の最も水を欲しげなり　藤松遊子
巌苔に朝の日乗せてをりにけり　稲畑汀子

一ツ葉《ひとつば》 ㊂ 山間の岩の上、木蔭などに生える歯朶の一種で、観賞用として庭園に栽培され、また盆栽にもされる。茶褐色の根茎がはい、これに長い柄をもった三〇センチくらいの細長い葉を一枚ずつつける。表面は暗緑色、裏面は一面に毛があり、褐色の粉をふいたように見える。常緑であるが、夏に生じる新葉がことに美しい。

夏来てもたゞ一つ葉のひとつかな　芭蕉
一ッ葉の巌にはびこる瑞泉寺　山口笙堂
木洩日の揺れ一つ葉の波打てる　稲畑汀子

涼《すず》し ㊂ 暑い夏であるからこそ涼しさを感じることもまたひとしおである。**朝涼《あさすず》**、**夕涼《ゆふすず》**、**晩涼《ばんりやう》**、**夜涼《やりやう》**、**涼風《りやうふう》**などのほか、季題としての使い方もさまざまである。

河辺眺望
此あたり目に見ゆるものみなすゞし　芭蕉
じだらくに寐れば涼しき夕かな　宗次
御灯に切火を打って神涼し　武原はん女
橋すゞしもつとも激つ上にたち　皆吉爽雨
印度
朝涼のお伽の国に今起きぬ　星野立子
航涼し河水濁りすでになく　中田みづほ
云はむとす事ふと忘れ涼風に　翁長恭子
大那須野没し終んぬ闇涼し　松本たかし
波涼しすれ違ふ時船迅く　河合いづみ
空港の灯は赤と青芝涼し　田中蘇冬
剃髪は僧のよそほひ夕涼し　能仁鹿村
人柄の涼しく召して旅ごろも　吉田小幸
島々の夜々の涼しく十字星　城谷文城

粧ふといふは涼しく見せること　木内悠起子
山の星見る間にふえてゆく涼し　内藤芳子
涼しさをもてなしとして離れ侍す　伊藤風樓
闇涼し富士の気配をぬりつぶし　成瀬正とし
お悔みを言はぬ涼しき心遣り　三木由美
朝涼のまにと早目に家を出し　八木春
火山灰降つて涼しき風の入れられず　中園七歩才
涼風に身を置き明日を考へず　藤木和子
堂縁の暗きが涼し観世音　山崎一象
構はれぬことが涼しき浦の宿　上崎暮潮
山寺の涼しさ水の音所々に　安原葉
星涼し吾子賜はぬも神の意か　水田むつみ
遺墨にも月日涼しく流れけり　辻口静夫
晩涼に池の萍皆動く　高濱虚子
面舵に船傾きて星涼し　同
山荘に著きてくつろぐたゞ涼し　高濱年尾
夕富士は涼しきものと仰がるゝ　同
水音のかすかにありて涼しさよ　稲畑汀子

露涼し《つゆすず》 ㊂

露は秋季に多いのであるが、夏でも朝晩しとどの露を見ることがある。つまり**夏《なつ》の露《つゆ》**のことだが、「露涼し」という方が感じが強い。

露涼し朝ひとときの畑仕事　津田柿冷
老居士と朝茶一喫露涼し　上林白草居
露涼し寝墓に彫りし聖十字　景山筍吉
露涼し芝生につきし栗鼠の径　神田九思男
朝の間の露を涼しと芝歩く　稲畑汀子

帷子《かたびら》

木綿、麻、苧《からむし》などで粗く涼しく織られた布で作った単衣《ひとえ》で、風通しのよい夏の衣服である。**黄帷子《きびら》**は卵色で紋付が多い。**白帷子《しろかたびら》**。**染帷子《そめかたびら》**。

わすれゐし帷子ありぬ妹が許　几董
黄帷子著て閑な稽古や能楽師　幸喜美
帷子や古武士のごとくおはしけり　波多江白夜

著なれたる黄帷子最も身に即す　岩木躑躅
帷子を旅の鞄に座長我れ　壽々木米若
米寿なりし祖父の形見の黄帷子かな　石川豫風
帷子に花の乳房やお乳《ち》の人　高濱虚子
帷子は父の形見や著馴れたる　高濱年尾

上布《じやうふ》《じようふ》

麻織物の一種で、苧《からむし》、麻の細糸で織った高級な布。越後《えちご》上布《じやうふ》、薩摩《さつま》上布《じやうふ》が名高い。

芸に身をたて通したる上布かな　杵屋栄美次郎
男にもある著道楽上布買ふ　林隆斎
上布著てこの身世に古る思ひかな　松尾静子
上布著て古き時代をなつかしむ　木下宗律
一生を和服で通し白上布　成見九一

芭蕉布《ばせうふ》《ばしようふ》

芭蕉の茎の皮からとった繊維で織った布地をいう。沖縄や奄美の特産で、昔から織られていた。繊維は麻よりも堅く、張りがあって風通しがよく、夏、肌につかないので好まれる。

芭蕉布のぴん〱したる身軽さよ　井関夏堂
芭蕉布を織つて少なき賃稼ぐ　原田澄子

羅《うすもの》

盛夏に用いる絽、紗などの薄絹を用いて作った単衣《ひとえ》をいう。男も用いるが、婦人が外出に着る場合が多く、透けた羅をきりりと身につけた姿は涼しげである。近年は化繊の羅も多い。

羅の大きな紋でありにけり　本田あふひ
羅やすけて朱ぬりの衣紋竿　安光品女
羅の二人がひらり〱歩す　星野立子
羅のたゝみて藍の深きこと　島田鈴子
羅を著て見すかさる思ひあり　森カツ子
著痩とはかなしき言葉うすごろも　篠塚しげる
羅にちらりと肌の動きたる　伊藤柏翠
羅の近寄りがたき気品見し　今村青魚
何げなく羅しやんと着こなして　荻江寿友
羅にすはまの紋のうす〱と　高濱虚子

浴衣《ゆかた》 ㊂ 昔、入浴の際に用いた主として木綿の単衣《ひとえ》、すなわち湯帷子《ゆかたびら》の略であるが、いまは浴衣掛で外出もするようになった。湯上りに糊のきいた浴衣のそぞろ歩きもよい。**染浴衣**《そめゆかた》。**貸浴衣**《かしゆかた》。**古浴衣**《ふるゆかた》。

宿浴衣隣りの部屋は狂言師　近藤いぬゐ
おのづから師弟別ある浴衣かな　吉井莫生
縫ひ上げてすぐに著て出る浴衣かな　宮崎君子
病みてなほ気性はげしく糊浴衣　矢津羨魚
末の子の宿浴衣著て顔小さし　上野泰
浴衣著て身軽う在し給ひけり　柏崎夢香
浴衣著て年の隔りなくなりし　剣持不知火
四五枚の浴衣を干して旅籠らし　清崎敏郎
浴衣著て医をはなれたるわが時間　小坂螢泉
宿浴衣みんなが同じ顔となる　塙告冬
夫が著て長男が著て古浴衣　大島詠子
眉目よしといふにあらねど紺浴衣　高濱虚子
わが浴衣われの如くに乾きをり　同
宿浴衣著馴れぬさまに結ぶ紐　稲畑汀子

白絣《しろがすり》 ㊂ 木綿または麻の**白地**《しろぢ》に黒や紺で絣模様を配したもので、夏に着て涼しげである。

稽古場の役者一様白絣　片岡我當

晒布《さらし》 ㊂ 麻や木綿の布地を灰汁《あく》に浸け、または煮て、これを川で流し洗いし、日光に晒して白くした布である。いまでは手数を省き種々の薬品を用いることが多い。単に**晒**《さらし》とも書く。昔、奈良産のものが有名で**奈良晒**《ならざらし》の名があった。**晒時**《さらしどき》。**晒川**《さらしがは》。

川風に水打ながす晒かな　太祇

甚平《じんべい》 ㊂ 男性用の袖なし羽織のような単衣《ひとえ》をいうが、短い袖をつけたものもある。丈も羽織くらいで、前で合わせ、付け紐で結ぶ。麻や薄地の布で作り、多く関西で用いられていたが、最近では全国的にひろく愛用されるようになった。**じんべ**。**甚兵衛**《じんべゑ》。

甚平の吾をくすしと見てくれず　佐々木清雪
甚平に著替へて軽き起居かな　加藤三陽
甚平著て浮世離れの男かな　重森百合女
甚平著て脛の笑つてゐるやうな　小田三千代
甚平や浪花男といはれもし　石川ただし
恋はものゝ男甚平女紺しぼり　高濱虚子

汗《あせ》 ㊂ 日本の夏は気温も湿度も高いのでじっとしていても汗が流れる。少し動くと顔や胸などを汗《あせ》の玉《たま》が伝う。**玉《たま》の汗《あせ》**などともいう。**汗《あせ》みどろ**は総身汗に濡れそぼつこと。**汗《あせ》の香《か》**。**汗水《あせみづ》**。**汗《あせ》ばむ**。

汗の人ギユーッと眼つぶりけり　京極杞陽
人の為めおのが為とて汗涼し　池内友次郎
坑衣脱ぎ汗の胸板一と拭ひ　高橋しげを
全身の汗をつゝみて威儀法衣　荒木東皐
もみくちやに洗ひゐるなり汗の顔　三條羽村
白といふ気の張る帯に汗かけず　田畑美穂女
出稼ぎの汗に汚れし便り来る　網干みのる
能面をとりて流るゝ汗拭かず　小島梅雨
汗拭いて船の奈落に機関守る　狩野刀川
もてあます程に多くて汗の髪　高橋みゆき
汗しとゞなる強力に道ゆづる　谷口みさほ
懸命に轆轤を蹴つて汗とばす　今井風狂子
汗噴きし若さの匂ふ貌なりし　藤崎美枝子
独り居にゆるめし汗のコルセット　飯田よし江
妻が見てをらねば袖で汗を拭く　山岡黄坡
答案の汗にじめる文字のあと　上和田哲夫
冷汗もかき本当の汗もかく　後藤立夫
汗のもの山と洗うて看取妻　山田不染
汗流す釈迦も入りたる湯でありし　藤　丹青
同じ汗掻いて吾子にはなき疲れ　浅利恵子
隣席の汗の男をうとみみる　坊城としあつ
汗をかくかゝぬなんどの物語　高濱虚子

旅衣汗じみしまゝ訪ねくれ　同
汗拭きて質疑応答終りけり　稲畑汀子

汗衫《あせとり》　上衣に汗のつくのを防ぐための肌着で、ガーゼ襦袢や網襦袢《あみじゆばん》などがある。古くは紙捻で作った紙捻襦袢《こよりじゆばん》もあった。

汗衫の私の工夫人知らず　副島いみ子
舞ひ終へし娘の汗衫の重きかな　川口咲子
汗衫を干して力のなかりけり　成瀬正俊
汗衫を取りて我家に勝るなし　河野美奇

汗手貫《あせてぬき》　籐または馬の毛、鯨のひげ、生糸の撚糸《よりいと》などで粗く編んだ筒状のもので、汗のため袖口の汚れるのを防ぐ。現在は僧侶などが主に用いる。

汗手貫僧は威容を崩さざる　高見冬花
先住の手づくりと云ふ汗手貫　綿井爽堤
汗手貫出る袖口を気にもせず　本田桃月
汗手貫はづさせ僧を診察す　階堂杏庭
方丈の節くれし手に汗手貫　瀧澤鶯衣
たくましき僧の腕や汗手貫　高濱年尾

ハンカチーフ ㊂　四季を通じて用いられるが俳句では夏の季題とする。かつては木綿、麻、絹などの白地が多かったが、現在は色物、ことに婦人用としては美しい模様のあるもの、刺繍《ししゆう》をしたもの、レースで縁取《ふちどり》したものなどがある。**ハンカチ**。**汗巾**《あせふき》。**汗拭**《あせぬぐひ》。

旅つゞく明日にハンカチ洗ひおく　江口竹亭
ハンカチの二枚目使ふ午後となる　嶋田摩耶子
ハンカチの汚るゝためにある白さ　岩岡中正
ポケットのあれば出てくるハンカチよ　稲畑汀子

白《しろ》**靴**《ぐつ》 ㊂　夏用の白い靴である。以前はリネンなどのものがふつうだったが、近年はほとんど革製である。

白靴に急に雨降り急に照り　嶋田摩耶子
白靴をはいて刑事と思はれず　松岡ひでたか
いさかひて夫の白靴まで憎し　堀恭子

よく遊びたる白靴を仕舞ひけり　白根純子
白靴の弾んでくれぬ旅の雨　稲畑汀子

腹当《はらあて》 ㊂ 寝冷えを防ぐために用いる腹掛をいう。毛糸で編んだ腹巻や、晒布《さらし》をぐるぐる巻くのもある。幼児用のものは紐をつけて首から吊り、背中で結ぶようになっている。**寝《ね》冷《びえ》知《し》らず**ともいう。

腹当の月の兎や吾子育ち　宇佐美輝子
腹当の児やよく泣いてよく太り　沢野藤子
腹当をとりて何やら頼りなく　萩原大鑑
腹当や赤く大きな紋所　高濱虚子

衣紋竹《えもんだけ》 ㊂ 夏、汗になった衣類を掛けて乾かすために多く用いられるもので、竹や木、プラスチックで作られている。**衣紋竿**《えもんざを》。

衣紋竿夕べの著物かけにけり　酒井小蔦
衣紋竹吊りて単身赴任かな　矢津羨魚
芸名を印し楽屋の衣紋竹　木村重好
女物ひきずりかくる衣紋竹　高崎雨城
役に立つ夜店で買ひし衣紋竹　片岡片々子
憎の間にかゝりて朱の衣紋竹　小林七歩
抜衣紋して衣かゝる衣紋竹　高濱虚子

簟《たかむしろ》 ㊂ 竹を細く割って筵のように編んだものをいう。籐で編んで作ったのが籐筵《とうむしろ》である。いずれも夏らしい感触の敷物である。

細脛に夕風さはる簟　蕪村
京の宿置行灯に簟　西山泰弘
危座兀座賓主いづれや簟　高濱虚子

油団《ゆとん》 ㊂ 和紙を広く貼り合わせ、表に油または漆、渋を引いたものである。なめらかで肌ざわりがひやりとするので、夏の敷物に用いられる。

故郷は油団に暗し客主　本田あふひ
この家と共に古りたる油団かな　伊藤柏翠
忌籠の油団をのべし一間あり　高木石子

杜影映りもぞする油団かな　高濱虚子

円座《あんざ》《えんざ》 ㊂ 藁、蒲、菅、藺などで渦のように円く平たく編んだ敷物。夏、座布団に替えて用い、縁側や縁台などに敷くと涼しげである。

君来ねば円座さみしくしまひけり　村上鬼城
一枚の円座に托す老後かな　竹末春野人
積まれたる円座一つをとりて敷く　森信坤者

籠枕《かごまくら》 ㊂ 竹または籐で箱形や筒状に編んだ枕である。風通しがよく、涼しいので昼寝などに用いられる。**籐枕**《とうまくら》。

手枕を解いて藺枕引きよせて　森信坤者
籠枕あてがひ呉るゝ頭あげ　吉武歓之助
船酔のまだ続きをりかごまくら　刈谷幸子
籠枕もちて気軽に入院す　梶尾黙魚
寝飽きたる夜をもて余す籠枕　堤俳一佳
籠枕新しすぎて逃げ易く　北川喜多子
口あけて寝たる僧都や籠枕　高濱虚子

竹夫人《ちくふじん》 竹または籐で編んだ細長い筒形の籠で長さは一〜二メートル。夏寝るとき、抱いたり足をもたせたりして涼をとるために用いる。**竹奴**《ちくど》。**添寝籠**《そひねかご》。

蓬生や手ぬぐひ懸て竹婦人　蓼太
潮騒やリオのホテルの竹夫人　坂倉けん六
ジャワの夜のスマトラの夜の竹夫人　清水忠彦

竹牀几《たけしやうぎ》《たけしようぎ》 ㊂ 竹で作った簡単な腰掛。庭先、門辺などに置いて納涼に用いる。

劇場の小さき庭の竹牀几　島田みつ子
竹牀几師匠小路といふ名あり　中村若沙
木場堀の夕風に置き竹床几　浅賀魚木
竹牀几出しあるまゝ掛けるまゝ　高濱虚子

造り滝《つくりだき》 ㊂ 涼を呼ぶために人工的に水を岩の上から落として滝のように見せるしかけ。多くホテルや料亭などの庭に見られる。**庭滝**《にはだき》。**作り滝**《つくりだき》。

つくり滝大きな鯉をあそばせて　丹治蕪人

庭滝の涼しき音を夜もすがら　菊池さつき
造り滝とまるあはれを見てをりぬ　野村久雄

噴水《ふんすゐ》《ふんすい》 ㊂ 庭園または公園などの池の中に、水をいろいろの形に噴き上げるようにしてあるしかけ。高さを刻々変えたり、夜は照明を当てたりするのもある。いかにも涼味豊かなものである。**吹上**《ふきあ》**げ**。

噴水の落つるをさゝへ水さやぎ　岩野登三朗
客を得て夜の噴水上りけり　勝本柏宇
噴水の力の出たる高さかな　川崎桐家
噴水の向ふの街の動きをり　小林公民
噴水の音のたしかな夜空かな　下村福
噴水をひきたてゝゐる空の色　美濃霜月
眺めゐて噴水は退屈なもの　林大馬
噴水を遠巻に夜の来りけり　合田丁字路
噴水や水のさゝらに蝶遊ぶ　高濱虚子
噴水の向ふにもあるベンチかな　高濱年尾
噴水の競はぬ高さ揃ひけり　稲畑汀子

噴井《ふけゐ》《ふけい》 ㊂ 水の絶えず噴き出ている井戸をいう。山近いあたりの井戸や掘抜井戸などによく見られる。**噴井**《ふきゐ》。

底砂のひしめきゆらぐ噴井かな　古賀拓桜
一城を支へし噴井今も噴く　高槻青柚子
月浴びて玉崩れをる噴井かな　高濱虚子

滝殿《たきどの》 ㊂ かつては滝のほとりに建てた御殿をいい、納涼などに使用された。平安、鎌倉時代の寝殿造では泉殿と同類のものとしてあったようだ。現在は納涼のための滝のほとりの簡単な建物をいう。

滝殿や運び来る灯に風見えて　田中王城

泉殿《いづみどの》《いずみどの》 ㊂ 平安時代の建築様式からの建物で、涼をとるために、泉水のほとりまたはその上に突き出して建てた離れ家である。

御簾垂れて人ありやなし泉殿　柳澤白川
水亭の細き柱の立ち並び　高濱虚子

露台《ろだい》 ㊂ 洋式建物の屋上に設けられたり、外側に張り出してつくられた台で、夏の暑さをしのぐため涼みに用いられるので俳句では夏季とする。**バルコニー**。**ベランダ**。

ベランダを夕餉の場とし一家健　左右木韋城
いつのまに椅子たゝまれしバルコニー　飯田三小子
ベランダに夕づつ仰ぎ見るばかり　山田光子
星に魅せられし吾子またバルコニー　青島麗子
露台なる一人の女いつまでも　高濱虚子
露台よりことづてありし二三こと　稲畑汀子

川床《ゆか》 納涼のため、川の流れに張り出して設けた床をいう。京都では鴨川、洛北貴船川の川床が有名である。七月から暑い間、茶屋、料亭が流れの上に川床を組む。暮れ方になると、行灯、雪洞などを灯し、流しが三味を弾いて来たりする。**床涼**《ゆかすず》**み**。**川床**《かはどこ》。

いざなはる京の名残や残り床　佐野丶石
川床に出る女将に猫のつきまとひ　中田余瓶
川床一つ歯抜けしごとく灯らざる　藤井葭人
酔かくすほどの暗さの川床の灯に　清水忠彦
川床に出づれば近き比叡かな　松田空如
三条の橋暮れて行く床涼み　高濱虚子
おのづから木蔭が川床を蔽ひたる　高濱年尾

納涼《すずみ》 暑い夏は少しでも涼しい所を探して**涼**《すず》**む**。水のほとりの**橋涼**《はしすず》**み**、**土手涼**《どてすず》**み**、**磯涼**《いそすず》**み**。風を求めての**縁涼**《えんすず》**み**、**門涼**《かどすず》**み**、**夕涼**《ゆふすず》**み**、**宵涼**《よひすず》**み**、**夜涼**《よすず》**み**。**涼**《すず》**み台**《だい》をしつらえ、**納涼**《すずみ》**舟**《ぶね》を出したりする。納涼の催しも多い。

夕すゞみよくぞ男に生れける　其角
涼居て闇に髪干す女かな　召波
門涼みかゝる夜更けに旅の人　高野素十
一力の涼み牀几の土佐太夫　中村さとし
軒涼み尼の師弟の牀几かな　安田孔甫
ゆる〳〵と涼み憩ひて神詣　深川正一郎
欄干にいたく身そらせ涼みをり　波多野爽波

富士の灯の今日も見え居る縁涼み　勝俣のぼる
涼みゐし中の一人に電話来し　星野立子
甲板に笑ひを飛ばし涼みをり　狩野刀川
空ばかりみてゐる子抱き夕涼み　今井つる女
今日のことすつかり忘れ夕涼み　河野扶美
考へは教師を出でず涼みけり　辻井ト童
芝に出て涼む星の夜星なき夜　清水忠彦
橋涼み温泉宿の客の皆出でて　高濱虚子
納涼の義太夫かたり乗せし船　稲畑汀子

端居《はしゐ》《はしい》 〔三〕　夏、室内の暑さから逃れるために縁先へ出て外気に触れ、庭の風景を楽しんだりすることを端居という。風呂上がりの夕方など、風鈴の鳴る縁で、団扇を使いながらの端居は格別である。

端居してたゞ居る父の恐ろしき　高野素十
なか／＼に沖は暮れざる端居かな　大野きゆう
悔もなく未練もなくて端居かな　下田實花
端居してすぐに馴染むやおないどし　星野立子
夕端居大地沈んで行きにけり　上野泰
湯上りのシヤボン匂はせ端居に来　中野浩村
端居人起ちし大きな影なりし　藤松遊子
端居して憂きこと忘れゐるをふと　上野章子
いらぬこと聞ゆる耳と夕端居　尾崎陽堂
旅にして端居ごころを携へし　山内山彦
晴眼と人には見ゆれ夕端居　平尾みさお
端居してをりて夫婦の距離にゐる　兜木總一
つくばひのよく濡れてをる端居かな　高濱虚子
縁台にかけし君見て端居かな　同
波音を近づけてゐる端居かな　稲畑汀子

打水《うちみづ》《うちみず》 〔三〕　暑い夏の真昼や夕べ、埃を鎮め涼風を呼ぶために、庭や路地、店先などに**水**《みづ》**を打**《う》**つ**。地が湿り、石畳が濡れて見た目も涼しく、また緑を増した庭の草木から滴り落ちる雫もすがすがしい。**水撒**《みづま》**き**。

思ひきり身体倒して水を打つ　京極杞陽
あれ程に打ちたる水も早乾く　池内たけし
水打つて今日の仏の客を待つ　佐藤漾人
川水を打たんがための長柄杓　近藤麦風
終には跣足になりて水を打つ　岡本孝女
足許に生るゝ風や水を打つ　高田其月
打水のゆきわたりたる風の来し　下田實花
打水をしてゐる主縁に客　今井つる女
火の入りし窯場打水絶やすなく　岸川鼓蟲子
つき合ひの近所大事や水を打つ　島田みつ子
いくらでも欲しがる芝に水を打つ　森田桃村
もてなしは主みづから水打つて　藤松遊子
水打つて雲水の吾子迎へけり　辻　美彌子
水打ちて日向の匂ひ逃げ行きぬ　谷口和子
水打つてあり待つてゐしこと言はず　小竹由岐子
打水にしばらく藤の雫かな　高濱虚子
水打つやわが家へ帰り来しことを　稲畑汀子

撒水車《さつすゐしや》《さつすいしや》　㊂　街路や公園などに水を撒きながらゆっくり走る自動車である。ふつう「さんすいしゃ」と呼ばれている。

夕凪や行つたり来たり撒水車　田中田士英
雨期明けの街に出て来し撒水車　猿渡青雨
撒水車道広ければ又通る　稲畑汀子

行《ぎやう》《ぎよう》**水**《ずゐ》《ずい》　一日の汗を流すのに、盥《たらひ》などに湯をとり、または日向水《ひなたみず》を使っての簡単な湯浴み。湯殿や庭先などでする。

行水や夜髪結びて寝るばかり　山家和香女
灯台に灯が入り海女は行水に　田中田吉
行水の児にかへり来る父坑夫　増田原子
行水をしてゐる我に誰か来し　石川梨代
行水の音暫し絶え暫し絶え　杉本　零
静かなる音して妻の行水す　久保一秀

行水の女にほれる烏かな　高濱虚子

髪洗《かみあら》ふ《かみあらう》 ㊂ 夏は髪が汗と埃で汚れやすく、また臭いやすくなるので、女性は毎日のように髪を洗う。長い洗い髪を梳《くしけず》る姿は艶である。**洗《あら》ひ髪《がみ》**。

薄命の叔母似と云はれ洗ひ髪　有馬籌子
まだ云うてなき里帰り髪洗ふ　野島時子
無造作に束ねて軽し洗ひ髪　吉崎ふみ
看護婦の一と日の疲れ髪洗ふ　水無瀬白風
吾子の髪少し切らばや洗ひやる　星野立子
洗ひ髪かわく間を子に絵本よむ　野見山ひふみ
浮世絵の女は長き髪洗ふ　松尾静子
洗ひ髪素顔でゐてもよき夕べ　嶋田摩耶子
梳きながら乾いてをりぬ洗ひ髪　玉利孝子
病床の黒髪断ちて髪洗ふ　庄野禧恵
明日といふ言葉は楽し髪洗ふ　鷲巣ふじ子
涙することはまだ先髪洗ふ　小池和子
いつお召しあるやもしれぬ髪洗ふ　一円あき子
喜びにつけ憂きにつけ髪洗ふ　高濱虚子
山川にひとり髪洗ふ神ぞ知る　同
髪洗ふ落著く迄の二三日　稲畑汀子

牛冷《うしひや》す 真夏の太陽の下で働いて汗埃《あせぼこり》にまみれた牛を、川や沼の水につけて洗い、冷やして疲れを癒やしてやるのである。**牛洗《うしあら》ふ**。

冷し牛巌のごとく昏るゝなり　山本孕江
牛冷す従ききし仔牛あとしざり　大内稽水
自らも胸まで浸り牛冷す　中村豊

馬冷《うまひや》す 炎暑の中を喘ぎながら働いた馬を、仕事が終ったあと、夕方の川や沼などに入れて汗を流し蹄を冷やしていたわってやるのである。**馬洗《うまあら》ふ**。

ながれ来るものに目つむり冷し馬　四ノ宮白帆
川宿の向ふの岸の冷し馬　菊池木亭
水高く蹴つて上りぬ冷し馬　大南耕志

馬冷す牧の中なる流れかな　鎌倉啓三
天山をくぐり来し水驢馬冷す　西上禎子
冷し馬耳だけ動きをりにけり　河野美奇
馬冷す大河を渡る旅日記　星野椿
馬冷すための流れでありしとか　川口咲子

夏《なつ》《なつ》の夕《ゆふ》《ゆう》 ㊂ 夏の日の暮れ方である。長い日中の暑さが過ぎて夕方になると、ようやくほっとして一息ついたような心持になる。**夏夕《なつゆふべ》**。

夏夕蝮を売つて通りけり　村上鬼城
隅田川夏の夕べを誇りけり　斉藤寛
夏の夕菅笠の旅を木曾に入る　高濱虚子

夏《なつ》の夜《よ》 ㊂ 夏の夜というと「短夜」という感じよりも、涼を求めて夜を更かしてしまう思いがある。**夜半《よは》の夏《なつ》**。

ガソリンと街に描く灯や夜半の夏　中村汀女
日は北に北極圏の夏の夜　三宅蕉村

夜《よ》店《みせ》 ㊂ 夏の夕方から夜にかけて、道ばたに屋台をはり、裸電球を吊したりしてさまざまな品物を売っている店。縁日などに立つ夜店を散歩するのも楽しい。

湖沿ひの淋しき町の夜店かな　小林拓水
夜店にて仮名書論語妻買ひし　池上浩山人
はめて見て夜店の指環買ふ女　嶋田摩耶子
赤き月のぼり夜店のしまふ刻　真岸米子
夜店へと紅き鼻緒の下駄履いて　川口咲子
並びゐて隣照らさず夜店の灯　浜永宗一
引いて来し夜店車をまだ解かず　高濱虚子

箱《はこ》釣《づり》 ㊂ 浅い水槽に鯉や金魚や目高などを入れて、紙の杓子や切れやすい鉤《かぎ》で釣らせる遊び。お祭や夜店によく出ており、子供等がかがみ込んで眼を輝かせて釣っている。

街の子に金魚掬ひの灯の点きし　舘野翔鶴
箱釣や頭の上の電気灯　高濱虚子

起《おこ》《おこ》し絵《ゑ》《え》 ㊂ 芝居絵や風景画から人物や樹木などを切り抜いて、厚紙で裏うちし、芝居の舞台のような枠組の中に立て、灯火を点ずるしくみにしたもの。これを夕涼みのころ門前または縁側などに置き近所の子供たちに見せて楽しませた。近ごろはほとんど見かけない。**組上**《くみあげ》。**立版古**《たてばんこ》。

起絵の男をころす女かな　中村草田男
さし覗く舞子の顔や立版古　後藤夜半
起絵や人形町は問屋街　根岸葉萍
水売の絆纏粋に立版古　岡本春人
うち並べともし勝ちたり立版子　高濱虚子
表情の生れ起し絵立ち上る　稲畑汀子

夏芝居《なつしばゐ》《なつしばい》 ㊂ 夏季に興行するいろいろな演劇をいう。たいがい涼しげな出しもので、怪談、喜劇、水狂言、早替り、浴衣ものなどである。昔は夏の劇場の暑かったことと、夏祭に人気が集まって、芝居見物の客が少なかったので、劇場では六、七月を土用休とした。主な俳優の休む中で、若手やまだ修業中の者などが臨時の興行をすることがあり、これを**土用芝居**《どようしばゐ》といい、現在の夏芝居に育ってきた。

祀りある四谷稲荷や夏芝居　後藤夜半
殺し場のはじめ音頭や夏芝居　下田實花
怪談が好きで欠かさず夏芝居　河崎晏子
薄き幕引きて終りぬ夏芝居　小林春水
客席にジーパン姿夏芝居　片岡我當
聞えざる涼み芝居を唯見をり　高濱虚子
本水も流行となりぬ夏芝居　高濱年尾

水狂言《みづきやうげん》《みずきょうげん》 夏に興行する芝居はよく水を使い涼味を誘う趣向をこらす。たいてい怪談ものが多い。

灯跳る水狂言の水の先　松藤夏山

袴能《はかまのう》 盛夏のころ、面も装束も着けず、袴姿で演ずる能である。

家元の気品さすがに袴能　湯浅英史
袴能老師からりと控へられ　篠塚しげる

涼み浄瑠璃《すずみじやうるり》《すずみじょうるり》 昔、大阪は浄瑠璃がさかんで、商店主など素人の天狗も多く、自宅や貸席などでよく会が催された。夏は出演者の裃《かみしも》も客席も涼しげに装い、納涼を兼ねて催され、これを涼み浄瑠璃といったが、現在はすたれてしまった。

浦人の涼み浄瑠璃ありとかや　五　平

ナイター ㊂ 夜間に行なわれるスポーツ、主に野球の試合をいう。試合自体もさることながら、屋外納涼の心持ちや、勤めからの解放感、また照明による高揚なども感興をそそる。英語ではナイトゲームといい、ナイターは和製英語である。

ナイターの薄暮の打球見失ふ　大久保白村
ナイターやまだ暮れぬ空灯されし　岩村恵子
ナイターの球の行方に鎌の月　内藤呈念
ナイターの始まりはまだ明るくて　山田恵子
ナイターの夜を忘れてをりし空　湖東紀子
ナイターの日の献立でありにけり　奥田好子
ナイターや風が出てきて人心地　山崎貴子
ナイターの席探す間のホームラン　木暮陶句郎
ナイターの点りて空の消えゆける　山田佳乃
ナイターの果ててゆらゆら帰りけり　阪西敦子
ナイターの星に向つて本塁打　辰巳葉流
熱戦のもつれてナイトゲームかな　高岡悦子
白球の闇に吸はれてナイター果つ　真鍋孝子
ナイターの余韻ひきずる車両かな　涌羅由美
ナイターに又来てをりし馴染みかな　稲畑汀子

ながし ㊂ 夏の夜、多く花街などを流して歩く**新内《しんない》ながし**をいう。常に二人連れで、その三味線の音は哀愁を帯びて趣がある。東京隅田川を花街沿いに行灯をともした舟でながして行くこともあった。

遠ざかる流しの三味にあはせ唄　安田蚊杖
二階よりながしの顔の見えねども　松内蒼生
放浪の身につまされてながし聴く　毛利提河
川水に銭の落ちたる流しかな　高濱虚子

灯涼し《ひすずし》 ㊂ 一日の暑さが終わって点《とも》る**夏の灯《なつのひ》**をいう。庭などに打水された家、水辺、緑蔭の灯などはことに涼しさを感じる。

出船の灯涼しく向をかへにけり　五十嵐播水
赤志野の炎えるが如し夏の灯に　武原はん女
船と船通話して居る灯涼し　高濱虚子

夜《よ》濯《すすぎ》 〔三〕

盛夏、昼間は暑いので、夜、涼しくなってから、その日の汗になった衣類を洗うことが多い。

夜濯に大きな舟のとほりけり　岩崎緑雲
夜濯の手を休めつゝきゝ耳を　佐藤裸人
話したきことあり母と夜濯に　田中三水
夜濯をしてゐるうちに気が変り　神田敏子
夜濯のひとりの音をたつるなり　清崎敏郎
夜濯もひとり暮しの日課とて　鈴木すすむ
夜濯にしてはいさゝか嵩高に　中島よし繪
これよりの吾れに子育て夜濯す　高城美枝子
夜濯や今日振り返ることもなく　堀　恭子
夜濯の音絶えて又はじまりぬ　高濱虚子

夏《なつ》の月《つき》 〔三〕

夏の月は秋の月ほど澄んでいない。暑さの去らない空に赤みをおびてかかることもあれば「月平砂を照らす夏の夜の霜」と白楽天の詩句にあるように、白々と地面を照らしていることもある。**月涼《つきすず》し**。

市中はものゝにほひや夏の月　凡兆
寝ころんで俳諧安居夏の月　河野静雲
現れて漕ぎゆくカヌー月涼し　河合いづみ
夏の月機翼を照らしまだ発たず　深川正一郎
アイーダを聞きてローマの夏の月　西川弘子
椰子の実の流れ著く浜月涼し　千本木溟子
島に聞くブンガワンソロ月涼し　田原けんじ
飛機整備引継ぐ真夜の月涼し　柴田黒猿
夏の月皿の林檎の紅を失す　高濱虚子
杉の間に見極めがたし夏の月　稲畑汀子

外《そと》寝《ね》

暑さで寝苦しい夜、戸外に寝ること。日本では余り見かけなくなったが、海外旅行が簡単になった現在、やはり生きている季題である。

外寝せるアラブ女の足のうら　松尾いはほ
外寝人目鼻もわかず布かむり　星野立子
牀几より落ちんばかりに外寝かな　下村非文
外寝して開拓の夜を語るべし　木村要一郎
終便の出し桟橋に外寝人　花田喜佐子

夏蜜柑《なつみかん》 ㊂ 秋に熟し黄色く色づくが甘くならず、そのまま翌年の夏まで木にならしておくと食べられるようになるので夏蜜柑というのである。酸味が強い。**夏橙**《なつだいだい》。

ころびたる児に遠ころげ夏蜜柑　皆吉爽雨
夏蜜柑むきをる顔のすつぱさよ　唐笠何蝶
温泉疲れや老の分けあふ夏蜜柑　合田丁字路

早桃《さもも》 明治以降輸入され、改良栽培された早生種の桃のことで、暑くなり始めるころから盛んに店頭に出る。ただ単に「桃」といえば秋季である。**水蜜桃**《すゐみつたう》。

よくしやべり水蜜桃のごと若く　河野扶美

パイナップル 熱帯果実で、日本でも沖縄、小笠原諸島などに広く栽培される。葉は地下茎から叢生し剣状で堅く、中心から六〇センチ～一メートルの花軸を出して濃紫の花を穂状に咲かせ、六か月ほどかかって松毬《まつかさ》形の大きな実を結ぶ。黄熟して甘い香りを放ち、甘酸っぱく水分も多く美味である。**鳳梨**《あななす》。

日章旗《ひのまる》や鳳梨熟す小学校　高崎雨城

バナナ 「甘蕉《みばしよう》」のことである。熱帯地方で栽培され、日本に輸入されてくる。バナナのたたき売りなどというのも近ごろではあまり見られないが、夜店の一風景であった。

美しくバナナの皮をたゝみけり　高濱朋子
赴任先からとバナナの送られし　稲畑廣太郎
打ち傷のあるバナナより食べらるる　坂井建
バナナの皮剝いてバナナのありにけり　小林草吾
川を見るバナナの皮は手より落ち　高濱虚子
バナナむく器用不器用なかりけり　稲畑汀子

マンゴー

代表的な熱帯果実の一つ。高さ一〇メートルくらいの常緑高木で、夏、球形または楕円形の黄緑や黄色の実を結ぶ。よく熟した実は汁が多く、好きずきだが特殊な香りがして美味という人が多い。

マンゴ売の声に異国の朝迎ふ　西本中江
マンゴー売るペットの鸚鵡肩に止め　服部郁史
女王を囲みてマンゴ食べる宵　岩垣子鹿

メロン

瓜の一品種で、マスクメロンの上品な香りとやわらかく甘味を含んだ舌ざわりは、果物の女王といえる。現在は四季を通じてあるが、つめたく冷やして銀のスプーンで食べる味わいは、やはり夏のものであろう。表面は白網模様でおおわれ、部屋に置くだけでもほのかな香りが漂う。高級、高価である。

丹精の網目がつゝむメロンかな　大石暁座
メロンよく冷えゐて匙の曇りけり　高橋笛美
縁談の話の客へメロン切る　小田尚輝
マニキユアはピンクメロンは薄みどり　川口咲子
メロン食べ病みて幸せなどと言ひ　岡田悦子
このまゝに帰したくなしメロン切る　丹経子
メロンにも銀のスプーン主婦好み　高濱虚子
うれ加減メロンの臍に知られけり　高濱年尾

瓜《うり》

瓜といえば瓜類の総称である。甜瓜《まくわうり》は芳香があり甘くて、「あまうり」の別名にふさわしい。その他越瓜《しろうり》（**白瓜**《しろうり》、**浅**《あさ》**瓜**《うり》ともいう）、青瓜というのもある。これらは主に漬物にする。**瓜畑**《うりばたけ》。

瓜食ふや毛ふかき脛をくみあはせ　茂木利汀
逃げてゆく瓜盗人は女なり　村上朱楼
瓜刻む小気味よき音妻今日も　是永三葉
わが命見つめて今日の瓜きざむ　河合正子
瓜干しておきたる妻の留守を守る　荒木嵐子
先生が瓜盗人でおはせしか　高濱虚子
あだ花の瓜の蔓の手あまたあり　同

瓜《うり》番《ばん》

とかく行きずりなどに盗まれやすい西瓜《すいか》や甜瓜《まくわうり》の見張りに、夜中畑の番をする者。筵小屋に蚊帳など持ち込んで寝泊りしたりする。**瓜小屋《うりごや》**。

瓜番のゐるかのごとく灯ともれる　藤　紫影
瓜番にゆく貸本をふところに　平松荻雨
瓜番の莫蓙一枚の褥かな　廣澤米城
瓜番といへど寝に行くだけのこと　渡辺芋城

甜《まくは》《まくわ》瓜《うり》《うり》

真瓜《まくは》とも呼ぶ。長径一五センチくらいの楕円形、黄色く甘い。単に瓜といえば、甜瓜をさすことが多い。**冷《ひや》し瓜《うり》**。

もいで来し手籠のまゝに瓜冷やす　稲垣弓桑

胡《き》《きゆ》瓜《うり》《うり》

他の瓜は地に這わせて栽培するが、胡瓜は主に棚づくりにする。近年は一年中出回るようになったが、元来は夏のものである。捥ぎたてを生で食べるほか、もんだり漬けたりサラダにしたり、夏には欠かせぬ野菜である。

胡瓜採り終へし軍手を草に置く　今井千鶴子

嘲吏青嵐

人間吏となるも風流胡瓜の曲るも亦　高濱虚子
花多き日焼胡瓜をあはれとも　同
胡瓜又シルクロードを伝播す　稲畑汀子

胡瓜《きうり》《きゆうり》もみ

胡瓜を薄く刻んで、軽く塩でもみ、二杯酢や三杯酢にしたもの。また酢味噌でも和《あ》える。他の瓜類の場合は**瓜《うり》もみ**という。**揉瓜《もみうり》**。

よき妻にありたき願ひきうりもみ　小松章枝
職離れ変るくらしや胡瓜もみ　藤村藤羽
好き嫌ひなき子に育ち胡瓜もみ　嶋田摩耶子
年輪の音と聞きつゝ瓜刻む　荒木水無子
マニキユアの指をどらせて胡瓜もむ　副島いみ子
胡瓜もみ世話女房といふ言葉　高濱虚子
旅疲れともなく家居きうりもみ　稲畑汀子

瓜《うり》漬《づけ》

瓜にはいろいろの種類があるが、主に胡瓜、越瓜《しろうり》、青瓜などを塩漬や糠《ぬか》漬にして、そのうす塩の新鮮な味をたのしむ。胡瓜漬《きうりづけ》。

瓜漬もつましく食ぶるべかりけり　行方南魚
平凡を願ふくらしや胡瓜漬　三澤久子
糠床も母の形見よ胡瓜漬く　有里要子

乾瓜《ほしうり》　越瓜《しろうり》を縦割りにするなどして種を取り除いたものに塩をふりかけて乾したもの。醬油をかけ、または二杯酢、三杯酢にして食べる。雷干しの名もある。

干瓜の忘れてありぬ庭の石　すゞえ

冷索麵《ひやさうめん》《ひやそうめん》 ㊂　素麵を茹でて、冷水や氷で冷やしたもの。夏、食欲のはかばかしくない折にも、結構おいしく食べられる。近年では素麵流しなどといって、流水に素麵を流しながら食べさせたりする趣向もあるが、いかにも涼しげなものである。

ざぶ〳〵と素麵さます小桶かな　村上鬼城

冷麦《ひやむぎ》 ㊂　小麦粉をうどんよりも細く作り、茹でてから冷水または氷で冷やしたもの。生姜、紫蘇、葱《ねぎ》、茗荷などの薬味を添え、だしにつけながら食べる。涼しく食欲をそそる料理である。

冷麦や嵐のわたる膳の上　支考
冷麦の箸をすべりてとゞまらず　篠原温亭
冷麦や狷介にして齢重ね　景山筍吉

冷《ひや》**し珈琲**《コーヒー》 ㊂　アイスコーヒーともいう。紅茶の場合は**冷**《ひや》**し紅**《こう》**茶**《ちゃ》、**アイスティー**。

まだ冷しコーヒー所望したきかな　稲畑汀子

振舞水《ふるまひみづ》《ふるまいみず》　かつて市中では夏の暑い日に、道ばたや木蔭で、樽や手桶などに飲用水を満たし、柄杓や茶碗を添えて通行人に自由に飲ませたものであった。昔の人々の心の床しさが感じられる。**水振舞**《みづふるまひ》。**水接待**《みづせつたい》。

町あつく振舞水の埃かな　召波
坑口に水接待のテントかな　梅崎魁陽
昼過や振舞水に日のあたる　高濱虚子

麦《むぎ》**茶**《ちゃ》 ㊂　大麦を殻つきのまま炒って煎じた飲料で、**麦湯**《むぎゆ》ともいう。冷蔵庫などで冷やして用いることが多い。甘い清涼飲料と違って、後味がさらりとしている。

もてなしの麦茶の菓子は黒砂糖　和田暁雪
麦湯飲み雲水作務を怠らず　梅沢総人
何時客があっても麦茶冷えてをり　辻口静夫
けふよりは冷し麦茶に事務を執る　山本紅園
ひやくひろを通る音ある麦湯かな　高濱虚子
どちらかと云へば麦茶の有難く　稲畑汀子

葛水《くずみづ》《くずみず》 〔三〕 葛粉に砂糖を加え、熱湯をさし加熱して葛湯を作り、これをさまし冷水でのばしたものである。口あたりもよく渇をいやし、胃腸にもよい。古くは水溶きした淡葛水《うすくずみず》をそのまま飲用した。「葛湯」は冬季。

宗鑑に葛水たまふ大臣哉　蕪村
葛水やうかべる塵を爪はじき　几董
葛水や顔《かんばせ》青き賀茂の人　渡辺水巴
葛水に松風塵を落すなり　高濱虚子

砂糖水《さたうみづ》《さとうみず》 〔三〕 昔は井戸水が冷たくておいしかった。三盆白《さんぼんじろ》などという精糖も、平凡ではあるが夏の贈物に欠かせぬ重宝なものであった。その砂糖に冷水を注いで、匙でコップをかき混ぜてけぶらせながら飲むのが砂糖水である。汗をかいて訪れた家の縁側で、盆にのせた砂糖水を馳走になる。いまはそんな情緒もない。

山の井を汲み来りけり砂糖水　青木月斗
もてなしの砂糖水とはなつかしき　小林貞一朗

飴湯《あめゆ》《あめゆ》 〔三〕 水飴を湯にとかし、少量の肉桂を加えた飲みもので、腹の薬に、また暑気払いによいとされた。昔は飴湯売《あめゆうり》が来たり、祭や夜店には必ず店を出していたが、いまはあまり見かけない。甘酒とともに夏の飲料として、郷愁をさそうもの。遠泳などで身体の冷えたときの飴湯もよい。

飴湯のむ背に負ふ千手観世音　川端茅舎
坑出でて並びいたゞく飴湯かな　小川よしを
瘠腹をくぼめ飴湯を吹すゝり　安藤三郎
老いたりな飴湯つくれと夫の云ふ　新川智恵子

氷水《こほりみづ》《こおりみず》 ㊂ **かき氷《ごほり》**ともいい、手またはモーターで角氷を回しながら鉋《かんな》で削り盛り上げた上に、蜜やシロップをかけたり、茹小豆を加えたりして食べるもの。「氷」が冬季なのに対して**夏氷《なつごほり》**ともいう。公園の茶店などに白地に波模様、赤で氷と一字、筆太に書いた幟が立つのはいかにも夏らしい。**氷苺《こほりいちご》**。**氷《こほり》レモン**。**氷小豆《こほりあづき》**。その他さまざまな種類があり呼び名がある。**氷店《こほりみせ》**。**氷売《こほりうり》**。

匙なめて童たのしも夏氷　山口誓子
脊なの児をゆすりて母の氷水　吉屋信子
富士まともなる氷店よくはやり　勝俣鈴子
氷店出て来るところ見られけり　下村梅子
かき氷ばかりが売れて売りきれて　豊田淳応
ウインドの氷小豆に誘はるゝ　副島いみ子
禅寺の前に一軒氷店　高濱虚子

アイスクリーム ㊂ 牛乳、卵の黄身、砂糖に香料や果汁などを加え、かき混ぜながら冷凍して作る**氷菓子《こほりぐわし》**。**氷菓《ひようくわ》**。

楽はいまセロの主奏や氷菓子　松尾いはほ
アメリカの銀貨はじめて氷菓買ふ　星野立子
きれいに手洗ひし子より氷菓やる　谷口まち子

ラムネ ㊂ 炭酸、酒石酸を水に溶かして作った清涼飲料水。明治、大正のころから流行した。現在はコーラ、サイダーなどに取って代られているが、いかにも庶民的な飲みものとして、昔変らぬ独特な瓶の形でラムネ玉の音はなつかしいものである。**冷《ひや》しラムネ**。

ラムネ飲む茶店に城の崖迫り　野中木立
十人はたのしき人数ラムネ飲む　高田風人子
ラムネ呑む玉ころ〳〵となつかしき　種田峻嶺
はゞからずラムネの玉を鳴らし飲む　石川星水女
ラムネ玉上手にあやし飲みにけり　北村斗石
浅草を妻も愛せりラムネ飲む　平山たかし
ラムネ抜く面白きまで売れてゆく　古野ふじの

巡査つと来てラムネ瓶さかしまに　　高濱虚子

ソーダ水《すゐ》《すい》 〔三〕 夏期は口の渇きをいやすため、いろいろの清涼飲料水を飲む。炭酸ソーダを原料とし、これに種々の果物のシロップや香料などを混ぜたものがソーダ水である。

娘等のうか〳〵あそびソーダ水　　星野立子
ソーダ水話のこりのあるやうな　　下田實花
吾のほかは学生ばかりソーダ水　　田畑美穂女
ソーダ水ストローに色吸はれをり　　渡辺よしこ
デザインにゆき詰るときソーダ水　　米倉沙羅女
やがて子の妻となる娘とソーダ水　　宮田喜雄
ソーダ水話とぎれし瞳が合ひて　　三村純也
心ゆく許りの二人ソーダ水　　高濱虚子
浜へ出るロビー近道ソーダ水　　稲畑汀子

サイダー 〔三〕 炭酸水に果物の液汁や甘味などを加えた清涼飲料水である。瓶の栓を抜くと、泡が立ちのぼって溢れ、コップに注ぐと盛んに泡の音を立てる。**冷《ひや》しサイダー**。

サイダーや萱山颯と吹き白み　　董糸

麦酒《ビール》 〔三〕 夏期もっとも大衆的なアルコール飲料である。大麦を原料とし、ホップによる独特の苦味と香りが好まれ、ことに冷えたビールを一気に飲み干すときの喉ごしの爽快さは、何ものにも代えがたい夏の醍醐味である。最近は加熱殺菌を行なわない**生《なま》ビール**が多く出回り、**ビヤガーデン**では生ビールのジョッキを傾ける風景がよく見られる。

飲み干せるビールの泡の口笑ふ　　星野立子
かりそめの孤独は愉しビール酌む　　杉本零
生ビール飲める女になつてゐし　　白幡千草
人責むる心薄れてビール飲む　　佐藤悟朗
ビールのむ時間上手に使ひし日　　嶋田摩耶子
独り生く何時かビールの味おぼえ　　江口久子
ビール先づすゝめてくれる倅あり　　中谷今子
ビールよく減る日の我が家活気あり　　月足美智子
悲しみの席にビールのある事も　　岡林知世子

大役を終へてビールの栓を抜く　星野椿
夫逝きて麦酒冷やしてありしまゝ　副島いみ子
乾杯のためのビールは泡多く　高濱喜美子
乾杯に遅れ静かにビール酌む　須藤常央
軽くのどうるほすビール欲しきとき　稲畑汀子

甘酒《あまざけ》 ㊂
アルコール分を含まない一種の甘い酒。粳《うるち》または糯《もち》米《ごめ》の飯に麹を交え発酵させるが、一夜のうちに熟するので**一夜酒**《ひとよざけ》とも呼ばれる。暑いときに熱い甘酒をふうふうと吹きながら飲むのはかえって暑さを忘れさせるものとして親しまれ、古くは真鍮の甘酒釜をすえた荷箱を担って市中を売り歩く**甘酒売**《あまざけうり》が見られた。名勝の地とか、名刹の境内などに「名代甘酒」と書いた旗のなびく店は今日でも見かけられる。九州各地の農村では祭と甘酒はつきもので、祭を追うて祭見と甘酒飲みに招じられる風習がいまだに残っている。**醴**《あまざけ》。
腰かけし牀几斜めであま酒屋　星野立子

焼酎《せうちう》《しょうちゅう》 ㊂
主に米、麦、甘藷、玉蜀黍《とうもろこし》、蕎麦、粟などから造られる蒸溜酒で、アルコール度が高い。鹿児島、熊本などのものがとくに有名である。暑気払いとして用いられる。原料によって**甘藷焼酎**《いもせうちう》、**黍焼酎**《きびせうちう》などあり、**泡盛**《あわもり》は沖縄特産の焼酎である。
焼酎に慣れし左遷の島教師　夏井やすを
市場者らし焼酎の飲みつぷり　上野白南風
焼酎に旅の気炎はかなけれ　今村青魚

冷酒《ひやざけ》 ㊂
夏の暑い時期には酒を冷やして飲むことが多い。悪酔しないためには、軽く燗をしたものを冷やすのがよいといわれる。最近では**冷酒**《れいしゅ》用としてとくに醸造されているものもある。
冷酒に澄む二三字や猪口の底　日野草城
潮風に酌みて冷酒は甘かりき　中村芳子
冷酒の利きたる老の口軽く　富田巨鹿

水羊羹《みづやうかん》《みずようかん》 ㊂
ふつうの羊羹よりはやわらかくみずみずしく仕上げ、青々とした桜の葉で包んだ夏向きの菓子である。冷やして食べると口あたりがよい。

水羊羹舌にくづるゝ甘さあり　藤松遊子

心太《ところてん》 ㊂ 煮て晒した天草《てんぐさ》を固めて作る透きとおった涼しげな食べもので、常時水に漬けておく。底が金網になっている心太突でこれをかるく突き出して、酢醤油に辛子や海苔を添えたり、また蜜をかけたりして食べる。

ところてん逆しまに銀河三千尺　蕪村

心太煙のごとく沈みをり　日野草城

心太桶に沈みしうすみどり　清永あや子

ところてん食べ終りたる皿重ね　佐々木令山

心太皿も漬けあり渓の水　肥谷祥貞

心太売り切れし水道へ撒く　鈴木半風子

旅中頑健飯の代りに心太　高濱虚子

筧水打ちどほしなり心太　高濱年尾

葛《くず》**餅**《もち》 ㊂ 葛粉を練って煮、流し箱に冷やして固めたもの。三角に切り、蜜をかけ黄粉にまぶして食べる。東京の亀戸天神、池上本門寺や川崎大師などの茶店のものは古くから有名である。

葛餅や水入らずとはこんなとき　長内ふみを

葛餅も酒も両刀づかひかな　星野椿

口の端にまだ葛餅の甘さあり　河野美奇

冷えすぎて葛餅らしくなくなりし　稲畑汀子

葛饅頭《くずまんぢゆう》《くずまんじゆう》 ㊂ 葛粉で皮をつくり、中に餡を入れ桜の青葉で包んだ生菓子である。**葛桜**《くずざくら》ともいう。涼しげな夏の菓子である。

買ひ足せし葛饅頭の冷えて居ず　杉浦冷石

来る当ての人数の数の葛饅頭　宮城きよなみ

パーラーに小座敷ありて葛ざくら　吉井莫生

たゝみ置く葉に楊枝のせくずざくら　下田實花

白《しら》**玉**《たま》 ㊂ 糯米《もちごめ》の粉を水でねり、小さく丸めて茹でたもの。ふつう彩りに食紅で染めたものを併せて紅白二様に作り、冷やして砂糖をかけて食べる。

白玉の紅一すぢが走りをり　杵屋栄美次郎
白玉に小豆の色のにじみたる　井上茂子
出されたる白玉に顔かいてある　星野立子
白玉にとけのこりたる砂糖かな　高濱虚子

蜜豆《みつまめ》 ㊂ 茹豌豆《ゆでえんどう》に、賽の目に切った寒天や求肥《ぎゅうひ》などを混ぜて蜜をかけた食べ物。さらに、パイナップル、苺、蜜柑などを加えたりする。上に餡をのせた餡蜜もある。

蜜豆の指に曇りし器かな　香月梅邨
蜜豆のくさ〴〵のものの匙にのる　亀井糸游
みつ豆や笑ひ盛りの娘等ばかり　堤すみ女
蜜豆をたべるでもなくよく話す　高濱虚子

茹小豆《ゆであづき》《ゆであずき》 ㊂ 小豆を煮て砂糖を入れたもの。日本歳時記によれば「俗説に土用に入日、蒜《にんにく》及赤小豆を食へば瘟疫《うんえき》を避くとて今の人のよくする事なり」とあり、暑中の食べ物として売り歩いたものであるらしい。**煮小豆《にあづき》**ともいい、冷やしても食べる。

出稼の夫に戸棚の茹小豆　山口忘我

麨《はったい》 ㊂ 大麦を炒って粉にしたもの。そのまま砂糖を混ぜて食べると香ばしいが、むせやすく、こぼしやすく閉口する。また冷水で溶いたり、湯でねっても食べる。**むぎこがし**。**麦炒《むぎいり》粉《こ》**。**麦香煎《むぎかうせん》**。

冷飯もなうて麨もそ〳〵と　川端茅舎
麨を口に何やら聞きとれず　清水海夕
麨の木匙は母の頃のもの　岡野小寒楼
世が末になりしと思ふ麦こがし　大橋こと枝
鉢の底見えて残れる麦こがし　高濱虚子

冷奴《ひややっこ》 ㊂ 豆腐を賽の目に切って冷水または氷で冷やしたもの。生姜、鰹節、紫蘇など薬味を添え、生醤油で食べる。簡単にできる庶民的な夏の料理の一つである。**冷豆腐《ひやどうふ》**。

参拝の信徒に一施冷豆腐　上田正久日
晩酌のくせのつきたる冷奴　松山声子
ギヤマンにくづれやすきよ冷奴　武原はん

冷やつこ死を出入りしあとの酒　高濱虚子

冷汁《ひやじる》 ㈢ 夏、汁物を器ごと冷蔵庫などに入れ、冷やして食べる。**冷し汁**《ひやじる》または**煮冷し**《にびやし》ともいう。

冷汁の筵引ずる木蔭かな　一茶

冷汁によみがへりたる髪膚かな　清原枴童

氷餅《こほりもち》《こおりもち》 ㈢ 凍らした切餅を乾燥し蓄えておき、夏焼いたりして食べるもの。寒気の厳しい地方で造られる。長野県諏訪の氷餅造りは古くから知られているが、これは切餅でなく糯《もち》米《ごめ》を粉にして蒸して凍乾するもので、製菓材料となる。

氷餅反らざる四角なかりけり　柴原保佳

アルプスの風の晒し氷餅　手塚基子

干飯《ほしいひ》《ほしいい》 ㈢ 長く蓄えるため天日に干して乾燥させた飯で、水に浸して食べる。昔は旅中の食糧ともなった。また残飯を干したものをも干飯といい、炒って食べたものだが、食生活の豊かになった現在はほとんど見られない。

干飯や勿体ないは老の癖　藤田つや子

水飯《すゐはん》《すいはん》 盛夏のころに、炊いた飯を冷水に冷やして食べるものをいう。**洗飯**《あらひめし》、**水漬**《みづづけ》ともいう。

水飯のごろ〱あたる箸の先　星野立子

妻留守の水飯他愛なく終る　北里忍冬

水飯をこのみ貧しきには非ず　松野綾子

水飯に味噌を落して曇りけり　高濱虚子

水飯を顎かつ〱と食うべけり　同

飯饐る《めしすえる》 ㈢ 飯が腐敗する寸前、汗をかき、一種の臭気を放つ状態を饐えるという。暑くて湿気の多い夏期は飯が饐えやすいので、昔は笊籠《ざるかご》に入れて布巾をかけ、涼しい所に置いたり、井戸に吊したりするのも夏の一情趣であったが、今ではそういうことも少なくなった。

飯饐ゆと婢が嗅ぎ妻が嗅ぎ　宮崎了乙

飯饐るほど炊くことの無くなりし　西内千代

飯笊《めしざる》 ㈢ 暑さで飯の饐《す》えるのを防ぐために用いる笊で、細く割って磨いた竹で美しく編んである。蓋も同じく竹で編んであり風通しがよい。竹を曲げた鉉《つる》状の柄がついていて風の通る軒下などに掛けておいたりしたが、近年これを見ることはほとんどない。

窓に釣る飯籠に来る山の蝶　渡邊一魯

鮓《すし》 三　鮓には**圧鮓**《おしずし》、**握鮓**《にぎりずし》などのほか種類が多い。鮓を夏の季題とするのは、漬込鮓がもっとも早く熟《な》れる季節ということであろう。鮓は古くは魚肉の保存法であって、酸味を帯びた魚だけを食べたが、のちに米も一緒に食べる飯鮓が一般になった。**早**《はや》**圧鮓**《おしずし》、**早鮓**《はやずし》は**一夜鮓**《ひとよずし》といって速成に作ったもの。**鮓圧**《すしお》**す**、**鮓漬**《すしつく》**る**、**鮓熟**《すしな》**る**、**鮓の石**《すしいし》、**鮓桶**《すしをけ》などは圧鮓の場合に使う物やその言葉である。**鮨**《すし》。**鮎鮓**《あゆずし》。**鯖鮓**《さばずし》。**鮒鮓**《ふなずし》。**五目鮓**《ごもくずし》。**ちらしずし**。**鮓《すし》の宿《やど》**。

鮓おしてしばし淋しきこゝろかな　蕪村

鮒鮓をねかす月日の波の音　高見岳子

赤なしの柿右衛門なる鮓の皿　高濱虚子

鱧《はも》 三　瀬戸内から九州沿岸にかけて多い鰻《うなぎ》に似た黒く長い魚で、大きいものは一メートル以上にもなる。天ぷら、蒲焼、蒸し物などにする。夏の関西料理には欠かせぬものであり、ことに祭膳に珍重される。骨切りには技術がいり、魚屋や板前の腕の見せどころであるという。**水鱧**《みづはも》は出始めの小さなものをいい、**鱧**《はも》**の皮**《かは》は肉を使ったあとの皮をいう。これは胡瓜などと酢揉みにして酒の肴によい。**干鱧**《ひはも》は小さい鱧を日干しにしたもので、細かく刻んで酒、醤油を加え膾《なます》のようにして、食膳にのぼせる。**五寸切**《ごんぎり》または**小鱧**《こはも》ともいう。

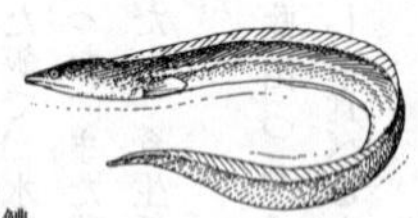
鱧

骨切りの年季の入りし鱧料理　倉田白沙

灯台が灯り鱧よく釣れはじむ　伊藤元一

鱧の皮焼きて娘もはや浪花人　古賀睦子

食欲のや、戻りたる鱧料理　千原叡子

湯通しのすなはち鱧の旬なりし　稲畑汀子

あらひ《あらい》 三　魚の生身を薄くそぎ、冷水で洗って肉を締め縮ませた刺身。氷で冷やし山葵《わさび》醤油、酢味噌などで食べる。**洗鯉**《あらひごひ》。**洗鯛**《あらひだひ》。**洗鱸**《あらひすずき》。**洗膾**《あらひ》。

滝水で百人前の鯉洗ふ　中川飛梅
洗鯉跳ねんばかりに盛られたる　木戸一子
今あげし鯉が洗ひとなりて来し　稲畑汀子
釣りし鯉あらひになつて来るを待つ　同

夏料理《なつれうり》《なつりようり》 [三] 見た目にも涼しげな、味の軽い夏向きの料理をいう。

美しき緑走れり夏料理　星野立子
ギヤマンの箸置おいて夏料理　森信坤者
夏料理日本海のものばかり　村中聖火
ワイン酌む白より赤へ夏料理　水見壽男
隅田川越えて落着く夏料理　京極高忠
よき宿の夏料理よりはじまりぬ　稲畑汀子

船料理《ふなれうり》《ふなりようり》 [三] 大阪の川筋によく見受けられる船中で料理される夏料理のことで、岸につながれている船の中は幾間にも仕切って座敷を作ってある。**船生洲**《ふないけす》。**生簀船**《いけすぶね》。

生簀舟艫に従へ船料理　清水忠彦
波に手を遊ばせ愉し舟料理　荒川あつし
料理屑流れ行くなり船料理　高濱虚子
立ち上る一人に揺れて船料理　高濱年尾
船揺れて景色が揺れて船料理　稲畑汀子

水貝《みづがひ》《みずがい》 [三] 生の鮑《あわび》を塩洗いして身を締め、賽の目に切って冷水や氷に浸し、山葵《わさび》醤油などで食べる。胡瓜や桜桃をあしらって、見た目にも涼しい夏料理の一つである。

水貝の皿は最後に箸をつけ　稲畑廣太郎
水貝にぬり箸といふにげ易く　坊城としあつ
水貝の器朝より冷やし置く　星野椿
水貝や安房の一夜の波の音　深見けん二
水貝の歯応へを先づ確かめて　稲畑汀子

背越《せごし》 [三] 生きのよい小魚の鱗、腸、鰭、尾などを除き、骨ぐるみ背から腹にかけてななめに薄く切り、頭なども二つに割って庖丁で叩いて添えられるのがふつうである。鰺《あじ》の背越はもっとも多く、べらも骨がやわらかでうまいのでよく用いられる。主に酢味噌をかけたり、胡瓜もみなどにも入れる。

歯ごたへも賞でて背越の鮎に酌む　手塚基子
薄切の背越をはがす竹の箸　柴原保佳
節くれた指もて背越もりつける　坊城としあつ
固きもの口に残りし背越かな　稲畑汀子

沖膾《おきなます》 ㊂ 沖釣、船遊の船上、釣れたばかりの鯵《あじ》、鰯《いわし》、鱵《さより》の類を、舟べりの海水で洗いながら形かまわず切り刻んで食べる料理。活魚《いけうお》料理でもこれを真似、新しい魚を叩き膾にして蓼《たで》、紫蘇、胡葱《あさつき》などを刻み入れ、二杯酢や酢味噌にして沖膾と称するが、やはり海風に吹かれて船上で味わう趣こそ身上《しんじよう》である。

取廻す小皿ちぐはぐ沖膾　吉井莫生
舟板の返し俎沖膾　井川泊水
胴の間に膝寄せ合うて沖膾　山川喜八

泥鰌鍋《どぢやうなべ》《どじようなべ》 ㊂ 割き泥鰌または丸泥鰌を、ささがき牛蒡《ごぼう》の上にのせて煮、卵でとじた料理。浅い土鍋を使い、鍋のまま冷めぬようにして供する。泥鰌の味もさることながら、牛蒡がよくなじんで、いかにも暑気を払う感じがする。筑後柳河の名物であったので**柳川鍋**《やながはなべ》ともいう。丸泥鰌と新葱《ねぎ》とを煮合せただけのものもある。味噌汁に泥鰌を入れたものを**泥鰌汁**《どぢやうじる》という。

泥鰌鍋どぜうの顔は見ぬことに　今井千鶴子
どぜう鍋女同志の酒少し　藤松遊子
忙しさの中に暇あり泥鰌鍋　星野椿
どぜう屋の半被姿が店じまひ　坊城としあつ
わが食はずぎらひのものに泥鰌鍋　高濱年尾

醤油造《しやうゆつく》《しようゆつく》**る** ふつう醤油を仕込むのは、発酵作用の盛んな夏である。大豆および小麦を原料として醤油麹を造り、これを塩水の中に入れて発酵させたのち、圧搾して造る。

松風に醤油つくる山家かな　高濱虚子

醤造《ひしほつく》《ひしおつく》**る** 小麦と大豆を炒って蒸し、これに塩水と麹を加えて造る。なめものといい、瓜、茄子、生姜など漬けたりもする。

事務所にも醤造りの香り満つ　横井ただし

扇風機《せんぷうき》 ㊂　電力で翼を回転させ風を送る器具。現在の翼はプラスチックの涼しい色合のものが多く使われている。大型のもの、天井から吊るものなどがあり、冷房が普及しても広く使われている。

扇風機大き翼をやすめたり　山口誓子
扇風機まはり澄みをり音もなく　横江几絵子
扇風機止めればありぬ庭の風　鹽田育代
扇風機嫌ひと言へずもてなされ　松尾白汀
扇風機吹き瓶の花撩乱す　高濱虚子
睡りたる子に止めて置く扇風機　稲畑汀子

冷房《れいぼう》 ㊂　暑い日に冷房の利いたところに入ると、ほっと生き返った思いがする。ビルやデパート、乗物から、近年は一般家庭にまで広く普及している。**クーラー**。

冷房の頭の痛きまで効きて　金川ふみ子
冷房の効き過ぎといふことなき日　田畑美穂女
冷房の利く間に仕事すませんと　松尾緑富
冷房が嫌ひと言ひしこと忘れ　浅利恵子
冷房のなき教室に山の風　稲畑汀子

風鈴《ふうりん》 ㊂　中国より伝来し、わが国では室町時代のころから流行したという。その音により涼味を感ずるのは、まことに東洋的である。金属またはガラス製などがあり、南部鉄の風鈴は有名である。**風鈴売《ふうりんうり》**。

風鈴のならねばさびしなれば憂し　赤星水竹居
風鈴の雨の音色となりにけり　奥田紫汀
風鈴の音に目つむり熱はかる　小坂みき子
風鈴や誰に気兼のなき暮し　西岡つい女
こゝだけに風少しあり風鈴屋　松木すゝむ
稿擱けば風鈴話しかけて来し　佐伯哲草
いち早く風鈴の知る山雨かな　南　禮子
母の忌のはゝの風鈴吊れば鳴る　松尾ふみを
風鈴に大きな月のかゝりけり　高濱虚子

触れてみて江戸風鈴の音色かな　稲畑汀子

釣忍《つりしのぶ》 三　葉のついた忍草の根茎を、井桁《いげた》や舟形に仕立てたもので、軒や出窓に吊し、水を滴らせなどして夏の涼を呼ぶものである。風鈴をつけたものもある。釣荵《つりしのぶ》。簷荵《のきしのぶ》。

すぐ前に塀がふさがる釣荵　松本たかし
これからが大阪の夜釣荵　西野郁子
常住にこと足る一と間釣荵　杉山木川
大阪の外には住まず釣荵　下村非文
雨の日は雨情をさらに釣荵　小原菁々子
自ら其頃となる釣荵　高濱虚子
夕闇の迷ひ来にけり釣荵　同
釣荵僅かながらも葉の生ひて　高濱年尾

金魚《きんぎょ》 三　観賞用の魚で人工的に交配していろいろな品種が作り出された。色は紅、白、黒、それらの斑が主である。大きさもさまざまで、大きいのは三〇センチくらいもあり、腹が肥大して尾鰭がゆらゆらと大きいものもある。金魚鉢や庭の池で飼われ愛される。

触れ合ひて互に金魚紅ちらし　真下ますじ
金魚また留守の心に浮いてをり　深見けん二
診断をなほ迷ひつゝ金魚見る　小坂螢泉
末の子の今の悲しみ金魚の死　上野泰
面倒は見る約束の金魚買ふ　官能千秋
預りし金魚に見られゐし生活　齊藤始子
金魚嬉々壺中の天地華やかに　鹽田月史
みかねたる父も掬へぬ金魚かな　大槻秋女
いつ死ぬる金魚と知らず美しき　高濱虚子

金魚売《きんぎょうり》 三　夏の日の昼下り、「金魚えー金魚ぉー」と、天秤棒に金魚の桶を担って町の中を歩く金魚売の姿は、ひと昔前までの夏の風物詩であったが、現在ではほとんど見られず、店で熱帯魚と並んで売られているのが多くなった。

金魚売買へずに囲む子に優し　吉屋信子
金魚屋の来し町角の昔めき　星野立子

金魚売水こぼしつゝ通りけり　藤松遊子
一と声もなく街角に金魚売る　石山佇牛
金魚売魔法の酸素吹き入るる　小林春水

金魚玉《きんぎよだま》 ㊂ ガラスの円い器に水を満たし、藻を入れて金魚を飼う。多く窓や縁先に吊っておくが、金魚は大きく見え、ときには夕焼雲が映ったりする。**金魚鉢**《きんぎよばち》。

朝起きし心は素直金魚玉　遠藤梧逸
大阪の煤ふる窓の金魚玉　島田鶴堂
日本に著き家に著き金魚玉　嶋田一歩
金魚玉浮世の裏は映さざる　三谷蘭の秋
尾は別のところに見えて金魚玉　森岡白夜
金魚玉あるとき割れんばかり赤　加藤華都
終生をまろく泳ぎて金魚玉　辻井卜童
一杯に赤くなりつゝ金魚玉　高濱虚子

金魚藻《きんぎよも》 ㊂ 一名「ほざきのふさも」といい、池や沼に自生して一～一・五メートルにおよぶ。鮮やかな緑で、細長い茎の節ごとに羽のような細い葉を四枚ずつつけ、水上に赤茶色の小花を咲かせる。金魚鉢などに入れるのでこの名がある。一般には**松藻**《まつも》をも金魚藻と呼ぶが、これは松葉に似た小さな葉が節々に群生しているもので本当は別種である。しかし俳句ではどちらも金魚藻と詠まれている。

金魚藻に金魚孵りしさまも見し　江口竹亭
金魚藻に逆立ちもして遊ぶ魚　高濱年尾

水盤《すゐばん》《すいばん》 ㊂ 床の間などの置物にする陶磁器の浅くて底の広い平らな鉢で、水を湛え、石を置き、睡蓮、蘆などを配し涼趣を誘うものである。絹糸草や稗《ひえ》などを水栽培することもある。

水盤に木賊涼しく乱れなく　小谷松碧
水盤や由良の港の舟も無し　高濱虚子
水盤に浮びし塵のいつまでも　高濱年尾

絹糸草《きぬいとさう》《きぬいとそう》 ㊂ 「おおあわがえり」のこと。良質の牧草で一般にはチモシーの名で知られ、明治初年アメリカから入ってきた。この草の種を、水盤の脱脂綿上に蒔くといっせいに鮮緑色の糸のような苗が萌え出てくる。この苗を絹糸草と名づけ、涼を求める観賞用とする。

四時前に夜が明けきるや絹糸草　中田みづほ
水盤の絹糸草の夜のみどり　清水忠彦
絹糸草影の生るゝことのなし　小田尚輝

風知草《ふうちさう》《ふうちそう》 三　山の斜面などに自生し、観賞用としても栽培されている。三〇〜五〇センチの線形の葉の表側は白みをおび、裏側は緑色をしていて、いつも裏の緑色を見せている。先の尖ったしなやかな葉が、少しの風にも揺れる様子は涼しさをさそう。「裏葉草《うらはぐさ》」ともいう。

風知草そこより生る風ならめ　榊原花子
風知草女主の居間ならん　高濱虚子
部屋の風風知草置くところより　稲畑汀子

稗《ひえ》**蒔**《まき》 三　絹糸草のように、観賞用として水盤などに野稗の種を蒔き、その若芽の出揃った緑で田園風景と見立てて涼をとる。また北海道や東北の一部に残っているのみだが、稲の生育しない地方の食糧として、栽培するための田畑に稗を蒔くことをもいう。**稗蒔**《ひえま》**く**。

ひえ蒔に眼をなぐさむる読書かな　高橋淡路女

石《せき》《せき》**菖**《しやう》《しよう》 三　水辺の石の間などに自生する常緑の多年草で、葉は剣状で細く叢生する。葉の間から花茎を出して、円柱状の穂のような黄色の小花をつける。盆栽としても観賞される。

石菖

石菖やせゝらぐ水のほとばしり　田中王城
石菖や手をさし入れて開く木戸　高須孝子

箱《はこ》《はこ》**庭**《には》《にわ》 三　箱または焼き物の鉢に土を盛り、これに小さな植木、石などを配し、山水または庭園の姿を模して観賞するもの。土焼きの人物、橋、家、鳥居などを置いて、箱庭の景色に変化を与えるのもたのしい。

箱庭とまことの庭と暮れゆきぬ　松本たかし

箱庭にもの、あはれの我等かな　京極杞陽
箱庭の橋が左右の景つなぐ　石倉啓補
箱庭になにかゞ足らぬ夕景色　高木石子
箱庭に降らしてやりぬ如露の雨　公文東梨
箱庭の月日止まりゐたりけり　藤村うらら
箱庭の人に古りゆく月日かな　高濱虚子
箱庭の翌日の早人傾ぎ　同

松葉牡丹《まつばぼたん》　高さ一〇センチくらいの草花で、細く多肉質の葉が松葉に似、花は小さいが牡丹に似ているところからこの名がついた。紅、紫、黄、白、絞りなど色は多様で、日盛りの庭や石畳の左右に眩しく咲き競っているさまは、炎暑を楽しんでいるように見える。日暮れには花を閉じる。「日照草《ひでりぐさ》」とも呼ばれる。

玄関へ松葉牡丹の石畳　星野椿
いつ閉ぢし松葉牡丹や夕かげり　今井千鶴子
つと入り来松葉牡丹に八九人　高濱虚子
踏まれゐし松葉ぼたんも咲きにけり　稲畑汀子

松葉菊《まつばぎく》　葉は松葉牡丹に似て、長い柄の頂に紅紫色で菊に似た四、五センチの花をつける。石垣などに群れ生い、日中は開き夜はしぼむ。花壇や鉢植えにする。松葉牡丹とは科が違う。

漁家毎に松葉菊咲き城ケ島　江川一句

水遊《みづあそび》《みずあそび》 [三]　夏の子供たちの水遊びをいう。**水試合《みづしあひ》**、**水戦《みづいくさ》**は水を掛け合って争うこと。**水掛合《みづかけあひ》**。

賀茂の子らみそぎの川に水遊　牧野美津穂
叱るまじ泥遊びより水遊　坂口英子
水遊びする子に滑川浅く　高濱虚子
子の世界母を遠ざけ水遊　稲畑汀子

水鉄砲《みづでつぱう》《みずでつぽう》 [三]　子供の玩具で、竹や木のものは自分でも作れる。水を吸い上げてこれを突くと筒の先の小さな穴から水が飛び出す。ポンプの理屈である。最近はプラスチック製のものが多い。

老犬の水鉄砲を恐るゝ眼　青葉三角草
外遊び嫌ひな吾子や水鉄砲　宮脇乃里子
水鉄砲撃たれてやれば機嫌よし　松元桃村

水からくり《みづ》《みず》 三　水圧を利用した玩具の一種。高い所に水を入れた容器を置き、細いビニールやゴムの管で水を落とし、管の先につけた水車や玉などを動かす仕掛けになっている。暑い昼さがり、水からくりの静かな音は涼を呼ぶものである。

水からくりしてありお櫃干してあり　鈴木ひなを
水さして水からくりの太鼓急　成瀬虚林
仲見世の水からくりに人通り　松本秩陵
水からくり水の機嫌に逆はず　大久保橙青

浮人形《うきにんぎやう》《うきにんぎよう》 三　子供たちが、水に浮かべて遊ぶ玩具。昔は陶器、ブリキ、セルロイドなどで作り、人形、動物、船などの形に彩色してあった。現在は多くビニールで作られる。**浮**《う》**いて来**《こ》**い**は浮人形の一種で、ガラス筒の中に水を入れ、水より少し軽めの小さい人形を浮かせ、筒の上部に空気を残して薄いゴムで密閉する。指でこのゴムを押すと、人形が水の中を浮き沈みする。

夢の中浮人形となりにけり　星野立子
螺子巻いて水を得たるや浮人形　窪田日草男
右肩を聳かしつゝ浮いて来る　高濱虚子

水中花《すゐちゆうくわ》《すいちゆうか》 三　水中に落とすとややあって人物、花などの形に開く玩具で、紙や木を薄く削ったものや山吹の芯に色彩をほどこし、圧搾して作ったものである。酒中花は、これを杯や盃洗に浮かせ酒席の興としたもの。

水中花調度の多き主婦の部屋　杉原竹女
水といふもの美しや水中花　深川正一郎
水中花置き鏡台のくもりなく　片岡我當
子が二人居れば水中花も二つ　上野章子
水中花にも労りの水替ふる　厚海浮城
入れ直しみても傾く水中花　朝鍋住江女
水中花昨日と同じ泡抱いて　樹生和子

水中花刻のうつろひなかりけり　山田弘子
かき餅をたべて見てをり水中花　高濱虚子
花は何とも判らねど水中花　高濱年尾
病人に一人の時間水中花　稲畑汀子

花氷《はなごほり》《はなごおり》

夏期、室内を涼しくするために立てる氷で、花や金魚の類を封じこめてある。かつては冷房用、装飾用としてデパートや商店によく見られたが、冷房の普及とともにほとんどなくなった。単に氷を立てたものは**氷柱**《こほりばしら》というが、最近ではこれに彫刻を施して、パーティーや宴席の装飾として用いられることが多い。

紫は都忘よ花氷　平野青坡
花氷立てゝ花嫁控への間　小川純子
花氷時間とけつつありにけり　塙告冬
咲き切れば終ふる命を花氷　稲畑汀子

冷蔵庫《れいざうこ》《れいぞうこ》 ㊂

食品の保存、冷却用として、近年は電気冷蔵庫が家庭の必需品となった。四季を通して使われるがいちばん活用されるのはやはり夏である。以前は木製で中に氷を入れて使用した。

妻留守の客に開け見る冷蔵庫　河合いづみ
冷蔵庫開けにゆく子の持つ期待　福井圭児
旅発つや冷蔵庫を空にして　鈴木とみ子
冷蔵庫のぞける夫をかいま見し　真鍋和子
飲みものが又からつぽに冷蔵庫　稲畑汀子

氷《ひ》**室**《むろ》 ㊂

冬取った天然氷を貯蔵しておく所を氷室といい、夏期の皇室用として貯えたもので、その番人を**氷室守**《ひむろもり》といった。今はふつうに夏まで氷を貯蔵するところをいう。

誰か居る氷室の戸口蓑を置き　鈴木玉斗
世の移り氷室守る家減つてゆく　白山人一
丹波の国桑田の郡氷室山　高濱虚子

晒《さらし》《さらし》**井**《ゐ》《い》 ㊂

夏、井戸水を汲みほして底に沈んだ砂や塵芥を取り除き、清く澄んだ水にすることをいう。農家などでは近隣の者たちが寄り合ったり、職人を頼んだりして大勢で**井戸**《ゐど》

替《がへ》を行ない、替え終わると水神に酒を供える。**井戸浚**《ゐどさらへ》。

さらし井や雫聞かるゝ宵のほど　蓼太
鯉二三たしかゐる筈井戸浚　中原一線
井戸替の綱庭を抜け表まで　松葉登女
晒井や二ヶ杓三杓迎へ水　大森積翠

閻魔詣《えんままゐり》《えんままいり》　七月十六日は閻魔王の賽日《さいにち》である。閻魔は地獄の主神で、冥界の支配者として死者の生前の行ないを審判し、懲罰を下す大王とされている。この日は地獄の鬼も罪人を責めるのを止めるといわれ、また地獄の釜の蓋のあく日ともいうので、娑婆《しゃば》(この世)でも昔は商家など使用人に骨休めの日として休暇を与えた。また諸寺院では種々の供物を供へ、地獄変相図や十王図などの仏画をかかげて閻魔堂を開帳し、多くの人々が参詣する。**閻王**《えんわう》。

御宝前のりだし給ふ閻魔かな　川端茅舎
閻王に時無し鉦の因果物　伊藤柏翠
閻王に賽銭投げて店ひらく　佐々木麦童
押されつゝいま閻王は柱かげ　田上斗潮
閻王につかへ老いゆくお蠟番　財川石水
閻王の怒の眉の少し剝げ　吉田きよ女
木場衆のつゝかけ草履宵閻魔　岸巴波
閻王の広き肩巾膝の巾　小畑一天
金襴の打敷き赤き閻魔かな　岡崎美枝
閻王に懺悔まゐりの嫁姑　済山童
まだ燃ゆるちびし蠟燭宵閻魔　濱井武之助
地獄耳ぐいとそばだて宵閻魔　竹葉英一
閻王の眉は発止と逆立てり　高濱虚子

祇園祭《ぎをんまつり》《ぎおんまつり》　京都八坂神社の祭礼。葵祭と共に京都二大祭礼として有名である。七月一日から二十九日まで諸行事があるが、七月十七日の神幸祭、二十四日の還幸祭がもっとも賑わう。一日から毎夜鉾町の会所で**二階囃**《にかいばやし》といって表通りの二階の窓を開け**祇園囃**《ぎをんばやし》の稽古が始まる。二日に山鉾巡行の順を決める**鬮取**《くじとり》があり、これを**山鬮**《やまくじ》という。十日に鴨川で**神輿洗**《みこしあらひ》の儀があり、この日から二、三日のうちに鉾立《ほこたて》といって山鉾《やまほこ》を町に立て二階囃をこれに移す。これを宵山《よひやま》、宵飾《よひかざり》といい、この鉾の立った町を鉾町《ほこまち》という。十六日は宵宮で、宵宮詣《よひみやまうで》の群衆で賑わう。十七日の神幸祭は山、鉾列を整えて巡行し、鉾には鉾《ほこ》の稚児《ちご》を乗せる。この日三基の神輿には甲冑を着た弦召《つるめそ》などが従い、四条、京極の御旅所に渡御して神幸祭を終わり、二十四日の還幸祭までここにとどまる。この間氏子の参詣を受けるが、無言で詣ると願い事がかなうといわれ、今も花街の女性の参詣が多く無言詣《むごんまうで》の名がある。二十三日は後の宵山で、二十四日夜還幸を終わり、二十八日神輿洗、二十九日神事済奉告祭をもって全行事を終了する。なお、宵山には屏風祭といって、町の家々で家宝の屏風などを飾り披露したりする。疫病災難除けとして売られている「鉾粽」は、以前は鉾の上から投げられていたものであるが、今では危険なため禁じられている。**祇園会《ぎをんゑ》**。

祇園会や錦を濡らす通り雨　田中王城
とまるよりかけし昼餉の鉾梯子　田畑比古
鉦衆はみなうら若し鉾囃子　中田余瓶
鉾町に生れし誇嫁してなほ　鈴鹿野風呂
鉾粽飛び交ふ下の老舗かな　佐々木紅春
舞妓居る二階にとかく投粽　楠井光子
東山回して鉾を回しけり　後藤比奈夫
鉾の綱地になが〳〵と昼餉時　長尾樟子
祇園会の稚児親たちにかしづかれ　玉木里春
一と山の縄屑出来て鉾建ちぬ　天津春子
鉾立の縄目といふは美しき　樹生まさゆき
鉾曲る掛声そろひたるときに　土山紫牛
すゝみ来る遠くは鉾の重なりて　西村乙清
鉾を解く月のしづかに降ろされて　福井仁
もう次の鉾が囃子を送り来る　清水忠彦
鉾のこと話す仕草も京の人　稲畑汀子

博多山笠《はかたやまがさ》

七月一日から十五日まで行なわれる福岡市櫛田神社の例祭で、博多の祇園祭として知られている。

山笠《やまがさ》は**飾山笠**《かざりやま》と**舁山笠**《かきやま》があり、飾山笠は博多の目抜通りに建てられ、高さ一〇メートルにおよぶ。舁山笠は六基ある見事な据《すえ》山車《だし》で、氏子たちによって担がれ、十五日早暁、午前四時五十九分太鼓の合図とともに、一番山笠から五分置きに同神社を出発し約四キロ離れた上洲崎《かみすざき》（旧奉行所）まで走り競う。これを**追山笠**《おひやま》といい、沿道の観衆は浄めの水を浴びせ舁き手に声援をおくる。山笠が走り去った境内では「鎮め能」が奉納され山笠行事は終わる。

山笠の果てし通りに宵の雨　佐藤冨士夫
山笠立ちて博多に宵のつゞきけり　江口竹亭
追山笠や父なつかしき肩車　小島隆保
山笠舁いて博多人とし子の育つ　林加寸美
東まだ一番山笠に明けてこず　佐藤裸人
追山笠の人出は夜を徹しをり　稲畑汀子

盛夏《せいか》

夏の暑さの真盛りの時期をいう。梅雨が明けるとやがて炎熱の日々がやってきていよいよ盛夏となる。**炎帝**《えんてい》は夏をつかさどる神、またその神としての太陽をいう。

ホッケーの球の音叫び声炎帝　星野立子
羅府盛夏五輪大会酣に　常石芝青
炎帝のをさまる夕べ待つことに　稲畑汀子

朝曇《あさぐもり》

「旱《ひでり》の朝曇り」という諺があるように、炎暑がとくにきびしくなる日の朝は、靄《もや》がかって曇っていることが多い。

前向ける雀は白し朝ぐもり　中村草田男
朝曇山鳩似合ひ啼きにけり　星野立子
今日といふ日が動き出す朝ぐもり　刀根双矢

日盛《ひざかり》

一日のうちでもっとも暑い盛りの正午から三時ごろまで。もの影は土に小さく濃く、万物息をひそめて日の傾くのを待つ思いである。**日**《ひ》**の盛**《さか》**り**。

日盛の田を皆上り居ずなりぬ　豊田一兆
日盛の尼寺ひそとあるばかり　三澤久子
日盛に著く客に風呂沸いてをり　西野郁子

日盛を来て山坊の水甘き　田中延幸
日盛を少し気弱になり歩く　武藤和子
銀座には銀座の貌の日の盛り　川口咲子
日盛のポプラの影の逃げし部屋　三好雷風
日盛の風は頼りにならざりし　新田記之子
日盛りは今ぞと思ふ書に対す　高濱虚子
ゴンドラの陰通りゆく日の盛り　稲畑汀子

炎天《えんてん》

酷熱の日中の空をいう。地上のすべてのものは炎天の下にさらされている。またじりじりと照りつけ、蒸し暑いのを**油照**《あぶらでり》という。

炎天に蓼食ふ虫の機嫌かな　一茶
炎天や牧場ともなき大起伏　佐藤鯉城
炎天や世にへつらはず商へる　牧野まこと
旅なればこの炎天も歩くなり　星野立子
炎天を駆ける天馬に鞍を置け　野見山朱鳥
炎天を行くや身の内暗くなり　中口飛朗子
炎天のこぼしてゆきし日照雨かな　藤松遊子
バス停めて祈りの時刻炎天下　桑田青虎
炎天が校庭広くしてをりぬ　前内木耳
炎天に無聊のわれを投じたる　藤崎久を
きらきらと炎天光るものこぼす　原田一郎
道迷ひゐる歩をつつみ油照　畠中じゅん
炎天の空美しや高野山　高濱虚子
炎天にそよぎをる彼の一樹かな　同
炎天下急ぐ気のなく歩きをり　高濱年尾
炎天を来し人に何もてなさん　稲畑汀子

昼寝《ひるね》 ㊂

夏期は夜が短いのみならず、暑さのために寝苦しく、睡眠不足になりがちである。そこで昼餉を終えて日盛りのころ**午睡**《ごすい》をする人が多い。**三尺寝**《さんじやくね》は職人などが狭苦しい場所で午睡をすることとも、日の陰が三尺動く間だけ昼寝を許されたからだともいう。**昼寝起**《ひるねおき》。**昼寝覚**《ひるねざめ》。**昼寝人**《ひるねびと》。

魂のもどりし気配昼寝人　中田みづほ

山駕籠に昼寝さむれば身延なる　中村吉右衛門
訪へる大きな声に昼寝覚　古屋敷香葎
撫で廻し昼寝顔消す仏師かな　山口燕青
小説のこんがらかつてきて昼寝　湯浅典男
魂の抜けはてゝゐる昼寝かな　星野立子
大欠伸豁に放ちて昼寝覚　福井圭児
考へのがらりと変り昼寝覚　柏井季子
昼寝人顔の力のぬけてをり　加藤茶村
昼寝覚め頭廻転止りゐし　木内悠起子
顔ばせに念珠をのせて昼寝僧　菅原獨去
船の影のびしをひろひ三尺寝　中村桂次
富士山に足を向けたる昼寝かな　藤松遊子
昼寝組雑談組や山の荘　山本晃裕
泣き寝入りしてそのまゝに昼寝の子　粟津美知子
昼寝せしあとの枕につまづきて　石倉啓補
昼寝して何やら機嫌良くなりし　佐藤うた子
血圧のための昼寝とはばからず　楓　巌濤
昼寝より後姿の覚めてゐず　今橋眞理子
乳房張り吾子の昼寝のまだ覚めず　山﨑貴子
ただ昼寝してゐる如く病んでをり　川口咲子
事務多忙がばと昼寝のしたき刻　副島いみ子
魂を宙にとどめし昼寝かな　成瀬正俊
昼寝せる妻も叱らず小商ひ　高濱虚子
我生の今日の昼寝も一大事　同
寝返りもなくて昼寝の蹠見せ　高濱年尾
どこでも昼寝すそれがひと憩ひ　同
昼寝するつもりがケーキ焼くことに　稲畑汀子

日向水《ひなたみづ》《ひなたみず》

炎天下に水桶や盥《たらい》を出して日光の熱で温めた水のことで、洗濯や行水に用いる。俗にあまり熱くない湯を日向水のようだというように、ふつうは生温かくなる程度である。

日向水かぶりてその日暮しかな　森川暁水

日向水子にも遣はせ吾もつかふ　岡田万堂
日向水漣立ちて昃りをり　京極杞陽
忘れられあるが如くに日向水　高濱虚子

片陰《かたかげ》

真上から照りつけていた夏の日もようやく傾きかけると、町の家並みの片側に少しずつ日陰をつくりはじめる。この片陰を人々はひろって歩く。

奈良しづか築地々々の片かげり　巽とほる
片陰が出来商ひもありそめて　宇佐美一枝
片陰に逃れてわれに返りけり　吉屋信子
船出でて波止に片陰なくなりぬ　五十嵐播水
片陰を行く母日向行く子供　粟津福子
近道も片陰もなき道をゆく　明石春潮子
道曲り片陰逃げてしまひたる　小川龍雄
片陰をひらひら来るや秘書課の娘　本井英
片陰の町に上陸すぐ帰船　高濱虚子
片陰の伸びるを当てに車駐め　稲畑汀子

西日《にしび》

真夏の太陽は西に傾いてもなお烈しい。ことにまともに西日の差し込む部屋は堪えがたい暑さとなる。西日がとくに夏の季題となったのもうなずかれる。

清滝の向うの宿の西日かな　中村吉右衛門
三階の窓に西日が今燃ゆる　深見けん二
窓につき出しゐる顔の西日かな　湯浅典男
西日濃きときの淋しき七尾港　村元子潮
退勤や西日の中へ身を放ち　中口飛朗子
燃え落つるスイスの西日旅つゞく　小池和子
我が事務所難は西日の強きこと　松﨑亭村
西日負ひゆくや影濃き町に入る　後藤一秋
校舎高し西日受けたる窓並び　高濱虚子
森の中につきぬけてをる西日かな　同
景色よき側は西日の船室に　稲畑汀子

夕《ゆふ》《ゆう》焼《やけ》《やけ》

夕空が茜色に染まる現象をいう。四季にわたってあるが、夏の夕焼はもっとも華やかで壮快である。春の夕焼、秋の夕焼、寒の夕焼、梅雨の夕焼にも、またそれぞれの趣がありはするが、ただ夕焼といえば夏季とする。

夕焼や楽屋の前の水車 中村吉右衛門
夕焼や生きてある身のさびしさを 鈴木花蓑
大夕焼一天をおしひろげたる 長谷川素逝
果しなくうつろの空の大夕焼 家田小刀子
水車踏む夕焼空をゆくごとし 豊里とも吉
夕焼は美しけれど農貧し 新津稚鷗
知床の夕焼海を焦しけり 今井栄之助
今日生きし者出でて見よ大夕焼 蔦三郎
夕焼くる明日といふ日を思ふなく 松岡巨籟
夕焼に祈る言葉も染りつゝ 山内山彦
雨晴れし空の果まで夕焼くる 能美丹詠
夕焼の雲の中にも仏陀あり 高濱虚子
夕焼のはかなきことも美しく 稲畑汀子

夕凪《ゆふなぎ》《ゆうなぎ》

海岸地帯では夏の夕方まったく風が止まってしまい、むし暑くて堪え難いことがある。それが夕凪である。これは昼の海風から夜の陸風に吹き変わる時刻に起こる現象で、瀬戸内地方ではとくにはなはだしい。**朝凪**《あさなぎ》。

夕凪や仏勤めも真つ裸 宮部寸七翁
夕凪や船客すべて甲板に 五十嵐播水
夕凪の汐汲みあげて舟洗ふ 廣瀬河太郎

極暑《ごくしょ》

夏のもっとも暑い日々のこと。暦の上の**大暑**《たいしょ》は二十四節気の一つで、「小暑」のあとの十五日目、七月の二十三、四日で、ちょうど極暑の候にあたる。**三伏**《さんぷく》というのは「夏至」のあと、第三の庚《かのえ》の日を初伏、第四の庚の日を仲伏、立秋後の第一の庚の日を末伏といい、これを総称したものである。

念力のゆるめば死ぬる大暑かな 村上鬼城
蓋あけし如く極暑の来りけり 星野立子
自らを恃みて耐ふる大暑かな 景山筍吉
庭のもの背低くなりし大暑かな 高木晴子
三伏の旅の商ひつゝがなく 百田一渓

酷暑極まりて闘志の空転す　浅賀魚木
わが寿命ちぢむ思ひの酷暑かな　吉良比呂武
月青くかゝる極暑の夜の町　高濱虚子

旱《ひでり》

長い間雨が降らず毎日灼けつくような暑さに、川や池、井戸の水も目に見えて減っていき、田畑は乾き作物が枯れる。農村では灌漑水が欠乏し、都会では水源池が涸れて給水制限、断水という騒ぎになる。**旱天**《かんてん》。**旱魃**《かんばつ》。

琵琶湖日々後じさりする旱かな　深谷江畔
天水も乾上り隠岐は大旱　勝部秀峰
湖中句碑にも及びたる旱かな　中谷木城
桟橋を足して旱の続く湖　伊藤凉志
大海のうしほはあれど旱かな　高濱虚子

草《くさ》いきれ

夏の日盛に野や山路などを行くと、烈日に灼かれた草叢の熱気でむせかえるようである。それをいうのである。

潮騒のだん〱遠し草いきれ　佐藤清潯
見当らぬゴルフのボール草いきれ　三木由美
肺熱きまで草いきれしてゐたり　岩岡中正
草いきれまでは刈られずありにけり　稲畑汀子

田水沸《たみづわ》《たみずわ》く

炎天下の田の水が、湯のように熱くなることをいう。とくに田草取の人たちには、その感じが強いであろう。

草を取るたゞ一念や田水わく　丹治蕪人
田水沸き米どころとは昔より　橋本博

水番《みづばん》《みずばん》

夏、田に必要な用水を盗まれるのを防ぐために見張りをすることをいう。夜間に多く、**夜水番**《よみづばん》ともいう。**水番小屋**《みづばんごや》。**水守**《みづも》**る**。**水盗**《みづぬす》**む**。

夜は別の人の如くに水盗む　中村若沙
漸くに月のかくれし水盗む　江村湖水
盗まれてゐるとも知らず夜水番　中谷鳩十
灯をかざしあひ水番の交替す　川津佳津美
女房に力づけられ水盗む　西尾菟糸子

おのが田に盗める水のゆきわたり　斎藤黄鶴楼
水番に行く人らしやすれ違ふ　高橋悠蜻
水盗むことあきらめて戻りけり　居附稲聲
盗みたる水が音してついて来る　勝俣義和
暁方のもつとも眠し夜水番　新田充穂
水盗む己の心鞭うちて　羽田利七
盗まれし水の行衛を確めに　子野日俊一郎
堰音に耳澄ましゐる夜水番　二神夕芽
丑三といふ刻にして水盗む　金子海月
盗み酒効いてうたゝ寝夜水番　岸川鼓蟲子
水番に漸く朝の来りけり　松木万世
闇に眼のあること知らず水盗む　田上斗潮
水番の女に油断して盗られ　菅谷芋生
何事もなく水番の夜が白む　池田風比古
盗み引くことにも水の素直なる　辻口静夫
音もなく盗みし水の満ちてきし　岩瀬良子

水喧嘩《みづげんくわ》《みずげんか》

旱魃の折、農夫たちが田の用水について争うことで、**水論**《すゐろん》、**水争**《みづあらそひ》ともいう。かつては旱魃が続くと用水に苦しむ余り、水の取り合いで村々に深刻な争いが起こったものであったが、灌漑事業の整備にともない、あまり耳にしなくなったようである。

水論に畦を駈けくる灯のありぬ　岩佐葵十
鼬穴ありとも知らず水喧嘩　清水海夕
水論の盗みし方の申分　中野藤水
婆とても負けてゐぬなり水喧嘩　永見一柴
水喧嘩負くるも勝つも兄弟　竹下陶子
争ひし水もほとほと無くなりし　山崎一角

日焼田《ひやけだ》

旱が続いて水がなくなり、すっかり乾いてしまった田。土にはひび割れが走り、稲はまったく生気を失い、見るも哀れな田の面となる。**旱田**《ひでりだ》。

旱田に星空の闇広がりし　伊藤凉志
日焼田をあはれと見るも日毎かな　高濱虚子

旱魃になると農村では神や仏に祈って雨を呼ぶ。雨《あめ》の祈《いのり》ともいわれ、祈雨経《きうきやう》はそのときに誦する経である。雨乞にはいろいろの方法があり、また地方によってそれぞれの特色がある。

雨乞《あまごひ》《あまごい》

雨乞にそむいてひとり耶蘇教徒　成田蕉雨
祈雨僧の袈裟を掠めて雲早く　小林寂無
雨乞に女も混り母も居る　渡辺五万坊
日月旌日の当りをり祈雨神事　大橋杣男
向ふ峰に燃ゆるも祈雨の篝かや　野間紅蓼
雨乞のお厨子を負うて登り行く　和氣魯石
土ぼこり立てゝ雨乞踊かな　津村和夫
雨乞の踊団扇の雨一字　小西石蕗
神よ今雨乞ふ叫び聞き給へ　平見汀美
雨乞の踊に笑ひとりもどす　宮中千秋
よひ〳〵の雨乞の火も減りにけり　高濱虚子

喜雨《きう》

旱魃が続いたとき、待ちかねた雨が降るのを喜雨という。農家の喜びはもちろんのことであるが、ようやく降った雨に田畑や山野まで喜んでいるように見える。

喜雨の宿荒神の灯の立ちゆらぎ　緒方句狂
喜雨の蓑著けてふたゝび出でゆきし　若鍋一露
うちぢゆうが灸据ゑ合うて喜雨休　酒井不去子
開拓の風呂沸いてをり喜雨の中　永原亜閃
その辺の畦一廻り喜雨の中　森本樵葦
みづうみの喜雨濁りして波立てり　金森柑子
蓑脱げばふどし一つや喜雨の人　天野きよし
喜雨到る音の次第に高まりし　久保茘枝
喜雨を待つ水の近江も大阪も　三谷蘭の秋
鍬振つて喜雨逃さじと畦を守る　舘野翔鶴
喜雨の虹ふるさと人と打ち仰ぎ　飯田京畔
ほつほつと降つてをりしがいよゝ喜雨　石田峰雪
慈雨到る絶えて久しき戸樋奏で　高濱虚子
いつときのほこり押さへの喜雨なれば　稲畑汀子

夏《なつ》の雨《あめ》 三 梅雨や夕立といった特別のものとは違うふつうの雨で、どことなく明るくそれなりの趣がある。

傘さして馭者鷹揚や夏の雨　奈良鹿郎
音立てゝ朴の広葉に夏の雨　田村三重子
夏の雨海ナ面ラ穿ち始めたる　新谷根雪
語らるる小国絵巻や夏の雨　稲畑汀子

蟬《せみ》 三 炎熱の中で鳴きしきる蟬の声は、いかにも夏らしい。ことにジージーと鳴く**油蟬**《あぶらぜみ》や、シャワシャワと鳴く熊蟬の声は盛夏そのものの壮快さである。他にもにいにい蟬やみんみんなど種類は多い。木立の中の降るような蟬の声を**蟬時雨**《せみしぐれ》という。鳴かない雌を**啞蟬**《おしぜみ》といい、その年初めて聞く蟬を**初蟬**《はつぜみ》という。「蜩《ひぐらし》」と「法師蟬」は秋季である。

しづかさや岩にしみ入る蟬の声　芭蕉
立石寺
鳴きやめて飛ぶ時蟬の見ゆるなり　正岡子規
石枕してわれ蟬か泣き時雨　川端茅舎
蟬取の黐竿しなひ〳〵駈け　清崎敏郎
生れたる蟬にみどりの橡世界　田畑美穂女
野外劇せりふなき刻蟬時雨　伊藤彩雪
日の出より蟬鳴くまでの読書かな　廣瀬美津穂
うすき羽いまだ使へず蟬生るゝ　野村久雄
ミサ捧ぐ耳に蟬取る子等の声　丸山よしたか
一斉に蟬の生涯はじまる日　後藤一秋
蟬つぶてくらつて那智の磴くだる　世古口裕史
この時刻夜蟬たたせて訪ふは誰　藤村うらら
蟬の穴ゆつくり濡れてをりにけり　坊城俊樹
蟬の木に登らんとして見上げをり　高濱虚子
仮の世のひとまどろみや蟬涼し　同
森抜けしこと蟬時雨抜けてをり　稲畑汀子

空《うつ》蟬《せみ》 三 **蟬《せみ》の脱殻《ぬけがら》**のこと。蟬は数年から十数年間、地中で幼虫の生活を送り、夏、泥のかたまりのような格好で這い出してきて木に登り、殻が背中から割れて成虫となる。そのぬけ殻を空蟬といい、色は透明な褐色で、いつまでも樹木にしがみついている。**蟬《せみ》の殻《から》**。

経蔵の壁に空蟬白峰寺　一宮半月
空蟬の爪の先までがらんどう　永江哀紅糸
草のぼりつめ空蟬となりゐたり　藤崎久を
ふと触れし指に空蟬すがりけり　上西左兌子
手に置けば空蟬風にとびにけり　高濱虚子

跣足《はだし》 ㊂ 庭をいじったり、水を撒いたりするときなど、夏は素足になる機会が多い。**跣《はだし》**。**徒跣《はだし》**。**素跣《すあし》**。

朝よりの跣足のまゝの夕餉かな　村上星洞
分校のはだしの教師とて若し　藤原零子
太平洋の汀跣足に快く　河野ちか子
ジャワ島の跣足の子等に囲まるる　田原けんじ
熔岩の上を跣足の島男　高濱虚子
鎌持ちて女跣足でこちへ来る　同
どうしても跣足になつてしまふ児よ　稲畑汀子

裸《はだか》 炎暑の折には裸となって寛ぐことが多い。**赤裸《あかはだか》**。**素裸《すはだか》**。**丸裸《まるはだか》**。**真裸《まつぱだか》**。**裸人《はだかびと》**。**裸子《はだかご》**。

裸子よ羅睺羅《らごら》の運命《さだめ》僧になれ　中谷興瑞
くらがりにはゞかりもなく裸かな　小沢杜童
裸ぐせつき人前をはばからず　田中延幸
裸の子顔一杯に笑ひをり　上野章子
我が裸見るにつけても生き延びし　古藤一杏子
ちよこまかと動く裸を診察す　藤巻伽岳
シャツ乾くまでの裸と合点す　佐藤裸人
いつまでも裸で居たき子をさとす　水谷千家
裸子の逐へば家鴨の逃ぐるなり　高濱虚子
裸子をひつさげ歩く温泉の廊下　同

肌《はだ》脱《ぬぎ》 暑いさかりには着物などの上半身を脱いで涼をとったり、汗を拭いたりする。左右いずれか片半身をあらわにすることを**片肌脱《かたはだぬぎ》**という。

肌脱ぎて老のたつきの陶画かく　寺沢詩籠

——七月

人現れて急ぎ片肌入れらるゝ　小畑一天
這ひよれる子に肌脱ぎの乳房あり　高濱虚子

日焼《ひやけ》 ㊂ 夏の強い日ざしのため肌が黒く焼けること。とくに若い人々は、美容や健康のために浜辺やプールサイドでわざわざ肌を焼く。

日焼せし旅路のあとのなつかしく　文箭もと女
日焼して娘盛りを渡舟守　田草川一求
日焼顔思ひ出せずにすれちがふ　目黒はるえ
歯並びのよくて日焼の隠されず　後藤夜半
日焼して若さと云ふはかゞやける　谷口和子
同じ顔して島の子の日焼けをり　野村久雄
人生の皺をたゝめる日焼顔　小島隆保
日焼してこの浦浜に育つ子よ　渡邊汀人
日焼して海の匂ひのする人等　野崎加栄
美しく日焼するとはむづかしく　鳥井春子
高台に住む代償の日焼とも　水田むつみ
日焼して健康といふ美を貰ふ　遠山みよ志
妹の日焼からかひ兄不仲　緒方初美
俳諧の旅に日焼けし汝かな　高濱虚子
旅二日共に日焼けて居りしこと　稲畑汀子

赤潮《あかしお》 珪藻類や水中のプランクトンが異常発生して、水の色が赤褐色に変ることである。夏に発生することが多く、近年では海水汚染によって起こる例も少なくない。ひどいときは魚介類を死滅させてしまう。苦潮《にがしほ》ともいう。

赤潮の帯の礁にかゝりそむ　湯淺桃邑
赤潮の白波となる渚かな　江川一句
赤潮の迫れる真珠筏かな　山田不染

夏の海《なつのうみ》 ㊂ 夏は海のもっとも親しい季節である。明るい太陽の下、紺碧の海で泳ぎ、ボートを漕ぎ、ヨットを走らせ、浜ではキャンプを張る。夜の浜辺も更けるまで賑わう。

厳島
神やこの島好みけん夏の海　宗因

刻々と真珠は育つ夏の海　松尾いはほ
夏の海若者のみのものならず　中西利一
戻り来て瀬戸の夏海絵の如し　高濱虚子
壱岐の島途切れて見ゆる夏の海　同
夏海や一帆の又見え来る　同

夏潮《なつしほ》《なつしお》 [三]　よく晴れた日ざしに力強く輝く五月の潮、梅雨空を映して暗い六月の潮、真白な波しぶきをあげて紺碧に透きとおる七月の潮、いずれも**夏**《なつ》**の潮**《しほ》である。

夏潮の鱵の育ち目に見えて　水見悠々子
巌頭に夏潮を見る人小さし　原田一郎
隠岐の夏潮とは地図の海の色　芦高昭子
夏潮の今退く平家亡ぶ時も　高濱虚子
夏潮を蹴つて戻りて陸に立つ　同
国《くな》後《しり》は見えず夏潮隔てたり　高濱年尾
夏潮に道ある如く出漁す　稲畑汀子

船《ふな》**遊**《あそび》 [三]　夏、納涼のため海や川、湖沼などに船を出して遊ぶことをいう。昔は隅田川、嵐山、道頓堀などで、芸者をともなったり、料理人を仕立てたりしてするのが船遊であった。現在では、木曾川、日本ライン、保津川、瀞峡《どろきよう》などの川下りも、庶民的な船遊として盛んである。**遊船**《いうせん》はその船のことをいう。

遊船のつゞいて落つるのどせかな　野村泊月
遊船の人に手を振り答へ見る　星野立子
遊船に岸の人目を感じつゝ　田畑美穂女
工場の裏より仕立て船遊　大前知山
外海の波となりたる遊船に　美馬風史
遊船の影の従ふ水の面かな　伊藤柳紅
ゴンドラの夜の船遊月紅く　廣瀬美津穂
遊船を下りて船酔らしきもの　小林沙丘子
古里の島を真近に船遊　山口明里
遊船の傾ぐに一人座を移す　廣瀬河太郎
遊船に麻薬調べの艇寄り来　星野瞳

竜宮へゆく遊船に興じけり　西野郁子
火の山の麓の湖に舟遊　高濱虚子
横さまに遊船流すときもあり　同
遊船や芥屋《けや》の大門《おほと》はすぐそこよ　高濱年尾
行き合ひて遊船に大小のあり　稲畑汀子

ボート　㊂

夏になると、人々は川、池、沼、湖、海などにボートを浮かべて漕ぐ。たいてい貸ボート屋がある。

まつすぐに漕ぐとき軽きボートかな　山岡三重史
夜の湖の静けさに漕ぐボートあり　藤松遊子
ボート漕ぐ湖の碧さのふと怖く　吉見南畝
急に起き上りてボート漕ぎはじむ　美馬風史
不忍のボート一掃したる雨　成嶋瓢雨
岸草にボート鼻突き休みをり　高濱虚子

ヨット　㊂

海や湖の風に、大きな白い三角帆をはらませ、船体を傾けて走るヨットの姿は、見た目にも爽快である。四、五メートルの小型のものから、寝泊りできる豪華な大型ヨットまである。

帆を垂らし魂抜けのヨットかな　土山山不鳴
湾の風あつめてヨット沖めざす　小島左京
胸に抱くヨットの舵を命とも　米谷　孝
ヨット部の去りて力の抜けし浜　杉原史耕
並走の同じ傾きヨットの帆　公文東梨
今日の宿ヨット浮く景ひもすがら　米倉沙羅女
山の湖に浮びそめたるヨットかな　高濱虚子
たゞ一つ湖心となりしヨットかな　高濱年尾
ヨットゆく風をよろこびゐる如く　稲畑汀子

プール

水泳用のプールで、学校や公営の設備として、また都会では遊園地やホテルにもある。わざわざ海まで出掛けなくてもよいうえ、夜間でも明るい照明のもとで泳ぎが楽しめるので、利用する人も多い。

雲うつすのみ子ら去りしプールの面　浅野右橋
子等去りてプールは空の色となる　和気祐孝

影といふものなきプールサイドかな　大場洋
蹤いて来る水を離してプール出る　木村淳一郎
教室と別の貌持ちプールの子　田中由子
皆の行く方にプールのありにけり　稲畑汀子

泳《およ》ぎ

暑くなると海や川やプールで泳ぐ。水練《すゐれん》。競泳《きやうえい》。遠泳《ゑんえい》。泳《およ》ぎ船《ぶね》。水泳《すゐえい》。遊泳《いうえい》。浮袋《うきぶくろ》。浮輪《うきわ》。

山の池にひとり泳ぐ子胆太き　正岡子規
泳ぎ子に乗入れて来し浦渡舟　川崎充生
海を見て暮して泳ぐこともなく　丘田稔
遠泳の己が胸より海ひろがる　山之内志朗
遠泳の先頭見ゆとどよめきぬ　柳俳維摩
十津川に泳ぎ育ちて海知らず　小川一瓢
東京に帰る浮輪を手放さず　深川正一郎
少年となりふるさとの川泳ぐ　蔦三郎
誰からも泳ぎ上手と見られゐて　豊田いし子
魚よりも光りて子等の泳ぎけり　岩岡中正
泳ぎ子の波の怖さをまだ知らず　坂口英子
泳ぎより上りし母の子を抱く　粟津松彩子
浮袋ふくらます眼を海に置き　沢田きよし
泳ぎ子の誰が誰やら判らざる　高濱虚子
泳ぎ子の潮たれながら物捜す　同
長男と競ひ泳ぎて負けまじく　稲畑汀子
末の子の泳げるつもり浮輪つけ　同

海水浴《かいすゐよく》《かいすいよく》

潮浴《しほあび》のことである。夏の暑さをしのぎ、また健康のため盛んに行なわれる。子供たちや若者にとっては、もっとも楽しい夏の遊びである。

潮浴びて他国を知らぬ子供等よ　星野立子
潮浴の貧しき一家屯せる　上野泰
朝花火海水浴の人出かな　高濱虚子

海水著《かいすゐぎ》《かいすいぎ》

泳ぐために着る水著《みづぎ》。女性向けはファッション性が強く、色、デザインもとりどりである。海水帽《かいすゐばう》。

水著の娘いつまで沖を見てをるや　藤松遊子

ロビーから浜に出て行く海水著　神田九思男
美しき水著ためらひなく濡らす　小原うめ女
泳げても泳げなくても水著著て　稲畑汀子

海月《くらげ》 ㊂
寒天質でぶよぶよしており、傘を開閉するような格好で泳ぐ。水色の傘をした大きいものから、小さいものまで種類が多く、中には電気海月など刺すものもいる。大きな海月が船に沿って泳ぐのは美しいが、海岸に打ち上げられ、日に照らされてつぶれたりしているのは哀れである。食用になるのもある。**水母《くらげ》**。

門川に時化のもてきし海月浮き　井戸すみを
忘れ潮海月も忘れられてをり　清水忠彦
出航に暫し間のあり海月みる　平尾圭太
わだつみに物の命のくらげかな　高濱虚子
潮に来る海月の縞の焦茶色　高濱年尾
波運び来たる海月の渚かな　稲畑汀子

夜光虫《やくわうちゆう》《やこうちゆう》 ㊂
夜、海面近くに浮遊して、無数の青白い光を発する原生動物で晩夏に多い。とくに波が砕けるところなどでよく光る。

纜に躓く波や夜光虫　小池森閑
なほ底に深くきらめく夜光虫　今井千鶴子
艪のつくる渦のかたちの夜光虫　國松ゆたか
本船に通ふ伝馬や夜光虫　中原花鳥
環礁に飛び散る波の夜光虫　合田丁字路
玄海の今宵も荒し夜光虫　栗原みよ子
夜光虫燃えて平戸の瀬戸荒く　有働清一郎
釣り落すものに湧き立つ夜光虫　勝尾艸央
曳き捨てる水尾にきらめく夜光虫　山本暁鐘
引く潮について戻れず夜光虫　大島蘇東
船は今対馬にそひぬ夜光虫　高濱虚子
手にふれて波さざめかす夜光虫　稲畑汀子

船虫《ふなむし》 ㊂
草鞋《わらじ》のような形で暗褐色、三～五センチくらいの虫。岸壁や岩礁、ひき上げた舟の下などを這う。夏が産卵期でおびただしく殖える。七対の足で素早く走り、人の気配に大群がいっせいに四散するさまは物凄い。

舟虫の巌や浪を一かぶり　平尾春雷
高濤の夜は舟虫の畳這ふ　沖　一風
舟虫の連り逃ぐる音もなし　済川余青
船虫の旧き港と思ひけり　湯浅桃邑
教室に船虫這へる授業かな　真砂松韻
船虫の波に洗はれあとも無し　高濱虚子

海女《あま》 ㊂

海にもぐって鮑《あわび》などの貝や海藻類を採る女性で、春から秋にかけて仕事をするが、夏が最盛期である。古代から蜑部《あまべ》と呼ばれる部族があり、男は海人、または海士と書き区別したが、潜水には女の方が適しているようで、しだいに海女がふえ一家の生計を支えている者も多いという。海女といっても、浜からすぐ海に入る磯海女と、船で沖まで出てもぐる沖海女とがある。磯海女は大きな磯桶を海に浮かべ、腰綱を桶に結びつけてもぐり、沖海女は船に腰綱を結びつけてもぐり、船上からその夫や舸子《かこ》などが引きあげる。「いそなげき」とは海女が海から出て息を強くつくときに口をすぼめて笛のような音を出すことをいう。海女は日本の沿岸各地にいるが、ことに志摩半島、房総、能登の舳倉島《へぐらじま》などが名高い。

蹴上げたる足のそろひて海女しづむ　山田千城
海女沈む鮫除帯の朱を曳いて　久野一花
崖の上の家よりも海女桶抱いて　服部圭佑
海女として鉄道員の妻として　上野　泰
黒髪は海女にもいのち真水浴ぶ　石井とし夫
時化あとの海が暗しと海女嘆き　中村聖鳥
磯笛のするどき海女は若かりし　岡本春人
桶抱いて浮いてばかりの稽古海女　土屋仙之
命綱伸びゆく不安海女くゞる　冨士原芙葉

天草取《てんぐさとり》 ㊂

天草は各地の比較的浅い海の底の岩礁に生え、これをもぐって採る。ときには干潮時に現れた沖洲のものを採ることもある。採ったものは、海辺に広げて晒し干しにする。寒天や心太《ところてん》の原料となる。石花菜取《てんぐさと》る。

髪つめてか細き顔の天草海女　平松竈馬
潮の色又変り来し石花菜採る　山下豊水
潮待ちの髪梳きあうて天草海女　藤本砂陽
なだらかな浜の起伏に天草干す　鈴木柏葉
いとけなく天草採りの海女といふ　清崎敏郎
黒潮の礁を砦に天草海女　楓巌濤
客のなき宿は天草干してあり　國方きいち
見るうちにてん草を乾し拡げたり　高濱虚子

荒布《あらめ》 三　海底の岩礁に叢生する若布よりは粗大な海藻。あらめの名は、そういった大きさと、生育の様子から出ているのであろう。刈るのは夏期である。食べる土地もあるが、大方は海辺に広げ干してヨードの原料や肥料にする。海中にあるときは褐色であるが、干すと黒く変わる。**黒菜《くろめ》**。**荒布舟《あらめぶね》**。**荒布刈《あらめか》る**。**黒菜刈《くろめか》る**。**荒布干《あらめほ》す**。

荒布焚く日覆の下の大竈　森本嘯天
荒布干す岩は地の果えりも岬　岩田汀霞

昆布《こんぶ》 三　褐色の大きな海藻で、長さ二、三メートルに達する。海底の岩礁に根のようなもので付着しており、発芽は春、七月ごろにはすっかり生長する。舟を出し鎌で刈るなどして、これを砂浜に干し、食料とする。北海道から三陸にかけて多く産する。**昆布刈《こんぶかり》**。**昆布干《こんぶほ》す**。

利尻富士今日も晴れをり昆布干す　村田鮭秋
島山やいたゞきまでも昆布干場　青木茶話一
昆布採るや島の男の子とはげまされ　清水蛍月
舟よりも長き昆布を刈り上げし　河野三千雄
浪きては浪きては置く昆布拾ふ　平田千代吉
サロマ湖と海との境昆布舟　唐笠何蝶
ノサップの灯台を守り昆布を干し　山口美代
運ぶとは曳きずることや昆布干す　川上巨人
見えてゐて遠きエトロフ昆布採る　佐々木あきら
オホーツクの潮曳きずり昆布干女　小森行々子

昆布育つ海といふ波荒きかな　川口咲子
海底の砂もろともに昆布乾く　稲畑汀子

海蘿《ふのり》 ㊂ 糊になる飴色の海藻で岩礁に生える。五、六センチに伸びたころ採り、水をかけては天日で干し、漂白して紙のようにする。これを煮て糊をつくる。**布海苔**《ふのり》。**海蘿搔**《ふのりかき》。**海蘿干**《ふのりほ》**す**。

金色に乾きあがりし海蘿かな　岡田耿陽
波を脱ぐ度にかゞやき海蘿岩　梅本思北
断崖の下いと小さくふのり搔　東中瓊花
海蘿籠曳きずり来ては干す砂丘　信太和風
海蘿搔声かけあうて巌移り　大橋宵火

海松《みる》 ㊂ 浅い海の岩礁に多い海藻である。濃緑色で根元から太い紐状に扇形にわかれ、頭は切ったように同じ高さに揃っている。手ざわりはビロードのようで高さ三〇センチくらい。美しい髪をこれにたとえた言葉は「源氏物語」にも「宇津保物語」にもある。食用にもなったが、今はほとんどかえりみられない。**水松**《みる》。**みるふさ**。

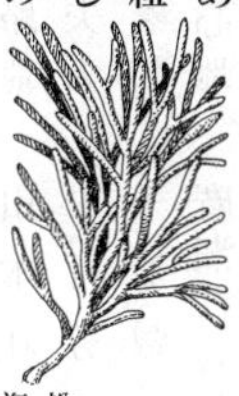
海松

海松生ひて鏡魚など住めりけり　鏡川

浜木綿《はまゆふ》《はまゆう》 関東以南の暖かい海岸の砂地に自生する。盛夏、万年青《おもと》に似た大形の広い葉の間から五〇センチ〜一メートルの太い花茎が直立して頂に十数個の香りのよい白い花を傘形につける。**はまおもと**。

浜木綿

海女の櫛忘れてありぬ浜おもと　沖一風
浜木綿のたゞ咲くばかり無人島　平林春子
釣舟の寄るだけの島はまおもと　山田皓人
咲きはじめには浜木綿の香を持たず　秋山ひろし

避暑《ひしょ》 都会の暑さをのがれて、涼しい海岸や高原などに出かけること。短い期間の**避暑**《ひしょ》**の旅**《たび》もあれば、一夏、別荘などで避暑生活をする人もいる。冬は静かな眠ったような土地が、夏は**避暑客**《ひしょきゃく》で急に賑やかになったりする。東京付近では、房総、伊豆、箱根、軽井沢、那須などが主な避暑地《ひしょち》といえよう。
避暑《ひしょ》の宿《やど》。銷夏《せうか》。

あり合すものを枕や避暑の宿　池内たけし
自動車を下りて挨拶避暑夫人　星野立子
湖に少し離れて避暑の荘　高橋すゝむ
避暑客に門限もなく開けてあり　佐藤喜子
避暑の荘略図どほりに辿りつく　藤井葭人
父かへり母がくるなり避暑の宿　飛彈桃十
ポストある茶店で書いて避暑便り　千原草之
避暑三日母に憂ひをのこし来し　野村久雄
塵穴を掘つてはじまる避暑ぐらし　太田育子
携へし植物図鑑避暑夫人　桑田詠子
東京の車きてをり避暑の宿　前田六霞
天竜を下りし笠も避暑土産　高橋千雁
新聞と牛乳が届きて避暑の宿　坊城中子
山寺に朝粥食ふも避暑名残　柴原保佳
教会の鐘が目覚まし避暑の村　嶋田摩耶子
一泊の避暑にも馴染み島の路地　山本紅園
今買ひし服に著替へて避暑夫人　中村芳子
父少しけむたがられて避暑家族　千原叡子
みな避暑に出して残りて避暑心地　廣瀬ひろし
避暑客の荷物はみ出しゐる廊下　大塚郁子
所在なき銷夏のさまに繙ける　浅井青陽子
富士に日の傾きしより避暑心　小林一行
欅とりながら案内や避暑の宿　高濱虚子
避暑の娘に馬よボートよピンポンよ　稲畑汀子

海《うみ》の日《ひ》

国民の祝日のひとつ。昭和十六年（一九四一）に制定された七月二十日の「海の記念日」が、平成八年（一九九六）より「海の日」として国民の祝日になり、平成十五年ハッピーマンデー制度により、七月第三月曜日と定められた。もともと「海の記念日」は、明治九年（一八七六）明治天皇が灯台巡視船「明治丸」に乗船され、横浜港に帰着された日であり、

「海の日」は、海の恩恵に感謝し、海洋国日本の繁栄を願う、という趣旨で制定された。

山国に海の日といふ旗日来る　鈴木南子
海の日の海に人口片寄れり　山本素竹
外ばかり見てゐる雨の海の日よ　小川みゆき
海の日のシャンパンに空近かりし　阪西敦子
海の日に拾ひし貝に残る音　誉田文香

夏休《なつやすみ》　学校ではふつう七月二十日ごろから八月末まで、大学などは七月中旬から九月中旬まで**暑中休暇《しょちゅうきゅうか》**がある。近年、官庁でも年休を何日か夏にまとめてとることが行なわれており、民間では数日間会社ごと休みになるところも多くなっている。その間に帰省、旅行などする。**暑中休《しょちゅうやすみ》**。

夏期休暇風土記に照らし社寺巡り　関　水華
用頼むときに吾子居り夏休　依田秋葭
他所の子もまとめて叱り夏休　白根純子
図書館は学生の城夏休　冨士谷清也
下宿屋の西日の部屋や夏休　高濱虚子
絵日記に残りし頁夏休　稲畑汀子

帰《き》省《せい》　勉学や仕事のために故郷を離れている学生や公務員、会社員などが、夏期休暇などを利用して帰郷することである。**帰省子《きせいし》**。

わが帰省待ちゐし人の墓を撫づ　北野里波亭
何よりも母に逢ひたく帰省かな　木水存女
帰省子に母耳とほくなりにけり　池内鎖錨
帰省子や父に替りて渡舟守　大森積翠
帰省子の云ふがまゝにて母たのし　丸橋静子
帰省の日延ばし銀座の灯にありぬ　伊藤萩絵
帰省して父の代りの往診に　中村聖鳥
母語り帰省のわれを眠らせず　白幡千草
帰省子の黙して居れど頼もしく　各務りん子
ドア開いて何時も突然帰省の子　高橋笛美
帰省子と共に夜更かすことに慣れ　黒田充女

帰省子の心は先に著いてをり　板東福舎

帰省子の投げてゆきたる一波紋　藤崎美枝子

帰省子の去にて再び妻無口　角南旦山

諸共に帰省すれども相逢はず　高濱虚子

みどり児を抱きて一家の帰省かな　稲畑汀子

林間学校《りんかんがくかう》《りんかんがっこう》　小、中学校の夏休を利用して、学年単位、クラス単位で、何日か高原などで集団生活を行なうこと。勉強だけでなく、レクリエーションなどもあるため、子供たちは楽しみにしている。

雷雨中駈けて林間学舎の子　中原一樹

日陰蝶追うて林間学校へ　高濱虚子

土用《どよう》　中国の五行説（宇宙万物の運行はすべて木《もく》、火《か》、土《ど》、金《ごん》、水《すい》の支配と考える説）では四季の各終りの十八、九日間を土の支配する土用とした。が、今は土用といえば夏の土用のみをいうようになった。立秋前の十八日間がこの期にあたり、最も暑い時期であるから自重する。**土用入**《どようい り》の日を土用太郎といい、第二、第三日目を土用次郎、土用三郎という。古来、土用三郎の日の天候でその年の農作を占った。**土用明**《どようあけ》。

土用の日浅間ケ嶽に落ちこんだり　村上鬼城

買ひ歩く土用玉子の手に入らず　一ノ瀬米村

底潮の今日は荒しと土用海女　八木耿二

暑中見舞《しよちゆうみまひ》《しよちゆうみまい》　暑さの厳しいころ、親しい人々が物を贈り合ったり、手紙で安否を尋ね合ったりすること。土用にこれをするのを**土用見舞**《どようみまひ》という。

不幸なる人より暑中見舞かな　森白象

杜氏の云ふ土用見舞は酒のこと　猪野翠女

虫干《むしぼし》　土用の晴天を見はからって、衣類や書籍、書画、調度品の類を陰干しにし、風を通して黴や虫などの害を防ぐ。この**虫払**《むしはらひ》は、名のある寺社では「風入れ」などと称して一つの行事になっている。書画の虫干はとくに**曝書**《ばくしよ》という。**土**《ど》**用干**《ようぼし》。

なき人の小袖も今や土用干　芭蕉

虫干や幕をふるへばさくら花　ト枝
元禄の長者番附虫払　小松月尚
曝書人年若くして官高し　池上浩山人
細註の朱も黒ずみし書をさらす　齋藤香村
子にかくすもの一つなき曝書かな　景山筍吉
虫干や今は用なき袈裟法衣　入江也空
大学の隷書の印や書を曝す　小林理
土用干もみ裏古れどおん形見　荻阪伊せ女
虚子のもの二日に分けて土用干　波多野二美
寺に生れ寺に育ちて虫払　能美丹詠
古書さらし我が生ひ立ちの明治恋ふ　立木大泉
ジプシーの大地に拡げ土用干　東中式子
曝しあるヘレン旧居の英書かな　佐野不老
若きころ捨てたる芸の書も曝す　出口巴郎
バイブルとわが呼ぶ俳書曝しけり　阿部慧月
書を曝し我が青春をさらしけり　小島隆保
虫干に故人の愛でし衣裳あり　片岡我當
父在さば訊きたき一事書を曝す　藤崎美枝子
ひとたびは水をかぶりし書も曝す　鈴木玉斗
拝領のもの一竿や土用干　高濱虚子
虫干や部屋縦横に紐わたし　高濱年尾
虫干しに耐へぬ古さとなる遺稿　稲畑汀子

紙魚《しみ》

衣類や書籍、紙類などの糊気のあるものを蝕《むしば》む害虫である。これがつくと衣類には染《し》みを残す。魚形の銀白色、一センチ足らずの小虫で翅がなく、暗い所を好みすべるように走る。**雲母虫**《きららむし》ともいう。**衣魚**《しみ》。**蠹**《しみ》。

紙魚喰うて玄白訳と読まれけり　岩田深叢
三代の紙魚の更科日記かな　景山筍吉
見せくれし紙魚の郷土史著者不詳　石井とし夫
紙魚あまた寺の文庫を引継ぎぬ　山口笙堂
質ぐさにきらりと紙魚の走りけり　三原草雨
紙魚食うてこゝろもとなき和綴本　片岡片々子

窯元に伝はる紙魚の図柄帖　岸川鼓蟲子

勿体なや紙魚に食はれし虚子の軸　西村行矢

紙魚の書を惜まざるにはあらざれど　高濱虚子

紙魚のあとひ《久》さしのひの字しの字かな　同

この遺墨紙魚走らせてならざりし　稲畑汀子

梅《うめ》干《ぼし》

熟しきらないうちの梅の実を採り、数日間塩漬にし、ひとまず日に曝し紫蘇を加えて漬け直す。さらにこれを筵、戸板、笊などに並べて干す。三日ほど昼は干し、夜はもとの梅酢の桶に戻しするうちに実に皺がよって梅干となる。夜干しにして夜露にあてるのもよい。梅を干すのは天気の定まった土用中がいちばん適当である。**梅漬**《うめづけ》。**梅筵**《うめむしろ》。**梅干**《うめほ》**す**。**干梅**《ほしうめ》。

梅干にすでに日蔭や一むしろ　河東碧梧桐

干梅も干紫蘇も蠅寄せつけず　江口竹亭

梅漬の紅は日本の色なりし　粟津松彩子

梅を干しありし荒磯も配所かな　村元子潮

暮し向きさして変らず梅漬ける　松尾緑富

庇影這ひゆく方に梅蓆　高濱虚子

土用浪《どようなみ》

南方の熱帯性低気圧の影響で起こる土用ごろの高浪で、おもに太平洋に面した海岸に見られる現象である。風のない晴れた日に、波だけが高くうねっている。海水浴はできないが、若者たちのサーフィンには適している。

大磯はすたれし避暑地土用浪　松本たかし

朝市のうしろ輪島の土用浪　舘野翔鶴

土用浪玄界灘に壱岐沈む　高崎小雨城

山吹の狂ひ花あり土用浪　高濱虚子

土用芽《どようめ》

夏、土用のころ出る新芽をいう。梅雨期の多湿低温のため生長の遅れていたものが、梅雨明の後の高温に刺激されて芽ばえるもので、炎天のもとに若々しい芽が長く伸びているのをよく見かける。

土用芽の中の山椒の芽を摘まな　戸井田和子

まろ〳〵と刈り土用芽を待つ茶山　新田千鶴子

どうだんの刈込み土用芽浮べたり　高濱年尾

土用鰻《どよううなぎ》　夏、土用の丑の日に鰻を食べると暑気負けをしないといわれ、その習慣がある。この日を**鰻《うなぎ》の日《ひ》**という。

病室へ土用鰻の御用聞　　開田華羽

土用蜆《どようしじみ》　土用中の蜆をいう。夏が産卵期のようで味は落ちるが腹の薬になるともいう。「蜆」は春季。

朝の湖濁して土用蜆掻く　　玉木春の泥

土用灸《どようきう》《どようきゅう》　夏の土用に灸をすえると、とくに効くといわれる。一般に土用の暑いときは養生を重んずるという考え方であろう。日蓮宗の寺院では土用丑の日に**炮烙灸《はうろくきう》**を行なう所がある。炮烙に艾《もぐさ》をおき点火して頭上に戴く。頭痛に効くという。

入院を少し延して土用灸　　金盛素秋

老夫婦うながしあひて土用灸　　池田良子

梵妻の世事に習ひて土用灸　　衣巻梵太郎

定斎売《ぢやうさいうり》《じようさいうり》　㊂　暑気払いに効くという散薬の定斎を商う行商人をいう。現在ではまったく見かけないが、薬箱を提げた天秤棒を担い、その抽斗《ひきだし》の環をかちかちと小刻みに鳴らしながら小声で「**定斎屋《ぢやうさいや》**でござい」と呼び、売り歩く姿は昔の夏の風物詩であった。

月島の渡舟の中の定斎屋　　青木芳草

定斎屋紺の手甲で煙草吸ふ　　田中秋琴女

定斎屋刻み歩みの月日かな　　高濱虚子

毒消売《どくけしうり》　㊂　食中毒、暑気中りなどに効く解毒剤の行商人。新潟、富山地方からの女性が多く、紺絣の筒袖に前掛、紺の手甲、脚絆をつけ、黒木綿の大風呂敷に包んだ荷を負い、「毒消はいらんかね」と越後なまりで戸毎に売り歩いた。現在はほとんど見かけない。

島町になじみ毒消売が来る　　芹沢百合子

暑気払ひ《しよきはら》《しよきはらい》　薬を服用して暑気を払うこと、またその薬のこと。**暑気下《しよきくだ》し**ともいう。薬以外に梅酒や焼酎を飲んで暑気払いをすることもある。

果しなき雲飽きみるや暑気くだし　　中村若沙

もてなしの梅酒に暑気を払ふべし　櫛橋梅子
一匙の得体の知れぬ暑気下し　有働木母寺

梅酒《うめしゆ》　青梅の実を焼酎につけ、氷砂糖を加えて密封貯蔵して造った酒で、**梅焼酎**《うめせうちう》ともいう。風味がよく暑気払いとして用いられる。**梅酒**《ばいしゆ》。

古梅酒をたふとみ嘗むる主かな　松本たかし
下町に代々すみて梅酒かな　遠藤爲春
往診の疲れ直しと梅酒とる　半谷衙山
老貫主梅酒をめでておはしけり　山元無能子
子に送る梅酒は少し甘い目に　四方和美
医師吾に妻がつくりし梅酒あり　川田長邦

香薷散《かうじゆさん》《こうじゆさん》　香薷、厚朴《こうぼく》、陳皮《ちんぴ》、茯苓《ぶくりよう》、甘草《かんぞう》を調剤した漢方の散薬で、暑気払いに用いる。

黄塵を来し帯といて香薷散　清原枴童
何くれと母が思や香薷散　高濱虚子

枇杷葉湯《びはえふたう》《びわようとう》　暑気払いの薬として、枇杷の葉の干したものを煎じて飲む。これを枇杷葉湯という。門口に接待所を設け道行く人に飲ませる家もあったといい、橋の袂に枇杷葉湯売りが荷を下ろして、店を張っている絵が、古い風俗図会などに見られる。言葉のひびきが夏らしくすずやかである。

路地を出て路地に入りたる枇杷葉湯　若林いち子
枇杷葉湯四条横丁灯が流れ　桂星水

香水《かうすゐ》《こうすい》 ㊂　薔薇《ばら》、匂菫《においすみれ》、ジャスミンなど芳香のある植物や麝《じや》香《こう》などの動物から採った原香料と合成香料をアルコールに溶かしたもの。夏は汗などのにおいが強くなるので身だしなみとして使うことが多い。

香水の香ぞ鉄壁をなせりける　中村草田男
香水ののこり香ほのと袖だたみ　高林三代女
香水や女心のかたくなに　池内友次郎
香水にその人柄をしのびつゝ　戸田河畔子
香水の正札瓶を透きとほり　星野立子
其人の香水の香を憎みけり　色部みつぎ

香水や愛されてゐてつまらなく　上村勝一
香水を買ひし心を夫不知　野見山タミ女
香水や静に居りて目立ちをり　木内悠起子
香水の香に疲るゝといふ思ひ　大橋敦子
香水の一滴の香に暫しかな　京極昭子
香水を買ひしその時気前よく　田畑美穂女
香水が我を追ひ越し駅に入る　小原壽女
香水の香の自分より前に出る　木村淳一郎
香水の名を聞かれしは今日二度目　宮本幸子
香水をつけねば唯の女かな　小田尚輝
香水に孤高の香りあらまほし　高濱虚子
香水のその人なればふさはしく　高濱年尾
香水をつけぬ誰にも逢はぬ日も　稲畑汀子

掛香《かけかう》《かけこう》 〔三〕 夏期、室内の臭気を防ぎ、邪気を払うため袋に入れた香を柱などに掛けるもの、また人の身につけるものをいう。**匂**《にほ》**ひ袋**《ぶくろ》は香料を入れた袋で、汗のくささを防ぐために懐中にしたり、簞笥の中などに入れてその香りを衣類に移したりする。

紫の匂ひ袋を秘めごころ　後藤夜半
かの人と匂ひ袋の対を買ふ　河村良太郎
掛香の匂ふ小箱を京土産　市野なつ女
掛香の書院に座しぬ風去来　大森保子
母がせし掛香とかやなつかしき　高濱虚子
見てをりし掛香の香でありしかな　稲畑汀子

天瓜粉《てんくわふん》《てんかふん》 〔三〕 夏、湯上がりの子供の首筋や顔から体にまで、叩いてつける白い粉で、汗疹《あせも》に効くという。黄烏瓜の根からとった澱粉である。今はシッカロール、ベビーパウダー、汗しらずなどが市販されているが、それらの成分は異なる。

やゝ鼻のひくきが愛嬌天瓜粉　長田有旦
寝返りをさせて泣かせて天瓜粉　佐々木久菊
天瓜粉この子僧には育てまじ　藤岡千恵
笑うても泣いても良い子天瓜粉　吉村圭石

心得て目をつむる子よ天瓜粉　中川弘陽
子につけて吾にも匂ふ天瓜粉　土井糸子
みどり児の固き拳や天瓜粉　吉田昭二
天瓜粉まみれの孫をすくひあげ　田中暖流
みどり児のよろこぶ手足天瓜粉　加藤宗一
聴診器あて、輪のつく天瓜粉　大槻右城
ほとばしる乳にむせぶ児天瓜粉　高城美枝子
天花粉つけて赤ん坊できあがる　坊城俊樹

桃葉湯《たうえふたう》《とうようとう》　桃の葉を入れた風呂に入ると、暑気を払い、汗疹《あせも》に効くという。下町の銭湯などで土用のころ、桃葉湯をたてるところもあるが、一般でもまれにたてる家がある。

桃葉湯丁稚つれたる御寮人　高濱虚子

汗疹《あせも》 ㊂　汗のためにできる発疹で、赤くなり痒い。額、首、胸などにできやすく、とくに乳幼児には多い。湯上がりに天瓜粉などをつけて予防する。**あせぼ**。**汗疣**《あせも》。

汗疹出ぬやうに泣かせず孫の守り　高見多嘉
休まずに働くゆゑの汗疹とも　田﨑令人
なく声の大いなるかな汗疹の児　高濱虚子

水虫《みづむし》《みずむし》 ㊂　夏、手足の指の股や足裏に生ずる伝染性の皮膚病で、非常に痒く容易に治らない。白癬菌《はくせんきん》という黴の一種で、冬は潜伏している。

水虫の異人に草履よろこばれ　阪東春歩

脚気《かくけ》《かつけ》 ㊂　偏食などによるビタミンB_1の不足で起こる病気とされている。ふつう脚がむくんだり、しびれたりする。一年中ある病気ではあるが、夏に多いので夏季とする。脚気衝心は心臓へくる場合で、生命にかかわることもある。

橋姫へはだし詣の脚気かな　木村このゑ
脚気病んで国に帰るといとまごひ　高濱虚子

暑気中り《しよきあた》　暑さが続くと体が疲労してきて、ちょっとしたことで下痢をしたり、頭痛、めまいを起こす、その状態をいう。**暑**《あつ》**さあたり**または**中暑**《ちゆうしよ》ともいう。

美しや笑はぬほどに暑気中り　池内友次郎

はらわたの鳴る音怖れ暑気中り　山田米雄
とかしたる髪のほゝけて暑気中り　下田實花
一寸用しては寝そべり暑気中り　森川はな枝
休診もならず医師の暑気中り　本多美勝
暑気中りしてただ寝てる徒にあらず　小澤清汀
まぢ〳〵と寝て目を据ゑて暑気中り　高濱虚子

水中《みづあた》《みずあた》り ㊂　夏、生水を飲んで胃腸を損なうことをいう。旅先などの飲みなれない水を飲んだり、暑さに疲れた身体が多量に水分を摂り過ぎると水中りを起こす。

もとよりも淋しき命水中り　清原枴童
パリの水中りローマでやゝ治る　白幡千草
積りたる疲れか水にあたりしか　牧野令子
へこみたる腹に臍あり水中り　高濱虚子

夏《なつ》痩《やせ》 ㊂　夏の暑さのために食欲もなくなり、睡眠不足にもなりやすく、身心ともに疲れて痩せてくることで、**夏《なつ》負《まけ》**ともいう。

夏痩せて腕は鉄棒より重し　川端茅舎
夏痩せて威儀を正してゐられけり　武田山茶
夏まけの気を引立てゝ稽古ごと　遠入土詩子
夏痩の胸に手をおきねむり居り　桜間三輪
夏痩と労はられゐてさからはず　星野立子
さなきだに胸薄き身の夏痩せて　渡辺英美
久闊の手とり夏痩かと問はれ　田畑美穂女
心張りつめて夏痩気にもせず　吉田小幸
夏痩の握手かはして励まして　根本坂路
夏痩せてゆるみし指輪外し置く　明石いせ女
夏痩の手首に重き腕時計　中山梟月
夏痩とのみ病名に誰も触れず　中森皎月
夏痩を願ふは健康なる証　高橋玲女
夏痩の頬を流れたる冠紐　高濱虚子
夏痩の内儀覗くや紺暖簾　同
気にしても気にしなくても夏痩せて　稲畑汀子

寝冷《ねびえ》 三 暑いのでうっかり窓を開けたまま薄着で寝ていると、夜の冷気のために胃腸をそこねたり、発熱したりする。ことに子供は布団から転びだすことが多いので油断ができない。**寝冷子《ねびえご》**。

どこやらに浮かぬ面して寝冷かな　山家和香女
この子又寝冷せしにや瞳がうるみ　朝鍋住江女
吾妹子の寝冷などとはうべなへず　深川正一郎
紅さして寝冷の顔をつくろひぬ　高濱虚子
腹の上に寝冷をせじと物を置き　同

夏風邪《なつかぜ》 三 夏にひく風邪のことである。なかなか治りにくい。

夏の風邪薬餌によらず治りけり　丸山綱女
夏風邪はなか〳〵老に重かりき　高濱虚子

コレラ 三 感染症の一つで嘔吐、下痢を起こし高い死亡率を示す。インドから中国を経て江戸時代からわが国にも伝播するようになり、「ころり」ともいった。最近は予防の方法が万全となり、流行することも少なくなった。**コレラ船《ぶね》**はコレラ患者の発生した船で、病気がおさまるまで上陸できずに港の沖合に碇泊させられる。

コレラ船デッキに人はなかりけり　山下一行
遠巻きにコレラの掲示読んでをり　林とくろ
感染を怖れて居れずコレラ診る　幸野梨杖
コレラ船いつ迄沖にかゝり居る　高濱虚子

赤痢《せきり》 三 赤痢菌、赤痢アメーバによって起こる感染症である。発熱、粘液質血液の混ざった下痢の頻便。かつては死亡率が高い恐ろしい病気であったが、近年は治療薬の進歩により数日で治ることが多い。

赤痢出て野崎詣も絶えにけり　森川暁水
無医地区へ赤痢対策本部置く　平野塘青

瘧《ぎやく》 三 マラリアのこと。悪寒、戦慄、特有な熱発作をくり返しおこす感染症の一つである。熱帯地方に多く、わが国でも俗におこりといって古くから知られていた。羽斑蚊《はまだらか》によって媒介される。特効薬が発見され、蚊も少なくなって、現在では極めてまれな病気となった。**わらはやみ**ともいう。

妻も子も婢もマラリヤやいかにせん　田所高峰

両の肩抱きかゝへて瘧出づ　後藤夜半

霍乱《くわくらん》《かくらん》 ㊂ コレラに似て激しく吐いたり下痢したりする重症の急性胃腸カタルのことで、夏、飲食物による中毒で急に起こる。霍乱は江戸時代に用いられた病名である。頑健な人が病気に罹るのを「鬼の霍乱」という。

霍乱にかゝらんかと思ひつゝ歩く　高濱虚子

日射病《につしやびやう》《につしやびよう》 日光の直射を受けたために起こす病気で、戸外で労働をするものに多い。また幼児や老人もかかりやすい。同じような病気に熱射病があり、これらは熱中症と呼ばれ、死にいたることもある。

一行の一人が欠くる日射病　坊城としあつ

川開《かはびらき》《かわびらき》 東京隅田川で、七月下旬の土曜日に大花火を打ちあげる行事をいう。この日、両岸の料亭その他では、桟敷を設け紅提灯を吊り、水上には見物船が多く集まり、橋の上も雑踏する。人々は夜空を仰いで楽しむ。昭和三十七年（一九六二）以降一時中止されていたが、五十三年より再開された。**両**《りやう》**国**《ごく》**の花火**《はなび》。その他各地の大きな川でも同様の催しがある。

ふなべりを女ゆききや川開　三宅清三郎

いさぎよき今日の暑さに川開　幸喜美

野馬追祭《のまおひまつり》《のまおいまつり》 福島県相馬市の中村神社、南相馬市原町の太田神社、南相馬市小高の小高神社の三社合同の祭で、七月二十三日から二十五日まで行なわれる。もと相馬藩の練武、調馬のために野に放ってある馬を柵内に追い込むことに始まったものといわれる。第一日目の出陣式に始まり、お行列、甲冑《かつちゆう》競馬、神旗争奪戦、野馬懸《のまがけ》などの行事が三日間にわたって行なわれるが、中でも二日目の神旗争奪戦がその中心である。花火とともに打ちあげられた神旗を追って、騎馬武者たちが疾駆し激突するさまは、昔の合戦さながらの壮観さである。**野馬追**《のまおひ》。

野馬追の装ふ駒を庭に曳き　半谷憲

野馬追の武者に野馬展け山聳え　島田紅帆
山に陣取りて野馬追観戦す　白岩世子
野馬追をわれ雑草となりて見ん　山内山彦
蝶とんで野馬追武者の勢揃ひ　高濱年尾
野馬追の熱気にいつか馴れてをり　稲畑汀子

天神祭《てんじんまつり》

七月二十五日、菅原道真を祀る大阪天満宮の祭礼。**天満祭**《てんままつり》または**船祭**《ふなまつり》ともいい、京都の祇園祭、東京の神田祭とともに日本三大祭といわれる。例年大阪の暑さも天神祭が最高で、街をあげて熱気に包まれる。前日の宵宮には鉾流《ほこながし》橋から童子によって**鉾流《ほこなが》しの神事**《しんじ》がある。古くはこの鉾の流れついたところへ、神輿が渡御される習わしがあった。当日は渡御の川筋を、賑やかに囃すどんどこ舟が鉦や太鼓で漕ぎ回り、午後、宿禰《すくね》、金時、保名などのお迎え人形を飾った祭舟が渡御のお迎えにさかのぼってくる。天満宮を発した陸渡御が鉾流橋畔に着くのは夕暮れに近い。ようやく篝船に火が入り、川筋の家々にも灯がともる。その中を一筋の美しい火の列となって川渡御が始まる。以前は堂島川を下り松島の御旅所で神輿が一泊されたが、今は川上の桜之宮へ上る。

祭馬ひいて天満の雑沓に　土山紫牛
川すぢも川も天神祭の灯　河合正子
橋裏に響きどんどこ舟くゞる　板東福舎
橋を見る人を見上げて船祭　稲畑汀子

堺《さかひ》《さかい》の夜市《よいち》《よいち》

七月三十一日夜おそくまで、堺の大浜公園で行なわれている魚夜市。鎌倉時代に始められたという。この魚夜市は、堺の漁師ばかりでなく、和歌山、四国、九州あたりからも生きのよい魚が運ばれてくる。蛸、鯛をはじめ種々の鮮魚が高々とさしあげられ、「買った、買った」の威勢のよい掛け声で行なわれる糶市《せりいち》は壮観である。大勢の見物人で、たいへんな賑わいを見せる。

蛸溢る夜市の浜の大盥　亮木滄浪
蛸提げて夜市戻りや彼もまた　大瀬雁來紅
浜篝目あてに漕ぎ来夜市舟　田中秋琴女

高張に夜市果てたる雑魚寝かな　松田木公
宿とりて堺夜市のぞめく窓　亀井糸游
暁け果てゝ沖に去りたる夜市船　辻本斐山

青《あを》《あお》柿《がき》《がき》　まだ熟さない青い柿である。渋くて食べられないが、葉の間にだんだん大きくなっていくのを見るのはたのしい。よく、落ちてころがっているのを見かける。

青柿の落つる音なり夜のとばり　濱田坡牛
青柿の落ちしより早かびそめし　高濱虚子
青柿のまだ小さければしきり落つ　高濱年尾

青林檎《あをりんご》《あおりんご》　早生種の林檎で夏のうちに出荷されるものをいう。剝くと変色が早いが、その歯当りのよさと、新鮮な酸味は捨て難い。

青林檎旅情慰むべくもなく　深見けん二
朝夕の青林檎すりみとり妻　梶尾黙魚
重くとも旅に頂く青りんご　稲畑汀子

青胡桃《あをくるみ》《あおくるみ》　胡桃が実になったばかりで、まだ青く三、四個ずつかたまって生《な》っているのをいう。葉がくれの青胡桃は目立たないが鄙《ひな》びた趣がある。

青胡桃垂るゝ窓辺に又泊つる　山口青邨

胡麻《ごま》の花《はな》　花は筒状で白く、紫紅色の暈《ぼか》しがあり、先は五裂している。茎の高さは一メートル、上部の葉腋ごとに花が咲く。

胡麻の花を破りて蜂の臀《ゐしき》かな　西山泊雲

胡麻の花

棉《わた》の花《はな》　棉は繊維植物としてもっとも代表的なものであるが、現在日本ではほとんど栽培されていない。花は葵、芙蓉などに似て美しい。かなり大きく、淡黄白色で元の方は赤い。花弁は五枚で花を包むように三枚の苞葉があり、一日花である。春の種は七月に花を咲かせるが、夏蒔いた種は秋にならないと咲かない。

山一つ見えぬテキサス棉の花　河合いづみ
休みぐせつきし日雇棉の花　目黒はるえ

広々と続く平原棉の花　一田牛畝

浪音も静かに暑し棉の花　高濱虚子

苧《からむし》 ㊂　高さ約一、二メートルの野生の草で、栽培もされる。葉は卵形で葉裏に白綿毛が密生し、夏、葉腋に穂状の淡緑色の小さな花をつける。茎の皮から強靱な繊維を採り、糸として越後縮や明石縮などの布を織る。**真苧**《まを》。

苧の露白々と結びけり　奥園操子

滑《すべり》**莧**《ひゆ》 ㊂　多肉質の草で、表面がつるつるした紫赤色の多くの葉をつけ地に這っている。炎天下に黄色い五弁花を開くが曇天、雨天には開かない。葉の若いうちは茹でて食用にもなる。抜けども引けどもあとからあとからと生えるので農家などでは嫌われる雑草である。**馬歯莧**《すべりひゆ》。

滑莧

淋しさや花さへ上ぐる滑莧　前田普羅

瓢《ひさご》**の花**《はな》　瓢(ふくべ)は夕顔の変種で、花は白く五裂、夕顔とそっくりである。

ともしびを瓢の花に向けにけり　千止

たのもしく瓢は花を終へにけり　川久保雨村

夕《ゆふ》《ゆう》**顔**《がほ》《がお》　夕方から開き一晩で萎む。平たく五裂した白い花で、瓢簞と同属である。「五位以上の家には、はひよらせぬといひならはして、たゞ茅《くづ》屋《や》の軒のはなにさかかえ、五でうわたりのあばらやなどに、笑みの眉ひらきかゝれるやうにのみ、したつ」と「山の井」にある。昔の人は夕顔の蕾は繭に似ているとも見た。秋にみのる果実は大形で、干瓢の材料になり、また加工して花器、工芸品を作る。別に観賞用草花の夜《よる》顔《がお》があって俗に夕顔と呼ぶので混同されやすい。

夕顔

夕がほやあからさまなる閨むしろ　暁台

夕顔に水仕もすみて佇めり　杉田久女

夕顔の子規の歌あり棚つくる　乾涼帆

夕顔の咲く見て別れ来りけり　深見けん二

ひらきそむ夕顔棚に蜑夕餉　小原菁々子
夕顔に眉つくりたる蛾の遊ぶ　後藤夜半
夕顔のうしろの闇の深さかな　池田草衣
夕顔に夜出ることのなき暮し　五十嵐播水
夕顔の咲くや咲かずや庭深し　武原はん女
夕顔のまだ咲くゆゑに棚解かず　佐藤裸人
夕顔や緑たまはりし文使　高濱虚子
夕顔の精の如くに現れし　稲畑汀子

糸瓜《へちま》の花《はな》　晩夏から秋にわたって咲く、黄色い鮮やかな鐘状五裂の花である。

縁下のこぼれ糸瓜も花つけし　坂本見山

烏瓜《からすうり》の花《はな》　夕方、藪や梢にからまった蔓に白い五裂の花を開く。花びらの縁や先がさらに繊毛のように細く伸び、妖しくもつれ合う。花は翌朝しぼむ。

烏瓜の花

縷を吐きひらきはじめし烏瓜　河野静雲
烏瓜よごとの花に灯をかざし　星野立子
幻の如く夜を咲き烏瓜　秋月澄女

蒲《がま》　㊂　夏、小川や池沼の泥地に群生する。葉は厚くなめらか。一メートル以上に伸び、菖蒲に似てやわらかい。茎で蒲筵《がまむしろ》を編む。

たち直るいとまもなけれ颪の蒲　島田光子
雨の輪も古きけしきや蒲の池　高濱虚子

蒲《がま》の穂《ほ》　㊂　蒲は直立する茎を出し、その頂上近くにビロードのような円筒形で黄褐色の花穂をつける。その長さは二、三〇センチ、直径は三、四センチくらいである。子供たちはこれを茎ごと抜いて叩き合ったりして遊ぶ。

蒲の穂

蒲の穂を蜻蛉離れて船著きぬ　岡安迷子

布袋草《ほていさう》《ほていそう》　南アメリカ原産の水草で、葉柄の下部が膨らんで布袋の腹のように見えるところから、その名がある。夏、淡紫色の美しい花をつけ、観賞用として金魚鉢などに浮かべられる。**布袋葵**《ほていあふひ》。

布袋草分らぬほどに流れをり　星野立子
魞うちに離れて一つ布袋草　三宅二郎
柳川の水の明るき布袋草　日野六丘子
布袋草咲き流さるゝ風少し　鈴木半風子
布袋草とは水嵩に素直なる　細川子生

水葵《みづあふひ》《みずあおい》　水田や池沼に生え、七、八月ごろ六弁で紫または白い布袋草に似た花をつける。葉は葵に似てハート形、茎は短く、葉柄の中程から葉よりも高い花茎が出、その頂に花が群がってつく。観賞用に栽培することもある。古名をなぎ（水葱）といった。

藻畳にもり上りをり水葵　浅野白山
夜が明けて釣人のゐし水葱の花　志賀青研
水葱畳払はれ江津の景戻る　梶尾黙魚

睡蓮《すゐれん》《すいれん》　泥の中の根茎から紐のような茎を伸ばし、葉を水面に浮かべる。光沢のある円形の葉は切れ込みがあり、裏は紅紫色を帯びる。花も根茎から長い花柄を伸ばして水面に浮く。蓮に似て、白、紅、黄などすがすがしいほど美しい。花も葉も蓮より小さく六～八センチ。夕刻に花弁をたたみ、昼また開くので睡蓮という。**未草**《ひつじぐさ》。

御法話がすめば睡蓮花たゝみ　野島無量子
風すぎて睡蓮の葉は又水に　水田千代子
睡蓮の灯に睫長き子よ　星野立子
山雨急睡蓮すでに花をたゝむ　泉田菟糸子
睡蓮の蕊の見えざる白さかな　嶋田一歩
山湖今篠突く雨や未草　松尾白汀
睡蓮の葉の隙に水澄むところ　高濱年尾

布袋草

睡蓮の乾きたる葉に蟻遊ぶ　同
山の池底なしと聞く未草　稲畑汀子

蓮《はす》　わが国へは中国から渡来したといわれる。観賞用に池、沼に植え、また蓮根を作るために水田に栽培される。晩夏、緑色の長い花柄を水中から出し、頂に紅、白の花をつける。「にごりにしまぬ花はちす」といわれ、「君子花」の異名がある。花は大きく、花弁は卵形でいわゆる蓮台形に重なり合い芳香を放つ。蕾は宝珠の形をしており、盆の仏壇や霊棚の花として欠かせぬものである。宗教上、極楽浄土の象徴の花として**蓮華**《れんげ》という。**はちす**。**蓮**《はす》**の花**《はな》。**白蓮**《びやくれん》。**紅蓮**《べにはす》。**蓮見**《はすみ》。**蓮見舟**《はすみぶね》。**蓮池**《はすいけ》。

さは〳〵と蓮うごかす池の亀　鬼貫
蓮の中渡舟のみちの岐れをり　下村非文
晨朝の法話了りて蓮に歩す　山口無明
かへる舟ゆく舟蓮のひらく中　大瀬雁來紅
漕ぎゆけど蓮の水路の何処までも　安田北湖
僧俗の膝つき合はせ蓮見舟　嵯峨柚子
蓮見舟たのめば淦を汲みはじむ　岡田抜山
蓮見茶屋箪笥の鐶に手紙さし　星野立子
掛錫して朝の蓮に佇つことも　獅子谷如是
葛飾の蓮田つゞきに隠れ栖む　柏崎夢香
風道の遠くに見えて蓮の花　加賀谷凡秋
鬼蓮の真夜に咲くてふ物語　目黒はるえ
蓮わたる風に明暗おのづから　松岡ひでたか
残る色明日にたゝみて花蓮　佐藤冨士男
あめつちにかく微なる音蓮ひらく　篠塚しげる
前の人誰ともわかず蓮の闇　高濱虚子

茗荷《めうが／みようが》**の子**《こ》　夏、茗荷は根元に小さな花茎を出す。その頂に花をつけるが、花をつけぬうちに取って食べる。これを茗荷の子といい、浅紫色で独特の香りがあり、薄く切って刺身のつまにし、また汁ものに刻み入れたり、麺類の薬味などに使われる。**茗荷汁**《めうがじる》。「茗荷竹」は春季、「茗荷の花」は秋季である。

愚にかへれと庵主の食ふや茗荷の子　村上鬼城

ちり取に貰ひ受けたる茗荷の子　広瀬志津女
小盞の床をはなれて茗荷汁　夏目麥周
健啖の和尚好みの茗荷汁　江里蘆穂

新藷《しんいも》

夏の終りごろから出始めるさつまいも。出はじめは、指ほどに細く長いが皮は薄く紅くて美しい。味も甘くて新鮮である。**走り藷《はしりいも》**ともいう。

新藷の金時色の好もしく　大林杣平
人の世の初々しさよ走り藷　後藤比奈夫
新甘藷の朱を大切に洗ひけり　三輪満子

若牛蒡《わかごばう》《わかごぼう》

夏の**新牛蒡《しんごばう》**である。牛蒡は元来晩秋のころ掘るのがふつうであるので、夏のものは細くてやわらかく、色も白く、香りも新鮮である。

老の歯にふれてよろしも新牛蒡　白井麦生

干瓢乾す《かんぺうほす》《かんぴようほす》

夕顔の実を細長く紐状に剝き、竹竿などに干し連ねて干瓢をつくる。**夕顔剝く《ゆふがほむく》**。**新干瓢《しんかんぺう》**。

干瓢のはりつき乾く筵まく　春山他石
干瓢を野に干して野の一軒家　大橋櫻坡子
干瓢を乾すに風なき照りつゞき　桑田詠子
干瓢のほとばしる如剝かれをり　岍久子
吹抜ける風あり土間に干瓢剝く　山﨑一角

トマト

丈は一・五メートルくらいで、葉には不規則な切れ込みがあり、実は夏から初秋にかけて赤く熟す。**蕃茄《あかなす》**。

子の為に朝餉夕餉のトマト汁　星野立子
トマトなど捥ぎ来て夕餉もてなされ　福井圭児
ころげたるトマト踏まるゝ市場かな　爲成菖蒲園
トマト赤一人で喋る娘と夕餉　丸橋静子
起きし子と朝の挨拶トマト切る　髙橋笛美

茄子《なすび》

もっとも一般的な夏野菜で、長いもの、丸いものといろいろあるが、どれもつややかな紫紺色の肌が美しい。調理法も多く万人に好まれる。花も夏季。秋季には「秋茄子」がある。**なす**。**初茄子《はつなすび》**。

命日のけふは夕餉も茄子汁　小松月尚
降る雨をはじく茄子の紫紺かな　馬場五倍子
もぎたての茄子の紺や籠に満てり　星野立子
つかの間に消えし朝焼茄子をもぐ　上丸政よし
暮し向き変らぬまゝの焼茄子　酒井音松
茄子汁主人好めば今日も今日も　高濱虚子
逝きし婢の植ゑたる茄子の食べ頃に　稲畑汀子

鴫《しぎ》焼《やき》

材料に油を塗って焼く料理法で茄子が代表的である。縦に二つ割りにして串にさし、ごま油を塗って炭火で焼く。それに甘味を加えた煉味噌をつけて食べる。味噌に青紫蘇を刻んで入れたり、粉山椒をふりかけたりすると風味がいい。近ごろはうす切りにしてフライパンで焼いたりもする。**茄子《なす》の鴫焼《しぎやき》**。

鴫焼に心ばかりの仏事かな　岡崎莉花女
鴫焼に貧しき瓶の味噌を叱す　高濱虚子

茄《な》子《す》漬《づけ》

茄子は塩漬、糠漬、粕漬、味噌漬など、どのように漬けてもおいしい。漬け過ぎると皮の美しい紫色が褪せてしまう。夏、食欲の進まぬときなど、ことに淡泊で好まれる。

朝寝して色変りけり茄子漬　青木月斗
妻二世なれど素直よ茄子漬くる　菊池純二
芥子漬に塩漬に茄子生るは〳〵　高濱虚子

蘇《そ》鉄《てつ》の花《はな》

夏も終りのころ、葉の頂に穂が出て淡黄色の花をつける。雌雄異株で、雄花は直立して長さ六、七〇センチ、松毬《まつかさ》状の鱗片の花を立て、雌花は穂をなしてまるく重なり、縁に三～五個の実を結ぶ。九州、沖縄に自生するが、寺院の境内などにも植えられて趣を添えている。

白鳥は芝生に眠り蘇鉄咲く　佐藤念腹
塀の無き島の獄舎や花蘇鉄　目黒白水

仙人掌《さぼてん》

観賞用に栽培される熱帯植物である。扁平なもの、円柱状のもの、蔓のように這い広がるものなど種類はさまざまであり、多くは棘を持っている。夏に赤、白、黄、橙、紫など鮮やかな花をひらく。**覇王樹**《さぼてん》。

仙人掌の一茎一花捧げをり　黒須三山子
掘り当てしインカの土器や野仙人掌　羽瀬記代
仙人掌の花に近づく月と星　木村要一郎
曖昧のなき仙人掌の花の色　小林草吾
仙人掌にそれほど高くなき夕日　星野高士

月下美人《げつかびじん》

　メキシコ原産の「くじゃくさぼてん」の一種で、観賞用として鉢植えにされる。高さ一〜三メートル、茎の基部は円柱形、枝は扁平でよく分枝する。夏の夜、二〇センチくらいの大きく白い花を徐々にひらく。美しく香りも高い。四時間くらいでしぼんでしまう。**女王花**《ぢよわうくわ》。

月下美人咲いて客なき今宵かな　藤岡細江
月下美人開くところを囲みけり　入星暁圃
主賓こず月下美人はくづれけり　川田長邦
寝もやらず月下美人の開く待つ　渡邊三與
花開く力に月下美人揺れ　藤本三楽
四時間をもてはやされて女王花　千原叡子
裏戸より月下美人に来る客も　佐藤裸人
咲くための吐息香となる女王花　稲畑汀子

ユッカ

　公園、花壇などによく植えられている。堅く鋭い剣状の葉叢から一メートルくらいの花茎を出し、下から順に三、四センチほどの鐘状、純白または淡黄、紫などの花をたくさんつける。君が代蘭はその一種である。

ユッカ

開拓を待ちゐる沙漠花ユッカ　吉良比呂武
ユッカ咲き沙漠の日暮れ怪しけれ　平田縫子

ダリア

　メキシコ原産で日本へは天保年間に渡来したといわれる。丈は二メートル余におよび品種が多く、夏から秋にかけて、色とりどりに大きな花が咲きつづく。朝早く剪った花は、華やかに部屋を彩り、仏壇の供花ともなる。**ダアリア**。**天竺牡丹**《てんぢくぼたん》。

ダリヤくれて古著の礼をねむごろに　桑原梅女
緋ダリヤに今日も椅子並め老夫婦　左右木韋城
礫像にダリヤの花圃の中のみち　倉田青雞
目に深き赤はダリアの沈む色　稲畑汀子

向日葵《ひまはり》《ひまわり》

二メートルにも達する逞しい茎の頂に、黄色い炎のような弁にかこまれた花をつける。直径二、三〇センチもある大きな花が眩しい日の下に開いているさまはいかにも夏にふさわしい。この花は花の面を日に向けて咲きたかぶっているのでその名があり、**日車草**《ひぐるまさう》、**日輪草**《にちりんさう》などともよばれる。

向日葵をつよく彩る色は黒　京極杞陽
校庭の大向日葵に母の会　深川路子
われ蜂となり向日葵の中にゐる　野見山朱鳥
向日葵の高さ夕日を捉へをり　清水忠彦
ひまはりの黄が踏切に立ちつくす　石郷岡芒々
向日葵の眼隠し線路沿ひの家　山本浩々
向日葵の咲く丘父祖の見たる海　坂井建
近づいてゆけば向日葵高くなる　石井とし夫
ひまはりに大きな家とちさき家　星野高士
向日葵を描きお日様を描く子かな　藤松遊子
ひまはりへ娘から風吹いて来る　坊城俊樹
向日葵がすきで狂ひて死にし画家　高濱虚子

紅蜀葵《こうしよくき》《こうしよつき》

晩夏のころ、雄蕊の長い鮮紅色で五片の大きな一日花を横向きに開く。高さは一、二メートル、葉は楓に似た大ぶりのものである。庭園などで見かける。**もみぢあふひ。**

紅蜀葵

紅蜀葵六つのはなびら確然と　伊沢修
雨に咲いて一日の花紅蜀葵　小林白宇
夜降つて朝上がる雨紅蜀葵　河合正子
汝が為に鋏むや庭の紅蜀葵　高濱虚子

黄蜀葵《わうしよくき》《おうしよつき》

中国原産で観賞用に庭に栽培される。茎の高さは一メートル以上、掌状に深く裂けた葉が互生し、黄色い大輪の一日花を横向きに開く。根から和紙を漉く際に用いる糊を採るところからとろろあふひの名がある。

昼と夜とまじり合ふとき黄蜀葵　千原草之

こてふ蘭《こちょうらん》　山の湿っぽい岩などに着生する一〇センチほどの草。羽蝶蘭《うちょうらん》、岩蘭《いわらん》とも呼ぶ。茎はたいてい斜めに立ち、竹に似た葉が二、三枚、一方向につく。七月ごろ、薄い紅紫色の小さな花が、葉と同じ側に五～十ほど総状に咲いてすてがたい風情がある。花舗などでいわゆる「こちょう蘭」として売られているのは洋蘭のファレノプシスである。

胡蝶蘭花を沈めて活けらるゝ　高濱年尾

風蘭《ふうらん》　山中の老木に着生するものであるが、観賞用にも栽培される。七月ごろ、蘭に似た白い五弁の花を開き、微かな香気を放つ。

風蘭の二タ花三花咲き垂れし　東翠郷子

風蘭の匂ひ夕べの静けさに　緒方無元

風蘭に見えたる風の身ほとりに　橋田憲明

風蘭の匂ふ夜風となりにけり　土井糸子

石斛《せきこく》《せつこく》の花《はな》《はな》　ラン科の花で苔の生えた岩の上とか老木の股などに着生する常緑多年草。強いひげ根を出し、茎は立ち上がり二〇センチくらいで節がある。夏、茎の先に白または淡紅白色の美しい花を二つずつつける。蘭共通の翼を張った感じは見るからに東洋的である。

石斛の花

石斛の花を宿してみな古木　古沢京

石斛に庭の歳月たゞならず　秋吉方子

縷紅草《るこうさう》《るこうそう》　蔓性で垣根や木にからみながら伸びて行く。葉は細く裂けて柄があり「るこうあさがお」とも呼ばれるように、朝顔を小形に細長くしたような漏斗状の紅い花を可憐に開く。咲いてはしぼみ、次々と咲きつづく。まれに白い花もあり、日除に仕立てるのも面白い。**るこう。**

縷紅草

相語る風雨の跡や縷紅草　久保ゐの吉

咲き変る花の数置き縷紅草　湯川雅
縷紅草明日は行きたくない旅に　川口咲子
縷紅草その名も知らず咲かせ住む　今井千鶴子

凌霄花《のうぜんくわ》《のうぜんか》　蔓性の落葉木で、垣根や庭木にからみながら這い上り、数メートルの高さにおよぶこともある。茎の所々から根を出して、他の植物にからみつく。花は黄色みを帯びた朱色の大輪で真夏の青空に似合う。ぽろりと落花しやすい。**のうぜんかづら**。

凌霄花

凌霄花に沈みて上るはね釣瓶　星野立子
音もなくのうぜんかづらこぼるゝ日　吉川思津子
のうぜんの幾度となく花ざかり　今井つる女
凌霄の蟻を落して風過ぎぬ　稲畑汀子

日日草《にちにちさう》《にちにちそう》　朝咲いて夕べには散るところからこの名がある。一年草の観賞用草花である。茎の高さは三〇〜六〇センチで楕円形の葉が対生している。紅紫色のおしろい花に似た五弁の花が晩夏のころから仲秋に至るまで日々咲きつづく。まれに白いものもある。

花の名の日日草の凋みけり　後藤夜半

百日草《ひやくにちさう》《ひやくにちそう》　七月ごろから秋まで咲きつづけるのでこの名がある。高さは六〇センチくらい、花は菊に似ていて、紅、紫、黄、樺色など多彩で、一重と八重とがある。

これよりの百日草の花一つ　松本たかし
もの古りし百日草の花となり　大石暁座

千日紅《せんにちこう》　百日草よりも長く咲きつづけるところからこの名があり、花壇の草花として栽培される。茎の高さ三〇センチ余り、対生した葉をつけ、先端に球状の紅色の花をつける。紫や白い花もある。**千日草**《せんにちさう》。

一年に千日草の名を貰ふ　吉村ひさ志
千日紅貰ひ入院長引かず　稲畑廣太郎
蕾かと見れば千日紅の花　星野椿
紅に倦むことなき淡さ千日草　稲畑汀子

玫瑰《はまなす》

一、二メートルの落葉低木。棘のある茎には、羽状複葉の葉が互生し、紅色で香りのよい五弁の茨に似た花をつける。夏も終わるころ、実は紅く熟し、味が梨に似ているところから、浜梨《はまなし》の名がある。自生のものは東北、北海道の海岸の砂地に多く群生し、栽培種には白い花を咲かせるものもある。

玫瑰

玫瑰や今も沖には未来あり　中村草田男
玫瑰や砂丘がくれの大番屋　鈴木洋々子
はまなすや江差通ひの船に乗り　壽々木米若
玫瑰の砂丘の中の一路かな　上牧芳堂
玫瑰は海霧を呼ぶ花低く這ひ　梶尾黙魚
玫瑰の花の起伏の宗谷岬　長尾岬月
玫瑰や海に逝きたる墓多し　逢坂月央子
玫瑰の丘を後にし旅つゞく　高濱虚子
はまなすの棘が悲しや美しき　同
玫瑰や仔馬は親を離れ跳び　高濱年尾
玫瑰の砂丘の果を作る海　稲畑汀子

破れ傘《やぶれがさ》

山野の樹下などに自生する。高さ六〇〜九〇センチくらい、葉は掌状に深く裂けている。晩夏、花枝を出し白色の頭状花をつけるが、花よりも葉の形が面白く、破れ傘をひろげたように見えるのでこの名がある。

破れ傘花とといふものありにけり　大久保橙青
花了へてまことその名も破れ傘　田上一蕉子

野牡丹《のぼたん》

沖縄、台湾地方が原産の常緑低木であるが、本州でも栽培され、鉢植えなどにして観賞されている。葉は卵形で対生し、先が尖り、幾筋かの葉脈が縦に走って、表面に毛が生えている。夏から秋にかけ、次々に枝の先に紫色の五弁の大きな花をつけてはすぐ散ってしまう。野の牡丹という意味であるが、牡丹とは全く異種で、もっと素朴で可憐な花である。

野牡丹の夕べの風にはや散華　廣瀬美津穂
野牡丹の色まぎれつゝ暮れてをり　高濱年尾

竹煮草《たけにぐさ》

荒れ地や野山のどこにでも生える大形の草で二メートルにもおよぶ。葉は大きく、切れこみがあり、葉裏も茎も白っぽい。茎は中空で、切ると橙色の汁が出、有毒である。茎、葉の煮汁を塗布剤とする。花は茎の頂に花枝がわかれ、白く、ときには紅みをおびてたくさんつくが、花弁は見えない。果実は莢《さや》になり、風に揺れてさやさやと音をたてるので、「ささやきぐさ」の名もある。

竹煮草

雲を出し富士の紺青竹煮草　遠藤梧逸

麒麟草《きりんさう》《きりんそう》

山地に自生する多年草で、庭に植えもする。根元から茎を数本叢生し高さ三〇センチくらい、全体的に白っぽい緑色で葉は厚い。夏から秋にかけて茎の先に黄色い五弁花を群がり咲かせる。

けふよりの袷病衣やきりん草　深川正一郎

虎杖《いたどり》の花《はな》

タデ科の多年草。夏、穂を出し小さな白い花をたくさんつける。赤いのもある。茎は一～一・五メートルくらいに伸び、少し斜めに傾く癖がある。山野のどこにでも自生している。

虎杖の花

明月草とは虎杖の花のこと　瀧澤鶯衣

虎杖の火山灰には強き花として　中村稲雲

花魁草《おいらんさう》《おいらんそう》

北アメリカ原産の多年草で、庭に植え、また切花用に栽培もする。茎は直立し、先のとがった楕円形の葉が対生している。一メートルくらいになった茎の頂に、五弁の筒状花がまるく群がり咲く。花は紅紫色であるが、白や紅もある。「くさきょうちくとう」が正名である。

揚羽蝶おいらん草にぶら下る　高野素十

黒揚羽花魁草にかけり来る　高濱虚子

鷺草《さぎさう》《さぎそう》

日当りのよい山野の湿地に生えるが、観賞用にも栽培される。三、四〇センチくらいの直立した茎に、二、三輪ずつ純白の花をひらく。その

鷺草

形は白鷺が翼をひろげて舞う姿に似ているのでこの名がある。

鷺草の羽ばたきしげき雨の中　小野内泉雨

禅林に咲いて鷺草清らかに　沢　由子

鷺草の咲いて生れし風なるや　柳谷静子

風が吹き鷺草の皆飛ぶが如　高濱虚子

えぞにう《えぞにゅう》　東北、北海道の山地に自生する。セリ科の多年草で、高さ二、三メートルにもなり、茎は直立して太い。七月ごろ上部に白い小さな五弁の花が傘のように群がって咲く。葉も大きく羽状で、つけ根の莢《さや》のところが大きくふくらんで異様にみえる。

えぞにうの花咲き沼は名をもたず　山口青邨

えぞにうの花のバックは海がよし　星野立子

邪魔なりしえぞにうばさと切り捨てぬ　濱下清太郎

岩煙草《いはたばこ》《いわたばこ》　山野の、日の当たらない湿った岩壁に生える。楕円形の葉は皺があり、煙草の葉に似ているのでこの名がある。夏、六～一二センチの花茎を出し、その頂に紫色の小さな花を十くらいつける。白色もある。若葉は食用になり、煎じて胃腸薬にもする。**岩菜**《いはな》。**岩萵苣**《いはぢしゃ》。

はりつける岩萵苣採の命綱　杉田久女

日の洩れのほとんどなしや岩たばこ　濱田波川

露天湯に花を映して岩煙草　濱田坡牛

岩たばこ睡りの覚めし山の蝶　山本薊花

岩鏡《いはかがみ》《いわかがみ》　山の岩場や高山に生える常緑多年草である。なめらかで光沢のある葉からこの名がついた。淡紅色の筒状五弁の花を総状につけ、その花弁の先はさらに細かに裂けていて可憐な花である。

右左岩間々々の岩かゞみ　岸麦水

旅心ひろげてくれし岩かがみ　井尾望東

駒草《こまくさ》　高山の礫地に自生する、高さ一〇センチくらいの花である。七月から八月にかけて、美しい淡紅色の花を五、六個、下向きにつける。その形

駒草

が馬の顔に似ているのでこの名があるという。高山の花の女王といわれるほど高雅で可憐な花である。

駒草を見てまた遠き山を見る　服部圭佑

スコリアに深く根ざしてこまくさよ　山形　理

梅鉢草《うめばちさう》《うめばちそう》

山地や高原の日当りのよいところに自生する草で、一五～二〇センチくらいに伸びた茎の頂に、梅の花に似た白い花をつける。花茎の下部に卵形の葉が、茎を抱くようについている。**うめばち**。

梅鉢草とけばこぼるゝ阿蘇の土　井手藤枝

梅鉢草掘る手を火山灰に汚しもし　水上美代子

独活《うど》の花《はな》

独活は山野に自生するウコギ科の多年草で、高さ一、二メートルくらいになり、葉は羽状複葉で大きい。花は淡緑色で小さく、球形に集まって、夏から秋にかけてひそやかに咲いている。

山淋し萱を抽んづ独活の花　島村はじめ

灸《やいと》花《ばな》

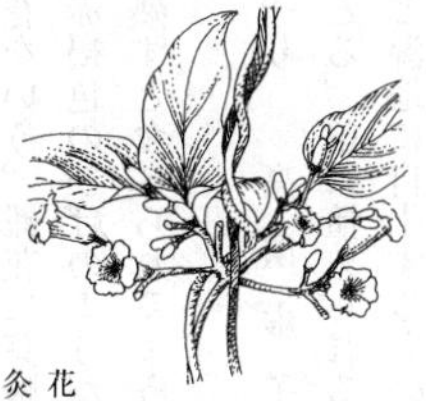
灸花

山野で木や竹にまつわったり、人家の生垣を這ったりする蔓性の多年草。楕円形で先の尖った葉を対生し、夏、そのつけ根に鐘状の小さい花が集まって咲く。花の外側は灰白色、内側は紅紫色で、ちょうど火のついた艾《もぐさ》のようにも見える。子供たちがその一花を手の甲などにつけてお灸に見立てて遊んだりする。茎も葉も臭いので、**へくそ葛《かづら》**という名がある。

花つけてへくそかづらと謂ふ醜名　片岡亜土

名をへくそかづらとぞいふ花盛り　高濱虚子

射干《ひあふぎ》《ひおうぎ》

射干

一八《いちはつ》に似た剣状の葉が檜扇を開いたように生い並ぶのでこの名がある。その葉の間から伸びた茎に、黄赤色に赤い斑点のある平たく開いた六弁の花を次々つける。山深く杉木立の間などに、突然この花の群生しているのを見かけることがある。よく庭などで見かける「ひめひおうぎ」は別種で花は朱色で小さく、筒形の先が六裂している。

射干に娘浴衣の雫かな　松藤夏山

芭蕉《ばせう》《ばしよう》の花《はな》

晩夏、葉の芯から花軸を横ざまに出し、次第に湾曲して大きな花穂を垂れる。苞が落ちて帯黄色の花が開く。扁形で大きい。たまに実を結んでも、中には黒い種があるばかりである。**花芭蕉《はなばせう》**。

島庁や訴人もなくて花芭蕉　日野草城
南洋の雨は大粒花芭蕉　河合いづみ

玉蜀黍《たうもろこし》《とうもろこし》の花《はな》

晩夏、二メートルにもおよぶ茎の頂につく、芒の穂に似た粗く大きな雄花をいう。雌花は葉腋につく。太い円錐状の花苞を出し、先から赤褐色のひげのような花柱を垂らしている。これがだんだん太り熟すと食べられるようになる。**なんばんの花《はな》**。

もろこしの雄花に広葉打ちかぶり　高濱虚子

菅《すげ》刈《かり》

七月ごろ、生育した菅を刈りとる。田に植えられるものもあるが、河畔や湖畔など湿地に自生するものが多い。これを刈って干し上げ、笠、蓑、莚などの材料とする。**菅《すげ》刈《か》る**。**菅《すげ》干《ほ》す**。

笠売れぬこと考へて菅刈れる　稲畑廣太郎
菅刈の二三人居る明るさよ　成瀬正俊
菅刈の菅笠といふものありぬ　小林草吾
隠れ沼に来ることは稀菅を刈る　石井とし夫

藺《ゐ》《い》刈《かり》

藺は七月中〜下旬ごろ刈る。刈りとった藺はよく干して、畳表、莫蓙に用いる。また茎の芯からは灯心を作る。岡山、福岡、熊本に多く、ことに製品としての備後表は有名である。**藺《ゐ》刈《か》る**。**藺《ゐ》干《ほ》す**。

藺刈賃もらひ土産の莫蓙もらひ　三木朱城
夜をこめて藺草選る灯の戸を洩るゝ　中瀬喜陽
しやり〳〵と高き鎌音藺を刈れる　和気かをる
腕よりも若さが恃み藺刈助　藤井悦王
一握りづつふりかぶり藺草刈る　岡田一峰

鎌入る、藺草の乱れなほしては　大曲鬼郎

麻《あさ》㊂ 中央アジア原産で、奈良時代、すでに栽培されていた。晩夏刈りとり、皮を剝いで繊維とし、衣料の材料など用途が広い。春、種を蒔くと、夏には三メートルくらいにもなる。葉は楓に似てもっと深く切れ込み、いわゆる麻の葉形である。雌雄異株で、雄株は淡い黄緑色、雌株は緑色の穂状の花を開く。実は五穀に数えられることもあり、薬用にもなる。茂った麻畑《あさばたけ》には独特の匂いがある。**大麻**《おほあさ》。**麻**《あさ》**の葉**《は》。**麻**《あさ》**の花**《はな》。**麻刈**《あさかり》。

麻村や家をへだつる水ぐるま　其角
索道の石炭落す麻畠　山口誓子
星赤し人なき路の麻の丈　芥川我鬼
子を負うて志賀の里人麻を刈る　大場活刀
戸隠の社家の軒にも麻の束　三宅まさる
水広き麻の小村のわたしかな　高濱虚子
麻の中月の白さに送りけり　同
麻の中雨すい〳〵と見ゆるかな　同

帚木《ははきぎ》㊂ 農家の庭先や畑の隅に植えられている。高さ一メートルくらいで、はじめ葉や枝は緑色をしているが、やがて赤みを帯びて美しい。枝は多くに分かれ円錐状に茂り、晩夏には淡紅色の細かい花をつける。秋に抜いて干し上げ草箒にする。実はとんぶりといって食用になる。**ははきぐさ**。**帚草**《はうきぐさ》。

人影の近づき来る帚草　高野素十
帚木に茶きん布巾を干しかぶせ　田中彦影
くゝられて形つくりぬ帚草　樫野滋子
帚草大小そだち草の中　逸見未草
帚草抜きしところに干し並べ　安元河南明
帚草みどり失ひつゝ乾く　原三猿子
帚草抜いて早速辺り掃く　森緑葉
そのかたちすでに整ひ帚草　佐藤冨士夫
束ねれば帚即ち帚草　波多野甫東
育ちつゝ形よきかな帚草　高濱虚子
陶房に働く夫婦帚草　高濱年尾

夏萩《なつはぎ》

夏のうちに花をつける萩をいう。五月雨のころに咲く「さみだれ萩」という種類もあるが、ふつうの萩が秋に先立って走り咲きしたのにもいう。

夏萩の花ある枝の長きかな　星野立子
夏萩の余り風ある水亭に　浅井青陽子
夏萩に細かき蔭の増えて来し　稲岡長

駒繋《こまつなぎ》

山野に自生する小低木で、高さ六〇～九〇センチくらい。草のように見える。葉は羽状複葉で、紅紫色の小さな蝶形の花を穂状につけ、萩によく似た風情がある。根が地中によく張り、茎とともにはなはだ強く、馬をつなぎとめることができるということからこの名がある。

金剛の駒繋草よぢのぼる　本田一杉

沙羅《しゃら》の花《はな》

夏椿《なつつばき》の花《はな》である。木肌の滑らかな高木で、椿に似た、単弁の直径四センチほどの白い一日花をつける。また「ひめしゃら」という種類もある。これは一名「さるなめり」ともいい、木肌は紅みを帯びて滑らか。七月ごろ葉腋に白色の花をつける。花は夏椿に似ているが、ずっと小さい。ともにインドの沙羅双樹とは全く別種であるが、「平家物語」などにも混用されている。

沙羅の花

律院の沙羅散り敷くにまかせあり　佐藤慈童
一日の花とし沙羅の散る夕べ　大間知山子
有情無情沙羅の花さき花散るも　安沢阿彌
けふ一と日仏縁の沙羅愛づことも　土山紫牛
わが傘の滴も沙羅の落花打つ　岸善志
沙羅落花して白汚れなかりけり　稲畑汀子

百日紅《さるすべり》

樹皮がつるつるしていて猿も滑りそうに見えるので「さるすべり」の名がある。幹や枝は曲がりくねっている場合が多く、枝腋をくすぐると、梢の花がむずかるような揺れ方をするといい、「くすぐりの木」の俗名がある。紅色の小花が盛夏のころから秋半ばまで咲くので百日紅《ひゃくじつこう》ともいわれる。白花のものもあり、「百日白《ひゃくじつはく》」と呼ぶ。

百日紅乙女の一身またゝく間に　中村草田男
百日紅疲れを知らぬ紅として　大槻秋女
武家屋敷めきて宿屋や百日紅　高濱虚子
宝前の百日白に人憩ふ　高濱年尾
お隣の枝の来てゐる百日紅　稲畑汀子

さびたの花《はな》

糊《のり》うつぎの花《はな》のことであるが、北海道でサビタの花と呼んでいる。山地などの日当りのよい所に自生する二〜三メートルくらいの落葉樹で、葉は楕円形でふちにぎざぎざがあり、夏、額《がく》の花に似た白い小さな花を円錐状に群がり咲かせる。この木の幹や枝の内皮で製紙用の糊を作る。

さびたの花

みづうみも熊もサビタの花も神　大石暁座
湿原の水まだ暮れず花さびた　水見悠々子

海紅豆《かいこうづ》《かいこうず》

インド原産、高さ一〇メートル以上にもなる落葉高木。幹は太くこぶがあって灰白色、枝には棘がある。葉は大きくハート形でつややか、長い柄を持つ三枚の複葉である。枝先に三〇センチくらいの花房が斜め上または下を向いてつき、真紅の花を開く。花は六〜八センチ、豆の花形で細長い。沖縄、鹿児島、和歌山などでは街路樹として植えられている。デイゴの花《はな》。

暑に向ふ勢ひを秘めし海紅豆　林加寸美
海紅豆咲いて南極近き国　内藤芳子

茉莉花《まつりくわ》《まつりか》 [三]

インド原産、高さ三メートルくらいの常緑小低木。夏、枝の先端に白く芳香のある五弁の小花を群がり咲かせる。午後四時ごろ開いた花は朝にはかならず落ちるが、その前に上側は淡黄色、下側は薄紫をおびることがある。素馨《そけい》などとともに総称してジャスミンとも呼ばれ、その花から香料をとる。また花を乾かし、茉莉花茶として香りを楽しむ。

素馨とは白き香りの白き花　後藤夜半
ジャスミンのレイを掛けられ入国す　山地曙子
ジャスミンの花とて匂ひみることに　稲畑汀子

ハイビスカス

二、三メートルくらいの常緑小低木で、沖縄や九州南部では庭木として栽培されるが鉢植えにもされる。深緑色で光沢のある葉腋から長い柄を出し、その先に蘂のつき出た華麗な花をつける。花の色は赤が多いが、白や黄のほかさまざまな種類がある。**仏桑花**《ぶっそうげ》。

仏桑花凋み夕日も力失せ　能田みち
夕日さす仏の国の仏桑花　松本苳日
八丈のおもはぬ寒さ仏桑花　田中緑風子
戦跡の壕に揺れ合ひ仏桑花　岸本俊彦
タヒチの絵かけてハイビスカス咲かせ　内藤芳子

ブーゲンビレア

南アメリカ原産の熱帯植物である。蔓状に長く伸びた茎の先に、卵形の三枚の苞が紅や紫色になり花のように美しい。本当の花はこの苞の中にあり、小さく黄白色である。**筏**《いかだ》**かづら**。

住みつきて筏かづらを門とせり　上ノ畑楠窓
夜も暑くブーゲンビリア咲き乱れ　山本暁鐘

病葉《わくらば》 ㊂

夏、青葉の中に、黄色にあるいは白っぽくなって力なく垂れたり、縮まったりしている葉がある。これを病葉という。土に散り落ちてもいる。

百尺の幹を病葉追落ちぬ　高橋千曲
病葉として地に還る日を早め　大島早苗
疲れたる空病葉を降らせけり　岩岡中正
病葉を振り落しつゝ椎大樹　高濱虚子
日蝕し病葉落つるしきりなり　同
病葉の乾ける早さ地にまろび　稲畑汀子

落《おと》し文《ぶみ》

栗や桜、楢、樺などの葉が筒状に巻き込まれていたり、またそれらが落ちていることがある。これを「鶯の落し文」「時鳥《ほととぎす》の落し文」などとよぶが、これは「おとしぶみ」という昆虫がその中に卵を産みつけているのである。

落し文拾うてかけし牀几かな　稲田都穂
落し文ありころ／＼と吹かれたる　星野立子
菩提樹の落し文とは読まずとも　後藤比奈夫

雨あとの濡れてころがる落し文　小原うめ女
落し文拾ひて渡る思川　松尾ふみを
落し文開く一人をうち囲み　京極昭子
中堂に道は下りや落し文　高濱虚子
落し文ふと裏径にそれし時　高濱年尾
風韻を巻き込みてゐし落し文　稲畑汀子

秋近《あきちか》し

まだ衰えない暑さの中にも、ふと秋の足音を聞いたと思うことがある。日や風のたたずまいにもそれが感じられる。暑さに飽き秋の来るのが待たれるのである。**秋《あき》を待《ま》つ**。

米借りて背負ひ帰るや秋隣　松本長
椅子の向くまゝに湖見て秋近し　大久保橙青
佳き話聞くより秋の待たれたる　桑田詠子
亡き妻を心に抱き秋を待つ　井上兎徑子
秋近し灯下の虫の稀になりぬ　高濱虚子

夜《よる》の秋《あき》

夏も終わりのころになると、夜はどことなく秋めいた感じを覚えるようになる、それをいうのである。古くは「夜半の秋」同様、「秋の夜」の意に用いられていたが、現在は晩夏の季題として定着している。

うつしゑを見上げては書き夜の秋　星野立子
湖べりのホテルの芝の夜の秋　盛田清谿
島人に漁火あかき夜の秋　荒川あつし
夜の秋のポプラ吹かるゝ音一途　依田秋葭
月もなき星もなき球磨夜の秋　阿部小壺
海鳴りを淋しと聞きて夜の秋　藤松遊子
子の日誌遺書として読む夜の秋　村上曼
黒々と山動きけり夜の秋　星野椿
帰り来しわが家の暗し夜の秋　山田閏子
街の灯を遠く隔てし夜の秋　岡安仁義
客のある山の庵の夜の秋　高濱虚子
その人を思ふにつけて夜の秋　高濱年尾
しづけさに慣れ山荘の夜の秋　稲畑汀子

晩《ばん》夏《か》　夏の終わりのころをいう。吹く風、雲のたたずまい、草木の茂りにも、盛夏のころの勢いはない。**夏《なつ》深《ふか》し**。

眠れねば晩夏夜あけの冷さなど　中村草田男
庭のものみな丈高く晩夏かな　五十嵐八重子
三行の旅信届けば卓晩夏　山田弘子

佃《つくだ》祭《まつり》　八月六、七日東京佃島の住吉神社（海の守護神）の祭礼である。佃島は徳川家康が大阪佃の漁民を移住させた所なので、もとは大阪住吉神社の分祠である。三年に一度の本祭は土曜日を含む四日間で、神輿の船渡御などがある。佃島は佃煮の元祖の地としても知られている。

お祭の佃は古き家並なる　浅賀魚木
子の神輿なれど佃の意地みせて　品田秀風

原《げん》爆《ばく》忌《き》　昭和二十年八月六日広島に、九日長崎に投下された原子爆弾によって、多くの人々の命が失われた忌日である。平和への祈りをこめて、全国的に法要、その他の行事が行なわれる。

三日目も燃えゐし記憶原爆忌　宇川紫鳥
持ち古りし被爆者手帳原爆忌　竹下陶子
海底に船骸のこり原爆忌　福永志洋
芋の葉にかくれしことも原爆忌　千布道子
想ひ起すことが供養の原爆忌　石山佇牛
歴史にはもしもが利かず原爆忌　後藤洋子
原爆忌死者に生者に今年また　辻七星女

秋

八・九・十月

秌

八月

立秋すなわち八月七・八日以後

秋《あき》 ㊂ 三暑が過ぎると秋が来る。残暑の中にも秋風の感じられるころからやがて天高く、月よし、秋草よし、虫よし、そして晩秋の紅葉に至るまで、秋は清朗な一面物寂しい季節である。収穫の季節、実りの季節でもある。立秋（八月七、八日）から立冬（十一月七、八日）の前日まで三か月。**三秋**《さんしゅう》とは初秋、仲秋、晩秋をいい、秋九十日間を**九秋**《きゅうしゅう》と称する。**ホ句**《く》**の秋**《あき》、**島**《しま》**の秋**《あき》、**野**《の》**路**《ぢ》**の秋**《あき》、**窓**《まど》**の秋**《あき》、**秋**《あき》**の宿**《やど》、**秋**《あき》**の人**《ひと》など。

十棹とはあらぬ渡舟や水の秋　松本たかし
秋の航一大紺円盤の中　中村草田男
御幸待つ十勝の国の牧の秋　山本駄々子
灯台はセント・カザリン船の秋　上ノ畑楠窓
一藩の罪を脊負ひし墓の秋　白川朝帆
飛鳥路の秋はしづかに土塀の日　長谷川素逝
よその子にかこまれて秋何話そ　高田風人子
療養のスケッチブック秋となる　鈴木のぼる
秋もはや流るゝ水にゆく雲に　澄月黎明
三井寺の晩鐘撞いて旅の秋　豊田耕歌
僧もまた一農民や里の秋　西澤破風
降る火山灰に馴れねばならぬ人の秋　藤崎久を
近みちは風禍のあとや峯は秋　高島秋峯
山上の秋は俄かと思ひけり　千原草之
秋といふもの美しや音さへも　村上三良
川あれば舟ある暮し民の秋　鈴木御風
千号へ闘病とゞかざりし秋　石山佇牛
持ち古りしペンは分身記者の秋　大野雑草子
墓すべて日本に向き島の秋　米谷　孝
秋の服どこかに白のまだ欲しく　近江小枝子
風紋に波紋つらなり浜の秋　佐々木ちてき
秋の人白し灯台なほ白し　坊城俊樹

もの置けばそこに生れぬ秋の蔭　高濱虚子

山々の男振り見よ甲斐の秋　同

選集を選みしよりの山の秋　同

みちのくの短き秋と出逢ふ旅　稲畑汀子

立《りつ》《りっ》秋《しう》《しゅう》

おおむね八月八日にあたる。この日から暦の上では秋だが、実際にはまだまだ暑い日が続く。鬼貫の「ひとり言」に「秋立朝は、山のすがた、雲のたたずまひ、木草にわたる風のけしきも、きのふには似ず。心よりおもひなせるにはあらで、おのづから情のうごく所なるべし」とある。**秋立《あきた》つ。秋来《あきく》る。今朝《けさ》の秋《あき》。今日《けふ》の秋《あき》。**

横雲のちぎれて飛ぶや今朝の秋　北枝

売家の隣に住みて今朝の秋　成美

立秋や箱根で逢ひし土佐太夫　中村吉右衛門

今朝秋や母に代りて仏守る　星野立子

秋立つや身辺雑事常ながら　谷川虚泉

佐渡見えて能登の岬に秋立ちぬ　清原松園

秋立ちしこと病人の力得し　松尾緑富

縫ひかけしものを取出し今朝の秋　今橋眞理子

立秋の雲の動きのなつかしき　高濱虚子

浅間八《や》ケ《っ》嶽左右に高く秋の立つ　同

立秋の夜気好もしく出かけけり　高濱年尾

立秋の好もしや月望なれば　同

立秋と聞けば心も添ふ如く　稲畑汀子

八《はち》《はち》月《ぐわつ》《がつ》

学校の夏休もおおかた八月いっぱいは続き、残暑も厳しい。しかしその暑さの中にも、秋のおとずれは確かに感じられてくる。

八月の出演役者冥利とも　片岡我當

八月や命をかけし日を憶ふ　大塚千々二

八月はさみし母の忌竹女の忌　辻口八重子

文《ふみ》月《づき》

陰暦七月の異称。陽暦では八月上旬立秋からのほぼ一か月。略して「ふづき」ともいう。

文月や六日も常の夜には似ず　芭蕉

文月や夫には夫のつもりごと　石村ハナ女

初秋《はつあき》

秋の初めころをいう。夏の暑さもようやく衰える気配が野山に海に見え始める。**新秋**《しんしゅう》。

初秋や余所の灯見ゆる宵の程　蕪村
初秋の大きな富士に対しけり　星野立子
初秋の熊野の暮色淋しめり　稲岡長
初秋や軽き病に買ひ薬　高濱虚子
初秋や富士の見ゆるも朝のうち　稲畑汀子

桐一葉《きりひとは》

初秋、大きな桐の葉が風もなくばさりと音を立てて落ちるのをいう。「一葉《いちよう》落ちて天下の秋を知る」という「淮南子《えなんじ》」の語による。**一葉**《ひとは》。**一葉**《ひとは》**の秋**《あき》。

桐一葉裏も表も青かりし　蒼虬
小庇に落ちし一葉の音すなり　中村七三郎
消息のつたはりしごと一葉落つ　後藤夜半
桐一葉音ひきずりて吹かれ来し　高橋玲子
桐一葉落ちたる音を持たざりし　田邊夕陽斜
桐一葉心の隅にひるがへる　下村非文
わが行手占ふ如く桐一葉　尾崎陽堂
風澄みて一葉の音も乾きたる　中島不識洞
桐一葉日当りながら落ちにけり　高濱虚子
濡縁に雨の後なる一葉かな　同

星月夜《ほしづきよ》 ㊂

月のない秋の夜、澄んだ大気をとおして、宝石をちりばめたように満天に輝く星の光が、あたかも月夜のように明るいとみなした言葉である。**ほしづくよ**。

城のこりさかえゆく町星月夜　成瀬正とし
みちのくは山多き国星月夜　鈴木綾園
ローマよりアテネは古し星月夜　五十嵐哲也
対岸の灯はジャワといふ星月夜　田中由子
遠きものはつきり遠し星月夜　廣瀬ひろし
臨終を告げて出づれば星月夜　大槻右城
われの星燃えてをるなり星月夜　高濱虚子
夜風ふと匂ふ潮の香星月夜　稲畑汀子

ねぶた

もとは津軽地方で「眠流し」と呼ぶ七夕の行事であった。これは暑さから来る睡魔払いの習俗に、お盆の精霊送りが加わったものといわれる。青森市のねぶたが最も有名で、木と竹と針金で組みたてたものに和紙を貼り武者絵を描いた大きな人形灯籠に灯を入れて町を練り歩き、また花笠に浴衣姿の跳《は》ね人《と》と呼ぶ踊り手が熱狂的に踊り回る。弘前市では「ねぷた」といい、武者絵を描いた扇形の灯籠が特徴である。青森市は八月二日から七日まで、弘前市では一日から七日まで行なわれ、町をあげて賑わい、観光客も多く集まる。秋田市の竿灯、仙台市の七夕と共に東北三大祭として名高い。**佞武多**《ねぶた》。

嘗て吾佞武多の笛を吹きしこと　目時色許男

ねぷた観るこの夜この刻ふるさとに　佐藤一村

この町の子供ばかりの佞武多かな　増田手古奈

雑踏や佞武多を惜む人々に　佐藤静良

竿灯祭《かんとうまつり》

青森市のねぶた、仙台市の七夕と共に東北三大祭の一つといわれ、八月三日から六日まで秋田市で行なわれる。ねぶたと同じく昔は「眠流し」と呼ぶ七夕の行事であったものがだんだんと変化し観光芸能化された。四十六個の提灯を並べ吊した約一二メートル、五〇キロもの竿灯を、笛太鼓の囃子に合わせてあやつるのである。市内をねり歩く百五十本以上の竿灯がいっせいに夜空を彩るさまは実に壮観である。

竿灯の竿の撓ひて立つ高さ　田上一蕉子

竿灯や四肢逞しき若者ら　佐々木ちてき

硯洗《すずりあらひ・すずりあらい》

七夕の前日に、文筆に携わる人や児童、生徒が硯や机を洗い、文字や文筆の上達を願う。これは京都の北野天満宮で、菅原道真の遺品と伝えられる松風の硯に梶《かじ》の葉を添えて供えた神事にならったという。

洗ひたる硯のせ行く掌　赤星水竹居

大望を捨てんと硯洗ひけり　村松紅花

家学われに絶ゆる硯を洗ひけり　池上浩山人

洗ひたる硯に侍る思ひあり　篠塚しげる

窪みたる硯の月日洗ひけり　森　緑葉

洗ひあげて端渓と知る硯かな　柴原碧水
我の手に帰したる硯洗ひけり　大石暁座

七夕《たなばた》

五節句の一つ。陰暦七月七日の夜は、牽牛、織女の二星が年一回逢うという伝説があり、それにちなんだ行事である。もともと七夕は夏と秋との交叉《ゆきあい》の祭で「たな」とは階上につくり出した祭壇であり、この棚で機を織る娘が棚機《たなばた》つ女《め》である。奈良時代から漢土の裁縫上達を祈る乞巧奠《きこうでん》の祭がこの行事に習合して、星祭が行なわれるようになり、江戸時代にはずいぶんと盛んであった。色紙を短冊形に切りそれに詩歌、俳句などを書いて笹竹に結びつけて立て、瓜や茄子を供える。裁縫、習字などがうまくなるようにという意味である。渺茫たる初秋の星空を仰いで誰がこんな心にくい物語を語り伝えたものであろう。現在、都会地では多く陽暦七月に行なわれるが、仙台の七夕祭は月おくれである。**七夕祭《たなばたまつり》。七夕踊《たなばたをどり》。七夕竹《たなばただけ》。七夕色紙《たなばたしきし》。七夕紙《たなばたがみ》。願《ねがひ》の糸《いと》。七夕流《たなばたなが》す。**

恋さま〴〵願の糸も白きより　蕪村
手伝て七夕祭る尼ぜかな　藤田耕雪
病む人に七夕竹を立てくれし　松本つや女
沼の戸の七夕竹をうち立てし　深川正一郎
七夕や父口ずさむ祖母の唄　星野立子
縁側に七夕紙と硯かな　高木晴子
七夕の願ひ一枚風に飛ぶ　冨士原芙葉
七夕の竹採りにこの雨の中　倉田ひろ子
七夕の竹をくゞりて廻診す　松岡巨籟
七夕の女心の糸結ぶ　石本めぐみ
七夕を過してからの別れかな　鈴木とみ子
汝が為の願の糸と誰か知る　高濱虚子
隣り親し七夕竹を立てしより　同
七夕の願の糸の長からず　稲畑汀子

星祭《ほしまつり》

七夕の夜、牽牛《けんぎう》、織女《しよくぢよ》の二星を祭る行事である。**星迎《ほしむかへ》、星合《ほしあひ》、二《ふた》つ星《ぼし》、夫婦星《めをとぼし》、彦星《ひこぼし》、織姫《おりひめ》、星《ほし》の契《ちぎり》、星《ほし》の別《わかれ》、星今宵《ほしこよひ》、星《ほし》の夜《よ》、星《ほし》の手向《たむけ》、鵲《かささぎ》の橋《はし》**などが季題とされている。

嫁がずに織子づとめや星まつる　前田虚洞
星祭母の仮名文字美しく　山本紫園
廓女に昼よりの客星祭　友草寒月
六十の老妓の今も星まつる　長沢あした
男子寮へだて女子寮星祭る　田中松陽子
星の夜のとどくすべなき願ひにも　鹽見武弘
鵲の橋はいづこぞ星仰ぐ　河野美奇
鵲が天にかかりてつる女逝き　稲畑廣太郎
星祭る沼のほとりの別墅かな　高濱虚子

鵲《かささぎ》 ㊂　九州北部に棲む鳥で、肩羽や腹部が白い他は黒く、形は尾長に似ている。鳴き声もそれに近い。「月明星稀、烏鵲南飛」と曹操の詩にある。「鵲の橋」といって七夕の夜、天の川に橋を渡すという伝説をもった鳥である。**かちがらす。**

鵲

鵲の半分は尾の長さかな　湯川雅
また会ふ日ありや鵲飛ぶ別れ　宇川紫鳥
鵲鳴いてふるさとに会ふ友や亡し　藤松遊子
ばさと翔び立ちし枝揺れかちがらす　稲畑汀子

天《あま》《あま》**の川**《がは》《がわ》 ㊂　澄みわたった秋の夜空を仰ぎ見ると、雲のように伸び横たわった見事な星群が眺められる。これが天の川で、**銀河**《ぎんが》とも、**銀漢**《ぎんかん》ともいう。七夕などに関連してロマンチックな伝説を持っている。

荒海や佐渡に横たふ天の川　芭蕉
銀漢をうす雲ほのとよこぎれり　西山泊雲
天の川頭上に重し祈るのみ　長谷川ふみ子
銀漢や吾に老ゆといふ言葉きく　星野立子
吾妹子の髪に銀河の触るゝかに　依田秋葭
妻炊ぐ頭上に銀河島暮し　村松紅花
甲板の足もと暗く銀河濃し　柴田道人
坑外を人の世と言ひ銀河見る　戸澤寒子房

島に住むことも定めや天の川　古藤一杏子
銀漢を仰ぎし記憶くりかへす　吉村ひさ志
山小舎に泊つる銀河をふりかぶり　津村典見
銀河濃し故郷の海匂ひ来る　角南旦山
我が命継ぐ子三人天の川　高石幸平
嫁にやるには惜しき子と銀河見る　永野由美子
虚子一人銀河と共に西へ行く　高濱虚子
西方の浄土は銀河落るところ　同
きらめきて銀河に流れある如し　高濱年尾
天の川富士の姿は夜もあり　同
なほ奥へ旅立つ夜の銀河濃し　稲畑汀子

梶《かぢ》《かじ》の葉《は》《は》　古来、七夕には七枚の梶の葉に、星に手向けの歌を書いて供える習わしがあり、昔は六日に梶の葉売りが街を歩いたものである。梶は製紙材料となるクワ科の落葉高木で一〇メートル近くにもなり、葉はハート形で先が尖り、水に浮く。

書了へて梶の葉におく小筆かな　山本京童
筆とりてしばらく梶の葉に対し　田畑美穂女
墨はじく梶の葉に筆なじまざる　神前あや子
梶の葉に向ひてしばし筆とらず　三澤久子
手をとつてかゝする梶の広葉かな　高濱虚子

梶《かぢ》《かじ》鞠《まり》《まり》　古く七夕の日、京都の飛鳥井、難波両家において蹴鞠の会があり、梶の枝に鞠をかけ、高弟がこれを坪の内（中庭）に持参して二星に手向ける儀があったので、これを梶鞠といい、**梶《かぢ》の鞠《まり》**または**七夕《たなばた》の鞠《まり》**ともいった。一時中断されたが、明治からは保存会の人々によって続けられ、現在は京都今出川の白峯神宮の境内で四月十四日と七月七日に行なわれている。また香川県金刀比羅宮の鞠坪で行なわれる蹴鞠会は、五月五日と七月七日に公開される。

梶鞠や弥《いや》白妙に替の鞠　山口誓子
梶の鞠緋の水干をかすめたる　大石泉冷
水撒の儀よりはじまる梶の鞠　片桐孝明

勅使門開けはなたれて梶の鞠　伏見一九甫

中元《ちゅうげん》

盆が近づくと、日ごろ世話になっている人々に物を贈る。中元といえば元来は中国の道教の説により、陰暦一月十五日の上元、十月十五日の下元とともに七月十五日を祝うことであったが、日本では盂蘭盆と結びついて盆礼《ぼんれい》のことをいうようになった。

盆礼や内福にして半小作　齋藤俳小星
中元や主家より今は頼られて　梅村好文
盆礼のとしはもゆかぬ夫婦かな　逢坂月央子
母在さば遠しと言はず盆礼に　中森皎月
紙伸ばし水引なほしお中元　高濱虚子

生身魂《いきみたま》

盆は先祖の霊をまつる行事だが、生きている霊にも仕えるという考えから盆の間に父母、目上の人、親方などの長命を祈ってその生御霊をもてなし、祝い物を贈ったりする風習があり、生盆《いきぼん》ともいった。またこのもてなしを受ける人自身や祝い物をも生身魂と呼ぶようになった。地方によっては、蓮の葉に糯米《もちごめ》飯を包み、刺鯖《さしさば》を添えて贈ったりもする。これを蓮《はす》の飯《いひ》という。

弟が本家を継ぎし生身魂　小林一行
耳遠くして健啖や生身魂　藤松遊子
今年また祝はれてゐる生身魂　岡安仁義
三人の娘かしづく生身魂　稲畑汀子

迎《むかへ》《むかえ》鐘《がね》《がね》

八月七日から十日まで（もとは陰暦七月九日、十日）京都東山の六道珍皇寺《ろくどうちんこうじ》で行なわれる盆の精霊迎えの行事。この寺のある六道の辻は、京都の葬場鳥辺山《とりべやま》の入口にあたるので迎鐘での精霊迎えが行なわれ、**六道詣**《ろくだうまゐり》と呼ばれて参詣人で賑わう。寺では経木塔婆が上げられ、地獄極楽の六道絵が庭に掛けられる。また地獄への入口であるという井戸の上に掛けられた引導鐘を、参詣人は列をなして撞き、精霊を迎える。昔、小野篁がここから冥途へ行って帰って来たという伝説がある。沿道に槇、樒《しきみ》、蓮などの盆花を売る店が並ぶ。これらに仏が乗って来ると言い伝えられている。

旅人の鳴らして行くや迎ひ鐘　一茶
金輪際わりこむ婆や迎鐘　川端茅舎
提灯にばさと夜蟬や迎鐘　谷川朱朗
父のため母のため撞く迎鐘　野島無量子
逆縁の仏に迎鐘を撞く　矢倉矢行
迎鐘撞く信心の背を伸ばし　佐々木紅春

草市《くさいち》

陰暦七月十二日の夜から十三日の朝にかけて（現在は陽暦のところもある）、魂祭に使う蓮の葉、真菰筵、真菰の馬、溝萩、茄子、鬼灯、土器、供養膳、苧殻《おがら》などを売る市で**盆《ぼん》の市《いち》**ともいう。草はくさぐさの意味であるが、現在では売られるものの種類は少なくなった。

先匂ふ真菰筵や草の市　白雄
草市の人の出頃の俄雨　藤村藤羽
佃島江戸の名残りや草の市　大井千代子
草市の選るにまかせて商へり　楢崎六花
草市の終りし路地の濡れてをり　井尾望東
草市や一からげなる走馬灯　高濱虚子
雑沓の中に草市立つらしき　同

苧殻《をがら》《おがら》

皮を剝いだあとの麻の茎を干したもので、盆の供え物の箸に使い、また門火にはこれを焚く。草市で売られている。

我箸も苧殻に数へ紛れけり　乙二
苧殻箸子に供ふるは短うす　伊藤糸織
人散りて売れ残りたる苧殻かな　高濱虚子

真菰《まこも》の馬《うま》

菰を束ねて作った馬で、精霊の乗り物としてお盆の霊棚に供える。瓜や茄子に苧殻《おがら》や竹の足をつけて供えるところもあり、これを**瓜《うり》の馬《うま》**という。

傾ける真菰の馬に触るゝまじ　長田芳子
前脚ののめりがちにも瓜の馬　鹽見武弘
馬となる器量の瓜を買ひにけり　永井良

溝萩《みぞはぎ》

水辺や湿地に生える高さ一メートル内外の草で、茎はまっすぐ、葉は先のとがった楕円形で、お盆のころに紅紫の花が穂になって咲く。栽培して盆花とし、これに水をつけ振りかけて門火を消したりする。仏花の意味で禊《みそぎ》萩が転じたものといわれる。**千屈菜《みそはぎ》**。

祖母の頃よりの溝萩田の隅に　家田小刀子
溝萩に今年の秋は迅きかな　村上三良
沼渡る風溝萩にとどきけり　稲畑汀子

門火《かどび》

迎火、送火、どちらも門辺でこれを焚くので総称して門火という。

母が焚く門火に妻も焚き添ふる　梅田真三
句反古もてわが俳諧の門火焚く　上林白草居
商ひのくらがりに焚く門火かな　前田鳴仙
蜑ケ家の潮騒近き門火かな　関　千恵子
独り焚く門火に来ますふた仏　兼松君女
門火焚く我も人の子母恋し　粟津福子
心にも人は住むもの門火焚く　手塚金魚
燃え上ることなき門火焚きにけり　須藤常央
門火消え取り残されし思ひかな　副島いみ子
掃かれあるところ門火を焚きし跡　稲畑汀子

迎火《むかへび》《むかえび》

先祖の霊を迎えるために焚く火である。盆の十三日の夕方、苧殻《おがら》などを門辺で燃やす。**霊迎《たまむかへ》**。

みちのくの一夜の宿の霊迎　深川正一郎
農忙し門だけ掃きて霊迎　斎藤九万三
迎火やたかしも虚子も古仏　鈴木貞二
宿命とあきらめ切れぬ霊迎　大間知山子
迎火の門をたましひほどに開け　坊城俊樹
風が吹く仏来給ふけはひあり　高濱虚子

盂蘭盆《うらぼん》

七月十三日の夕方、迎火を焚いて祖先の霊を迎え、陽暦、陰暦、月遅れなど、地方によって異なるが、十六日の夕方、送火を焚いて霊送するまでの仏事。ふつう略してただ**盆《ぼん》**またはお盆という。盆灯籠を灯し、茄子、瓜、甘藷、梨、西瓜、青柿などの季節の初物や餅、団子、索麵などを供える。新たに仏籍に入った**新盆《にひぼん》**、**初盆《はつぼん》**のところではとくに丁寧に祭る。都会から田舎のお盆に帰る高速道路や帰省列車、帰省バスなどはひどく混雑する。盂蘭盆会《うらぼんゑ》。盆会《ぼんゑ》。盆祭《ぼんまつり》。

新盆や悲しけれどもいそ〳〵と　田口秋思堂
新しく買ひ来し茣蓙も盆用意　福島喜代女
一つづつ一つづつ母盆用意　斎藤双風
盆かくて吾が身辺のいく仏　河野静雲
母ありてこそ故郷の盆をしに　豊田長世
お精進子等も守りて盆三日　森　白象
門先に田舟を干して盆休　上田土筆坊
病む牛の無くて安堵の盆休　清田松琴
新盆の座に談笑の戻り来し　竹屋睦子
家ぬちに盆といふもの来て去りぬ　辻本斐山
盆僧に吠立つ犬を叱りけり　小畑一天
この一事済めば再び盆の僧　安原　葉
盆僧とお付きの僧と違ふ部屋　星野　椿
石置けるばかりの墓のお盆かな　高濱虚子
旧盆の島への臨時寄航かな　高濱年尾
盆となく済ませおかねばならぬこと　稲畑汀子

魂祭《たままつり》

お盆の期間、霊棚を設け、真菰を敷き供物を供え、精《しやう》棚経を誦しなどして祖先の霊を祭るのをいう。**霊祭《りやうまつり》。霊祭《たままつり》。**

徹書記のゆかりの宿や魂祭　蕪　村
草の家のうすべり敷いて霊祭　佐藤漾人
霊祭系図正しきことをのみ　吉井莫生
魂祭る灯の見えてをり舟世帯　細川葉風
アメリカに家系はじまる魂祭　赤木タモツ

霊棚《たまだな》

魂祭に、精霊を迎え供物を供える祭壇のこと。ところによって作り方が違うが、江戸ではその棚に真菰筵を敷いて前に垂らしたので、**菰筵《こもむしろ》**といえば盆棚のものとなっている。**魂棚《たまだな》。**

魂棚をほどけばもとの座敷かな　蕪　村
魂棚に母のみ知れる位牌あり　菅原獨去

霊棚に灯台光が回り来る　三星山彦

棚経《たなぎやう》《たなぎよう》　魂祭にしつらえた霊棚に向かって、僧が読経することをいう。

棚経の僧を扇げる病婦かな　小松月尚
棚経や有髪ながらも寺を守り　森白象
利根渡舟棚経僧をのせて著く　茂木利汀
棚経のあまり短く物足らず　宮城きよなみ
棚経やくらしかたむく大檀那　川名句一歩
棚経やお蠟をともす間も待たず　足立蓬丈

施餓鬼《せがき》　盂蘭盆会またはその前後の日に、諸寺院で無縁の霊を弔い供養をすることをいう。宗旨によってその儀式はいろいろであるが、多くは中央に**施餓鬼棚**《せがきだな》を設け、種々の供物を供え、如来の名を記した紙の**施餓鬼幡**《せがきばた》を立て、三界万霊の位牌および新霊の位牌を並べて寺僧が経を上げるのである。この寺を**施餓鬼寺**《せがきでら》という。水死人の霊を弔うために川岸で行なうのを**川**《かは》**施餓鬼**《せがき》、水上に船を浮かべて行なうのを**船施餓鬼**《ふなせがき》といい、その船を**施餓鬼船**《せがきぶね》という。

船頭我れ施餓鬼の舸子を仕る　猪子水仙
船に見て過ぐる佃の川施餓鬼　竹内実峯
魚施餓鬼上座網元舸子ならび　矢野潮花
里人の土手に居並び川施餓鬼　清水保生
白昼の磧に風の施餓鬼幡　大橋一郎
祭壇の川に突出す川施餓鬼　市川昭
川施餓鬼夜空焦がして終りたる　吉村ひさ志
大施餓鬼果てて無住となりにけり　山田閏子
卒塔婆の白きが増えぬ施餓鬼寺　坂井建

墓参《はかまゐり》《はかまいり》　盂蘭盆に先祖の墓に参ることをいう。春や秋の彼岸にも墓参は行なわれるが、俳句の上では古くから盆の行事とされてきた。墓石の苔を掃いて洗い清めるところから**掃**《さう》**苔**《たい》という言葉もある。**墓掃除**《はかさうぢ》。**墓洗**《はかあら》**ふ**。**展墓**《てんぼ》。**墓参**《ぼさん》。

一斉に大掃苔の寂光土　川端茅舎
ふるさとの色町とほる墓参かな　皆吉爽雨

掃苔や十三代は盲なる　安積素顔
父の貌知らず掃苔四十年　森田薊村
山の井の釣瓶のこだま墓掃除　丸島弓人
僧として手塩にかけし墓洗ふ　森永杉洞
衣鉢継ぐ心ひそかに墓参　添田紫水
掃苔や明治移民の無縁墓　貝原秋峯
掃苔やさだかならねど紋どころ　林大馬
仕合せはこの世の話墓参　星野立子
島人の手に〳〵鎌や墓参　井上兎径子
生き残ることも運命や墓掃除　高木鈴子
掃苔やまたもはら〳〵山の雨　木戸口金襖子
展墓了へ海見ゆるよと尚のぼる　太田ミノル
墓洗ふわれ等すなはち移民の子　木村逝子
旅鞄駅に預けて墓参かな　阿部一甫
かなしみもうすれ墓参もおこたりて　山添はる女
誰もまだ参らぬ様子墓を掃く　丸山綱女
再びは訪ふ当てのなき墓洗ふ　山口牧村
井の水の乏し掃苔まゝならず　粟津福子
それ〴〵の月日の墓を洗ひけり　谷口かなみ
ふるさとに墓参のこゝろありながら　河合正子
名のり合ふことなく逝きし子の墓参　野村美代女
一日は墓参にとつておきし旅　宇山白雨
別々に来て掃苔の夫とわれ　加藤晴子
遺言の小さき墓に参りけり　篠塚しげる
姉と呼び通せし母の墓洗ふ　田畑美穂女
もう願ふこともなくなりし墓参かな　新田躬千
この枝も伐らんと思ふ墓掃除　星野椿
額づけば我が影も亦墓参　湯川雅
凡そ天下に去来程の小さき墓に参りけり　高濱虚子
詣るにも小さき墓のなつかしく　同
小さき墓その世のさまを伏し拝む　同
墓参して来て改めて稿起こす　稲畑汀子

灯籠《とうろう》

盆灯籠《ぼんどうろう》をいい、供養のためこれを灯し、精霊に供えるのである。都会ではただ秋草などを描いた美しい盆提灯《ぼんぢやうちん》を吊るくらいがふつうである。高灯籠《たかどうろう》、揚提灯《あげぢやうちん》は室外に高く竿など立てて掲げるもの、切子灯籠《きりこどうろう》は切子《きりこ》ともいい切籠《きりこ》とも書き、灯籠の枠を四角の角《すみ》を落とした切子形に作り、薄い白紙で貼り、灯籠の下の四辺に長い白紙を下げたもの。折掛灯籠《をりかけどうろう》は竹を折りかけて紙を貼ったもの。花灯籠《はなどうろう》は四方の角々に蓮華などの造花を飾りつけたもの。絵灯籠《ゑどうろう》は彩色絵を描いたもの。軒灯籠《のきどうろう》は軒に吊るもの。墓灯籠《はかどうろう》は墓地に立てるもの。その他いろいろのものがある。灯籠店《とうろうみせ》。

高灯籠消なんとするあまたたび　蕪村
土橋を越して夜深し高灯籠　蒼虬
定紋の盆提灯も古りにけり　藤岡玉骨
宿坊の明け方さむき切籠かな　小川玉泉
一つづつ届きて三つ盆灯籠　杉本零
盆灯籠あるだけ灯しなほ淋し　藤原節子
零落は語らず作る墓灯籠　芥川さとみ
灯の揺らぐ遺愛の切籠母遠し　富田楓子
風の日は障子のうちに灯籠かな　高濱虚子

岐阜提灯《ぎふぢやうちん》《ぎふぢようちん》

盆灯籠の一種。岐阜地方の名産で、秋草などが描いてあり、紅や紫の房を垂らした提灯である。軒先や鴨居に吊る。新盆の家へ贈る風習がある。

やうやくに岐阜提灯の明るけれ　増田手古奈
眼に慣れて岐阜提灯の明るけれ　柴田素生
灯を入るゝ岐阜提灯や夕楽し　高濱虚子

走馬灯《そうまとう》

箱形の外枠にふつう薄い紙または絹布を貼り、中に人や鳥獣などを切り抜いた厚紙の円筒を立て、その心棒の上に風車状のものを取りつけてある。中央に小蠟燭《ろうそく》を立てて火を灯すと円筒が回り、外枠に映った黒い影が走るように見える灯籠で、軒先や窓に吊す。盆とは限らぬが、そのころに多く、江戸時代からあった。廻り灯籠《まはりどうろう》。走馬灯《そうばとう》。

見る人も廻り灯籠に廻りけり　其角

須賀田平吉君を弔ふ
生涯にまはり灯籠の句一つ　高野素十
かゝる宵いつかもありし走馬灯　山中石人
走馬灯早寝の子等によく廻る　笠原大樹
夜に訪ふことはめづらし走馬灯　星野立子
走馬灯あたりの闇も廻るなり　山崎一之助
とゞまればまことまづき絵走馬灯　篠塚しげる
蛾の入りて大きな影や走馬灯　小島隆保
人の世に後戻りなし走馬灯　下村梅子
灯を入れてより走馬灯売れ始め　浅賀魚木
走馬灯売る身は闇に置いてをり　嶋田一歩
走馬灯まはりて主婦の起居かな　副島いみ子
つくばひに廻り灯籠の灯影かな　高濱虚子
買つて来てすぐつるされし走馬灯　稲畑汀子

終戦《しゅうせん》の日《ひ》

八月《はちぐわつ》十五日《じふごにち》。昭和二十年（一九四五）のこの日、日本はポツダム宣言を受け入れ、昭和天皇は国民に詔勅を宣し、第二次世界大戦は終了した。以後、日本は敗戦国となり、国民は苦難の道を歩んだ。世界がふたたび戦争を繰り返さぬよう心に誓う日である。

過去としてならぬ八月十五日　大山孝子
終戦の日の秘話として繙きぬ　椋誠一朗
位牌しかなくて終戦記念の日　橋本くに彦
かへりみる節目八月十五日　山村千恵子
母として終戦の日を語り継ぐ　鈴木南子
遺骨まだ彼の地に八月十五日　中井陽子
平凡に終戦の日を過ごしけり　丹羽ひろ子
終戦の日のまなざしは遠くあり　日置正樹
終戦の日の雄弁となる夫　中野匡子
終戦の日の太陽を忘れない　今井肖子
終戦日海の青さに語り継ぐ　今橋眞理子
文弱に生きて終戦記念の日　須藤常央
終戦の日や四世代集ひたる　山﨑貴子

しづしづと終戦の日の茶室かな　木暮陶句郎
若者と呼ばれ八月十五日　相沢文子
祖父生きて吾ゐる八月十五日　小川笙力
テレビでは高校野球終戦日　岸田祐子
皆違ふ重さ八月十五日　玉手のり子
知らぬとは幸せなこと終戦の日　中野恵太
終戦の日の黙禱に動けざる　藤山準司

盆《ぼん》の月《つき》　本来盂蘭盆会にあたる陰暦七月十五日の満月をいう。ただ最近では盆が陽暦または一月遅れで行なわれることが多いため実感が薄れたが、陰暦で行なう地方で仰ぐ盆の月はしみじみとした思いに人の心を誘う。本来盆踊も、こうした盆の月明りのもとで行なわれた。

故里を発つ汽車に在り盆の月　竹下しづの女
きめ粗き田舎の豆腐盆の月　三溝沙美
訃に急ぐ我が旅空の盆の月　田代欣一
盆の月横川の僧と拝みけり　芝原無菴
生き過ぎたやうにも思ひ盆の月　山田凡二
参籠の皆出て仰ぐ盆の月　高井良秋
盆の月父母の御魂を迎ふべく　川口咲子
此月の満れば盆の月夜かな　高濱虚子
富士隠しきれざる盆の月明り　稲畑汀子

盆狂言《ぼんきやうげん》《ぼんきようげん》　江戸時代、陰暦七月十五日を初日とする盆の芝居狂言をいった。

漁夫たちの人気をかしや盆狂言　楠目橙黄子

踊《をどり》《おどり》　盆踊《ぼんをどり》をいう。それぞれの地方に伝わる唄によって、踊の振付も異なる。音頭取《おんどとり》を囲んで男女が輪をつくって踊ったり、行列をつくって踊り歩いたり、その形式もいろいろあるが、いずれも盆本来の行事というより、郷土芸能的色彩をおびて、娯楽の要素が強くなってきている。徳島の阿波踊は全国的に著名である。**踊場《をどりば》**。**踊の輪《をどりのわ》**。**踊子《をどりこ》**。**踊手《をどりて》**。**踊笠《をどりがさ》**。**踊浴衣《をどりゆかた》**。**踊唄《をどりうた》**。**踊太鼓《をどりだいこ》**。**踊見《をどりみ》**。

四五人に月落かゝる踊かな　蕪村

づか〱と来て踊り子にさゝやける　高野素十
山を出し月を合図に踊かな　神谷阿乎美
踊笠真深に被り誰やらん　松田水石
踊りつゝちらとまなざし投げにけり　馬場太一郎
巡業の行く先々の盆踊　壽々木米若
踊見に行く支度して秣切る　小熊つね
二階より踊化粧の顔のぞく　澤村啓子
宿の婢を先立てゝ阿波踊連れ　上﨑暮潮
探されてゐるとも知らず踊りけり　岡村紅邨
交りゐて賓主いづれや阿波踊　葛祖蘭
三日三夜踊り明かすと郡上の娘　桑田青虎
旅人も郡上踊に夜明すと　松尾緑富
佐渡の旅朝から踊唄きこえ　福井圭兒
をとこをみな明日なきごとく踊るかな　下村梅子
三更の月得て郡上踊かな　佐藤朴水
遊び鉦打つて憩へる阿波踊　美馬風史
山国の夜は更け易し踊唄　北川草魚
踊の手空を指すとき揃ひたる　丸山立尾
阿波踊見てゐる足が踊つて居　猪子青芽
振り返りつゝいとけなき踊子よ　原田一郎
阿波踊ちぐはぐにして揃ひゐし　小林草吾
阿波踊道が浮々浮々と　松本弘孝
踊笠結ぶことより教はりて　永森とみ子
踊の輪小さくなりて抜けられず　高関眸
色町の路地で習ひし阿波踊　京極高忠
よべ踊り痴れたる街に出勤す　椎野ひろし
踊る足応へて阿波の大地かな　谷野黄沙
踊り明かせばさびしきよ阿波の朝　稲岡長
街灯もポストも踊りさうな阿波　蔦三郎
暗きより出でて踊に加はりぬ　今井千鶴子
若者の帰つてきたる踊かな　須藤常央
いつまでもありし如くに踊の輪　嶋田一歩

踊の輪いつか小さくなり終る　川口咲子
交替に姉の出てゆく盆踊　湯川雅
踊り出てしまひなんとかいけさうな　谷口和子
踊うた我世の事ぞうたはるゝ　高濱虚子
踊れよと呼びかけられて旅の我　高濱年尾
戻りゆく踊疲れの三味抱いて　同
阿波踊らしく踊れてをらずとも　稲畑汀子
踊り抜き阿波の旅寝の深かりし　同

精霊舟《しやうりやうぶね》《しようりようぶね》　盆の十六日に、盂蘭盆の供え物や飾り物などを、麦藁や苧殻《おがら》で作った舟に乗せて海や川に流す。その舟を精霊舟という。**精霊流**《しやうりやうなが》**し**。

精霊舟打ち寄せ湖は荒れてをり　柴沼忠三
いちはやく西へ流るゝ精霊舟　千原叡子
精霊舟前を通りぬ合掌す　田原那智雨
精霊舟発たせて星の満つる空　植田のぼる

流《りう》《りゆう》**灯**《とう》《とう》　盆の十六日に灯籠に火をつけて川や海へ流すのをいうのである。真菰で舟形に作ったものや板の上に絵灯籠を据えつけたものが多い。白紙を貼ったのみの角形の灯籠が灯って水に浮かぶさまは、ことに哀れに美しい。精霊舟から変化した行事で、近ごろは観光化し、その夜花火を揚げたりもする。**灯籠流**《とうろうなが》**し**。

流灯を下ろせる顔のほと浮ぶ　竹下陶子
流灯や舟につゝ立ち僧読経　佐藤みつる
明日流す灯籠のある仏間かな　棚元花明
幸うすき流灯と見ゆ燃えにけり　石橋雄月
橋立に沿ひ流灯の帯となる　川戸孤舟
流灯の君よ道草癖抜けず　猪子青芽
流灯会かの日いま頃修羅の刻　平尾圭太
水に置けば浪たゝみ来る灯籠かな　高濱虚子

送《おくり》**火**《び》　盆の十六日の夜、精霊を送るため門辺で苧殻《おがら》などを焚くこと。**霊送**《たまおくり》。

生涯に妻は一人や霊送　田並豊涼

送火の消ゆる頃より雨到る　葛下友呂
送火の消えて一人の夜となりぬ　中平すみ絵
沛然と雨送火の夜を洗ふ　今村青魚
送火のしぶしぶ燃ゆるあはれなり　小畑一天
送火や母が心に幾仏　高濱虚子

大文字《だいもんじ》

八月十六日の夜、京都東山如意ケ岳の山腹に、薪に火を点じて描く「大」の字形の送火である。金閣寺裏山の大北山の左大文字、松ケ崎西山東山の妙法の二字、西賀茂妙見山の船形、北嵯峨曼荼羅山の鳥居形と、合わせて五山の送火が、午後八時より相前後して点火される。大文字はその総称でもあり、京都の盆の夜空を彩る風物詩で、街はたいへんな賑わいを呈する。**大文字《だいもじ》の火《ひ》**。

大文字や近江の空もたゞならね　蕪村
大文字のあとの闇夜に親しめり　藤田耕雪
大文字や淋しく架る二条橋　京極杞陽
大杯にうつさふべしや大文字　村田橙重
上京に住みて門見の大文字　宮崎君子
街の灯の上に浮ぶや大文字　木村楽岡
合掌の闇はるかなり大文字　宮藤空郎
御所の松越しに大文字明らかに　守沢青二
大文字の空明りせる獅子ケ谷　獅子谷如是
正面に見しことのなき大文字　粟津松彩子
近すぎて妙法の火の字とならず　清水忠彦
四方からの火が書き上げて大文字　豊田淳応
大文字を待ちつゝ歩く加茂堤　高濱虚子
火の入りし順には消えず大文字　稲畑汀子

解《げ》夏《げ》

陰暦七月十六日、一夏九旬の安居《あんご》を解くことで、**夏《げ》明《あき》**ともいう。この日、安居中の夏書の聖経を寺に納める。これを**夏書納《げがきをさめ》**という。安居が終わって僧が東西に別れるのを**送行《そうあん》**という。「安居」（夏）参照。

送行の膝に笠おく湖舟かな　本田一杉
乱れ打つ魚板に安居果てにけり　岩橋黄坡

塩きゝしお香ものの摂り解夏の膳　竹中草亭
送行の別れし二人ふり向かず　山崎一之助
上人のお点前受くる解夏の尼　穂北燦々
送行の一偈を賜ふ網代笠　森永杉洞
送行の笠抱へ立つ沙羅の庭　桑原光果
送行のそびらに華頂山はあり　野島無量子
一山を揺るがし解夏の法鼓鳴る　吉富無韻
送行に別れの言葉なかりけり　稲吉楠甫
送行の笠の紐の緒かたく結ふ　辻本青塔
送行の心に描く山河あり　三星山彦
送行のわれしたひ来るましらかな　山元無能子

摂待《せったい》　供養のため、仏家で門前に湯茶の用意をし、寺めぐりの人および往来の人に振る舞うこと。**門茶**《かどちや》ともいう。陰暦七月初旬から二十四日ごろまで行なわれたものであるが、今ではほとんど見かけなくなった。湯茶の外に、塵紙や草鞋などの摂待もあり、剃刀《かみそり》摂待といって月代《さかやき》を剃る摂待もあったという。

摂待へ寄らで過行く狂女かな　蕪村
老の手のふるへのびつゝ門茶汲む　山下豊水
摂待をいたゞく杖を腋ばさみ　三島牟礼矢
摂待の寺賑はしや松の奥　高濱虚子

相撲《すまふ》《すもう》　㊂　わが国の国技といわれ、日本独特のものとされている。野見宿禰《のみのすくね》と当麻蹶速《たいまのけはや》の伝説は、垂仁天皇七月七日のこと。宮中では桓武天皇の延暦十二年（七九三）から相撲節《すまいのせち》会《え》として恒例の行事となったとされている。俳句で相撲が秋季と定まったのはこれにもとづく。力くらべであり、農作物の豊凶を占う神事でもあった。村の鎮守の秋祭に境内で行なわれるものが**宮相撲**《みやずまふ》、**草相撲**《くさずまふ》で素人相撲。興行される大相撲は年間六場所、奇数月に行なわれている。**角力**《すまふ》。**すまひ**。**相撲取**《すまふとり》。**辻相撲**《つじずまふ》。**江戸**《えど》**相撲**《ずまふ》。**上方相撲**《かみがたずまふ》。**相撲場**《すまふば》。

負まじき角力を寝物語かな　蕪村
弓張に暮行く相撲柱かな　召波

宿の子をかりのひいきや草相撲　久保より江
草相撲中に吾が子も人の子も　中島三秋子
草相撲人だん〳〵に集ひ来て　古屋敷香葎
嵯峨御所の土俵の見ゆる勅使門　波田一波
兄弟の勝ち残りたる草相撲　松田きみ子
物言ひに杜どよめきて草相撲　平尾圭太
貧にして孝なる相撲負けにけり　高濱虚子

花《はな》火《び》

火薬をさまざまに調合して球をつくり、筒に入れて点火し、空中に打揚げて夜空を彩る**揚花火**《あげはなび》や地上に仕掛けておいたものに点火して、滝や城などを現す**仕掛花火**《しかけはなび》などがある。両国の川開や各地で行なわれる花火大会は、現在では夏の納涼行事であるが、俳句では江戸時代から秋の季題となっている。**昼花火**《ひるはなび》。**煙火**《はなび》。**遠花火**《とほはなび》。**花火舟**《はなびぶね》。**花火見**《はなびみ》。**花火番附**《はなびばんづけ》。

ふと一つ海のあなたの花火かな　坂東みの介
滝となる仕掛花火に舟廻す　堀部参畔
甲板に出でて港の花火の夜　高林蘇城
盛んなる花火をかさに橋往き来　深見けん二
話す事なき時の眼に遠花火　吉田俊女
花火見てもどりし親子足洗ふ　安積叡子
浮世絵の花火とおもひくらべをり　京極杞陽
かんばせを花火あかりに盗み見る　片山はま子
束の間の花火うつして川流れ　島田はつ絵
どこにでも坐れる砂丘花火見る　松本穣葉子
城の上に終ひ花火のあがりけり　内田恒楓
居酒屋のあかりは暗く遠花火　富田巨鹿
つぎつぎに音が壊してゆく花火　松下停露
大花火果てし余情の浅き闇　安原葉
打ちどめの花火消えたる闇うごく　石山佇牛
空に伸ぶ花火の途の曲りつゝ　高濱虚子
平凡な花火上りて淋しけれ　同
山の湖の花火に更けてゆくばかり　高濱年尾
雑踏と別に空あり揚花火　稲畑汀子

花火線香《はなびせんかう》《はなびせんこう》　発光剤を紙撚《こより》に巻き込んだもので、火をつけるとさまざまな閃光を発する子供用の花火で種類が多い。火を噴きながら地上を走り回る**鼠花火**《ねずみはなび》もある。**線香花火**《せんかうはなび》。**手花火**《てはなび》。

たら〳〵と手花火色をこぼしけり　皿井旭川
惜別や手花火買ひに子をつれて　鈴木花蓑
父母のなき子に花火線香買ふ　阿部小壺
手花火に面赤き時蒼き時　吉田漁郎
雑然と馬穴の中の花火屑　佐藤五秀
手花火の二つの闇のつながれる　中川秋太
草花火たら〳〵落ちぬ芋の上　高濱虚子
子が花火せし後始末見て廻る　稲畑汀子

蜩《ひぐらし》 ㊂　暁方や夕暮によく鳴く。夏の真昼に鳴きしきる蟬と違って、カナカナと軽やかな音色で、あわれもある。**日暮**《ひぐら》**し**。**かなかな**。

ひぐらしや陽明門のしまるころ　赤星水竹居
蜩のなき代りしははるかかな　中村草田男
蜩に山坊の戸を閉づるなり　森定南樂
蜩や下山の僧に追ひつけず　朝倉天易
来し方は遠しかな〳〵鳴くことよ　玉木豚春
蜩の風の如くに遠ざかる　後藤静浦
蜩の鳴きやむ暗さ来てをりぬ　須藤常央
子等帰り夕餉待つ間の蜩に　坂井建
かなかなを誘ふ山風なりしかな　河野美奇
蜩の名乗るが如く鳴きにけり　稲畑廣太郎
温泉の宿や蜩鳴きて飯となる　高濱虚子
一日の雨蜩に霽れんとす　高濱年尾
蜩の最後の声の遠ざかる　稲畑汀子

法師蟬《ほふしぜみ》《ほうしぜみ》 ㊂　秋風とともに鳴き始める。名は鳴き声からきていて、地方によっていろいろに聞きとられているが、はじめ、ジュジュジュジュツといい、つぎに、オシーツクツクと何度もゆっくり繰り返し、最後に、ツクツクボーシと三回ぐらい鳴き、ジーと尾を引くように鳴きおさめる。「筑紫恋し」と鳴くという説もある。**つくつくぼふし。つくづくぼふし。**

法師蟬啼きやみしかば夕勤め　能美丹詠

鎌倉に虚子庵古りぬ法師蟬　成瀬正とし

風の中つく〳〵ぼふしつまづける　広島静子

今日の命今日の命と法師蟬　佐藤五秀

遠くゐて近きかなしみ法師蟬　藤崎久を

秋風にふえてはへるや法師蟬　高濱虚子

一声のよくつゞくなり法師蟬　高濱年尾

生き残りゐし法師蟬雨上り　稲畑汀子

秋《あき》の蟬《せみ》 ㊂

単に蟬といえば夏の季題であるから、秋になってから鳴く蟬をとくに秋の蟬と呼ぶのである。

ぬけ殻に並びて死ぬる秋の蟬　丈草

秋蟬に渦潮迅し壇の浦　赤堀五百里

雷に音をひそめたる秋の蟬　高濱虚子

木洩日に鳴きつまづきて秋の蟬　稲畑汀子

残《ざん》暑《しょ》

秋になってからの暑さをいう。長い夏に耐えてきた身にとって、さらにつづく残暑は凌ぎ難いものであるが、いつとはなく秋風が立つ。**秋暑《あきあつ》し。**

旅なれぬわれに都の秋あつし　鈴木貞

秋暑し沼の渡舟に乗りこめば　爲成菖蒲園

残暑とはショートパンツの老人よ　星野立子

小道具の蠟燭曲る残暑かな　片岡我當

戻らねばならぬ大阪秋暑し　保田晃

待つときのバスは来ぬもの秋暑し　倉田青雞

妻乗せて残暑の町を救急車　岩男微笑

いちにちの残暑を消してくれし雨　浅野右橘

山の宿残暑といふも少しの間　高濱虚子

よべの月よかりしけふの残暑かな　同

引つゞき外出がちなり残暑なほ　高濱年尾

かけめぐる夢吾になし外の残暑　同

秋暑きことどことなくいつまでも　稲畑汀子

秋暑し暑しと心鎮めけり　稲畑汀子

秋《あき》めく

山や川などのたたずまいがどことなく秋らしくなっていくのをいう。八月も末になると、眼にも耳にもはっきりと秋を感ずるようになる。

日射し落ちそめて秋めく潮かな　田坂紫苑
翻りやすきものより秋めける　竹中弘明
顔見せるだけの消息秋めきぬ　稲畑汀子

初《はつ》嵐《あらし》

秋の初め、野分の前ぶれのように吹く強い風をいう。

萩叢の一ゆれしたり初嵐　大橋越央子
水楢の大木を揉み初嵐　新谷根雪
何となく人に親しや初嵐　高濱虚子

新涼《しんりやう》《しんりよう》

秋はじめて催す涼しさをいう。夏の暑さの中の一時的な涼しさと違って、よみがえるような新鮮な感触がある。**秋涼《あきすず》し**。**秋涼《しうりやう》**。

新涼や白きてのひらあしのうら　川端茅舎
新涼の机上漸く学ぶべく　和田西方
新涼の山々にふれ雲走る　今井つる女
新涼やすこし反身に杖運ぶ　福井玲堂
新涼の海を見て来し足の砂　高瀬竟二
民族の礎石となりぬ秋涼し　常石芝青
新涼の風とは俄なりしもの　小川龍雄
新涼の驚き貌に来りけり　高濱虚子
新涼の山荘既に門を閉づ　高濱年尾
折返すより新涼の馬車となる　稲畑汀子

稲妻《いなづま》《いなずま》 ㊂

秋の夜、遠い空に音もなく走る**稲光《いなびかり》**をいう。このとき稲が実ると古くは信じられていた。「陽炎は消えて明く、稲妻は消えてくらし」と古諺にある。稲妻に対して**稲《いね》の殿《との》**ともいう。

稲妻のゆたかなる夜も寝べきころ　中村汀女
稲妻の夜毎の水の近江かな　山本象夢
湖に稲妻のする静けさよ　中島曾城

稲妻や露天映画はまだなかば　左右木圭子
トランプの独り占稲光　星野立子
稲妻に障子の骨の現るゝ　前田鳴仙
稲妻にさいなまれ航く船一つ　小原菁々子
稲妻に怯ゆる牛の背叩く　倉重其粧亭
稲妻の海進みゆく舳かな　清崎敏郎
稲妻のしきりなる夜の窯火守る　岸川鼓蟲子
稲妻を古人の如く畏れ見る　堀前小木菟
山の端の雲浮彫りに稲光　岩原玖々
稲妻が磨き山雨が洗ふ杉　田中暖流
地震ありし海のしきりに稲妻す　原田杉花
雲間より稲妻の尾の現れぬ　高濱虚子
稲妻にぴしり〳〵と打たれしと　同
稲妻の中稲妻の走りけり　稲畑汀子

流《りう》《りゅう》星《せい》《せい》 ㊂　宇宙に浮游する塵や天体のかけらが、地球の大気圏内に飛び込むと、摩擦により発光して流星となる。地上に届く前に大方は燃焼しつくすが、隕石となって落ちてくることもある。秋の澄んだ夜空には流星が多く見られる。**ながれぼし**。**夜這星《よばひぼし》**。**星飛《ほしと》ぶ**。

むらさきの流星垂れて消えにけり　佐藤念腹
星飛んで殉教の海只暗し　荒川あつし
大空のどこかゞ欠けし流れ星　藤崎久を
高原の夜空は高し流れ星　赤木夕モツ
さいはての流星見つゝゆく旅ぞ　松本圭二
星飛んで一すぢの闇濡らしけり　武藤和子
藍色の暮れて星飛ぶ空となる　荒川ともゑ
流星の尾の消ゆるさま目に残る　高濱年尾
さそり座を憶えし吾子に星流れ　稲畑汀子

芙《ふ》蓉《よう》　中国原産の二メートル前後の落葉低木で淡紅、白色のかなり大きな花を開くが一日で凋む。咲き始めは白く、次第に紅色に変るものを酔《すい》芙蓉という。**花芙蓉《はなふよう》**。

紅芙蓉色淡く咲き濃ゆく散り　星野立子

露けさの花をつゞけて芙蓉かな　宇津木未曾二
ひるからの雲に敏くて酔芙蓉　下村非文
酔芙蓉雨の日の酔浅かりし　種田豊秋
芙蓉閉ぢ今日もひとりの夜を迎ふ　神前あや子
酔芙蓉酔へば一と日の力尽き　宇川紫鳥
白芙蓉松の雫を受けよごれ　高濱虚子
いち早く蝕みし葉の芙蓉かな　高濱年尾
虫喰の葉を従へて酔芙蓉　稲畑汀子

木槿《むくげ》

朝開き、夕方には凋んでしまい、翌日にはもう咲かないので「槿花一日の栄」という言葉がある。淡紫色、淡紅色、白色などあり、花片のつけ根に紅のさした底紅《そこべに》もある。木はあまり大きくならず、観賞用として生垣などに植えられる。昔はこれを「あさがお」と呼んだようである。**きはちす**。**花《はな》木槿《むくげ》**。**木槿垣《むくげがき》**。

道のべの木槿は馬に喰はれけり　芭蕉
傾ける納屋にかぶさり大木槿　本田あふひ
底紅の咲く隣にもまなむすめ　後藤夜半
金沢に残る迷路や花木槿　向井清子
惜しまるゝことは仕合せ花木槿　三澤久子
白木槿妻の逝きたる朝の白　沖津をさむ
いつ迄も吠えゐる犬や木槿垣　高濱虚子
今日の花たたみ木槿の夕べかな　稲畑汀子

臭木《くさぎ》の花《はな》

山野に自生し、大きなものは三メートル以上になる。先の尖った卵形の葉がつき、これが臭いので臭木の名があるが、若葉は食べられる。八月ごろ、五弁の白い花をつける。花の下部は筒状、八月ごろ、四本の雄しべと一本の雌しべが、長く花の外にとび出して人目につきやすい。「常山木」と書くこともあるが、これは「小くさぎ」のことで葉も花も違う。

臭木の花

花のなき頃の貴船の花臭木　松尾いはほ
熔岩の花とし咲ける臭木かな　倉田青雞

鳳仙花《ほうせんくわ》《ほうせんか》

高さ五、六〇センチの太い茎に細長い葉が互生し、そのつけ根に白、桃、紅、紫などの花が秋の中ごろまで咲き続ける。絞りや八重咲きのものもある。女の子が花で爪を染めたりしたので、**つまくれなゐ**、**つまべに**ともいう。雨や風に倒れやすい。

鳳仙花はじけし音の軽かりし　西野雨郎
子が二人自転車二台鳳仙花　小原牧水
そば通るだけではじけて鳳仙花　川口咲子
今もなほ借家暮しの鳳仙花　小林一行
姉母似妹母似鳳仙花　坊城俊樹
沓脱のあちこちにある鳳仙花　高濱虚子
鳳仙花路地を迷ひて同じ場所　稲畑汀子

白粉《おしろい》の花《はな》

よく庭先などに植えられる。高さ七、八〇センチの節のある緑の茎をもち、茂った葉の間に小さなラッパ状の花をたくさんつける。色も赤、黄、白などいろいろで、夕方から香りを放って咲き、朝にはしぼんでしまう。花の後の黒い実を割ると、白い胚乳が出、江戸時代には実際に白粉の代用としたと栞草にある。**おしろい**。

白粉の花の匂ひとたしかめぬ　今井つる女
白粉の咲いて黄昏どきながし　八木春
白粉の花落ち横に縦にかな　高濱虚子

朝顔《あさがほ》《あさがお》

その名のとおり朝開く。赤、白、紺、絞りなど、色も品種もさまざまで鉢植えにして大きな花を咲かせたり、垣根に這わせたりする。「万葉集」で山上憶良が秋の七草の一つとして詠《うた》っている朝顔は桔梗とも木槿《むくげ》ともいわれている。漢名は**牽牛花《けんぎうくわ》**。

閉関
朝顔や昼は錠おろす門の垣　芭蕉
朝顔に垣根さへなき住居かな　太祇
一日へ朝顔色を流すなる　池内友次郎
出勤の日々の朝顔汚れなく　清水徹亮
朝顔にすぐ日の高くいそがしく　深見けん二

——八月

朝顔にけふ日曜で予定なく　隈　柿三
朝顔の昔の色の濃むらさき　寺谷なみ女
朝顔のしづかにひらく折目かな　片岡片々子
朝顔に旅の疲れをもちこさず　豊田いし子
朝顔は数をかぞへてみたき花　水島三造
朝顔の蔓の方向なほしけり　中原八千草
朝顔を描くそれよりむらさきに　坊城俊樹
朝顔の大輪にして重なりて　高濱虚子
朝顔の蔓の自由を籬とす　稲畑汀子

弁慶草《べんけいさう》《べんけいそう》

山野に自生するが、多くは観賞用として栽培される。葉は多肉質で緑白色、五〇センチくらいの円柱形の茎に、卵形の葉を対生または互生する。夏から秋にかけて、白色で紅暈のある小花を頂に群がり咲かせる。切花にしてもなかなか枯れないので、弁慶になぞらえてこの名がつけられたという。地に挿せばよく根付くので**つきくさ**ともいい、出血したとき、傷に当てると血を止めるので**血止草**《ちどめぐさ》の名もある。

弁慶草

弁慶草倒れぐせつき花ざかり　安田蚩水
こはき葉の弁慶草の色やさし　辻　蒼壺

大文字草《だいもんじさう》《だいもんじそう》

山地のやや湿り気のある岩の上に生えている雪の下の種類の多年草である。初秋二、三〇センチの花茎を伸ばし、白い五弁の清楚な小花を咲かせる。その花の開いた形が大の字に似ているので、この名がある。

大文字草

大文字草書きそこねたる一花あり　森　林王
鐘釣の大文字草を忘れめや　高濱虚子

みせばや

弁慶草の一種で、自生しているものもあるが、ふつう庭に栽培し、また盆栽にして観賞される。少し紅みを帯びた厚い葉を三枚ずつ付けた

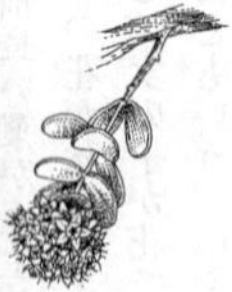
みせばや

茎が三〇センチくらいに垂れ下がる特性があり、淡紅色の小さい花が茎の頂に球状に集まって開く。**たまのを**。

みせばやの葉に注ぎたる水は銀　今井千鶴子
たまのをの咲いてしみじみ島暮し　星野　椿
みせばやをその辺にただ置いてある　石井とし夫
見せばやを摘みみ吉野をいゆきけん　稲畑汀子

めはじき

シソ科の二年草。シソ科の特徴として茎の断面は正方形。野原や路傍などに生える。高さは五〇センチから一メートル。夏から秋にかけて淡紅紫色の唇形花を数個ずつ葉腋につける。女の子たちがその茎を短く切って折り曲げ、瞼にはさんで遊ぶところからこの名がある。婦人病に効能があるというので**益母草**《やくもさう》という名ももっている。

めはじきやどこかが欠けてどこか咲き　湯川　雅
めはじきの茎より細き目の少女　須藤常央
ままごとに手折りきたれる益母草　坊城としあつ
めはじきをしごけば花のこぼれけり　坊城中子
めはじきの節を為しつつ咲き上る　吉村ひさ志
明眸やめはじき一寸してみせて　稲畑汀子

西瓜《すゐくわ》《すいか》

わが国には江戸初期に伝えられたという。明治以後いろいろと改良され、優良なものを産するようになった。夏から出回るが、昔から七夕などに供えられ、俳句では初秋としてあつかっている。畑では西瓜盗人を防ぐため簡単な小屋を掛け、**西瓜番**《すゐくわばん》をした。

冷えきりし西瓜の肌の雫かな　池内たけし
朝市や島よりつきし西瓜舟　岡田一峰
起されて来し顔ばかり西瓜食ぶ　藤木如竹
重さうに持ちにくさうに西瓜提げ　藤松遊子
切西瓜発止々々と種黒し　後藤比奈夫
手伝ひて西瓜を早く切りたき子　大島早苗
西瓜とはたゞ蹴ころがし売れるもの　福田草一
豊作の西瓜泥棒なかりけり　古屋敷香葎
西瓜積むついでに客も島渡船　今井千鶴子

うり西瓜うなづきあひて冷えにけり　高濱虚子
見られゐて種出しにくき西瓜かな　稲畑汀子

西瓜提灯《すゐくわぢやうちん》《すいかぢょうちん》　西瓜を刳《く》りぬいて中に蠟燭《ろうそく》をともす子供の遊びであるが、近年はあまり見かけない。地方によっては**瓜提灯**《うりぢやうちん》、**茄子提灯**《なすぢやうちん》もあるという。

梟首なり西瓜提灯日数経て　坂井建
大きめの口あかあかと瓜提灯　高濱朋子
人顔の西瓜提灯ともし行く　高濱虚子
形よき西瓜提灯ならざるも　稲畑汀子

南瓜《かぼちや》　カンボジアから渡来したので「かぼちゃ」の名があるという説もあるが、古くはポルトガル語に由来する**ぼうぶら**が正しい名称であったようだ。**唐茄**《たうなす》ともいわれ、また地方によっては「なんきん」とも呼ばれる。

おこし見るおかめ南瓜の面かな　赤星水竹居
南瓜煮てこれも仏に供へけり　高濱虚子
夕煙立こめたりし南瓜棚　同

隠元豆《いんげんまめ》　隠元禅師が中国からもたらしたというのでその名がある。長く垂れた莢の中には白、茶褐色、黒などの豆が入っており、これを煮たり、豆きんとんなどにする。また若いものを**莢隠元**《さやいんげん》として食べることも多い。**いんげん**。

摘み／＼て隠元いまは竹の先　杉田久女

藤豆《ふぢまめ》《ふじまめ》　蔓性で、葉は葛《くず》と似るが無毛。花は長い花柄の先にたくさん咲き、紅紫または白。莢《さや》は六、七センチの鎌形で、若いうちに莢ごと煮て食べる。「藤の実」と混同してはならない。**千石豆**《せんごくまめ》。**八升豆**《はちしようまめ》。

藤豆の咲きのぼりゆく煙出し　高野素十

刀豆《なたまめ》　長さ三〇センチ、幅六センチもある真青な、鉈《なた》に似た莢《さや》を垂れる。中に紅または白の扁平な大きな種がある。若いうちに莢のまま煮て食べたりもするが、塩圧《しおおし》して粕や味噌に漬けたり、福神漬などにもする。蔓は長く伸びて丈夫である。

刀豆の鋭きそりに澄む日かな　川端茅舎

干しためし刀豆咳に効くとこそ　稲畑汀子

豇豆《ささげ》　細く長い莢《さや》を結ぶ豆で、葉も実も小豆に似て小豆よりやや大きい。莢は長く垂れ、中に十数個の実が入る。**十六豇豆《じふろくささげ》**とか**十八豇豆《じふはちささげ》**とかいうのは、この数からきている。茎は長く、葉は三つ葉、花は淡紫、若い実は莢ごと茹でて胡麻和《あ》え、煮付け、てんぷらなどにするが、熟したものは干して蓄える。乾燥した豆は煮豆、きんとんなどにする。

大雨の土はねあげし豇豆もぐ　曾根原泉
豇豆畑あり山荘に住める画家　勝俣泰亨
野良よりの帽子に豇豆入れ戻る　奥沢竹雨
地について曲りたわめる長豇豆　高濱虚子

小豆《あづき》《あずき》　大豆とともに昔から栽培され、北海道、東北地方にことに多い。莢《さや》は細長く、六、七粒の赤い豆が入っており、形、色ともに美しい。ご飯に炊き込んで赤飯にしたり、そのまま煮ても食べる。また餡、汁粉、菓子の材料となる。大納言《だいなごん》はこの大粒なものである。

とやかくとはかどるらしや小豆引　星野立子
躊躇へば踏み入れと云ふ干小豆　牧野素山
干小豆おのがはじけて箕を走り　北垣宵一
巡邏して小豆作りの相談も　三浦健一
葛城の神々の村小豆干す　松下風草子
奉納の納言小豆の一と筵　中山白茅

大豆《だいづ》《だいず》　八月ごろ取れるものと十月ごろ取れるものとがある。莢《さや》の中に三粒か四粒入っている。畑にも植えるが、田の畦にも植える。収穫期になると、莢がはじけないうちに引いてしまう。味噌、醤油、納豆などの原料として知られているが、わかいうちに莢ごと茹でたものは「枝豆」として好まれる。**大豆引《だいづひ》く**。

豆叩く夫婦の間に子供置き　中川秋光
もういちど打つ豆殻に膝ついて　後藤夜半
不作田の畦豆もまた実らざる　村上三良
渾身の力も老いし大豆引く　永富巨秋

新豆腐《しんどうふ》

新大豆でつくった豆腐である。甘い風味があり、おいしい。

高原の戸に物売や新豆腐　星野立子
青紫蘇を糸刻みして新豆腐　大久保橙青
新豆腐それも木綿を喜ばれ　小汐大里
水切りもせず新豆腐供へけり　入倉愛子
新豆腐水に晒して英彦の茶屋　三隅含咲
山菜のなかの一品新豆腐　北川喜多子
掌で掬ふ角の正しき新豆腐　高倉麦秋
一丁を仏とわかち新豆腐　伊藤萩絵
新豆腐より病人の食戻る　藤浦昭代
合点の新豆腐ある厨かな　高濱虚子

大根蒔《だいこんま》く

大根は種類により多少のずれはあるが、だいたい二百十日前後に蒔く。ふつうのものは八月二十日から二十七日までの間に蒔き、漬物用は九月四日から八日くらいまでに蒔くのがよいとされているようだ。

鋤上げし畝の夕影大根蒔く　小口白湖
一山を賄ふだけの大根蒔く　加藤窟外
足裏に土の湿りや大根蒔く　神原精花
大根蒔く母が死ぬまで打ちし畑　広瀬九十九
不揃ひの畝を嗤ひて大根蒔く　阿部慧月

六斎念仏《ろくさいねんぶつ》

六斎踊念仏のことである。六斎とは六斎日のことで、月の八、十四、十五、二十三、二十九、三十日の六日をいい、悪鬼が現れて人命をおびやかす不吉な日として、精進潔斎して身を慎んだといわれる。平安時代、空也上人が庶民に信仰を広めるため、この日、鉦や太鼓を叩いて踊念仏を始めたのが起こりで、六斎念仏と呼ばれるようになった。京都壬生寺では八月九日、十六日に行なわれ、他に空也堂、吉祥院天満宮などでも行なわれる。

六斎の序の四つ太鼓をどり打ち　藤井秀生

地蔵盆《ぢざうぼん》《じぞうぼん》

地蔵菩薩は子供の守護仏として信仰されている。死んだ幼児が賽の河原で苦しめられるのを救ってくださるという俗説があって、そのため地蔵盆といえば子供の祭のような感じを与える。八月二十三、二十四日、四つ辻や道ばたに建てられている地蔵に、菓子、花、野菜などを供えたり、行灯《あんどん》を連ねたりして祭る。京都には六地蔵《ろくぢざう》詣《まゐり》というのがある。もともと陰暦七月二十三、二十四日に行なわれていたものである。**地蔵《ぢざう》祭《まつり》**。**地蔵会《ぢざうゑ》**。**地蔵参《ぢざうまゐり》**。

あまりたる幕を籬に地蔵盆　宮城きよなみ
寄附とりに来るも子供等地蔵盆　榊　水里
地蔵会をのぞきながらや通りけり　千原草之
知らぬ子は一人も居らず地蔵盆　忽那文泉
路地入れば横丁よぎれば地蔵盆　矢野蓬矢
柳川は水辺々々の地蔵盆　江口竹亭
子の手ひき地蔵詣も暮れぬうち　八木　春
地蔵会や線香燃ゆる草の中　高濱虚子

吉田《よしだ》の火祭《ひまつり》

八月二十六、二十七日、山梨県富士吉田市で行なわれる富士浅間《せんげん》神社の火祭で、火伏せまつりともいい、富士山の山じまいの祭である。四百年の歴史があり、富士山の噴火がやんだのを祝ったことに始まったという。全市の各所に薪を屋根の高さ以上に積み上げ、神輿渡御のあと、夕暮いっせいに点火する。徹夜で天を焦がすほど燃やし続け、町中が火の海となる。富士山でも各室《むろ》に火をともし、夜空に浮ぶ姿は壮観である。

火祭の吉田に応へ富士の火も　勝俣泰亨
火祭の大篝火や御師の宿　伊藤柏翠
火祭へ富士よりの雨いさぎよし　加藤晴子
火祭の御師が門辺の二た牀几　高濱年尾
火祭の富士漸くに夕晴れて　同
雨を呼ぶ慣ひは富士の火祭に　稲畑汀子

渋《しぶ》取《とり》 〔三〕

まだ青い渋柿を取って、蒂を除き、臼に入れて搗く。それに水を加えて、布袋で搾り採ったものが渋である。防腐剤としていろいろのものに塗るが、とくに紙に塗ると丈夫になり、紙衣《かみこ》などにもなった。その年の渋柿から採ったものを新渋《しんしぶ》といい、まだ澄んでいるが、一年ねかせた古渋《ふるしぶ》、しねしぶは濃い褐色をしている。渋搗《しぶつき》。

新渋の泡立つ桶を担ひゆく　堺井浮堂
渋搗いて汚れし母をねぎらはん　斎藤双風
湖の漁は端境ひ渋を搗く　森田薊村
米搗かずなりたる臼や渋を搗く　中村稲雲
柿買ひに主は留守や渋を搗く　杉山淼々
渋搗きしあとらし納屋の土間匂ふ　栗間耿史
一と渋を取るも旧家のしきたりに　藤田美乗
渋取もしばし見てゆく僧の秋　高濱虚子
渋取を生活としたる島の家　高濱年尾

韮《にら》の花《はな》

秋風の立ち始めるころ、韮畑では花が咲く。やわらかく細長い葉の間から三〇センチくらいの花茎が抽き出て、頂に白い小花が球状につく。ただ「韮」といえば春季である。また「花韮」（春）は別種である。

暮れかぬる小面テをあげ韮の花　篠塚しげる
韮の花地に近きより開きをり　草地勉
庭隅の韮の花とて抜き難く　星野椿

韮の花

茗荷《めうが》《みようが》の花《はな》《はな》

茎や葉は生姜に似ている。春の若芽を「茗荷竹」、夏の、小さい筍のような花穂を「茗荷の子」といって、どちらも食用にする。茗荷の子をそのままにしておくと、その伸びた頂に淡黄色の花をつける。花は一日で凋むが、つぎつぎに咲く。花をつけた茗荷も食べられる。

花茗荷隠るゝ土の匂ひけり　西内のり子
花つけてをりし茗荷や旅戻り　藤松遊子
目立たざるところにばかり花茗荷　岡安仁義
食すこと忘れ茗荷の花咲けり　稲畑廣太郎
花茗荷妻に夕餉の思案あり　山中楠雄
茗荷より咲きて茗荷の花なりし　稲畑汀子

茗荷の花

鬱金《うこん》の花《はな》

熱帯アジア原産。ショウガ科の多年草でわが国でも暖地では栽培されている。長さ五〇センチくらいの細長い葉をつけていて、その間から淡黄色の花が咲き出る。花は一苞内に三つ四つつき、その一つ一つがまた苞をもっている。根茎は卵形で黄色く、これから染料をつくり布類や食品などを「うこん」色に染める。またカレー粉の原料などにする。

鬱金の花

朝露や鬱金畠の秋の風　凡兆

赤《あか》のまんま

犬蓼《いぬたで》の花《はな》のことである。本来、蓼は辛いが、これは辛味がなく利用価値がないというので、犬蓼の名がある。原野や道ばたなど至るところに自生し、高さ二〇〜四〇センチくらい、茎は分枝して叢状になる。紅紫色の粒々の小花を穂状につける。子供たちがままごと遊びにこの花を赤飯に見たてて楽しむ。赤《あか》のまま。

われ黙り人はなしかく赤のまゝ　星野立子
杖の先あそばせ憩ふ赤のまゝ　坂口かぶん
山寺の咲くだけふえて赤のまま　高濱きみ子
主なき書屋に赤のまま活けて　川口咲子
此辺の道はよく知り赤のまゝ　高濱虚子
赤のままより鄙の野のありそめし　稲畑汀子

蓼《たで》の花《はな》

蓼は路傍や水辺、原野などに生える一年生の野草で種類が非常に多い。葉の中から花軸が伸びて、小さい花を穂状につづる。色も形もさまざまであるが、桜蓼《さくらたで》はその中でももっとも美しい。「ほんたで」「真《ま》たで」は葉に辛味があり、蓼酢や刺身のつまとして食用にされるが、他の多くの種類は雑草である。蓼《たで》の穂《ほ》。穂蓼《ほたで》。

米磨げば水賑はしや蓼の花　岩木躑躅
食べてゐる牛の口より蓼の花　高野素十
蓼の花小諸の径を斯く行かな　高濱虚子
内湖の細江になりて蓼の花　同
大蓼の花手折られて挿されたる　高濱年尾

日本と同じ景色に蓼の花　稲畑汀子

溝蕎麦《みぞそば》

多く水辺に自生する。四〇センチくらいの茎に鉾形の葉を互生し、その葉腋から出た長い柄の先に淡紅色、淡緑色、または白色の細かな花をつける。

溝蕎麦に一棹さして渡舟出づ　富永双葉子
溝蕎麦の茎の赤さでありしかな　石川昭三
みぞそばの中流れ行く小川かな　増田手古奈
溝蕎麦に流れなき如ある流れ　星野椿
沢なして溝そば乱れ咲くところ　高濱年尾
溝そばと赤のまんまと咲きうづみ　高濱虚子

水引《みづひき》《みずひき》の花《はな》《はな》

山野にも庭先にも見られる。鞭のような細長い花軸に、二、三ミリの紅い小花をほつほつとつづる。まことに水引のようで美しい。姿は優しげだが繁殖力は強い。白花を銀水引とも呼ぶ。知らぬ間にすがれて全体が枯れ色になっていく。**金糸草《きんしそう》**。

水引をしごいて通る野道かな　赤星水竹居
抽んでて水引花をつゞりたる　藤岡玉骨
水引の白も漸く目立ち来し　江口竹亭
水引の花の消え入る虚空かな　福井圭児
水引の紅を奪ひて夕日落ち　坊城としあつ

煙草《たばこ》の花《はな》

煙草は南アメリカの原産で、茎は二メートルにも達して逞しく、晩夏初秋のころ、その頂に淡紅色の漏斗状の花をたくさんつける。葉は広く豊かで楕円形をし、先は尖っている。本来は葉から煙草をつくるために栽培するものであるが、**花煙草《はなたばこ》**といって、花を観賞する種類もある。

煙草の花

日田越えの峠の小村花たばこ　吉田南窓子
見えて来し開拓村や花たばこ　室生礪川
花煙草摘むにやゝ酔ひ山の畑　西村数
花煙草ここらも法の山畑　柴原保佳
乾きたる道の続くや花煙草　副島いみ子

懸煙草《かけたばこ》 ㊂ 煙草を製するには採取した煙草の葉をよく乾燥させなければならない。葉を一枚一枚縄に挿して庭先などに懸け連ね、日光に干すのである。屋内乾燥と併用する方法もある。**煙草刈る**《たばこかる》。**若煙草**《わかたばこ》。**新煙草**《しんたばこ》。

仕上りし色に連なり懸煙草　入村玲子
懸煙草して風通しよき二階　中村芳子
干煙草選る病斑も見のがさず　城萍花
表より裏の匂へる若煙草　後藤立夫
故人住みて煙草懸けたる小家かな　高濱虚子

カンナ

夏から秋にかけて花期は長いが、初秋、赤い花が大きな葉を抽き出て咲いているのなど、ことに美しい。種類も多く色もさまざまだが、一般に赤や黄が多い。観賞用として植えられ、茎の高さは一、二メートルくらいになる。

散りし花のせてカンナの広葉かな　千似
広芝の風の行方にカンナの緋　中口飛朗子
カンナ咲きつゞき家居のつゞかざる　稲畑汀子

芭蕉《ばせう》《ばしよう》 ㊂ バナナに似ているが、実は生らない。長大な青い葉が特徴で、大きいくせにどことなく弱々しく幽寂な植物でその葉は破れやすい。昔からよく寺院の庭などに植えられる。**芭蕉葉**《ばせうば》。**芭蕉林**《ばせうりん》。

芭蕉野分して盥に雨を聞く夜かな　芭蕉
郷に来て再び芭蕉林にあり　赤星水竹居
舷のごとくに濡れし芭蕉かな　川端茅舎
芭蕉葉の吹かれくつがへらんとせし　清崎敏郎
月出でていよ〳〵暗し芭蕉林　大久保橙青
藁寺に緑一団の芭蕉かな　高濱虚子
芭蕉より起る風音つなぎゆく　稲畑汀子

稲の花《いねのはな》 稲の穂をよく見ると穎《えい》からこぼれるように白い糸のようなものが垂れている。それが花である。二百十日前後がちょうど花盛りのころなので、農家では早稲《わせ》を多く作るとか、晩稲《おくて》を多く作るとかして花期が颱風季をのがれ

稲の花

るよう苦心するのである。高く穂を抽くので、出はじめは広い田の面に、一つ二つと走り穂を数えることができる。

これよりはお天気まかせ稲の花　横田弥一
風白く見えて渡りぬ稲の花　村山一棹
門川に流れつゞきて稲の花　大森積翠
雨待ちて乾ききつたる稲の花　川口咲子
稲の花白より味を育てたる　稲畑廣太郎
うすうすと津軽富士見え稲の花　吉村ひさ志
一枚に見ゆる百枚稲の花　石井とし夫
まづ山に日のかたむきて稲の花　坊城としあつ
白露の抱きつゝめり稲の花　高濱虚子
田を渡る風の匂へる稲の花　稲畑汀子

宗祇忌《そうぎき》

室町時代の連歌師飯尾宗祇の忌で陰暦七月三十日。宗祇は幼時から律院にあって和歌を学び、連歌に長じ、ついに室町時代連歌興隆期の代表者となった人である。戦乱の世を関東はじめ全国各地を経めぐり、文亀二年（一五〇二）箱根湯本で没した。享年八十二歳。

齋藤香村箱根早雲寺に宗祇忌を修す
宗祇忌や大絵襖に居ながれて　齋藤香村
宗祇忌を今に修することゆかし　高濱虚子

不知火《しらぬひ》《しらぬい》

陰暦七月晦日の深夜、有明湾と八代《やつしろ》の沖に無数の灯火が現れ、一面に広がるという。古くは景行天皇の筑紫巡行のおりに現れたと伝えられている。沖の漁火が特異な気象条件のもとで明滅散乱して見えるのが原因ともされているが、俳句の上では詩趣ある不思議の火として扱っている。

わだつみの神戯るゝ不知火か　阿部小壺
不知火はわだつみ遠く燃ゆるもの　森土秋
不知火の消えし遥かに向くこゝろ　沖双葉

九月

九月《くぐわつ／くがつ》
九月の声を聞くと、大気が澄み爽やかな秋の感じがようやく深くなる。

鰤寄せの撒き餌はじまり島九月　前島たてき
水音も颪の音にも九月かな　副島いみ子
上著ある暮しに戻り九月かな　奥田智久

葉月《はづき》
陰暦八月の異称である。

呉服屋の葉月の誘ひ多すぎし　高橋玲子

仲秋《ちゅうしう／ちゅうしゅう》
三秋の中の月、陰暦八月のことであるが、いまでは秋なかばのころと解してよい。

仲秋の一人偲ばむ夜のありて　梅田実三郎
仲秋や大陸に又遊ぶべく　高濱虚子
広がりて雲仲秋の姿置く　稲畑汀子

八朔《はっさく》
陰暦八月朔日（一日）のことである。新暦では九月上旬にあたり、農家では初穂を収め、秋の稔りの前祝いとして種々の行事を行なった。武家、公家では、君臣朋友相依り相頼むという意味で八朔の贈答が行なわれていた。いまでも農家ではこの日を大切にしているところがあり、八朔の節句といって団子などをこしらえて祝う地方もある。**八朔の祝《はっさくいはひ》**。

八朔や浅黄小紋の新らしき　野坡
八朔や白かたびらのうるし紋　坂東みの介

震災忌《しんさいき》
九月一日。大正十二年（一九二三）九月一日正午少し前、関東地方に大地震があり、死者数万人を超える甚大な被害をもたらした。ことに被害の大きかった東京本所被服廠跡に建てられた震災記念堂では、この日慰霊祭が行なわれる。最近は「防災の日」として、災害に対する意識を高めている。

聞き伝へ語りつたへて震災忌　星野立子
江東に又帰り住み震災忌　大橋越央子

父に聞く祖父の話や震災忌　嶋田一歩
震災忌続けし父も今はなし　京極高忠
死と隣る過去いくたびぞ震災忌　小幡九龍

風《かぜ》の盆《ぼん》　富山県の八尾《やつお》で九月一日から三日まで行なわれる行事。風害を防ぐための祈願と、盆の行事とが一緒になったもので、この間町は仕事を休み、人々は夜を徹して踊りとおすので有名である。胡弓の加わった地方《じかた》の囃子に合わせ、群衆が「越中おわら節」を唄いながら踊る。

帰心なほ哀愁とゞめ風の盆　桑田青虎
風の盆己が胡弓に目つむりて　橋内五畝
風の盆近し立山明らかに　岩野登三朗
この小さき町へ町へと風の盆　稲畑汀子

二百十日《にひやくとをか》《にひやくとおか》　立春から二百十日目にあたる九月一、二日の前後、また十日後の二百二十日《にひやくはつか》（九月十一、十二日ごろ）は気候の変り目で、いずれも暴風雨の襲来することが多い。農家でこの両日を厄日《やくび》としているのは、颱風により農作物（ことに稲の花）が荒らされることを恐れるからである。

夕焼の長しや二百十日暮れ　白石天留翁
無事に過ぐ二百十日もわが旅も　浜井那美
荒れもせで二百二十日のお百姓　高濱虚子
降り出して厄日の雨の荒れやうに　稲畑汀子

颱風《たいふう》　太平洋の南西に発生した熱帯低気圧の発達したもので、八月から九月にかけて毎年日本を襲い、烈しい暴風雨をともなう。農作物、人家、交通機関、その他が大きな被害を受ける。二百十日、二百二十日前後に多い。

颱風の余波時なしの雨が降る　星野立子
干竿の吹きとびし音颱風来　竹内実峯
颱風に散り枯松葉青松葉　森信坤者
颱風に城守早出早仕舞　赤迫雨溪
颱風に傾ぐデッキを濤叩く　山本曉鐘
颱風にうかゞはれゐて青き空　豊田淳応
颱風にことよせ流れ居酒屋に　坊城としあつ

台風に機能さらはれ大都会　稲畑廣太郎
台風の来ぬ間の早き夕支度　岡安仁義
颱風の名残の驟雨あまたゝび　高濱虚子
颱風の波まのあたり室戸岬　高濱年尾
颱風の庭に出たがる子を叱る　稲畑汀子

野分《のわき》

秋の疾風のことで、颱風やその余波の風ともいえる。野の草を吹き分けるという意味である。塀や垣根を倒して通り過ぎた野分後《のわきあと》の空は青い。野《の》わけ。

猪もともに吹るゝ野分かな　芭蕉
我声の吹戻さるゝ野分かな　内藤鳴雪
人ひとり入れてしまりぬ野分の戸　松本たかし
大利根の白浪立ちし野分かな　富岡九江
群れ翔ちて野分の鷺の紙のごと　廣瀬河太郎
放牛もゐず日もすがら阿蘇野分　阿部小壺
野分跡とゞめぬことも客用意　桑田詠子
野分やり過して力抜けし檜　古賀昭浩
我が息を吹きとゞめたる野分かな　高濱虚子
隠家も現はになりし野分かな　同
あくまでも空透明に野分去る　稲畑汀子

秋出水《あきでみづ》《あきでみず》

颱風季の豪雨によって、秋も出水が多い。単に「出水」といえば夏季、五月雨《さみだれ》ごろの出水をさす。

引き上げてある庭祠秋出水　吉田大江
秋出水稲の穂首をとらへたり　鈴木玉虬
ローソクの灯に一夜あけ秋出水　巻野南風
母家より起きよと電話秋出水　杉森干柿
千曲の瀬なべて消されし秋出水　瀬在苹果
刻なしに寺の鐘鳴る秋出水　成嶋瓢雨
鏡板に秋の出水のあとありぬ　高濱虚子

初月《はつづき》

陰暦八月初めの月をいう。仲秋の名月を待つ心から、この月に限り初めての月をめでていうのである。

竹縁の青き匂ひや初月夜　如竹

山国の瀬音は高し初月夜　江口竹亭

二日月《ふつかづき》　陰暦八月二日の月をいう。

月見月なる二日月とぞ思ふ　高林蘇城
ひんがしに金星抱いて二日月　武原はん女

三日月《みかづき》　陰暦八月三日の月である。夕暮、西の空にごくほそくかかる。二日月まではほとんど見ることができないので、**新月《しんげつ》**といえば、初めて西の空に見える三日月をいうことになる。天文学上では朔の月を新月というが、地上からは見えない。

三日月に必ず近き星一つ　素堂
三日月の沈む弥彦の裏は海　高野素十
三日月や田園の夜のかぐはしき　深川正一郎
新月やその望月をこゝろ待ち　柏崎夢香
新月の宝前に弾くギターかな　田中由子
新月の山湖に育ちつつありし　田村おさむ
三日月のにほやかにして情あり　高濱虚子

夕月夜《ゆふづきよ》《ゆうづきよ》　㊂　新月からしばらく宵方だけ月のある夜をいう。**宵《よひ》月《づき》**。**夕月《ゆふづき》**。

雑沓の名残り猶あり夕月夜　中口飛朗子
夕月や家路となれば家恋し　松尾静子
夕月の光とならず沈みけり　稲畑汀子

秋《あき》の夜《よ》　㊂　秋になれば夜はだんだん長くなり、草に露が降り、虫が鳴き、月が澄みわたる。日が暮れて夜のまだ浅い間を**秋《あき》の宵《よひ》**という。

庵主の秋の夜語なつかしや　川名句一歩
めざむれば声なき我や夜半の秋　吉川葵山
秋の夜や隠岐の地酒をすゝめらる　山内二三子
秋の夜のこころが紙に文字となる　綿谷吉男
秋の夜や蒲団をしきに男来る　高濱虚子

夜《よ》長《なが》　㊂　一年でいちばん夜の長いのは冬至であるが、九月に入ると急に夜が長くなったような気がする。実際に夜の長い冬よりも秋に夜長を感じるのは、独特の季節感であろう。**長《なが》き夜《よ》**。

長き夜や障子の外をともし行く　正岡子規
古写真出して笑ひぬ夜は長し　高木晴子
横川なる夜長のランプうち囲み　星野立子
父逝きて残りし母に夜の長き　田上一蕉子
風呂敷をかけてみとりの夜長の灯　伊藤みのる
去ぬは去に泊るは泊り坊夜長　松枝よし江
夜長の灯人の一生読み了る　高木石子
泣き寝入りせし児を離れ母夜長　粟津美知子
長き夜を眠ることにも不器用な　浅野久子
堪へゆかめ夜長きことの淋しさも　兜木總一
煩悩の渦巻く長き夜の坐禅　西澤信生
沈黙を気づまりとせず長き夜を　今橋眞理子
子の椅子の二階に軋む夜長かな　内藤信子
父母の夜長くおはし給ふらん　高濱虚子
長き夜を重ね〳〵し枕かな　同
忘れたる小唄の文句夜ぞ長き　高濱年尾
夜の長く物音遠くなりにけり　同
火の山の暮れて夜長となる泊り　稲畑汀子
長き夜の苦しみを解き給ひしや　同

秋《あき》の灯《ひ》 ㊂

「灯火親しむべし」といわれる秋の夜のともしびである。春の灯の明るく艶な感じに対して、秋の灯はなつかしく落ちついて静かな感じである。**秋灯《しゅうとう》**。**秋燈《しゅうとう》**。**灯火親《とうくわした》し**。**灯下親《とうかした》し**。

秋燈下手ずれの辞書をくるばかり　川上潺々
摩訶蘇波訶秋灯を継ぎ奉る　大橋杣男
見舞はれてたゞ勿体なく秋灯下　森田愛子
秋灯やながきまつ毛をふせて縫ふ　河合正子
聞法の頭上に高く秋灯　能美丹詠
灯火親し二書いづれより繙かん　溝口杢生
変遷のいくたび秋の灯を仰ぎ　星野立子

母の亡きさみしさ灯火親しむ子　服部圭佑
灯火親し葉書あるだけ書いてしまふ　加藤三七子
辞書閉ぢて音の重さや秋灯下　水本みつ子
灯火親し生涯妻に机なし　小林宗一
学究に年の枠無し秋灯下　中井苔花
眼鏡かけ点が字となる秋灯下　嶋田摩耶子
戸を閉めて秋燈部屋にふくらめる　上野章子
ゴヤの画にとゞく秋灯暗かりし　千原叡子
贅沢な一人の時間灯下親し　塙告冬
秋灯下独りおのれの影と酌む　浅井青陽子
夫戻るまで秋灯を消さず置く　永森とみ子
秋の灯のにじむことなく雨の町　岩垣子鹿
灯火親し山の庵にひとりをり　高濱虚子
秋灯や夫婦互に無き如く　同
緊張はほどけゆくもの秋灯に　稲畑汀子
古き絵に明るき秋の灯をともす　同

夜《や》学《がく》 ㊂　秋は学生、生徒のみならず、学問に志す者すべてが灯火の下で学ぶに適した季節である。したがって一年中ある夜学校の場合でもとくに秋季とする。また学校だけに限らず独り我が家の灯に書物をひもとき学ぶこともあろう。**夜学《やがく》子《し》**。

夜学けふ蒼々として海深図　内田暮情
帰化試験受けんと老の夜学かな　常石芝青
顔あげず古歌説く夜学老教師　中村若沙
おしまひに少し耶蘇説く夜学かな　馬場駿吉
女教師の声のひゞける夜学かな　加藤一蝶
年上の教へ子もゐる夜学かな　村中千穂子
笑はせて収拾つかぬ夜学かな　中島不識洞
白髪の師を敬ひて夜学受く　松本弘孝
教ふとは理解すること夜学の師　藤村うらら
先生と気が合ひ夜学休まずに　岸善志
夜学の灯消えずに空の明けて来し　川口咲子

夜学す丶む教師の声の低きま丶　高濱虚子
夜学の師少なき生徒一眺め　同

夜業《やげふ》《やぎょう》 ㊂
ビルや工場で、夜まで明るく灯をともして仕事をするのを夜業という。残業とか徹夜作業とか呼ばれるものと同じであるが、とくに秋の夜にその趣がある。
昇降機来て止まりをり夜業果つ　大枝涓二
脱穀機買ひて夜業をはげみをり　辺田東苑
寮母きて夜業織娘にパン配る　鈴木学
みな灯し一人の夜業淋しからず　中川秋太
夜《よ》なべ ㊂
秋は日が短くなるので、夜の仕事が多くなる。農家では取入れが近づくと、月の夜などには庭に出て夜なべに励んだ。また灯下で冬の衣類や布団の手入れなどをすることもあり、職人や自営業の家では、自宅でできる仕事に夜おそくまで精を出す。**夜仕事《よしごと》**。

嫁ぐ娘に老いたる母の夜なべかな　中田隆子
夜なべの灯何時もの釘に吊り変へて　迫田朗風
たあいなき老の夜なべのねむりぐせ　山田凡二
箔をうつ夜なべの槌の絶間なく　宮島千転子
居催促されて夜なべのさし絵描き　瀬谷不忘
日本に心遊ばせ夜なべかな　吉良比呂武
抽斗の一つをはづし来て夜なべ　鳥羽克己
茶を入れてまだ〳〵夜なべするつもり　岩井双葉女
夜なべ終ふ時計とまつてをりにけり　古賀対川
つぶやいてみてもひとりや夜なべおく　藤松遊子
夜なべ妻明日と言ふ日のなき如く　小竹由岐子
夜なべの手とめ空耳と確かめる　近江小枝子
励みても所詮女や夜なべ描く　竹下陶子
学問の灯より夜なべの灯は低し　石倉啓補
わが古き眼鏡をかけて夜なべ妻　塚本英哉
一灯を残し夜なべの座をつくる　巻野南風
ねだりごと夜なべの母に云ひ出せず　吉田青湖
物落ちし音に夜なべの顔あげぬ　丸山茨月

灯を高きところに戻し夜なべおく　白岩世子
受話器置き夜なべどころでなくなりし　玉井旬草
首筋に集る疲れ夜なべ終ふ　森口時夫
戸締をたしかめに下り夜なべ措く　田中伸樹
所詮身の入らぬ夜なべに手をつけて　井上明華
夜なべにも弾みて娘等のゐし頃は　加藤芳子
眠りこけつゝ尚止めぬ夜なべかな　高濱虚子
親方の親切に泣き夜なべかな　高濱年尾
意気込みのほゞ半分や夜なべ置く　稲畑汀子

俵編《たはらあみ》《たわらあみ》 三　農家で、新籾、新米を入れる俵を編むことである。藁を打って少しやわらかにし、細縄を巻いたコマを交互にかわしながら、編み台に当てて編むのである。しかし最近米俵が他の包装に代わり、俵編は見られなくなった。

話すうち一枚出来ぬ俵編　齋藤俳小星
俵編む音の二人であるらしく　済川石柳
俵編みながら帰宅の夫待てる　綿引東
大あぐらかきて俵を編み始む　朝日祐生

夜食《やしょく》 三　秋の夜長、夜なべのあとなどに農家や職場などで軽い食事をとることをいう。また夜更けまで勉強をしている学生なども夜食をとることもある。

所望して小さきむすび夜食とる　星野立子
どんぶりに顔を落して夜食かな　唐笠何蝶
手おくりに皆にわたりし夜食かな　宮城きよなみ
頭数よむは夜食の出るらしく　野依雅堂
勉強の妥協にあらず夜食とる　井奥成彦
夜食あとさと片づけてしまひけり　加藤晴子
あつけなく食べてしまひし夜食かな　小林草吾
異郷にて学べり夜食支へとし　坂井建
ひそやかに夜食をとりて看取妻　副島いみ子
夜食には夜食の贅のありにけり　高濱朋子
面やつれしてかつ〳〵と夜食かな　高濱虚子
夜食欲る一人に厨灯しけり　稲畑汀子

白露《はくろ》

二十四節気の一つ。陰暦八月の節で、陽暦の九月八、九日ごろにあたる。「陰気やうやく重り、露凝つて白き」の意。このころになると露もしげくなるのである。

一会また神に給ひし白露の日　河野扶美
今日白露その露も見ず入院す　浜屋刈舎
みちのくへ白露過ぎたる旅支度　星野椿
白露の日召されし父の形見かな　稲畑廣太郎
偶然に買ひ得し一書白露の日　高田風人子
榻も又白露の芝に置かれけり　稲畑汀子

守武忌《もりたけき》

陰暦八月八日、荒木田守武の忌日である。伊勢内宮の神官として早くから連歌に親しみ、天文九年（一五四〇）に完成した著「守武千句」により俳諧の先駆となった。天文十八年（一五四九）、七十七歳で没した。墓は伊勢市の今北山麓にある。

お姿の二位の衣冠や守武忌　植松冬嶺星
守武忌神職ならぬ僧のわれ　山口笙堂
祖《おや》を守り俳諧を守り守武忌　高濱虚子
縁ありて守武の忌を修しけり　同

太祇忌《たいぎき》

陰暦八月九日。不夜庵《ふやあん》、炭太祇《たんたいぎ》は江戸の人、蕪村と交遊があり、天明俳諧を代表する作家。明和八年（一七七一）京都で没した。六十三歳。墓は京都綾小路光林寺にある。「太祇句選」がある。

太祇忌やたゞ島原と聞く許り　松瀬青々

西鶴忌《さいかくき》

陰暦八月十日、井原西鶴の忌日である。西鶴というと、「好色一代男」「日本永代蔵」以下、浮世草子が一般的に有名で、近松、芭蕉とともに、元禄文学の最高峰を形づくった人であるが、俳諧師としては西山宗因を中心とする談林派の旗頭として、住吉社頭で一日一夜二万三千五百句独吟という記録を作った。浪速の人で、元禄六年（一六九三）、五十二歳で没した。墓は大阪中央区の誓願寺にある。

色町に住みて利ざとく西鶴忌　鈴木春泉
好きものの心われにも西鶴忌　矢野蓬矢

浪華はや昔とゞめず西鶴忌　馬場木陽
曾根崎の女将も侍り西鶴忌　中村芳子

生姜市《しやうがいち》《しょうがいち》　芝大門（東京都港区）の芝大神宮（旧名芝神明宮）で、毎年九月十一日から二十一日まで催される祭礼に、その境内で土生姜を売る市が立つのでこの名がついた。祭の期間が長いので俗に「だらだら祭《まつり》」ともいわれた。

生姜市終りし街の灯の暗く　日置草崖
陰まつりとて一軒の生姜市　今井千鶴子
待ち合すともなく出会ひ生姜市　藤松遊子
陰祭とはいへだら〱祭かな　高濱年尾
降り出して出直すことに生姜市　稲畑汀子

花野《はなの》 ㊂　秋草の色とりどりに咲き乱れた野をいう。高原や北海道などを歩くと、ことにこの感が深い。

広道へ出て日の高き花野かな　蕪村
火の山の立ちふさがれる花野かな　岡安迷子
嶺一つ越せばソ聯よ大花野　村越梅咲
王陵といふも花野の起伏のみ　中島鳳萊
火山灰にごりせし流ある花野かな　西本一都
神の寝しあとのこりをる花野かな　上野泰
オホーツクの花野に近く故郷あり　副島いみ子
栗鼠あそぶ氷河の裾の花野かな　城谷文城
花野ゆく富士を昨日のごとく置き　小牧一兎
箱根より那須の花野はやゝ暗し　今井つる女
颪立ちて阿蘇の花野の色みだす　古荘公子
雲かゝりきては花野の彩うばふ　坊城としあつ
花野ゆく聖衣のまゝの神父かな　佐々木遡舟
踏み入りて道はあるもの花野ゆく　板場武郎
一筋の花野の中の滑走路　工藤吾亦紅
人等持ち去りぬ花野の色少し　大島早苗
花野来し目に荒涼と噴火口　内藤悦子
東《ひんがし》に日の沈みゐる花野かな　高濱虚子
萩芒ありてはじまる花野かな　高濱年尾

こゝに来て花野の径のゆき止り　同

皆花野来しとまなざし語りをり　稲畑汀子

秋《あき》草《くさ》 ㊂　秋の庭園や野原を彩るいろいろな**秋《あき》の草《くさ》**をいう。人がその名を知らぬような草も、秋となればとりどりの花をつける。**色草《いろくさ》**。**千草《ちぐさ》**。

仏にと摘みし秋草手にあまる　鈴鹿野風呂

人目には唯秋草に踞みゐる　星野立子

友埋む千草の中に担架おき　藤井一路

秋草や流人の墓といふも石　川辺照恵

風そよぐとき秋草となりにけり　西村数

秋草の名を拾ひつゝ虚子塔へ　清水忠彦

秋草をたゞ挿し賤しからざりし　高濱虚子

折り持ちて更に名知らず秋千種　高濱年尾

秋草の野にある心活けられし　稲畑汀子

七《なな》草《くさ》 ㊂　萩、尾花（芒）、葛の花、撫子、女郎花、藤袴、朝顔の花が古来いわれてきた**秋《あき》の七草《ななくさ》**で、「万葉集」山上憶良の歌による。今は朝顔の代りに桔梗を入れている。新年にも「春の七草」というのがある。

摘みもてる秋七草の手にあふれ　杉原竹女

子の摘める秋七草の茎短か　星野立子

何添へむ七草揃へまださみし　上西左兌子

芒《すすき》 ㊂　野原至るところに生える。その穂を**尾花《をばな》**ともいい、秋の七草の一つである。**薄《すすき》**。**糸芒《いとすすき》**。**一叢芒《ひとむらすすき》**。**花芒《はなすすき》**。**芒野《すすきの》**。**芒原《すすきはら》**。**鬼芒《おにすすき》**。**ますほの芒《すすき》**。**一本芒《ひともとすすき》**。**穂芒《ほすすき》**。**芒散《すすきち》る**。**尾花散《をばなち》る**。

穂芒の解けんばかりのするどさよ　星野立子

すゝき原火口の茶屋を見おろしに　長谷川素逝

大阿蘇のことに波野の花すゝき　横井迦南

一とすぢの芒の空を仰ぎ見る　真下ますじ

日あたれば馬も輝き花芒　阿部慧月

思はざる道の展けて芒原　酒井優江

多からず少なからざる庭芒　服部点深

見晴しとなるはず芒分け登る　新田充穂

突然の芒の風を見返りぬ　花村嘉水
一叢の芒粗ならず密ならず　深見けん二
遠く来し錯覚芒野の風に　志子田花舟
芒野を行きて友情生れさう　後藤立夫
丹念に芒野を分け捜索す　松岡ひでたか
窓よりも高き芒の中に住む　星野椿
芒野に来て日射し欲し風が欲し　佐土井智津子
日陰れば芒は銀を燻しけり　米岡津屋
分け入りて芒に溺れゆくごとし　山田弘子
岬の端に吹かれとどまり芒むら　山本晃裕
仰木越漸く芒多きかな　高濱虚子
芒穂にとけたるにはや露ありぬ　高濱年尾
光る時光は波に花芒　稲畑汀子

刈萱《かるかや》 ㊂ 一名**めがるかや**ともいい、その気になって見れば都会の住宅地でもよく見られる。高さは二メートルにもおよび芒に似ているが、花穂が小さい。別に「おがるかや」もあるが「めがるかや」より色も形も優しく、これも単に「かるかや」と呼ばれている。

刈萱

刈萱の少なき絮を淩ふ風　山﨑一角

撫子《なでしこ》 秋の七草の中でもっとも可憐な花である。茎の高さは三〇センチくらい、葉は線状で枝を分かち、その先に五弁淡紅色の優美な花をつける。花弁の先が深く裂けて美しい糸のようになっている。白色もある。**河原撫子**《かはらなでしこ》。**やまとなでしこ**。

撫子や堤ともなく草の原　高濱虚子

桔梗《ききやう》《ききょう》 秋の七草の一つにかぞえられる。茎の高さは八〇センチくらい。花は広がった鐘状、五裂、秋の澄んだ大気にふさわしい青紫色の美しい花である。六月ごろに咲く「さみだれききょう」というのもある。栽培種には白もある。古く秋の七草の一つとして挙げられる朝顔の花が桔梗のことであろうといわれる。**きちかう**ともいう。

紫に裏表ある桔梗かな　島田左久夫
桔梗に更に慰められず去る　深見けん二
下向道沢にかゝれば沢桔梗　藤岡玉骨
供華貧し雨の桔梗を剪る事に　中村波奈
一弁に紫を刷け白桔梗　大橋つる子
桔梗のしまひの花を剪りて挿す　高濱虚子
桔梗に朝の山気のみなぎりぬ　稲畑汀子

女郎花《をみなへし》《おみなえし》

秋の七草の一つ。**をみなめし**ともいう。高さは一メートルくらいで、小さな黄色い花が傘のようにかたまって咲く。

雨の日やもたれ合たる女郎花　九湖
淡けれど黄は遠くより女郎花　大久保橙青
女郎花にはこまやかな黄を賜ひ　田畑美穂女
黄色とは野にありてこそ女郎花　池田一歩
薄々と女郎花てふ黄を始む　蔦三郎
女郎花の中に休らふ峠かな　高濱虚子
女郎花そこより消えてゐる径　稲畑汀子

男郎花《をとこへし》《おとこえし》

女郎花によく似ているが、やや丈が高く、茎も太く花は白い。咲いた感じもいくらか豊かである。

女郎花少しはなれて男郎花　星野立子
相逢うて相別るゝも男郎花　高濱虚子

藤《ふぢ》《ふじ》袴《ばかま》《ばかま》

秋の七草の一つ。関東以西の山野、河畔に自生しているが、花壇にも植えられ、切花としても用いられる。高さ一メートルばかり、下部の葉は深く三つに裂けている。茎の頂に近づくにつれ多くの枝が分かれ、藤色の小花を群がってつける。茎葉が芳香を発するので、古くは「らに（蘭）のはな」とも呼ばれ、また**蘭草**《らんさう》ともいう。

藤袴

藤袴何色と言ひ難かりし　粟津松彩子
ふじばかま淡きを花のこころとも　田村萱山
藤袴吾亦紅など名にめでて　高濱虚子
すがれゆく色を色とし藤袴　稲畑汀子

葛《くず》 ㊂　蔓は樹木をよじ、地を這って、幾らでも伸び広がる。葉の裏が白いので、風が渡って、いっせいにひるがえる風情は捨てがたい。茎は繊維が強く、昔から綱の代用となり、根は晒して葛粉を作り食用にし、また薬用にする。吉野葛は有名。**葛**《くず》**の葉**《は》。**真葛**《まくず》。**葛**《くず》**かづら**。**真葛原**《まくずはら》。

あなたなる夜雨の葛のあなたかな　芝　不器男
葛たるゝ山川こゝに瀬を早み　掛木爽風
葛の葉に風かけ登りかけくだる　鎌田露山
風あれば風に縋りて葛の原　稲岡　長
葛の棚落ちたるまゝにそよぎ居り　高濱虚子

葛《くず》**の花**《はな》　豆の花に似た紫紅色の花が一五～二〇センチの穂になって咲くが、どこへでも這い回る茎に葉が大きく茂るので、その陰に隠されがちである。香りがよく、秋の七草の一つ。

山居よし一水葛の花がくれ　中田余瓶
教はりし如く葛咲き簗の径　帯刀章梧朗
温泉煙の絶ゆる時なし葛の花　渡辺きし子
仰ぎみて葛の落花でありしこと　大橋一郎
花葛の匂ふと聞けば匂ふかな　川上朴史
葛原の風の無ければ花見えず　平野貞子
花葛の色のどこかに明暗を　中島よし繪
虚子行きし旧道は荒れ葛咲けり　堤　俳一佳
花葛や不便承知で来しロッジ　三輪満子
山深く狂女に逢へり葛の花　高濱虚子
ひかへ目な色に惹かれて葛の花　稲畑汀子

萩《はぎ》　古来、秋の七草の第一に置かれているが、厳密には草でなく低木である。しかし山野の草叢に優しい色を点ずる**山萩**《やまはぎ》は、やはり七草と呼ぶにふさわしい。庭萩のこぼれながら咲き続けるのも可憐。種類も異名も多い。**萩**《はぎ》**散**《ち》**る**。**こぼれ萩**《はぎ》。**萩**《はぎ》**の戸**《と》。**萩**《はぎ》**の宿**《やど》。**萩**《はぎ》**の主**《あるじ》。**萩見**《はぎみ》。**乱**《みだ》**れ萩**《はぎ》。**野萩**《のはぎ》。**萩原**《はぎはら》。**白萩**《しらはぎ》。**真萩**《まはぎ》。**小**《こ》**萩**《はぎ》。

一つ家に遊女も寝たり萩と月　芭蕉

花少し散るより萩の盛りかな　蒼虬
萩の野は集つてゆき山となる　藤後左右
散りたまり萩の花くづ褪せやすく　深川路子
夫の忌のやがてちかづく萩に病む　長谷川ふみ子
風ありて萩を乱すに至らざる　奈良鹿郎
帚とり萩の塵より掃きはじむ　岩崎瑞穂
逗留の長びくまゝに萩も末　今井つる女
献華の儀萩の雫に触れもして　片山季山
萩白きことに栞のありにけり　後藤夜半
紅萩のこぼれてよりは紫に　安沢阿彌
括ることのばせし萩に今日も雨　脇収子
袖濡らす萩括つても括つても　鎌倉園月
磴せばめ山門遠くしたる萩　稲岡長
揺れる萩揺れざる萩も風の中　星野椿
萩を見て暫くありておとなひぬ　高濱虚子
見る人に少しそよぎて萩の花　同
雨の萩葉のこと〴〵く雨を置く　高濱年尾
雨幾夜風幾日萩盛り過ぎ　稲畑汀子

露《つゆ》 ㊂

露は秋にもっとも多いので、単に露といえば秋季となっている。夜、草木や地面などが冷えると周りの空気も冷え、空気中の水蒸気は露となる。晴天の風のない夜に多い。一度結んだ露はしだいに大きくなっていき、草木や虫類にとっては生命の糧ともなる。**露《つゆ》の袖《そで》**といったり、**露《つゆ》の世《よ》**、**露《つゆ》の身《み》**などというのは、露を涙や人生のはかなさにたとえたものである。**白露《しらつゆ》**。**朝《あさ》露《つゆ》**。**露《つゆ》**。**夕露《ゆふつゆ》**。**夜露《よつゆ》**。**初露《はつつゆ》**。**露《つゆ》の玉《たま》**。**露《つゆ》けし**。**露《つゆ》しぐれ**。**露葎《つゆむぐら》**。**露の秋《あき》**。

今貸した提灯の灯や草の露　几董
さと女夭折
露の世は露の世ながらさりながら　一茶
金剛の露ひとつぶや石の上　川端茅舎
蔓踏んで一山の露動きけり　原石鼎
吊橋のもとに落ちこみ露の径　田畑比古

露散るや提灯ひく丶案内沙弥　辻本青塔
花圃の中犬をどり出て露ふるひ　竹中草亭
浄瑠璃寺道とぞ露の道しるべ　岡本春人
庭の灯をともしに下りぬ露けしや　星野立子
吾も石か露の羅漢にとりまかれ　田畑美穂女
纜を解いて露けき渡舟かな　海老原花村
白露の横川泊りや有難し　伊藤柏翠
詣るべき露の墓あり詣りけり　深川正一郎
露の玉ふかれてゐしがいつかなし　真下ますじ
露の牧羊群音もなくうつり　石井とし夫
ふるさとに露の一墓残すのみ　有地由紀子
人影のなきが露けし虚子之塔　松本圭二
露しげき嵯峨に住み侘ぶ一比丘尼　高岡智照
人生の四十路俄かに露けしや　深町丘蜂
露けしや星より暗き山家の灯　川田長邦
峡深く来しこと朝の露しげく　山田庄蜂
なにもかも思ひ出なりし露けしや　佐土井智津子
露けさに歩き通してこられしと　岩田公次
佇めば人にも結び露深し　吉年虹二
草の葉の小さきは小さき露宿し　米谷孝
人が彫り露が彫りたる磨崖仏　鷲巣ふじ子
此松の下に佇めば露の我　高濱虚子
石ころも露けきものの一つかな　同
父恋ふる我を包みて露時雨　同
山荘もあした夕べの露けさに　高濱年尾
灯の及ぶところ夜露のおびたゞし　同
露ほどくより草原の揺れそめし　稲畑汀子

虫《むし》 三 秋鳴く虫の総称である。種類が多い。鳴くのは雄ばかりで、二枚の前翅を激しくこすり合わせて音を出すのである。**虫時雨**《むししぐれ》は虫の音が繁くてしぐるる音のようなのをいう。**虫合**《むしあはせ》は虫の鳴き声を相競わしめること。町中やとぼしい草むらで鳴く**昼**《ひる》**の虫**《むし》にはあわれがある。夜店で買った**虫籠**《むしかご》を提げて帰るのも楽しい。虫《むし》の声《こゑ》。虫《むし》の音《ね》。虫《むし》の秋《あき》。虫《むし》の宿《やど》。

虫の音に挟まれて行く山路かな　風国
虫の闇前を行く灯におくれじと　京道踏青
故郷の虫の浄土に枕並べ　成宮紫水
虫浄土ふたりの吾子はねまりけり　能美丹詠
うれしくて何か悲しや虫しぐれ　星野立子
客来しと一体誰や虫の宿　高田風人子
虫時雨浜近ければ潮騒も　滝川如人
虫を聞く程の心をとりもどし　安積叡子
病得て今は故郷に虫の秋　猪子生牙
虫聞くや音符にとつてみたくなる　鶴田栄秋
静もりて湖なきごとし虫の闇　中井冨佐女
揚舟に昼の虫鳴き海荒るゝ　荒川あつし
虫をきく人の気配のくらがりに　堤澄女
石に鳴く石山寺の昼の虫　清水嘯風子
高原の月はや沈み虫の闇　五十嵐八重子
居眠るか虫聞きゐるか目をつむり　横山雨岬
舞台果て奈落の暗さ虫の鳴く　片岡我當
音のみの世に生きる身に虫時雨　中西一考
虫の夜の風呂は吾が身にかへる場所　中島よし繪
虫の音に引込まれつゝ眠りけり　引田逸牛
魁けて虫鳴くことも奥の旅　藤田美乗
虫聞きに出る行先は告げずとも　和気祐孝
唯虫を聞く他はなき祖谷泊り　宇山久志
考へをすてゝ虫聞く耳となる　松尾緑富
君癒ゆることを祈りて虫放つ　芦高昭子
虫聞くや草に沈みてゆく心　村中聖火
虫の宿色ある声をきゝとめて　荻江寿友
其中に金鈴をふる虫一つ　高濱虚子
いつもこの椅子にある身や虫今宵　同
湖畔宿虫鳴く夜々となりにけり　高濱年尾
虫を聞く心に何のかげりなく　同

殉教の島へ一歩の虫を聞く　稲畑汀子
虫の闇分つ一灯ありにけり　同

虫《むし》売《うり》 ㊂ 鳴く音のいい松虫や鈴虫などを虫籠に入れて夜店や道ばたなどで売っている。近ごろはデパートなどでも売っている。

虫売の先斗町へと曲りけり　小林青壺
虫売の老いたる顔をうつむけて　成瀬正とし
仲見世の明りを借りて虫を売る　南迫亭秋
虫売の燭傾けて壺覗く　平川花月
虫売の荷を下ろすとき喧しき　高濱虚子

松《まつ》虫《むし》 ㊂ いわゆる「チンチロリン」で、鈴虫よりもちょっと大きく舟形である。平安時代には松虫を「すず虫」といい、反対に鈴虫を「まつ虫」と呼んでいた。

松虫の鳴き加はりて暮色濃し　築山能波
松虫の他は音色の整はず　大橋鼠洞
紛れなき松虫の闇庭にあり　平井備南子
松虫の音色に佇ちし遅参とも　津田照美代
松虫に恋しき人の書斎かな　高濱虚子

松虫

鈴《すず》虫《むし》 ㊂ リーンリーンと、鈴を振るようにつづけて鳴く虫。古くから美しく鳴く虫として愛されてきた。体長は一五ミリ内外、西瓜の種によく似ている。松虫よりちょっと小さい。平安時代は「まつ虫」と呼ばれていた。

鈴虫を壺に鳴かせて人形師　杉森干柿
鈴虫の壺中の楽の澄みわたり　青木芳草
鈴虫や写経の墨をおろすとき　大森保延
鈴虫のそれらしく鳴くが届けられ　高濱年尾
鈴虫の逃げしと思ふ鳴きゐたり　同
鈴虫の鳴き継ぐ夜を書き継げる　稲畑汀子

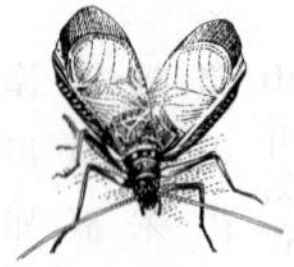
鈴虫

馬追《うまおひ》《うまおい》 三 うす緑色でかなり大きな虫である。**すいつちよ**ともいい、ジースイッチョンとも聞こえる。夜、机辺や玄関など灯のあるところにやって来ることがある。

馬追が機の縦糸切るといふ　有本銘仙
馬追の鳴いて夜干のもの白し　宇津木未曾二
スイッチヨと鳴くはたしかに蓮の中　高濱虚子

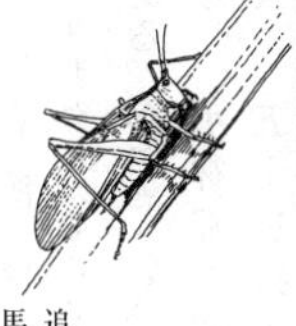
馬追

蟋蟀《こほろぎ》《こおろぎ》 三 たいへん種類が多いが大形と小形とがあり、体は黒茶色で艶がある。草むら、縁の下などで美しい声で鳴く。「えんまこおろぎ」は大形で油のような艶があり、コロコロリンリンと鳴き、「つづれさせ」はリーリーリーと鳴き、「みつかどこおろぎ」はリリ……リリ、「おかめこおろぎ」はリリリリッリリリリッと鳴く。風呂場とか部屋によく飛び込んできて親しみがある。昔は「きりぎりす」と混同されていた。**ちちろ虫《むし》**。**つづれさせ**。

蛼《こほろぎ》が髭をかつぎて鳴きにけり　一茶
ちちろ虫あすの教案立てゝ寝る　深沢京子
こほろぎや飯場いつしか人住まず　浜野幾夜
一心に啼くこほろぎと一つ風呂　眞下喜太郎
耳敏くなるみどり児につゞれさせ　山崎天誅子
靴までもちゝろの宿となりにけり　岩岡明子
ちゝろ鳴き一人となりし通夜の客　浅利恵子
こほろぎの疲れもみせず明けにけり　梅山香子
夜の雨の音をさまりしつづれさせ　荒川ともゑ
太き竈蛩《こほろぎ》ないて用ゐざる　高濱虚子

竈馬《いとど》 三 黄褐色で蝦《えび》のように曲がっている。長い触角を持ち、長大な後肢でよく跳躍する。床下など湿気のあるところに棲み、夜、竈《かまど》の辺りに現れるので、この字をあてる。昔は蟋蟀《こおろぎ》と混同していたが、竈馬は翅がないので鳴かない虫で

——九月

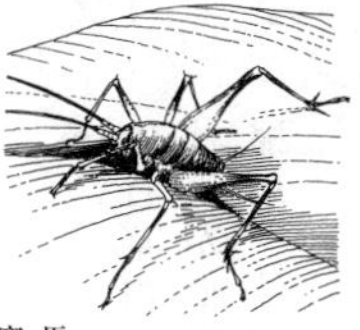
竈馬

ある。

海士の屋は小海老にまじるいとどかな　芭蕉
一跳びにいとゞは闇へ帰りけり　中村草田男
糸屑を引いて機場の夜のいとど　村松かず枝
山荘の主のいとどの親しさよ　稲畑汀子

草雲雀《くさひばり》 ㊂ 体は小さくて八ミリくらいだが、声は長く透きとおってフィリリ、フィリリと聞こえる。「朝鈴《あさすず》」ともいうのは夜間より明け方よく鳴くからであろう。

草雲雀

草ひばり月にかざして買ひにけり　中村秀好
姿あるものとも覚えず草ひばり　仙石隆子

螽蟖《きりぎりす》 ㊂ 色は緑色か褐色、体長三・五センチくらい。鳴き声はギーと一声、しばらく置いてチョンと結び、これを繰り返す。鳴くのは昼である。江戸末期まで、詩歌に詠まれた「きりぎりす」は多くは今の「こおろぎ」のことであった。**はたおり**は別種であるが、姿も鳴き声もよく似ているので、昔は混同され、「きりぎりす」は「はたおり」と詠まれていたらしい。**蛬**《きりぎりす》。

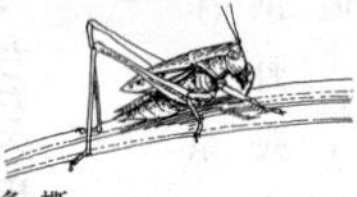
螽蟖

加賀の小松と云処多田の神社の宝物として実盛が菊から草のかぶと同じく錦のきれ有　遠き事ながらまのあたり憐におぼえて

むざんやな甲の下のきりぎりす　芭蕉
灰汁桶の雫やみけりきりぎりす　凡兆
捕る子なき島の畑のきりぎりす　高尾千草
草深く取りにがしたるきりぎりす　井上明華
機織虫の鳴き響きつゝ飛びにけり　高濱虚子

轡虫《くつわむし》 ㊂ 螽蟖《きりぎりす》に似ているが、形は大きくガチャガチャと大きな声で鳴く。緑色と褐色とがある。**がちゃがちゃ**。

がちや〳〵の大きな闇の別墅かな　小林都府楼
鳴きそめてやむけしきなし轡虫　五十嵐播水

轡虫昂ぶるばかり津和野の夜　高木石子
ひと眠りしてがちゃがちゃに覚めてゐし　山﨑一角
がちゃがちゃを包める闇の動かざる　石井とし夫
草むらが隣家との塀くつわ虫　小林草吾
松の月暗し〳〵と轡虫　高濱虚子

鉦《かね》叩《たたき》 ㊂　チンチンと鉦を叩くように鳴く。秋も深くなってくるとまぎれこむのか家の中でも鳴くようになる。蟋蟀《こおろぎ》に似た小さな虫で、その姿を見ることはまれである。

この人の聞いて居りしは鉦叩　高野素十
かゝる夜はひとりがたのし鉦叩　太田豊子
暁は宵より淋し鉦叩　星野立子
気兼なき一人のくらし鉦叩　翁長恭子
既にして夕心なり鉦叩　下村非文
静けさをたしかめをりし鉦叩　小田三千代
庭手入してより聞かず鉦叩　井上赤童子
聖堂の闇のどこかに鉦叩　丸山よしたか
目を病めば今宵も早寝鉦叩　小坂螢泉
御遺影の花にまた来よ鉦叩　田中由子
鉦叩昼を淋しくすることも　稲畑汀子

邯《かん》鄲《たん》 ㊂　体長一・五センチくらい、淡い黄緑色で、体の三倍ぐらいの長い触角を持っている。鳴き方は古来いろいろにいわれているようであるが、ル、ル、ル、ルと聞こえる美しい声で鳴く。

邯鄲の息つくときのしゞまかな　斎藤千萩
邯鄲の声すぐそこに闇深し　下田閑声子
邯鄲を遠き音色と思ひ聴く　工藤いはほ
邯鄲の遠きは風に消えにけり　井上波二
邯鄲や星の滴に草は濡れ　竹内留村
邯鄲の音色を通り過ぎてをり　稲畑汀子

茶立虫《ちゃたてむし》 ㊂　静かな秋の夜、障子のところなどで、サッサッサッという茶を点てるのに似たかすかな音を聞くことがあるが、なかなかその姿は見えない。長さ二、三ミリくらいの小さい虫で、腹部の末端が紙を叩くときの音であるとされている。小豆を洗うような音にも聞こえるのであづきあらひともいう。

宿帳にしるしてをれば茶立虫　中村秀好

古寺の大き障子や茶立虫　小出南總子

夜が好きで孤独が好きで茶立虫　高岡智照

蚯蚓《みみず》鳴《な》く ㊂　夜間あるいは雨の日などに、ジーッと細く長く切れ目なく鳴くのを昔から蚯蚓が鳴くといったが、実際は蚯蚓には発声器がないから鳴くはずがない。それは螻蛄《けら》の声であろうということになっているが、架空にしても蚯蚓が鳴くという方が詩情がある。「地虫が鳴く」とか、「蓑虫が鳴く」というのも同じ気持のものであろう。

蚯蚓鳴く六波羅密寺しんのやみ　川端茅舎

店閉めてよりの晩学みゝずなく　平松三平

三味線をひくも淋しや蚯蚓なく　高濱虚子

螻蛄《けら》鳴《な》く ㊂　三センチくらい、蟋蟀《こおろぎ》に似て形悪く泥色の虫で、湿った土中に棲み、農作物の根を食べる。秋、雄がジーッと単調に引っ張って鳴くのはもの淋しい。夜、這い出して飛び、泳ぎ、木に登り、土を掘り、鳴く。なんでもできてどれも下手なのを螻蛄の芸という。

盲人に空耳はなく螻蛄鳴けり　三島牟礼矢

地虫鳴く《ぢむしな》《じむしな》 ㊂　地虫とはふつう金亀子《こがねむし》類の幼虫をさすが、地中生活をする昆虫の俗称でもある。ジーッジーッと地中の虫が鳴くように聞こえるのは、実際には螻蛄の鳴く声であろうか。

地虫鳴く高千穂野ゆく夕月に　白川朝帆

地虫鳴ききのふの如くおもはるゝ　平松小いとゞ

蓑《みの》虫《むし》 ㊂　木の細枝や葉を綴り合わせて灰褐色の蓑のような巣を作り、その中に棲んでいる蓑蛾の幼虫である。枝からぶら下がって揺れているのをよく見かける。夜になると蓑から出て木の葉を食べる。「枕草子」に「ちちよ、ちちよとはかなげに鳴く」とあるので昔は蓑虫鳴く《みのむしな》として季題にしたが、実際には鳴かない。

蓑虫や朝は機嫌に糸長し　星野立子
蓑虫の糸一本にある力　岡本秋雨路
蓑虫の顔出してゐる油断かな　岩内萩女
蓑虫の一見粗なる蓑強し　大江みどり
蓑虫の父よと鳴きて母もなし　高濱虚子
みの虫の糸の光れる時のあり　高濱年尾
蓑虫の蓑に貴賤のありにけり　稲畑汀子

蟷螂《たうらう》《とうろう》 ㊂ **かまきり**のこと。褐色または緑色で、三角形の頭に、鎌とも斧とも見立てられる大きな前肢がある。その鎌を振りあげて敵に立ち向かったり、ときには拝むような真似もする。交尾後に雌が雄を食べてしまう。**いぼむしり**。

かり／＼と蟷螂蜂の貌を食む　山口誓子
蟷螂の人の如くに顔をまげ　稲村蓼花
褐色の蟷螂にしてみどりの目　粟津松彩子
首まげしゝ蟷螂の澄みたる目　橋田憲明
蟷螂の風に斧あぐ愚かさよ　篠塚しげる
蟷螂の向きたる貌の動かざる　石井とし夫
蟷螂の枯るゝ動きとなつてゐし　高須のぶを
蟷螂の動かぬ怒りとも思ふ　草野春汀
とぶ力見せ蟷螂の枯れてゐず　松尾白汀
蟷螂の枯れて守勢の斧となる　林　直入
案外に飛距離のありしいぼむしり　湯川　雅
草むらや蟷螂蝶を捕へたり　高濱虚子

芋《いも》虫《むし》 ㊂ 蛾の幼虫で、芋の葉にいる丸々と太った虫。たいがい青いが、黒、褐色のもいる。

芋虫の抗ふ力足にかな　永田さだめ
芋虫も悲鳴も大きかりしかな　河野美奇
芋虫の動きて悲鳴あがりけり　髙濱朋子
命かけて芋虫憎む女かな　高濱虚子

放屁虫《へひりむし》 ㊂ 二センチくらいの黄色みを帯びた虫で、危険を感ずると悪臭の強いガスを出す。皮膚につくと染みができて落ちにくい。

放屁虫貯へもなく放ちけり　相島虚吼
世に忘れられて気まゝや放屁虫　石田雨圃子
うくわつにもふれてしまひし放屁虫　濵口星火
放屁虫俗論党をにくみけり　高濱虚子

秋蚕《あきご》

秋に飼う蚕である。「春蚕」「夏蚕」に対していう。上蔟《あがり》までの日数が短いので手数はかからない。

お祭もすみし秋蚕を掃き立てゝ　宮下翠舟
貰ひ桑あての秋蚕を少し飼ふ　鈴木秋翠
杣仕事休みわづかの秋蚕飼ふ　原　孚水
阿蘇荒もなくて秋蚕の育ちよし　島津唖草
横山を下りれば秋蚕飼へる家　高濱虚子

秋繭《あきまゆ》

秋にできあがる繭である。糸の性質は春蚕のものより幾らか劣る。単に「繭」といえば夏季となる。

秋繭に煮えたちし湯や高はじき　飯田蛇笏

放生会《はうじやうゑ》《ほうじようえ》

放生会は、捕えた魚や鳥を、池や林へ放ち供養する行事で、古く陰暦八月十五日、各地の八幡宮で例祭のときに行なわれた。**八幡放生会**《やはたはうじやうゑ》。**八幡祭**《やはたまつり》。ことに京都の石清《いわし》水《みず》八幡宮の例祭は古くから盛んで、石清水放生会とか、単に放生会といった。明治に入り**中秋祭**《ちゆうしうさい》、さらに**男山祭**《をとこやままつり》と呼ばれ、「**葵祭**」を北祭というのに対して**南祭**《みなみまつり》ともいったが、現在は**石清水祭**《いはしみづまつり》と呼ばれる。九月十五日古式にのっとり鳳輦《ほうれん》の渡御があり、また奉幣の儀のあと放生会が行なわれる。福岡筥崎《はこざき》宮でも九月十二～十八日放生会として、また宇佐八幡宮では十月の第二月曜日を含む三日間に仲秋祭としての祭があり、放生の行事がある。

店はなの吊りすつぽんや放生会　河野静雲
殿に放つすつぽん放生会　柳本燕雨
禰宜ひろふこぼれ小魚も放生会　松永七水
男山そびらに舞楽放生会　谷口八星
放生会雨の止み間に鳥放つ　三宅輝矢

御遷宮《ごせんぐう》

伊勢神宮は、古来二十年ごとに正殿および御垣内の殿舎を隣にある古殿地に新造し、神座を遷すことが行なわれてきた。これを御遷宮という。内宮は九月十五日、外宮は同十四日に遷宮の儀式が行なわれる定めであったが、近年は吉日を卜して行なわれる。最近では平成五年（一九九三）に六十一回目の御遷宮が行なわれた。**伊勢御遷宮《いせごせんぐう》**。

尊さに皆押あひぬ御遷宮　芭蕉
御遷宮たゞ〳〵青き深空かな　鳳朗

敬老《けいらう》《けいろう》の日《ひ》《ひ》

九月第三月曜日。昭和四十一年（一九六六）に国民の祝日として制定された。老人福祉の充実と敬老精神の啓発を趣旨とした行事が催される。

敬老の日の菊活けてくれにけり　村上母人
敬老の日の座布団の寿の一字　山野辺歩考
敬老の日や母がりへ妻を遣る　廣瀬河太郎
敬老の日とて灸を据ゑ呉るゝ　小畑一天
としよりの日をわがこととして迎ふ　前内木耳
旅に出る敬老の日の姑置きて　稲畑汀子

初《はつ》《はつ》潮《しほ》《しお》

陰暦八月十五日の大潮のことで、陰暦二月の春潮《しゅんちょう》とともに潮の干満の差がもっとも激しい。**葉月潮《はづきじほ》**がつまったものだという説もある。

初潮や鳴門の浪の飛脚舟　凡兆
初潮に追れてのぼる小魚かな　蕪村
初潮や路より高き船だまり　中田秋平
初潮や鳥居をくゞる詣で舟　森田秀男
家船といふ風俗や葉月潮　森信坤者
初潮に沈みて深き四ツ手かな　高濱虚子

秋《あき》《あき》の潮《しほ》《しお》 ㊂

秋の海の潮である。潮の色も夏の明るさから、紺碧の深い色に変わっていく。春潮《しゅんちょう》とともに干満の差が激しい。

天草の見ゆる秋潮くみ連れて　坊城董子
秋潮へ九頭竜にごり色重ね　舘野翔鶴
秋潮の藍のかゝげる波頭　佐藤艸魚
昏れて来し秋潮さへも秘境めく　松本松魚
ゆるやかに帆船はひりぬ秋の汐　高濱虚子
秋潮の荒るゝは常と聞く船路　稲畑汀子

月《つき》 ㊂ 「雪月花《せつげつか》」は日本の自然美を代表する言葉である。秋は四季の中でももっとも大気が澄むので月のさやけさもひとしおである。「月」といえば**秋《あき》の月《つき》**をいい、古来詩歌にも多く詠まれてきた。**月白《つきしろ》**は月が出ようとして空が明るくなるのをいう。**月《つき》の秋《あき》**。**月夜《つきよ》**。**月《つき》の出《で》**。**月明《げつめい》**。**月《つき》の道《みち》**。**遅月《おそづき》**。**弓張月《ゆみはりづき》**。**宿《やど》の月《つき》**。**庵《いほ》の月《つき》**。**閨《ねや》の月《つき》**。**夜夜《よよ》の月《つき》**。

声かれて猿の歯白し峰の月　其角
月天心貧しき町を通りけり　蕪村
藍色の海の上なり須磨の月　正岡子規
藪の空ゆく許りなり宿の月　松本たかし
父が附けし吾名立子や月を仰ぐ　星野立子
白浪やうちひろがりて月明り　高野素十
屋島駕籠くらきによせて月の茶屋　小山白楢
月あげていつしか低し桜島　横井迦南
母と寝てしづかな月の二階かな　鈴木菊子
岨高く構へし月の一戸かな　木村蕪城
月さやか蝦夷を墳墓の地と定め　奥田智久
月の堤追ひ越す人のあるまゝに　石井とし夫
母いますふるさとはよし月の秋　桐田春暁
美しき月松にあり百度踏む　武原はん女
月出づるしばらく山を伴ひて　水田のぶほ
すなどりの月さゞめかし又一人　清原枴童
舷梯をあぐればいよゝ月の航　久米泊灯
月出でて頻りにひとの待たれけり　江上紀夫
古びたる机を月にかく置きて　西崎康子
逗留も長引き月もいよゝ欠け　佐野、石
遺したる父の小机月に置き　小川玉泉
中堂は木の間がくれに月明り　横田弥一
アラスカの月を翼に乗せて飛ぶ　大久保橙青
月出づるまで苔寺に遊びたる　伊藤柏翠
今日の雲一旦月を放ちけり　後藤夜半
曳く水尾に月光のりて穏かや　青山千童

熊笹に月光走り谷深し　西山小鼓子
方丈の廂一文字月白に　荒木東皐
酒一壺あれば足らふや月の秋　大場活刀
白々と雲湧き由布の月夜かな　石橋梅園
祝はれし杖つき月に遊ばばや　上林白草居
のぼり来る人のみ月の磴高し　吉井莫生
魞見えてゐてほの暗き月の湖　宮沢指月
いさり火の一つ目を射る月の海　今井つる女
月の宮神馬の起きてゐる気配　竹内三桂
月のぼる方に野点の自在つり　木下宗律
人絶ゆることなき月の奥の院　森　白象
月の波心得ながら水棹さす　西村早史
枝折戸を押してこゝにも月の庭　大島巨雨
月白に祈りて心乱すまじ　河合正子
月すでに海ひきはなしつゝありぬ　田畑美穂女
須磨の月子規を看とりし虚子のこと　岸田貫一郎
大勢で観て来し月をいま独り　中川きよし
山の月いつしか湖の月となる　平田縫子
月仰ぎ見るはわれのみ銀座歩す　石川星水女
月は月人は人いま静かにも　三浦恵子
幾そたび禅門たゝく月の秋　中島不識洞
はつきりと月を出しては呉れぬ雲　重冨匆子
空港の整備に月の不寝とし　柴田黒猿
摩周湖の月の静寂をも映す　小島左京
吾が影を踏む犬と行く月高し　吉田節子
山裾に庵りしゆゑに月遅く　斎藤双風
草原の茫茫とたゞ月明り　藤　丹青
月明り波のうたかた見ゆるほど　成嶋瓢雨
おばしまにわだつみの乗り月の乗り　桜木残花
月のみにかゝる雲ありしばしほど　高濱虚子
清閑にあれば月出づおのづから　同
はなやぎて月の面にかゝる雲　同

ふるさとの月の港をよぎるのみ　高濱虚子
小諸去る月に名残りを惜みつゝ　同
戸隠の山々沈み月高し　同
漸くに軒端の月となりゐたり　高濱年尾
月の道はるかより人こちへ来る　同
月の波消え月の波生れつゝ　稲畑汀子
万葉の月に集へば月の友　同

待宵《まつよひ》《まつよい》

陰暦八月十四日の夜をいう。明日の名月を待つ宵の意味である。またその夜の月をもいう。名月に満たぬ**小望月**《こもちづき》としてめでる心もある。

待宵や女あるじに女客　蕪村
待宵をたゞ漕行くや伏見舟　几董
待宵の月がこぼせる雨少し　古賀昭浩
待宵の心に添はぬ雨なりし　稲畑汀子

名月《めいげつ》

陰暦八月十五日、仲秋の月をいう。**明月**《めいげつ》、**望月**《もちづき》、**満月**《まんげつ》、**今日**《けふ》**の月**《つき》、**月今宵**《つきこよひ》などともいう。このころは秋たけなわ、咲き乱れる秋草、鳴き競う虫、葉ごとの露がそれぞれ澄みわたる月に趣を添える。一年中でもっとも月の美しい夜である。**十五夜**《じふごや》はこの夜のことであるが、十五夜の月として句にする場合も多い。新芋を供えて月を祭るところから**芋名月**《いもめいげつ》ともいう。

名月や門《かど》へさしくる潮頭　芭蕉
名月や畳の上に松の影　其角
名月や夜は人住まぬ峰の茶屋　蕪村
名月を取つてくれろと泣く子かな　一茶
明月や十勝の果の行在所　山本駄々子
十五夜の高まりゆきて力ぬけ　松本たかし
失明をまぬがれければ今日の月　野村泊月
今日の月全く星をかくしたり　星野立子
望の夜の心澄みゐる乗務かな　中野たゞし
みちのくの濤音荒し望の夜も　成瀬正俊
鑑真の眼ひらけよ今日の月　澤井山帰來
杖を曳く母の一歩に今日の月　河村玲波

月今宵同じ思ひの娘の手紙　松岡巨籟
名月や台上の人登れといふ　高濱虚子
名月の渡りゆく空ととのへり　稲畑汀子

月見《つきみ》

秋の月を観賞することであるが、名月と十三夜の月見をいう場合が多い。この夜は、芒、月見団子、芋などを月のさし入る廊下や窓辺に供える。また観月句会や月見の詩宴、茶会なども開かれる。月の名所としては滋賀県の石山寺、長野県の姨捨《おばすて》、兵庫県の明石、静岡県の佐夜ノ中山などが古来知られている。**月《つき》の友《とも》**は月見をする連れ。**観月《くわんげつ》**。**月見船《つきみぶね》**。**月《つき》の宴《えん》**。**月《つき》の客《きやく》**。

川ぞひの畠をありく月見かな　杉風
長瀞や月の座のある岩畳　赤星水竹居
大辺路の月を祭れる小家かな　楠目橙黄子
叡山に近江の月を見る夜かな　松尾いはほ
門閉ぢてほしいまゝなる月見かな　増田手古奈
纜を抛ればそこに月の人　林紫楊桐
いつまでも客にあけある月の門　五十嵐播水
月見舟船頭土手に上りをり　丸山綱女
わが舟のほかに月見る舟もなく　中井冨佐女
みづうみの来てゐる縁に月を待つ　久米幸叢
波荒し月見の舟は出せぬとか　中井余花朗
寺なれや月見に法の灯をともし　池内たけし
山もまた月待つこゝち容せり　河野静雲
月の客よろこび迎へ尼二人　中平秋帆
月を見る窓は廊下のつきあたり　後藤夜半
観月に小門のみ開け枳殻邸　獅子谷如是
橋に佇ち人待つに似て月を待つ　山路観潮子
患者食月見団子も添へられて　楢崎子葉
湖のホテルの庭の月の宴　木下碧露
朗詠に観月祭の燭消され　北方冬木
姨捨の山家の搗ける月見餅　荒川あつし
月の友青春今もあるごとし　山内年日子

来年の月見の事を病床に　埜村成行
月を見る一人住居の鍵掛けて　野崎加栄
月見舟おくれし人に歩板かけ　山田桂梧
月の友三人を追ふ一人かな　高濱虚子
送り出し門にしばしの月見かな　稲畑汀子

良夜《りやうや》《りようや》

秋の月がくまなく照らす夜のこと。いまではもっぱら名月の夜をいうようになった。

岬々に海霧のまつはる良夜かな　小島静居
ちらばれる良夜の雲や日本海　伊藤柏翠
杖さそふまゝに良夜の弱法師　緒方句狂
肩に冷え覚え良夜の歩を返す　吉良比呂武
なほ沖へ舟を進むる良夜かな　柏井古村
とことはの時の中なる良夜かな　野本永久
かゝはりもなくて良夜を蚤早寝　松本巨草
颱風のなほ遥かなる良夜かな　黒米松青子
死を告げて患家出づれば良夜なる　原田一郎
別々の径を良夜の客として　秋山ひろし
渚なる白浪見えて良夜かな　高濱虚子
集ふことすなはち良夜なりしかな　稲畑汀子

無《む》月《げつ》

陰暦八月十五日の夜、雲が出たりして仲秋の名月を見ることができない場合をいう。雨が降ったときは「雨月」という題が別にあるが、無月といえば雨月をも含んだ広い意味に用いられる。

手枕のそばの無月の筆硯　阿波野青畝
浜社無月の波の寄するのみ　小原牧水
間近なる松山昏き無月かな　中田余瓶
町の灯に無月の空のあるばかり　水谷千家
沼ほとり無月明りといへるもの　梶尾黙魚
あつけなく月雲深く入りしまゝ　長谷川朝子
舟出して見ても無月にかはりなく　竹下陶子
酔ふほどに無月の情の濃かりけり　國井月皎
欄干によりて無月の隅田川　高濱虚子

雨月《うげつ》　名月が雨で見えないことをいう。名月が見られないことを惜しむ気持とともに、その風情に興じる心持も、雨月という言葉の中に感じられる。

ふりかねてこよひになりぬ月の雨　尚白
たま〱の奈良の雨月もよかりけり　真木芽舟
御影堂の内はともれる雨月かな　三星山彦
大堰の水音高き雨月かな　福井圭児
鍵提げて雨月の校舎見て廻る　真砂松韻
早々と書斎に籠る雨月かな　片桐孝明
寝るまでは明るかりしが月の雨　高濱虚子

枝豆《えだまめ》　熟さない青い大豆を、莢《さや》ごと塩茹でにしたもの。名月に供えまた月見の席にも出るので**月見豆《つきみまめ》**ともいう。現在では夏からビールのつまみなどとして好まれる。

枝豆をもぎて炊ぎて庵主　星野立子
枝豆やすぐ雰囲気に馴れる性　池田一歩
朝市の走り枝豆すぐ売れて　柿島貫之
一壺酒のあり枝豆のありにけり　島野汐陽
枝豆を喰へば雨月の情あり　高濱虚子

芋《いも》　㊂　古来、芋といえば**里芋《さといも》**のことで、山の芋に対しての里の芋である。歴史の新しい甘藷や馬鈴薯などと違い、古くから栽培されていた。一メートル以上にもなる長い葉柄の先に大きな盾のような葉をつける。掘り採ってすぐ出荷するが冬まで囲うこともある。多くは煮て食べる。また葉柄を芋茎《ずいき》といって、干したりそのまま茹でたりして食べる。**八頭《やつがしら》**。**親芋《おやいも》**。**子芋《こいも》**。**芋《いも》の秋《あき》**。**芋《いも》の露《つゆ》**。**芋畑《いもばたけ》**。**芋掘《いもほ》る**。

芋の葉を目深に馬頭観世音　川端茅舎
芋の露連山影を正しうす　飯田蛇笏
芋の葉のあらぬところに露一顆　野村泊月
芋の露つとなめらかにこぼれけり　古屋敷香葎
ゐながらに芋の嵐の見ゆる庵　高橋すゝむ
帝釈の昼の太鼓や芋を掘る　松本たかし
芋の露風に転がり始めたる　荒川ともゐ

芋畑に鍬をかついで現れし　高濱虚子

芋の葉のいや〳〵合点々々かな　同

芋水車《いもずゐしや》《いもずいしや》 [三] 渓流の多い農山村で里芋を洗うための生活用具である。一般には「芋洗い」という。長さ五〇センチ、径二五センチくらいの竹製の筒形の胴体に八枚の板羽根をつけ、中心にとおした一・五メートルくらいの心棒の両端を小流れの両岸の枕石に掛ける。流れの勢いで回るにつれて胴体に入れられた芋は擦り合わされてきれいになる。阿蘇、吉野、鳥取、山形、木曾などに広く見られる。

芋水車しぶきのなかに廻りをり　川津佳津美

芋水車廻れるさまも去年のごと　笹原耕春

芋水車かけし濁りの直ぐに澄み　三隅含咲

日に一度見廻るだけの芋水車　高山麦魚

水痩せてしぶ〳〵廻る芋水車　穴井子龍

衣被《きぬかつぎ》 [三] 里芋の子を皮のまま茹でたもの。塩をつけて温かいうちに食べる。名月には欠かせない供物の一つである。

母君の客よろこびてきぬかつぎ　星野立子

種芋を撰りたるあとのきぬかつぎ　柏崎夢香

衣被などもなつかしがられけり　黒米松青子

衣被剝くにつけても不器用な　島田みつ子

初ものと言ふは不揃ひ衣被　藤浦昭代

写真見る昔ふとりしきぬかつぎ　高濱虚子

芋茎《ずゐき》《ずいき》 [三] 里芋の茎のことで、生でも汁などに入れるが、多くはこれを干して保存する。煮込み、味噌和え、三杯酢などにする。**芋幹**《いもがら》。**ずゐき汁**《じる》。

谷戸深くどこの家にも芋茎干し　辻萍花

手にとりてまこと軽しや干芋茎　宮本寒山

十六夜《いさよひ》《いさよい》 陰暦八月十六日の夜、またはその夜の月である。月の出が満月よりもやや遅れるので、これを「ためらう」、つまり「いさよう」と表現したのである。名月を待ち仰ぐ思いよりは、一抹の淋しさがある。近年は「いざよい」と濁っていうことが多い。**既望**《きぼう》は望《もち》を既に過ぎた意である。**十六夜**《いざよひ》。

十六夜もまた更科の郡かな　芭蕉
十六夜や慥に暮るゝ空の色　去来
十六夜やしばし黒谷真如堂　青雨
水匂ひ月のいざよふベニスかな　桑田青虎
十六夜の明日は旅ゆくわがくらし　太田育子
十六夜の月のゆらりと上りたる　後藤比奈夫
此行やいざよふ月を見て終る　高濱虚子

立待月《たちまちづき》　陰暦八月十七日の夜の月である。だんだん月の出が遅れ、立って待っているうちに出る月という意である。

立待や森の穂を出づ星一つ　佐藤念腹
立待の月のかたぶく明るさよ　豊原月右
雨つづく立待月もあきらめて　稲畑汀子

居待月《ゐまちづき》《いまちづき》　陰暦八月十八日の夜の月である。立待月より少し遅れ、家の中でゆっくり座って待っているうちに出てくるという心持である。「座《い》待月」とも書く。

居待月出たるばかりやまだ暗し　杉崎保則
来るなとは来よといふこと居待月　小坂田規子
妻も酒少したしなみ居待月　川田長邦
やゝ小さき居待の月となりて出づ　佐藤一村

臥待月《ふしまちづき》　陰暦八月十九日の夜の月である。一日一日遅くなる月の出を、臥床《ふしど》の中で待つ心持である。**寝待月**《ねまちづき》ともいう。

夜明かと寝ざめの母や寝待月　小松月尚
黒雲のまゆずみの下寝待月　平松措大
雨に飽き臥待月を見せし雲　吉村ひさ志

更待月《ふけまちづき》　陰暦八月二十日の夜の月である。この夜の月は、亥の正刻（午後十時）に出るというので俗に「二十日《はつか》亥中《いなか》」ともいわれた。臥待月よりなお遅れるのを待つ心持がある。

機終ふ更待月の出る頃と　勝俣のぼる
更待の月出でぬ間に会終る　桑田詠子

更待の月を帰国にともなへり　稲畑汀子

二十三夜《にじふさんや》《にじゆうさんや》　陰暦八月二十三夜の月をいう。夜更けて上る下弦の月である。二十三夜待《にじふさんやまち》。

釣人に二十三夜の月暗く　矢野秋色

宵闇《よひやみ》《よいやみ》　〔三〕　陰暦二十日以後になると、月は十時過ぎにならないと出ない。それまでの闇を宵闇という。

宵闇の中堂を出し小提灯　樋口雲十

宵闇や思はぬ雨の降り出でし　星野立子

宵闇の裏門を出る使かな　高濱虚子

子規忌《しきき》　九月十九日、正岡子規の忌日である。子規は慶応三年（一八六七）九月十七日、松山で生まれた。名は常規《つねのり》、幼名処之助《ところのすけ》、のち升《のぼる》と改名。筆名は子規のほかに獺祭書《だつさいしよ》屋主人《おくしゆじん》、竹之里人《たけのさとびと》、越智《おち》処之助、升などがある。明治三十五年（一九〇二）わずかに三十六歳で東京根岸に生涯を閉じた。短い生涯にもかかわらず、俳句革新、短歌革新などに不滅の業績を残した。著書すこぶる多く、子規全集に収められている。死の二日前まで「病牀六尺」を書き続け、死の前日「糸瓜咲いて痰のつまりし仏かな」「をと丶ひの糸瓜の水も取らざりき」「痰一斗糸瓜の水も間に合はず」の三句を絶筆として残した。戒名「子規居士」、墓は田端の大龍寺にある。俳人にとって大きな忌日である。**糸瓜**《へちま》**忌**《き》。**獺祭忌**《だつさいき》。

糸瓜忌や俳諧帰するところあり　村上鬼城

糸瓜忌や一記者として今もあり　吉井莫生

この町に興る俳諧獺祭忌　田室澄江

文章も少しおぼえし子規忌かな　下田實花

厨妻なれど句が好き獺祭忌　里見芳子

糸瓜忌は今日と気づきて厨妻　森田道

逢ふよしもなかりし人と子規忌かな　星野立子

横顔の像を知るのみ獺祭忌　稲田壺青

子規まつる虚子に見えしこともなく　八木隆史

虚子像もや丶古りにけり子規祀る　成瀬正とし

例の如く画日記供へ糸瓜の忌　熊倉杏雨

手ほどきを虚子より受けし子規忌かな　轟　蘆火
糸瓜忌や昔の根岸偲ぶ人　尾高青蹊子
今もある須磨療養所獺祭忌　橋本蝸角
話し置くこと我にあり獺祭忌　深川正一郎
胸張つて我は虚子門獺祭忌　澤井山帰來
糸瓜棚解くも子規の忌終へてより　近藤竹窓
老いて尚君を宗とす子規忌かな　高濱虚子
心閑子規の忌日を迎へたる　同
獺祭忌鳴雪以下も祀りけり　同
子規忌修す寺とし古りて馴染みけり　高濱年尾
糸瓜忌の雨の墓参となりにけり　稲畑汀子

霧《きり》 ㊂ 霞も霧も現象的には同じで、古くは区別がなかったらしい。いつからか霞は春、霧は秋と定まった。**朝霧**《あさぎり》。**夕霧**《ゆふぎり》。**夜霧**《よぎり》。**川霧**《かはぎり》。**海霧**《がす》。**濃霧**《のうむ》。**さ霧**《ぎり》。**霧**《きり》**の海**《うみ》は一面の霧。**霧雨**《きりさめ》は雨のように降る霧のこと。

噴火口近くて霧が霧雨が　藤後左右
さるをがせ山もこゝらは霧荒く　横山圭洞
密漁のもどりし気配霧ふかし　吉岡秋帆影
夜もすがら屋根打つ音や霧しづく　武原はん女
ランプの灯霧へかざして見送られ　及川仙石
音立てゝ襲ひ来る霧坊泊り　小林喜泉
霧飛んでいよ〳〵嶮し比古の磴　中原一線
霧じめりせる命綱籠渡し　松浦真青
川霧や犬通りてもゆるゝ橋　星野立子
朝霧や生徒ばかりの利根渡舟　茂木拾瓶
霧雨を登り来しことねぎらはれ　古賀青霜子
霧笛鳴る修学旅行第一夜　奥田智久
霧うごき馬柵があらはれ馬がをり　神尾季羊
霧深くなりゆくばかり杣と逢ふ　藤松遊子
坑口を出るや夜霧に顔ふかれ　戸澤寒子房
灯台の霧笛頭上に投錨す　廣瀬河太郎
乗鞍は凡そ七岳霧月夜　松本たかし

楡に濃く樺に淡く霧流れ　田中せ紀
地の底へ引き込むやうに夜の霧笛　伊藤彩雪
霧深し艪を漕ぎ戻る音は父　山崎美白
鳴動はやまず火口の霧ふかし　井上波二
羅牛の霧にぬれたる背ナを拭く　新山王哲
還らざるものを霧笛の呼ぶごとし　伊藤柏翠
北山は良き杉育つこの霧に　板東福舎
朝暗し霧の所為とは思はずに　佐土井智津子
峠駅霧の中より現れし　梅田実三郎
山門も霧本堂は更に霧　大氣十潮
めぐり逢ひとはこのやうな霧の夜　今村青魚
霧晴る丶まで逗留といふことも　水見壽男
山里の深き朝霧より出勤　中西冬紅
ゴンドラの霧の深きに行交ひぬ　芥川さとみ
暮る丶ゆゑ霧の深くも見ゆるかな　武藤和子
登頂は晴と夜霧の流れ見る　大間知山子
霧走るみな立山に向ふかに　荒木かづを
霧奪ひ去る一鳥も一草も　林　直入
山荘の夜霧の深さ消灯す　松本博之
山の霧下り来て包む港町　飯田京畔
異邦人めきてたたずむ霧の波止　永野由美子
もの忘れしさうに霧の立ちこめて　小田三千代
夜もすがら霧の港の人ゆき丶　高濱虚子
灯台は低く霧笛は峙てり　同
襲ひ来しはじめの霧の匂ひけり　高濱年尾
霧の中海抜二千に来て返す　同
山荘の霧深き夜は音なき夜　稲畑汀子

蜉蝣《かげろふ》《かげろう》 三　一～一・五センチくらいの細い体に、形は蜻蛉《とんぼ》に似て薄くて透明な淡黄色の翅をもつ昆虫である。三年もの長い幼虫時代を水中に棲み、ようやく初秋のころ羽化して卵を産むと、数時間で死んでしまう。見た目にも弱々しく、優美な姿をしている。昔は蜻蛉のことも「かげろう」といった。

かげろふのおのれみどりのすきとほり　下村　福
蜉蝣のとまれる障子十日月　斎尾采王
蜉蝣の夕べ群れとぶ古戦場　吉年虹二
かげろふの影より淡きいのちとも　藤松遊子
蜉蝣に触れたる指の鼓動かな　稲畑汀子

うすばかげろふ《うすばかげろう》 ㊂ 蟻地獄の成虫で、蜉蝣《かげろう》の一種である。体は暗褐色で翅はすきとおり、広げると八センチくらい。頼りなげに飛ぶ。

うすばかげろふ

今宵またうすばかげろふ灯に　星野立子
とぶときのうすばかげろふ翅見えず　五十嵐播水
稿汚す灯下にうすばかげろふも　稲畑汀子

草蜉蝣《くさかげろふ》《くさかげろう》 ㊂ 形は蜻蛉《とんぼ》に似ているが小さく、緑色をしていて、翅は透明で美しい。動作も姿も極めて弱々しく、物陰や夕暮の草原などに見かける。この虫の卵が「優曇華《うどんげ》」（夏季）である。

月に飛び月の色なり草かげろふ　中村草田男

蜻蛉《とんぼ》 ㊂ 澄みわたった空に、流れるように群をなして飛ぶ**赤**《あか》**蜻蛉**《とんぼ》や**精霊**《しやうりやう》**蜻蛉**《とんぼ》の姿には秋の季節感が濃い。その他、空をきって飛ぶ大きな**やんま**、透きとおった翅を広げたまま棒の先に留まって大きな目玉をくるくると動かしている「しおからとんぼ」など種類は極めて多い。**とんぼう**。**あきつ**。**とんぼつり**は昔から子供の楽しい遊びであった。

とゞまればあたりにふゆる蜻蛉かな　中村汀女
旅いゆくしほからとんぼ赤とんぼ　星野立子
大雨が洗ひし空気赤とんぼ　青葉三角草
日に幾度湖に濯ぐや夕とんぼ　中井冨佐女
くき〳〵と折れ曲り飛ぶ蜻蛉かな　中口飛朗子
大原路は今も変らず赤蜻蛉　鶴原虎児
蜻蛉の親しげに来てさと返す　高木石子
飛びそめし蜻蛉に峡の空はあり　清崎敏郎

あきつとび国境の丘高からず　山地曙子
蜻蛉の透けたる羽の地に映り　小畑一天
夕蜻蛉影の如くに流れけり　藤松遊子
蜻蛉の力をぬいてゐる葉先　粟津松彩子
山の日に染めあげられし赤蜻蛉　吉村ひさ志
失はれゆく空地あり赤とんぼ　遠藤忠昭
山の香と言ふは樹の香や赤とんぼ　小林樹巴
行きどまりなき今日の空赤蜻蛉　後藤一秋
公園の砂場に吾子と赤とんぼ　米倉ミチル
はじめてのお客はとんぼ新世帯　千原葉子
蜻蛉のさら〳〵流れ止まらず　高濱虚子
我静なれば蜻蛉来てとまる　同
とんぼとまる石の平らの真中かな　高濱年尾
蜻蛉の空のいよ〳〵深かりし　同
よるべなき草をよるべとして蜻蛉　稲畑汀子

秋《あき》《あき》の蝶《てふ》《ちよう》 〔三〕

秋に飛んでいる蝶のことをいう。萩の花にこまごまと群れ飛んでいたり、秋晴れの野や河原に翅をかがやかして飛んでいたりする。

しら〳〵と羽に日さすや秋の蝶　青蘿
秋蝶やひとり行くなる修道女　大前恵兵
噴火口覗ける人に秋の蝶　毛利提河
秋蝶よパラナパネマといふ河よ　星野立子
秋の蝶熔岩原飛べば白かりき　三隅含咲
秋蝶の死なむとしつゝ羽ひらく　バレリーナ鮎子
秋の蝶日向に出でて黄なりけり　大久保橙青
ふくれ来る潮すれ〳〵に秋の蝶　小坂螢泉
秋蝶の止れば色の消え易く　小林草吾
秋蝶と風の接点ひかりけり　岩岡中正
秋蝶のもつれてとけてよそよそし　高槻青柚子
秋蝶を見しより風の美しく　岩垣子鹿
秋の蝶黄色が白にさめけらし　高濱虚子
見失ひ又見失ふ秋の蝶　同

潮風に吹かれとぶもの秋の蝶　稲畑汀子

秋《あき》《あき》の蠅《はへ》《はえ》 ㊂　夏はうるさい蠅も、秋になるとだんだん気力が衰え、動きも鈍くなる。

飯盛れば這て来るなり秋の蠅　蓼太
夜の客に翅ひゞかせて秋の蠅　飯田蛇笏
仏飯につきて離れず秋の蠅　田中紅朗
秋の蠅生れしばかりの牛の子に　粟津松彩子
秋の蠅うてば減りたる淋しさよ　高濱虚子
秋の蠅少しく飛びて歩きけり　同

秋《あき》の蚊《か》 ㊂　秋なお残って人を螫《さ》す蚊は執念深く憎くもあるが、どこか哀れでもある。

秋の蚊を払へばほろと消えにけり　星野立子
秋の蚊の鏡に触れて落ちにけり　田村京子
秋の蚊のゐるとも見えず刺されけり　井上和子
谷戸ふかく来て秋の蚊にさゝれもし　荻江寿友
秋の蚊のよろめきながら止りけり　坂井建
夢にまで秋の蚊羽音響かせし　稲畑廣太郎
打ち損じたる秋の蚊は追はずとも　柴原保佳
くはれもす八雲旧居の秋の蚊に　高濱虚子
秋の蚊の灯より下り来し軽さかな　高濱年尾
まだ秋の蚊をひそませて池ほとり　稲畑汀子

秋《あき》の蚊帳《かや》 ㊂　近年ほとんど蚊帳を吊らないが、かつては夏の夜ごと吊り続けたものであった。秋に入ってそろそろやめようかと思いながらも、しばらくは吊ったり、吊らないままでもしまわないで手近に出しておく。それを秋の蚊帳というのである。**秋《あき》の幮《かや》**。**九月蚊帳《くぐわつがや》**。

秋の幮主斗りに成りにけり　蕪村
長病の僧に吊り垂れ秋の蚊帳　久我清紅子
秋蚊帳の白きところは白き継　村尾梅風
秋の蚊帳半分吊つてわづらへる　林克己

蚊帳《かや》の別《わか》れ　都会では蚊帳を吊らぬ暮しが多くなっているが、ひと夏、親しんできた蚊帳の匂いと感触に別れるのは、そこはかとなく淋しいものである。蚊帳《かや》の果《はて》。蚊帳《かや》の名残《なごり》。

誰彼を泊め申しけり別れ蚊帳　岡田静女
ふと目覚め蚊帳に別れてゐたりけり　佐藤漾人
おとゞいの語りあかしや名残蚊帳　矢野蓬矢
病みをれば蚊帳の別れも知らぬ間に　原　菊翁
別れ蚊帳干すも河畔のくらしかな　諸富芳子
ねんごろに妻とたゝみぬ別れ蚊帳　池田紫酔
合宿を解きて別れの蚊帳を干す　米谷　孝
別れ蚊帳吊りて繕ひよく畳み　高濱虚子

秋《あき》簾《すだれ》 ㊂　秋に入ってもなお掛け続けている簾である。すでに色あせ、疲れた感じに垂れ下がっている。

胡粉絵の白ら〳〵として秋簾　高久田瑞子
一枚の秋の簾に主客かな　松本つや女
秋簾とろりたらりと懸りたり　星野立子
秋簾病いかにと阿闍梨訪ふ　山口笙堂
やゝ暗きことに落ちつき秋簾　今井つる女
妻もまた世事にはうとく秋簾　松岡ひでたか
うちとけて小粋な座敷秋すだれ　大野章子
帯結ぶ肱にさはりて秋簾　高濱虚子
吹き上げし秋の簾の軽さかな　同
木の香なほ残る日本間秋簾　稲畑汀子

秋扇《あきあふぎ》《あきおうぎ》 ㊂　秋になっても使われている扇か、もしくは不用になってもしばらくは手近なところにある扇をいう。涼しくなるとつい忘れられがちとなり、いつしか影をひそめてしまう。**扇《あふぎ》置《お》く**。**捨扇《すてあふぎ》**。**忘《わす》れ扇《あふぎ》**。

亡き妻の秋の扇を開き見し　佐藤漾人
秋扇や人を教へて五十年　佐川雨人
気安さのなかに礼儀や秋扇　熊沢緑風
芸に身をたてる気はなし秋扇　吉田小幸
かりそめの別れといへど秋扇　中村芳子
そのことを打ち消す心秋扇　副島いみ子

旅心高まり来たる秋扇　村上三良
聞くとなくきゝし境涯秋扇　藤崎美枝子
秋扇や淋しき顔の賢夫人　高濱虚子
一夜明けて忽ち秋の扇かな　同
秋扇を遣ひつゝ僧上堂す　高濱年尾
見舞客秋扇使ひ止まざりし　同
車又動けばたゝむ秋扇　稲畑汀子
熱気満つ会場に出す秋扇　同

秋団扇《あきうちは》《あきうちわ》 ㊂

秋になって、ときおりは使われるが大方はかえりみられぬまま身のまわりにある団扇のことである。**捨《すて》団扇《うちは》《うちわ》**。

看とり女の疲れてをりし秋団扇　石川星水女
看取る者同志の話秋団扇　辻井のぶ
いつまでも用ある秋の渋団扇　高濱虚子
一本の秋の団扇も什器かな　同
まだ置いてある秋団扇あれば手に　稲畑汀子

秋日傘《あきひがさ》 ㊂

秋になっても暑い日は多い。婦人たちは耐えがたい秋の日ざしを避けるために日傘をさして外出する。とはいっても真夏のものとはおのずから気分が異なる。

秋日傘そつとしのばせ旅に発つ　山本真砂子
前を行く一つまぶしき秋日傘　千原草之
磯に立つ秋の日傘の一つかな　川口利夫
秋日傘汚れしほどに持ち馴れし　稲畑汀子

秋袷《あきあはせ》《あきあわせ》

秋になって着る袷である。単に「袷」といえば初夏の季題である。**秋《あき》の袷《あはせ》**。**後《のち》の袷《あはせ》**。

赤き色段々きらひ秋袷　藤沢紀子
話しつゝ膝にたゝみぬ秋袷　今井つる女
かたくなの我が性包み秋袷　丸橋静子
人柄に適ひ唐桟秋袷　中田みづほ
ひとり身に似てこの頃の秋袷　田畑美穂女
こゝろもち痩せて退院秋袷　田上多歌史
傷つきし心かくされ秋袷　片岡片々子

心まで病んでしまひぬ秋袷　吉田小幸
目立たざることの著易く秋袷　中田はな
紫は人を好みて秋袷　田中弥寿子
秋袷召されてをれど医師の香　平尾みさお
ぬくもりのたゞむ手にあり秋袷　武原はん
襟合すとき背を正し秋袷　原田一郎
秋袷身を引締めて稽古事　高濱虚子

富士《ふじ》の初雪《はつゆき》

富士山に初雪の降るのは九月下旬ごろである。駿河側と甲斐側では数日の差があるが、富士五湖や箱根あたりが秋色のころ、すでに富士山に新雪が見られる。

帰りには初雪の富士車窓にす　森口住子

秋彼岸《あきひがん》

秋分（九月二十三日ごろ）を中日として前後合わせて七日間が秋の彼岸である。単に「彼岸」といえば春の彼岸をさす。**後《のち》の彼岸《ひがん》。秋彼岸会《あきひがんえ》。**

忘却も供養の一つ秋彼岸　森白象
秋彼岸過ぎて射し込む日となりし　平野一鬼
父母よりも長命たまひ秋彼岸　上田朴月
病む妻にふるさと遠き秋彼岸　川口利夫
女ばかり参る墓あり秋彼岸　坂井建
秋彼岸にも忌日にも遅れしが　高濱虚子

秋分《しうぶん》《しゅうぶん》の日《ひ》《ひ》

九月二十三日ごろで国民の祝日。秋分は二十四節気の一つである。秋の彼岸の中日で、以前は秋季皇霊祭という祭日だったが、現在は祖先を敬い、亡くなった人をしのぶ日となっている。春分と同じく、昼夜の長さが等しくなる。

わが旅の秋分の日は晴るゝ筈　日元淑美

秋遍路《あきへんろ》 〔三〕

「遍路」は春の季題となっているが、秋にもまたよく見かける。澄んだ日ざしの中に、その姿は思いなしかあわれである。

秋へんろ立ち上りつゝひとりごと　城谷文城
堂守を頼りに病める秋遍路　細川憲也
秋遍路泊めて流転の話など　森本久平

秋へんろ遠き身寄りを探しをり　堀本婦美
父淋し秋の遍路に母発たせ　三上水静
予の国の大入日かな秋遍路　浅井青陽子

蛇穴《へびあな》に入《い》る　夏に野山を徘徊していた蛇は寒くなると穴に籠って冬眠する。その穴に入るのは秋の彼岸であるとされている。**秋《あき》の蛇《へび》**。

己が身をひきずり逃げぬ秋の蛇　今村晩果

穴《あな》まどひ《あなまどい》　蛇は秋の彼岸に穴に入り、長い冬眠を始めるといわれるが、彼岸を過ぎても穴に入らない蛇を穴まどいという。

穴まどひ野点の席を乱したる　吉田のぼる
穴惑ふあたりの草の深さかな　山岡三重史
穴惑居てカナリヤの落著かず　井尾望東
穴惑よけて通りし足使ひ　高濱年尾
穴惑バックミラーに動きをり　稲畑汀子

雁《かり》　㊂　雁は秋、北方から渡って来て、各地の湖沼で冬を越し、春また北へ帰って行く。頸が長く、脚、尾は短いが、翼は渡りに耐えられる大きさと強さを持っている。十羽くらいずつ群をなして渡るさまを「雁の棹」などという。**がん**といい、「かり」というのは、その鳴き声からきている。古来、詩歌には因縁の深い鳥である。**かりがね**。**初雁《はつかり》**。**雁渡《かりわた》る**。**雁来《かりきた》る**。**来《く》る雁《かり》**。**落雁《らくがん》**。**雁鳴《かりな》く**。

雁がねの竿に成る時猶淋し　去来
かりがねの墜ちつゞくなり莫愁湖　下村非文
友をはふり涙せし目に雁たかく　長谷川素逝
雁の声のしばらく空に満ち　高野素十
叱られて門に立つ子に雁渡る　大崎春偕
雁見えずなりて砂丘のあるばかり　松本穣葉子
子らはまだ見ゆると指せる雁の棹　佐久間潺々
雁のこと問はず語りに牧場守　依田秋葭
雁や海女がそだつる舟焚火　小原菁々子
雁やましてその夜の湖畔宿　吉田書房

かりがねの声を地上に残したる　下村　福
かりがねの低ければ沼近からん　堀前小木蒬
かりがねに湖はやさしき波を敷く　山内山彦
二陣又同じ眼の距離雁渡る　高橋螢籠
雁見るや涙にぬれし顔二つ　高濱虚子
町人は雁渡ること知らざりし　高濱年尾

雁瘡《がんがさ》 三　発疹性皮膚病の一種で、痒く頑固な病である。雁が渡って来るころ多く発生し、雁が帰るころに治るのでこの名があるといわれる。

雁瘡は痒く穢く恥しく　平野龍風
雁がさを病む小説の主人公　坊城としあつ
雁瘡を掻きつつ眠りゆく子かな　手塚基子
雁瘡やむらさき色の塗り薬　柴原保佳
雁瘡をかいて素読を教へけり　高濱虚子
雁瘡といはれてみればさうかとも　稲畑汀子

燕帰る《つばめかへ》《つばめかえ》　燕は秋、南方へ帰る。いつの間にかいなくなった燕の巣を見るのも淋しいものである。帰《かへ》る燕《つばめ》。去《い》ぬ燕《つばめ》。帰燕《きえん》。秋燕《あきつばめ》。

雨過ぎて帰燕の空の濡れにけり　波多野爽波
父祖の地を飛ぶ秋燕に目をとゞめ　成瀬正とし
石狩の空のとぎれず秋燕　奥田智久
健康に小さきつまづき去ぬ燕　山地曙子
アマゾンへ発つ日帰燕に会ひしこと　山田桂梧
秋燕の富士の高さを越えにけり　稲畑汀子

牡丹《ぼたん》**の根分**《ねわけ》　牡丹は秋彼岸の前後に根分けをするが、近年はつぎ木によって殖やすのがふつうのようである。

山谷や牡丹根分の只一寺　池田義朗
ぼうたんの根分教師の日曜日　増淵一穂

曼珠沙華《まんじゆさげ》　秋の彼岸ごろに花茎だけを三、四〇センチくらいに伸ばしてその頂に蘂の長い真赤な花を輪状に咲かせる。畦や堤などに群がり生える。細長く深緑色の葉が出てくるのは花が散ったあとである。花は何か妖しげで、死人花《しびとばな》、幽霊花、捨子花などと呼ばれたり、狐花、狐の嫁子など、俗名が多い。有毒草である。**彼岸花**《ひがんばな》。**曼珠沙華**《まんじゆしやげ》。

泣くこともと絶ゆることとあり彼岸花　高木晴子
曼珠沙華かたまつて燃え飛んで燃え　夏秋仰星子
ちらほらとありどつとあり曼珠沙華　山本多河史
遠くから妻の墓見え彼岸花　鶴原虎兒
だしぬけに咲かねばならぬ曼珠沙華　後藤夜半
燃えうつることなく燃ゆる彼岸花　桔梗きちかう
火の国の火よりも朱し曼珠沙華　清水徹亮
バス降りて徒歩で十分曼珠沙華　河村玲波
遠き畦近づけてをり曼珠沙華　山田閏子
唐突に月日知らせし曼珠沙華　谷口和子
叢をうてば早や無し曼珠沙華　高濱虚子
駈け来し大烏蝶曼珠沙華　同
曼珠沙華燃えて棚田の道細し　高濱年尾

鶏《けい》**頭**《とう》 ㊂ 花の色や形が鶏のとさかに似ているのでこの名がある。農家の庭などを彩っているのは、いかにも秋らしい。切花として仏花にもする。真紅が多いが、黄や橙やその他色の混ざったものなどさまざまで、形の小さいものもある。インド原産であるが霜の降りるころまで咲いている。そのころよく見ると小さい実を一杯つけている。**鶏頭花**《けいとうくわ》。

鶏頭や並べて物の干してあり　千代尼
鶏頭の夕影並び走るなり　松本たかし
鶏頭の杖を飛ばして倒れをり　上野泰
鶏頭を目に感じつゝ伸子張る　平山幹子
活けてみて鶏頭といふ昏き花　後藤比奈夫
鶏頭の傾きあひて色深し　八木耕石
鶏頭のあつめすぎたる日にほめく　長尾虚風
剪れば血の出るかも知れず鶏頭花　前内木耳
鶏頭のうしろまでよく掃かれあり　高濱虚子
鶏頭のなくてはならぬ今日の供華　稲畑汀子

葉鶏頭《はげいとう》 ㊂ 葉の形が鶏頭に似ているがもっと大きく美しく、その葉を観賞する。赤、黄を主にして斑入りやモザイク状の色、また葉全体が深紅となるものなど種類は非常に多い。高さは一メートル以上にもなり観賞用として栽培される。葉のつけ根に淡緑、または淡紅の小さな花をつける。雁の来るころ紅くなるので**雁来紅**《がんらいこう》ともいう。**かまつか**。

岡崎は祭も過ぬ葉鶏頭　史邦
干してある数の貸傘葉鶏頭　麻田椎花
今日の日もかまつかも燃えつくしたる　深見けん二
雁来紅の火柱蝶を寄せしめず　三村純也
葉鶏頭の葉二三枚灯にまとも　高濱虚子
葉鶏頭丈高ければ高く活け　稲畑汀子

早稲《わせ》 早く実る種類の稲のことである。寒さの早く来る地方や颱風の被害の多い地方によく見られる。**早稲**《わせ》**田**《だ》。**早稲**《わせ》**刈る**。

加賀の国に入る
早稲の香や分入る右は有磯海　芭蕉
早稲の穂や打かたぶきて風ゆるき　杉風
葛飾や水漬きながらも早稲の秋　水原秋桜子
父の忌の早稲の刈りある家郷かな　鈴木穀雨

菜種蒔く《なたねま》 菜種菜は油菜のことである。九月から十月にかけて種蒔きをする。

つやゝゝと黒き菜種を蒔きにけり　美津女

秋の海《あきうみ》 ㊂ 秋天の下に広がる秋の海には、海水浴などで賑わった夏の海の明るさはないが、澄みきった空とともに、深い色を湛えた静けさがある。**秋**《あき》**の浪**《なみ》。**秋**《あき》**の浜**《はま》。

秋の浪寄せて返さず親不知　粟津松彩子
引揚ぐる船を追ひうつ秋の浪　高濱虚子
秋の海荒るゝといふも少しばかり　同
海女のその物語いま秋の海　稲畑汀子

秋鯖《あきさば》 ㊂ 秋になって脂がのってくる鯖は、本鯖という種類である。関東近海での産卵期は四、五月ごろで、秋になると脂がのって「秋鯖は嫁に食わすな」といわれるくらいうまくなる。

秋鯖がうまし〳〵と朝市女　山下静居

太刀魚《たちうを》《たちうお》 ㊂ 体長五〇センチから一・五メートルで、太刀の形に見えるので太刀魚という。銀白色で鱗がなく、尾鰭もない。全国各地で捕れるが、関西でとくに賞味される。

水俣の岬一と刻の太刀魚の潮　毛利提河

秋刀魚《さんま》 ㊂ 秋刀魚の群れは秋風とともに北海道あたりから南下し、秋の深まるにつれて房総沖から紀州沖にまでおよんで捕れる。刀のように細長く、背が青く、腹は銀白色。焼いて、大根おろしを添えて食べるともっともうまい。季節の魚として食卓を賑わす。

平凡な妻と言はれて秋刀魚焼く　上原鬼灯
秋刀魚焼く匂ひ我が家でありにけり　井上虹意知
秋刀魚食ふ卓袱台の脚落著かず　石倉啓補
割箸を徐々に焦がして秋刀魚焼く　堀　花江
貧厨といふ勿れ今さんま旬　川田長邦
初秋刀魚病院食に出されたり　高濱年尾

鰯《いわし》 ㊂ 地方によって漁期は違うが、だいたい秋に漁獲が多く、旬にあたる。まいわし、かたくち、うるめなど種類も多く、**裂鱠**《さきなます》、叩きなどにするとうまい。煮干、缶詰にもなる。**鰮**《いわし》。**真**《ま》**鰯**《いわし》。**秋鰯**《あきいわし》。**鰯売**《いわしうり》。

沖昏れてかもめは尚も鰯追ふ　鵜沢玻美
大漁にたゝかれてゐる鰯の値　鍋島酔芳
釜出しの鰯の湯気のすぐ消ゆる　奥田一穂
見えて来る鰯の群れに村総出　石田ゆき緒
音立てゝ近づききたる群鰯　奥野いさを
よく釣れて闇に光れる鰯かな　松原赤實果
戻りくる波より低き鰯舟　堀本婦美
海荒れて膳に上るは鰯かな　高濱虚子

鰯引《いわしひき》 ㊂ 網を引いて鰯を捕えることをいうので、地方によってその時期や方法も違うがだいたい秋が多い。近年は船で沖へ出て捕ることが多くなったが、古くは地引網が代表的な漁法で、ことに九十九里浜のそれが有名であった。「鰯引く」といえばやはり一般の人々に最もなじみある地引網と考えるのがふつうであろう。鰯網《いわしあみ》。鰯船《いわしぶね》。

九十九里に女と生れ鰯引　丸島弓人
よそ者とうとまれながら鰯引く　足立堂村
夜の雨にしとゞに濡れて鰯汲む　宮内蘆村
交りたる鯖の紫鰯汲む　前島たてき
鰯汲む隣の舟の灯を借りて　明石八重
佐渡見ゆる日は能登も見え鰯汲む　小林樹巴
打よする波をふまへて鰯曳く　高濱虚子

鰯雲《いわしぐも》 ㊂ 真青に澄んだ空に、小さな白い雲のかたまりが鱗のように群れ広がっているのをいう。昔からこの雲が現れると鰯の大漁があるというので鰯雲といった。「鯖雲」とか「鱗雲」とか呼ばれてもいる。地方によってはこの雲が出ると降雨の前兆とも、颱風の前兆ともいわれる。

松島の上にひろごり鰯雲　田村木國
旅をしてみたく膝抱き鰯雲　高田風人子
もう著いてゐる刻かとも鰯雲　星野立子
美しきものに月夜の鰯雲　松田水石
バーベキュー鰯雲まで煙らして　古川澄子
湖の空ある限り鰯雲　戸田静子
鰯雲砂丘へ網を打ちし如　小川玉泉
大空を動かしてゐる鰯雲　馬場新樹路
鰯雲ゐざりつゝ色定りし　大沢繁女
鰯雲出てゐるだけの空となる　木村淳一郎
鰯雲飽きるほどこの町に住み　南　禮子
駅を出て旅の終りし鰯雲　岩田公次
鰯雲日和いよ〳〵定まりぬ　高濱虚子
梨棚にはるかに高き鰯雲　高濱年尾
鰯雲しざる迅さの見えてをり　同
風紋を見し目に仰ぐ鰯雲　稲畑汀子

鮭《さけ》 ㊂ 秋の産卵期になると、大群をなして川をさかのぼってくる。これを捕えるのである。北海道では秋の美味として「あきあじ」といい、石狩川、十勝川などが有名である。北日本の特産魚で、日本人の食生活に非常に親しい魚である。鮞《はららご》は一般に魚の卵のことであるが、俳句では鮭の卵として詠まれている。**初鮭**《はつざけ》。**鮭小屋**《さけごや》。

石狩の岨に狭まり鮭番屋　田島緑繁
蔵王荒れつゞき阿武隈鮭不漁　佐久間庭蔦
鮭の水尾月にあらはに遡り　太田ミノル
攻め網にかゝりし鮭の水しぶき　渡部余令子
鮭上る簗場は海の鼻つ先　根本天山
オホックの夜々の海鳴り鮭の秋　小島海王
星明りして光る瀬を鮭のぼる　角田みち代
鮭を撲つかなしき業を目の当り　西澤破風
鮭の簗月下に修羅をなせりけり　大橋敦子
音深く鮭の跳ねたる野闇かな　依田秋葭
鮭とんで広野の景の一変す　木村要一郎
鮭のぼる河口と見れば啻ならず　後藤一秋
鮭のぼるかはたれどきの十勝川　今城余白
オホーツクを引きしぼり鮭網あぐる　広川康子

鱸《すずき》 ㊂ 沿岸の浅海に産し川にもさかのぼる。体は銀青色で口が大きく体長は八〇センチにも達する。成長するにつれて名を異にする、いわゆる出世魚の一つである。白身で、刺身、洗膾《あらい》などによく、焼魚としてもうまい。**すずき釣**《つり》。**すずき網**《あみ》。**すずき鱠**《なます》。

舟板に撲たれ横たふ鱸かな　楠目橙黄子
大いなる鱸をさげてかちはだし　山中華丘
鱸釣る一ト潮の刻のがすまじ　石毛昇風
秋風や巨口の鱸生きてあり　高濱虚子

鯊《はぜ》 ㊂ 体長二〇センチくらいになる魚で、口が大きくてちょっと愛嬌がある。海と川の境くらいの場所に多く棲む。てんぷらや干魚など、食用として喜ばれる。**鯊日和**《はぜびより》。**鯊**《はぜ》**の潮**《しほ》。**鯊**《はぜ》**の秋**《あき》。

ふるせ。

相似たる二人漁翁や鯊の秋　河野静雲
蘆原を押分けくるや鯊の潮　古橋呼狂
裏木戸を開けて舟出す鯊の潮　岡嶋田比良
鯊の潮さゞめき来り沖は雨　石田ゆき緒
九頭竜もこゝらは淀ミ鯊の秋　竹内柳花
鯊の潮芥たゝへて満ちにけり　高濱虚子
荷船にも釣る人ありて鯊の潮　同

鯊《はぜ》釣《つり》 ㊂ 鯊は河口や浅海に多く、八月ごろから釣れるが秋の彼岸ごろがもっともよく釣れる。誰にでも釣れるので面白く、小舟を出したり、気軽に岸辺や橋から釣糸をたれたりする。秋晴れの東京湾など鯊釣舟でにぎわう。**鯊舟《はぜぶね》**。

鯊釣の小舟漕ぐなる窓の前　蕪村
鯊釣るや艪音のゆるくこゝちよく　小出南總子
鯊の舟漕ぎちらばりて相倚らず　湯浅桃邑
鯊舟をへな／＼漕いで戻りけり　矢野蓬矢
鯊竿をしらべる楽屋らく近し　中村吉之丞
桟橋に船をらぬ間の鯊を釣る　松村柳浦
子供にもすぐ釣れ鯊はおろかもの　吉田書房
島住みになれて鯊釣たのしめり　芹澤江村
割り込みし鯊釣竿の長きかな　増成かつじ
潮動き鯊の当りの忙しく　島野汐陽
夕汐の冷ゆるに滅法鯊釣るゝ　篠塚しげる
鯊を釣る突堤伸びて渦潮へ　今井千鶴子
話しかけられてゐる間も鯊釣れて　吉見南畝
鯊の竿粗末な方が釣れにけり　小島延介
竹切に糸をつくれば鯊の竿　高濱虚子
海底に珊瑚花咲く鯊を釣る　同
一日を鯊釣ることに過しけり　高濱年尾
はぜ釣りの一舟置けば一景に　稲畑汀子

根《ね》釣《づり》 ㊂ 根というのは海底の岩礁のこと。秋になると魚は岸近く寄って来て水底の根につくことが多くなる。それを舟や網でなく、岩頭に立って釣るのである。岸釣《きしづり》。

真青なる浪ゆり返す根釣かな　楠目橙黄子

海荒れてゐて根釣には好き日和　藤井十三

どこをどう下りてゆきしか根釣人　西山波木

不機嫌の魚籠覗かれし根釣人　大沢詩雨平

鰍《かじか》㊂　淡水魚の、石伏《いしぶし》とか川おこぜとかいわれているものをさす。鯊に似て頭が大きく、背は灰色で黒い縞がある。渓流の石の下などにひそんでいるので石伏の名がある。金沢では「鮴《ごり》」、琵琶湖では「おこぜ」、信州では「かじかんぼう」と呼ばれる。これの甘露煮は美味である。「河鹿《かじか》」（夏季）とは異なる。

あやまりてきゝうおさゆる鯆かな　嵐蘭

菱《ひし》の実《み》　菱は池や沼などに生ずる水草で、水面に菱形の葉を浮かしており、秋になると角のある実をつけ、だんだん黒くなる。若いうちは表皮を剥いで生で食べられるが、熟したものは茹でたり蒸したりして食べる。少し水っぽいが鄙びた味がする。**菱採《ひしと》る**。**茹菱《ゆでびし》**。

ふなべりに分るゝ菱や採り進む　椋砂東

菱採女盥廻して振りむける　戸田河畔子

しなびたる手を打ち笑ひ菱採女　桜木残花

菱採の盥よせ合ひ語りつゝ　嵯峨崎呑月

菱採のほとびたる手の疵を見せ　蘆高暮舟

菱採を見て柳河の菱土産　古賀青霜子

菱採にまだひろ〴〵と菱畳　瀬野直堂

菱売の菱の中よりはだか銭　濱地其行

すげ笠の紐みな赤く菱採女　平川花月

盥舟移れば閉づる菱だたみ　角菁果

菱ちぎるひそけき音と水音と　真木洛東

かく実るぞと菱の座を返し見せ　岩田勝美

菱採りし池の乱れのあからさま　織田澡石

菱採に沼買ひといふことをして　原三猿子

水中に刃物きらりと菱を採る　舘野翔鶴

菱摘みに沼のきらめく日なるかな　内田准思

まだ菱を摘むふるさとの水ありし　倉本三鶴
菱採りしあとの菱の葉うらがへり　高濱虚子

竹《たけ》の実《み》

竹が実を結ぶのに不思議はないが、花が咲くのに数十年を要するので滅多に見られない。花はうす緑、実は稲と似て、食べられるが不味い。実を結んだ一連の竹はかならず枯れるという。

竹の実を結びしのちの月日ふと　湯川雅
竹の実を見れば不吉といふ里に　星野椿
曾祖父の植ゑし竹林実を結ぶ　稲畑廣太郎
竹の実を結びしこともひそかにて　稲畑汀子

竹《たけ》の春《はる》 ㊂

竹は、春のうちは「筍」を育てているので親竹は黄葉して落ちる葉もあり竹の質も悪くなるが、秋になると盛んに生長し性《しょう》もよくなる。親竹も若竹も緑の色を濃くする。すなわち竹にとっては暦の上の春が秋で、秋が春なのである。

元政の墓とつたへて竹の春　東野悠象
雨脚の高さの見えて竹の春　福井圭児
竹の春嵯峨に静けさ戻りけり　高岡智照
一むらの竹の春ある山家かな　高濱虚子
峡抜けてゆく明るさの竹の春　稲畑汀子

竹《たけ》伐《き》る ㊂

「木六、竹八」といって、竹の性《しょう》のよいのは陰暦八月すなわち陽暦九月ごろで、そのころ伐るのがよいとされている。伐り出してある青竹の束を見るのもいい感じである。

竹伐や光るは腰の替の斧　新上一我
朝からの竹伐つてゐる響かな　矢野蓬矢
伐出せし竹をまたぎて祇王寺へ　尾藤禾木
竹伐に道をたづねてあとを追ふ　田畑三千女
藪深くゆきしが竹を伐りはじむ　高崎雨城
竹伐りて横ふ青さあらたまり　皆吉爽雨
竹伐つて穴あきしごと空のぞく　夏目麥周
さびしめば竹伐るひゞき嵯峨野みち　篠塚しげる

竹伐れる音倒れゆく音つゞき　蘭　添水
竹伐りて道に出し居る行手かな　高濱虚子

草《くさ》の花《はな》 ㊂　昔から木の花は春で、**草花**《くさばな》は秋とされている。名のある草も、名のない草も**千草**《ちぐさ》**の花**《はな》といわれるほど、色も形もさまざまである。好日の風情も、秋風に吹かれ、秋雨に濡れるさまも、それぞれにいとおしい。**草花売**《くさばなうり》。

門ありて国分寺はなし草の花　梅　室
遊びゐる鶏太白や草の花　皿井旭川
鉄路敷く噂も消えて草の花　大河内枯木
この辺で待つ約束や草の花　今井つる女
丘上にモルモン史碑や草の花　左右木韋城
簪の耳掻ほどの草の花　高濱虚子
もう用のなき車椅子草の花　稲畑汀子

秋海棠《しうかいだう》《しゅうかいどう》　高さ五〇センチくらい、日陰を好む。葉はちょっとゆがんだ卵形で先が尖っており、淡紅色の小さい花を咲かせる。「大和本草」によれば「寛永年中中華より初めて長崎に来る。それ以前は本邦になし、色海棠に似たり、故に名づく云々」とある。園芸植物として親しまれている「ベゴニア」は同じ種類に属する。

母の忌に帰れず秋海棠を切る　大久保橙青
紅き茎継ぎ足して咲き秋海棠　勢力海平
陰気なる秋海棠の小庭かな　高濱虚子

紫《し》**苑**《をん》《おん》　キク科で、色は淡い紫、単弁の花で二メートルくらいにまで伸びた枝の先にこまかく高々と咲く。庭などに植えられ、静かなちょっとさびしげな花である。

門柱に紫苑の丈も競ひ立ち　吉屋信子
虻一つ紫苑離れし高さかな　清崎敏郎
花鋏高くかざして紫苑切る　椋　砂東
紫苑剪る法躰ならぬ尼僧見し　今西一路
庭先に紫苑は傾ぐものなりし　小島延介
人々に更に紫苑に名残あり　高濱虚子
晴れ渡る天に紫苑の色を置く　稲畑汀子

蘭《らん》

蘭には種類が多く、春から夏にかけて咲くものもあるが、古来秋のものとされ、形も香りも清いので蘭《らん》の秋《あき》などという言葉もある。「年浪草」に「春芳しきを春蘭とす、色深し。秋芳しきを秋蘭《しうらん》とす、色淡し、開く時満室尽く香し」と書かれている。蘭《らん》の花《はな》。蘭《らん》の香《か》。

五年十年物や蘭の鉢　保田白帆子
故園荒る書斎に庭の蘭を剪り　高濱虚子
シャンデリアともして蘭の影散らす　稲畑汀子

釣舟草《つりふねさう》《つりふねそう》

山野のやや湿気の多いところに群れ咲く。仲秋のころちょうど小舟に似た二、三センチくらいの漏斗状の花が茎からぶらさがり、舳先にあたる部分が巻いている。紅紫色のものがふつうだが黄色もある。地方によりいろいろな名で呼ばれている。

吊橋のあと朽ち釣舟草咲けり　岩永三女

釣舟草

松虫草《まつむしさう》《まつむしそう》

山野に生え、葉には深い切れ込みがある。六〇～九〇センチくらいの茎の頂に、青紫色の矢車菊に似た美しい花をつける。品のある草花で、高原で見る群落は息をのむばかりである。

空の色松虫草の花にあり　新村寒花
車とめて下さい松虫草の咲く　鷲巣ふじ子
摘まず置く松虫草は野の花よ　稲畑汀子

松虫草

竜胆《りんだう》《りんどう》

秋の山野に咲く鐘状、五裂、紫色の花である。三〇センチくらいの茎に、とがった葉が対生し、葉のつけ根や茎の頂に可憐な花が数個集まって咲く。日のあたる時だけ開き夜は閉じる。根は苦く胃薬とされる。

稀といふ山日和なり濃竜胆　松本たかし
牧閉づる阿蘇竜胆の野に咲けば　志賀青研
竜胆の花ぞ親しき父の墓　川端紀美子
竜胆の眠りにとゞくヒユッテの灯　小原うめ女
竜胆の野にくれば足る心の忌　河野扶美

摘み〳〵て竜胆の手にあふれたり　高濱年尾
りんだうは秋七草の他のもの　同
野の色に紫加へ濃りんだう　稲畑汀子

鳥《とり》頭《かぶと》

キンポウゲ科の多年草。高さ一メートル前後。秋、梢の先に紫の多数の花を咲かせる。花は横向きで、その形が舞楽の伶人《れいじん》の冠（鳥帽子）に似ているのでこの名がついた。茎、葉、根に毒があり、とくに乾燥させた塊根を付子《ぶし》といい、アイヌが毒薬としてよく用いた。観賞用に栽培されもするが、高原の野草として見かけることも多く、樹林を歩いていて、この美しい紫の花にぶつかる。**鳥冠《とりかぶと》。鳥兜《とりかぶと》。**

鳥頭

しのばる丶その世の古潭鳥兜　横山圭洞
鳥兜日高アイヌは点在す　嶋田一歩
気力負けせざる紫鳥甲　依田秋葭
今以て蝦夷と言はれる鳥かぶと　辻井のぶ

富士《ふじ》薊《あざみ》

富士山麓に多く自生するのでこの名があるが、日光、箱根、その他にもある。棘のある一メートルにも達する硬い厚い葉を広げた座の中から、茎もまた一メートルくらいに伸びて、九月ごろ薊に似た大きな紫色の見事な花を横向きにつける。

富士薊

富士薊咲いて二合目霧うすれ　谷川朱朗
八丈に富士山ありて富士薊　湯浅桃邑
富士に在る花と思へば薊かな　高濱虚子

コスモス

葉も細く茎もひょろひょろと高く育ち、花は紅、紫、白、黄など濃淡いろいろである。本来栽培種であるが強い性質なので野辺にも河原にも咲いて風にゆれている。**秋桜《あきざくら》。**

つきはなす貨車コスモスのあたりまで　深川正一郎
コスモスや我より問ひてきく話　星野立子

――九月

コスモスの色もつれあひほどけあひ　本郷昭雄
病めばなほ人のこひしく秋桜　谷口てる子
月明にゆらぐことなき秋桜　清崎敏郎
尼寺の苔の中より秋桜　上野泰
透きとほる日ざしの中の秋ざくら　木村享史
コスモスの風なきときも色こぼす　三村純也
コスモスをコスモスらしくするは風　蔦三郎
コスモスに守られ赤字路線駅　長尾虚風
コスモスに雨の狼藉残りをり　岩垣子鹿
コスモスを愛づゆとりとてなきゴルフ　大橋晄
コスモスの花吹きしなひ立もどり　高濱虚子
コスモスを乱れさしたるばかりかな　高濱年尾
コスモスの色の分れ目通れさう　稲畑汀子

吾亦紅《われもかう》《われもこう》

山野に多く、草の中からついついと茎を差し交わしつつ抽き出る。秋半ばごろ、枝の先端にはまことに小さな花が指先ほどにかたまって咲き、秋も深まるにつれてその色は紅から紫に近くなる。吾木香《われもかう》。

吾亦紅

山のさと過ぎつんと吾亦紅　森田游水
吾亦紅だらけといふもひそかなり　依田秋葭
君そこにありて揺れゐる吾亦紅　橋田憲明
神小さきものに宿れば吾亦紅　岩岡中正
一峰にしたがふ一湖吾亦紅　本井英
赤きものつういと出でぬ吾亦紅　高濱虚子
吾も亦紅なりとつういと出で　同
ゆれ止みて風ゆれ止みて吾亦紅　稲畑汀子

真菰《まこも》の花《はな》

花は淡紫色、稲の花のように穂を垂れ、風が吹けばちらちらする。「真菰」は夏季。関東では潮来《いたこ》などの水辺に多く見かける。

出し旭直ぐ呑む雲や菰の花　正之
漕ぎ入れてみれば真菰の花咲ける　森田峠
柳川は水匂ふ町真菰咲く　久木原みよこ

時鳥草《ほととぎすさう》《ほととぎすそう》　山地に自生し、茎や葉は百合に似て丈は三〇センチ～一メートルくらい。葉のつけ根から蕾が伸びて、白く内側に紫色の斑点のある漏斗状の花を開く。時鳥の胸の斑毛に似ているところからこの名がある。**杜鵑草**《ほととぎす》。**油点草**《ゆてんさう》。

油点草紫出過ぎても居らず　中谷楓子
幾度も雨に倒れし油点草　稲畑汀子

時鳥草

狗尾草《ゑのころぐさ》《えのころぐさ》 ㊂　**ねこじやらし**の名で親しまれる雑草で、道ばた、空地など、どこにでも生えている。全体に緑色で高さ五、六〇センチくらい。葉は細長く茎を包み、茎は細くかたく、先端に粟《あわ》に似た五、六センチほどの穂がうなだれてつく。その穂の形を子犬の尾になぞらえて名付けられた。**ゑのこ草**《ぐさ》。

径らしき径なく寺領狗尾草　鬼塚忠美
らしく枯れらしく乱れてゑのこ草　工藤乃里子
ゑのころの川原は風の棲むところ　稲畑汀子

露　草《つゆくさ》　畑や湿地、路傍、小川の縁など、どこにでも群生する。竹に似た葉をつけて高さ一五～三〇センチに伸びるが、茎は分枝し下部は地に這う。頭の方だけ少し持ち上げ、仲秋、緑色の蛤状の苞葉の外に二弁の目立つ鮮やかな藍色の花をつける。月影に咲くというので**月草**《つきぐさ》とも呼ばれる。**ほたる草**《ぐさ》。**ばうし花**《ばな》。

露草に亡き子よしばしし来て遊べ　竹中すゝき女
露草や島に古りたる滑走路　水見壽男
露草や結願の磴すぐそこに　堀恭子
露草を面影にして恋ふるかな　高濱虚子
露草の群生がわが目を奪ふ　高濱年尾
露草を摘めば零るる夜べの雨　稲畑汀子

蕎麦《そば》**の花**《はな》　蕎麦は真紅の根茎、緑の葉の上に小さい白い花をつけ、匂いも強い。山村の蕎麦畑が白い花で一面におおわれる風景は、昔ながらに美し

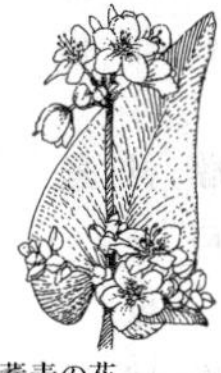
蕎麦の花

いものである。

道のべや手よりこぼれて蕎麦の花　蕪村
ほそ〴〵と起き上りけり蕎麦の花　村上鬼城
花蕎麦に飯綱颪荒々し　藤戸洛
高原の日の乏しさよ蕎麦の花　川上訓子
みちのくの山傾けて蕎麦の花　工藤吾亦紅
そばの花咲いて山国らしくなる　小竹由岐子
休み田の一枚蕎麦の花ざかり　新谷根雪

糸瓜《へちま》 [三] 日除がわりの縁先の棚に、深緑の長い実が幾つもぶら下がっているのなど面白い眺めである。果肉をとった繊維を乾燥させてたわしを作る。茎から出る水は痰切りの薬や化粧水ともなり、十五夜に採るとよいといわれている。**糸瓜**《へちま》**棚**《だな》。

糸瓜棚解いて落日かくれなし　上野果堂
色も香もなき糸瓜水もらひけり　久保田麻子
相似たる隣合せの糸瓜棚　津田悦子
糸瓜水作るも女ごころかな　鹿子島薫
糸瓜水取りて分け合ふ人のあり　室町ひろ子
取りもせぬ糸瓜垂らして書屋かな　高濱虚子
よく見たる右廻りなる糸瓜蔓　同

瓢《ふくべ》 [三] 瓢簞《ひょうたん》の実のことである。夕顔にも同じような実がなって混同されやすい。細長く中間にくびれのある形のものは、中身をくりぬいて酒壺とされ、平たく球形のものは同じようにくりぬいて炭斗《すみとり》や花器などに作られたりしたものである。**青瓢**《あをふくべ》。**ひさご**。**瓢簞**《へうたん》。

瓢疵惜まれながら育ちけり　朴魯植
いと小さき瓢も形とゝのへし　佐藤一村
それ〴〵の形決りし青瓢　十万南夫子
坐りよきことのをかしき青瓢　大橋敦子
瓢簞の窓や人住まざるが如し　高濱虚子

鬼灯《ほほづき》《ほおずき》 [三] 青い五角の苞のふくろが色づいてくると中の丸い実も赤くなる。ふくろはふわふわとやわらかく簡単に裂ける。実は丸くはりきっていて、それを女の子などが掌でやわらかく揉み、爪楊枝で穴をあけて中の黄色い種を出し、口にふくんでギューッギューッと鳴らす。なかなか難しいものである。また、この実を顔に見たてて千代紙を着せてあね様ごっこなどもする。ふつう庭や畑の隅などに植えてある。**虫鬼灯**《むしほほづき》とは袋の繊維を残して虫の食った鬼灯で、レースのように中の実が透けて見え、美しい。**酸漿**《ほほづき》。

鬼灯を鳴らして深きゑくぼかな　城谷文城
ほゝづきの鳴る母の口児に不思議　千原叡子
鬼灯をならしたるこつもう忘れ　脇収子
鬼灯の最後の種に破れけり　高濱朋子
山寺の虫鬼灯のままにあり　副島いみ子
家中の人に鬼灯鳴らし見せ　河野美奇
鬼灯の赤らみもして主ぶり　高濱虚子

唐辛《たうがらし》《とうがらし》 ㊂　種類が多く色も形もさまざまで、赤く色づくと辛味が強くなる。摘んで日に干し、香辛料とする。**天井守**《てんじやうまもり》、**天竺守**《てんぢくまもり》と呼ぶのは垂れないで上を向いている故ともいう。**蕃椒**《たうがらし》。**唐辛子**《たうがらし》。

たうがらしつれなき人にまゐらせん　百池
むき〳〵に赤とみどりの唐辛子　芥川我鬼
唐辛子両手にうけて立話　相生垣秋津
老僧の古りし箱膳唐辛子　古賀虹坡
藁屋根に干されて真つ赤唐辛子　山地曙子
妥協せぬ辛さを色に唐辛　市村不先
今一奮発〳〵唐辛子　高濱虚子
尼寺の戒律こゝに唐辛子　同

秋茄子《あきなす》 ㊂　秋になってまだ生る茄子である。古来「秋茄子は嫁に食わすな」というように美味で、とくに漬物などには最適である。茎に一つ二つ生り残っているのは侘しい。**秋茄子**《あきなすび》。

秋茄子ややさしくなりし母かなし　星野立子
焼きあがり甘さの匂ふ秋茄子　松原ふみ

味うすき京の朝餉の秋茄子　今井つる女
秋茄子の日に籠にあふれみつるかな　高濱虚子
急な客とて秋茄子焼くことに　稲畑汀子

紫蘇《しそ》の実《み》

紫蘇は葉も花も実も、紫色か緑色で香りがよい。実はごく小さく、九月ごろ茎の先、葉腋に穂状に生ずる。刺身のつまにしたり、塩漬にしたりして食べる。

紫蘇の実を鋏の鈴の鳴りて摘む　高濱虚子

生姜《しやうが》《しようが》 ㊂

地上の茎は茗荷に似て、まっすぐ六〇センチくらいに伸び、地下茎は横に伸び、指をねじまげたようなこぶこぶの形の根を数個つける。香りが高く、辛いので香辛料とする。新生姜《しんしやうが》は酢に漬けたり、味噌をつけて食べたりする。薬にもなる。薑《はじかみ》。古生姜《ふるしやうが》。

あそび田も皆生姜植ゑ生姜村　平松竈馬
朝市のほりたて生姜匂ふかな　戸田こと
生姜掘りこれより深く峡に住む　小島久子
置所変る厨の生姜かな　高濱虚子

貝割菜《かひわりな》《かいわりな》

大根や蕪などの種を蒔くと、やがていっせいに萌え出して、双葉を開く。二枚貝を開いた形に見えるのでこう呼ぶ。二葉菜《ふたばな》。

貝割菜嵯峨野の藪の拓かれて　森信坤者
又雨の畝崩しをり貝割菜　宮脇長寿
貝割菜日々不揃ひとなりゆけり　長野とみ子
大根の風味やすでに貝割菜　加藤しんじゅ
一と笊の軽しと思ふ貝割菜　高濱年尾

間引菜《まびきな》

大根、蕪、白菜、小松菜などは二百十日までに蒔き、初め厚く蒔いて、生えてから密生したところを間引きながら、たちのよいものを残して育ててゆくのである。間引菜はその摘み取られた小さい菜のことで小菜《こな》ともいい、浸し物、和え物、汁の実などにして食べる。抜菜《ぬきな》。摘菜《つみな》。小菜汁《こなじる》。

摘菜汁週に一度の日本食　稲垣泊蒼
指先に露のとびつく菜を間引く　黒河如水
秀でたるものをいたはり菜を間引く　国弘賢治

間引菜の笊にざあ〳〵釣瓶水　長与琴荘
エプロンに受けて間引菜貰ひけり　江口久子
菜を間引くこんなに厚く蒔きしとは　松本弘孝
何事もたやすからずよ菜間引くも　高濱虚子

菜《な》虫《むし》 ㊂　大根、蕪、白菜などが葉を広げ始めると、その葉に虫がつき、菜を食い荒らす。総称して菜虫といい、黒いもの、茶色いものなどいろいろあるが、真青なのは紋白蝶の幼虫である。**菜虫《なむし》とる**。

菜虫とる子のはや飽きて居なくなる　太田花魚
袈裟脱げば僧も百姓菜虫取る　末森彩雲
菜虫とることにも嫁の座にも馴れ　大森積翠
かたちなきまでに菜虫を踏みにじる　平木谷水
屈託もなく起きいでて菜虫とる　高濱虚子
白露は美しきかな菜虫とる　同

胡《ご》麻《ま》　九月ごろ、葉腋の実が熟すると縦にはじけて、黒や白、茶の種子がとび出す。これが胡麻粒である。まだ青く、はじけないうちに刈り採り、数本束ねて日当りのよい縁側などに立て掛けて干し、乾いた束を樽の内側で叩いて中にこぼれたまった種子を採る。食用とし、また油をしぼる。**胡麻《ごま》刈《か》る**。**胡麻《ごま》干《ほ》す**。**胡麻《ごま》叩《たた》く**。

束ねたる縄がゆるみて胡麻はじけ　前川歌子
商のあひま〳〵の胡麻叩き　吉村ふじ子
片膝をたて直しては胡麻叩く　山崎寥村
四方よりもたれ合はせに胡麻を干す　藤井白汀
干胡麻のはじける色となつて来し　田代杉雨堂
胡麻一つはぜしをしほに刈りはじむ　長野何朶子
姨捨の麓の四五戸胡麻を干す　大久保橙青
白胡麻の乾きて自づからはじけ　米谷孝
割合に小さき擂粉木胡麻をすり　高濱虚子
胡麻刈つて今は立てかけおく日和　高濱年尾

玉蜀黍《たうもろこし》《とうもろこし》　二メートルくらいに伸びた茎の葉腋に、苞をかむって実をひそめ、その頭から茶褐色の毛髪のようなものを出しているのを見る。黄色い粒がぎっしりと並んだ実を焼いたりふかしたりして食べる。露店などで焼いて売ってもいる。**唐**《たう》**黍**《きび》。**もろこし**。花は夏季。

なんばんの葉に照るほどに月ふとり　長谷川素逝
唐黍を焼く火に跼み夜の女　芹澤江村
玉蜀黍をもぎをり馬車を乗り入れて　村上杏史
朝夕にもろこしを焼きよろこばれ　加藤晴子
もろこしにかくれ了せし隣かな　高濱虚子
草庵はたゞもろこしに風強し　同

高《たか》**黍**《きび》　黍に似ていてもっと逞しく大きい。二メートル以上にもなる。実は赤褐色で、粉にして餅や団子の材料にする。**高粱**《かうりやん》とも呼ばれる。

高粱を刈るや垂れ葉を打かぶり　江川三昧

甘蔗《さたうきび》《さとうきび》　インド原産で三、四メートルにもなる。茎を搾って糖汁とし砂糖をとる。わが国では沖縄などで多く栽培されている。**砂糖黍**《さたうきび》。

砂糖黍かゝへアラブの大男　田中憲二郎

黍《きび》　茎、葉ともに粟に似ているが実は粟より大きく赤茶色と淡黄白色がある。たくさんの小枝を出しそれに穂状に実るがあまり密ではない。「もちきび」は餅とかきび団子を作り、「うるちきび」は飯の代りにして食べた。**黍**《きび》**の穂**《ほ》。**黍畑**《きびばたけ》。**黍**《きび》**引**《ひ》**く**。

城外の黍の秋なり馬車を駆る　大野審雨
黍の風よその子の如吾子立てる　平松措大
奥祖谷の一畳畠黍を刈る　佐野大志
黍畑に風の荒きを見て急ぎ　古屋敷香葎
黍高しこのごろの島貧ならず　山本砂風樓
王子守る山家一軒黍干して　松本圭二
飛行機が著けばすぐある黍畑　辻井卜童
稔りては乱れそめにし黍畑　高濱虚子
山の家黍殻束をよろひたり　同

稗《ひえ》　イネ科の一年草で、高さ一、二メートル、粟や黍《きび》に似ている。花期は初秋で九月ごろ穂を垂れる。北海道、東北地方などの稲作の不安定な地方の田畑で栽培され、食用もしくは小鳥の餌とする。水田、路傍などに野生する野びえは食べられない。**稗《ひえ》引《ひ》く**。

離宮みち稗抜き捨てゝありにけり　清水忠彦
ぬきんでて伸びしは稗に紛れなし　榊　東行
抜きし稗うづ高きまで捨てゝあり　前田六霞

粟《あは》《あわ》　神話時代から粟は食用として重要であった。五穀の一つで、葉は玉蜀黍《とうもろこし》に似、一メートルあまりの茎の先に無数の小花が集まって大きな花穂となり、黄色く二ミリくらいの実を結び垂れる。ゆさゆさ揺れると大きな虫にも似ている。独特の香りがあり、味は淡く、餅や菓子の材料に、また小鳥の餌になる。**粟《あは》の穂《ほ》**。**粟畑《あはばたけ》**。**粟《あは》引《ひ》く**。**粟《あは》刈《か》る**。**粟飯《あはめし》**。

粟の穂にはゞたきすがる雀かな　杉浦冷石
粟を搗く笠をかぶれる女かな　京極杞陽
粟打の女立膝又かへて　茂木利汀
粟干して津軽乙女は仕事好き　長内万吟子
山畑の粟の稔りの早きかな　高濱虚子
此度は向き合ひ粟を打つてをり　同

桃《もも》 ㊂　日本在来種の地桃は小粒で皮は黄緑、果肉は紅みを帯びてかたく、味は野趣があり酸味が強い。**毛桃《けもも》**。それよりやや早く店頭に出る「白桃《はくとう》」は、大形、名のとおり白く薄い皮に包まれ、果肉もまた白く甘くやわらかい。岡山県の名産である。

皆尖る桃の頭や籠の中　安達赤土
桃新鮮水はね返す力あり　小竹由岐子
桃ひとつ甘き匂ひを放ちたる　今井千鶴子
息の代となりても桃をくださるる　本井　英
苦桃に恋せじものと思ひける　高濱虚子

梨《なし》 ㊂　在来の梨は長十郎梨などに代表されるように黄褐色である。近ごろは梨棚で栽培され、品種も改良されて黄緑色で甘く、水気のあるものが多くなった。西洋梨は別種で形も異なる。**青梨《あをなし》**。**梨子《なし》**。**ありのみ**。**梨売《なしうり》**。

木洩日の顔にまぶしや梨を捥ぐ　赤池麦穂

点滴の済みたる夫に梨をむく　重浦良枝
女みな運転出来て梨出荷　堀恭子
此辺り多摩の横山梨をもぐ　大橋一郎
いましがた手術せし手で梨をむく　吉田三角
梨をむく音の愉しき二人の夜　川口利夫
出盛りは雨にも捥ぎて梨出荷　吉村ひさ志
艪をこげる娘に梨をはふりやれ　高濱虚子
新高といふ梨の大頒ち食ふ　高濱年尾

葡萄《ぶだう》《ぶどう》 三

甲州葡萄は古くから有名であるが、いまは岡山、広島、福岡などからも、いろいろの改良品種や温室のマスカットなどが産出される。鉢に盛られた葡萄、皿に光るマスカットの数粒、青空を透かしながら鋏の手を伸ばす葡萄狩、いずれも趣がある。干葡萄にしたり、ワインを造ったりする。**葡萄《ぶだう》園《ゑん》**。**葡萄棚《ぶだうだな》**。

葡萄棚なだらに渓に落ち合へる　柳沢東丁
一房の秤かたむく葡萄かな　吉屋信子
訪ね来て葡萄畑の中の家　福井圭児
一と房の葡萄の重み切りとりし　新田記之子
濃き日射ちら〳〵こぼし葡萄狩　山口七重
観光のぶだう園とし出荷せず　林加寸美
二タ上の山を遠見に葡萄狩　高岡智照
葡萄の種吐き出して事を決しけり　高濱虚子
葡萄棚出て風と合ふ空と会ふ　稲畑汀子

木犀《もくせい》

中国原産の常緑樹でよく庭園に植えられる。高さ三メートルにも達し、葉は楕円形で対生し堅くて縁にぎざぎざがある。仲秋、葉腋に小花を叢生し、独特の芳香を放つ。花は橙黄色がふつうでこれを**金木犀《きんもくせい》**という。また白い花を**銀《ぎん》木犀《もくせい》**といい少し遅れて咲く。

木犀や社家の子ゆゑの巫女づとめ　西村数
木犀の匂ふひと日を妻とあり　山本紅園
土地人もまよふ袋路金木犀　今村青魚
木犀の香りの継目ありし風　岸善志

木犀の香にあけたての障子かな　高濱虚子
木犀の匂はぬ朝となりにけり　稲畑汀子

爽《さわ》やか ㊂

日本の四季の中では、秋がもっとも清澄な感じがする。気温はだんだんに下がり、湿度も低い日が多い。空気が澄み乾燥しているので、遠くまではっきり見え、物音もきれいにひびく。肌もさらりとして心地よい。五感をとおして身も心も爽快な季節である。**さやけし**。

爽やかに顧みるべうこともなし　清崎敏郎
聖書読む母さわやかにらふたけく　ミュラー初子
爽やかや口笛吹きて牛乳搾る　山口牧村
爽やかや話し度きことのみ話す　星野立子
約束を果してこゝろ爽やかに　川瀬向子
爽やかに体調をとり戻したる　畑紫星
爽やかや噂といふもよき話　五十嵐哲也
さわやかに語れる時を待つ事に　岡林知世子
爽やかに言へば何でもなきことを　黒米松青子
爽やかに走り抜けたるゴールかな　山下しげ人
爽やかな目覚めに朝日賜はりし　吉村ひさ志
過ちは過ちとして爽やかに　高濱虚子
爽やかに僧衆読経の声起り　同
しづけさにありて爽やかなりしかな　稲畑汀子

冷《ひや》やか

秋になってなんとなく感ずる冷気をいう。石の上や板の間《ま》、あるいは公園のベンチに腰をおろしたりしたときなどに、ふと感ずるのである。**秋冷《しうれい》**。

人冷やか追ひすがらんとする我に　野村久雄
山の湖や秋冷のつきまとひゐし　新田充穂
羽の国の秋冷早し旅人に　鈴木貞二
人を見る眼の冷やかに女囚病む　河野探風
秋冷の膝にのり来し子を抱く　堤靭彦
冷やかに掛る面会謝絶札　一宮十鳩
影といふ影秋冷を置きそめし　山内山彦
今日明日のいのちと告ぐるひややかに　瓦玉山

冷やかに白紙答案現るゝ　粂野福民
冷やかに停年の肩ありにけり　星野椿
冷やかな程なつかしき山湖かな　須藤常央
身の上に法冷やかに来りけり　高濱虚子
秋冷やわが手乍らもしびれをり　高濱年尾
秋冷を心地よきとも思ふ旅　稲畑汀子
覚悟してゐしことなれど秋冷ゆる　同

秋《あき》《あき》の水《みづ》《みず》

㊂ 秋の冷やかに澄んでいる水である。「三尺の秋水」といって、古人は名刀の感じにたとえた。秋水《しうすゐ》。

雲流れ運河は秋の水湛へ　池内友次郎
久闊や秋水となり流れゐし　星野立子
秋水の白瀬青淵まさやかに　松本たかし
秋水のきらめきはすぐ褪めやすく　内田准思
走り来る秋水そこに沢の家　高濱虚子
秋水の浅瀬の見えて渡舟著く　稲畑汀子

水《みづ》《みず》澄《す》《す》む

㊂ 秋はことに水が澄んでいる。川の流れでも、湖でも、清く澄んだ水を眺めるのは快いものである。

水澄みて〳〵人新たなり　星野立子
水あれば水澄めるかと覗き見る　池内たけし
水底に毬藻を秘めて湖澄めり　岡安迷子
水底をゆく波のかげ水澄める　砂長かほる
澄む水に影ももたずに魚はしる　五十嵐播水
隠沼といへども水の澄んでをり　中村芳子
澄むといふ水のこゝろのかくれなし　桑田青虎
湧く水も流るゝ水もやゝに澄み　中村青峯
絵具溶く一滴の水澄めるかな　宮中千秋
石狩の水ナ上にして水澄まず　高濱虚子
かき濁し〳〵して澄める水　同
高き池低き池あり水澄めり　高濱年尾
湧き水の泡上げてゐて澄めりけり　同
澄む水を落しやまざる流れあり　稲畑汀子

十月

立冬の前日すなわち十一月六・七日までを収む

十月《じふぐわつ》《じゆうがつ》　暦の上では晩秋にはいるが、実際には、もっとも秋らしい月である。空はどこまでも青く、野山は紅葉に彩られ、草木はみのり、大気はひえびえと澄む。郊外の散策には最適の月である。

十月と思ひこみゐて不義理せし　星野立子

ブラジルにて

十月の桜咲く国上陸す　狩野刀川

十月や日程表に余白なし　今橋浩一

長月《ながつき》　陰暦九月の異称。秋もようやく深まり、夜もいよいよ長くなってくるので、夜長月というのをつづめて長月となったともいわれる。**菊月**《きくづき》ともいう。

菊月の雅用俗用慌し　篠塚しげる

長月や明日鎌入るゝ小田の出来　酒井黙禪

菊月の悲しみとして師の忌来る　椋砂東

赤い羽根《あかいはね》　十月一日から十二月三十一日まで、社会福祉運動として街頭で人々に募金を呼びかけ、募金に応じた人には赤い羽根をつけてくれる。昭和二十二年（一九四七）に始まった。集まった募金は各種社会事業団体などに配分される。通勤のサラリーマンや通学の生徒たちの胸に赤い羽根が挿されているのは爽やかな光景である。

赤い羽根袈裟につけたるお僧かな　獅子谷如是

うらぶれし日も赤い羽根かく附けし　三星山彦

赤い羽根らしき人垣出来てをり　稲畑汀子

秋の日《あきのひ》 ㊂　秋の一日をいう。「つるべ落し」といわれるように、あわただしく暮れる。また秋の太陽、秋の日ざしをもいう。ことに**秋の入日**《あきのいりひ》は美しく華やかである。

川の色俄に変り秋日落つ　小林耕生

秋の日の落つる陽明門は鎖さず　山口青邨

逃げやすき秋の日惜み小商ひ　小川眞砂二

樹を洩るる秋日が風に移り居り　松住清文
秋日ちよと戻りて見せつよき庭を　高濱虚子
秋の日の強し高原なればなほ　高濱年尾
橋くゞる一瞬秋の日のかげり　稲畑汀子

秋晴《あきばれ》 三　秋の快晴の日は空気が澄んでまことに気持がよい。運動、ピクニック、遠足ならずとも、その辺までで も歩いてみようかと心が動く。**秋日和**《あきびより》。

塵取に塵なく園の秋日和　池内たけし
頁繰る如く秋晴今日も亦　星野立子
釣舟が島のまはりに秋晴るゝ　五島直樹
サハリンも見えさいはての秋日和　小島海王
砂丘ゆく秋晴の海見ゆるまで　松尾緑富
秋晴や伐り倒しある楠匂ふ　合田丁字路
桜島大秋晴の一と噴火　宮田蕪春
秋晴の汽車がらあきや宗谷線　白幡千草
秋晴を父の形見の如仰ぐ　後藤比奈夫
秋晴のまづ自動車を磨きあげ　京極高忠
山越えてまた別の秋晴に逢ふ　田上昭典
影といふものにもありし秋日和　廣瀬ひろし
出かけねばならぬかに秋晴れてをり　浅利恵子
秋晴の部屋のなかにもありにけり　塙告冬
秋晴や幸せ告げるミサの鐘　中村花心
秋晴れて視力の戻りたる心地　岡安仁義
秋晴の続かぬ旅でありしかな　高濱朋子
手をかざし祇園詣や秋日和　高濱虚子
雲あれど無きが如くに秋日和　同
秋晴やかもめの尻に水の映え　高濱年尾
秋晴の見てゐるうちに消ゆる雲　同
雲は秋晴るる移動をはじめたる　稲畑汀子

秋高し《あきたかし》 三　秋は空気も澄み、ことに晴れ渡った空は高く感じられる。これを秋高しといい、**天高し**《てんたかし》とも用いられる。

牛にのる阿蘇の百姓天高し　寺田映峰
大雨のあとかぐはしや秋高く　星野立子
長橋を自動車流れ秋高し　吉良比呂武
火山灰降らぬ日の鹿児島の秋高し　米盛蓮志
一片の雲ある故に天高し　下村非文
高原の秋高しとも深しとも　品川光子
少年と犬と野を駈け秋高し　藤松遊子
秋高し視線を富士に置けばなほ　澄月黎明
高原に立ちはだかりて秋高し　高濱虚子
天高し雲行くまゝに我も行く　同
天高しシヤガールの絵の青よりも　稲畑汀子

馬肥《うまこ》ゆる　㊂　いわゆる高天肥馬の季節といい、秋になると馬もよく肥える。この語句は、もとは「漢書」の匈《きょう》奴《ど》伝に「匈奴は秋に至って馬肥え弓勁《つよ》し」とあるのによる。当時、中国では秋になると北方騎馬民族が侵入し領土を脅かすことが多かったのである。

秣桶噛み減らしつゝ馬肥ゆる　岡本酌水
馬肥えぬ夜目にも漆光りして　佐藤念腹
わだつみへ落込む牧や馬肥ゆる　赤司芙美
牧の果太平洋や馬肥ゆる　嶋田一歩
遠目にも毛並光りて馬肥ゆる　吉村ひさ志
牧の馬肥えにけり早も雪や来ん　高濱虚子
汗血馬絶えし沃土に馬肥ゆる　稲畑汀子

秋《あき》の空《そら》　㊂　青く澄みきった秋の空は、一年中でもっとも美しく感じられる。一方、人の心の変りやすいたとえにもされるように、天候の変化しやすい空でもある。**秋空《あきぞら》**。**秋天《しゅうてん》**。

上行と下くる雲や秋の天　凡兆
秋天や相かたむける椰子二本　山本孕江
秋天に棹上げ答ふ渡し守　高崎小雨城
大玻璃戸拭き秋天を拭いてをり　上野泰
秋空へ大きな硝子窓一つ　星野立子
僧達に大本山の秋の天　高野素十

わが頭上最も青し秋の天　岩崎偶子
秋天に鐘打ち終へて十字切る　堤政子
口笛を吹く顔来り秋天下　奥田智久
秋天を支ふもののなき日本海　澄月黎明
秋天へ一と雲吐きぬ桜島　松本巨草
秋天をつくらんとして雲のとぶ　山本いさ夫
秋天へテニスサーブの胸反らす　山本とし子
秋天の微塵となつてゆく離陸　岩岡中正
秋空を二つに断てり椎大樹　高濱虚子
鎌倉
秋天の下に浪あり墳墓あり　同
目にて書く大いなる文字秋の空　同
光る湖秋天を引き上げてをり　稲畑汀子

秋《あき》の雲《くも》 [三]　澄みきった秋空に湧いては消える雲である。縞模様となったり、流れたり、変化に富み、人々はその雲を仰いで天気を占ったりもする。

少しづつゐざる景色や秋の雲　村上鬼城
灰色をふくみ大塊秋の雲　上野泰
秋のまだ残るかに雲高くあり　近江小枝子
とどまるもとどまらざるも秋の雲　稲畑汀子

秋《あき》の山《やま》 [三]　秋は大気が澄み、山容が遠くからもはっきりと見える。さらに紅葉のころともなれば、その彩りは山々が自らを粧うという感じになってくる。**山粧《やまよそ》ふ**とはそのことをいう。**秋山《あきやま》**。**秋《あき》の峰《みね》**。

家二つ戸の口見えて秋の山　道彦
方丈の庇の上の秋の山　白井冬青
馬放つ牧の中にも秋の山　左右木韋城
立ち止り秋山眉にのりにけり　上野泰
町の子の山彦遊び秋の山　安藤登美子
山粧ふ日毎峰より袈裟がけに　井口天心
秋山や槶をはじき笹を分け　高濱虚子
父のあと追ふ子を負ひて秋の山　同

好きで来し道深まりて秋の山　稲畑汀子

秋の野《あきのの》 三

秋草が咲き乱れ、虫の音が聞こえ、秋風の吹く野原である。花野も秋の野であるが、秋の野というと花野の華やかな感じよりもやや淋しい思いがある。**秋郊《しゅうこう》**も本来秋の野と同じ意味であるが、郊外の野辺という感じが強い。

嵯峨こゝに来て秋郊と云へる景　中川信子
赤道を越えて帰りて秋の野に　堀口俊一
ほつ〳〵と家ちらばりて秋野かな　高濱虚子

秋風《あきかぜ》 三

東風《こち》が春、南風が夏の風であるように、秋は西、西南の風が多い。木火土金水《もくかどごんすい》の五行《ごぎょう》の金をとり**金風《きんぷう》**ともいい、また色としては白にたとえられる。吹く風に引きしまった緊張と、うつろいゆくあわれを感じる。**秋の風《あきのかぜ》**。

秋風や白木の弓に弦はらん　去来
秋風の吹渡りけり人の顔　鬼貫
石山の石より白し秋の風　芭蕉
加賀の全昌寺に宿す
終夜秋風聞くや裏の山　曾良
山聳え川流れたり秋の風　蓼太
大木の根に秋風の見ゆるかな　池内たけし
秋風や任地いやがる友の立つ　池田義朗
己が庵に火かけて見むや秋の風　原石鼎
秋風や飛騨にはのこる国分尼寺　松尾いはほ
簗打つて山河引き緊む秋の風　松本たかし
掃きやめて顧みにけり秋の風　竹末春野人
秋風や人翁さび嫗さび　佐藤漾人
秋風に行人誰もみな真顔　吉屋信子
秋風の三面鏡に旅疲れ　星野立子
一山の秋風を聴く窓に倚る　大橋越央子
昨日よりの今日の湖風は秋　中村若沙
順々に牀几を起ちて秋の風　富田巨鹿
秋風の日本に平家物語　京極杞陽
マリモ見の湖上やすでに秋の風　小林沙丘子

秋風や砂丘は生きてゐて動く　山本杜城
噴火口見る秋風に髪乱し　綿谷吉男
秋風や仏と云ふもすべて石　伊藤柏翠
秋風の通ふところに机置く　後藤夜半
秋風の音にもならず消えにけり　下村福
秋風と共に残しぬ山の荘　今井つる女
寝ころびて砂丘は白し秋の風　引田逸牛
秋風やわが身一つのおきどころ　太田育子
秋風や知床五湖はみな小さし　林大馬
秋風の見つけてをりし蔓の先　柴崎博子
秋風の吹き忘れたる雲少し　小川龍雄
湖尻とは即ち野末秋の風　杉本零
人は門訪ひ秋風は草を訪ふ　蔦三郎
秋風や眼中のもの皆俳句　高濱虚子
秋風の俄に荒し山の庵　同
古城址は大きからねど秋の風　同
秋風や竹林一幹より動く　高濱年尾
秋風と知るや知らずや荘の人　同
靡くものありしところに秋の風　稲畑汀子

秋《あき》《あき》の声《こゑ》《こえ》 三　耳に聞こえるというのではない。心に感ずる音、すなわち秋の気配といったものである。秋声《しうせい》。

雲起て寺門を出づる秋の声　暁台
天嶮の城址に佇ちぬ秋の声　貞末たね子
松風のわたるを秋の声と聴く　植野枯葦池
大楡の葉末にありし秋の声　佐藤洸世
秋声の近くて遠し山日和　福井圭児
静寂や果してありし秋の声　高濱年尾
松籟を秋声と聞きとめて住む　稲畑汀子

秋《しう》《しゆう》思《し》《し》 三　秋に感ずるもの思い。「もののあはれは秋こそまされ」（徒然草）とあるように、秋のしみじみとした情趣とそこはかとないもの寂しさをいう。秋淋《あきさび》し。

横顔の子規の秋思を思ひけり　安原葉

笑はねば挫けさうなる秋思かな　須藤常央
空仰ぎ秋思の星を数へけり　稲畑汀子

秋《あき》の暮《くれ》 ㊂

秋の夕暮のこと。清少納言が、「秋は夕暮」と讃えているのをはじめ、詩歌にも多く詠まれてきた。「新古今和歌集」には「秋の夕暮」と結んだ「三夕《さんせき》の和歌」がある。**秋《あき》の夕《ゆふべ》**。

かれ枝に烏のとまりけり秋の暮　芭蕉
此道や行く人なしに秋の暮　同
鐘の音物にまぎれぬ秋の暮　杉風
門を出れば我も行人秋の暮　蕪村
有佗て酒の稽古や秋の暮　太祇
ふりむきもせぬ子見送る秋の暮　石塚和子
野猿よぶ指笛ならす秋の暮　山形理
独りとはつづく秋の暮るゝかな　竹腰八柏
そよ風の吹いてをりたる秋の暮　大石暁座
十人は淋しからずよ秋の暮　高濱虚子
駅弁を食ひたくなりぬ秋の暮　高濱年尾
崩れんとしてこぼす雨秋の暮　稲畑汀子

秋《あき》の雨《あめ》 ㊂

秋雨《あきさめ》は蕭条《しょうじょう》と降る。「春の雨」「夏の雨」とはおのずから違った寂しい趣がある。長く続くと**秋霖**《しゅうりん》、**秋**《あき》**黴雨**《ついり》などと呼ばれる。

絵馬堂の乾ける土間や秋の雨　池内たけし
歌膝はかく組むものか秋の雨　山本梅史
秋雨や訪はで過ぎたる黒木御所　阿波野青畝
京が好きこの秋雨の音も好き　中村吉右衛門
話多き自動電話や秋の雨　星野立子
巴里の灯の案外くらし秋の雨　佐藤道明
丈をなす草は倒れて秋の雨　五十嵐播水
秋の雨小さな旅路濡らしけり　塙　告冬
秋雨や駅にはいつも別れあり　山田弘子
秋雨や浅間噴煙雲の中　高濱虚子
秋雨や旅の一日を傘借りて　同

降るほどもなき秋雨を伴ひて　稲畑汀子
港の灯ともり秋霖けぶらしぬ　同

初紅葉《はつもみぢ》《はつもみじ》
楓が紅葉しているのを初めて尋ねあて、つくづく見やった感じである。

初紅葉遮るものにつゞりけり　阿波野青畝
年々やあの山の端の初紅葉　村野蓼水
ダム広き裏大雪や初紅葉　鮫島交魚子
まだ青の領域にして初紅葉　藤崎久を

薄紅葉《うすもみぢ》《うすもみじ》
紅葉し始めてなお薄いのをいう。やがて真紅に染まる色を予想させながら、薄く色づいた紅葉にはそれなりの風情がある。

山の端に庵せりけり薄紅葉　松本たかし
薄紅葉してをり庭に下りてみん　坊城春軒
一景のこゝにはじまる薄紅葉　澤村芳翠
薄もみぢせり旅ごころ誘はるる　川口咲子
湖の景ひらけしよりの薄紅葉　河野美奇
智照尼は昔知る人薄紅葉　高濱虚子
薄紅葉して静かなる大樹かな　同
庭手入はかどりつゝや薄紅葉　高濱年尾
うす〳〵とはじまる色の薄紅葉　稲畑汀子

桜紅葉《さくらもみぢ》《さくらもみじ》
桜は早く紅葉し、他の木々の紅葉のころはすでに散っている。紅葉というほど赤くはならないが、幾らか赤らみ、また黄ばんだり、虫食いの跡があったりする。それなりに美しく、またどこか侘しい。

紅葉してそれも散行く桜かな　蕪村
盛岡は桜紅葉もよかつつろ　淺井啼魚
好きな道桜紅葉の頃なれば　稲畑汀子

菌《きのこ》
大小美醜、いろいろ種類が多く有毒のものがかなりあるので、むやみに採って食べるわけにはいかない。一般には美しい色のものや、柄がやわらかくもろいもの、傘の裏の襞が乱れたもの、あるいは陰地に孤生しているものには危険なものが多いといわれている。食用の菌は美味な上に、採るのも面白く、丘や林の中で菌の生えそうな所を探しあてるのはまことに楽しいものである。茸《きのこ》。たけ。羊肚菜《いくち》。毒茸《どくだけ》。茸山《たけやま》。茸番《きのこばん》。茸飯《きのこめし》。

一枚の筵に干せる茸いろ〳〵　岡安迷子
杣の子の侮り覗く茸籠　有本銘仙
茸縄の張られて山に掟出来　白鳥香飯
茸籠を持つ院長と試歩に遇ふ　木下丁字
食堂はセルフサービス茸飯　田村睦村
茸山去年も崩れてをりし径　稲田壺青
茸筵まで尋ね来て用ありと　丸山綱女
茸山へかつぎ登りし水一荷　井谷三叉
父病んで盗られ放題菌山　宮城きよなみ
毒茸といふことになり踏みにじる　大楠木南
竿秤腰に山主茸案内　前田まさを
茸汁や西洋になき貝杓子　眞下喜太郎
茸の縄こゝまで奥は只の山　山田眉山
民宿の茸のふんだんなる料理　松尾緑富
驕り生ゆものあきらかに毒茸　日高十九馬
舞茸を見つけて見張る山籠　京　五紅
茸縄と知れば迂闊に跨がれず　和気祐孝
縄を張る程にもあらず茸不作　五島沖三郎
毒茸にしておくはうが安全な　植田のぼる
道迷ひ菌どころで無くなりし　伊関みぎわ
選り捨てし菌の方が多かりし　米倉明司
毒茸にあたりし腹に力なく　伊藤とほる
茸山やむしろの間の山帰来　高濱虚子
爛々と昼の星見え菌生え　同
茸山に遊びて京の旅終る　高濱年尾
茸縄の張られてあるも一部分　稲畑汀子

初《はつ》茸《だけ》

他の菌《きのこ》にさきがけて主に松林や雑木林などの芝地に生える。傘はうす茶色で中央がややへこみ、傷つくと青っぽい緑に変わる。味は淡泊で汁にしたり、焼いて食べたりする。

——十月

初茸の石附しかと抱くもの　前田六霞
初茸や人には告げぬところ　眞鍋蟻十
初茸を山浅く狩りて戻りけり　高濱虚子

湿地《しめぢ》《しめじ》
菌《きのこ》の一種。形は松茸に似て小さく、高さ三～一〇センチくらいで群生する。傘はうす鼠色で茎は白色。「香り松茸、味湿地」といわれるように菌類のうちではもっとも美味なものの一つである。

塗盆に千本しめぢにぎはしや　島田的浦
師を偲びその弟子偲びしめぢ飯　北垣宵一
麁朶を負ひしめぢの籠をくゝり下げ　高濱虚子
説明書見乍ら育てたるしめぢ　稲畑汀子

松茸《まつたけ》
赤松の林の落葉の多い松の根の周囲に生じる。香りが高くまた形、風味もよいことから、日本の代表的菌《きのこ》であるが、近年収穫が減り高級品となった。**松茸飯**《まつたけめし》、土瓶蒸のほか焼いたり煮たり汁にしたりして賞味される。

松茸の山かきわくる匂ひかな　支考
松茸を一つ買ふにもなれにけり　朝鍋住江女
山僧へ布施にと届く早松茸　岡安迷子
松茸に一汁一菜貧ならず　吉賀手流女
茸匂ふ松茸山と聴きてより　西澤破風
松茸がとれて山番やめられず　中村稲雲
取敢へず松茸飯を焚くとせん　高濱虚子
歯朶勝の松茸籠を皆さげぬ　同

椎茸《しひたけ》《しいたけ》
椎、栗などの幹に生える。現在では原木に種菌を植えつけての栽培が盛んで、秋とは限らないが、一般の菌と同様に秋季とする。

玖珠の温泉の朝餉椎茸焙りしを　松岡伊佐緒
庫裡裏の椎茸榾の五六本　村上杏史

茸狩《たけがり》
山林にいろいろの菌《きのこ》を探して採る秋の行楽の一つである。**茸とり**《たけとり》。**茸とり**《きのことり》。

茸狩や頭を挙れば峰の月　蕪村
籠あふれいづるにほひの茸狩りし　島田刀根夫

客来ればすぐ裏山へ菌狩　斎藤旬城
里の娘を炊事にたのみ菌狩　西山小鼓子
茸狩の人等にほどく草履束　亮木滄浪
探されて居るを知らずに菌狩　松月市樓
茸狩に図鑑など持ち頼りなき　岡猪走
人の籠ばかり気になる茸狩　小竹由岐子
茸狩のまづ山の香に浸りたる　永森とみ子
案内の宿に長居や菌狩　高濱虚子

新米《しんまい》

その年に収穫した米のことで、早稲《わせ》は早い時期から出回り始める。水気が多く風味が良い。**今年米**《ことしまい》。

新米のくびれも深き俵かな　淺井啼魚
新米やわが家の農に幸あれと　沢村白葉
つみあげし新米俵夜も匂ふ　井桁蒼水
入植の苦節十年今年米　中村丈岳
新米を入れ置く蔵に風通す　山本文枝
新米を炊ぎて祝ふ鍬仕舞　片山季山
新米の一俵とどき忌を修す　黒岩英子
新米の其一粒の光かな　高濱虚子
新米をもて帰国の夜ねぎらはれ　稲畑汀子

焼米《やきごめ》

籾《もみ》つきの新米を炒り、臼で搗《つ》いて籾殻を除いたもの。実がやわらかいので、やや平たくなる。甘くて風味がある。

焼米を持って祭の挨拶に　河野扶美

新酒《しんしゅ》

その年の新米で、すぐ醸造した酒をいう。昔は、新米がとれるとすぐ造ったので、晩秋の季としたが、寒造《かんづくり》が盛んになってから、新酒は寒明《かんあけ》に出るようになった。十分発酵したものを袋に入れて搾《しぼ》ったうす濁りのものが**新走**《あらばしり》で、これを樽に入れて得た上澄みが新酒である。**今年酒**《ことしざけ》。また搾った粕が「酒の粕」（冬季）である。

蔵明けて旅人入るゝ新酒かな　月居
ふくみみる新酒十点みなよろし　西山小鼓子
迸る音の確や新走　富田のぼる

長老と諸君とありて新酒酌む　富田巨鹿
二三子の携へ来る新酒かな　高濱虚子
新酒利くことの得手なる漢かな　高濱年尾
新走その一掬の一引を　稲畑汀子

古酒《こしゅ》

新茶が出て、初めて去年の茶を古茶として、その風味まで区別するように、新酒が出て、まだ残っている去年の酒のことを古酒という。昔は、新米がとれるとすぐに酒を造り、神に供えて豊作の初穂とした。新酒も古酒も秋季になっているのはそのためである。

古酒の壺筵にとんと置き据ゑぬ　佐藤念腹
牛曳いて四山の秋や古酒の酔　飯田蛇笏

濁酒《にごりざけ》

発酵したままの酒なので、白くよどんでいる。清酒より素朴で味わい深い。藤村の「濁り酒濁れる飲みて草枕しばし慰む」はこの酒の味ともいえようか。**どびろく。醪酒《もろみ》。**

濁酒かくして呑んで酔ひけらし　吉沢無外
町医者とつひなり果てし濁酒　村上三良
杣小屋に隠し醸せる濁酒　目黒一榮
ふるさとの人情に触れにごり酒　西澤破風
ここにして李白も飲みし濁酒　西山小鼓子
老の頬に紅潮《さ》すや濁酒　高濱虚子
濁酒杣にはなくてならぬもの　高濱年尾

酢造《すつく》る ㊂

秋、農家では新米で米酢を造る。軒下に壺など置いて、秋の強い日ざしで醸す。壺の口は丈夫な和紙などで覆って通気性をもたせ、発酵すれば布で漉し、さらに沈殿させて上澄みをとる。

酢造りや後は月日に任せおく　小林草吾
峡にまだしきたり多し酢を造る　石井とし夫

きりたんぽ

秋田の郷土料理。炊きたての新米を擂鉢に入れ、餅のようにつぶし、秋田杉の細い串に円筒形に塗りつけ、それを炉端などで焼いて作る。その形状がたんぽやりに似ているところからこの名がついた。鶏肉、牛蒡《ごぼう》、葱《ねぎ》などともに鍋で煮込んだり、甘味噌をつけて田楽にしたりして食べる。

羽の国のきりたんぽ可し地酒亦　大橋一郎
食欲の秋に珍重きりたんぽ　菊池さつき

秋《あき》の田《た》　秋の黄金色に稔った稲田をいう。豊作の垂り穂で狭められた畦に立って見回すと、いかにも瑞穂の国の感が深い。

千枚の秋の田山に張り付きし　須藤常央
どこまでも続く秋の田伊予路なる　川口咲子
秋の田の果てなる村の祀ごと　川口利夫
島裏にしていくばくの秋の田も　本井英

稲《いね》　三　日本人の主食となるものであるから全国に植えられている。青々としていた稲穂も黄熟するにつれて垂れる。よく稔って黄金色に波打つ一望の稲田を見るのは快いものである。松永貞徳の俳諧式目「御傘《ごさん》」によれば、**稲筵《いなむしろ》**とは稲田の遠く連なっているさまをいう。**初穂《はつほ》。稲穂《いなほ》。稲《いね》の秋《あき》。稲田《いなだ》。**

稲倒れ用捨なく雨日々続く　鈴木玉虬
道問ひし少年稲の香をもてり　町田美知子
風禍とは稲のみならず杉山も　吉持鶴城
稲の波案山子も少し動きをり　高濱虚子
道知らぬまゝ水に沿ひ稲に沿ひ　稲畑汀子

陸稲《をかぼ》《おかぼ》　三　畑に栽培する稲で、水稲より茎や葉が粗大で、粘りが少なく味も落ちる。

慈雨到る君の陸稲に及びしや　川端龍子
夕べはや露の上りし陸稲かな　白石天留翁

中稲《なかて》　稲の成熟の時期は、品種によっても地方によっても違う。中稲は「早稲《わせ》」と「晩稲《おくて》」の中間に稔るもので、大部分の品種はこれである。九月初旬、ちょうど二百十日ごろに穂を出し、十月中旬に収穫する。

中稲には雨がつきもの刈り難し　山川喜八

浮塵子《うんか》　三　大きいものでも五ミリに満たない小虫であるが、稲、麦の大害虫である。雲霞のような大群をなして稲田を襲うのでこの名がある。今では農薬が普及したので昔のような被害はなくなった。**ぬかばへ**。

浮塵子出て一枚の田を早刈す　粟賀風因
一日の猶予もならず浮塵子駆除　城　萍花
手刈せる浮塵子の稲のはかどらず　来嶋浪女

蝗《いなご》 三 「ばった」の仲間だが、ばったより小さく三センチくらいの昆虫。稲の害虫で黄緑色のものが主であるが、褐色のものもいる。古くから食用として、**蝗捕《いなごと》り**をし、炒ってつけ焼きにしたり、佃煮にして食べた。最近は農薬の普及によって、めっきり少なくなった。**螽《いなご》**。**蝗串《いなごぐし》**。

乳母車ふと忘れゐぬ蝗とる　坂本俳星
このへんに見かけぬ女蝗とる　小林卯村
蓋を蹴る音をさまりぬ蝗炒る　村山一棹
蝗とる蝗とおなじ溝を跳び　佐々木四浪
螽とぶ音杼に似て低きかな　高濱虚子
ふみ外づす蝗の顔の見ゆるかな　同

ばつた 三 蝗《いなご》を除いたバッタ科に属する昆虫の総称で、種類は多い。一般に緑色、灰褐色などで、体は細長く、触角は短く、前翅は幅が狭く、後翅は広げると扇のように広がる。後肢は長く、よくとびはねる。**きちきちばつた**、**蟿螽《はたはた》**は、空をとぶときの翅の音からきた呼び名である。稲などに大害を与えることもある。

はたはたはわぎもが肩を越えゆけり　山口誓子
一匹のばつたもたゝず草千里　米本沙魚
駈けて来し子のはた〳〵にふとかまへ　星野立子
ばつた飛ぶ野路なほ残り農学部　椋　砂東
ばつたとて砂丘の広さ飛び切れず　桔梗きちかう
窓開いてゐればばつたも教室へ　稲畑汀子

稲《いな》雀《すずめ》 三 豊かに稔った稲田に群がる雀。この時期の雀は、一日に自分の身体大の稲をついばむ害鳥となり、追っても追ってもやって来ては、また鳥威に散っていく。収穫期の一風景である。

伏兵の如現はれし稲雀　小池ひな子
稲雀にも親しみて一人旅　中川秋太
稲雀追ふ人もなく喧しき　高濱虚子

案《か》山《が》子《し》 ㊂ 竹や古帽子などで人の形を作り、穂の出始めた秋の田圃《たんぼ》に立てて雀などを威すものである。風雨にさらされているうちにだんだん破れ傾き、稲の稔るころには雀も馴れて役に立たなくなることが多い。**案《か》山《か》子《し》**。

一鳥不鳴山更幽

物の音ひとりたふるゝ案山子かな　凡兆
傾きて案山子の骨の十文字　吉田まこと
双の手をひろげて相違なき案山子　後藤夜半
吾れよりも流行を著て案山子かな　高塚頼子
目鼻なき案山子なれども情あり　内田柳影
表情のなきが表情案山子立つ　小島延介
窓近く案山子も一二聴講す　佐伯哲草
案山子より小さき農夫でありにけり　榊原百合子
すぐ風に寝たがる案山子杖持たす　辻口八重子
とりあへず帽子を載せてある案山子　小林一行
御室田に法師姿の案山子かな　高濱虚子
此谷を一人守れる案山子かな　同
稲雀追ふ力なき案山子かな　高濱年尾
立つてゐることが案山子でありしかな　稲畑汀子

鳴《なる》子《こ》 ㊂ 鳥威のための引板のことである。遠くから綱を引くとカラカラと音を立てる仕掛けになっている。秋の田畑に立てて、雀などを威して追い払う。空缶などを吊した簡便なものもある。通りがかりの子供たちがいたずらに鳴らしてくれたりする。昔は田畑を荒らす鹿や猪なども防いだという。**引《ひ》板《た》**。**ひきいた**。

新らしき板もまじりて鳴子かな　太祇
鳴子引く誰の役目といふでなく　市村不先
鳴子またひくや留守居の淋しさに　内藤ゆたか
窓に手が出でて鳴子を引きにけり　中原一樹

居ながらに鳴子綱引く納屋仕事　片岡紫舟
鳴子縄子らをたのみの高さとす　森田燕史
禰宜来ては神饌田の鳴子鳴らしけり　石山佇牛
引く人もなくて山田の鳴子かな　高濱虚子
こゝもとで引けばかしこで鳴子かな　同

鳥《とり》威《おどし》 ㊂ 秋、稔った穀物をついばむ鳥を威し払うためのさまざまの仕掛けをいう。ビニールのテープを縦横に張りめぐらしたり、きらきら光るものを綱に結びつけて引きめぐらしたり、鳥の屍を括って下げたり、いろいろと工夫をこらす。**威《おどし》銃《じゅう》**を発砲することもある。**威銃《おどしづつ》**。

山荘の客の驚く威銃　村田橙重
威銃鳴らねば静か峡の村　朝日信好
威銃鳴つて翔つもの無かりけり　奥田智久
風得てはきらめく月の鳥威　八木耿二
威銃空の何処かを撃ち抜きし　竹本素六
風の威を借らねば無力鳥おどし　多田蒼生
弓少し張りすぎてあり鳥威　高濱虚子
光るもの夜も働きて鳥威　稲畑汀子

添水《そふづ》《そうず》 ㊂ 田畑を鳥獣が荒らすのを防ぐために、竹を用い、水の力で、音を立てる仕掛けにした威し道具である。今は庭園にしつらえて情趣を楽しむようになった。京都詩仙堂のものは昔から有名で、その音を聞くと秋の感が深い。**僧都《そうづ》**というのは古歌に「山田のそほづ」と詠まれている案山子からついた名であるが、俳諧では案山子のことではない。

一叢の木賊の濡るゝ添水かな　廣澤米城
老尼病む庭の添水の音止めて　浅井素栄
山水の尽くることなき添水かな　山崎一之助
僧都鳴り鯉はみな水深くをり　竹内留村
添水鳴る音の虜となりてゐし　稲吉楠甫
三千院の裏の添水やとめてある　高濱年尾

鹿《しし》垣《がき》 ㊂ 鹿や猪が田畑を荒らしに来るのを防ぐ垣で、木柵や石垣などがある。**猪垣《ししがき》**。

鹿垣や奈良もはしなる雑司町　吉住白鳳子
猪垣が見え四五戸見え奥近江　久米幸叢
路は又鹿垣沿ひとなりにけり　竹内南蛮寺
裏蹉跎の猪垣なべて椿なる　楓巌濤
鹿垣と言ふは徹底して続く　後藤立夫
猪垣は粗にして低く長きもの　米谷孝
繕ひて猪垣の知恵生きてゐし　山田庄蜂
猪垣も結はぬ過疎地となりはてし　稲畑汀子

鹿火屋《かびや》 ㊂　猪や鹿などが、田圃を荒らすのを防ぐために火を焚く仮小屋である。臭いにおいのするものをくすべて焼いて追い払う。

淋しさに又銅鑼打つや鹿火屋守　原石鼎
戸むしろを屋根にはねあげ鹿火屋るす　山口諷子
山そゝり立つよ鹿火屋の後窓　西本中江
夜をこめて独り時雨るゝ鹿火屋守　酒匂新冬
峡深くまたゝかざるは鹿火屋の灯　由木みのる

虫送《むしおくり》　稲田に害虫のつくのを防ぐため、古くから行なわれてきた行事である。いろいろの風習があるが、夜、鉦や太鼓を鳴らし、松明を連ねて畦道を通り、虫を追い立てる呪《まじな》いなのである。駆虫剤が発達してからこの行事も廃れて来た。

松明にしりぞく闇や虫送　津田柿冷
虫送すみたる呪符を畦に立て　吹田青蛾
虫送済みたる空の真くらがり　荒川あつし
道草に火屑こぼして虫送　松木万世
虫送る仏の慈悲の火をかざし　中川化生

豊年《ほうねん》　五穀の豊かに稔った年をいうのであるが、とくに稲のよく出来た秋に使われる。**出来秋《できあき》**。**豊《とよ》の秋《あき》**。

出来秋の酒に酔ひたる妻なりし　戸村五童
出来秋の人影もなき田圃かな　阿部慧月
もちの穂の黒く目出度し豊の秋　高濱虚子

毛《け》見《み》　江戸時代、その年の年貢高を定めるため、役人が稲田の出来を、立毛《たちげ》（まだ刈り取らぬ前の稲）によって検分して回った。これを毛見または検見《けんみ》といった。水害、干害、虫害などを検分してもらうため、農民から毛見を申請することもあり、また地主が小作人の田を検分するのも毛見といった。坪刈《つぼがり》は一坪の立毛を刈り、その量を基準に全体の収穫量を推定することである。**毛見《けみ》の衆《しゅう》**。

毛見衆にたてつく父を遥かより　毛利提河
降りやみし傘を小脇に毛見の衆　能仁鹿村
毛見衆のひまかゝりゐる吾が田かな　豊田一兆
毛見籾を噛みつゝ話聞いてくれ　飯田漁舟
毛見衆のうなづき合へる猪の害　原田三猿子
豊年の毛見とて歩くだけのこと　馬場新樹路
腰折つて毛見を迎ふる父かなし　吉持鶴城
揉めてゐる毛見の評定つゝ抜けに　森林王
自転車を田に押込んで毛見につき　山﨑一角
毛見の日とおしろいぬりし娘かな　高濱虚子
力なく毛見のすみたる田を眺め　同

落《おと》し水《みづ》 稲が黄熟すると、水田の水は要らなくなるので、稲刈をする前に畦の水口を切って水を落とし、溝や小川に流して田を乾かす。山間に段をなしている田では、処々にそれが小さな滝のように白く落ちるのが見られる。田の近くではその水音が夜まで続く。

からうじて山田実のりぬ落し水　几董
落し水静にきけば二つとも　西山泊雲
落し水忽ち音をたてにけり　楠瀬薑村
水落す顔おだやかにふりむけり　小川玉泉
しばらくは径にあふれて落し水　上田朴月
落し水遠くに聞え夜の闇　大森積翠
門に出て夫婦喧嘩や落し水　高濱虚子
一と鍬に畦を欠きたり落し水　高濱年尾
空昏れて音の昏れざる落し水　稲畑汀子

秋《あき》の川《かは》 ㊂　水澄むころの川の風情はよい。山村の川、町中の川、河原に立てば、行く水は快い音を立てる。しかし、時には秋出水に濁り流れることもある。

秋の川堰き止められしまゝ涸れて　田子鴨汀
物浸けて即ち水尾や秋の川　高濱虚子
荒れし跡名残ともなく秋の川　稲畑汀子

下《くだ》り簗《やな》 ㊂ 秋、川を下る魚を落しこむ仕掛けを下り簗という。落鮎などを捕るのである。「上り簗」は春、「魚簗《やな》」は夏の季題。

行秋のところ〴〵や下り簗　蕪村
激し寄る四方の川水下り簗　星野立子
ひきしまる山の容チよ下り簗　中村若沙
平らなる水曳き絞り下り簗　三井紀四楼
山川の斯かるところに下り簗　高濱虚子
山河こゝに集り来り下り簗　同

落《おち》鮎《あゆ》 ㊂ 産卵のため鮎は水の勢いに流されるように川を下る。この時分になると、鮎は痩せ、背は黒く腹は赤みを帯び、刃物の錆びたような斑点がでてくる。これを**錆鮎《さびあゆ》**または**渋鮎《しぶあゆ》**という。「下り簗」などで捕る。**下《くだ》り鮎《あゆ》**。**秋《あき》の鮎《あゆ》**。

鮎秋や雲置きかへて山高し　大我
山々の揃ひ尖りて下り鮎　伊藤柏翠
落鮎に龕灯の灯の走りたる　江口竹亭
錆鮎の蓼酢のみどり濃かりけり　粟津松彩子
一と雨に鮎こと〴〵く落ちゆけり　下村非文
落鮎のすでに揃はずなりし宿　藤崎久を
落鮎になほ簗といふ関所あり　清水忠彦
噂ほど大きな鮎も落ちて来ず　近藤竹窓
うぐひあり渋鮎ありともてなさる　高濱虚子
落鮎の簗に安らぐこともなく　高濱年尾
落鮎をとどめぬ簗となり果てし　稲畑汀子

落《おち》鰻《うなぎ》 ㊂ 鰻の産卵地は、一般に赤道近くの深海とされており、そこで卵を産んで死ぬという。このため川を下る鰻を落鰻とか下り鰻とかいい、鰻簗を仕掛けて捕る。

一と夜さに落ちし鰻と思はれず　梶原轉石

簗を越すほどの水出て落鰻　服部圭佑

渡《わた》り鳥《どり》 ㊂　秋になると冬鳥が北国からわが国に飛んで来る。また春夏のころに来た夏鳥は日本で繁殖して秋、南の暖かい国へ帰るため、いずれも群をなして渡る。これを渡り鳥という。夏鳥には、燕、時鳥《ほととぎす》、大瑠璃、仏法僧などがあり、冬鳥には雁、鴨、鶫《つぐみ》などがある。なお、このほか、内地に留どまってはいるが秋に群をなして移動する鳥もあり、十月ごろの晴れた日には、空高く数知れぬ小鳥の大群が飛び渡るのを見かける。**鳥渡《とりわた》る**。

真白に又真黒に渡り鳥　梅室
漕ぎ出でし余呉の湖鳥渡る　大橋宵火
噴煙のある日は高く鳥渡る　圖師星風
波荒き襟裳岬や鳥渡る　中川水歩
渡り鳥仰ぐや献花胸に抱き　村元子潮
飛ぶための日和も連れて鳥渡る　松本勝雄
帰郷する日はいつのこと鳥渡る　松尾緑富
木曾川の今こそ光れ渡り鳥　高濱虚子
湖もこの辺にして鳥渡る　同
見なれたる山並にして鳥渡る　高濱年尾
入院の四角な窓を鳥渡る　同
大空の動く一劃渡り鳥　稲畑汀子

鷹《たか》渡《わた》る　古来鷹狩に主として使われた大鷹は留鳥だが、冬鳥として北方から渡来する種類も多い。また、夏鳥として日本へ渡来して繁殖する**刺羽《さしば》**（小隼《こはやぶさ》ともいい中形の鷹）は、晩秋にかけて南方へ渡る。伊良湖岬、佐多岬、宮古島などでは、**鷹柱《たかばしら》**をなして、一日に数千羽の渡りが見られることもあり壮観である。「鷹渡る」として一般によく知られているのはこの刺羽の渡りである。

他の鳥の見えなくなりし鷹渡る　岡安仁義
天空に孤高を持して鷹渡る　柴原保佳
鷹渡る孤高の鳥も群なして　内藤呈念
一旦は鷹柱にもなり渡る　黒川悦子

むらさきに沈む山河や鷹渡る　日置正樹
山頂はまだまだ低し鷹渡る　山本素竹
とりもどす故山の威厳鷹渡る　椋　則子
鷹渡る張り詰めてゐる空の色　小川みゆき
どこまでも展けゆく空鷹渡る　湖東紀子
群れゐても孤高の眼もて鷹渡る　玉手のり子
鷹渡るとき大空を独占す　村上桃代
鷹渡る六甲摩耶は山つづき　稲畑汀子

色《いろ》鳥《どり》 三

松永貞徳の俳諧式目「御傘《ごさん》」に「色々渡る小鳥をいふ」とあるように、古くより用いられてきたが、翼の色の美しい小鳥を賛美する意も込めて詠まれて来ている。

色鳥の来しよと主婦や欅がけ　星野立子
色鳥の色のよぎりし水の上　依田秋葭
色鳥の残してゆきし羽根一つ　今井つる女
色鳥の視線の先へ先へ飛び　小林草吾
色鳥の又今日も来て又掃除　上野章子
色鳥の曳き来し色を枝に置く　髙石幸平
主留守色鳥遊びやがて去る　高濱虚子
色鳥の山荘人の稀に来る　高濱年尾
色鳥を見かけしよりの旅帰り　稲畑汀子

小《こ》鳥《とり》 三

秋になると、いろいろな種類の小鳥が渡ってくる。澄んだ秋の大空を飛ぶ小鳥の群れは爽快であり、庭木に来る美しい羽の小鳥は可憐である。何鳥と限らず総称してこう呼ぶ。**小鳥来《ことりく》る**。

小鳥来る音うれしさよ板庇　蕪　村
小鳥来る慶びごとのあるごとく　厚海房女
小鳥来てをりたのしげに人遊ぶ　星野立子
吾が庭も武蔵野のうち小鳥来る　東　舟遊子
庭先の風と来て去る小鳥かな　小澤清汀
大空に又わき出でし小鳥かな　高濱虚子
あきらかに小鳥来てゐる庭木かな　高濱年尾
我等には険しき山路小鳥来る　稲畑汀子

鵯《ひよどり》 〔三〕 留鳥で一年中いるが、とくに秋になると人里に現れて、南天など、庭の木の実を片っ端から食べる。体は割合大きくて二〇センチくらい。ピーピーとうるさく鳴く。頭と頸は淡灰色の羽毛が柳葉状にとがっており、色が地味で可愛げがないが、尾がしっかりと長くよく目につく。**ひよ**。

鵯

鵯の声松籟松を離れ澄む　川端茅舎
鵯心易げに来ては庭荒す　千原叡子
鵯は実を人は煙草をこぼし去る　岩岡中正

鵙《もず》 〔三〕 梢で、キ、キ、キ、あるいはキーキーなどと鋭い声で鳴く。いわゆる猛禽で、虫や小動物を捕って食べる。**鵙の贄**《もずのにへ》といって蝗《いなご》や蛙などが木の枝に磔《はりつけ》になりひからびているのを見かけることがある。留鳥で春も冬も鳴くが、人里に出てきて鋭く鳴き猛るのは秋である。**百舌鳥**《もず》。**鵙の声**《もずのこゑ》。

御空より発止と鵙や菊日和　川端茅舎
訃を聞いて暫くありて鵙高音　松本たかし
鵙高音ふたゝび三たび鵙高音　星野立子
鵙の声耳にのこりて疲れをり　和田実生
朝鵙や吾健康の顔洗ふ　羽村佳川
乾びをるものの白き目鵙の贄　日隈菊雨
日を経たる色に庭木の鵙の贄　松尾緑富
一声を残せる鵙の見えざりし　坊城中子
さだかにも庭木に鵙の好き嫌ひ　篠塚しげる
鵙の贄枝の一部になつてをり　吉田酔生
夕鵙が来て一日の幕を引く　藤原未知子
朝鵙に掃除夕鵙に掃除かな　高濱虚子
鵙鳴けば晴天応へ居る如し　高濱年尾
かぎろひの丘にこぼして鵙高音　稲畑汀子

鶉《うづら》《うずら》 〔三〕 枯草色のころころした中形の鳥で人が近づいても、いよいよ危険が迫るまでは飛び立たない。グワックルルと大きな声で鳴くがなかなか見つからず、突然足下から飛び立って驚くことがある。卵をとるために多く飼われている。肉もうまい。

桐の木に鶸鳴なる塀の内　芭蕉

つちくれを踏まへて逃ぐる鶸かな　高濱虚子

鴫《しぎ》 三　鴫の種類は数十種にのぼり、大きさも雀より小さいものから、鶴のような脚をもった大きいものまである。ふつうに鴫といわれているものは田鴫で、秋、水田や沼のような湿地に来る。体の上面は茶と黒がまじり下面は白い。ジャージャーと鳴き、日本で越冬する冬の候鳥である。

鴫

牛呵る声に鴫たつ夕かな　支考

鴫遠く鍬すゝぐ水のうねりかな　蕪村

立つ鴫をほういと追ふや小百姓　高濱虚子

懸巣《かけす》 三　山中に棲む鳩よりやや小さな鳥。鳥の同属であり、鳴き声はジャージャーとやかましい。他の鳥の物真似もうまい。樫《かし》の実などをとくに好んで食べるので**かし鳥**《どり》とも呼ばれる。

広前の静なる時懸巣来る　野村泊月

今朝もまた懸巣の来ては沙羅の実を　森白象

湯の山の斧鉞許さず懸巣鳴く　福田草一

懸巣啼く今日は鳶の真似をして　新谷根雪

椋鳥《むくどり》 三　体の色は黒灰色で地味ではあるが、嘴と脚は黄色く、顔は白い小鳥で、椋の木に集まるのでこの名がある。群をなしてやかましく鳴きたてるが、昆虫を食べる益鳥である。**むく**。**白頭翁**《はくとうをう》。

椋鳥の群を吸ひたる大樹かな　今河古朗

一山の椋鳥集め椋大樹　力丸青花

椋鳥の椋をはなるゝときの数　武田飴香

椋鳥の黄色の足が芝歩く　坊城としあつ

椋どりやお下邸にお寺より　高濱虚子

投げられし風呂敷の如椋鳥空へ　高濱年尾

椋鳥去つてしまひし雲の動きけり　稲畑汀子

鶫《つぐみ》 三　秋に北方より大群をなして渡って来る。鵙《もず》よりちょっと大きくて二〇センチくらい。茶褐色の背、黒褐色の斑のある胸、目先と耳毛が黒く、白っぽい腹をしている。かつては霞網で捕って賞味されたが、現在は禁止されている。**鶫網**《つぐみあみ》。

鶫

はづし来し鶫の羽の濡れゐたる　岡田耿陽

袋よりとり出してみな鶫かな　来田花壺

鶫網かけある英彦の麓かな　前田まさを

つぐみ哀れおくれかゝりし一羽あり　高濱年尾

頬白《ほほじろ》《ほおじろ》 三　雀に似てやや大きい。透きとおったような細い美しい鳴き声である。「一筆啓上火の用心」という風に聞こえるともいう。目の上と下に白線があるのが特徴である。

頬白やそら解けしたる桑の枝　村上鬼城

頬白の庭の一劃手を入れず　稲畑汀子

蒿雀《あをじ》《あおじ》 三　頬白くらいの大きさで、秋、群をなして山から里へ移動する。頭は暗緑色、背は濃い緑褐色で黒褐色の斑があり、胸は黄色である。きれいな声で、笹子のような地鳴きをする。**鵐**《しとど》。

青鵐鳴き径は樹林に入りにけり　長井伯樹

山冷に嚏飛ばせば蒿雀たつ　田村萱山

青鵐来て頬白去るや庭の面　高濱虚子

鶸《ひは》《ひわ》 三　鶸には留鳥の河原鶸も含まれるが一般に**まひは**をただ鶸といっている地方が多い。北海道で繁殖し、秋に本州以南に渡って来る。雀よりやや小さく、黄緑色で、頭の上と尾の先は黒い。きれいな声でチュインチュインとよく鳴き、人にも馴れやすい。**金雀**《きんじやく》は黄色い体色からの異名である。紅鶸《べにひわ》はさらに小さく赤みのある種類である。

羽ばたきの間遠に悲し網の鶸　星野立子

眼白《めじろ》 三　鶯色をした小鳥で、つぶらな眼の周りにはっきりと白い輪があって可愛い。一羽で庭木に来ることもあるが、**眼白押**《めじろおし》という言葉のように、一つ枝に押し合って留まっていたりする。昔は黐《もち》を使っての**眼白**《めじろ》**とり**は、子供の楽しい遊びであった。

菜畑の日和をわたる眼白かな　原　石鼎

一寸留守眼白落しに行かれけん　高濱虚子

眼白来て庭の春秋はじまりし　稲畑汀子

山雀《やまがら》 ㊂ 人に馴れやすく利口な鳥でよく飼育されていた。いろいろな芸当もでき、縁日などでおみくじ引きの芸をしてみせるのはこの鳥である。鳴き方は四十雀などよりも下手である。**山雀芝居**《やまがらしばゐ》。

山雀が垣根を越えて渓に去る　小沢晴堂

山雀に小さき鐘のかゝりけり　高濱虚子

山雀のをぢさんが読む古雑誌　同

四十雀《しじふから》《しじゆうから》 ㊂ 雀くらいの大きさで、頭と喉が黒、頰と胸、腹は白、翼と尾は青黒い。秋になるとどこにでもいて、人に馴れやすい。小さい声で可愛らしく鳴く。

老の名のありともしらで四十雀　芭蕉

むづかしやどれが四十雀五十雀　一茶

来はじめて雨の日も来る四十雀　佐久間潺々

手をあげし人にこぼるゝ四十雀　高濱虚子

小雀《こがら》 ㊂ 四十雀に似て、それよりも小さい。頭の上から頸の後ろまで黒いので見分けがつく。北海道、本州の亜高原帯の林に繁殖。ピピーピピーとやわらかい声で囀る。よく飼育される。**こがらめ**。

小雀鳴きつゞけ木うつり法の庭　高濱年尾

日雀《ひがら》 ㊂ 習性や鳴き声は四十雀に似ているが、小さい。頭と頸は紺色、後ろ頸、胸から腹にかけては白、背は青灰色、頭の後ろの羽毛が少し伸びて冠のように見える。

柿の葉の落つるが如く日雀かな　麻田椎花

連雀《れんじやく》 ㊂ 秋、北方から日本へ渡来し、春北方へ帰る。雀と鵙《もず》の間くらいの大きさだが、よく肥えている。頭の羽冠が目立つ。全体は灰紅色、嘴や尾は黒い。**緋連雀**《ひれんじやく》と**黄連雀**《きれんじやく》があり、尾羽や風切羽などの先が、鮮紅色と鮮黄色の違いがある。群をなして飛ぶのが美しい。

緋連雀一斉に立つてもれもなし　阿波野青畝

菊戴《きくいただき》 [三] 繊細な感じの小鳥で体も小さいし、嘴はことに小さい。頭に黄色い羽毛があり、ちょうど菊の花をのせているようであるからこの名がある。「松雀鳥《まつむしり》」（春季）はこの鳥の古名である。

この高木菊いたゞきも来るとかや　高濱虚子

鶺鴒《せきれい》 [三] 背黒鶺鴒、黄鶺鴒、白鶺鴒など種類はいろいろあるが、長い尾を持っていて、絶えずこれを上下に動かしながら、水辺、谷川など石から石へと軽快に飛び渡る。一年中見かけるが秋水にふさわしく古来秋季としている。背黒鶺鴒と白鶺鴒は黒白の目立つ羽色、黄鶺鴒は背が帯緑灰色、腹は鮮黄色、尾は黒褐色をしている。いずれもすっきりとした美しい小鳥である。妹背鳥《いもせどり》ともいい、和歌に名高い稲負鳥《いなおおせどり》とはこの鳥のことであろうといわれている。**石《いし》たたき。庭《には》たたき。**

鶺鴒の巣くへる岩に翻り　渡邊一魯
鶺鴒の波につまづき徒渡る　橋田憲明
鶺鴒のつつと去る岩来たる岩　亮木滄浪
鶺鴒のとゞまり難く走りけり　高濱虚子
鶺鴒の止れば視線つながりぬ　稲畑汀子

啄木鳥《きつつき》 [三] 啄木鳥は種類が多い。もっとも多く見かける「小げら」は、濃い褐色の縞模様があり、ギーギーと鳴きながら木をつついて餌をとる。時には柱や板壁に穴をあけることもある。その他、「赤げら」「青げら」が多い。留鳥であるがもっとも目につく秋を季とする。

啄木鳥や落葉をいそぐ牧の木々　水原秋桜子
啄木鳥や下山急かるゝ横川寺　森定南樂
啄木鳥の止めば深閑虚子の塔　岡田芳子
啄木鳥に無視されてゐる愉しさよ　坂本宏子
啄木鳥のまのあたりなる幹太き　高濱年尾

木《こ》の実《み》 [三] 名のある木、また名のない木も、たいがいの木の実は秋に成熟する。それらを総称したものである。**木《き》の実《み》。**「木の実落つ」は別項。

拗ること覚えし吾子に木の実独楽　小井出美沙
泣かせたる方が弟木の実独楽　泉　浄宝
木の実独楽廻り澄むことなかりけり　成瀬正とし
独楽として闘志生れし木の実かな　山内山彦
木の実独楽倒れる前のゝ字書く　工藤いはほ
木の実踏み渡るが如く谷戸を訪ふ　石井とし夫
ふところに老柳荘の木の実かな　加藤晴子
持ち寄りし木の実忽ち独楽となる　荒川ともゑ
並べある木の実に吾子の心思ふ　高濱虚子
木の実手に寺の縁起を聞きゐたり　高濱年尾
木の実地に命はじまる沃土あり　稲畑汀子

林檎《りんご》

夏食べられる青林檎もあるが、一般には晩秋に紅く熟するので林檎といえばまず赤い色が目に浮かぶ。味は甘酸っぱく芳香がある。長野県、東北地方、北海道など寒冷地が主な産地である。

牧の娘は馬に横乗り林檎かむ　小野白雨
林檎掌にとはにほろびぬものを信ず　国弘賢治
浅間見え入口もなき林檎園　粟津松彩子
ころげゆく林檎にのびし象の鼻　山田皓人
停電のあとの明るさ林檎むく　神田敏子
赤くなる為の林檎の日を纏ふ　佐藤静良
レツテルにナイフつまづくりんごむく　三上水静
ナイフより赤消え林檎剝き終る　白幡千草
食みかけの林檎に歯当て人を見る　高濱虚子
しばらくは眺めをりしが林檎剝く　稲畑汀子

石榴《ざくろ》

秋、硬い皮が赤く熟して裂けると、淡紅色のつややかな肉のついた種子がぎっしりつまっているのが見える。一粒ずつ口にふくむとやや渋く、甘酸っぱい果汁が口の中にほとばしり、種子が残る。根、皮は薬用になる。**みざくろ**。

庵ぬしの西日たのしむ柘榴かな　松根東洋城
実石榴や妻とは別の昔あり　池内友次郎
青空に絵具の色の石榴の実　大峯あきら

風遊ぶ一つ残りし実石榴に　佐々木扶美

石榴の実噛めば思ひ出遥かなり　高濱年尾

榠樝《くわりん》《かりん》　庭園などに植える落葉果樹。木の高さは七、八メートルにもなる。実は大きくいびつな楕円形、表面はつややか、晩秋黄色く熟し優雅な香りを放つが果肉は硬い。渋くて生では食べられないので切って砂糖漬や果実酒にする。**唐梨《からなし》**。**海棠木瓜《かいだうぼけ》**。**きぼけ**。

榠樝の実頬骨高く熟れはじむ　馬場草童

榠樝の実ひとつ〳〵が持てる貌　松尾ふみを

榠樝とは思へぬ数に生つてゐし　小島延介

捉はれぬ形こそよし榠樝の実　山本紅園

榠樝の実らしそのあたりなる香り　稲畑汀子

柿《かき》　秋の果物の中でもことに親しまれ、色、形、味などに多くの品種がある。全国的に広く植えられ庭木にも使われる。柿の村などと呼ばれている有名な地方では、熟するころを目がけて柿買が入りこみ、木になったままを買っていく。山村を彩る鈴なりの柿は晩秋の風景である。**熟柿《じゆくし》**は美しく爛熟した柿の実をいう。**柿《かき》の秋《あき》**。**渋柿《しぶがき》**。**甘柿《あまがき》**。**豆柿《まめがき》**。**柿店《かきみせ》**。

自題落柿舎

柿ぬしや梢はちかき嵐山　去来

元禄七年の夏、芭蕉翁の別れを見送りて

別るゝや柿喰ながら坂の上　惟然

或日　夜にかけて俳句函の底を叩きて

三千の俳句を閲し柿二つ　正岡子規

柿二つ吾が供へて虚子の像　高野素十

日本も子等には異国柿の秋　目黒はるえ

浄瑠璃寺こたびも柿の頃を訪ひ　流郷美都子

山居めき古町住ひ柿の秋　浅井青陽子

一箸の柿膾さへよろこばれ　若林三紗子

捥ぎたての朝の柿よく冷えてゐし　井上明華

竿の先もう暮れてをり柿を捥ぐ　秋山ひろし

もぎ竿の届かぬ柿が甘さうな　月形幸子

柿を捥ぐ今に木登りするが好き　飛騨道弘
柿食うて移民に遠き故郷あり　目黒白水
去来抄柿を喰ひつゝ読む夜かな　高濱虚子
柿赤く旅情漸く濃ゆきかな　同
水飲むが如く柿食ふ酔のあと　同
お札所へ柿の秋なる村を過ぎ　高濱年尾
甘きこと知られし柿は鳥のもの　稲畑汀子

吊《つる》し柿《がき》

渋柿の皮を剝いて吊しておくとだんだん色が変わって黒っぽく甘くなる。上等なのは真白に粉をふき、まろやかな甘味を持つ。一村をあげて軒に干し連ねた吊し柿に夕日のあたるさまは見事である。**干柿《ほしがき》。串柿《くしがき》。甘干《あまぼし》。柿《かき》むき。**

柿干すや釣瓶結びに二つづゝ　前田秋皎
干柿の影を障子に数へをり　藤岡万里
皮むきしばかりの吊し柿もあり　伊田和風
干柿の黴びてしまひし雨つゞく　志賀青研
渋に掌のつゝぱつてくる柿をむく　倉田ひろ子

無花果《いちじく》

高さ三メートル以上になることもある落葉樹。花が咲かずに実るというのでこの字をあてているが、実際は初夏、葉のつけ根に卵形で緑色の花嚢を生じ、その内側に小さい粒々の花を無数につけている。花嚢が熟するにしたがって花はそのまま実となり、外側は赤みを帯び、やがて暗紫色に変わる秋、甘く熟れる。葉は掌状で薬用になる。

無花果や垣は野分に打倒れ　史邦
舟の上に立ちて無花果もいでをり　長谷川素逝
わが朝餉捥ぎし無花果よりはじむ　楠井光子
いちじくをもぐ手に伝ふ雨雫　高濱虚子

枸杞《く こ》の実《み》

落葉小低木で夏、五弁の淡紫色のかわいい花を開くが、花よりも秋の真赤な実が人目を惹く。枝の間に灯がともったように美しい。乾燥した実は枸杞子という。枸杞茶は利尿剤といわれ、枸杞酒は強壮剤といわれている。

枸杞の実

枸杞垣の赤き実に住む小家かな　村上鬼城

枸杞の実の透ける赤さに熟れにけり　荒蒔秀子

枸杞の実も茱萸も防風林のもの　濱井武之助

茱《ぐ》萸《み》

小さく丸い実が、白いぽつぽつの点をふいて紅く熟する。枝いっぱいに実り、霜にあたってますます美しい。甘酸っぱくてやや渋く、なつかしい味である。茱萸酒にもなる。**あきぐみ。**

茱萸噛めば仄かに渋し開山忌　川端茅舎

茱萸熟るる峡の径は人知れず　稲畑汀子

榎《え》の実《み》

大木の榎《えのき》にして、実は小さく小豆粒くらい。秋になると色づいて黄赤色になる。鳥が来て食べるが、昔は子供も競って食べたようである。

榎実熟すもう鵯の来る時分　赤星水竹居

榎の実

椋《むく》の実《み》

大豆くらいの紫黒色の実で、はなはだ甘い。樹は高いのになると一〇メートルくらいになり、山地に自生するが、境内や公園などにもある。子供らもとって食べるが、よく椋鳥などがやって来てついばむ。

椋の実

椋拾ふ子等に枝を張り椋大樹　渡邊一魯

もろ鳥を集め大椋実をこぼす　下村非文

椋拾ふ子に落葉掃く嫗かな　高濱虚子

山葡萄《やまぶだう》《やまぶどう》

山地に自生する蔓性落葉低木で、巻鬚で木や岩にからむ。葉は葡萄に似て大形でハート形、裏には褐色の綿毛が密生し、花は小さく黄緑色、秋の紅葉も美しい。実は豌豆粒くらいで房になって下がり、熟れれば黒く、食べられる。果実酒、ジャムにもなる。

山葡萄熟れてこぼるゝばかりなり　大瀬雁來紅

蘡薁《えびづる》

山野に自生し巻鬚で他の樹木にからみつく。秋、葡萄状の実が黒く熟し、食べられる。淡黄色の雌雄の花が株を異にして咲くのは夏で、秋の紅葉も美しい。

えびづるの食みこぼしある山路かな　坊城としあつ
どの蔓となく蘡薁でありしかな　須藤常央
蘡薁をたくみに見分け採りくるる　手塚基子
蘡薁と確かめてみる葉裏かな　稲畑汀子

通草《あけび》

実は楕円形で一〇センチ近くになり、数個が固まってつく。熟れると黒褐色になって厚い皮が縦に割れ、中に白い果肉が見え、真黒な種子が一杯つまっている。山を歩き木々を透かして見ると、高い枝から見事なのがひっそりと垂れ下がっていたりする。野趣豊かで、盆栽に仕立てたり垣に育てたりもする。

案内杣つと径それて通草もぐ　村野蓼水
ましら食み捨てし通草の殻ならむ　金谷柳青
有馬越えしてきしといふ通草さげ　永井夏楓
山の子の猿にも似て通草とる　大橋敦子
移り気なこゝも住みたき藪あけび　直原玉青
山荘に通草成る頃閉ざす頃　星野椿
町の子に山の子が取る通草かな　川口利夫
烏飛んでそこに通草のありにけり　高濱虚子
通草実のはじけてゐるに日当れり　高濱年尾

郁子《むべ》

通草《あけび》よりも少し小さくて赤みがかっている。よく似ているが、これは熟しても割れない。水分が多くて、通草よりも甘い。種をまいてから実を結ぶまで約十年はかかる。**うべ**。

郁子

郁子さげてどの子の髪も火山灰汚れ　鶴川田郷
送り出て月下の郁子をとりくれし　加賀谷凡秋
杣患者受診に郁子をさげて来し　夏秋仰星子
葉と色を分つほど郁子色づきて　坂口麻呂
塗盆に茶屋の女房の郁子をのせ　高濱虚子

茘枝《れいし》

ウリ科の**蔓茘枝**《つるれいし》のことをいう。一五センチ内外の長楕円形で果皮は全面にいぼいぼがあり、初めは緑であるが先端からだんだん黄色くなり、熟すと裂ける。紅いゼリー状の果肉は甘いが、皮はすこぶる苦いので苦瓜《にがうり》、ゴーヤーともいう。錦茘枝《きんれいし》。

あまたるき口を開いて茘枝かな　皿井旭川
苦瓜といふ苦さうな固さうな　品田秀風
茘枝棚かたむき紅の種こぼす　鐘江艶女
躊躇はず茘枝を食うべ山育ち　藤原涼下

冬瓜《とうぐわ》《とうが》

俗にとうぐわんといわれ、楕円形で長さ三〇～五〇センチくらい。淡い緑色の果皮は、初めは軟毛におおわれているが、熟するにつれて抜け落ち、白い粉をふく。果肉を吸い物の実、あんかけなどにして食べる。冬の字が冠されているが、本来晩秋のものである。かもうり。

冬瓜の白粉も濃くなりにけり　宮川白夢
冬瓜の腸刳り檻の猪　山田皓人

桐《きり》の実《み》

枝の先に多数の実を結ぶ。長さ三、四センチほどの卵形の硬い実で、熟して割れると中は二つに分かれていて、翼のある多数の種子がはいっている。

桐の実

桐の実の落ち散らばりて藁屋かな　生田露子

椿《つばき》の実《み》

厚くて硬い皮がつやつやとした丸い実で、ピンポン玉よりやや小さい。夏のころは緑色だが、だんだん熟れて赤みがかり、やがて褐色めいて裂けると黒茶色で皮の硬い稜のある種子が三つ四つこぼれる。この種子から椿油がとれる。

裂けそめし種の力や椿の実　季発
椿の実太りし邸も離宮道　佐伯哲草
はじまりし月日かぐはし椿実に　稲畑汀子

五《ふ》倍子《し》

白膠木《ぬるで》の葉にできる実のような瘤である。これは「ぬるでのみみふし」が寄生してできたもので、大きさは三センチくらい。初めは緑色でのちに赤褐色になる。タンニンを多く含み、薬用、染料となる。昔は婦人が歯を黒く染めたいわゆるおはぐろの染料にこれを用いた。五倍子《ごばいし》。ふし干《ほ》す。

五倍子干して失はれ行く色かなし　三好菜莢子

五倍子買にけなされながら五倍子を干す　多賀知暁
五倍子買女来るを蓆に干して待つ　馬場太一郎

瓢《ひよん》の実《み》

「いすのき」の葉には、大小さまざまの虫瘤ができ、その中の虫が飛び出すと中空になる。それを子供たちがヒューヒューと吹き鳴らして遊ぶのである。俳句の季題としての「瓢の実」は、果実ではなく、この虫瘤をいうのである。**柞《いす》の実。蚊母樹《いすのき》の実《み》。猿瓢《さるへう》。瓢《ひよん》の笛《ふえ》。**

吹いて見て拾ひ選りせる瓢の笛　伊保珀水
瓢の実を吹きて犬山城下かな　成瀬正俊
作務僧の石に腰して瓢鳴らす　松本弘孝
ひよんの笛吹けば波音風の音　稲畑汀子

山梔子《くちなし》

長さ三センチくらい、細長く稜のある尖った実で、黄赤色に熟する。熟しても決して口を開かないからこの名がある。染料、薬用に用いられる。

山梔子を乾かしありぬ一筵　夕芽

新松子《しんちぢり》

今年できた青い松かさのこと。松葉の中の硬い球果はすがすがしい感じがする。**青松《あをまつ》かさ。**

リス走りゆれる小枝や新松子　常原公子

杉《すぎ》の実《み》

鱗のある小さな丸い実で、葉と同じ色をしていて目立たない。のちには焦茶色になる。

杉の実に峡は暮れゆく音にあり　坊城としあつ
樹から樹へ杉の実採は空渡る　三星山彦

山椒《さんせう》《さんしよう》の実《み》

小さな丸い実で熟すると赤くなり、裂けて黒い種子を出す。香辛料として用いられる。

床漬を守る山椒の実今朝もつむ　合屋喜句女
半農の粗き垣結ひ実山椒　白水拝石
刺恐れをりては摘めず実山椒　東出善次
山椒の実成り放題の坊暮し　千代田景石

紫式部《むらさきしきぶ》の実《み》

山野に自生もし、庭にも植えられる落葉樹で一・五〜三メートルくらいになる。初夏、楕円形の葉のつけ根に淡紫色の小花を群がり咲かせ、十月ごろ花の一つ一つが、光沢ある紫色の小さな丸い実に熟する。葉が落ちてなおつぶらな実の残っているのも美しい。紫《むらさき》式部《しきぶ》。実《み》むらさき。式部《しきぶ》の実《み》。白い実を結ぶ種類を白式部《しろしきぶ》という。

葉の落ちて紫式部らしくなる　井上哲王

白もまた仕上りし色式部の実　中野孤城

落葉中紫式部実をこぼす　高濱年尾

臭木《くさぎ》の実《み》　紺碧色の豌豆《えんどう》ぐらいの丸い実で、一粒一粒の下に紅紫色の萼《がく》が星形についていて人目を惹く。八月に咲いた花が晩秋にはもう実を結ぶのであるが、花より実の方が華やかで風情がある。

紫の苞そりかへり常山木《くさぎ》の実　拓水

藤《ふぢ》の実《み》　暮春のころ、藤棚から長い紫や白色の花房を垂らした藤は、花の終わったあと実を結ぶ。豆と同じ莢《さや》状であって、秋には長さ一〇～一五センチにもなり、中には扁平で碁石のような種子が入っている。のちに枯れて、種子は勢いよくはじけ出る。

藤の実の飛びたるあとの莢ねぢれ　岩原玖々

藤の実の垂れしところに雨宿る　五十嵐八重子

皂角子《さいかち》　山野、河原などに自生する落葉高木で、幹や枝に棘があり、秋、二、三〇センチほどのねじれ曲がった平たい莢《さや》を垂らすのが印象的である。中に平たく赤黒い種が入っている。莢は石鹸の代用となり、種は薬用となる。

皂角子

大風に皂角子のふつとべる　太田正三郎

皂角子の実の鳴るほどに枯れてゐず　剣持不知火

烏瓜《からすうり》　蔓性で、垣根や樹々、薮などにからまり、仲秋から晩秋、卵ほどの真赤な実を幾つもぶらさげる。烏が好むので、この名がついたという説もある。黄烏瓜は赤いものより大きく、この根から天瓜粉を作る。

烏瓜去年の記憶のまゝ垂れて　神子月女

騒がしく引かれて烏瓜の蔓　後藤夜半

烏瓜蔓引く力入れすぎず　佐藤宣子

蔓切れてはね上りたる烏瓜　高濱虚子
温泉煙に絶えず揺れゐる烏瓜　同
高懸りたるまゝ残り烏瓜　高濱年尾
色見せてよりの存在烏瓜　稲畑汀子

朝顔《あさがほ》《あさがお》の実《み》《み》　花の終わった蔓のそちこちに、丸くて一センチほどのうす茶色の実が育ち、やがてからからの薄皮がはじけて黒褐色の小粒の種子がこぼれる。

構はれずなりし鉢朝顔が実に　藤松遊子

数珠玉《じゆずだま》　水辺や湿地などに多く生える。高さは一メートルくらいで、葉は玉蜀黍《とうもろこし》の葉に似てやや小さく、黒や灰白色の堅くつややかな丸い実をつける。実の真中の芯を抜き、糸を通すと数珠になる。子供たちは首飾などにして遊ぶ。**ずずだま**。

数珠玉をつなぐ心は持ち合はす　後藤比奈夫
数珠玉や子の事故現場弔へる　山田建水

松手入《まつていれ》　庭園などの松の手入をすることで、十月ごろ新葉が生長してから古葉などを整理して姿を整え、風通しをよくするのである。手入後の庭は明るい感じがする。

松手入鋏の音もせずなりぬ　中村旗風
古坪に一ト日音あり松手入　伊藤柏翠
松手入してつくばひに水を張り　戸田河畔子
きら〳〵と松葉が落ちる松手入　星野立子
料亭の松の手入へ昼の客　山本岳南
教室の窓の高さに松手入　佐伯哲草
新居まだ梯子いらざる松手入　平尾圭太
ほと〳〵と落つる葉のあり松手入　高濱虚子
枝振れば落つる葉屑や松手入　高濱年尾
忘れゐし空の明るさ松手入　稲畑汀子

秋《あき》祭《まつり》　㊂　秋季に行なわれる神社の祭礼をいう。春祭が農事の開始時に豊作を祈って行なわれるのに対して、秋祭は秋の収穫期に新穀の豊穣を神に感謝する意味で行なうものである。こうしたことから秋祭は田舎にその本来の姿が見られる。**里《さと》**

祭《まつり》、浦祭《うらまつり》、村祭《むらまつり》、在祭《ざいまつり》などとも呼ばれる。

弟も老いて無事なり秋祭　古橋呼狂
秋祭比叡の僧に招かれて　中井余花朗
波止場まで来てゐる山車や浦祭　土屋仙之
揚船に舞台かゝりぬ浦祭　中山冬磨
秋祭すみし塵掃く峠茶屋　渡邊一魯
奥能登は七浦かけて秋祭　升谷一灯
古きわが寄進札あり村祭　佐藤一村
夜の湖に秋の祭の笛ひゞき　小林七歩
橋脚となる島終の秋祭　片桐孝明
老人と子供と多し秋祭　高濱虚子
わが町にして秋祭あることを　稲畑汀子

重陽《ちょうやう》《ちょうよう》

五節句の一つで陰暦九月九日にあたる。**菊の節句**《きくのせっく》とも呼ばれ、かつては宴を設け、酒に菊の花片を浮かべて飲んだりもしたが、現在ではあまり行なわれない。中国では「登高」といって、この日、丘などの高いところへ連れだって登り、菊花の酒を飲めば災いが消えるということがあった。これがわが国に伝わったのが**高きに登る**《たかきにのぼる》である。**重九**《ちょうく》。**後の雛**《のちのひな》。**菊の宴**《きくのえん》。**重陽の宴**《ちょうやうのえん》。**菊の酒**《きくのさけ》。**今日の菊**《けふのきく》。

菊の酒人の心をくみて酌　星野立子
菊酒や祝ひのばせし母の喜寿　相島たけ雄
芸に老い芸に生きてしけふの菊　武原はん女
寿ぎの舞終へて注がるゝ菊の酒　中村芳子
重陽の日と知るのみの菊を買ふ　川上百合子
重陽の朝封切りし庫の酒　西山小鼓子
一足の石の高きに登りけり　高濱虚子
かく縁の高きに上り下りにけん　同
菊の杯酌み重ねつゝ健康に　高濱年尾
重陽の節句と思ふ忌日かな　稲畑汀子

菊《きく》

晩秋を彩る代表的な花である。中国では古くから敬愛され、陶淵明の飲酒の詩「採菊東籬下、悠然見南山」は有名である。日本に伝わって以来広く観賞され、皇室の紋章にも用いられている。種類も多く、色も形もさまざまであるが、**大菊**《おほぎく》はその馥郁たる香りと清楚な花の姿を生かして一茎一輪とし、**小菊**《こぎく》は懸崖作りや盆栽にする。垣根や庭の片隅に咲き乱れるさまも趣がある。**百菊**《ひやくぎく》。**初菊**《はつぎく》。**白菊**《しらぎく》。**黄菊**《きぎく》。**一重菊**《ひとへぎく》。**八重菊**《やへぎく》。**菊日和**《きくびより》。**菊畑**《きくばたけ》。**菊の宿**《きくのやど》。**作り菊**《つくりぎく》。**菊作り**《きくつくり》。

菊の香や奈良には古き仏達　芭蕉
菊を切る跡まばらにもなかりけり　其角
黄菊白菊其外の名は無くもがな　嵐雪
畠から出て来る菊のあるじかな　涼菟
菊使戻りて菊の噂かな　移竹
手燭して色失へる黄菊かな　蕪村
夕風や盛りの菊に吹渡る　樗良
白菊やしづかに時のうつり行　江涯
南縁の焦げんばかりの菊日和　松本たかし
携へし我が菊賤し菊に立つ　山田雨雷
菊の鉢廻転ドアに抱き悩む　吉屋信子
足もとの菊を踏まじと伸子張る　浜井那美
身にあまる倖せだきて菊に待つ　五十嵐八重子
夜の白き菊に山国寂しけれ　石　昌子
もたいなき程もてなされ菊の宿　横井拙々
懸崖の菊見るといふ遠さあり　後藤夜半
清閑を菊に托する暮しかな　榊原百石
岩木山菊畑より聳えけり　増田手古奈
老我に菊の日向は芳しき　深川正一郎
白菊と別の眩しさ黄菊にも　岸　善志
菊見人しづかに混める御苑かな　吉井莫生
一年を菊にかけたる男かな　坂本ひろし
おもてだつことはなかりし菊師かな　小林沙丘子
目を欲りし日は早や遠く菊に佇つ　平尾みさお
菊のことばかり話して診てくれず　渋田卜洞庵
糸菊の糸の乱るゝ日和かな　澤村芳翠
薬師寺へ仏納めに菊日和　深田三玉

日々掃いて日々の軽さよ菊の塵　高田美恵女
菊見るやまだセザンヌに憑かれゐて　山田桂梧
菊日和ゴルフに夫を捕られまじ　永野由美子
自らの老好もしや菊に立つ　高濱虚子
後苑の菊の乱れを愛しつゝ　同
菊売女朝の波止場に来てゐたる　高濱年尾
特選の菊とし少し盛り過ぎ　稲畑汀子

菊供養《きくくやう》《きくくよう》

陰暦九月九日重陽の日に、東京浅草観音で大僧正以下、菊花の供養をする。参詣人は携えた菊の花を供え、その供養した菊と取りかえて帰り、諸病災難除けとする。現在は十月十八日に行なわれている。

重陽観音菊供養

くらがりに供養の菊を売りにけり　高野素十

菊人形《きくにんぎやう》《きくにんぎよう》

菊の花や葉を細工して衣装を作った人形で、昔の物語や当り狂言の舞台場面を作って見せるものである。明治、大正初期時代、本郷団子坂の菊人形は東京名物の一つに数えられたが、その後両国国技館に移った。戦後は一時下火になったが、最近ではまた遊園地などで盛んに作り飾られている。関西では枚方《ひらかた》市のものが有名である。

怪しさや夕まぐれ来る菊人形　芥川我鬼
つくろへる菊人形の胸うつろ　中原一樹
家康は小男なりし菊人形　西岡多喜詠
人形の襟より菊を著せはじむ　佐賀白梅
襟元に花の疲れや菊人形　石原狂歩
人形に仕立おろしの如き菊　後藤比奈夫
翳もまた菊人形を浮立たす　廣瀬ひろし
胸もとの花咲き出でし菊人形　平野桑陰
菊衣替へ菊の香も著せ替ふる　恩地れい子

菊《きく》膾《なます》

菊の花を茹で、三杯酢で和えた膾である。

はれぐ〱と今日の紋付菊膾　木下洛水
宿とれば旅の心に菊膾　青葉三角草

簡単に出来て一皿菊膾　松本すみ子
菊膾掌でうけて見る味加減　神田九思男
手ばしこく菊の膾をでかされし　高濱虚子

野《の》菊《ぎく》

野生の菊の総称で種類は極めて多い。**紺菊**《こんぎく》（野紺菊）は紫色、**油菊**《あぶらぎく》は黄色。うす紫の**嫁菜の花**《よめなのはな》も含まれる。それぞれに風情がある。**野路菊**《のぢぎく》。

野菊ゆれ山川こゝに瀬をはやみ　吉川葵山
どこにでも坐りたくなる野菊晴　坂口夢塔
大空のあけつぴろげの野菊かな　依田秋葭
一輪の野菊のために晴れし空　三村純也
この野菊星月夜てふよき名もつ　川口咲子
磐石に生ひて野菊の群れ咲ける　松本光生
其人を恋ひつゝ行けば野菊濃し　高濱虚子
百丈の断崖を見ず野菊見る　同
野菊叢東尋坊に咲きなだれ　同
降りて来し蝶遊びをる野菊叢　高濱年尾
野菊にも父が曾遊の地なるべし　稲畑汀子

菊《きく》枕《まくら》

菊の花を干して、それを中身にして作った枕をいう。香り高く邪気を払うと言い伝えられている。

ちなみぬふ陶淵明の菊枕　杉田久女
菊枕南山の寿をさづからん　松尾いはほ
俳諧に命あづけて菊枕　伊藤柏翠
年寄りし姉妹となりぬ菊枕　星野立子
菊枕一願こめて縫ひ急ぐ　三谷蘭の秋
寝返れば醒めれば匂ふ菊枕　土居牛欣
菊枕夢も通へるものとして　高田美恵女
明日よりは病忘れて菊枕　高濱虚子
立子より送りくれたる菊枕　高濱年尾

温《あたた》め酒《ざけ》 ㊂

陰暦九月九日から酒を温めて用いれば病なしという言い伝えがあった。白楽天の「林間に酒を煖《あたた》めて紅葉を焼き」という風流はともかく、秋、酒を温めるという気持には情がある。**温め酒**《ぬくめざけ》。

稿了の喜び更に温め酒　篠塚しげる
能登衆と一夜の酒を温めむ　桑田青虎
山の炉に独りの酒をあたゝむる　岡安迷子
些事といふ勿れ自祝の温め酒　川田長邦
あきらめることあり今宵温め酒　川口咲子
温め酒夜ふけの雨を聞いてより　川口利夫
旅の夜の地酒と聞けばあたゝめん　藤松遊子
嗜まねど温め酒はよき名なり　高濱虚子
それもまたよしとせむかや温め酒　高濱年尾
ひそかにも自祝一盞ぬくめ酒　稲畑汀子

海贏廻《ばいまは》《ばいまわ》し　昔は重陽の日の遊びものであった。海贏は海産の巻貝で、田螺《たにし》より長く厚く、この殻を半分くらいから切って、中に蠟や鉛を詰めて独楽を作る。これをばい独楽《ごま》という。空樽などに茣蓙を敷いて、中にくぼみをつけ、双方から独楽を回し合い、触れ合ったとき、相手をはじき出した方を勝とする。**海贏打《ばいうち》**。

海贏の子に暮れまじりたる雛妓かな　深川正一郎
海贏を打つ子に蛋舟の帰る頃　中井余花朗
海贏廻すときは必ず草履穿く　後藤比奈夫
勝海贏の憎々しくも茣蓙に澄み　戸田銀汀
負け海贏に魂入れても一うち　高濱虚子

体育《たいいく》の日《ひ》　十月第二月曜日。東京オリンピックの開催を記念して昭和四十一年（一九六六）に制定された国民の祝日である。秋さわやかなころで、天候も定まり種々のスポーツにもっともよい季節である。

体育の日も祝日よ国旗立て　木代ほろし

運動会《うんどうくわい》《うんどうかい》 ㊂　九月、十月の爽やかな時候になると学校をはじめ、会社、各団体で盛んに運動会が行なわれる。春にも行なわれ、以前俳句では春の季題となっていたが、だんだん秋に定着するようになった。

吾子が駈け我が心駆け運動会　秋沢稔
鉄棒もシーソーも空き運動会　湯川雅

運動会少年少女脚長く　副島いみ子
島の家大方留守や運動会　河野美奇
朝の晴午後につなぎて運動会　稲畑汀子

去来忌《きょらいき》
陰暦九月十日。向井去来は長崎の人で、蕉門十哲の一人。嵯峨小倉山の麓に住み、庵を落柿舎という。芭蕉は「洛陽に去来ありて、鎮西に俳諧奉行なり」といった。宝永元年（一七〇四）、五十四歳で没した。墓は洛東真如堂後山にあったが、現在は洛西嵯峨落柿舎の裏にある。去来は神徒であったから去来忌は神式で、野宮《ののみや》神社の宮司を迎えて行なわれる。

去来忌の小さき墓に供華あふれ　江戸おさむ
去来忌やその為人拝みけり　高濱虚子

角切《つのきり》
奈良公園に放し飼いにされている春日大社の鹿の角を切り落とすことをいう。矢来の柵に幕を張りめぐらした場所に鹿を追いこみ、数人で押さえつけて鋸で角を切り落とすのである。昔は秋の彼岸前後に行なわれていたが、現在は多分に観光化されて十月中旬から十一月上旬にかけての日曜、祝日に行なわれている。本来の意味は交尾期を前に気の荒くなっている牡鹿同士の格闘を防ぐのと、人を傷つけることを予防するためである。**鹿**《しか》**の角切**《つのきり》。**鹿寄**《しかよせ》。

角切りし鹿に大木戸開きにけり　吉田七堂
角切の勢子の法被のおろし立て　武藤舟村
角切の鹿追ひ詰めし土煙　中川忠治
角切りし鹿のたかぶりをさまらず　高橋螢籠
勢子の息鹿より荒し角を切る　福井鳳水

牛祭《うしまつり》
十月十二日の夜、京都嵯峨太秦《うずまさ》の広隆寺で行なわれる摩吒羅神をまつる奇祭。摩吒羅神の仮面を被った男が牛に乗り、青鬼、赤鬼に扮した四天王を従え、囃子につれて境内の祖師堂の前に造られた拝殿を三周したのち、そこに設けられた祭壇の前で奇妙な祭文を読み上げる。長和元年（一〇一二）に行なわれた声明に始まるといわれる。昭和五十一年（一九七六）からは十月十日に行なわれるようになった。**太秦牛祭**《うずまさうしまつり》。

人垣の裏は闇濃き牛祭　太田文萌

——十月

句切りつゝ祭文つゞく牛祭　中山万沙美
膝に面ンおいて牛待つ摩吒羅神　加藤華都
軒並の煤け行灯牛祭　内貫白羊
城よりの丘のつゞきや牛祭　西山小鼓子

御命講《おめいかう》《おめいこう》　十月十三日は日蓮の示寂した日である。日蓮終焉の地である東京池上本門寺の御命講は盛んで、信徒は**万灯《まんどう》**という造花で飾り立てた行灯を押し立て、団扇太鼓を叩き、南無妙法蓮華経の題目を唱えながら寺院に参詣する。地方では一か月おくれや、陰暦のまま行なわれている所もある。御命講花といって、主な檀家から細く削った竹に小さい白い作り花をつけたものを献納し、参詣者が一本ずつもらってきて、仏壇に挿す習慣もある。東京杉並区堀ノ内の妙法寺のお会式、福岡市東公園の日蓮上人銅像前でのお会式も有名である。**お会式《えしき》**。**日蓮忌《にちれんき》**。

菊鶏頭きり尽しけり御命講　芭蕉
十ばかり柿も樹におく会式かな　蒼虬
万灯の花ふるへつゝ山門へ　山口青邨
旅鞄いだき会式の青比丘尼　江口竹亭
紅白の餅の柱やお命講　高濱虚子

西《にし》の虚子忌《きよしき》　十月十四日比叡山横川の虚子之塔で行なわれる虚子の法要である。虚子は叡山に明治三十七年（一九〇四）陰暦九月の十五夜の一夜を過ごして以来この地を愛し、たびたび訪れ、祖先祭を行ない、昭和二十八年（一九五三）には「虚子之塔」を建て逆修法要も行なっている。その遺志により亡くなった昭和三十四年の十月十四日、十三夜に分骨がなされ、その日を記念し毎年盛大な法要が行なわれている。昭和三十七年、星野立子の「この後は西の虚子忌と申さばや」の句以後西の虚子忌と呼ばれるようになった。

一山の露授かりし西虚子忌　三宅黄沙
西虚子忌過ぎてひとりの横川かな　深見けん二
道一つ集ふは西の虚子忌人　稲畑廣太郎
京あとに大津をあとに西虚子忌　坂井建
西へ往くすなはち西の虚子忌かな　坊城俊樹

西虚子忌今日となりつゝ初時雨　高濱年尾

後《のち》の月《つき》

陰暦九月十三日夜の月をいう。八月十五夜の月に対して後の月というのである。後の月を賞するのはわが国だけのことで、とくに十三夜を祭る理由は諸説があって定かではない。すでに肌寒を覚えるころで、月光もいよいよ澄みわたる感じがある。栗や大豆が熟れる時季にあたるのでこれを供え、**栗名月**《くりめいげつ》、**豆名月**《まめめいげつ》ともいう。**十三夜**《じふさんや》。

虚子京を去るや我泣く十三夜　吉野左衛門
両隣既に鎖して後の月　伊沢三太楼
庫裡を出て帰りは寒し十三夜　緒方無元
かんばせのたゞに白しや後の月　関浩青
折りて来しものを籠にさし十三夜　清崎敏郎
筆硯は亡き父のもの十三夜　大橋敦子
奥能登の潮騒とみに十三夜　桑田青虎
下山して堅田泊りや後の月　三澤久子
後の月仰ぎ生涯一学徒　大久保橙青
旅果つる今宵は輪島後の月　阿部忠夫
音もなく雨降り始め十三夜　鈴木マユミ
波音の如き風音十三夜　石川喜美女
母が居に泊りを重ね十三夜　中口飛朗子
三人は淋し過ぎたり後の月　高濱虚子
先まではなかりし雲と後の月　高濱年尾
峡深し後の月とていづくより　稲畑汀子

砧《きぬた》 ㊂

「長安一片の月、万戸衣を擣つの声」という李白の詩がある。昔は麻、楮《こうぞ》、葛などの繊維で織った着物は洗濯するとこわばるので、木の台に打って柔らげたということである。砧というのは、その衣を打つ木、あるいは打つこと。古い詩文では砧の音が夜寒を誘うという意味のものが多い。**藁砧**《わらぎぬた》とは藁を打つ砧をいう。**しで打**《う》**つ**は、対座して砧を絶えず打つこと。**衣打**《ころもう》**つ**。**擣衣**《たうい》。**夕砧**《ゆふぎぬた》。**小夜砧**《さよぎぬた》。**遠砧**《とほぎぬた》。**砧盤**《きぬたばん》。

よし野にて
きぬたうちて我にきかせよ坊がつま　芭蕉

——十月

灯を細め寝つけば響く砧かな　杉風
灯明の灯をかき立て砧かな　許六
僧正のいもとの小屋のきぬたかな　尚白
淋しさに来れば母屋も砧かな　孤舟
遠砧この川越ん橋もがな　白雄
灯火に風打付ける砧かな　青蘿
八瀬も早や大原に近き砧かな　中村七三郎
みづうみの夜毎の月や藁砧　中井余花朗
砧打つ大きな土間のくらがりに　嵯峨崎呑月
やはらぎし面輪砧の槌を置く　後藤夜半
母そこに在ます如くに砧あり　廣瀬ひろし
久に来し新羅の古都や遠砧　山地曙子
砧打つ人の替りし音変り　鹽田月史
星隕つる多摩の里人砧打つ　高濱虚子
砧盤あり差出す灯の下に　同

初《はつ》《はつ》猟《れふ》《りよう》

北海道では十月一日が、その他では十一月十五日が鳥獣の銃猟解禁日である。狩人たちはこの日を待ちかねて猟に出かける。これを初猟という。

初猟や一水蘆に澄みわたり　高野素十
初猟の夜明待つ舟他にもあり　中野陽水
初猟の沼面は雨に暁けて来し　奥田智久
初猟のすでに踏まれて水際あり　依田秋葭
初猟の犬まだ馴れぬ山歩き　黒米松青子
初猟やこの日ばかりは目覚めよく　猪子青芽

小鳥網《ことりあみ》

秋、大群をなして渡って来る小鳥を捕えるために設ける網で、霞網《かすみあみ》ともいう。網の間に囮を置いて、小鳥を誘い寄せ、網にかける。鳥屋《とや》師《し》は小屋に番をしていて小鳥を捕る人。木曾の小鳥網は名高かったが現在は法律で禁止されている。小鳥狩《ことりがり》。

密猟の小鳥を食はす峠かな　安田蚊杖
鳥屋へ行く肩に櫃をはじきつゝ　来田花壺
時なしにかゝる二三羽雨の鳥屋　波多野白汀

里の灯の暁けてきたりし小鳥網　清崎敏郎
霞網張りしばかりに雨となる　武田世禰
簡単なかすみ網かけ荘の番　城谷文城
人を見て又羽ばたきぬ網の鳥　高濱虚子

高《たか》擌《はご》

小鳥を捕える仕掛けである。鳥の留まりそうな高い木の枝に囮籠を据え、その近くに黐《もち》を塗った枝を仕掛けておき、囮の声に誘われてくる小鳥を待つのである。

高擌やあり〱月のかゝるのみ　戸田菁雨
高擌を落して逃げし何鳥ぞ　富士憲郎
高擌の獲物かなしき日をもてる　石川新樹

囮《をとり》《おとり》

霞網や高擌《たかはご》で小鳥を捕えるとき、誘い寄せるために利用する籠の鳥のことで、生きた鳥の場合と、木彫の型鳥（デコイ）の場合がある。囮にひかれて来た小鳥が、黐《もち》にかかって驚くさまはあわれでもある。**囮守《をとりもり》**。

鳥屋主に叱られてゐる囮あり　塩見景雪
跼めるを囮守とは知らざりし　野崎鯨村
霧の中籠の囮の動き見ゆ　岡本湯雨
霧濃ゆく見えざる天や囮啼く　服部圭佑
布被せ囮休ませあるもあり　塩沢はじめ
鳴き疲れらしき囮の籠下ろす　中川秋太
口笛に口笛応へ囮守　辺田東苑
納屋裏に沙弥の囮の見つかりし　足利紫城
さりげなく囮籠提げ出てゆけり　川崎克
雲行のあやしくなりぬ囮鳴く　辻本斐山
真直なる木々の林や囮籠　高濱虚子

やや寒《さむ》

秋になって感じ始める寒さである。少し寒いというほどの秋の寒さである。**秋寒《あきさむ》**。

やゝ寒し灯の澄み渡る時　深川正一郎
やゝ寒くつつがの昼餉すませたる　下田實花
客稀に昼講釈のやゝ寒し　高濱虚子
やゝ寒や日のあるうちに帰るべし　同
身籠りてわが身大事ややゝ寒く　稲畑汀子

やや寒き雨の東京滞在に　稲畑汀子

うそ寒《さむ》

やや寒、そぞろ寒などと同じ程度の寒さであるが、その寒さを感じる心持に違いがある。なんとなく、うそうそと寒いことをいう。うそは薄《うす》の訛りで、うすら寒く心の落ちつかない感じである。

うそ寒や黒髪へりて枕ぐせ　杉田久女
うそ寒といひつゝ字引ひきて見る　星野立子
庭下駄になじめぬ日なりうそ寒し　田中祥子
うそ寒をかこち合ひつゝ話しゆく　高濱虚子
心地よき夜風のやがてうそ寒し　稲畑汀子

肌寒《はださむ》

秋深くなって、大気を肌にひやりと寒く感じることである。

肌寒し旅に疲れてゐることも　佐藤冨士夫
善通寺に正一郎を訪ふ
肌寒も残る暑さも身一つ　高濱虚子
肌寒き朝やうやく旅ごころ　稲畑汀子

朝寒《あささむ》

露霜など置くころとなり、朝の間だけ寒さを覚えることをいう。人の息が白く見えるのもこれからである。

朝寒や手を放したる刎釣瓶　魯丸
朝寒の主婦にある一刻の閑　今井千鶴子
朝寒し厨ごとにも子を負ひて　久保妙石
朝寒の消えて仕事の顔となる　湯川雅
朝寒の血管叩き出すナース　溝渕久子
朝寒の旅果つ鍵をフロントへ　山田弘子
朝寒の老を追ひぬく朝な〳〵　高濱虚子
朝寒の人各々の職につく　同
寝ね足りて朝寒のこと皆がいふ　高濱年尾
朝寒に起きねばならぬ力あり　稲畑汀子

夜寒《よさむ》

秋、とくに晩秋、夜分になって寒さを感じることをいう。手足の先、首筋、膝がしらのあたりが冷たく、火の気が恋しくなってくる。人などを送りに戸外に出てふと夜寒を感じることも多い。

稚子の二人親しき夜寒かな　旨原

膝がしら木曾の夜寒に古びけり　一茶

牛に物言うて出て行く夜寒かな　蒼虬

櫛買へば簪が媚びる夜寒かな　渡辺水巴

あはれ子の夜寒の床の引けば寄る　中村汀女

夜寒の戸締めに立ちゆく独言　星野立子

夜寒の戸辞し去る我に閉す音　宮地耿葉

聖堂にミサのなかりし夜寒かな　奥田智久

家中の夜寒をまとひ留守を守る　岸川鼓蟲子

稿成らず夜寒の膝を抱へけり　岩下吟千

空港の迎へ夜寒となる遅著　肝付素方

みな降りて終着駅となる夜寒　長尾虚風

寝返れば枕紙鳴る坊夜寒　松本秩陵

点書読む指が夜寒に慣れて来し　大谷展生

心いま阿蘇野に馳せて汽車夜寒　山地曙子

六甲の裏の夜寒の有馬の湯　高濱虚子

思ひ侘び此夜寒しと寝まりけり　同

夜寒さの湯たんぽ一つに身を委ね　高濱年尾

旅にあり送り送られ駅夜寒　稲畑汀子

冷《すさ》まじ

秋の冷気のやや強いもの。冬の寒さとまではいかないが体に強く響く感じである。中国の詩などでは凜という字を同じ意味に使っている。

冷まじや関趾勿来の浪頭　伊藤凬樓

すさまじや地震に詣でし恐山　松本圭二

そぞろ寒《さむ》

なんとなくそぞろに寒さを覚えることをいう。気持の上で感じる晩秋の寒さである。

雲二つに割れて又集るそゞろ寒　原石鼎

手術着に着せ替へられてそゞろ寒　綿谷吉男

今のことすぐに忘れてそぞろ寒　今井千鶴子

おのづから腕組むこともそぞろ寒　坊城としあつ

忘れゐし投函に出てそぞろ寒　手塚基子

日当りにゐてどことなきそぞろ寒　岡安仁義
雨に昏れいまだ出先のそぞろ寒　稲畑汀子

身《み》に入《し》む

秋もようやく深くなり、秋冷の気が身にしみとおるように感じられるのをいう。

野ざらしを心に風のしむ身かな　芭蕉
悲話情話身に入みて聞く佐渡泊り　田上一蕉子
身に入むや刺青見せて泣く女囚　樹生まさゆき
身に入みぬ罪には情なけれども　長谷川回天
身に入みてしみじみ虚子の話聞く　浅賀魚木
身に入むや踏み落す石の谷の音　高濱虚子
ふと会話途切れ身に入む夕べかな　稲畑汀子

露寒《つゆさむ》

晩秋、目にする露がたちまち霜となるかと思われるほどの寒さを覚えるのをいうのである。窓下の一本の草に置いた露にも冷えを感ずることは珍しくないが、野原一面に白々と置いた露を見ると、ぞっとするほどの寒さを覚えるものである。

露寒くなりきし磧温泉にひとり　鈴木貞二
露寒の土間の炉たいて渡舟守　林蓼雨
露寒といふも日の出るまでのこと　宮閑子
露寒をはげましとして鞭として　稲畑汀子

神嘗祭《かんなめさい》

天皇がその年の新穀を伊勢の皇大神宮に奉納される祭儀で、十月十七日に行なわれる。今は一般の祭日ではなくなった。**じんじやうさい**。

神嘗祭勅使の纓の揺れて行き　坂井建

べったら市《いち》

十月十九、二十日、日本橋の宝田神社を中心に小伝馬町一帯で開かれる浅漬沢庵市である。元来二十日の「夷講《えびすこう》」のための器物、恵比須、大黒、塩鯛などを売っていたが、のちに浅漬大根（べったら漬）も売るようになり、それがよく売れたのでべったら市と呼ぶようになった。**浅漬市《あさづけいち》**。

たゞ通るべつたら市の人の中　蒲生院鳥
横町もべつたら市でありにけり　谷口和子

街路樹にくくりべつたら市の幡　今井千鶴子

地下鉄にべつたら市の帰り客　山田閏子

誓文払《せいもんばらひ》《せいもんばらい》　陰暦十月二十日「夷講」の日、京都の商人が商売上のかけひきで嘘をついた罪を払うために、四条通の冠者殿社《かんじやでんしや》に参拝することに始まり、商人はこの日を安売りの日とした。今日では陽暦で行ない、デパートなどでもその前後一週間ほど安売りをする。また呉服店など、ふだんの残りぎれや売れ残りの品を**夷布**《えびすぎれ》といって売り出す。

夷ぎれ買ふも旅なれ人ごみに　星野立子

子を抱いて妻に従ふ夷布　南秋草子

誓文は商ひの華なりしかな　辻本斐山

夷《えびす》《えびす》**講**《かう》《こう》　十月二十日（もとは陰暦）商家で商売繁盛を祈って行うえびす神の祭である。客を招いて酒宴をひらく。

行かゝり客に成けり蛭子講　去来

前髪に恋はありけり夷講　召波

そのかみは武より出でたる恵比須講　眞下喜太郎

闇汁に大福餅を投じたりしが、句を徴されて

夷講に大福餅もまゐりけり　高濱虚子

牛蒡《ごばう》《ごぼう》**引**《ひ》《ひ》**く**　㊂　牛蒡は春に蒔いて秋収穫するものが多い。牛蒡には短い種類のものもあるが一メートルくらいの長いものが多いので、ある程度の深さまでは鍬で掘ってそのあと手で引き抜く。**牛蒡**《ごばう》。**牛蒡掘**《ごばうほ》**る**。「若牛蒡」は夏季である。

手にあたる雨の荒さよ牛蒡引く　岸野青村

気がねなき母と子ぐらし牛蒡汁　林夏子

なか〳〵の根気と思ふ牛蒡引く　内田准思

牛蒡引く待ちかまへたる雨なりし　桜井広江

掘り起こす太き牛蒡の折れ易く　西野知変

出し瓦何時の世のもの牛蒡掘る　中森皎月

牛蒡掘る黒土鍬にへばりつく　高濱虚子

落花生《らくくわせい》《らつかせい》　他の豆類と違い、地中で実を結ぶ。真中がくびれた繭に似た黄色い莢《さや》で、その中に実がたいがい二個

入っている。炒って食べる。**南京豆**《なんきんまめ》。

猿害と思へる畑の落花生　小林逸象
論つきず落花生のみ散乱し　浅野右橘
落花生喰ひつゝ読むや罪と罰　高濱虚子

馬鈴薯《じゃがいも》 ㊂ 地下茎に鈴のようにつく。その形が馬鈴に似ているので、この名があるという。寒い地方で多く作られ、北海道は代表的な産地である。**ばれいしょ**。**じゃがたらいも**。

馬鈴薯を掘りて積みゆく二頭馬車　鈴木洋々子
馬鈴薯の白さを秘めし土のまま　稲畑汀子

甘藷《かんしょ》 ㊂ アメリカ大陸の熱帯地域原産といわれる。わが国には中国、琉球を経て、十七世紀前半に種子島から鹿児島へ伝わったので**さつまいも**、**りゅうきゅういも**、**からいも**などとも呼ばれる。井戸平左衛門（いも代官）や青木昆陽（甘藷先生）は飢饉のときにその栽培を各地に広めて有名である。明治以後さらに改良され、金時、源氏、太白、おいらんなどいろいろな品種がつくられた。六月に植えた甘藷は初秋から掘り始め、霜の降りる前に収穫を終える。

さし担ふ畚が地をすり甘藷はこぶ　亮木滄浪
ミサの鐘藷掘る夫婦立ち上り　秋吉良聞
甘藷掘るや木の根まだある開拓地　岩下鳴堂
海に日が落つるや藷を掘り疲れ　田村吾亀等
隠れ耶蘇今も貧しく甘藷掘れり　山口喜久子
甘藷掘に神父手を貸す島畑　松原直庵

いも供養季題創定者佐々木水天老の死去の報に接して
そのいもを此仏にも供養かな　高濱虚子
藷掘の楽しみ畝に探り当て　高濱年尾

自然薯《やまのいも》 ㊂ 里芋に対して、山野に自生するので自然薯の名がある。蔓葉が黄ばんだころ掘り出す。とろろ汁や山かけなどにして食べる。木の幹や枝などにからんで伸びた蔓の葉腋につく褐色の球が零余子《ぬかご》である。**やまいも**。**じねんじょ**。**つくね**

いも。

山水の湧いて自然薯掘りにくし　田中鳥鷺多
自然薯を掘りたる深さ覗きけり　大矢よしみ
経験といふ細心に山薯掘る　正田子温
鴫高音自然薯を掘る音低く　高濱虚子
掘り尽す先の先まで自然薯　稲畑汀子

薯蕷《ながいも》　三　自然薯《やまのいも》の栽培種。色や形は自然薯とほとんど変わらないが、根茎は自然薯よりも太くやわらかい。栽培の仕方によって、短いものも長いものもある。水分が多く粘りが少ないので、風味は自然薯におよばない。**長薯**《ながいも》。

長薯を掘るや鋤鍬使ひ分け　永松西瓜

何首烏芋《かしゅういも》　三　畑に栽培する自然薯《やまのいも》の一種である。根は球形で五〜一〇センチになり、全面から鬚のような細い根が出る。初秋には白色の小花をつける。葉腋にできる零余子《ぬかご》は梅の実ほどである。「つるどくだみ」という中国原産の何首烏の塊根に似ているのでこの名がついたといわれる。**黄独**《けいも》。

蔓育ち過ぎて黄独の不作かな　湯川雅
一農夫なれど博学何首烏芋　柴原保佳

零余子《ぬかご》　自然薯類《やまのいも》の肉芽である。秋になると蔓の葉腋にできる。ふつう指先ぐらいの大きさであるが、大きいのもある。皮は褐色で肉は白い。飯に入れて炊いたものを**零余子飯**《ぬかごめし》といい、味、色ともに素朴で野趣がある。**むかご**。**むかご飯**《めし》。

零余子

ブラジルは世界の田舎むかご飯　佐藤念腹
むかごめし土の匂ひの親しけれ　田畑比古
珍客に咄嗟の妻が零余子飯　吉沢無外
むかご飯土鍋に炊いて神饌田守　佐藤うた子
むかご飯作りてありぬ里の寺　柴田月兎
炊き上る匂ひのしかと零余子飯　豊川湘風
竿あてゝ零余子こぼるゝ音なりし　室町ひろ子
お替りの茶碗に軽きむかご飯　星野椿

零余子蔓流る丶如くか丶りをり　高濱虚子
手を出せば零余子こぼるる古道ゆく　稲畑汀子

薬掘る《くすりほ》 ㊂ 茜など野生の薬草の根を掘り採ることである。秋は枝葉が枯れるので、その精力が根に下り集まる適期といわれている。**薬草採**《やくさうとり》。

ブラジルに長生したく薬掘る　荒木宗平
薬掘る厳におろせし縄梯子　目黒白水
阿蘇をわが庭と歩きて薬掘る　阿部小壺
袋よりのぞける髭根薬掘　東出善次
薬掘る人に声かけ道険し　浅井青陽子

茜掘る《あかねほ》 ㊂ 山野の茜の根を掘ることで、根は茜染の原料となり、また薬にも用いられる。蔓草で、葉はハート形、蔓には逆刺がついている。根には鬚が多い。

前掛を染める茜といひて掘る　前内木耳

千振引く《せんぶりひ》 ㊂ 山野に自生する薬草で、根は黄色く、茎は暗紫色を帯び二〇～二五センチの高さになる。秋開く白い花には紫色のすじがある。根もろともに引き抜く。煎じて飲むと苦いが、古来胃腸薬として愛用されてきた。千度振り出しても苦いという意であり、一名「当薬《とうやく》」というのもよく効く薬という意味である。**当薬引く**《たうやくひ》。

千振を干しては人にくれるかな　喜多三子
千振を引く杣童犬を連れ　小玉芋露
千振を日陰干して杣の家　大久保重信
千振を採ってはならぬ法の山　入江ひさ

葛掘る《くずほ》 ㊂ 葛の根を掘って干し葛粉を採るのである。九月から二月ごろまで掘る。吉野葛は有名である。

葛掘に吉野古道ほそりつ丶　山下豊水
いでたちは杣にもあらず葛根掘　津川芸無子

野老掘る《ところほ》 ㊂ 山野に多く自生し、葉は自然薯《やまのいも》に似て、長柄でやや大きい。夏、淡緑色の小花を長く並べてつける。秋、根を掘り採って薬用とし、また新年の飾に用いる。

此山のかなしさ告よ野老掘　芭蕉

道問へは苦い顔也野老掘　軽羅
野老掘千振引と岐れゆく　合田丁字路

草棉《わた》

初夏のころに蒔いた棉は、秋には葉腋に鶏卵くらいの大きさの果実をつける。成熟すると三つに裂けて白い綿毛の繊維を吐く。これを採って綿をつくる。形が桃に似ているので**桃吹く**《ももふ》ともいう。**木綿**《きわた》。

雇ひたる異人も移民棉の秋　佐藤念腹
駱駝より降りて握手や棉の秋　安田北湖
鍔広きメキシコ帽や棉の秋　渡利渡鳥
満目の棉吹く中に踏み入りぬ　能田みち
飛行機も農具の一つ棉の秋　吉良比呂武
国境を越え来る人夫棉の秋　田口梅子
棉吹いて心の軽き日なりけり　後藤立夫

綿《わた》取《とり》

棉の実がはじけて、白い毛状繊維を吐く、これを採るのである。晴天の日を選び三、四日で摘み取って日に晒す。またその年とれた新しい綿を**新綿**《しんわた》という。「綿打」は冬季である。**綿摘**《わたつみ》。**今年綿**《ことしわた》。**古綿**《ふるわた》。

洪水によごれし棉を摘みにけり　古久根蔦堂
何やかや干し新綿も一とむしろ　榊原秋耳
ビオロンを肩に綿摘人夫著く　栗原義人堂
綿摘等露の乾くを待つてをり　中口飛朗子
長袋二つに折りて綿かつぐ　保田白帆子
加州晴続き日毎に綿景気　木下落葉
綿つみの始まる町の景気とや　永原亜閃
朝焼は雨の兆と綿摘まず　斎木濤花
白といふ色に疲れて棉を摘む　宮木砂丘
山あれば富士と名づけて棉を摘む　木村要一郎

蕎《そ》麦《ば》

花のあとの実った蕎麦をいう。「蕎麦刈」は冬季である。**蕎麦**《そば》**の秋**《あき》。

落日の潜りて染る蕎麦の茎　蕪村
柿の葉の遠く散り来ぬ蕎麦畠　同
高原や粟の不作に蕎麦の出来　高濱虚子

新蕎麦《しんそば》　早刈の蕎麦粉で打った蕎麦をいう。信州などは古来蕎麦の名産地で、九月、十月ごろになるともう蕎麦の走りが出る。**走**《はし》**り蕎麦**《そば》。

新蕎麦や熊野へつゞく吉野山　許六
御僧に母が手打の走りそば　猪子水仙
ふるさとの味かくれなし走り蕎麦　細江大寒
新蕎麦を打ちて見舞に上京す　勝俣泰享

秋《しう》《しゅう》**耕**《かう》《こう》 ㊂ 「耕《たがやし》」といえば春季であるが、冬あるいは早春に収穫するものを蒔くため、秋の収穫後の畑を耕すことを秋耕という。

秋耕の蓑うちはねて立ち憩ひ　島田みつ子
秋耕のふるさとびとに声かけて　宮本唯人
秋耕の打てばそばから乾く土　小林雑艸
秋耕の一人に瀬音いつもあり　深見けん二
秋耕やも一畝と打ちすゝむ　高濱虚子
秋耕や醜草土にくつがへる　高濱年尾
果しなき大地いとしと秋耕す　稲畑汀子

紫雲英《げんげ》**蒔**《ま》**く**　田の肥料となる紫雲英の種子を蒔くことをいう。それが春、見事な紫雲英田になるのである。

紫雲英蒔くときの花咲爺めく　覚正たけし

蘆《あし》 ㊂ 蘆は各地の池や沼、川辺に群がって生える。姿は芒に似て二メートルにもなり、茎は中空で秋に花穂をつける。葉や花穂が風になびきさわぐのは、秋の一点景である。春の芽立ちは「蘆の角」、夏の茂ったさまは「青蘆」、秋、花が咲いて「蘆の花」、冬は「枯蘆」と呼ぶが、単に「蘆」というと秋季になる。また蘆は〝悪し〟に通ずるので**よし**（葭）ともいう。**蘆原**《あしはら》。

雨の中蘆の乱れの目立ちつゝ　荒木嵐子
蘆いきれ水いきれ釣倦みて来し　田上波浪
一本の蘆にも住める沼の風　西尾洲陽
上潮のふくるゝ波に蘆さわぐ　藤井青杖子
沼舟の棹高々と蘆がくれ　高濱虚子

蘆《あし》の花《はな》　水辺の蘆は紫がかった大きな花穂をつける。芒に似ているが、もっと逞しい感じがする。**葭《よし》の花《はな》。蘆《あし》の穂《ほ》。**

大利根に渡場多し蘆の花　三苦落魄居
この辺に住みても見たし蘆の花　星野立子
巨椋池ありし名残の蘆の花　野田秋芽
水霽の動きにも揺れ蘆の花　成嶋瓢雨
舟でゆく蘆の花より低く座し　手塚基子
蘆の花束の間燃ゆる夕茜　河野美奇
夕日今芦の花より低きかな　高田風人子
芦の花ここにも沼の暮しあり　深見けん二
浦安の子は裸なり蘆の花　高濱虚子

蘆《あし》の穂絮《ほわた》　晩秋、蘆の花穂が熟して紫褐色の実となり、やがて白い穂絮が風に誘われて遠く飛び散る。これを蘆の穂絮という。

ふくれくる潮にとびつく蘆の絮　森本蒲城
蘆の穂や水にふれんとして飛べる　大森積翠
蘆の絮風の速さに吹かれ来し　成嶋瓢雨

蒲《がま》の穂絮《ほわた》　秋になると蒲の穂は熟して、淡黄色の絮が風にのって飛ぶ。大国主命の神話の中に因幡の白兎と蒲の穂絮の話がある。「蒲」「蒲の穂」は夏季である。

大いなる蒲の穂わたの通るなり　高野素十
沼の日をいつぱいの宿蒲の絮　石井とし夫
蒲の絮湧き立つさまに風やまず　桑田青虎
蒲の穂の先より絮のとぶ用意　稲畑汀子

蘆《あし》刈《かり》　蘆は晩秋から冬にかけて刈り取る。刈り取られた蘆は、屋根を葺いたり、葭簀《よしず》や簾《すだれ》の材料に用いられる。**刈蘆《かりあし》。**

大淀の日の沈みゆく蘆を刈る　松岡春泥
蘆刈女笑つて舟にとんと乗る　高野素十
日々刈りて蘆原とほくなりし小屋　戸田銀汀
蘆刈の姿見えねど刈り進み　宮村一水

川風にそゝけし頰や蘆刈女　矢津羨魚
上げ潮の見え来し蘆を刈りはげむ　黒沢北江
片腕に風さわぐ蘆抱き刈る　下村福
蘆刈つて少しづつ空開けてゆく　前内木耳
蘆刈女蘆を襖に一と憩ひ　西川青芝
丁寧に刈らねば蘆の折れ易く　高橋野火
蘆刈の蘆の重さに舟帰る　佐土井智津子
刈りかけし蘆いつまでも其のまゝに　高濱虚子

蘆火《あしび》

蘆の焚火である。多くは、蘆を刈る人が蘆で焚火をして、濡れた手足を乾かしたり暖をとったりするのである。江戸川べりでこの蘆火を経験した虚子が、謡曲「松風」「蘆刈」にも出てくることから、季題として採用した。春、蘆原を焼くこと（季題、野焼き）と混同しやすいので注意したい。
蘆火してしばし孤独を忘れをる　竹下しづの女
蘆火守る人をはるかに目にとめぬ　木下洛水
蘆火中淀の一水光りけり　井桁蒼水
大琵琶の火とし淋しき芦火かな　粟津松彩子
萱の火は蘆の火よりも尚弱し　高濱虚子

荻《をぎ おぎ》 ㊂　背丈くらいに伸びる。水辺や湿地に多い。葉も花穂も芒に似ているが、もっと白々と見え、大きく豊かである。古来その葉ずれに秋の訪れを知る草として、歌に詠まれることが多かった。**荻《をぎ》の風《かぜ》。荻《をぎ》の声《こゑ》。荻原《をぎはら》。**

荻

荻吹くや葉山通ひの仕舞馬車　高濱虚子

萱《かや》 ㊂　芒、萱、茅萱《ちがや》などの多年草をひっくるめていう俗称である。晩秋のころ刈り取った萱は干して屋根を葺くのに用いる。

萱の穂のあちこち向いて日和かな　皿井旭川
屋根替の用意の萱と聞きし嵩　田邊夕陽斜

萱刈る《かやかる》

晩秋になって萱を刈ることをいう。刈った萱はよく乾かして屋根を葺くのに使われたが、今では萱葺の屋根も少なくなった。**萱塚《かやづか》。**

萱刈るやきのふにまさる山日和　植地芳煌
屋根替の寄進の萱を刈りに来し　勝俣泰亨
萱作務のはじまつてゐる永平寺　山口水士英
萱を刈り蓄めて離村の心なし　井上哲王
萱塚に心もとなくなる日射し　佐藤冨士男
大阿蘇の来る日来る日も萱を刈る　河野美奇
刈りし萱束ねては地でとんと突く　石井とし夫
本堂の床下くゞり萱運ぶ　高濱虚子
萱を刈るとき全身を沈めけり　稲畑汀子

木賊《とくさ》刈《か》る

枝も葉もなく節の目立つ、青々と細い中空の茎が六、七〇センチくらいまで直立して伸びる。山間や湿地などにも自生しているが、深緑色で美しいことから観賞用として庭園などにも植えられる。この茎は堅く、縦溝が走りざらざらしていて木材、角、骨などを砥ぐことができるので砥草ともいう。秋にこれを刈り取る。**砥草《とくさ》刈《か》る**。

木賊刈ることとせずなりぬ故園荒れ　東野悠象
谷水を踏まへて刈りし木賊かな　高濱虚子
木賊刈終へしより庭一巡り　稲畑汀子

萩《はぎ》刈《かり》

晩秋、花が終わってから、根を強めるために萩を刈ることである。

みづうみの籬の萩は刈らでおく　中井冨佐女
刈らである萩に光悦垣あらた　田中秋琴女
官邸を去る日の近し萩を刈る　山内年日子
萩寺と呼ばれ萩刈ることも作務　藤木呂九艸
萩刈れば現れし被爆の石畳　宇川紫鳥
刈萩をそろへて老の一休み　高濱虚子
萩刈つてしまへば寺を訪ふ人も　高濱年尾
萩を刈る働く五人見る二人　稲畑汀子

破芭蕉《やればせう》《やればしょう》

芭蕉の葉は長大であるだけに、雨に破れ風に裂けたさまのあわれは深い。巻葉を解いて全き葉であったころを回想すると、そぞろに侘しさを覚えるのである。

破芭蕉猶数行をのこしけり　川端茅舎

破れそめて芭蕉や風にあらがはず　山本杜城
横にやれ終には縦に破れ芭蕉　高濱虚子

敗荷《やれはす》
葉の破れた蓮である。秋も深くなってくると、池などを覆っていた蓮の葉も破れ始めて無惨な姿となる。**破**《や》**れ蓮**《はちす》。**敗荷**《はいか》。

佇ちて見る人とてはなし破れ蓮　福島閑子
敗荷に向きて明窓浄几かな　吉井莫生
敗荷の水も力を失へり　蘭添水
障子あけてすぐ又しめし破蓮　高濱虚子

蓮《はす》**の実**《み》**飛**《と》**ぶ**
蓮の花が終わると、そのあとに、蜂の巣に似た円錐形の花托ができ、やがて黒く熟し切った実は、音でも立てそうな感じで跳ね落ちる。これを蓮の実飛ぶという。**蓮**《はす》**の実**《み》。

静さや蓮の実の飛ぶあまたゝび　麦水
蓮の実のとんで描きたる水輪かな　麻田椎花
蓮の実の飛ばんと傾ぐうてなかな　菅野春虹
蓮の実の飛ぶを支へて茎はあり　藤松遊子
蓮の実のよくとぶ日和ここ暫し　井桁蒼水
煙草の煙吹きかけて蓮の実飛ぶ　高濱虚子

時代祭《じだいまつり》
十月二十二日、京都平安神宮で行なわれる神幸祭。明治二十八年(一八九五)、桓武天皇が都を京都に定められて一千百年にあたるのを記念して始まった。平安時代から明治維新までの風俗の変遷を見せる行列が見もの。現在では葵祭、祇園祭とともに京都三大祭の一つに数えられる。**平安祭**《へいあんまつり》。

時代祭九百年を戻したる　谷口和子
時代祭それは静かに移りゆく　坊城中子
時代祭華か毛槍投ぐるとき　高濱年尾
戦の世時代祭に重ね見る　稲畑汀子

火祭《ひまつり》
十月二十二日、京都鞍馬由岐《ゆき》神社の祭礼である。まず子供たちが「さいれい〳〵、さいりょう〳〵」と唱えながら小さな松明《たいまつ》を持って練り歩き、夜が更けるにしたがって年長者たちが大松明をかざして参殿する。山門の石段に張られた注連《しめ》が切られるのを合図に、いっせいに神社にかけこむ。全山、篝火と大小の松明に埋められ、夜空をこがさんばかりである。**鞍馬火祭《くらまのひまつり》**。

火祭にはなれて灯る谷の家　宮崎桐一
火祭の一と夜の人出鞍馬村　大橋敦子
火祭や火伏の燠を拾ひ合ふ　田村おさむ
火祭の厨子といふ厨子皆開き　岩男微笑
火祭や焔の中に鉾進む　高濱虚子

年尾忌《としをき》《としおき》

十月二十六日、高濱年尾の忌日である。明治三十三年（一九〇〇）十二月十六日、高濱虚子の長男として、東京神田に生まれる。大正三年（一九一四）ごろより虚子のもとで俳句を作った。大正十三年、小樽高商卒業後実業界に入ったが、昭和十二年（一九三七）より俳句に専念し、翌十三年「誹諧」を創刊、連句の普及につとめた。昭和二十六年「ホトトギス」の雑詠選を虚子より継承、伝統俳句を固守し、多くの俳人を育てた。「ホトトギス」一千号を前にして惜しくも、昭和五十四年十月二十六日病没。墓は虚子と同じく鎌倉市の寿福寺にある。虚心庵清光詠眞居士。

年尾忌の綾部在なる一禅寺　西山小鼓子
大切な看護日誌や年尾の忌　坊城中子
巡業の帰途年尾忌に馳せ参じ　片岡我當
今日年尾忌なりと旅に目覚めをり　橋本一水
年尾忌やたゞひとすぢの師にあれば　河合正子
まなうらに師の温顔や年尾の忌　古藤一杏子
御遺影に捧ぐる御酒も年尾の忌　石川喜美女
年尾忌やお伴せし日のものを著て　松枝よし江
海よ山よ小樽の街の年尾忌よ　村山呑児
年尾忌の華やかなれどふと淋し　川口咲子
野分会十とせ経しこと年尾の忌　稲畑汀子

木《こ》の実《み》落《お》つ

椎、樫、櫟《くぬぎ》、楢《なら》などの実が落ちるのをいう。これらの実はよく熟れたころ風が吹くと、ぱらぱらと降るようにこぼれる。「木の実」は別項。**木《こ》の実降《みふ》る**。**木《こ》の**

実《み》雨《あめ》。木《こ》の実《み》時雨《しぐれ》。木《こ》の実《み》拾《ひろ》ふ。

よろこべばしきりに落つる木の実かな　富安風生
ますぐなる音の木の実の前に落つ　長谷川素逝
児の墓に木の実拾ひて父あそぶ　濱井武之助
手招きて木の実拾はせ母たのし　今井つる女
叱られて木の実拾ひに出たつきり　小林新作
裏山の遍路径てふ木の実降る　馬場志づ代
ミサ終へて憩ふベンチに木の実降る　中島きぬ
木の実降る音を聞きつゝ訪ひにけり　高濱虚子
俳諧の木の実拾ひに又来べし　同
木の実降る一つ〳〵の音聞ゆ　高濱年尾
何処よりの木の実礫と知らざりし　同

猿《さる》酒《ざけ》

山中の秋は木の実が豊富なので、猿がこれを集めて木の洞や岩のくぼみに蓄えて置いたものが、雨露によって自然に発酵して酒となったものという。美味で薬にもなるというので、木樵や猟師が探し求めたともいわれるが真偽のほどはわからない。

猿酒の底に芽割るゝ木の実かな　永田青嵐
奥祖谷へ来ぬ猿酒をこゝろあて　湯浅桃邑
猿酒の酔心地よく皆笑ふ　土屋雅世
猿酒と伝へ封切ることも無し　荒川あつし
猿酒に酔うてうかうか昼下り　中村田人

樫《かし》の実《み》

樫は常緑高木で種類が多く、これらを総称して樫といっている。広い意味では「どんぐり」の仲間であるが、落葉樹の実と区別して、とくに樫の実という。椎の実よりも大きくて、渋い。

樫の実の落ちて駈け寄る鶏三羽　村上鬼城

樫の実

椎《しひ》《しい》の実《み》《み》

食べられるころになると黒っぽくなる。二センチくらい、大粒、小粒の二種あり、はかまに入っていない。たくさん落ちるころになると子供たちがよく拾いに行

椎の実

く。炒って食べると香ばしく、ほのかに甘くておいしい。**落椎**《おちしひ》。**椎**《しひ》**の秋**《あき》。**椎拾**《しひひろ》**ふ**。

椎拾ふ横河の児の暇かな　蕪村
つれだつてきてちらばりぬ椎拾ひ　田中王城
女の子交りて淋し椎拾ふ　渡辺水巴
堂縁に僧立ち客は椎拾ふ　杉浦冷石
あきもせずあの子いつまで椎拾ふ　三原武子
膝ついて椎の実拾ふ子守かな　高濱虚子

まてばしひ《まてばしい》

暖地に自生する常緑高木。椎によく似ているので「待てば椎になる」の意だとも伝えられている。秋、椎の実に似た二センチくらいのやや赤みを帯びた長楕円形の実がなる。しりの方がお椀の中に入った格好は樫の実と似ているので**まてがし**ともいわれる。子供たちが独楽《こま》にしたりして遊ぶ。生のものは渋いが、煮るか炒れば食べられる。

まてばしひ

まてがしの独楽の廻らず倒れけり　副島いみ子
まてば椎拾ひ園丁話し好き　谷口和子
待つといふ運命に生きてまてばしひ　川口咲子
まてがしの木かも知れぬと実を探す　稲畑汀子

栗《くり》

実が熟れて褐色になると、毬《いが》が自然と割れて落ちる。**丹波**《たんば》**栗**《ぐり》は粒が大きく、**山栗**《やまぐり》、**柴栗**《しばぐり》、**ささ栗**《ぐり》などは小さい。**栗飯**《くりめし》は栗の実を炊きこんだ飯。**毬栗**《いがぐり》。**落栗**《おちぐり》。**栗拾**《くりひろひ》。**焼栗**《やきぐり》。**栗山**《くりやま》。**栗**《くり》**林**《ばやし》。

道問へば栗拾ひかととはれけり　赤星水竹居
虚栗ふめば心に古俳諧　富安風生
鋭鎌もて山のわらんべ栗を剝く　本田浮巣
栗飯を炊くほどの栗拾ひ来し　江口竹亭
奥能勢に来て遊びけり栗の飯　開田華羽
炊き上る時の甘き香栗御飯　菅井いな
菜食の僧に奢りの栗の飯　原　宗二郎
仏飯として栗飯は盛りにくし　林　直入

栗の毬剝くや大きな軍手はめ　成宮紫水
嫁が炊く栗多すぎし栗御飯　川瀬向子
栗めしのたしか余分に炊きし筈　松尾緑富
よくぞ身を鎧ふものよと栗を剝く　堀前小木菟
何の木のもともあらず栗拾ふ　高濱虚子
栗剝げと出されし庖丁大きけれ　同

団栗《どんぐり》

櫟、楢、柏など落葉樹の実の総称で、とくに櫟《くぬぎ》の実《み》をいうことが多い。「どんぐりころころ」の童謡で知られているように、実は丸くてころころしている。大きな音を立てて落ち、それを拾って独楽《こま》にして回したり、椀状のはかまを使って小さな人形を作ることもある。

拾ふ気になれば団栗いくらでも　柳本津也子
団栗を踏みつけてゆく反抗期　小国要
団栗を掃きこぼし行く帚かな　高濱虚子

橡《とち》の実《み》

秋、黄褐色になった厚い皮が三裂して、赤褐色でほぼ球形の栗に似た実が現れる。多量の澱粉がふくまれているので、橡餅、橡団子などにするが、強い苦味があるのでよく晒さなければならない。古代から食用として利用されていたようである。

橡の実は落ちてはじけるものと知る　宮崎房子
夜のうちに降りし橡の実とぞ思ふ　桑田青虎
橡の実の沢ふかき音して落ちぬ　阿部慧月
橡の実と言ひて拾ひてくれしかな　高濱虚子

胡桃《くるみ》

ふつう鬼胡桃をいう。高さ二〇メートルにも達する落葉高木で、夏季、直径約三センチくらいの青々とした実をつけ、秋の深まりとともに黄色くなる。その中に非常に硬い核があり、白い仁《にん》が詰まっている。これを取り出して食用にする。干して菓子などに使うほか搾って胡桃油を採る。野胡桃は染料になる。

胡桃割る力の指の馴れてきし　荒川あつし
落胡桃運び去りしは栗鼠のわざ　花津谷鼓草
胡桃割つて文書く文字のぎこちなく　大橋敦子

胡桃割り呉る、女に幸あれと　高濱虚子

榧《かや》の実《み》

棗《なつめ》の実に似て長さ二、三センチくらいの楕円形で、初め緑色をしており、熟すると紫褐色となる。脂肪が多いので油をとったり食べたりする。

榧の実

峯寺の茶受けは榧の実でありし　大槻牛歩
実をつけし榧の大樹が御神木　田丸三樽
榧の実の匂ひ掌にある楽しさよ　浜田佐佗子

銀《ぎん》杏《なん》

いちょうの葉が黄ばむころ、雌の株に黄色に熟する丸い実である。落ちて強い臭気を放つ。中に白くて硬い稜のある種子があり、さらにそれを剝いて、炒ったり、茶碗むしなどの料理にあしらったりして食べる。風味がよい。**銀杏《いてふ》の実《み》。**

銀杏の落ちて汚せし石畳　小川凡水
ぎんなんの落つる力の加はりし　阿部小壺
銀杏のあるとき水に落つる音　高濱年尾
銀杏を蔵す大樹を仰ぎけり　稲畑汀子

棗《なつめ》

楕円形で親指大くらいの実が熟れて暗紅色になる。食用、薬用となる。**棗《なつめ》の実《み》。**

棗の実落つる日向に陶乾く　五十嵐播水
虚子旧盧立ち去りがたく棗熟れ　大森積翠
愚庵十二勝のうち棗子径
熟したる棗の下に径を為す　高濱虚子

無《む》患《くろ》子《じ》

大きなものは一四、五メートルにもなる落葉高木。親指の頭くらいの真黒な、なかなか硬い実がなる。木になっているときは、黄色い皮をかぶっている。この実を羽子の球にしたり数珠に作ったりする。**むくろ。**

無患子

無患子と知つてゐる子と仲良しに　大井千代子
無患子の早や隠れなき色に熟れ　橋本一水

菩提子《ぼだいし》

菩提樹《ぼだいじゅ》の実《み》である。莢《さや》形の苞に淡《うす》黒く丸い実を垂らす。表面に細かい毛がある。数珠にしたりする。菩提樹には種類が多く、インドでいう菩提樹は別種である。

菩提子は小さくて軽し掌に拾ふ　門坂波の穂
菩提子を拾ひ煩悩置き行かな　近江小枝子
　室生寺
菩提樹の実を拾ひをる女人かな　高濱虚子

菩提子

柾《まさき》の実《み》

晩秋に熟して三、四裂し、赤色の種子をみせて美しい。常緑の低木で海岸に近く野生しているが、観賞用として、鉢植や生垣などにもされ、よく知られている。

浜からも入れる垣根柾の実　吉村ひさ志
花よりも派手に弾けて柾の実　湯川雅
実をつけて手入届かぬ柾垣　藤松遊子

柾の実

檀《まゆみ》の実《み》

平たくやや四角の実で、熟すと淡紅色になり、四片に深く裂け、真赤な種子が現れる。真弓《まゆみ》の実《み》。

近づきて花にはあらで真弓の実　五十嵐八重子
戻りてもあた丶かき色真弓の実　斎藤紫暁
書斎より見えてゐし色檀の実　稲畑汀子

衝羽根《つくばね》

羽子《はご》の木といって九州から本州の低い山地に自生している。実は一、二メートルの雌株につく。一センチくらいの実の頭に四片の苞が羽子つきに使う羽子そっくりの形についていることからこの名がある。これを採って塩漬にし、料理の飾りにしたり吸い物に浮かべたりする。

衝羽根

衝羽根の羽子の先より雨雫　河野美奇
衝羽根の空に舞はんと枝先に　藤松遊子

衝羽根といひて載せくれたなごころ　深見けん二
塩漬の衝羽根飾る山料理　柴原保佳
衝羽根のまこと羽子てふ姿かな　稲畑汀子

一位《いちゐ》《いちい》の実《み》《み》　木部が笏《しやく》の材料となるところから一位の位によせてこの名がある。別名「あららぎ」ともいう。実は紅熟して甘く、日に透きとおって美しい。北国に多い。

一位の実

山去るにつけて一位の実ぞ赤き　木村蕪城
一位の実含みて旅の汝と我　矢津羨魚

草《くさ》の実《み》 ㊂　秋になると、さまざまの草がそれぞれに実をつける。野原を歩いていると、知らぬうちに衣類の裾に草の実がついていたりする。**草《くさ》の穂《ほ》**。**草《くさ》の絮《わた》**。

草の実を背につけられて教師吾　田中静龍
風急ぐほどは急がず草の絮　木村享史
実をつけてかなしき程の小草かな　高濱虚子

ゐのこづち《いのこずち》　至るところに野生し、一メートルくらいになる草である。秋になると棘状になった花苞が花茎に逆にならんでついていて衣服などにくっつく。薬草である。**駒《こま》の爪《つめ》**。

ひそかにも人に狎れそめゐのこづち　田畑美穂女
ゐのこづち花の図鑑にある不思議　広瀬志津女
ゐのこづち払ひ終へたる手を払ふ　稲畑汀子

藪《やぶ》虱《じらみ》　山野、道ばたなど至るところに生える人参に似た葉をした雑草である。秋に熟する実は麦粒ぐらいで、人の衣服や、動物にもよくつくので虱にたとえてこの名がある。**草《くさ》じらみ**。

草じらみ裾の裏にも表にも　曾我部ゆかり
草虱吾子に不思議のもの多く　佐藤うた子
診察の子が落したる藪じらみ　山瀬ひとし
帽子まで草虱つけをりしかな　松﨑亭村
遠出するまでになりし子草虱　岩田公次

よき衣によろこびつける草虱　高濱虚子
草虱したゝかにつけ気がつかず　高濱年尾
ともかくも道に出られし草虱　稲畑汀子

稲《いね》刈《かり》

日和に恵まれて稲刈の進む景は、稔りの秋の実感がもっとも深い。現在は機械化され、稲刈の手順も変わった。大八車の**稲車**《いねぐるま》は小型トラックになり、担って家へ運ぶ姿はまず見られなくなった。**田刈**《たかり》。**収穫**《とりいれ》。**刈稲**《かりいね》。**稲舟**《いなぶね》。**稲馬**《いねうま》。

稲舟のくゞりし橋を稲車　天野微苦笑
稲負うてゆつくり膝をついて立つ　及川仙石
穂重もりの手応へしかと稲を刈る　櫻井土音
いつまでも積んでをるなる稲車　濱井武之助
道問へばこの稲舟に乗れといふ　泉浄宝
稲車押し込む門を押さへをり　塚本英哉
稲刈りて沼に連なる水田かな　久保もり躬
積みかけて雨に濡れをり稲車　岩本章
田舟ひきわかれ〳〵に稲を刈る　坂田勇
月に目がなれて夜稲を刈りつゞけ　藤原湯玉
稲刈るや後の鎌に追はれつゝ　公文東梨
どの細江にも稲舟の暮れ残り　三宅まさる
子を乗せてこれがしまひの稲車　飯田楽童
国道を無事横切りし稲車　甘中房恵
稲を刈るその時母の手の太く　青野沙人
子を乗せて均衡とれし稲車　在間さとる
さゝくれし手よ収穫の終りたる　逢坂美智子
稲刈りて地に擲つが如く置き　高濱虚子
日曜の不作の稲を刈りはじむ　稲畑汀子

刈《かり》田《た》

稲を刈りとったあとの田である。急に広々となり、切株ばかりが並んでいる。里の子供たちにとって格好の遊び場になる。**刈田道**《かりたみち》。

刈田の子とんぼがへりをして遊ぶ　白川朝帆
何鳥か翔けて刈田の月明り　荻野泰成
刈田尽き荒磯の白き波を見る　山口青邨

月山の間近にみゆる刈田かな　山形　理

山路を下りて刈田を横ぎりぬ　高濱虚子

落穂《おちぼ》

稲の穂の落ちたものである。一本の落穂でも農家の人々は丹念に拾い大事にする。**落穂拾《おちぼひろひ》**。

柴負女豊の落穂を見逃さず　廣澤米城

落穂手に夕田をわたり来る女　奈良鹿郎

村人の鶴にのこせし落穂とも　亀井糸游

老帰る落穂の二穂三穂を手に　杉崎句入道

落穂手にわれも瑞穂の国の民　田中都南

落穂をも踏みかためつゝ道となる　高濱虚子

稲架《はざ》

刈った稲を掛け干すものである。田の中や畦などを利用して、丸太や竹を組み上げたり、立木に横木を渡したりする。高稲架、棒稲架など、高さや形も地方によりそれぞれ特徴がある。**稲掛《いねかけ》**。**掛稲《かけいね》**。**稲塚《いねづか》**。

掛稲や洗ひ上げたる鍬の数　白雄

掛稲の真青な葉のあら〳〵し　高野素十

掛稲の日々にへり今日急にへりぬ　富安風生

女手に引ずりはこぶ稲架木かな　亮木滄浪

ひろ〴〵と稲架の日なたの日のにほひ　長谷川素逝

掛稲の岸に舟著く堅田かな　馬場五倍子

高稲架の立ちて弥彦は晴れわたり　加賀谷凡秋

遅き月上りぬ稲も掛け終り　松元桃村

稲架並ぶ日本の空に帰りけり　太田梨三

かけ終へし稲架の長さを見て憩ふ　轟　蘆火

空稲架や峡こゝまでは人住めり　依田秋葭

掛稲の乾きの工合噛んでも見　長尾虚風

稲架の香が新聞を読む電車まで　小原牧水

稲架裾にしぶく荒海親不知　逢坂月央子

みちのくの稲架は淋しも人に似て　柴原保佳

かけ易き妻の高さに稲架を組む　谷口かなみ

人よりも低き稲架結ひ能登ぐらし　柏井幸子

棒稲架も走りて汽車とすれ違ふ　豊田淳応

掛稲の伊賀の盆地を一日の居　高濱虚子
渓谷の少し開けて稲架ありぬ　同
冷害の稲穂の軽さ架けられし　稲畑汀子

稲《いね》扱《こき》

刈って乾かした稲を扱いて籾にする、すなわち脱穀である。近ごろは電動式の便利な稲扱機ができている。

ふくやかな乳に稲扱く力かな　川端茅舎
稲扱にかぶせしおほひ紺がすり　星野立子
くらがりに稲扱き終へし人らをり　堤　俳一佳
風向きを見て稲扱機据ゑにけり　古野四方白
まれといふ稲扱日和稲架下ろし　澤村芳翠
から〳〵と鳴りをる小夜の稲扱機　高濱虚子

籾《もみ》

稲を扱き落としてまだ殻のついたままの米が籾である。これをよく乾燥して籾磨《もみすり》をすると殻がとれて玄米になる。庭いっぱいに籾筵《もみむしろ》をひろげ、日に返しながら籾干《もみほし》をする風景を、かつてはよく見かけたものである。しかし今は機械化が進んだため、種子用の籾干くらいしか見かけなくなった。籾のまま俵に入れて貯蔵するのを籾俵という。

籾干して谷戸一番の大藁屋　高木晴子
ひざまづき籾おしひろげおしひろげ　古屋敷香葎
葭蓆布きたる上に籾むしろ　後藤夜半
汲み替へて出されし茶にも籾埃　隅野泉汀
日かげよりたゝみはじめぬ籾むしろ　高濱虚子
籾筵のべし日だまり土手を背に　高濱年尾

籾《もみ》磨《すり》

籾の殻（種皮）を剝がしとることである。よく乾燥した籾を木製の唐臼《からうす》に注ぎ込みながら回すと籾殻と玄米とに分かれる。納屋や土間にしつらえた籾摺臼《もみすりうす》を昼となく夜となく回す動作も、鈍い摺り音も、夜長のころの農家の風物である。各地には籾摺唄《もみすりうた》といったものもある。籾殻は田や庭に山となり籾殻焼《もみがらやき》の煙が所々に立つ。しかしこうした手摺も今は少なくなり、動力摺が大部分になった。磨臼《すりうす》。籾臼《もみうす》。籾摺《もみすり》。

籾摺やわが裏山の薄紅葉　柏崎夢香

籾摺や俵かぞへて妻幾度　細川路青

新藁《しんわら》

その年に収穫した稲の新しい藁で、まだ青みが残っており、すがすがしい匂いがする。よい藁はなおよく干して束ね、縄や筵などを作るためにしまっておく。**今年藁《ことしわら》**。

新藁に腰かけをれば農婦くる　星野立子
売るほどもなくて不作の今年藁　土山山不鳴
今年藁仔牛にしかと敷いてやる　佐藤冨士夫
新藁にあるなつかしき緑かな　小河原小葉
肥桶を荷ひ新藁一抱へ　高濱虚子

藁塚《わらづか》

稲扱の済んだあとの藁束は、刈田の空地などに積み上げる。積み方は地方によりさまざまである。**藁《に》塚《ほ》**。

積みはじむ大藁鳰《にほ》となるらしき　中田みづほ
藁塚や志賀に二つの都阯　中山碧城
藁塚の暮るゝほかなく暮れにけり　下村福
月に影もらひて藁塚ら寝静まる　石山佇牛
藁塚立ちてしかと遠近生れたる　廣瀬ひろし

晩稲《おくて》

晩秋成熟する稲である。霜の降りる前、あたりの景色も物寂しくなってから取り入れる。

藁傷の皸となりつゝ晩稲刈る　立川史朗
ひと夜さに鴨のつきたる晩稲刈る　西川柚黄翁
こゝよりや備中にして晩稲刈る　青戸暁天
蝗飛んで日に〳〵稔る晩稲かな　高濱虚子

秋時雨《あきしぐれ》

冬近く、しかしまだ秋のうちに降る時雨である。

洞爺湖のいつもどこかに秋時雨　市の瀬尺水
待つ間にも秋の時雨の二度三度　佐土井智津子
やがて来るものの前奏秋時雨　猪子青芽
秋時雨かくて寒さのまさり行く　高濱虚子
日矢こぼしゆける迅さに秋時雨　稲畑汀子

露霜《つゆじも》

晩秋の露が凝ってうすい霜のようになったものをいう。**水霜《みづしも》**。

水霜の芝生にあそぶ小リスかな　左右木韋城
露霜の道を掃きをる寺男　望月梨花
露霜をむすぶ山気にくもる窓　稲畑汀子

秋《あき》の霜《しも》

霜はふつう冬に降りるのであるが、晩秋に霜を見ることがある。このような秋の霜は、「秋霜烈日」の語のとおり、ひどく農作物を害することがある。

冬瓜のいたゞき初むる秋の霜　李由

冬支度《ふゆじたく》

冬の近づくにつれて、衣類とか、窓のカーテンを厚地に替えたり、暖房器具を出したり、いろいろ寒さに対する準備に取りかかるのである。

冬支度母と居る日を惜みつゝ　古川悦子
冬支度乏しきものを繕うて　門坂波の穂
愚痴多き女ごころや冬支度　角杏子
ふる里の蝦夷の恋しき冬支度　多胡一蚪
冬支度あれこれ出してはか行かず　倉重千代子
せはしとて暇はあるもの冬支度　星野立子
冬用意気になりつゝも外出がち　室百瀬
大工入れ修道院の冬支度　依田秋葭
冬支度するきつかけの雨なりし　後藤洋子
人頼み出来ぬものより冬支度　宮城きよなみ
母と娘の声がそつくり冬支度　今井つる女
空廻りさせてリフトの冬支度　古賀昭浩
遺品手にしてはつまづき冬支度　新田記之子
読書癖ある妻ながら冬支度　高濱虚子
押せ〳〵にどうにもならず冬支度　高濱年尾
暇あれば暇ある時に冬支度　稲畑汀子

障子洗《しやうじあら》ふ《しようじあらう》 三

古い障子を貼り替えるために洗うのである。一昔前までは川とか沼、池などに浸けてあったり、街の裏川などで洗っていたりするのをよく見かけたが、近年、そのような情景はあまり見られなくなった。

沙弥つれて障子洗へる尼ぜかな　川上土司夫
浸しある筏つなぎの障子かな　山田九茂茅

水馴棹突き通しあり浸け障子　飯田琢珊

山川に見かくる障子洗ひかな　堤　俳一佳

水の面に押しつけ洗ふ障子かな　岡崎芋村

洗ひ終へ重たく障子運び去る　稲畑汀子

障子《しやうじ》《しようじ》貼《は》《は》る　㊂　冬の用意に障子を洗って新しい障子紙を貼ることである。新しく貼った障子の部屋は、見違えるほど明るい。

路地深く住みつく障子貼りにけり　小島延介

年々に傾く庫裡の障子貼る　堀前小木菟

転任の噂はあれど障子貼る　村山一棹

先住の猫をり障子貼替ふる　黒米松青子

不器用をかくすすべなし障子貼る　衣巻新風子

障子貼り手伝ひもして長湯治　曾我部笑子

手伝ふというてきかぬ子障子貼る　稲本英子

来客にことわり障子貼り終る　的野冷壷人

大刷毛を小さく使ひ障子貼る　田中高志

手伝ひの吾子が邪魔なり障子貼る　白根純子

障子貼り終へたる白に母を恋ふ　三輪満子

障子貼る大原女あり尼の寺　高濱虚子

七竈《ななかまど》の実《み》　美しく彩られた秋の山路を歩いていて、なおはっとするほど真紅の見事な実である。五ミリくらいの赤い小粒が枝先に群れ、燃えるような葉とともに林に色を点じている。**ななかまど。**

七竈の実

ちぎれつゝ霧の流るゝなゝかまど　大塚千々二

なゝかまど赤し山人やすを手に　田村木國

宝永山そこ七かまど実を垂らし　堤　俳一佳

栴檀《せんだん》の実《み》　栴檀は指の頭ぐらいの黄色い実をたくさんつける。葉が落ちるとことに目立って美しい。臭みのあるその実は胼《ひび》の薬などになる。「せんだんは双葉より芳し」のせんだんはこれとは違って白檀のことであるという。**あふちの実《み》。金鈴子《きんれいし》。**

梅檀の実を十程も拾ひしか　中田はな
梅檀の実を拾はむと則を越ゆ　後藤比奈夫
まだ葉色より抜け出せぬ楝の実　稲畑汀子

櫨《はぜ》の実《み》　大豆くらいの大きさの乳白色の実があつまって総状になって垂れる。蠟を採る目的で古くから九州、四国地方に多く植えられていた。櫨には別に自生のものがあり、その実は初めは緑色で、のち黄色となる。**はじの実《み》**。

櫨の実

獐《のろ》の子を厩に飼ひぬ櫨の宿　夏井

櫨《はぜ》ちぎり　櫨の実は蠟燭《ろうそく》の原料とされたり、つや出しなどに用いられる。櫨採りは農家の大事な仕事で、燃えるような紅葉の終わった十月下旬ごろから、木に登って実をちぎるのである。そのころになると櫨買《はぜかひ》が村にはいりこんで来て、木になったままを買って、ちぎって行くこともある。福岡や佐賀がとくに盛んである。

櫨取に真白き雲のひかりとぶ　毛利明流星
櫨ちぎり窓の高さに登り来し　松村双柏
櫨ちぎり車窓に近き鳥栖も過ぎ　江口竹亭

南天《なんてん》の実《み》　丸い小さな実がかたまってつき、晩秋から冬へかけて赤くつぶらに熟れ、花の乏しくなった庭を彩る。まれに白い実の白南天もある。なお、南天実《なんてんじつ》といって、せき止めなどの薬として用いる。**実南天《みなんてん》**。

見逃しは鵯にもありし実南天　田畑美穂女
南天の一粒づつに碧き空　稲岡長
南天の実太し鳥の嘴に　高濱虚子

梅《うめ》擬《もどき》　山地に自生する落葉低木であるが、赤い実が美しいので庭木にも用いられる。高さ二、三メートルで、すっかり落葉したあとも小さな真紅の丸い実が枝に群がり残っているさまは美しい。**梅嫌《うめもどき》**。**落霜紅《うめもどき》**。

梅擬

梅もどき折るや念珠をかけながら　蕪村
梅嫌植ゑたる土にこぼれたる　西山泊雲
兄のこと話せば泣くや梅嫌　高濱虚子

蔓梅擬《つるうめもどき》

木に巻きついたり、垣に這っていたりする。大豆くらいの実が晩秋黄色くなり、やがて皮が裂けて中から黄赤色の種子が二つ三つ現れる。葉は早くに落ちるので残った実がことに目立って美しい。**つるもどき**。

蔓として生れたるつるうめもどき　後藤夜半
蔓もどき情はもつれ易きかな　高濱虚子

茨《いばら》の実《み》

野茨は秋に小粒の赤い実をつける。落葉したのちも、枝にたくさん残って人々の目を楽しませる。

歩き見る国分寺址茨の実　粟賀風因
近道のいつの間に失せ茨の実　湯川雅
落日の華やぎ少し茨の実　藤松遊子
茨の実いつか夕日の沈みゐし　稲畑汀子

玫瑰《はまなす》の実《み》

玫瑰の実は秋に熟する。果実は約二・五センチくらいの黄赤色で、食べると甘酸っぱい。この味が梨に似ているところから浜梨と呼ばれ、それが訛って「はまなす」になったといわれている。北国の浜辺にふと見かける玫瑰の実は、花とはまた別に旅情をそそる。「玫瑰」は夏季。

放ち飼ふ馬に玫瑰実となりぬ　永倉しな
石狩の砂丘よ今は実玫瑰　佐藤洸世
訪はざれば遠ざかる岬実玫瑰　大島早苗

美男蔓《びなんかづら》《びなんかずら》

関東以西の山地に自生する常緑蔓性の植物で庭園にも植える。葉は厚く表面に光沢があり、裏面は紫色を帯びる。夏、目立たない淡黄白色の花を開き、秋、小さな丸い実が集まって三センチくらいの球状になり美しく紅熟する。**南五味子**《さねかづら》。**真葛**《さねかづら》。

美男蔓

低籬こゞめば見えてさねかづら　上林白草居
島めぐり美男かづらを提げ帰る　三井紀四楼
葉がくれに現れし実のさねかづら　高濱虚子

所在失せたる月日ありさねかづら　稲畑汀子

橘《たちばな》　橘の実で、蜜柑に比べて小さく、群がって実を結ぶので美しいが、酸味が強くて、そのままでは食べられない。南国に多く、高知県室戸市の野生林は天然記念物として有名である。昔は蜜柑類をすべて「たちばな」といった。

紫宸殿
仰ぎみる橘の実の二つ三つ　草兵衛

柑子《かうじ》《こうじ》　俗に「こうじみかん」という。橘の栽培種で、蜜柑より小さくまん丸で、熟れると濃い黄色となる。皮はうすく酸味が強い。

仏壇の柑子を落す鼠かな　正岡子規

蜜柑《みかん》　静岡、和歌山、愛媛など暖地に多く産し、晩秋に色づく。極めて一般的な日本の果物として冬にかけて出回る。**青蜜柑**《あをみかん》。**蜜柑山**《みかんやま》。

子を負うて蜜柑一つをうしろ手に　亮木滄浪
紀の国の移民村とや蜜柑山　鈴木抱春
全山の索道の荷の皆蜜柑　宇根畝雪
蜜柑山湾抱き湾は島を抱き　追川瑩風
蜜柑船ならざるはなき島港　飛驒道弘
湯上りのかろき動悸や蜜柑むく　粟津松彩子
全山のみかんに色の来つゝあり　深川正一郎
気の乗らぬ相槌蜜柑むきながら　古賀邦雄
海へ向くことは日に向く蜜柑山　辻野勝子
採点は倦みやすきもの蜜柑むく　多田蒼生
口出さぬこと今大事みかんむく　上西左兌子
三人の子の好き嫌ひなきみかん　稲畑汀子

檸檬《れもん》　インド原産の柑橘類で、枝に棘があり初夏に白い五弁の花が咲き、楕円形の実が秋に黄熟する。海外から輸入されることが多いが、日本でも瀬戸内海の島々などで生産される。**レモン**。

レモン熟れ離島の闇の甘かりし　谷口和子
一人には余る一つのレモンの香　岡安仁義

風渡る島のレモンや光る海　岩村惠子
包丁を研ぎて切りたるレモンかな　志鳥由紀子
肩の荷を下ろし檸檬を丸かじり　黒川悦子
瀬戸内の風に檸檬の育つ丘　深野まり子
瀬戸内の檸檬の島でありにけり　小川龍雄
くちびるを寄せてをりたる檸檬の香　湖東紀子
檸檬添へちよつとお洒落な夕餉かな　山﨑貴子
まだ少し青さの残る檸檬かな　岸田祐子
酸つぱさは苦手と言ひてレモンティー　稲畑汀子

橙《だいだい》

熟して橙色になるのは晩秋であるが、そのまま木に置くとふたたび青くなるので、回青橙《かいせいとう》の名もある。橙酢にしたり風邪薬にもなる。形は球形のものと扁球形のものがある。正月の飾にも欠かせない。

橙をうけとめてをる虚空かな　上野泰
橙のみのり数へて百といふ　村田橙重

朱欒《ざぼん》

柑橘類の中でもっとも大きく、果皮は厚く、果肉は黄白色。果肉も果皮の内側も薄い紫色のものを**うちむらさき**という。**文旦漬**《ぶんたんづけ》というのは厚い果皮を砂糖漬にしたものである。九州南部、四国などの暖地で栽培される。

朱欒剝くおのれひとりの灯下かな　濱田坡牛
捥ぎたての朱欒の匂ひ日の匂ひ　田代八重子
ちぎりたる日附書きある大朱欒　田代杉雨堂
大朱欒もぎ空間の生れけり　合田丁字路
増築のざぼん剪らねばならぬ破目　倉田ひろ子
われが来し南の国のザボンかな　高濱虚子

仏手柑《ぶしゆかん》

全体が細長くちょうど指のように先が分かれた実をつける。主として観賞用であるが、輪切りにして砂糖漬にもする。暖地に多い。

仏手柑

仏手柑の名もそのものも珍しや　二宮小鈴
指の数決らぬことも仏手柑　大橋敦子
仏手柑といふ一顆置き眺めとす　高濱年尾

九年母《くねんぼ》　橙の一種で実は柚子くらいの大きさである。非常に香り高く甘酸っぱくて美味。皮も食べられる。木は蜜柑より生長が早く、実を結び始めるのも早い。

九年母の黄に好もしき見越かな　芹水

金柑《きんかん》　球形または楕円形の小さな果実を、金色に光らせて熟する。木もあまり大きくなく、葉も小さいが、実が群がっていて美しい。果肉は酸っぱいが、果皮は甘く、香りがよい。そのまま食べることもあるし、砂糖漬にしたり、また煮て食べたりする。風邪薬にもなる。

一本の塀のきんかん数しらず　阿波野青畝

家々に金柑実り島日和　杞未行

酢橘《すだち》　徳島県に江戸時代から栽培された柑橘類で、柚子に似ている。果実は小形、頂は浅くへこみ、皮は黄色みをおびた橙色、果肉は淡黄色で酸味が強く多汁、各種の料理に香り高い果汁をしぼりかけて珍重される。**酸橘**《すだち》。

贈り来しすだちに鳴門潮偲ぶ　野村くに女

名物の一つに酢橘阿波土産　宇山白雨

すだちもぐ装束となり現れし　宇山久志

柚子《ゆず》　皮に凹凸のあるやや扁円の実で晩秋黄色に熟する。香りが高く、果肉の酸味もよいので調味料に用いられ、鯛ちりなどにはなくてはならないものである。その皮もまた料理に愛用される。

柚子もぐと尼後しざりして仰ぎ　下村非文

引窓を引けば明るく棚に柚子　藤實艸宇

柚子もらふことをころりと忘れきし　井上和子

柚子をもぎつくせし枝の暗くなる　和気祐孝

此頃は柚子を仏に奉る　高濱虚子

雨の柚子とるとて妻の姉かぶり　同

捥ぐときの柚子の香りでありしかな　稲畑汀子

柚味噌《ゆみそ》　熟した柚子の頂を横に切り、中身をえぐり出した殻の中に、味噌と柚子の汁、皮のすりおろしを混ぜて練ったものを入れ、そのまま火に掛けて焼いたもので、風味がよい。形が釜に似ているので柚釜《ゆがま》ともいう。昔、祇園の関東屋という茶店が作り始めたものだという。**ゆずみそ**。

柚味噌して膳賑はしや草の庵　村上鬼城
焦げて来てほろと葉落ちし柚釜かな　賀川大造
柚味噌にさら〳〵まゐる茶漬かな　高濱虚子

万年青《おもと》の実《み》　観賞用として庭や鉢に植えられ、品種も多く、愛玩される。葉に囲まれた短い花茎の先にかたまって生る。晩秋になると累々とついた実が真赤に色づいて珊瑚玉のように美しい。常緑多年草で葉の威勢のいいことからこの名がある。

真上よりのぞけばありぬ万年青の実　真城蘭郷

種《たね》瓢《ふくべ》　瓢箪の種子を採るために、形のよいものを選び、完熟させたのち、軒下に吊して乾燥させたりする。葉のおおかた枯れた蔓に、一つ残されているのは淋しげである。

捨てらるゝさだめを茶器に種ふくべ　森川芳明
誰彼にくれる印や種瓠　高濱虚子

種《たね》茄子《なす》　種を採るために捥がずに残してある茄子をいう。畑の隅などに黄色く熟れて残っている。

藁結んで印《しるし》たしかや種茄子　本田一杉
種胡瓜相憐むや種茄子　高濱虚子

種《たね》採《とり》　花壇や垣根に咲き乱れた鶏頭や朝顔など、もろもろの花は晩秋に実を結ぶ。これらの種を採りよく乾かし、春蒔のために蓄えるのである。

手のくぼに受けて僅の種を採る　大橋こと枝
種採つて用なき花圃となりにけり　高林蘇城
目じるしの糸の色褪せ種を採る　西池ちえ子

宗鑑《そうかん》忌《き》　陰暦十月二日、俳諧の祖、山崎宗鑑の忌日である。近江の人で、姓は志那、足利義尚に仕え、のち剃髪して山崎に閑居したため、山崎宗鑑と称した。連歌の勢盛んな世に、滑稽諧謔を主とした俳諧連歌を好み、いわゆる「犬筑波集」の撰者といわれている。後の俳人たちはこの「新撰犬筑波集」を俳書の嚆矢とし、宗鑑を俳諧の鼻祖と仰いだ。晩年、讃岐琴弾山麓に一夜庵を結び、そこに没したと伝えられる。墓もそこにある。天文二十二年（一五五三）没。享年八十九歳。

片付かぬ机辺の俳書宗鑑忌　湯川雅
一夜庵讃岐に残り宗鑑忌　河野美奇
語り継ぎ守り継がれて宗鑑忌　稲畑廣太郎
宗鑑忌十七文字を宇宙とし　小林草吾
草津にはゆかりの寺の宗鑑忌　稲畑汀子

秋深《あきふか》し

秋もまことに深まって山川草木ことごとく静けさを湛えた感じをいうのである。秋《あき》さぶ。深秋《しんしう》。秋闌《あきたけなは》。

秋深き隣は何をする人ぞ　芭蕉
悲しみの七日々々に秋深み　本田豊子
秋深し大きな黒き指環はめ　星野立子
喪ごころの禁煙ひと日秋ふかき　石山佇牛
手向けの句ふところに秋深き旅　林三枝子
小諸訪ふ吾も深秋の遊子たり　佐藤裸人
深秋の師の忌へ参ず一人旅　安原葉
深秋にはまりこんだる峡の村　稲岡長
思川まで歩をのばし秋深む　千原草之
病牀の人訪ふたびに秋深し　高濱虚子
深秋といふことのあり人も亦　同
彼一語我一語秋深みかも　同
深秋の加賀の宿りの骨酒や　高濱年尾
秋深き影藤棚の下広く　同
秋深し人に祈りの深ければ　稲畑汀子

冬近《ふゆちか》し

秋も終わりに近づくと、野山にも町のたたずまいにも、冬のきざしが漂い始める。

鶏頭きれば卒然として冬近し　島村はじめ
北国のくらしにも慣れ冬近し　太田育子
鉢伏せて冬待つ庭を作るべし　川口利夫
影法師うなづき合ひて冬を待つ　高濱虚子

紅葉《もみぢ》《もみじ》

落葉樹の葉は凋落する前、霜や時雨の降るたびに美しく染まる。その代表的なものは楓《かへで》であるが、その他のものもふくめて紅葉という。「もみづ」と動詞にも用いる。
夕紅葉《ゆふもみぢ》。むら紅葉《もみぢ》。下紅葉《したもみぢ》。紅葉川《もみぢがは》。紅葉山《もみぢやま》。

大寺の片戸さしけり夕紅葉　一茶
遠望をさへぎる紅葉一枝かな　野村泊月
大木にしてみんなみに片紅葉　松本たかし
四山紅葉するに急なり晴又雨　渡辺左衛門
紅葉掃く緇衣の衣手ひるがへり　後藤暮汀
御神事の美しかりし紅葉かな　清水一羊女
紅葉冷おぼえしよりの足早く　松元桃村
鏡なす池のおもての紅葉映え　高村文鹿
杖の手を右し左し紅葉坂　一丸万佐緒
峰々に名はあり紅葉美しき　池内たけし
酒の燗せきに客くる紅葉茶屋　穂北燦々
迷ひしと思ふこの道紅葉よく　小島静居
落日に向ひて下る紅葉山　西山小鼓子
中腹に雲湧き上る岳紅葉　村田橙重
紅葉冷え戻り早き下部の温泉　井上史葉
阿寒湖は阿寒の底や紅葉冷　吉岡秋帆影
山紅葉し初むる一樹々々づつ　今井千鶴子
どの紅葉にも青空のある山路　木暮つとむ
アメリカに看護婦仲間紅葉晴　坊城中子
紅葉して明るき森の中となる　伊藤玉枝
紅葉谷知りつくしたる案内かな　山田庄蜂
見えてゐる荘へ迷ひし坂紅葉　嶋田摩耶子
期待せず来し濃紅葉でありにけり　片桐孝明
拝観といふ心にて見る紅葉　粟津松彩子
祖谷はもう秘境といへずもみづれる　桑田青虎
枝先に燃え移りたる紅葉かな　松本光生
歓迎の色惜みなき紅葉あり　吉年虹二
紅葉して渓の深さを失ひし　山本晃裕
紅葉せるこの大木の男振り　高濱虚子
大紅葉燃え上らんとしつゝあり　同

紅葉谷いま暫し行き憩はんか　高濱年尾
峠路の登るにつれて紅葉濃し　同
一部分その一部分紅葉濃し　稲畑汀子

紅葉狩《もみぢがり》《もみじがり》

紅葉を賞でて山や谷を逍遥することである。ややクラシックな気分が濃い言い方である。**紅葉見《もみぢみ》**。**観楓《くわんぷう》**。

京極の灯にもどり来ぬ紅葉狩　奥田あつ女
紅葉見の駕仕立あり宿廊下　深川正一郎
茶屋あればかならず憩ふ紅葉狩　鈴木綾園
老の杖はげましつゝも紅葉狩　白石天留翁
このさきは如何なる処紅葉狩　星野立子
紅葉見る酒は静に飲むべかり　松尾いはほ
渓深く下りゆくことも紅葉狩　田上一蕉子
素泊りといふ気安さの紅葉狩　丸山綱女
ゆくりなく旅の一日を紅葉狩　高濱虚子
降られゐることもしづかな紅葉狩　稲畑汀子

紅葉鮒《もみぢぶな》《もみじぶな》

琵琶湖に産する源五郎鮒は、秋が深くなると鰭《ひれ》が紅色を帯びる。これが紅葉鮒である。なかなかに美味である。

からだ中ゆすり泳げる紅葉鮒　兩角竹舟郎
紅葉鮒色とり〴〵に重の物　高濱虚子

黄葉《もみぢ》《もみじ》

黄色にもみじしたのをいう。銀杏《いちよう》、柳をはじめ、櫟《くぬぎ》、柏、白樺、落葉松《からまつ》などさまざまある。

二三枚より萩黄葉はじまりし　田畑美穂女
此処は亦朴の黄葉の目立つ渓　伊藤たか子
青空にふれし枝先より黄葉　岩岡中正
黄葉して隠れ現る零余子蔓　高濱虚子
括りある辺にはじまって萩黄葉　稲畑汀子
黄葉描く子に象を描く子が並び　同

照葉《てりは》

紅葉した草木の葉の、いかにも光沢があって照り輝いているのをいう。**照紅葉《てりもみぢ》**。

寄進札大寄進札照紅葉　高野素十

照紅葉野点の席はいづこかや　森　草風
かゞやける白雲ありて照紅葉　高濱虚子
庭先はすぐ谷なして照紅葉　高濱年尾

雑木紅葉《ざふきもみぢ》《ぞうきもみじ》

何の木ということなく、いろいろの木が紅葉しているのをいう。

何の木ぞ紅葉色濃き草の中　几董
程ケ谷や雑木紅葉も町の中　今井つる女
帰路も亦雑木紅葉の高き山　坂本ひろし
美しく見ゆ距離雑木紅葉かな　宮城きよなみ

柿紅葉《かきもみぢ》《かきもみじ》

柿の葉は紅、黄、朱の混じった独特の美しい色に紅葉する。

浮腰となりし烏や柿紅葉　皿井旭川
実の不作柿紅葉もて償はれ　梅山香子
柿紅葉山ふところを染めなせり　高濱虚子

漆紅葉《うるしもみぢ》《うるしもみじ》

紅葉を賞されるのは、自生の山漆や蔦漆の類で、葉の表は鮮やかな紅に、裏は黄に紅葉する。雑木の紅葉する中でことに明るく目を惹く。

妹と行けば漆の紅葉径に斜《なゝめ》　山口誓子
あたりまであかるき漆紅葉かな　高濱虚子

櫨紅葉《はぜもみぢ》《はぜもみじ》

紅くつややかである。櫨は割合に紅葉の少ない暖地に多くて、その紅葉はことに美しい。

一葉づつ櫨の早紅葉あきらかに　松本巨草
水もまた燃ゆるものとし櫨紅葉　桑田青虎
櫨紅葉稲刈る人に日々赤し　高濱虚子
目立ちしは皆櫨紅葉ならぬなし　高濱年尾
櫨紅葉にも燃ゆる色沈む色　稲畑汀子

銀杏黄葉《いてふもみぢ》《いちょうもみじ》

扇形の葉が緑からしだいに黄色となり、黄一色となったものは黄葉の中でも際立って美しい。銀杏黄葉の大樹や並木が日に輝いているのは、遠目にも眩しく荘厳ですらある。黄葉しても葉の感触はしっとりとしている。

そののちは銀杏黄葉の散るのみに　千原草之
大銀杏黄葉に空の退ける　原田一郎

明るさの銀杏黄葉を夕景に　稲畑汀子

櫟黄葉《くぬぎもみぢ》《くぬぎもみじ》　櫟は高さ一五メートルにもなる落葉高木で、その黄葉は深みのあるやや地味なものである。半緑半黄のときも佳い。

かたくなに櫟は黄葉肯ぜず　竹下しづの女

白膠木紅葉《ぬるでもみぢ》《ぬるでもみじ》　白膠木は一名「ふしのき」とも呼ばれ、漆や櫨と同類である。高さ五、六メートルにもなり、その紅葉は鮮紅色で美しい。

かくれ水ひゞきて白膠木紅葉かな　藤岡玉骨

錦木《にしきぎ》　わが国の山地によく見られる。高さ二、三メートル。葉は対生、両端のとがった楕円形で柄は短い。枝の稜にコルク質のものがついている。紅葉がとくに美しいので庭木としても珍重される。果実もそのころ黄赤色に熟し、色を添える。**錦木紅葉**《にしきぎもみぢ》。

錦木の紅葉日増に色まさり　藤田大五郎
錦木の炎えつくしたる色と見し　藤井扇女

柞《ははそ》　小楢《こなら》の古名とも、楢や櫟《くぬぎ》の総称ともいわれる。また「ほうそ」と発音されることもある。柞の森、**柞紅葉**《ははそもみぢ》など古歌に多く詠まれている。

緬羊に早紅葉したる柞かな　岡嶋田比良

蔦《つた》㊂　樹木や崖、また石垣、塀、壁面などを這い、観賞用として、あるいは住宅に一つの風情を添えるために植えられる。山野にも多い。夏の「青蔦」も紅葉する秋の蔦も美しい。**錦蔦**《にしきづた》とも呼ばれる。**蔦蘿**《つたかづら》。

石山の石にも蔦の裏表　乙州
城門を全く掩ひ蔦の秋　楠目橙黄子
皆知れる蔦の館でありにけり　稲畑汀子

蔦紅葉《つたもみぢ》《つたもみじ》　「錦蔦」の名もあるとおり、掌状の葉が紅葉すると美しい。木にからみ、崖にかかって山野を彩り、鉢植としても賞せられる。

窓四角のこして書庫の蔦紅葉　鮫島交魚子
蔦紅葉絡むいのちは衰へず　荻江寿友

もみづるを急く葉急かぬ葉すべて蔦　山内山彦

蔦の葉の二枚の紅葉客を待つ　高濱虚子

散れば彩とどまれば色蔦紅葉　稲畑汀子

草紅葉《くさもみぢ》《くさもみじ》

木の紅葉に対して、秋草の色づいたのをいう。野や山のみならず、路傍でわずかに黄ばんだ雑草などもしみじみと可憐である。**草《くさ》の紅葉《もみぢ》。草《くさ》の錦《にしき》。蓼紅葉《たでもみぢ》。**

たのしさや草の錦といふ言葉　星野立子

城の影城より小さく草紅葉　成瀬正とし

道あると見ればあるなり草紅葉　岡安仁義

草紅葉してこれよりの日々早し　川口咲子

虚子立たれたりしはここら草紅葉　石井とし夫

山荘を出れば熔岩径草紅葉　藤松遊子

水車場へ道は平らや草紅葉　高濱虚子

草紅葉枡形山といふ城址　高濱年尾

草紅葉ここより熊野詣径　稲畑汀子

萍紅葉《うきくさもみぢ》《うきくさもみじ》

秋が深まるにつれて、萍、菱などの水草も水の面に漂いながら色づいてくる。**水草紅葉《みづくさもみぢ》。**

内湖は浮草紅葉しそめしと　乗光博三

珊瑚草《さんごさう》《さんごそう》

潮が満ちると塩水をかぶる砂地や海岸に群生する。高さは一〇～三〇センチくらい。茎は円柱形で節があり、節から枝分かれする。葉はなく、節のところに七～九月ごろ花をつけるが目立たない。緑色の茎が十月ごろ紅に染まって美しい。北海道北東部に多く、網走能取湖《のとろこ》、濤沸湖《とうふつこ》、根室風蓮湖《ふうれんこ》が有名。また愛媛県、香川県にも自生している。北海道釧路の厚岸《あつけし》で発見されたところから**厚岸草《あつけしさう》**の名もある。

珊瑚草つきるところにオホーツク　三浦恵子

オホーツクよりの汐染め珊瑚草　吉村ひさ志

潮かぶる所の珊瑚草赤し　稲畑廣太郎

珊瑚草水に溺れてゐたる色　小林草吾

波寄せてゐる刻とみし珊瑚草　嶋田一歩

浜人のことばは荒し珊瑚草　嶋田摩耶子

地の果を淋しがらせず珊瑚草　稲畑汀子

野山《のやま》の錦《にしき》　草木が紅葉した秋の野山を、錦にたとえていう。「見渡せば山辺には、尾上にも麓にも薄き濃きもみぢ葉の秋の錦をぞ竜田姫織なして露霜に染めにける」そういった景色である。

打ち晴れて野山の錦明日も旅　北川左人
美の神の織れる野山の錦かも　猪子水仙
眼つむれば今日の錦の野山かな　高濱虚子

紅葉且散《もみぢかつち》《もみじかつち》る　紅葉しながらかつ散るのをいう。単に「紅葉散る」といえば冬季である。

紅葉且散るひとひらはまなかひに　杉本零
紅葉且散る盆栽といふ天地　前内木耳
一枚の紅葉且散る静かさよ　高濱虚子
山紅葉且散る雨も加はりて　稲畑汀子

鹿《しか》　三　鹿の雄は美しい枝分かれした角をもつ。交尾期は秋の終わりから冬の初めにかけてであり、この時期の牡鹿の鳴き声は遠くで聞くと哀れである。奈良の鹿は古来、詩歌に詠まれて名高い。**牡鹿《をじか》**。**小鹿《こじか》**。**さ牡鹿《をしか》**。**鹿《しか》の声《こゑ》**。**妻恋《つまこ》ふ鹿《しか》**。**鹿笛《しかぶえ》**。

其処に早鹿ゐる奈良に来りけり　池内たけし
鹿の眼のわれより遠きものを見る　高木石子
鹿の声聞きに泊りに来よと僧　星野立子
灯籠の間を杉の間を鹿移る　田中眠子
鹿親子よぎるを待ちてゐる車　伊藤たか子
鹿に餌を一度にとられ立ちつくす　高濱朋子
どの土となく鹿臭ひをりにけり　須藤常央
鹿笛はどこか暗しや木曾路また　成瀬正俊
窓の下鹿の来てゐる古都の朝　谷口和子
鹿の声遠まさりして哀れなり　高濱虚子
鹿を聞く三千院の後架かな　同

猪《ゐのしし》《いのしし》　三　豚の原種。頸は短く、目は小さく、体毛はあらく、褐色。夜間ほぼ一定した猪道を通って遠くまで歩き回り、稲、豆、芋などの農作物を食い荒らす。また鼻で土を掘り返して野鼠、蚯蚓《みみず》などを食う。山がかった田などには猪垣を作り被害を防ぐ。**野猪**《やちょ》。**猪**《しし》。

銃ぐちや猪一茎の草による　原石鼎
月の夜がつゞき猪くる夜がつゞき　島村秋夢
手負猪追ひ込められてダム泳ぐ　恩田鹿火子
猪を撃ち損ねし非難一身に　目黒一榮
猪撃の闘志の眼なりしかな　板場武郎
過疎村の乏しき畑に猪の害　河野美奇
猪を飼ひ猪鍋を商へり　川口咲子

崩《くづ》《くず》れ簗《やな》《やな》

下り簗の崩れこわれたものである。落鮎の漁期も過ぎて不用になったまま水流に放置されている簗である。

歩板かけあるまゝに簗崩れをり　山中一敏
小屋がけのあともそこらに崩れ簗　福井圭児
常のまゝ利根川流れ崩れ簗　田中暖流
富士川の淡き夕日に崩れ簗　上田孤峰
崩れ簗水徒らに激しをり　高濱虚子

残《ざん》菊《ぎく》

昔、重陽の行事が盛んであったころは陰暦九月九日以降の菊を、**残《のこ》りの菊《きく》**とも**十日《とをか》の菊《きく》**ともいった。現在では秋も更けて盛りを過ぎた菊がなお咲き残っているのをいう。

残菊にまた降る雨の雪まじり　中村蛍露
残菊のなほその蕾数知れず　原田一郎
雨に伏す残菊にして黄なる艶　米谷孝
起し甲斐なき残菊も香をとゞめ　五十嵐哲也
ほそ〴〵と残菊のあり愛しけり　高濱虚子
残菊のほかは全く枯れ果てゝ　高濱年尾

末《うら》枯《がれ》

晩秋、野山の草が葉の先の方から枯れ始めるのをいう。末《うら》は根元に対して葉末のこと。

末枯やふざけゐし子も今本気　星野立子
うら枯も親しからずやうす日さし　三溝沙美
壺に挿す末枯どきのものばかり　奥田智久
末枯やサイロの見えてからの径　中田佳都美

水引の紅を尽して末枯るゝ　高木石子
末枯を誘ふ雨の日もすがら　畑紫星
末枯といふ色ひとつのみならず　松岡ひでたか
末枯の野に落日の力なく　浅野右橘
末枯るゝものとしてまた美しく　村上三良
末枯といふ始まつてゐたるもの　蔦三郎
末枯の歩むにつれて小径現れ　高濱虚子
末枯の榕樹の気根崖に垂れ　高濱年尾
南国の熔岩に末枯れゆくものと　稲畑汀子

柳散《やなぎち》る

秋も終わろうとするころ、柳の葉は散り始める。散《ち》る柳《やなぎ》。

靴みがき伏してひたすら柳散る　吉屋信子
沼渡舟ある日なき日や柳散る　剣持不知火
倉敷にまたの勤や柳散る　中尾吸江
ユトリロの哀愁曳きて柳散る　桑田青虎
宇治川の流は早し柳散る　高濱虚子
散りつつも風の柳でありしかな　稲畑汀子

穭《ひつぢ》《ひつじ》

稲を刈り取ったあとしばらくすると、その刈株からふたたび青い芽が萌え出るのを穭という。たまには穂になることもあるが、たいてい稔らぬうちに霜にあって枯れる。稲孫《ひつじ》とも書く。穭が一面に萌え出た田を穭田《ひつぢだ》という。周辺が枯れてゆく中に広々と青く見えるのも晩秋の一景である。

神の田の穭の列の乱れなし　石倉啓補
穭田の紀の国紀行つゞきをり　山形理
穭田を犬は走るや畦を行く　高濱虚子

初《はつ》鴨《がも》

その年に初めて渡ってくる鴨のこと。初期は四、五羽ずつ来るが、その一番手をいうのである。何もない池や湖沼に、水を切って着水する鴨の趣には親しみがわく。鴨《かも》来《きた》る。

橋立の海荒れつゞき鴨来る　島谷王土星
鴨来る空から見えぬ峡の池　鈴木南子
初鴨の予感に湖の広くあり　今橋眞理子

初鴨として大琵琶をほしいまま　稲畑汀子

鶴来る《つるきた》

わが国へ鶴の渡って来るのは晩秋初冬のころである。快晴の日、鍋鶴、真鶴などの群が一〇〇〇メートル内外の高さを渡ってくる。鹿児島県出水《いずみ》、山口県八代《やしろ》などが渡来地として有名である。

朝空は鏡のごとし田鶴わたる　大橋櫻坡子
鶴わたるかぎり夕映消えまじく　水田のぶほ
これよりは鶴来る声に夜を覚むと　松岡巨籟
鶴来る出水と聞けば旅ごころ　稲畑汀子

行《ゆく》秋《あき》

秋が過ぎ去ろうとするのをいうのである。虫の声はとうに絶え、水はすでに冷たい。

行秋や抱けば身に添ふ膝頭　太祇
行秋や門の小草のほつれより　成美
行秋の雨けぢめなく降つてをり　井上木雞子
行秋やすぐたちやすき旅の刻　成瀬正とし
愛憎の夢も現も行秋ぞ　小畑一天
ゆく秋の二つの旧居訪ひし旅　山内年日子
行秋の浜や夕べの波たゝみ　萩原大鑑
行秋や川近く住み川を見ず　柴原保佳
行秋や短冊掛の暮春の句　高濱虚子
行秋や人生語ることもまた　稲畑汀子

暮《くれ》の秋《あき》

秋の末ごろをいう。晩秋《ばんしう》は、初秋、仲秋に対して三秋の終わりの月にも使われる。

松風や軒をめぐつて秋暮ぬ　芭蕉
いさゝかな価《おひめ》乞れぬ暮の秋　蕪村
帰り来て父母なき山河暮の秋　佐藤慈童
能すみし面の衰へ暮の秋　高濱虚子
ほどけゆく車の流れ暮の秋　稲畑汀子

秋惜《あきを》し《あきおし》む

去り行く秋を惜しむのである。

好晴の秋を惜めば曇り来し　鈴木花蓑
沼渡舟すれ違ひつゝ秋惜む　大橋越央子

晩学の月日を惜み秋惜み　鈴木玉斗

よべ星と語りし秋を惜み発つ　稲畑汀子

文化の日《ぶんくわのひ》《ぶんかのひ》

国民の祝日の一つ。かつて明治節であった十一月三日が、昭和二十三年（一九四八）に文化の日と改められた。天候も定まり菊薫る好晴であることが多い。

校僕として老いし身に文化の日　永野清風

学び舎の古きを誇り文化の日　小野響洋

商ひの文化の日とて休まれず　小畑一天

文化の日吾が思ひ出の書を開き　山下しげ人

知る古書肆二三巡りて文化の日　吉井莫生

冬

十一・十二月

十一月

立冬すなわち十一月七・八日以後

冬《ふゆ》 ㊂ 立冬（十一月七、八日ごろ）から立春（二月四、五日ごろ）の前日までをいい、寒い季節である。草木も枯れ北国では雪の日々が続く。**三冬**《さんとう》は初冬、仲冬、晩冬のこと。**九冬**《きゅうとう》は冬九十日間のことである。**冬**《ふゆ》**の宿**《やど》、**冬**《ふゆ》**の庭**《には》、**冬**《ふゆ》**の町**《まち》、**冬沼**《ふゆぬま》、**冬**《ふゆ》**の浜**《はま》など。

冬ながら三輪の神山青々と　村田橙重
癒ゆるあてまたなくなりし夫に冬　中田隆子
茶にむせて涙零しぬ老の冬　田中蛇々子
四方の杉錆びて小国の深き冬　佐藤寥々子
冬を病む聖書の言葉壁に貼り　菅原獨去
人寄せぬ気魄に冬の景色画く　池田一歩
ポケットに手を入れ冬を確むる　鈴木すすむ
のぼりきることなき煙峡の冬　岩垣子鹿
この海と冬越す浦の生活あり　辻口静夫
鉄板を踏めば叫ぶや冬の溝　高濱虚子
これよりの筑紫の冬の宿親し　稲畑汀子

立冬《りっとう》

たいてい十一月七、八日ごろにあたる。**今朝**《けさ》**の冬**《ふゆ》は立冬の日の朝をいう。**冬立**《ふゆた》**つ**。**冬**《ふゆ》**に入**《い》**る**。**冬来**《ふゆきた》**る**。

こま〴〵と母ゆ便りや冬に入る　藤巻伽岳
冬に入り一と日一と日と衣好み　星野立子
水そらしあり水車場も冬に入る　高瀬夜振
閉山の残務整理の冬に入る　戸澤寒子房
健康な心を保ち冬に入る　奥田智久
あたゝかく冬に入りたることうれし　三澤久子
雨よりも雨音淋し冬に入る　山内山彦
立冬の息のしめりを小鼓に　安倍正三
今朝の冬暦だけではあらざりし　石川玄能
山国の冬は来にけり牛乳《ち》を飲む　高濱虚子
いそがせる心は別に冬に入る　稲畑汀子

十一月《じふいちぐわつ/じゅういちがつ》

月の初めに立冬を迎える。小春日和の日もあり、行楽にも良い季節であるが、月も終わりに近づくと寒さもだんだんと加わってくる。

今日よりは十一月の旅日記　星野立子
旅に見る十一月の水や空　島田みつ子
あたゝかき十一月もすみにけり　中村草田男
雨が消す十一月の草の色　大島早苗
十一月朔日服を替へて出づ　廣瀬河太郎

初《はつ》冬《ふゆ》

冬の初めごろをいう。初冬、仲冬、晩冬に分けた初冬にあたるが、そうかたくるしいものではなく、目に触れるものが冬らしくなってきたころをいう。山や川の姿、畑の色、雨の音、垣根の末枯《うらがれ》、その他何を見ても静かに澄んだ淋しげな初冬の気がただよっている。**しょとう。**

初冬の竹緑なり詩仙堂　内藤鳴雪
初冬やこの子薄著にしつけむと　河野扶美
初冬の旅朝焼の紅濃ゆく　柴原保佳
初冬てふ言葉重たくありにけり　小川龍雄
初冬や渋谷の人出よそよそし　湯川雅
初冬や仮普請して早住めり　高濱虚子
雲動き初冬の日ざしこぼしけり　稲畑汀子

神無月《かんなづき》

陰暦十月のこと。この月は諸国の神々が、ことごとく出雲の国に旅立たれるため、神々が留守であるというので神無月という。出雲の国では**神有月**《かみありづき》といっている。

禅寺の松の落葉や神無月　凡兆
詣で来て神有月の大社かな　石田雨圃子
お狐に何のねぎごと神無月　牛田雞村
芸の道思ひたやさね神無月　武原はん女
宮柱太しく立ちて神無月　高濱虚子

神《かみ》の旅《たび》

陰暦十月一日、全国諸社の神々は男女の縁結びのため、出雲へ旅立たれるという。落葉を踏み時雨に濡れて旅立ち給う神々の姿が想像される。その神々を送ることを**神**《かみ》**送**《おくり》という。地方により赤飯を炊くなどの風習もある。

荒る丶ものと知ればたうとし神送　鬼貫
布子著て淋しき顔や神送り　去来
魂ぬけの小倉百人神の旅　阿波野青畝
灯明に神発ちませし暗さあり　片岡片々子
神ひとり旅立つ仏都高野より　辻本青塔
疫病神貧乏神もお立ちかな　丸山柳絃
余部の鉄橋わたり神も旅　北垣宵一
温泉の神の五百の磴を旅立ちぬ　大橋宵火
一筋に神をたのみて送りけり　高濱虚子
蘆の葉も笛仕る神の旅　同

神《かみ》渡《わたし》

神無月に吹く西風で、出雲へお旅立になる神々を送る風の意である。風に乗って空を飛び給う神の旅姿を想うこともできるであろう。

神渡したゝか杉の実を降らす　下村梅子
神渡り給ふ但馬はいま日照雨　千原叡子
玄界に一舟もなし神渡　生島花子
山の木々一夜に痩せし神渡　稲畑汀子

神《かみ》の留守《るす》

神無月は、神々が出雲の国に旅立たれるので、神社はどこも神が留守であるという意味である。たまたま木々も落葉し、草も枯れる季節であり、境内も荒寥として神の留守という感じが深い。

神の留守巫女もなすなる里帰り　赤星水竹居
俳諧の神の留守なる懈怠かな　清原枴童
湖荒れのつゞき筑摩の神は留守　森居康房
倒れ木の入札もして神の留守　深尾素心
神の留守南蛮鉄の門閉ざし　山地曙子
山鳴と噴煙とある神の留守　西村数
神の留守格天井の大修理　眞鍋蟻十
しぐれつゝ留守もる神の銀杏かな　高濱虚子
すがれゆくものを佳しとし神の留守　稲畑汀子

初時雨《はつしぐれ》

その年の冬、初めて降る時雨のことである。時雨だけでも情のこもる季題であるが、初時雨というと、さらに懐かしいような気持がする。いよいよ冬が来たという感じがそこはかとなく漂う。

旅人と我名よばれん初霽《しぐれ》　芭蕉
鳶の羽もかいつくろひぬ初しぐれ　去来
髪結ひに出づる身軽さ初時雨　酒井小蔦
北国のこれも好日初時雨　明石春潮子
初しぐれ猿蓑会の師を憶ふ　山田九茂茅
托鉢の衣を濡らし初時雨　西澤信生
野曝しの陶器市立ち初時雨　川口利夫
初時雨その時世塵無かりけり　高濱虚子
北山の雲片寄せて初しぐれ　稲畑汀子

初《はつ》霜《しも》

その冬初めて降りる霜である。冷えてきたある朝、庭にまた畑に、うすうすと一面に霜が降りる。土地によって遅速があるが、東京地方では十一月半ばごろである。

初霜の石を崩して堰普請　及川仙石
桑焦がすほどの初霜には非ず　荒川あつし
初霜の降る音聞いてゐる玻璃戸　梶尾黙魚
はつしもや吉田の里の葱畑　高濱虚子
初霜の来し上州と聞きしより　稲畑汀子

冬《ふゆ》めく

はっきり冬景色がととのったというわけではないが、家のうちそと、身辺が何となく冬らしくなってきた感じをいう。雲の動き、草木の姿、どこかに冬がきざしている。

むさし野の冬めき来る木立かな　高木晴子
盛り塩の冬めく三和土濡れてをり　下田實花
海見えぬときは冬めく山路ゆく　清水忠彦
口に袖あてゝゆく人冬めける　高濱虚子

炉《ろ》開《びらき》

初冬、茶道では夏の風炉に替えて、閉ざされていた切炉を開く。古来、陰暦十月初亥の日に炉開をする風習があり、茶道以外でも、寒さを迎えて炉を使用し始めることにいう。

聴く事の先師に残る炉を開く　森白象

湯治客少なくなりし炉を開く　瀧澤鶯衣
妻の炉を開き書屋の炉を開く　深川正一郎
炉開いてほんの少しの塵を掃く　星野立子
誰彼を心に遠く炉を開く　河合嵯峨
鷹の羽の一枚帚炉を開く　松原赤實果
御遺墨の一軸をもて炉を開く　河田たき子
老の顔はなやぎて炉を開きけり　今井つる女
来合はせし母を客とし炉を開く　明石春潮子
開きたる炉をこれよりの寄りどころ　高橋春灯
開きたる炉と樽酒にもてなされ　鈴木はる子
炉開や蜘蛛動かざる灰の上　高濱虚子
山深き生活欠かせぬ炉を開く　稲畑汀子

口《くち》切《きり》

炉開の日、壺の封を切って初めて新茶を用いる。茶道では大切な儀式とされ、茶席の一切を改める。畳、障子を替え、筧、垣の竹なども新しくする。

口切や日の当りゐるにじり口　星野立子
口切や新居披露の意もありて　合田丁字路
口切に来よとゆかりの尼が文　篠塚しげる
口切やところを得たる御茶壺　田中蘆風
口切におろす晴着の躾とる　星野椿
口切や主客の心一つなる　小林草吾
口切の御詰にひかへをりにけり　稲畑汀子

亥《ゐ》《い》の子《こ》《こ》

収穫祭の一つで主に関西以西の行事である。陰暦十月の初亥の日に、**亥《ゐ》の子餅《こもち》**といって新穀の餅を搗き田の神に供える。また子供の行事として、藁を束ね、縄や蔓などで巻いて棒のようなものを作り「亥の子の餅をつかんものは鬼を生め、蛇を生め、角の生えた子を生め」と唱え、家々の門口をつき回る。これで地中の害虫を除くと信じられ、さらに猪は多産であるから安産を祈る風習ともされる。またこの餅を食べると大病を除くなど地方により諸説がある。亥の日を祝う風習は、古くは朝廷、武家にあったものである。**猪《ゐ》の子《こ》**。**玄猪《げんちよ》**。

昼になつて亥の子と知りぬ重の内　太祇

唄ひもす亥の子の唄をなつかしみ　山川喜八
亥の子餅搗く神苑の大かゞり　吉村城乾
往診し鞄にもらふ亥の子餅　夏秋仰星子

御取越《おとりこし》

京都の本山で行なう親鸞聖人の正忌の「報恩講」と差し合わぬように各地の末寺や信徒が、日を繰り上げて法会を営むことをいう。早く取り越して行なうからお取越というのである。日取りや規模に違いはあっても、宗祖を慕う報恩の心に変わりはない。

肩衣にかはる式章御取越　宗像佛手柑
お取越新発意いまだあどけなく　岡田蕉風
御取越泊り耶馬より筑後より　松本圭二

達磨忌《だるまき》

陰暦十月五日、菩提達磨の忌日である。禅宗の寺院では法会が行なわれる。達磨は南インド香至国第三王子として生まれ仏法を修得し、中国に禅宗を伝えて始祖といわれ、梁の大通二年（五二八）のこの日入寂したと伝えられる。中国少林寺にあって、壁に向かって九年間座し、悟りをひらいたというので名高い。

達磨忌の日の警策を受けてをり　開田華羽
晩学にして不退転達磨の忌　吉井莫生

十夜《じふや》《じゆうや》

浄土宗の寺院で行なう「十夜念仏法要」を略して十夜という。室町時代、京都の真如堂に始まり、陰暦十月五日夜から十五日朝までの十夜行なわれた。今は月おくれの十一月五日から行なう所が多いが、鎌倉材木座の光明寺（十月十二～十五日）のように陽暦十月に行なう所もある。信徒が多数参籠して念仏を唱え続けるので、寺院では夜半に**十夜粥《じふやがゆ》**を炊いて参籠衆をねぎらい、境内には露店などが並んで賑わう。「ごこくの粥《かゆ》」ともいう。

下京の果のはてまで十夜かな　許六
姑の鬼もこもれる十夜かな　閑鵞
十夜僧ねむたくなれば心《しん》切りに　河野静雲
十夜粥押頂いて熱からず　市川虚空
お蠟番してお十夜の仏師かな　山口燕青

せめ鉦に耳に手をあて十夜婆　山田耕子
お十夜の六時不断の燭を継ぐ　竹原竹堂
水さして又こと〱と十夜粥　梶田如是
十夜衆に拝まれつきし高座かな　一田牛畝
雨の加賀十夜と書きし寺過ぐる　高橋真智子
神妙になんまんだぶつ大十夜　野島無量子
十夜鉦揃へばかなし澄み通り　瀧澤鶯衣
十夜粥うけて南無阿弥陀仏かな　副島いみ子
履物を違へて戻る十夜かな　稲岡達子
正座して女医先生も十夜衆　今井千鶴子
真如堂に知る僧のある十夜かな　高濱虚子
隠岐の島十夜の寺の賑へる　高濱年尾
京の町暮れて十夜の真如堂　稲畑汀子

酉《とり》の市《いち》

十一月中の酉の日に行なわれる鷲《おおとり》神社の祭礼で「お酉さま」といって親しまれている。東京浅草の鷲神社が最も名高く、この日は熊手、唐《とう》の芋などの縁起物の露店が参道を埋め、雑踏をきわめる。初酉を**一《いち》の酉《とり》**、以下**二《に》の酉《とり》**、**三《さん》の酉《とり》**という。三の酉のある年は江戸に火事が多いとの俗信があった。

人混みを抜けて夜風の酉の市　辻田操子
仲見世も今日は抜け道酉の市　井上木雞子
人ごみにまぎれて僧や酉の市　西澤信生
下町の情緒が好きで一の酉　武野恵美
境内に迷路をなして酉の市　砂長かほる
降りやまぬ雨に店解く酉の市　深町丘蜂
二の酉のとつとと昏れてきし人出　兜木總一
しもたやのにはか商ひ酉の市　藤井青杖子
酉の市帰途の渡舟の灯のつきし　石井とし夫
酉の市噂どほりの二人なる　柴原保佳
酉の市おかめの顔のみな違ふ　川口咲子
此頃の吉原知らず酉の市　高濱虚子
月ありて二の酉の空暮れて行く　高濱年尾

雰囲気の朝とも言へず酉の市　稲畑汀子

熊手《くまで》

酉の市で売る商売繁盛の縁起物である。福徳を掻き集めるということから、竹製の熊手にお多福の面、大福帳、大判小判をつけたものや福の神、宝尽くし、注連縄《しめ》のついたものなどいろいろある。大きさは掌ほどのものから二メートルくらいのものまであり、多く商家で神棚や店に飾られる。

大熊手売れし手締の渦の中　島野汐陽
熊手買ふ何が何でも値切らねば　荒尾旨行
囃されて最も小さき熊手買ふ　山内山彦
担ぎたる熊手が人をかき分くる　水見壽男
又一つ夜空へ積まれ古熊手　深見けん二
大熊手裏は貧しくありにけり　藤松遊子
何やらがもげて悲しき熊手かな　高濱虚子

箕祭《みまつり》

収穫祭の一つ。昔は稲を刈り取り、脱穀、籾の選別などに箕を使っていた。そのすべての作業が終了したとき、用済みの箕を祀って祝った。現在ではこれを行なう所はまれである。**箕納《みをさめ》**。

箕祭や先祖代々小作農　松田大声
本家とは名のみとなりし箕を祭る　北岡玄雨

お火焚《ほたき》

十一月にそれぞれ日を定めて、京都の各神社で庭燎《にわび》を焚く神事が行なわれるが、中でも伏見稲荷大社のお火焚（十一月八日）はもっとも盛大である。薪を井桁に積み上げ笹竹を立て、供物を供えて火を放つ。集まった子供たちには蜜柑や饅頭などが振舞われる。起源は神楽の庭燎から来たとも、新穀感謝の夜祭ともいわれる。

御火焼のもりものとるな村がらす　智月
御火焼や霜うつくしき京の町　蕪村

鞴祭《ふいごまつり》

十一月八日、京都伏見稲荷大社のお火焚神事の日に、諸国の鞴を用いるところでは、これを清めて祀る。当日は仕事を休み、鞴や火床《ほど》に注連縄《しめ》を張り、酒、蜜柑、するめ、赤飯などを供える。鍛冶のほか鋳物師、飾師、石工などもこれに倣った。鞴に供えた蜜柑は風邪薬になるという言い伝えがあり、近所の子供に配ったり撒いたりした。**蜜柑撒**《みかんまき》。泉州堺は鉄砲鍛冶の昔から刃物どころであり、鞴を使う家が多く鞴祭は賑やかである。

子の継がぬ工場守りて鞴祭　田辺野風楼
刀匠はいつも和服で鞴祭　山崎浩石
坑長を上座に鞴祭かな　奥山金銀洞
しきたりの鞴祭に鞴なく　重松翠月
鍛冶の水入れかへ鞴祭りけり　谷口博雲
跳炭に焦げし鞴を祀りけり　黒木青苔

苗代茱萸《なはしろぐみ》《なわしろぐみ》の花《はな》《はな》

高さは二・五メートル内外となり、枝は針状をなすことが多い。常緑の葉の裏は銀褐色で、晩秋から初冬にかけて葉腋に短い柄のある漏斗形の白い花をつける。俵形の実がだんだん大きくなると花は落ちる。淋しい目立たない花である。実は苗代を作るころ実るのでこの名がある。**たはらぐみの花**《はな》。

宵闇や苗代茱萸の咲きそめし　宮野小提灯

茶《ちゃ》の花《はな》

小春日和の続くころ、白い円やかな花を開く。黄色い蕊が大きく美しい。花に気付いて立ち止まると、白い蕾が葉裏葉表に見えてきて、初々しく懐かしい感じがする。

茶の花

茶の花や隠者がむかし女形　銕僧
茶の花のわづかに黄なる夕かな　蕪村
茶の花や是から寺の畑ざかひ　也有
茶の花や由緒正しき林丘寺　松尾いはほ
茶の花のうひ〳〵しくも黄を点じ　阿波野青畝
茶の花の新らし銀の雨が降る　星野立子
茶の花の咲きて日和に心置く　後藤夜半
嫁ぐ娘に茶の花日和つゞきをり　川口咲子
茶の花や秩父颪の駅に下車　星野椿
茶の花の朝は濡れをり山の寺　吉村ひさ志
茶の花の金を沈めて垣低し　今井千鶴子

近づいてみて茶の花の多かりし　石井とし夫
茶の花の嵯峨の細道斯く行きぬ　高濱虚子
茶の花に茜してすぐさめけらし　同
茶の花のなほ葉ごもりの蕾かな　高濱年尾
茶の花にひそみて虻のあからさま　同
午後は雨茶の花日和つゞかざる　稲畑汀子

山茶花《さざんくわ》《さざんか》

椿に似て椿より淋しく、晩秋から冬にかけて咲く。ほろほろと散り始めて、咲いていることに気付く。雪白、淡紅、濃紅と品種が多く、庭や垣根に植えられる。四国や九州には野生が多い。「茶梅」とも書く。

山茶花

山茶花の散りもし咲くも久しかり　赤星水竹居
山茶花やかなしきまでに好きになりぬ　星野立子
山茶花の咲きしは何日や散り初めぬ　関　浩青
たえず散ることに山茶花美しく　田中ひなげし
山茶花の門に頰杖下足番　大久保橙青
山茶花も散り表札もかへねばと　牧野松犀
山茶花や一本道の湖の村　百武熊生
山茶花の花のこぼれに掃きとゞむ　高濱虚子
山茶花の咲き継ぐのみの庭となる　稲畑汀子

柊《ひひらぎ》《ひいらぎ》の花《はな》《はな》

庭園や籬《まがき》などに植えられる二、三メートルくらいの常緑樹で、葉は卵形、または長楕円形、縁には棘がある。木犀《もくせい》に似た白い小花が群がり咲き芳香を放つ。

柊の花のこぼれや四十雀　浪化
柊の花も蕾も銀の粒　橋爪巨籟
ひま〳〵に散る柊の花細か　石黒不老坊
柊の花は糸引き落つるもの　伊藤柏翠
柊の花人知れず人知れず　田畑美穂女
柊の花の香とある安息日　廣瀬ひろし
心ひまあれば柊花こぼす　高濱虚子
葉はふれず花柊の香には触れ　稲畑汀子

八手《やつで》の花《はな》

初冬に咲く庭木の花として代表的なもの。天狗の団扇の形をした葉は青々として逞しく、枝の先から白い円錐形の花穂を出し、蒲公英《たんぽぽ》の毬のような形に小さな白い花を幾つも咲かせる。日陰でも育ちやすく庭隅などに植えられることが多い。地味で美しいとはいえないが、花が咲くと八手が急に優しくなったように見える。

八手の花

たくましく八手は花に成にけり　尚　白
虻一つ翔てば総だち花八手　齋藤雨意
虻ゐねば蠅がゐるなり花八手　川村凡平
豆腐やの笛来てとまる花八手　高崎小雨城
暮れそめてはたと暗しや花八手　門坂波の穂
ベル押せばすぐに応へて花八ッ手　星野　椿
立つ人に因りて八ッ手の花もよし　高濱虚子

石蕗《つは》《つわ》の花《はな》《はな》

石蕗は「つわぶき」のことで初冬、菊に似た黄色い花を、六〇センチくらいの真直な花茎の頂につける。葉の形状は蕗《ふき》に似て光沢のある深緑色である。暖地の海辺や畦などに自生するが、観賞用に庭にも植えられる。**槖吾《つは》の花《はな》**。

石蕗の花

石蕗の花二三片づつ欠けにけり　佐藤漾人
汐げむり上れば濡るゝ石蕗の花　山尾白兎
石蕗に日の当るを待ちて虻来る　西井猶存
蝶の黄を淡しと思ふ石蕗の花　五十嵐播水
石蕗の花虻をはじきてゐたりけり　大橋敦子
花石蕗の頃の平戸が平戸らし　堤　剣城
石蕗咲いて熊野古道明るくす　上田朴月
改めて石蕗を黄なりと思ふ日よ　後藤比奈夫
花石蕗のさかりは島に渡りても　藤崎久を
よき庭も荒れたる庭も石蕗の花　上崎暮潮
思ひ出が辿り着きたる石蕗の花　山内山彦

束の間の朝日はなれし石蕗の花　坊城としあつ
静かなる月日の庭や石蕗の花　高濱虚子
今すがれゆくもの惜み石蕗の花　稲畑汀子

芭蕉忌《ばせうき》《ばしょうき》　陰暦十月十二日、俳諧の祖、松尾芭蕉の忌日である。ちょうど時雨の季節であり、芭蕉の説いた閑寂、幽玄、枯淡の趣と時雨が通ずるところから**時雨忌**《しぐれき》ともいう。正保元年（一六四四）伊賀上野に生まれ、元禄七年（一六九四）旅の途次大阪で没した。享年五十一歳。自らも翁《おきな》といっていたところから**翁忌**《おきなき》ともいう。墓は大津の義仲寺にある。芭蕉生前の号をとって**桃青忌**《たうせいき》ともいう。

俳諧に古人有世のしぐれかな　几董
ばせを忌や伊賀の干そばみのゝ柿　梅室
時雨忌や心にのこる一作者　河野静雲
俳諧の俗事を辞せず桃青忌　深川正一郎
その頃の旅をし思ふ翁の忌　高木石子
伊賀人に早き一と年翁の忌　宮城きよなみ
曾良日記綴りなほして桃青忌　柴原碧水
深川に住みて芭蕉忌怠らず　眞鍋蟻十
時雨忌のすみしみちのく雪はやも　三隅艶子
寺にある花屋日記や翁の忌　鶴田絹子
漂泊の身になり切れず芭蕉の忌　竹腰八柏芭蕉忌や遠く宗祇に溯る　高濱虚子
一門の睦み集ひて桃青忌　同
謹て句に遊ぶなり翁の忌　同
時雨忌やわが志高く置く　稲畑汀子

嵐雪忌《らんせつき》　陰暦十月十三日、服部嵐雪の忌日である。芭蕉の門に入り、其角と並び称された人で、宝永四年（一七〇七）に病没した。享年五十四歳。墓はもと東京駒込常験寺にあったが、のち南池袋本教寺に移された。

嵐雪忌残る白菊黄菊かな　魚里

空也忌《くうやき》　十一月十三日、空也上人の忌日である。上人は平安中期の人。名は光勝。その名を問えば「われは空也」と答えたという。乞食の身なりで諸国を遍歴し、念仏を唱えて人々に仏の道を説いた。晩年奥州へ出立するとき、「今日寺を出づる日を命日とせよ」といい遺したので、その日が忌日とされている。今は、十一月の第二日曜日に京都蛸薬師の空也堂（光勝寺）において念仏踊が行なわれている。**空也念仏**《くうやねんぶつ》。

空也忌や死土産なる玉の数珠　素風郎

鉢叩《はちたたき》

早朝勤行ののち、僧が竹の網代笠をかぶり、腰に金襴の香袋を下げた姿で、市内を巡行する一種の念仏行である。住職は素絹を着、一同鉦を叩き和讃を唱える。昔、空也上人が飼育していた鹿を猟夫が殺したので、上人はその猟夫に仏道を説き聞かせた。猟夫は発心し、たずさえた瓢簞を叩いて法話を誦し修行した。これが鉢叩の起りとされている。昔は十一月十三日から大晦日まで行なわれたが、いまではすたれてそのような修行も行なわれなくなり、ただ空也念仏踊として残っている。

長嘯の墓もめぐるかはち敲　芭蕉
千鳥たつ加茂川こえて鉢叩　其角
夜泣する小家も過ぬ鉢叩き　蕪村
月の夜に笠きて出たり鉢叩　高濱虚子

冬安居《ふゆあんご》 ㊂

「夏《げ》安居」に対して冬安居または**雪安居**《せつあんご》という。十月一日あるいは十一月十五日から九十日間行なわれるが、開始の日、期間は寺院によりまちまちである。座禅、仏書の研究、講義、問答などを行なってひたすら心身を修めるのである。

端近に使ひ尼趺坐冬安居　山口民子
沐浴の掟きびしき冬安居　能仁鹿村
雪安居僧に七曜なかりけり　辻本青塔
著るものは皆著せられて冬安居　遠藤梧逸
訪ふ人に山門鎖さず冬安居　稲畑汀子

七五三《しちごさん》

十一月十五日、男子は三歳・五歳、女子は三歳・七歳にあたるものが親に付き添われ、晴着姿で氏神などに参拝して祝う。昔、三歳になった男女が初めて髪を伸ばした祝の式として**髪置**《かみおき》、男子五歳で初めて袴をはく**袴著**《はかまぎ》、女子七歳で着物につけてあった付紐を除いて初めて帯をさせる帯解《おびとき》、紐解《ひもとき》の祝を行なったところから始まった行事である。千歳飴《ちとせあめ》。

袴著や将種嬉しき広額　村上鬼城
七五三妻も大人となりにけり　景山筍吉
雪国の子に雪の降る七五三　小川里風
髪置の子のあくびして撮られをり　谷口和子
妓をやめて母子の暮し七五三　新川智恵子
昔より同じ絵模様千歳飴　川端紀美子
人の子の育つは早し七五三　関　千世
帯解の子の髪結うておとなしく　杉戸乃ぼる
袴著のすみて著替へる神の芝　大矢雪江
著ぬと言ひ著たら脱がぬと七五三　町川静汀
七五三吾がとりあげし子のをりぬ　沖津をさむ
落しある簪拾へり七五三　吉井余生
うれしくてすぐに眠くて七五三　今井千鶴子

たけし息洋の袴著
袴著や我もうからの一長者　高濱虚子
よくころぶ髪置の子をほめにけり　同

新《しん》海苔《のり》

海苔は十月半ばごろから翌年の三月ごろまで採れるが、その走りの海苔が新海苔であり、色も香りもよい。「海苔」は春季である。

新海苔やビルに老舗の暖簾かけ　黒米松青子
新海苔としての艶とはあきらかに　稲畑汀子

棕《しゅ》櫚《ろ》剝《は》ぐ

棕櫚の皮を剝ぐのは初冬である。高さ一〇メートルを超える幹に梯子《はしご》などを掛けて、しっかりと幹を包んだ褐色繊維状の皮を剝ぐ。皮は縄、箒、刷毛などに広く用いられ、和歌山県紀美野町はその特産地として知られている。

ことづけを棕櫚剝ぐ人にたのまれし　大塚鶯谷樓
棕櫚剝ぐと幹に掛けたる高梯子　藤松遊子
もう〳〵とほこりの中に棕櫚をはぐ　坊城としあつ
十年の埃を吸ひし棕櫚を剝ぐ　須藤常央
棕櫚剝ぎて棕櫚の高さの残りけり　稲畑汀子

蕎麦刈《そばかり》

高冷地などの夏蕎麦は七月ごろに花が咲いて初秋に刈るが、一般に平地では秋蕎麦といって九月ごろに花が咲いて晩秋から初冬に刈り取る。秋蕎麦は粒が大きくて粉量が多いので、蕎麦といえばふつうこれをいう。黒褐色に熟した実は落ちやすいので、雨の後や朝露の乾かないうちに鎌で刈り取ったり手で引いたりする。茎は紅くやわらかいのでさらさらと軽い音を立てて刈られる。その蕎麦は組木に掛けたりして干し、脱穀機や竿などで叩いて実を落とす。

刈あとやものに紛ぬ蕎麦の茎　芭蕉
雉がつくらし蕎麦刈を急がねば　斎藤葵十
蕎麦刈りて只茶畑となりにけり　高濱虚子

冬《とう》《とう》耕《かう》《こう》

冬の田畑を耕すことをいう。田や畑を鋤き返し麦を蒔く用意をするところもあり、稲刈りあとを粗《あら》起こしするだけのところもある。

冬耕や石を噛みたる鍬の音　山添斗汐
槍岳見ゆ日は楽し冬耕す　轟蘆火
冬耕の休めば音のなくなりし　橋田憲明
冬耕の人出てをりぬ山日和　藤松遊子
蒔くもののなき冬耕の大雑把　岡安仁義
冬耕の水城といへる野をいそぐ　高濱年尾
冬耕の山陰迫り来りけり　稲畑汀子

麦《むぎ》蒔《まき》

大麦と小麦があって蒔き時が少し違うが、大方は十一月いっぱいに蒔きおわる。

麦蒔くや十字架下げし島女　松藤夏山
麦蒔や月を頼りにあとしまつ　齋藤俳小星
麦蒔くや影もさながら蒔くしぐさ　森田桃村
開墾のけむりが今日も麦を蒔く　十川日朗子
麦を蒔くしづかに影のしたがひて　足達富喜女
颪強く麦が蒔けずと戻り来し　宮崎泰年
出漁の留守を女ら麦を蒔く　入江月涼子
麦蒔きしこと湖鴨の見のがさず　藤崎久を
小男の拳大きく麦を蒔く　鈴木武郎

村の名も法隆寺なり麦を蒔く　高濱虚子

大根《だいこん》　㊂　古名は「おほね」といい、春の七草では「すずしろ」といわれる。練馬大根、三浦大根のような長いものから聖護院大根のように丸いもの、桜島大根のような非常に大きいものまでいろいろある。色もふつうは白であるが紅色の品種もある。霜が降りるころからとくにやわらかく美味しくなる。

堂あつて縁に大根山とつみ　高久田瑞子
妻ならめ大根ばたけに鍬忘れ　渡邊満峰
桜島大根一個一荷なる　鈴木洋々子
大根さげ街の往来の中にあり　岡崎なな津
大根を食ひ整ふ体調も　稲岡長
大根を鷲づかみにし五六本　高濱虚子

大根引《だいこんひき》　大根は、畑で凍らないうちに収穫する。十一月半ばごろから、天気のよい日に引くのである。葉を摑んで引っ張ると、長い大根がすぽりと抜けてくる。「だいこんひき」では言葉の調子が悪いので、ふつうだいこ引《ひき》という。

鞍壺に小坊主乗るや大根引　芭蕉
大根引大根で道を教へけり　一茶
たら〳〵と日が真赤ぞよ大根引　川端茅舎
大根引くけふを峠といふ日和　林のぶ子
大根の素直に抜けて太かりし　高橋春灯
大根引きし穴の暗さの残りけり　江口竹亭
案外に大根は軽く抜けるもの　湯川雅
大根引く大地の重さ感じつつ　岡崎六鈴
嘶きてよき機嫌なり大根馬　高濱虚子

大根洗《だいこんあら》ふ《だいこんあらう》　畑から抜いた大根は、畑のほとりを流れる小川や家の前の門川などで洗う。たわしや藁をしばったもので、しっかり洗いこむと乾きがよいといわれる。夕日を浴びながら、みるみるうちに大根を真白に洗い上げていく仕事は、冬の美しい風景の一つである。

筑波西風大根洗ひに今日も吹く　土手貴葉子
洗ふ娘にまたも大根車著く　舘野翔鶴

大根洗ふ大雑把なる水使ひ　木村滄雨
流れ行く大根の葉の早さかな　高濱虚子
大根を洗ふ手に水従へり　同
大根を水くしや〳〵にして洗ふ　同

大根《だいこん》干《ほ》す

沢庵漬にするため、大根を十日間くらい干す。葉を切り落とし縄で聯に編み、軒下や、丸太で架《たな》を組んだものに掛けつらねたり、葉を束ねて木の枝や竿などに掛けて干す。これを**懸大根《かけだいこん》**という。**干大根《ほしだいこ》**。

泊りゐる宿の二階の懸大根　近藤いぬゐ
日本人こゝに住まへり懸大根　森　冬枝葉
大根干す一転したる生活守り　松尾緑富
波の上の能登より高く大根干す　石倉啓補
大根懸けあるとは夜目に家に着く　石井とし夫
呉服屋が来てをる縁や干大根　高濱虚子
湖風に痩せ過ぎてゐし干大根　稲畑汀子

切《きり》干《ぼし》 ㊂

大根を千切りあるいはうす切りにして乾燥した保存食である。ふつう筵に広げて干すが、冬の日が弱く、干し上げに幾日もかかるので、畑中などに南向きの干台を作り、その上の竹簀などに広げて干すことも多い。煮たり三杯酢にしたりして食べる。

切干の日向の匂ひなりしかな　砂長かほる
大根の器量あしきは切干に　赤迫文女
切干の煮ゆる香座右に針仕事　高濱虚子

浅《あさ》漬《づけ》

生乾きの大根を麴、糠などで薄塩にあっさり漬けたもので長もちはしない。東京では十月の「べったら市」に桶の口が切られるが、一般には十一月に入ってからのものである。

浅漬の茶飯よろこぶ老医かな　吉田孤羊
浅漬や人清福に住まひゐし　三浦　俊

沢庵《たくあん》漬《つ》く

大根を塩と米糠とで漬けるのである。貯蔵期間や味の好みなどによって塩加減を変える。漬桶に大根を漬け込み、その上に大きな重しの石を置く。**大根《だいこん》漬《つ》ける**。

踏むは踏み大根漬の雲衲等　河野静雲
青つむり寄せ合ひ作務の大根漬　合田丁字路
沢庵や家の掟の塩加減　高濱虚子

茎漬《くきづけ》 三 蕪、大根、高菜、野沢菜などの葉、茎を塩または麴漬としたものをいう。生じた酸味が捨て難い。当座づけか貯蔵用かにより塩加減が異なる。漬ける桶を茎の桶《くきのをけ》、上にのせる重石を茎の石《くきのいし》という。長く貯えられるように漬けたものが菜漬《なづけ》である。「茎漬く」と動詞にも用いられる。

茎漬けて足らへる心土間を掃く　松島文子
茎漬や世帯はいつか嫁のもの　渡邊志げ子
代々の嫁を泣かせし茎の石　毛笠静風
老母とは見えぬ素早さ茎漬ける　鈴木貞二
茎漬の土間のでこぼこ昔より　石川星水女
風の日の茎漬けてゐる女かな　高濱虚子
手伝ひの来しより漬菜あわたゞし　同

酢茎《すぐき》 三 京都名産の漬物である。酢茎という蕪の一種を、葉ごと塩漬にしたもので、やや酸味ある独特の風味が好まれる。

酸茎売うこんの財布ほどきけり　青木紅酔
軒並や酸茎の桶の上の比叡　寺内笛童
瞳が合へば来て荷を下ろす酢茎売　矢倉信子
追漬もすみてひつそり酢茎宿　牧野美津穂
百俵の塩の届きし酢茎宿　山川能舞
ふさはしき三幅前垂酢茎売　高濱年尾

寒竹の子《かんちくのこ》 寒竹は、庭園、生垣などに栽培される直径約一センチ、高さ二、三メートルの趣のある竹である。その筍は多く晩秋から初冬にかけて出る。これを寒竹の子といい、季節はずれの珍品として喜ばれる。

寒竹の子が一本や苔の庭　上林白草居
坪庭の寒竹の子にある日向　稲畑汀子

蒟蒻掘る《こんにやくほる》 蒟蒻いも（蒟蒻玉）は山地の急傾斜の段畑などに栽培し、十一月から十二月にかけて、茎葉が黄色に枯れてから掘り上げる。掘り取った蒟蒻玉は冬の間に竹箆などで皮を除いて偏平に切り、これを串に刺し、縄に吊して干すのである。よく乾いてから臼で搗いて蒟蒻粉を作り、蒟蒻の原料とする。産地として群馬県の下仁田《しもにた》地方が有名で、その他茨城県の奥久慈地方、福島県東白川地方なども盛んである。**蒟蒻干《こんにやくほ》す**。

蒟蒻を掘りゐる景の峡に入る　濱井武之助
山捨つる心蒟蒻掘りあぐる　杉浦蜻蛉子
蒟蒻を陰干にして山住ひ　谷口君子

蓮根《はすね》掘《ほ》る

初冬に入って葉が枯れたあとで掘り始める。泥の中に地下茎は深く走っているので、傷めぬようにさぐって掘り上げるのは、足もともぬかりなかなかの重労働である。跳ねる泥を顔や髪にまで浴び、頬についた泥も知らずにいる姿などは、侘しくまたユーモラスでもある。**蓮掘《はすほり》**。

足ぬけばおちこむ水や蓮根掘　辻　徳三
泥に腕突きさし倒れ蓮根掘　牧野春駒
掘りあげし蓮根の乾く田舟かな　細江大寒
蓮根掘り少しの水に手を洗ふ　加藤茶村
一歩踏み入るゝ身震ひ蓮根掘　安部紫流
あとしざる足の重たき蓮根掘　林　澄山
つと泥の力ゆるみて蓮根抜け　西井悳子
泥の頬肩で拭きもし蓮根掘　入村玲子
いたはれるもののごとくに蓮根掘る　山田庄蜂
泥水の流れこみつゝ蓮根掘る　高濱虚子

泥鰌《どぢやう・どじよう》掘《ほ》る ㊂ 冬になると、田や沼は水が涸れ、泥鰌は残った泥に深く潜って、その中にひそむ。その泥を掘り返して、捕るのである。

掘返す泥にさゝりし泥鰌かな　平松草山
闇に馴れ泥鰌掘る手の巧みなる　清水徹亮
眠りまだ覚めざる泥鰌掘られけり　川崎栖虎

鷲《わし》 ㊂ 高山に棲息し禽獣をつかまえて食う猛禽類である。ときには人間にも危害を加えたりする。鳥の王といわれる。いろいろの種類があるが、わが国にはあまり多くは棲まず人目につくことも少ない。

雄阿寒を鷲のぼりゆきて越えにけり　京極杞陽
鴨狙ふ尾白鷲木に身じろがず　南　秋草子
大鷲の鋭けれども悲しき眼　山田凡二
冠鷲翔けて樹海に日の沈む　田村萱山
生き餌追ふ鷲なれば爪隠さざり　大島早苗
国境を守るかに鷲旋回す　廣中白骨
大空をたゞ見てをりぬ檻の鷲　高濱虚子

鷹《たか》 三 大鷹、鷂《はいたか》、隼などの種類があり、鷲とともに猛禽である。翼が強くて非常に迅く飛び、爪が鋭くて小鳥などを捕えて食う。飼いならして「鷹狩」に使われた。

鷹一つ見つけてうれし伊良古崎　芭蕉
青空や鷹の羽せゝる峰の松　鬼貫
神懸の肩に舞ひ澄む鷹一つ　村尾公羽
来島の渦巻く礁に鷹降りぬ　高木春陽
龍飛岬鷹を放つて峙てり　大久保橙青
ロッキーの澄める高さを鷹舞へり　松下翠香
吹きとびしものに眼ざとし檻の鷹　長井伯樹
船上に捕へし鷹の飼はれあり　高林蘇城
鷹の目のまばたかざるが恐しき　堤　剣城
鷹を置き空身構へてしまひたる　木村淳一郎
鷹去つて青空に疵一つ無き　田山寒村
熔岩山の鷹にさへぎる何もなし　高須のぶを
鷹を呼ぶ鈴を拳に吊り鳴らす　鈴木半風子
放たれし鷹疾風となりにけり　伊藤とほる
鷹の目の佇む人に向はざる　高濱虚子
鷹の空にも噴煙の届きさう　稲畑汀子

隼《はやぶさ》 三 中形の鷹の一種で、翼の先が尖り、非常に迅く飛ぶ。小鳥を襲うときは弾丸のようである。秋、渡って来て全国の野原や海岸などに棲み、山ではあまり見られない。まれにキッキッと鳴く。

隼の獲物の羽を飛ばしけり　加藤喜昌

はやぶさの片目を開けて人を見る　今井つる女
隼の襲ひし雀蘆に落つ　田村萱山
渡りたる隼の空澄みにけり　稲畑汀子

鷹狩《たかがり》 〔三〕 飼いならした鷹を放って飛鳥を捕える狩である。**放《はう》鷹**、**鷹野《たかの》**ともいう。上代から行なわれた狩猟法であり、江戸時代がもっとも盛んで、諸侯参勤交代の節、鷹献上、鷹拝領の風習があった。明治以後は銃猟が行なわれるようになり廃れた。

葬礼の片寄て行く鷹野かな　有也
鷹狩のすみたる空の鳶鴉　森桂樹楼

鷹匠《たかじやう》《たかじよう》 〔三〕 鷹を飼育訓練し、鷹狩に従事する人の職名で、古く王朝時代からあった。明治以後は宮内省の主猟寮に鷹匠という呼び名で存在しており、現在も宮内庁に鷹匠と呼ばれる職名がある。

鷹匠の放ちし鷹の日に光り　田中王城
鷹匠のまなざし眉は白けれど　清崎敏郎
鷹匠のいつくしみつゝ厳しき眼　山田凡二
鷹匠の鷹にきびしき二た三言　坊城としあつ

大綿《おほわた》《おおわた》 蚜虫《ありまき》(あぶら虫)の一種で、初冬のころ、風もない静かな日に小さな綿のように、空をゆるやかに飛んでいる。大きさは二ミリくらいで、白く見えるのは分泌物である。**綿虫《わたむし》**ともいう。またこの虫があたかも雪が舞うように見えるので北国では雪虫ともよばれ、子供たちは雪の前触れと喜ぶが、早春雪の上に群れ現れる雪虫とは別である。

綿虫の青空よぎる時の白　安井行子
大綿のとび交ふそれも山日和　鹽見武弘
綿虫は風に乗るため綿を着る　三須虹秋
大綿や朝夕富士を見るくらし　星野椿
大綿が一直線の道迷ふ　稲畑廣太郎
大綿の日に明暗を見せて飛ぶ　吉村ひさ志
東京に綿虫の飛ぶ交差点　山田閏子
綿虫や虚空摑みしたなごころ　藤松遊子

大綿のちぎれつきたる掌　高濱年尾
大綿の消えて消えざる虚空かな　稲畑汀子

小《こ》春《はる》

陰暦十月を小春といい、ほぼ十一月にあたる。そのころは気候もおだやかなときが多く、ぽっかりとした好《よ》い日和が続く。これを**小春日和**《こはるびより》という。俳句では小春とか**小**《こ》**春日**《はるび》といって、小春日和と同じ意味に用いる場合が多い。**小六**《ころく》**月**《ぐわつ》も小春と同じである。

玉の如き小春日和を授かりし　松本たかし
小春日の我をとらへて離さゞる　安積素顔
虻とんで小春くづるゝけしきなし　三好雷洋子
撮られゐて小春の海はわがうしろ　大橋こと枝
吾子嫁きてよりの小春のいとほしき　後藤比奈夫
日の匂ひ児の髪にある小春かな　村中千穂子
大仏は小春の空を狭めをり　落合かつ
一と刷の雲二た刷の雲小春　中村芳子
阿波十里十箇寺まゐり小六月　東原秋草
行く先もきめず小春を誘ひ合ひ　安沢阿彌
太陽の片頬にある小六月　千原草之
突き減りし小春の杖の月日かな　福井玲堂
小春日や京都時間に身をゆだね　五十嵐哲也
文鳥に小春の一日留守頼み　足立青峰
父を恋ふ心小春の日に似たる　高濱虚子
念力のゆるみし小春日和かな　同
まだ羅府にあると思へず小六月　高濱年尾
対岸の声のみなぎる小六月　稲畑汀子

冬日和《ふゆびより》 ㊂

冬の晴れ渡った穏やかな日和をいう。小春よりも冷たい感じである。**冬晴**《ふゆばれ》。

仁和寺に得度式あり冬日和　竹内敏子
当てにせぬ大工が来り冬日和　佐藤潔子
冬晴や漁業無線も感度よく　新谷氷照
冬晴の砂丘に我を小さく置く　高木石子
仰ぎ見る塔の力学冬日和　上﨑暮潮

風紋の襞のこまかき冬日和　柴原保佳
冬日和続きすぎてもやゝ不安　能美優子
歩きゐるうちにすつかり冬日和　岩田公次
照り曇り心のまゝの冬日和　高濱虚子
蓼科に片雲もなし冬の晴　同
冬日和葉のさゞめきの照り合ひて　高濱年尾
冬晴のつづき家居のつゞかざる　稲畑汀子

冬暖《ふゆあたたか》 ㊂　冬になっても暖かい日があり、数日またはやや久しく続くこともある。それをいう。寒さが当然と思っているときだけにその暖かさにはことに感じがある。平均して気温の高い冬のことは暖冬《だんとう》といい、やや感じが違う。**冬《ふゆ》ぬくし**。

冬ぬくし海をいだいて三百戸　長谷川素逝
冬ぬくき島に来にけり海鵜見る　星野立子
冬ぬくきことなど話し初対面　今橋眞理子
手紙なら何でも言へて冬ぬくし　月足美智子
冬ぬくし日当りよくて手狭くて　高濱虚子
嫁ぎても芦屋に住みて冬ぬくし　稲畑汀子

青写真《あをじやしん》《あおじやしん》 ㊂　昔あった子供の冬の遊びの玩具の一種。別名、日光写真ともいわれた。黒色で印刷した絵のある透明の紙に種紙をあて、枠のある小さいガラス板に収め、日光に照射して青写真のできるのを待つのである。冬の日向に暖まりながらの遊びであったが今は廃れてしまった。

子供らによめぬ字のあり青写真　石井双刀
深川に富士がよく見え青写真　梅沢総人
忘られて日かげつてをり青写真　角　杏子
現れて邪魔をせぬ雲青写真　依田秋葭
弱き故いつも一人や青写真　小原牧水
青写真は映りをり水はこぼれをり　高濱虚子

帰り花《かへりばな》《かえりばな》　桜、梨、山吹、躑躅《つつじ》、蒲公英《たんぽぽ》などが、初冬の小春日和のころに時ならぬ花を開くのをいう。単に帰り花といえば桜のことで、他の花はその名を補いなどして感じを出す。人の忘れたころに咲くので**忘《わす》れ咲《ざき》**、忘れ花ともいい、時ならぬときに咲くので狂《くる》ひ花《ばな》、狂《くる》ひ咲《ざき》などともいう。帰《かへ》り咲《ざき》。

真青な葉も二三枚返り花　高野素十
返り咲く入相桜道成寺　酒井小蔦
近づけば歩み去る人返り花　池内友次郎
髪かわく間の庭歩き返り花　翁長恭子
返り咲く菖蒲一輪なるがよし　城谷文城
蒲公英は大地の花よ返り咲き　永倉しな
小粉団の毬とはならぬ返り花　吉川貞子
返り花乏しけれどもみな仰ぐ　石倉啓補
はたと逢ひ逢へさうで逢ひ帰り花　後藤比奈夫
あらぬものまで返り咲き島らしや　椋　砂東
帰り花ありしことにも吉野恋ふ　石井とし夫
この丘に恋失ひし返り花　岡安仁義
明るさやどこかにきつと帰り花　今井千鶴子
うか〱と咲き出でしこの帰り花　高濱虚子
返り咲きかたまつてゐる枝の先　高濱年尾
散ることもして帰り花なりしかな　稲畑汀子

冬紅葉《ふゆもみぢ》《ふゆもみじ》

紅葉の華やかなのは晩秋であるが、冬になってもなお美しく残っている紅葉もある。時雨にあい、霜にあたるといよいよ色を増して真赤になる。半ば散り失せて濃い紅葉が残っているのを残《のこ》る紅葉《もみぢ》という。

峰伝ふましらの叫び冬紅葉　中原一樹
冬紅葉高みを人の歩きをり　清崎敏郎
冬紅葉濃し紫になりたるも　平野桑陰
拝観を許さぬ寺の冬紅葉　西澤破風
幾尾根の冬紅葉抜け奈良山に　稲岡長
自動車と駕と麓に冬紅葉　高濱虚子
石人も石獣も冬紅葉中　高濱年尾
枝異にして残りをり冬紅葉　同
なほ燃ゆる色を尽して冬紅葉　稲畑汀子

紅葉《もみぢ》《もみじ》散《ち》る

「紅葉且散る」は秋季であるが、時雨にあい、北風にあいして、本格的に散るのは初冬である。その散るさまも、地上に散り敷いたさまも美しい。**散紅葉《ちりもみぢ》**。

紅葉掃く僧に女人のちら〳〵す　後藤暮汀
捨てゝある帚をひろひ紅葉掃く　三星山彦
紅葉散る音立てゝ散る立てず散る　星野立子
盃を止めよ紅葉の散ることよ　高野素十
しばらくは渦が放さぬ散紅葉　佐野不老
流れにははじまつてをり散紅葉　藤崎久を
寂として御裳濯川の散紅葉　澤村芳翠
あだし野の紅葉散華の仏たち　村中聖火
杉苔を埋め尽せし散紅葉　高木桂史
散紅葉こゝも掃き居る二尊院　高濱虚子
苔の上に掃き寄せてある散紅葉　高濱年尾
散り〳〵てどうだん紅葉終りたり　同
なつかしき人散紅葉散黄葉　稲畑汀子

落葉《おちば》 ㊂ 秋、美しく紅葉していた木々も、やがてはらはらと落葉し始める。道に屋根に庭先に降る落葉。林も庭園も境内も、さまざまな落葉で埋め尽くされていく。掃き集めた落葉を焚くのも冬の楽しみの一つである。**落葉掻《おちばかき》**。**落葉籠《おちばかご》**。**落葉焚《おちばたき》**。

掃きよせて焚くばかりなる落葉かな　赤星水竹居
ふは〳〵と朴の落葉や山日和　松本たかし
足音をつゝみて落葉あつく敷く　長谷川素逝
走り根にかたむくまゝに落葉籠　大島蘇東
掃き寄りて共に落葉を焚かんかな　真下ますじ
掻きをへて落葉の籠に相寄りて　山田桂梧
から〳〵と落葉追ひ来て追ひ越しぬ　星野立子
沢山の落葉を押して掃いてをり　上野泰
谷よりのつむじ風あり落葉舞ふ　松尾いはほ
水底を這うて流るゝ落葉かな　島田刀根夫
犬落葉を下りにくさうに下りてくる　京極杞陽
道ちがふらし深くなる落葉径　小森松花
床の間に活けあるものの落葉かな　大塚草廬

落葉踏む音武蔵野の音と思ふ　竹内万紗子
落葉掃く音の軽さの移りゆく　小林草吾
一水の明るさに添ひ落葉道　藤松遊子
堂守の懈怠許さず落葉降る　阿部葦山
掛茶屋の屋根に床几に落葉して　田中松陽子
落葉掃く音の日向にうつりけり　高瀬竟二
掃く手だてなくて落葉の中に住む　山下絹子
落葉掃く僧に加勢の近所の子　小林景峰
見れば又掃かずにをれぬ落葉とも　吉田節子
落葉掃くことときりもなや山寺は　坊城中子
いろは坂よりもかみそり坂落葉　辻本青塔
落葉踏む音は音無きより淋し　築山能波
フランスの落葉踏みたる靴穿いて　永井良
散るといひ降るといひけふ舞ふ落葉　清水忠彦
その性の音性の色落葉ふむ　日置草崖
よく晴れし落葉の火には余燼なく　大原鬼陵
休講の掲示見て去る落葉蹴り　佐伯哲草
限りある落葉と限りなき風よ　山内山彦
こつそりと絵馬掛けてきし落葉径　今橋眞理子
たかがわの庵の落葉と言へぬ嵩　宮脇長寿
火の好きな女と言はれ落葉焚く　高田風人子
風をきゝ落葉をききて山下る　高濱朋子
帚あり即ちとつて落葉掃く　高濱虚子
大空の深きに落葉舞ひ上る　同
わが懐ひ落葉の音も乱すなよ　同
すさまじき落葉に上げし面てかな　高濱年尾
落葉降るまゝに公園広かりし　同
焚き残りゐるまゝ落葉風にとぶ　同
今落葉だらけの家居楽しまむ　稲畑汀子

銀杏落葉《いてふおちば》《いちようおちば》

高々と聳える銀杏の大樹から降る落葉は壮観である。また一面に散り敷いた銀杏落葉は、明るく印象的である。子供ならずとも立ち止まって拾ってみたくもなる。

なお、欅《けやき》や櫟《くぬぎ》、落葉松、ポプラなどの葉が黄ばんで落ちることを**黄落**《くわうらく》といい、銀杏はその代表的なものである。**銀杏散**《いてふち》**る**。

銀杏散るまつたゞ中に法科あり　山口青邨
顕微鏡はなしたる眼に銀杏散る　山形理
銀杏散る学生服を稀に著て　三村純也
けふ尽さねばならぬかに黄落す　木村享史
黄落を踏みしめ進路決めてをり　船曳藤公
黄落の上に近道ありにけり　橋本くに彦
黄落の表参道はじまりぬ　丹羽ひろ子
動き出す回転木馬黄落す　小川みゆき
黄落やあつといふ間のことであり　田丸千種
黄落や教室一つづつ灯り　藤井啓子
まつすぐな幹黄落の中に立つ　今橋眞理子
黄落の道へと一歩軽きこと　相沢文子
黄落の彩る外苑並木道　坂本ちえこ
黄落の光の中の帰り道　誉田文香
母と子と拾ふ手許に銀杏散る　高濱虚子
黄落の大地途切れし曲り角　稲畑汀子

柿落葉《かきおちば》

柿落葉が散り敷くころは、朝夕めっきり冷えてくる。雨に濡れた柿落葉、好晴の日に乾いた柿落葉。その一葉を拾ってみると、多彩な色合に驚くのである。

いちまいの柿の落葉にあまねき日　長谷川素逝
柿落葉大きく音のして掃かれ　山室青芝
はじまりし柿の落葉の長屋門　中尾吸江
二日掃かねば二日分柿落葉　岸善志
散りつくすまでと思へど柿落葉　足立青峰
枯色とせぬを艶とや柿落葉　稲畑汀子

朴落葉《ほほおちば》《ほおおちば》

朴の葉は昔、飯盛葉《めしもりは》と呼ばれて食べ物を包んだほど大きく、晩秋から初冬に褐色になり、からからに乾いて音を立てて落ちる。踏むと大きな音がして崩れる。

朴落葉踏む靴よりも大きくて　岡田順子
朴落葉ばかりを踏んで七八歩　山本素竹

朴落葉踏む音山へ響かせて　湖東紀子
つく杖の先にさゝりし朴落葉　高濱虚子
朴落葉裏返りたるものばかり　高濱年尾
朴落葉残し置きたき二三枚　稲畑汀子

枯葉《かれは》

霜が降り始めると、木々の葉、草々の葉も枯れ始める。地上に凋落した葉も枯葉には違いないが、おもに樹上に枯れたまま残っているのをいうのである。雑木林などでは、風に枯葉が音を立てている。

今落ちし枯葉や水にそり返り　星野立子
一枚の枯葉の軽さ風かはし　石山佇牛
枯葉散る枯葉に触るゝ音たてゝ　坂井建
着地する瞬間枯葉踊りたる　稲畑廣太郎
物をいふ風の枯葉を顧る　高濱虚子
つきさゝる枯葉一枚枝の先　同
定まらぬ枯葉の行方追はずとも　稲畑汀子
一枚の枯葉に触るる風の音　同

木の葉《このは》 〔三〕

冬になって散る木の葉や梢に散り残った乏しい木の葉をいう。雨の降るように散る木の葉を**木の葉雨《このはあめ》**という。**木の葉散る《このはちる》**。

藍甕に染り泛べる木の葉かな　岡安迷子
木の葉雨とはこの事よ出でて見よ　堀ノ内給黎
地に動きゐて雀とも木の葉とも　坊城としあつ
木の葉散る夜の公園を素通りに　松尾緑富
わづかなる木の葉ふるへてゐるばかり　川口利夫
二三子と木の葉散り飛ぶ坂を行く　高濱虚子
一枚の木の葉拾へば山の音　稲畑汀子

木の葉髪《このはがみ》 〔三〕

ようやく冬めくころ、木々の葉が落ちるように、人間の毛髪が常よりは多く脱けるのをいう。櫛の歯についた毛髪が思わず多いのを見るのは詫しいものである。俗に「十月（陰暦）の木の葉髪」という諺もある。

木の葉髪文芸ながく欺きぬ　中村草田男
木の葉髪大きな櫛を前髪に　星野立子

看とりする我が生涯や木の葉髪　松本つや女
眦を引きつり梳ける木の葉髪　小松原芳静
正直で通す一生木の葉髪　川崎　克
働いてをればしあはせ木の葉髪　東　ふみ
独身を誇りに婦長木の葉髪　辻口静夫
白髪さへいまは大事に木の葉髪　高田美恵女
木の葉髪生きる仕合せ不仕合せ　三輪フミ子
木の葉髪梳きても還らざるみたま　桑田青虎
夕方の鏡は嫌ひ木の葉髪　白石峰子
櫛の歯をこぼれてかなし木の葉髪　高濱虚子
同じことくり返し／＼木の葉髪　高濱年尾
どうせすぐ風に乱るゝ木の葉髪　稲畑汀子

凩《こがらし》

冬の初めに吹く強い風で、たちまち木の葉を吹き落とし枯木にしてしまう。木嵐の転訛ともいう。**木枯《こがらし》**。

凩のはては有けり海の音　言水
木がらしの空見直すや鶴のこゑ　去来
凩に二日の月のふきちるか　荷兮
凩や海に夕日を吹き落す　夏目漱石
凩や月はね上げし大江山　細井翠湖
凩にうち沈みたる小家がち　尾崎陽堂
木枯や月いたゞきて人急ぐ　星野立子
凩の夜のくちづけでありしかな　金子笛美
木枯にむきて歩きぬ連れだちて　高木晴子
凩の町に貧しき曲馬来し　佐藤郷雨
凩に出づる髪の根ひきしまり　田畑美穂女
月に暈うまれ凩吹きやみぬ　三村純也
木枯を吾子は単車で帰るはず　木暮つとむ
凩や出ずに済ませばそれなりに　藤浦昭代
木枯に吹き片寄りし星座燃ゆ　小山草土
凩の一夜に山の色奪ふ　宇川紫鳥
路地出でし吾を凩の見逃さず　日置草崖
凩が吹き寄せし人バスを待つ　嶋田摩耶子

凩に浅間の煙吹き散るか　高濱虚子
凩の吹き抜けし朝晴れ渡り　稲畑汀子

時雨《しぐれ》 三　多く初冬のころ、急にぱらぱらと降っては止み、霽《は》れてはまた降り出す雨をいう。晩秋や春にも同様の雨を見ることがあるが、それはとくに「秋時雨」「春時雨」として区別する。陰暦十月は時雨月ともいわれるようにいちばん時雨が多い。時雨は時雨移りといって夕立のように山から山へと降り移って行くことが少なくない。京都の北山の時雨などことに趣が深い。一方では晴れていながら一方で時雨れているのを**片時雨**《かたしぐれ》という。**朝時雨**《あさしぐれ》。**夕時雨**《ゆふしぐれ》。**小夜時雨**《さよしぐれ》。**村時雨**《むらしぐれ》。

小夜時雨上野を虚子の来つゝあらん　正岡子規
しぐるゝや僧も嗜む実母散　川端茅舎
時雨るゝやいよ〳〵まろき鷹ケ峯　山本梅史
山二つかたみに時雨れ光悦寺　田中王城
時雨るゝや東尋坊に虚子はあり　森田愛子
時雨るゝや雲衲かざす網代笠　森永杉洞
時雨傘もとより用意嵯峨歩き　鈴鹿野風呂
寺々の時雨たづねて京に在り　新村寒花
携へて時雨傘ともならざりし　眞下喜太郎
時雨るゝや旅の気儘の時なしに　星野立子
啼いて居し犬静まりて小夜時雨　高木餅花
一枚の時雨に濡れて来し葉書　瀬川春曉
この時を静に書見朝時雨　永井志九令
うしろより日の当り来し時雨傘　淵澤容司郎
温泉煙のまた濃くなりし時雨かな　土屋仙之
夕時雨雲の切目は暮れて居ず　林　直入
北陸のしぐれに濡るゝ旅の苞　小川眞砂二
時雨雲しぐれず過ぎし山の径　塙　告冬
借景の比叡時雨れてゐるらしく　山内年日子
波音かしぐれか旅寝うつゝなる　内田准思
時雨空よりも暗かり佐渡の海　堤　靭彦
再会や時雨るゝ波止に手を引かれ　平尾みさお

我佇てば我佇つところ時雨ゐし　田中暖流
浜芦屋晴れ山芦屋時雨つゝ　北垣宵一
時雨るゝを狐日和と里人は　古屋敷香葎
青空の雲を呼ぶことなくしぐれ　粟津松彩子
時雨にも会はまく訪ひて来しことを　浅井青陽子
束の間をしぐれて束の間の夕日　小谷明峰
けふはもう帰る便なき島時雨　豊原月右
時雨傘帰る車中に乾きけり　草地勉
一人より二人がたのし時雨傘　川口咲子
時雨冷覚え高原いゆく旅　松尾緑富
漕ぎ急ぐ舟とも見えず時雨つゝ　石井とし夫
海光をはるかに置きて時雨れけり　須藤常央
旅に逢ふ人も時雨もなつかしく　藤松遊子
二三子や時雨るゝ心親しめり　高濱虚子
大仏に到りつきたる時雨かな　同
時雨つゝ大原女言葉交しゆく　同
時雨虹消えて舟音残りけり　稲畑汀子

冬《ふゆ》《ふゆ》構《がまへ》《がまえ》

冬の風雪や寒冷を防ぐため、「風除」をし、「北窓を塞ぎ」、庭木に「霜除」を施し、あるいは一冬の榾《ほだ》木《ぎ》を囲うなどして、寒さに備えることをいう。ことに北国では「雪囲」などで慌ただしい。

冬構落人村と世にはいふ　長谷川素逝
さながらに砦のごとし冬構　矢野蓬矢
檀家なき貧に処しつゝ冬構　野村木天
土手下に棲み冬構するでなく　高橋春灯
月ケ瀬の石垣高き冬構　菊山九園
吊橋の向ふの四五戸冬構　富田八束
冬構ものものしさも永平寺　吉崎圭一
冬構して四角てふ家になる　手塚きみ子

北窓《きたまど》塞《ふさ》ぐ

冬に備えて北風の吹き込む窓を塞ぐことをいう。ことに北国では隙間風の入らぬように「目貼」をしたり掛戸をしたり、また筵、棕櫚などで覆ったりもする。

北窓を塞ぐすなはち二重窓　水無瀬白風

北窓を塞ぐや一机あれば足る　小田尚輝

北窓を塞ぎつゝある旅の宿　高濱虚子

目貼《めばり》　極寒の到来する北国では、冬を迎えて、窓その他の隙間に紙などを張って風雪の吹き込むのを防ぐのである。**隙間張《すきまは》る**。

住めばまた住みよきところ隙間張る　原岡昌女

文机のところをかへぬ目貼して　景山筍吉

目貼する仮の住居の窓多く　葛祖蘭

目貼する病室故に急かさるゝ　高濱年尾

風除《かざよけ》　㊂　冬の寒い強風を防ぐために、家屋の北側に板や藁、葭簀などで高い塀のようなものを作って風を除ける。風垣ともいい、とくに日本海沿岸地方に多く見られる。大規模なものもあれば、ただ藁筵を横木に掛け連ねた簡単なものもある。

風除の戸が開き犬が走り出る　宇野萩塘

櫂かつぎ風除垣を出で来る　岡安迷子

舟板を張る風除も島らしや　椋　砂東

風除に風の抜け道あることも　須藤常央

風除を隔てて別の世界あり　稲畑廣太郎

風除に大きな人の現れし　高濱虚子

一家族大風除の蔭に住む　高濱年尾

波音を風除少し遠ざけし　稲畑汀子

一茶忌《いっさき》　十一月十九日、文化文政期の俳人、小林一茶の忌日である。宝暦十三年（一七六三）現在の長野県信濃町柏原に生まれ、三歳のとき生母を失い、継母に育てられたが十四歳のときに江戸に出た。葛飾派の俳諧を学び、特異な句風をうち立てた。放浪行脚の後、文化十一年（一八一四）に郷里に帰り五十二歳で初めて妻を迎えた。その後、家を火災で失ったり中風を病んだりし、文政十年（一八二七）、六十五歳で没した。世に入れられぬ不満が、小動物への同情となり、鄙語、俗語などを使って人間味のある作風を拓いた。菩提寺の柏原明専寺に墓があり、法要が行なわれている。

一茶忌の句会すませて楽屋入　中村吉右衛門
真贋は知らず一茶を祀る軸　春山他石
旅半ば地酒あたゝめ一茶の忌　升谷一灯
一茶忌と知るも知らぬも蕎麦すゝる　岩永三女
吉右衛門主催、一茶忌
一茶忌や髪結ふことを尚餐《こひねがはくはうけよ》　高濱虚子

勤労感謝《きんらうかんしや》《きんろうかんしゃ》の日《ひ》《ひ》

十一月二十三日。勤労をたっとび、生産を祝い、互いに感謝し合う日で、国民の祝日の一つ。もと、この日は新嘗祭《にひなめさい》として、国の祭日で、今年の初穂を神に奉り、天皇陛下も召し上がる儀式が行なわれていたが、昭和二十三年（一九四八）七月二十日の法令で改められた。

百姓等温泉へ勤労感謝の日　中田英照
学究の徒とし勤労感謝の日　三村純也
寝足りたることに勤労感謝の日　小川龍雄
よく遊び学び勤労感謝の日　河野美奇
今日仕事忘れ勤労感謝の日　稲畑汀子

神農祭《しんのうさい》

医薬の祖神と伝える中国の神農氏を祀る祭。大阪市中央区道修町《どしょうまち》の少彦名《すくなひこな》神社の例祭が名高い。祭日は十一月二十三日で、宵宮がある。この町は将軍吉宗から薬品市場を開くことを許されてから栄えたといわれ、現在も薬種問屋が軒を並べている。初めこの市場の寄合所に神農の像を祀ったが、のちわが国医薬の神、少彦名命の分霊を、京都の五条天神より迎えたという。大阪では古くから「神農さん」と呼ばれ、神農の虎の笹という五枚笹に黄色の泥絵具を塗った張子の虎を結びつけたものを授ける。これを受け一年間の薬種商売繁盛を願う。

香具師立見神農祭の虎さげて　森信坤者
神農の虎提げ吾れも浪花びと　藤原涼下
神農の祭の顔としての虎　三須虹秋
又横を向く神農の虎の首　稲畑汀子

几董忌《きとうき》

陰暦十月二十三日、蕪村の高弟高井几董の忌日である。京都の高井几圭《きけい》の次男として生まれ、中興俳諧の指導的役割を担った。寛政元年（一七八九）松岡士川の伊丹の別荘で、四十九歳で没した。

俳諧の座布団小さし几董の忌　柴原保佳
几董忌を修する寺も古りにけり　稲畑廣太郎
几董忌の盃を伏せ眠らんか　深見けん二
虚子編の歳時記も古り几董の忌　小川龍雄
几董忌や蕪村研究遅々として　湯川雅
几董忌の句に親しみてみることも　稲畑汀子

報恩講《はうおんかう》《ほうおんこう》　浄土真宗の宗祖、親鸞聖人の忌日に、報恩謝徳のため行なう大法要である。親鸞聖人は弘長二年（一二六二）十一月二十八日、九十歳で入滅した。京都の東本願寺では、この忌日を結願として、二十一日から報恩講の法要を修する。二十一日の逮夜に始まり、二十五日を中日として二十八日で満座となる。現在は陽暦で行なわれている。末寺や在家では「御《お》取越《とりこし》」といって、本山の法要より早めに行なわれる。なお西本願寺では陰暦をもとにして一月九日から十六日まで行なわれる。**御《ご》正忌**《しやうき》。**親鸞忌**《しんらんき》。**御七夜**《おしちや》。**御講**《おかう》。御講の行なわれるころのおだやかな日和を**御講凪**《おかうなぎ》という。

報恩講覗くつもりの数珠袂　河野静雲
妻もまた僧籍に入り親鸞忌　蘭添水
信疎き身にもあたゝかお講粥　嵯峨柚子
京の娘に会ふ心当て報恩講　堀口新祐
人杖にすがりお講の大導師　青野沙人
御正忌に後生一途の雪を踏み　宗像佛手柑
厨事するも寄進や親鸞忌　田原紫城
わが代のかぎりは門徒親鸞忌　大橋櫻坡子
御正忌の聴聞の灯を明うせよ　能美丹詠
詰め合ひて肘の触れ合ふお講膳　森谷畦道
一俳徒一念仏徒親鸞忌　中島たけし
僧俗の入口分ちお講宿　西澤信生
東西の両本願寺御講凪　高濱虚子
蓮を掘る日の前後して報恩講　高濱年尾

網代《あじろ》 ㊂ 水中に小柴、竹などを立て連ねて魚を導き、このみちの終わりに筌《どう》などを仕掛けて魚を捕るのである。網代の親杭を打つ作業を網代打という。古来、宇治川の網代が著名であったが今は見られない。**網代木**《あじろぎ》。**網代守**《あじろもり》。

火をつゝむ藁の明りやあじろ守　浪化
頼政の忌日もしらで網代守　也有
朝夕の伊賀の山あり網代守る　橋本鶏二
網代木にさゝ波見ゆる月夜かな　高濱虚子

柴漬《ふしづけ》 ㊂ 冬、柴の束を幾つもかためて水中に浸けておくと、魚がそこに集まりひそむ。これを外側から簀などで囲って、逃げられぬようにし、柴を取り出して、中の魚を網ですくって捕る。網は攩網《たも》、四つ手網、叉手網《さであみ》などを使う。柴のかわりに石を積むこともある。

柴漬にすがりてあがるものかなし　富安風生
手繰らるゝ柴漬を追ふ濁りかな　夏目麥周
柴漬に波を送りて舟ゆき来　小林かつひこ
柴漬を揚げる手ごたへなり重し　小川修平
柴漬に見るもかなしき小魚かな　高濱虚子

竹瓮《たっぺ》 ㊂ 漁具の一つ。細い竹を筒のように編み、一端を紐で結び、他端に内側へもどりを作り、一度魚が中に入ると外に出られなくなるように仕掛けたもの。中に餌を入れ、日没に沼や川などに沈める。中には三十から五十もの竹瓮を綱でつないで沈め、明け方、舟で順々に引き上げるのもある。水郷などでよく掛ける。

竹瓮

朝靄の深き田舟に竹瓮あげ　松林是夢
一筋の縄に揚がりし竹瓮かな　岡田抜山
尺余る鮒の手応へ竹瓮揚ぐ　吉田芹川
暮るゝ水動かしをれり竹瓮舟　石井とし夫
夜にまぎれ竹瓮仕掛くる一家かな　坊城としあつ
竹瓮上げ沼の光の集まりし　深見けん二
竹瓮上ぐ水ざあざあとこぼれけり　藤松遊子

繕うてゆがんでをりし竹瓮かな　荒川ともゑ
竹瓮揚ぐ水の濁りの静まらず　高濱年尾
沈みゆく竹瓮に水面しづもりぬ　稲畑汀子

神迎《かみむかへ》《かみむかえ》

陰暦十月晦日、または十一月朔日、神々が出雲から帰られるのをお迎えすることをいう。**神還**《かみかへり》。

野々宮や四五人よりて神迎　野村泊月
神迎ふ伊勢の荒風日もすがら　山本しげき
神還り給へる富士の白さかな　岩永極鳥
八百万神々迎へ野山燦　石原今日歩

十二月

十二月《じふにぐわつ》《じゆうにがつ》

年も押し詰まった最終の月である。十二月の声を聞くと、街も人も急に気ぜわしく見える。

坑夫らに雪降れるのみ十二月　淡路青踏
町を行く人々に十二月来し　串上青蓑
喪の旅の日記空白十二月　小林草吾
この時化に出て行く船や十二月　白幡千草
追ふ日あり追はるゝ日あり十二月　清水忠彦
再校の筆とることも十二月　井桁蒼水
路地抜けて行く忙しさも十二月　高濱年尾

霜月《しもつき》

陰暦十一月の異称である。

見通しのつかず霜月半ば過ぐ　今村青魚
霜月や日ごとにうとき菊畑　高濱虚子

冬帝《とうてい》 ㊂

冬をつかさどる神というほどの意味である。単に冬というよりも、厳しい冬を統べる神と、そこに置かれた人間を含めた万物を感じる。

冬帝の撒く金銀に沼明けし　石井とし夫
火の山の冬帝の威にしづもれる　深見けん二
冬帝先づ日をなげかけて駒ケ嶽　高濱虚子
冬帝の日に抱かれてみどり児よ　稲畑汀子

短日《たんじつ》 ㊂

冬の日の短いのをいう。冬に入るとしだいに日が短くなり、やがて冬至に至る。あわただしく日が暮れると、人の暮しもそれに追いかけられるように、気ぜわしくなる。**日短《ひみじか》**。**暮早《くれはや》し**。

短日や制服のまゝ厨ごと　平尾春雷
短日や早く著きたる定期船　酒井默禪
客とゐてすこし話せば日短　水守萍浪
稽古客ふと杜絶えをり日短　佐野、石
辞し去ればすぐ織る音や日短　有本銘仙

短日の吾が門灯をつけて入る　紀野白南風
会ひに来し母に短き日なりけり　渡辺英美
用の渦逆巻き来り日短　上野泰
また彼が来て短日の時奪ふ　菅原獨去
夫に従くいつも小走り日短　五十嵐八重子
追ひつかす課外授業に日短　川田朴子
日短か己が手のもの探し居り　梅山香子
短日の我が帰らねば灯らず　井上哲王
短日や猫の尻尾を踏むことも　佐藤道明
真すぐに帰つて来ても日短か　藤木呂九艸
街の灯と街急ぐ灯と日短か　佐藤一村
短日や美術館出る人ばかり　中尾吸江
言ひ出せぬ旅まだ二つ日短か　小竹由岐子
失敗を二度もかさねて日短　宇川紫鳥
うせものをこだはり探す日短　高濱虚子
山荘に泊るときめて日短　高濱年尾
海の色失はれ行く日短　稲畑汀子

冬《ふゆ》の日《ひ》 三

冬のひと日のことである。いよいよ日が短くなり、一日じゅう薄暗い感じの日があったり、雪に閉じこめられた一日が来たりする。また、冬の太陽や日ざしのこともいう。冬の日ざしは弱々しく頼りないが、反面雲の切れ間からさす冬日《ふゆひ》には、親しみ深くなつかしい感じがある。**冬日向《ふゆひなた》**。

大仏の冬日は山に移りけり　星野立子
心易す冬の日向に遊ばせて　上野章子
冬日さすこの道がまた楽しくて　中村吉右衛門
白焔の縁の縁や冬日燃ゆ　松本たかし
壇上の教授の足に冬日あり　安原葉
冬日去る柱の影のついて行く　松本巨草
顔に来る冬日に甘えつゝ歩く　嶋田摩耶子
切り株にゐて半身に冬日ざし　今井千鶴子
石の相時にやさしく冬日濃し　星野瞳
道曲りはたと冬日に包まれて　千原叡子

山川の冬日を流すところあり　北垣宵一
回転ロビー海向くときは冬日射す　山田桂梧
今しがたありし冬日の其処に無し　粟津松彩子
冬日濃しわが手汚さぬことばかり　岩岡中正
冬の日の落つるを沼は息ひそめ　石井とし夫
旗のごとなびく冬日をふと見たり　高濱虚子
大仏に袈裟掛にある冬日かな　同
大空の片隅にある冬日かな　同
山門をつき抜けてゐる冬日かな　高濱年尾
淡々と冬日は波を渡りけり　稲畑汀子

冬《ふゆ》の朝《あさ》 三

冬の朝は遅く明ける。やっと明けても大地には夜の寒さがそのまま残っている。厨《くりや》では水道もバケツの水も凍てついていたりする。着ぶくれた人々が、息を白く吐きながら行き交う都会の冬の朝もあれば、冬菜畑に日の差しそめる穏やかな田舎の冬の朝もある。

能登島に残る灯のあり冬の朝　清水雄峯
オリオンのかたむき消えぬ冬の朝　稲畑汀子

冬《ふゆ》の雲《くも》 三

曇った日の鉛色の雲も、寒く晴れた空の雲も、総じて冬の雲は冷たくかたく、寒そうに見える。冬空に凍てついたように動かぬ雲を凍雲《いてぐも》という。

凍雲の裾明りして蝦夷地見ゆ　松尾緑富
冬雲をぬぎし一とき遠浅間　寺島きよ子
大山の吹き飛ばし居る冬の雲　引田逸牛
冬雲は薄くもならず濃くもならず　高濱虚子
雲動いても動いても冬の雲　稲畑汀子

冬《ふゆ》霞《がすみ》 三

おだやかに風の凪いだ暖かい日など、冬ながら山野や町中に霞のたなびくことがある。枯木立などにうすうすとかかる霞は和やかな気分を誘う。

大原や日もすがらなる冬霞　小塙徳女
冬霞人の面輪を上品に　星野立子
冬霞して昆《こ》陽《や》の池ありとのみ　高濱虚子
冬霞古都の山なみ低かりし　稲畑汀子

顔見世《かほみせ》《かおみせ》　江戸時代には、太夫元と俳優の契約は一年で、毎年十月に更改するのが慣例であったので、十一月興行は新しい顔ぶれで行なわれることになっていた。この興行を顔見世といい、歌舞伎の年中行事のうちもっとも重要なものとされていた。京阪ならびに江戸の劇場では古式にのっとった儀式が行なわれ、狂言の立て方にも一定の法式があった。明治の末、これらは廃止され、現在では京都南座の十二月興行を顔見世といい、東西の大看板が一座を組むのにその面影を残している。「招き」が立ち、幟が寒風にはためくと、京も師走という感じが深くなる。東京歌舞伎座でも最近、十一月顔見世と称する興行を行なっている。**歌舞伎顔見世**《かぶきのかほみせ》。

顔見世の楽屋入まで清水に　中村吉右衛門
顔見世といへばなつかし吉右衛門　星野立子
顔見世の役者来て居る湯豆腐屋　荒木鴨石
顔見世の隣の席の京言葉　小田尚輝
顔見世の祇園夜話古りにけり　中井大夢
顔見世の噂さの日々となりにけり　風間八桂
顔見世のまねきの掛かる角度かな　後藤比奈夫
顔見世の配役を受け巡業へ　片岡我當
顔見世や裏方衆も顔馴染　丸山綱女
顔見世のまねき表情なしとせず　小田三千代
顔見世の京へ商談かねて旅　浅野右橘
顔見世のはね定宿に戻り来し　永森とみ子
顔見世へ瀬戸の船旅苦にならず　佐藤うた子
顔見世を見るため稼ぎ溜めしとか　高濱虚子
顔見世を出て川風の暮れてをり　稲畑汀子

冬の空《ふゆのそら》 ㊂　日本海側の冬は毎日のように風雪に見舞われ、降らない日もほとんど暗雲の垂れこめた陰鬱な空であるが、太平洋側はおおむねよく晴れ、乾き切った青さの冬空を仰ぐことが多い。**寒空**《さむぞら》。**寒天**《かんてん》。

筑波山
峰二つ乳房のごとし冬の空　赤星水竹居

冬空につき出てゐるもの多し　上村勝一

雲生れてきて冬空の相となる　綿谷吉男

墨の線一つ走りて冬の空　高濱虚子

冬の空少し濁りしかと思ふ　同

タワー赤冬空の青引き上げて　稲畑汀子

冬《ふゆ》の鳥《とり》 ㊂　冬に見られる鳥の総称である。とくに冬に限って棲息する鳥ということではなく、山野、川、海などに冬の生活をしている鳥という意味である。**寒禽《かんきん》**といえば冬の厳しさが感じられる。

寒禽の撃たれてかゝる葎かな　飯田蛇笏

寒禽に日ざしやうやく甦る　島田みつ子

寒禽の身細う飛べる疎林かな　西山光燐

寒禽として鵯の鋭声かな　高濱年尾

冬《ふゆ》の雁《かり》 ㊂　秋、北から渡ってきた雁は、沼沢や水田などで冬を過ごし、春には北に帰る。その留まっている冬の間の雁をいう。蕭条たる天地の点景としての雁はひとしおあわれである。**寒雁《かんがん》**。

馭者あふぐ見れば寒雁わたるなり　皆吉爽雨

寒雁の声のみ湖のまくらがり　森田峠

梟《ふくろふ》《ふくろう》 ㊂　木兎《みみずく》と似ているが、梟にはだいたい耳羽がない。夜行性で、羽がやわらかく、音を立てないで舞い下り、鼠、小鳥、蚯蚓《みみず》などを捕えて食べる。森林に棲み、昼は木の洞などに隠れ、夜更け寒い闇の中でホーホーと啼く。

ふくろふの森をかへたる気配かな　西山小鼓子

病棟の十時は深夜梟鳴く　磯村翠風

梟や樹々月光を奪ひ合ひ　田中ひなげし

山の宿梟啼いてめし遅し　高濱虚子

木兎《みみづく》《みみずく》 ㊂　梟《ふくろう》と同属であるが、羽毛が耳のように頭の両側にある点が異なっている。目はまるく大きく、夜間活動するのは梟と同様である。**づく**。**木菟《みみづく》**。

木兎の目たゝきしげき落葉かな　乙由

木兎さびし人の如くに眠るとき　原石鼎

木兎鳴かぬ夜は淋しと杣の云ふ　廣澤米城
木兎鳴いて夜道は盲にも不気味　亀井杜雁

冬《ふゆ》田《た》 ㊂ 稲を刈りとったあと、しばらくあった穭《ひつじ》も枯れ、切株も黒くなって荒寥とした田をいう。

たのみなき若草生ふる冬田かな　太祇
何もなき冬田へだてゝ村と村　赤星水竹居
鶩点じ日輪点じ大冬田　星野立子
宍道湖の波ふきあぐる冬田かな　渡辺鰐走子
冬田みち歩き秋篠寺に入る　松元桃村
ところ〴〵冬田の径《みち》の欠けて無し　高濱虚子

水《みづ》《みず》鳥《とり》《とり》 ㊂ 水鳥はおおむね秋渡って来て春帰ってゆく。その間、海に湖に川に浮かんで冬を過ごす。鴨、鳰《かいつぶり》、鴛鴦《おしどり》、都鳥、白鳥など、それぞれに異なった趣をもっているのであるが、水鳥といえばこれを総称したものである。水尾を引いたり、波紋をつくったりして静かに遊んでいるのは風情がある。

水鳥を吹きあつめたり山おろし　蕪村
水の禽種類ちがへば素知らずに　京極杞陽
水鳥の来てゐるらしき障子かな　小松原芳静
水鳥の陸に休むといふことも　五十嵐八重子
水鳥の夜半の羽音も静まりぬ　高濱虚子
富安風生氏を悼む
水鳥の水尾の静かに広かりし　高濱年尾
水鳥の陣をなすありなさぬあり　稲畑汀子

浮《うき》寝《ね》鳥《どり》 ㊂ 水鳥が、水に浮かんだまま頸を翼の間にさし入れ、身じろぎもせず眠りながら漂っている姿である。冬の趣が深い。

大琵琶の八十の浦なる浮寐鳥　鈴鹿野風呂
港とは名のみの入江浮寝鳥　大瀬雁來紅
この旅の思ひ出波の浮寝鳥　星野立子
海とても日溜りはあり浮寝鳥　國松ゆたか
鴨浮寝更に遠くに数知れず　桑田詠子
川中へ吹き寄せられて浮寝鳥　中尾吸江

灯火の窓辺に倚りぬ浮寐鳥　高濱虚子
羽搏きて覚めもやらざる浮寝鳥　同
鴨浮寝ときに覚めては向きかふる　高濱年尾
波あらば波に従ひ浮寝鳥　稲畑汀子

鴨《かも》 ㊂ 鴨は種類が多い。雁に少し遅れて北国から渡ってくる冬の候鳥で、湖沼や河川に群れて棲む。また雁に遅れて北国へ帰る。餌を求めに田畑へ来るのは、多く夕方から夜にかけてである。昼は水面に群れて休息し、枯真菰などのあたりで日向ぼこをしている。現在、鳥類保護法により狩猟は制限され、その区域、方法も異なっているが、昼、許された地域で主として銃で撃つ。間々、暮れてから密猟に出会うことがある。

海くれて鴨の声ほのかに白し　芭蕉
鴨なくや弓矢を捨て十五年　去来
たゞ一羽離れて行くか鴨の声　蓼太
鴨打をひそませ下る小舟かな　島村利南
鴨打の犬が先づ乗る渡舟かな　橋本若布
鴨雄々しみな風に向き波に乗り　山口青邨
背割れして古りし木彫の囮鴨　河村宰秀
夜鴨居る気配でありし水の音　新田充穂
オホーツクもサロマ湖も荒れ鴨とべり　高嶋遊々子
囮鴨鳴くや解禁五分前　高山利根
山晴れて湖晴れて鴨動きそむ　市村不先
ときに鋭き夜鴨の声のするばかり　成瀬正とし
軒下にまでも夜鴨のくる話　石井とし夫
釣人の撒く餌に陣を乱す鴨　内堀冬湖
水靄の立ち込め鴨を遠くせり　新川智恵子
氷上に上りし鴨の足歩く　嶋田摩耶子
乱舞して鴨月光を暗くせり　大鶴登羅王
番屋留守鴨は餌附の頃なるに　添田棗之
来し鴨のおどろき易く陣なせり　田邊夕陽斜
鴨深き眠りの底にある渚　吉村ひさ志
来るまでは遅し早しと鴨のこと　中井冨佐女

見張鴨らしきは陣を外れてをり　井上明華
灯とは無縁の暮し鴨番屋　中村田人
鴨の中の一つの鴨を見てゐたり　高濱虚子
忽ちに降りたる鴨の陣なせる　高濱年尾
波まぶし湖心の鴨の陣見えず　同
鴨の居るあたりもつとも光る湖　稲畑汀子

鴛鴦《をしどり》《おしどり》 三　鴨の仲間で、夏は山間の湖や渓流に棲み、樹の洞などに巣を作って繁殖し、寒くなると池や沼に下りて来て越冬する。雄は色が華麗で、銀杏羽《いちようば》と呼ばれる栗色の飾り羽を立てている。これを思羽《おもひば》といい、昔、娘の輿入れの時に鏡の裏に秘めさせたという。「おしどり夫婦」の言葉どおり、常に雌雄仲良く行動し、翼をまじえて眠る。**をし。**

鴛鴦

里過て古江に鴦を見付たり　蕪村
かたよりて島根の鴛の夕かな　召波
鴛鴦の妻おくるゝとなくしたがへる　池田苦茗
翔ちつれて舞ひ戻るあり番ひ鴛鴦　鈴木花蓑
鴛鴦の木にとまるてふことも見し　村上杏史
彩となり五六羽ならず鴛鴦飛来　田畑美穂女
絶恋
このごろは鴛鴦に恨もなかりけり　高濱虚子
鴛鴦二匹波紋を曲げて進みけり　高濱年尾
鴛鴦の水尾引く湖の広さあり　稲畑汀子

鳰《かいつぶり》 三　鴨よりもだいぶ小さく、各地の湖沼や川など至るところに見られる。鈴を振るような鳴き声も可愛らしい。よくもぐって、蝦や小魚をとる。なかなか浮いて来ないので、目を凝らして待っていると、思わぬところに浮かび上がったりする。**にほ。にほどり。**

野の池や氷らぬ方にかいつぶり　几董
吾がつぶて妹がつぶてに鳰遠し　粂田夕洋子
舟やれば鳰の減りつゝ遠ざかる　奈良鹿郎

俳諧の膳所に致仕して鳰　麻田椎花
臥の戸にかたまり浮ける鳰　寺川祐郎
山の湖のかた戻りしてかいつぶり　吉野北斗星
かいつぶり浮び昔のまゝの沼　加地北山
かいつぶり潜り居る間も照り戻り　清水忠彦
鳰鳴いて鳰鳴いて湖暮れんとす　大橋敦子
風の波消えゆき鳰の波残る　内田准思
鳰がゐて鳰の海とは昔より　高濱虚子
鳰の頸伸びしと見しが潜りけり　同

鶴《つる》 ㊂ 鶴は冬鳥で十月末ごろ北国から渡って来る。頸と脚が長くその姿が優美なため、古来長寿の霊鳥として尊ばれ、詩歌にも詠まれた。江戸時代までは全国の水田に群れていたというが、徐々に減り、今では鹿児島と山口に**鍋鶴**《なべづる》、**真鶴**《まなづる》が渡来するのみとなった。また北海道の湿原には**丹頂**《たんちやう》が棲息し、この三か所の鶴は天然記念物に指定され、手厚く保護されている。**丹頂鶴**《たんちやうづる》。

朝鶴の声が障子にひゞくほど　松本圭二
村人にこゝろ許して田鶴あそぶ　山口水士英
夕田鶴の宿の裏にも来て啼ける　村上青史
晴れ渡る八代の空は鶴のもの　水田千代子
朝々の鶴の餌を撒く麦五俵　渋田卜洞庵
暁けはなれつゝ鶴の声俄かなり　小坂螢泉
月の面に引き流したる鶴の脚　大橋敦子
田鶴の棹出来る高さのありにけり　向井光子
鶴の棹先頭替るとき鍵に　城萍花
空といふ自由鶴舞ひ止まざるは　稲畑汀子

白鳥《はくてう》《はくちょう》 ㊂ 十一月ごろ、シベリア地方から北海道や東北地方に渡って来て、三月ごろ帰って行く。とくに新潟県の瓢湖は白鳥の渡来地として名高く天然記念物に指定されている。全身純白で頸が長く、嘴は濃い黄色をしている。水面を長く滑走して飛び立つ姿はいかにも優雅である。

国境の湖の一つにスワン来る　久米幸叢
天翔る大白鳥や沼凍り　橋本春霞

白鳥のとび立つ重さありにけり　嶋田一歩
白鳥の脚の大きく著水す　大塚千々二
白鳥の意外に小さき目を開けて　山下タミ
白鳥の白と黒鳥の黒と会ふ　蔦三郎
白鳥の水尾太かりし長かりし　井関みぎわ
翅閉ぢて白鳥首を立てにけり　稲畑汀子

初雪《はつゆき》

その年の冬に入って初めて降る雪のこと。東京の初雪はたいがい十二月下旬ごろであるが、北国や山岳地方ではずっと早い。

初雪のかりそめならず杉に舞ひ　關圭草
初雪の消ゆるものとし美しき　嶋田一歩
初雪の降つて一変する暮し　辻井のぶ
初雪のありたる日よりおだやかに　秋山ひろし
初雪に逢ひたき人の訪れし　高濱年尾

初《はつ》《はつ》氷《ごほり》《ごおり》

その冬初めて張る氷のことである。初氷を見た朝は、いよいよ寒さの本格化したことを感ずる。

手へしたむ髪のあぶらや初氷　太祇
人送るための早起初氷　奥田智久
朝かげにゆるび始めし初氷　荒川ともゑ

寒《さむ》さ ㊂

冬は寒い。また寒いと一口にいっても、実際に身に感じる寒さもあり、見るからに寒そうだと感じる場合もある。その程度もいろいろで「厳寒」のきびしさまである。「寒き朝」「寒き夜」は冬季であるが、「朝寒」「夜寒」は秋の季題である。

使者ひとり書院へ通るさむさかな　其角
うづくまる薬の下の寒さかな　丈草
ずん〳〵とぼんの凹から寒かな　一茶
梯子段広し二階は寒からん　眞下喜太郎
膳所寒しわが降り立てば俥あり　星野立子
寒ければ一トかたまりに法話聞く　勝俣泰享
切羽出て大坑道の寒さかな　片山雪洋
戻り来て寒かりしことばかり云ふ　市村不先

眠るには寒し渡船の二等室　森岡花雷
星空の下健康な寒さあり　中口飛朗子
朝が苦になりはじめたる寒さかな　杉戸乃ぼる
空腹にこたへる寒さありにけり　横山銀雲
どちらかと言へば寒さの方が厭　水見壽男
寝不足も加はり坊の寒さまた　白石峰子
緊張の言葉貧しきとき寒し　永野由美子
終点の駅の寒さに降り立ちぬ　片桐孝明
ただでさへ苦手な朝の寒さかな　今橋眞理子
寒がつてみせて吾子まだ甘えたく　浅利恵子
山端は寒し素逝を顧みし　高濱虚子
寒き故我等四五人なつかしく　同
寒からん山廬の我を訪ふ人は　同
宇治寒ししまひ渡舟に乗れといふ　高濱年尾
日の落ちて波の形に寒さあり　稲畑汀子
見る者も見らるゝ猿も寒さうに　同

冷《つめ》たし　㊂

「寒さ」よりもやや感覚的な言葉である。底冷《そこびえ》は体のしんそこまで冷えわたる思いである。

かの瞳冷たきまゝに美しく　下村福
下宿にも京の底冷にも馴れて　小方比呂志
一日終へ冷たき鍵を手にしたる　五十嵐哲也
稽古場の舞台冷たく光りをり　大野彰子
底冷にたへて僻地の教師我　田中静龍
底冷の聖堂祈りながき人　丸山よしたか
卓上に手を置くさへも冷たくて　高濱虚子
手で顔を撫づれば鼻の冷たさよ　同
つなぎたる子の手冷たし包みやる　稲畑汀子

息白《いきしろ》し　㊂

寒くなると大気が冷え人の吐く息が白く見える。走ったり、大声をあげると一層白い。犬や馬も他人も自分も息を白く吐いている姿は、いかにも生きているという感じである。

——十二月

息白く恐れげもなく答へたる　星野立子

駆けり来し幼らの皆息白し　山岡黄坡
道曲り一人となりし息白し　嶋田一歩
息白くなるかと息を吐いて見し　進藤草雨
白き息邪魔とも思ひ読経す　藤　丹青
みづからも傷つくことを息白く　水田信子
言葉はや息の白さとなりて消ゆ　山下しげ人
橋をゆく人悉く息白し　高濱虚子
家を出る門を一歩の息白し　高濱年尾
息白き朝の気配はすぐ失せて　稲畑汀子

冬《ふゆ》木《き》 [三]　落葉樹、常磐木を問わず、冬らしい姿の木をいう。枯木と違って冬木というと、冬もなお営々として力を蓄えている木の生命力を感じる。

冬木根に躓きたれば立ち憩ひ　濱井武之助
冬木中相搏つ斧の響かな　川上土司夫
冬木根もあらはに小諸城址なる　浅野右橘
御幸路の秀衡桜大冬木　廣瀬河太郎
我一歩冬木も一歩しりぞきし　田中暖流
大空にのび傾ける冬木かな　高濱虚子
白雲と冬木と終にかゝはらず　同
森抜けてゆく一本の冬木より　稲畑汀子

冬《ふゆ》木立《こだち》 [三]　冬木の立ち並んでいるものを冬木立という。

魚山の名こゝに千年冬木立　小塙徳女
冬木立羊の群の縫うてゆく　清水駿郎
貨車遠く尾を曳き行けり冬木立　鮫島交魚子
其中に境垣あり冬木立　高濱虚子
冬木立静かな暗さありにけり　高濱年尾
明るさの戻りたるより冬木立　稲畑汀子

枯《かれ》木《き》 [三]　冬、すっかり葉を落として、まるで枯れてしまったように見える木のこと。枯木の中の家を枯《かれ》木《き》宿《やど》という。

家遠し枯木のもとの夕けぶり　召波

町中に冬がれ榎立りけり　一茶
はつきりと月見えてゐる枯木かな　星野立子
星空へ総身のばし枯木立つ　成瀬正とし
病む窓は淋し枯木のあるばかり　玄田紀童
後込みをしつゝ犬吠ゆ枯木宿　高田風人子
隆々と瘤の光れる枯木かな　市川月光
存分に枝をひろげて大枯木　村田橙重
四五本の枯木を配し画家住める　小林春水
遠景の富士の小さき枯木かな　近江小枝子
暮れてゆく枯木の幹の重なりて　高濱虚子
山廬まだ存す岳麓枯木中　同
磴蔽ひ枯木の枝のひろがれり　高濱年尾
姿まだ枯木なれども息づいて　稲畑汀子

枯木立《かれこだち》 ㈢ 落葉し尽くした落葉樹の木立をいう。**寒林**《かんりん》。

枯木立月光棒のごときかな　川端茅舎
大仏も鎌倉文化枯木立　奥村青霞
寒林に行の滝とてかゝりたる　後藤暮汀
寒林の色といふもの日当りて　桑田詠子
枯木立影存分に伸ばしをり　大橋一郎
三井寺や狂女もあらず枯木立　高濱虚子

枯《かれ》**柳**《やなぎ》 ㈢ 葉が散り尽くした冬の柳をいう。水辺の枯柳が風に吹きなびくさまは寒々としたきびしい冬の風情である。

柳枯れ潮来出島はうらさびし　相馬柳堤
枯柳うかと曲りて道迷ふ　牟田与志
雑沓や街の柳は枯れたれど　高濱虚子
細き影川面に落し枯柳　稲畑汀子

枯山吹《かれやまぶき》 ㈢ 落葉し尽くした山吹は緑色の細い枝がとくに目立つ。

山吹の枯れて乱れし力なし　安田蚊杖
風音の枯山吹の音となる　稲畑汀子

枯《かれ》桑《くは》　㊂

枯《かれ》桑《くわ》

今でも蚕飼《こがい》をしている村々には広々と桑畑が続いている。幾度も摘まれ摘まれて、葉もようやく乏しくなり、やがてからからに枯れて、それもすぐに風に落とされて、のちにはただ鞭のような枯桑が寒風に立ち揺らぐばかりである。伸び広がった枝は縄で括り寄せられたまま枯れ果てている。桑括《くはくく》る。

大阿蘇は荒れてゐるなり桑括る　樋口若灯
こゝに来て低き赤城や桑枯るゝ　岡安迷子
残る葉の相搏ち桑の括らるゝ　武田山茶
枯桑を抱へ縮めて括りけり　古屋敷香葎
どこまでも枯桑遠く日が沈む　深見けん二
桑くゝる秩父颪の日もすがら　富岡九江
桑枯れて遠く浅間の煙噴く　蛭間繁次
枯桑を括り損ねて弾かれし　鈴木長春
この辺は蚕の村か桑枯るゝ　高濱虚子

枯《かれ》萩《はぎ》　㊂

葉の落ち尽くした枯萩が、刈られぬままに枝こまごまとがらんどうになった姿は淋しいながら趣のあるものである。

枯萩のこんがらがりてよき天気　中田みづほ
影つくる力なきまで萩枯れて　田代杉雨堂
枯萩のいつまで刈らであることか　高濱虚子
枯萩にわが影法師うきしづみ　同
枯れはてし姿を萩の名残りとす　稲畑汀子
枯萩の塵かぶらねば刈られずに　同

枯《かれ》芙蓉《ふよう》　㊂

枯れ果てた芙蓉には、実の弾《はじ》けたあとの殻が枯れたままいつまでもついていたりする。

芙蓉枯れ枯るゝもの枯れつくしたり　富安風生
枯れ様が芙蓉らしやと語りつゝ　清崎敏郎

枯芙蓉

枯《かれ》茨《いばら》　㊂

鋭い棘をつけたまま、葉が散り尽くして枯れた茨である。真赤な実が残っていて、枯れた中にも風情があり、生花にも用いられる。
鬼茨踏んばたがつて枯れにけり　一茶
礫像に棘衰へず枯茨　森冬比古
茨枯れつゝあり垣に礫像に　高木壺天

冬《ふゆ》枯《がれ》 ㈢

野山の草木がすべて枯れ尽くし、枯れ一色となった風景をいう。一つの草木というより、ものみな枯れ果てた感じである。

冬枯のなつかしき名や蓮台野　巣兆
惣その他谷底に冬枯るゝもの　粟津松彩子
冬枯のこのもかのもの親しさに　村上三良
破れ傘まこと破れて冬枯るゝ　古藤一杏子
冬枯の道二筋に別れけり　高濱虚子
子を先に冬枯道を帰りつゝ　同
一歩入れば冬枯の寺なりしかな　稲畑汀子
冬枯れし草に個性の残りけり　同

霜《しも》枯《がれ》 ㈢

草木が霜にあって枯れることをいう。霜の降りるたびごとに枯れ傷んでゆくさまはあわれである。「冬枯」というよりいくぶん具体性を帯びる。

霜がれの中を元三大師かな　一茶
としぐ〵に霜がれにけりいろは茶屋　同
霜枯れし黄菊こぞりて日をかへし　茂呂緑二
霜枯れし黄菊の弁に朱を見たり　高濱虚子

冬《ふゆ》ざれ ㈢

草木も枯れ果て、天地の荒んで物寂しい冬の景色をいう。

冬ざれや道よくなりし鳥羽伏見　藤田耕雪
冬ざれや大戸おろして御師の宿　刑部大木
冬ざれや堤もあらぬ千曲川　山中杏花
冬ざれの墓地より街へ下る径　真下ますじ
冬ざるゝ音なきひゞき廟に満つ　岩松草泊
いのちあるもの皆眠り冬ざるゝ　能美丹詠
冬ざれや石に腰かけ我孤独　高濱虚子
山色を尽しきるとき冬ざるる　稲畑汀子

枯《かれ》草《くさ》 〔三〕 冬になって枯れ尽くした野山の雑草、庭の草々などをいう。草枯《くさがれ》。

人をさす草もへた〳〵枯にけり　一茶
枯草に心やすくも憩はるゝ　池内たけし
見るところみな枯草や百花園　星野立子
烏瓜棄てありそこら草枯るゝ　堤剣城
枯草の日を失ひて荒々し　高田風人子
枯れ〳〵て狗尾草は穂を持たず　奥園操子
醜草の枯れつくすとき美しき　浅野右橘
枯草にかりそめの艶おける雨　木暮つとむ
草枯るゝ日数を眺め来りけり　高濱虚子
川にそひ行くまゝ草の枯るゝまゝ　同
草枯れて命ひそめし地の面あり　稲畑汀子

枯《かれ》蔓《づる》 〔三〕 枯れた蔓である。木に巻きついたままのもの、木から垂れ下がったもの、それぞれに枯れ尽くしたさまは風情がある。

上下の枝引しめしかれかづら　杉風
晴天にたゞよふ蔓の枯れにけり　松本たかし
枯蔓の大空よりぞさがりたる　浜屋刈舎
おのれまた蔓枯れ果てし藪からし　松岡伊佐緒
太蔓の金剛力も枯れにけり　上野泰
枯蔓を引つ張ればまだあるいのち　関谷涼雨
枯蔓の巻かれ易きに巻かるゝ樹　小林草吾
木の自由奪ふ葛枯れつくしても　井上哲王
枯蔓をまとはざるものなかりけり　藤原大二
枯蔓の尖は左の目にありて　高濱虚子
大方はむかごの蔓の枯果てゝ　同

枯《かれ》蔦《つた》 〔三〕 樹木や塀などに蔦は絡まったまま枯れる。髭のような巻蔓までもこまごまと枯れ添っている。

枯蔦の引けど引かせぬ力あり　鳥居すゞ
一面に枯蔦からむ仏かな　高濱虚子
蔦枯れて蔓の呪縛の残りけり　稲畑汀子

枯葎《かれむぐら》 ㊂ 八重葎、金葎《かなむぐら》など、藪を作って生い茂っていたのが、冬になって絡んだまま枯れ伏したさまをいうのである。また荒れた庭や空地などに蓬々と茂った雑草が枯れ伏したさまと解してもよい。

枯葎蝶のむくろのかゝりたる　富安風生
枯れ〳〵て嵩のへりたる葎かな　高濱虚子

枯尾花《かれをばな》《かれおばな》 ㊂ 穂も葉も茎も枯れ尽くした芒である。ほうほうと風に吹かれている姿は淋しげである。**枯芒《かれすすき》**。**枯萱《かれかや》**。

ともかくもならでや雪のかれ尾花　芭蕉
枯れ〳〵て光をはなつ尾花かな　几董
水際の日に〳〵遠しかれを花　暁台
雨の日は雨にほそるよ枯すゝき　野村はる子
枯尾花編み込まれあり炭俵　井桁敏子
薄日とは余命にも似て枯芒　中村田人
枯れ初めし芒の音となつてをり　佐藤五秀
吹き抜けし風のぬけがら枯尾花　長山あや
山宿の外温泉通ひや枯尾花　松尾緑富
枯尾花放せし絮も光りつゝ　河野美奇
高々と枯れ了せたる芒かな　高濱虚子
つい〳〵と黄の走りつゝ枯芒　同
生けありし枯芒絮とばしもす　高濱年尾
ふり返る夕日の高さ枯尾花　稲畑汀子

枯蘆《かれあし》 ㊂ 葉が狐色になり枯れていき、冬深くなれば下の方から落ちて茎だけが水に光っている。笹子などがその中に風を避けて鳴いていたりする。

枯蘆や難波入江のさゝら波　鬼貫
枯蘆の中へ〳〵と道のあり　池内たけし
的皪と日当る蘆の枯れにけり　楠目橙黄子
枯蘆やたゞ高き日のとゞまれる　田村木國
枯蘆に舟の火屑をこぼしゆく　山田桂梧
誰も居ぬ船小屋のあり蘆枯るゝ　江口文男
枯蘆に逆潮迅き藤戸川　上杉緑鋒

枯蘆にや、ぬきん出て湖中句碑　三澤久子
枯蘆にた、みて消ゆる湖の波　福井圭兒
大淀の景をひろげて蘆枯るる　鹽見武弘
蘆枯れてただ一と色にうちけむり　深見けん二
対岸の枯蘆までは道狭く　星野椿
湖の蘆荻漸く枯れんとす　高濱虚子

枯蓮《かれはす》 ㊂ 葉は枯れ尽くし茎ばかりになってへし曲がったり、涸れかかった池面に折れ下がっていたりする。実のすっかり抜けてしまった花托も頸を垂れている。それらもやがては水に没し去ったり、泥の中に沈んだりして減っていくのである。

枯蓮の水に日ゆがみうつりをり　湯淺桃邑
この上の枯れやうもなき蓮田かな　加藤其峰
水底の影は柔らか枯蓮　成瀬正とし
蓮枯れ枯れて日輪映る池　轟蘆火
枯蓮の色に遠近なかりけり　小林草吾
枯蓮の池に横たふ暮色かな　高濱虚子
枯蓮の乱る、中に光る水　高濱年尾
枯蓮の水が映せる日まぶし　同

枯芝《かれしば》 ㊂ 庭園、土手、原などの芝の一面に枯れたさまをいう。晴れ渡った日ざしの枯芝の色は暖かそうでなつかしい。

枯芝にまみれて女学生楽し　小林拓水
枯芝に忘れたる如待たされて　川上明女
枯芝を来る三人の影斜め　田中丈子
枯芝に投げ出す脚を犬跳び越え　神田敏子
枯芝に校塔の影来る時刻　粟津松彩子
熔岩のみち枯芝のみち海に墜つ　大橋宵火
芝といふ情はむしろ枯れてより　谷野黄沙
枯芝に来て足音のなくなりし　山下しげ人
枯芝を尻に背中につけてをり　高濱虚子
枯芝に日ざしは語る如くあり　稲畑汀子

枯菊《かれぎく》 ㊂

晩秋を彩った菊の花も、冬の深まりとともに枯れはじめ、やがて花も葉もからからに芯まで枯れきってしまう。その移り変わりには心惹かれるものがあり、またこれを剪って焚くとほのかな香りがして捨て難い情趣がある。

色々の菊一色に枯れにけり　柳　水
枯菊と言ひ捨てんには情あり　松本たかし
添竹のあらはに菊の枯れにけり　田中王城
枯菊を焚くてふことにかゝはりぬ　富安風生
枯菊に鏡の如く土掃かれ　星野立子
蕭条の中に枯菊焚く一事　池上浩山人
枯菊を焚きてとぶらふ忌日かな　篠塚兆秋
いつか見し姿のまゝに菊枯るゝ　今井つる女
出来るだけ菊は枯らして刈ることに　吉田午丙子
枯菊を焚いて忌日の手向けとも　太田きん子
静かなり枯菊焚いてゐる日向　川口利夫
起き直り起き直らんと菊枯るゝ　高濱虚子
枯菊に尚色といふものの存す　同
枯菊の一畝のなほ残りけり　高濱年尾
孤高なる菊は孤高に枯れてをり　稲畑汀子

枯《かれ》《かれ》芭《ば》《ば》蕉《せう》《しよう》 ㊂

青々と天に向かって広葉を張っていた芭蕉も、しだいに風や日に破れ、やがてすっかり枯れ果てて茶色になってしまう。これを枯芭蕉という。

近づきてどこやら青し枯芭蕉　岩木躑躅
枯芭蕉枯菊その他あるまゝに　松本つや女
芭蕉林枯れその中の径見ゆ　藤森きし女
枯芭蕉神の狼藉ならず　松岡伊佐緒
破芭蕉枯芭蕉とぞ日を経ける　高濱虚子

枇《び》《び》杷《は》《わ》の花《はな》《はな》

枇杷は常緑樹で、幹の高さ六メートルあまり、葉は大きな長楕円形で縁に鋸歯があり、裏面に褐色の毛が密生している。花はやや黄色みを帯びた白色五弁で花軸にかたまって咲く目立たない淋しい花であ

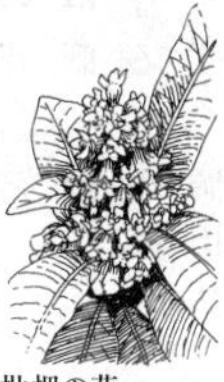
枇杷の花

る。温暖の地に多い。

輪番にさびしき僧やびはの花　召　波

花枇杷や盛衰もなき老医師　隈　柿三

枇杷の花見頃のなくて盛りなる　中井冨佐女

枇杷の花尼の消息誰も知らず　岡田扶佐子

住み古りて枇杷の花咲くとも知らず　大久保橙青

人住んで売屋敷なり枇杷の花　高濱虚子

冬芽《ふゆめ》 三

翌年の春に萌え出す芽は、たいてい秋のうちにできき、寒さに耐えられるように硬い鱗片でおおわれて冬を越す。これを冬芽という。常緑樹にもあるが、落葉樹の葉が落ち尽くした枝の冬芽はことに目立つ。**冬木の芽《ふゆきめ》**。

たくましき冬芽のありて枯る丶木も　小畑一天

柞より赤き雑木の冬芽何　新谷根雪

雨雫冬芽の数を置きにけり　稲畑汀子

臘八会《らふはちゑ／ろうはちえ》

十二月八日。釈迦が雪山で六年間苦行をして下山、菩提樹下で暁の明星を仰いで悟りをひらいたという日であり、禅寺では法会が営まれる。十二月は臘月ともいい、その八日であることから臘八会という。**成道会《じやうだうゑ》**ともいわれる。禅寺では十二月一日から八日の早朝まで、導師も雲水もともに僧堂で座禅修道に入る。これを臘八接心という。

臘八の禅堂雪に沈みけり　本田一杉

打交じる有髪の尼や臘八会　森永杉洞

講台の下にもつむり臘八会　秋吉方子

臘八の如意に打たれて遅参尼　水谷鍬吉

老僧のだよ〳〵話臘八会　星野立子

臘八の粥座居向の膝をかへ　後藤夜半

暁の御門をひらき臘八会　松内蒼生

臘八の会座に一人蒙古僧　矢野秋色

警策の尼に重たし臘八会　穂北燦々

臘八の警策しかと応へたり　田中田吉

臘八会満願の僧峨山越　国分法泉

臘八や有髪の尼も結跏趺坐　中島不識洞

大根焚《だいこたき》

十二月九、十日の両日、京都鳴滝の了徳寺、俗にいう鳴滝御坊の行事である。了徳寺は真宗大谷派で、建長四年（一二五二）十一月、親鸞聖人が八十歳の老体でこの地に足をとどめ、他力本願を説かれたとき、土地の人々が深くこれに帰依して、大根を塩煮にして捧げ、聖人はたいへんこれを喜ばれた。この故事を記念するために寺で毎年その日に大根を焚いて供え、人々にも頒つ行事となった。当日は庫裏や庭前に幾つもの大釜、大鍋をかけて大根を煮、遠近から参詣する人々に供する。一方本堂では法話があり、夜更けまで称名念仏の声が絶えない。

鳴滝《なるたき》の大根焚《だいこたき》。

大根焚法話最中に配らるゝ　河村宰秀
斎の座に洩れくる法話大根焚　平野一鬼
後の世もこの世も大事大根焚　北川法雨
御僧は長寿を自賛大根焚　大橋とも江
御使僧を上座に迎へ大根焚　西川竹風
庭竈の辺りぬかるみ大根焚　由山滋子
薪の束つぎ〳〵解かれ大根焚　田附涼風

漱石忌《そうせきき》

十二月九日、夏目漱石の忌日である。慶応三年（一八六七）江戸に生まれた漱石は、学生時代に正岡子規を知り句作を始め、日本派有数の俳句作者となった。東大英文科卒業後、松山中学、第五高等学校（熊本）などの教師を経てロンドンに留学し、帰朝後、一高、東大で教鞭をとった。高濱虚子にすすめられて「ホトトギス」に発表した「吾輩は猫である」によって小説家としての名を高め、「坊っちゃん」「虞美人草」「三四郎」「こゝろ」などの作品を発表、近代日本文学を代表する文豪の地位を築いた。大正五年（一九一六）五十歳のとき、胃潰瘍のため逝去した。墓は東京雑司ケ谷霊園にある。

猫汚れをり漱石の忌日なり　清水忠彦
この頃はそれからが好き漱石忌　杉本零
吾が余生情に流され漱石忌　谷口和子
猫飼ひて成程合点漱石忌　高田風人子
山会のなほつゞきをり漱石忌　稲畑汀子

風呂吹《ふろふき》 ㊂　大根や蕪を茹でたものに、煉味噌や柚《ゆ》味噌などをかけて熱いのを吹きながら食べる。淡泊な風味が賞せられる。

ほうほうと風呂吹召され老いたまふ　林　紫楊桐
風呂吹に箸入れて湯気もつれけり　瀬木清子
風呂吹や海鳴しげき島泊り　舘野翔鶴
風呂吹を釜ながら出してまゐらする　高濱虚子

雑炊《ざふすゐ》《ぞうすい》 ㊂　野菜、魚、鶏肉、卵などを炊き込んだ粥で、味噌や醤油で調味する。寒いときにはなによりの食物で、あついのを吹きさましながら食べると、おなかの底から温まる。俗に「おじや」ともいう。

ありなしの葱雑炊に舌焼かん　森　夢筆
雑炊をすゝる母はも目をつむり　加藤蛙水子
雑炊を覚えて妻の留守に馴れ　小竹由岐子
雑炊に非力ながらも笑ひけり　高濱虚子
雑炊や後生大事といふことを　同

葱《ねぎ》 ㊂　もっとも庶民的な冬野菜の一つ。関東では根を深く作るので**根深**《ねぶか》ともいい太くて白い部分が多い。関西の葱は根を浅くするので細くて全体に青い。鍋物や汁に入れたり、薬味に使う。冬、青々とした葱畑もよいが、庭の一隅などにちょっと土をかけて埋《い》けてあるのも趣がある。**ひともじ**。

葱くゝる藁二三本拾ひけり　山本村家
葱提げて老いたる町の発明家　神田敏子
畑仕事これで終ると葱を抜く　阪本俳星
焼葱をかじりて柚の茶碗酒　土屋かたし
伊達安芸の城の跡なる葱畑　遠藤梧逸
一握もなき葱売るも自由市　鎌田杏化
葱多く鴨少し皿に残りけり　高濱虚子
花圃隅に葱を育てゝ置くことも　稲畑汀子

根深汁《ねぶかじる》 ㊂　葱の味噌汁である。葱と味噌との香りを立てて、鍋にくたくたと煮立つところがいかにも**葱汁**《ねぎじる》の感じである。

一汁の掟きびしや根深汁　村上鬼城
仮の世の諍ひ淋し根深汁　西村無二坊
野良に出る朝はか丶せぬ根深汁　山本魚石
わがくらしいよ〳〵素なり根深汁　深川正一郎
夫のこと子のこと旅の根深汁　伊藤玉枝
鍋蓋の破《や》れしが浮いて根深汁　高濱虚子

冬菜《ふゆな》 ㊂　冬期に栽培する菜の総称である。白菜、唐菜《とうな》、三河島菜、小松菜、水菜、野沢菜など種類が非常に多く、いずれも耐寒性が強い。霜除もなく、ひとり青々と生い育っている。畑隅に取り残されて頂を藁しべで括られているものなども面白い。**冬菜畑《ふゆなばたけ》**。

水細く筑波は遠し菜を洗ふ　池内友次郎
いさ丶かの冬菜なれども間に合ひぬ　松本つや女
あさみどり濃みどり綾に冬菜畑　星野立子
風を待つ艀子等冬菜を買戻る　福本鯨洋
冬菜畑雞ついばむに委せあり　高槻青柚子
十勝野の一劃青し冬菜畑　鮫島交魚子
火の山のふところひろく冬菜畑　西村数
突つ張つてゐたる冬菜の茹で上る　河野美奇
一畝は残してありし冬菜かな　高濱喜美子
猫いまは冬菜畑を歩きをり　高濱虚子
二畝の冬菜を鶏の食むま丶に　同
マンシヨンに八百屋来てゐし冬菜買ふ　稲畑汀子

白菜《はくさい》 ㊂　もともと中国から渡来したもので各種あり、多肉の白い葉柄と淡黄緑色のやわらかい縮緬状の葉とを持ち、楕円形に結球する。大きい株の形と色は見事である。主として漬物にするが、鍋物、煮つけなど冬の風味として欠かせぬものである。

白菜を四つに割りて干せる縁　山形黎子
白菜を真二つ芯の黄色かも　嶋田得山
白菜の山一指もて鑼られけり　池田風比古
手ではかり見て白菜の巻き具合　藤森多哉

干《ほし》菜《な》 〔三〕 大根や蕪の首がしらから切り落とした葉を、縄で編んだり、縄に掛け連ねたりして、軒下や壁ぎわなどに干す。**懸菜《かけな》**、**吊菜《つりな》**ともいう。干菜が軒深く寒風に干からびているのを見ると冬深しの感じがする。**干菜汁《ほしなじる》**にして食べたり、農家では風呂に入れて**干菜湯《ほしなゆ》**を立てたりする。体がよく温まるという。**干菜風呂《ほしなぶろ》**。

侘び住むといふにはあらず干菜吊る　石丸萩女
貧富なき暮しもよしや干菜汁　翁長日ねもす
干菜吊るうなじに落つる軒雫　高田虹谷
見送るや干菜の窓に顔を出し　西山小鼓子
大川に突き出し窓の干菜かな　高橋春灯
山荘の嬉しきものに干菜風呂　西　修子
干菜風呂日々欠かさずに自愛かな　芝原無菴
干菜汁田舎育ちの抜けきれず　石川　久
由布岳を庭の景とし干菜宿　千代田景石
干菜てふ匂ひの瘦せてをりにけり　小田三千代
生涯を利尻に住ふ干菜かな　長尾岬月
干からびてちぎれなくなる干菜かな　高濱虚子
冷腹を暖め了す干菜汁　同

人《にん》参《じん》 〔三〕 六、七月ごろに種を蒔いて、冬、霜の降りる前後に採る。その他の季節にも作られるが、冬採るのが美味で鍋物に多く使われる。**胡蘿蔔《にんじん》**。

人参を嚙めざるほどに馬老いて　横山三葉
人参を間引く夜明を待ちきれず　三輪浅茅
人参を嫌ひと言へぬ母の目よ　稲畑汀子

蕪《かぶら》 〔三〕 蕪は水分が多くやわらかで甘い。色も白色のほか、紅色、上半部が紅紫色で地中は白いものなどいろいろある。聖護院蕪、天王寺蕪、近江蕪など、地名のついた物や、その色から、黄金蕪、**緋蕪《ひかぶ》**などがある。漬物、煮物、汁物などにして食べる。京都名産の千枚漬は聖護院蕪を薄く切り、塩、味醂、麹などで漬けたものである。**かぶ**。

板の間に置きよろげたる蕪かな　近藤不彩

蕪汁《かぶらじる》 ㊂ 蕪を入れた味噌汁。蕪汁というと、「粕汁」「葱汁」とはまた違った感じの持ち味があり、ちょっと品がある。

雨毎につのる寒さや蕪汁　皿井旭川
一宿を和尚と共に蕪汁　大塚松籟
俳諧に老いて好もし蕪汁　高濱虚子
煮ゆる時蕪汁とぞ匂ひける　同

納豆汁《なっとじる》 ㊂ 納豆を擂り込み、豆腐や油揚などを実とした味噌汁で、昔は僧家のものとされていた。風味があり、とろりとして温まる。単に納豆だけでは季感に乏しい。

臘八
腸をさぐりて見れば納豆汁　許六
朝霜や室の揚屋の納豆汁　蕪村
雪国の朝はすがしや納豆汁　今城余白
納豆汁教師が故の貧しさに　小林宗一
納豆汁僧に参らす妻忌日　柴田松雪
糟糠の妻が好みや納豆汁　高濱虚子

粕汁《かすじる》 ㊂ 酒の粕を溶き入れた味噌汁で、体がほかほかと温まる。**酒の粕《さけのかす》**は味噌汁に入れるほか、そのままあぶって食べたり、甘酒に仕立てたり、奈良漬、粕漬の漬床とする。

粕汁に酔ひし瞼や庵の妻　日野草城
粕汁の大あつ〳〵の斎をうけ　田畑比古
居残れる子に粕汁を温めて　兒山綸子
呉れたるは新酒にあらず酒の粕　高濱虚子

闇汁《やみじる》 ㊂ 気のおけない仲間が集まって座興に行なう会食で、各自が持ち寄った品物を、明りを消した闇の中で鍋に入れて煮、暗中で食べる。思いもかけぬものが、箸にかかったりするのを楽しむのである。

闇汁へ妻とは別に提げしもの　古賀青霜子
闇汁や僧の提げ来しものは何　加藤其峰
闇汁の匂の闇に馴れて来し　森岡五木
闇汁の闇ゆるがして燭運ぶ　上田春水子

闇汁の闇を楽しむ心あり　田中蛇々子

闇汁の闇に声掛け始まりぬ　石川風女

闇汁の闇簡単に完璧に　鳥羽富美子

闇汁の杓子を逃げしものや何　高濱虚子

のっぺい汁《じる》 ㊂　葛粉を入れてどろどろにした汁である。大根、里芋、人参などを細かく刻んで実とする。**のっぺ**。

病人の一と匙で足るのっぺ汁　前内木耳

貧山の故の気楽さのっぺ汁　中島不識洞

三平汁《さんぺいじる》 ㊂　北海道の郷土料理の一つである。鰊《にしん》を糠塩漬にして保存し、これを汁の実に利用したのが始まりで、松前藩賄方《まかないかた》斎藤三平の創案といわれている。最近は多く塩鮭を使い、頭やあらも適当の大きさに切り、芋や大根は乱切りに、昆布をだしとして塩で味つけした汁である。

鼻曲り鮭の鼻これ三平汁　飯塚野外

巻繊汁《けんちんじる》 ㊂　巻繊を実にした醤油仕立ての汁をいう。巻繊とは中国から伝わった普茶料理の一種で、豆腐、牛蒡《ごぼう》、麻の実、大根、椎茸などを千切りにして油でいためたもの、またはそれを湯葉で巻いて揚げたものである。

けんちんの熱きが今日のもてなしと　原千代子

少し手をかけてけんちん汁となる　稲畑汀子

寄《よせ》鍋《なべ》 ㊂　野菜、魚介、鶏肉、その他好みの材料を取り合わせた鍋料理の一つである。何を入れてもよく、上等の品でもまた有り合わせの品でも楽しめる。

寄鍋に主客閑話や主婦多忙　星野立子

よせ鍋の火を大きくし小さくし　深川正一郎

寄鍋の終止符を打つ餅入れる　粟津松彩子

又例の寄鍋にてもいたすべし　高濱虚子

寄鍋の夜を帰る人泊る人　稲畑汀子

石狩鍋《いしかりなべ》 ㊂　鮭を使った北海道の郷土料理。生鮭を厚めに切って白菜、葱《ねぎ》、春菊、椎茸、豆腐などを入れ、昆布だしの利いた汁で味噌または醤油仕立てに煮込む。

鮭鍋や開拓の味つゞきをり　新田充穂

桜《さくら》鍋《なべ》 ㊂ 桜は馬肉の隠語である。馬肉を味噌仕立てにし、葱《ねぎ》、牛蒡《ごぼう》、焼豆腐などを添えた鍋物のこと。脂肪が少なくあっさりしている。東京では吉原、深川などに今も昔からの店があり、けとばし屋と呼ばれて親しまれてきた。

追込の一人離れてさくら鍋　深見けん二

鍋《なべ》焼《やき》 ㊂ 古くからあった単純な料理。鳥肉、川魚などを土鍋に入れ、芹や慈姑《くわい》などを加え、醤油で味つけしながら鍋から食べる。芹を多く用いると、鳥肉などの匂い消しになるので、**芹焼《せりやき》**ともいった。今、鍋焼というと、多くは**鍋焼饂飩《なべやきうどん》**のことをいう。冬の夜、屋台を流して行く鍋焼うどんの声は趣のあるものであったが最近はほとんど見られない。

燭台や小さん鍋焼を仕る　芥川我鬼

鍋焼の提灯赤き港町　岡安迷子

おでん ㊂ もとは田楽からきている。蒟蒻《こんにやく》、さつま揚、焼豆腐、竹輪、はんぺん、大根、がんもどきなどをだしを利かせて醤油仕立てに煮込み、辛子をつけて食べる。店を構えた**おでん屋《や》**もあり、屋台もある。寒い日など家庭の夕餉にも喜ばれる。

終電車過ぎておでんの店残り　綿谷吉男

おでん屋に又一汽車を遅らす気　間嶋秋虹

豆腐のみ食うべて老のおでん酒　大浜逸浪

おでん屋の常連の座の決りをり　丸山茨月

人の世がたまらなく好きおでん酒　西村無二坊

おでん酒酌んで互ひに相識らず　田伏幸一

妥協する気になつてきしおでん酒　角南旦山

おでん屋のうすぎたなさが性に合ひ　石田壮雪

おでん屋にたゞ集つてをりにけり　後藤立夫

おでん屋に数珠はづしたる僧と居て　菅原獨去

おでん屋の隅にをらざるごとくをり　下村非文

おでんやの湯気とは酔を誘ふもの　小田尚輝

路地ゆきておでん煮る香に突当る　小畑一天

おでんやで単身赴任たのしめる　中川秋太
戸の隙におでんの湯気の曲り消え　高濱虚子
おでんやの湯気吹き飛ばす空ッ風　同

焼藷《やきいも》 ㊂　甘藷を焼いたもので昔から庶民的な味で親しまれている。寒い夜など焼藷屋の声を聞くといかにも冬らしい。焼き方に丸焼、切焼、西京焼、石焼、壺焼などがある。焚火や炉などに入れて焼いたのもいい。

焼藷の風呂敷包誰が持つ　星野立子
銭湯を出て焼藷を買うてゆく　上﨑暮潮
呼び止めるには遠くなり焼藷屋　遠藤千恵子
まだ起きてゐる灯に通る焼藷屋　佐藤冨士夫
焼藷の屋台も乗せて島渡船　大塚郁子
甘藷焼けてゐる藁の火の美しく　高濱虚子
焼藷の車信号待ちとなる　稲畑汀子

湯豆腐《ゆどうふ》 ㊂　だしとしては一枚の昆布を敷くだけで、白湯の中で角形に切った豆腐を煮たもの。薬味を添えた醬油で食べる。土鍋の中央に醬油を入れた湯呑を置き、形をくずさぬように豆腐を入れて煮えるのを待つ気分は格別である。

湯豆腐や風交淡きこそ好けれ　多田渉石
湯豆腐に日本恋ひつゝ老いにけり　吉川耕花
湯豆腐や病得しより断ちし酒　東中式子
湯豆腐や淡々として老の日々　内田柳影
湯豆腐の湯気ちぎれとぶ床几かな　舘野翔鶴
湯豆腐の浮けば召せよの京言葉　谷野黄沙
湯豆腐の掬ふに合はす息のあり　稲畑汀子

夜鷹蕎麦《よたかそば》 ㊂　夜の街を流して歩く屋台そば屋のことである。夜鷹とは、江戸時代筵を抱えて路傍で春を売った貧しい娼婦のことで、その夜鷹たちが夜更けの街で屋台そばを食べて寒さを凌いだところからこの名ができたという。関西には夜鳴《よなき》饂飩《うどん》がある。

みちのくの雪降る町の夜鷹蕎麦　山口青邨
夜鷹蕎麦食べて間に合ひ終電車　飯田京畔

夜鷹蕎麦客の附かざる笛長く　佐藤うた子

蕎麦掻《そばがき》 ㊂

蕎麦粉に熱湯を注いでよくこね、それに煮汁や醬油をつけて食う。また水に溶いた蕎麦粉を火にかけて練ることもある。ちょっと風味のよいものである。

蕎麦掻いて法座の衆に炉の衆に　木本雨耕

背なあぶり蕎麦掻食べて寝るとせん　坪野もと子

蕎麦湯《そばゆ》 ㊂

蕎麦粉に熱湯を注ぎ砂糖を加えて飲む。体が温まるので炉辺のつれづれなどに用いる。なお、切蕎麦を茹でた湯を蕎麦湯と称してそば屋で出すが、これは季感がない。

寝ねがてのそば湯かくなる庵主かな　杉田久女

葛湯《くずゆ》 ㊂

葛粉を熱湯でとき、砂糖で甘味をつけた、とろりとした半透明の飲みものである。滋養があり、体が温まるので、老人や病人などが飲む。

癒ゆること信じまゐらす葛湯かな　太田育子

葛湯より浮きしかきもち芳しく　明石たゞを

地震の夜の命温めし葛湯とぞ　長山あや

熱燗《あつかん》 ㊂

酒の燗をことに熱くすること。寒さ凌ぎに、熱燗で一杯というのはまた格別である。

熱燗の今一本を所望かな　麻田椎花

熱燗をすゝめきゝたきことのあり　一田牛畝

人生のかなしきときの燗熱し　高田風人子

熱燗や女も酔うてみたきとき　上枝美代子

嫁ぎたる娘は忘るべし燗熱く　原田一郎

熱燗の一杯だけは妻のもの　湯田芳洋

共通の悲しみありて燗熱く　伊藤凉志

熱燗の所為にして事なかりけり　岩瀬良子

熱燗の酔のさむれば意気地なく　井上哲王

熱燗やふるさと遠き人と酌み　西澤破風

酒うすしせめては燗を熱うせよ　高濱虚子

熱燗の女にしても見まほしき　同

熱燗もほど〳〵にしてさて飯と　高濱年尾

熱燗や禁酒守りて久しかり　稲畑汀子

玉子酒《たまござけ》 ㊂ 酒に砂糖を入れ、とろ火でよく煮立てたのち卵を割り落としてよく掻き回し、煮詰まらぬうちに飲む。昔から「精を益し気を壮《さか》んにし脾胃《ひい》を調う」とされ、寒い夜または風邪を引きかけたとき発汗剤として愛用される。酒を嗜まないものにもいい。

めをとしてめをともてなす玉子酒　岩木躑躅
寝るまでの口さみしくて玉子酒　越智竹帆子
そとまぜて泡立つ香り玉子酒　木下挿雨
定宿の馴れしあつかひ玉子酒　田畑美穂女
兄の遺句整理に更けて玉子酒　湯浅典男
かりに著る女の羽織玉子酒　高濱虚子

生姜酒《しやうがざけ》《しょうがざけ》 ㊂ 熱燗の酒におろし生姜を落としたものである。冷えこむ夜などしんから温まり、ちょっとした風邪などこれで治ったりする。

夜に入りてはたして雪や生姜酒　水野六江
夜の炉に僧のたしなむ生姜酒　岡安迷子

事《こと》始《はじめ》 十二月十三日、関西ではこの日から正月の準備にかかる。とくに劇界、花柳界、茶道関係などの人々の間では、弟子は師匠の家に鏡餅を贈って祝うしきたりがある。歳暮御祝儀もこの日からはじめる。年末のあわただしい街の中に年を迎えるという一脈の清新の気を漂わせる。

京なれやましして祇園の事始　水野白川
物堅き義理の世界や事始　岡田抜山
疾く起きて水打つ廓事始　石橋雄月
芸界になじみいくとせ事始　稀音家三登美
人の世に義理の閾や事始　植田朱門亭

貞徳忌《ていとくき》 陰暦十一月十五日、松永貞徳の忌日である。貞徳は京都の人、細川幽斎に和歌を、里村紹巴に連歌を学び、自ら俳諧中興の祖と名乗った。秀吉没年の慶長三年（一五九八）二十八歳で朝廷より「花の本」の号を賜り、俳諧宗匠を免許された。その著「俳諧御傘《ごさん》」は、俳諧用語をいろは順に列挙した作法書と歳時記とを兼ねたもので俳諧の虎の巻とされていた。承応二年（一六五三）八十三歳で没した。その流派を貞門といい、のちの宗因、芭蕉の俳諧の生まれる素地を作ったのである。

正章の真蹟世に出づ貞徳忌　高濱虚子

神楽《かぐら》 十二月中旬の夜、宮中賢所の前庭で庭燎《にわび》を焚きながら奏せられる歌舞で、神遊《かみあそび》ともいう。またこのころ各地の神社で行なわれる**里神楽《さとかぐら》**は、笛や太鼓で囃し、仮面をかぶり多く無言で演じられる。

夜神楽や神の饗宴うつくしく　竹下陶子
痩身の手力男なり里神楽　鷲野蘭生
かゞりよく燃えてはじまる里神楽　小川純子
風除の蓆を四方に里神楽　藤原大二
老いて尚笛を一途に里神楽　橋本一水
神の名のなべてむづかし夜の神楽　上野繁子
峡空の星降る如し里かぐら　鹽田東邨
農夫等の夜は神となり神楽舞ふ　蔵本雨亭
里神楽恋の仕草の今昔　高井良秋
いつまでも眠たき神楽囃子かな　高濱虚子

鵜《う》祭《まつり》 十二月十六日、石川県羽咋《はくい》市の気多《けた》神社で行なわれる神事。祭に先立ち七尾市鵜の浦で**鵜捕部《うとりべ》**によって捕えられた一羽の新鵜が、徒歩で運ばれてくる。未明、本殿の燭、階上の一火のみが残された闇の中に、鵜籠から放たれた鵜は本殿の火を慕って羽ばたきつつ階を上る。その上りきったときの姿によって来年の農漁の吉凶が占われるのである。神事を終えた鵜は神官によって暁闇の海へ放たれる。これを戻り鵜という。金春流の能に「鵜祭《うのまつり》」がある。**神《かみ》の鵜《う》**。

贄の鵜へ目覚の神楽さや〳〵と　大森積翠
鵜捕部の鵜に喜捨小鮒二三匹　松元桃村
鵜と禊ぐ水とて幣を立てし桶　辻口静夫
贄の鵜を放つ暁闇気多の海　吉村春潮

冬《ふゆ》の山《やま》 ㊂ 冬の山といえば草木はみな枯れつくし、ただ松などが青々と残っている山とか、枯れ雑木が煙のように生えて大きな石などがあらわに見えている山とか、襞の深い山々に遠く雪嶺が打ち重なっているさまなどが思い浮かぶ。いずれも静寂そのものの姿である。**冬山《ふゆやま》**。**冬山家《ふゆやまが》**。**枯山《かれやま》**。

冬の山八大寺とて見えわたる　上田三樽
兀として塔一つあり冬の山　楠目橙黄子
冬山の倒れかゝるを支へゆく　松本たかし
冬山や谷をちがへて寺と宮　中野樹沙丘
大宿坊大蔵王堂冬の山　高野素十
晴れし日の風の日の枯山々よ　星野立子
冬山を叩くが如く魚板打つ　杉浦冷石
父と居て淋しき夜かな冬山家　石昌子
落人の悲しみ今も冬山家　深川正一郎
威と言へるもの冬山は低けれど　田中暖流
石見とは淋しき国よ冬の山　竹内省十
音と言ふ音に敏感山枯るゝ　浜屋刈舎
冬の山傷の如くに鉄路あり　柴原保佳
庫裡を出て納屋の後ろの冬の山　高濱虚子
冬山路俄にぬくきところあり　同
枯山に放り出されし無人駅　稲畑汀子

山眠《やまねむ》る　㊂

生気を失った冬の山が、あたかも眠っているように静かに見えるさまをいう。「冬の山」というより擬人的ないいまわしで、春の「山笑ふ」に対して用いられる。**眠《ねむ》る山《やま》**。

炭竈に塗り込めし火や山眠る　松本たかし
盗伐の人に許して山眠る　日置草崖
芝原が眠れる山のいたゞきに　橋本春霞
噴煙の眠れる阿蘇と思はれず　井尾望東
端正に山は眠りに入らんとす　永倉しな
天竜へずり落ちさうに嶺々眠る　鈴木半風子
白妙の御岳かこみ山眠る　和田錠女
眠りたる山の深さに踏み入りし　黒米松青子
五六戸のためのポストや山眠る　水本祥壹
山眠る中に貴船の鳥居かな　高濱虚子

火噴くことなほつゞけをり山眠り　高濱年尾
背山まだ眠れぬさまに彩れる　稲畑汀子
浮雲の影が通りて眠る山　同

冬野《ふゆの》 三

冬の野原をいう。全く枯れ果てた枯野とは自ら多少の相違がある。

捨人やあたゝかさうに冬野行く　其角
大仏を見かけて遠き冬野かな　几董
川に沿ひ川に別れて冬野行く　西村数
豊作も凶作の田もたゞ冬野　遠山みよ志
なほ目ざす冬野明るき道のあり　稲畑汀子

枯野《かれの》 三

草が全く枯れ果てた野をいうのである。広く果てしないような枯野もあれば、山あいの狭い枯野、海に沿って延びる枯野など、景もさまざまである。

旅に病で夢は枯野をかけ廻る　芭蕉
よわ〳〵と日のゆきとゞく枯野かな　麦水
蕭条として石に日の入枯野かな　蕪村
おほわたへ座うつりしたり枯野星　山口誓子
大空につらなりわたる枯野かな　三溝沙美
吹き晴れて枯野の月の小さゝよ　喜多春梢
満天の枯野の星のみなうごく　松本浮木
おもむろに雲かげり行く大枯野　岡嶋田比良
汽車降りてすぐに枯野を行く人等　池内たけし
バス吾を枯野にひとり残し去る　岩切徹宵
自動車の中の日ぬくし枯野行く　新田充穂
テレビ塔聳ゆるのみの枯野かな　左右木圭子
一瞬の日ざしに枯野はなやぎて　武良喜美代
振返り見ても枯野や都府楼址　佐藤冨士夫
警察犬放ち枯野を捜索す　松岡ひでたか
枯野来し人を喜び牧の犬　佐藤艸魚
荒海と枯野を隔つ砂丘かな　松尾白汀
書を抱けるスタイルは彼枯野来る　名和紅弓
オリエント急行よぎる枯野かな　竹葉英一

遠山に日の当りたる枯野かな　高濱虚子
日本には見馴れぬ枯野展けたり　高濱年尾

熊穴《くまあな》に入《い》る　熊は晩秋のうちに山野の果実や小動物を十分に摂取して、十二月の初めごろから冬ごもりに入る。春の雪解ごろまで、ほとんど穴を出ず飲食も絶つのである。**熊《くま》の子《こ》**はこの間に生まれる。この熊の穴口に丸太を置いて、それを引き込もうとするところを突き殺して狩る。これを**熊突《くまつき》**という。**熊《くま》**。

月の輪のよごれて檻の熊あはれ　寺井ひさし
熊穴に入らむとするを撃たれけり　村松南斗
仔熊飼ひ営林署員駐在す　三ツ谷謡村
熊がでて仕事にならぬ杣飯場　田島緑繁
熊罠にかゝりし旗の上りけり　井谷百杉
手負熊つひに人家を襲ひしと　上牧芳堂

熊祭《くままつり》　アイヌの年中行事中もっとも盛大な祭で冬季に行なわれる。前年または前々年に捕えて飼っておいた子熊を祭の贄とする。花箭《や》を射、哀歌《うた》を唱いつつ熊を神に奉る。神事が終われば熊を饗《あつもの》にしてさらに酒宴が始まる。現在では観光用のショーとなっているのがほとんどである。

雪の上に魂なき熊や神事すむ　山口誓子
斃れたる熊を遠巻き熊祭　丸谷松毬子
贄の熊ころがり遊び祭まだ　久保田一九
放たれし花箭を口に贄の熊　鮫島交魚子
蒼穹へ放つ一の箭熊祭　依田秋葭
贄の熊昇天雪の降り止まず　柴田黒猿
熊祭酋長どかと主座にあり　工藤いはほ
熊祭雪を染めたることかなし　上牧芳堂
一の矢も二の矢も花箭熊まつり　長谷草石

狩《かり》　㊂　鳥や獣を狩猟することである。昔は鷹を用いて猟をしたので狩といえば鷹狩のことであったが、現在では銃を使って狩をするのが一般的である。猟期は狩猟規則では十一月十五日から翌年二月十五日まで、北海道は十月一日から一月三十一日までである。猟犬《れふけん》。猪狩《ししがり》。鹿狩《しかがり》。

狩座に高嶺の月を仰ぎけり　安達素水
猪をそらせし弾の続けざま　鈴鹿野風呂
吊橋を渡りて待てる狩の犬　若月南汀
猟犬の気配に人の従ひて　嶋田一歩
鼻筋の傷の雄々しき狩の犬　岩田公次
猪撃のほこりを持ちて鳥撃たず　野村かずを
猪撃ちし話誇張と思はれず　中山秋月
猟犬の耳立て直す距離に立つ　山口俊平
獲物なき帰途の足どり猟犬も　小坂螢泉
頃合の飢に慣らして狩の犬　水見壽男
猟犬を馴らすつもりの山歩き　岩瀬良子
狩の犬勢ひて視野を失せにけり　梶尾黙魚
船酔の猟犬すぐに役だたず　久米白灯
キヤディラックよりとび降りし狩の犬　田中高志

猟人《かりうど》《かりゆうど》 ㊂

狩猟をする人のことである。獣皮の衣などを着込み、猟犬を連れて熊や猪などを狩る職業的な猟人は減り、鴨、雉、小鳥などの野鳥や兎などをスポーツとして撃つ人たちがほとんどである。**猟夫**《さつを》。

岬の戸に茶ひとつ乞り狩の君　召波
猟夫われ御狩の勢子の裔にして　中村左兵子
能登島へ猟人乗せて舟いそぐ　清水青柳
狩人に世辞の一つも茶屋女房　高濱虚子

狩《かり》**の宿**《やど》 ㊂

猟師の泊る宿をいう。朝暗いうちに狩場に行かねばならないので、狩場近くに宿を取ることになる。狩猟期間だけ宿を貸す民家もある。

狩の宿一番鶏の鳴きにけり　松藤夏山
あす越ゆる天城山あり狩の宿　福田蓼汀
ふる雪に犬も退屈狩の宿　三好雷風
鷹匠の系図を蔵し狩の宿　島谷王土星

薬《くすり》《くすり》**喰**《ぐひ》《ぐい》 ㊂

鹿の肉は冬期以外は味がよくない。これを寒中に食えば身体の邪気を払い血行をよくし健康を増すという。それで薬喰と称するのである。他の獣類の肉も同じであるが、主として鹿を言い習わして来たものである。**鹿売**《ろくうり》。

健啖の己ともなし薬喰　皿井旭川
てら〳〵と飽食の顔薬喰　向野楠葉
蜂の子も小鉢につきて薬喰　田中すゑの
お手塩の四五切れながら薬喰　大久保和男
山冷のどんぞこ薬喰の旬　藤田美乗
生神に見放されずに薬喰　山田庄蜂
薬食禁酒の枷を解きて酔ひ　服部圭佑
落人の宿にたしなむ薬食　新田千鶴子
子心や親にすゝむる薬喰　高濱虚子

猪《しし》**鍋**《なべ》 三　猪の肉の鍋料理で、肉を薄切りにし、葱《ねぎ》、芹《せり》、生椎茸や焼豆腐などと一緒に煮込み白味噌で味つけをしたりもする。脂肪のわりに味が淡泊で、体がよくあたたまる。伊豆、丹波などに多い。牡丹は猪の隠語で、唐獅子が牡丹にたわむれる「石橋《しやつきよう》」の舞などからの連想であろう。**牡丹鍋**《ぼたんなべ》。また**山鯨**《やまくぢら》というのも猪肉のことで、獣肉を食べることを忌む風習があったので「薬喰」として多く用いられ、東京でも山くじらの看板が出ていたものである。

猪鍋の煮えたつ炉辺や山の宿　伊藤紀秋
ことの外地酒がうましぼたん鍋　松尾緑富
ゆきつけの鉱泉宿の牡丹鍋　大橋一郎
猪鍋屋出でし一歩の吹きさらし　田邊夕陽斜

狼《おほかみ》《おおかみ》 三　狼は深山に棲み、冬、雪が深くなると人家近くまで食を求めて現れ人畜を襲ったりしたが、現在はほとんど絶滅した。わが国に棲んでいた狼は、豺《やまいぬ》と称せられる別種の動物であったともいわれる。

樵夫らの狼怖れ火絶やさず　松元桃村

狐《きつね》 三　狐は犬に似ているが、尾が太く長く、口が尖り、目がつり上がっている。牙も細く長い。昼は穴にひそみ、夜出て活動する。餌は野鼠、兎、小禽、虫、柿、野葡萄など。交尾期が一月から三月ごろまでなので、そのころ高い声でコンコンと鳴くことでよく知られている。狐色の美しい毛皮は防寒用に珍重される。冬は餌が乏しくなり畑の作物を荒らすので狐罠《きつねわな》をかける。

北狐棲む岬として人住まず　三輪フミ子
月の夜は歩かぬといふ狐かな　難波鴻峰
戸口まで狐の跡の来てかへす　戸澤寒子房
背中からつづいて太き狐の尾　粟津松彩子
野狐来るは杜のホテルの食事時　中川いさむ

狸《たぬき》 ㊂ 平地から低山にかけて棲息しているが、人家近くにもいて、古寺の床下などに穴居していることもある。狐にくらべ警戒心が少ないので、人目につくことが多い。雑食で、野鼠、爬虫類、果実などを食べる。**貉**《むじな》ともいう。毛皮は防寒用、毛は筆に用いる。肉は冬にうまく**狸汁**《たぬきじる》などにする。**狸罠**《たぬきわな》を仕掛けて捕える。

酔うてゆくわれを知りをり狸汁　星野立子
蔵王の裾に棲み古り狸汁　渡辺蔵王
子狸はこんな罠にも掛かりたる　吉持鶴城
罠かけて狸の智恵を嗤ひけり　水本祥壹
罠ありと狸に読めぬ札吊りし　村上杏史
狸罠かけてそしらぬ顔をして　赤沼山舟生

兎《うさぎ》 ㊂ 兎は挙動が敏捷で、繁殖力も強い。山野に見られる野兎は灰褐色で一年中同じ色をしているが、雪国などに棲むものは冬季に毛が脱け変わって白色となる。冬、捕えて毛皮や食用とし、また毛は筆を作るのに用いる。**兎汁**《うさぎじる》。

湯治客炉辺に加はり兎汁　松尾緑富
追うてゐる兎との距離ちぢまらず　戸澤寒子房
足跡の兎と知れてこはさなく　稲畑汀子

兎狩《うさぎがり》 ㊂ 兎は各地に棲息し、畑の作物や植林を荒らすが、ことに冬食物のなくなったとき被害が多いので兎狩をする。兎狩は冬枯れの野山の要所々々に網を張り、大勢で追い立て網の目にひっかかったところを捕えるのである。大勢が手に手に竹や棒切を持って四辺を叩き、大声を上げて、穴や木の間にかくれている兎を追い出すさまはなかなか壮観である。また猟師が猟犬を連れて狩に出かけ鉄砲で撃つこともある。昔は学校や青年団などでよく行なった。兎罠《うさぎわな》。

兎追ふ勢子に雇はれ杣の子等　有本銘仙
兎狩すみたる牧の扉を閉めて　佐藤念腹
兎狩する頃合の雪降りし　居附稲聲
兎罠雪をくぼめてありにけり　井桁蒼水
雪晴の月夜をたのみ兎罠　桑田青虎
歯朶刈りしところに仕掛け兎罠　宮脇和正
兎狩枯木枯枝鳴らしつゝ　西澤破風
兎と眼合はさぬやうに罠はづす　佐藤五秀
一本の針金で足る野兎の罠　山口白露

鼬《いたち》罠《わな》 ㊂　鼬は穴の中に棲み、夜出て来て池の魚をとったり、鶏小屋を襲ったりする。その被害は稲刈のすんだころから多くなるので罠をかけて捕る。罠にはいろいろあるが、竹筒の中にバネをしかけ、中に簡単な餌を置くくらいのものもある。牝の捕獲は禁じられている。

鼬罠匂ひ残さず仕掛置く　楠昭雄
敏捷な故にかゝりし鼬罠　柴原保佳
いたち罠仕掛けることを仕上げとす　稲畑廣太郎
大雑把なる仕掛けとはいたち罠　坊城中子
鼬罠仕掛ける無口通しけり　嶋田一歩
かかりたる鼬に罠の小ささよ　稲畑汀子

笹《ささ》鳴《なき》 ㊂　夏、深山で繁殖した鶯は、冬、里近くに姿を現し、木々の枝をくぐりながら、チチチチと舌鼓を打つように地鳴きをする。これを笹鳴という。**冬鶯《ふゆうぐひす》。鶯《うぐひす》の子《こ》。笹《ささ》子《こ》。**

笹鳴の隠密の声しきりなる　川端茅舎
大学の今日のしづけさ笹鳴ける　深見けん二
安住の笹鳴く庭となりにけり　隈柿三
笹鳴や勤めなければ門を出ず　三溝沙美
笹鳴の玻璃戸なきごと近づき来　西井五山
笹鳴や無為に馴れたる我が耳に　京極杞陽
笹鳴の移りし影と思はるゝ　大久保橙青

道修町のビルの植込み笹子来る　松崎亭村

間のありて又笹鳴の磴となる　中川秋太

笹鳴や朗報しかと胸に抱き　星野　椿

笹鳴を聴いて見知らぬ人同志　小林草吾

笹鳴の主なき庵に今年また　川口咲子

毎日の笹鳴に居る主かな　高濱虚子

子等帰り来よ笹子来る庭となる　稲畑汀子

鶲《ひたき》 〔三〕

鶲といっても黄鶲、瑠璃鶲、その他種類が多いが、冬、人目にふれるのは尉鶲《じょうびたき》がほとんどである。雀よりやや大きく、頭は黒く小さく、嘴は長い。胸は橙赤色、背は黒く尾に白い斑点があり、飛ぶとき羽の白と黒が重なって美しい。鳴き声は低くヒッヒッ、またカッカッと火打石を叩くような音を出す。動作が敏捷で、見ていて気ぜわしいが人なつこい鳥である。

林泉の鶲二羽とも三羽とも　吉原渓歩

鶲見る頬杖の刻移りつゝ　福島閑子

落葉より翻りたる鶲かな　明石春潮子

動かねば鶲来しこと誰も知らず　長井伯樹

いつか来ずなりし鶲に気附きしは　高椋龍生

鶲来て枯木に色をそへにけり　高濱年尾

鷦《みそ》鷯《さざい》 〔三〕

全国の山地に棲む鳥であるが、冬季には餌を求めて人里近く現れ、春以後はまた山に帰る。形は雀に似て全長七、八センチ、全身焦茶色で黒っぽい横縞がある。嘴は細く、短い尾を上げて籬《まがき》や庭の植込みなどを昆虫や蜘蛛《くも》を求めて敏捷に飛び回る。春、澄みとおった声でよく囀る。**三十三才**《みそさざい》。

夕暮の篠のそよぎやみそさゞゐ　蓼太

みそさゞいなるべし逃げし鳥小し　祖父江素笛

三十三才夕勤行も了りたり　森定南樂

四阿に静かな主客三十三才　城谷文城

干笊の動いてゐるは三十三才　高濱虚子

都《みやこ》鳥《どり》 〔三〕

隅田川に浮かび飛ぶ「ゆりかもめ」である。在原業平が「名にし負はばいざ言問はん都鳥わが思ふ人は在りや無しやと」と詠じて京に残した恋人をしのんだ「伊勢物語」の一節以来、都鳥の名は隅田川とともに和歌、歌謡にうたいつがれてきた。翼が白く、嘴と脚の赤いのが目立つ。冬鳥で、北方から渡ってくる。

亀清に昼の客あり都鳥　三宅清三郎
対岸は靄の深川都鳥　安田孔甫
水神の森を遠くに都鳥　福田寿堂
都鳥吹かれ来にけり花川戸　野村万蔵
橋開かずなりて久しや都鳥　山崎六之助
言問に住みしは昔都鳥　鷲巣ふじ子
思ひ出ははるかなる都鳥　川口咲子
都鳥漂ふ波に情あり　森田桃村
都鳥水汚れたる世となりし　岡安仁義
煤けたる都鳥とぶ隅田川　高濱虚子
都鳥とんで一字を画きけり　同
木場堀に都鳥来ることありと　高濱年尾

千鳥《ちどり》 ㊂　旅鳥として春秋二期に日本を通過する種類や、夏に渡って来て冬には南方に帰っていく種類などもいるが、古くから水辺の鳥として冬季とされている。鶺鴒くらいの大きさで背は灰褐色、頭は茶黒く、腹は白い。嘴と頸と尾は短く、細い脚の後趾を欠くが、走るのは早い。江湾の干潟や川や湖沼に棲み、昼は遠く外海にいて、夜、渚近くを飛ぶ。鳴き声が笛のように哀調を帯び、詩歌に好んで詠まれてきた。**鵆《ちどり》**。**磯千鳥《いそちどり》**。**浜千鳥《はまちどり》**。**川千鳥《かはちどり》**。**夕千鳥《ゆふちどり》**。**小夜千鳥《さよちどり》**。**群千鳥《むらちどり》**。**友千鳥《ともちどり》**。**遠千鳥《とほちどり》**。

あら磯やはしり馴たる友鵆　去来
吹かれ来て畳に上《あが》る千鳥かな　乙由
加茂人の火を燧音や小夜鵆　蕪村
立波に足みせて行ちどりかな　太祇
高浪の裏に表に千鳥かな　岡田耿陽
土佐日記こゝに船出の千鳥啼く　小田黒潮
中空を颪鳴り渡り千鳥なく　竹中すゝき女
千鳥らし渚鏡をゆきもどり　富岡犀川
磯千鳥きく耳さとくなりてゐし　山直六村

機窓の田にも千鳥の来る日かな　奥田一穂
返しくる時の千鳥を見失ふ　荒川紀生
海荒るゝばかりや千鳥それつきり　大橋秀鳳
廃れたる塩田に来る千鳥かな　岩田瑞穂
残り汐とは光るもの夕千鳥　原　三猿子
千鳥とぶ堰より桂川となる　中村芳子
夕月に千鳥とわかるまでの距離　梶尾黙魚
きらめきて翔ちて千鳥にまぎれなし　土井光行
波の穂に驚き易き千鳥かな　城谷文城
汐濡れの間こそ千鳥の洲なりけり　松岡伊佐緒
さ走れるものを千鳥とうたがはず　桑田青虎
洲に下りてよりの千鳥の数読めず　本田杏花
白千鳥干潟を走り影置かず　安田芳子
空よりも明るき川面夕千鳥　橋田憲明
引潮の渚は千鳥走らしむ　松本穣葉子
潮引けど千鳥の跡をうち消さず　森　土秋
動きある絵となり波に千鳥翔ぶ　桔梗きちかう
磯畑の千鳥にまじる鴉かな　高濱虚子
洲を走る千鳥の迅さまのあたり　高濱年尾
その昔よりの千鳥の洲なるべし　同
ひるがへるとき群千鳥なりしかな　稲畑汀子

冬《ふゆ》の海《うみ》 三

冬の海は、波が高く、暗く荒々しい。ことに北国の海は、雪雲が覆い黯黮《あんたん》としている。また晴天の日でも寒々とした青さを湛えている。**冬《ふゆ》の濤《なみ》**。

冬の海大王岬突出す　木津蕉蔭
冬海や江差大島人住まず　飯塚野外
冬濤に泛きつ沈みつ弥彦あり　佐藤耐雪
冬濤の海傾けて寄せきたる　西山小鼓子
冬海の音の蓋する町の上　伊藤柏翠
冬浪の身を擲ちし渚かな　上野　泰
冬濤の立ち上がるとき礁あり　藤松遊子
釣竿を引つ張つてゐる冬の海　松本巨草

冬濤の恐さを水夫識つてをり　柴田道人
われの声追分となり冬海へ　白幡千草
また逢ふはさだめがたなく冬濤に　小坂田規子
冬浪の音断つ玻璃に旅寝かな　佐土井智津子
冬濤の裂ける白さに巌峙つ　稲岡長

小樽小集
追分を聞いて冬海を明日渡る　高濱虚子
冬海や一隻の舟難航す　同
犬吠の冬濤に目を峙てし　高濱年尾
寒濤の果に明るき日の海面　稲畑汀子

浪《なみ》の花《はな》 三　厳寒のころ、雪国の岩場に砕け散った浪が風にもまれて白い泡となり、磯一帯に花のように舞い飛ぶ。これが浪の花で、能登金剛付近はことに名高い。まことに美しく壮観だが、一方荒涼とした冬の海のきびしさを感じさせる。

鵜の飛ぶは悲しき眺め浪の華　久国兆元
降り積る雪より白し波の花　浦幸雪
浪の華とき〴〵舞ひて荒磯凍つ　雁択水
シベリアの風が紡ぎし波の花　辻口静夫
奥能登の淋しさつのる波の華　定梶き悦

鯨《くぢら》《くじら》 三　海に棲む巨大な哺乳動物で、おきあみや小魚などを捕食する。日本近海にも現れる。海面に浮き上がって呼吸するとき、潮を高く吹き上げるのが観《み》もので、これを俗に鯨の潮吹という。鯨は種類が多く、肉は鯨汁《くぢらじる》や鯨鍋《くぢらなべ》として葱《ねぎ》や水菜、大根などとり合わせて賞味されるほか、さらし鯨など食用となり、体全体からは鯨油をとるなど用途が多いが、滅びゆく動物の一つとしてその保護は今や世界の世論となっている。

珍しき高知の雪や鯨鍋　西武比古
鯨裂く血の波返す渚かな　津江碧雨
血に染まり夕日に染まり鯨裂く　米倉明司

捕《ほ》鯨《げい》 三　鯨はわが国の近海にも多く出没し、金華山沖、紀州熊野灘、北九州の玄界灘はその漁場として有名であった。荒れ狂う冬の海に勢子《せこ》舟を乗り出して銛《もり》を打つ江戸時代の勇壮な漁法から、遠く南氷洋へ捕鯨船団を組んで行く大がかりな近年の漁法へと発展してきたが、今や鯨保護の世界の世論にあって、昭和六十三年（一九八八）より商業捕鯨を中止し、調査捕鯨を行なっている。**捕鯨船《ほげいせん》**。

鯨舟新島守を慰めつ　召波
剝げてゐる沖の汽船は捕鯨船　山本京童
捕鯨船並び花環を砲に懸け　山口青邨
飾り砲向けて繋りぬ捕鯨船　西畑常山
大灘に暮れのこりたる捕鯨船　南出南溟
烏賊などを干し碇泊の捕鯨船　永倉しな
捕鯨船著いて俄の浜景気　中村不草
黒潮の騒ぐ匂ひや鯨追ふ　田中化生

河豚《ふぐ》 ㊂

猛毒があるが、非常に美味な魚である。体皮がかたく、驚くとすぐ白い腹をふくらますので愛嬌がある。旬は冬で、下関が本場とされており、紙のようにうすく切った刺身が、藍の染付皿の上に並べられて、その模様の透いているなどまことに美しい。そのほか、ちり鍋、味噌汁、鰭酒《ひれざけ》と、食通を喜ばせる。**ふぐと**。**河豚汁《ふぐじる》**。**ふぐと汁《じる》**。**河豚鍋《ふぐなべ》**。**河豚《ふぐ》ちり**。**河《ふ》豚《ぐ》の宿《やど》**。

あら何ともなやきのふは過てふぐと汁　芭蕉
河豚あらふ水のにごりや下河原　其角
河豚宿は此許よ〳〵と灯りをり　阿波野青畝
ふぐ鍋や男の世界ちらと見し　松尾静子
河豚食ひに来よ関門にゐるうちに　赤迫雨溪
まなじりの一方がつり河豚中り　城後眉下
座に侍る妓等も箸とるふぐと汁　翁長日ねもす
鰭酒をもてあましゐる男かな　柏崎夢香
河豚洗ふ出放しの水惜まずに　加福無人
灯りても河豚行灯のほの暗き　石川星水女
河豚を食べ過ぎたる人の顔となる　後藤比奈夫
巡業に出て鰭酒をおぼえけり　片岡我當
一と口のしら子でありしふぐと汁　片岡片々子

下戸ながら鰭酒といふ少し飲む　田村おさむ
かゝる酔あるとは知らず河豚に酌む　山田庄蜂
河豚料るとは捨てることばかりして　廣瀬ひろし
土佐沖の毒無し河豚も旬といふ　川田長邦
河豚鍋の世話ばかりして箸附けず　佐藤うた子
河豚と言ひためらひちらとその人に　原　三猿子
河豚を喰ふ会は欠席することに　松本弘孝
釣りし河豚きゆつと泣かして外す鉤　木下碧露
河豚くうて尚生きてゐる汝かな　高濱虚子
やがて座も河豚雑炊に終りけり　高濱年尾
河豚あたり一つ話となりにけり　同
鰭酒の句集一冊遺したり　同
人事と思ひし河豚に中りたる　稲畑汀子

ずわい蟹《がに》 ㊂　日本海の深い所で漁獲され、**越前蟹《ゑちぜんがに》**、**松葉蟹《まつばがに》**とも呼ばれる。十一月に解禁され冬季が旬《しゆん》である。甲羅はやや丸みをおびた三角形で、雄は甲羅の幅一五、六センチ以上にもなるが、雌は小形で雄の半分くらいで、「せいこ蟹」「こうばく蟹」とも呼ばれる。茹でて酢醤油で食べたり、鍋物としても賞味される。ずわい蟹とは別に北海道方面では**鱈場蟹《たらばがに》**を初め、**毛蟹《けがに》**、**花咲蟹《はなさきがに》**などが捕れる。

大笊に選り分けられし鱈場蟹　林　周平

鮟鱇《あんかう》《あんこう》 ㊂　海底深く棲み、背鰭の棘を一本長く前にのばし、小魚をおびきよせて食べる。体長は六〇センチから大きいものは一・五メートルほどにもなる。頭が非常に大きく扁平で、口も大きく、魚市場などでは涎を流したりしていささかグロテスクである。その皮は粘り強くぬめぬめとして、ふつうの魚のように俎の上で料理するのが難しいため、「鮟鱇の吊し切り」といって掛け吊して庖丁を入れる。味は美味で鍋などにして喜ばれる。**鮟鱇鍋《あんかうなべ》**。

鮟鱇

吊し切る鮟鱇の腹すでになし　鈴木勇之助
鮟鱇の吊られ大愚の口開けて　日置草崖

鮟鱇の涎汚れの土間辷り　日向正雅
鮟鱇の裏返されて糶られをり　山崎美白
酔うて寝るそれが船方鮟鱇鍋　加賀山たけし
鮟鱇をさくや裸灯低く吊り　赤沼薫
目の前でする鮟鱇の吊し切り　金沢瓢舎
鮟鱇の正体もなく糶られけり　高濱胡鈴子
ぬめりとる出刃を砥にあて鮟鱇割く　辻口八重子
鮟鱇に右往左往の厨妻　阿部底下
鮟鱇の口ばかりなり流しもと　高濱虚子
鮟鱇鍋箸もぐら〱煮ゆるなり　同

鮪《まぐろ》 三 遠洋性回游魚といわれ、形は鰹や鯖に似るが、体長は二メートルから三メートルくらい。冬には、日本の近海にも回游してくる。このころがいちばん脂がのっていておいしく、刺身、鮓、照焼として賞味する。遠洋漁業の鮪船《まぐろぶね》は赤道付近まで出掛ける。

海流のかゞやきに騎り鮪船　小原菁々子
遠つ海の幸の鮪を神饌となす　黒田晃世
土間に糶る見渡すほどの鮪かな　高倉勝子
船傾ぎ阿吽の呼吸鮪釣る　楓巌濤
積丹の鮪釣ること生甲斐に　水見句丈
鮪乗り皆大声になつてをり　水見悠々子
露領より帰りし船と鮪船　高濱虚子

鰰《はたはた》 三 鱗はなくぬるぬるしていて、体長一五センチくらいの魚。腹は白色、背中に褐色の斑紋がある。北日本、ことに秋田近海で多く捕れる。初冬のころ産卵のため浅海に浮上してくるが、この時季に秋田あたりでは雷の鳴る日が多いので、雷鳴を好んで群れ集まるように思われ、鱩《はたはた》と呼ばれた。これの塩漬の上澄みを使ったのが「しょっつる鍋」で秋田の名物である。

鰰

波荒れて鰰漁の活気づく　若狭得自
時化のがれ来し鰰の子を持てる　佐藤四露

鱈《たら》 ㊂ 鱈は北海道で多く捕れ、頭が大きく一メートル以上にもなる。身は白く、旬は冬。干してもおいしい。スケトウダラの卵は「たらこ」といって好まれる。

鱈船の崩るゝ濤をまたかぶり　伊藤彩雪
鱈干して知床の岬僧住める　名塩呑空
北蝦夷の果の港の鱈景気　沢江六峨
鱈を糶る人のうしろの昏れし海　吉岡秋帆影
鱈船の著く名ばかりの港かな　金岡敦子
鱈荷役してゐるゆゑのごめの空　山本晃裕
鱈の海暗し三日の時化続き　吉村ひさ志
米倉は空しく干鱈少し積み　高濱虚子

鰤《ぶり》 ㊂ 大きいものは一メートルにも達し、背は青緑、腹が白く、その中間に黄の線が走る威勢のよい魚である。日本近海を陸地に沿って群れをなして回游する。わかし、いなだ、わらさ、ぶり（東京地方）、つばす、はまち、めじろ、ぶり（大阪地方）などと長じるに従って名を変えるので出世魚として歳暮の贈物にされる。とくに寒鰤《かんぶり》は脂がのり味がよい。またその漁期即ち十二月、一月ごろの雷鳴を鰤起《ぶりおこ》しという。

鰤起し程よき時化となりにけり　田中田吉
鰤に良き潮荒れとこそ漕ぎ勇み　水見句丈
鰤かつぎ込みたる浦の始発バス　森山暁雲
鰤起し巻雲立ちし隠岐の島　久保荔枝
石州の狭き入江に鰤荷上げ　水本祥壹
火の島の日和崩るゝ鰤起し　土屋仙之
腹のまだ動ける鰤を波止に糶る　上﨑暮潮
鰤景気見られず能登の凪つゞき　松尾緑富
鰤にまだ一旬といふ海の色　出島かず江
能登人に待たれてをりし鰤起し　柿島貫之

鰤《ぶり》**網**《あみ》 ㊂ 鰤は現在ほとんど大謀網《だいぼうあみ》での漁獲である。十二月ごろから三月ごろまで網を下ろしているが、やはり寒鰤ごろが活気がある。回游してくる鰤を一網で数千本も漁獲することもあれば、全く漁獲がないときもある。大勢の舟子で沖合の鰤網を起こすのは威勢のよいものである。

二色の潮に股がり鰤場かな　榊　冬至
鰤敷に八重の高浪たゝみ来る　鈴鹿野風呂
鰤敷をあぐる金剛裸身かな　本田一杉
一網の鰤に賭けたる家運かな　公文東梨
船配り見えてはるかに鰤場らし　上村まつみ女
鰤敷の怒濤を前に飯を喰ふ　福西正幸
灯台を境に鰤の漁場を割る　井田立秋
引く網の中をしづかに鰤廻る　遠藤冬村
身代を賭けし大敷鰤を待つ　逢坂月央子
鰤敷に賭けて今年も島を出ず　長谷川回天

魦《いさざ》 ㊂ 体長五〜八センチくらいで頭や口が大きく尾は細く、大きな胸鰭がある。琵琶湖の特産で、昼間は湖水の深いところに群をなし、夜になると湖面に浮き上がる。十月から十二月にかけて魦船を出し、目の細かい網で捕る。生で食べてもあまり美味ではないが、飴煮にすると良い。山陰、北陸では「しろうお」を「いさざ」と呼んで紛らわしい。

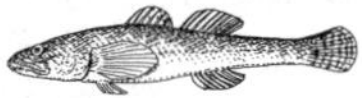
魦

魦網下ろす洲先の流れ急　宮川史斗
よく獲れて魦曇といふ日和　都馬北村
魦採りたつき閑かに湖北村　山内止水
川底の透けて魦の遡る見ゆ　杉田越陽
水増して昨日とかはる魦漁場　森田四樓
大湖に獲れて魦と云ふ小もの　小池ミネ
雪比良に来る頃湖に魦漁　竹端佳子
若狭には魦曇といふ日あり　永谷春水

杜父魚《かくぶつ》 川おこぜ、石伏、石持、ちんこなど地方により多くの異名を持つこの川魚は、体が鯊《はぜ》の形をしている。霰《あられ》が降ると水面に浮かんで腹をうたせるという奇性があるといわれている。冬が産卵期で美味である。九頭竜川の名産。**霰魚**《あられうを》。

網はらふころり〳〵と霰杜父魚　米野耕人
かくぶつといふ異様なる皿に在り　高濱年尾

氷魚《ひを》《ひお》 ㊂ 湖に生息する鮎の、体色の整わない無色透明のうちの稚魚をいう。長さ二センチくらい。琵琶湖でとれるものが古来有名で、「氷魚の使」といって、朝廷に献上され、陰暦十月朔日群臣に賜る式があった。**氷魚《ひうを》**。

初漁の四つ手に上る氷魚少し　小林七歩
川尻に鵙つきそめ氷魚汲　森田薊村
魞壺といふ罠氷魚を見のがさず　馬場五倍子

潤目鰯《うるめいわし》 ㊂ 真鰯に似ているが、体に丸みがあり、目が大きく赤く潤んでいる。冬が美味、脂肪が少ないので干物として市中に出回る。単に「鰯」といえば秋季である。**うるめ**。

はや干してありしうるめに朝日さす　服部圭佑
海の色秘めたる潤目鰯焼く　副島いみ子
酌み度しやうるめいわしの匂ひする　星野椿
うるめ焼くわれも市井の一詩人　柴原保佳
尾の焦げてうるめ鰯の痩せたる眼　稲畑汀子

塩鮭《しほざけ》《しおざけ》 ㊂ 鮭を塩蔵《えんぞう》したもの。薄塩で仕立て薦《こも》で包み、その上に縄を巻きつけた上等品を**あらまき**といい、塩を濃くした通常のものを**しほびき**という。歳暮の贈答に多く用いられ、新年の食膳に上る。

塩引の辛き世なりし恙なく　麻田椎花
石狩の新巻提げて上京す　上牧芳堂

乾鮭《からざけ》 ㊂ 生鮭の腹を裂き、腸をとり出し、塩をふらずに晒し乾し、または陰干しにしたもの。軒下や台所などに荒縄で吊した情景もよく見られたものであるが、最近は塩引にすることが多い。

乾鮭や琴に斧うつひゞきあり　蕪村
からざけの片荷や小野の炭俵　同
乾鮭に喝を与ふる小僧かな　高濱虚子

海鼠《なまこ》 ㊂ 岩礁の間に小舟を浮かべ、海底を覗いて矠《やす》で突いて捕る。**海鼠突《なまこつき》**という。また網を用いても捕る。冬期がとくに美味で、新鮮なものをぶつ切りにして酢洗いし、おろし大根を加えて三杯酢をかけるとよい。煮干したものを海参《いりこ》という。

尾頭の心もとなき生海鼠かな　去来
大海鼠とろりと桶にうつしけり　白井冬青
礁の間に棹のあがるは海鼠舟　山崎一之助
礁壺覗き移りて海鼠突く　水見句丈
時化あとのなまこ拾ひに僧も居て　高橋松舎
汐先の昏れて来るまで海鼠突　剣持不知火
桶に日の射し赤なまこ青なまこ　服部翠生
波いなす櫂は左手に海鼠つき　清田根
海鼠突舟炉煙らせつゝ漁る　徳永玄子
舟よりも長き棹繰り海鼠突　野村能邨
なまこ突く潮の暗き日明るき日　山中一土子
海鼠舟潮暗しとて引返す　阿部三魚
横波をくらひどほしの海鼠突　松崎楽中
活きてゐるものの海鼠のみ海鼠買ふ　犬塚貞子
海鼠割く女だてらに隠し酒　中山天剣
突き上げし海鼠簀板に放り投げ　近藤竹雨
手にとればぶちやうはふなる海鼠かな　高濱虚子
海鼠突く一人一舟傾けて　稲畑汀子

海鼠腸《このわた》 三

海鼠《なまこ》の腸の塩辛のこと。酒の肴には何よりのもので、冬がうまい。海に向かった吹きさらしの小屋などで、海鼠の腹を割いて腸をとり出す。それで海鼠腸を作る。

海鼠腸が好きで勝気で病身で　森田愛子
海鼠腸を計る手許を見詰めゐし　里村芳子
撰り分くるこのわた一番二番あり　杉原竹女
このわたや今宵ぐい飲大きかり　下田實花

牡蠣《かき》 三

二枚貝であるが貝殻の一方は平ら、一方は起伏が多くてがさしており、二枚貝のようには見えない。平らな側が岩礁などに強く付着しているのを手鉤で剝ぎ捕る。これを**牡蠣打**《かきうち》という。全国に分布し、湾内の塩度の低い遠浅の泥底に生息する。現在は養殖が盛んであるが、これは広島で始められたといわれている。冬が最も美味とされ、生食する貝の代表的なものである。剝身《むきみ》を混ぜて炊いた飯が牡蠣飯《かきめし》である。

牡蠣打の一人がかへり皆かへる　鶴田亜星
指の傷結びてゐしが牡蠣を打つ　五所尾青筠
牡蠣打ちし後あり〱と潮満つる　森岡とも子
牡蠣打の時には剝身啜りては　坂本雅陵
牡蠣の酢の濁るともなき曇りかな　高濱虚子
今牡蠣の旬てふ言葉広島に　稲畑汀子

牡蠣《かき》むく ㊂　牡蠣を剝くのは熟練を要する仕事である。貝殻の隙間へ鉄の剝き棒をさし込んでこじ開ける。産地の水揚場では女衆が板台に一列に並んで馴れた手つきで牡蠣の山を剝き崩しているのが見られる。かつては牡蠣料理屋や牡蠣船などの入口に筵を敷き、もんぺ姿に姐さん被りをして牡蠣を割る姿も見られた。

牡蠣むきはいぶせきたつき唄もなく　國松ゆたか
耶蘇島のなべて無口の牡蠣割女　武藤壱州
牡蠣をむく手にも自信の広島女　稲畑廣太郎
牡蠣を剝く迅さの傷と諾へり　河野美奇
夜は疼く指をかばひて牡蠣割女　湯川雅
牡蠣殻の積まれし嵩や海光る　坂井建
牡蠣をむく火に鴨川の嵐かな　高濱虚子

牡蠣船《かきぶね》 ㊂　昔広島から大阪へ牡蠣を売り込む船をそのまま岸に繋いで売っていたが、やがてその船で料理をするようになった。その料理を食べさせる屋形船を牡蠣船といい、今も大阪や広島に見られる。船座敷で牡蠣料理を食べながら酒盃を傾けるのも一つの情緒である。

牡蠣船の前の中座の櫓かな　中村吉右衛門
牡蠣船の上に橋あり夜空あり　中川蓬莱
牡蠣船の小さき玄関灯りぬ　有本春潮
灯をともし牡蠣船さらに暗くなる　後藤立夫
牡蠣舟に裏より見たる淀屋橋　三木由美
牡蠣船のこと大阪の頃のこと　阿陪青人
牡蠣舟の味噌の匂ひが酔誘ふ　星野椿

牡蠣船の薄暗くなり船過ぐる　高濱虚子
牡蠣船の提灯の雨ざらしなる　高濱年尾
牡蠣舟に波の明暗寄せ返す　稲畑汀子

味噌搗《みそつき》　農家では各々自家用の味噌を作る。大豆をやわらかになるまで煮て、塩と麹を加えて搗く。麹の種類によって米味噌、麦味噌となる。家々にそれぞれの味噌作りの方法があり、また地方によっても異なる。冬に味噌を作るのは貯蔵上結果がいいからである。**味噌作**《みそつく》**る**。

味噌焚の大竈や燃え上る　川島奇北
味噌搗の刀自も一杵下されし　藤岡うた代
雲衲になじまぬ杵や味噌を搗く　森永杉洞
ほろ苦きあけび味噌など作られよ　本宮美唐
三年を寝かす定めの味噌仕込む　内田恒楓
山の家四五戸催合の味噌を搗く　横関姿女
味噌搗の杵をかはろと手出す妻　榑本利雄
烏鳴きわるしと母の味噌搗かず　田中香樹緒
味噌搗くや母の流儀の他知らず　山下蘆水

根木打《ねっきうち》　㊂　全国的に行なわれる子供の遊びである。「ねっき」と称する尖った棒を、やわらかな地面または雪の上に立て、次の者はこれに打ち当て倒して取る。棒の長さは三〇〜六〇センチくらい、手ごろの木を削って使う。主に稲刈あとの田などでやることが多い。

今時に珍し根木打を見る　山本和夫
勝つて来し根木をかくす茶の木かな　上村七里峡
黙々と勝ちすゝむ子や根木打　大森積翠
根木打と云へる子供の遊びありし　高濱虚子

冬《ふゆ》《ふゆ》**の蝶**《てふ》《ちょう》　㊂　冬見かける蝶であるが、「凍蝶」（別項）と違って、日向などを弱々しく飛んでいたりする。

薄き日に薄き影もち冬の蝶　門田モトヱ
束の間の日だまりに生き冬の蝶　千原叡子

冬《ふゆ》**の蜂**《はち》　㊂　雄蜂は冬死ぬが、受胎した雌は越冬する。動作も鈍くよろよろしている。

冬蜂の死に所なく歩きけり　村上鬼城
あなどりて真冬の蜂にさゝれけり　森田中霞
冬蜂の骸は針を納めゐず　西内魚州

冬《ふゆ》《ふゆ》の蝿《はへ》《はえ》 ㊂ 冬まで生き残っている蝿をいう。冬暖かい日など、どこから出て来たのか障子のあたりを飛んでいたりするが、日を恋うてやはり弱々しい。

憎まれてながらふる人冬の蝿　其角
くしけづる人を巡れり冬の蝿　岡崎莉花女
硯屏の後ろから出て冬の蝿　薦田七寿
日あたりていまいのち得し冬の蝿　豊島蕗水
冬の蝿玻璃戸のかげるまでのこと　高田秀子
冬の蝿うとまれつゝも打たれずに　奈良鹿郎
団扇貼る糊の匂ひに冬の蝿　清水一羊女
弁当を開けば冬の蝿の来る　高濱虚子

冬《ふゆ》籠《ごもり》 ㊂ 冬の寒さを避けて家に籠っていることをいうのである。ことに北国では雪に閉じこめられて全く籠りきる。南国でも寒いときは家居がちとなり、冬籠の気持は十分味わわれるであろう。冬籠は動物にもいう。

冬ごもり又よりそはむ此はしら　芭蕉
薪をわる妹一人冬籠　正岡子規
書を貸して書架淋しさや冬籠　池上浩山人
とりとめし古き命や冬籠　高田其月
来よと言ふ小諸は遠し冬籠　武原はん女
世に疎く住みて仏師の冬籠る　山口燕青
弟子縁にうすき老師や冬籠　馬場太一郎
冬籠書痴といはるゝ鬢の霜　眞下喜太郎
あれこれと怠り勝ちに冬籠　増田多計志
坐右の火に重湯あたゝめ冬籠　上林白草居
冬籠日々の献立くりかへし　坊城董子
冬籠してむつかしき世に生きて　中村芝鶴
頼りとす小机一つ冬籠　郷田潭水
母に客我にも客や冬籠　星野立子

荒れ狂ふ海を忘れて冬籠　池内たけし
冬籠伴侶の如く机あり　上野泰
母屋貸し離室暮しの冬籠　中田余瓶
天竜の鳴瀬になれて冬ごもり　塩沢はじめ
音いつもひとりの音や冬ごもり　鎌谷ちゑ子
拾はれし猫も居つきて冬籠　桑田詠子
無為と言ふ日のありてよし冬籠　杉原竹女
物言はぬ顔となりけり冬籠　山田皓人
冬籠少しの用に長電話　三木由美
夫の持ち帰る世間や冬籠　辻井のぶ
囲まれし蔵書の裾に冬籠　井上兎徑子
金曜は花の来る日や冬籠　佐伯哲草
人我を忘れ去らんか冬籠　山田不染
人生に間といふがあり冬籠　亀井尚風
受話器から世間洩れ聞き冬籠る　谷口東人
冬籠解きて会ふ人みな親し　林加寸美
冬籠書斎の天地狭からず　高濱虚子
思ふこと書信に飛ばし冬籠　同
冬籠われを動かすものあらば　同
冬籠仕事の山を崩すべく　稲畑汀子

冬座敷《ふゆざしき》 三　夏に「夏座敷」があるように、冬らしくしつらえた座敷である。襖や障子を閉め、調度にも床《とこ》の間の花にも心が用いられ、暖房も備わった座敷。硝子戸越しに庭が見えたり、障子に枯木の影がさしたりする。

林泉につき出でて冬座敷かな　中山碧城
床の辺を占むる結納冬座敷　原田秀子
四五人の小会によき冬座敷　高濱虚子
山の日の深く入り来し冬座敷　稲畑汀子

屏風《びやうぶ》《びょうぶ》 三　二曲、四曲、六曲のものなどがあり、さらに二枚一組で一双をなすものもあり、室内に立てて風を遮り寒さを防ぐ。寝るときに枕元に立てることもある。金箔を貼ったものを**金屏風**《きんびやうぶ》、**金屏**《きんびやう》、銀箔のものを**銀屏風**《ぎんびやうぶ》、**銀屏**《ぎんびやう》という。**絵**《ゑ》

屏風《びやうぶ》。

父の世のはなやかなりし屏風かな　堀内鴻乙
落箔のはげしき源氏屏風かな　島田みつ子
絵屏風の女を恋ひてかなしけれ　小貝一夢
屏風たて子のぬぎしものそのもとに　上野章子
絵屏風の名所尽しに遊ぶのみ　眞下喜太郎
世にうとくなりゆく身なり歌屏風　鈴木綾園
銀屏に今日は心定まりぬ　星野立子
覚めてまた今日ある枕屏風かな　中山碧城
熱の瞳に動く屏風の花鳥かな　井久保巽
金屏に大事がらるゝ泊りかな　生田露子
金屏を祝はれ吾れは喜寿なりし　武原はん女
それよりは家宝となりし金屏風　京極昭子
慟哭の屏風の陰に身を寄せて　斎藤双風
金屏にともし火の濃きところかな　高濱虚子
波打てる畳に屏風傾ける　同
屏風置き部屋の正面決りけり　稲畑汀子

障子《しやうじ》《しょうじ》 三　障子は採光と保温を兼ねた日本特有の建具である。冬のみ用いられるものではないが貼りたての障子の明るさ、古く破れたものの詫しさなど、冬の季節感が感じられる。

いつまでも障子に向いて泣いてをり　島村茂雄
尼ちらと障子閉しぬ訪ひがたし　神田敏子
南米へ航く船室の障子の間　芝崎枯山川
考へを逃さぬ障子閉めにけり　木村淳一郎
障子閉め切り終焉の母看取る　渡辺二郎
カーテンに障子の桟の影くねり　高濱虚子
一枚の障子明りに伎芸天　稲畑汀子

炭《すみ》 三　**木炭**《もくたん》のこと。以前は冬の暖房になくてはならぬものであったが、今では石油、ガス、電気などのストーブの普及で茶道など特殊な用途以外にはほとんど用いられなくなった。**堅炭**《かたずみ》というのは、樫、栗、楢など堅い木を焼いてつくった炭で、質が堅く火力が強い。茶の湯には特別上質のものが使われる。

炭屑にいやしからざる木のはかな　其角
庵買て且うれしさよ炭五俵　蕪村
更る夜や炭もて炭をくだく音　蓼太
朝晴にぱち／＼炭のきげんかな　一茶
炭をひくうしろしづかの思かな　松本たかし
学問のさびしさに堪へ炭をつぐ　山口誓子
炭馬を崖におしつけとほしくれ　森沢蒼郎
かへる母ひきとゞめつゝ炭をつぐ　財家呼帆
通り庭ある京の家炭を挽く　神田敏子
炭馬の鞍馬に著くはいつも午　山岸舎利峯
炭つがせ夫が話のあるらしく　大橋こと枝
三峰へ寄進の炭を子にも負はせ　有本銘仙
よそ事と思へぬ話炭をつぐ　間浦葭郎
炭つがれ急いで帰る用もなく　隈　柿三
炭ついでしまへど言葉みつからず　牧野美津穂
積み終へし炭馬を引き向きをかへ　江里ろすい
炭馬にあひし頃より道嶮し　山下豊水
炭つぎてさらりとふざけゆきにけり　星野立子
山すでにたび／＼雪や炭を負ふ　水野六江
たまさかの家居炭など挽きもして　横田直子
夫へ来る嫌ひな一人炭つぎに　丸橋静子
炭摑む手袋にして妻のもの　竹原梢梧
沙弥の頃炭つがされし炭をつぐ　山口笙堂
炭をつぐ仕種の有りて話しよし　高岡うさ
惜みなく炭つがれあり京の宿　乾　一枝
炭小屋は粗末なるもの炭橇も　徳永玄子
炭負女降り来し嶮とおもはれず　伊藤水城
黒はまた慶びの色桜炭　佐々木紅春
炭はぜし音に動ぜぬ点前かな　井桁敏子
尉もまた見て貰ふもの桜炭　廣瀬ひろし
知らぬ間に知らぬ間に炭つがれあり　小島ミサヲ

桜炭昔の匂ひして熾り　細川子生
炭をつぐとは稿をつぐ如くにも　成瀬正俊
炭つぎて釜の松風もどりけり　手塚基子
灰ならす手のつと伸びて炭をつぐ　河野美奇
炭をもて炭割る音やひゞくなり　高濱虚子
炭を挽く静な音にありにけり　同
思ふこと日に〳〵遠し炭をつぐ　高濱年尾
くらしぶりにも偲ばるる桜炭　稲畑汀子

消《けし》炭《ずみ》 [三]　熾《おき》を火消壺に入れておくと自然に火が消えて消炭になる。また水をかけて大量に作ることもある。火付きが早くマッチ一本でも火をおこすことができるので便利である。最近一般にはあまり使わない。

消炭の壺の如くに居られけり　小川素風郎
消炭の過去の又燃え上りけり　上野泰
消炭を作るも陶を焼く順序　小畑一天
消炭の軽さをはさむ火箸かな　吉田三角
消炭のすぐおこりたつ淋しさよ　高濱虚子

炭《た》団《どん》 [三]　木炭の粉末に藁灰を混ぜ、布海苔《ふのり》などで丸く固めて作る。臭気が無く火気がやわらかい。**煉炭《れんたん》**は石炭の粉から作り火力が強い。

炭団法師火桶の窓から窺けり　蕪村
炭団とは刻の経過の判るもの　柴田月兎
灰の上に炭団のあとの丸さかな　高濱虚子

炭《すみ》火《び》 [三]　熾《おこ》った木炭の火をいうのである。炭火の美しさは日本家屋の美しさに通じる。火桶の静かな炭火、火鉢の鉄瓶をたぎらせている炭火、それぞれに趣がある。**炭頭《すみがしら》**または**燻炭《いぶりずみ》**とは、よく熾らないでいぶる炭火のこと。火の熾りつつはぜ飛ぶのを**跳炭《はねずみ》**という。

育てつゝ炭火に心遊ばせて　元重廉直
わがうしろ炭火匂ひて運ばるゝ　平田佐久男
倖を炭火の如くあたゝむる　野見山ひふみ
身につきし北国の癖炭火盛る　高木餅花

かきたて、炭火へりゆく旅籠の夜　河野扶美
刀鍛冶炭火の色を育てをり　岡田朔風
調書取る被疑者に炭火継ぎ足して　大谷静
言ひかけぬ炭火掻きゐし手をとめて　松岡巨籟
星のごと光り消えたる炭火中　高濱虚子

埋火《うづみび》《うずみび》 ㊂ 炉や火鉢の灰に埋めた炭火のことである。火種を絶やさぬことが昔の主婦の重要な役目であった。この季題には言葉から来る情緒がある。

埋火や壁には客の影ぼふし　芭蕉
埋火のありとは見えて母の側　蕪村
埋火に妻や花月の情鈍し　飯田蛇笏
埋火に今日の日記を書きとゞむ　松本つや女
隠栖や客に埋火かきたてゝ　川名句一歩
埋火の灰もてあそび片寄せて　高木石子
火鉢の火牡丹の如く埋めたり　小畑一天
埋火やあきらめてより不和もなく　高木つばな
遠雪崩聞きつゝ寝まる火を埋む　堤剣城
火を埋むけふの一と日の忙しかりし　小原牧水
埋火の灰のくぼみて消えてをり　松原かつこ
ともかくも埋火を掻きたてて燗　山﨑一角

炭《すみ》**斗**《とり》 ㊂ 炭俵から小出しにした炭を火鉢や炉につぐために、入れておく容器である。ふつうには木箱や竹籠が用いられるが、大きな瓢《ふくべ》の実をくり抜いた丸形のものもある。**炭**《すみ》**取**《とり》。**炭籠**《すみかご》。近年は炭で暖をとる家が少ないので、料亭や茶席以外ではほとんど見かけない。

炭取のひさご火桶に並び居る　蕪村
炭斗を膝にとりたる静心　岩木躑躅
炭籠に炭は満ちたり書を読まな　山口青邨
炭斗を置きまどひをる受取りぬ　星野立子
炭斗に残りし炭の日を経たる　伊藤ちあき
炭斗の中の小さき火吹竹　古沢葦風
炭斗を提げてよろめく老悲し　高岡智照

炭斗と亡き妻の座はそのまゝに　戸田銀汀
炭斗に炭を満たして夫婦住む　三浦文朗
炭斗は所定めず坐右にあり　高濱虚子
炭斗や個中の天地自ら　同

炭竈《すみがま》 ㊂　炭を焼く竈のことである。堅炭をつくる石竈と、黒炭をつくる土竈《どがま》とがあって、炭材を得やすい足場のよい山裾につくられる。かつては、旅をして遠山に炭竈の紫煙の立ちのぼっているのをよく見かけ嬉しいものであった。

炭竈の上に真白に那須ケ岳　岡安迷子
炭がまへ杣も昼餉に下り来る　東原蘆風
炭竈のある所まで車行く　豊田一兆
炭竈の上に信楽越えの道　伊藤柏翠
炭竈の大きな谷に出たりけり　高濱虚子

炭焼《すみやき》 ㊂　冬は炭の需要期であり、また農閑期でもあるので、農家などで炭を焼くことが多かった。ふだん気の付かなかった山裾のあちこちから、炭を焼く煙の立ちのぼるのは、心のあたたまる冬景色である。ほぼ一週間くらいかけて火の色、煙の色を見なければならないので、炭焼小屋に寝泊りすることもある。炭焼に携わる人も炭焼と呼ぶことがある。

奥祖谷は阿波の西蔵炭を焼く　小山白楢
炭を焼く山のうしろは土佐の国　山岡酔花
炭を焼くたゞそれのみのたつきかな　和田南星
愚の如く魯の如き僧炭を焼く　能仁鹿村
一年の寺の維持費の炭を焼く　西澤破風
炭焼の炭俵《すご》に伏せある湯呑かな　宮城きよなみ
炭を焼くほかにたつきのすべ知らず　小森山風郎
山すこし片附けるとて炭を焼く　後藤比奈夫
貧乏も底のつきたる炭を焼く　平松竈馬
炭焼を捨てる若さは既になく　目黒一榮
のぞかれし小屋を炭焼いたく恥ぢ　戸田銀汀

炭俵《すみだはら》《すみだわら》 ㊂　萱または藁で作った俵で、炭を入れるものである。椿、櫁《しきみ》、桜などの小枝をわがねて口蓋を作る。椿の真青な葉がついていたりする。空になった炭俵を霜解道に敷いたりしたものであったが、このごろは家庭で炭を使わなくなったので、ほとんど見かけることもなくなった。

炭俵ますほのすゝき見付たり　蕪村
炭俵を編む竈《すご》のほてりを背に受けて　出羽里石
炭へりし俵かたむき厨口　榊原史郎
たてかけしまゝに崩れて炭俵　浜井那美
炭俵の空しきを見る木部屋かな　高濱虚子

炭売《すみうり》 ㊂

都会では薪炭商で炭が売られていたが、今は一般家庭にはほとんど用がなくなった。山から炭を運んで売り歩いたのは昔のことである。

炭うりに鏡見せたる女かな　蕪村
炭うりや京に七つの這入口　召波
三声ほど炭買はんかといふ声す　高濱虚子

焚火《たきび》 ㊂

暖をとるために戸外で焚く火である。霜の朝、町中で焚く焚火、お宮やお寺や人家の庭などで焚く焚火、また職人たちの焚火など、焚火を囲むということは、何か心の通い合うものである。焚火の煙、煙の匂い、黒く残っている焚火の跡さえも親しくなつかしく思われる。

金屏風立てしがごとく焚火かな　川端茅舎
焚火してところ〴〵に高野市　森白象
魚市の始つてゐる焚火かな　牧野まこと
汽車を待つ焚火の中に我も在り　壽々木米若
みづうみの暮れてしまひし焚火かな　馬場五倍子
独りたくたのしき焚火はじめけり　浜井那美
焚火せしあとの寒さの悲しけれ　星野立子
足もとに霰ころがる焚火かな　上甲明石
霧霽るゝまでの焚火の筏衆　奥村柴風
掃きとりし焚火あとある禅寺かな　京極杞陽
焚火中燃えて割れたる朴落葉　野見山朱鳥
浜渡世今日もはじまる焚火かな　土手貴葉子
書斎には戻らず焚火してゐたる　伊藤湖雨城

日輪が焚火煙の中になる　湯浅桃邑
焚火消すものの終りを大切に　岸善志
磯焚火拾へば木切れいくらでも　水本祥壹
はらわたのぬくもるまでの焚火かな　前田六霞
腰タオル焚火埃をはたきけり　鮫島春潮子
うすうすと焚火煙の雲となる　今井千鶴子
焚火守るとき人間に表裏　塙告冬
焚火かなし消えんとすれば育てられ　高濱虚子
颪さつと焚火の柱少し折れ　同
掃き寄する帚に焚火燃え移り　同
煙より逃れ焚火を離れざる　稲畑汀子

榾《ほだ》 ㊂ 木の切株を掘り起したものである。冬中に焚く榾を、斧や鶴嘴などを持って**榾取**《ほだとり》に出掛ける。古い榾は掘り取りやすいが、新しい大木の榾はなかなか掘れない。生榾は乾燥して焚くのである。**榾火**《ほだび》はなつかしいもので、大きい根榾は二日も三日も燻りながら燃えつづける。柴や小枝を焚き添えても根榾はなかなか燃え尽きない。炉に榾を焚く家が**榾の宿**《ほだやど》、その主人が**榾の主**《ほだぬし》である。

榾の火に親子足さす侘寝かな　去来
老ぼれて目も鼻もなし榾の主　村上鬼城
うつくしく燃えて梅榾牡丹榾　満田桂林
美しき榾の刎火に嫁ばなし　小山白楢
幾度も鍋が替りて榾炉燃ゆ　大森積翠
斧音のこだまかへれば割る丶榾　蔵本高子
くらがりの神も仏も榾埃　川島双樹
榾尻に坐りて世話も何くれと　京五紅
起ち際の貰ひあくびや榾の宿　金戸夏楼
さゞめける娘等に榾火も負けずはね　渡邊そてつ
医師泊めて安堵の榾を焚き加ふ　田邊虹城
榾煙顔をそむけて手で払ふ　池内友次郎
早昼餉食べて行けとて榾をつぐ　及川仙石
吊橋をはずませ渡り榾負うて　岡安迷子

言はでものこと腹に置き榾せゝる　竹中草亭
榾燃えて又鉄瓶の湯のたぎる　星野立子
臨終に来合せてゐて榾火守る　梅田史水
榾煙こもりて暗きランプかな　成瀬虚林
大根榾ぐらりとゆれし火の粉かな　村上三良
僧庵の一人ぐらしに榾の布施　伊藤凰樓
大榾の二つの焔たゝかへり　川上朴史
燃え易く燃え易く榾重ねつゝ　伊藤凉志
大榾の寝返り打てる火の粉かな　徳永寒灯
足蹴して大榾の火を起したる　木村欣吉
榾の火の大旆のごとはためきぬ　高濱虚子
榾尻の泡吹いてゐる火の熾ん　高濱年尾
がたと榾崩れて夕べなりしかな　稲畑汀子

炉《ろ》 ㊂ 炉といえば、古来、茶事で用いる炉のことをいい、初冬の炉開からの炉をさすのであるが、今ではふつう**囲炉裏**《ゐろり》のことをいう。床《ゆか》を四角に切って火を入れ、暖を取ったり、また煮炊きもする。農家などでは、冬の間中一家団らんの中心であったが、現在ではあまり見られない。**炉明**《ろあか》**り**。**炉話**《ろばなし》。

大原女の足投出してゐろりかな　召波
一尺の子があぐらかくゐろりかな　一茶
古里の大炉を守りて母達者　後藤鬼橋
御住持の炉ばたに話すもの静か　中村吉右衛門
炉煙を詫びつゝ客を案内かな　高橋春灯
炉埃やこのごろとみに物忘れ　石田雨圃子
炉辺ねむしあたり疲れて横になり　島田みつ子
楽屋炉に坐りて声を馴らしをり　壽々木米若
妻病めば子等おとなしく父と炉に　田上一蕉子
炉明りに杣等朝出の身ごしらへ　植地芳煌
子を抱いて片手に炉火を育てをり　瀧澤鶯衣
我れ一人去る炉框の帽握り　遠入たつみ
炉火箸へのばしたる手に数珠たれて　入江月涼子
炉話に時々応へ厨妻　森本古声

拭きこみし板間を這ふ炉火明り　上村占魚
鍋のもののぞく面に炉火明り　唐澤樹子
祖谷の夜のでこ廻しつゝ炉辺楽し　山本麦生
炉火かなし子故のことに言ひ募り　戸沢きゆゑ女
相ふるゝ心を炉辺にたのしめる　豊田一兆
炉明りの影の大きく起居かな　及川仙石
詫び事をかるく許して炉の主　二瓶鳳杖
往診と云へば山家や炉火燃ゆる　酒井黙禪
去れといふ目にうなづきて炉辺をたつ　竹下陶子
うたゝ寝も嫁来るまでと炉辺の母　斎藤双風
炉話のわが知らぬ世にさかのぼる　石井双刀
炉辺しづか昨日のごとく今日も過ぎ　松尾いはほ
炉ぼこりを払ひあひつゝまだをかし　星野立子
牛の産ありて更けたる炉辺かな　樫野滋子
僧死してのこりたるもの一炉かな　高野素十
炉話にいつかなぐさめられてをり　橋本立子
炉主のあぐらの中に寝落ちし子　鈴木貞二
戻り来し人にゐろりを搔きたてゝ　山本千代
電話鳴る顔見合せて炉辺立たず　佐野喜代子
妻の留守知つて友来る炉辺かな　島谷王土星
炉辺に老い幸薄かりしこと言はず　千本木溟子
一年に一度横川の炉に会す　久米幸叢
臨終を告げ炉けむりをくゞり辞す　別府碧水
持寄りしもの炉話もその一つ　後藤夜半
留錫の僧に開きし上炉かな　千代田祥雲
秘め事もなかりし夫婦炉辺に老い　高林三代女
塵一つ許さぬ炉辺の和尚かな　森永杉洞
憂きことにかゝはるまじと炉に在れど　高岡智照
佐渡なまり越後なまりの炉に参ず　山内年日子
炉の主雑学博士もて任ず　三村純也
縁談を聞きゐるごとき炉辺の猫　菅原獨去
宿の炉に出支度遅き女待つ　木全篝火

居眠つてゐしが炉話知つてをり　藤村うらら
炉火育つ心貧しきときさらに　松尾緑富
炉に語りつがれて遠野物語　田口秋光
民宿の炉邉の暗さに馴る丶まで　西澤さち女
園丁の炉火を確め勤務終ふ　河村良太郎
炉の火種絶やさぬことを家憲とす　飯田ゆたか
師なき炉にいま淋しさを分ち合ふ　坂本とみ子
生き残るものが焚き継ぐ炉火ならむ　辻口静夫
百年の煤も掃かずに囲炉裏かな　高濱虚子
炉煙に炊ぎ煙も立て罩めて　同
曲家の火伏の神も炉火埃　稲畑汀子

煖《だん》《だん》房《ばう》《ぼう》　㊂

室内を暖める暖房装置をひっくるめていう。スチーム、ヒーター、ストーブなどいろいろある。

組む脚をほどく煖房利いて来し　今井日記子
煖房や何をとりにぞ此処に来し　星野立子
暖房のすぐ利き過ぎてしまふ部屋　小川立冬
煖房の浜木綿既に蕾上げ　高濱年尾
煖房のき丶はじめたる子を起す　稲畑汀子

ストーブ　㊂

灯油、ガス、電気などを使って部屋を暖める暖房器具である。また、石炭、薪などを燃料とするものは、赤々と燃える炎が見た目にも暖かくなつかしい。**煖炉《だんろ》**。

ストーヴの口ほの赤し幸福に　松本たかし
大玻璃に裏富士荒る丶煖炉焚く　勝俣泰享
ハイカラはいきに同じや煖炉燃ゆ　星野立子
湖の月に冷え来て煖炉焚く　田中せ紀
ガス煖炉袴つけたる老教授　大道子亮
ストーブに煮沸消毒こと〳〵と　三ツ谷謡村
雪つけて這入りきし犬駅煖炉　美馬風史
乗りおくれたる者同士駅煖炉　鈴木芦八洲
アトリエは吾の別宅煖炉燃ゆ　嶋田摩耶子
もてなすに貧しき英語煖炉燃ゆ　嶋田一歩
アトリエの色の中なる煖炉の火　粟津松彩子

夜の会となれば煖炉のまだ欲しく　近江小枝子
駅煖炉刑事怪しむ目となりて　長谷川回天
ストーブに取り残されてゐる背中　浅利恵子
ストーブのぬくきに忍び寄る睡魔　菊池さつき
ストーヴに遂に投ぜし手紙かな　高濱虚子
ストーヴの焰のもつれ見てゐたり　同
瓦斯煖炉不思議の音を立て、をり　高濱年尾
ストーブの音の古さに親しむ夜　稲畑汀子

スチーム [三]　蒸気による暖房装置である。ビルディングなどその代表で、バルブを開けると、溜り水が流れていく音がことこと伝わって、やがてほんのりと部屋が暖まる。今は暖房装置も様《さま》変りして、温風が多くなった。

スチームの甚だ熱し蜜柑むく　市川東子房

ペーチカ [三]　北欧、ロシア、中国など極寒の地方で用いられている暖房装置である。数室の境に耐火煉瓦で直径一メートル余の円柱を天井まで築き、その下から石炭または薪を焚けば、熱が円柱内の煙道を通って各室が暖まる。煉瓦は熱を持つと冷めにくいから、朝晩二回ほど焚けば、終日終夜暖を保つことができる。ロシア文学によく書かれ、また童謡などで親しまれている。

新聞の這入りし音やペチカ焚く　齋藤雨意
トロイカは眼ナ裏を駆けペチカ燃ゆ　吉岡秋帆影

炬《こ》燵《たつ》 [三]　**切炬燵《きりごたつ》**は炉を切った上に櫓《やぐら》を置き、**炬燵蒲団《こたつぶとん》**を掛けて用いる。**置炬燵《おきごたつ》**は炉の代りに昔は炭、炭団、豆炭などを燃料とする小火鉢などを入れたが今は電気炬燵がほとんどである。どこへでも自由に持ち運べる便利さから広く使われ、冬の団らんのよりどころとなっている家庭が多い。

住つかぬ旅のこゝろや置火燵　芭蕉
守り居る火燵を菴の本尊かな　丈草
侘しさは夜著をかけたる火燵かな　桃先
雨の日は雨を見てをり置火燵　齋藤雨意
三千歳を弾かして唄ふ炬燵かな　酒井小蔦

大空の風きゝすます火燵かな　渡辺水巴
うたゝねの夢美しやおきごたつ　久保より江
祇王寺の仏間の次の火燵かな　上野青逸
母の肩揉むもたのしき炬燵かな　志摩角美
老優の出を待つ楽屋置炬燵　武原はん女
炬燵より指図がましとひかへける　日原方舟
炬燵の間母中心に父もあり　星野立子
書いてゐる手紙見られてゐる炬燵　嶋田摩耶子
尼一人には大いなる切炬燵　森信坤者
炬燵寝の妻の眼元の涙かや　京極杞陽
水車小屋覗けば留守の置炬燵　渡邊一魯
ちゑの輪は大人の遊び置炬燵　一丸成美
お稽古のあとの炬燵に夜を更かし　沢田登美江
炬燵出て医師心となつてゐし　矢倉矢行
母の間のぬるき炬燵に言ひそびれ　五十嵐哲也
じやんけんに負けてしぶしぶ炬燵出る　成嶋いはほ
酒の座を逃れて来たる炬燵の間　豊田千代子
妻呼んでばかりをられず炬燵出る　原三猿子
炬燵して躓くものの多かりし　鈴木南子
炬燵して我家に活気なくなりし　谷口まち子
炬燵出ずもてなす心ありながら　高濱虚子
世の様の手に取る如く炬燵の間　同
片附いてゐるは朝の間置炬燵　稲畑汀子

助《じょ》炭《たん》 ㊂

箱形の木枠に和紙を貼り、火鉢や炉などの上を覆って熱の逃げるのを防ぎ、火もちをよくさせる道具。火鉢に寄る人のないとき、埋火《うずみび》にし、薬缶などをかけ、その上にかぶせるのである。

ぬくもりし助炭の上の置手紙　今井つる女
助炭の画どうやら田舎源氏らし　阿波野青畝
手に取りし助炭の軽さ夜の情　佐藤漾人
老師病む助炭且ての日の如く　和氣魯石
尼二人師にまゐらする助炭貼る　穂北燦々

ねんごろに母のつくろふ助炭かな　佐伯恭介
一助炭一灰吹とあるばかり　井桁敏子
もてなしの香と知らる、助炭かな　井桁蒼水
鉛筆で助炭に書きし覚え書　高濱虚子

火鉢《ひばち》 ㊂ 中に灰を入れ、炭をおこして暖をとるための調度で、かつて日本座敷には欠くことのできない暖房器具であった。木製、金属製、陶製など実用的なものから装飾兼用の高級品まで、形も長火鉢、丸形、箱形、筒形とさまざまであったが、現在はほとんど使われなくなった。

人影に股火の和尚すつと消ゆ　河野静雲
火鉢恋ひ合ひて互に老楽師　佐野、石
事決す吸殻挿して立つ火鉢　吉屋信子
楽屋とはかうしたところ股火鉢　宇治春壺
相まつて大炭斗と大火鉢　中村若沙
一泊の高野の坊の大火鉢　半田耕人
かく居るに如かずと抱く火鉢かな　宇津木未曾二
火鉢抱きかろき闘志といへるもの　大塚鶯谷樓
大火鉢一つを囲み杞陽の忌　千原草之
墨客としてはべるなり火鉢の間　山口峰玉
妹が居といふべかりける桐火鉢　高濱虚子
火鉢に手かざすのみにて静かに居　同

火《ひ》《ひ》桶《をけ》《おけ》 ㊂ 内側を銅などの金属で張った、おもに桐でつくった火鉢のことで、暖をとるためだけでなく座敷などの趣をなす調度でもあった。

火桶

われぬべき年もありしを古火桶　蕪村
こぼれ居る官女の中に火桶かな　蓼太
死病得て爪美しき火桶かな　飯田蛇笏
またもとの商人となり火桶抱く　植地芳煌
悔ゆるともせんなし生きて火桶抱く　古藤一杏子
上海の旧交こ、に火桶抱く　東中式子

世なれゆくことの侘しき火桶かな　宮川鶴杜子
聞法の火桶頂く勿体なや　泉　幸江
火桶抱き花鳥に心遊ぶなり　大橋越央子
来て五分十分好きな桐火桶　中村若沙
火桶抱く三時といへば夕ごころ　皆吉爽雨
今に尚火桶使ひて老舗なる　服部夢酔
火桶の火あつめて席を改むる　松原胡愁
マニキユアーの仕上げの指を置く火桶　木内悠紀子
各々にそれ〴〵古りし火桶かな　高濱虚子

手《て》焙《あぶり》 ㊂　手を焙るのに用いる小火鉢。金属、陶器製などがあり、達磨形のものもあって蓋があり、蔓製の手や打紐などをかけ、持ち運べるものもある。膝の上などにのせて手を暖めたりした。近ごろはほとんど使われない。**手炉《しゅろ》**。

手焙をいつくしみつゝ老書見　柏崎夢香
註の筆入れては手炉の腹を撫ぜ　野島無量子
法を説くしづかに手炉に手を重ね　森　白象
手あぶりにかざす白き手出を待つ間　吾妻菊穂
手をのせて手炉とは心利きしもの　中田はな
炭熾りすぎたる手炉に手を置かず　辻本斐山
手あぶりに僧の位の紋所　高濱虚子

行《あん》《あん》火《くわ》《か》 ㊂　炬燵のやや小さいもので、上部が丸くなった箱形の土器。側面に格子などのある木製のものもあり、いずれも中に小火鉢を入れるようになっており、布団などをかけて手足を暖め、また床の中に入れて暖をとる。近年では電熱を利用した電気行火が多い。

屏風絵にかゞまりて船の行火かな　長谷川零余子
行火して出島めぐりの潮来舟　三星山彦
宿を発つよべの行火の礼言ひて　濱井武之助

懐《くわい》《かい》炉《ろ》《ろ》 ㊂　冬、寒さを防ぐために懐中や背中に入れる。以前は**懐炉灰《くわいろばい》**に火をつけて薄い金属性の容器に入れるものがほとんどであったが、揮発油を綿に染み込ませ、これを徐々に燃やす白金懐炉もあった。現在は鉄粉などを利用した使い捨て懐炉が普及している。

夫婦して同じ病の懐炉かな　菱川柳雨
懐炉すら坑内の掟と許されず　佐藤秋月
懐炉にて焼きし火傷の深かりし　平野信義
登校の子の隠し持つ懐炉かな　月足美智子
明けくれの身をいたはれる懐炉かな　高濱虚子

温石《をんじやく》《おんじやく》 ㊂ 昔、手ごろのなめらかな石や蠟石などを、火で暖め、これを布ぎれに包んで体に当て暖をとった、その石をいう。田舎では、今も子供たちが焚火のあとの焼石を懐炉の代りにすることがある。

草庵に温石の暖唯一つ　高濱虚子

湯《たん》**婆**《ぽ》 ㊂ 陶器製と金属製のものとがあり、中に熱湯を入れて布で包み、多く寝床に入れて暖をとるものである。炬燵より熱がやわらかで一夜の眠りを委ねるのによかった。ことに暖房器具が発達するまでは、老人、乳幼児などには欠かせぬものであった。**ゆたんぽ**。

湯婆や猫戻りたる月の縁　島村はじめ
機関車の湯を湯たんぽに宿直す　野崎夢放
客降りし橇に残れる湯婆かな　棚元花明
灯を消してよりあたゝかき湯婆かな　村田長春花
湯婆をもらうて高野山泊り　北村多美
足のべしところに湯婆ありしこと　堤すみ女
湯婆の都の夢のほの〴〵と　高濱虚子
湯婆の一温何にたとふべき　同
ゆたんぽのやけどの跡と言はず置く　稲畑汀子

足温《あしぬく》**め** ㊂ 椅子の下に置いて、脚部の冷えを暖めるものである。主に小型の火桶に蓋のあるようなもので、その上に足をのせるようになっていた。今では電気製品のものが多い。**足焙**《あしあぶり》。**足炉**《あしろ》。

足あぶりしづかに足を踏みかゆる　田村木國
足温器忍ばせ使ひをりにけり　濠給黎
足焙わが学問をつゞかしむ　三村純也

湯気立《ゆげたて》 ㊂ 冬は空気が乾燥しがちなので、暖房器の上に水を入れた容器を置き、湯気を立てて適当な湿度を保つようにする。火鉢を多く使用したころは、鉄瓶をかけっ放しにしておいたものである。

湯気立てゝいつもの部屋に老一人　山県光子
湯気立てゝ今宵これより吾が時間　能美優子
湯気立の湯気の腰折れ見舞客　副島いみ子
湯気立てることも忘れず看取妻　鈴木蘆洲
女給笑ひ皿鳴りコーヒ湯気立てゝ　高濱虚子

湯《ゆ》ざめ ㊂ 冬は、湯上りにうかうかしていると湯ざめをする。ほんのちょっとの間にぞくぞくしたり、くさめが出たりする。

眉画くや湯ざめごこちのほのかにも　清原枴童
髪結ふに手間とりすぎて湯ざめかな　宇佐美輝子
掌のみかん冷たき湯ざめかな　滝田琴江
湯ざめして夜の上陸諦めし　柴田道人
ふと湯ざめ右の肩より生れけり　塙告冬
湯ざめしてしまひしことを引金に　今橋眞理子
小説の虜となりて湯ざめかな　綿谷吉男
湯に入れば湯ざめをかこつ女かな　高濱虚子
湯ざめせしこと足先の知つてをり　稲畑汀子

風邪《かぜ》 ㊂ 風邪にかかる人は一年中いるが、冬は寒さが厳しく、とくに風邪の季節といえる。**風邪薬《かざぐすり》**。

風邪の子を抱きしめ母も風邪心地　佐藤漾人
風邪薬匙へな〳〵と調剤す　本田一杉
つり皮にひしと風邪気の眼をつむり　下田實花
飲食《おんじき》も砂噛む思ひ風邪籠　大森積翠
きゝわけのある子ない子に母風邪寝　村山笑石
風邪の子の客よろこびて襖あく　星野立子
風邪の子のかなしきまでにおとなしく　鈴木とみ子
風邪の先見えて侮りあそびけり　湯浅典男
音もなく起きて来てをり風邪の妻　濱井武之助

坑内の底の底まで風邪はやる　中野詩紅
誰よりも早き夕食風邪の子に　志岐寿枝
これしきの風邪に倒るゝ老いしかな　八島半仙
風邪薬やゝ甘かりし効かざりし　地道越人
文弱の性にて風邪も引き易く　西澤破風
すぐ乾く風邪の唇行商す　東出善次
夫医師吾の風邪などとりあはず　嶋田摩耶子
風邪熱を悟られまじく勤めをり　吉田小幸
日当つてくるや風邪寝の枕許　上﨑暮潮
妻に効きわれに効かざる風邪薬　白岩世子
風邪ひきし夫を俄かに大切に　辻井のぶ
風邪癒ゆやまた気の強き吾となりぬ　松枝よし江
含ませし乳房に知るや風邪の熱　北川ミチ女
嘘少し薬にまぜて風邪の子に　野口たもつ
妻風邪寝今朝も出勤見送らず　中村青蔦
風邪かしら会ふ人がみなうとましく　下田青女
般若湯即ち僧の風邪薬　中島不識洞
風邪の娘の若き快復目のあたり　加地悦子
うつされし風邪のうらみを言つてみる　田中敬子
風邪引の鼻のつまりし美人かな　高濱虚子
死ぬること風邪を引いてもいふ女　同
気力あるときにも風邪を引くことも　稲畑汀子

咳《せき》 三　冬は大気が乾燥することが多く、寒さも加わって咽喉を痛めやすい。また風邪をひいたりして咳が出る。咳《せ》く、**咳く**《しはぶ》と動詞にも用いられる。

咳の子のなぞ〳〵あそびきりもなや　中村汀女
火の玉の如くに咳きて隠れ栖む　川端茅舎
咳きこんでゐる子に母の哀しき瞳　遠入たつみ
咳の子のうるみし瞳我を見る　星野立子
胸の中がらんどうなり咳く度に　野見山朱鳥
俯向いてコートの襟の中に咳く　西海枝梟子
咳き込んで言葉の継ぎ穂失へり　柏井季子

しばらくは言葉とならず咳つゞく　山口白甫
九官鳥子の咳までも真似てをり　小路初子
咳き込んで力ぬけたる命かな　山本しげき
つきまとふ咳に孤独のはじまりぬ　新田充穂
ランドセル咳込む吾子の背に重く　稲畑汀子

嚔《くさめ》 ㊂ 「くさめ」「くしゃみ」など発音そのままの名前である。思わぬ大きさのこともあり、また風邪の前兆であることもある。更けて外を通る人のくしゃみに驚かされるのも、冬の夜の風情である。

なほ出づる嚔を待てる面輪かな　山口波津女
口開けて次の嚔を待てる顔　長尾樟子
嚔してつぎの嚔の残る顔　中川弘陽
くさめしてもとの美貌にもどりけり　木野綾子
なりふりもなく嚔して上座に居　春山他石
つゞけさまにくさめして威儀くづれけり　高濱虚子

水洟《みづばな》《みずばな》 ㊂ 冬は病気でなくても水洟が出る。とりわけ子供や老人に多い。詫しいとも、淋しいともいえる。風邪などひけばなおさらである。

水洟のほとけにちかくなられけり　森川暁水
水洟や指をいのちの陶作り　中島寿銭
水洟をかむ仕種まで無器用な　稲室草竹
水洟になんとも意気地なくなりし　小原壽女
老判事水洟啜ること勿れ　山内年日子
洟かみて翁さびたる吾等かな　高濱虚子
彼老いぬ水洟とめどなかりけり　高濱年尾
水洟をすゝるとき顔ゆがみたる　同
水洟にもうなりふりもなくなりし　稲畑汀子

吸入器《きふにふき》《きゅうにゅうき》 ㊂ 風邪、とくに咳をしずめるために、薬品を噴霧状態として口中に送る装置で、家庭でもよく用いられた。

吸入の妻が口開けあほらしや　山口青邨
吸入器地獄のごとく激すなり　山口誓子

くた〳〵に疲れて戻り吸入器　大塚千々二
どの顔も少し呆けて吸入器　大槻右城

竈猫《かまどねこ》 ㊂ 猫は冬になると縁側の日向とか、ストーブの脇とか、囲炉裏ばたとか、暖かい所を追って歩く。厨で竈《へっつい》が多用されていた時代には、まだぬくもりのある竈でよく眠っていたものである。ときには竈の中に入り込んで、灰だらけになったり、毛にところどころ焦げあとをつけたりしているのも冬らしいものであった。

何もかも知つてをるなり竈猫　富安風生
丸まりて顔のなくなり竈猫　山田不染
かまど猫嫁の不機嫌知つてをり　長尾鳥影

綿《わた》 ㊂ 綿は布団や縕袍《どてら》に入れたりして防寒の衣料や寝具に欠かせない。**綿打**《わたうち》は綿打弓で綿を打ち、種子や塵をとりのぞいて打綿に仕上げたり、また古い綿を打って柔らかにすることをいう。今は機械化されている。

はゝそはの背にかけ給ふ真綿かな　藤井巴潮
綿を干す寂光院を垣間見ぬ　高濱虚子

蒲団《ふとん》 ㊂ 布団は一年中寝具として用いているが、もともと寒さを防ぐもので寒いときが最も感じが深いので冬の季題となっている。枕元や肩のあたりが空《す》かないように肩を包む細長い小さな布団を**肩蒲団**《かたぶとん》という。夏用の布団は、夏蒲団といって区別する。**干蒲団**《ほしぶとん》。**羽蒲団**《はねぶとん》。**絹蒲団**《きぬぶとん》。

京にて
ふとん著て寝たる姿や東山　嵐雪
足が出て夢も短かき蒲団かな　太祇
弱き身に姑の情の肩蒲団　荒木奎子
志持てば破れし蒲団とて　伊藤柏翠
舌垂れし如くに窓の干蒲団　山田凡二
一宿の恩弥陀に謝し蒲団著る　右田百女
わが夢を娘に遊学の蒲団縫ふ　丸橋静子
いつまでの田舎教師や蒲団干す　バレリーナ鮎子
干されたる蒲団の重み竿に見ゆ　前田まさを

頬埋め一と日を想ふ蒲団かな　島田みつ子
寝ごこちの干蒲団とはわかりけり　片岡片々子
身に添はぬものは詮なし羽蒲団　高岡智照
虫眼鏡ころがり出たり蒲団干す　岡　猪走
やゝ叱りすぎたる吾子の蒲団敷く　大谷展生
日をたゝみこみし蒲団の軽さかな　小山句美
島渡し教師と蒲団のせて著く　香川静香
この蒲団わが人生を知つてをり　猪子青芽
死神を蹶る力無き蒲団かな　高濱虚子
午後の日の今燃えてをり干蒲団　同
蒲団干す日向が出来て居りにけり　稲畑汀子

負真綿《おひまわた》《おいまわた》 ㊂ もともと上着の下や羽織の下の背中のところに真綿を挟んで保温としたものであるが、後には真綿でつくった軽くて暖かい袖無のようなものが一般的となった。また紐をつけた小さな布団を防寒のために負う**背蒲団**《せなぶとん》も用いられた。腰が冷えないようにつつむ紐のついたものを**腰蒲団**《こしぶとん》といった。

亡き母に似ると言はれて負ひ真綿　永田青嵐
この村に里子の多し負真綿　富岡犀川
極道もむかしや背に負真綿　吉本冬男
傘かゝへ紫いろの負真綿　下田實花
気の折れし人のかなしや負真綿　田畑美穂女
負真綿老ゆれば出づる郷ことば　梅田幸子
斯くするが今日のわが身ぞ負真綿　星野立子
差上ぐるつもりに負はせ負真綿　楠井光子
鄙振りに紫に染め負真綿　田村鬼童
美しく優しく老いて負真綿　大山朝子
九十は重たき齢負真綿　速水真一郎
倉夫との暮し始まる負真綿　猪野翠女
背蒲団狆に著せ紐長く持ち　高濱虚子
負真綿落して歩く我は老　同

衾《ふすま》 ㊂ 臥裳《ふすも》から出た言葉であるといわれ、寝るときに身をおおう夜具で、今でいう布団のことである。**紙衾**《かみぶすま》は紙でつくった衾である。

著てたてば夜の衾もなかりけり　丈草
一日を心に描く衾かな　池内友次郎
とかくして命あればぞ革衾　高濱虚子
衾中命迈てつゝせぐくまり　同

毛《まう》《もう》布《ふ》《ふ》㊂　毛布は本来西欧のものであったが、軽くやわらかく身にそって体を包むので、日本でも明治以来冬の下掛に用いられてきた。色も柄も彩り豊かになりつつある。夜具のほか、炬燵掛、膝掛、赤ん坊のおくるみなどにも用いられる。ケット。

帰化せんと思うて久し毛布干す　千本木溟子
サーカスの天幕の裏の干毛布　宮坂一巵
事務の娘の外から見えぬ膝毛布　小国要
膝毛布配られ飛機は北に発つ　山本白汀女

夜《よ》著《ぎ》㊂　着物のような形で袖も襟もあり、しかも布団のように綿がたくさん入って大きく厚い。夜、掛けて寝ると体の形になじんで布団より暖かである。「掻巻《かいまき》」ともいう。

夜著に寝てかりがね寒し旅の宿　芭蕉

縕《ど》袍《てら》㊂　ふつうの和服より大形に仕立てて、中に厚く綿を入れた広袖の着物である。防寒用として、ふだん着の上に重ね着して愛用される。

縕袍きて出て鍬持てり日曜日　野村泊月
縕袍著し膝が机につかへけり　山川能舞
夜の客に縕袍姿を詫びて会ふ　井上木雞子
骨折の片手通さぬ縕袍かな　大森羽青
変身が好き早速の宿縕袍　嶋田摩耶子
病み坐る人や縕袍に顔嶮し　高濱虚子

綿《わた》入《いれ》㊂　防寒用に綿を入れた着物のことで、木綿の綿入を**布《ぬの》子《こ》**、真綿のはいったものを**綿子《わたこ》**という。

留主がちの夜を守妻の綿子かな　召波
綿入や妬心もなくて妻哀れ　村上鬼城
老人のとかくに未練古布子　丹治蕪人

綿入は明治のころの盲縞　森　婆羅
世事肚に畳んで忘じ宿布子　杉本　零
古布子ねまきになりて久しけれ　高濱虚子
古布子著のみ著のまゝ鹿島立　同

紙衣《かみこ》 ㊂

和紙に柿渋を塗り乾かし、揉みやわらげて衣服に仕立てたものである。もとは僧侶の保温の衣服であったが、江戸時代寒気を防ぐために用い、また一方では、粋な着物として派手な紙衣を愛用したりした。今でも、東大寺二月堂の御水取の練行僧はこの紙衣を着て行事を行なっている。**紙子**《かみこ》。

紙衣著て人に紙衣をすゝめけり　吟　江
そのころの世を偲びつゝ紙衣見る　谷口五朗
病癒え紙衣も帯も新しき　小畑一天
繕ひて古き紙衣を愛すかな　高濱虚子
身ほとりに紙衣離さぬくらしぶり　稲畑汀子

ちゃんちゃんこ ㊂

袖無羽織が起りという。袖のない綿入で主に老人や幼児が用いる。ふだん着の心やすい感じがする。**袖無**《そでなし》。

ちゃん〳〵こ猫脊に坐り打ちとけて　吉屋信子
雪国に嫁ぎ著なれしちゃん〳〵こ　三輪きぬゑ
ちゃん〳〵こ著けしその人柿右衛門　辻　未知多
身につきし無職の生活ちゃん〳〵こ　石田峰雪
ひとり夜を更かすに慣れてちゃんちゃんこ　蛯江ゆき子
そつと手を通す形見のちゃんちゃんこ　川口咲子
ちゃん〳〵こ著せてどの子も育て来し　山田閏子

芭蕉忌

袖無を著て湖畔にて老いし人　高濱虚子

ねんねこ ㊂

赤ん坊を背負うときに用いる防寒用の縕袍《どてら》のようなもの。今はずいぶん形も変わってきた。「ねんねんおころり」とか「坊やはいい子だ、ねんねしな」などの子守唄から「ねんねこ」という言葉ができてきたのであろう。子守する人のねんねこの中で赤ん坊はすやすやと眠る。

ねんねこを脱いで一度に背ナ寒し　田中彦影

ねんねこを覗けば乳の匂ひ来て　永野冬山
ねんねこに母の一部として埋る　大槻右城
ねんねこに埋めたる頬に櫛落つる　高濱虚子
ねんねこの中の寝息を覗かるる　稲畑汀子

厚司《あつし》 三 太糸で織った厚手の綿織物、またはそれで作った着物をいう。生地のごつごつした手ごたえが、冬の労働着としてかえって粋な感じにも見える。「厚子《あつし》」とも書く。あつしはもとアイヌ語で「樹皮の織物」のこと、厚司はその音《おん》に字をあてたものである。

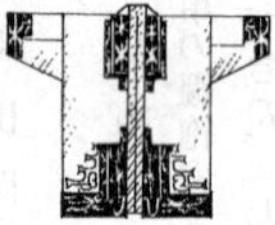
厚司

厚司著て元艦長が荷宰領　吉井莫生
厚司著て世にのこされしアイヌかな　小島海王

胴著《どうぎ》 三 江戸時代に始まったもので、上着と襦袢との間に着る短い防寒具である。胴だけで袖のないものを袖無胴着といい、袖のあるものは単に胴着といった。

著つゞけて胴著脱ぐ気もなかりけり　池内たけし
有難や胴著が生める暖かさ　高濱虚子

毛衣《けごろも》 三 毛皮でつくった防寒服で、上衣やジャンパーや外套などに仕立てられている。高価なミンクや貂《てん》や猟虎《らっこ》などの皮を使ったものもある。**裘**《かはごろも》。

闘犬の診療医たり裘　岡本秋雨路
職替へて増ゆる外出や裘　山岡正典
単車降り少年となる裘　木暮つとむ
ダンサーの裸の上の裘　高濱虚子

毛皮《けがは》《けがわ》 三 毛のついたままの獣類の皮で、防寒用として外套にしたり、襟に巻いたり敷物としたりする。**毛皮売**《けがはうり》。

小狸といふ毛皮なら買へさうな　後藤比奈夫
毛皮ショーライト当りし狐の目　尾上柊青
見かけにはよらず毛皮の重きかな　田中弥寿子
もう少し毛皮の似合ふ背丈欲し　浜本多満子
毛皮著て人形焼を並び買ふ　今井千鶴子
毛皮著て人には見えぬふしあはせ　堀恭子

吾子いつか買ってくれるといふ毛皮　谷口まち子
クロークでどっと毛皮を預かりし　鈴木石水
買ふことに決めし毛皮や吾れのもの　稲畑汀子

重《かさ》ね著《ぎ》　㊂

寒さのために着物を何枚も着重ねることである。「着物一枚違う寒さ」などということがあって、重ね着の程度にもいろいろあろう。着るときはそうでもないが、重ね着をとると急に身の軽さを感じる。

赤といふあたゝかき色著重ねて　宮崎房子
上州の老の重ね著はじまりぬ　布施春石
重ね著のための肩凝りかもしれず　藤木和子
潮じみて重ね著したり海女衣　高濱虚子
著替へる気なくなりしまゝ重ね著て　稲畑汀子

著《き》ぶくれ　㊂

重ね着をして、着ぶくれることである。なりふり構わず着ぶくれているのは、ちょっとしたおかしみもある。子供、老人、病後の人などに多く見かける。

著ぶくれて首をのせたる如くなり　安田蚊杖
胸もとの少しよごれて著ぶくれて　下田實花
著ぶくれて津軽の人になりすまし　高木晴子
著ぶくれて僧正更に前かゞみ　荒木東皐
ぶつかりし著ぶくれの子に笑ひやり　杉本零
著ぶくれしわが生涯に到り著く　後藤夜半
我ながら智恵の足りなく著ぶくれて　宮田節子
フイアンセを訪へば著ぶくれをりにけり　能美丹青
身体ごとふり向くほどに著ぶくれて　平瀬拠英
人の世の約束事へ著ぶくれて　佐伯哲草
着ぶくれの起居見かねて沙弥の助　梅山香子
足弱り来しははそはの着膨れよ　小林英子
なりふりもかまはずなりて著膨れて　高濱虚子
著ぶくれることも慣れゐて襟巻も　高濱年尾
おすわりの出来かけし子の著ぶくれて　稲畑汀子

セーター　㊂

毛糸を編んで作った上衣で、老若男女を問わず極めて一般的な冬の衣類である。頭からかぶる形のものや前あき釦どめの形のものがある。

スヱタ著て妻を看取れる老教授　神前あや子
濃き色は似合はぬ歳よセーター著る　黒田充女
修道女セーターの白許さるゝ　平林とき子
セーターを買ふにフランス語は要らず　西村正子
子の数のセーター持ちてドライブに　稲畑汀子

冬服《ふゆふく》 三　冬期着る洋服をいう。和服の場合は「冬着」といって、呼び方が習慣上区別されている。

冬服を著て生意気な少年よ　星野立子
ライターのポケットとして冬服に　河村木舟

冬帽《ふゆばう》《ふゆぼう》 三　冬かぶる帽子で多くは中折帽やハンチング、ベレー、毛糸の帽子などがある。防寒が主であるがファッション性も強い。特殊なものに**防寒帽**《ぼうかんぼう》、**毛帽子**《けぼうし》がある。

上陸をして船員の冬帽子　南上北人
民同じからず冬帽さま〴〵に　三溝沙美
帰国者の尖りし貌の毛帽かな　森脇襄治
亡き夫のお洒落でありし冬帽子　今井つる女
毛帽脱ぎ頭脳廻転はじめけり　佐々木ちてき
パスポート一瞥毛帽税関吏　大橋宵火
冬帽は暑し阿弥陀に被りもし　高濱虚子

頭巾《づきん》《ずきん》 三　布で作り、頭や顔を包み寒さを防ぐために用いるものをいう。昔は男女を通じて広く用いられ、名称も多かったが現在は余り用いられず、わずかに老人、僧侶などのほか、雪国で使用されている程度である。

我頭巾うきよのさまに似ずもがな　蕪村
法躰をみせて又著る頭巾かな　太祇
尼さんのおこそ頭巾も京らしき　中村吉右衛門
頭巾きて僧にかも似て仏師かな　山口燕青
頰の辺に裏の緋ちらと雪頭巾　杉山淼々
法話きく膝におきたる雪頭巾　加藤冬圃
雪頭巾をとこをみなもなかりけり　早川子鶯
雪頭巾被りし中の尼上人　山口民子

永らへて頭巾御免の御看経　野島無量子
眉かくれ知性の失せし頭巾かな　上野泰
石仏に頭巾を著せてくれてあり　直原玉青
古頭巾裏は燃え立つ緋羅紗かな　高濱虚子
深頭巾かぶりて市の音遠し　同

綿帽子《わたばうし》《わたぼうし》 ㊂　真綿をふのりで固めてつくった婦人用の帽子。江戸時代に流行し、防寒用に顔を包んだもので、年代によって形や色に変遷が見られ、のちには婚礼にも用いられた。別に赤子の防寒用の真綿の帽子もある。

里下りの野ひとつ越ュや綿ばうし　召波
小町寺尼がかむれる綿帽子　大森積翠

頰被《ほほかむり》《ほおかむり》 ㊂　田舎の人たちが寒さを防ぐために手拭で頭から頰へかけ、いわゆる頰被をすることで、手拭だけでもなかなか暖かいものである。戸外の仕事やちょっと外に出かけるときなどにする。子供の頰被は可愛らしい。「頰かぶり」ともいう。

出されたる傘ことわつて頰被　山桐愛
眼に脣にとびつく雪や頰被　桐山薫子
頰かむりして金輪際田を捨てず　井川つゞき
頰被して出漁の夜明待つ　須藤常央
頰被してあどけなき笑顔かな　小川龍雄
頰被結び直して答へざる　湯川雅
道聞けば案内にたちぬ頰被　草地勉
そこにあるありあふものを頰被　高濱虚子

耳袋《みみぶくろ》 ㊂　耳たぶの凍傷を防ぐために耳を覆う袋である。**耳掛**《みみかけ》ともいう。兎の毛皮で作ったものや毛糸で編んだものが多い。耳だけでなく、頰や顎まで覆うように作ったりもする。寒い地方の人が多く使用する。
耳飾少し見えゐて耳袋　恵利嘯月
耳袋たがひにはづす立話　栗山北生
出勤に要る日要らぬ日耳袋　岡本清閑
耳袋出したることの下車用意　前内木耳
耳袋とりて物音近きかも　高濱虚子

マスク 三　冬期に入って空気が乾燥し始めると、感冒にかかって、あるいはかからぬようにマスクを掛けた人が目立ってくる。冷たい空気や病菌、塵埃などを防ぐためであるが、マスクを掛けた顔は無表情になる。大正年間に流行性感冒が非常に流行して以来、ことに用いられるようになった。

マスクして寝るほど寒き恐はき夜　池内友次郎
ふと心通へる時のマスクの瞳　神田敏子
マスクとりその人のその声となる　板場武郎
マスクして心隠せしごとくなる　北垣翠畝
マスクしてゐても猫にはわかるらし　北川沙羅詩
怒りゐることがあり〳〵マスクの瞳　遠山みよ志
頤にマスクをずらし饒舌に　岩田公次
マスクして我と汝でありしかな　高濱虚子
マスクかけ仄かに彼の眉目かな　同
マスクして人に逢ひ度くなき日かな　稲畑汀子

襟《えり》巻《まき》 三　防寒のために襟もとを包むもの。絹布、毛織や毛糸で趣味に合わせて編んだもの、また狐、狸、兎などの毛皮製もあり、アクセサリーも兼ねて種類は豊富である。マフラー。首巻《くびまき》。

襟巻に頸華やぎて細かりし　田中暖流
恋人を待つマフラーをゆるく巻き　柴原保佳
襟巻の狐の顔は別に在り　高濱虚子
襟巻を贈りくれたる四人の名　高濱年尾

角《かく》巻《まき》 三　東北、北陸、北海道で女性が外出に用いる防寒衣。毛布を三角に二つ折りにしてこれを肩から全身にすっぽりかぶる。前を合わせて手で持ったり、ブローチでとめたりする。

角巻の女の顔が店の灯に　濱井武之助
角巻に己わびしく包みたる　山下武平
角巻にかよわき旅の身を抱き　須田ただし
角巻の赤きが派手となりにけり　濱下清太郎
角巻やみちのく暮し身につきし　今野貴美子

ショール 三 女性の和装の場合、防寒と装飾を兼ねて肩にはおるもの。絹や毛織もの、また毛糸で編んだものなどがある。**肩掛《かたかけ》**。

人波にすべるショールをおさへつゝ　岡崎莉花女
ショールずり別離のかひなほ振れる　大浦蟻王
いそいそとショールの妻を街に見し　今村青魚

手袋《てぶくろ》 三 寒気から手を守るために、絹、メリヤス、皮、毛糸などで作ってはめる。若い人などは楽しい模様のものを毛糸で編んだりする。**皮手袋《かはてぶくろ》**。

手袋とるや指環の玉のうすぐもり　竹下しづの女
手袋と明日出す文と置き揃へ　中口飛朗子
手袋の中の水仕の嫌ひな手　前内木耳
いくたびも失せては戻る手袋よ　吉屋真砂
わがたのむピアノ弾く手や手袋す　田中敬子
大いなる手袋忘れありにけり　高濱虚子
手袋を探してばかりゐる日かな　稲畑汀子

マフ 三 古い外国映画などで見かける貴婦人の携帯用防寒装身具で、毛皮の裏に絹をつけて円筒状に縫い上げて作り、両側から手を入れて暖をとる。まことに優雅だが活動的でないため、現在ではほとんど見られない。

マフを着け深夜の街の闇に出づ　稲畑廣太郎
秘密めく小さきポケットマフの中　川口咲子
伝言のメモ入れマフのポケットに　坊城中子
かと言つて捨てるに惜しきマフなりし　星野椿

股引《ももひき》 三 防寒用に穿く細いズボンに似たもの。メリヤス、木綿などで作り、腰の部分が左右重なって紐で結ぶ。足首にも紐がついていて、それでしばる。ふつう股引は職人の作業衣に用いるが、一般の人々でも冬の仕事着にはよい。**もんぺ**。**ぱつち**。ズボン下を股引ということもあるが、これとは違う。

股引のたるみて破れし膝頭　仙人

足袋《たび》 三 防寒用としての足袋をいうのである。木綿、絹、繻《しゅ》子《す》、キャラコなどで作られ、色はふつう、男は紺または黒、女は白がもっとも多い。家庭用、子供用には別珍やビロードの色足袋がある。足袋は穿くというほかに、洗って干すとか、繕うとかいうことにも冬の生活感がある。

干足袋の乾くまもなく盗られけり　森川暁水
法衣にも足袋にも継の当りたる　後藤夜半
ほぎごとの白足袋も入れ旅鞄　柴田只管
足るといふ事知る暮し足袋つゞる　楠井光子
陶工のろくろの足は足袋はかず　松岡巨籟
色足袋のまゝよ遠くへ行き居らじ　宮城きよなみ
色足袋に替へて自分に戻りけり　江頭けい子
白足袋を穿けば歩幅の改る　小林一鳥
足袋つゞる小指の当りていねいに　田中政夫
色足袋のまゝの遠出となりしかな　島崎きよみ
軒深く神に仕ふる足袋を干す　阿陪青人
表より裏にねんごろ足袋洗ふ　池田のぶ女
足袋のせて明日の外出に着る着物　木暮英子
干足袋の裏返されて突つ張りて　高濱虚子
手づくりの足袋寛闊にはきよくて　同

外《ぐわい》《がい》套《たう》《とう》 ［三］ 洋服の上に着る防寒具である。男性が和服の上に着た二重回しは現在ではあまり見かけられなくなった。**オーバー**。

外套をだまつて著せて情あり　金子笛美
つとめやめ外套古びたることよ　手島清風郎
オーバーをぬぐ間も子等のぶら下る　庄崎以知太
父の死の間に合はざりしオーバ脱ぐ　片桐孝明
著せかけてオーバーの名をちよと読みぬ　長尾樟子
傷心の外套といふ重きもの　桜木残花
手錠の手隠すオーバー羽織りやる　中村鎮雄
外套の重き日のあり軽き日も　永井良
外套と帽子と掛けて我のごと　高濱虚子

コート ［三］ 女性の和服の上に羽織る防寒着である。華やかな晴着をすっぽりと包んだコート姿はかえって艶な感じもある。現在コートといえば洋装用の種々のコートと思われがちなので注意して使わなくてはならない。東《あづま》コート。

そのまゝといはれ会釈しコートぬぐ　星野立子
出かけんとせるコート脱ぎ客迎へ　丸山茨月
コートや、長しと思ひつゝ旅に　曾我鈴子
壁に吊るコートも疲れたる姿　三村純也
刑事飛び出しぬコートを手摑みに　松岡ひでたか
コート脱ぎ現れいづる晴著かな　高濱虚子

被布《ひふ》 ㊂

羽織に似た衣類で、衽《おくみ》が深く、前を重ね合わせ細紐や飾紐でとめる。古くは茶人、俳諧師、僧侶などが用いたが、のちに婦女子も着用するようになった。

老僧といつしか云はれ被布似合ふ　獅子谷如是
被布暮し山寺暮し変りなし　山口笙堂

懐手《ふところで》 ㊂

手の冷えを防ぐために無意識に和服の袂《たもと》の中や胸もとに手を入れること。見てくれのあまりいいものではないが、和服特有の季節感がある。

懐手して万象に耳目かな　松本たかし
考への何時としもなく懐手　輪湖琴女
石蹴つて石蹴つて行く懐手　前川さむろ
はじめから聴く耳持たずふところ手　網川弓浜
懐手むしろ艶なり女佇つ　田村無径
懐手嘘もほんとも聞き流し　杉本零
懐手法衣の袖を栖となし　山口笙堂
自我を捨て従ふ余生懐手　蟹江かね子
懐手解いて何かを言ひ出す気　瓦玉山
医のわざと無縁となりし懐手　小坂螢泉
どちらにもつけぬ話の懐手　中山秋月
懐手するよりほかに用なき手　田中暖流
漁止めの海を見てゐる懐手　宮田蕪春
懐手して俳諧の徒輩たり　高濱虚子
懐手して宰相の器たり　同
玄関の人声に出て懐手　高濱年尾

日向《ひなた》ぼこり 三

縁側に座布団を持ち出したり、風の来ぬ日溜りを探して、冬日の光を浴びて暖まる。老人ならずとも平穏な心楽しい一刻である。日向《ひなた》ぼつこ。日向《ひなた》ぼこ。

日向ぼこ何やら心せかれゐる　阿部みどり女
いのち一つ守りあぐねて日向ぼこ　久保より江
世をわすれ世に忘れられ日向ぼこ　松尾いはほ
顱頂剃ることものび〳〵日向ぼこ　佐藤慈童
倖せに自ら甘え日向ぼこ　永井賓水
耳遠き故にうとまれ日向ぼこ　桐田句味
人目には日向ぼこりと見られつゝ　小西照子
尼どちの頭の円光や日向ぼこ　原田翠芳
妊婦われ童話をよんで日向ぼこ　嶋田摩耶子
なによりの日にちが薬日向ぼこ　竹原梢梧
みぞおちに日の匂ひゐる日向ぼこ　浜渦美好
過ぎしこと言はず聞かざる日向ぼこ　今井つる女
日に酔ふといふことのあり日向ぼこ　松尾白汀
母親を一人占めして日向ぼこ　村中千穂子
日向ぼこ世間の事をみな忘れ　福井玲堂
仕合せはこんなものかと日向ぼこ　湯川雅
日向ぼこ襤褸はづせし機嫌かな　大野伊都子
目つむりて無欲に似たり日向ぼこ　上西左兌子
世の中のことみな忘れ日向ぼこ　川口咲子
先づ風が頰を撫で来し日向ぼこ　稲畑廣太郎
みどり子の足先ぴんと日向ぼこ　今井千鶴子
太陽も宇宙の塵か日向ぼこ　大塚千々二
伊太利の太陽の唄日向ぼこ　高濱虚子
人を見る目細く日向ぼこりかな　同
足許の風の気になる日向ぼこ　稲畑汀子

毛糸《けいと》編《あ》む 三

毛糸はふかふかして暖かいので、セーターやカーデガン、また手袋やマフラーなどを編む。最近では編み機も普及しているが、やはり毛糸編むといえば、編み棒で毛糸玉をくるくると回しながら編んでいる女性の姿を思い浮かべる。

耳貸して毛糸編む手の小止みなく　麻田椎花
なか〳〵に毛糸編む手をおきもせず　鈴木喜久子
玉二つころげ相うち毛糸編む　斎藤八千代
毛糸編みつゝ愚かしく思ひつめ　神田敏子
邦語ラジオ始まる頃よ毛糸編む　西岡敏子
急ぎ立つ膝より走る毛糸玉　木下富士枝
毛糸編む一つの色にあいてきし　堤　澄女
手を洗ひ来りて白き毛糸編む　髙橋笛美
持ち歩き小さき暇を編む毛糸　嶋田摩耶子
赤好きで赤ばかりなる毛糸編む　横町陽子
沈黙は妻の反抗毛糸編む　司馬圭子
愛情を形にしたく毛糸編む　西塔松月
毛糸編む音なき指の動作かな　本山キヨ子
身籠れる指美しく毛糸あむ　小島左京
今返事すれば間違ふ毛糸の目　堤すみ女
隠し事ある日多弁に毛糸編む　小林沙丘子
宝石を欲しがらぬ指毛糸編む　帰来ふじ子
饒舌は聞き流すのみ毛糸編む　岡林知世子
生涯を決めるに毛糸編みながら　伊藤玉枝
毛糸編む母の心の生れつゝ　稲畑汀子

飯櫃入《おはちいれ》 三　炊いた御飯が冷えないように、飯櫃をすっぽり入れて蓋をし、保温するもの。藁などで作ってある。保温をかねた炊飯器が普及した現今、見かけることも少なくなった。

飯櫃入渋光りとも煤光りとも　高濱虚子

藁仕事《わらしごと》 三　農家では冬の農閑期に、新藁で縄をない、筵を織り、藁細工を作る。これを藁仕事という。雪国では藁沓や嬰児籠《えじこ》など、作る種類が多い。長い冬籠の間の仕事である。

藁を打つ音やみ窓の灯も消えて　及川仙石
どびろくの酔ひにまかせて藁打てる　荒木嵐子

出勤す我に妻はや筵織り　前田六霞
夜の雪のまこと静かや縄をなふ　水野六江
縄綯ひの座の二つあり一人ゐず　豊田長久
縄を綯ふ話相手になりに来し　合田丁字路
荒る丶日は筵戸下ろし藁仕事　大森積翠

楮蒸《かうぞむ》《こうぞむ》す ㊂　楮は落葉低木で、その落葉した樹枝を刈り取ってきて、括って束にし、大釜で蒸すことを楮蒸すという。蒸し上がった楮を取り出し、皮を剝いで干せば和紙の粗原料となる。

ふるさとの楮蒸す火に帰りきし　椋砂東
楮晒す岩に打ちつけ〳〵て　田畑比古
楮蒸す湯気を吸ひゐる夜空かな　岡田百水
楮打つ音も夕づき国栖の里　里村麻葉
楮剝ぐ指より湯気の逃げてゆく　毛利提河
楮蒸す年月古りし外竈　山川喜八
楮撰る微塵の塵も見のがさず　蛯江ゆき子

紙《かみ》漉《すき》 ㊂　三椏《みつまた》、楮などの皮から作られた紙の粗原料をさらに煮たり叩いたり晒したりしてそれを紙に漉くのである。漉き上げたものを張板のようなものに一枚一枚張りつけて干す。冬の日に白く照らされている紙干場など明るいよい感じである。このごろは乾燥機で干すところが多い。

紙漉

紙を漉く国栖の翁の昔より　田畑比古
崖下に沈む一戸や紙を漉く　鳴澤富女
粗壁を貫く筧紙を漉く　谷口雲崖
泡を吹き塵をつまみぬ紙漉女　湯浅五生
紙漉くや水あるところ氷張り　大橋敦子
すたれゆく業を守りて紙を漉く　藤丸東雲子
老いぬれど手馴仕事と紙を漉く　岡崎多佳女

紙を漉く一人一人の音ちがふ　大西不葉
漉き舟にをどる日射や紙を漉く　西川かずを
紙を漉く匂ひの村となつてゐし　江口久子
紙漉女浮ぶ一礒も見のがさず　山口白甫
紙を漉く簀の面に浮きてくる白さ　小田切ふみ子
紙を漉く音を正しく繰返す　橋田憲明
名人は概ね無口紙を漉く　鎌倉園月
勘といひ根気てふもの紙を漉く　板場武郎

藺植《ゐう》《いう》う ㊂　藺は藺代から苗をとり、田植と同じように水田に植えるが、十二月から一月にかけての寒い時期なので、なかなか厳しい労働である。早苗のようなみずみずしさがなく、植付後枯れたような色になったのちふたたび緑が濃くなってゆく。九州のほか岡山地方などに藺田が多い。

茶碗酒妻も飲み干し藺を植うる　槇野幽泉子
吉備の野に藺植泣かせの風が又　梅谷かつゑ
風波の走りて藺苗植ゑにくゝ　住田満枝
すぐに燃えつきる藁火や藺を植うる　上田土筆坊
藺を植うる足に氷を裂きながら　葛岡伊佐緒
天恵の日和よろこぶ藺を植うる　目野六丘子
藺を植うるみんな不機嫌さうな貌　林　大馬
藺を植ゑしばかりのみどり見渡され　高濱年尾

甘蔗刈《かんしよかり》 ㊂　甘蔗は沖縄、鹿児島県に多く、他の暖地にわずかに栽培される。香川県下の甘蔗栽培は古くから知られ三盆白として名がある。甘蔗は刈ってそのまま置くと糖分が減るので、刈るそばから製糖工場へ運ぶ。石車で搾りその汁を煮詰めて黒砂糖を製する工程が今も残っている。甘蔗は一般に砂糖黍という。

砂糖黍刈る音そこに雲井御所　山本砂風樓
甘蔗刈りひきずつてくる道埃　白石峰子

北《きた》風《かぜ》 ㊂　冬の季節風のことである。大陸からの高気圧が張り出して、等圧線が南北に込んでくると、吹く風も強くなり、耳たぶが痛い程に冷たい。日本海側では雪の日が続き、太平洋側では空気の乾いた日が続く。朔風《さくふう》。寒風《かんぷう》。北風《きた》。北吹《きたふ》く。

寒風に向つて歩く外はなし　池内たけし
北風や南に傾ぐ風師山　佐藤漾人
寒風を突いて人皆用ありげ　星野立子
寒風にふき絞られて歩きをり　上野泰
しづかなる駒岳の煙に北風ありや　京極杞陽
これからは毎日北風の浜荷役　福田冷味
信号は青北風も通りけり　森田家仙
必ずと言つて良いほど午後は北風　加藤古木
北風に向ひ歩きて涙ふく　室町ひろ子
北風吼ゆる夜に出でゆく酒少し　上和田哲夫
北風に吹き歪められ顔輪し　高濱虚子
北風に人細り行き曲り消え　同

空風《からかぜ》 三　天気続きに吹く乾燥し切った寒風をいうのである。関東では「空っ風」といい、昔から江戸や上州の名物とされている。

遮れる何物もなく空つ風　豊田光世
翔ち し鷺吹き戻されし空っ風　永井善郎
赤城山までがこの村空つ風　岸善志
赤城より伸びる風道空つ風　荒川ともゑ
上州の空つ風さへなく晴れて　稲畑汀子

隙間風《すきまかぜ》 三　壁、襖、戸などの隙間から入ってくる寒い風。狭いところを入って来る風はとくに刃のように鋭く感じられる。

朝粥の湯気斜なる隙間風　村上青龍
母がりやむかしのまゝの隙間風　山本晃裕
旅にして海の匂ひの隙間風　山内山彦
東京の隙間風とも馴染みたる　山田弘子
時々にふりかへるなり隙間風　高濱虚子

虎落笛《もがりぶえ》 三　冬の烈風が柵、竹垣などに吹きつけて笛のような音を発するのをいう。その時々の状況によって、強弱高低があり、ときに細く鋭い。

帰り来し故郷の山河虎落笛　星野立子
寝る前の錠剤一つ虎落笛　錦織畔燼
さいはての時化の港の虎落笛　平野龍風
もがり笛熄めば岬のまた淋し　高嶋遊々子
子の病気いつも突然虎落笛　下田青女
月磨き星を磨きぬ虎落笛　津村典見
虎落笛沖荒れやまぬ佐渡泊り　松尾緑富
新しき枕眠れず虎落笛　星野椿
虎落笛裁かるゝ身を横たへず　松岡ひでたか
虎落笛眠に落ちる子供かな　高濱虚子
山の雲海へ移りぬ虎落笛　稲畑汀子

鎌《かま》鼬《いたち》 ㊂　寒風などにあたって皮膚が鎌で切られたように傷つくことをいう。つむじ風などの気候の変化で空気中に真空を生じ、これに触れて皮膚が裂けるのだという。この傷はその場では痛まず出血しないのが特色であるといわれる。妖怪の仕業として昔の人がこのような名をつけたのであろう。北国に多い。**鎌風《かまかぜ》**。

さげてゐしものとりおとし鎌鼬　吉岡秋帆影
話には聞いてをりしが鎌鼬　高橋秋郊
傷を見て少年泣けり鎌鼬　三星山彦
御僧の足してやりぬ鎌鼬　高濱虚子

冬《ふゆ》凪《なぎ》 ㊂　吹きすさぶ冬の海風が、忘れたように凪ぐことがある。荒々しい日が多いので凪いだ一日はとくに心を引く。冬凪の漁村など捨て難いものである。**寒凪《かんなぎ》**。

寒凪や重なる伊豆の島ふたつ　三溝沙美
冬凪の海引き潮か満ち潮か　鈴木半風子
世を捨てしごと冬凪の波止に釣る　上﨑暮潮
冬凪いでゐても欠航なりし霧　稲畑汀子

霜《しも》 ㊂　大空は星屑で満たされ、寒さの漲った一夜が明けると、地上は真白な霜となる。寒気に水蒸気が結晶するのである。やがて朝日が昇ると、屋根や木の枝から「霜げむり」が立ち始め、軒からは霜雫《しもしづく》が賑やかに落ち始める。**霜《しも》の声《こゑ》**は、しんしんと冷え込む夜半、霜の結ぶのを声ある如く感じ取ったもの。**霜《しも》晴《ばれ》**。**大霜《おほしも》**。**深霜《ふかしも》**。**朝霜《あさしも》**。**夜《よる》の霜《しも》**。**霜凪《しもなぎ》**。**霜解《しもどけ》**。

里人のわたり候かはしの霜　宗因
霜百里舟中に我月を領す　蕪村
腰かける舟梁の霜や野のわたし　太祇
霜の戸のたゞ引寄せてあるばかり　中村七三郎
旭の霜や檜原の裾の小草原　西山泊雲
架け稲に大原は霜の厳しさよ　美甘一洒
霜太る夜々の風ぐせかくれ棲む　星野立子
強霜に僧衣きりゝと夜座支度　豊田泰淳
家船の霜まだ踏まぬ歩板かな　冨士谷清也
霜晴の朝は糸干し忘れずに　滝沢和平
木曾谷の日裏日表霜を解かず　松本たかし
霜予報外れし事を喜びぬ　濱下清太郎
出鼻まづ霜に叩かれたる茶園　田中暖流
霜降れば霜を楯とす法《のり》の城　高濱虚子
強霜に今日来る人を心待ち　同

霜《しも》夜《よ》　㊂　よく晴れて寒さがきびしく、霜の結ぶ夜をいう。静寂でひしひしと身に寒さの迫る夜など、家のまわりに霜柱の立つ気配が感じられることもある。

一いろも動く物なき霜夜かな　野水
霜の夜や横丁曲る迷子鉦　一茶
霜夜なる帰り来る子の遅ければ　池内たけし
前橋は母の故郷霜夜明け　星野立子
さま〴〵の音走りすぐ霜夜かな　横田弥一
誤診かも知れず霜夜の道かへる　小坂螢泉
泊りしは摩周の霜の下りし夜　伊藤柏翠
質すべき一語霜夜の書庫に入る　篠塚しげる

霜《しも》柱《ばしら》　㊂　寒さの厳しい夜、湿っぽいやわらかい地質の所では、地中の水分が柱状の氷の結晶となって土を持ち上げて林立する。これを霜柱という。夜が明けて、郊外の霜柱の立つ径を息白く出勤の人々が通る。やがて太陽が昇ると、他愛なく崩れてしまうが、切通しや日陰では、土くれのついた霜柱が一日中残っていたりする。

霜ばしら選仏場をかこみけり　川端茅舎
霜柱次第に倒れいそぐなり　松本たかし
世につらきこと早起きよ霜柱　嶋田摩耶子
霜柱あとかたもなく午後となりぬ　藤松遊子
土濡れてをり霜柱立ちしらし　野村久雄
霜柱踏みくだくとき生きてをり　小畑一天
霜柱踏めば傷つきさうな靴　蘆田富代
大寺や庭一面の霜柱　高濱虚子
ふみ立ちて見て霜柱力あり　高濱年尾

霜《しも》除《よけ》 三

庭木、花卉《かき》、果樹などが霜枯れしないように、筵や藁でかこって霜除を作る。蘇鉄、棕櫚などの庭木は幹にかたく筵を巻きつけ、牡丹、芍薬などは藁笠をかぶせる。また菜園などに枯竹を斜めに立て並べているのも霜除の一種である。**霜囲《しもがこひ》**。

霜除をして高きもの低きもの　本郷昭雄
喪の庭の手つかずにあり霜囲　山田弘子
大雑把にも霜除の積りかや　白石天留翁
霜囲時には外し日を入るゝ　浅井青陽子
霜除の縄の結びめきく〳〵と　高濱虚子
役に立つとも思はれぬ霜覆　稲畑汀子

敷松葉《しきまつば》 三

霜を除けたり、苔を保護したり、また風致を添えるために松の枯葉を敷きつめること。茶席の庭には炉開とともに敷松葉を施す。日本庭園独特の冬の風情である。

敷松葉石悉く由ありげ　篠塚しげる
ころがりて来し毬止まる敷松葉　副島いみ子
敷松葉匂ひて雨の躙り口　星野椿
料亭の昼深閑と敷松葉　藤松遊子
門入りて玄関見えず敷松葉　高田風人子
庭石の裾のしめりや敷松葉　高濱虚子

加ふるに風強き日の敷松葉　稲畑汀子

雪囲《ゆきがこひ》《ゆきがこい》 ㊂ 風雪や雪の圧力から家や庭木などを守るための外囲いをいう。丸太を組み、板、藁束、萱、葭簀、筵などを掛けわたす。庭木などにも、丸太、竹、柴などを組み、ときにはそれに薦《こも》、筵などを当てる。雪囲を組むと、冬を迎える心の準備ができて安堵する。あるいはまた吹雪溜りや積雪の多い鉄道線路にトンネル式に高囲いをすることもある。家の出入口に防雪設備をすることもいうのである。**雪垣**《ゆきがき》。**雪除**《ゆきよけ》。**雪構**《ゆきがまへ》。

四五軒の荒磯住ひの雪囲　伊藤柏翠
結びたる縄つんと立ち雪囲　小玉核子
雪囲出来て雪待つ心かな　但野静耕
雪除を編むも作務なり永平寺　赤坂静住
分校の作業といひぬ雪囲　山形理
雪囲しかけてありし雨の庭　安原葉
雪囲大きく明りとり小さし　村上三良
雪囲して城趾に住める家　高濱虚子
丁寧にこんなに小さき雪囲　稲畑汀子

雪吊《ゆきつり》 ㊂ 降雪のため庭木や果樹の枝が折れないように、一本の支柱から縄や針金を八方に張り渡して枝々を吊ることである。松の大樹などに傘のように雪吊をしてあるのは見事である。

雪吊や出羽の本間の大邸　斎藤鵜川
山に雪松の雪吊急がねば　亀村其村
雪吊の松の風格誰が目にも　野口能夫
雪吊のある糸桜無き桜　村田芙美子
雪吊の縄一本も油断なし　三浦文朗
雪吊の小さきは二三解きてあり　小竹由岐子
ふる里の松の雪吊ゆめに見し　室生礪川
橐駝師《たくだし》の雪吊松を一眺め　高濱虚子
雪吊といへざる松もありにけり　稲畑汀子

藪巻《やぶまき》 ㊂ 雪折のおそれのある低木や竹藪などを、あらかじめ薦《こも》、筵、縄などでぐるぐる巻きにして枝を押えて傷つくのを防ぐ。いたって無造作であり、女手でもできる。竹藪などに、ことごとくこの藪巻をしてあるのはいかにも冬深い感じである。

藪巻きや藪の中なる作水《さみづ》村　今井九十九
藪巻の棒一本の突ん抜けて　村上三良
山門の大藪巻は蘇鉄らし　西澤破風

雁木《がんぎ》 ㊂ 北陸地方、ことに新潟県下は雪が深く、町中が雪に埋れることもしばしばである。そのため、通りに面した町並は、道路へ突き出した雪除の軒を作り、柱で支える。これを雁木という。道路の雪が二階にまで届いても、人々は雁木の下を伝って雪を踏まずに行き来できる。雁木の下に裸電球を吊って、侘しい市が立ったりするのを雁木市という。

雁木ゆくこゝも旧家と思ひつゝ　淡谷鉄蔵
雁木中人こみ合うて暗き店　及川仙石
襁褓など干して雁木も町端れ　稲垣束ね
雁木出て橋わたる間に雪まみれ　春山他石
石のせし雁木につゞくアーケード　南雲つよし
雁木行く足音に夜の更けにけり　金島たゞし
肩ふれて雁木の下をすれ違ふ　中嶋齊公

フレーム ㊂ 霜や雪の害から植物を守り、また蔬菜や草花の促成栽培を行なう目的で、地上に長方形の土台枠を作り、その上を日光のよく当るように硝子張りやビニール張りにしたものである。室内の温度を高めるために設備をしたりもする。**温床《をんしやう》**。

フレームの小さき花の匂ひけり　小路紫峡
フレームをはみ出してゐる蕾かな　星野椿
フレームの中小さき鉢大きな芽　今井千鶴子
フレームの一歩の花の香に噎せる　河野美奇
フレームを出て来し鉢を飾る窓　稲畑汀子

冬《ふゆ》の雨《あめ》 ㊂ 冬の雨は大雨にはならないが、寒くて小暗い。また雨音も静かで、気がつかずにいると、いつの間にか雪になっていたりする。

垣よりに若き小草や冬の雨　太祇
俥屋の使ひはしりや冬の雨　星野立子
申訳なき忘れごと冬の雨　市川東子房
灰色の午後風そひぬ冬の雨　高木晴子
大輪のばら散りやすし冬の雨　西野まさよし
異国にて相寄る心冬の雨　村木記代
ぶつつかる風の断片冬の雨　塙告冬
煙突の煙棒のごと冬の雨　高濱虚子
帰る人泊つ人冬の雨の駅　稲畑汀子

霙《みぞれ》 三
雨まじりの雪、また霰《あられ》の十分結晶していないものをいう。雪や霰に比べて、寒々と重く暗い感じである。

霙るゝや子をかばひゆく軒づたひ　星野立子
いとまする傘へ霙となりにけり　渡辺一水
雨白しやがて霙になるらしく　安藤あきら
日は月の淡さとなりて霙れけり　後藤洋子
みぞれには非ず白々したる雨　高木晴子
ぬれ雪と津軽人云ふ霙降る　佐藤一村
石蕗の葉に雪片を見る霙かな　高濱虚子

霧氷《むひょう》
霧が流れて樹の枝に氷結して水晶の華をつけたようになる。これを霧氷という。霧氷に朝日がさしわたるときは眩しくて顔を上げられないほどである。雲仙岳の霧氷は壮観で昔から有名である。

火の山に日の当り来し霧氷かな　溝口紫浪
霧氷林鳥の声無きことをふと　佐藤艸魚
咲くといふ言葉のありし霧氷かな　橋本博
野の星に朝の輝き霧氷散る　中野東峰
霧氷解け貧しき草に戻りけり　工藤いはほ
由布が嶺の霧氷手にとる如く見ゆ　高濱年尾
霧氷ならざるは吾のみ佇みぬ　稲畑汀子

樹氷《じゅひょう》
樹氷は霧氷の一種で、氷点下に冷却した濃霧が樹枝などに凍りついたものである。高い山などでは発達して樹の枝や幹をおおい、まるで白い化け物のような姿になって立ち並ぶ。山形県蔵王山のモンスターは有名である。

樅樹氷落葉松樹氷牧夫住み　石井とし夫
樹氷林にたそがれはなくすぐ暮るゝ　安元しづか
朝日うけ色のうまれし樹氷林　樹生まさゆき
月を背の樹氷を山の魔像とも　瀬川蟻城
コバルトの湖の覗ける樹氷かな　谷口白葉

雨《う》氷《ひょう》

落ちた雨が樹の枝や枯草など地上のものにあたってガラス細工のようにそのままの形で凍るのが雨氷である。尾瀬沼などの山地で多く見られる。

もろさもて雨氷の樹々を装へり　谷口和子
生るるとき雨氷に音のある如く　湯川雅
落葉松に雨氷名残の綺羅雫　吉村ひさ志
忽ちに解けし雨氷の雫かな　星野椿
雨氷とて草の高さに光るもの　稲畑汀子

冬《ふゆ》《ふゆ》の水《みづ》《みず》 ㊂

冬になって、すべての物が生気を失うにつれて水まで動きが鈍ったように思われる。

浮みたる煤が走りし冬の水　高橋すゝむ
冬の水かゝりて重き水車かな　野村泊月
日当れる底の暗さや冬の水　鷲巣ふじ子
冬の水浮む虫さへなかりけり　高濱虚子

水涸《みづか》《みずか》る ㊂

冬は川や沼などの水が著しく減って、流れが細まったり、洲ができたり、あるいは底石が露《あら》わになることも多い。滝などもやせ細って、全くの涸れ滝となることもある。**川《かは》涸《か》る**。**沼《ぬま》涸《か》る**。**滝《たき》涸《か》る**。

山しづか涸滝も亦静なる　西岡つい女
湖涸れて忘れ竹瓮のありにけり　飯田青水
親沼の子沼連ねて涸れにけり　多胡一蚪
水涸れて古りゆくものに湖中句碑　丹後浪月
あらぬ辺に水湧きつゝも池涸るゝ　井桁蒼水
涸滝の風生む力ありにけり　五十嵐播水
滝涸れて音なき山の深さかな　平林七重
底なしと怖れし沼も涸れてをり　目黒はるえ

大滝の涸れたる山のさびしさよ　高濱虚子
涸川の水の消えたるところかな　高濱年尾
涸滝のなほどことなく水落す　同

冬《ふゆ》《ふゆ》の川《かは》《かわ》 ㊂　冬は川の水が減り、流れも細くなって、水量の豊かな大河なども中洲があちこちに現れたりする。川岸には枯れた草や蘆が泥まみれになったり、乾き切ったりして荒涼とした眺めになる。水の減ったあとは広い**冬川原《ふゆかはら》**となり、細い川面が白く光って見える。

渡り石踏み濡れてあり冬の川　岩木躑躅
冬川や腰くだけたる石の橋　河野静雲
遠くにも石運ぶ人冬の川　本間いづみ
冬の川流れゐるとも思はれず　小山白楢
寒江に網打つことも無かりけり　高濱虚子
太陽の力とどめず冬の川　稲畑汀子

池普請《いけぶしん》 ㊂　冬期、水の少ないときに、池の水を涸らして修理をすること。一年間にたまった雑物を取り去り、泥あげなどし、水もれの箇所の修理などもする。この日、地区総出で取りかかり、作業の前に少なくなった水底に逃げまわる鯉や鮒を捕ったりする。**川普請《かはぶしん》**。

池普請土手に並びし子供かな　松藤夏山
加はりて算盤方や川普請　白須賀虚公
杭を打つほかに大ぜい池普請　木下洛水
池普請鬼蓮の根は別によせ　五十嵐八重子

狐《きつね》火《び》 ㊂　燐が空中で燃える現象であろうか、はっきりしたことはよく判らない。とにかく冬から春先にかけて多く見られる。空中や遠い畦などに灯火ならぬ妖しい火が点《とも》り連なり、一つかと思えば二つ、二つかと思えば三つ四つと数限りなく殖え、やがてまた減ってしまうという。

狐火を見るべく湯ざめこゝちかな　高森清子
狐火や牧場に残る原始林　今本祥予
狐火の消えたるあとも犬吠ゆる　神野汀
杣小屋の灯とも狐火とも見ゆる　小川界禾

狐火も親しきものと山住ひ　西澤破風
狐火に道を返してふり向かず　藤原海塔
狐火や産土神の闇いよゝ濃き　島野汐陽
狐火の峠越えねば帰られず　川口利夫
狐火を見てより遂に迷ひけり　星野椿
狐火の燃えゐて遠野物語　成瀬正俊
狐火の出てゐる宿の女かな　高濱虚子

火《くわ》《か》事《じ》《じ》 ㊂　冬は火に親しむ。したがって火事も冬に多い。感じからいっても冬である。昔から火事は江戸の華といわれたくらいで、日本は家の構造などの関係でとくに火事が多い。火の粉を上げて燃えさかっているのを見ると身震いが出るほど恐ろしい。焼跡に立つのもまた無惨である。**大火《たいくわ》**。**小火《ぼや》**。**半焼《はんせう》**。**類焼《るゐせう》**。**近火《きんくわ》**。**遠火事《とほくわじ》**。**火事見舞《くわじみまひ》**。**船火事《ふなくわじ》**。

火事近く母は仏に灯すなり　田上鯨波
風向きを見守つてゐる近火かな　高橋春灯
火事跡の吹きつさらしに巡査立つ　中西利一
雨しとゞ焼け出されたる人に荷に　徳尾野葉雨
火事明り流るゝ雲を染めてをり　宮野青芭
かけつけて言葉とならず火事見舞　越智絵美子
濡れ足袋のまゝに失火の調べ受く　矢倉信子
火遊びの児の名は言へず火事見舞　中谷浪女
サイレンを鳴らさずに済む火事なりし　岡村尚風
対岸の火事見る心咎めつゝ　澤井山帰來
類焼をのがれし家も縄張られ　三上水静
近火はや迫りし犬を解き放つ　村上杏史
検証は明日に火事場の縄を張る　長谷川回天
火事逃れ来しこと覚えては居らず　中村稲雲
風向きの又も不安となる近火　小玉艶子
炎上を見かへりながら逃ぐるかな　高濱虚子
映画出て火事のポスター見て立てり　同

火《ひ》の番《ばん》 ㊂　冬の夜、火をいましめて町内を回る人。拍子木を打ちながら「火の用心」などと声を掛けて歩く。都会では消防団員の夜警《やけい》が多い。夜廻《よまは》り。夜番《よばん》ともいい、「やばん」とも読む。夜番小屋《よばんごや》。火《ひ》の見櫓《みやぐら》。

海苔小屋をのぞき火の番返し来る　江口竹亭
夜番より戻りし膳の小盃　南出白妙女
火の番の仮寝の牀の敷かれあり　三星山彦
川向ふよりも夜番の柝の聞ゆ　中谷木城
影曳きていろは坂ゆく夜番かな　辻本青塔
夜廻りの終りの柝の二つ急　高濱虚子

冬《ふゆ》の夜《よ》 ㊂　昔、冬の夜は重く暗かった。また森閑として詫しかった。今は暖房が調い、屋内の生活は明るく楽しくなった。が、厳しい自然に変りはない。**夜半《よは》の冬《ふゆ》**といえばやや更けた感じである。**寒夜《かんや》**。「夜寒」といえば秋季。

土間にありて臼は王たり夜半の冬　西山泊雲
仏彫る耳より冷ゆる寒夜かな　山口燕青
上等の茶筅つくりは冬の夜に　福井甲東子
黒ビール飲み冬の夜の食堂車　長谷川青窓
星生る早さ寒夜となる早さ　上崎暮潮
寒夜覚め葬りし猫の鈴鳴ると　松本巨草
冬夜読書何か物鳴る腹の底　高濱虚子
病院の冬の夜いつか時刻過ぎ　高濱年尾

冬《ふゆ》の星《ほし》 ㊂　冬の夜空に青白く凍てついた星は、寒く冴々としてあざやかに見える。**凍星《いてぼし》**。**星凍《ほしい》つ**。

凍星の光に加ふなにもなし　岡田吉男
オリオンは直に目につく冬の星　三好竹泉
極めたる色の白なり冬の星　高石幸平
凍星のひとつひとつに触るる指　荒川ともゑ

冬《ふゆ》の月《つき》 ㊂　冬の月は青白く凄惨な感じがする。真上を高く渡るので小さく見え、澄んで鋭い感じがある。

この木戸や鎖のさゝれて冬の月　其角
うちあげて津の町急ぐ冬の月　中村吉右衛門
冬の月より放たれし星一つ　星野立子
温泉煙に明るく暗く冬の月　山中杏花

天測の北緯五十度冬の月　河合いづみ
深夜ミサ終へし人らに冬の月　丸山よしたか
束の間の冬の月さへ砕く波　竹屋睦子
門のガチヤリと閉まる冬の月　星野椿
大船や帆綱にからむ冬の月　高濱虚子
冬の月いざよふこともなく上る　高濱年尾
とも〴〵に別るゝ心冬の月　稲畑汀子
次に見し時は天心冬の月　同

冬《と》至《じ》

二十四節気の一つ。十二月二十二日ごろにあたり、一年中で昼がもっとも短く、夜がもっとも長い日である。冬至を境にして日脚が伸び始める。**冬至粥《とうじがゆ》**を食べ、冬至南瓜《かぼちゃ》を食べ、また「柚風呂」に入る習慣がある。

門前の小家もあそぶ冬至かな　凡兆
山国の虚空日わたる冬至かな　飯田蛇笏
庭稲荷にも手向けある冬至粥　藤田美乗
燃えてゐし冬至の夕日すぐ消えし　富田巨鹿
職人の早仕舞せし冬至かな　山﨑一角
帰宅せし部屋に冬至の暗さかな　稲畑廣太郎
冬至の日沼に入つてしまひたる　石井とし夫
冬至風呂せめてゆつくり入りけり　小川龍雄
喝食《かつしき》の面打ち終へし冬至かな　高濱虚子
山寺の僧が冬至の柚子をくれ　高濱年尾
早発の六時は暗し冬至かな　稲畑汀子

柚《ゆず》湯《ゆ》

冬至の日、風呂に柚子の実を切って入れ入浴する。いかにも香りが高く、古くからのなつかしい習慣である。**柚風呂《ゆぶろ》**。

客僧の柚湯こよなくよろこばれ　青野洸女
風呂の蓋柚子の匂ひを封じ得ず　洲崎美佐穂
庭掃除すませ今宵は柚子風呂に　大原雅尾
沈めたり浮せたりして柚子湯かな　今橋浩一
旅はもう叶はぬ母に柚子湯立て　樹生和子
今日はしも柚湯なりける旅の宿　高濱虚子

近松忌《ちかまつき》　陰暦十一月二十二日、浄瑠璃歌舞伎脚本作者近松門左衛門の忌日である。本名は杉森信盛。不移山人、巣林子などと号した。芭蕉、西鶴と並び称される元禄文学の代表作家で、「曾根崎心中」「心中天の網島」などの世話物、「国姓爺合戦」などの時代物、その他多数の傑作を残している。享保九年（一七二四）七十二歳、大阪で亡くなった。墓は大阪市中央区谷町筋と周防町筋の交差点に史跡として残っており、その他、兵庫県尼崎市の広済寺《こうさいじ》、佐賀県唐津市の近松寺《きんしょうじ》などにある。**巣林子**《さうりんし》**忌**《き》。

近松忌浪花住ひの江戸役者　吉村洞水
道しるべしてある寺の近松忌　中村浜子
虚子も書きし心中物や近松忌　星野高士
古唐津の登り窯見て近松忌　坂井建
今の世は恋も自由よ近松忌　髙濱朋子
けふも亦心中ありて近松忌　高濱虚子
世話物は今もすたれず近松忌　稲畑汀子

天皇誕生日《てんわうたんじやうび》《てんのうたんじょうび》　十二月二十三日、今上陛下御誕生の日である。

国旗揚ぐ灯台天皇誕生日　松本圭二
ジングルベル響き天皇誕生日　稲畑廣太郎

大師講《だいしかう》《だいしこう》　陰暦十一月二十四日、天台大師智顗《ちぎ》の忌日である。天台大師は、伝教大師が比叡山に開いた天台宗の高祖で、中国梁の僧、第二の釈迦と仰がれている。比叡山では大講堂、横川大師堂で、十二月二十四日忌日法会が行なわれ、上野寛永寺では十一月二十四日に修される。全国の天台宗寺院でも各々修する。民間では小豆粥を食う。これを**大師粥**《だいしがゆ》という。

何のあれかのあれ今日は大師講　如行

蕪村忌《ぶそんき》　十二月二十五日。与謝蕪村の姓は谷口、摂津に生まれ、江戸に学んだ。俳諧中興の祖といわれ、また画《え》は池大雅と並び称された。天明三年（一七八三）京にて没、六十八歳。蕪村忌の行事についての古いことはよく判らないが、近くは明治三十年（一八九七）子規が初めて根岸庵で催したものが記録され、また昭和七年（一九三二）百五十回忌以来篤志家によって夜半会が興され、蕪村忌が修されていた。今日でも蕪村を葬った京都市一乗寺の金福寺《こんぷくじ》に於て催されている。**春星忌《しゆんせいき》**。

蕪村忌や何はなけれど移竹集　奈良鹿郎
与謝住みのわが半生や蕪村の忌　柴田只管

ポインセチア

中央アメリカ原産の常緑低木。葉は長い柄で互生し、先のとがった楕円形でふちに波形のぎざぎざがある。クリスマスが近づくころ、上部の葉のように見える苞が十枚あまり緋紅色に色づき、聖夜の飾りとして欠かせぬものとなっている。**猩々木《しやうじやうぼく》**。

ポインセチア

家具替へて序でにポインセチア買ふ　高田風人子
珈琲とポインセチアに待たさるる　今井千鶴子
ポインセチア言葉のごとく贈らるる　手塚基子

クリスマス

十二月二十五日、キリストの誕生の祝日である。前日の夜のクリスマス・イブ（聖夜）から各教会で儀式がある。クリスマス・ツリー（聖樹）が飾られ、またデパートなどではクリスマス贈答品を売り、家庭でも子供たちへサンタクロースの伝説にちなんだ贈物をしたりする。**降誕祭《かうたんさい》**。**聖誕節《せいたんせつ》**。

クリスマスツリー飾りて茶房閑　翁長恭子
手品してみせる牧師やクリスマス　土井治
外人は高き鼻もちクリスマス　高田風人子
街といふ街行けばクリスマスカロル　今井千鶴子
銀の匙象牙の箸やクリスマス　太田育子
病む妻を見て来聖夜の灯を点す　加藤邑里
点滅し聖樹はいつも暮れてをり　下村福
副牧師若し聖夜の劇を指揮　鉄田多津桜
何事も信じてクリスマス聖書　平松竈馬
深夜ミサより戻り来て聖菓切る　山内しげ子
聖樹の灯音あるごとく点滅す　木村利子
枝深きにもまたゝきて聖樹の灯　小路生雅

人と幸比較はすまじクリスマス　嶋田摩耶子
礫像に一条の灯の差す聖夜　西野白水
見舞はれて家族の揃ふクリスマス　後藤一秋
神の闇深々とあり聖夜ミサ　岩岡中正
早々と小児病棟聖夜の灯　松岡巨籟
燭一つづつ点き聖夜ミサとなる　水田むつみ
神の子の吾に汝に聖夜更く　松岡ひでたか
物くれる和蘭人やクリスマス　高濱虚子
明滅のなき一つ灯の聖樹かな　高濱年尾
クリスマスとは静けさの中にこそ　稲畑汀子
聖誕の夜の星となり給ひしや　同

社会鍋《しやくわいなべ》《しやかいなべ》　救世軍では毎年年末になると、街頭や駅前などに三脚を立て鍋を吊して道行く人の喜捨を求める。そうして得た金は歳末助け合い運動の一環として、施設や老人ホームなどの恵まれない人々に餅代、医療費として寄付されたり、その他の社会事業にあてられる。人波の中で、救世軍のラッパ、手風琴とともにその声を聞くと、どことはなしに歳末の感を深くする。**慈善鍋**《じぜんなべ》。

慈善鍋昼が夜となる人通り　中村汀女
社会鍋底に一掬ほどの闇　八木冷潮子
呼びかくる声風にとび社会鍋　小畑一天
雪に据ゑ雪降つてゐる社会鍋　嶋田一歩
社会鍋雪呼びさうな喇叭吹く　林直入
来る人に我は行く人慈善鍋　高濱虚子

師走《しはす》《しわす》　陰暦十二月の異称であるが、陽暦の十二月にもそのまま使われている。単に十二月というよりも、年の瀬の慌ただしさが感じられる。

奈良に来て師走ともなき一日かな　山口一秋
貧乏の苦もあり病める師走妻　上野杜未生
手を上げてながされ別れ師走町　皆吉爽雨
門前の人の流れを見て師走　門坂波の穂
買物の好きな女に師走来る　星野立子

日曜の出勤もはや師走なる　長野深郷
町汚れ日輪汚れ師走かな　藤松遊子
街師走わが目的を誰も知らず　高木晴子
大切な指を傷つけ師走妻　柳本津也子
師走記者筆の疎略を慎まん　吉井莫生
何んとなく師走顔なる厨妻　丸木千香
掛嫌ひ通して老いし師走妻　平野一鬼
師走人堰きてはエスカレーターへ　谷野黄沙
仲見世の新仲見世の師走人　有川淳子
電話鳴る度に心の師走かな　小川修平
雨去つて師走の街の甦る　手塚金魚
すれ違ふ妻の気附かず町師走　榊原八郎
雲の上に日のしばしゐる師走かな　増田手古奈
予定なき師走の客の応対に　松尾緑富
能を見て故人に逢ひし師走かな　高濱虚子
師走すぐ目の前にして急く心　高濱年尾
師走とて忘れもせずに訪ひくれし　同
抜け道もその抜け道も街師走　稲畑汀子

極月《ごくげつ》

陰暦十二月の異称であるが、年の極まる月という意味で、陽暦にもその感じをもって使われる。

極月といふことのこめかみにあり　戸田銀汀
極月の常と変らぬ朝の街　中島よし繪
商ひに極月といふ勝負月　辻本斐山
平凡にはや極月となりにけり　中川玉枝
極月に得し好日を如何せん　深川正一郎
極月や尚未知の日のある暦　三浦恵子
極月の光陰たゞみかけてくる　小島隆保

暦売《こよみうり》

年の暮が近づくと、街頭に新しい年の暦を売る人が目立ってくる。この場合、ふつうのカレンダーではなく、干支九星の古風の暦のことである。昔は神主が新しい神宮暦を売って回ったものであった。

暦売ふるき言の葉まをしけり　松本たかし

——十二月

暦売る人の流れを押しとゞめ　野村久雄
泉岳寺今日の人出に暦売　竹内万紗子
雑沓に時たま売れてゆく暦　牧野愛子
暦売ポケットの手を出しもせず　三村純也
暦売夢判断も取揃へ　高濱虚子

古《ふる》暦《ごよみ》

新しい暦が配られると、それまでの暦は古暦となるが、年の暮まではまだ古暦にも用がある。残り少なく四、五枚になった日めくりの暦には、いかにも押しつまった年の暮の感じが深い。カレンダーもまた古暦である。

人住ずなりぬはしらの古暦　几董
めくる日やめくらざる日や古暦　森本青耕
老妻とひそかな暮し暦果つ　菅原村羊
何か追ふ心愛しや古暦　星野立子
笑みつゞけゐしモナリザも古暦　副島いみ子
多忙とも附き合ひくれし古暦　小田尚輝
美人画の顔にもメモや古暦　今井風狂子
大安を以て終りし古暦　南魚水
事故の朝めくりしままの古暦　芦高昭子
一日もおろそかならず古暦　高濱虚子

日記《にっき》買《か》ふ《にっきかう》

年末近くなると書店にはいろいろに趣向を凝らした新しい日記がたくさんに積まれる。夢があり、人々は心に叶った一冊を選び出して買う。日記《にっき》出《い》づ。

汝が為に買ひし日記と手渡され　高橋笛美
日記買ふ二人の生活築くべく　八木隆史
何時までの余生と思ひ日記買ふ　杉森干柿
書店訪ふこと久しけれ日記出づ　古上邦雪
少年の如し夢見て日記買ふ　高石幸平
来年は鎌倉暮し日記買ふ　京極高忠
勉めよと日記を買ひて与へけり　高濱虚子
我が生は淋しからずや日記買ふ　同

日記《にっき》果《は》つ

一年間書きつづって来た日記を書き終ることをいう。思い出多い日々、あるいはまた空白に過ぎた日があっても、いよいよ終りとなれば、それぞれに感慨が胸の中を去来するであろう。**古日記《ふるにっき》**。

懈怠なき仏仕への日記果つ　矢野瑞雲
闘病のかくてまた果つ日記かな　荒田蔦雨
心病む日々の空白日記果つ　土山紫牛
窯番の手垢汚れの日記果つ　岸川鼓蟲子
病牀に書き続けたる日記果つ　松本穣葉子
ペン措きて去年の日記となりにけり　佐々木遡舟
大方は句日記となり日記果つ　山田桂梧

ボーナス

官公庁、学校、銀行、会社などで、年末近くに支給される賞与である。額の多少、その使途によってそれぞれ思惑もあろうが、いずれにせよ支給されてみれば嬉しいものである。ただ、最近は事前に大凡の金額がわかっていて、ボーナス袋を開くときの期待感や感激は薄くなった。また夏季にも支給される慣例になっているが、矢張り年末の季節感が強い。

わが古りしハンドバッグに賞与あり　関口真沙
ボーナスのなき淋しさの妻にあり　井尾望東
ボーナスの懐に手を当ててみる　今橋眞理子
ボーナスに心してあり愉快なり　高濱虚子

年用意《としようい》

新年を迎えるためのいろいろの用意をすること。煤掃、床の飾、注連《しめ》張り、年木取り、年の市の買物、新年用の什器の取出し、松の内の料理の準備などで主婦は忙しい。

むつかしきことは云ふまじ年用意　高田つや女
年用意風邪も抜かねばならぬかな　三輪一壺
巡航船迎へて島の年用意　小野寺孤羊
娘にまかせ心許なき年用意　幸　喜美
一束の牛蒡を埋けて年用意　金親化石
年用意日々の掃除もその積り　古賀志津子
老僧の自坊にもどり年用意　井上和子
相国寺仏師を入れて年用意　中西　蘗
牧場にどつと著く藁年用意　清田松琴

年用意医師は薬とり揃へ　築山能波
長男の力借りもし年用意　稲畑汀子

春支度《はるじたく》　年用意と同じことでもあるが、年用意が年取りの儀礼的直接的なものであるのに対して、春支度はもう少し間接的で一般的な新春の支度をすることである。たとえば春着を縫うとか、家の造作や繕いなどをするとかいったことも含まれよう。

春支度京のしきたり嫁しるや　風間さく
迎春の構へも不用草の庵　岩木躑躅
引越もまた一流転春支度　藤田美乗
妓を廃めて身ほとり淋し春支度　吉田小幸

春著《はるぎ》縫《ぬ》ふ《はるぎぬう》　正月の晴着を縫うことである。現代は平素は洋服を着ることが多いけれども、せめて正月だけでも和服を着て、日本風に装いたい娘もあろう。年の瀬の忙しいひととき、華やかな彩りの反物を広げている情景は、母にも娘にも楽しいものである。また頼まれて美しい春着を縫う場合もあろう。

待針は花の如しや春著縫ふ　多田菜花
縫ひかけて心あそべる春著かな　田上鯨波
縫ひ上げし春著の花鳥折りたゝみ　小原牧水
縫ひあげし春著をかりの袖だたみ　村田青麦

年木樵《としきこり》　年木《とし》とは正月の行事に用いるいろいろな木のことをいったが、のち新年に使う薪をさすようになった。それを年内に伐採することである。年の瀬になり家々で割った年木が軒下などに積まれ、新しい木の香りに新春を迎える気分が漂う。**年木積《としきつ》む**。

千山は早くも年木用意かな　箱崎晴山
常在の雲衲九人年木作務　塚本英哉
年木割る師弟の僧の代り合ひ　広瀬規木
柄を替へて使ひよき斧年木割る　山川喜八
鎌倉の鄙びや年木車くる　矢野蓬矢
市役所の渡廊下も年木積み　早川紀水
年木負ひ降り来る足の確かな　依田秋葭

老僕の頑固一徹年木割る　川端紀美子
遠目にも切口白き年木かな　千原叡子
年木積む嵩にも生活しのばるゝ　坊城としあつ
年木屑飛んで空うつ時もあり　高濱虚子
火山灰の村捨てぬたつきの年木積み　稲畑汀子

歯《し》朶《だ》刈《かり》

新年の飾に用いる歯朶（裏白《うらじろ》）を刈るのである。歯朶は比較的暖かい地方の林や谷に群れて自生している。

歯朶刈に別れてしばし歯朶の道　石田雨圃子
磨崖まで来て歯朶刈の返しけり　山田建水

注連《しめ》作《つくり》

注連を作る藁は、まだ稲の穂の出ないうちに刈り取って青く干し上げたもので、これを水に漬け、藁砧で打ってやわらかくして注連に綯うのである。注連作の盛んなところでは、そのための稲田を別にする。多くは農家の正月前の仕事であるが、技術がいるので作られる地方がきまっている。注連の形なども各地で異なる。

注連作る峡の一宇も比叡の坊　島村秋夢
早刈の藁に残る香注連を綯ふ　杉山木川
立てばある古座布団や注連作　中村暁子
注連を綯ふ藁は踏むまじ跨ぐまじ　上田土世起
注連作る土間は乱さず白川女　北川サト
藁の腰強し弱しと注連を綯ふ　香西朝子
藁といふ汚れなきもの注連作る　明石春潮子
起きぬけに坐る仕事場注連作　小原壽女
今日は藁言ふこと聞くと注連綯へる　井尾望東

年《とし》の市《いち》

新年に用いる品々を売る市のこと。神棚、注《し》連《め》飾、門松、俎、若水桶、盥《たらい》、橙、楪《ゆずりは》、裏白、串柿、昆布、茶碗、盆栽、その他新年調度などを売る市である。東京では古くから浅草観音の境内がことに賑わった。デパートなどでも十二月中ごろから年の市が立つ。年の市が立つと、歳末らしい気分がみなぎる。

山雀の芸こぞり見る年の市　眞下喜太郎

——十二月

雪晴のはたして人出年の市　津谷たみを
雪どつと来て年の市らしくなる　三ツ谷謡村
年の市見るともなしに通りけり　小山白楢
いち早く小屋がけ出来て年の市　高濱年尾

羽子板市《はごいたいち》

羽子板を売る市で歳末風景の一つ。吹きさらしの街頭に立つもの、デパートの売り場で催されるもの、それぞれ趣は違うが、豪華な押し絵の羽子板が高々と飾り立てられたさまは華やかで、気ぜわしく行き交う人々の足を止める。江戸時代に始まり、東京では十二月十七日から十九日までの浅草観音が盛んで、その他方々に市が立つ。

公家悪の羽子板市に売れのこる　中村芝鶴
青竹に大羽子板は一つざし　田畑比古
見上げたる羽子板市の明るさに　坊城中子
竹矢来あらは羽子板よく売れて　舘野翔鶴
うつくしき羽子板市や買はで過ぐ　高濱虚子

飾売《かざりうり》

年の市、その他で正月の飾を売るのをいう。関東では年が迫った十二月二十七日ごろから鳶職が、駅前や町中などに丸太を組んだ小屋を作り飾売の店を張る。

人混みに車押し入れ飾売　大橋鼠洞
行く人の後ろ見送り飾売　高濱虚子

門松立《かどまつた》つ

年も暮近くなるとデパートやビルの入口、また大きな屋敷の門に門松が立てられる。麗々しく門松が立てられるといかにも正月間近の感じになる。押し迫ると各家庭の門辺にも一対の松の枝が飾られる。

いち早く門松舟の著きにけり　齋藤雨意
門松を立て終りたる塵を掃く　松田水石
年々に松うつ柱古りにけり　高濱虚子
里人の松立てくれぬ仮住居　同
松立ちし妹が門辺を見て過ぎぬ　同

注連飾《しめかざ》る

門松を立てるとともに、門には注連を張る。あるいはまた伊勢海老、橙、裏白などをつけた注連飾を玄関口に掛け、家の中の方々に輪飾を掛けたりする。神社の鳥居にも新しい注連が飾られる。

爪立ちてかまどの神へ注連飾　今井つる女
輪飾を掛け余り来て厠神　鈴鹿野風呂
門に注連飾りめでたく休診す　高槻青柚子
御仏に尼がかけ居る飾かな　高濱虚子

煤払《すすはらひ》《すすはらい》　新年を迎えるために、家の内外の煤埃《すすほこり》をくまなく払い清めることである。江戸時代は十二月十三日に多く行なわれたが、現在ではまちまちである。寺院などでは、それぞれのしきたりに従ってきまった日に長い**煤竹**《すすだけ》を使って堂宇を清めたりする。**煤掃**《すすはき》。**煤湯**《すすゆ》は煤払を終えた後で入る風呂のことである。

旅寝して見しやうき世の煤払　芭蕉
夫婦してはづれぬ戸あり煤払　乙由
わびしさや思ひたつ日を煤払　太祇
煤掃や一帙見ゆる草の宿　村上鬼城
とこしへの黒本尊や煤払　川名句一歩
煤掃に出仕の法鼓とう〳〵と　奥野素径
煤梯子触れて奏づる華鬘あり　山本梅史
病牀の我に静に煤を掃く　赤星水竹居
煤掃やあけ放ちたる堂幾つ　貞永金市
何や彼と焚いてけぶれる煤湯かな　岡田抜山
煤払すみしばかりの仏達　江口竹亭
天蓋の落ちんばかりに払ふ煤　山口燕青
踏継にある紋どころ煤を掃く　三浦恒礼子
煤掃くや胡粉剝げとぶ大法鼓　野口一陽
降る雪の垣に昨日の煤の竹　中野浩村
うつばりのひゞのくはへし煤の笹　高橋三冬子
沙弥運ぶ位牌のかずや煤払　角谷微尾
煤帚象の脊中も一と払ひ　山田皓人
閻王の口よりお煤出ることよ　山口民子
数珠の手を振りて宰領お煤掃　西堀若桜子
早々と子の焚きくれし煤湯かな　水島三造

煤払無用と書いて検事室　三谷蘭の秋
三間に及ぶ煤竹巫女かざす　久米幸叢
煤流しとて窯衆に煤の酒　岸川鼓蟲子
煤払煤なきところより始む　林田与音
古時計下ろせば鳴りぬ煤払　池田都々女
心得し人等に任す煤払　安原葉
煤払されし堆書の親しめず　浅井青陽子
まねごとの暮しのけぢめ煤を掃く　上村梢雪
老一人いつまで煤の始末かな　高濱虚子

煤《すす》籠《ごもり》

煤払の日に、老人や子供たちが邪魔にならないよう別棟や別室に煤を避けて移り籠ることをいう。

老僧や離れの坊に煤ごもり　中村青屯
御仏間に老の二人の煤籠　月洞易往子
煤籠る釣鐘堂へ飯とゞく　榎本野影
尼宮のお煤籠や猫も居り　山口民子
僧正のうと〳〵と居る煤籠　山口燕青
煤籠する部屋もなし外出す　高橋すゝむ
煤籠して果さなん一事あり　宮城きよなみ

畳替《たたみがへ》《たたみがえ》

新春の用意のため、年末畳表を新しく取り替えることである。畳替の終った部屋の藺草の匂いと青みをおびた新しい畳は新年を迎えるのにふさわしい。

後任の為の官舎の畳替　鈴木洋々子
畳替して鏡台も新しく　星野立子
路地口に吹きつさらしや畳替　佐々木星輝
絨毯を敷き畳替せぬことに　中村芝鶴
一日を洋間にこもり畳替　杉山木川
床低き明治の家や畳替　正木江深
畳替して芳しき起居かな　佐藤朴水
藺の香たゞようてゐる畳替　宮坂和子
部屋々々に匂ひしてゐて畳替　下田實花
又人の住みかはるらし畳替　高濱虚子
古家の畳替して目出度けれ　同

畳替出来てふたゝび客間とす　稲畑汀子

冬休《ふゆやすみ》　大方の学校は十二月二十五日から一月七日くらいまでが冬休である。年末年始をはさみ、あっという間に過ぎてゆく思いがある。

大原の小学校も冬休　池内たけし
わがまゝをせぬ子となりぬ冬休　星野立子
分校の机十三冬休　渡辺翠村
机みな椅子乗せて伏せ冬休　古川閑山
計画を持ちすぎてゐる冬休　豊田淳応
咎め立てするより賞めて冬休　村中千穂子
散らかしてよい部屋一つ冬休　稲畑汀子

歳暮《せいぼ》　歳末に、親しい人や平素世話になっている人に品物を贈って謝意を表することをいう。この時期になると、デパートなどは歳暮売出しで賑わう。

お歳暮のあまりかさばりはづかしく　村松一平
知遇の縁歳暮今年も変りなく　横井迦南
お歳暮と鯉二尾淀の農家より　宮林爽司
お次まで執事案内の歳暮客　野島無量子
お歳暮の下見の筈が荷のふえし　江口久子
お隣のお歳暮ばかりあづかりし　谷口まち子
お歳暮の真心を解くリボンかな　岡林知世子

札納《ふだをさめ》《ふだおさめ》　年末になると諸寺社から新しいお札を受けるので、今までの古いお札を寺社に納める。古いお札に粗相があってはならないからである。納めたお札は納札所などで浄火にかけられる。

身弱きが故の信心札納　今井奇石
雨の中大神宮に札納　橋本こま女
伸び上り高く抛りぬ札納　高濱虚子

御用納《ごようをさめ》《ごようおさめ》　諸官庁などは十二月二十八日まで仕事をし、翌年一月三日まで休む。この二十八日を御用納とか「御用じまい」といい、その年の残務を片付け、掃除などをし、年末の挨拶を交して帰る。民間会社でも大方これに習う。

——十二月

兎も角も御用納に漕ぎつけし　松山一雪
大月夜なりし御用を納めけり　三谷蘭の秋
かははぎの棘に伝票耀納　大木葉末
町医者に御用納の日とてなく　一宮十鳩
思ひきり書類選り棄て用納む　浅井青陽子

年忘《としわすれ》

年末、一年間の慰労のために集まって酒宴を催すことをいう。家族や親戚、友人などでするささやかなものもあり、勤め先仲間などの大勢で行なうのは忘年会《ぼうねんくわい》と呼ばれる。

乙州が新宅にて
人に家をかはせて我は年忘　芭蕉
酔臥の妹なつかしや年忘　召波
木屋町も久しぶりなる年忘　森桂樹楼
一門の人を集めて年忘　壽々木米若
薬礼も済みたる安堵年わすれ　永井賓水
とん／＼と上る階段年忘　星野立子
人々の中に我あり年忘　清崎敏郎
立つてゐる人が忘年会幹事　千原草之
夜十時より看護婦の年忘　樋口陵雨
古書肆に寄りて間のある年忘　高木石子
レイ懸けて老船長や年忘　廣瀬河太郎
久しぶりなり年忘ゆゑ逢へし　嶋田摩耶子
人の世の哀れも唄ひ年忘　田上一蕉子
忘年会つゞきし故の不参とも　千原叡子
厨にも味見の客や年忘　坊城中子
泣き上戸われを離さぬ年忘　小坂螢泉
この町に料亭一つ年忘　上﨑暮潮
知り過ぎし忘年会の顔並ぶ　佐々木ちてき
年忘老は淋しく笑まひをり　高濱虚子
義理もまた楽しみもまた年忘　稲畑汀子

餅《もち》搗《つき》

昔は師走も押しつまってくると、そこここに餅搗の音がひびいたものであったが、最近はほとんど機械搗に変り、各戸で餅を搗くことは少なくなってしまった。しかし今でも親戚や隣近所何軒かが集まって搗く所もある。前日までに餅米を洗い笊に入れて水を切っておく。洗い上げた餅米の白さにも行く年が惜しまれる。**餅米洗《もちごめあら》ふ**。当日は男女総出で景気よく搗きあげ、熨斗餅《のしもち》は板に伸べ、小餅は丸めて新しい粗筵に並べて敷き伸べられるのである。**餅筵《もちむしろ》**。

餅つきや火をかいて行男部屋　岱水
餅搗が隣りへ来たといふ子かな　一茶
京の四季舞うて餅搗はじまりぬ　森桂樹楼
たのもしき大世帯なり餅を搗く　酒井黙禪
来合せて餅搗かされてをりにけり　佐久間潺々
路地口に餅つく臼に人だかり　丸橋静子
餅搗いておくから取りに来いといふ　近藤いぬゐ
餅搗きし杵より糸の如き湯気　荒木思水
餅搗くや杜氏部屋よりも助二人　西山小鼓子
切火の儀より始まりしお餅搗　合田丁字路
搗きあげし餅を牛にも一ちぎり　伊藤凰樓
餅を搗く力自慢の学僧ら　上田正久日
竈神の燭のまたゝく餅を搗く　渡部余令子
臼取りの目に鼻にとぶ杵の飯　石本めぐみ
餅を搗く音若者と替りけり　中原八千草
八十路女の餅つく姿それも舞　武原はん女
かる〴〵と上る目出度し餅の杵　高濱虚子
餅搗の音そこゝに〳〵　同
餅を搗く次第に調子づいて来し　高濱年尾

餅《もち》

祭や祝いごとには昔から餅を搗く習慣があったが、ことに正月を迎えるには餅はなくてはならぬものである。正月に飾る「鏡餅」(別項)にしたり、**切餅《きりもち》**、**熨斗餅《のしもち》**にしたりする。また細かく刻んで**霰餅《あられもち》**にもする。

餅切るや又霰来し外の音　西山泊雲
餅白くみどり児の唾泡細か　中村草田男
四捨五入すれば五十と餅を焼く　星野立子

ふくれ来る餅に漫画を思ひけり　高田風人子
月日古り餅箱どことなくゆるみ　竹下波城
餅腹の重きを据ゑて墨をする　杉本零
餅腹を空かさんそこらまで散歩　木内悠起子
日本の白さと形餅を焼く　嶋田一歩
餅焼いて神木の箸こがしけり　鈴木ヤエコ
寮生の呉れし餅焼く舎監室　中井苔花
まだ残る餅使はねばならぬかな　稲畑汀子

餅《もち》配《くばり》

餅搗をすると、まだやわらかい餅をすぐ餡餅や黄粉餅に作って親戚や隣近所に配る風習がある。重箱に餅を詰めていそいそと配るのはいかにも年の暮らしい。

我門へ来さうにしたり配餅　一茶

年《とし》の暮《くれ》

一年もいよいよ終らんとするころのことである。歳《さい》末《まつ》。歳晩《さいばん》。

ともかくもあなたまかせの年の暮　一茶
昭和十一といふ大いなる年暮るゝ　富安風生
行人に歳末の街楽変り　中村汀女
歳晩のまつたゞなかの主かな　二村蘭秋
年の瀬や続く天気にはげまされ　星野立子
家を出てすぐ歳晩の銀座かな　下田實花
ともかくも身一つ赴任年の暮　佐久間潺々
年の瀬の人出をはゞみ道普請　武田山茶
頁繰るごとく日の経ち年暮るゝ　中村若沙
年暮るゝいろ〳〵のこと身一つに　田畑美穂女
貧しさの沁み込む畳年暮るゝ　手塚白水
吾にまだ長き人生年暮るゝ　藤丹青
媒酌をして年の瀬の一と日かな　阿部小壺
書き溜めて連載コラム年の暮　大野雑草子
歳晩の切り詰められてゆく時間　吉村ひさ志
催促のなきが催促年暮るゝ　田村おさむ
病む友の会話にちらと年の暮　山道陽子
年を以て巨人としたり歩み去る　高濱虚子

見送りし仕事の山や年の暮　同

その人の事にかゝはり年の暮　高濱年尾

病室の部屋ごと年の瀬の掃除　同

節季《せっき》

歳末のことである。もともと節季とは季の節、つまり各季節の終わりのことであるが、商売上の決算、勘定の関係から、盆の「盆節季」と年末の「大節季」とをいうようになり、俳句では単に節季といえば大節季を指している。

屋根よりも高き雪道節季市　瀧澤鶯衣

年《とし》の内《うち》

年内余日がないというように使うときの年内《ねんない》と同意である。年の暮と同じ意味であるが、言葉のひびきも気分もちょっと違う。

年内に何とか話附け置かん　溝口杢生

数《かぞ》へ日《び》《かぞえび》

年末も押し詰まり、残すところあと数日というところ。切迫感がある一方、新年が近づいた実感に、ふと静かな気持ちになることもある。

数へ日の入日府中の町外れ　深見けん二

数へ日の夫時間と妻時間　河野美奇

数へ日の帰国の家に待つ仕事　小川龍雄

数へ日の数へたくなき余命かな　須藤常央

数へ日や艶を増したる轆轤　木暮陶句郎

数へ日に鳴る一本の電話かな　相沢文子

数へ日や父の背中にもの言ひて　阪西敦子

一日もおろそかならぬ数へ日に　稲畑汀子

行《ゆく》年《とし》

流るる如く過ぎ去る年をいうので、これにふと心をとめてうち眺めた心持がある。**年惜む**《としをしむ》はまさに過ぎ行かんとする年を惜しむ情をいうのである。

行としやたゞならぬ身の妹分　召波

ゆくとしのこそりともせぬ山家かな　士朗

行年の人や嶮しき秤の目　西山泊雲

片づけて机辺ものなし年惜む　中村若沙

行年や身辺の書をかたづけて　湯浅典男

行年の一日の暇あれば訪ふ　高木晴子

然かなれば然かせしものを年惜む　野島無量子
点滴をかぞへベッドに年惜む　片岡片々子
年惜む即ちいのち惜むなり　上林白草居
年惜む心に雨に耳澄ませ　成瀬正とし
山会に青邨と泣き年惜む　深川正一郎
振り返るには重かりし年の逝く　南　禮子
行年の海くつきりと富士のあり　星野　椿
行年のともしびなりと明うせよ　高濱虚子
行年や歴史の中に今我あり　同
行年の心の継目なきままに　稲畑汀子

大年《おほどし》《おおどし》　大晦日のことを大年ともいう。

大年の空かきくらし鎔鉱炉　闢　圭草
大年の母港にかへり泊つる船　林　大馬
一刻を残す大年活字撰る　河村良太郎
大年の星の配置のすみし空　藤崎久を
ふさはしき大年といふ言葉あり　高濱虚子

大晦日《おほみそか》《おおみそか》　十二月三十一日、一年の最後の日をいう。三十日のことを「つごもり」というので、大晦日を「大つごもり」ともいう。

いさゝかの借もをかしや大三十日　村上鬼城
揚げ船のとりまく宮や大三十日　岩木躑躅
吹き晴れし大つごもりの空の紺　星野立子
明日といふ日はなき如く大晦日　中田秀子
や、早き退院許可や大晦日　谷川紫竹
億劫というてはをれず大晦日　板倉松鯉
大晦日みちのく人となる帰郷　大江秀洋
大晦日こゝに生きとし生けるもの　高濱虚子

掛乞《かけごひ》《かけごい》　年末に掛売の代金を集めること、またはその人をいう。昔は、商店の掛売の決済は盆と暮の二回がふつうであったが、暮の方に重点がおかれていたので、冬の季題として詠まれてきた。現在は毎月末の勘定がふつうとなったが、それでもやはり年の暮にふさわしい感じが残っている季題といえる。
掛乞の請求書を「書出し」という。

掛乞に水など汲んで貰ひけり　一茶
掛払ふ大文字の夜の分もあり　遠入たつみ
羅紗の値のどかと落ちたる掛乞に　小島梅雨
掛乞の待たされてゐる土間火鉢　藤井佐保女
掛乞の忘れてゆきし帽子かな　佐藤大愚
この掛はいかに乞はなと道すがら　岩崎はるみ
客人にはゞかりもなく掛乞はれ　伊藤紀秋
しみ〴〵と話し込まれて掛乞はれ　公文東梨
掛の寄り書いて投函旅つゞく　水本祥壹
あゝ云へばかう云ふつもり掛を乞ふ　家中波雲児
掛を乞ふことのきびしさ妻知らず　秋山郁子
見せられぬ心のうちや掛を乞ふ　小林沙丘子
女将出て行かねば取れぬ掛のあり　中村稲雲
掛乞はれゐる玄関へ往診す　河野探風
掛乞に逃げもかくれもならざりし　水島三造
今日の我掛乞ふ側にまはりたる　田中暖流
忘れゐし僅かな掛も乞はれけり　尾高青蹊子
掛乞の女はものゝやさしけれ　高濱虚子

掃納《はきをさめ》《はきおさめ》

大晦日にその年最後の掃除をすることである。部屋を掃き庭を掃く。やがて来る新年への期待に掃く心持も自ら改まったものになる。

人通り絶えざる門を掃納　中島曾城
掃納帚のちりも払ひけり　三木清子
尼寺の早々と掃き納めけり　穂北燦々
塵取に今年の塵や掃納　泥谷竹舟
男手に何か淋しく掃納　山本呂門
我どこに居ても邪魔な身掃納　中山勝仁
掃納して美しき夜の宿　高濱虚子

晦日《みそか》蕎麦《そば》

大晦日の夜、商家をはじめ、一般の家庭でも蕎麦を食べる風習がある。年の夜にお節、年取りなどといって祝いの食事をとるが、**年越蕎麦**《としこしそば》もその一つであろう。東京では晦日蕎麦、上方ではつごもり蕎麦といい、運気蕎麦、福蕎麦などという地方もある。

亡き母に供へしあとの晦日そば　木邨幸一
暗がりの南座隣り晦日そば　谷口八星
いくら打ち足しても足らず晦日そば　伊藤凉志

年《とし》の夜《よ》

十二月三十一日の夜をいう。その年の最後の夜という意である。

年の夜をしづかに守る産屋かな　阿部慧月
年の夜に引越すはめとなりにけり　川崎桐家
学問の果なきを知り年の夜　山下しげ人

年《とし》越《こし》

旧年から新しい年になろうとするときのことであり、蕎麦を食べたりなどする。地方により節分の夜を年越と呼ぶこともあるのは、昔は立春即ち新年であったためである。

越年の煙あげをり鮭番屋　宮本素風
形見分果せず亦も年を越す　重永幽林
年を越す自信出来しと闘病記　細江大寒
メモしたる年越患者回診す　松岡巨籟
年越の老を囲みて児孫かな　高濱虚子

年《とし》取《とり》

以前は新年に誰もが年を一つずつとる数え年の習慣であったので、除夜の鐘が打ち始められると、年取るという感じが深まったものである。また年を取るとは年を越すという感じでもある。今ではそれぞれ誕生日が来て年を加える満年齢なので、年取りの感じはそれほど強くない。

年とるもわかきはをかし妹が許　太祇

年守《としまも》る

大晦日の夜、眠りに就かないで年去り年来るのをうち守っていることである。ひとり静かに灯下に年を守ることもあろうし、大勢で炉を囲んだりテレビ、ラジオに興じながらゆく年を守り明かすこともあるであろう。**としもる**。

年守るといふにあらねどいねがたく　奈良鹿郎
忌に籠るこゝろゆく年守るこゝろ　田代欣一

越の海の海鳴り高き年守る　高橋貞人
窓すかし見て吹雪きをり年を守る　三ツ谷謡村
年守る深きよろこびありし年　矢野紫音
学問の夢すてきれず年守る　山下しげ人

年籠《としごもり》

大晦日の夜、日ごろ信心する社寺に参籠して、年を送り迎えすることである。村の鎮守の社頭などに村人が集まって年籠する地方も多い。

月もなき杉の嵐や年籠　召波
大榾の火の粉柱や年籠　松本浮木
みづうみの風の荒さめる年籠　木村蕪城
世の事を聞かせてもらひ年ごもり　若尾和佐女

除夜《ぢよや》《じよや》

「年の夜」のことである。午前零時を期して除夜の鐘が鳴り出す。戸外に出て満天の星を仰げば、また過ぎてゆく年への感慨がわく。

太夫名の紋提灯や除夜の宿　西井脇師
女房も同じ氏子や除夜詣　中村吉右衛門
まつくらの荒磯を横ぎり除夜詣　浜野冬村
しばらくは除夜の汽笛の門司馬関　奥本黙星
豆を煮る水又さして除夜の閑　森山素石
御垣内除夜の常闇垂れこめし　竹下陶子
除夜の灯を看護婦常の如く消す　砂塔一虹
三輪山の杉かぐはしき除夜の雨　山地國夫
ともかくも終りて除夜の湯に沈む　砂田美津子
帰る子をまだあきらめず除夜の母　井上明華
東山消え烏羽玉の除夜の闇　舘野翔鶴
観音は近づきやすし除夜詣　高濱虚子

除夜《ぢよや》《じよや》の鐘《かね》《かね》

大晦日の夜半どき、各寺院では百八の除夜の鐘を撞く。百八の煩悩を一つずつ救うという。それを聞きながら行く年来る年の感をひとしお深くするのである。

妻よ聴け観世音寺の除夜の鐘　河野静雲
髪結うて戻り来し娘に除夜の鐘　三原武子
除夜の鐘きゝ煩悩の髪を剃る　一田牛畝

まださめてをりし患者に除夜の鐘　神尾季羊
わが宿も寺領のうちや除夜の鐘　今井つる女
除夜の鐘月の幾山ひゞきゆく　辻本青塔
除夜の鐘撞く一と呼吸二た呼吸　後藤一秋
今年又患家に聞きし除夜の鐘　坂本ひろし
町と共に衰へし寺や除夜の鐘　高濱虚子
除夜の鐘撞きに来てゐる鳥羽の僧　高濱年尾
除夜の鐘その第一打撞きにけり　同

索引

あ・ア

アイウウ(藍《あゐ》植う) 春4 二四六
アイカリ(藍《あゐ》刈) 夏6 三五〇
アイスクリーム
(アイスクリーム) 夏[7] 四六〇
アイスコーヒー
(アイスコーヒー) 夏7 四五八
アイスティー
(アイスティー) 夏7 四五八
アイダマ(藍《あゐ》玉) 夏6 三五〇
アイツキ(藍《あゐ》搗) 夏6 三五〇
アイリス(アイリス) 夏6 三一五
アオアシ(青《あを》蘆) 夏[6] 三六七
アオアラシ(青《あを》嵐) 夏[6] 三八〇
アオイ(葵《あふひ》) 夏6 三三四
アオイカズラ(葵鬘《あふひかづら》) 夏5 二八四
アオイマツリ(葵《あふひ》祭) 夏5 二八四
アオウキクサ
(あをうきくさ) 夏6 三五六
アオウメ(青《あを》梅) 夏6 三四一
アオガエル(青蛙《あをがへる》) 夏6 三三八
アオガキ(青《あを》柿) 夏7 五〇九
アオガヤ(青《あを》萱) 夏6 三六八
アオキノミ(青《あを》木の実) 冬1 七一
アオキフム
(あをきふむ) 春3 一六三
アオギリ(青《あを》桐) 夏[6] 三八〇
アオギリ(梧桐《あを》) 夏6 三八〇

アオキヲフム
(青《あを》きを踏む) 春3 一六三
アオクルミ(青《あを》胡桃) 夏7 五〇九
アオサ(石蓴《あをさ》) 冬1 七四
アオサギ(青《あを》鷺) 夏[6] 四〇三
アオサジル(あをさ汁) 冬1 七四
アオザンショウ
(青《あを》山椒《せう》) 夏7 四二九
アオジ(蒿雀《あをじ》) 秋[10] 六六〇
アオジソ(青《あを》紫蘇) 夏6 三四一
アオシバ(青《あを》芝) 夏[6] 三九七
アオジャシン(青《あを》写真) 冬[11] 七四九
アオススキ(青《あを》芒) 夏[6] 三六八
アオスダレ(青《あを》簾) 夏[6] 四〇八
アオタ(青《あを》田) 夏7 四一八
アオツタ(青《あを》蔦) 夏[6] 三九八
アオトウガラシ
(青唐《あをたう》辛) 夏7 四三〇
アオトウガラシ
(青蕃椒《あをたうがらし》) 夏7 四三〇
アオナシ(青《あを》梨) 秋9 六三三
アオヌタ(青《あを》饅) 春3 一五〇
アオノリ(青《あを》海苔) 春[2] 一〇四
アオバ(青《あを》葉) 夏[6] 三八八
アオバズク(青《あを》葉木菟《づく》) 夏[6] 三八六
アオフクベ(青《あを》瓢) 秋9 六二八
アオブドウ(青《あを》葡萄《だう》) 夏7 四三〇
アオホオズキ(青鬼灯《あをほほづき》) 夏7 四三〇
アオホオズキ(青酸漿《あをほほづき》) 夏7 四三〇
アオマツカサ

（青松《あを》かさ） 秋10 六六九
アオミカン（青《あを》蜜柑） 秋10 七一〇
アオムギ（青《あを》麦） 春[4] 二二〇
アオヤギ（青《あを》柳） 春4 一九二
アオユ（青《あを》柚） 夏6 三四三
アオヨシ（青《あを》葭） 夏6 三六七
アオリンゴ（青《あを》林檎） 夏7 五〇九
アカイハネ（赤い羽根） 秋10 六三七
アカエイ（赤鱝《えひ》） 夏[6] 三六六
アカガリ（あかがり） 冬1 五三
アカギシギシ
（あかぎしぎし） 春3 一七〇
アカギレ（皸） 冬[1] 五三
アカザ（藜） 夏[5] 二九三
アカザノツエ（藜の杖《つゑ》） 夏5 二九三
アカシオ（赤潮《しほ》） 夏7 四八八
アカシヤノハナ
（アカシヤの花） 夏5 三〇二
アカトンボ（赤蜻蛉） 秋9 六〇七
アカナス（蕃茄） 夏7 五一四
アカネホル（茜掘る） 秋[10] 六八八
アカノママ（赤のまま） 秋8 五六七
アカノマンマ
（赤のまんま） 秋8 五六七
アカハダカ（赤裸） 夏7 四八七
アカハラ（赤腹） 夏6 三三六
アカフジ（赤富士） 夏7 四三六
アガモノ（贖物） 夏6 四一二
アガリ（上蔟） 夏5 二七七
アガリダンゴ
（上蔟団子） 夏5 二七七
アキ（秋） 秋[8] 五三三
アキアツシ（秋暑し） 秋8 五五五
アキアワセ（秋袷《あはせ》） 秋9 六一一
アキイワシ（秋鰯） 秋9 六一七
アキウチワ（秋団扇《うちは》） 秋[9] 六一一
アキオウギ（秋扇《あふぎ》） 秋[9] 六一〇
アキオシム（秋惜《を》しむ） 秋10 七一三
アキカゼ（秋風） 秋[10] 六四一
アキクサ（秋草） 秋[9] 五八一
アキグミ（あきぐみ） 秋10 六六六
アキクル（秋来る） 秋8 五三四
アキゴ（秋蚕） 秋9 五九四
アキザクラ（秋桜） 秋9 六二五
アキサバ（秋鯖） 秋[9] 六一六
アキサビシ（秋淋し） 秋10 六四二
アキサブ（秋さぶ） 秋10 七一四
アキサム（秋寒） 秋10 六八一
アキサメ（秋雨） 秋10 六四三
アキシグレ（秋時雨） 秋10 七〇五
アキスズシ（秋涼し） 秋8 五五六
アキスダレ（秋簾） 秋[9] 六一〇
アキゾラ（秋空） 秋10 六三九
アキタカシ（秋高し） 秋[10] 六三八
アキタケナワ（秋闌《たけなは》） 秋10 七一四
アキタツ（秋立つ） 秋8 五三四
アキチカシ（秋近し） 夏7 五二九
アキツ（あきつ） 秋9 六〇七
アキツイリ（秋黴雨） 秋10 六四三
アキツバメ（秋燕） 秋9 六一四

アキデミズ(秋出水《みづ》) 秋9 五七三
アキナス(秋茄子) 秋[9] 六二九
アキナスビ(秋茄子) 秋9 六二九
アキノアメ(秋の雨) 秋[10] 六四三
アキノアユ(秋の鮎) 秋10 六五五
アキノアワセ(秋の袷《あはせ》) 秋9 六一一
アキノイリヒ(秋の入日) 秋10 六三七
アキノウミ(秋の海) 秋[9] 六一六
アキノカ(秋の蚊) 秋[9] 六〇九
アキノカゼ(秋の風) 秋10 六四一
アキノカヤ(秋の蚊帳) 秋[9] 六〇九
アキノカヤ(秋の蟵) 秋9 六〇九
アキノカワ(秋の川《かは》) 秋[10] 六五四
アキノクサ(秋の草) 秋9 五八一
アキノクモ(秋の雲) 秋[10] 六四〇
アキノクレ(秋の暮) 秋[10] 六四三
アキノコエ(秋の声《こゑ》) 秋[10] 六四二
アキノシオ(秋の潮《しほ》) 秋[9] 五九五
アキノシモ(秋の霜) 秋10 七〇六
アキノセミ(秋の蟬) 秋[8] 五五五
アキノソラ(秋の空) 秋[10] 六三九
アキノタ(秋の田) 秋10 六四九
アキノチョウ(秋の蝶《てふ》) 秋[9] 六〇八
アキノツキ(秋の月) 秋9 五九六
アキノナナクサ(秋の七草) 秋9 五八一
アキノナミ(秋の浪) 秋9 六一六
アキノノ(秋の野) 秋[10] 六四一
アキノハエ(秋の蠅《はへ》) 秋[9] 六〇九
アキノハマ(秋の浜) 秋9 六一六
アキノヒ(秋の灯) 秋[9] 五七五
アキノヒ(秋の日) 秋[10] 六三七
アキノヒト(秋の人) 秋8 五三三
アキノヘビ(秋の蛇) 秋9 六一三
アキノミズ(秋の水《みづ》) 秋[9] 六三六
アキノミネ(秋の峰) 秋10 六四〇
アキノヤド(秋の宿) 秋8 五三三
アキノヤマ(秋の山) 秋[10] 六四〇
アキノユウベ(秋の夕《ゆふべ》) 秋10 六四三
アキノヨ(秋の夜) 秋[9] 五七四
アキノヨイ(秋の宵《よひ》) 秋9 五七四
アキバレ(秋晴) 秋[10] 六三八
アキヒガサ(秋日傘) 秋[9] 六一一
アキヒガン(秋彼岸) 秋9 六一二
アキヒガンエ(秋彼岸会《ゑ》) 秋9 六一二
アキビヨリ(秋日和) 秋10 六三八
アキフカシ(秋深し) 秋10 七一四
アキヘンロ(秋遍路) 秋[9] 六一二
アキマツリ(秋祭) 秋[10] 六七一
アキマユ(秋繭) 秋9 五九四
アキメク(秋めく) 秋8 五五六
アキヤマ(秋山) 秋10 六四〇
アキヲマツ(秋を待つ) 夏7 五二九
アゲヂョウチン(揚提《ぢやう》灯) 秋8 五四六
アケノハル(明の春) 冬1 三
アゲハチョウ(揚羽蝶《てふ》) 夏6 三八九
アゲハナビ(揚花火) 秋8 五五三

アゲハネ（揚羽子） 冬1 二一
アケビ（通草） 秋10 六六七
アケビノハナ（通草の花） 春4 二三九
アゲヒバリ（揚雲雀） 春3 一三八
アケヤスシ（明易し） 夏6 三一七
アサ（麻） 夏[7] 五二五
アサウリ（浅瓜） 夏7 四五六
アサガオ（朝顔《がほ》） 秋8 五五九
アサガオイチ（朝顔《がほ》市） 夏7 四三〇
アサガオナエ（朝顔苗《がほなへ》） 夏6 三九七
アサガオノミ（朝顔《がほ》の実） 秋10 六七一
アサガオマク（朝顔《がほ》蒔く） 春4 二四六
アサガスミ（朝霞） 春3 一六三
アサカリ（麻刈） 夏7 五二五
アサキハル（浅き春） 春2 八七
アサギリ（朝霧） 秋9 六〇五
アサクサガリ（朝草刈） 夏6 三九一
アサクサマツリ（浅草祭） 夏5 二八六
アサグモリ（朝曇） 夏7 四七八
アサゴチ（朝東風） 春3 一一九
アサザ（莕菜） 夏6 三五八
アサザクラ（朝桜） 春4 一九四
アサザノハナ（浅沙の花） 夏6 三五八
アサザブトン（麻座布団） 夏6 四〇七
アササム（朝寒） 秋10 六八二
アサシグレ（朝時雨） 冬11 七五六
アサシモ（朝霜） 冬12 八五二
アサスズ（朝涼） 夏7 四三八
アサツキ（胡葱） 春3 一五六
アサヅケ（浅漬） 冬11 七四三
アサヅケイチ（浅漬市） 秋10 六八四
アサツユ（朝露） 秋9 五八五
アサナギ（朝凪） 夏7 四八二
アサニジ（朝虹） 夏7 四二一
アサネ（朝寝） 春[4] 二二七
アサノハ（麻の葉） 夏7 五二五
アサノハナ（麻の花） 夏7 五二五
アサノユキ（朝の雪） 冬1 五五
アサノレン（麻暖簾） 夏6 四一〇
アサバオリ（麻羽織） 夏6 四〇五
アサバカマ（麻袴） 夏6 四〇六
アサバタケ（麻畑） 夏7 五二五
アサブトン（麻蒲団） 夏6 四〇七
アサマク（麻蒔く） 春3 一四六
アザミ（薊） 春4 二五七
アザミノハナ（薊の花） 春4 二五七
アサリ（浅蜊） 春[4] 二〇〇
アシ（蘆） 秋[10] 六九〇
アジ（鰺《あぢ》） 夏[6] 三六四
アジウリ（鰺《あぢ》売） 夏6 三六四
アシアブリ（足焙） 冬12 八三〇
アシカリ（蘆刈） 秋10 六九一
アジサイ（紫陽花《あぢさゐ》） 夏6 三三三
アシシゲル（蘆茂る） 夏6 三六七

アシゾロエ（足揃へ）　夏6　三一八
アシナガバチ（足長蜂）春4　二二九
アシヌクメ（足温め）　冬[12]　八三〇
アシノツノ（蘆の角）　春3　一四三
アシノハナ（蘆の花）　秋10　六九一
アシノホ（蘆の穂）　秋10　六九一
アシノホワタ
（蘆の穂絮）　秋10　六九一
アシノメ（蘆の芽）　春3　一四三
アシハラ（蘆原）　秋10　六九〇
アシビ（蘆火）　秋10　六九二
アシビノハナ
（あしびの花）　春4　二三六
アシベオドリ（蘆辺踊《をどり》）春4　一八〇
アシロ（足炉）　冬12　八三〇
アジロ（網代）　冬[11]　七六一
アジロガサ（網代笠）　夏7　四二六
アジロギ（網代木）　冬11　七六一
アジロモリ（網代守）　冬11　七六一
アシワカバ（蘆若葉）　春4　二五三
アズキ（小豆《あづき》）　秋8　五六三
アズキアライ
（あづきあらひ）　秋9　五九二
アズキガユ（小豆《あづき》粥）　冬1　五〇
アスパラガス
（アスパラガス）　春3　一五五
アズマオドリ（東　踊《あづまをどり》）　春4　一八〇
アズマギク（東《あづま》菊）　春4　二四二
アズマギク（吾妻《あづま》菊）　春4　二四二
アズマコート
（東《あづま》コート）　冬12　八四五
アセ（汗）　夏[7]　四四二
アセテヌキ（汗手貫）　夏7　四四三
アセトリ（汗衫）　夏7　四四三
アセヌグイ（汗拭《ぬぐひ》）　夏7　四四三
アゼヌリ（畦塗）　春4　二五一
アセノカ（汗の香）　夏7　四四二
アセノタマ（汗の玉）　夏7　四四二
アセバム（汗ばむ）　夏7　四四二
アセビノハナ
（馬酔木の花）　春4　二三六
アセフキ（汗巾）　夏7　四四三
アセボ（あせぼ）　夏7　五〇四
アセボノハナ
（あせぼの花）　春4　二三六
アセミズ（汗水《みづ》）　夏7　四四二
アセミドロ（汗みどろ）夏7　四四二
アセモ（汗疹）　夏[7]　五〇四
アセモ（汗疣）　夏7　五〇四
アゼヤク（畦焼く）　春2　九八
アタタカ（暖か）　春[3]　一三四
アタタメザケ（温め酒）秋[10]　六七五
アツカン（熱燗）　冬[12]　七九一
アッケシソウ（厚岸草《さう》）秋10　七一九
アツゴオリ（厚氷《ごほり》）　冬1　六三
アツサ（暑さ）　夏[6]　四〇三
アツサアタリ
（暑さあたり）　夏7　五〇四
アツシ（厚司）　冬[12]　八三八
アトスザリ

（あとすざり） 夏6 三七五
アナゴ（穴子） 夏[5] 三〇六
アナゴ（海鰻） 夏5 三〇六
アナセギョウ（穴施行《ぎやう》） 冬1 三九
アナナス（鳳梨） 夏7 四五五
アナバチ（穴蜂） 春4 二二九
アナマドイ（穴まどひ） 秋9 六一三
アネモネ（アネモネ） 春4 二〇八
アブ（虻） 春[4] 二二九
アブラギク（油菊） 秋10 六七五
アブラゼミ（油蟬） 夏7 四八六
アブラデリ（油照） 夏7 四七九
アブラムシ（油虫） 夏[6] 三七三
アブラメ（油魚） 夏6 三三六
アマ（海女） 夏[7] 四九三
アマガエル（雨蛙《がへる》） 夏[6] 三三八
アマガキ（甘柿） 秋10 六六四
アマゴイ（雨乞《ごひ》） 夏7 四八五
アマザケ（甘酒） 夏[7] 四六二
アマザケ（醴） 夏7 四六二
アマザケウリ（甘酒売） 夏7 四六二
アマチャ（甘茶） 春4 二〇九
アマチャノハナ（甘茶の花） 夏6 三三三
アマノガワ（天の川《がは》） 秋[8] 五三八
アマボシ（甘干） 秋10 六六五
アマリナエ（余り苗《なへ》） 夏6 三四五
アマリリス（アマリリス） 夏6 三五〇
アミウチ（網打） 夏6 三六二
アミガサ（編笠） 夏[7] 四二六
アミジュバン（網襦袢） 夏7 四四三
アミド（網戸） 夏[6] 四〇九
アメチマキ（飴粽） 夏5 二七四
アメノイノリ（雨の祈） 夏7 四八五
アメユ（飴湯） 夏[7] 四五九
アメユウリ（飴湯売） 夏7 四五九
アメンボウ（あめんぼう） 夏[6] 三五五
アヤメ（渓蓀） 夏6 三一五
アヤメグサ（あやめぐさ） 夏5 二七二
アヤメフク（あやめ葺く） 夏5 二七一
アユ（鮎） 夏[6] 三六一
アユカケ（鮎掛） 夏6 三六一
アユガリ（鮎狩） 夏6 三六一
アユクミ（鮎汲） 春3 一二六
アユサシ（鮎刺） 夏6 三八三
アユズシ（鮎鮓） 夏7 四六六
アユタカ（鮎鷹） 夏[6] 三八三
アユツリ（鮎釣） 夏6 三六一
アユノコ（鮎の子） 春3 一二六
アユノヤド（鮎の宿） 夏6 三六一
アライ（あらひ） 夏[7] 四六六
アライ（洗膾《あらひ》） 夏7 四六六
アライガミ（洗ひ髪） 夏7 四五〇
アライゴイ（洗鯉《あらひごひ》） 夏7 四六六
アライスズキ（洗《あらひ》鱸） 夏7 四六六
アライダイ（洗鯛《あらひだひ》） 夏7 四六六

アライメシ(洗飯《あらひ》) 夏7 四六五
アラウ(荒鵜) 夏6 三六一
アラセイトウ
(あらせいとう) 春4 二〇八
アラタマノトシ
(新玉の年) 冬1 三
アラニコノハラエ
(荒和の祓《はらへ》) 夏6 四一一
アラバシリ(新走) 秋10 六四七
アラマキ(あらまき) 冬12 八一〇
アラメ(荒布) 夏[7] 四九四
アラメカル(荒布刈る) 夏7 四九四
アラメブネ(荒布舟) 夏7 四九四
アラメホス(荒布干す) 夏7 四九四
アラレ(霰) 冬[1] 五四
アラレウオ(霰魚《うを》) 冬12 八〇九
アラレモチ(霰餅) 冬12 八七五
アリ(蟻) 夏[6] 三七四
アリアナヲイズ
(蟻穴を出づ) 春3 一一八
アリジゴク(蟻地《ぢ》獄) 夏[6] 三七五
アリノトウ(蟻の塔《たふ》) 夏6 三七四
アリノミ(ありのみ) 秋9 六三三
アリノミチ(蟻の道) 夏6 三七四
アワ(粟《あは》) 秋9 六三三
アワカル(粟《あは》刈る) 秋9 六三三
アワセ(袷《あはせ》) 夏5 二六八
アワセドキ(袷《あはせ》時) 夏5 二六八
アワノホ(粟《あは》の穂) 秋9 六三三
アワバタケ(粟《あは》畑) 秋9 六三三
アワビ(鮑《あはび》) 春[4] 二〇二
アワヒク(粟《あは》引く) 秋9 六三三
アワビトリ(鮑《あはび》取) 春4 二〇二
アワマキ(粟《あは》蒔) 夏6 三四〇
アワマク(粟《あは》蒔く) 夏6 三四〇
アワメシ(粟《あは》飯) 秋9 六三三
アワモリ(泡盛) 夏7 四六二
アワユキ(淡《あは》雪) 春3 一一七
アンカ(行火《くわ》) 冬[12] 八二九
アンゴ(安居) 夏[5] 二八七
アンコウ(鮟鱇《かう》) 冬[12] 八〇六
アンコウナベ(鮟鱇《かう》鍋) 冬12 八〇六
アンズ(杏子) 夏6 三四一
アンズ(杏) 夏6 三四一
アンズノハナ(杏の花) 春4 一八二

い・イ

イ(藺《ゐ》) 夏[6] 三六六
イースター
(イースター) 春4 二一一
イイダコ(飯《いひ》蛸) 春[3] 一五四
イウウ(藺《ゐ》植う) 冬[12] 八四九
イオノツキ(庵《いほ》の月) 秋9 五九六
イカ(烏賊) 夏[5] 三〇八
イカ(いか) 春4 二二四
イガグリ(毬栗) 秋10 六九七
イガサ(藺《ゐ》笠) 夏7 四二六
イカズチ(いかづち) 夏7 四一九
イカダカズラ

（筏かづら）夏7 五二八
イカツリ（烏賊釣）夏5 三〇八
イカナゴ（鮊子）春3 一五三
イカノボリ
（いかのぼり）春4 二二四
イカリ（藺《ゐ》刈）夏7 五二四
イカル（藺《ゐ》刈る）夏7 五二四
イキシロシ（息白し）冬[12] 七七三
イキボン（生盆）秋8 五四〇
イキミタマ（生身魂）秋8 五四〇
イグサ（藺《ゐ》草）夏6 三六七
イクチ（羊肚菜）秋10 六四五
イケスブネ（生簀船）夏7 四六七
イケブシン（池普請）冬[12] 八五八
イサキツリ（いさき釣）夏6 三六四
イサキ（いさき）夏[6] 三六四
イサザ（魦）冬[12] 八〇九
イザブトン（藺《ゐ》座布団）夏6 四〇七
イサヨイ（十六夜《いさよひ》）秋9 六〇二
イザヨイ（十六夜《いざよひ》）秋9 六〇三
イシカリナベ（石狩鍋）冬[12] 七八八
イシタタキ（石たたき）秋10 六六二
イスノキノミ
（蚊母樹の実）秋10 六六九
イスノミ（柞の実）秋10 六六九
イズミ（泉《いづみ》）夏[7] 四三六
イズミドノ（泉《いづみ》殿）夏[7] 四四六
イセゴセングウ
（伊勢御遷宮）秋9 五九五
イセノオタウエ
（伊勢の御田植《うゑ》）夏6 三四五
イセマイリ（伊勢参《まゐり》）春[3] 一二〇
イソアソビ（磯遊）春4 一九九
イソカマド（磯竈）春2 一一〇
イソギンチャク
（いそぎんちゃく）春[4] 二〇三
イソスズミ（磯涼み）夏7 四四七
イソチドリ（磯千鳥）冬12 八〇二
イソナツミ（磯菜摘）春4 一九九
イソビラキ（磯開）春3 一七三
イゾメ（射初）冬1 三五
イタチワナ（鼬罠）冬[12] 八〇〇
イタドリ（虎杖）春3 一七〇
イタドリノハナ
（虎杖の花）夏7 五二一
イチイノミ（一位《ゐ》の実）秋10 七〇一
イチガツ（一月《ぐわつ》）冬1 三
イチガツバショ
（一月《ぐわつ》場所）冬1 四六
イチゲ（一夏）夏5 二八七
イチゴ（苺）夏6 三九四
イチゴ（覆盆子）夏6 三九四
イチゴノハナ（苺の花）春4 一三九
イチジク（無花果）秋10 六六五
イチノウマ（一の午）春2 八八
イチノトリ（一の酉）冬11 七三三
イチハツ（一八）夏6 三一七
イチハツ（鳶尾草）夏6 三一七
イチバングサ（一番草）夏6 三五九
イチメガサ（市女笠）夏7 四二六

イチョウオチバ（銀杏《いてふ》落葉）　冬 11　七五二
イチョウチル（銀杏《いてふ》散る）　冬 11　七五三
イチョウノミ（銀杏《いてふ》の実）　秋 10　六九九
イチョウモミジ（銀杏黄葉《いてふもみぢ》）　秋 10　七一七
イッサキ（一茶忌）　冬 11　七五八
イツル（冱つる）　冬 1　五一
イテカエル（冱返《かへ》る）　春 2　九三
イテカエル（凍返《かへ》る）　春 2　九三
イテグモ（凍雲）　冬 12　七六五
イテダキ（凍滝）　冬 1　六四
イテチョウ（凍蝶《てふ》）　冬 1　七〇
イテツチ（凍土）　冬 1　五一
イテヅル（凍鶴）　冬 [1]　六九
イテトクル（凍解くる）　春 2　九二
イテドケ（凍解）　春 2　九二
イテボシ（凍星）　冬 12　八六〇
イテユルム（凍ゆるむ）　春 2　九二
イドガエ（井《ゐ》戸替《がへ》）　夏 7　四七五
イトクリソウ（糸繰草《さう》）　春 4　二五七
イトザクラ（糸桜）　春 3　一三三
イドサラエ（井《ゐ》戸浚《さらへ》）　夏 7　四七六
イトススキ（糸芒）　秋 9　五八一
イトド（竈馬）　秋 [9]　五八九
イトトリ（糸取）　夏 5　二七七
イトトリウタ（糸取唄）　夏 5　二七七
イトトリナベ（糸取鍋）　夏 5　二七七
イトトリメ（糸取女）　夏 5　二七七
イトトンボ（糸蜻蛉）　夏 [6]　三六九
イトネギ（糸葱）　春 3　一五六
イトヒキ（糸引）　夏 5　二七七
イトヒキメ（糸引女）　夏 5　二七七
イトヤナギ（糸柳）　春 4　一九二
イトユウ（糸遊《ゆふ》）　春 3　一六三
イナゴ（蝗）　秋 [10]　六五〇
イナゴ（螽）　秋 10　六五〇
イナゴグシ（蝗串）　秋 10　六五〇
イナゴトリ（蝗捕り）　秋 10　六五〇
イナスズメ（稲雀）　秋 [10]　六五〇
イナズマ（稲妻《づま》）　秋 [8]　五五六
イナダ（稲田）　秋 10　六四九
イナビカリ（稲光）　秋 8　五五六
イナブネ（稲舟）　秋 10　七〇二
イナホ（稲穂）　秋 10　六四九
イナムシロ（稲筵）　秋 10　六四九
イヌタデノハナ（犬蓼の花）　秋 8　五六七
イヌツバメ（去ぬ燕）　秋 9　六一四
イヌフグリ（いぬふぐり）　春 2　一〇九
イネ（稲）　秋 [10]　六四九
イネウマ（稲馬）　秋 10　七〇二
イネカケ（稲掛）　秋 10　七〇三
イネカリ（稲刈）　秋 10　七〇二
イネグルマ（稲車）　秋 10　七〇二
イネコキ（稲扱）　秋 10　七〇四
イネヅカ（稲塚）　秋 10　七〇三

イネノアキ（稲の秋）秋10 六四九
イネノトノ（稲の殿）秋8 五五六
イネノハナ（稲の花）秋8 五六九
イノコ（亥《ゐ》の子）冬11 七三一
イノコ（猪《ゐ》の子）冬11 七三一
イノコズチ
（ゐのこづち）秋10 七〇一
イノコモチ（亥《ゐ》の子餅）冬11 七三一
イノシシ（猪《ゐのしし》）秋[10] 七二〇
イノハナ（藺《ゐ》の花）夏6 三六七
イバハジメ（射場始）冬1 三五
イバラノハナ（茨の花）夏5 三〇三
イバラノミ（茨の実）秋10 七〇九
イバラノメ（茨の芽）春3 一四九
イブリズミ（燻炭）冬12 八一八
イホス（藺《ゐ》干す）夏7 五二四
イボムシリ
（いぼむしり）秋9 五九三
イマチヅキ（居《ゐ》待月）秋9 六〇三
イモ（芋）秋[9] 六〇一
イモウウ（芋植う）春3 一四六
イモウウ（甘藷植う）夏6 三三九
イモガラ（芋幹）秋9 六〇二
イモサス（藷挿す）夏6 三三九
イモショウチュウ
（甘藷焼酎《せうちう》）夏7 四六二
イモズイシャ（芋水《ずゐ》車）秋[9] 六〇二
イモノアキ（芋の秋）秋9 六〇一
イモノツユ（芋の露）秋9 六〇一
イモノメ（芋の芽）春3 一四六
イモバタケ（芋畑）秋9 六〇一
イモホル（芋掘る）秋9 六〇一
イモムシ（芋虫）秋[9] 五九三
イモメイゲツ（芋名月）秋9 五九八
イモリ（蠑螈《ゐもり》）夏[6] 三三六
イヨスダレ（伊予簾）夏6 四〇八
イロクサ（色草）秋9 五八一
イロドリ（色鳥）秋[10] 六五七
イロリ（囲《ゐ》炉裏）冬12 八二三
イワカガミ（岩《いは》鏡）夏7 五二二
イワゴケ（巌《いは》苔）夏7 四三八
イワシ（鰯）秋[9] 六一七
イワシ（鰮）秋9 六一七
イワシアミ（鰯網）秋9 六一八
イワシウリ（鰯売）秋9 六一七
イワシグモ（鰯雲）秋[9] 六一八
イワシヒキ（鰯引）秋[9] 六一七
イワシブネ（鰯船）秋9 六一八
イワシミズ（岩《いは》清水《みづ》）夏7 四三七
イワシミズマツリ
（石《いは》清水《みづ》祭）秋9 五九四
イワタバコ（岩《いは》煙草）夏7 五二三
イワヂシャ（岩《いは》萵苣）夏7 五二三
イワツバメ（岩《いは》燕）夏[6] 三八三
イワナ（岩《いは》魚）夏[7] 四三三
イワナ（岩《いは》菜）夏7 五二三
イワヒバ（巌《いは》檜葉）夏7 四三七
イワマツ（巌《いは》松）夏[7] 四三七
インゲン（いんげん）秋8 五六二
インゲンマメ（隠元豆）秋8 五六二

う・ウ

ウアンゴ(雨安居) 夏5 二八七
ウイキョウノハナ(茴香《うゐきやう》の花) 夏6 三三五
ウイテコイ(浮いて来い) 夏7 四七四
ウエタ(植《うゑ》田) 夏6 三四八
ウエボウソウ(植疱瘡《うゑばうさう》) 春4 一八一
ウオジマ(魚《うを》島) 春4 二四八
ウカイ(鵜飼《かひ》) 夏[6] 三六一
ウカイビ(鵜飼《かひ》火) 夏6 三六一
ウカガリ(鵜篝) 夏6 三六一
ウカゴ(鵜籠) 夏6 三六一
ウカレネコ(うかれ猫) 春2 九五
ウガワ(鵜川《がは》) 夏6 三六一
ウキクサ(萍) 夏[6] 三五六
ウキクサ(浮草) 夏6 三五六
ウキクサオウ(萍生ふ) 春3 一二四
ウキクサノハナ(萍の花) 夏6 三五六
ウキクサモミジ(萍紅葉《もみぢ》) 秋10 七一九
ウキゴオリ(浮氷《ごほり》) 春2 九三
ウキス(浮巣) 夏6 三五三
ウキニンギョウ(浮人形《ぎやう》) 夏[7] 四七四
ウキネドリ(浮寝鳥) 冬[12] 七六八
ウキブクロ(浮袋) 夏7 四九一
ウキワ(浮輪) 夏7 四九一
ウグイス(鶯《うぐひす》) 春[2] 一〇七
ウグイス(黄鳥《うぐひす》) 春2 一〇八
ウグイスオイヲナク(鶯《うぐひす》老を鳴く) 夏6 三八三
ウグイスナ(鶯《うぐひす》菜) 春4 二四一
ウグイスノコ(鶯《うぐひす》の子) 冬12 八〇〇
ウグイスノタニワタリ(鶯《うぐひす》の谷渡) 春2 一〇八
ウグイスブエ(鶯《うぐひす》笛) 春2 一〇八
ウグイスモチ(鶯《うぐひす》餅) 春[4] 一七八
ウゲツ(雨月) 秋9 六〇一
ウゴ(海髪) 春[4] 二〇五
ウコギ(五加木) 春3 一五一
ウコギツム(五加木摘む) 春3 一五一
ウコギメシ(五加木飯) 春3 一五一
ウコンノハナ(鬱金の花) 秋8 五六七
ウサギ(兎) 冬[12] 七九九
ウサギガリ(兎狩) 冬[12] 七九九
ウサギジル(兎汁) 冬12 七九九
ウサギワナ(兎罠) 冬12 八〇〇
ウジ(蛆) 夏[6] 三七六
ウシアラウ(牛洗ふ) 夏7 四五〇
ウシヒヤス(牛冷す) 夏7 四五〇
ウシベニ(丑紅) 冬1 三七
ウシマツリ(牛祭) 秋10 六七七
ウショウ(鵜匠《しやう》) 夏6 三六一
ウスカザル(臼飾る) 冬1 一八

ウスガスミ（薄霞） 春3 一六三
ウスバカゲロウ（うすばかげろふ） 秋[9] 六〇七
ウズマサウシマツリ（太秦《うづまさ》牛祭） 秋10 六七七
ウズミビ（埋《うづみ》火） 冬[12] 八一九
ウスモノ（羅） 夏7 四四〇
ウスモミジ（薄紅葉《もみぢ》） 秋10 六四四
ウズラ（鶉《うづら》） 秋[10] 六五八
ウスライ（薄氷《ひ》） 春2 九三
ウソ（鷽） 春[3] 一三八
ウソカエ（鷽替《かへ》） 冬1 四三
ウソサム（うそ寒） 秋10 六八二
ウタイゾメ（謡《うたひ》初） 冬1 三一
ウタイマツ（鵜松明） 夏6 三六一
ウタガルタ（歌がるた） 冬1 三三
ウチノボリ（内幟） 夏5 二七三
ウチミズ（打水《みづ》） 夏[7] 四四八
ウチムラサキ
（うちむらさき） 秋10 七一一
ウチワ（団扇《うちは》） 夏[7] 四二三
ウチワカケ（団扇《うちは》掛） 夏7 四二三
ウヅエ（卯杖《づゑ》） 冬1 四四
ウヅカイ（鵜遣《づかひ》） 夏6 三六一
ウヅキ（卯月） 夏5 二六六
ウッコンコウ（鬱金香《かう》） 春4 二〇六
ウツセミ（空蟬） 夏[7] 四八六
ウヅチ（卯槌） 冬1 四四
ウド（独活） 春3 一五五
ウドノハナ（独活の花） 夏7 五二三
ウトリベ（鵜捕部） 冬12 七九三
ウドンゲ（優曇華） 夏6 三三四
ウナギ（鰻） 夏[6] 三三五
ウナギノヒ（鰻の日） 夏7 五〇一
ウナミ（卯浪） 夏5 二六六
ウナラシ（鵜馴らし） 春[3] 一二二
ウナワ（鵜縄《なは》） 夏6 三六一
ウニ（海胆） 春[4] 二〇三
ウニ（雲丹） 春4 二〇四
ウノハナ（卯の花） 夏5 三〇四
ウノハナガキ
（卯の花垣） 夏5 三〇四
ウノハナクダシ
（卯の花腐し） 夏5 三〇四
ウノフダ（卯の札） 冬1 四四
ウヒョウ（雨氷） 冬12 八五七
ウブネ（鵜舟） 夏6 三六一
ウベ（うべ） 秋10 六六七
ウマアラウ（馬洗ふ） 夏7 四五〇
ウマオイ（馬追《おひ》） 秋[9] 五八九
ウマゴヤシ（苜蓿） 春[3] 一六九
ウマコユル（馬肥ゆる） 秋[10] 六三九
ウマツリ（鵜祭） 冬12 七九三
ウマノアシガタ
（うまのあしがた） 春4 二〇五
ウマヒヤス（馬冷す） 夏7 四五〇
ウマビル（馬蛭） 夏6 三五四
ウママツリ（午祭） 春2 八八
ウマヤダシ（厩出し） 春3 一五九
ウミガメ（海亀） 夏[5] 三〇八

ウミノヒ(海の日) 夏7 四九六
ウミビラキ(海開) 夏7 四一三
ウミホオズキ(海酸漿《ほほづき》) 夏5 三〇五
ウメ(梅) 春2 一〇五
ウメシュ(梅酒) 夏7 五〇二
ウメショウチュウ
(梅焼酎《せうちう》) 夏7 五〇二
ウメヅケ(梅漬) 夏7 五〇〇
ウメノハナ(梅の花) 春2 一〇五
ウメバチ(うめばち) 夏7 五二三
ウメバチソウ(梅鉢草《さう》) 夏7 五二三
ウメボシ(梅干) 夏7 五〇〇
ウメホス(梅干す) 夏7 五〇〇
ウメミ(梅見) 春2 一〇六
ウメムシロ(梅筵) 夏7 五〇〇
ウメモドキ(梅擬) 秋10 七〇八
ウメモドキ(梅嫌) 秋10 七〇八
ウメモドキ(落霜紅) 秋10 七〇八
ウメワカキ(梅若忌) 春4 二一八
ウラガレ(末枯) 秋10 七三一
ウラジロ(裏白) 冬1 一八
ウラボン(盂蘭盆) 秋8 五四三
ウラボンエ(盂蘭盆会《ゑ》) 秋8 五四三
ウラマツリ(浦祭) 秋10 六七二
ウララ(うらら) 春4 一七五
ウララカ(麗か) 春4 一七五
ウリ(瓜) 夏7 四五六
ウリゴヤ(瓜小屋) 夏7 四五七
ウリゾメ(売初) 冬1 二九
ウリヂョウチン
(瓜提《ぢやう》灯) 秋8 五六二
ウリヅケ(瓜漬) 夏7 四五七
ウリナエ(瓜苗《なへ》) 夏5 二八一
ウリノウマ(瓜の馬) 秋8 五四一
ウリノハナ(瓜の花) 夏6 三三七
ウリバタケ(瓜畑) 夏7 四五六
ウリバン(瓜番) 夏7 四五七
ウリモミ(瓜もみ) 夏7 四五七
ウルシカキ(漆掻) 夏7 四一七
ウルシモミジ(漆紅葉《もみぢ》) 秋10 七一七
ウルメ(うるめ) 冬12 八一〇
ウルメイワシ(潤目鰯) 冬12 八一〇
ウワバミソウ
(うはばみさう) 春4 二四一
ウンカ(浮塵子) 秋10 六四九
ウンカイ(雲海) 夏7 四三五
ウンドウカイ(運動会《くわい》) 秋10 六七六

え・エ

エイ(鱝《えひ》) 夏6 三六六
エウチワ(絵団扇《ゑうちは》) 夏7 四二三
エープリルフール
(エープリルフール) 春4 一七六
エオウギ(絵扇《ゑあふぎ》) 夏7 四二三
エゴノハナ(えごの花) 夏6 三三一
エスゴロク(絵《ゑ》双六) 冬1 二三
エスダレ(絵《ゑ》簾) 夏6 四〇八
エゾギク(蝦夷菊) 夏7 四一四
エゾギク(翠菊) 夏7 四一四

エゾニュウ（えぞにう）夏7 五三三
エダカワズ（枝蛙《かはづ》）夏6 三三八
エダマメ（枝豆）秋9 六〇一
エチゴジョウフ（越《ゑち》後上《じやう》布）夏7 四四〇
エチゼンガニ（越《ゑち》前蟹）冬12 八〇六
エツ（鱭）夏[6] 三六四
エドウロウ（絵《ゑ》灯籠）秋8 五四六
エドズモウ（江戸相撲《ずまふ》）秋8 五五二
エニシダ（金雀枝）夏5 三〇二
エノコログサ（狗尾《ゑのころ》草）秋[9] 六二七
エノコグサ（ゑのこ草）秋9 六二七
エノミ（榎の実）秋10 六六六
エヒガサ（絵《ゑ》日傘）夏7 四二五
エビスカゴ（戎籠）冬1 四六
エビスギレ（夷布）秋10 六八五
エビスコウ（夷講《かう》）秋10 六八五
エビスザサ（戎笹）冬1 四五
エビスマワシ（夷廻《まは》し）冬1 二五
エビヅル（蘡薁）秋10 六六六
エビョウブ（絵《ゑ》屛《びやう》風）冬12 八一五
エブミ（絵《ゑ》踏）春2 八八
エホウ（恵《ゑ》方《はう》）冬1 一一
エホウダナ（恵《ゑ》方《はう》棚）冬1 一〇
エホウマイリ（恵《ゑ》方詣《はうまゐり》）冬1 一一
エムシロ（絵《ゑ》筵）夏7 四二四
エモンザオ（衣紋竿《ざを》）夏7 四四四
エモンダケ（衣紋竹）夏[7] 四四四
エヨウ（会《ゑ》陽《やう》）春2 一〇四
エリサス（魞挿す）春2 九七
エリマキ（襟巻）冬[12] 八四二
エンエイ（遠《ゑん》泳）夏7 四九一
エンオウ（閻王《わう》）夏7 四七六
エンザ（円《ゑん》座）夏[7] 四四五
エンジュサイ（延寿祭）冬1 一一
エンスズミ（縁涼み）夏7 四四七
エンソク（遠《ゑん》足）春[4] 二二六
エンテイ（炎帝）夏7 四七八
エンテン（炎天）夏7 四七九
エンドウ（豌《ゑん》豆）夏5 二九三
エンドウノハナ（豌《ゑん》豆の花）春4 二三二
エンドウヒキ（豌《ゑん》豆引）夏5 二九三
エンママイリ（閻魔詣《まゐり》）夏7 四七六
エンライ（遠《ゑん》雷）夏7 四一九

お・オ

オイウグイス（老鶯《うぐひす》）夏[6] 三八三
オイノハル（老の春）冬1 三
オイバネ（追《おひ》羽子）冬1 二一
オイマワタ（負《おひ》真綿）冬[12] 八三五
オイヤマ（追《おひ》山笠）夏7 四七八
オイランソウ（花魁草《さう》）夏7 五二一
オウギ（扇《あふぎ》）夏[7] 四二三
オウギオク（扇《あふぎ》置く）秋9 六一〇
オウショッキ（黄蜀《わうしよく》葵）夏7 五一七
オウチノハナ（楝《あふち》の花）夏6 三三一
オウチノハナ（樗《あふち》の花）夏6 三三一

オウチノミ（あふちの実）　秋10　七〇七
オウチフク（楝《あふち》葺く）　夏5　二七一
オウトウ（桜桃《あうたう》）　夏6　三四〇
オウバイ（黄《わう》梅）　春2　一〇七
オエシキ（お会《ゑ》式）　秋10　六七八
オオアサ（大《おほ》麻）　夏7　五二五
オオイシキ（大《おほ》石忌）　春3　一三四
オオカミ（狼《おほかみ》）　冬[12]　七九八
オオギク（大《おほ》菊）　秋10　六七三
オオシモ（大《おほ》霜）　冬12　八三三
オオソウジ（大掃除《おほさうぢ》）　春3　一六〇
オオドシ（大《おほ》年）　冬12　八七八
オーバー（オーバー）　冬12　八四四
オオバコノハナ（車前草《おほばこ》の花）　夏5　二九六
オオバン（大《おほ》鷭）　夏6　四〇二
オオビル（大《おほ》蒜）　春3　一五七
オオブク（大《おほ》服）　冬1　一四
オオブク（大《おほ》福）　冬1　一五
オオミソカ（大《おほ》晦日）　冬12　八七八
オオミナミ（大《おほ》南風）　夏6　三八〇
オオムギ（大《おほ》麦）　夏5　三一〇
オオヤマレンゲ（大《おほ》山蓮華）　夏5　三〇二
オオヤマレンゲ（天女花《おほやまれんげ》）　夏5　三〇二
オオユキ（大《おほ》雪）　冬1　五五
オオワタ（大《おほ》綿）　冬11　七四七
オカガミ（御鏡）　冬1　一八
オカゲマイリ（おかげまゐり）　春3　一二〇
オカザリ（お飾）　冬1　一七
オカボ（陸《をか》稲）　秋[10]　六四九
オガラ（苧《を》殻）　秋8　五四一
オギ（荻《をぎ》）　秋[10]　六九二
オキゴタツ（置炬燵）　冬12　八二六
オキナキ（翁忌）　冬11　七三八
オキナマス（沖膾）　夏[7]　四六八
オギノカゼ（荻《をぎ》の風）　秋10　六九二
オギノコエ（荻《をぎ》の声《こゑ》）　秋10　六九二
オギノツノ（荻《をぎ》の角）　春3　一四二
オギノメ（荻《をぎ》の芽）　春3　一四二
オギハラ（荻《をぎ》原）　秋10　六九二
オキマツリ（おきまつり）　春4　二一一
オギワカバ（荻《をぎ》若葉）　春4　二五三
オクテ（晩稲）　秋10　七〇五
オクリビ（送火）　秋8　五五〇
オケラビ（白朮《をけら》火）　冬1　九
オケラマイリ（白朮詣《をけらまゐり》）　冬1　八
オケラマツリ（白朮《をけら》祭）　冬1　八
オケラヤク（をけらやく）　夏6　三三三
オゴ（おご）　春4　二〇五
オコウ（御講《かう》）　冬11　七六〇
オコウナギ（御講《かう》凪）　冬11　七六〇
オコシエ（起し絵《ゑ》）　夏[7]　四五一
オコゼ（虎魚《をこぜ》）　夏[6]　三六五
オコリ（おこり）　夏7　五〇六

オサガリ（御降） 冬1 七
オシ（をし） 冬12 七七〇
オジカ（牡《を》鹿） 秋10 七二〇
オジギソウ（含羞草《さう》） 夏7 四一六
オシズシ（圧鮓） 夏7 四六六
オシゼミ（唖蟬） 夏7 四八六
オシチヤ（御七夜） 冬11 七六〇
オシドリ（鴛《をし》鴦） 冬[12] 七七〇
オシロイ（おしろい） 秋8 五五九
オシロイノハナ（白粉の花） 秋8 五五九
オソザクラ（遅桜） 春4 一九四
オソヅキ（遅月） 秋9 五九六
オソノマツリ（獺《をそ》の祭） 春2 一〇四
オタイマツ（御松明） 春3 一二八
オタウエ（御田植《うゑ》） 夏6 三四五
オタオウギ（御田扇《あふぎ》） 夏6 三四五
オタビショ（御旅所） 夏5 二八五
オダマキ（苧環《をだまき》） 春4 二五七
オタマジャクシ（お玉杓子） 春4 一九一
オチアユ（落鮎） 秋[10] 六五五
オチウナギ（落鰻） 秋[10] 六五五
オチグリ（落栗） 秋10 六九七
オチシイ（落椎《しひ》） 秋10 六九七
オチツバキ（落椿） 春3 一五四
オチバ（落葉） 冬[11] 七五一
オチバカキ（落葉掻） 冬11 七五一
オチバカゴ（落葉籠） 冬11 七五一
オチバタキ（落葉焚） 冬11 七五一
オチヒバリ（落雲雀） 春3 一三八
オチボ（落穂） 秋10 七〇三
オチボヒロイ（落穂拾《ひろひ》） 秋10 七〇三
オチョウジョウ（お頂上《ちやうじやう》） 夏7 四三一
オデン（おでん） 冬[12] 七八九
オデンヤ（おでん屋） 冬12 七八九
オトコエシ（男郎花《をとこへし》） 秋9 五八三
オトコヤママツリ（男《をとこ》山祭） 秋9 五九四
オドシジュウ（威銃） 秋10 六五二
オトシダマ（お年玉） 冬1 一三
オドシヅツ（威銃） 秋10 六五二
オトシヅノ（落し角） 春4 二三一
オトシブミ（落し文） 夏7 五二八
オトシミズ（落し水《みづ》） 秋10 六五四
オトメツバキ（乙《をと》女椿） 春3 一五四
オトリ（囮《をとり》） 秋10 六八一
オドリ（踊《をどり》） 秋8 五四八
オドリウタ（踊《をどり》唄） 秋8 五四八
オドリガサ（踊《をどり》笠） 秋8 五四八
オドリコ（踊《をどり》子） 秋8 五四八
オトリコシ（御取越） 冬11 七三二
オドリコソウ（踊《をどり》子草《さう》） 夏5 二九四
オドリソウ（踊草《をどりさう》） 夏5 二九五
オドリダイコ（踊《をどり》太鼓） 秋8 五四八
オドリテ（踊《をどり》手） 秋8 五四八
オドリノワ（踊《をどり》の輪） 秋8 五四八
オドリバ（踊《をどり》場） 秋8 五四八

オドリバナ（踊《をどり》花） 夏5 二九五
オドリミ（踊《をどり》見） 秋8 五四八
オトリモリ（囮《をとり》守） 秋10 六八一
オドリユカタ（踊《をどり》浴衣） 秋8 五四八
オニススキ（鬼芒） 秋9 五八一
オニヤライ（鬼やらひ） 冬1 八〇
オニユリ（鬼百合） 夏7 四一五
オノハジメ（斧《をの》始） 冬1 二七
オハグロトンボ
（鉄漿蜻蛉） 夏6 三七〇
オハチイレ（飯櫃入） 冬12 八四七
オハチマワリ
（お鉢廻《まは》り） 夏7 四三一
オバナ（尾《を》花） 秋9 五八一
オバナチル（尾《を》花散る） 秋9 五八一
オハナバタケ（お花畠） 夏7 四三四
オビトキ（帯解） 冬11 七四〇
オホタキ（お火焚） 冬11 七三四
オボロ（朧） 春4 一九〇
オボロカゲ（朧影） 春4 一九〇
オボロヅキ（朧月） 春4 一九〇
オボロヅキヨ（朧月夜） 春4 一九〇
オボロヨ（朧夜） 春4 一九〇
オミズオクリ
（お水《みづ》送り） 春3 一二七
オミズトリ（御水《みづ》取） 春3 一二七
オミタマツリ
（お御田祭） 夏6 三四五
オミナエシ（女郎花《をみなへし》） 秋9 五八三
オミナメシ
（をみなめし） 秋9 五八三
オミヌグイ（御身拭《ぬぐひ》） 春4 二三三
オメイコウ（御命講《かう》） 秋10 六七八
オメミエ（御目見得） 春4 一七七
オモイバ（思《おもひ》羽） 冬12 七七〇
オモダカ（沢瀉） 夏6 三五八
オモトノミ
（万年青の実） 秋10 七一三
オヤイモ（親芋） 秋9 六〇一
オヤジカ（親鹿） 夏6 三八九
オヤスズメ（親雀） 春4 二三〇
オヤツバメ（親燕） 夏6 三四四
オヤネコ（親猫） 春4 二三〇
オヤマヤキ（お山焼） 冬1 五〇
オヨギ（泳ぎ） 夏7 四九一
オヨギブネ（泳ぎ船） 夏7 四九一
オリーブノハナ
（オリーブの花） 夏6 三一九
オリカケドウロウ
（折《をり》掛灯籠） 秋8 五四六
オリゾメ（織初） 冬1 二八
オリヒメ（織姫） 秋8 五三七
オレンジノハナ
（オレンジの花） 夏6 三一九
オンジャク（温《をん》石） 冬12 八三〇
オンショウ（温床《をんしやう》） 冬12 八五五
オンダ（御田） 夏6 三四五
オンドトリ（音頭取） 秋8 五四八
オンナショウガツ
（女正月《をんなしやうぐわつ》） 冬1 四九

オンナレイジャ（女《をんな》礼者）　冬1　三五

か・カ

カ（蚊）　夏[6]　三七六
カーネーション（カーネーション）　夏5　二八〇
ガーベラ（ガーベラ）　夏6　三九八
カイウ（海芋）　夏5　二九五
カイコ（蚕《かひこ》）　春4　二四九
カイコウズ（海紅豆《づ》）　夏7　五二七
カイコカウ（蚕《かひこ》飼ふ）　春4　二四九
カイコドキ（蚕《かひこ》時）　春4　二四九
カイコノチョウ（蚕《かひこ》の蝶《てふ》）　夏5　二七八
カイシ（海市）　春4　二三四
カイスイギ（海水《すゐ》著）　夏7　四九一
カイスイボウ（海水帽《すゐばう》）　夏7　四九一
カイスイヨク（海水《すゐ》浴）　夏7　四九一
カイゾメ（買《かひ》初）　冬1　二九
カイチョウ（開帳《ちやう》）　春3　一三三
カイツブリ（鳰）　冬[12]　七七〇
カイドウ（海棠《だう》）　春4　二三五
ガイトウ（外套《ぐわいたう》）　冬[12]　八四四
カイドウボケ（海棠《だう》木瓜）　秋10　六六四
カイヒョウ（解氷）　春2　九三
カイヤ（飼《かひ》屋）　春4　二四九
カイヨセ（貝《かひ》寄風）　春3　一三四
カイヨセ（貝《かひ》寄）　春3　一三四
カイライシ（傀《くわい》儡師）　冬1　二五
カイレイ（廻《くわい》礼）　冬1　一二
カイロ（懐《くわい》炉）　冬[12]　八二九
カイロバイ（懐《くわい》炉灰）　冬12　八二九
カイワリナ（貝《かひ》割菜）　秋9　六三〇
カエデ（楓《かへで》）　秋10　七一四
カエデノハナ（楓《かへで》の花）　春4　二三七
カエデノメ（楓《かへで》の芽）　春3　一四九
カエリザキ（帰《かへ》り咲）　冬11　七五〇
カエリバナ（帰《かへ》り花）　冬11　七四九
カエル（かへる）　春4　二五四
カエルカモ（帰《かへ》る鴨）　春3　一三一
カエルカリ（帰《かへ》る雁）　春3　一三一
カエルツバメ（帰《かへ》る燕）　秋9　六一四
カエルツル（帰《かへ》る鶴）　春3　一三〇
カエルトリ（帰《かへ》る鳥）　春3　一三〇
カエルノコ（蛙《かへる》の子）　春4　一九一
カオミセ（顔《かほ》見世）　冬12　七六六
カガ（火《くわ》蛾）　夏6　三四九
カカシ（案山子）　秋10　六五一
カガシ（案山子）　秋[10]　六五一
カガミモチ（鏡餅）　冬1　一八
カカリハネ（懸羽子）　冬1　二一
ガガンボ（ががんぼ）　夏[6]　三七九
カキ（柿）　秋10　六六四
カキ（牡蠣）　冬[12]　八一一
カキウチ（牡蠣打）　冬12　八一一
カキオチバ（柿落葉）　冬11　七五三
カキゴオリ（かき氷《ごほり》）　夏7　四六〇

カキゾメ(書初)　冬1　一二七
カキツクロウ(垣繕ふ)春3　一六〇
カキツバタ(杜若)　夏6　三一六
カキツバタ(燕子花)　夏6　三一六
カキノアキ(柿の秋)　秋10　六六四
カキノハナ(柿の花)　夏6　三一〇
カキブネ(牡蠣船)　冬[12]　八一二
カキミセ(柿店)　秋10　六六四
カキムキ(柿むき)　秋10　六六五
カキムク(牡蠣むく)　冬[12]　八一二
カキメシ(牡蠣飯)　冬12　八一三
カキモミジ(柿紅葉《もみぢ》)　秋10　七一七
ガキャク(賀客)　冬1　一二一
カキヤマ(舁山笠)　夏7　四七八
カキワカバ(柿若葉)　夏5　二九〇
カクイドリ(蚊食《くひ》鳥)　夏6　三七九
ガクノハナ(額の花)　夏6　三一三
カクブツ(杜父魚)　冬12　八〇九
カクマキ(角巻)　冬[12]　八四二
カグラ(神楽)　冬12　七九三
カクラン(霍《くわく》乱)　夏[7]　五〇七
カケイネ(掛稲)　秋10　七〇三
カケゴイ(掛乞《ごひ》)　冬12　八七八
カケコウ(掛香《かう》)　夏[7]　五〇三
カケス(懸巣)　秋[10]　六五九
カケダイコン(懸大根)冬11　七四三
カケタバコ(懸煙草)　秋[8]　五六九
カケナ(懸菜)　冬12　七八六
カゲフジ(影富士)　夏7　四三二
カケホウライ(掛蓬莱)冬1　一八
カゲマツリ(陰祭)　夏5　二八四
カゲロウ(陽炎《かげろふ》)　春[3]　一六三
カゲロウ(蜉蝣《かげろふ》)　秋[9]　六〇六
カゴマクラ(籠枕)　夏[7]　四四五
カザグスリ(風邪薬)　冬12　八三一
カザグルマ(風車)　春[4]　二二四
カザグルマウリ(風車売)　春4　二二四
カササギ(鵲)　秋[8]　五三八
カササギノス(鵲の巣)春4　二一四
カササギノハシ(鵲の橋)　秋8　五三七
カサネギ(重ね著)　冬[12]　八三九
カザハナ(風花)　冬[1]　五四
カザヨケ(風除)　冬[11]　七五八
カザリ(飾)　冬1　一七
カザリウス(飾臼)　冬1　一八
カザリウマ(飾馬)　冬1　二九
カザリウリ(飾売)　冬12　八七〇
カザリエビ(飾海老)　冬1　一七
カザリオサメ(飾納《をさめ》)　冬1　四八
カザリカブト(飾冑)　夏5　二七三
カザリタク(飾焚く)　冬1　四八
カザリチマキ(飾粽)　夏5　二七四
カザリトル(飾取る)　冬1　四八
カザリハゴイタ(飾羽子板)　冬1　三二
カザリヤマ(飾山笠)　夏7　四七八
カジ(火《くわ》事)　冬[12]　八五九
カシオチバ(樫落葉)　夏5　二九一

カジカ(河鹿) 夏[6] 三三九
カジカ(鰍) 秋[9] 六二一
カジカブエ(河鹿笛) 夏6 三三九
カジカム(悴む) 冬[1] 五三
カシドリ(かし鳥) 秋10 六五九
カジノハ(梶《かぢ》の葉) 秋8 五三九
カジノマリ(梶《かぢ》の鞠) 秋8 五三九
カシノミ(樫の実) 秋10 六九六
カジマリ(梶《かぢ》鞠) 秋8 五三九
カジミマイ(火《くわ》事見舞《まひ》) 冬12 八五九
カジメ(搗《かぢ》布) 春[4] 二〇四
カジメカリ(搗《かぢ》布刈) 春4 二〇四
カジメタク(搗《かぢ》布焚く) 春4 二〇四
カシュウイモ
(何首烏芋) 秋[10] 六八七
カシユカタ(貸浴衣) 夏7 四四一
ガジョウ(賀状《じやう》) 冬1 一三
カシワカバ(樫若葉) 夏5 二九〇
カシワモチ(柏《かしは》餅) 夏5 二七五
ガス(海霧) 秋9 六〇五
カスガマツリ(春日祭) 春3 一二七
カスジル(粕汁) 冬[12] 七八七
カズノコ(数の子) 冬1 一六
カスミ(霞) 春[3] 一六三
カスミアミ(霞網) 秋10 六八〇
カゼ(風邪) 冬[12] 八三一
カゼカオル(風薫《かを》る) 夏[6] 三八一
カゼサユル(風冴ゆる) 冬1 五二
カゼノボン(風の盆) 秋9 五七二
カゼヒカル(風光る) 春[4] 二一九

カゾエビ(数へ日) 冬12 八七七
カタカケ(肩掛) 冬12 八四三
カタカゲ(片陰) 夏7 四八一
カタカゴノハナ
(かたかごの花) 春2 一〇一
カタクリノハナ
(片栗の花) 春2 一〇一
カタシグレ(片時雨) 冬11 七五六
カタシロ(形代) 夏6 四一二
カタシログサ(形代草) 夏7 四一四
カタズミ(堅炭) 冬12 八一六
カタツブリ(蝸牛) 夏[6] 三三七
カタツムリ
(かたつむり) 夏6 三三七
カタハダヌギ(片肌脱) 夏7 四八七
カタバミ(酢漿草) 夏[6] 三九三
カタバミノハナ
(酢漿の花) 夏6 三九三
カタビラ(帷子) 夏7 四三九
カタブトン(肩蒲団) 冬12 八三四
カチウマ(勝馬) 夏6 三一八
カチガラス
(かちがらす) 秋8 五三八
カチドリ(勝鶏) 春3 一一六
ガチャガチャ
(がちゃ〳〵) 秋9 五九〇
カツオ(鰹《かつを》) 夏[6] 三六五
カツオツリ(鰹《かつを》釣) 夏6 三六五
カツオブネ(鰹《かつを》船) 夏6 三六五
カッケ(脚《かく》気) 夏[7] 五〇四

カッコウ(郭《くわく》公)	夏6	三八四
カッコドリ(かっこどり)	夏6	三八四
カッパムシ(河童虫)	夏6	三五四
カツミフク(かつみ葺く)	夏5	二七一
カト(蝌《くわ》蚪)	春4	一九一
カドスズミ(門涼み)	夏7	四四七
カドチャ(門茶)	秋8	五五三
カドビ(門火)	秋8	五四三
カドマツ(門松)	冬1	一七
カドマツタツ(門松立つ)	冬12	八七〇
カドマットル(門松取る)	冬1	四八
カドヤナギ(門柳)	春4	一九二
カトリセンコウ(蚊取線香《かう》)	夏6	三七八
カドレイ(門礼)	冬1	一三
カドレイジャ(門礼者)	冬1	一三
カトンボ(蚊蜻蛉)	夏6	三七九
カナカナ(かなかな)	秋8	五五四
カナブン(かなぶん)	夏7	四二八
カニ(蟹)	夏[6]	三三七
カニヒ(かにひ)	夏6	三三四
カネオボロ(鐘朧)	春4	一九〇
カネカスム(鐘霞む)	春3	一六三
カネクヨウ(鐘供養《やう》)	春4	二六一
カネサユル(鐘冴ゆる)	冬1	五三
カネタタキ(鉦叩)	秋[9]	五九一
カノウバ(蚊姥)	夏6	三七九
カノコ(鹿の子)	夏6	三八九
カノコエ(蚊の声《こゑ》)	夏6	三七六
カノコユリ(鹿の子百合)	夏7	四一五
カバシラ(蚊柱)	夏6	三七六
カビ(黴)	夏6	三三三
カビ(蚊火)	夏6	三七八
カビゲムリ(黴げむり)	夏6	三三三
カビノカ(黴の香)	夏6	三三三
カビノヤド(黴の宿)	夏6	三三三
カビノヤド(蚊火の宿)	夏6	三七八
カビヤ(鹿火屋)	秋[10]	六五三
カブ(かぶ)	冬12	七八六
カブキノカオミセ(歌舞伎顔《かほ》見世)	冬12	七六六
カブトニンギョウ(冑人形《ぎやう》)	夏5	二七三
カブトムシ(兜虫)	夏[7]	四二九
カブラ(蕪)	冬[12]	七八六
カブラジル(蕪汁)	冬[12]	七八七
カボチャ(南瓜)	秋8	五六二
カボチャノハナ(南瓜の花)	夏6	三二八
カボチャマク(南瓜蒔く)	春3	一四五
ガマ(蒲)	夏[7]	五一一
ガマ(蝦蟇)	夏6	三三八
カマイタチ(鎌鼬)	冬[12]	八五一
カマカゼ(鎌風)	冬12	八五一

カマキリ（かまきり）	秋9	五九三
カマキリノコ（蟷螂の子）	夏6	三七〇
カマクラ（かまくら）	春2	九〇
カマスゴ（かますご）	春3	一五三
カマツカ（かまつか）	秋9	六一六
カマドネコ（竈猫）	冬[12]	八三四
ガマノホ（蒲の穂）	夏[7]	五一一
ガマノホワタ（蒲の穂絮）	秋10	六九一
カマハジメ（釜始）	冬1	三一
ガマムシロ（蒲筵）	夏[7]	四二四
カミアラウ（髪洗ふ）	夏[7]	四五〇
カミアリヅキ（神有月）	冬11	七二八
カミウエ（神植《うゑ》）	夏6	三四五
カミオキ（髪置）	冬11	七三九
カミオクリ（神送）	冬11	七二八
カミカエリ（神還《かへり》）	冬11	七六二
カミガタズモウ（上方相撲《ずまふ》）	秋8	五五二
カミキリムシ（髪切虫）	夏[7]	四二八
カミキリムシ（天牛）	夏7	四二八
カミコ（紙衣）	冬[12]	八三七
カミコ（紙子）	冬12	八三七
カミスキ（紙漉）	冬[12]	八四八
カミナリ（雷）	夏[7]	四一九
カミナリ（神鳴）	夏7	四一九
カミノウ（神の鵜）	冬12	七九三
カミノタビ（神の旅）	冬11	七二八
カミノボリ（紙幟）	夏5	二七三
カミノルス（神の留守）	冬11	七二九
カミビナ（紙雛）	春3	一一四
カミブスマ（紙衾）	冬12	八三五
カミムカエ（神迎《むかへ》）	冬11	七六二
カミワタシ（神渡）	冬11	七二九
カメナク（亀鳴く）	春4	一九一
カメノコ（亀の子）	夏6	三三六
カモ（鴨）	冬[12]	七六九
カモウリ（かもうり）	秋10	六六八
カモカエル（鴨帰《かへ》る）	春3	一三一
カモガワオドリ（鴨川踊《がはをどり》）	夏5	二六九
カモキタル（鴨来る）	秋10	七一二
カモケイバ（賀茂競馬）	夏6	三一八
カモジグサ（髢草）	春4	二五三
カモノコ（鴨の子）	夏6	三五四
カモノス（鴨の巣）	夏6	三五三
カモマツリ（賀茂祭）	夏5	二八四
カヤ（蚊帳）	夏[6]	三七七
カヤ（萱）	秋[10]	六九二
カヤ（榧）	夏6	三七七
カヤカル（萱刈る）	秋10	六九二
カヤシゲル（萱茂る）	夏6	三六八
カヤヅカ（萱塚）	秋10	六九二
カヤツリグサ（蚊帳吊草）	夏6	三二七
カヤノナゴリ（蚊帳の名残）	秋9	六一〇
カヤノハテ（蚊帳の果）	秋9	六一〇
カヤノミ（榧の実）	秋10	六九九

カヤノワカレ（蚊帳の別れ） 秋 9 六〇九
カヤリ（蚊遣） 夏 6 三七八
カヤリギ（蚊遣木） 夏 6 三七八
カヤリグサ（蚊遣草） 夏 6 三七八
カヤリコウ（蚊遣香《かう》） 夏 6 三七八
カヤリビ（蚊遣火） 夏 [6] 三七八
カユバシラ（粥柱） 冬 1 四三
カラー（カラー） 夏 5 二九五
カライモ（からいも） 秋 10 六八六
カラウメ（唐梅） 冬 1 七六
カラカゼ（空風） 冬 [12] 八五〇
カラザケ（乾鮭） 冬 [12] 八一〇
カラシナ（芥菜） 春 4 一七七
カラスウリ（烏瓜） 秋 10 六七〇
カラスウリノハナ（烏瓜の花） 夏 7 五二一
カラスガイ（烏貝《がひ》） 春 [3] 一二三
カラスノコ（烏の子） 夏 6 三四四
カラスノス（烏の巣） 春 4 二一四
カラタチノハナ（枸橘の花） 春 4 一八六
カラツユ（空梅雨） 夏 6 三三一
カラナシ（唐梨） 秋 10 六六四
カラナデシコ（唐撫子） 夏 6 三九九
カラムシ（苧） 夏 [7] 五一〇
カラモモ（からもも） 夏 6 三四一
カリ（雁） 秋 [9] 六一三
カリ（狩） 冬 [12] 七九六
カリアシ（刈蘆） 秋 10 六九一
カリイネ（刈稲） 秋 10 七〇二
カリカエル（雁帰《かへ》る） 春 3 一三一
カリガネ（かりがね） 秋 9 六一三
カリギ（刈葱） 夏 6 三四二
カリキタル（雁来る） 秋 9 六一三
カリタ（刈田） 秋 10 七〇二
カリタミチ（刈田道） 秋 10 七〇二
カリナク（雁鳴く） 秋 9 六一三
カリノヤド（狩の宿） 冬 [12] 七九七
カリノワカレ（雁の別れ） 春 3 一三一
カリモ（刈藻） 夏 6 三五九
カリモクズ（刈藻屑《くづ》） 夏 6 三五九
カリュウド（猟人《かりうど》） 冬 [12] 七九七
ガリュウバイ（臥《ぐわ》竜梅） 春 2 一〇五
カリワタル（雁渡る） 秋 9 六一三
カリン（榠《くわ》樝） 秋 10 六六四
カル（軽鴨） 夏 6 三五三
カルカヤ（刈萱） 秋 [9] 五八二
カルタ（歌留多） 冬 1 二三
カルノコ（軽鳧の子） 夏 6 三五四
カレアシ（枯蘆） 冬 [12] 七七九
カレイバラ（枯茨） 冬 [12] 七七六
カレオバナ（枯尾《を》花） 冬 [12] 七七九
カレカヤ（枯萱） 冬 12 七七九
カレキ（枯木） 冬 [12] 七七四
カレギク（枯菊） 冬 [12] 七八一
カレキヤド（枯木宿） 冬 12 七七四
カレクサ（枯草） 冬 [12] 七七八
カレクワ（枯桑《くは》） 冬 [12] 七七六

カレコダチ(枯木立) 冬[12] 七七五
カレシバ(枯芝) 冬[12] 七八〇
カレススキ(枯芒) 冬12 七七九
カレツタ(枯蔦) 冬[12] 七七八
カレヅル(枯蔓) 冬[12] 七七八
カレノ(枯野) 冬[12] 七九五
カレハ(枯葉) 冬11 七五四
カレハギ(枯萩) 冬[12] 七七六
カレバショウ(枯芭蕉《せう》) 冬[12] 七八一
カレハス(枯蓮) 冬[12] 七八〇
カレフヨウ(枯芙蓉) 冬[12] 七七六
カレムグラ(枯葎) 冬[12] 七七九
カレヤナギ(枯柳) 冬[12] 七七五
カレヤマ(枯山) 冬12 七九四
カレヤマブキ(枯山吹) 冬[12] 七七五
カワエビ(川《かは》蝦) 夏6 三五九
カワオソウオヲマツル
(獺魚《かはをそうを》を祭る) 春2 一〇四
カワガニ(川《かは》蟹) 夏6 三三七
カワガリ(川《かは》狩) 夏[6] 三六二
カワカル(川《かは》涸る) 冬12 八五七
カワギリ(川《かは》霧) 秋9 六〇五
カワグモ(水黽《かは》) 夏6 三五五
カワゴロモ(裘《かはごろも》) 冬12 八三八
カワザブトン
(革《かは》座布団) 夏6 四〇七
カワズ(蛙《かはづ》) 春4 二五四
カワセガキ(川《かは》施餓鬼) 秋8 五四四
カワセミ(翡翠《かはせみ》) 夏[6] 三六九
カワチドリ(川《かは》千鳥) 冬12 八〇二
カワテブクロ(皮《かは》手袋) 冬12 八四三
カワドコ(川《かは》床) 夏7 四四七
カワトンボ(川《かは》蜻蛉) 夏[6] 三七〇
カワバラエ(川祓《かはばらへ》) 夏6 四一一
カワビラキ(川《かは》開) 夏7 五〇七
カワブシン(川《かは》普請) 冬12 八五八
カワブトン(革《かは》布団) 夏[6] 四〇七
カワボシ(川《かは》干し) 夏6 三六二
カワホネ(かはほね) 夏6 三五七
カワホリ(かはほり) 夏6 三七九
カワヤナギ(川《かは》柳) 春4 一九二
カワラナデシコ
(河原《かはら》撫子) 秋9 五八二
カヲヤク(蚊を焼く) 夏6 三七六
カン(寒) 冬1 三六
ガン(がん) 秋9 六一三
カンアケ(寒明) 春2 八六
カンオウ(観桜《くわんあう》) 春4 一九五
ガンガサ(雁瘡) 秋[9] 六一四
カンガタメ(寒固) 冬1 三六
カンガラス(寒鴉) 冬1 六九
カンガン(寒雁) 冬12 七六七
ガンギ(雁木) 冬[12] 八五五
カンギク(寒菊) 冬1 七二
カンキュウ(寒灸《きう》) 冬1 三九
カンギョウ(寒行《ぎやう》) 冬1 三八
カンキン(寒禽) 冬12 七六七
ガンクヨウ(雁供養《やう》) 春3 一三三
カンゲイコ(寒稽古) 冬1 三九
カンゲツ(寒月) 冬[1] 六五

カンゲツ（観《くわん》月） 秋9 五九九
カンゴイ（寒鯉《ごひ》） 冬1 四〇
カンコウバイ（寒紅梅） 冬1 七六
カンゴエ（寒声《ごゑ》） 冬1 四〇
カンゴエ（寒肥） 冬1 七四
カンコドリ（閑古鳥） 夏[6] 三八四
カンゴリ（寒垢離） 冬1 三八
カンザクラ（寒桜） 冬1 七七
カンザライ（寒復習《ざらひ》） 冬1 三九
カンザラシ（寒曝） 冬1 六八
カンザラシ（寒晒） 冬1 六八
カンジキ（かんじき） 冬[1] 六〇
カンジキ（樏） 冬1 六一
ガンジツ（元《ぐわん》日） 冬1 四
カンショ（甘藷） 秋[10] 六八六
カンショウウ
（甘藷植う） 夏6 三三九
カンショカリ（甘蔗刈） 冬[12] 八四九
カンスズメ（寒雀） 冬1 六九
カンセギョウ（寒施行《ぎやう》） 冬1 三九
カンゾウノハナ
（萱草《くわんざう》の花） 夏6 三三六
カンタマゴ（寒卵） 冬1 四〇
カンダマツリ（神田祭） 夏5 二八六
カンタン（邯鄲） 秋[9] 五九一
ガンタン（元《ぐわん》旦） 冬1 四
カンチクノコ
（寒竹の子） 冬11 七四四
カンチョウ（観潮《くわんてう》） 春4 一九九
ガンチョウ（元朝《ぐわんてう》） 冬1 四

カンヅクリ（寒造） 冬1 三七
カンツバキ（寒椿） 冬1 七七
カンヅリ（寒釣） 冬1 四一
カンテン（旱天） 夏7 四八三
カンテン（寒天） 冬12 七六六
カンテンツクル
（寒天造る） 冬1 六八
カントウ（寒灯） 冬[1] 六六
カントウ（寒燈） 冬1 六六
カンドウフ（寒豆腐） 冬1 六七
カントウマツリ
（竿灯祭） 秋8 五三六
カントンボケ
（広東木瓜） 春4 一八五
カンナ（カンナ） 秋8 五六九
カンナギ（寒凪） 冬12 八五一
カンナヅキ（神無月） 冬11 七二八
カンナメサイ（神嘗祭） 秋10 六八四
カンネブツ（寒念仏） 冬1 三八
カンノアメ（寒の雨） 冬1 六六
カンノイリ（寒の入） 冬1 三六
カンノウチ（寒の内） 冬1 三六
カンノミズ（寒の水《みづ》） 冬1 三六
カンバイ（寒梅） 冬1 七六
カンバツ（旱魃） 夏7 四八三
カンパニュラ
（カンパニュラ） 夏6 三九九
カンバラ（寒薔薇） 冬1 七二
ガンピ（岩菲） 夏6 三三四
カンビキ（寒弾） 冬1 三九

カンピョウホス（干瓢《ぺう》乾す）夏7 五一四
カンプウ（観《くわん》楓）秋10 七一六
カンプウ（寒風）冬12 八五〇
カンブツ（灌《くわん》仏）春4 二〇九
カンブナ（寒鮒）冬1 四一
カンブナツリ（寒鮒釣）冬1 四一
カンブリ（寒鰤）冬12 八〇八
ガンブロ（雁風呂）春3 一三二
カンベニ（寒紅）冬1 三七
カンボケ（寒木瓜）冬1 七八
カンボタン（寒牡丹）冬1 七一
カンマイリ（寒詣《まゐり》）冬1 三八
カンマイリ（寒参《まゐり》）冬1 三八
カンミマイ（寒見舞《まひ》）冬1 四〇
カンモチ（寒餅）冬1 三七
カンヤ（寒夜）冬12 八六〇
ガンライコウ（雁来紅）秋9 六一六
カンリン（寒林）冬12 七七五

き・キ

キイチゴ（木苺）夏6 三九四
キイチゴノハナ（木苺の花）春4 二三八
キウ（喜雨）夏7 四八五
キウキョウ（祈雨経《きやう》）夏7 四八五
キエン（帰燕）秋9 六一四
ギオンエ（祇園《をん》会《ゑ》）夏7 四七七
ギオンバヤシ（祇園《をん》囃）夏7 四七六
ギオンマツリ（祇園《をん》祭）夏7 四七六
キカクキ（其角忌）春3 一七三
キガン（帰雁）春3 一三一
キギク（黄菊）秋10 六七三
キギス（きぎす）春3 一三七
キキョウ（桔梗《きやう》）秋9 五八二
キキョウノメ（桔梗《きやう》の芽）春3 一四一
キク（菊）秋10 六七二
キクイタダキ（菊戴）秋[10] 六六二
キクウウ（菊植う）春3 一四七
キククヨウ（菊供養《やう》）秋10 六七四
キクヅキ（菊月）秋10 六三七
キクツクリ（菊作り）秋10 六七三
キクナ（菊菜）春2 一〇二
キクナマス（菊膾）秋10 六七四
キクニンギョウ（菊人形《ぎやう》）秋10 六七四
キクネワケ（菊根分）春3 一四七
キクノエン（菊の宴）秋10 六七二
キクノサケ（菊の酒）秋10 六七二
キクノセック（菊の節句）秋10 六七二
キクノナエ（菊の苗《なへ》）春3 一四七
キクノヤド（菊の宿）秋10 六七三
キクバタケ（菊畑）秋10 六七三
キクビヨリ（菊日和）秋10 六七三
キクマクラ（菊枕）秋10 六七五
キクラゲ（木耳）夏6 三三二
キクワカツ（菊分つ）春3 一四七

キクワカバ（菊若葉）春4 二五三
キケンジョウ（喜見城《じやう》）春4 二三四
キゲンセツ（紀元節）春2 八九
キゴザ（著莫蓙）夏[7] 四二四
キサゴ（細螺）春[4] 二〇二
キサラギ（如月）春3 一一三
キジ（雉）春[3] 一三七
キジ（雉子）春3 一三七
キジウチ（雉打）春3 一三七
ギシギシノハナ（羊蹄の花）夏5 二九五
ギシサイ（義士祭）春4 一八〇
キシヅリ（岸釣）秋9 六二一
キジノス（雉の巣）春4 二二三
キジブエ（雉笛）春3 一三七
キシャゴ（きしやご）春4 二〇二
キジンソウ（きじんさう）夏6 四〇〇
キス（鱚）夏[5] 三〇六
キズイセン（黄水仙《ずゐ》）春3 一七一
キスゲ（黄萱）夏7 四一四
キスツリ（鱚釣）夏5 三〇六
キセイ（帰省）夏7 四九七
キセイシ（帰省子）夏7 四九七
キタ（北風）冬12 八五〇
キタカゼ（北風）冬[12] 八四九
キタフク（北吹く）冬12 八五〇
キタマツリ（北祭）夏5 二八四
キタマドヒラク（北窓開く）春3 一三五
キタマドフサグ（北窓塞ぐ）冬11 七五七
キチキチバッタ（きちきちばつた）秋10 六五〇
キチコウ（きちかう）秋9 五八二
キッショ（吉書）冬1 二七
キッショアゲ（吉書揚）冬1 四八
キッチョウ（吉兆《てう》）冬1 四五
キツツキ（啄木鳥）秋[10] 六六二
キツネ（狐）冬[12] 七九八
キツネビ（狐火）冬[12] 八五八
キツネワナ（狐罠）冬12 七九九
キトウキ（几董忌）冬11 七五九
キナガシ（木流し）春3 一五九
キヌアワセ（絹袷《あはせ》）夏5 二六八
キヌイトソウ（絹糸草《さう》）夏[7] 四七一
キヌウチワ（絹団扇《うちは》）夏7 四二三
キヌカツギ（衣被）秋[9] 六〇二
キヌタ（砧）秋[10] 六七九
キヌタバン（砧盤）秋10 六七九
キヌブトン（絹蒲団）冬12 八三四
キノコ（菌）秋10 六四四
キノコ（茸）秋10 六四五
キノコトリ（茸とり）秋10 六四六
キノコバン（茸番）秋10 六四五
キノコメシ（茸飯）秋10 六四五
キノミ（木の実）秋10 六六二
キノメ（きのめ）春3 一四八
キノメアエ（木の芽和《あへ》）春3 一五〇
キノメデンガク

（木の芽田楽）　春3　一五〇
キハチス（きはちす）　秋8　五五八
キバハジメ（騎馬始）　冬1　三五
キビ（黍）　秋9　六三二
キビショウチュウ
（黍焼酎《せうちう》）　夏7　四六二
キビノホ（黍の穂）　秋9　六三二
キビバタケ（黍畑）　秋9　六三二
キビヒク（黍引く）　秋9　六三二
キビラ（黄帷子）　夏7　四三九
キブクレ（著ぶくれ）　冬[12]　八三九
ギフヂョウチン
（岐阜提《ちやう》灯）　秋8　五四六
キボウ（既望《ばう》）　秋9　六〇三
ギボウシ（擬宝《ばう》珠）　夏5　二九六
キボケ（きぼけ）　秋10　六六四
ギボシ（ぎぼし）　夏5　二九六
キマユ（黄繭）　夏5　二七七
ギャク（瘧）　夏[7]　五〇六
キャンピング
（キャンピング）　夏7　四三三
キャンプ（キャンプ）　夏7　四三三
キュウカ（九《きう》夏）　夏5　二六五
キュウシュウ（九秋《きうしう》）　秋8　五三三
キュウシュン（九《きう》春）　春2　八五
キュウショウガツ
（旧正月《きうしやうぐわつ》）　春2　八七
キュウトウ（九《きう》冬）　冬11　七二七
キュウニュウキ
（吸入《きふにふ》器）　冬[12]　八三三
キュウネン（旧《きう》年）　冬1　三
キュウリ（胡瓜《きうり》）　夏7　四五七
キュウリヅケ（胡瓜《きうり》漬）夏7　四五八
キュウリナエ（胡瓜苗《きうりなへ》）夏5　二八二
キュウリノハナ
（胡瓜《きうり》の花）　夏6　三一八
キュウリマク
（胡瓜《きうり》蒔く）　春3　一四五
キュウリモミ
（胡瓜《きうり》もみ）　夏7　四五七
キョウエイ（競《きやう》泳）　夏7　四九一
キョウギボウシ
（経《きやう》木帽《ばう》子）　夏6　四〇五
ギョウギョウシ
（行《ぎやう》々子）　夏6　三六八
ギョウズイ（行水《ぎやうずゐ》）　夏7　四四九
キョウソウ（競漕《きやうさう》）　春4　二二六
キョウチクトウ
（夾《けふ》竹桃《たう》）　夏7　四一七
キョウナ（京《きやう》菜）　春2　一〇三
キョウノアキ
（今日《けふ》の秋）　秋8　五三四
キョウノキク
（今日《けふ》の菊）　秋10　六七二
キョウノツキ
（今日《けふ》の月）　秋9　五九八
キョウノハル（京《きやう》の春）春2　八五
ギョキ（御忌）　春4　二三三
ギョキノカネ
（御忌の鐘）　春4　二三三

ギョキモウデ(御忌詣《まうで》) 春4 二三三
キョクスイ(曲水《すゐ》) 春3 一一五
キョクスイノエン (曲水《すゐ》の宴) 春3 一一六
ギョケイ(御慶) 冬1 一三
キョシキ(虚子忌) 春4 二一〇
キョライキ(去来忌) 秋10 六七七
キララムシ(雲母虫) 夏7 四九九
キリ(霧) 秋[9] 六〇五
キリギリス(螽蟖) 秋[9] 五九〇
キリギリス(蛬) 秋9 五九〇
キリコ(切子) 秋8 五四六
キリコ(切籠) 秋8 五四六
キリゴタツ(切炬燵) 冬12 八二六
キリコドウロウ (切子灯籠) 秋8 五四六
キリサメ(霧雨) 秋9 六〇五
キリザンショウ (切山椒《せう》) 冬1 一七
キリシマ(きりしま) 春4 二五五
キリタンポ (きりたんぽ) 秋10 六四八
キリノウミ(霧の海) 秋9 六〇五
キリノハナ(桐の花) 夏5 二九九
キリノミ(桐の実) 秋10 六六八
キリヒトハ(桐一葉) 秋8 五三五
キリボシ(切干) 冬[11] 七四三
キリモチ(切餅) 冬12 八七五
キリンソウ(麒麟草《さう》) 夏7 五二一
キレンジャク(黄連雀) 秋10 六六一

キワタ(木綿) 秋10 六八九
キンカ(近火《くわ》) 冬12 八五九
ギンガ(銀河) 秋8 五三八
キンカン(金柑) 秋10 七一二
ギンカン(銀漢) 秋8 五三八
キンギョ(金魚) 夏[7] 四七〇
キンギョウリ(金魚売) 夏[7] 四七〇
キンギョソウ(金魚草《さう》) 夏6 三五〇
キンギョダマ(金魚玉) 夏[7] 四七一
キンギョバチ(金魚鉢) 夏7 四七一
キンギョモ(金魚藻) 夏[7] 四七一
キンシソウ(金糸草《さう》) 秋8 五六八
キンジャク(金雀) 秋10 六六〇
キンセンカ(金盞花《くわ》) 春4 二四三
ギンナン(銀杏) 秋10 六九九
キンビョウ(金屏《びやう》) 冬12 八一五
ギンビョウ(銀屏《びやう》) 冬12 八一五
キンビョウブ (金屏《びやう》風) 冬12 八一五
ギンビョウブ (銀屏《びやう》風) 冬12 八一五
キンプウ(金風) 秋10 六四一
キンポウゲ(金鳳華) 春4 二〇五
キンモクセイ(金木犀) 秋9 六三四
ギンモクセイ(銀木犀) 秋9 六三四
キンレイシ(錦茘枝) 秋10 六六八
キンレイシ(金鈴子) 秋10 七〇七
キンロウカンシャノヒ (勤労《らう》感謝の日) 冬11 七五九
ギンロバイ(銀縷梅) 春2 一〇〇

く・ク

クイツミ（食《くひ》積） 冬 1 一六
クイナ（水鶏《くひな》） 夏 [6] 四〇二
クイナノス（水鶏《くひな》の巣） 夏 6 三五三
クイナブエ（水鶏《くひな》笛） 夏 6 四〇二
クウカイキ（空海忌） 春 4 二三三
クウヤキ（空也忌） 冬 11 七三八
クウヤネンブツ（空也念仏） 冬 11 七三九
クーラー（クーラー） 夏 7 四六九
クガツ（九月《ぐわつ》） 秋 9 五七一
クガツガヤ（九月《ぐわつ》蚊帳） 秋 9 六〇九
クキヅケ（茎漬） 冬 [11] 七四四
クキノイシ（茎の石） 冬 11 七四四
クキノオケ（茎の桶《をけ》） 冬 11 七四四
ククタチ（茎立） 春 3 一五五
クグツマワシ（くぐつ廻《まは》し） 冬 1 二五
クグツメ（傀儡女） 冬 1 二五
クコ（枸杞） 春 3 一五一
クコツム（枸杞摘む） 春 3 一五一
クコノミ（枸杞の実） 秋 10 六六五
クコメシ（枸杞飯） 春 3 一五一
クサアオム（草青《あを》む） 春 2 一〇八
クサイキレ（草いきれ） 夏 7 四八三
クサイチ（草市） 秋 8 五四一
クサイチゴ（草苺） 夏 6 三九四
クサオボロ（草朧） 春 4 一九〇
クサカグワシ（草芳《かぐは》し） 春 4 二一六
クサカゲロウ（草蜉蝣《かげろふ》） 秋 [9] 六〇七
クサカスム（草霞む） 春 3 一六三
クサカリ（草刈） 夏 [6] 三九一
クサカリカゴ（草刈籠） 夏 6 三九一
クサカリメ（草刈女） 夏 6 三九一
クサカル（草刈る） 夏 6 三九一
クサガレ（草枯） 冬 12 七七八
クサギノハナ（臭木の花） 秋 8 五五八
クサギノミ（臭木の実） 秋 10 六七〇
クサシゲル（草茂る） 夏 [6] 三九一
クサシミズ（草清水《みづ》） 夏 7 四三七
クサジラミ（草じらみ） 秋 10 七〇一
クサズモウ（草相撲《ずまふ》） 秋 8 五五二
クサツム（草摘む） 春 3 一六四
クサトリ（草取） 夏 [6] 三六〇
クサトリメ（草取女） 夏 6 三六〇
クサノニシキ（草の錦） 秋 10 七一九
クサノハナ（草の花） 秋 [9] 六二三
クサノホ（草の穂） 秋 10 七〇一
クサノミ（草の実） 秋 [10] 七〇一
クサノメ（草の芽） 春 3 一四一
クサノモミジ（草の紅葉《もみぢ》） 秋 10 七一九
クサノワタ（草の絮） 秋 10 七〇一
クサバナ（草花） 秋 9 六二三
クサバナウリ（草花売） 秋 9 六二三
クサヒキ（草引） 夏 6 三六〇
クサヒバリ（草雲雀） 秋 [9] 五九〇

クサブエ(草笛) 夏[5] 三一一
クサボケ(草木瓜) 春4 一八五
クサホス(草干す) 夏6 三九二
クサメ(嚔) 冬[12] 八三三
クサモエ(草萌) 春2 一〇八
クサモチ(草餅) 春[4] 一七八
クサモミジ(草紅葉《もみぢ》) 秋10 七一九
クサヤ(草矢) 夏[6] 三九〇
クサヤク(草焼く) 春2 九八
クサワカバ(草若葉) 春4 二三二
クシガキ(串柿) 秋10 六六五
クジャクソウ(孔雀草《さう》) 夏6 三九九
クジラ(鯨《くぢら》) 冬[12] 八〇四
クジラジル(鯨《くぢら》汁) 冬12 八〇四
クジラナベ(鯨《くぢら》鍋) 冬12 八〇四
クズ(葛) 秋[9] 五八四
クスオチバ(樟落葉) 夏5 二九一
クズカズラ(葛かづら) 秋9 五八四
クズザクラ(葛桜) 夏7 四六三
クズサラス(葛晒す) 冬1 六八
クズソウ(国栖奏《さう》) 春2 八九
クスダマ(薬玉) 夏5 二七五
クズノハ(葛の葉) 秋9 五八四
クズノハナ(葛の花) 秋9 五八四
クズホル(葛掘る) 秋[10] 六八八
クズマユ(屑《くづ》繭) 夏5 二七七
クズマンジュウ(葛饅頭《ぢゆう》) 夏[7] 四六三
クズミズ(葛水《みづ》) 夏[7] 四五九
クズモチ(葛餅) 夏[7] 四六三
クズユ(葛湯) 冬[12] 七九一
クスリガリ(薬狩) 夏5 二七五
クスリグイ(薬喰《ぐひ》) 冬[12] 七九七
クスリトリ(薬採) 夏5 二七五
クスリノヒ(薬の日) 夏5 二七五
クスリホル(薬掘る) 秋[10] 六八八
クズレヤナ(崩《くづ》れ簗) 秋10 七一一
クスワカバ(樟若葉) 夏5 二九〇
クダリアユ(下り鮎) 秋10 六五五
クダリヤナ(下り簗) 秋[10] 六五五
クチキリ(口切) 冬11 七三一
クチナシ(山梔子) 秋10 六六九
クチナシノハナ(山梔子の花) 夏6 三三一
クチナワ(くちなは) 夏6 三九五
クツワムシ(轡虫) 秋[9] 五九〇
クヌギノミ(櫟の実) 秋10 六九八
クヌギモミジ(櫟黄葉《もみぢ》) 秋10 七一八
クネンボ(九年母) 秋10 七一二
グビジンソウ(虞美人草《さう》) 夏5 二九八
クビマキ(首巻) 冬12 八四二
クマ(熊) 冬12 七九六
クマアナニイル(熊穴に入る) 冬12 七九六
クマガイソウ(熊谷草《さう》) 春4 二四一
クマガヤガサ(熊谷笠) 夏7 四二六
クマツキ(熊突) 冬12 七九六
クマデ(熊手) 冬11 七三四
クマノコ(熊の子) 冬12 七九六

クマバチ(熊蜂) 春4 二二九
クママツリ(熊祭) 冬12 七九六
グミ(茱萸) 秋10 六六六
クミアゲ(組上) 夏7 四五二
クモ(蜘蛛) 夏[6] 三七二
クモノイ(蜘蛛の囲《ゐ》) 夏[6] 三七二
クモノコ(蜘蛛の子) 夏6 三七三
クモノス(蜘蛛の巣) 夏6 三七二
クモノタイコ
(蜘蛛の太鼓) 夏6 三七三
クモノミネ(雲の峰) 夏[7] 四一八
クラゲ(海月) 夏[7] 四九二
クラゲ(水母) 夏7 四九二
グラジオラス
(グラジオラス) 夏6 三一五
クラベウマ(競馬) 夏6 三一八
クラマノタケキリ
(鞍馬の竹伐) 夏6 三八一
クラマノヒマツリ
(鞍馬火祭) 秋10 六九五
クラマノレンゲエ
(鞍馬蓮華会《ゑ》) 夏6 三八二
クリ(栗) 秋10 六九七
クリスマス
(クリスマス) 冬12 八六三
クリノハナ(栗の花) 夏6 三三〇
クリバヤシ(栗林) 秋10 六九七
クリヒロイ(栗拾《ひろひ》) 秋10 六九七
クリメイゲツ(栗名月) 秋10 六七九
クリメシ(栗飯) 秋10 六九七

クリヤマ(栗山) 秋10 六九七
クルイザキ(狂ひ咲) 冬11 七五〇
クルイバナ(狂ひ花) 冬11 七五〇
クルカリ(来る雁) 秋9 六一三
クルマユリ(車百合) 夏7 四一五
クルミ(胡桃) 秋10 六九八
クレオソシ(暮遅し) 春4 一七四
クレカヌル(暮かぬる) 春4 一七四
クレノアキ(暮の秋) 秋10 七二三
クレノハル(暮の春) 春4 二五九
クレハヤシ(暮早し) 冬12 七六三
クローバ(クローバ) 春3 一六九
クロダイ(黒鯛《だひ》) 夏[6] 三六五
クロッカス
(クロッカス) 春2 一〇一
クロハエ(黒南風) 夏6 三三二
クロホ(黒穂) 夏5 三一〇
クロメ(黒菜) 夏7 四九四
クロメカル(黒菜刈る) 夏7 四九四
クロユリ(黒百合) 夏7 四一五
クロンボウ(黒ん坊《ばう》) 夏5 三一〇
クワ(桑《くは》) 春4 二五〇
クワイ(慈姑《くわゐ》) 春3 一五五
クワイホル(慈姑《くわゐ》掘る) 春3 一五六
クワウウ(桑《くは》植う) 春3 一五八
クワカゴ(桑《くは》籠) 春4 二五〇
クワククル(桑《くは》括る) 冬12 七七六
クワグルマ(桑《くは》車) 春4 二五〇
クワツミ(桑《くは》摘) 春4 二五〇
クワトク(桑《くは》解く) 春3 一四九

クワノハナ(桑《くは》の花) 春4 二五一
クワノミ(桑《くは》の実) 夏6 三四〇
クワノメ(桑《くは》の芽) 春3 一四九
クワハジメ(鍬《くは》始) 冬1 二八
クンシラン(君子蘭) 春2 一一〇
クンプウ(薫風) 夏6 三八一

け・ケ

ゲアキ(夏明) 秋8 五五一
ケイコハジメ(稽古始) 冬1 三〇
ゲイシュンカ(迎春花《くわ》) 春2 一〇七
ゲイセツエ(迎接会《ゑ》) 夏5 二八四
ケイダン(軽暖) 夏5 二七九
ケイチツ(啓蟄) 春3 一一八
ケイト(競渡) 夏6 三一八
ケイトアム(毛糸編む) 冬[12] 八四六
ケイトウ(鶏頭) 秋[9] 六二五
ケイトウカ(鶏頭花《くわ》) 秋9 六二五
ケイトウマク(鶏頭蒔く) 春3 一四五
ケイバ(競馬) 夏6 三一八
ケイモ(黄独) 秋10 六八七
ゲイリ(夏入) 夏5 二八七
ケイロウノヒ(敬老《らう》の日) 秋9 五九五
ゲガキ(夏書) 夏[5] 二八八
ゲガキオサメ(夏書納《をさめ》) 秋8 五五一
ケガニ(毛蟹) 冬12 八〇六
ケガワ(毛皮《がは》) 冬[12] 八三八
ケガワウリ(毛皮《がは》売) 冬12 八三八
ゲギョウ(夏行《ぎやう》) 夏5 二八七
ゲギョウ(夏経《ぎやう》) 夏5 二八八
ゲゲ(解夏) 秋8 五五一
ゲゲバナ(五形花) 春3 一六九
ゲゴモリ(夏籠) 夏5 二八七
ケゴロモ(毛衣) 冬[12] 八三八
ケサノアキ(今朝の秋) 秋8 五三四
ケサノハル(今朝の春) 冬1 三
ケサノフユ(今朝の冬) 冬11 七二七
ゲシ(夏至) 夏6 三八二
ゲジゲジ(蚰蜒《げぢげぢ》) 夏[6] 三七三
ケシズミ(消炭) 冬[12] 八一八
ケシノハナ(罌粟の花) 夏5 二九七
ケシノハナ(芥子の花) 夏5 二九七
ケシバタケ(罌粟畑) 夏5 二九七
ケシボウズ(罌粟坊《ばう》主) 夏5 二九八
ケシワカバ(罌粟若葉) 春4 二五二
ケシワカバ(芥子若葉) 春4 二五二
ケズリカケ(削《けづり》掛) 冬1 八
ケソウブミ(懸想《さう》文) 冬1 二五
ゲダチ(夏断) 夏5 二八七
ゲッカビジン(月下美人) 夏7 五一六
ケツゲ(結夏) 夏5 二八七
ケッセイ(結制) 夏5 二八七
ケット(ケット) 冬12 八三六
ゲヅトメ(夏勤) 夏5 二八七
ゲツメイ(月明) 秋9 五九六
ゲバナ(夏花) 夏[5] 二八七

ゲバナツミ（夏花摘）夏5 二八七
ケボウシ（毛帽《ばう》子）冬12 八四〇
ケマンソウ（華鬘草《さう》）春4 二四二
ケミ（毛見）秋10 六五三
ケミノシュウ（毛見の衆）秋10 六五四
ケムシ（毛虫）夏[7] 四二九
ケムシヤク（毛虫焼く）夏7 四二九
ケモモ（毛桃）秋9 六三三
ケラ（螻蛄）夏[6] 三一八
ケラナク（螻蛄鳴く）秋[9] 五九二
ゲンカン（厳寒）冬1 七五
ケンギュウ（牽牛《ぎう》）秋8 五三七
ケンギュウカ（牽牛花《ぎうくわ》）秋8 五五九
ゲンゲ（紫雲英）春[3] 一六九
ゲンゲマク（紫雲英蒔く）秋10 六九〇
ゲンゲン（げんげん）春3 一六九
ケンコクキネンノヒ（建国記念の日）春2 八九
ケンコクキネンビ（建国記念日）春2 八九
ゲンゴロウ（源五郎《らう》）夏[6] 三五四
ゲンジボタル（源氏蛍）夏6 三五一
ゲンチョ（玄猪）冬11 七三一
ケンチンジル（巻繊汁）冬[12] 七八八
ゲントウ（厳冬）冬1 七五
ゲンノショウコ（げんのしょうこ）夏5 二九六
ゲンバクキ（原爆忌）夏7 五三〇
ゲンペイモモ（源平桃）春4 一八一
ケンポウキネンビ（憲法《ぱふ》記念日）春4 二六一
ケンミ（検見）秋10 六五四

こ・コ

コアユ（小鮎）春3 一二六
ゴアンゴ（後安居）夏5 二八七
コイネコ（恋《こひ》猫）春2 九五
コイノボリ（鯉《こひ》幟）夏5 二七四
コイモ（子芋）秋9 六〇一
コウギュウ（耕牛《かうぎう》）春3 一四三
コウサ（黄《くわう》沙）春3 一二九
コウジ（柑《かう》子）秋10 七一〇
コウジノハナ（柑《かう》子の花）夏6 三一九
コウジュサン（香《かう》薷散）夏7 五〇二
コウショッキ（紅蜀《しよく》葵）夏7 五一七
コウジン（黄塵《くわうぢん》）春3 一二九
コウジン（耕《かう》人）春3 一四三
コウスイ（香水《かうすゐ》）夏[7] 五〇二
コウゾムス（楮《かうぞ》蒸す）冬[12] 八四八
コウタンサイ（降《かう》誕祭）冬12 八六三
ゴウナ（がうな）春4 二〇三
コウバ（耕《かう》馬）春3 一四三
コウバイ（紅梅）春2 一〇七
コウホネ（河《かう》骨）夏6 三五七
コウマ（仔馬）春[4] 二一五
コウメ（小梅）夏6 三四一

コウモリ(蝙蝠《かうもり》) 夏[6] 三七九
コウヤドウフ
(高《かう》野豆腐) 冬1 六七
コウヤヒジリ(高《かう》野聖) 夏6 三五四
コウラク(黄《くわう》落) 冬11 七五三
コウリャン(高《かう》粱) 秋9 六三三
コート(コート) 冬[12] 八四四
コーヒーノハナ
(珈琲の花) 春[4] 二三八
コオリ(氷《こほり》) 冬[1] 六三
コオリアズキ(氷小豆《こほりあづき》) 夏7 四六〇
コオリイチゴ(氷《こほり》苺) 夏7 四六〇
コオリウリ(氷《こほり》売) 夏7 四六〇
コオリガシ(氷菓《こほりぐわ》子) 夏7 四六〇
コオリゴンニャク
(氷《こほり》蒟蒻) 冬1 六七
コオリスベリ(氷《こほり》滑り) 冬1 六五
コオリドウフ(氷《こほり》豆腐) 冬1 六七
コオリトク(氷《こほり》解く) 春2 九三
コオリドケ(氷《こほり》解) 春2 九三
コオリバシラ(氷《こほり》柱) 夏7 四七五
コオリミズ(氷水《こほりみづ》) 夏[7] 四六〇
コオリミセ(氷《こほり》店) 夏7 四六〇
コオリモチ(氷《こほり》餅) 夏[7] 四六五
コオリレモン
(氷《こほり》レモン) 夏7 四六〇
コオル(凍《こほ》る) 冬[1] 五一
コオロギ(蟋蟀《こほろぎ》) 秋[9] 五八九
コガイ(蚕飼《がひ》) 春4 二四九
ゴガツ(五月《ぐわつ》) 夏5 二六五

ゴガツニンギョウ
(五月《ぐわつ》人形《ぎやう》) 夏5 二七三
ゴガツノボリ(五月《ぐわつ》幟) 夏5 二七三
ゴガツバショ
(五月《ぐわつ》場所) 夏5 二八一
コガネムシ(金亀子) 夏[7] 四二八
コガネムシ(金亀虫) 夏7 四二八
コカマキリ(子蟷螂) 夏6 三七〇
コガラ(小雀) 秋[10] 六六一
コガラシ(凩) 冬11 七五五
コガラシ(木枯) 冬11 七五五
コガラス(子烏) 夏6 三四四
コガラメ(こがらめ) 秋10 六六一
コギイタ(胡鬼板) 冬1 二三
コギク(小菊) 秋10 六七三
コギノコ(胡鬼の子) 冬1 二一
ゴキブリ(ごきぶり) 夏6 三七三
ゴクゲツ(極月) 冬12 八六五
ゴクショ(極暑) 夏7 四八二
コクゾウ(穀象《ざう》) 夏[5] 三一三
コケシミズ(苔清水《みづ》) 夏7 四三七
コケノハナ(苔の花) 夏6 三三四
コゴメザクラ(小米桜) 春4 二三七
コゴメバナ(小米花) 春4 二三七
コゴメユキ(小米雪) 冬1 五五
コゴリブナ(凝鮒) 冬1 六七
コジカ(子鹿) 夏6 三八九
コジカ(小鹿) 秋10 七二〇
コシタヤミ(木下闇) 夏[6] 三八八
コシツ(蚕室) 春4 二四九

コシブトン（腰蒲団） 冬12 八三五
コシュ（古酒） 秋10 六四八
コショウガツ（小正月《しやうぐわつ》） 冬1 四九
ゴショウキ（御正《しやう》忌） 冬11 七六〇
ゴスイ（午睡） 夏7 四七九
コスズメ（子雀） 春4 二三〇
コスモス（コスモス） 秋9 六二五
ゴセングウ（御遷宮） 秋9 五九四
コゾ（去年） 冬1 三
コゾコトシ（去年今年） 冬1 三
コタツ（炬燵） 冬[12] 八二六
コタツフサグ（炬燵塞ぐ） 春3 一三五
コタツブトン（炬燵蒲団） 冬12 八二六
コダナ（蚕棚） 春4 二四九
コチ（東風） 春[3] 一一九
コチ（鯒） 夏[6] 三六五
コチャ（古茶） 夏5 二七六
コチョウ（胡蝶《てふ》） 春4 二二三
コチョウカ（胡蝶花《てふくわ》） 春4 二〇八
コチョウラン（こてふ蘭） 夏7 五一八
コッカン（酷《こく》寒） 冬1 一七
コツバメ（子燕） 夏6 三四四
コデマリ（こでまり） 春4 二三七
コデマリノハナ（小粉団の花） 春4 二三七
コトシ（今年） 冬1 三
コトシザケ（今年酒） 秋10 六四七
コトシダケ（今年竹） 夏6 四〇〇
コトシマイ（今年米） 秋10 六四七
コトシワタ（今年綿） 秋10 六八九
コトシワラ（今年藁） 秋10 七〇五
コトノバラ（小殿原） 冬1 一六
コトハジメ（事始） 冬12 七九二
コトハジメ（琴始） 冬1 三一
コドモノヒ（子供の日） 夏5 二七二
コトリ（小鳥） 秋[10] 六五七
コトリアミ（小鳥網） 秋10 六八〇
コトリガリ（小鳥狩） 秋10 六八〇
コトリクル（小鳥来る） 秋10 六五七
コトリヒク（小鳥引く） 春3 一三〇
コナ（小菜） 秋9 六三〇
コナジル（小菜汁） 秋9 六三〇
コナユキ（粉雪） 冬1 五五
コネコ（子猫） 春4 二三〇
コノハ（木の葉） 冬[11] 七五四
コノハアメ（木の葉雨） 冬11 七五四
コノハガミ（木の葉髪） 冬[11] 七五四
コノハチル（木の葉散る） 冬11 七五四
コノミ（木の実） 秋[10] 六六二
コノミアメ（木の実雨） 秋10 六九五
コノミウウ（木の実植う） 春2 一〇〇
コノミオツ（木の実落つ） 秋10 六九五
コノミシグレ

(木の実時雨) 秋10 六九六
コノミヒロウ
(木の実拾ふ) 秋10 六九六
コノミフル
(木の実降る) 秋10 六九五
コノメ(木の芽) 春3 一四八
コノメカゼ(木の芽風) 春3 一四八
コノメドキ(木の芽時) 春3 一四八
コノメフク
(木の芽吹く) 春3 一四八
コノワタ(海鼠腸) 冬[12] 八一一
ゴバイシ(五倍子) 秋10 六六八
コハギ(小萩) 秋9 五八四
コハモ(小鱧) 夏7 四六六
コハル(小春) 冬11 七四八
コハルビ(小春日) 冬11 七四八
コハルビヨリ
(小春日和) 冬11 七四八
コバンソウ(小判草《さう》) 夏6 三九三
コブシ(辛夷) 春4 一八四
ゴボウ(牛蒡《ばう》) 秋10 六八五
ゴボウヒク(牛蒡《ばう》引く) 秋[10] 六八五
ゴボウホル(牛蒡《ばう》掘る) 秋10 六八五
ゴボウマク(牛蒡《ばう》蒔く) 春3 一四六
コボレハギ(こぼれ萩) 秋9 五八四
コマ(独楽) 冬1 一二
コマ(こま) 夏6 三八五
ゴマ(胡麻) 秋9 六三一
コマイ(氷下魚) 冬[1] 六四
コマイツル
(氷下魚釣る) 冬1 六四
ゴマカル(胡麻刈る) 秋9 六三一
コマクサ(駒草) 夏7 五一三
ゴマタタク(胡麻叩く) 秋9 六三一
コマツナギ(駒繋) 夏7 五二六
コマツビキ(小松引) 冬1 四四
コマドリ(駒鳥) 夏[6] 三八五
コマドリ(知更鳥) 夏6 三八五
コマノツメ(駒の爪) 秋10 七〇一
ゴマノハナ(胡麻の花) 夏7 五〇九
ゴマホス(胡麻干す) 秋9 六三一
ゴマメ(ごまめ) 冬1 一六
ゴミナマズ(ごみ鯰《なまづ》) 夏6 三三五
コムギ(小麦) 夏5 三一〇
ゴモクズシ(五目鮓) 夏7 四六六
コモチスズメ(子持雀) 春4 二一五
コモチヅキ(小望月) 秋9 五九八
コモチハゼ(子持鯊) 春3 一二六
コモチマキ(菰粽) 夏5 二七四
コモノメ(菰の芽) 春3 一四二
コモムシロ(菰筵) 秋8 五四三
コヤマブキ(濃山吹) 春4 二三五
コユキ(小雪) 冬1 五五
ゴヨウオサメ(御用納《をさめ》) 冬12 八七三
ゴヨウハジメ(御用始) 冬1 三四
コヨミウリ(暦売) 冬12 八六五
コヨリジュバン
(紙捻襦袢) 夏7 四四三
ゴライゴウ(御来迎《がう》) 夏7 四三五
ゴリ(鮴) 夏[6] 三三五

ゴリ（鮴） 夏6 三三五
ゴリジル（鮴汁） 夏6 三三五
コレラ（コレラ） 夏[7] 五〇六
コレラブネ（コレラ船） 夏7 五〇六
コロクガツ（小六月《ぐわつ》） 冬11 七四八
コロモウツ（衣打つ） 秋10 六七九
コロモガエ（更衣《がへ》） 夏5 二六七
コンギク（紺菊） 秋10 六七五
ゴンギリ（五寸切） 夏7 四六六
コンニャクウウ
（蒟蒻植う） 春4 二四六
コンニャクホス
（蒟蒻干す） 冬11 七四五
コンニャクホル
（蒟蒻掘る） 冬11 七四四
コンブ（昆布） 夏[7] 四九四
コンブカリ（昆布刈） 夏7 四九四
コンブホス（昆布干す） 夏7 四九四

さ・サ

サイカクキ（西鶴忌） 秋9 五七九
サイカチ（皂角子） 秋10 六七〇
サイカチムシ
（さいかちむし） 夏7 四二九
サイギョウキ（西行《ぎやう》忌） 春3 一二八
サイゾウ（才蔵《ざう》） 冬1 二四
サイダー（サイダー） 夏[7] 四六一
サイタン（歳旦） 冬1 四
サイネリヤ
（サイネリヤ） 春4 二〇八
サイバン（歳晩） 冬12 八七六
サイヒョウ（採氷） 冬[1] 六四
サイヒョウセン
（砕氷船） 冬[1] 六四
サイマツ（歳末） 冬12 八七六
ザイマツリ（在祭） 秋10 六七二
サイレイ（祭礼） 夏5 二八五
サエカエル（冴返《かへ》る） 春2 九三
サエズリ（囀《さへづり》） 春[4] 二一二
サオシカ（さ牡《を》鹿） 秋10 七二〇
サオトメ（早乙《をと》女） 夏6 三四七
サカイノヨイチ
（堺《さかひ》の夜市） 夏7 五〇八
サカキノハナ（榊の花） 夏6 三三二
サカズキナガシ
（盃《さかづき》流し） 春3 一一六
サガネンブツ
（嵯峨念仏） 春4 二一七
サギソウ（鷺草《さう》） 夏7 五三一
サギチョウ（左義長《ちやう》） 冬1 四八
サキナマス（裂鱠） 秋9 六一七
サギノス（鷺の巣） 春4 二二三
サギリ（さ霧） 秋9 六〇五
サクフウ（朔風） 冬12 八五〇
サクラ（桜） 春4 一九四
サクライカ（桜烏賊） 春4 一九八
サクラウグイ（桜鯎《うぐひ》） 春4 一九七
サクラガイ（桜貝《がひ》） 春[4] 二〇一
サクラガリ（桜狩） 春4 一九五

サクラシベフル（桜蘂降る）春4 二五四
サクラソウ（桜草《さう》）春4 二〇六
サクラダイ（桜鯛《だひ》）春4 一九七
サクラタデ（桜蓼）秋8 五六七
サクラヅケ（桜漬）春4 一九七
サクラナベ（桜鍋）冬[12] 七八九
サクラノミ（桜の実）夏6 三四〇
サクラビト（桜人）春4 一九五
サクラモチ（桜餅）春[4] 一七九
サクラモミジ（桜紅葉《もみぢ》）秋10 六四四
サクラユ（桜湯）春4 一九七
サクランボ（さくらんぼ）夏6 三四〇
ザクロ（石榴）秋10 六六三
ザクロノハナ（石榴の花）夏6 三三〇
サケ（鮭）秋[9] 六一九
サケゴヤ（鮭小屋）秋9 六一九
サケノカス（酒の粕）冬12 七八七
サザエ（栄螺）春[4] 二〇一
ササグリ（ささ栗）秋10 六九七
ササゲ（豇豆）秋8 五六三
ササコ（笹子）冬12 八〇〇
ササチマキ（笹粽）夏5 二七四
ササナキ（笹鳴）冬[12] 八〇〇
ササノコ（笹の子）夏5 二九二
サザンカ（山茶花《くわ》）冬11 七三六
サシキ（挿木）春3 一五七
ザシキノボリ（座敷幟）夏5 二七三
サシバ（刺羽）秋10 六五六
サシホ（挿穂）春3 一五七
サツオ（猟夫《を》）冬12 七九七
サツキ（皐月）夏6 三一四
サツキ（杜鵑花）夏6 三一四
サツキアメ（五月雨）夏6 三三〇
サツキガワ（五月川《がは》）夏6 三六〇
サツキゴイ（五月鯉《ごひ》）夏5 二七四
サツキバレ（五月晴）夏6 四〇三
サツキフジ（皐月富士）夏6 四一一
サツキヤミ（五月闇）夏6 三三三
サッスイシャ（撒水《すゐ》車）夏[7] 四四九
サツマイモ（さつまいも）秋10 六八六
サツマジョウフ（薩摩上《じやう》布）夏7 四四〇
サトイモ（里芋）秋9 六〇一
サトウキビ（甘蔗《さたうきび》）秋9 六三三
サトウキビ（砂糖《たう》黍）秋9 六三三
サトウミズ（砂糖水《たうみづ》）夏[7] 四五九
サトカグラ（里神楽）冬12 七九三
サトサガリ（里下り）冬1 五一
サトマツリ（里祭）秋10 六七一
サトワカバ（里若葉）夏5 二八九
サナエ（早苗《なへ》）夏6 三四五
サナエカゴ（早苗《なへ》籠）夏6 三四五
サナエタバ（早苗《なへ》束）夏6 三四五
サナエトリ（早苗《なへ》取）夏6 三四五
サナエビラキ（早苗《なへ》開）夏6 三四七
サナエブネ（早苗《なへ》舟）夏6 三四五

サナブリ(早苗饗) 夏6 三四八
サネカズラ(南五味子《さねかづら》) 秋10 七〇九
サネカズラ(真葛《かづら》) 秋10 七〇九
サネトモキ(実朝忌) 春2 一一一
サバ(鯖) 夏[5] 三〇七
サバズシ(鯖鮓) 夏7 四六六
サバツリ(鯖釣) 夏5 三〇七
サビアユ(錆鮎) 秋10 六五五
サビタノハナ
(さびたの花) 夏7 五二七
サフランノハナ
(泊夫藍の花) 春2 一〇一
サボテン(仙人掌) 夏7 五一五
サボテン(覇王樹) 夏7 五一六
ザボン(朱欒) 秋10 七一一
ザボンノハナ
(朱欒の花) 夏6 三一九
サミセングサ
(三味線草) 春3 一七〇
サミダルル
(さみだるる) 夏6 三三〇
サミダレ(五月雨) 夏6 三三〇
サムサ(寒さ) 冬[12] 七七二
サムゾラ(寒空) 冬12 七六六
サモモ(早桃) 夏7 四五五
サヤインゲン(莢隠元) 秋8 五六二
サヤエンドウ(莢豌《ゑん》豆) 夏5 二九三
サヤケシ(さやけし) 秋9 六三五
サユリ(早百合) 夏7 四一五
サユル(冴ゆる) 冬[1] 五二

サヨギヌタ(小夜砧) 秋10 六七九
サヨシグレ(小夜時雨) 冬11 七五六
サヨチドリ(小夜千鳥) 冬12 八〇二
サヨリ(鱵) 春2 九七
サラサボケ(更紗木瓜) 春4 一八五
サラシ(晒布) 夏[7] 四四一
サラシ(晒) 夏7 四四一
サラシイ(晒井《ゐ》) 夏[7] 四七五
サラシガワ(晒川《がは》) 夏7 四四一
サラシドキ(晒時) 夏7 四四一
サルザケ(猿酒) 秋10 六九六
サルスベリ(百日紅) 夏7 五二六
サルトリイバラノハナ
(菝葜の花) 春4 二五七
サルトリノハナ
(さるとりの花) 春4 二五七
サルビア(サルビア) 夏6 三九八
サルヒキ(猿曳) 冬1 二四
サルヒョウ(猿瓢《へう》) 秋10 六六九
サルマワシ(猿廻《まは》し) 冬1 二四
サワガニ(沢《さは》蟹) 夏6 三三七
サワヤカ(爽やか) 秋[9] 六三五
サワラ(鰆《さはら》) 春[3] 一五二
サワラビ(早蕨) 春3 一六六
ザンオウ(残鶯《あう》) 夏6 三八三
サンカ(三夏) 夏5 二六五
サンガ(蚕蛾) 夏5 二七八
サンガ(参賀) 冬1 一二
ザンカ(残花《くわ》) 春4 二五三
サンガツ(三月《ぐわつ》) 春3 一一三

サンガツダイコン（三月《ぐわつ》大根）春4 一七八
サンガツナ（三月《ぐわつ》菜）春4 一七八
サンガニチ（三ヶ日）冬1 一四
サンカンシオン（三寒四温《をん》）冬[1] 五三
ザンギク（残菊）秋10 七三一
サンキライノハナ（山帰来の花）春4 二五七
サングラス（サングラス）夏[7] 四二六
サンゴソウ（珊瑚草《さう》）秋10 七一九
サンザシノハナ（山楂子の花）春4 二三六
サンシキスミレ（三色菫）春4 二〇八
サンジャクネ（三尺寝）夏7 四七九
サンジャマツリ（三社祭）夏5 二八六
サンシュウ（三秋《しう》）秋8 五三三
サンシュユノハナ（山茱萸の花）春2 一〇八
サンシュン（三春）春2 八五
ザンショ（残暑）秋8 五五五
サンショウウオ（山椒魚《せううを》）夏[6] 三三六
サンショウノハナ（山椒《せう》の花）春4 一八六
サンショウノミ（山椒《せう》の実）秋10 六六九
サンショウノメ（山椒《せう》の芽）春3 一五〇
サンショノメ（さんしょのめ）春3 一五〇
ザンセツ（残雪）春2 九二
サントウ（三冬）冬11 七三七
サンノウマ（三の午）春2 八八
サンノウマツリ（山王《わう》祭）春4 二一八
サンノカワリ（三の替《かはり》）春2 八八
サンノトラ（三の寅）冬1 四四
サンノトリ（三の酉）冬11 七三三
サンバングサ（三番草）夏6 三五九
サンプク（三伏）夏7 四八二
サンペイジル（三平汁）冬[12] 七八八
サンマ（秋刀魚）秋[9] 六一七
サンランシ（蚕卵紙）春4 二四九

し・シ

シイオチバ（椎《しひ》落葉）夏5 二九一
シイタケ（椎《しひ》茸）秋10 六四六
シイノアキ（椎《しひ》の秋）秋10 六九七
シイノハナ（椎《しひ》の花）夏6 三三〇
シイノミ（椎《しひ》の実）秋10 六九六
シイヒロウ（椎《しひ》拾ふ）秋10 六九七
シイワカバ（椎《しひ》若葉）夏5 二九〇
シオアビ（潮《しほ》浴）夏7 四九一
シオザケ（塩《しほ》鮭）冬[12] 八一〇
シオヒ（汐《しほ》干）春4 一九九

シオヒガタ（汐《しほ》干潟）春4 一九九
シオヒガリ（汐《しほ》干狩）春4 一九九
シオビキ（しほびき）冬12 八一〇
シオマネキ（汐《しほ》まねき）春[4] 二〇三
シオン（紫苑《をん》）秋9 六三三
シカ（鹿）秋[10] 七二〇
シカガリ（鹿狩）冬12 七九七
シカケハナビ
（仕掛花火）秋8 五五三
シガツ（四月《ぐわつ》）春4 一七四
シガツバカ（四月《ぐわつ》馬鹿）春4 一七六
シカノコエ（鹿の声《こゑ》）秋10 七二〇
シカノツノキリ
（鹿の角切）秋10 六七七
シカブエ（鹿笛）秋10 七二〇
シカヨセ（鹿寄）秋10 六七七
シギ（鴫）秋[10] 六五九
シキキ（子規忌）秋9 六〇四
ジギタリス
（ジギタリス）夏6 三五一
シキブノミ（式部の実）秋10 六七〇
シキマツバ（敷松葉）冬[12] 八五三
シキミノハナ（樒の花）春4 二三八
シギヤキ（鴫焼）夏7 五一五
シクラメン
（シクラメン）春[4] 二〇七
シグレ（時雨）冬[11] 七五六
シグレキ（時雨忌）冬11 七三八
シゲリ（茂）夏[6] 三八七
シゴトハジメ（仕事始）冬1 二七
シシ（猪）秋10 七二一
シシガキ（鹿垣）秋[10] 六五二
シシガキ（猪垣）秋10 六五二
シシガシラ（獅子頭）冬1 二五
シシガリ（猪狩）冬12 七九七
シシナベ（猪鍋）冬[12] 七九八
シシマイ（獅子舞《まひ》）冬1 二五
シジミ（蜆）春[3] 一三三
シジミウリ（蜆売）春3 一三三
シジミカキ（蜆掻）春3 一三三
シジミジル（蜆汁）春3 一三三
シジミトリ（蜆採）春3 一三三
シジミブネ（蜆舟）春3 一三三
シジュウカラ（四十《じふ》雀）秋[10] 六六一
シズリユキ（しづり雪）冬1 五五
ジゼンナベ（慈善鍋）冬12 八六四
シソ（紫蘇）夏6 三四一
ジゾウエ（地蔵《ぢざう》会《ゑ》）秋8 五六五
ジゾウボン（地蔵《ぢざう》盆）秋8 五六四
ジゾウマイリ（地蔵参《ぢざうまゐり》）秋8 五六五
ジゾウマツリ（地蔵《ぢざう》祭）秋8 五六五
シソノハ（紫蘇の葉）夏6 三四二
シソノミ（紫蘇の実）秋9 六三〇
シダ（歯朶）冬1 一八
ジダイマツリ（時代祭）秋10 六九四
シダカリ（歯朶刈）冬12 八六九
シタタリ（滴り）夏[7] 四三七
シタモエ（下萌）春2 一〇八
シタモミジ（下紅葉《もみぢ》）秋10 七一五
シタヤミ（下闇）夏6 三八八

シダレザクラ(枝垂桜)春3 一三三
シチガツ(七月《ぐわつ》) 夏7 四一三
シチゴサン(七五三) 冬11 七三九
シチフクジンマイリ
(七福神詣《まゐり》) 冬1 一一
シチフクマイリ
(七福詣《まゐり》) 冬1 一一
シチヘンゲ(七変化) 夏6 三三三
シデウツ(しで打つ) 秋10 六七九
シトド(鵐) 秋10 六六〇
シドミノハナ
(樝子の花) 春4 一八五
シネシブ(しねしぶ) 秋8 五六六
シネラリヤ
(シネラリヤ) 春4 二〇八
ジネンジョ
(じねんじよ) 秋10 六八六
シノゴヤ(篠小屋) 夏7 四三一
シバカリ(芝刈) 夏6 三九七
シバグリ(柴栗) 秋10 六九七
シバザクラ(芝桜) 春4 二〇六
シバヤク(芝焼く) 春2 九八
ジヒシンチョウ
(慈悲心鳥《てう》) 夏6 三八五
シヒツ(試筆) 冬1 二七
シブアユ(渋鮎) 秋10 六五五
シブウチワ(渋団扇《うちは》) 夏7 四二三
シブガキ(渋柿) 秋10 六六四
シブツキ(渋搗) 秋8 五六六
シブトリ(渋取) 秋[8] 五六五
シホウハイ(四方《はう》拝) 冬1 一一
シマキ(しまき) 冬[1] 六一
シマノアキ(島の秋) 秋8 五三三
シマノナツ(島の夏) 夏5 二六五
シマノハル(島の春) 春2 八五
シマバラタユウノドウチュウ
(島原太夫道《たいふのだう》中) 春4 二三四
シマンロクセンニチ
(四万六千日) 夏7 四三〇
シミ(紙魚) 夏7 四九九
シミ(衣魚) 夏7 四九九
シミ(蠹) 夏7 四九九
シミズ(清水《みづ》) 夏[7] 四三七
シミドウフ(凍豆腐) 冬1 六七
ジムシ(地《ぢ》虫) 春3 一一八
ジムシアナヲイズ
(地《ぢ》虫穴を出づ) 春3 一一八
ジムシイズ(地《ぢ》虫出づ) 春3 一一八
ジムシナク(地《ぢ》虫鳴く) 秋[9] 五九二
ジムハジメ(事務始) 冬1 二七
シメカザリ(注連飾) 冬1 一七
シメカザル(注連飾る) 冬12 八七〇
シメジ(湿地《ぢ》) 秋10 六四六
シメツクリ(注連作) 冬12 八六九
シメトル(注連取る) 冬1 四八
シメノウチ(注連の内) 冬1 四七
シメモライ(注連貰《もらひ》) 冬1 四八
シモ(霜) 冬[12] 八五一
シモガコイ(霜囲《がこひ》) 冬12 八五三
シモガレ(霜枯) 冬[12] 七七七

シモクスベ（霜くすべ）春4 二四七
シモクレン（紫木蓮）春4 一八五
シモシズク（霜雫《しづく》）冬12 八五二
シモツキ（霜月）冬12 七六三
シモツケ（繍線菊）夏6 三三二
シモドケ（霜解）冬12 八五二
シモナギ（霜凪）冬12 八五二
シモノコエ（霜の声《こゑ》）冬12 八五二
シモノナゴリ（霜の名残）春4 二四七
シモバシラ（霜柱）冬[12] 八五二
シモバレ（霜腫）冬1 五四
シモバレ（霜晴）冬12 八五二
シモヤケ（霜焼）冬[1] 五四
シモヨ（霜夜）冬[12] 八五二
シモヨケ（霜除）冬[12] 八五三
シャガ（著莪）夏6 三一六
シャカイナベ（社会《くわい》鍋）冬12 八六四
ジャガイモ（馬鈴薯）秋[10] 六八六
ジャガイモノハナ（馬鈴薯の花）夏6 三九四
ジャガタライモ（じゃがたらいも）秋10 六八六
ジャガタラノハナ（じゃがたらの花）夏6 三九四
シャクトリ（尺蠖）夏[6] 三八九
シャクナゲ（石南花）春4 二五五
シャクナゲ（石楠花）春4 二五六
シャクヤク（芍薬）夏5 二九四
シャクヤクノメ（芍薬の芽）春3 一四一
シャコ（蝦蛄）夏[5] 三〇六
ジャスミン（ジャスミン）夏7 五二七
シャバオリ（紗羽織）夏6 四〇五
シャボンダマ（石鹸玉）春[4] 二三五
シャラノハナ（沙羅の花）夏7 五二六
ジュウイチガツ（十一月《じふぐわつ》）冬11 七二八
シュウカイドウ（秋《しう》海棠《だう》）秋9 六二三
ジュウガツ（十月《じふぐわつ》）秋10 六三七
シュウコウ（秋耕《しうかう》）秋[10] 六九〇
シュウコウ（秋郊《しうかう》）秋10 六四一
ジュウゴニチガユ（十《じふ》五日粥）冬1 五〇
ジュウゴヤ（十《じふ》五夜）秋9 五九八
ジュウサンマイリ（十《じふ》三詣《まゐり》）春4 二一八
ジュウサンヤ（十《じふ》三夜）秋10 六七九
シュウシ（秋《しう》思）秋[10] 六四二
シュウスイ（秋水《しうすゐ》）秋9 六三六
シュウセイ（秋《しう》声）秋10 六四二
シュウセン（鞦《しう》韆）春[4] 二三五
シュウセン（秋《しう》千）春4 二三五
シュウセンノヒ（終戦の日）秋8 五四七
ジュウヅメ（重《ぢゆう》詰）冬1 一六
シュウテン（秋《しう》天）秋10 六三九

シュウトウ(秋《しう》灯) 秋9 五七五
シュウトウ(秋《しう》燈) 秋9 五七五
ジュウニガツ(十《じふ》二月《ぐわつ》) 冬12 七六三
ジュウニヒトエ(十《じふ》二単《ひとへ》) 春4 二四三
ジュウハチササゲ(十《じふ》八豇豆) 秋8 五六三
シュウブンノヒ(秋《しう》分の日) 秋9 六一二
ジュウヤ(十《じふ》夜) 冬11 七二三
ジュウヤガユ(十《じふ》夜粥) 冬11 七二三
ジュウヤク(十《じふ》薬) 夏6 三一六
シュウラン(秋《しう》蘭) 秋9 六二四
シュウリョウ(秋涼《しうりやう》) 秋8 五五六
シュウリン(秋《しう》霖) 秋10 六四三
シュウレイ(秋《しう》冷) 秋9 六三五
ジュウロクササゲ(十《じふ》六豇豆) 秋8 五六三
ジュウロクムサシ(十《じふ》六むさし) 冬1 三一
シュクキ(淑気) 冬1 八
ジュクシ(熟柿) 秋10 六六四
ジュケン(受験) 春3 一三三
ジュズダマ(数珠玉) 秋10 六七一
シュトウ(種痘) 春4 一八一
ジュヒョウ(樹氷) 冬12 八五六
シュロ(手炉) 冬12 八二九
シュロノハナ(棕櫚の花) 夏5 二九九

シュロハグ(棕櫚剝ぐ) 冬11 七四〇
シュンイン(春陰) 春[4] 一九六
シュンギク(春菊) 春2 一〇二
シュンギク(茼蒿) 春2 一〇二
シュンギョウ(春暁《げう》) 春[4] 一八七
シュンゲツ(春月) 春4 一八九
シュンコウ(春光《くわう》) 春[4] 二一九
シュンコウ(春江《かう》) 春3 一二五
シュンコウ(春郊《かう》) 春3 一六二
ジュンサイ(蓴菜) 夏6 三五六
シュンジツ(春日) 春4 一七四
シュンシュウ(春愁《しう》) 春[4] 二二八
シュンショウ(春宵《せう》) 春4 一八八
シュンショク(春色) 春4 二一九
シュンジン(春塵《ぢん》) 春[3] 一二九
シュンスイ(春水《すゐ》) 春3 一二一
シュンセイキ(春星忌) 冬12 八六三
シュンセツ(春雪) 春3 一一七
シュンソウ(春草《さう》) 春4 二二六
シュンチュウ(春昼《ちう》) 春[4] 一八七
シュンチョウ(春潮《てう》) 春[4] 一九八
シュンデイ(春泥) 春[3] 一四〇
シュントウ(春灯) 春[4] 一八九
シュントウ(春燈) 春4 一八九
シュンブンノヒ(春分の日) 春3 一三三
シュンミン(春眠) 春[4] 二二八
シュンヤ(春夜) 春4 一八八
シュンライ(春雷) 春[3] 一一八
シュンラン(春蘭) 春3 一七一

シュンリン（春霖）　春3　一三九
ショウカ（銷《せう》夏）　夏7　四九六
ショウガ（生《しやう》姜）　秋[9]　六三〇
ショウガイチ（生《しやう》姜市）秋9　五八〇
ショウガザケ（生《しやう》姜酒）冬[12]　七九二
ショウガツ（正月《しやうぐわつ》）　冬1　三
ショウガツバショ
（正月《しやうぐわつ》場所）　冬1　四六
ショウカン（小《せう》寒）　冬1　三六
ショウカンスゴロク
（陞官《くわん》双六）　冬1　三三
ショウコンサイ
（招《せう》魂祭）　春4　二三四
ジョウサイウリ
（定《ぢやう》斎売）　夏[7]　五〇一
ジョウサイヤ（定《ぢやう》斎屋）夏7　五〇一
ショウジ（障《しやう》子）　冬[12]　八一六
ジョウシ（上《じやう》巳）　春3　一一四
ショウジアラウ
（障《しやう》子洗ふ）　秋[10]　七〇六
ショウジハズス
（障《しやう》子はづす）　夏6　四一〇
ショウジハル
（障《しやう》子貼る）　秋[10]　七〇七
ショウジョウボク
（猩々《しやうじやう》木）　冬12　八六三
ジョウゾク（上《じやう》蔟）　夏5　二七七
ショウチュウ（焼酎《せうちう》）　夏[7]　四六二
ジョウドウエ（成道《じやうだう》会《ゑ》）冬12　七八二
ジョウドスゴロク
（浄《じやう》土双六）　冬1　二三
ショウブ（菖《しやう》蒲）　夏5　二七二
ジョウフ（上《じやう》布）　夏7　四四〇
ショウブイケ（菖《しやう》蒲池）夏6　三一四
ショウブエン（菖《しやう》蒲園《ゑん》）夏6　三一四
ショウブカル
（菖《しやう》蒲刈る）　夏5　二七一
ショウブネワケ
（菖《しやう》蒲根分）　春3　一四七
ショウブノセック
（菖《しやう》蒲の節句）　夏5　二七二
ショウブノヒ
（菖《しやう》蒲の日）　夏5　二七二
ショウブノメ
（菖《しやう》蒲の芽）　春3　一四一
ショウブヒク
（菖《しやう》蒲引く）　夏5　二七一
ショウブフク
（菖《しやう》蒲葺く）　夏5　二七一
ショウブブロ
（菖《しやう》蒲風呂）　夏5　二七五
ショウブユ（菖《しやう》蒲湯）　夏5　二七五
ジョウミ（上《じやう》巳）　春3　一一四
ショウユツクル
（醤《しやう》油造る）　夏7　四六八
ジョウラクエ（常《じやう》楽会《ゑ》）春3　一二八
ショウリョウトンボ
（精霊《しやうりやう》蜻蛉）　秋9　六〇七
ショウリョウナガシ
（精霊《しやうりやう》流し）　秋8　五五〇

ショウリョウブネ
(精霊《しやうりやう》舟) 秋8 五五〇
ショウリョウマツリ
(精霊《しやうりやう》祭) 秋8 五四三
ショウロ(松露) 春4 二〇五
ショウロカキ(松露掻) 春4 二〇五
ショウワノヒ
(昭和《せうわ》の日) 春4 二四〇
ジョオウカ(女王花《ぢよわうくわ》) 夏7 五二六
ショール(ショール) 冬[12] 八四三
ショカ(初夏) 夏5 二六六
ショカツサイ(諸葛菜) 春4 二三三
ショキアタリ
(暑気中り) 夏7 五〇四
ショキクダシ
(暑気下し) 夏7 五〇一
ショキハライ
(暑気払ひ) 夏7 五〇一
ショクガ(燭蛾) 夏6 三四九
ショクジョ(織女《ぢよ》) 秋8 五三七
ショクボケ(蜀木瓜) 春4 一八五
ショクリン(植林) 春3 一五八
ショシュン
(しょしゅん) 春2 八六
ジョセツシャ(除《ぢよ》雪車) 冬1 五七
ジョセツフ(除《ぢよ》雪夫) 冬1 五七
ジョタン(助炭) 冬[12] 八二七
ジョチュウギク
(除《ぢよ》虫菊) 夏6 三五〇
ショチュウキュウカ
(暑中休暇《きう》) 夏7 四九七
ショチュウミマイ
(暑中見舞《まひ》) 夏7 四九八
ショチュウヤスミ
(暑中休) 夏7 四九七
ショトウ(しょとう) 冬11 七二八
ジョヤ(除《ぢよ》夜) 冬12 八八一
ジョヤノカネ
(除《ぢよ》夜の鐘) 冬12 八八一
シラウオ(白魚《うを》) 春[2] 九六
シラウオアミ(白魚《を》網) 春2 九六
シラウオブネ(白魚《を》舟) 春2 九六
シラガサネ(白重) 夏5 二六九
シラギク(白菊) 秋10 六七三
シラスボシ(白子干) 春[3] 一五一
シラタマ(白玉) 夏[7] 四六三
シラツユ(白露) 秋9 五八五
シラヌイ(不知火《しらぬひ》) 秋8 五七〇
シラハエ(白南風) 夏6 三三二
シラハギ(白萩) 秋9 五八四
シラフジ(白藤《ふぢ》) 春4 二五八
シラユリ(白百合) 夏7 四一五
シラン(紫蘭) 夏6 三三七
ジリ(じり) 夏7 四二一
ジロウシュ(治《ぢ》聾酒) 春3 一三一
シロウリ(白瓜) 夏7 四五六
シロウリ(越瓜) 夏7 四五六
シロカク(代掻く) 夏6 三四六
シロガスリ(白絣) 夏[7] 四四一
シロカタビラ(白帷子) 夏7 四三九

シログツ（白靴）	夏	7	四四三
シロゲシ（白罌粟）	夏	5	二九七
シロザケ（白酒）	春	3	一一五
シロジ（白地《ぢ》）	夏	7	四四一
シロシキブ（白式部）	秋	10	六七〇
シロシタガレイ（城下鰈《がれひ》）	夏	6	三六六
シロタ（代田）	夏	6	三四六
シロツバキ（白椿）	春	3	一五四
シロフク（白服）	夏	6	四〇四
シロボケ（白木瓜）	春	4	一八五
シロマユ（白繭）	夏	5	二七七
シロモモ（白桃）	春	4	一八一
シワス（師走《しはす》）	冬	12	八六四
シワブク（咳《しはぶ》く）	冬	12	八三三
シンイモ（新藷）	夏	7	五一四
シンカンピョウ（新干瓢《ぺう》）	夏	7	五一四
シンギク（しんぎく）	春	2	一〇二
シンキロウ（蜃気楼）	春	4	二三四
シンゲツ（新月）	秋	9	五七四
シンゴボウ（新牛蒡《ばう》）	夏	7	五一四
シンサイ（新歳）	冬	1	三
シンサイキ（震災忌）	秋	9	五七一
シンザン（新参）	春	4	一七七
ジンジツ（人日）	冬	1	四二
シンシブ（新渋）	秋	8	五六六
シンシュ（新酒）	秋	10	六四七
シンジュ（新樹）	夏	5	二八九
シンシュウ（新秋《しう》）	秋	8	五三五
シンシュウ（深秋《しう》）	秋	10	七一四
シンショウガ（新生姜《しやう》）	秋	9	六三〇
ジンジョウサイ（じんじやうさい）	秋	10	六八四
シンソバ（新蕎麦）	秋	10	六九〇
シンタバコ（新煙草）	秋	8	五六九
シンチヂリ（新松子）	秋	10	六六九
シンチャ（新茶）	夏	5	二七六
ジンチョウ（沈丁《ぢんちやう》）	春	4	一八四
ジンチョウゲ（沈丁《ぢんちやう》花）	春	4	一八四
シンドウフ（新豆腐）	秋	8	五六四
シンナイナガシ（新内ながし）	夏	7	四五三
シンニュウセイ（新入《にふ》生）	春	4	一七六
シンネン（新年）	冬	1	三
シンネンカイ（新年会《くわい》）	冬	1	三二
シンノウサイ（神農祭）	冬	11	七五九
シンノリ（新海苔）	冬	11	七四〇
ジンベ（じんべ）	夏	7	四四一
ジンベイ（甚平）	夏	7	四四一
ジンベエ（甚兵衛《ゑ》）	夏	7	四四一
シンマイ（新米）	秋	10	六四七
シンマユ（新繭）	夏	5	二七七
シンランキ（親鸞忌）	冬	11	七六〇
シンリョウ（新涼《りやう》）	秋	8	五五六
シンリョク（新緑）	夏	5	二八九
シンワタ（新綿）	秋	10	六八九
シンワラ（新藁）	秋	10	七〇五

す・ス

スアシ（素跣） 夏7 四八七
スアワセ（素袷《あはせ》） 夏5 二六八
スイートピー
（スイートピー） 春4 二〇七
スイエイ（水《すゐ》泳） 夏7 四九一
スイカ（西瓜《すゐくわ》） 秋8 五六一
スイカズラノハナ
（忍冬《すひかづら》の花） 夏5 二九九
スイカヂョウチン
（西瓜提灯《すゐくわちやう》） 秋8 五六二
スイカノハナ
（西瓜《すゐくわ》の花） 夏6 三二八
スイカバン（西瓜《すゐくわ》番） 秋8 五六一
ズイキ（芋茎《ずゐき》） 秋[9] 六〇二
ズイキジル（ずゐき汁） 秋9 六〇二
スイセン（水《すゐ》仙） 冬1 七三
スイチュウカ（水《すゐ》中花《くわ》） 夏[7] 四七四
スイッチョ
（すいっちょ） 秋9 五八九
スイバ（酸葉） 春3 一七〇
スイバ（酸模） 春3 一七〇
スイハン（水《すゐ》飯） 夏7 四六五
スイバン（水《すゐ》盤） 夏[7] 四七一
スイミツトウ（水《すゐ》蜜桃《たう》） 夏7 四五五
スイレン（睡《すゐ》蓮） 夏7 五一二
スイレン（水《すゐ》練） 夏7 四九一
スイロン（水《すゐ》論） 夏7 四八四
スエツムハナ（末《すゑ》摘花） 夏6 三三六
スガヌキ（菅抜） 夏6 四一三
スガヌキ（菅貫） 夏6 四一三
スカンポ（すかんぽ） 春3 一七〇
スキー（スキー） 冬[1] 五九
スギオチバ（杉落葉） 夏5 二九一
スキゾメ（梳き初） 冬1 三〇
スギナ（杉菜） 春4 二四二
スギノハナ（杉の花） 春4 一八七
スギノミ（杉の実） 秋10 六六九
スキハジメ（鋤始） 冬1 二八
スキマカゼ（隙間風） 冬[12] 八五〇
スキマハル（隙間張る） 冬11 七五八
ズキン（頭《づ》巾） 冬[12] 八四〇
ズク（づく） 冬12 七六七
スグキ（酢茎） 冬[11] 七四四
スグロノ（末黒野） 春2 九九
スグロノススキ
（末黒の芒） 春2 九九
スケート（スケート） 冬[1] 六五
スゲカリ（菅刈） 夏7 五二四
スゲカル（菅刈る） 夏7 五二四
スゲチマキ（菅粽） 夏5 二七四
スゲホス（菅干す） 夏7 五二四
スコール（スコール） 夏[7] 四二〇
スゴモリ（巣籠） 春4 二一二
スゴロク（双六） 冬1 二三
スサマジ（冷まじ） 秋10 六八三
スシ（鮓） 夏[7] 四六六
スシ（鮨） 夏7 四六六

スシオケ（鮓桶《をけ》） 夏7 四六六
スシオス（鮓圧す） 夏7 四六六
スシツクル（鮓漬る） 夏7 四六六
スシナル（鮓熟る） 夏7 四六六
スシノイシ（鮓の石） 夏7 四六六
スシノヤド（鮓の宿） 夏7 四六六
ススキ（芒） 秋[9] 五八一
ススキ（薄） 秋9 五八一
スズキ（鱸） 秋[9] 六一九
スズキアミ（すずき網） 秋9 六一九
ススキシゲル（芒茂る） 夏6 三六八
ススキチル（芒散る） 秋9 五八一
スズキツリ（すずき釣） 秋9 六一九
スズキナマス（すずき鱠） 秋9 六一九
ススキノ（芒野） 秋9 五八一
ススキハラ（芒原） 秋9 五八一
ススゴモリ（煤籠） 冬12 八七二
スズシ（涼し） 夏[7] 四三八
ススダケ（煤竹） 冬12 八七一
ズズダマ（ずずだま） 秋10 六七一
スズノコ（篠の子） 夏5 二九二
ススハキ（煤掃） 冬12 八七一
ススハライ（煤払《はらひ》） 冬12 八七一
スズミ（納涼） 夏7 四四七
スズミジョウルリ（涼み浄《じやう》瑠璃） 夏7 四五二
スズミダイ（涼み台） 夏7 四四七
スズミブネ（納涼舟） 夏7 四四七
スズム（涼む） 夏7 四四七

スズムシ（鈴虫） 秋[9] 五八八
スズメノコ（雀の子） 春4 二三〇
スズメノス（雀の巣） 春4 二一五
ススユ（煤湯） 冬12 八七一
スズラン（鈴蘭） 夏6 三三七
スズリアライ（硯洗《あらひ》） 秋8 五三六
スダチ（巣立） 春4 二三〇
スダチ（酢橘） 秋10 七一二
スダチ（酸橘） 秋10 七一二
スダチドリ（巣立鳥） 春4 二三〇
スダレ（簾） 夏6 四〇八
スダレウリ（簾売） 夏6 四〇八
スチーム（スチーム） 冬[12] 八二六
スツクル（酢造る） 秋[10] 六四八
スツバメ（巣燕） 春4 二一四
ステウチワ（捨団扇《うちは》） 秋9 六一一
ステオウギ（捨扇《あふぎ》） 秋9 六一〇
ステゴ（捨蚕） 春4 二四九
ステズキン（捨頭《づ》巾） 春3 一三七
ステナエ（捨苗《なへ》） 夏6 三四五
スド（簀戸） 夏6 四〇九
ストーブ（ストーブ） 冬[12] 八二五
ストック（ストック） 春4 二〇八
スドリ（巣鳥） 春4 二一二
スナヒガサ（砂日傘） 夏7 四二五
スハダカ（素裸） 夏7 四八七
スハマソウ（洲浜草《さう》） 春2 一〇二
スベリヒユ（滑莧） 夏[7] 五一〇
スベリヒユ（馬歯莧） 夏7 五一〇
スマイ（すまひ） 秋8 五五二

スミ(炭) 冬[12] 八一六
スミウリ(炭売) 冬[12] 八二一
スミカゴ(炭籠) 冬12 八一九
スミガシラ(炭頭) 冬12 八一八
スミガマ(炭竈) 冬[12] 八二〇
スミダワラ(炭俵《だはら》) 冬[12] 八二〇
スミトリ(炭斗) 冬[12] 八一九
スミトリ(炭取) 冬12 八一九
スミビ(炭火) 冬[12] 八一八
スミヤキ(炭焼) 冬[12] 八二〇
スミヨシノオタウエ
(住吉の御田植《うゑ》) 夏6 三四五
スミレ(菫) 春[3] 一六八
スミレグサ(菫草) 春3 一六八
スミレノ(菫野) 春3 一六八
スモウ(相撲《すまふ》) 秋[8] 五五三
スモウ(角力《すまふ》) 秋8 五五三
スモウトリ(相撲《すまふ》取) 秋8 五五三
スモウバ(相撲《すまふ》場) 秋8 五五三
スモモ(李) 夏6 三四一
スモモ(酸桃) 夏6 三四一
スモモノハナ(李の花) 春4 一八二
スリウス(磨臼) 秋10 七〇四
ズワイガニ(ずわい蟹) 冬[12] 八〇六

せ・セ

セイカ(盛夏) 夏7 四七八
セイジンノヒ
(成人の日) 冬1 五〇
セイタンセツ(聖誕節) 冬12 八六三
セイチャ(製茶) 春4 二四八
セイボ(歳暮) 冬12 八七三
セイモンバライ
(誓文払《ばらひ》) 秋10 六八五
セーター(セーター) 冬[12] 八三九
セガキ(施餓鬼) 秋8 五四四
セガキダナ(施餓鬼棚) 秋8 五四四
セガキデラ(施餓鬼寺) 秋8 五四四
セガキバタ(施餓鬼幡) 秋8 五四四
セガキブネ(施餓鬼船) 秋8 五四四
セキ(咳) 冬[12] 八三三
セキシュン(惜春) 春4 二五九
セキショウ(石菖《しやう》) 夏[7] 四七二
セキチク(石竹) 夏6 三九九
セキテン(釈奠) 春4 二一一
セキリ(赤痢) 夏[7] 五〇六
セキレイ(鶺鴒) 秋[10] 六六二
セゴシ(背越) 夏[7] 四六七
セツアンゴ(雪安居) 冬11 七三九
セッカ(雪加) 夏[6] 三六九
セッキ(節季) 冬12 八七七
セッケイ(雪渓) 夏7 四三四
セッコクノハナ
(石斛《せき》の花) 夏7 五一八
セッタイ(摂待) 秋8 五五二
セツブン(節分) 冬1 七九
セナブトン(背蒲団) 冬12 八三五
ゼニアオイ(銭葵《あふひ》) 夏6 三二四
ゼニガメ(銭亀) 夏6 三三六

セミ（蟬） 夏[7] 四八六
セミシグレ（蟬時雨） 夏7 四八六
セミノカラ（蟬の殻） 夏7 四八七
セミノヌケガラ
（蟬の脱殻） 夏7 四八六
セミマルキ（蟬丸忌） 夏5 二八八
セミマルマツリ
（蟬丸祭） 夏5 二八八
ゼラニューム
（ゼラニューム） 夏6 三二四
セリ（芹） 春[3] 一六七
セリツミ（芹摘） 春3 一六七
セリヤキ（芹焼） 冬12 七八九
セル（セル） 夏5 二七九
ゼンアンゴ（前安居） 夏5 二八七
センカ（銭荷） 夏6 三五六
センコウハナビ
（線香《かう》花火） 秋8 五五四
センゴクマメ（千石豆） 秋8 五六二
センス（扇子） 夏7 四二三
センダンノハナ
（栴檀の花） 夏6 三一二
センダンノミ
（栴檀の実） 秋10 七〇七
センテイ（剪定） 春3 一五七
センテイサイ（先帝祭） 春4 二六〇
センニチコウ（千日紅） 夏7 五一九
センニチソウ（千日草《さう》） 夏7 五一九
センプウキ（扇風機） 夏[7] 四六九
センブリヒク
（千振引く） 秋[10] 六八八
センボンワケギ
（千本分葱） 春3 一五六
ゼンマイ（薇） 春3 一六七
センリョウ（千両《りやう》） 冬1 七〇

そ・ソ

ソイネカゴ（添《そひ》寝籠） 夏7 四四五
ソウアン（送行） 秋8 五五一
ソウインキ（宗因忌） 春4 二三九
ソウガイ（霜《さう》害） 春4 二四七
ソウカンキ（宗鑑忌） 秋10 七一三
ソウギキ（宗祇忌） 秋8 五七〇
ゾウキモミジ
（雑《ざふ》木紅葉《もみぢ》） 秋10 七一七
ソウジュツヲヤク
（蒼《さう》朮を焼く） 夏6 三三三
ソウシュン（早《さう》春） 春2 八六
ソウズ（添水《そふづ》） 秋[10] 六五二
ソウズ（僧都《づ》） 秋10 六五二
ゾウスイ（雑炊《ざふすゐ》） 冬[12] 七八四
ソウセキキ（漱石忌） 冬12 七八三
ソウタイ（掃《さう》苔） 秋8 五四四
ゾウニ（雑《ざふ》煮） 冬1 一五
ソウバイ（早《さう》梅） 冬1 一六
ソウバトウ（走馬灯） 秋8 五四六
ソウビ（さうび） 夏5 三〇三
ソウマトウ（走馬灯） 秋8 五四六
ソウメンホス

（索《さう》麺干す）冬[1] 六八
ソウリンシキ（巣《さう》林子忌）冬12 八六二
ソーダスイ（ソーダ水《すゐ》）夏[7] 四六一
ソケイ（素馨）夏7 五二七
ソコビエ（底冷）冬12 七七三
ソコベニ（底紅）秋8 五五八
ソゾロサム（そぞろ寒）秋10 六八三
ソツギョウ（卒業《げふ》）春3 一六一
ソツギョウシキ（卒業《げふ》式）春3 一六二
ソツギョウセイ（卒業《げふ》生）春3 一六二
ソテツノハナ（蘇鉄の花）夏7 五一五
ソデナシ（袖無）冬12 八三七
ソトネ（外寝）夏7 四五四
ソトノボリ（外幟）夏5 二七三
ソバ（蕎麦）秋10 六八九
ソバガキ（蕎麦掻）冬[12] 七九一
ソバカリ（蕎麦刈）冬11 七四一
ソバノアキ（蕎麦の秋）秋10 六八九
ソバノハナ（蕎麦の花）秋9 六二七
ソバユ（蕎麦湯）冬[12] 七九一
ソメカタビラ（染帷子）夏7 四三九
ソメユカタ（染浴衣）夏7 四四一
ソラマメ（蚕豆）夏5 二九三
ソラマメノハナ（蚕豆の花）春4 二三三
ソラマメヒキ（蚕豆引）夏5 二九三
ソリ（橇）冬[1] 五九
ソリ（雪舟）冬1 五九
ソリ（雪車）冬1 五九
ソレハネ（逸羽子）冬1 二一

た・タ

ダービー（ダービー）夏6 三一八
ダアリア（ダアリア）夏7 五一六
タイアミ（鯛《たひ》網）春4 二四八
タイイクノヒ（体育の日）秋10 六七六
タイカ（大火《くわ》）冬12 八五九
ダイカグラ（太神楽）冬1 二五
ダイガサ（台笠）夏7 四二六
ダイカン（大寒）冬1 七五
ダイギ（砧木）春3 一五七
タイギキ（太祇忌）秋9 五七九
ダイコタキ（大根焚）冬12 七八三
ダイコヒキ（だいこ引）冬11 七四二
ダイコン（大根）冬[11] 七四二
ダイコンアラウ（大根洗ふ）冬11 七四二
ダイコンツケル（大根漬ける）冬11 七四三
ダイコンノハナ（大根の花）春4 二二一
ダイコンヒキ（大根引）冬11 七四二
ダイコンホス（大根干す）冬11 七四三

ダイコンマク（大根蒔く） 秋8 五六四
タイザンボクノハナ（泰山木の花） 夏5 三〇一
ダイシガユ（大師粥） 冬12 八六二
ダイシケン（大試験） 春3 一二三
ダイシコウ（大師講《かう》） 冬12 八六二
タイシュン（待春） 冬1 七八
タイショ（大暑） 夏7 四八二
ダイズ（大豆《づ》） 秋8 五六三
ダイズヒク（大豆《づ》引く） 秋8 五六三
ダイダイ（橙） 秋10 七一一
ダイダイノハナ（橙の花） 夏6 三一九
タイフウ（颱風） 秋9 五七二
ダイモジノヒ（大文字の火） 秋8 五五一
ダイモンジ（大文字） 秋8 五五一
ダイモンジソウ（大文字草《さう》） 秋8 五六〇
ダイリビナ（内裏雛） 春3 一一四
タウエ（田植《うゑ》） 夏6 三四七
タウエウタ（田植《うゑ》唄） 夏6 三四七
タウエガサ（田植《うゑ》笠） 夏6 三四七
タウエハジメ（田植《うゑ》始） 夏6 三四七
タウタ（田唄） 夏6 三四七
タウチ（田打） 春[3] 一四三
タカ（鷹） 冬[11] 七四六
タカガリ（鷹狩） 冬[11] 七四七
タガキウシ（田搔牛） 夏6 三四六
タガキウマ（田搔馬） 夏6 三四六
タカキニノボル（高きに登る） 秋10 六七二
タカキビ（高黍） 秋9 六三二
タカク（田搔く） 夏6 三四六
タカジョウ（鷹匠《じやう》） 冬[11] 七四七
タカドウロウ（高灯籠） 秋8 五四六
タカノ（鷹野） 冬11 七四七
タカノス（鷹の巣） 春4 二一三
タカハゴ（高擌） 秋10 六八一
タカバシラ（鷹柱） 秋10 六五六
タカムシロ（簟） 夏[7] 四四四
タガメ（田亀） 夏[6] 三五四
タガヤシ（耕） 春[3] 一四三
タカラブネ（宝船） 冬1 三三
タカリ（田刈） 秋10 七〇二
タカワタル（鷹渡る） 秋10 六五六
タカンナ（たかんな） 夏5 二九二
タキ（滝） 夏[7] 四三六
タキカル（滝涸る） 冬12 八五七
タキギノウ（薪能） 夏5 二八三
タキコオル（滝凍《こほ》る） 冬1 六四
タキゾメ（焚初） 冬1 一四
タキドノ（滝殿） 夏[7] 四四六
タキビ（焚火） 冬[12] 八二一
タクアンツク（沢庵漬く） 冬11 七四三
タグサトリ（田草取） 夏6 三五九
タケ（たけ） 秋10 六四五
タケウウ（竹植う） 夏6 三三九

タケウマ（竹馬） 冬[1] 五九
タケオチバ（竹落葉） 夏6 四〇一
タケカザリ（竹飾） 冬1 一七
タケガリ（茸狩） 秋10 六四六
タケキリ（竹伐） 夏6 三八二
タケキル（竹伐る） 秋[9] 六三三
タケショウギ（竹牀《しやう》几） 夏[7] 四四五
タケトリ（茸とり） 秋10 六四六
タケニグサ（竹煮草） 夏7 五三一
タケノアキ（竹の秋） 春4 二一七
タケノカワガサ（籜《たけのかは》笠） 夏7 四二六
タケノカワチル（竹の皮《かは》散る） 夏6 四〇一
タケノカワヌグ（竹の皮《かは》脱ぐ） 夏6 四〇一
タケノコ（筍） 夏5 二九二
タケノコ（竹の子） 夏5 二九二
タケノコ（笋） 夏5 二九二
タケノコメシ（筍飯） 夏5 二九三
タケノハル（竹の春） 秋[9] 六三三
タケノミ（竹の実） 秋9 六三三
タケヤマ（茸山） 秋10 六四五
タコ（凧） 春[4] 二三四
タコ（紙鳶） 春4 二三四
タコ（鳳巾） 春4 二三四
タコウナ（たかうな） 夏5 二九二
ダシ（山車） 夏5 二八五
タタミガエ（畳替《がへ》） 冬12 八七二
タチアオイ（立葵《あふひ》） 夏6 三二四

タチウオ（太刀魚《うを》） 秋[9] 六一七
タチバナ（橘） 秋10 七一〇
タチバナノハナ（橘の花） 夏6 三一九
タチマチヅキ（立待月） 秋9 六〇三
タツクリ（田作） 冬1 一六
タツコキ（立子忌） 春3 一一六
ダッサイキ（獺祭忌） 秋9 六〇四
タッペ（竹瓮） 冬[11] 七六一
タデ（蓼） 夏[6] 四〇〇
タテゾメ（点初） 冬1 三一
タデノハ（蓼の葉） 夏6 四〇〇
タデノハナ（蓼の花） 秋8 五六七
タデノホ（蓼の穂） 秋8 五六七
タテバンコ（立版古） 夏7 四五二
タデモミジ（蓼紅葉《もみぢ》） 秋10 七一九
タドン（炭団） 冬[12] 八一八
タナガスミ（棚霞） 春3 一六三
タナギョウ（棚経《ぎやう》） 秋8 五四四
タナバタ（七夕） 秋8 五三七
タナバタオドリ（七夕踊《をどり》） 秋8 五三七
タナバタガミ（七夕紙） 秋8 五三七
タナバタシキシ（七夕色紙） 秋8 五三七
タナバタダケ（七夕竹） 秋8 五三七
タナバタナガス（七夕流す） 秋8 五三七
タナバタノマリ（七夕の鞠） 秋8 五三九

タナバタマツリ（七夕祭）秋8 五三七
タニシ（田螺）春[3] 一二三
タニシアエ（田螺和《あへ》）春3 一二三
タニシジル（田螺汁）春3 一二三
タニシトリ（田螺取）春3 一二三
タニシナク（田螺鳴く）春3 一二三
タニワカバ（谷若葉）夏5 二八九
タヌキ（狸）冬[12] 七九九
タヌキジル（狸汁）冬12 七九九
タヌキワナ（狸罠）冬12 七九九
タネイ（種井《ゐ》）春4 二四四
タネイケ（種池）春4 二四四
タネイモ（種芋）春3 一四六
タネウリ（種売）春3 一四四
タネエラミ（種選）春4 二四四
タネオロシ（種おろし）春4 二四五
タネカガシ（種案山子）春4 二四六
タネガミ（種紙）春4 二四九
タネダイコン（種大根）春4 三三一
タネダワラ（種俵《だはら》）春4 二四四
タネドコ（種床）春3 一四四
タネトリ（種採）秋10 七一三
タネナス（種茄子）秋10 七一三
タネヒタシ（種浸し）春4 二四四
タネフクベ（種瓢）秋10 七一三
タネブクロ（種袋）春3 一四四
タネマキ（種蒔）春4 二四五
タネモノ（種物）春3 一四四
タネモノヤ（種物屋）春3 一四四
タネモミ（種籾）春4 二四四
タネヨル（種選る）春4 二四四
タノクサトリ（田の草取）夏6 三五九
タノシロカク（田の代掻く）夏6 三四六
タバコカル（煙草刈る）秋8 五六九
タバコノハナ（煙草の花）秋8 五六八
タビ（足袋）冬[12] 八四三
タマアラレ（玉霰）冬1 五四
タマオクリ（霊送）秋8 五五〇
タマゴザケ（玉子酒）冬[12] 七九二
タマスダレ（玉簾）夏6 四〇八
タマダナ（霊棚）秋8 五四三
タマダナ（魂棚）秋8 五四三
タマツバキ（玉椿）春3 一五四
タマナエ（玉苗《なへ》）夏6 三四五
タマネギ（玉葱）夏[6] 三四二
タマノアセ（玉の汗）夏7 四四二
タマノオ（たまのを）秋8 五六一
タママククズ（玉巻く葛）夏5 二八一
タママクバショウ（玉巻く芭蕉《せう》）夏5 二八一
タママツリ（魂祭）秋8 五四三
タママツリ（霊祭）秋8 五四三
タママユ（玉繭）夏5 二七七
タマムカエ（霊迎《むかへ》）秋8 五四二
タマムシ（玉虫）夏[7] 四二八

タミズワク（田水《みづ》沸く）夏7 四八三
タラ（鱈）冬[12] 八〇八
タラノメ（楤の芽）春3 一四九
タラノメ（多羅の芽）春3 一五〇
タラバガニ（鱈場蟹）冬12 八〇六
ダリア（ダリア）夏7 五一六
タルヒ（垂氷）冬1 六三
ダルマキ（達磨忌）冬11 七三三
タルミコシ（樽神輿）夏5 二八五
タワラアミ（俵《たはら》編）秋[9] 五七八
タワラグミ（俵《たはら》ぐみ）春4 二四六
タワラグミノハナ
（たはらぐみの花）冬11 七三五
タヲスク（田を鋤く）春3 一四三
タンゴ（端午）夏5 二七三
タンジツ（短日）冬[12] 七六三
ダンジリ（地車）夏5 二八五
タンチョウ（丹頂《ちやう》）冬12 七七一
タンチョウヅル
（丹頂《ちやう》鶴）冬12 七七一
タンバイ（探梅）冬1 七七
タンバイコウ（探梅行《かう》）冬1 七七
タンバグリ（丹波栗）秋10 六九七
タンポ（湯婆）冬[12] 八三〇
ダンボウ（煖房《ばう》）冬[12] 八二五
タンポポ（蒲公英）春[3] 一六八
ダンロ（煖炉）冬12 八二五

ち・チ

チエモウデ（智恵《ゑ》詣《まうで》）春4 二一八
チエモライ（智恵《ゑ》貰《もらひ》）春4 二一八
チェリー（チェリー）夏6 三四〇
チカマツキ（近松忌）冬12 八六二
チグサ（千草）秋9 五八一
チグサノハナ
（千草の花）秋9 六二三
チクド（竹奴）夏7 四四五
チクフジン（竹夫人）夏7 四四五
チサ（萵苣）春4 二四〇
チサカク（ちさ欠く）春4 二四〇
チジツ（遅日）春4 一七四
チチノヒ（父の日）夏6 三八二
チチロムシ（ちちろ虫）秋9 五八九
チトセアメ（千歳飴）冬11 七四〇
チドメグサ（血止草）秋8 五六〇
チドリ（千鳥）冬[12] 八〇二
チドリ（鵆）冬12 八〇二
チドリノス（千鳥の巣）春4 二一五
チヌ（茅海）夏6 三六五
チヌ（黒鯛）夏6 三六五
チヌツリ（ちぬ釣）夏6 三六五
チノワ（茅の輪）夏6 四一二
チマキ（粽）夏5 二七四
チマキ（茅巻）夏5 二七四
チマキユウ（粽結ふ）夏5 二七四
チャエン（茶園《ゑん》）春4 二四八

チャタテムシ(茶立虫) 秋[9] 五九一
チャツミ(茶摘) 春4 二四七
チャツミウタ(茶摘唄) 春4 二四七
チャツミガサ(茶摘笠) 春4 二四八
チャツミメ(茶摘女) 春4 二四七
チャノハナ(茶の花) 冬11 七三五
チャヤマ(茶山) 春4 二四八
チャンチャンコ
(ちゃんちゃんこ) 冬[12] 八三七
チュウアンゴ(中安居) 夏5 二八七
チュウゲン(中元) 秋8 五四〇
チュウシュウ(仲秋《しう》) 秋9 五七一
チュウシュウサイ
(中秋祭《しう》) 秋9 五九四
チュウショ(中暑) 夏7 五〇四
チューリップ
(チューリップ) 春4 二〇六
チョウ(蝶《てふ》) 春[4] 二三三
チョウガ(朝賀《てう》) 冬1 一一
チョウガキ(帳書《ちやう》) 冬1 三四
チョウク(重九) 秋10 六七三
チョウゴ(重五) 夏5 二七三
チョウジ(丁字《ちやう》) 春4 一八四
チョウチョウ(蝶々《てふてふ》) 春4 二三三
チョウトジ(帳綴《ちやうとぢ》) 冬1 三四
チョウハジメ(帳始《ちやう》) 冬1 三四
チョウメイル(長命縷《ちやう》) 夏5 二七六
チョウヨウ(重陽《やう》) 秋10 六七三
チョウヨウノエン
(重陽《やう》の宴) 秋10 六七二
チラシズシ
(ちらしずし) 夏7 四六六
チラチラユキ
(ちら〳〵雪) 冬1 五五
チリマツバ(散松葉) 夏5 二九一
チリモミジ(散紅葉《もみぢ》) 冬11 七五一
チルヤナギ(散る柳) 秋10 七二三
チンジュキ(椿寿忌) 春4 二一〇

つ・ツ

ツイナ(追儺《つゐ》) 冬1 八〇
ツイリ(ついり) 夏6 三二九
ツカレウ(疲鵜) 夏6 三六一
ツキ(月) 秋[9] 五九六
ツキオボロ(月朧) 春4 一九〇
ツギキ(椄木) 春3 一五七
ツキクサ(つきくさ) 秋8 五六〇
ツキグサ(月草) 秋9 六二七
ツキコヨイ(月今宵《よひ》) 秋9 五九八
ツキサユル(月冴ゆる) 冬1 五二
ツキシロ(月白) 秋9 五九六
ツキスズシ(月涼し) 夏7 四五四
ツキノアキ(月の秋) 秋9 五九六
ツキノエン(月の宴) 秋9 五九九
ツキノキャク(月の客) 秋9 五九九
ツキノデ(月の出) 秋9 五九六
ツキノトモ(月の友) 秋9 五九九
ツキノミチ(月の道) 秋9 五九六
ツギホ(椄穂) 春3 一五七

ツキミ（月見） 秋9 五九九
ツキミソウ（月見草《さう》） 夏7 四一五
ツキミブネ（月見船） 秋9 五九九
ツキミマメ（月見豆） 秋9 六〇一
ツキヨ（月夜） 秋9 五九六
ツクシ（土筆） 春3 一六六
ツクシツム（つくし摘む） 春3 一六六
ツクダマツリ（佃祭） 夏7 五三〇
ツクヅクシ（つくづくし） 春3 一六六
ツクツクボウシ（つくつくぼふし） 秋8 五五五
ツクヅクボウシ（つくづくぼふし） 秋8 五五五
ツクネイモ（つくねいも） 秋10 六八六
ツクバネ（衝羽根） 秋10 七〇〇
ツクバネ（つくばね） 冬1 二一
ツクママツリ（筑摩祭） 夏5 二六九
ツグミ（鶫） 秋[10] 六六〇
ツグミアミ（鶫網） 秋10 六六〇
ツクリギク（作り菊） 秋10 六七三
ツクリダキ（造り滝） 夏[7] 四四五
ツクリダキ（作り滝） 夏7 四四五
ツゲノハナ（黄楊の花） 春4 一八六
ツジズモウ（辻相撲《ずまふ》） 秋8 五五二
ツタ（蔦） 秋[10] 七一八
ツタカズラ（蔦蘿《かづら》） 秋10 七一八
ツタシゲル（蔦茂る） 夏6 三九八
ツタノメ（蔦の芽） 春3 一四九
ツタモミジ（蔦紅葉《もみぢ》） 秋10 七一八
ツタワカバ（蔦若葉） 春4 二五一
ツチバチ（土蜂） 春4 二三九
ツチビナ（土雛） 春3 一一四
ツチフル（霾） 春[3] 一二九
ツツジ（躑躅） 春4 二五五
ツツドリ（筒鳥） 夏[6] 三八五
ツヅミグサ（鼓草） 春3 一六八
ツヅレサセ（つづれさせ） 秋9 五八九
ツナヒキ（綱曳） 冬1 四七
ツノキリ（角切） 秋10 六七七
ツノグムアシ（角組む蘆） 春3 一四二
ツノグムオギ（角組む荻《をぎ》） 春3 一四二
ツノマタ（角叉） 春[4] 二〇四
ツバキ（椿） 春[3] 一五四
ツバキノミ（椿の実） 秋10 六六八
ツバキモチ（椿餅） 春[4] 一七九
ツバクラ（つばくら） 春3 一三九
ツバクラメ（つばくらめ） 春3 一三九
ツバクロ（つばくろ） 春3 一三九
ツバナ（茅花） 春3 一七一
ツバナナガシ（茅花流し） 夏[5] 三〇四
ツバメ（燕） 春[3] 一三九
ツバメ（乙鳥） 春3 一三九

ツバメウオ(つばめ魚《うを》) 夏5 三〇七
ツバメカエル(燕帰《かへ》る) 秋9 六一四
ツバメキタル(燕来る) 春3 一三九
ツバメノコ(燕の子) 夏6 三四四
ツバメノス(燕の巣) 春4 二一四
ツボヤキ(壺焼) 春[4] 二〇一
ツマクレナイ
(つまくれなゐ) 秋8 五五九
ツマゴ(爪籠) 冬1 六〇
ツマコウシカ
(妻恋ふ鹿) 秋10 七二〇
ツマベニ(つまべに) 秋8 五五九
ツミクサ(摘草) 春[3] 一六四
ツミナ(摘菜) 秋9 六三〇
ツメタシ(冷たし) 冬[12] 七七三
ツユ(梅雨) 夏6 三二九
ツユ(露) 秋[9] 五八五
ツユアケ(梅雨明) 夏7 四一八
ツユクサ(露草) 秋9 六二七
ツユグモリ(梅雨曇) 夏6 三二九
ツユケシ(露けし) 秋9 五八五
ツユサム(露寒) 秋10 六八四
ツユサム(梅雨寒) 夏6 三二九
ツユシグレ(露しぐれ) 秋9 五八五
ツユジモ(露霜) 秋10 七〇五
ツユスズシ(露涼し) 夏[7] 四三九
ツユゾラ(梅雨空) 夏6 三二九
ツユダケ(梅雨茸) 夏6 三三二
ツユナマズ(梅雨鯰《なまづ》) 夏6 三三五
ツユニイル
(梅雨に入る) 夏6 三二九
ツユノアキ(露の秋) 秋9 五八五
ツユノソデ(露の袖) 秋9 五八五
ツユノタマ(露の玉) 秋9 五八五
ツユノミ(露の身) 秋9 五八五
ツユノヨ(露の世) 秋9 五八五
ツユバレ(梅雨晴) 夏6 四〇三
ツユムグラ(露葎) 秋9 五八五
ツヨゴチ(強東風) 春3 一一九
ツラツラツバキ
(つら〳〵椿) 春3 一五四
ツララ(氷柱) 冬[1] 六三
ツリガネソウ(釣鐘草《さう》) 夏6 三九九
ツリシノブ(釣忍) 夏[7] 四七〇
ツリシノブ(釣葱) 夏7 四七〇
ツリドコ(吊床) 夏7 四二五
ツリナ(吊菜) 冬12 七八六
ツリフネソウ(釣舟草《さう》) 秋9 六二四
ツリボリ(釣堀) 夏[6] 三六三
ツル(鶴) 冬[12] 七七一
ツルウメモドキ
(蔓梅擬) 秋10 七〇九
ツルカエル(鶴帰《かへ》る) 春3 一三〇
ツルキタル(鶴来る) 秋10 七三三
ツルシガキ(吊し柿) 秋10 六六五
ツルデマリ(蔓手毬) 夏[6] 三三三
ツルノス(鶴の巣) 春4 二一三
ツルノスゴモリ
(鶴の巣籠) 春4 二一三
ツルメソ(弦召) 夏7 四七七

ツルモドキ
（つるもどき）秋10 七〇九
ツルレイシ（蔓茘枝）秋10 六六七
ツワノハナ（石蕗《つは》の花）冬11 七三七
ツワノハナ（槖吾《つは》の花）冬11 七三七

て・テ

テアブリ（手焙）冬⑫ 八二九
デイゴノハナ
（デイゴの花）夏7 五二七
テイトクキ（貞徳忌）冬12 七九二
デージー（デージー）春2 一〇二
デガイチョウ（出開帳《ちやう》）春3 一三三
デガワリ（出代《がはり》）春4 一七七
デキアキ（出来秋）秋10 六五三
デクマワシ（でく廻《まは》し）冬1 二五
デゾメ（出初）冬1 三五
デゾメシキ（出初式）冬1 三六
テソリ（手橇）冬1 五九
テッセンカ（鉄線花《くわ》）夏5 二九八
テッポウユリ
（鉄砲《ぱう》百合）夏7 四一五
デデムシ（ででむし）夏6 三三七
テナガエビ（手長蝦）夏⑥ 三五九
テハナビ（手花火）秋8 五五四
テブクロ（手袋）冬⑫ 八四三
テマリ（手毬）冬1 二〇
テマリウタ（手毬唄）冬1 二〇
テマリツキ（手毬つき）冬1 二〇
テマリバナ（繡毬花）夏5 三〇二
デミズ（出水《みづ》）夏6 三三〇
テリハ（照葉）秋10 七一六
テリモミジ（照紅葉《もみぢ》）秋10 七一六
デンガク（田楽）春3 一五〇
テンカフン（天瓜粉《くわ》）夏⑦ 五〇三
テングサトリ（天草取）夏⑦ 四九三
テングサトル
（石花菜取る）夏7 四九四
テンジクアオイ
（天竺葵《ぢくあふひ》）夏6 三二四
テンジクボタン
（天竺《ぢく》牡丹）夏7 五一六
テンジクマモリ
（天竺《ぢく》守）秋9 六二九
テンジョウマモリ
（天井《じやう》守）秋9 六二九
テンジンバタ（天神旗）冬1 七五
テンジンバナ（天神花）冬1 七五
テンジンマツリ
（天神祭）夏7 五〇八
テンタカシ（天高し）秋10 六三八
デンデンムシ
（でんでんむし）夏6 三三七
テントウムシ（天道虫《たう》）夏⑦ 四二七
テントムシ
（てんとむし）夏7 四二七
テントムラ（天幕村）夏7 四三三
テンノウタンジョウビ
（天皇《わう》誕生《じやう》日）冬12 八六二

テンボ(展墓) 秋8 五四四
テンママツリ(天満祭) 夏7 五〇八

と・ト

トウイ(擣《たう》衣) 秋10 六七九
トウイス(籐《たう》椅子) 夏[6] 四〇九
トウエン(桃園《たうゑん》) 春4 一八一
トウガ(冬瓜《ぐわ》) 秋10 六六八
トウガ(灯蛾) 夏6 三四九
トウカシタシ (灯下親し) 秋9 五七五
トウカシタシ (灯火《くわ》親し) 秋9 五七五
トウガラシ(唐《たう》辛) 秋[9] 六二九
トウガラシ(唐《たう》辛子) 秋9 六二九
トウガラシ(蕃椒《たうがらし》) 秋9 六二九
トウガラシノハナ (椒蕃《たうがらし》の花) 夏6 三九三
トウガン(とうぐわん) 秋10 六六八
ドウギ(胴著) 冬[12] 八三八
トウキビ(唐《たう》黍) 秋9 六三二
トウギュウ(闘牛《ぎう》) 春3 一一七
トウグミ(たうぐみ) 夏6 三四四
トウケイ(闘鶏) 春3 一一六
トウコウ(冬耕《かう》) 冬11 七四一
トウシ(凍死) 冬[1] 六一
トウジ(冬至) 冬12 八六一
トウジガユ(冬至粥) 冬12 八六一
トウジブネ(湯治《たうぢ》舟) 春4 一八一
トウショウ(凍傷《しやう》) 冬1 五四
トウショウブ (唐菖蒲《たうしやう》) 夏6 三一五
トウシングサ(灯心草) 夏6 三六七
トウシントンボ (灯心蜻蛉) 夏6 三六九
トウセイ(踏青《たふ》) 春[3] 一六三
トウセイキ(桃《たう》青忌) 冬11 七三八
トウセンキョウ (投扇興) 冬1 二四
ドウダンツツジ (どうだんつつじ) 春4 二五五
ドウダンノハナ (満天星の花) 春4 二五五
ドウチュウスゴロク (道《だう》中双六) 冬1 二三
トウテイ(冬帝) 冬[12] 七六三
トウナス(唐《たう》茄) 秋8 五六二
トウネイス(籐寝椅子) 夏6 四〇九
トウマクラ(籐枕) 夏7 四四五
トウムシロ(籐筵) 夏7 四四四
トウモロコシ(玉蜀黍《たうもろこし》) 秋9 六三一
トウモロコシノハナ (玉蜀黍《たうもろこし》の花) 夏7 五二四
トウヤクヒク (当《たう》薬引く) 秋10 六八八
トウヨウトウ(桃葉湯《たうえふたう》) 夏7 五〇四
トウリン(桃《たう》林) 春4 一八一
トウロウ(灯籠) 秋8 五四六
トウロウ(蟷螂《たうらう》) 秋[9] 五九三

トウロウウマル
(蟷螂《たうらう》生る) 夏 6 三七〇
トウロウナガシ
(灯籠流し) 秋 8 五五〇
トウロウノコ
(蟷螂《たうらう》の子) 夏 6 三七〇
トウロウミセ(灯籠店) 秋 8 五四六
トオカエビス(十日《とを》戎) 冬 1 四五
トオカジ(遠火《とほくわ》事) 冬 12 八五九
トオガスミ(遠《とほ》霞) 春 3 一六三
トオカノキク
(十日《とを》の菊) 秋 10 七二一
トオカワズ(遠蛙《とほかはづ》) 春 4 二五四
トオギヌタ(遠《とほ》砧) 秋 10 六七九
トオシガモ(通《とほ》し鴨) 夏 [6] 三五三
トオチドリ(遠《とほ》千鳥) 冬 12 八〇二
トオハナビ(遠《とほ》花火) 秋 8 五五三
トオヤナギ(遠《とほ》柳) 春 4 一九二
トカゲ(蜥蜴) 夏 [6] 三九六
トギョ(渡御) 夏 5 二八五
トキワギオチバ
(常磐《ときは》木落葉) 夏 [5] 二九〇
ドクケシウリ(毒消売) 夏 [7] 五〇一
トクサカル(木賊刈る) 秋 10 六九三
トクサカル(砥草刈る) 秋 10 六九三
ドクダケ(毒茸) 秋 10 六四五
ドクダミ(どくだみ) 夏 6 三二六
ドクナガシ(毒流し) 夏 6 三六二
トコナツ(常夏) 夏 [6] 三九九
トコブシ(常節) 春 [4] 二〇二
トコロ(野老) 冬 1 一九
トコロ(草薢) 冬 1 一九
トコロテン(心太) 夏 [7] 四六三
トコロホル(野老掘る) 秋 [10] 六八八
トザン(登山) 夏 7 四三三
トザンガサ(登山笠) 夏 7 四三三
トザングチ(登山口) 夏 7 四三三
トザンゴヤ(登山小屋) 夏 7 四三三
トザンヅエ(登山杖《づゑ》) 夏 7 四三三
トザンヤド(登山宿) 夏 7 四三三
トシアク(年明く) 冬 1 三
トシアラタマル
(年改る) 冬 1 三
トシオキ(年尾《を》忌) 秋 10 六九五
トシオシム(年惜《をし》む) 冬 12 八七七
トシオトコ(年男《をとこ》) 冬 1 八〇
トシガミ(年神) 冬 1 一〇
トシキ(年木) 冬 12 八六八
トシキコリ(年木樵) 冬 12 八六八
トシキツム(年木積む) 冬 12 八六八
トシコシ(年越) 冬 12 八八〇
トシコシソバ
(年越蕎麦) 冬 12 八八〇
トシゴモリ(年籠) 冬 12 八八一
トシタツ(年立つ) 冬 1 三
トシダナ(年棚) 冬 1 一〇
トシダマ(年玉) 冬 1 一三
トシダマ(年贄) 冬 1 一三
トシトク(歳徳) 冬 1 一〇
トシトクジン(歳徳神) 冬 1 一〇

トシトリ（年取）冬12 八八〇
トシノイチ（年の市）冬12 八六九
トシノウチ（年の内）冬12 八七七
トシノクレ（年の暮）冬12 八七六
トシノハジメ（年の始）冬1 三
トシノマメ（年の豆）冬1 八〇
トシノヨ（年の夜）冬12 八八〇
トシマモル（年守る）冬12 八八〇
トシムカウ（年迎ふ）冬1 三
トシモル（としもる）冬12 八八〇
トシヨウイ（年用意）冬12 八六七
ドジョウジル（泥鰌《どぢやう》汁）夏7 四六八
ドジョウナベ（泥鰌《どぢやう》鍋）夏[7] 四六八
ドジョウホル
（泥鰌《どぢやう》掘る）冬[11] 七四五
トシワスレ（年忘）冬12 八七四
トソ（屠蘇）冬1 一五
トチノハナ（橡の花）夏5 三〇一
トチノハナ（栃の花）夏5 三〇一
トチノミ（橡の実）秋10 六九八
ドテスズミ（土手涼み）夏7 四四七
ドテラ（縕袍）冬[12] 八三六
トビウオ（飛魚《うを》）夏[5] 三〇七
トビオ（とびを）夏5 三〇七
ドビロク（どびろく）秋10 六四八
トブサマツ（鳥総松）冬1 四八
トブホタル（飛ぶ蛍）夏6 三五一
トベラノハナ
（海桐の花）夏[7] 四一七
トマト（トマト）夏7 五一四
トモシ（照射）夏6 三六〇
トモチドリ（友千鳥）冬12 八〇二
トヤシ（鳥屋師）秋10 六八〇
ドヨウ（土用）夏7 四九八
ドヨウアケ（土用明）夏7 四九八
ドヨウイリ（土用入）夏7 四九八
ドヨウウナギ（土用鰻）夏7 五〇一
ドヨウキュウ（土用灸《きう》）夏7 五〇一
ドヨウシジミ（土用蜆）夏7 五〇一
ドヨウシバイ
（土用芝居《ゐ》）夏7 四五二
ドヨウナミ（土用浪）夏7 五〇〇
ドヨウボシ（土用干）夏7 四九八
ドヨウミマイ
（土用見舞《まひ》）夏7 四九八
ドヨウメ（土用芽）夏7 五〇〇
トヨノアキ（豊の秋）秋10 六五三
トラガアメ（虎ケ雨）夏6 四一一
トラノオ（虎尾草《とらのを》）夏6 三九八
トラノオ（虎の尾《を》）夏6 三九九
トリアワセ（鶏合《あはせ》）春3 一一六
トリイレ（収穫）秋10 七〇二
トリオドシ（鳥威）秋[10] 六五二
トリカエル（鳥帰《かへ》る）春3 一三〇
トリカブト（烏頭）秋9 六二五
トリカブト（鳥冠）秋9 六二五
トリカブト（鳥兜）秋9 六二五
トリキ（取木）春3 一五七
トリクモニイル
（鳥雲に入る）春3 一三〇

トリグモリ（鳥曇） 春3 一三〇
トリサカル（鳥交る） 春[4] 二二
トリノイチ（酉の市） 冬11 七三三
トリノス（鳥の巣） 春[4] 二二
トリワタル（鳥渡る） 秋10 六五六
トロロアオイ（とろろあふひ） 夏7 五一八
ドンガメ（どんがめ） 夏6 三五四
ドングリ（団栗） 秋10 六九八
ドンタク（どんたく） 春4 二六一
ドンド（とんど） 冬1 四八
ドンド（どんど） 冬1 四八
トンボ（蜻蛉） 秋[9] 六〇七
トンボウ（とんぼう） 秋9 六〇七
トンボウマル（蜻蛉生る） 夏6 三七〇
トンボツリ（とんぼつり） 秋9 六〇七

な・ナ

ナイター（ナイター） 夏[7] 四五三
ナエウリ（苗《なへ》売） 夏5 二八一
ナエカゴ（苗《なへ》籠） 夏6 三四五
ナエギイチ（苗《なへ》木市） 春3 一五八
ナエギウウ（苗《なへ》木植う） 春3 一五八
ナエクバリ（苗《なへ》配） 夏6 三四五
ナエタ（苗《なへ》田） 春4 二四五
ナエドコ（苗《なへ》床） 春3 一四四
ナエハコビ（苗《なへ》運） 夏6 三四五
ナエフダ（苗《なへ》札） 春3 一四七
ナガイモ（薯蕷） 秋[10] 六八七
ナガイモ（長薯） 秋10 六八七
ナガキヒ（永き日） 春4 一七四
ナガキヨ（長き夜） 秋9 五七五
ナガサキノハタアゲ（長崎の凧揚） 春4 二二四
ナガシ（ながし） 夏[7] 四五三
ナガツキ（長月） 秋10 六三七
ナカテ（中稲） 秋10 六四九
ナガムシ（ながむし） 夏6 三九五
ナガラビ（菜殻火） 夏5 三〇九
ナガラヤキ（菜殻焼） 夏5 三〇九
ナガレボシ（ながれぼし） 秋8 五五七
ナギ（なぎ） 夏7 五一二
ナキゾメ（泣初） 冬1 二六
ナクカ（鳴く蚊） 夏6 三七六
ナクカワズ（鳴蛙《かはづ》） 春4 二五四
ナグサノメ（名草の芽） 春3 一四一
ナゴシノハラエ（名越の祓《はらへ》） 夏6 四二一
ナゴシノハラエ（夏越の祓《はらへ》） 夏6 四二一
ナゴリノユキ（名残の雪） 春3 一三〇
ナシ（梨） 秋[9] 六三三
ナシ（梨子） 秋9 六三三
ナシウリ（梨売） 秋9 六三三
ナシノハナ（梨の花） 春4 一八二

ナス（なす） 夏7 五一四
ナスウウ（茄子植う） 夏5 二八二
ナスヂョウチン
（茄子提《ぢやう》灯） 秋8 五六二
ナスヅケ（茄子漬） 夏7 五一五
ナスドコ（茄子床） 春3 一四六
ナズナ（薺《なづな》） 冬1 四二
ナズナウツ（薺《なづな》打つ） 冬1 四二
ナスナエ（茄子苗《なへ》） 夏5 二八二
ナズナガユ（薺《なづな》粥） 冬1 四二
ナズナツミ（薺《なづな》摘） 冬1 四二
ナズナノハナ（薺《なづな》の花） 春3 一七〇
ナスノシギヤキ
（茄子の鴫焼） 夏7 五一五
ナスノハナ（茄子の花） 夏[6] 三九四
ナスビ（茄子） 夏7 五一四
ナスビノハナ
（なすびの花） 夏6 三九四
ナスビマク
（なすび蒔く） 春3 一四六
ナスマク（茄子蒔く） 春3 一四五
ナタネ（菜種） 夏5 三〇九
ナタネウツ（菜種打つ） 夏5 三〇九
ナタネガラ（菜種殻） 夏5 三〇九
ナタネガリ（菜種刈） 夏5 三〇九
ナタネカル（菜種刈る） 夏5 三〇九
ナタネゴク（菜種御供） 春2 一一〇
ナタネヅユ（菜種梅雨） 春4 二三一
ナタネノハナ
（菜種の花） 春4 二三〇
ナタネフグ（菜種河豚） 春4 二三一
ナタネホス（菜種干す） 夏5 三〇九
ナタネマク（菜種蒔く） 秋9 六一六
ナタマメ（刀豆） 秋8 五六二
ナダレ（雪崩） 春2 九一
ナツ（夏） 夏[5] 二六五
ナツアザミ（夏薊） 夏[6] 三九一
ナツウグイス（夏鶯《うぐひす》） 夏6 三八三
ナツエリ（夏襟） 夏[6] 四〇六
ナツオビ（夏帯） 夏[6] 四〇六
ナツガケ（夏掛） 夏6 四〇七
ナツガスミ（夏霞） 夏[5] 二七九
ナツカゼ（夏風邪） 夏[7] 五〇六
ナツガモ（夏鴨） 夏6 三五三
ナツカワ（夏川《かは》） 夏6 三六〇
ナツカワラ（夏河原《かはら》） 夏6 三六〇
ナツキ（夏木） 夏[6] 三八六
ナツギ（夏著） 夏6 四〇四
ナツキカゲ（夏木蔭） 夏6 三八六
ナツギク（夏菊） 夏7 四一四
ナツキタル（夏来る） 夏5 二六五
ナツギヌ（夏衣） 夏6 四〇四
ナツギリ（夏霧） 夏[7] 四二一
ナツクサ（夏草） 夏[6] 三九〇
ナツグミ（夏茱萸） 夏6 三四四
ナツグワ（夏桑《ぐは》） 夏[6] 三八九
ナヅケ（菜漬） 冬11 七四四
ナツゴ（夏蚕） 夏6 三八九
ナツゴオリ（夏氷《ごほり》） 夏7 四六〇
ナツコダチ（夏木立） 夏[6] 三八六

ナツゴロモ（夏衣） 夏[6] 四〇四
ナツザシキ（夏座敷） 夏[7] 四二三
ナツザブトン（夏座布団） 夏[6] 四〇七
ナツシオ（夏潮《しほ》） 夏[7] 四八九
ナツシバイ（夏芝居《ゐ》） 夏[7] 四五二
ナツダイコ（なつだいこ） 夏6 三四三
ナツダイコン（夏大根） 夏[6] 三四三
ナツダイダイ（夏橙） 夏7 四五五
ナツタビ（夏足袋） 夏[6] 四〇七
ナツチカシ（夏近し） 春4 二五四
ナツツバキノハナ（夏椿の花） 夏7 五二六
ナツテブクロ（夏手袋） 夏[6] 四〇七
ナットジル（納豆汁） 冬[12] 七八七
ナツトナル（夏隣る） 春4 二五四
ナツニイル（夏に入る） 夏5 二六五
ナツネギ（夏葱） 夏[6] 三四二
ナツノ（夏野） 夏[6] 三九〇
ナツノアサ（夏の朝） 夏6 三一七
ナツノアメ（夏の雨） 夏[7] 四八六
ナツノウミ（夏の海） 夏[7] 四八八
ナツノカワ（夏の川《かは》） 夏[6] 三六〇
ナツノキリ（夏の霧） 夏7 四二一
ナツノシオ（夏の潮《しほ》） 夏7 四八九
ナツノチョウ（夏の蝶《てふ》） 夏[6] 三八九
ナツノツキ（夏の月） 夏[7] 四五四
ナツノツユ（夏の露） 夏7 四三九
ナツノテラ（夏の寺） 夏5 二六五
ナツノヒ（夏の灯） 夏7 四五三
ナツノミヤ（夏の宮） 夏5 二六五
ナツノヤマ（夏の山） 夏[7] 四三一
ナツノユウ（夏の夕《ゆふ》） 夏[7] 四五一
ナツノヨ（夏の夜） 夏[7] 四五一
ナツノレン（夏暖簾） 夏[6] 四一〇
ナツバオリ（夏羽織） 夏[6] 四〇五
ナツバカマ（夏袴） 夏[6] 四〇六
ナツハギ（夏萩） 夏7 五二六
ナツバショ（夏場所） 夏5 二八一
ナツバラエ（夏祓《ばらへ》） 夏6 四一一
ナツフカシ（夏深し） 夏7 五三〇
ナツフク（夏服） 夏[6] 四〇四
ナツブスマ（夏衾） 夏6 四〇七
ナツブトン（夏蒲団） 夏[6] 四〇七
ナツボウ（夏帽《ばう》） 夏6 四〇五
ナツボウシ（夏帽《ばう》子） 夏[6] 四〇五
ナツマケ（夏負） 夏7 五〇五
ナツミカン（夏蜜柑） 夏[7] 四五五
ナツムシ（夏虫） 夏6 三四九
ナツメ（棗） 秋10 六九九
ナツメク（夏めく） 夏5 二七九
ナツメノミ（棗の実） 秋10 六九九
ナツヤカタ（夏館） 夏[7] 四二一
ナツヤスミ（夏休） 夏7 四九七
ナツヤセ（夏痩） 夏[7] 五〇五
ナツヤナギ（夏柳） 夏6 三八〇
ナツヤマガ（夏山家） 夏7 四三一
ナツユウベ（夏夕《ゆふべ》） 夏7 四五一
ナツヨモギ（夏蓬） 夏[6] 三九一

ナツリョウリ（夏料《れう》理） 夏[7] 四六七
ナツロ（夏炉） 夏[7] 四三三
ナツワラビ（夏蕨） 夏5 二九一
ナデシコ（撫子） 秋9 五八二
ナナカマド
（ななかまど） 秋10 七〇七
ナナカマドノミ
（七竈の実） 秋10 七〇七
ナナクサ（七種） 冬1 四一
ナナクサ（七草） 秋[9] 五八一
ナナクサウツ
（七種打つ） 冬1 四三
ナナクサガユ（七種粥） 冬1 四三
ナナクサハヤス
（七種はやす） 冬1 四三
ナナセノミソギ
（七瀬の御祓） 夏6 四一一
ナニワオドリ（浪花踊《なにはをどり》） 春4 一八〇
ナノハナ（菜の花） 春4 三三〇
ナノリソ（なのりそ） 冬1 一九
ナベオトメ（鍋乙《をと》女） 夏5 二六九
ナベカブリ（鍋被） 夏5 二六九
ナベヅル（鍋鶴） 冬12 七七一
ナベマツリ（鍋祭） 夏5 二六九
ナベヤキ（鍋焼） 冬[12] 七八九
ナベヤキウドン
（鍋焼饂飩） 冬12 七八九
ナマコ（海鼠） 冬[12] 八一〇
ナマコツキ（海鼠突） 冬12 八一〇
ナマズ（鯰《なまづ》） 夏[6] 三三五

ナマハゲ（なまはげ） 冬1 四九
ナマビール（生ビール） 夏7 四六一
ナマブシ（生節） 夏6 三六六
ナマリ（なまり） 夏6 三六六
ナマリブシ（生節） 夏[6] 三六六
ナミノハナ（浪の花） 冬[12] 八〇四
ナムシ（菜虫） 秋[9] 六三一
ナムシトル（菜虫とる） 秋9 六三一
ナメクジ（蛞蝓《なめくぢ》） 夏[6] 三三七
ナメクジラ
（なめくぢら） 夏6 三三七
ナメクジリ
（なめくぢり） 夏6 三三七
ナメシ（菜飯） 春[3] 一五一
ナヤライ（なやらひ） 冬1 八〇
ナラザラシ（奈良晒） 夏7 四四一
ナラノヤマヤキ
（奈良の山焼） 冬1 五〇
ナリヒラキ（業平忌） 夏5 三一三
ナルコ（鳴子） 秋[10] 六五一
ナルタキノダイコタキ
（鳴滝の大根焚） 冬12 七八三
ナワシロ（苗《なは》代） 春4 二四五
ナワシロイチゴ
（苗《なは》代苺） 夏6 三九四
ナワシログミ
（苗《なは》代茱萸） 春4 二四六
ナワシログミノハナ
（苗《なは》代茱萸の花） 冬11 七三五
ナワシロダ（苗《なは》代田） 春4 二四五

ナワシロドキ(苗代《なは》時)春4 二四五
ナンキンマメ(南京豆)秋10 六八六
ナンテンノハナ(南天の花)夏6 三三三
ナンテンノミ(南天の実)秋10 七〇八
ナンバンノハナ(なんばんの花)夏7 五二四
ナンプウ(南風)夏6 三八〇

に・ニ

ニアズキ(煮小豆《あづき》)夏7 四六四
ニイクサ(新《にひ》草)春4 二一六
ニイナメサイ(新《にひ》嘗祭)冬11 七五九
ニイボン(新《にひ》盆)秋8 五四二
ニオ(藁塚《にほ》)秋10 七〇五
ニオ(にほ)冬12 七七〇
ニオイブクロ(匂《にほ》ひ袋)夏7 五〇三
ニオドリ(にほどり)冬12 七七〇
ニオノウキス(鳰《にほ》の浮巣)夏6 三五三
ニオノコ(鳰《にほ》の子)夏6 三五三
ニオノス(鳰《にほ》の巣)夏6 三五三
ニカイバヤシ(二階囃)夏7 四七六
ニガウリ(苦瓜)秋10 六六八
ニガシオ(苦潮《しほ》)夏7 四八八
ニガツ(二月《ぐわつ》)春2 八六
ニガツレイジャ(二月《ぐわつ》礼者)春2 八七
ニギリズシ(握鮓)夏7 四六六
ニコゴリ(煮凝)冬1 六七
ニゴリザケ(濁酒)秋10 六四八
ニゴリブナ(濁り鮒)夏6 三三五
ニジ(虹)夏[7] 四二一
ニシキギ(錦木)秋10 七一八
ニシキギノハナ(錦木の花)夏6 三四四
ニシキギモミジ(錦木紅葉《もみぢ》)秋10 七一八
ニシキヅタ(錦蔦)秋10 七一八
ニシノキョシキ(西の虚子忌)秋10 六七八
ニシビ(西日)夏7 四八一
ニジマス(虹鱒)夏[5] 三〇九
ニシマツリ(西祭)夏5 二八八
ニジュウサンヤ(二十《じふ》三夜)秋9 六〇四
ニジュウサンヤマチ(二十《じふ》三夜待)秋9 六〇四
ニシン(鰊)春[3] 一五二
ニシン(鯡)春3 一五二
ニシンクキ(鰊群来)春3 一五二
ニシングモリ(鰊曇)春3 一五二
ニチニチソウ(日日草《さう》)夏7 五一九
ニチリンソウ(日輪草《さう》)夏7 五一七
ニチレンキ(日蓮忌)秋10 六七八
ニッキイズ(日記出づ)冬12 八六六
ニッキカウ(日記買ふ)冬12 八六六
ニッキハツ(日記果つ)冬12 八六六

ニッシャビョウ（日射病《びやう》）　夏7　五〇七
ニナ（蜷）　春[3]　一一三
ニナノミチ（蜷の道）　春3　一一三
ニノウマ（二の午）　春2　八八
ニノカワリ（二の替《かはり》）　春2　八七
ニノトラ（二の寅）　冬1　四四
ニノトリ（二の酉）　冬11　七三三
ニバングサ（二番草）　夏6　三五九
ニバンゴ（二番蚕）　夏6　三八九
ニヒャクトオカ（二百十《とを》日）　秋9　五七二
ニヒャクハッカ（二百二十日）　秋9　五七二
ニビヤシ（煮冷し）　夏7　四六五
ニュウガク（入《にふ》学）　春4　一七六
ニュウガクシキ（入《にふ》学式）　春4　一七六
ニュウガクシケン（入《にふ》学試験）　春3　一一三
ニュウドウグモ（入道《にふだう》雲）　夏7　四一八
ニュウバイ（入《にふ》梅）　夏6　三二九
ニラ（韮）　春3　一五六
ニラノハナ（韮の花）　秋8　五六六
ニワウメノハナ（郁李《にはうめ》の花）　春4　一八三
ニワウメノハナ（庭《には》梅の花）　春4　一八三
ニワダキ（庭《には》滝）　夏7　四四五
ニワタタキ（庭《には》たたき）　秋10　六六二
ニワトコノハナ（接骨木《にはとこ》の花）　春4　一八七
ニワトコノメ（接骨木《にはとこ》の芽）　春3　一四八
ニンジン（人参）　冬[12]　七八六
ニンジン（胡蘿蔔）　冬12　七八六
ニンジンノハナ（人参の花）　夏6　三九三
ニンジンノハナ（胡蘿蔔の花）　夏6　三九三
ニンドウノハナ（にんどうの花）　夏5　二九九
ニンニク（蒜）　春3　一五六
ニンニク（忍辱）　春3　一五七
ニンニク（葫）　春3　一五七

ぬ・ヌ

ヌイゾメ（縫《ぬひ》初）　冬1　二八
ヌカガ（糠蚊）　夏6　三七五
ヌカゴ（零余子）　秋10　六八七
ヌカゴメシ（零余子飯）　秋10　六八七
ヌカバエ（ぬかばへ）　秋10　六五〇
ヌキナ（抜菜）　秋9　六三〇
ヌクシ（ぬくし）　春3　一三四
ヌクメザケ（温め酒）　秋10　六七五
ヌケマイリ（脱参《まゐり》）　春3　一二〇
ヌナワ（蓴《ぬなは》）　夏[6]　三五六
ヌナワオウ（蓴《ぬなは》生ふ）　春3　一二四

ヌナワトル（蓴《ぬなは》採る）夏6 三五六
ヌナワブネ（蓴《ぬなは》舟）夏6 三五六
ヌノコ（布子）冬12 八三六
ヌマカル（沼涸る）冬12 八五七
ヌリアゼ（塗畦）春4 二五一
ヌルデモミジ（白膠木紅葉《もみぢ》）秋10 七一八
ヌルムミズ（温む水《みづ》）春3 一一一

ね・ネ

ネガイノイト（願《ねがひ》の糸）秋8 五三七
ネギ（葱）冬[12] 七八四
ネギジル（葱汁）冬12 七八四
ネギノギボ（葱の擬宝）春4 二四〇
ネギノハナ（葱の花）春4 二四〇
ネギボウズ（葱坊《ばう》主）春4 二四〇
ネキリムシ（根切虫）夏[5] 二八三
ネゴザ（寝茣蓙）夏[7] 四二四
ネコジャラシ（ねこじやらし）秋9 六二七
ネコノコ（猫の子）春4 二三〇
ネコノコイ（猫の恋《こひ》）春2 九五
ネコノツマ（猫の妻）春2 九五
ネコヤナギ（猫柳）春[2] 一〇一
ネジアヤメ（ねぢあやめ）春4 二五七
ネジバナ（捩《ねぢ》花）夏5 二九五
ネジャカ（寝釈迦）春3 一二八
ネショウガツ（寝正《しやうぐわつ》月）冬1 四三
ネズミハナビ（鼠花火）秋8 五五四
ネッキウチ（根木打）冬[12] 八一三
ネヅリ（根釣）秋[9] 六二〇
ネナシグサ（根無草）夏6 三五六
ネノヒノアソビ（子の日の遊）冬1 四四
ネハン（涅槃）春3 一二八
ネハンエ（涅槃会《ゑ》）春3 一二八
ネハンズ（涅槃図《づ》）春3 一二八
ネハンニシ（涅槃西風）春3 一二九
ネハンノヒ（涅槃の日）春3 一二八
ネビエ（寝冷）夏[7] 五〇六
ネビエゴ（寝冷子）夏7 五〇六
ネビエシラズ（寝冷知らず）夏7 四四四
ネブカ（根深）冬12 七八四
ネブカジル（根深汁）冬[12] 七八四
ネブタ（ねぶた）秋8 五三六
ネブタ（佞武多）秋8 五三六
ネブノハナ（ねぶの花）夏7 四一七
ネマチヅキ（寝待月）秋9 六〇三
ネムシロ（寝筵）夏7 四二四
ネムノハナ（合歓の花）夏7 四一七
ネムリグサ（ねむりぐさ）夏7 四一六
ネムルヤマ（眠る山）冬12 七九四
ネヤノツキ（閨の月）秋9 五九六
ネリクヨウ（練供養《やう》）夏5 二八四
ネル（ネル）夏5 二八〇

ネンガ（年賀）冬1 一二
ネンガジョウ（年賀状《じやう》）冬1 一三
ネンシ（年始）冬1 一二
ネンシュ（年酒）冬1 一五
ネントウ（年頭）冬1 三
ネンナイ（年内）冬12 八七七
ネンネコ（ねんねこ）冬[12] 八三七
ネンレイ（年礼）冬1 一二

の・ノ

ノアソビ（野遊）春[3] 一六四
ノイバラノハナ（野茨の花）夏5 三〇三
ノウゼンカ（凌霄花《くわ》）夏7 五一九
ノウゼンカズラ（のうぜんかづら）夏7 五一九
ノウハジメ（能始）冬1 三一
ノウハジメ（農始）冬1 二八
ノウム（濃霧）秋9 六〇五
ノギク（野菊）秋10 六七五
ノキシノブ（簷葱）夏7 四七〇
ノキショウブ（軒菖《しやう》蒲）夏5 二七一
ノキドウロウ（軒灯籠）秋8 五四六
ノコギリソウ（鋸草《さう》）夏6 三三五
ノコリノキク（残りの菊）秋10 七二一
ノコリフク（残り福）冬1 四五
ノコルカモ（残る鴨）春3 一三一
ノコルコオリ（残る氷《こほり》）春2 九三
ノコルサムサ（残る寒さ）春2 九四
ノコルツル（残る鶴）春3 一三〇
ノコルモミジ（残る紅葉《もみぢ》）冬11 七五〇
ノコルユキ（残る雪）春2 九二
ノジギク（野路《ぢ》菊）秋10 六七五
ノジノアキ（野路《ぢ》の秋）秋8 五三三
ノシモチ（熨斗餅）冬12 八七五
ノセギョウ（野施行《ぎやう》）冬1 三九
ノソ（犬橇）冬1 五九
ノダイコン（野大根）春4 一七八
ノチノアワセ（後の袷《あはせ》）秋9 六一一
ノチノツキ（後の月）秋10 六七九
ノチノヒガン（後の彼岸）秋9 六一二
ノチノヒナ（後の雛）秋10 六七二
ノッペ（のっぺ）冬12 七八八
ノッペイジル（のっぺい汁）冬[12] 七八八
ノドカ（長閑）春[4] 一七五
ノドケシ（のどけし）春4 一七五
ノハギ（野萩）秋9 五八四
ノビ（野火）春2 九八
ノビル（野蒜）春3 一五六
ノビルノハナ（野蒜の花）夏5 二九九
ノボタン（野牡丹）夏7 五二〇
ノボリ（幟）夏5 二七三
ノボリグイ（幟杭《ぐひ》）夏5 二七三

ノボリザオ(幟竿《ざを》) 夏5 二七三
ノボリヤナ(上り簗) 春[3] 一一七
ノマオイ(野馬追《おひ》) 夏7 五〇七
ノマオイマツリ
(野馬追《おひ》祭) 夏7 五〇七
ノミ(蚤) 夏[6] 三七七
ノミトリコ(蚤取粉) 夏6 三七七
ノミノアト(蚤の跡) 夏6 三七七
ノヤク(野焼く) 春2 九八
ノヤマノニシキ
(野山の錦) 秋10 七二〇
ノリ(海苔) 春[2] 一〇三
ノリウツギノハナ
(糊うつぎの花) 夏7 五二七
ノリオケ(海苔桶《をけ》) 春2 一〇三
ノリカキ(海苔掻) 春2 一〇三
ノリス(海苔簀) 春2 一〇三
ノリソダ(海苔粗朶) 春2 一〇三
ノリゾメ(乗初) 冬1 八
ノリゾメ(騎初) 冬1 三五
ノリトリ(海苔採) 春2 一〇三
ノリブネ(海苔舟) 春2 一〇三
ノリホシバ(海苔干場) 春2 一〇三
ノリホス(海苔干す) 春2 一〇三
ノワキ(野分) 秋9 五七三
ノワキアト(野分後) 秋9 五七三
ノワケ(野わけ) 秋9 五七三

は・ハ

ハアリ(羽蟻) 夏[6] 三七五
ハアリ(飛蟻) 夏6 三七五
バイ(霾) 春3 一二九
バイウ(梅雨) 夏6 三二九
バイウ(黴雨) 夏6 三二九
バイウチ(海贏打) 秋10 六七六
バイエン(梅園《ゑん》) 春2 一〇五
ハイカ(敗荷) 秋10 六九四
バイカゴク(梅花《くわ》御供) 春2 一一〇
バイカサイ(梅花《くわ》祭) 春2 一一〇
バイゴマ(ばい独楽) 秋10 六七六
バイシュ(梅酒) 夏7 五〇二
ハイセッシャ(排雪車) 冬1 五七
バイテン(梅天) 夏6 三二九
パイナップル
(パイナップル) 夏7 四五五
ハイビスカス
(ハイビスカス) 夏7 五二八
バイマワシ(海贏廻《まは》し) 秋10 六七六
バイリン(梅林) 春2 一〇五
ハエ(蠅《はへ》) 夏[6] 三七〇
ハエ(はえ) 夏6 三八〇
ハエウチ(蠅《はへ》打) 夏6 三七一
ハエウマル(蠅《はへ》生る) 春4 二二九
ハエタタキ(蠅《はへ》叩) 夏[6] 三七一
ハエチョウ(蠅《はへ》帳《ちやう》) 夏6 三七一
ハエトリキ(蠅《はへ》捕器) 夏[6] 三七一

ハエトリグサ(蠅《はへ》捕草) 夏6 三三五
ハエトリグモ(蠅《はへ》虎《とりぐも》) 夏[6] 三七一
ハエトリグモ(蠅《はへ》捕蜘蛛) 夏6 三七二
ハエトリシ(蠅《はへ》捕紙) 夏6 三七一
ハエトリリボン(蠅《はへ》捕リボン) 夏6 三七一
ハエヨケ(蠅《はへ》除) 夏[6] 三七一
ハエヲウツ(蠅《はへ》を打つ) 夏6 三七〇
ハカアラウ(墓洗ふ) 秋8 五四四
ハカソウジ(墓掃除《さうぢ》) 秋8 五四四
ハガタメ(歯固) 冬1 一六
ハカタヤマガサ(博多山笠) 夏7 四七七
ハカドウロウ(墓灯籠) 秋8 五四六
ハカマイリ(墓参《まゐり》) 秋8 五四四
ハカマギ(袴着) 冬11 七三九
ハカマノウ(袴能) 夏7 四五二
ハギ(萩) 秋9 五八四
ハキオサメ(掃納《をさめ》) 冬12 八七九
ハギカリ(萩刈) 秋10 六九三
ハキゾメ(掃初) 冬1 一六
ハキタテ(掃立) 春4 二四九
ハギチル(萩散る) 秋9 五八四
ハギネワケ(萩根分) 春3 一四七
ハギノアルジ(萩の主) 秋9 五八四
ハギノト(萩の戸) 秋9 五八四
ハギノヤド(萩の宿) 秋9 五八四
ハギハラ(萩原) 秋9 五八四
ハギミ(萩見) 秋9 五八四
ハギワカバ(萩若葉) 春4 二五一
バグカザル(馬具飾る) 夏5 二七三
ハクサイ(白菜) 冬[12] 七八五
バクシュウ(麦秋《しう》) 夏5 三一一
ハクショ(薄暑) 夏5 二七九
バクショ(曝書) 夏7 四九八
ハクセン(白扇) 夏7 四二三
ハクチョウ(白鳥《てう》) 冬[12] 七七一
ハクトウオウ(白頭翁《をう》) 秋10 六五九
ハクバイ(白梅) 春2 一〇五
バクフ(瀑布) 夏7 四三六
ハクボタン(白牡丹) 夏5 二六六
ハクモクレン(白木蓮) 春4 一八五
ハクヤ(白夜) 夏6 三八二
ハクレン(白木蓮) 春4 一八五
ハクロ(白露) 秋9 五七九
ハゲイトウ(葉鶏頭) 秋[9] 六一六
ハゴイタ(羽子板) 冬1 二二
ハゴイタイチ(羽子板市) 冬12 八七〇
ハコヅリ(箱釣) 夏[7] 四五一
ハコニワ(箱庭《には》) 夏[7] 四七二
ハコベ(蘩蔞) 春[3] 一七〇
ハコベラ(はこべら) 春3 一七〇
ハゴロモソウ(はごろもさう) 夏6 三二五
ハザ(稲架) 秋10 七〇三
ハザクラ(葉桜) 夏5 二七一
ハシイ(端居《ゐ》) 夏[7] 四四八
ハシガミ(箸紙) 冬1 一六

ハジカミ（薑） 秋9 六三〇
ハジカミウオ（山椒魚《うを》） 夏6 三三六
ハジサン（巴字盞） 春3 一一六
ハシスズミ（橋涼み） 夏7 四四七
ハジノミ（はじの実） 秋10 七〇八
バショウ（芭蕉《せう》） 秋[8] 五六九
バショウキ（芭蕉《せう》忌） 冬11 七三八
バショウノハナ（芭蕉《せう》の花） 夏7 五二四
バショウバ（芭蕉《せう》葉） 秋8 五六九
バショウフ（芭蕉《せう》布） 夏7 四四〇
バショウマキバ（芭蕉《せう》巻葉） 夏5 二八一
バショウリン（芭蕉《せう》林） 秋8 五六九
ハシリイモ（走り藷） 夏7 五一四
ハシリソバ（走り蕎麦） 秋10 六九〇
ハシリチャ（走り茶） 夏5 二七六
ハス（蓮） 夏7 五一三
ハスイケ（蓮池） 夏7 五一三
ハスウウ（蓮植う） 春4 二四六
ハスネホル（蓮根掘る） 冬11 七四五
ハスノイイ（蓮の飯《いひ》） 秋8 五四〇
ハスノウキハ（蓮の浮葉） 夏6 三五六
ハスノハナ（蓮の花） 夏7 五一三
ハスノミ（蓮の実） 秋10 六九四
ハスノミトブ（蓮の実飛ぶ） 秋10 六九四
ハスホリ（蓮掘） 冬11 七四五
ハスミ（蓮見） 夏7 五一三
ハスミブネ（蓮見舟） 夏7 五一三
ハゼ（鯊） 秋[9] 六一九
ハゼカイ（櫨買《かひ》） 秋10 七〇八
ハゼチギリ（櫨ちぎり） 秋10 七〇八
ハゼツリ（鯊釣） 秋[9] 六二〇
ハゼノアキ（鯊の秋） 秋9 六一九
ハゼノシオ（鯊の潮《しほ》） 秋9 六一九
ハゼノミ（櫨の実） 秋10 七〇八
ハゼビヨリ（鯊日和） 秋9 六一九
ハゼブネ（鯊舟） 秋9 六二〇
ハゼモミジ（櫨紅葉《もみぢ》） 秋10 七一七
ハタ（はた） 春4 二二四
ハタウチ（畑打） 春[3] 一四三
ハタオリ（はたおり） 秋9 五九〇
ハダカ（裸） 夏7 四八七
ハダカオシ（裸押） 春2 一〇四
ハダカゴ（裸子） 夏7 四八七
ハダカビト（裸人） 夏7 四八七
ハダカマイリ（裸参《まゐり》） 冬1 三八
ハダサム（肌寒） 秋10 六八二
ハダシ（跣足） 夏[7] 四八七
ハダシ（徒跣） 夏7 四八七
ハダシ（跣） 夏7 四八七
ハタタガミ（はたたがみ） 夏7 四一九
ハダヌギ（肌脱） 夏7 四八七
ハタハジメ（機始） 冬1 二八
ハタハタ（鰰） 冬[12] 八〇七
ハタハタ（蟿螽） 秋10 六五〇
ハタハタ（鱩） 冬12 八〇七

ハダラ(はだら) 春3 一一七
ハダラユキ(はだら雪) 春3 一一七
ハダレ(斑雪) 春3 一一七
ハダレノ(はだれ野) 春3 一一七
ハダレユキ(斑雪) 春3 一一七
ハタンキョウ(巴旦杏《きやう》) 夏6 三四一
ハチ(蜂) 春[4] 三三九
ハチガツ(八月《ぐわつ》) 秋8 五三四
ハチガツジュウゴニチ
(八月十五日《ぐわつじふ》) 秋8 五四七
ハチジュウハチヤ
(八十八夜《じふ》) 春4 二四七
ハチス(はちす) 夏7 五一三
ハチタタキ(鉢叩) 冬11 七三九
ハチノス(蜂の巣) 春4 二三〇
ハツアカネ(初茜) 冬1 六
ハツアカリ(初明り) 冬1 五
ハツアキ(初秋) 秋8 五三五
ハツアキナイ(初商《あきなひ》) 冬1 一九
ハツアラシ(初嵐) 秋8 五五六
ハツアワセ(初袷《あはせ》) 夏5 二六八
ハツイチ(初市) 冬1 一九
ハツウ(初卯) 冬1 四四
ハツウマ(初午) 春2 八八
ハツウマイリ(初卯詣《まゐり》) 冬1 四四
ハツウリ(初売) 冬1 一九
ハツエビス(初恵美須) 冬1 四五
ハツガイ(初買《がひ》) 冬1 一九
ハツカガミ(初鏡) 冬1 三〇
ハツカショウガツ
(二十日正月《しやうぐわつ》) 冬1 五一
ハツガツオ(初鰹《がつを》) 夏5 三〇五
ハツガツオ(初松魚《がつを》) 夏5 三〇五
ハツガマ(初釜) 冬1 三一
ハツカマド(初竈) 冬1 一四
ハツカミ(初髪) 冬1 三〇
ハツガモ(初鴨) 秋10 七二二
ハツガラス(初鴉) 冬1 五
ハツカリ(初雁) 秋9 六一三
ハツカワズ(初蛙《かはづ》) 春4 二五四
ハツカンノン
(初観音《くわんおん》) 冬1 七〇
ハヅキ(葉月) 秋9 五七一
ハツギク(初菊) 秋10 六七三
ハヅキジオ(葉月潮《じほ》) 秋9 五九五
ハツクカイ(初句会《くわい》) 冬1 三二
ハツゲイコ(初稽古) 冬1 三〇
ハツゲシキ(初景色) 冬1 七
ハツゲショウ(初化粧《しやう》) 冬1 三〇
ハッコウ(八荒《かう》) 春3 一六二
ハツコウボウ(初弘法《ぼふ》) 冬1 七五
ハツゴオリ(初氷《ごほり》) 冬12 七七二
ハツコトヒラ
(初金刀比羅) 冬1 四五
ハツゴヨミ(初暦) 冬1 一四
ハツコンピラ
(初金毘羅) 冬1 四五
ハッサク(八朔) 秋9 五七一
ハッサクノイワイ
(八朔の祝《いはひ》) 秋9 五七一

ハツザクラ（初桜）春4 一七六
ハッザケ（初鮭）秋9 六一九
ハツシオ（初潮《しほ》）秋9 五九五
ハツシグレ（初時雨）冬11 七二九
ハッシノノメ（初東雲）冬1 六
ハツシバイ（初芝居《ゐ》）冬1 三二
ハツシモ（初霜）冬11 七三〇
ハッショウマメ（八《はち》升豆）秋8 五六二
ハツスズメ（初雀）冬1 五
ハツズリ（初刷）冬1 一四
ハッゼック（初節句）夏5 二七二
ハッゼミ（初蟬）夏7 四八六
ハツゼリ（初糶）冬1 二九
ハツゾラ（初空）冬1 六
バッタ（ばった）秋[10] 六五〇
ハッタイ（麨）夏[7] 四六四
ハツダイシ（初大師）冬1 七五
ハツダケ（初茸）秋10 六四五
ハツタビ（初旅）冬1 三三
ハツダヨリ（初便）冬1 一三
パッチ（ぱっち）冬12 八四三
ハッチャノユ（初茶湯）冬1 三一
ハッチョウ（初蝶《てふ》）春4 二三三
ハツチョウズ（初手水《てうづ》）冬1 一七
ハツヅキ（初月）秋9 五七三
ハッツユ（初露）秋9 五八五
ハッテマエ（初点前《まへ》）冬1 三一
ハッデンシャ（初電車）冬1 一八
ハツテンジン（初天神）冬1 七五
ハツデンワ（初電話）冬1 一三
ハットシ（初年）冬1 三
ハツトラ（初寅）冬1 四四
ハットラマイリ（初寅詣《まゐり》）冬1 四四
ハツトリ（初鶏）冬1 五
ハッナキ（初泣）冬1 二六
ハツナギ（初凪）冬1 六
ハッナスビ（初茄子）夏7 五一四
ハッナツ（初夏）夏5 二六六
ハツニ（初荷）冬1 二九
ハッニウマ（初荷馬）冬1 二九
ハッニブネ（初荷船）冬1 二九
ハッネ（初音）春2 一〇七
ハッネノヒ（初子の日）冬1 四四
ハッノボリ（初幟）夏5 二七三
ハッノリ（初騎）冬1 三五
ハツバショ（初場所）冬1 四六
ハッハタ（初機）冬1 二八
ハッハナ（初花）春4 一七六
ハッハリ（初針）冬1 二八
ハッハル（初春）冬1 三
ハツヒ（初日）冬1 六
ハッヒカゲ（初日影）冬1 六
ハッビキ（初弾）冬1 三一
ハッビナ（初雛）春3 一二四
ハッヒノデ（初日の出）冬1 六
ハツフギン（初諷経）冬1 一〇
ハツフジ（初富士）冬1 六
ハツフドウ（初不動）冬1 七五

ハツフユ(初冬) 冬11 七二八
ハツブロ(初風呂) 冬1 二九
ハツホ(初穂) 秋10 六四九
ハツボウキ(初箒《ばうき》) 冬1 二六
ハツボタル(初蛍) 夏6 三五一
ハツボン(初盆) 秋8 五四二
ハツミソラ(初御空) 冬1 六
ハツモウデ(初詣《まうで》) 冬1 九
ハツモミジ(初紅葉《もみぢ》) 秋10 六四四
ハツモロコ(初諸子) 春3 一三五
ハツヤクシ(初薬師) 冬1 四四
ハツヤマ(初山) 冬1 二八
ハツユ(初湯) 冬1 二九
ハツユイ(初結《ゆひ》) 冬1 三〇
ハツユキ(初雪) 冬12 七七二
ハツユミ(初弓) 冬1 三五
ハツユメ(初夢) 冬1 三三
ハツライ(初雷) 春3 一一八
ハツリョウ(初猟《れふ》) 秋10 六八〇
ハツリョウ(初漁《れふ》) 冬1 二八
ハツレッシャ(初列車) 冬1 八
ハツワライ(初笑《わらひ》) 冬1 二六
ハトノス(鳩の巣) 春4 二一四
ハナ(花) 春4 一九二
ハナアオイ(花葵《あふひ》) 夏6 三一四
ハナアザミ(花薊) 春4 二五七
ハナアヤメ(花あやめ) 夏6 三一五
ハナイカ(花烏賊) 春4 一九七
ハナイバラ(花茨) 夏5 三〇三
ハナウツギ(花卯木) 夏5 三〇四
ハナカガリ(花篝) 春4 一九六
ハナカボチャ(花南瓜) 夏6 三一八
ハナギボウシ
(花擬宝《ばう》珠) 夏5 二九六
ハナギリ(花桐) 夏5 三〇〇
ハナクズ(花屑《くづ》) 春4 一九二
ハナグモリ(花曇) 春4 一九六
ハナクヨウ(花供養《やう》) 春4 二三一
ハナクワイ(花慈姑《くわゐ》) 夏6 三五八
ハナゴオリ(花氷《ごほり》) 夏7 四七五
ハナゴケ(花苔) 夏6 三三四
ハナゴザ(花茣蓙) 夏[7] 四二四
ハナゴロモ(花衣) 春4 一九五
ハナサカキ(花榊) 夏6 三三二
ハナサキガニ(花咲蟹) 冬12 八〇六
ハナザクロ(花石榴) 夏6 三三〇
ハナザンショウ
(花山椒《せう》) 春4 一八六
ハナジュンサイ
(花蓴菜) 夏6 三五八
ハナショウブ(花菖蒲《しやう》) 夏6 三一四
ハナズオウ(紫荊《はなずはう》) 春4 一八六
ハナススキ(花芒) 秋9 五八一
ハナスミレ(花菫) 春3 一六八
ハナダイコン(花大根) 春4 二三一
ハナタチバナ(花橘) 夏6 三一八
ハナダネ(花種) 春3 一四四
ハナダネマク
(花種蒔く) 春3 一四五
ハナタバコ(花煙草) 秋8 五六八

ハナダヨリ(花便) 春4 一九二
ハナヅカレ(花疲) 春4 一九五
ハナヅケ(花漬) 春4 一九七
ハナドウロウ(花灯籠) 秋8 五四六
ハナナ(花菜) 春4 二三〇
バナナ(バナナ) 夏7 四五五
ハナナスビ(花茄子) 夏6 三九四
ハナナヅケ(花菜漬) 春4 二三〇
ハナニラ(花韮) 春4 二四二
ハナノ(花野) 秋[9] 五八〇
ハナノクモ(花の雲) 春4 一九二
ハナノエン(花の宴) 春4 一九五
ハナノアメ(花の雨) 春4 一九二
ハナノチャヤ(花の茶屋) 春4 一九五
ハナノチリ(花の塵) 春4 一九二
ハナノマク(花の幕) 春4 一九五
ハナノヤド(花の宿) 春4 一九五
ハナノヤマ(花の山) 春4 一九二
ハナバショウ(花芭蕉《せう》) 夏7 三二四
ハナビ(花火) 秋8 五五三
ハナビ(煙火) 秋8 五五三
ハナビエ(花冷) 春4 一九二
ハナビセンコウ(花火線香《かう》) 秋8 五五四
ハナビト(花人) 春4 一九五
ハナビバンヅケ(花火番附) 秋8 五五三
ハナビブネ(花火舟) 秋8 五五三
ハナビミ(花火見) 秋8 五五三
ハナフブキ(花吹雪) 春4 一九二
ハナフヨウ(花芙蓉) 秋8 五五七
ハナボコリ(花埃) 春4 一九二
ハナボンボリ(花雪洞) 春4 一九六
ハナマツリ(花祭) 春4 二一〇
パナマボウ(パナマ帽《ばう》) 夏6 四〇五
ハナミ(花見) 春4 一九五
ハナミジラミ(花見虱) 春4 一九七
ハナミズキ(花水《みづ》木) 夏5 三〇一
ハナミダイ(花見鯛《だひ》) 春4 一九七
ハナミドウ(花御堂《だう》) 春4 二〇九
ハナミモザ(花ミモザ) 春3 一七二
ハナムクゲ(花木槿) 秋8 五五八
ハナムシロ(花筵) 春4 一九五
ハナメグリ(花巡り) 春4 一九五
ハナモ(花藻) 夏6 三五八
ハナモリ(花守) 春4 一九二
ハヌケドリ(羽脱鳥) 夏6 四〇一
ハヌケドリ(羽抜鳥) 夏6 四〇一
ハヌケドリ(羽抜鶏) 夏6 四〇二
ハネ(羽子) 冬1 二二
ハネズミ(跳炭) 冬12 八一八
ハネツキ(羽子つき) 冬1 二二
ハネブトン(羽蒲団) 冬12 八三四
ハハキギ(帚木) 夏[7] 五二五
ハハキグサ(ははきぐさ) 夏7 五二五
ハハコグサ(母子草) 春3 一六五
ハハコモチ(母子餅) 春4 一七八
ハハソ(柞) 秋10 七一八

ハハソモミジ(柞紅葉《もみぢ》) 秋10 七一八
ハハノヒ(母の日) 夏5 二八〇
ババハジメ(馬場始) 冬1 三五
ハブ(飯匙倩) 夏[6] 三九六
ハボタン(葉牡丹) 冬1 七二
ハマエンドウ(浜豌《ゑん》豆) 夏5 二九四
ハマオモト
(はまおもと) 夏7 四九五
ハマグリ(蛤) 春[4] 二〇〇
ハマチドリ(浜千鳥) 冬12 八〇二
ハマナス(玫瑰) 夏7 五二〇
ハマナスノミ
(玫瑰の実) 秋10 七〇九
ハマナベ(はまなべ) 春4 二〇〇
ハマヒルガオ(浜昼顔《がほ》) 夏6 三九二
ハマヤ(破魔矢) 冬1 一〇
ハマユウ(浜木綿《ゆふ》) 夏7 四九五
ハマユミ(破魔弓) 冬1 一〇
ハモ(鱧) 夏[7] 四六六
ハモノカワ(鱧の皮《かは》) 夏7 四六六
ハヤオシズシ(早圧鮓) 夏7 四六六
ハヤズシ(早鮓) 夏7 四六六
ハヤナギ(葉柳) 夏[6] 三八〇
ハヤブサ(隼) 冬[11] 七四六
ハヤマブキ(葉山吹) 春4 二三五
バラ(薔薇) 夏5 三〇三
ハラアテ(腹当) 夏[7] 四四四
パラソル(パラソル) 夏7 四二五
バラノハナ(茨の花) 夏5 三〇三
バラノメ(薔薇の芽) 春3 一四九

ハラミウマ(孕馬) 春4 二二六
ハラミジカ(孕鹿) 春[4] 二二五
ハラミスズメ(孕雀) 春4 二二五
ハラミネコ(孕猫) 春2 九五
ハララゴ(鮞) 秋9 六一九
ハリエンジュ
(はりゑんじゆ) 夏5 三〇二
ハリオサメ(針納《をさめ》) 春2 八九
ハリクヨウ(針供養《やう》) 春2 八九
ハリノキノハナ
(はりの木の花) 春4 一八三
ハリマツル(針祭る) 春2 八九
ハル(春) 春[2] 八五
ハルアカツキ
(春あかつき) 春4 一八七
ハルアサシ(春浅し) 春2 八七
ハルイチバン(春一番) 春2 一一一
ハルオシム(春惜《をし》む) 春4 二五九
ハルカ(春蚊) 春4 二三九
ハルカゼ(春風) 春[4] 二三三
ハルギ(春著) 冬1 二〇
ハルギヌウ(春著縫ふ) 冬12 八六八
ハルグミ(はるぐみ) 春4 二四六
ハルコ(春子) 春3 一三三
ハルゴ(春蚕) 春4 二四九
ハルゴタツ(春炬燵) 春[3] 一三六
バルコニー
(バルコニー) 夏7 四四七
ハルサム(春寒) 春[2] 九四
ハルサメ(春雨) 春[3] 一三九

ハルシイタケ（春椎《しひ》茸）春[3] 一三
ハルシグレ（春時雨）春[2] 九五
ハルジタク（春支度）冬12 八六八
ハルショウジ（春障《しやう》子）春[3] 一三七
ハルゼミ（春蟬）夏5 二七八
ハルタ（春田）春[3] 二一五
ハルダイコン（春大根）春4 一七八
ハルタク（春闌く）春4 二五四
ハルタケナワ（春　闌《たけなは》）春4 二五四
ハルタツ（春立つ）春2 八五
ハルダンロ（春煖炉）春[3] 一三五
ハルチカシ（春近し）冬1 七九
ハルツゲドリ（春告鳥）春2 一〇七
ハルトナリ（春隣）冬1 七九
ハルノアカツキ（春の暁）春4 一八七
ハルノアケボノ（春の曙）春4 一八七
ハルノアサ（春の朝）春4 一八七
ハルノアサヒ（春の朝日）春4 一七四
ハルノアメ（春の雨）春3 一三九
ハルノイリヒ（春の入日）春4 一七四
ハルノイロ（春の色）春4 二一九
ハルノウミ（春の海）春[4] 一九八
ハルノカ（春の蚊）春4 二三九
ハルノカゼ（春の風邪）春[2] 九五
ハルノカゼ（春の風）春4 二三三
ハルノカリ（春の雁）春3 一三一
ハルノカワ（春の川《かは》）春[3] 一二五
ハルノクサ（春の草）春[4] 二一六
ハルノクモ（春の雲）春[4] 一七五
ハルノクレ（春の暮）春[4] 一八八
ハルノコオリ（春の氷《こほり》）春2 九三
ハルノシオ（春の潮《しほ》）春4 一九八
ハルノシモ（春の霜）春[2] 九四
ハルノショウジ（春の障《しやう》子）春3 一三七
ハルノソノ（春の園）春2 八五
ハルノソラ（春の空）春[4] 一七五
ハルノタビ（春の旅）春2 八五
ハルノツキ（春の月）春[4] 一八九
ハルノツチ（春の土）春[3] 一四二
ハルノテラ（春の寺）春2 八五
ハルノドロ（春の泥）春3 一四〇
ハルノナナクサ（春の七草）冬1 四一
ハルノネコ（春の猫）春2 九五
ハルノノ（春の野）春[3] 一六二
ハルノハエ（春の蠅《はへ》）春4 二三九
ハルノヒ（春の日）春[4] 一七四
ハルノヒ（春の灯）春4 一八九
ハルノヒガサ（春の日傘）春4 二二七
ハルノヒト（春の人）春2 八五
ハルノホシ（春の星）春[4] 一八九
ハルノマチ（春の町）春2 八五
ハルノミズ（春の水《みづ》）春[3] 一三一
ハルノミヤ（春の宮）春2 八五

ハルノヤマ(春の山) 春[3] 一二〇
ハルノヤミ(春の闇) 春[4] 一九〇
ハルノユウヒ
(春の夕《ゆふ》日) 春4 一七四
ハルノユウベ(春の夕《ゆふべ》) 春4 一八八
ハルノユキ(春の雪) 春[3] 一一七
ハルノヨ(春の夜) 春[4] 一八八
ハルノヨイ(春の宵《よひ》) 春[4] 一八八
ハルノライ(春の雷) 春3 一一八
ハルノロ(春の炉) 春3 一三五
ハルヒ(春日) 春4 一七四
ハルヒオケ(春火桶《をけ》) 春[3] 一三六
ハルヒカゲ(春日影) 春4 一七四
ハルヒガサ(春日傘) 春4 二二七
ハルヒバチ(春火鉢) 春3 一三六
ハルフカシ(春深し) 春4 二五四
ハルボコリ(春埃) 春3 一二九
ハルマツ(春待つ) 冬1 七八
ハルマツリ(春祭) 春[3] 一二四
ハルメク(春めく) 春3 一二〇
ハルユウベ(春夕《ゆふべ》) 春4 一八八
ハルユク(春行く) 春4 二五八
バレイショ
(ばれいしよ) 秋10 六八六
バレイショノハナ
(馬鈴薯の花) 夏6 三九四
バレンタインノヒ
(バレンタインの日) 春2 九〇
バン(鷭) 夏[6] 四〇二
バンカ(晩夏) 夏7 五三〇

ハンカチ(ハンカチ) 夏7 四四三
ハンカチーフ
(ハンカチーフ) 夏[7] 四四三
バンガロー
(バンガロー) 夏7 四三三
バングセツ(万愚節) 春4 一七六
ハンゲショウ(半夏生《しやう》) 夏7 四一三
ハンゲショウ(半夏生《しやう》) 夏7 四一四
ハンザキ(はんざき) 夏6 三三六
パンジー(パンジー) 春4 二〇八
バンシュウ(晩秋《しう》) 秋10 七三三
ハンショウ(半焼《せう》) 冬12 八五九
ハンセンギ(半仙戯) 春4 二三五
ハンノキノハナ
(赤楊の花) 春4 一八三
バンノス(鷭の巣) 夏6 三五三
ハンノハナ(榛の花) 春4 一八三
ハンミョウ(斑猫《めう》) 夏7 四二七
ハンモック
(ハンモック) 夏[7] 四二五
バンリョウ(晩涼《りやう》) 夏7 四三八
バンリョク(万緑) 夏[6] 三八七

ひ・ヒ

ヒアシノブ(日脚伸ぶ) 冬1 七六
ヒイナ(ひひな) 春3 一一四
ヒイラギサス
(柊《ひひらぎ》挿す) 冬1 八〇
ヒイラギノハナ

（柊《ひひらぎ》の花） 冬11 七三六
ビール（麦酒） 夏[7] 四六一
ヒウオ（氷魚《うを》） 冬12 八二〇
ヒエ（稗） 秋9 六三三
ヒエヒク（稗引く） 秋9 六三三
ヒエマキ（稗蒔） 夏[7] 四七二
ヒエマク（稗蒔く） 夏7 四七二
ヒオ（氷魚《を》） 冬[12] 八二〇
ヒオウギ（射干《ひあふぎ》） 夏7 五三三
ヒオオイ（日覆《おほひ》） 夏7 四二五
ヒオケ（火桶《をけ》） 冬[12] 八二八
ヒガサ（日傘） 夏[7] 四二五
ヒガタ（干潟） 春4 一九九
ヒカブ（緋蕪） 冬12 七八六
ヒガミナリ（日雷） 夏7 四一九
ヒガラ（日雀） 秋[10] 六六一
ヒカラカサ
（ひからかさ） 夏7 四二五
ヒカン（避寒） 冬[1] 六五
ヒガン（彼岸） 春3 一三三
ヒガンエ（彼岸会《ゑ》） 春3 一三三
ヒガンザクラ（彼岸桜） 春3 一三三
ヒガンダンゴ
（彼岸団子） 春3 一三三
ヒガンバナ（彼岸花） 秋9 六二五
ヒガンマイリ（彼岸詣《まゐり》） 春3 一三三
ヒカンヤド（避寒宿） 冬1 六五
ヒキ（蟾） 夏6 三三八
ヒキイタ（ひきいた） 秋10 六五一
ヒキガエル（蟇《ひきがへる》） 夏[6] 三三八
ヒキガモ（引鴨） 春[3] 一三〇
ヒキゾメ（弾初） 冬1 三一
ヒキヅル（引鶴） 春3 一三〇
ヒクイナ（緋水鶏《くひな》） 夏6 四〇二
ヒグラシ（蜩） 秋[8] 五五四
ヒグラシ（日暮し） 秋8 五五四
ヒグルマソウ（日車草《さう》） 夏7 五一七
ヒコバエ（蘖） 春4 二一七
ヒコボシ（彦星） 秋8 五三七
ヒサカキノハナ
（柃の花） 春4 二三八
ヒザカリ（日盛） 夏7 四七八
ヒサゴ（ひさご） 秋9 六二八
ヒサゴナエ（瓢苗《なへ》） 夏5 二八二
ヒサゴノハナ（瓢の花） 夏7 五一〇
ヒサメ（氷雨） 夏6 四〇一
ヒシオツクル（醤《ひしほ》造る） 夏7 四六八
ヒジキ（鹿尾菜） 春[4] 二〇四
ヒシトル（菱採る） 秋9 六二一
ヒシノハナ（菱の花） 夏6 三五八
ヒシノミ（菱の実） 秋9 六二一
ヒシモチ（菱餅） 春3 一一五
ヒショ（避暑） 夏7 四九五
ヒショキャク（避暑客） 夏7 四九五
ヒショチ（避暑地） 夏7 四九六
ヒショノタビ
（避暑の旅） 夏7 四九五
ヒショノヤド
（避暑の宿） 夏7 四九六
ヒスイ（ひすゐ） 夏6 三六九

ヒスズシ(灯涼し) 夏[7] 四五三
ヒタ(引板) 秋10 六五一
ヒタキ(鶲) 冬[12] 八〇一
ヒダラ(干鱈) 春[3] 一五三
ヒツジ(穭《ひつぢ》) 秋10 七二三
ヒツジグサ(未草) 夏7 五一二
ヒツジダ(穭《ひつぢ》田) 秋10 七二三
ヒツジノケキル
(羊の毛剪る) 春4 二一九
ヒデリ(旱) 夏7 四八三
ヒデリダ(旱田) 夏7 四八四
ヒトエ(単《ひとへ》衣) 夏6 四〇四
ヒトエオビ(一重《へ》帯) 夏6 四〇六
ヒトエオビ(単《ひとへ》帯) 夏6 四〇六
ヒトエギク(一重《へ》菊) 秋10 六七三
ヒトエタビ(単《ひとへ》足袋) 夏6 四〇七
ヒトエバカマ(単《ひとへ》袴) 夏6 四〇六
ヒトエモノ(単《ひとへ》物) 夏6 四〇四
ヒトツバ(一ツ葉) 夏[7] 四三八
ヒトハ(一葉) 秋8 五三五
ヒトハノアキ
(一葉の秋) 秋8 五三五
ヒトマルキ(人丸忌) 春4 二三一
ヒトマロキ(人麻呂忌)春4 二三一
ヒトムラススキ
(一叢芒) 秋9 五八一
ヒトモジ(ひともじ) 冬12 七八四
ヒトモトススキ
(一本芒) 秋9 五八一
ヒトヨザケ(一夜酒) 夏7 四六二
ヒトヨズシ(一夜鮓) 夏7 四六六
ヒトリシズカ(一人静《しづか》)春4 二〇五
ヒトリムシ(火取虫) 夏[6] 三四九
ヒナ(雛) 春3 一一四
ヒナアソビ(雛遊) 春3 一一四
ヒナイチ(雛市) 春3 一一三
ヒナオサメ(雛納《をさめ》) 春3 一一四
ヒナガ(日永) 春[4] 一七四
ヒナカザル(雛飾る) 春3 一一四
ヒナギク(雛菊) 春[2] 一〇二
ヒナゲシ(雛罌粟) 夏5 二九八
ヒナタボコ(日向ぼこ)冬12 八四六
ヒナタボコリ
(日向ぼこり) 冬[12] 八四六
ヒナタボッコ
(日向ぼっこ) 冬12 八四六
ヒナタミズ(日向水《みづ》) 夏7 四八〇
ヒナダン(雛壇) 春3 一一四
ヒナナガシ(雛流し) 春3 一一四
ヒナノエン(雛の宴) 春3 一一四
ヒナノキャク(雛の客)春3 一一四
ヒナノヤド(雛の宿) 春3 一一四
ヒナバコ(雛箱) 春3 一一四
ヒナマツリ(雛祭) 春3 一一四
ヒナミセ(雛店) 春3 一一三
ヒナワウリ(火縄《なは》売) 冬1 九
ビナンカズラ(美男蔓《かづら》)秋10 七〇九
ヒノキガサ(檜笠) 夏7 四二六
ヒノサカリ(日の盛り)夏7 四七八
ヒノバン(火の番) 冬[12] 八五九

ヒノミヤグラ（火の見櫓） 冬12 八六〇
ヒバチ（火鉢） 冬[12] 八二八
ヒハモ（干鱧） 夏7 四六六
ヒバリ（雲雀） 春[3] 一三八
ヒバリカゴ（雲雀籠） 春3 一三八
ヒバリノ（雲雀野） 春3 一三八
ヒバリノス（雲雀の巣） 春4 二二五
ヒバリブエ（雲雀笛） 春3 一三八
ヒビ（胼） 冬1 五三
ヒビグスリ（胼薬） 冬1 五三
ヒフ（被布） 冬[12] 八四五
ヒボケ（緋木瓜） 春4 一八五
ヒボタン（緋牡丹） 夏5 二六六
ヒマツリ（火祭） 秋10 六九四
ヒマワリ（向日葵《ひまはり》） 夏7 五一七
ヒミジカ（日短） 冬12 七六三
ヒムシ（灯虫） 夏6 三四九
ヒムロ（氷室） 夏[7] 四七五
ヒムロモリ（氷室守） 夏7 四七五
ヒメジョオン（姫女菀《ぢよをん》） 夏5 二九六
ヒメダカ（緋目高） 夏6 三五五
ヒメユリ（姫百合） 夏7 四一五
ヒモカガミ（氷面鏡） 冬1 六三
ヒモトキ（紐解） 冬11 七四〇
ヒモモ（緋桃） 春4 一八一
ビヤガーデン（ビヤガーデン） 夏7 四六一
ヒャクギク（百菊） 秋10 六七三
ヒャクジツコウ（百日紅） 夏7 五二六
ヒャクソウツミ（百草《さう》摘） 夏5 二七五
ヒャクニチソウ（百日草《さう》） 夏7 五一九
ビャクレン（白蓮） 夏7 五一三
ヒヤケ（日焼） 夏[7] 四八八
ヒヤケダ（日焼田） 夏7 四八四
ヒヤザケ（冷酒） 夏[7] 四六二
ヒヤシウリ（冷し瓜） 夏7 四五七
ヒヤシコウチャ（冷し紅茶） 夏7 四五八
ヒヤシコーヒー（冷し珈琲） 夏[7] 四五八
ヒヤシサイダー（冷しサイダー） 夏7 四六一
ヒヤシジル（冷し汁） 夏7 四六五
ヒヤシラムネ（冷しラムネ） 夏7 四六〇
ヒヤジル（冷汁） 夏[7] 四六五
ヒヤシンス（ヒヤシンス） 春4 二〇七
ヒヤソウメン（冷索《さう》麺） 夏[7] 四五八
ヒヤドウフ（冷豆腐） 夏7 四六四
ヒヤムギ（冷麦） 夏[7] 四五八
ヒヤヤカ（冷やか） 秋9 六三五
ヒヤヤッコ（冷奴） 夏[7] 四六四
ヒユ（莧） 夏[6] 四〇〇
ヒヨ（ひよ） 秋10 六五八
ヒョウ（雹《へう》） 夏[6] 四〇一

ヒョウカ(氷菓《くわ》) 夏7 四六〇
ヒョウタン(瓢《へう》簞) 秋9 六二八
ビョウブ(屏《びやう》風) 冬12 八一五
ビョウヤナギ(未央《やう》柳) 夏6 三三二
ビョウヤナギ(美容柳) 夏6 三三二
ヒヨケ(日除) 夏7 四二五
ヒヨドリ(鵯) 秋10 六五八
ヒョンノフエ(瓢の笛) 秋10 六六九
ヒョンノミ(瓢の実) 秋10 六六九
ヒラハッコウ
(比良八講《かう》) 春3 一六三
ヒラハッコウ
(比良八荒《かう》) 春3 一六二
ヒル(蛭) 夏6 三五四
ヒルアミ(昼網) 夏6 三六三
ヒルガオ(昼顔《がほ》) 夏6 三九二
ヒルガスミ(昼霞) 春3 一六三
ヒルカワズ(昼蛙《かはづ》) 春4 二五四
ヒルネ(昼寝) 夏7 四七九
ヒルネオキ(昼寝起) 夏7 四七九
ヒルネザメ(昼寝覚) 夏7 四七九
ヒルネビト(昼寝人) 夏7 四七九
ヒルノムシ(昼の虫) 秋9 五八六
ヒルハナビ(昼花火) 秋8 五五三
ヒルムシロ(蛭蓆) 夏6 三五七
ヒルモ(蛭藻) 夏6 三五七
ヒレザケ(鰭酒) 冬12 八〇五
ヒレンジャク(緋連雀) 秋10 六六一
ヒワ(鶸《ひは》) 秋10 六六〇
ビワ(枇杷《は》) 夏6 三四三
ビワノハナ(枇杷《は》の花) 冬12 七八一
ビワヨウトウ
(枇杷葉湯《はえふたう》) 夏7 五〇二
ヒンジモ(ひんじも) 夏6 三五六

ふ・フ

フイゴハジメ(鞴始) 冬1 二七
フイゴマツリ(鞴祭) 冬11 七三四
ブーゲンビレア
(ブーゲンビレア) 夏7 五二八
フウシンシ(風信子) 春4 二〇七
フウセン(風船) 春4 二二四
フウセンウリ(風船売) 春4 二二四
フウチソウ(風知草《さう》) 夏7 四七二
フウラン(風蘭) 夏7 五一八
フウリン(風鈴) 夏7 四六九
フウリンウリ(風鈴売) 夏7 四六九
プール(プール) 夏7 四九〇
フカグツ(深沓) 冬1 六〇
フカシモ(深霜) 冬12 八五二
フキ(蕗) 夏5 二九二
フキアゲ(吹上げ) 夏7 四四六
フキイ(噴井《ゐ》) 夏7 四四六
フキカエ(葺替《かへ》) 春3 一六〇
フキナガシ(吹流し) 夏5 二七三
フキノトウ(蕗の薹《たう》) 春2 一〇三
フキノハ(蕗の葉) 夏5 二九二
フグ(河豚) 冬12 八〇五
フクカキ(福掻) 冬1 四四

ブグカザル(武具飾る) 夏5 二七三
フクザサ(福笹) 冬1 四五
フクジュソウ(福寿草《さう》) 冬1 一九
フグジル(河豚汁) 冬12 八〇五
フクジンマイリ
(福神詣《まゐり》) 冬1 一一
フクチャ(福茶) 冬1 一五
フグチリ(河豚ちり) 冬12 八〇五
フグト(ふぐと) 冬12 八〇五
フグトジル(ふぐと汁) 冬12 八〇五
フクトラ(福寅) 冬1 四四
フグナベ(河豚鍋) 冬12 八〇五
フグノヤド(河豚の宿) 冬12 八〇五
フクビキ(福引) 冬1 三三
フクベ(瓢) 秋[9] 六三八
フクムカデ(福蜈蚣) 冬1 四四
フグリオトシ
(ふぐりおとし) 冬1 八一
フクロウ(梟《ふくろふ》) 冬[12] 七六七
フクロカケ(袋掛) 夏[5] 三〇五
フクログモ(袋蜘蛛) 夏6 三七三
フクロヅノ(袋角) 夏5 二七八
フクワカシ(福沸) 冬1 三四
フクワラ(福藁) 冬1 二〇
フクワライ(福笑《わらひ》) 冬1 三三
フケイ(噴井《ゐ》) 夏[7] 四四六
フケマチヅキ(更待月) 秋9 六〇三
フゴオロシ(畚下し) 冬1 四四
フシ(五倍子) 秋10 六六八
フジ(藤《ふぢ》) 春4 二五八
フジアザミ(富士薊) 秋9 六二五
フジギョウジャ
(富士行《ぎやう》者) 夏7 四三二
フジコウ(富士講《かう》) 夏7 四三二
フジザクラ(富士桜) 夏5 二七〇
フジゼンジョウ
(富士禅定《ちやう》) 夏7 四三二
フジダナ(藤《ふぢ》棚) 春4 二五八
フシヅケ(柴漬) 冬[11] 七六一
フジドウジャ
(富士道《だう》者) 夏7 四三二
フジナミ(藤《ふぢ》浪) 春4 二五八
フジノゴハン
(富士の御判) 夏7 四三二
フジノハツユキ
(富士の初雪) 秋9 六一二
フジノハナ(藤《ふぢ》の花) 春4 二五八
フジノミ(藤《ふぢ》の実) 秋10 六七〇
フジノヤマビラキ
(富士の山開) 夏7 四一三
フジノユキゲ
(富士の雪解) 夏6 四一一
フジバカマ(藤《ふぢ》袴) 秋9 五八三
フシホス(ふし干す) 秋10 六六八
フシマチヅキ(臥待月) 秋9 六〇三
フジマメ(藤《ふぢ》豆) 秋8 五六二
フジモウデ(富士詣《まうで》) 夏7 四三一
ブシュカン(仏手柑) 秋10 七一一
フスマ(衾) 冬[12] 八三五
フスマハズス

（襖はづす） 夏6 四一〇
ブソンキ（蕪村忌） 冬12 八六二
フダオサメ（札納《をさめ》） 冬12 八七三
フタツボシ（二つ星） 秋8 五三七
フタバナ（二葉菜） 秋9 六三〇
フタモジ（ふたもじ） 春3 一五六
フタリシズカ（二人静《しづか》） 春4 二四三
フツカ（二日） 冬1 二六
フツカキュウ（二日灸《きう》） 春3 一一三
フツカヅキ（二日月） 秋9 五七四
フッカツサイ
（復活祭《ふくくわつ》） 春4 二一一
フツカヤイト
（ふつかやいと） 春3 一一三
ブッショウエ（仏生会《しやうゑ》） 春4 二〇九
ブッソウゲ（仏桑花《さう》） 夏7 五二八
ブッポウソウ（仏法僧《ぽふ》） 夏[6] 三八五
フデハジメ（筆始） 冬1 二七
ブト（蚋） 夏[6] 三七六
ブト（蟆子） 夏6 三七六
フトイ（太藺《ゐ》） 夏[6] 三六七
ブドウ（葡萄《だう》） 秋[9] 六三四
ブドウエン（葡萄園《だうゑん》） 秋9 六三四
ブドウダナ（葡萄棚《だう》） 秋9 六三四
フトコロデ（懐手） 冬[12] 八四五
フトバシ（太箸） 冬1 一六
フトン（蒲団） 冬[12] 八三四
フナアソビ（船遊） 夏[7] 四八九
フナイケス（船生洲） 夏7 四六七
フナカジ（船火事《くわ》） 冬12 八五九
フナシバイ（舟芝居《ゐ》） 夏5 二六九
フナズシ（鮒鮓） 夏7 四六六
フナセガキ（船施餓鬼） 秋8 五四四
フナトギョ（舟渡御） 夏5 二八五
フナナマス（鮒膾） 春4 二三五
フナマツリ（船祭） 夏7 五〇八
フナムシ（船虫） 夏[7] 四九二
フナリョウリ（船料理《れう》） 夏[7] 四六七
フノリ（海蘿） 夏[7] 四九五
フノリ（布海苔） 夏7 四九五
フノリカキ（海蘿掻） 夏7 四九五
フノリホス（海蘿干す） 夏7 四九五
フブキ（吹雪） 冬1 五五
フブキタオレ
（吹雪倒《たふ》れ） 冬1 六一
フミエ（踏絵《ゑ》） 春2 八八
フミヅキ（文月） 秋8 五三四
フユ（冬） 冬[11] 七二七
ブユ（ぶゆ） 夏6 三七六
フユアタタカ（冬暖） 冬[11] 七四九
フユアンゴ（冬安居） 冬[11] 七三九
フユイチゴ（冬苺） 冬1 七四
フユウグイス（冬鶯《うぐひす》） 冬12 八〇〇
フユガスミ（冬霞） 冬[12] 七六五
フユガマエ（冬構《がまへ》） 冬11 七五七
フユガレ（冬枯） 冬[12] 七七七
フユカワラ（冬川原《かはら》） 冬12 八五八
フユキ（冬木） 冬[12] 七七四
フユギク（冬菊） 冬1 七二
フユキタル（冬来る） 冬11 七二七

フユキノメ(冬木の芽) 冬12 七八二
フユクサ(冬草) 冬1 七三
フユコダチ(冬木立) 冬[12] 七七四
フユゴモリ(冬籠) 冬[12] 八一四
フユザクラ(冬桜) 冬[1] 七七
フユザシキ(冬座敷) 冬[12] 八一五
フユザレ(冬ざれ) 冬[12] 七七七
フユジタク(冬支度) 秋10 七〇六
フユソウビ(冬薔《さう》薇) 冬[1] 七二
フユタ(冬田) 冬[12] 七六八
フユタツ(冬立つ) 冬11 七二七
フユチカシ(冬近し) 秋10 七一四
フユツバキ(冬椿) 冬1 七七
フユトモシ(冬灯) 冬1 六六
フユナ(冬菜) 冬[12] 七八五
フユナギ(冬凪) 冬[12] 八五一
フユナバタケ(冬菜畑) 冬12 七八五
フユニイル(冬に入る) 冬11 七二七
フユヌクシ(冬ぬくし) 冬11 七四九
フユヌマ(冬沼) 冬11 七二七
フユノ(冬野) 冬[12] 七九五
フユノアサ(冬の朝) 冬[12] 七六五
フユノアメ(冬の雨) 冬[12] 八五五
フユノウミ(冬の海) 冬[12] 八〇三
フユノウメ(冬の梅) 冬1 七六
フユノカリ(冬の雁) 冬[12] 七六七
フユノカワ(冬の川《かは》) 冬[12] 八五八
フユノクサ(冬の草) 冬[1] 七三
フユノクモ(冬の雲) 冬[12] 七六五
フユノソラ(冬の空) 冬[12] 七六六

フユノチョウ(冬の蝶《てふ》) 冬[12] 八一三
フユノツキ(冬の月) 冬[12] 八六〇
フユノトリ(冬の鳥) 冬[12] 七六七
フユノナミ(冬の濤) 冬12 八〇三
フユノニワ(冬の庭《には》) 冬11 七二七
フユノハエ(冬の蠅《はへ》) 冬[12] 八一四
フユノハチ(冬の蜂) 冬[12] 八一三
フユノハマ(冬の浜) 冬11 七二七
フユノヒ(冬の日) 冬[12] 七六四
フユノホシ(冬の星) 冬[12] 八六〇
フユノマチ(冬の町) 冬11 七二七
フユノミズ(冬の水《みづ》) 冬[12] 八五七
フユノヤド(冬の宿) 冬11 七二七
フユノヤマ(冬の山) 冬[12] 七九三
フユノヨ(冬の夜) 冬[12] 八六〇
フユバラ(冬ばら) 冬1 七二
フユバレ(冬晴) 冬11 七四八
フユヒ(冬日) 冬12 七六四
フユヒナタ(冬日向) 冬12 七六四
フユビヨリ(冬日和) 冬[11] 七四八
フユフク(冬服) 冬[12] 八四〇
フユボウ(冬帽《ばう》) 冬[12] 八四〇
フユボタン(冬牡丹) 冬1 七一
フユメ(冬芽) 冬[12] 七八二
フユメク(冬めく) 冬11 七三〇
フユモミジ(冬紅葉《もみぢ》) 冬11 七五〇
フユヤスミ(冬休) 冬12 八七三
フユヤマ(冬山) 冬12 七九四
フユヤマガ(冬山家) 冬12 七九四
ブヨ(ぶよ) 夏6 三七六

フヨウ（芙蓉）秋8 五五七
フラココ（ふらここ）春4 二二五
ブランコ（ぶらんこ）春4 二二五
ブリ（鰤）冬[12] 八〇八
ブリアミ（鰤網）冬[12] 八〇八
フリージア（フリージア）春4 二〇八
ブリオコシ（鰤起し）冬12 八〇八
フルアワセ（古袷《あはせ》）夏5 二六八
フルウチワ（古団扇《うちは》）夏7 四二三
フルオウギ（古扇《あふぎ》）夏7 四二三
フルガヤ（古蚊帳）夏6 三七七
フルクサ（古草）春4 二一七
フルゴヨミ（古暦）冬12 八六六
フルシブ（古渋）秋8 五六六
フルショウガ（古生姜《しやう》）秋9 六三〇
フルス（古巣）春4 二二三
フルスダレ（古簾）夏6 四〇八
フルセ（ふるせ）秋9 六二〇
フルニッキ（古日記）冬12 八六七
フルビナ（古雛）春3 一一四
フルマイミズ（振舞水《まひみづ》）夏7 四五八
フルユカタ（古浴衣）夏7 四四一
フルワタ（古綿）秋10 六八九
フレーム（フレーム）冬[12] 八五五
フロ（風炉）夏[5] 二七六
フロテマエ（風炉手前《まへ》）夏5 二七六
フロテマエ（風炉点前《まへ》）夏5 二七六
フロフキ（風呂吹）冬[12] 七八四
ブンカノヒ（文化《くわ》の日）秋10 七二四
ブンゴウメ（豊後梅）夏6 三四一
フンスイ（噴水《すゐ》）夏[7] 四四六
ブンタンヅケ（文旦漬）秋10 七一一
ブンブン（ぶんぶん）夏7 四二八
ブンムシ（ぶん虫）夏7 四二八

へ・へ

ヘイアンマツリ（平安祭）秋10 六九四
ヘイケボタル（平家蛍）夏6 三五一
ペーチカ（ペーチカ）冬[12] 八二六
ペーロン（ペーロン）夏6 三一八
ヘキゴトウキ（碧梧桐忌）冬1 七九
ヘクソカズラ（へくそ葛《かづら》）夏7 五二三
ベゴニア（ベゴニア）夏[6] 三五一
ヘチマ（糸瓜）秋[9] 六二八
ヘチマキ（糸瓜忌）秋9 六〇四
ヘチマダナ（糸瓜棚）秋9 六二八
ヘチマナエ（糸瓜苗《なへ》）夏5 二八二
ヘチマノハナ（糸瓜の花）夏7 五二一
ヘチママク（糸瓜蒔く）春3 一四五
ベッタライチ（べったら市）秋10 六八四
ベニノハナ（紅の花）夏6 三三五
ベニノハナ（紅粉の花）夏6 三三六
ベニノハナ（紅藍の花）夏6 三三六

ベニハス（紅蓮） 夏7 五一三
ヘビ（蛇） 夏[6] 三九五
ヘビアナニイル
（蛇穴に入る） 秋9 六一三
ヘビアナヲイズ
（蛇穴を出づ） 春3 一一九
ヘビイチゴ（蛇苺） 夏6 三九五
ヘビキヌヲヌグ
（蛇衣を脱ぐ） 夏6 三九五
ヘビノカラ（蛇の殻） 夏6 三九五
ヘビノキヌ（蛇の衣） 夏6 三九五
ヘビノヌケガラ
（蛇の脱殻） 夏6 三九五
ヘヒリムシ（放屁虫） 秋[9] 五九三
ベラ（べら） 夏[6] 三六四
ベラツリ（べら釣） 夏6 三六四
ベランダ（ベランダ） 夏7 四四七
ベンケイソウ（弁慶草《さう》） 秋8 五六〇
ペンペングサ
（ぺん〳〵草） 春3 一七〇
ヘンロ（遍路） 春[4] 二三六
ヘンロヤド（遍路宿） 春4 二三六

ほ・ホ

ホイロ（焙炉） 春4 二四八
ポインセチア
（ポインセチア） 冬12 八六三
ボウウチガッセン
（棒打合戦） 夏6 三四五
ホウオンコウ（報《はう》恩講《かう》） 冬11 七六〇
ボウカンボウ（防《ばう》寒帽《ばう》） 冬12 八四〇
ホウキグサ（帚《はうき》草） 夏7 五二五
ホウコグサ
（はうこぐさ） 春3 一六五
ホウシゼミ（法《ほふ》師蟬） 秋[8] 五五四
ボウシバナ（ばうし花） 秋9 六二七
ホウジョウエ（放生会《はうじやうゑ》） 秋9 五九四
ホウセンカ（鳳仙花《くわ》） 秋8 五五九
ホウソウ（芳草《はうさう》） 春4 二一六
ボウダラ（棒鱈） 春3 一五二
ボウタン（ぼうたん） 夏5 二六六
ホウネン（豊年） 秋10 六五三
ボウネンカイ
（忘《ばう》年会《くわい》） 冬12 八七四
ホウネンキ（法《ほふ》然忌） 春4 二三三
ホウビキ（宝《はう》引） 冬1 二三
ボウフウ（防《ばう》風） 春[3] 一六七
ボウフウトリ（防《ばう》風採） 春3 一六八
ボウフウホル
（防《ばう》風掘る） 春3 一六八
ボウフラ（孑孒） 夏[6] 三七六
ボウブラ（ぼうぶら） 秋8 五六二
ボウフリ（ぼうふり） 夏6 三七六
ホウヨウ（放《はう》鷹） 冬11 七四七
ホウライ（蓬萊） 冬1 一八
ホウレンソウ（菠《はう》薐草《さう》） 春2 一〇二
ホウロクキュウ
（炮《はう》烙灸《きう》） 夏7 五〇一
ホエカゴ（宝恵《ゑ》籠） 冬1 一四五

ホオオチバ（朴《ほほ》落葉）冬 11 七五三
ホオカムリ（頰《ほほ》被）冬 [12] 八四一
ホオジロ（頰《ほほ》白）秋 [10] 六六〇
ホオズキ（鬼灯《ほほづき》）秋 [9] 六二八
ホオズキ（酸漿《ほほづき》）秋 9 六二九
ホオズキイチ（鬼灯《ほほづき》市）夏 7 四三〇
ホオズキノハナ
（鬼灯《ほほづき》の花）夏 6 三一六
ホオズキノハナ
（酸漿《ほほづき》の花）夏 6 三一六
ボート（ボート）夏 [7] 四九〇
ボートレース
（ボートレース）春 4 二一六
ボーナス（ボーナス）冬 12 八六七
ホオノハナ（朴《ほほ》の花）夏 5 三〇〇
ホオノハナ（厚朴《ほほ》の花）夏 5 三〇〇
ホグシ（火串）夏 [6] 三六〇
ホクノアキ（ホ句の秋）秋 8 五三三
ホクリ（ほくり）春 3 一七一
ホゲイ（捕鯨）冬 [12] 八〇四
ホゲイセン（捕鯨船）冬 12 八〇五
ボケノハナ（木瓜の花）春 4 一八五
ホコタテ（鉾立）夏 7 四七七
ホコナガシノシンジ
（鉾流しの神事）夏 7 五〇八
ホコノチゴ（鉾の稚児）夏 7 四七七
ホコマチ（鉾町）夏 7 四七七
ボサン（墓参）秋 8 五四四
ホシアイ（星合《あひ》）秋 8 五三七
ホシイイ（干飯《いひ》）夏 [7] 四六五

ホシイツ（星凍つ）冬 12 八六〇
ホシウメ（干梅）夏 7 五〇〇
ホシウリ（乾瓜）夏 7 四五八
ホシガキ（干柿）秋 10 六六五
ホシクサ（干草）夏 [6] 三九二
ホシココヨイ（星今宵《よひ》）秋 8 五三七
ホシダイコ（干大根）冬 11 七四三
ホシダラ（ほしだら）春 3 一五二
ホシヅキヨ（星月夜）秋 [8] 五三五
ホシヅクヨ
（ほしづくよ）秋 8 五三五
ホシトブ（星飛ぶ）秋 8 五五七
ホシナ（干菜）冬 [12] 七八六
ホシナジル（干菜汁）冬 12 七八六
ホシナブロ（干菜風呂）冬 12 七八六
ホシナユ（干菜湯）冬 12 七八六
ホシノタムケ
（星の手向）秋 8 五三七
ホシノチギリ（星の契）秋 8 五三七
ホシノヨ（星の夜）秋 8 五三七
ホシノワカレ（星の別）秋 8 五三七
ホシブトン（干蒲団）冬 12 八三四
ホシマツリ（星祭）秋 8 五三七
ホシムカエ（星迎《むかへ》）秋 8 五三七
ボシュン（暮春）春 4 二五九
ホシワカメ（干若布）春 2 一一一
ホシワラビ（干蕨）春 3 一六六
ホススキ（穂芒）秋 9 五八一
ボセツ（暮雪）冬 1 五五
ホソバタデ

(ほそばたで) 夏6 四〇〇
ホダ(榾) 冬[12] 八三三
ボダイシ(菩提子) 秋10 七〇〇
ボダイジュノミ
(菩提樹の実) 秋10 七〇〇
ホタデ(穂蓼) 秋8 五六七
ホダトリ(榾取) 冬12 八三三
ホダノヌシ(榾の主) 冬12 八三三
ホダノヤド(榾の宿) 冬12 八三三
ホダビ(榾火) 冬12 八三三
ホタル(蛍) 夏[6] 三五一
ホタルイカ(蛍烏賊) 春4 一九八
ホタルウリ(蛍売) 夏6 三五一
ホタルカゴ(蛍籠) 夏[6] 三五三
ホタルガッセン
(蛍合戦) 夏6 三五一
ホタルガリ(蛍狩) 夏[6] 三五三
ホタルグサ(ほたる草) 秋9 六二七
ホタルビ(蛍火) 夏6 三五一
ホタルブクロ(蛍袋) 夏6 三五九
ホタルブネ(蛍舟) 夏6 三五三
ホタルミ(蛍見) 夏6 三五三
ホダワラ(穂俵《だはら》) 冬1 一九
ボタン(牡丹) 夏5 二六六
ボタンエン(牡丹園《ゑん》) 夏5 二六六
ボタンキョウ(牡丹杏《きやう》) 夏6 三四一
ボタンナベ(牡丹鍋) 冬12 七九八
ボタンノネワケ
(牡丹の根分) 秋9 六一四
ボタンノメ(牡丹の芽) 春3 一四一
ボタンユキ(牡丹雪) 冬1 五五
ホッケ(𩸽) 春[3] 一五三
ホテイアオイ(布袋葵《あふひ》) 夏7 五一二
ホテイソウ(布袋草《さう》) 夏7 五一二
ホトトギス(時鳥) 夏[6] 三八四
ホトトギス(子規) 夏6 三八四
ホトトギス(不如帰) 夏6 三八四
ホトトギス(杜宇) 夏6 三八四
ホトトギス(杜鵑) 夏6 三八四
ホトトギス(蜀魂) 夏6 三八四
ホトトギス(杜鵑草) 秋9 六二七
ホトトギスソウ
(時鳥草《さう》) 秋9 六二七
ホナガ(穂長) 冬1 一八
ポピー(ポピー) 夏5 二九八
ホムギ(穂麦) 夏5 三一〇
ボヤ(小火) 冬12 八五九
ホロガヤ(母衣蚊帳) 夏6 三七七
ボン(盆) 秋8 五四二
ボンエ(盆会《ゑ》) 秋8 五四三
ボンオドリ(盆踊《をどり》) 秋8 五四八
ボンキョウゲン
(盆狂《きやう》言) 秋8 五四八
ホンダワラ
(ほんだはら) 冬1 一九
ボンヂョウチン
(盆提《ぢやう》灯) 秋8 五四六
ボンテン(梵天) 春2 九〇
ボンドウロウ(盆灯籠) 秋8 五四六
ボンノイチ(盆の市) 秋8 五四一

ボンノツキ(盆の月) 秋8 五四八
ボンバイ(盆梅) 春2 一〇六
ボンマツリ(盆祭) 秋8 五四三
ボンレイ(盆礼) 秋8 五四〇

ま・マ

マーガレット
(マーガレット) 夏5 二九七
マイゾメ(舞《まひ》初) 冬1 三一
マイマイ(まひ〱) 夏[6] 三五五
マイマイ(鼓虫《まひまひ》) 夏6 三五五
マイワシ(真鰯) 秋9 六一七
マオ(真苧《を》) 夏7 五一〇
マクズ(真葛) 秋9 五八四
マクズハラ(真葛原) 秋9 五八四
マクナギ(蠛蠓) 夏[6] 三七五
マクナギ(蠓) 夏6 三七五
マクラガヤ(枕蚊帳) 夏6 三七七
マグロ(鮪) 冬[12] 八〇七
マグロブネ(鮪船) 冬12 八〇七
マクワ(真瓜《まくは》) 夏7 四五七
マクワウリ(甜瓜《まくは》) 夏7 四五七
マケウマ(負馬) 夏6 三一八
マケドリ(負鶏) 春3 一一六
マコモ(真菰) 夏[6] 三六八
マコモガリ(真菰刈) 夏6 三六八
マコモノウマ
(真菰の馬) 秋8 五四一
マコモノハナ
(真菰の花) 秋9 六二六
マサキノミ(柾の実) 秋10 七〇〇
マス(鱒) 春[3] 一五三
マスク(マスク) 冬[12] 八四二
マスホノススキ
(ますほの芒) 秋9 五八一
マタタビ(木天蓼) 夏6 三四四
マタタビノハナ
(天蓼の花) 夏6 三四四
マツイカ(まついか) 春4 一九八
マツオサメ(松納《をさめ》) 冬1 四八
マツオチバ(松落葉) 夏5 二九一
マツカザリ(松飾) 冬1 一七
マツクグリ
(まつくぐり) 春4 二五六
マツスギ(松過) 冬1 四九
マツゼミ(松蟬) 夏5 二七八
マツタケ(松茸) 秋10 六四六
マツタケメシ(松茸飯) 秋10 六四六
マツテイレ(松手入) 秋10 六七一
マットル(松取る) 冬1 四八
マツノウチ(松の内) 冬1 四七
マツノシン(松の芯) 春4 二五六
マツノズイ(松の蘂) 春4 二五六
マツノハナ(松の花) 春4 二三七
マツノミドリ(松の緑) 春4 二五六
マツバウド(松葉独活) 春3 一五五
マツバガニ(松葉蟹) 冬12 八〇六
マツバギク(松葉菊) 夏7 四七三
マッパダカ(真裸) 夏7 四八七

マツバボタン（松葉牡丹）夏7 四七三
マツバヤシ（松囃子）冬1 三四
マツムシ（松虫）秋[9] 五八八
マツムシソウ（松虫草《さう》）秋9 六二四
マツムシリ（松毟鳥）春4 二五六
マツモ（松藻）夏7 四七一
マツヨイ（待宵《よひ》）秋9 五九八
マツヨイグサ（待宵《よひ》草）夏7 四一六
マツリ（祭）夏[5] 二八四
マツリアト（祭あと）夏5 二八五
マツリカ（茉莉花《くわ》）夏[7] 五二七
マツリガサ（祭笠）夏5 二八五
マツリガミ（祭髪）夏5 二八五
マツリキャク（祭客）夏5 二八五
マツリゴロモ（祭衣）夏5 二八五
マツリジシ（祭獅子）夏5 二八五
マツリダイコ（祭太鼓）夏5 二八五
マツリヂョウチン（祭提灯《ぢやう》）夏5 二八五
マツリバヤシ（祭囃子）夏5 二八五
マツリブエ（祭笛）夏5 二八五
マツリブネ（祭舟）夏5 二八五
マツリマエ（祭前《まへ》）夏5 二八五
マツリマチ（祭町）夏5 二八五
マツリミ（祭見）夏5 二八五
マツリヤド（祭宿）夏5 二八五
マテ（馬刀）春[4] 二〇〇
マテガシ（まてがし）秋10 六九七
マテツキ（馬刀突）春4 二〇〇
マテバシイ（まてばしひ）秋10 六九七
マテホリ（馬刀掘）春4 二〇〇
マドノアキ（窓の秋）秋8 五三三
マトハジメ（的始）冬1 三五
マナヅル（真鶴）冬12 七七一
マハギ（真萩）秋9 五八四
マビキナ（間引菜）秋9 六三〇
マヒワ（まひは）秋10 六六〇
マフ（マフ）冬[12] 八四三
マフラー（マフラー）冬12 八四二
マムシ（蝮蛇）夏[6] 三九六
マムシザケ（蝮酒）夏6 三九六
マメウウ（豆植う）夏6 三三九
マメウウ（菽植う）夏6 三三九
マメガキ（豆柿）秋10 六六四
マメノハナ（豆の花）春4 二二三
マメマキ（豆撒）冬1 八〇
マメマク（豆蒔く）夏6 三三九
マメメイゲツ（豆名月）秋10 六七九
マメメシ（豆飯）夏5 二九三
マヤダシ（まやだし）春3 一五九
マユ（繭）夏[5] 二七七
マユウル（繭売る）夏5 二七七
マユカイ（繭買《かひ》）夏5 二七七
マユカク（繭掻く）夏5 二七七
マユカゴ（繭籠）夏5 二七七
マユダマ（繭玉）冬1 四六
マユニル（繭煮る）夏5 二七七
マユホス（繭干す）夏5 二七七

マユミノミ（檀の実） 秋10 七〇〇
マユミノミ（真弓の実） 秋10 七〇〇
マラリア（マラリア） 夏7 五〇六
マルニジ（円虹） 夏7 四三五
マルハダカ（丸裸） 夏7 四八七
マワリドウロウ（廻《まは》り灯籠） 秋8 五四六
マンゲツ（満月） 秋9 五九八
マンゴー（マンゴー） 夏7 四五六
マンザイ（万歳） 冬1 二四
マンサク（金縷梅） 春2 一〇〇
マンサク（満作） 春2 一〇〇
マンジュウガサ（饅頭《ぢゆう》笠） 夏7 四二六
マンジュサゲ（曼珠沙華） 秋9 六一四
マンジュシャゲ（曼珠沙華） 秋9 六一五
マンドウ（万灯） 秋10 六七八
マンリョウ（万両《りやう》） 冬1 七一

み・ミ

ミウメ（実梅） 夏6 三四一
ミエイク（御影供） 春4 二三三
ミエク（御影供） 春4 二三三
ミオサメ（箕納《をさめ》） 冬11 七三四
ミカヅキ（三日月） 秋9 五七四
ミカン（蜜柑） 秋10 七一〇
ミカンノハナ（蜜柑の花） 夏6 三一九
ミカンマキ（蜜柑撒） 冬11 七三五
ミカンヤマ（蜜柑山） 秋10 七一〇
ミクサオウ（みくさ生ふ） 春3 一二四
ミコシ（神輿） 夏5 二八五
ミコシアライ（神輿洗《あらひ》） 夏7 四七六
ミコシカキ（御輿舁） 夏5 二八五
ミコシグサ（みこしぐさ） 夏5 二九六
ミザクロ（みざくろ） 秋10 六六三
ミジカヨ（短夜） 夏[6] 三一七
ミズアオイ（水葵《みづあふひ》） 夏7 五一二
ミズアソビ（水《みづ》遊） 夏[7] 四七三
ミズアタリ（水《みづ》中り） 夏[7] 五〇五
ミズアラソイ（水争《みづあらそひ》） 夏7 四八四
ミズイクサ（水《みづ》戦） 夏7 四七三
ミズウチワ（水団扇《みづうちは》） 夏7 四二三
ミズガイ（水貝《みづがひ》） 夏[7] 四六七
ミズカケアイ（水《みづ》掛合《あひ》） 夏7 四七三
ミズカラクリ（水《みづ》からくり） 夏[7] 四七四
ミズカル（水《みづ》涸る） 冬[12] 八五七
ミズギ（水《みづ》著） 夏7 四九一
ミズキョウゲン（水狂《みづきやう》言） 夏7 四五二
ミズクサオウ（水《みづ》草生ふ） 春3 一二四
ミズクサノハナ（水《みづ》草の花） 夏[6] 三五七

ミズクサモミジ（水《みづ》草紅葉《もみぢ》）秋10 七一九
ミズゲンカ（水《みづ》喧嘩《くわ》）夏7 四八四
ミズシアイ（水《みづ》試合《あひ》）夏7 四七三
ミズシモ（水《みづ》霜）秋10 七〇五
ミズスマシ（水《みづ》馬）夏6 三五五
ミズスマシ（水《みづ》澄）夏6 三五五
ミズスム（水《みづ》澄む）秋[9] 六三六
ミズセッタイ（水《みづ》接待）夏7 四五八
ミズヅケ（水《みづ》漬）夏7 四六五
ミズデッポウ（水《みづ》鉄砲《ばう》）夏[7] 四七三
ミズトリ（水《みづ》鳥）冬[12] 七六八
ミズトリ（水《みづ》取）春3 一二七
ミズトリノス（水《みづ》鳥の巣）夏6 三五三
ミズナ（水《みづ》菜）春2 一〇三
ミズナ（みづ菜）春4 二四一
ミズヌスム（水《みづ》盗む）夏7 四八三
ミズヌルム（水《みづ》温む）春3 一三一
ミズノハル（水《みづ》の春）春3 一三一
ミズバショウ（水《みづ》芭蕉《せう》）春4 二五三
ミズバナ（水《みづ》洟）冬[12] 八三三
ミズハモ（水《みづ》鱧）夏7 四六六
ミズバン（水《みづ》番）夏7 四八三
ミズバンゴヤ（水《みづ》番小屋）夏7 四八三
ミズヒキノハナ（水《みづ》引の花）秋8 五六八
ミズフルマイ（水《みづ》振舞《まひ》）夏7 四五八
ミズマキ（水《みづ》撒き）夏7 四四八
ミスミソウ（三角草《さう》）春2 一〇三
ミズミマイ（水《みづ》見舞《まひ》）夏6 三三一
ミズムシ（水《みづ》虫）夏[7] 五〇四
ミズモチ（水《みづ》餅）冬1 六六
ミズモル（水《みづ》守る）夏7 四八三
ミズヨウカン（水羊《みづやう》羹）夏[7] 四六二
ミズヲウツ（水《みづ》を打つ）夏7 四四八
ミセバヤ（みせばや）秋8 五六〇
ミソカソバ（晦日蕎麦）冬12 八七九
ミソギ（御祓）夏6 四二一
ミソギガワ（御祓川《がは》）夏6 四二一
ミソサザイ（鷦鷯）冬[12] 八〇一
ミソサザイ（三十三才）冬12 八〇一
ミゾサラエ（溝浚へ）夏6 三二八
ミゾソバ（溝蕎麦）秋8 五六八
ミソツキ（味噌搗）冬12 八一三
ミソツクル（味噌作る）冬12 八一三
ミソハギ（千屈菜）秋8 五四二
ミゾハギ（溝萩）秋8 五四一
ミゾレ（霙）冬[12] 八五六
ミダレハギ（乱れ萩）秋9 五八四
ミチオシエ（道をしへ）夏[7] 四二七
ミッカ（三日）冬1 一三
ミツバ（みつば）春3 一六七
ミツバゼリ（三葉芹）春[3] 一六七
ミツバチ（蜜蜂）春4 二二九
ミツマタノハナ（三椏の花）春4 一八四
ミツマメ（蜜豆）夏[7] 四六四
ミドリ（緑）夏6 三八七

ミドリタツ（緑立つ）春4 二五六
ミドリツム（緑摘む）春4 二五六
ミドリノヒ
（みどりの日）春4 二六一
ミナ（みな）春3 一二三
ミナクチマツリ
（水口祭）春4 二四五
ミナヅキ（水無月）夏7 四一三
ミナヅキノハラエ
（六月の祓《はらへ》）夏6 四一一
ミナミ（南風）夏[6] 三八〇
ミナミフク（南吹く）夏6 三八〇
ミナミマツリ（南祭）秋9 五九四
ミナンテン（実南天）秋10 七〇八
ミニシム（身に入む）秋10 六八四
ミネイリ（峰入）夏[7] 四三三
ミノムシ（蓑虫）秋[9] 五九二
ミノムシナク
（蓑虫鳴く）秋9 五九二
ミブオドリ（壬生踊《をどり》）春4 二三三
ミブキョウゲン
（壬生狂《きやう》言）春4 二三三
ミブクワイ（壬生慈姑《くわゐ》）春3 一五六
ミフネマツリ（三船祭）夏5 二八八
ミブネンブツ
（壬生念仏）春4 二三三
ミマツリ（箕祭）冬11 七三四
ミミカケ（耳掛）冬12 八四一
ミミズ（蚯蚓）夏[6] 三三八
ミミズク（木兎《みみづく》）冬[12] 七六七
ミミズク（菟木《みみづく》）冬12 七六七
ミミズナク（蚯蚓鳴く）秋[9] 五九二
ミミブクロ（耳袋）冬[12] 八四一
ミムラサキ
（実むらさき）秋10 六七〇
ミモザ（ミモザ）春3 一七二
ミモザノハナ
（ミモザの花）春3 一七二
ミヤコオドリ（都踊《をどり》）春4 一七九
ミヤコグサ（都草）夏5 二九四
ミヤコドリ（都鳥）冬[12] 八〇一
ミヤコワスレ（都忘れ）春4 二四三
ミヤズモウ（宮相撲《ずまふ》）秋8 五五二
ミユキ（深雪）冬1 一五
ミョウガジル（茗《めう》荷汁）夏7 五一三
ミョウガタケ（茗《めう》荷竹）春4 二四一
ミョウガノコ
（茗《めう》荷の子）夏7 五一三
ミョウガノハナ
（茗《めう》荷の花）秋8 五六六
ミヨノハル（御代の春）冬1 三
ミル（海松）夏[7] 四九五
ミル（水松）夏7 四九五
ミルフサ（みるふさ）夏7 四九五
ミンミン（みんみん）夏7 四八六

む・ム

ムカエガネ（迎鐘《むかへ》）秋8 五四〇
ムカエビ（迎《むかへ》火）秋8 五四二

ムカゴ（むかご）秋10 六八七
ムカゴメシ（むかご飯）秋10 六八七
ムカデ（百足虫）夏[6] 三九七
ムカデ（蜈蚣）夏6 三九七
ムギ（麦）夏5 三一〇
ムギアオム（麦青《あを》む）春4 二一〇
ムギアキ（麦秋）夏5 三一一
ムギイリコ（麦炒粉）夏7 四六四
ムギウズラ（麦鶉《うづら》）春4 二一〇
ムギウチ（麦打）夏5 三一二
ムギカリ（麦刈）夏5 三一一
ムギコウセン（麦香《かう》煎）夏7 四六四
ムギコガシ（むぎこがし）夏[7] 四六四
ムギコキ（麦扱）夏5 三一二
ムギコキキ（麦扱機）夏5 三一二
ムギチャ（麦茶）夏[7] 四五八
ムギノアキ（麦の秋）夏5 三一一
ムギノクロンボ（麦の黒んぼ）夏5 三一〇
ムギノホ（麦の穂）夏5 三一〇
ムギノメ（麦の芽）冬1 七四
ムギブエ（麦笛）夏5 三一〇
ムギフミ（麦踏）春2 九九
ムギボコリ（麦埃）夏5 三一二
ムギマキ（麦蒔）冬11 七四一
ムギメシ（麦飯）夏5 三一三
ムギユ（麦湯）夏7 四五八
ムギワラ（麦藁）夏5 三一三
ムギワラカゴ（麦藁籠）夏5 三一三
ムギワラボウ（麦稈帽《ばう》）夏6 四〇五
ムギヲフム（麦を踏む）春2 一〇〇
ムク（むく）秋10 六五九
ムクゲ（木槿）秋8 五五八
ムクゲガキ（木槿垣）秋8 五五八
ムクドリ（椋鳥）秋[10] 六五九
ムクノミ（椋の実）秋10 六六六
ムグラワカバ（葎若葉）春4 二五二
ムクロ（むくろ）秋10 六九九
ムクロジ（無患子）秋10 六九九
ムゲツ（無月）秋9 六〇〇
ムゴンモウデ（無言詣《まうで》）夏7 四七七
ムシ（虫）秋[9] 五八六
ムシアワセ（虫合《あは》せ）秋9 五八六
ムシウリ（虫売）秋[9] 五八八
ムシオクリ（虫送）秋10 六五三
ムシカガリ（虫篝）夏6 三四九
ムシカゴ（虫籠）秋9 五八六
ムシシグレ（虫時雨）秋9 五八六
ムシダシ（虫出）春3 一一八
ムジナ（貉）冬12 七九九
ムシノアキ（虫の秋）秋9 五八七
ムシノコエ（虫の声《こゑ》）秋9 五八七
ムシノネ（虫の音）秋9 五八七
ムシノヤド（虫の宿）秋9 五八七
ムシハライ（虫払《はらひ》）夏7 四九八
ムシホオズキ（虫鬼灯《ほほづき》）秋9 六二九
ムシボシ（虫干）夏7 四九八
ムシャニンギョウ

(武者人形《ぎやう》) 夏5 二七三
ムツ(むつ) 春4 二四九
ムツキ(睦月) 春2 八七
ムツゴロウ(鯥五郎《らう》) 春4 二四九
ムツノハナ(六花) 冬1 五五
ムヒョウ(霧氷) 冬12 八五六
ムベ(郁子) 秋10 六六七
ムベノハナ(郁子の花) 春4 二三九
ムラサキシキブ (紫式部) 秋10 六七〇
ムラサキシキブノミ (紫式部の実) 秋10 六六九
ムラシグレ(村時雨) 冬11 七五六
ムラチドリ(群千鳥) 冬12 八〇二
ムラノハル(村の春) 春2 八五
ムラマツリ(村祭) 秋10 六七二
ムラモミジ(むら紅葉《もみぢ》) 秋10 七一五
ムロザキ(室咲) 冬1 七八
ムロノウメ(室の梅) 冬1 七八
ムロノハナ(室の花) 冬1 七八

め・メ

メイゲツ(名月) 秋9 五九八
メイゲツ(明月) 秋9 五九八
メイシウケ(名刺受) 冬1 一三
メイセツキ(鳴雪忌) 春2 一〇五
メウド(芽独活) 春3 一五五
メーデー(メーデー) 春4 二六〇
メオトボシ(夫婦《めをと》星) 秋8 五三七
メカリオケ(和布刈桶《をけ》) 冬1 八二
メカリザオ(若布刈竿《ざを》) 春2 一一一
メカリシンジ (和布刈神事) 冬1 八二
メカリネギ (和布刈禰宜) 冬1 八二
メカリブネ(若布刈舟) 春2 一一一
メガルカヤ (めがるかや) 秋9 五八二
メザシ(目刺) 春[3] 一五一
メシザル(飯笊) 夏[7] 四六五
メシスエル(飯饐る) 夏[7] 四六五
メシャクヤク(芽芍薬) 春3 一四一
メショウガツ (女正月《しやうぐわつ》) 冬1 四九
メジロ(眼白) 秋[10] 六六〇
メジロオシ(眼白押) 秋10 六六〇
メジロトリ(眼白とり) 秋10 六六〇
メダカ(目高) 夏[6] 三五五
メダチ(芽立ち) 春3 一四八
メハジキ(めはじき) 秋8 五六一
メバリ(目貼) 冬11 七五八
メバリハグ(目貼剝ぐ) 春3 一三五
メバリヤナギ (芽ばり柳) 春3 一四八
メバルカツミ (芽張るかつみ) 春3 一四二
メマトイ(めまとひ) 夏6 三七五
メヤナギ(芽柳) 春3 一四八
メロン(メロン) 夏7 四五六

も・モ

モウフ（毛布《まう》） 冬 [12] 八三六
モカリ（藻刈） 夏 [6] 三五九
モカリザオ（藻刈棹《ざを》） 夏 6 三五九
モガリブエ（虎落笛） 冬 [12] 八五〇
モカリブネ（藻刈舟） 夏 6 三五九
モグサ（艾草） 春 3 一六五
モクセイ（木犀） 秋 9 六三四
モクタン（木炭） 冬 12 八一六
モクボジダイネンブツ（木母寺大念仏） 春 4 二一九
モグラウチ（土竜打） 冬 1 四七
モクレン（木蓮） 春 4 一八五
モクレン（木蘭） 春 4 一八五
モジズリ（もじずり） 夏 5 二九五
モジズリソウ（文字摺草《さう》） 夏 5 二九五
モズ（鵙） 秋 [10] 六五八
モズ（百舌鳥） 秋 10 六五八
モズク（海雲《もづく》） 春 [4] 二〇五
モズク（水雲《もづく》） 春 4 二〇五
モズク（海蘊《もづく》） 春 4 二〇五
モズノコエ（鵙の声《こゑ》） 秋 10 六五八
モズノニエ（鵙の贄《にへ》） 秋 10 六五八
モチ（餅） 冬 12 八七五
モチグサ（餅草） 春 3 一六五
モチクバリ（餅配） 冬 12 八七六
モチゴメアラウ（餅米洗ふ） 冬 12 八七五
モチツキ（餅搗） 冬 12 八七四
モチヅキ（望月） 秋 9 五九八
モチノハナ（黐の花） 夏 6 三四四
モチバナ（餅花） 冬 1 四六
モチムシロ（餅筵） 冬 12 八七五
モッコクノハナ（木斛《もく》の花） 夏 6 三九八
モノダネ（物種） 春 3 一四四
モノダネマク（物種蒔く） 春 4 二四五
モノノメ（ものの芽） 春 3 一四〇
モノハナ（藻の花） 夏 6 三五八
モミ（籾） 秋 10 七〇四
モミウス（籾臼） 秋 10 七〇四
モミウリ（揉瓜） 夏 7 四五七
モミガラヤキ（籾殻焼） 秋 10 七〇四
モミジ（紅葉《もみぢ》） 秋 10 七一四
モミジ（黄葉《もみぢ》） 秋 10 七一六
モミジアオイ（もみぢあふひ） 夏 7 五一七
モミジカツチル（紅葉《もみぢ》且散る） 秋 10 七二〇
モミジガリ（紅葉《もみぢ》狩） 秋 10 七一六
モミジガワ（紅葉川《もみぢがは》） 秋 10 七一五
モミジチル（紅葉《もみぢ》散る） 冬 11 七五〇
モミジブナ（紅葉《もみぢ》鮒） 秋 10 七一六
モミジミ（紅葉《もみぢ》見） 秋 10 七一六
モミジヤマ（紅葉《もみぢ》山） 秋 10 七一五
モミスリ（籾磨） 秋 10 七〇四

モミスリ（籾摺） 秋10 七〇四
モミスリウス（籾摺臼） 秋10 七〇四
モミスリウタ（籾摺唄） 秋10 七〇四
モミホシ（籾干） 秋10 七〇四
モミマク（籾蒔く） 春4 二四五
モミムシロ（籾筵） 秋10 七〇四
モモ（桃） 秋[9] 六三三
モモチドリ（百千鳥） 春[4] 二一一
モモノサケ（桃の酒） 春3 一一五
モモノセック（桃の節句） 春3 一一四
モモノハナ（桃の花） 春4 一八一
モモノヒ（桃の日） 春3 一一四
モモノムラ（桃の村） 春4 一八一
モモバタケ（桃畑） 春4 一八一
モモヒキ（股引） 冬[12] 八四三
モモフク（桃吹く） 秋10 六八九
モリタケキ（守武忌） 秋9 五七九
モロカズラ（諸鬘《かづら》） 夏5 二八四
モロコ（諸子） 春[3] 一二五
モロコシ（もろこし） 秋9 六三三
モロミ（醪酒） 秋10 六四八
モロムキ（諸向） 冬1 一八
モヲカル（藻を刈る） 夏6 三五九
モンキチョウ（紋黄蝶《てふ》） 春4 一三三
モンシロチョウ（紋白蝶《てふ》） 春4 一三三
モンペ（もんぺ） 冬12 八四三

や・ヤ

ヤイトバナ（灸花） 夏7 五二三
ヤエギク（八重《へ》菊） 秋10 六七三
ヤエザクラ（八重《へ》桜） 春4 一九四
ヤエツバキ（八重《へ》椿） 春3 一五四
ヤオトメノタマイ（八乙女《をと》の田舞《まひ》） 夏6 三四五
ヤガク（夜学） 秋[9] 五七六
ヤガクシ（夜学子） 秋9 五七六
ヤキイモ（焼藷） 冬[12] 七九〇
ヤキグリ（焼栗） 秋10 六九七
ヤキゴメ（焼米） 秋10 六四七
ヤキサザエ（焼栄螺） 春4 二〇一
ヤキハマグリ（焼蛤） 春4 二〇〇
ヤギョウ（夜業《げふ》） 秋[9] 五七七
ヤクオトシ（厄落） 冬1 一八
ヤクシャスゴロク（役者双六） 冬1 二三
ヤクソウツミ（薬草《さう》摘） 夏5 二七五
ヤクソウトリ（薬草《さう》採） 秋10 六八八
ヤクヅカ（厄塚） 冬1 一八
ヤクハライ（厄払《はらひ》） 冬1 一八
ヤクビ（厄日） 秋9 五七二
ヤクモソウ（益母草《さう》） 秋8 五六一
ヤグルマ（矢車） 夏5 二七四
ヤグルマギク（矢車菊） 夏6 三三五
ヤグルマソウ（矢車草《さう》） 夏6 三三五
ヤケイ（夜警） 冬12 八六〇

ヤケノ(焼野) 春2 九八
ヤケノノススキ(焼野の芒) 春2 九九
ヤケヤマ(焼山) 春2 九九
ヤコウチュウ(夜光《くわう》虫) 夏[7] 四九二
ヤショク(夜食) 秋[9] 五七八
ヤスクニマツリ(靖国祭) 春4 二三四
ヤスライマツリ(安良居《ゐ》祭) 春4 二一一
ヤチョ(野猪) 秋10 七三二
ヤツガシラ(八頭) 秋9 六〇一
ヤッコダコ(奴凧) 春4 二三四
ヤツデノハナ(八手の花) 冬11 七三七
ヤドカリ(寄居虫) 春[4] 二〇二
ヤドサガリ(宿下り) 冬1 五一
ヤドノツキ(宿の月) 秋9 五九六
ヤナ(魚簗) 夏[6] 三三四
ヤナウチ(簗打) 夏6 三三四
ヤナガワナベ(柳川《がは》鍋) 夏7 四六八
ヤナギ(柳) 春4 一九一
ヤナギチル(柳散る) 秋10 七三三
ヤナギノメ(柳の芽) 春3 一四八
ヤナギハエ(柳鮠) 春[3] 一三六
ヤナギバシ(柳箸) 冬1 一六
ヤナバン(簗番) 夏6 三三四
ヤナモリ(簗守) 夏6 三三四
ヤネガエ(屋根替《がへ》) 春3 一六〇
ヤバイ(野梅) 春2 一〇五

ヤブイリ(藪入) 冬1 五一
ヤブイリ(養父入) 冬1 五一
ヤブコウジ(藪柑《かう》子) 冬1 七一
ヤブジラミ(藪虱) 秋10 七〇一
ヤブツバキ(藪椿) 春3 一五四
ヤブマキ(藪巻) 冬[12] 八五四
ヤブレガサ(破れ傘) 夏7 五二〇
ヤマイモ(やまいも) 秋10 六八六
ヤマウツギ(山うつぎ) 夏5 三〇四
ヤマウド(山独活) 春3 一五五
ヤマガサ(山笠) 夏7 四七八
ヤマガニ(山蟹) 夏6 三三七
ヤマガラ(山雀) 秋[10] 六六一
ヤマガラシバイ(山雀芝居《ゐ》) 秋10 六六一
ヤマクサ(山草) 冬1 一八
ヤマクジ(山鬮) 夏7 四七六
ヤマクジラ(山鯨《くぢら》) 冬12 七九八
ヤマグリ(山栗) 秋10 六九七
ヤマゴボウノハナ(山牛蒡《ばう》の花) 夏6 三九三
ヤマザクラ(山桜) 春4 一九四
ヤマシミズ(山清水《みづ》) 夏7 四三七
ヤマセ(やませ) 夏[6] 三八一
ヤマセ(山背風) 夏6 三八一
ヤマセ(山瀬風) 夏6 三八一
ヤマダノオタウエ(山田の御田植《うゑ》) 夏6 三四五
ヤマヂサノハナ(山苣の花) 夏6 三三一

ヤマツツジ（やまつつじ）　春4　二五五
ヤマツバキ（山椿）　春3　一五四
ヤマトナデシコ（やまとなでしこ）　秋9　五八二
ヤマネムル（山眠る）　冬[12]　七九四
ヤマノイモ（自然薯）　秋[10]　六八六
ヤマノボリ（山登）　夏7　四三二
ヤマハギ（山萩）　秋9　五八四
ヤマハジメ（山始）　冬1　二七
ヤマビ（山火）　春2　九九
ヤマビラキ（山開）　夏7　四一三
ヤマビル（山蛭）　夏6　三五四
ヤマブキ（山吹）　春4　二三五
ヤマブキナマス（山吹膾）　春4　二三五
ヤマフジ（山藤《ふぢ》）　春4　二五八
ヤマブドウ（山葡萄《だう》）　秋10　六六六
ヤマベ（やまべ）　夏5　三〇八
ヤマボウシ（山法《ぼふ》師）　夏5　三〇二
ヤマボウシ（山帽《ばう》子）　夏5　三〇二
ヤマボウシノハナ（山法《ぼふ》師の花）　夏5　三〇二
ヤマホコ（山鉾）　夏7　四七七
ヤマホトトギス（山時鳥）　夏6　三八四
ヤマママユ（山繭）　春4　二五〇
ヤマメ（山女）　夏[5]　三〇八
ヤマモモ（楊梅）　夏6　三四三
ヤマヤク（山焼く）　春2　九九
ヤマユリ（山百合）　夏7　四一五
ヤマヨソウ（山粧ふ）　秋10　六四〇
ヤマワラウ（山笑ふ）　春[3]　一二一
ヤミジル（闇汁）　冬[12]　七八七
ヤモリ（守宮）　夏[6]　三七四
ヤヤサム（やや寒）　秋10　六八一
ヤヨイ（弥生《やよひ》）　春4　一七四
ヤリハネ（遣羽子）　冬1　二
ヤリョウ（夜涼《りやう》）　夏7　四三八
ヤレバショウ（破芭蕉《せう》）　秋10　六九三
ヤレハス（敗荷）　秋10　六九四
ヤレハチス（破れ蓮）　秋10　六九四
ヤワタホウジョウエ（八幡《はた》放生《はうじやう》会《ゑ》）　秋9　五九四
ヤワタマツリ（八幡《はた》祭）　秋9　五九四
ヤンマ（やんま）　秋9　六〇七

ゆ・ユ

ユイゾメ（結ひ初）　冬1　三〇
ユウアジ（夕鰺《ゆふあぢ》）　夏6　三六四
ユウエイ（遊《いう》泳）　夏7　四九一
ユウガオ（夕顔《ゆふがほ》）　夏7　五一〇
ユウガオマク（夕顔《ゆふがほ》蒔く）　春3　一四五
ユウガオムク（夕顔《ゆふがほ》剝く）　夏7　五一四
ユウガシ（夕《ゆふ》河岸）　夏[6]　三六三
ユウガスミ（夕《ゆふ》霞）　春3　一六三
ユウガトウ（誘《いう》蛾灯）　夏6　三四九

ユウギヌタ(夕《ゆふ》砧) 秋10 六七九
ユウギリ(夕《ゆふ》霧) 秋9 六〇五
ユウゴチ(夕《ゆふ》東風) 春3 一一九
ユウザクラ(夕《ゆふ》桜) 春4 一九四
ユウシグレ(夕《ゆふ》時雨) 冬11 七五六
ユウスゲ(夕《ゆふ》菅) 夏[7] 四一四
ユウスズ(夕《ゆふ》涼) 夏7 四三八
ユウスズミ(夕《ゆふ》涼み) 夏7 四四七
ユウセン(遊《いう》船) 夏7 四八九
ユウダチ(夕《ゆふ》立) 夏[7] 四二〇
ユウダチ(白雨《ゆふだち》) 夏7 四二〇
ユウダチカゼ(夕《ゆふ》立風) 夏7 四二〇
ユウダチグモ(夕《ゆふ》立雲) 夏7 四二〇
ユウダチバレ(夕《ゆふ》立晴) 夏7 四二〇
ユウチドリ(夕《ゆふ》千鳥) 冬12 八〇二
ユウヅキ(夕《ゆふ》月) 秋9 五七四
ユウヅキヨ(夕《ゆふ》月夜) 秋[9] 五七四
ユウツユ(夕《ゆふ》露) 秋9 五八五
ユウナギ(夕《ゆふ》凪) 夏7 四八二
ユウニジ(夕《ゆふ》虹) 夏7 四三一
ユウバラエ(夕祓《ゆふばらへ》) 夏6 四一一
ユウヒバリ(夕《ゆふ》雲雀) 春3 一三八
ユウモミジ(夕紅葉《ゆふもみぢ》) 秋10 七一五
ユウヤケ(夕《ゆふ》焼) 夏7 四八一
ユカ(川床) 夏7 四四七
ユカスズミ(床涼み) 夏7 四四七
ユカタ(浴衣) 夏[7] 四四一
ユガマ(柚釜) 秋10 七一三
ユキ(雪) 冬[1] 五五
ユキアカリ(雪明り) 冬1 五五
ユキアソビ(雪遊) 冬1 五八
ユキウサギ(雪兎) 冬1 五八
ユキオコシ(雪起し) 冬[1] 五四
ユキオレ(雪折《をれ》) 冬[1] 六二
ユキオロシ(雪卸) 冬[1] 五七
ユキオンナ(雪女《をんな》) 冬1 六三
ユキカキ(雪搔) 冬[1] 五七
ユキガキ(雪垣) 冬12 八五四
ユキガコイ(雪囲《がこひ》) 冬[12] 八五四
ユキガッセン(雪合戦) 冬[1] 五八
ユキガマエ(雪構《がまへ》) 冬12 八五四
ユキグツ(雪沓) 冬[1] 六〇
ユキゲ(雪解) 春2 九一
ユキゲカゼ(雪解風) 春2 九一
ユキゲガワ(雪解川《がは》) 春2 九一
ユキゲシズク(雪解雫《しづく》) 春2 九一
ユキゲミズ(雪解水《みづ》) 春2 九一
ユキゲムリ(雪煙) 冬1 五五
ユキシマキ(雪しまき) 冬1 六二
ユキジョロウ(雪女郎《ぢよらう》) 冬[1] 六三
ユキジル(雪汁) 春2 九一
ユキシロ(雪しろ) 春2 九一
ユキゾラ(雪空) 冬1 五五
ユキダルマ(雪達磨) 冬[1] 五八
ユキツブテ(雪礫) 冬[1] 五八
ユキツリ(雪吊) 冬[12] 八五四
ユキドケ(雪解) 春2 九一
ユキナダレ(雪なだれ) 春2 九一
ユキニゴリ(雪濁) 春2 九一
ユキノコル(雪残る) 春2 九二

ユキノシタ(雪の下) 夏6 四〇〇
ユキノシタ(鴨足草) 夏6 四〇〇
ユキノハテ(雪の果) 春3 一三〇
ユキノヒマ(雪のひま) 春2 九二
ユキノワカレ
(雪の別れ) 春3 一三〇
ユキバレ(雪晴) 冬[1] 六二
ユキフミ(雪踏) 冬[1] 五七
ユキボトケ(雪仏) 冬1 五八
ユキマ(雪間) 春2 九二
ユキマツリ(雪祭) 冬1 六三
ユキマロゲ(雪まろげ) 冬[1] 五八
ユキミ(雪見) 冬[1] 五六
ユキメ(雪眼) 冬[1] 六一
ユキメガネ(雪眼鏡) 冬1 六一
ユキヤケ(雪焼) 冬[1] 六一
ユキヤナギ(雪柳) 春4 二三七
ユキヨケ(雪除) 冬12 八五四
ユキワリソウ(雪割草《さう》) 春2 一〇二
ユクアキ(行秋) 秋10 七三三
ユクカモ(行く鴨) 春3 一三一
ユクカリ(行く雁) 春3 一三一
ユクトシ(行年) 冬12 八七七
ユクハル(行春) 春4 二五八
ユゲタテ(湯気立) 冬[12] 八三一
ユザメ(湯ざめ) 冬[12] 八三一
ユズ(柚子) 秋10 七一二
ユズノハナ(柚子の花) 夏6 三一九
ユズミソ(ゆずみそ) 秋10 七一三
ユズユ(柚湯) 冬12 八六一

ユスラウメ
(ゆすらうめ) 夏6 三四〇
ユスラウメ(山桜桃) 夏6 三四〇
ユスラウメ(梅桃) 夏6 三四〇
ユスラウメノハナ
(梅桃の花) 春4 一八三
ユスラノハナ
(山桜桃の花) 春4 一八三
ユズリハ(楪《ゆづりは》) 冬1 一九
ユダチ(ゆだち) 夏7 四二〇
ユタンポ(ゆたんぽ) 冬12 八三〇
ユッカ(ユッカ) 夏7 五一六
ユデアズキ(茹小豆《あづき》) 夏[7] 四六四
ユデビシ(茹菱) 秋9 六二一
ユテンソウ(油点草《さう》) 秋9 六二七
ユドウフ(湯豆腐) 冬[12] 七九〇
ユトン(油団) 夏[7] 四四四
ユノハナ(柚の花) 夏6 三一九
ユブロ(柚風呂) 冬12 八六一
ユミソ(柚味噌) 秋10 七一二
ユミハジメ(弓始) 冬1 三五
ユミハリヅキ(弓張月) 秋9 五九六
ユミヤハジメ(弓矢始) 冬1 三五
ユリ(百合) 夏7 四一五
ユリノハナ(百合の花) 夏7 四一五

よ・ヨ

ヨイエビス(宵《よひ》戎) 冬1 四五
ヨイカザリ(宵《よひ》飾) 夏7 四七七

ヨイスズミ(宵《よひ》涼み)	夏7	四四七
ヨイヅキ(宵《よひ》月)	秋9	五七四
ヨイノハル(宵《よひ》の春)	春4	一八八
ヨイマツリ(宵《よひ》祭)	夏5	二八五
ヨイミヤ(宵《よひ》宮)	夏5	二八四
ヨイミヤモウデ(宵《よひ》宮詣《まうで》)	夏7	四七七
ヨイヤマ(宵《よひ》山)	夏7	四七七
ヨイヤミ(宵《よひ》闇)	秋[9]	六〇四
ヨカ(余花《くわ》)	夏5	二七〇
ヨカン(余寒)	春2	九四
ヨギ(夜著)	冬[12]	八三六
ヨギリ(夜霧)	秋9	六〇五
ヨザクラ(夜桜)	春4	一九四
ヨサム(夜寒)	秋10	六八二
ヨシ(よし)	秋10	六九〇
ヨシキリ(葭切)	夏[6]	三六八
ヨシゴト(夜仕事)	秋9	五七七
ヨシショウジ(葭障《しやう》子)	夏6	四〇九
ヨシズ(葭簀)	夏[6]	四〇八
ヨシスズメ(葭雀)	夏6	三六八
ヨシスダレ(葭簾)	夏6	四〇八
ヨシズヂャヤ(葭簀茶屋)	夏6	四〇八
ヨシダノヒマツリ(吉田の火祭)	秋8	五六五
ヨシチマキ(葦粽)	夏5	二七四
ヨシド(葭戸)	夏[6]	四〇九
ヨシナカキ(義仲忌)	春2	一〇五
ヨシノハナ(葭の花)	秋10	六九一

ヨシビョウブ(葭屏《びやう》風)	夏6	四〇九
ヨシワラスズメ(葭原《はら》雀)	夏6	三六八
ヨススギ(夜濯)	夏[7]	四五四
ヨスズミ(夜涼み)	夏7	四四七
ヨセナベ(寄鍋)	冬[12]	七八八
ヨタカソバ(夜鷹蕎麦)	冬[12]	七九〇
ヨタキ(夜焚)	夏[6]	三六三
ヨット(ヨット)	夏[7]	四九〇
ヨツユ(夜露)	秋9	五八五
ヨヅリ(夜釣)	夏[6]	三六三
ヨナガ(夜長)	秋[9]	五七四
ヨナキウドン(夜鳴饂飩)	冬12	七九〇
ヨナベ(夜なべ)	秋[9]	五七七
ヨバイボシ(夜這《ばひ》星)	秋8	五五七
ヨバン(夜番)	冬12	八六〇
ヨバンゴヤ(夜番小屋)	冬12	八六〇
ヨヒラ(四葩)	夏6	三三三
ヨブリ(夜振)	夏[6]	三六二
ヨブリビ(夜振火)	夏6	三六二
ヨマワリ(夜廻《まは》り)	冬12	八六〇
ヨミズバン(夜水《みづ》番)	夏7	四八三
ヨミセ(夜店)	夏[7]	四五一
ヨミゾメ(読初)	冬1	二七
ヨミヤ(夜宮)	夏5	二八四
ヨメガキミ(嫁が君)	冬1	二六
ヨメナツム(嫁菜摘む)	春3	一六四
ヨメナノハナ(嫁菜の花)	秋10	六七五

ヨモギ（蓬）　春3　一六五
ヨモギツミ（蓬摘）　春3　一六五
ヨモギツム（蓬摘む）　春3　一六五
ヨモギフク（蓬葺く）　夏5　二七一
ヨモギモチ（蓬餅）　春4　一七八
ヨヨノツキ（夜夜の月）　秋9　五九六
ヨルノアキ（夜の秋）　夏7　五二九
ヨルノシモ（夜の霜）　冬12　八五二
ヨルノユキ（夜の雪）　冬1　五五
ヨワノナツ（夜半《は》の夏）　夏7　四五一
ヨワノハル（夜半《は》の春）　春4　一八八
ヨワノフユ（夜半《は》の冬）　冬12　八六〇

ら・ラ

ライ（雷）　夏7　四一九
ライウ（雷雨）　夏7　四一九
ライゴウエ（来迎《がう》会《ゑ》）　夏5　二八四
ライジン（雷神）　夏7　四一九
ライチョウ（雷鳥《てう》）　夏7　四三四
ライメイ（雷鳴）　夏7　四一九
ライラック
（ライラック）　春4　二三六
ラクガン（落雁）　秋9　六一三
ラクダイ（落第）　春3　一六一
ラグビー（ラグビー）　冬[1]　六五
ラクライ（落雷）　夏7　四一九
ラッカ（落花《らくくわ》）　春4　一九二
ラッカセイ（落花《らくくわ》生）　秋10　六八五
ラッキョ（らつきよ）　夏6　三四二
ラッキョウ（辣韮《きやう》）　夏[6]　三四二
ラッキョウ（薤《らつきやう》）　夏6　三四二
ラッキョツケル
（薤漬る）　夏6　三四二
ラッキョホル（薤掘る）夏6　三四二
ラッセルシャ
（ラッセル車）　冬1　五七
ラベンダー
（ラベンダー）　夏5　二九七
ラムネ（ラムネ）　夏[7]　四六〇
ラン（蘭）　秋9　六二四
ランオウ（乱鶯《あう》）　夏6　三八三
ランセツキ（嵐雪忌）　冬11　七三八
ランソウ（蘭草《さう》）　秋9　五八三
ランノアキ（蘭の秋）　秋9　六二四
ランノカ（蘭の香）　秋9　六二四
ランノハナ（蘭の花）　秋9　六二四

り・リ

リキュウキ（利休《きう》忌）　春3　一七三
リッカ（立夏）　夏5　二六五
リッシュウ（立秋《しう》）　秋8　五三四
リッシュン（立春）　春2　八五
リットウ（立冬）　冬11　七二七
リュウキュウイモ
（りうきういも）　秋10　六八六
リュウジョ（柳《りう》絮）　春4　二五六
リュウショウ（流觴《りうしやう》）　春3　一一六
リュウセイ（流《りう》星）　秋[8]　五五七

リュウトウ（流灯《りう》） 秋8 五五〇
リュウノタマ（竜の玉） 冬[1] 七三
リュウノヒゲノミ（竜の髯の実） 冬1 七三
リュウヒョウ（流氷《りう》） 春3 一五九
リョウケン（猟犬《れふ》） 冬12 七九七
リョウゴクノハナビ（両国《りやう》の花火） 夏7 五〇七
リョウナゴリ（猟名残《れふ》） 春2 九七
リョウハジメ（漁始《れふ》） 冬1 一八
リョウフウ（涼風《りやう》） 夏7 四三八
リョウヤ（良夜《りやう》） 秋9 六〇〇
リョクイン（緑蔭） 夏[6] 三八七
リラノハナ（リラの花） 春4 二三六
リンカンガッコウ（林間学校《がくかう》） 夏7 四九八
リンゴ（林檎） 秋10 六六三
リンゴノハナ（林檎の花） 春4 一八二
リンドウ（竜胆《だう》） 秋9 六二四

る・ル

ルイショウ（類焼《せう》） 冬12 八五九
ルコウ（るこう） 夏7 五一八
ルコウソウ（縷紅草《さう》） 夏7 五一八
ルリ（瑠璃鳥） 夏[6] 三八六

れ・レ

レイウケ（礼受） 冬1 一三
レイシ（茘枝） 秋10 六六七
レイジャ（礼者） 冬1 一三
レイシュ（冷酒） 夏7 四六二
レイゾウコ（冷蔵《ざう》庫） 夏[7] 四七五
レイチョウ（礼帳《ちやう》） 冬1 一三
レイボウ（冷房《ばう》） 夏[7] 四六九
レモン（檸檬） 秋10 七一〇
レモン（レモン） 秋10 七一〇
レンギョウ（連翹《げう》） 春4 一八五
レンゲ（蓮華） 夏7 五一三
レンゲソウ（蓮華草《さう》） 春3 一六九
レンジャク（連雀） 秋[10] 六六一
レンタン（煉炭） 冬12 八一八
レンニョキ（蓮如忌） 春3 一六一

ろ・ロ

ロ（炉） 冬[12] 八二三
ロアカリ（炉明り） 冬12 八二三
ロウオウ（老鶯《らうあう》） 夏6 三八三
ロウバイ（臘《らふ》梅） 冬1 七六
ロウバイキ（老《らう》梅忌） 春2 一〇五
ロウハチエ（臘《らふ》八会《ゑ》） 冬12 七八二
ロクウリ（鹿売） 冬12 七九八
ロクガツ（六月《ぐわつ》） 夏6 三一四
ロクサイネンブツ

（六斎念仏） 秋8 五六四
ロクジゾウマイリ（六地蔵詣《ぢざうまゐり》） 秋8 五六五
ロクドウマイリ（六道詣《だうまゐり》） 秋8 五四〇
ロダイ（露台） 夏[7] 四四七
ロノナゴリ（炉の名残） 春3 一三五
ロバオリ（絽羽織） 夏6 四〇五
ロバカマ（絽袴） 夏6 四〇六
ロバナシ（炉話） 冬12 八三三
ロビラキ（炉開） 冬11 七三〇
ロフサギ（炉塞） 春3 一三五

わ・ワ

ワカアシ（若蘆） 春4 二五二
ワカアユ（若鮎） 春3 二二六
ワカイ（若井《ゐ》） 冬1 七
ワカカエデ（若楓《かへで》） 夏5 二八九
ワカクサ（若草） 春4 二一六
ワカクサ（嫩草） 春4 二一六
ワカゴボウ（若牛蒡《ばう》） 夏7 五一四
ワカゴモ（若菰） 春4 二五三
ワカサギ（公魚） 春[2] 九六
ワカサギ（魸） 春2 九六
ワカサギ（鰙） 春2 九六
ワカザリ（輪飾） 冬1 一七
ワカシバ（若芝） 春4 二一七
ワカタケ（若竹） 夏6 四〇〇
ワカタバコ（若煙草） 秋8 五六九
ワカナ（若菜） 冬1 四一
ワカナツミ（若菜摘） 冬1 四一
ワカバ（若葉） 夏5 二八九
ワカバアメ（若葉雨） 夏5 二八九
ワカバカゼ（若葉風） 夏5 二八九
ワカマツ（若松） 春4 二五六
ワカミズ（若水《みづ》） 冬1 七
ワカミドリ（若緑） 春4 二五六
ワカメ（若布） 春[2] 一一〇
ワカメウリ（若布売） 春2 一一一
ワカメヒロイ（若布拾《ひろひ》） 春2 一一一
ワカメホス（若布干す） 春2 一一一
ワカレジモ（別れ霜） 春4 二四七
ワクラバ（病葉） 夏[7] 五二八
ワケギ（わけ葱） 夏6 三四二
ワサビ（山葵） 春4 一七七
ワサビヅケ（山葵漬） 春4 一七七
ワシ（鷲） 冬[11] 七四五
ワシノス（鷲の巣） 春4 二一三
ワスレオウギ（忘れ扇《あふぎ》） 秋9 六一〇
ワスレグサ（忘草） 夏6 三三六
ワスレグサ（忘憂草） 夏6 三三六
ワスレザキ（忘れ咲） 冬11 七四九
ワスレジモ（忘れ霜） 春4 二四七
ワスレナグサ（勿忘草） 春4 二四四
ワスレユキ（忘れ雪） 春3 一三〇
ワセ（早稲） 秋9 六一六
ワセカル（早稲刈る） 秋9 六一六
ワセダ（早稲田） 秋9 六一六
ワタ（草棉） 秋10 六八九

ワタ（綿） 冬[12] 八三四
ワタイレ（綿入） 冬[12] 八三六
ワタウチ（綿打） 冬12 八三四
ワタコ（綿子） 冬12 八三六
ワタツミ（綿摘） 秋10 六八九
ワタトリ（綿取） 秋10 六八九
ワタノハナ（棉の花） 夏7 五〇九
ワタボウシ（綿帽《ぼう》子） 冬[12] 八四一
ワタマキ（棉蒔） 夏5 三〇九
ワタマク（棉蒔く） 夏5 三〇九
ワタムシ（綿虫） 冬11 七四七
ワタユキ（綿雪） 冬1 五五
ワタリドリ（渡り鳥） 秋[10] 六五六
ワビスケ（侘助） 冬1 七八
ワライゾメ（笑《わらひ》初） 冬1 二六
ワラギヌタ（藁砧） 秋10 六七九
ワラグツ（藁沓） 冬1 六〇
ワラシゴト（藁仕事） 冬[12] 八四七
ワラヅカ（藁塚） 秋10 七〇五
ワラビ（蕨） 春3 一六六
ワラビガリ（蕨狩） 春3 一六六
ワラビモチ（蕨餅） 春[4] 一七八
ワラワヤミ（わらはやみ） 夏7 五〇七
ワレモコウ（吾亦紅《もかう》） 秋9 六二六
ワレモコウ（吾木香《もかう》） 秋9 六二六

（3版ホトトギス新歳時記・一〇四〇頁）

ホトトギス新歳時記　第三版

一九八六（昭和六一）年五月三〇日　初版発行
一九九六（平成八）年二月一日　改訂版発行
二〇一〇（平成二二）年六月一日　第三版発行
二〇二四（令和六）年六月一日　第三版二刷発行

編者　稲畑汀子
発行者　株式会社　三省堂　代表者　瀧本多加志
印刷者　三省堂印刷株式会社
発行所　株式会社　三省堂
〒一〇二-八三七一　東京都千代田区麴町五丁目七番地二
電話　（〇三）三二三〇-九四一一
https://www.sanseido.co.jp/

不許複製〈落丁本・乱丁本はお取り替えいたします〉
本書の内容に関するお問い合わせは、弊社ホームページの「お問い合わせ」フォーム（https://www.sanseido.co.jp/support/）にて承ります。

ISBN978-4-385-34275-7